BASED ON NCERT SYLLABUS

आरम्भिक मनोविज्ञान : कक्षा XI

(Elementary Psychology : Class XI)

[झारखंड एकेडमिक काउन्सिल, राँची राज्य द्वारा अनुमोदित ग्यारहवीं कक्षा के नवीन पाठ्यक्रम पर आधृत]

डॉ० अरूण कुमार सिंह

एम० ए० (स्वर्णपदक प्राप्त) पी-एच० डी०

प्रोफेसर एवं विभागाध्यक्ष

स्नातकोत्तर मनोविज्ञान विभाग

पटना विश्वविद्यालय, पटना-800 005

एवं

पूर्ववर्ती निदेशक

मनोवैज्ञानिक शोध एवं सेवा संस्थान

पटना विश्वविद्यालय, पटना-800 005

तथा

डा० आशीष कुमार सिंह

एम० ए० (पैट), पी-एच० डी०

मोतीलाल बनारसीदास

दिल्ली, मुम्बई, चेन्नई, कोलकाता, बंगलौर, वाराणसी, पुणे, पटना

प्रथम संस्करण: २००९

ISBN: 978-81-208-3431-6 (सजिल्द)
ISBN: 978-81-208-3432-3 (अजिल्द)

मोतीलाल बनारसीदास
४१ यू०ए० बंगलो रोड, जवाहर नगर, दिल्ली ११० ००७
८ महालक्ष्मी चैम्बर, २२ भुलाभाई देसाई रोड, मुम्बई ४०० ०२६
२३६ नाइंथ मेन III ब्लाक, जयनगर, बंगलौर ५६० ०११
सनाज प्लाजा, १३०२ बाजीराव रोड, पुणे ४११ ००२
२०३ रायपेट्टा हाई रोड, मैलापुर, चेन्नई ६०० ००४
८ केमेक स्ट्रीट, कोलकाता ७०० ०१७
अशोक राजपथ, पटना ८०० ००४
चौक, वाराणसी २२१ ००१

नरेन्द्रप्रकाश जैन, मोतीलाल बनारसीदास, बंगलो रोड, दिल्ली ११० ००७
द्वारा प्रकाशित तथा जैनेन्द्रप्रकाश जैन, श्री जैनेन्द्र प्रेस,
ए-४५ नारायणा, फेज-१, नई दिल्ली ११० ०२८ द्वारा मुद्रित

समर्पण

पत्नी

कुमुद रानी

को

जो आशीष

की माता श्री

भी है।

प्रस्तावना

आरम्भिक मनोविज्ञान : कक्षा XI एक ऐसी पुस्तक है जो जमा दो (Plus two) के छात्रों को ध्यान में रखकर लिखा गया है। इसमें केवल उन्हीं अध्यायों (Chapters) एवं मौलिक संप्रत्ययों (Basic concepts) पर प्रकाश डाला गया है जो **झारखंड राज्य** द्वारा स्वीकार किये गए पाठ्यक्रम (syllabus) में सम्मिलित किये गए हैं। कहना न होगा कि इस पुस्तक से वे सभी छात्र अधिकतम लाभ उठा पायेंगे जो *एन सी ई आर टी* (NCERT) के पाठ्यक्रम के अनुसार परीक्षा में तैयारी करते हैं।

इस पुस्तक को लिखने में हमें कुछ अन्य लेखकों के पुस्तकों तथा जरनलों की सहायता लेनी पड़ी है। हम उन सबों के प्रति अपना हार्दिक आभार व्यक्त करते हैं। हम अपने उन सभी सहकर्मियों को भी धन्यवाद देता हूँ जिन्होंने हस्तलिपि (Manuscript) के कुछ अंशों को पढ़ा और अपनी अनुभूति के आधार पर हमें सुझाव दिया।

हमें पूर्ण विश्वास है कि प्रस्तुत पुस्तक ज्ञानवर्द्धक, ज्ञानोपयोगी एवं छात्रों के उपलब्धि स्तर को बढ़ाने में पूर्णतः सहायक होगा। पुस्तक की भाषा सरल, सुगम एवं बोधगम्य है।

हम श्री कमलाशंकर सिंह जी मैनेजर, मोतीलाल बनारसीदास, पटना के प्रति भी अपना आभार व्यक्त करते हैं जिन्होंने काफी अभिरूचि लेकर पुस्तक को आपके कर-कमलों तक पहुँचा सके हैं। पाठकों से मेरा अनुरोध है कि पुस्तक की त्रुटियों की ओर हमारा ध्यान आकृष्ट करे ताकि पुस्तक को अगले संस्करण में और अधिक लाभकारी बनाया जा सके।

—अरूण कुमार सिंह
—आशीष कुमार सिंह

जुलाई, 2009

विषय-सूची
(CONTENTS)

अध्याय | पृ० सं०

अध्याय **पृ० सं०**

❑

अध्याय 1

मनोविज्ञान क्या है?

(WHAT IS PSYCHOLOGY ?)

इस अध्याय को पढ़ने के बाद आप

- *मनोविज्ञान के स्वरूप को एक वैज्ञानिक विद्याशाखा (Scientific discipline) तथा इसके विषय-वस्तु को आप समझ सकेंगे,*
- *आप इस तथ्य से अवगत होंगे कि मनोविज्ञान का विकास किस तरह से हुआ है,*
- *मनोविज्ञान की कितनी प्रमुख शाखाएँ हैं तथा अन्य विद्याशाखाओं (disciplines) एवं व्यवसायों से उसके संबंध को जान सकेंगे।*
- *दैनिक जीवन में अपने एवं अन्य व्यक्तियों को ठीक से समझने के लिए मनोविज्ञान के महत्त्व को जान सकेंगे।*

विषय वस्तु

परिचय

मनोविज्ञान में प्राणियों का अध्ययन किया जाता है। प्राणी कैसे प्रत्यक्षण करता है, सीखता है, सोचता है, याद करता है, समझता है तथा साथ-ही-साथ अपने पर्यावरण (environment) के वस्तुओं एवं घटनाओं के साथ किस तरह से अन्तःक्रियाएँ (interactions) करता है, आदि का अध्ययन मनोविज्ञान में किया जाता है। इसके अलावा मनोवैज्ञानिक कुछ इन प्रश्नों का भी उत्तर ढूँढ़ने का प्रयास करते हैं—व्यक्ति क्यों किसी चीज को आसानी से याद कर लेता है तथा क्यों दूसरे चीज को काफी प्रयासों में भी नहीं याद कर पाता है? व्यक्ति में चिन्तन (thinking) का विकास कैसे होता है? भिन्न-भिन्न व्यक्तियों का प्रत्यक्षण भिन्न क्यों होता है? व्यक्तित्व का विकास कैसे होता है, आदि-आदि। इन प्रश्नों का उत्तर जानने के लिए मनोवैज्ञानिक मनुष्यों पर क्रमबद्ध रूप से (systematically) प्रयोग करते हैं। वे पशुओं तथा पक्षियों पर भी प्रयोग करते हैं ताकि उसके आधार पर मानव व्यवहार को ठीक ढंग से समझने में मदद मिल सके।

मनोविज्ञान क्या है?
(What is Psychology ?)

मनोविज्ञान (Psychology) दो ग्रीक शब्दों, 'Psyche' तथा 'logos' के मिलने से बना है। 'Psyche' का अर्थ 'आत्मा' तथा 'logos' का अर्थ 'विवेचना' करना होता है। अतः इस शाब्दिक अर्थ के अनुसार मनोविज्ञान को आत्मा का अध्ययन करने वाला (study of soul) विषय माना गया है। आरंभिक ग्रीक दार्शनिकों जैसे अरस्तू (Aristotle) तथा प्लेटो (Plato) ने मनोविज्ञान को आत्मा का ही विज्ञान कहा। 17वीं शताब्दी के दार्शनिकों जैसे लिविनिज (Leibinitz), लॉक (Locke) आदि ने 'Psyche' शब्द का अधिक उपयुक्त अर्थ 'मन' (mind) से लगाया। और इस तरह से इन लोगों ने मनोविज्ञान को मन के अध्ययन (study of mind) का विषय माना। परन्तु आत्मा या मन ये दोनों ही कुछ पद ऐसे थे जिनका स्वरूप अप्रेक्षणीय (unobservable) तथा अदर्शनीय (undemonstrable) था। अतः इन दोनों तरह की परिभाषाओं को वैज्ञानिक अध्ययन के लिए स्वीकार्य नहीं माना गया। इसके बाद लोगों ने मनोविज्ञान को चेतना (consciousness) या चेतन अनुभूति (conscious experience) के अध्ययन का विज्ञान कहा। विलियम वुण्ट (Wilhelm Wundt) तथा उनके शिष्य टिचेनर (Titchener) इस परिभाषा के प्रमुख समर्थक थे। परन्तु इस परिभाषा को भी वैज्ञानिक अध्ययन के लिए स्वीकार्य (acceptable) नहीं माना गया क्योंकि यह वैज्ञानिक ढंग से प्रेक्षणीय नहीं था तथा साथ-ही-साथ उससे व्यवहार को नियंत्रित करने एवं समझने में कोई खास मदद नहीं मिलती थी। फिर भी विलियम वुण्ट को *प्रयोगात्मक मनोविज्ञान का जनक* (Father of experimental psychology) कहा जाता है क्योंकि इन्होंने लिपिजिग विश्वविद्यालय में 1879 में पहला मनोवैज्ञानिक प्रयोगशाला खोला था।

इस तरह मनोविज्ञान ने पहले अपना आत्मा खोया, बाद में मन और अन्त में चेतना।

आधुनिक मनोवैज्ञानिकों द्वारा मनोविज्ञान को अधिक वैज्ञानिक एवं वस्तुनिष्ठ रूप से परिभाषित करने की कोशिश की गयी। इन लोगों ने मनोविज्ञान को व्यवहार का अध्ययन (study of behaviour) का विज्ञान माना है। मनोविज्ञान को व्यवहार के अध्ययन के विज्ञान के रूप में परिभाषा जे॰ बी॰ वाटसन (J.B. Watson) ने सर्वप्रथम दिया था। व्यवहार को एक ठोस एवं प्रेक्षणीय (observable) पहलू के रूप में परिभाषित किया गया। अतः यह आत्मा, मन तथा चेतना आदि से काफी भिन्न था क्योंकि ये सभी कुछ ऐसे थे जो आत्मनिष्ठ (subjective) थे तथा जिनका प्रेक्षण (observation) भी नहीं किया जा सकता था। इसका विषय-वस्तु व्यवहारात्मक प्रक्रियाएँ (behaviour processes) माना गया जिसे आसानी से प्रेक्षण किया जा सकता है। सीखना, प्रत्यक्षण, हाव-भाव आदि जिनका वस्तुनिष्ठ अध्ययन संभव है, उसका ही अध्ययन मनोविज्ञान करता है। साथ-ही-साथ मनोविज्ञान उन मानसिक प्रक्रियाओं (mental processes) का भी अध्ययन करता है जिनका सीधे प्रेक्षण तो नहीं किया जाता है परन्तु उसके बारे में आसानी से व्यवहारात्मक एवं मनोवैज्ञानिक आँकड़ों के आधार पर अनुमान लगाया जा सकता है। इन तथ्यों

को ध्यान में रखकर मनोविज्ञान की एक उत्तम परिभाषा **बेरोन**[1] (Baron, 2001) द्वारा दी गयी है जो इस प्रकार है—''मनोविज्ञान संज्ञानात्मक प्रक्रियाओं एवं व्यवहार के विज्ञान के रूप में उत्तम ढंग से परिभाषित किया जाता है।''

मार्गन, किंग, विस्ज तथा **स्कोपलर**[2] (Morgan, King, Weisz & Schopler, 1986) के अनुसार, ''मनोविज्ञान मानव एवं पशु व्यवहार का विज्ञान है। ...जब हमलोग मनोविज्ञान को व्यवहार का विज्ञान कहते हैं, तो हमलोग मन (mind) को छोड़ नहीं देते हैं बल्कि हमलोग यह कहना चाहते हैं कि व्यक्ति जो करता है उसका व्यवहार, एक ऐसा मार्ग होता है जिसके सहारे आन्तरिक मानसिक घटनाओं का भी अध्ययन किया जा सकता है।''

सिक्कारेल्ली एवं **मेअर**[3] (Ciccarelli & Meyer, 2006) के अनुसार, ''मनोविज्ञान व्यवहार एवं मानसिक प्रक्रियाओं का वैज्ञानिक अध्ययन करता है।''

सैनट्रोक[4] (Santrock, 2000) के अनुसार, ''मनोविज्ञान व्यवहार एवं मानसिक प्रक्रियाओं का वैज्ञानिक अध्ययन है।''

इन परिभाषाओं का विश्लेषण करने पर हमें मनोविज्ञान के स्वरूप (nature) के बारे में निम्नांकित तथ्य प्राप्त होते हैं—

(1) मनोविज्ञान एक विज्ञान है *(Psychology is a science)*—मनोविज्ञान एक विज्ञान है क्योंकि वह अपने विषय-वस्तु (subject-matter) का अध्ययन वैज्ञानिक विधियों द्वारा करता है। मनोवैज्ञानी अपने विषय-वस्तु अर्थात् व्यवहार का अध्ययन करने के लिए प्रयोग करते हैं तथा कुछ ऐसे वैज्ञानिक प्रेक्षण (scientific observation) भी करते हैं जिनमें अपने विषय-वस्तु यानी व्यवहार के अध्ययन से संबद्ध *क्या* (what), *क्यों* (why) तथा *कैसे* (how) आदि प्रश्नों का उत्तर देने की कोशिश करते हैं। अतः मनोविज्ञान एक प्रकार का *वस्तुपरक विज्ञान* (positive science) है।

(2) मनोविज्ञान व्यवहार का वैज्ञानिक अध्ययन करता है *(Psychology is the scientific study of behavior)*—मनोविज्ञान में व्यवहार का वैज्ञानिक अध्ययन किया जाता है। व्यवहार से तात्पर्य जीव के उन क्रियाओं से होता है जिसका प्रेक्षण किया जाता है, तथा जिनका वस्तुनिष्ठ ढंग से अध्ययन किया जा सकता है। दौड़ना, सीखना, प्रत्यक्षण करना, हाव-भाव ऐसे व्यवहार के कुछ उदाहरण हैं।

(3) मनोविज्ञान में संज्ञानात्मक प्रक्रियाओं का भी वैज्ञानिक अध्ययन किया जाता है *(Psychology is also the scientific study of cognitive processes)*—यद्यपि मनोविज्ञान में व्यवहार का वैज्ञानिक अध्ययन किया जाता है परन्तु इसका यह मतलब नहीं हुआ कि इसमें संज्ञानात्मक प्रक्रियाओं (cognitive processes) जैसे चिन्तन, भाव, ध्यान, स्मृति, निर्णय-प्रक्रिया एवं अन्य तरह की अनुभूतियों (experiences) का अध्ययन नहीं किया जाता है। सच्चाई यह है कि ऐसे आन्तरिक मानसिक प्रक्रियाओं जिसे मार्गन एवं उनके सहयोगियों ने अपनी परिभाषा में 'मन' (mind) के अन्तर्गत शामिल किया है, का भी अध्ययन किया जाता है। यह बात जरूर है कि इन संज्ञानात्मक प्रक्रियाओं का अध्ययन प्रत्यक्षतः नहीं किया जाता है बल्कि परोक्ष रूप से किया जाता है। जैसे—यदि कोई व्यक्ति अपने मित्र की मृत्यु पर काफी दुःखी है तो उसके दुःख के भाव का अध्ययन हम उसके दबे आवाज, आँखों में आँसू

---

1. "Psychology is best defined as the science of behavior and cognitive processes."
—Baron : *Psychology,* 2001, p. 5

2. "Psychology is the science of human and animal behaviour... When we define psychology as the science of behavior, we are not excluding mind. We are saying that what a person does—his or her behavior—is the avenue through which internal mental events can be studied."
—Morgan, King, Weisz & Schopler : *Introduction to Psychology,* 1986, p. 7

3. "Psychology is the scientific study of behaviour and mental processes."
—Ciccarelli & Meyer : *Psychology,* 2006, p. 60

4. "Psychology is the scientific study of behaviour and mental process." —Santrock : *Psychology,* 2000, p. 5

एवं उसके चेहरे की भाव-भंगिमा को देखकर आसानी से कर लेते हैं। ऐसा नहीं होता है कि चूँकि दुःख का भाव एक ऐसी मानसिक प्रक्रिया है जिसका अवलोकन सीधे नहीं किया जा सकता है, अतः इसे अध्ययन-क्षेत्र से बाहर रखा जाता है।

मनुष्य अमुक व्यवहार क्यों करता है? मनोवैज्ञानिकों का मत है कि व्यक्ति अमुक व्यवहार अपनी पर्यावरण (environment) के साथ समायोजन (adjustment) करने के लिए करता है। व्यक्ति अपनी दृष्टि से पर्यावरण या परिस्थिति को समझता है और उसी के अनुरूप व्यवहार करता है। जैसे—व्यक्ति खुशी की परिस्थिति में खुश होकर तथा भयावह परिस्थिति में भयभीत होकर उसके साथ समझौता करता है। इस अर्थ में, मन (Munn, 1949) ने मनोविज्ञान को प्राणियों के समग्र समायोजन (overall adjustment) के अध्ययन का विज्ञान कहा है।

उपर्युक्त विश्लेषणों के आधार पर मनोविज्ञान की परिभाषा के बारे में हमें निम्नांकित मुख्य तथ्य मिलते हैं—

(i) मनोविज्ञान एक वस्तुपरक विज्ञान (positive science) है।

(ii) मनोविज्ञान में व्यवहार का वैज्ञानिक अध्ययन किया जाता है।

(iii) मनोविज्ञान में संज्ञानात्मक प्रक्रियाओं (cognitive processes) या अनुभूतियों का भी अध्ययन किया जाता है।

(iv) मनोविज्ञान में व्यवहार तथा संज्ञानात्मक प्रक्रियाओं के अध्ययन का उद्देश्य प्राणी का पर्यावरण या परिस्थिति के साथ समायोजन (adjustment) को समझना है।

(v) मनोविज्ञान में मनुष्यों तथा पशुओं दोनों के व्यवहारों का अध्ययन किया जाता है।

मनोविज्ञान का विषय-वस्तु
(Subject-Matter of Psychology)

मनोविज्ञान का विषय-वस्तु व्यवहार (behavior) है। इसमें मनुष्यों तथा अन्य प्राणियों के जन्म से मृत्यु तक के सभी क्रियाओं को सम्मिलित किया जाता है। व्यवहार के दो प्रकार होते हैं—

(i) स्पष्ट व्यवहार (overt behavior) तथा

(ii) अस्पष्ट व्यवहार (covert behavior)

स्पष्ट व्यवहार से तात्पर्य वैसे व्यवहार से होता है जिसका दूसरों द्वारा सीधे प्रेक्षण किया जाता है। जैसे—सीखना, टहलना, दौड़ना, हँसना, रोना आदि स्पष्ट व्यवहार के उदाहरण हैं। अस्पष्ट व्यवहार से तात्पर्य उन व्यवहारों से होता है जिसका सीधे दूसरों द्वारा प्रेक्षण नहीं किया जा सकता है। जैसे—चिन्तन करना, कल्पना करना, स्मरण करना आदि अस्पष्ट व्यवहार के उदाहरण हैं। इसे सामान्य भाषा में अनुभूति कहा जाता है। मनोवैज्ञानिक किसी विशेष व्यवहार का अध्ययन करने के लिए दोनों पहलुओं अर्थात् स्पष्ट तथा अस्पष्ट का अध्ययन करते हैं। जैसे—यदि कोई मनोवैज्ञानिक किसी बच्चा में डर के संवेग का अध्ययन कर रहा है तो उसे उसके स्पष्ट व्यवहार जैसी आनन अभिव्यक्ति (facial expression), हाव-भाव (gesture) के अलावा श्वसन गति में परिवर्तन, रक्त-चाप में परिवर्तन, हृदय गति में परिवर्तन आदि को भी ध्यान में रखना आवश्यक होता है। स्पष्ट एवं अस्पष्ट व्यवहारों का मापन प्रशिक्षित मनोवैज्ञानिकों (trained psychologists) द्वारा किया जाता है। पर्यावरण द्वारा प्राणी (organism) पर डाले गये प्रभाव जिसे प्रेरित होकर वह कोई क्रिया (activity) करता है, उसे मनोविज्ञान में *उद्दीपक* (stimulus) तथा ऐसी क्रिया (activity) को अनुक्रिया (response) कहा जाता है। इस पूरे प्रक्रम को मनोविज्ञान में *उद्दीपक-प्राणी-अनुक्रिया* (Stimulus-Organism-Response) या संक्षेप में S–O–R कहा जाता है।

व्यवहार के दो प्रमुख आयाम अर्थात् स्पष्ट (overt) या अस्पष्ट (covert) होने के अलावा और भी कई आयाम हैं जिनपर मनोवैज्ञानिकों का ध्यान रहता है। जैसे—व्यवहार मनुष्य के हो सकते हैं या पशु के भी। व्यवहार साधारण हो सकते हैं या जटिल (complex)। उसी तरह से व्यवहार दैहिक (physical) हो सकते या मानसिक (mental)। अन्य विज्ञानों के समान मनोविज्ञान का उद्देश्य प्राणी के व्यवहार का वर्णन करना (describing), व्यवहार करना (explaining) तथा पूर्वकथन करना (predicting) होता है।

क्या मनोविज्ञान एक विज्ञान है?
(Is Psychology a Science ?)

क्या मनोविज्ञान एक विज्ञान है? इस प्रश्न का उत्तर देने के लिए यह जानना आवश्यक है कि विज्ञान किसे कहते हैं? विज्ञान का शाब्दिक अर्थ होता है विशेष ज्ञान। अब प्रश्न उठता है कि विशेष ज्ञान क्या है? विशेष ज्ञान या विज्ञान क्रमबद्ध ज्ञान का एक ऐसा भंडार है जिसके तथ्यों को वैज्ञानिक विधियों द्वारा संकलित किया जाता है तथा विशेष सिद्धांत एवं नियम के रूप में संगठित किये जाते हैं। किसी भी विषय को विज्ञान कहलाने के लिए यह आवश्यक है कि उसमें निम्नांकित विशेषताएँ हों—

(1) आनुभाविक प्रेक्षण तथा वस्तुनिष्ठता (empirical observation and objectivity)
(2) क्रमबद्ध अध्ययन तथा सिद्धांत (systematic study and theory)
(3) नियंत्रित प्रयोग एवं अन्य वैज्ञानिक विधियाँ (controlled experimentation and other scientific methods)
(4) परिमापण (quantification)
(5) प्रयुक्तता (applicability)
(6) परीक्षण तथा पुनरावृत्ति (verification and repetition)

इन सबों का वर्णन निम्नांकित है—

1. आनुभाविक प्रेक्षण तथा वस्तुनिष्ठता *(Empirical observation and objectivity)*—मनोविज्ञान अपने विषय-वस्तु अर्थात् व्यवहार का अध्ययन प्रयोग तथा प्रेक्षण के आधार पर करता है न कि तर्क, मत या विश्वास के आधार पर। शायद यही कारण है कि मनोविज्ञान व्यवहार के अध्ययन में वस्तुनिष्ठता (objectivity) पर अधिक बल डालता है। वस्तुनिष्ठ अध्ययन में व्यवहारों या घटनाओं का जो अध्ययन होता है, उसमें प्रेक्षकों के बीच अन्तरवैयक्तिक सहमति (interpersonal agreement) पर्याप्त होता है।

2. क्रमबद्ध अध्ययन तथा सिद्धांत *(Systematic study and theory)*—मनोविज्ञान में क्रमबद्धता का गुण होता है। एक मनोवैज्ञानिक अपने प्रयोगों एवं प्रेक्षणों के आधार पर जो आँकड़ें प्राप्त करते हैं, उसे वे अलग-अलग बिखरे हुए नहीं छोड़ देते हैं बल्कि एक क्रमबद्ध ढंग से सुव्यवस्थित करके उसके आधार पर एक वैज्ञानिक सिद्धांत का प्रतिपादन करते हैं। इस सिद्धांत द्वारा मानव के व्यवहारों को समझने, उसकी व्याख्या करने तथा उसके बारे में पूर्वानुमान लगाने में मदद मिलती है। अपने इस क्रमबद्धता के कारण भी मनोविज्ञान को एक विज्ञान माना जाता है।

3. नियंत्रित प्रयोग एवं अन्य वैज्ञानिक विधियाँ *(Controlled experimentation and other scientific methods)*—मनोविज्ञान की विधियाँ वैज्ञानिक है जिसके कारण उसे विज्ञान का दर्जा मिला है। मनोविज्ञान की सबसे प्रमुख वैज्ञानिक विधि प्रयोग है जिसे नियंत्रित अवस्था में किया गया एक प्रेक्षण (observation) के रूप में परिभाषित किया जाता है। एक मनोवैज्ञानिक प्रयोग में कई तरह के प्रयोगात्मक नियंत्रण करते हैं। जैसे—यदि वे सीखने के क्षेत्र में प्रयोग कर रहे हैं, तो यह कोशिश करते हैं कि प्रयोज्य का ध्यान अन्य कारकों जैसे अवांछित आवाज तथा अन्य सामग्रियों द्वारा आकर्षित न हो। यह भी कोशिश करते है कि सीखे जाने वाले सामग्री ठीक ढंग से प्रयोज्य को एक पढ़ने योग्य रोशनी में उपस्थित किए जाएँ। इतना होने के बावजूद यह कहा जाता है कि मनोवैज्ञानिक प्रयोगों में निरपेक्ष नियंत्रण (absolute control) संभव नहीं हो पाता है क्योंकि व्यवहार एक जटिल व्यवहार है।

4. परिमापण *(Quantification)*—परिमापण को किसी भी वैज्ञानिक उपागम की एक प्रमुख विशेषता माना जाता है। परिमापण या मापन से तात्पर्य किसी नियम विशेष के अनुसार वस्तु या घटना के संख्यात्मक विवरण से होता है। मनोविज्ञान में विभिन्न सांख्यकीय प्रविधियों (statistical techniques) का उपयोग कर किसी परिमाणात्मक निष्कर्ष पर पहुँचा जाता है। मनोविज्ञानी व्यवहार के विभिन्न प्रकारों जैसे—बुद्धि, स्मृति, व्यक्तित्व आदि का मापन

कर उसकी अभिव्यक्ति परिमाणात्मक ढंग से करते हैं। अतः विज्ञान की इस कसौटी पर भी मनोविज्ञान खरा उतरता है।

5. प्रयुक्तता *(Applicability)*—विज्ञान की एक विशेषता यह भी है कि इसका जीवन में उपयोग या व्यवहार होता है। मनोविज्ञान अन्य विज्ञानों जैसे—भौतिकी, रसायनशास्त्र आदि के समान इस कसौटी पर खरा उतरता है। मनोविज्ञान का ज्ञान होने से किशोरों की समस्याएँ, बाल अपराध के कारण, औद्योगिक एवं शैक्षिक निर्देशन, मानसिक रोगों का इलाज आदि करना बहुत हद तक आसान हो गया है। अतः प्रयुक्तता की दृष्टि से भी मनोविज्ञान को एक विज्ञान माना गया है।

6. परीक्षण एवं पुनरावृत्ति *(Verification and repetition)*—किसी भी विज्ञान में किसी प्रयोग के परिमाण की जाँच होती है तथा उस प्रयोग की पुनरावृत्ति भी कई बार होती है। तब कहीं जाकर उसके परिणाम को एक तथ्य का रूप दिया जाता है। मनोविज्ञान इस कसौटी पर भी खरा उतरता है। मनोविज्ञानी प्रयोग से प्राप्त परिणाम की जाँच उसकी पुनरावृत्ति करके कर लेते हैं और तब कहीं अंतिम निष्कर्ष पर पहुँचते हैं तथा फिर उनका सामान्यीकरण (generalization) करते हैं।

उपर्युक्त विशेषताओं से युक्त होने के कारण मनोविज्ञान को एक विज्ञान माना गया है।

एक विद्याशाखा के रूप में मनोविज्ञान
(Psychology as a Discipline)

जैसा कि हम जानते हैं, मनोविज्ञान व्यवहार एवं संज्ञानात्मक प्रक्रियाओं (cognitive processes) जिसमें व्यक्ति की अनुभूति भी सम्मिलित होता है, का अध्ययन करता है। यद्यपि मनोविज्ञान एक पुराना विद्याशाखा (older discipline) है, फिर भी इसकी वैज्ञानिक विकास लगभग 130 वर्ष ही पुराना है। केलर (Keller, 1937) के अनुसार अरस्तू (Aristotle) को मनोविज्ञान का जनक (father) कहा जाता है हालांकि इसके वैज्ञानिक एवं प्रयोगात्मक स्वरूप की नींव 1879 में विलियम वुण्ट (Wilhelm Wundt) द्वारा रखी गयी जब उन्होंने जर्मनी के लिपजिंग विश्वविद्यालय (Leipzig University) में (जिसका नाम आज बदलकर कार्ल मार्क्स विश्वविद्यालय कर दिया गया है) मनोविज्ञान का पहला प्रयोगाशाला खोला था। इस प्रयोगशाला में किये जा रहे प्रायोगिक शोध (experimental research) इतने लोकप्रिय हुए कि कई विदेशी छात्र उसके प्रति काफी आकर्षित हुए और विलियम वुण्ट से मनोविज्ञान सीखने जर्मनी पहुँच गए। इन छात्रों ने ई॰ बी॰ टिचेनर (E. B. Titchener), जे॰ एम॰ कैटेल (J. M. Cattell), जी॰ एस॰ हॉल (G. S. Hall) आदि प्रमुख थे।

यदि हम मनोविज्ञान में हो रहे आरंभिक विकास से आधुनिक विकास तक पर ध्यान दें तो यह स्पष्ट होगा कि एक मनोविज्ञान को एक स्वतंत्र वैज्ञानिक विद्याशाखा के रूप में उभरने में दो समानान्तर विचारधाराओं (parallel viewpoints) का योगदान काफी रहा है।

पहली विचारधारा वह है जिसमें मनोवैज्ञानिक एक सामाजिक तथ्यों के अध्ययन में एक मनोवैज्ञानिक प्राकृतिक विज्ञान (natural science) जैसे भौतिकी (Physics) एवं जीव विज्ञान (Biology) की कार्यविधियों को अपनाते हैं। इसमें तंत्रिका विज्ञान (neuroscience) तथा कम्प्यूटर विज्ञान (computer science) का भी योगदान काफी रहा है। न्यूरोमनोवैज्ञानिक विभिन्न तरह के संरचनात्मक विधियों (anatomical methods), विकिरणीं विधि (radiological method), वैद्युतीय उत्तेजन एवं रिकार्डिंग विधि (electrical stimulation and recording method) का सफलतापूर्वक उपयोग करके अध्ययन किये गए व्यवहार का जैविक आधार का पता लगाकर उसे समझना एवं उसके बारे में पूर्वकथन करना (prediction) काफी आसान कर दिये हैं।

दूसरी विचारधारा वह है जिसमें मनोवैज्ञानिक एवं सामाजिक तथ्यों और पहलुओं के अध्ययन में सामाजिक एवं सांस्कृतिक विज्ञान (social and cultural sciences) की विधियों का सफलतापूर्वक अध्ययन किया जाता है। एक मनोवैज्ञानिक किसी व्यवहार को समझने में प्रेक्षण विधि (observation method) साक्षात्कार (interview),

समाजमिति (sociometry) आदि का उपयोग करके उसके बारे में सही-सही पूर्वकथन (prediction) करता है तथा समझता है।

इन दोनों तरह के विचारधाराओं के कारण मनोविज्ञान आज एक मजबूत एवं स्वतंत्र विद्याशाखा के रूप में उभरकर आ सका है।

एक प्राकृतिक विज्ञान के रूप में मनोविज्ञान
(Psychology as a Natural Science)

मनोविज्ञान को आज एक प्राकृतिक विज्ञान जैसे जीवविज्ञान (Biology), भौतिकी (Physics) के समान विज्ञान माना गया है क्योंकि मनोविज्ञान की अध्ययन विधियाँ पूर्णतः वैज्ञानिक है। प्राकृतिक विज्ञान के इन शाखाओं के समान मनोविज्ञान को एक विज्ञान माना जाता है। जब दर्शनशास्त्र (Philosophy) के कुछ विचार दैहिकीशास्त्र (Physiology) के क्षेत्र के अध्ययन परिणाम एवं विधियों के साथ संयोजित हुआ, तो मनोविज्ञान को एक विज्ञान के रूप में उभरने का नींव पड़ा। 19वीं शताब्दी के उतरार्द्ध (later half) में बहुत सारे दार्शनिक ने मानव मन (human mind) के बारे में कुछ विशेष प्रश्नों पर अधिक ध्यान देने लगे। कुछ ऐसे प्रश्न थे—हमलोग अपने इर्द-गिर्द के वातावरण को किस तरह से प्रत्यक्षण करते हैं? क्या व्यक्तियों की इच्छाएँ स्वतंत्र होती हैं या वे आंतरिक एवं बाह्य घटनाओं से नियंत्रित होती हैं? मन (mind) अर्थात् विचार-भाव एवं चेतना (consciousness) तथा शरीर (body) अर्थात् हमारे भौतिक वातावरण जिसमें शरीर का अस्तित्व होता है, के बीच क्या संबंध है?

दार्शनिकों द्वारा इन प्रश्नों एवं संबंधित पहलुओं का अध्ययन एक विशेष तरह की *विवेचन* (reasoning) जिसे तर्कणावाद (Rationalism) कहा जाता है, द्वारा दी गयी। जैसे, रेने देकार्ते (Rene Descartes, 1596-1650) जो एक फ्रेंच दार्शनिक एवं गणितज्ञ थे, ने इन प्रश्नों का उत्तर यह कहकर दिये कि सचमुच में मन (mind) तथा शरीर (body) दोनों ही भिन्न तत्त्व (entities) हैं और ये मस्तिष्क में स्थित पिनियल ग्रन्थि (Pineal gland) के माध्यम से आपस में अन्तःक्रिया करते हैं। इस विचारधारा को *द्वैतवाद* (Dualism) कहा गया। कुछ दूसरे दार्शनिकों का विचार इसके विपरीत था। इन लोगों का मत था कि मन शरीर को और शरीर मन को प्रभावित करता है। इस विचारधारा को *अंतःक्रियावाद* (interactionism) कहा गया। 19वीं शताब्दी के अंत में दार्शनिकों द्वारा एक और भी अधिक महत्त्वपूर्ण प्रश्न पर विचार किया जाने लगा क्योंकि इनलोगों द्वारा इस महत्त्वपूर्ण निष्कर्ष पर पहुँचा गया मानव मन (human mind) के बारे में सिर्फ तर्कणा (reasoning) के आधार पर उत्तर नहीं दिया जा सकता है बल्कि इसके लिए एक प्रेक्षण (observation) की जरूरत है। अतः इन लोगों के सामने एक महत्त्वपूर्ण प्रश्न उठकर जो आया, वह था—किस तरह से इस ढंग का प्रेक्षण किया जा सकता है?

उक्त प्रश्न का उत्तर ढूँढ़ने के प्रयास में ही दैहिकशास्त्र (Physiology) का इस क्षेत्र में आगमन हुआ। दैहिकशास्त्रियों (physiologists) द्वारा वैज्ञानिक प्रेक्षण का उपयोग करके तंत्रिका तंत्र (nervous system) तथा ज्ञानेन्द्रियों (sense organs) से संबंधित प्रश्नों का उत्तर दिया जा रहा था। जैसे 1860 से 1880 की अवधि में जोहान्स मूलर (Johannes Muller) ने अपने प्रेक्षण एवं प्रयोग के आधार पर यह बतलाया था कि शरीर के भीतर तंत्रिकाओं (nerves) द्वारा किस तरह से वैद्युतीय संकेतों (electrical signals) का संचालन होता है, हरमान भॉन हेमहोल्ज (Hermann Von Helmholtz) ने दृष्टि तथा श्रवण प्रत्यक्षण (auditory perception) के क्षेत्र में महत्त्वपूर्ण प्रयोग किये तथा जी॰ फेकनर (G. Fechner) ने अपने प्रयोग के आधार पर यह दिखलाया था कि भौतिक उद्दीपकों (physical stimuli) का प्रत्यक्षण जैसे किसी आवाज की प्रबलता (loudness) तथा रोशनी की तीक्ष्णता (brightness) इन उद्दीपकों के भौतिक ऊर्जा (physical energies) के साथ नियमतः (lawfully) संबंधित होता है।

दैहिकशास्त्रियों द्वारा किये गए प्रयोगों के परिणामों को जब दार्शनिकों के विचारों से संबंधित किया गया तो यह लगभग तय हो गया कि मानव मन को आनुभाविक विधियों (empirical methods) से अध्ययन किया

जा सकता है जिसका स्पष्ट परिणाम यह हुआ कि मनोविज्ञान को जीव विज्ञान तथा भौतिकी के समान एक वैज्ञानिक विद्याशास्त्र का स्तर मिल गया और 1879 में जब विलियम ऊण्ट (Wilhelm Wundt) द्वारा पहला मनोवैज्ञानिक प्रयोगशाला की स्थापना जर्मनी के लिपजिंग विश्वविद्यालय में की गयी, तो उक्त दावे की पूर्णरूपेण पुष्टि हो गयी।

एक सामाजिक विज्ञान के रूप में मनोविज्ञान
(Psychology as a Social Science)

मनुष्य एक सामाजिक प्राणी होता है। वह निश्चित रूप से एक प्राकृतिक वातावरण (natural environment) में तो रहता है परंतु साथ-ही-साथ वह इस प्राकृतिक वातावरण को अपने समाज की संस्कृति के अनुरूप परिवर्तन करके उसे एक सामाजिक-सांस्कृतिक प्रतिरूप (socio-cultural outlook) प्रदान करता है। मनोविज्ञान व्यक्ति के व्यवहारों एवं अनुभूतियों को इस सामाजिक परिवेश में समझता है, अध्ययन करता है तथा उसके बारे में पूर्वानुमान (inference) लगाता है। इस अर्थ में मनोविज्ञान को एक सामाजिक विज्ञान (social science) माना गया है।

समाज वैज्ञानिक के रूप में वैज्ञानिक कई तरह के वैज्ञानिक विधियों (scientific methods) का उपयोग तो करते हैं परंतु उनके पूर्वकल्पनाओं (assumptions) के उभयनिष्ठता (commonality) की कमी अवश्य होती है। एक मनोवैज्ञानिक सामान्यतः दो तरह के उपागमों (approaches) को अपनाकर व्यक्ति के व्यवहारों एवं अनुभूतियों का अध्ययन करता है—*नियमान्वेषी उपागम* (nomothetic approach) तथा *भावमूलक उपागम* (idiographic approach)। नियमान्वेषी उपागम में मनोवैज्ञानिक व्यवहारों को समझने एवं उसके बारे में कुछ सामान्यतः पूर्वानुमान करने के लिए व्यक्तियों के एक प्रतिदर्श (sample) का चयन करता है तथा उसका अध्ययन करता है। ठीक इसके विपरीत नियमान्वेषी उपागम (nomothetic approach) में मनोवैज्ञानिक किसी एक व्यक्ति का न कि व्यक्तियों के समूह या प्रतिदर्श का अध्ययन करके व्यवहारों के बारे में सामान्यीकरण (generalization) किया जाता है। मनोवैज्ञानिकों द्वारा व्यवहार के बारे में किये जाने वाले सामान्यीकरण के कई प्रारूप (forms) होते हैं जिसमें उद्दीपक-प्राणी-अनुक्रिया (Stimulus-Organism-Response or S—O—R) एक महत्त्वपूर्ण प्रारूप माना गया है। इस विस्तृत एवं सामान्य सूत्र का उपयोग करके मनोवैज्ञानिक व्यवहार एवं मानसिक प्रक्रियाओं की जटिलता को न केवल समझते हैं बल्कि उसके बारे में पर्याप्त पूर्वकथन (prediction) भी करते हैं।

मनोविज्ञान विद्याशाखा की प्रमुख धारणाएँ
(Important Conceptions of the discipline of Psychology)

मनोविज्ञान व्यवहार एवं मानसिक प्रक्रियाओं के अध्ययन का विज्ञान है। इसकी विधियाँ भिन्न हैं, सिद्धान्तों में विभिन्नता है तथा साथ-ही-साथ इनके क्षेत्रों एवं शाखाओं में भी काफी विभिन्नता है। इन विभिन्नताओं के बावजूद मनोवैज्ञानिकों के बीच कुछ ऐसे सामान्य उभयनिष्ठ धारणाएँ (conceptions) है जो मनोविज्ञान में एकता प्रदान करता है तथा अधिकतर मनोवैज्ञानिकों के बीच इनमें सहमति भी है। ऐसे कुछ प्रमुख धारणाओं की व्याख्या हम नीचे कर रहे हैं—

1. मानव एक जैविक सृष्टि है *(Human beings are biological creature)*—प्रत्येक प्राणी एक जैविक सृष्टि (biological creature) है जो अपने जैविक सीमाओं के अनुरूप व्यवहार करता हैं। तंत्रिका तंत्र (nervous system) की संरचना के अनुरूप ही व्यक्ति व्यवहार करता है तथा अपने संवेगों एवं भावों (feelings) में उतार-चढ़ाव का अनुभव करता है। यद्यपि व्यक्ति का व्यवहार आनुवंशिकता (heredity) द्वारा तय जैविक सीमाओं के अनुरूप होता है, परंतु उसे भी व्यक्ति अपने प्रयासों के थोड़ा परिवर्तित कर सकता है। जैसे, व्यायाम (exercise) के माध्यम से व्यक्ति आनुवंशिकता द्वारा प्रदत्त मांशपेशियों को मजबूत कर सकता है। किसी बच्चे को उत्तम एवं उत्तेजक (stimulating) वातावरण प्रदान करके उसकी बुद्धिलब्धि को थोड़ा बढ़ाया जा सकता है। इस तरह से

मनोवैज्ञानिक के बीच यह एक सामान्य अवधारणा है कि यद्यपि मानव एक जैविक सृष्टि (biological creature) होता है, परंतु फिर भी वह उससे पूर्णतः निर्धारित नहीं होता है।

2. प्रत्येक व्यक्ति एक-दूसरे से भिन्न होते हुए भी समान है *(Every person is different from every other yet much the same)*—प्रत्येक व्यक्ति एक-दूसरे से भिन्न होता है। एकांडी जुड़वाँ (identical twins) को छोड़कर एक ही परिवार के सभी व्यक्तियों की आनुवंशिकता (heredity) भी भिन्न होता है। इतना ही नहीं, प्रत्येक व्यक्ति की अनुभूतियाँ (experiences) भी भिन्न-भिन्न होती है शायद यही कारण है कि मनोवैज्ञानिक इस बात के अध्ययन पर प्रायः बल डालते हैं कि किस तरह एक व्यक्ति दूसरे व्यक्ति से बुद्धि, व्यक्तित्व एवं अभिरुचि आदि में भिन्न होता है। इन विभिन्नताओं के बावजूद मानव अपने चिन्तन, भाव, अधिगम (learning), स्मृति आदि में बहुत समानता दिखलाता है। अगर इन मानवीय गुणों (human qualities) में समानता नहीं होती, तो प्रत्येक व्यक्ति के व्यवहार एवं अनुभूति को समझने के लिए मनोविज्ञान अलग-अलग होता।

3. व्यक्ति को अपने सामाजिक-सांस्कृतिक एवं लिंग पहचान के संदर्भ में ही पूर्णतः समझा जा सकता है *(Persons can be fully understood in the context of their socio-cultural identity and gender identity)*—प्रत्येक व्यक्ति एक समाज में रहता है और उस समाज की एक संस्कृति होती है। व्यक्ति एक-दूसरे के साथ अन्तःक्रिया (interaction) करता है और उस अन्तःक्रिया के उपरान्त उसकी अनुभूतियाँ एक खास ढंग से निर्धारित होती है। समाज में क्या सही है क्या गलत इसका निर्धारण ऐसी ही अनुभूतियों से होती है। इतना ही नहीं, समाज के अमुक तरह का भाषा, धार्मिक विश्वास आदि का विकास होता है। इन्हीं अंतःक्रियाओं के परिणामस्वरूप व्यक्ति यह सीख पाता है कि पुरुष से क्या मतलब होता है तथा स्त्री से क्या मतलब होता है। कहने का तात्पर्य यह है कि सामाजिक-सांस्कृतिक कारकों को बिना जाने या समझे जिनसे व्यक्ति की अनुभूतियाँ प्रभावित होती हैं, व्यक्ति के व्यवहार एवं मानसिक प्रक्रियाओं को समझना मुश्किल है।

4. व्यवहार अभिप्रेरित होता है *(Behaviour is motivated)*—मनोवैज्ञानिकों के बीच एक सर्वमत अवधारणा (conception) यह है कि मानव व्यवहार अभिप्रेरित होता है। व्यक्ति का अधिकतर व्यवहार प्रयोजनहीन नहीं होता है बल्कि उसके द्वारा किसी-न-किसी लक्ष्य की पूर्ति अवश्य होती है। अति मौलिक अभिप्रेरण जैसे भूख की आवश्यकता, प्यास की आवश्यकता, काम (sex) की आवश्यकता, आदि कुछ ऐसी आवश्यकताएँ या अभिप्रेरक हैं जिनसे सभी व्यक्तियों का व्यवहार निर्देशित होता है तथा वे हमारे जैविक तंत्र के अंग होते हैं परंतु कुछ अभिप्रेरक ऐसे होते हैं जो भिन्न-भिन्न संस्कृति में भिन्न होते हैं। जैसे, कुछ संस्कृति ऐसी है जिससे व्यक्ति धनी, मशहूर या महत्त्वपूर्ण बनकर अपने आपको अन्य लोगों से भिन्न करना चाहते हैं जबकि कुछ ऐसी भी संस्कृति है जिसमें व्यक्ति किसी भी बिन्दु पर अपने आप को अन्य व्यक्तियों से विशिष्ट या भिन्न नहीं करना चाहते हैं।

5. मानव जीवन सतत परिवर्तनशील होता है *(Human lives are constantly changeable)*—मानव जीवन सतत परिवर्तनशील होता है। जन्म से मृत्यु तक उसमें परिवर्तन होते रहते हैं। शैशवावस्था (infancy) से वयस्कावस्था तक शनैः-शनैः कई तरह के परिवर्तन होते हैं। अधिकतर ऐसे विकासात्मक परिवर्तन (developmental changes) का स्वरूप जैविक होता है। परंतु, कुछ ऐसे भी परिवर्तन होते हैं जो व्यक्ति की अनुभूतियों से संबद्ध होते हैं। अपने जीवन काल में प्रायः तरह-तरह की अनुभूतियों को सीखता है। वह यह महसूस करता है कि आज जो वह है, कुछ वर्षों पहले से वह भिन्न है। इस तरह से परिवर्तन मानव जीवन का एक प्रमुख हिस्सा है।

6. मनुष्य का स्वरूप सामाजिक होता है *(The nature of human beings is social)*—मानव का स्वरूप सामाजिक होता है। वह व्यक्तियों के साथ रहना चाहता है और व्यक्तियों के साथ अन्तःक्रिया (interaction) करके अपनी आवश्यकताओं की संतुष्टि करता है। जब व्यक्ति समाज में रहता है, तो वह सामाजिक अन्तःक्रिया अपने पारस्परिक लाभ (mutual benefit) के लिए करता है। परन्तु इस तरह के लाभ से परे भी वह सामाजिक अंतःक्रिया मात्र दूसरों के साथ सम्पर्क (contact) स्थापित करने के लिए तथा बातचीत करने के लिए भी करता है। इसकी महत्ता व्यक्ति को तब पता चलता है जब कभी उसे कुछ दिन के अकेले (चाहे घर हो या जेल) में रहना पड़ता है। अकेले रहना व्यक्ति को एक दंड के समान महसूस होता है।

7. अपनी अनुभूतियों के निर्धारण में व्यक्ति एक सक्रिय भूमिका निभाता है *(Person plays an active role in shaping his own experiences)*—मशहूर दार्शनिक अरस्तू (Aristotle) ने कहा था कि एक शिशु का मन बिल्कुल ही कोरा कागज के समान होता है जिसपर अनुभूतियाँ निष्क्रिय रूप से अंकित होते जाती हैं। इस विचारधारा को आधुनिक मनोवैज्ञानिकों द्वारा अस्वीकृत कर दिया गया है और इन लोगों का सर्वसम्मत एक स्पष्ट विचार है कि सचमुच में व्यक्ति की अनुभूतियाँ स्वतः निष्क्रिय ढंग से निर्मित नहीं होती है बल्कि उसके निर्माण में व्यक्ति एक सक्रिय भूमिका निभाता है। जैसे, फाई घटना (Phi phenomenon) का ही उदाहरण ले लिया जाए। इसमें व्यक्ति उद्दीपकों में गति का प्रत्यक्षण करता है जबकि उद्दीपक गतिहीन होता है। स्पष्टतः गति होने का अनुभव स्वयं व्यक्ति द्वारा निर्मित ही होती है। इसी तरह से अनेकों उदाहरण दिये जा सकते हैं जिससे यह स्पष्ट होता है कि मनुष्य अपने अनुभूतियों का निर्माण में सक्रिय भूमिका निभाता है।

8. व्यवहार के अनेकों कारण होते हैं *(Behaviour has many causes)*—व्यवहार के एक कारण नहीं बल्कि अनेकों कारण होते हैं और अधिकतर कारण व्यक्ति को एक साथ प्रभावित करते हैं और व्यक्ति व्यवहार करता है। जैसे, उन कारकों पर ध्यान दीजिए जो आपको कल 8 बजे रात में होटल में खाना खाने के लिए बाध्य किया। इस व्यवहार के कई कारण हो सकते हैं—उस होटल का खाना उत्तम होता है, आपको भूख लगी थी, आपको वहाँ अपने दोस्त से मुलाकात की संभावना थी, आपने उस होटल के बारे में प्रायः विज्ञापनों में सुना था आदि-आदि। स्पष्ट हुआ कि इस अमुक व्यवहार के एक कारण न होकर अनेक कारण है। इसी तरह से अधिकतर मानव व्यवहार के कई कारण होते हैं।

9. व्यवहार का स्वरूप समायोजी या कुसमायोजी कुछ भी हो सकता है *(Behaviour can be adaptive or maladaptive)*—व्यवहार का स्वरूप प्रायः समायोजी (adaptive) होता है। मनुष्यों में अपनी परिस्थिति के साथ अपनी आवश्यकताओं के अनुरूप समायोजित करने की अपूर्व क्षमता होती है। इस तरह से मानव एक लचीलापन (flexible) एवं प्रतिभा संपन्न सृष्टि है जो परिस्थिति की माँग के अनुरूप अपने आप को समायोजित करता है। परंतु कभी-कभी व्यक्ति परिस्थिति के साथ उत्तम ढंग से नहीं निपट पाता है और कुछ कुसमायोजी रास्ता अपना लेता है। जैसे, कभी-कभी व्यक्ति परिस्थिति के साथ निपटने में अधिक आक्रमकता (aggressiveness) या अधिक संकोच (timidity) दिखलाता है। निश्चित रूप से यह एक कुसमायोजी दृष्टिकोण होता है जिसमें सुधार (correction) की जरूरत होती है।

स्पष्ट हुआ कि मनोविज्ञान विद्याशाखा की कई धारणाएँ हैं जिनके बारे में अधिकतर मनोवैज्ञानिकों के बीच सर्वसम्मति (unanimity) है।

मन तथा व्यवहार की समझ
(Understanding mind and Behaviour)

मन (mind) तथा व्यवहार (behaviour) मनोविज्ञान के दो चर्चित पद है। मन से क्या तात्पर्य होता है? क्या मन तथा मस्तिष्क समान है? आदि कुछ ऐसे प्रश्न हैं जिनपर हम विचार करने के बाद ही उसका संबंध व्यवहार से बतला पायेंगे।

'मन' (mind) से तात्पर्य उन सभी कल्पित मानसिक प्रक्रियाओं (hypothesized mental processes) से होता है जो विभिन्न तरह के मनोवैज्ञानिक आँकड़ों (psychological data) की व्याख्या प्रदान करते हैं। कास्सिन (Kassin, 1995) के अनुसार मन (mind) में सभी चेतन (conscious) तथा अचेतन मानसिक अवस्थाएँ होती हैं जिन्हें देखा तो नहीं जा सकता है परंतु मनोवैज्ञानिक उन्हें प्रेक्षणीय व्यवहार (observable behaviour) के आधार पर अनुमान लगाते हैं। मन 'मस्तिष्क' के समान है या नहीं जैसे बिन्दु पर विलियम जेम्स (William James) के समय विचार किया गया था और दोनों को एक-दूसरे से भिन्न समझा गया। सचमुच में आज की स्थिति यह बतलाती है कि मस्तिष्क एक दैहिक तत्व (physiological entity) है जबकि मन एक मनोवैज्ञानिक तत्व (psychological entity) है।

मस्तिष्क, व्यवहार को प्रत्यक्षतः एवं स्पष्ट रूप से नियमित एवं नियंत्रित करता है। व्यक्ति के प्रत्येक व्यवहार का संचालन एवं नियंत्रण मस्तिष्क के एक विशेष भाग से होता है। जैसे पश्चकपाल पालि (occipital lobe) से देखने व्यवहार, शंखपालि (temporal lobe) से सुनने का व्यवहार, ब्रोका क्षेत्र (Broca area) तथा वर्निक क्षेत्र (Wernicke's area) से भाषा व्यवहार, हिप्पोकैम्पस (hippocampus) से स्मृति, लिम्बिक तंत्र (limbic system) से संवेग आदि का नियंत्रण होता है। कुछ ऐसे अध्ययन हुए हैं जिसमें यह देखा गया है कि किसी व्यवहार को नियंत्रित करनेवाला संबंधित मस्तिष्कीय अंग यदि क्षतिगस्त हो गया या किसी अन्य कारण से कार्य नहीं कर रहा है, तो भी संबंधित व्यवहार कुछ हद तक व्यक्ति कर पाता है। जैसे, कुछ अध्ययन में यह देखा गया कि पश्चकपाल पालि ऑपरेशन करके पूर्णतः हटा दिये जाने के बाद भी प्राणी दृष्टि संवेदन का अनुभव करता है। स्पष्टतः इस व्यवहार का कारण मन (mind) है न कि मस्तिष्क।

इस उदाहरण से तथा अन्य समान उदाहरणों से यह स्पष्ट होता है कि मन भी मस्तिष्क के समान व्यवहार को नियमित तथा नियंत्रित करता है भले ही इसकी स्पष्टता एवं प्रबलता उतनी अधिक न हों।

स्पष्ट हुआ कि मनोविज्ञान सचमुच में मानव मन (human mind) तथा व्यवहार (behaviour) के अध्ययन का एक सुहाना सफर है। इस सफर में बहुत तरह की क्रियाएँ जो व्यक्ति के मन के भीतर से लेकर बाहर तक होती हैं, सम्मिलित होता है। अतः मनोवैज्ञानिक बहुत तरह के जटिल व्यवहारों (complex behaviours) का अध्ययन करते हैं।

मन तथा व्यवहार को समझने के लिए सामान्यतः दो तरह के उपागमों (approaches) को अपनाया गया है। वे दो उपागम हैं:—

(1) पश्चदृष्टि उपागम (Hindsight approach)

(2) वैज्ञानिक उपागम (Scientific approach)

इन दोनों उपागमों का वर्णन इस प्रकार है—

1. पश्चदृष्टि उपागम *(Hindsight approach)*—मन तथा व्यवहार को समझने का यह उपागम सबसे सरल रास्ता है। इसमें व्यक्ति किसी घटना या व्यवहार के होने के बाद उसकी एक उपयुक्त व्याख्या प्रस्तुत करता है। इसे *तथ्य-के-बाद-की व्याख्या* (after-the-fact explanation) भी कहा जाता है। इसे एक उदाहरण द्वारा इस प्रकार समझाया जा सकता है—मान लिया जाय किए कोई छात्र मैट्रिक की परीक्षा में असफल हो जाता है। असफलता के इस व्यवहार की व्याख्या करते हुए प्रायः अभिभावक तथा/या शिक्षक यह कहते हैं कि छात्र मेहनत करके पढ़ता नहीं था; वह शिक्षक के निर्देशों (instruction) को पालन नहीं करता था, अपना अधिकतर समय दूरदर्शन के कार्यक्रमों को देखने में बीताता था, आदि-आदि। इन सब बीती हुई घटनाओं या व्यवहारों के रूप में वर्तमान व्यवहार की व्याख्या को पश्चदृष्टि उपागम या तथ्य-की-बाद-की व्याख्या कहा जाता है। सचमुच में यह उपागम मशहूर डैनिश दर्शनशास्त्री (Danish Philosopher) सोरेन किर्केगार्ड (Soren Kierkegard) के इस पंक्ति को चरितार्थ करता है जिसमें उन्होंने कहा है—*जिंदगी आगे की ओर जीयी जाती है परंतु पीछे की ओर होकर ही समझी जाती है (Life is live forwards but understood backwards.)*।

व्यवहारों को समझने का इस उपागम का मुख्य दोष यह है कि इसमें व्यवहारों को बीती हुई घटनाओं के रूप में समझने की कोशिश की जाती है। ऐसी घटनाओं का सही-सही प्रत्याह्वान (recall) तथा फिर उन्हें क्रमबद्ध करना अपने आप में एक कठिन एवं जटिल कार्य है।

2. वैज्ञानिक उपागम *(Scientific approach)*—वैज्ञानिक उपागम में प्राणी के भीतरी एवं बाह्य व्यवहार को समझने के लिए *पूर्वानुमान* (prediction), *नियंत्रण* (control) तथा *सिद्धान्त निर्माण* (theory building) का सहारा लिया जाता है। इस उपागम के तहत मनोवैज्ञानिकों की आम धारणा यह होती है कि अगर हम सचमुच में किसी व्यवहार का कारण समझते हैं तो वे उन अवस्थाओं के बारे में पूर्वानुमान आसानी से लगा सकते हैं जिसमें वैसा व्यवहार भविष्य में हो सकता है। इतना ही नहीं, यदि हमलोग उन अवस्थाओं को नियंत्रित कर सकते हैं (जैसा कि

प्रयोगशाला में होता है) तो हमलोग उस व्यवहार को करने में सक्षम हो सकते हैं। इस तरह से व्यवहार को पूर्वानुमान तथा नियंत्रण द्वारा समझा जाना एक वैज्ञानिक दृष्टिकोण का उदाहरण बनता है। जैसे, मनोवैज्ञानिकों का मत है कि किसी आपातकालीन परिस्थिति जैसे सड़क दुर्घटना में यदि अगल-बगल में बहुत सारे लोग एकत्रित हो जाते हैं, तो इससे व्यक्तियों द्वारा दिखायी जाने वाली व्यक्तिगत जवाबदेही (personal responsibility) के भाव में कमी आ जाती है। इस पूर्वानुमान की जाँच एक नियंत्रित परिस्थिति (control condition) में की गयी जिसमें आपातकालीन परिस्थिति जैसा हालात उत्पन्न करके अगल-बगल एकत्रित हुए व्यक्तियों के भावों का अध्ययन किया गया और कथन को सत्य पाया गया।

सिद्धान्त निर्माण (theory building) द्वारा भी व्यवहार को समझने की कोशिश की जाती है। एक उत्तम सिद्धान्त द्वारा कई तरह के समन्वित पूर्वानुमानों (integrated prediction) का सृजन हो सकता है। जो पूर्वानुमान किसी सिद्धान्त पर आधृत होता है, उससे हमें दो फायदे होते हैं—*पहला,* इससे हमारी उत्सुकता (curiosity) की तुष्टि होती है और *दूसरा,* इससे कुछ वैसे नियमों (principles) का सृजन होता है जिन्हें कुछ वैसी परिस्थितियों में लागू किया जा सकता है जिसे व्यक्ति अभी अनुभव नहीं किया है।

स्पष्ट हुआ कि मन तथा व्यवहार को समझने के लिए मूलतः दो तरह के उपागमों की चर्चा की गई है। सच्चाई यह है कि ये दोनों उपागम में पारस्परिकता बनाते हुए ही मन तथा व्यवहार को उत्तम ढंग से समझा जाता है।

मनोविज्ञान का विकास
(Evolution of Psychology)

'मनोविज्ञान' का अंग्रेजी रूपान्तर 'Psychology' है जो दो ग्रीक शब्दों अर्थात् Psyche तथा Logos के मिलने से बना है। 'Psyche' का अर्थ आत्मा (Soul) से होता है तथा 'Logos' का अर्थ अध्ययन या विवेचना करने से होता है। शाब्दिक अर्थ को ध्यान में रखते हुए तब यह कहा जाता है कि मनोविज्ञान आत्मा के अध्ययन का विज्ञान है। परन्तु आजकल इस अर्थ का विशेष महत्त्व नहीं रह गया है और अभी मनोविज्ञान की विषय-वस्तु (subject-matter) आत्मा का अध्ययन करना नहीं है बल्कि जीव (organism) जिसमें मनुष्य तथा पशु दोनों शामिल हैं, के व्यवहार (behaviour) तथा अनुभूति (experience) का अध्ययन करना है।

आत्मा (soul) के अध्ययन से लेकर व्यवहार तथा अनुभूति या मानसिक प्रक्रियाओं (mental processes) के अध्ययन के बीच मनोविज्ञान का एक लम्बा इतिहास छिपा है। इस इतिहास का विस्तृत वर्णन तो यहाँ संभव नहीं है, फिर भी इसके एक संक्षिप्त रूप पर हम अवश्य ही विचार करेंगे। मनोविज्ञान के इतिहास को मूलतः दो भागों में बाँटा जा सकता है:—

(1) पूर्ववैज्ञानिक काल (Prescientific Period)

(2) वैज्ञानिक काल (Scientific Period)

1. पूर्ववैज्ञानिक काल *(Prescientific Period)*

पूर्ववैज्ञानिक काल की शुरूआत ग्रीक दार्शनिकों (Greek Philosophers) जैसे प्लेटो (Plato), अरस्तू (Aristotle), हिपोक्रेट्स (Hippocrates) आदि के अध्ययनों एवं विचारों से प्रारम्भ होकर 19वीं शताब्दी के उत्तरार्द्ध (latter half) तक विशेषकर 1878 तक माना जाता है। पूर्ववैज्ञानिक काल की घटनाएँ (phenomenon) जिनका आधुनिक मनोविज्ञान (modern Psychology) पर सीधा प्रभाव पड़ा है, को निम्नांकित पाँच भागों में बाँटा जा सकता है:—

(i) शारीरिक-गठन कारक *(Constitutional factors)*—ग्रीक दार्शनिकों ने मानव व्यवहार की व्याख्या करने के लिए अनेक सिद्धान्तों का प्रतिपादन किया जिनमें शरीर-गठन प्रकार का सिद्धान्त (theory of constitutional types) काफी महत्त्वपूर्ण था। इस सिद्धान्त का प्रतिपादन ग्रीक दार्शनिक हिपोक्रेट्स (Hippocrates) ने 400 B.C. में किया था। इस सिद्धान्त के अनुसार मानव शरीर में चार तरह के द्रव (fluids or humors) होते हैं जिनके नाम

हैं—पीला पित्त (yellow bile), काला पित्त (black bile), खून (blood) तथा श्लेष्मा (phlegm)। जब शरीर में पीला पित्त अन्य तीनों द्रवों की अपेक्षा अधिक मात्रा में हो जाता है, तो व्यक्ति में आक्रमणशीलता (aggressiveness) तथा उत्तेजनशीलता (excitability) अधिक हो जाती है। जब काला पित्त (black bile) अन्य द्रवों की अपेक्षा अधिक हो जाता है, तो व्यक्ति का व्यवहार शांत तथा गैरमिलनसार (withdrawn) हो जाता है। जब रक्त (blood) की मात्रा अन्य तीन द्रवों की अपेक्षा अधिक होती है, तो व्यक्ति काफी खुश एवं आशावादी (optimist) बन जाता है और जब श्लेष्मा (phlegm) अधिक मात्रा में पायी जाती है, तो व्यक्ति सुस्त तथा थका-थका महसूस करता है। यद्यपि हिपोक्रेट्स के इस प्रारंभिक सिद्धांत को अवैज्ञानिक (unscientific) घोषित कर दिया गया है, फिर भी इससे यह स्पष्ट पता चलता है कि 'ग्रीक दार्शनिकों' ने उस समय भी मानव व्यवहार की व्याख्या शारीरिक गुणों के रूप में करने का प्रयास किया था। इसका प्रभाव आनेवाले मनोवैज्ञानिकों पर काफी पड़ा और शेल्डन (Sheldon) ने बाद में चलकर व्यक्तित्व के वर्गीकरण के एक विशेष सिद्धांत जिसे 'सोमैटोटाईप सिद्धांत' (Somatotype theory) कहा गया, का निर्माण हिपोक्रेट्स (Hippocrates) के ही विचारों से प्रभावित होकर किये।

(ii) मन-शरीर समस्या *(Mind-body problem)*—पूर्ववैज्ञानिक काल में मन-शरीर की समस्या दूसरी ऐसी महत्त्वपूर्ण समस्या थी, जिसपर दार्शनिकों (philosophers) ने अधिक बल डाला था और साथ-ही-साथ जिसका प्रभाव आधुनिक मनोविज्ञान पर काफी पड़ा। कुछ ग्रीक दार्शनिक जैसे अगस्टाईन (Augustine) तथा थोमस (Thomas) का विचार था कि मन (mind) तथा शरीर (body) दोनों दो चीजें हैं और इन दोनों में किसी प्रकार का संबंध नहीं होता है। दूसरे शब्दों में, शरीर से संबंधित घटनाओं का प्रभाव मन पर नहीं पड़ता है तथा मन से संबंधित घटनाओं का प्रभाव शरीर पर नहीं पड़ता है। परन्तु देकार्ते (Descartes), लिबनिज (Leibnitz) तथा स्पिनोजा (Spinoza) आदि ने इसका विरोध किया और बतलाया कि सचमुच में मन और शरीर दोनों ही एक-दूसरे से संबंधित हैं और एक-दूसरे को प्रभावित करते हैं। आधुनिक मनोविज्ञान पर मन तथा शरीर से संबंधित इस वाद-विवाद का काफी प्रभाव पड़ा और मनोदैहिक क्षेत्र (psychosomatic field) का अध्ययन इस प्रभाव का सीधा नतीजा है।

(iii) जन्मजात विचार *(Innate ideas)*—कुछ ग्रीक दार्शनिकों जैसे देकार्ते (Descartes) का मत था कि प्रत्येक व्यक्ति में जन्म से ही कुछ विशेष विचार (ideas) होते हैं। परन्तु अन्य दार्शनिक जैसे लॉक (Locke) का मत था कि व्यक्ति जन्म के समय 'टेबूला रासा' (tabula rasa) होता है अर्थात् उसका मष्तिष्क एक कोरे कागज के समान होता है और बाद में उसमें नये-नये अनुभवों (experiences) से नये-नये विचार उत्पन्न होते हैं। लॉक का स्पष्ट मतलब यह था कि विचार (ideas) जन्मजात नहीं बल्कि अर्जित (acquired or learnt) होते हैं। बाद में यह वाद-विवाद कि विचार जन्मजात होते हैं या अर्जित, द्वारा एक नये संप्रत्यय (concept) का जन्म हुआ जिसे *मूलप्रवृत्ति* (instinct) की संज्ञा दी गयी है और ऐसा समझा जाने लगा कि प्रत्येक व्यवहार की व्याख्या इस मूलप्रवृत्ति के रूप में ही हो सकती है।

(iv) मानव स्वभाव *(Human nature)*—दार्शनिकों के बीच इस बात का भी वाद-विवाद काफी तीव्र रहा है कि मनुष्य का स्वभाव (nature) कैसा होता है? कुछ दार्शनिकों जैसे रूसो (Rousseau) का कहना था कि मनुष्य जन्म से अच्छे स्वभाव (good nature) का होता है परन्तु समाज के कटु अनुभव उसके स्वभाव को बुरा बना देता है। दूसरी तरफ, स्पेन्सर (Spencer) जैसे दार्शनिक का मत ठीक इसके विपरीत है। उनका कहना था कि मनुष्य में जन्म से ही स्वार्थता (selfishness), आक्रमणशीलता (aggressiveness) आदि जैसे गुण मौजूद होते हैं जो समाज द्वारा नियंत्रित कर दिये जाते हैं। फलतः व्यक्ति का स्वभाव (nature) असामाजिक से सामाजिक हो जाता है। यद्यपि आजकल मनोवैज्ञानिकों द्वारा 'मानव स्वभाव' (human nature) जैसे पद (term) का उपयोग कम किया जाता है, फिर भी इसका स्पष्ट प्रभाव आधुनिक मनोविज्ञान पर हमें देखने को मिलता है। आजकल मनोवैज्ञानिकों की जो विशेष अभिरुचि है कि मानव व्यवहार किस तरह से संस्कृति (culture) तथा सामाजिक मानक (social norms) द्वारा प्रभावित होता है, बहुत कुछ मानव स्वभाव से संबंधित इसी वाद-विवाद का परिणाम है।

(v) चेतना तथा संवेदी प्रक्रियाएँ *(Consciousness and Sensory process)*—19वीं शताब्दी के प्रारंभ में दो प्रमुख क्षेत्रों में जो अध्ययन किया गया उसका आधुनिक मनोविज्ञान पर सबसे गहरा असर पड़ा। पहला क्षेत्र दर्शनशास्त्र का था जिसमें लोग चेतना (consciousness) तथा उसमें उत्पन्न विचारों (ideas) का अध्ययन करते थे तथा दूसरा क्षेत्र भौतिक (physical) तथा जैविक विज्ञान (biological sciences) का था जिसमें ज्ञानेन्द्रिय (sense organs) के कार्य के अध्ययन पर अधिक बल डाला गया। पहले क्षेत्र में ब्रिटिश दार्शनिकों जैसे जेम्स मिल (James Mill) तथा उनके पुत्र जॉन स्टुअर्ट मिल (John Stuart Mill) का योगदान तथा दूसरे क्षेत्र में वेबर (Weber), फ़ेकनर (Fechner) आदि का योगदान अधिक महत्त्वपूर्ण था।

2. वैज्ञानिक काल *(Scientific Period)*

अधिकतर मनोवैज्ञानिकों के बीच इस बात की सहमति है कि मनोविज्ञान का वैज्ञानिक काल (scientific period) 1879 से शुरू हुआ है। इसी वर्ष विलयम वुन्ट (Wilhelm Wundt) ने जर्मनी के लिपजिग विश्वविद्यालय में मनोविज्ञान का पहला प्रयोगशाला खोला था।

विलियम वुण्ट
(William Wundt)

वुन्ट के प्रयोगशाला का कार्यक्रम (Activities in Wundt's laboratory) मनोविज्ञान के इतिहास में एक काफी महत्त्वपूर्ण विषय है। वुन्ट ने मनोविज्ञान का पहला प्रयोगशाला जर्मनी के लिपजिग विश्वविद्यालय में 1879 में खोला। इस प्रयोगशाला में वुन्ट ने दृष्टि (vision) से संबंधित संवेदनाओं को अधिक अध्ययन किया। बाद में उन्होंने प्रतिक्रिया काल (reaction time), अवधान (attention), संवेदन तथा स्मृति में होनेवाले साहचर्यात्मक प्रक्रियाओं (associative processes) का भी विस्तृत रूप से अध्ययन किया। इन विभिन्न मानसिक प्रक्रियाओं का अध्ययन करने के लिए वुन्ट (Wundt) ने अन्तर्निरीक्षण विधि (introspection method) का उपयोग किया। इस तरह से वुन्ट के लिए मनोविज्ञान चेतन अनुभूति (conscious experience) के अध्ययन का विज्ञान था तथा इसकी विधि अन्तर्निरीक्षण (introspection) थी। वुन्ट के अनुसार चेतन अनुभूति का विश्लेषण (analysis) दो तत्त्वों अर्थात् संवेदन (sensation) और भाव (feeling) में किया जाता है। संवेदन को चेतना का वस्तुनिष्ठ तत्त्व (objective element) तथा भाव (feeling) को चेतना का आत्मनिष्ठ तत्त्व (subjective element) माना गया। वुन्ट के प्रयोगशाला में जो कार्यक्रम चल रहे थे उसका प्रभाव विदेश के मनोवैज्ञानिकों पर काफी पड़ा और विदेश से अनेक मनोवैज्ञानिक वुन्ट के प्रयोगशाला में मनोविज्ञान का अध्ययन करने पहुँचे। इसमें प्रमुख जी॰ एस॰ हॉल (G. S. Hall), जे॰ एम॰ कैटेल (J. M. Cattell), ई॰ बी॰ टिचेनर (E. B. Titchner) आदि थे जो अमेरिका से आये थे। जी॰ एस॰ हॉल जर्मनी से अमेरिका लौटने के बाद जॉन हापकिन्स विश्वविद्यालय (John Hopkins University) में उस देश में मनोविज्ञान का पहला प्रयोगशाला 1883 में खोले हालांकि विलियम जेम्स ने इससे पहले यानी 1875 में हारवार्ड विश्वविद्यालय (Harvard University) में एक छोटा-सा निर्देश प्रयोगशाला (demonstration laboratory) खोल रखा था परन्तु वुन्ट के प्रयोग तथा उनके मनोवैज्ञानिक अध्ययनों के सामने विलियम जेम्स की प्रयोगशाला कोई विशेष महत्त्वपूर्ण स्थान नहीं प्राप्त कर सका और न ही मनोवैज्ञानिकों ने विलियम जेम्स के प्रयोगशाला को मान्यता ही दिया था।

वुन्ट की प्रयोगशाला में हुए अध्ययनों का सीधा प्रभाव यह हुआ कि मनोविज्ञान एक तरह के प्रयोगात्मक विज्ञान (experimental science) का दर्जा प्राप्त करने की ओर अग्रसर होने लगा। वुन्ट के समकालीन कुछ अन्य वैज्ञानिक (scientists) भी थे जिनका प्रभाव मनोविज्ञान को प्रयोगात्मक विज्ञान का दर्जा दिलाने में काफी महत्त्वपूर्ण रहा। इसमें इंगलैंड के सर फ्रेंसिस गाल्टन (Sir Francis Galton), डार्विन (Darwin) तथा वियाना के फ्रायड (Freud) आदि का नाम काफी प्रसिद्ध है।

अब हम लोग इस बात की चर्चा करेंगे कि मनोविज्ञान का विकास उस समय भिन्न-भिन्न 'स्कूल' (school) में कैसे हुआ और उन स्कूल पर वुन्ट के मनोविज्ञान का क्या प्रभाव पड़ा। मनोविज्ञान के ऐसे पाँच प्रमुख स्कूल हैं जिनका वर्णन निम्नांकित हैं—

ई॰ बी॰ टिचेनर
(E. B. Titchener)

1. संरचनावाद *(Structuralism)*—संरचनावाद (structuralism) जिसे अन्य नामों जैसे *अन्तर्निरीक्षणवाद* (introspectionism) तथा *अस्तित्ववाद* (existentialism) से भी जाना जाता है, की बुनियाद तो विल्हेल्म वुन्ट (Wilhelm Wundt) द्वारा की गयी परन्तु उसे औपचारिक स्कूल के रूप में वुन्ट द्वारा नहीं बल्कि उनके ही शिष्य टिचेनर (Titchener) द्वारा अमेरिका के कोर्नेल विश्वविद्यालय (Cornell University) में 1892 में प्रारम्भ किया गया। संरचनावाद के अनुसार मनोविज्ञान की विषय-वस्तु चेतन अनुभूति (conscisous experience) थी। टिचेनर ने चेतना (consciousness) तथा मन (mind) में अन्तर किया। चेतन से उनका तात्पर्य उन सभी अनुभवों (experiences) से था जो व्यक्ति में एक दिये हुए क्षण (moment) में उपस्थित होता है, जबकि मन से तात्पर्य उन सभी अनुभवों (experiences) से होता है जो व्यक्ति में जन्म से ही मौजूद होते हैं। टिचेनर (Titchener) के अनुसार चेतना के तीन तत्त्व (elements) होते हैं—*संवेदन* (sensation), *भाव या अनुराग* (feeling or affection) तथा *प्रतिमा या प्रतिविम्ब* (images)। वुन्ट ने प्रतिबिम्ब को चेतना का तत्त्व नहीं माना था।

टिचेनर ने वुन्ट के ही समान, अन्तर्निरीक्षण को मनोविज्ञान की एक प्रमुख विधि (method) माना है। अन्तर्निरीक्षण चूँकि निरीक्षण (observation) की एक विधि है, अतः इसका उपयोग सिर्फ प्रशिक्षित व्यक्ति (trained person) द्वारा ही की जाने की सिफारिश टिचेनर ने की।

2. प्रकार्यवाद या कार्यवाद *(Functionalism)*—कार्यवाद (Functionalism) का जन्म संरचनावाद (structuralism) के विरोध में हुआ। विलियम जेम्स (William James) ने 1890 में एक पुस्तक लिखा जिसका शीर्षक 'प्रिंसिपुल्स ऑफ साइकोलॉजी' (Principles of Psychology) था। इस पुस्तक में उन्होंने संरचनावाद का विरोध करते हुए कहा कि मनोविज्ञान का विषय-वस्तु चेतना के तत्त्वों का अध्ययन करना नहीं बल्कि चेतना की उपयोगिताओं का अध्ययन करना है। मनोविज्ञान का संबंध इस बात से है कि *चेतना क्यों और कैसे कार्य करते हैं? (Why and how the consciousness functions ?)* न कि सिर्फ इस बात से है कि चेतना के कौन-कौन से तत्त्व हैं *(What the consciousness is made up of ?)*। अतः जेम्स के अनुसार मनोविज्ञान का विषय-वस्तु तो चेतना (consciousness) अवश्य थी, परन्तु उन्होंने इसमें चेतना की कार्यात्मक उपयोगिता (functional utility) पर अधिक बल डाला था।

विलियम जेम्स
(William James)

जेम्स के विचार का प्रभाव आगे चलकर यह हुआ कि कुछ मनोवैज्ञानिकों ने जिसमें जौन डिवी (John Dewey), जे॰ आर॰ एंजिल (J. R. Angell), एच॰ ए॰ कार्र (H. A. Carr) तथा ई॰ एल॰ थॉर्नडाइक (E. L. Thorndike) का नाम अधिक मशहूर है, ने मिलकर मनोविज्ञान का एक नया स्कूल अर्थात् कार्यवाद (Functionalism) की स्थापना शिकागो विश्वविद्यालय (University of Chicago) में किया। इस तरह से विलियम जेम्स (William James) को कार्यवाद का अनौपचारिक संस्थापक (informal founder) माना जाता है परन्तु औपचारिक संस्थापक के रूप में डिवी (Dewey), एंजिल (Angell) तथा कार्र (Carr) को ही मनोविज्ञान ने मान्यता प्रदान की है। कार्यवाद (Functionalism) के अनुसार मनोविज्ञान का संबंध मानसिक प्रक्रियाओं (mental processes) या कार्य (functions) के अध्ययन से होता है न कि चेतना के तत्त्वों (elements) के अध्ययन से होता है।

इस तरह से हम देखते हैं कि कार्यवाद (Functionalism) का सतत् प्रयास (effect) यही रहा है कि किस

तरह से संरचनावाद (structuralism) के चंगुल से मनोविज्ञान को अलग कर उसकी विषय-वस्तु (subject-matter) को अधिक उपयोगी बनाया जाय तथा मनोविज्ञान के क्षेत्र (scope) को अधिक विस्तृत किया जाय।

3. व्यवहारवाद *(Behaviourism)*—व्यवहारवाद की संस्थापना (foundation) वाटसन (Watson) द्वारा 1913 में की गयी। व्यवहारवाद की स्थापना इन्होंने अचानक नहीं किया बल्कि उन्होंने अनेक बातों से काफी प्रभावित होकर ही किया था। पहली बात तो यह थी कि रूस में पैवलव (Pavlov) अनुबंधित प्रतिवर्त्त (conditioned reflex) पर काफी शोध (research) कर चुके थे जिसका प्रभाव वाटसन पर काफी पड़ा और दूसरी बात यह थी कि वे कार्यवाद (functionalism) के सिद्धांत (principles) से भी काफी प्रभावित हो चुके थे।

जे॰ वी॰ वाटसन
(J. B. Watson)

यद्यपि वाटसन कार्यवाद (functionalism) की विचारधाराओं से प्रभावित हुए थे, फिर भी वे काफी संतुष्ट नहीं थे। फलतः उन्होंने इस बात का खण्डन किया कि मनोविज्ञान का विषय-वस्तु (subject-matter) जैसा कि कार्यवादियों ने कहा था, चेतना है। वाटसन का विचार था कि मनोविज्ञान एक वस्तुनिष्ठ (objective) तथा प्रयोगात्मक (experimental) मनोविज्ञान है। अतः इसका विषय-वस्तु सिर्फ व्यवहार (behaviour) हो सकता है चेतना नहीं क्योंकि सिर्फ व्यवहार का ही अध्ययन वस्तुनिष्ठ एवं प्रयोगात्मक ढंग से किया जा सकता है। वाटसन ने किसी मनोवैज्ञानिक घटना (psychological phenomenon) को एक उद्दीपक (stimulus) से शुरू होते माना है तथा जब उसके प्रति अनुक्रिया (response) की जाती है, तो वह घटना वहीं समाप्त समझी जाती है। इस तरह से वाटसन के व्यवहारवाद ने उद्दीपक-अनुक्रिया (Stimulus-Response) मनोविज्ञान को जन्म दिया। उद्दीपक (stimulus) से वाटसन का तात्पर्य वातावरण में उपस्थित वस्तु (object) से था या व्यक्ति के ऊतक (tissue) या माँसपेशियों में हुए परिवर्तन से था। उन्होंने कहा कि उद्दीपक साधारण (simple) भी हो सकता है तथा जटिल (complex) भी। अनुक्रिया से तात्पर्य व्यक्ति या पशु की क्रियाओं (actitivities) से था। अनुक्रिया अर्जित (earned) भी हो सकती है तथा अप्रकट (covert) भी। बातचीत करना, टहलना आदि प्रकट अर्जित अनुक्रिया (overt learnt response) के उदाहरण है। चिन्तन करना, प्रत्यक्षण करना आदि अप्रकट अर्जित अनुक्रिया (covert learnt responses) के उदाहरण हैं। सभी स्वाभाविक सहज क्रियाएँ (reflex actions) जैसे आँख का मटमटाना, रोना, साँस लेना, खाँसना आदि प्रकट जन्मजात अनुक्रियाओं के उदाहरण हैं। अप्रकट जन्मजात अनुक्रिया (covert unlearnt responses) के रूप में पाचन क्रिया, रक्तचाप, हृदय का धड़कना आदि लिया जाता है।

1914 तक वाटसन आनुवंशिकता (heredity) के कारक को काफी महत्त्वपूर्ण मानते रहे। लेकिन अगले 7 वर्षों में उन्होंने जो शोध किया उससे स्पष्ट हो गया कि वातावरण तुलनात्मक रूप से अधिक महत्त्वपूर्ण कारक होता है जिससे व्यक्ति का व्यवहार निर्धारित होता है। 1920 में वाटसन वातावरण-संबंधी कारकों (environmental factors) के बहुत बड़े समर्थक बन गये। 1925 में उन्होंने स्पष्ट कहा[1], ''मुझे एक दर्जन स्वस्थ बच्चा दीजिए, उनकी क्षमता नहीं रहने पर भी मैं यादृच्छिक रूप से किसी एक को लेकर तथा प्रशिक्षण देकर डाक्टर, वकील, कलाकार, व्यापारी और यहाँ तक कि भिखारी या चोर भी बनाने की गारंटी लूँगा।''

मनोविज्ञान की विधि के रूप में अन्तर्निरीक्षण (introspection) को वाटसन ने अस्वीकृत किया और उन्होंने मनोविज्ञान की चार मुख्य विधियाँ (methods) को बतलाया जो निम्नांकित हैं:—

(i) प्रेक्षण (observation)

(ii) अनुबन्धन (conditioning)

---

1. "Give me a dozen healthy infants...I shall guarantee to take any one at random and trained him to become any type of specialist. I might select–doctor, lawyer, artist, merchant-chief and yes, even beggarman and thief regardless of his talents..."
—J.B. Watson : *Behaviourism,* 1925, p. 82

(iii) परीक्षण (testing)

(iv) शाब्दिक रिपोर्ट (verbal report)

मैक्स वरदाईमर
(Max Wertheimer)

4. गेस्टाल्ट मनोविज्ञान *(Gestalt Psychology)*—जिस समय अमेरिका में वाटसन ने व्यवहारवाद (Behaviourism) की संस्थापना की, करीब-करीब उसी समय जर्मनी में गेस्टाल्ट मनोविज्ञान (Gestalt Psychology) की स्थापना की गयी। गेस्टाल्ट स्कूल की स्थापना मैक्स बरदाईमर (Max Wertheimer) ने 1912 में किया, जब उन्होंने प्रकट गति (apparent movement) के प्रत्यक्षण (perception) से संबंधित अनेक शोध-लेख (research papers) प्रकाशित किया। कोहलर (Kohler) तथा कौफ्का (Koffka) इस स्कूल के सह-संस्थापक (co-founders) थे। 'Gestalt' एक जर्मन शब्द है जिसका अंग्रेजी रूपान्तर 'form', 'shape', 'configuration', 'organization' आदि के रूप में सामान्यतः किया गया है। हिन्दी में सामान्यतः इसका रूपान्तर 'आकृति' (form), आकार (shape) तथा 'समाकृति' (configuration) किया गया है। गेस्टाल्ट स्कूल के अनुसार मनोविज्ञान का संबध मानसिक प्रक्रियाओं के संगठन (organization) के अध्ययन से था। इन लोगों ने इस बात का विरोध नहीं किया कि मनोविज्ञान में चेतना का विश्लेषण भिन्न-भिन्न तत्त्वों (elements) में हो सकता है। इन लोगों ने मनोविज्ञान का संबंध चेतन अनुभूतियों (conscious experiences) तथा व्यवहार (behaviour) दोनों ने माना है परन्तु इन सब का विश्लेषण (analysis) कर अध्ययन नहीं हो सकता है। गेस्टाल्ट स्कूल ने स्पष्ट शब्दों में बताया कि मनोविज्ञान मानसिक क्रियाओं के संगठन (organization) का विज्ञान है। हम मानसिक क्रियाओं जैसे प्रत्यक्षण (perception), सीखना (learning) तथा चिन्तन (thinking) आदि का अध्ययन पूर्णरूपेण (as a whole) से कर सकते हैं। अगर इनका विश्लेषण (analysis) कर हम अध्ययन करेंगे तो वह निरर्थक होगा क्योंकि किसी मानसिक प्रक्रिया का पूर्ण रूप[1] (whole form) उसके भिन्न-भिन्न अंगों या हिस्सों (parts) के योग से भिन्न होता है, हालाँकि इन हिस्सों (parts) के एक खास संबंध (relationship) से ही पूर्ण रूप बनता है। एक उदाहरण लीजिए—आप किसी व्यक्ति के चेहरे (face) के प्रत्यक्षण यदि करते हैं, तो चेहरे का पूर्ण रूप (whole form) देखते हैं न कि आँख, नाक, कान, भौं, होंठ आदि को अलग-अलग देखते हैं। लेकिन सच्चाई यह है कि आपको आँख, नाक, कान, भौं, होंठ आदि का भी प्रत्यक्षण हो रहा है। यदि इन सभी प्रत्यक्षणों को जोड़ दिया जाय, तो भी वह प्रत्यक्षण चेहरे के पूर्णरूपेण किये गये प्रत्यक्षण से भिन्न होगा और अगर भिन्न नहीं होता तो प्रत्येक व्यक्ति का चेहरा एक समान दिखाई पड़ता क्योंकि प्रत्येक व्यक्ति के चहरे का आँख, नाक, कान, होंठ, भौं आदि करीब-करीब एक ही रूप-रंग के होते हैं। इस उदाहरण से स्पष्ट है कि किसी मानसिक प्रक्रिया का विश्लेषण कर वैज्ञानिक अध्ययन नहीं कर सकते हैं।

5. मनोविश्लेषण *(Psychoanalysis)*—जिस समय अमेरिका में व्यवहारवाद (Behaviourism) तथा जर्मनी में गेस्टाल्ट स्कूल की तूती बोलती थी, करीब-करीब उसी समय आस्ट्रिया (Austria) के वियाना (Vienna) में एक नये स्कूल की स्थापना की गयी जिसे गयात्मक मनोविज्ञान (Dynamic Psychology) कहा गया। इसे गयात्मक मनोविज्ञान इसलिए कहा गया क्योंकि इसमें अभिप्रेरण (motivation) तथा व्यक्तित्व के अन्य गतिकी (dynamics) पर अधिक बल डाला गया था। गयात्मक मनोविज्ञान के अनेक पहलुओं में सबसे अधिक महत्त्वपूर्ण पहलू मनोविश्लेषण (Psychoanalysis) का है जिसे एक स्कूल के रूप में सिगमंड फ्रायड (Sigmund Freud) ने स्थापित किया। फ्रायड के अचेतन (unconscious) का सिद्धान्त काफी महत्त्वपूर्ण माना गया है और उन्होंने सभी तरह के असामान्य व्यवहारों (abnormal behaviour) का कारण इसी अचेतन में होते दिखलाया। फ्रायड के अनुसार अचेतन में ही बचपन के सभी तरह की अनुभूतियों (experiences) तथा अन्य लैंगिक अनुभव (sexual experiences) संचित होते हैं जो व्यक्ति के व्यवहार को नियंत्रित करते हैं। अचेतन के बारे में अध्ययन करने की अनेक विधियाँ उन्होंने बतलाया है जिनमें मुक्त साहचर्य विधि (free

सिगमण्ड फ्रायड
(Sigmund Freud)

1. The whole is different from the sum of its parts : the whole consists of parts in relationship.—Author.

association method), सम्मोहन (hypnosis) तथा स्वप्न की व्याख्या (dream interpretation) आदि महत्त्वपूर्ण हैं। अमेरिकन मनोवैज्ञानिकों के बीच फ्रायड ने अपने मनोविश्लेषण के सिद्धान्त की पूर्ण व्याख्या 1909 में अनेक भाषणों में किया जिसे उन्होंने जी॰ एस॰ हॉल (G. S. Hall) के निमंत्रण पर आकर क्लार्क विश्वविद्यालय (Clark University) में दिया था। मनोविज्ञान के क्षेत्र में होने वाले कुछ महत्त्वपूर्ण घटनाओं की जानकारी के लिए बाक्स-1 (Box-1) देखें।

BOX-1

मनोविज्ञान की कुछ मुख्य घटनाएँ

(Major Events in Psychology)

B.C.

400 : शरीरगठनात्मक प्रकारों (constitutional types) पर आधृत करके हिपोक्रेट्स (Hippocrates) ने व्यक्तित्व का पहला सिद्धान्त विकसित किया।

399 : अपने मशहुर पुस्तक 'दी रिपब्लिक' (The Republic) में प्लेटो (Plato) ने विभेदी मनोविज्ञान (Differential Psychology) के महत्त्व पर बल डाला।

350 : विचारों के साहचर्य की व्याख्या करने के लिए अरस्तू (Aristotle) ने तीन नियमों का प्रतिपादन किया। इन्हें सभी *मनोविज्ञान का जनक* (father of all psychology) कहा जाता है।

A.D.

1650 : देकार्ते (Descartes) ने मन-शरीर संबंध को एक द्वैतवाद (dualism) के रूप में प्रतिपादित किया।

1791 : गलवानी (Galvani) इस निष्कर्ष पर पहुँचे कि तंत्रिका आवेग (nerve impulse) का स्वरूप वैद्युतीय (electrical) होता है।

1794 : पिनेल ने मानसिक अस्पतालों से मानसिक रोगियों को लाहे के जंजीर से मुक्त करने का आदेश दिये।

1842 : वेवर (Weber) मनोविज्ञान में प्रथम परिमाणात्मक नियम (quantitative law) का प्रतिपादन किया।

1850 : पहली बार हेल्महोल्ज (Helmholtz) ने तंत्रिका आवेग के संचार के दर का मापन किया।

1860 : फेकनर ने अपनी प्रसिद्ध पुस्तक **'एलिमेन्ट्स ऑफ साइकोफिजिक्स'** (Elements of Psychophysics) का प्रकाशन किया जिसमें उन्होंने मनोदैहिकी मापन (psychophysical measurement) के विभिन्न विधियों का प्रतिपादन किया।

1872 : मनुष्यों और पशुओं के बीच मन (mind) की निरंतरता पर चार्ल्स डार्विन (Charles Darwin) ने बल डाला।

1879 : लिपजिंग विश्वविद्यालय में विलियम ऊंट (Whilelm Wundt) ने पहला मनोवैज्ञानिक प्रयोगशाला खोला और मनोविज्ञान को एक स्वतंत्र विज्ञान का दर्जा दिया गया। इस विश्वविद्यालय का वर्तमान नाम कार्लमार्क्स विश्वविद्यालय (Karl Marx University) है।

1883 : जी॰ एस॰ हॉल (G. S. Hall) जान हापकिन्स विश्वविद्यालय (John Hopkins University) में पहला अमेरिका मनोवैज्ञानिक प्रयोगशाला की स्थापना किया।

1884 : विलियम जेम्स ने संवेग के मशहुर सिद्धान्त का प्रतिपादन किया।

1885 : सर फैंसिस गाल्टन ने लंदन में पहला मानसिक परीक्षण-कार्य (mental testing) केन्द्र की स्थापना किया।

1885 : इविंगहॉस ने स्मृति के क्षेत्र में पहला महत्त्वपूर्ण प्रयोगात्मक अध्ययनों का प्रकाशन किया।

1887 : जी॰ एस॰ हाल द्वारा मनोविज्ञान का प्रथम पेशेवर जरनल अमेरिका में प्रकाशित किया गया। इस जरनल का नाम था—**अमेरिकन जरनल ऑफ साइकोलोजी** (American Journal of Psychology)।

1889 : मनोविज्ञान का पहला अन्तर्राष्ट्रीय कांग्रेस का आयोजन पेरिस शहर में किया गया।

1890 : विलियम जेम्स ने अपनी मशहुर पुस्तक **दी प्रिंसिपुल ऑफ सारकोलेजी** (The Principles of Psychology) का प्रकाशन किया।

1890 : जे॰ एम॰ कैटेल (J. M. Cattell) ने मानसिक परीक्षण (mental test) जैसे पद का सृजन किया।

1892 : जी॰ एस॰ हाल (G. S. Hall) ने अमेरीकन मनोवैज्ञानिक संघ (American Psychological Association) की स्थापना किया और इसके प्रथम अध्यक्ष बने।

1892 : टिचेनर (Titchener) ने अमेरिका में संरचनावाद (Structuralism) की स्थापना की घोषणा किया।

1896 : लाइटर विटमर (Lighter Witmer) ने पेनिस्लावैनिया विश्वविद्यालय (Pennyslavania University) में पहला मनोवैज्ञानिक उपचारगृह (clinic) खोला।

1898 : कोलम्बिया विश्वविद्यालय (Columbia Univerisyt) में ई॰ एल॰ थार्नडाइक (E. L. Thorndike) द्वारा सीखने के सिद्धांत का प्रतिपादन करने के लिए पशु सीखना पर पहला प्रयोग किया गया।

1900 : सिगमंड फ्रायड द्वारा अपनी बहुचर्चित पुस्तक **दी इन्टरप्रेटेशन ऑफ ड्रीम** (The Interpretation of Dream) का प्रकाशन किया।

1904 : स्पीयरमैर ने बुद्धि की व्याख्या सामान्य (General or G) तथा विशिष्ट (Specifc or S) कारक के रूप में किया है।

1905 : फ्रांस में बिने तथा साइमन ने बच्चों के लिए पहला माननीकृत बुद्धि परीक्षण का निर्माण किया।

1907 : पहला नैदानिक जरनल जिसका नाम **साइकोलोजिकल क्लिनिक** (Psychological Clinic) था, विटमर द्वारा प्रकाशित किया गया।

1908 : विलियम मैकडुगल (William McDougall) ने समाज मनोविज्ञान का पहला परीक्षण का प्रकाशन किया।

1910 : बिने साइमन परीक्षण का 1908 की संशोधित संस्करण का गोडार्ड (Goddard) द्वारा किया गया अंग्रेजी अनुवाद का प्रकाशन हुआ।

1911 : स्ट्रन (Stern) द्वारा बुद्धिलब्धि (Intelligence Quotient or IQ) के संप्रत्यय का विकास हुआ।

1912 : जे॰ वी॰ वाटसन (J. B. Watson) ने अपनी प्रसिद्ध पुस्तक **साइकोलोजी एज ए विहेमियरिस्ट भ्यूज इट** (Psychology as a Behaviourist views it) का प्रकाशन किया।

1912 : फाई घटना (phi-phenomenon) पर वरदाईमर द्वारा तैयार किया शोध पत्रिका द्वारा गेस्टाल्ट मनोविज्ञान की स्थापना किया गया।

1913 : जे॰ वी॰ वाटसन द्वारा मनोविज्ञान में व्यवहारवाद नामक स्कूल की स्थापना की गयी।

1913 : कार्लयुग (Carl Jung) अपने आप को फ्रायड से अलग करके विश्लेषिक स्कूल (analytical school) की स्थापना किया।

1915 : प्रथम भारतीय मनोवैज्ञानिक प्रयोगशाला कलकत्ता विश्वविद्यालय में स्थापित किया गया।

1916 : स्टैनफोर्ड विश्वविद्यालय में टरमैन (Terman) द्वारा बिने-साइमन परीक्षण (Binet-Simon test) का अमेरिका में उपयोग के लिए संशोधित किया गया। इस नयी परीक्षण को स्टैनफोर्ड-बिने परीक्षण कहा गया।

1917 : अमेरीकन सैनिकों के उपयोग के लिए बुद्धि का प्रथम समूह परीक्षण का निर्माण किया गया।

1920 : वाटसन तथा उनकी शिष्या पत्नी रेनर (Raynor) ने यह दिखलाया कि बच्चों में डर अनुबंधित किया जा सकता है।

1921 : जे॰ एम॰ कैटेल द्वारा **'साइकोलोजिकल कारपोरेशन'** (Psychological Corporation) की स्थापना की गयी।

1921-30 : गेस्टाल्ट मनोविज्ञान का प्रभाव चोटी पर रहा।

1921 : हरमान रोर्शाक (Hermann Rorschach) जो स्वीटजरलैंड के एक मनोरोगविज्ञानी थे, ने असंरचित सामग्रियों के आधार पर व्यक्तित्व मापने का एक परीक्षण का निर्माण किया।

1922 : एडवार्ड टालमैन (Edward Tolman) द्वारा *'उद्देश्यपूर्ण व्यवहारवाद'* (Purposive Behaviouism) का प्रतिपादन किया गया।

1925 : भारतीय मनोवैज्ञानिक संघ (Indian Psychological Association) की स्थापना की गयी।

1935 : मर्रे का (Murray) का *थीमेटिक एपरसेपसन टेस्ट* (Thematic Apperception Test or TAT) का प्रकाशन हुआ।

1936 : नैदानिक मनोविज्ञान की पहली पुस्तक **नैदानिक मनोविज्ञान** (Clinical Psychology) का प्रकाशन लोऊटिट (Louttit) द्वारा किया गया।

1937 : अमेरीकन मनोवैज्ञानिक संघ का नैदानिक विभाग का अमेरीकन एशोसियन फार एपलायड साइकोलोजी (American Association for Applied Psychology or AAAP) से संबंध टूटा।

1937 : व्यक्तित्व विकास एवं कार्य में सामाजिक कारकों के महत्त्व को नवफ्रायडियन (Neo-Freudians) द्वारा बल डाला गया।

1938 : वी० एफ० स्कीनर (B. F. Skinner) द्वारा अपनी प्रसिद्ध पुस्तक **'दी विहेभियर ऑफ औरगैनिज्म'** (The Behaviour of Organism) का प्रकाशन किया गया जिसमें क्रियाप्रसूत अनुबंधन (operant conditioning) पर किये गए शोधों को सारणीबद्ध किया गया।

1939 : वेक्सलर-वेलेभ्यु बुद्धि परीक्षण (Wechsler-Bellevue Intelligence test) का प्रकाशन हुआ।

1941-45 : द्वितीय विश्वयुद्ध की घटना के परिणामस्वरूप नैदानिक मनोविज्ञान के क्षेत्र में तेजी से फैलाव हुआ।

1942 : कार्ल रोजर्स (Carl Rogers) द्वारा क्लायंट केन्द्रित चिकित्सा (Client-centred therapy) का प्रतिपादन किया गया।

1943 : माइनेसोटा मल्टीफजिक परसनालिटी इन्वट्री (Minnesota Multiphasic Personality Inventory or MMPI) का निर्माण किया गया।

1951 : स्टाकहाल्म में मनोविज्ञान के 13वें अन्तराष्ट्रीय कॉंग्रेस में *इंटरनेशनल यूनियन ऑफ साइकोलोजिकल साइन्स* (International Union of Psychological Science or IUPSYS) का जन्म हुआ।

1952 : अमेरीकन मनोरोगविज्ञानी संघ (American Psychiatric Association) द्वारा डायगनोस्टिक एण्ड स्टैटिस्टीकल मैनुअल-I (Diagnostic and Statistical Manual or DSM-I) का प्रकाशन किया गया।

1953 : अमेरीकन मनोवैज्ञानिक संघ (American Psychological Association) द्वारा मनोवैज्ञानियों के लिए नैतिकता मानक (ethical standards) प्रकाशित किया गया।

1954 : अब्राहम मैसलो (Abraham Maslow) द्वारा मानवतावादी आन्दोलन (Humanistic movement) की शुरूआत किया गया।

1961 : अलवर्ट वैंडुरा द्वारा सामजिक सीखना सिद्धांत का प्रतिपादन किया गया तथा संज्ञानात्मक आंदोलन की शुरूआत की गयी।

1968 : इलिनोइस विश्वविद्यालय (Illinois University) द्वारा डाक्टर ऑफ साइकोलोजी (Doctor of Psychology or Psy D) प्रशिक्षण कार्यक्रम चलाया गया। डायगनोस्टिक एण्ड स्टैटिस्टीकल मैनुअल का दूसरा संस्करण (Diagnostic and Statistical Manual or DSM-II) का प्रकाशन किया गया।

1978	:	संज्ञान के क्षेत्र में महत्त्वपूर्ण योगदान के लिए हरवार्ट साइमन (Herbert Simon) को नोबुल पुरस्कार दिया गया।
1980	:	DSM का तीसरा संस्करण (DSM-III) का प्रकाशन किया गया।
1981	:	रोजर स्पेरी (Roger Sperry) द्वारा विभक्त मस्तिष्क शोध (split-brain research) के लिये नोबुल पुरस्कार प्राप्त किया गया।
1981	:	अमेरीकन मनोवैज्ञानिक संघ द्वारा मनोवैज्ञानिकों के लिए नैतिक मानकों का संशोधित संस्करण प्रकाशित किया गया।
1987	:	DSM-III का संशोधित प्रारूप जिसे 'DSM-III-Revision' कहा गया, प्रकाशित किया गया।
1988	:	अमेरीकन साइकोलोजिकल सोसाइटी (American Psychological Society) की स्थापना की गयी।
1989	:	MMPI का संशोधित प्रारूप जिसे MMPI-2 कहा गया, का प्रकाशन हुआ।
1994	:	DSM-IV का प्रकाशन हुआ।
2000	:	पारकिन्सन (Parkinson) रोग तथा अन्य तंत्रकीय रोगों (neurological disorders) के उपचार के खोज के लिए अविर्ड कार्लसन (Arvid Carlsson) को नोबुल पुरस्कार से सम्मानित किया गया। कार्लसन जो स्वीडन के एक वैज्ञानिक हैं, को यह पुरस्कार दो अमेरीकन वैज्ञानिक अर्थात् पाल ग्रीनगार्ड (Paul Greengard) एवं इरिक कैनडेलन (Eric Kandel) के साथ संयुक्त रूप से दिया गया।
2000	:	DSM-IV का टेकस्ट समीक्षा (Text Revision) प्रकाशित हुआ।
2002	:	अनिश्चितता में मानव निर्णयन-प्रक्रिया के अनुसंधान के लिए डेनियल कहनेमन (Danial Kahenman) को नोबुल पुरस्कार मिला।
2005	:	आर्थिक व्यवहार में सहयोग एवं द्वन्द्व की समझ में खेल सिद्धान्त के अनुप्रयोग के लिए थामस शेलिंग (Thomas Shelling) को नोबुल पुरस्कार मिला।

आधुनिक समय में मनोविज्ञान का कोई स्कूल (school) नहीं है। 1930 के बाद मनोविज्ञान में स्कूल का महत्त्व धीरे-धीरे समाप्त होने लगा और मनोवैज्ञानिकों के बीच विशिष्टीकरण (specialization) के प्रति झुकाव बढ़ने लगा। आजकल मनोविज्ञान का विकास विभिन्न मनोवैज्ञानिक संदर्शों (psychological perspectives) की तहत हो रहा है। इन संदर्शों में जैविक संदर्शों (biological perspective), मनोवैश्लेषिक संदर्श (psychoanalytic perspective), व्यवहारपरक संदर्श (behavioural perspective), संज्ञानात्मक संदर्श (cognitive perspective), मानवतावादी संदर्भ (humanistic perspective) आदि प्रमुख है। आजकल कोई भी मनोवैज्ञानिक कोई एक सदंर्श तक बँधे नहीं रहते हैं। अधिकतर मनोवैज्ञानिक इन संदर्शों में से कई संदर्श का उपयोग करके किसी विशेष व्यवहार या मनोवैज्ञानिक समस्या का अध्ययन करते हैं।

स्पष्ट हुआ कि *मनोविज्ञान का अतीत तो लम्बा प्रतीत है परंतु इतिहास लघु है। (Psychology appears to have a long past but a short history.)*

भारत में मनोविज्ञान का विकास (Development of Psychology in India)

भारत में मनोविज्ञान का अपना एक इतिहास है। हालांकि इतिहास संक्षिप्त है, परंतु दिलचस्प है। पश्चिमी बंगाल (West Bengal) के कलकत्ता विश्वविद्यालय में दर्शनशास्त्र विभाग में मनोविज्ञान को एक विषय के रूप में प्रथम बार सम्मिलित किया गया। 1905 में सर ब्रोजेन्द्र नाथ सील (Sir Bojendra Nath Seal) ने प्रयोगात्मक मनोविज्ञान का पाठ्यक्रम तैयार किया और साथ ही मनोविज्ञान का प्रयोगशाला की भी स्थापना किया। परंतु उसकी लोकप्रियता

कुछ कारणों से सीमित रह गयी। इसके 11 साल बाद अर्थात् 1916 में कलकत्ता विश्वविद्यालय में पहला मनोविज्ञान विभाग की स्थापना की गयी। प्रोफेसर एन॰ एन॰ सेन गुप्ता (N. N. Sen Gupta) इस विभाग के अध्यक्ष बने। इन्होंने अपना पी-एच॰ डी॰ हारवार्ड विश्वविद्यालय से हूगो मुनस्टरवर्ग (Hugo Munsterberg) के साथ किया था और मुनस्टरवर्ग, विलियम वुण्ट (Wilhelm Wundt) के शिष्य थे। प्रोफेसर एन॰ एन॰ सेन गुप्ता के बाद प्रोफेसर गिरिन्द्र शेखर बोस (Girindra Shekhar Bose) 1922 में मनोविज्ञान विभाग के अध्यक्ष बने जिनका साहचर्य सिगमण्ड फ्रायड (Signumd Freud) से अधिक था। प्रोफेसर बोस सबसे पहला भारतीय मनोवैज्ञानिक थे जिन्हें मनोविज्ञान में पी-एच॰ डी॰ की उपाधि मिली थी। इन्होंने *'इंडियन साइकोएनालिटिक सोसाइटी'* (Indian Psychoanalytic Society) की स्थापना किया, जिसे 1924 में *'इन्टरनेशनल साइकोएनालिटिक सोसाइटी'* से संबंधन (affiliation) प्राप्त हुआ। 1924 में ही *'इण्डियन साइकोलॉजिकल एशोसिएशन'* (Indian Psychological Asociation) की स्थापना की गयी। 1925 में इसके द्वारा एक जरनल प्रकाशित किया गया जिसका नाम *'इण्डियन जरनल ऑफ साइकोलॉजी'* (Indian Journal of Psychology) रखा गया। 1938 में कलकत्ता विश्वविद्यालय में मनोविज्ञान विभाग में एक अनुप्रयुक्त मनोविज्ञान (Applied Psychology) का शाखा भी खोला गया तथा सायंस कांग्रेस (Science Congress) में युंग (Jung), मेयर्स (Meyers) तथा स्पीयरमैन (Spearman) जैसे विश्व प्रसिद्ध मनोवैज्ञानिक को बुलाया भी गया। कलकत्ता विश्वविद्यालय द्वारा युंग को सम्मानी उपाधि (Honorary Degree) भी प्रदान की गयी। 1947 के पहले मैसूर विश्वविद्यालय तथा पटना विश्वविद्यालय में मनोविज्ञान विभाग की स्थापना की गयी। प्रोफेसर एम॰ भी॰ गोपाल स्वामी (M. V. Gopal Swami) जिन्होंने लंदन विश्वविद्यालय में प्रो॰ स्पीयरमैन से प्रशिक्षण प्राप्त किया था, मैसूर विश्वविद्यालय के मनोविज्ञान विभाग के अध्यक्ष बने। 1946 में पटना विश्वविद्यालय में मनोविज्ञान की पढ़ाई दो अलग-अलग विभाग में प्रारंभ की गयी—प्रयोगात्मक मनोविज्ञान का विभाग (Department of Experimental Psychology) तथा अनुप्रयुक्त मनोविज्ञान का विभाग। प्रयोगात्मक मनोविज्ञान का विभाग स्नातकोत्तर मनोविज्ञान विभाग में अवस्थित हुआ तथा अनुप्रयुक्त मनोविज्ञान का विभाग मनोवैज्ञानिक शोध एवं सेवा संस्थान में अवस्थित हुआ। प्रो॰ एम॰ जेड॰ आब्दीन (Prof. M. Z. Abdin) इस स्नातकोत्तर मनोविज्ञान के प्रथम अध्यक्ष हुए। उक्त संस्थान में अनुप्रयुक्त मनोविज्ञान की पढ़ाई भी प्रारंभ की गयी तथा साथ-ही-साथ निर्देशन (guidance) तथा परामर्श (counselling) सेवाएँ भी प्रारंभ की गयी। कलकत्ता विश्वविद्यालय के प्रो॰ एच॰ पी॰ मैत्ती (Prof. H. P. Maiti) इस संस्थान के प्रथम निदेशक (Director) हुए तथा इस संस्थान का उद्‌घाटन स्वर्गीय पंडित जवाहर लाल नेहरू के कर कमलों द्वारा किया गया। 1950 में जब प्रो॰ गार्डनर मर्फी (Gardner Murphy) ने 'सामाजिक तनाव' (Social Tension) पर भारत सरकार के यूनेस्को सलाहकार (UNSECO Counsultant) के रूप में कार्य कर रहे थे, तो इस मनोवैज्ञानिक शोध एवं सेवा संस्थान को ही शोध केन्द्र के रूप में चुने थे। 1960 के दशक के दौरान भारत में कई विश्वविद्यालय में मनोविज्ञान का विश्वविद्यालीय विभाग (University Department) की स्थापना की गई। विश्वविद्यालय के प्रांगण से हटकर मनोविज्ञान विभिन्न तरह के संस्थानों (Institute) जैसे प्रबंधन संस्थान (Management Institute), शिक्षा संस्थान (Institute of Education), रक्षा सेवा (Defence services) आदि में भी काफी लोकप्रिय हुआ और भारतीय मनोवैज्ञानिक की सक्रियता इसमें काफी अधिक रही है। भारत में मनोविज्ञान से संबंधित महत्त्वपूर्ण घटनाओं को बाक्स (Box) 2 में देखा जा सकता है।

Box-2

भारत में मनोविज्ञान से संबंधित कुछ महत्त्वपूर्ण घटनाएँ

वर्ष (Year)	घटनाएँ (Events)
1905	सर बोजेन्द्र नाथ सील द्वारा प्रयोगात्मक मनोविज्ञान का पाठ्यक्रम तैयार किया गया तथा एक छोटा-सा मनोवैज्ञानिक प्रयोगशाला की स्थापना भी की गयी।
1916	कलकत्ता विश्वविद्यालय में मनोविज्ञान का सबसे पहला विभाग की स्थापना की गयी।
1922	इण्डियन सायंस काँग्रेस एसोसियेशन (Indian Science Congress Association) में मनोविज्ञान को सम्मिलित किया गया।

वर्ष (Year)	घटनाएँ (Events)
1924	इण्डियन साइकोलॉजिकल एसोसियेशन (Indian Psychological Association) की स्थापना की गयी।
1925	इण्डियन जरनल ऑफ साइकोलॉजी (Indian Journal of Psychology) का शुभारंभ।
1938	कलकत्ता विश्वविद्यालय में अनुप्रयुक्त मनोविज्ञान (Applied Psychology) की शाखा का शुभारंभ।
1940	कलकत्ता में लुम्बिनी पार्क मानसिक आरोग्यशाला (Lumbini Park Mental Hospital) का शुभारंभ।
1945	रक्षा शोध (Defence Research) का मनोवैज्ञानिक विंग (Psychological Wing) की शुरूआत।
1946	मनोवैज्ञानिक शोध एवं सेवा संस्थान (Institute of Psychological Research and Service) का पटना विश्वविद्यालय में शुभारंभ।
1947	श्री अखिलानन्द द्वारा हिन्दू मनोविज्ञान (Hindu Psychology) का प्रकाशन।
1949	भारत के डिफेन्स सायंस ऑरगनाइजेशन (Defence Science Organization) के मनोवैज्ञानिक शोध विंग की स्थापना की गयी।
1955	नेशनल इंस्टीच्यूट ऑफ मेन्टल हेल्थ एण्ड न्यूरोसायंस (National Institute of Mental Health and Neuroscience or NIMHANS) का बंगलौर में स्थापना।
1962	राँची में मानसिक रोगों के अस्पताल की स्थापना की गयी।
1969	प्रो॰ दुर्गानन्द सिन्हा द्वारा लिखित पुस्तक *'इण्डियन भिलेजेज इन ट्रानजिसन'* (Indian Villages in transition) प्रकाशित।
1972	भारत में मनोविज्ञान में पहला सर्वे शोध (First Survey of Research in India) प्रकाशित।
1968	प्रो॰ जे॰ पांडे द्वारा *साइकोलॉजी इन इण्डिया* (Psychology in India) तीन जिल्द (three volumes) में सम्पादित (edited) एवं प्रकाशित।
1978	नियंत्रण पर किये गए शोध के लिए हरवार्ट साईमन (Herbart Simon) को नोबुल पुरस्कार मिला।
1989	नेशनल एकेडमी ऑफ साइकोलॉजी (National Academy of Psychology or NAOP) की स्थापना।
1997	गुड़गाँव में नेशनल ब्रेन रिसर्च सेन्टर (National Brain Research Centre) की स्थापना।
2000	प्रो॰ जे॰ पांडे द्वारा 'साइकोलॉजी इन इण्डिया रिभिजिटेड' (Psychology in India Revisited) तीन जिल्द (three volumes) में सम्पादित (edited) एवं प्रकाशित।

मनोविज्ञान की शाखाएँ या क्षेत्र
(Branches or Fields of Psychology)

मनोविज्ञान प्राणी के व्यवहारों एवं मानसिक प्रक्रियाओं के अध्ययन का विज्ञान है। इसके अध्ययन क्षेत्र में जन्म से लेकर मृत्यु तक व्यक्ति द्वारा किये गए सभी तरह के व्यवहारों को सम्मिलित किया जाता है। अतः यह स्वाभाविक है कि इसका कार्यक्षेत्र (scope) बड़ा हो तथा इसकी कई शाखाएँ या क्षेत्र हों। मनोविज्ञान की कुछ शाखाएँ या क्षेत्र ऐसे हैं जो काफी स्थापित हो चुकी हैं और उसमें मनोविज्ञानी कई तरह के शोध कर चुके हैं तथा कई सिद्धांतों का प्रतिपादन कर चुके हैं। *सामान्य मनोविज्ञान* (General psychology), *असामान्य मनोविज्ञान* (Abnormal psychology),

नैदानिक मनोविज्ञान (Clinical psychology), *जीवन-अवधि विकासात्मक मनोविज्ञान* (life-span developmental psychology), *दैहिक मनोविज्ञान* (Physiological psychology), *तुलनात्मक मनोविज्ञान* (Comparative psychology), *औद्योगिक एवं संगठनात्मक मनोविज्ञान* (Industrial and organizational psychology), *संज्ञानात्मक मनोविज्ञान* (Cognitive psychology), *सैनिक मनोविज्ञान* (Military psychology), *परामर्श मनोविज्ञान* (counselling psychology) आदि मनोविज्ञान के कुछ स्थापित (established) क्षेत्र (field) के उदाहरण हैं। इसके अलावा मनोविज्ञान के कुछ नये-नये क्षेत्र (new fields) भी इधर हाल के वर्षों में उभर कर सामने आये हैं। ऐसे क्षेत्रों में *सामुदायिक मनोविज्ञान* (Community psychology), *पर्यावरणीय मनोविज्ञान* (Environmental psychology), *स्वास्थ्य मनोविज्ञान* (Health psychology), *दंडात्मक मनोविज्ञान* (Correctional psychology), *वायुपोत मनोविज्ञान* (Aerospace psychology), *क्रीड़ा मनोविज्ञान* (Sports psychology), *गिरोमनोविज्ञान* (Gero psychology), *यातायात एवं परिवहन मनोविज्ञान* (Traffic and Transport psychology) तथा *राजनीतिक मनोविज्ञान* (Political psychology) आदि प्रमुख हैं।

मनोवैज्ञानिकों ने मनोविज्ञान के सभी शाखाओं को दो प्रमुख भागों में बाँटा है—

1. सैद्धांतिक मनोविज्ञान *(Theoretical Psychology)*—इसे *शुद्ध मनोविज्ञान* (Pure Psychology) या मौलिक मनोविज्ञान भी कहा जाता है। इसके अन्तर्गत मनोविज्ञान के उन शाखाओं को रखा गया है जिनमें प्राणी किसी व्यवहार को कैसे करता है तथा क्यों करता है, से संबंधित सामान्य नियमों का प्रतिपादन किया जाता है। इस श्रेणी में प्रयोगात्मक मनोविज्ञान, शरीर-क्रिया मनोविज्ञान, बाल मनोविज्ञान, असामान्य मनोविज्ञान, पशु मनोविज्ञान, समाज मनोविज्ञान आदि शाखाओं को रखा गया है। कुल मनोवैज्ञानिकों का एक-चौथाई मनोवैज्ञानिक सैद्धांतिक मनोविज्ञान के क्षेत्र में कार्यरत है।

2. अनुप्रयुक्त या व्यावहारिक मनोविज्ञान *(Applied Psychology)*—इस श्रेणी में उन शाखाओं को रखा गया है जिसका उद्देश्य व्यवहार से संबंधित समस्याओं को समझना तथा सैद्धांतिक मनोविज्ञान के सामान्य नियमों की सहायता से इन समस्याओं का व्यावहारिक समाधान खोजना होता है। नैदानिक मनोविज्ञान, औद्योगिक एवं संगठनात्मक मनोविज्ञान, अपराध मनोविज्ञान, शिक्षा मनोविज्ञान आदि इस श्रेणी के प्रमुख शाखा हैं।

हम यहाँ कुछ प्रमुख शाखाओं के वर्णन पर ही विचार करेंगे जो निम्नांकित हैं—

प्रयोगात्मक मनोविज्ञान *(Experimental Psychology)*

प्रयोगात्मक मनोविज्ञान, मनोविज्ञान की सबसे लोकप्रिय शाखा है तथा इसमें मुख्यतः सामान्य प्राणियों के व्यवहारों एवं मानसिक क्रियाओं का प्रयोगात्मक अध्ययन किया जाता है। मनोविज्ञान के इस शाखा में सामान्य व्यक्ति के उन सभी क्रियाओं के बारे में नियम एवं सिद्धांत बनाये जाते हें जो उन्हें विभिन्न परिस्थितियों में समुचित समायोजन करने में मदद करता है। व्यवहार तथा मानसिक क्रियाओं के अध्ययन करने के लिए प्रयोगात्मक मनोविज्ञान को कई परिच्छेदों या उपभागों में बाँटा गया है। संवेदन, प्रत्यक्षण, अवधान (attention), स्मरण, विस्मरण, सीखना, चिन्तन, व्यक्तित्व, बुद्धि आदि इसके प्रमुख भाग हैं जहाँ व्यक्तियों के संबंधित व्यवहार का अध्ययन किया जाता है। इस मनोविज्ञान में व्यक्ति प्रत्यक्षण कैसे करता है, प्रत्यक्षण पर किन-किन कारकों का प्रभाव पड़ता है, उसकी प्रमुख संवेदनाएँ क्या हैं, व्यक्ति क्यों किसी वस्तु पर ध्यान देता है, वह किसी घटना या पाठ को कैसे याद करता है, विस्मरण पर किन-किन कारकों का प्रभाव पड़ता है, व्यक्ति को विस्मरण क्यों होता है, व्यक्ति किस तरह किसी व्यवहार को सीख लेता है और क्यों सीखता है, उसके चिन्तन का विकास कैसे होता है, उसकी बुद्धि की माप कैसे की जा सकती है, उसके व्यक्तित्व का विकास कैसे होता है, आदि-आदि प्रश्नों का उत्तर ढूँढ़ने का सफल प्रयास विभिन्न प्रयोगों के आधार पर किया जाता है। व्यवहार के इन पहलुओं से संबंधित कई तरह के सिद्धांतों का विकास किया जाता है तथा उन सिद्धांतों के आधार पर एक सामान्य प्राणी विभिन्न परिस्थिति में किस तरह का व्यवहार करेगा, इसका पूर्वानुमान लगाया जाता है। सामान्य व्यक्ति से तात्पर्य एक ऐसे प्राणी से होता है जो अपने आप को परिस्थिति की माँग के अनुरूप समायोजित कर सकने में समर्थ होता है।

समाज मनोविज्ञान (*Social Psychology*)

समाज मनोविज्ञान समाज में व्यक्तियों के व्यवहारों का अध्ययन करता है। शेरीफ तथा शेरीफ (Sherif & Sherif, 1956) के अनुसार, ''समाज मनोविज्ञान सामाजिक उद्दीपक परिस्थिति के संदर्भ में व्यक्ति की अनुभूति एवं व्यवहारों का अध्ययन करता है।'' इससे स्पष्ट हुआ कि समाज मनोविज्ञान में व्यक्तियों के व्यवहारों एवं अनुभूतियों या मानसिक प्रक्रियाओं (mental processes) का अध्ययन सामाजिक परिस्थिति (social situation) में किया जाता है। व्यक्ति इन सामाजिक परिस्थितियों में भिन्न-भिन्न तरह की अन्तःक्रियाएँ करता है। ऐसी अन्तःक्रियाओं को सामाजिक अन्तःक्रियाएँ (social interactions) कहा जाता है जो तीन प्रकार की होती है (i) एक व्यक्ति का दूसरे व्यक्ति के साथ अन्तःक्रिया (ii) एक व्यक्ति की अन्तःक्रिया समूह के साथ, तथा (iii) एक समूह की अन्तःक्रिया दूसरे समूह के साथ। पति-पत्नी या पिता-पुत्र के बीच व्यवहारों का आदान-प्रदान पहले तरह की अन्तःक्रिया का उदाहरण है। एक शिक्षक द्वारा वर्ग के छात्रों को शिक्षण दिया जाना या एक नेता द्वारा मैदान में व्यक्तियों के समूह को भिन्न-भिन्न प्रकार का उपदेश दिया जाना दूसरे प्रकार की अन्तःक्रिया का उदाहरण है। दो समूहों के बीच लड़ाई-झगड़ा होना या दो देशों के बीच युद्ध होना तीसरे प्रकार की अन्तःक्रियाओं का उदाहरण है।

समाज मनोविज्ञानी इन विभिन्न तरह की अन्तःक्रियाओं से संबंधित कई प्रकार की समस्याओं जैसे मनोवृत्ति, अफवाह, प्रचार, जनमत, नेतृत्व, मनोबल आदि का अध्ययन करता है। इसके अलावा सामाजिक और साम्प्रदायिक दंगे एवं अन्तर्राष्ट्रीय तनाव (international tension) का भी अध्ययन समाज मनोविज्ञान में किया जाता है। समाज मनोविज्ञान में व्यक्तियों के सामाजिक अभिप्रेरकों (social motives) तथा समाजीकरण (socialization) का भी अध्ययन किया जाता है। व्यक्ति में कौन-कौन से प्रबल सामाजिक अभिप्रेरक हैं जिनसे प्रेरित होकर वह सामाजिक व्यवहार करता है, की पहचान करके उसका विस्तृत अध्ययन किया जाता है। व्यक्ति का समाजीकरण कैसे होता है तथा उनका समाजीकरण किन-किन कारकों से प्रभावित होता है, का विस्तृत अध्ययन एक समाज मनोविज्ञानी करते हैं। नेतृत्व को कैसे प्रभावी बनाया जाय, अफवाह पर कैसे काबू पाया जा सकता है, प्रचार को किस तरह से प्रभावी बनाया जा सकता है, आदि-आदि कुछ प्रमुख समस्याएँ हैं जिन पर समाज मनोविज्ञानी शोध करके संबंधित समस्याओं का उचित समाधान ढूँढ़ते हैं। सचमुच में समाज मनोविज्ञान के अध्ययन से व्यक्ति के सामाजिक अन्तःक्रियाओं को न केवल समझा जा सकता है बल्कि व्यक्तियों की मनोवृत्तियों एवं मत में परिवर्तन लाकर उनके व्यवहार को नियंत्रित भी किया जा सकता है। अतः निश्चय रूप से ही समाज मनोविज्ञान एक समाजोपयोगी शाखा है जिससे व्यक्ति के सामाजिक जिन्दगी को उन्नत बनाया जा सकता है।

असामान्य मनोविज्ञान (*Abnormal Psychology*)

असामान्य मनोविज्ञान मनोविज्ञान की एक ऐसी शाखा है जिसमें व्यक्ति के असामान्य व्यवहारों, उनके कारकों, प्रकार एवं उपचार का अध्ययन किया जाता है। प्रश्न उठता है कि असामान्य व्यवहार किसे कहा जाता है? असामान्य का अंग्रेजी रूपान्तर abnormal है जो ab + normal से मिलकर बना है। 'ab' का अर्थ दूर (away) तथा normal का अर्थ 'सामान्य' है अर्थात् जो व्यवहार सामान्य व्यवहार से भिन्न होता है, उसे असामान्य व्यवहार कहा जाता है। जैसे—यदि कोई स्त्री अपने पति की मृत्यु के समय रोने के बजाय हँसती है, तो वह व्यवहार निश्चित रूप से असामान्य व्यवहार कहा जाएगा क्योंकि पति की मृत्यु के समय प्रत्येक स्त्री रोयेगी तथा दुःख से दुखित रहेगी न कि हँसेगी।

असामान्य व्यवहार कई तरह के होते हैं जिनमें प्रमुख हैं—मनःस्नायु विकृति (psychoneurosis), मनोविकृति (psychosis), चरित्रविकृति (character disorder) तथा मानसिक मंदता (mental deficiency)। मनःस्नायु विकृति का मुख्य लक्षण मुक्त प्रवाही दुश्चिंता (free-floating anxiety) हैं जिसमें व्यक्ति अपनी चिन्ता का ठोस कारण तथा उद्गम (origin) नहीं बतला पाता है। मनोविकृति (psychosis) में व्यक्ति को समय, व्यक्ति, जगह आदि का ज्ञान नहीं होता है और वह भ्रम, विभ्रम तथा संभ्राति (confusion) की दुनिया में खोया रहता है। इस प्रकार के व्यक्ति को हमलोग बोलचाल की भाषा में 'पागल' कहते हैं। चरित्र विकृति में उन व्यक्तियों की गणना की

जाती है जो बिना झिझक एवं चिन्ता के समाज-विरोधी कार्य (anti-social work) जैसे चोरी, डकैती, हत्या, बलात्कार आदि करने की आदत बना लिए होते हैं। मानसिक दुर्बलता (mental deficiency) में ऐसे व्यक्तियों की गणना की जाती है जिसकी बौद्धिक क्षमता का विकास इतना कम होता है कि वे समाज में समायोजन करने लायक नहीं होते हैं। प्रायः इसके असामान्य लक्षण 18 वर्ष की आयु से पहले ही प्रारंभ हो जाते हैं।

इन विभिन्न असामान्य व्यवहारों के मुख्य तीन कारक बतलायें गये हैं—

(1) जैविक कारक (biological factors)

(2) मनोवैज्ञानिक कारक (psychological factors)

(3) सांस्कृतिक तथा सामाजिक कारक (cultural and social factors)

जैविक कारकों में असामान्य व्यवहार की व्याख्या वंशानुक्रमिक परिवर्तन (hereditary variation), ग्रंथियों के विकार (glandular disorders), मस्तिष्कीय आघात आदि के रूप में की जाती है। मनोवैज्ञानिक कारकों में कुंठा (frustration), मानसिक संघर्ष (mental conflict), दुश्चिंता (anxiety), हीनता की भावना, दोष-भाव (guilt-feeling) आदि सम्मिलित होते हैं। प्रसिद्ध मनोवैज्ञानिक सिगमण्ड फ्रायड (Sigmund Freud) के अनुसार असामान्य व्यवहार का मुख्य कारण अचेतन इच्छाओं का चेतन में आना है। सामाजिक एवं सांस्कृतिक कारकों में वैवाहिक कुसमायोजन, प्रजाति (race), उम्र, व्यवसाय, सामाजिक वर्ग (social class), सामाजिक-आर्थिक स्तर (socio-economic status) आदि मुख्य रूप से आते हैं।

असामान्य व्यवहार के लक्षणों एवं कारणों को ध्यान में रखते हुए इस क्षेत्र के मनोवैज्ञानिकों द्वारा भिन्न-भिन्न प्रकार की मनश्चिकित्साओं (psychotherapies) का भी वर्णन किया गया है जिसमें मनोविश्लेषणात्मक चिकित्सा (psychoanalytic therapy), रोगी-केन्द्रित चिकित्सा (client-centered therapy) तथा व्यवहार चिकित्सा (behaviour therapy) अधिक प्रचलित है।

औद्योगिक/संगठनात्मक मनोविज्ञान *(Industrial/Organizational Psychology)*

औद्योगिक मनोविज्ञान, मनोविज्ञान का एक महत्त्वपूर्ण अनुप्रयुक्त शाखा (applied branch) है। इसका नया नाम व्यावसायिक मनोविज्ञान (occupational psychology) है। औद्योगिक मनोविज्ञान उद्योग तथा व्यवसाय में लगे व्यक्तियों के व्यवहारों का अध्ययन करता है। दूसरे शब्दों में, यह कहा जा सकता है कि औद्योगिक एवं व्यावसायिक क्षेत्रों में लगे व्यक्तियों की मानवीय समस्याओं का अध्ययन करने वाले विज्ञान को औद्योगिक मनोविज्ञान या व्यावसायिक मनोविज्ञान कहा जाता है।

औद्योगिक मनोविज्ञान में उद्योग तथा व्यवसाय के कई मानवीय पहलुओं का अध्ययन किया जाता है। इसमें कार्मिक चयन (personnel selection), व्यवसाय निर्देशन (vocational guidance), दुर्घटना (accident), थकान, नीरसता (monotony), मानव अभियंत्रिकी (human engineering), उपभोक्ता शोध (consumer research), औद्योगिक मनोबल (industrial morale) आदि प्रमुख हैं। यद्यपि औद्योगिक मनोवैज्ञानिक उपर्युक्त सभी क्षेत्रों में महत्त्वपूर्ण योगदान किये हैं, परन्तु इनमें से तीन समस्याएँ प्रमुख हैं जिन पर औद्योगिक मनोवैज्ञानिकों का ध्यान सर्वाधिक गया है—कार्मिक चयन (personnel selection), मानव अभियंत्रिकी (human engineering) तथा उपभोक्ता शोध (consumer research)। कार्मिक चयन में व्यवसाय तथा उद्योग में काम करने वाले कर्मचारियों का उचित चयन किया जाता है तथा उनकी योग्यता तथा प्रशिक्षण के अनुसार उन्हें पद दिये जाते हैं। मानव अभियंत्रिकी (human engineering) में मशीन तथा कर्मचारियों के बीच के संबंध का अध्ययन किया जाता है। मशीन की डिजाइन तथा उनका कार्य-स्थल में अवस्थिति (location) इस प्रकार किया जाता है कि कर्मचारियों को उनके साथ करने में काफी सुविधा हो तथा दुर्घटनाएँ कम-से-कम हों। प्रयोगात्मक अध्ययन इस बात का सबूत है कि मानव अभियंताओं के वजह से आज औद्योगिक मनोविज्ञान का कार्य क्षेत्र काफी बढ़ गया है, दुर्घटनाओं की संख्या में काफी कमी आयी है तथा उत्पादनों की मात्रा तथा गुण में वृद्धि हुई है। उपभोक्ता या बाजार शोध (consumer research or marketing research) भी औद्योगिक मनोविज्ञान का एक प्रमुख कार्यक्षेत्र रहा है। इस अध्ययन क्षेत्र

में उद्योग से बने सामान के प्रति जिसका उपयोग उपभोक्ता करते हैं, उपभोक्ताओं की मनोवृत्ति का अध्ययन किया जाता है और उनकी बिक्री को बढ़ाने के लिए उचित प्रबन्ध किया जाता है।

इन सबके अलावा औद्योगिक मनोविज्ञान में कार्य वातावरण (work environment) का भी अध्ययन किया जाता है। इसके अन्तर्गत औद्योगिक मनोवैज्ञानिक, कार्य-अवधि (work period), कार्य की गति (speed of work), रोशनी, आवाज, संगीत, वायुमंडलीय दवाब (atmospheric pressures) आदि का भी अध्ययन करते हैं। इन सबका उद्देश्य कर्मचारियों में कार्यतुष्टि (job satisfaction) बढ़ाना तथा कार्य कुशलता (work efficiency) को मजबूत करना है।

औद्योगिक मनोविज्ञान का नवीनतम परिणाम (latest outcome) एक अन्य संबंधित मनोविज्ञान है जिसे संगठनात्मक मनोविज्ञान (organizational psychology) कहा जाता है। संगठनात्मक मनोविज्ञान में सिर्फ उद्योगों को ही एक संगठन के रूप में नहीं बल्कि अन्य दूसरे तरह के संगठन जैसे अस्पताल, स्कूल, कॉलेज, सरकारी तथा गैर-सरकारी दफ्तर आदि के कर्मचारियों के मानवीय समस्याओं का अध्ययन किया जाता है।

शिक्षा मनोविज्ञान *(Educational Psychology)*

शिक्षा मनोविज्ञान मनोविज्ञान की एक अनुप्रयुक्त शाखा (applied branch) है। इसमें मनोवैज्ञानिक नियमों, विधियों एवं सिद्धांतों का शिक्षा के क्षेत्र में उपयोग किया जाता है तथा अध्यापकों एवं शिक्षार्थी के लिए उन्नत शैक्षिक वातावरण के लिए माहौल तैयार किया जाता है। दूसरे शब्दों में, कहा जा सकता है कि शिक्षा मनोविज्ञान सीखने के सिद्धांतों तथा विधियों को शिक्षा के क्षेत्र में शिक्षार्थी (learner) के लिए अधिक उपयोगी एवं रुचिकर बनाता है। इससे स्पष्ट है कि शिक्षा मनोविज्ञान की विषय-वस्तु मूलतः शिक्षार्थी, सीखने के सिद्धांत एवं विधियाँ तथा सीखने की परिस्थिति से संबंधित है। शिक्षा मनोविज्ञान में शिक्षार्थी के व्यक्तित्व शीलगुणों, बुद्धि, योग्यता, अभिरुचि, प्रेरणा, मनोवृत्ति आदि के अनुकूल शिक्षा देने पर बल डाला जाता है। शिक्षा मनोविज्ञान के अनुसार वही शिक्षा सार्थक एवं लाभप्रद होती है जो इन सभी विशेषताओं को ध्यान में रखकर दी जाती है।

शिक्षा मनोविज्ञान में सीखने की विधियों एवं सिद्धांतों का भी अध्ययन किया जाता है। इन विधियों एवं सिद्धांतों का उपयोग करके कठिन पाठ को भी शिक्षार्थी आसानी से सीख लेता है तथा अध्यापकों के लिए भी इस प्रकार से पाठ पढ़ाना आसान हो जाता है। शिक्षा मनोवैज्ञानिकों द्वारा मन्द बालकों तथा पिछड़े बालकों को भी शिक्षा तथा उचित समायोजन के लिए पर्याप्त कार्यक्रम तैयार किये गए हैं। इन लोगों द्वारा उन बच्चों की भी पहचान कर शिक्षा देने की कोशिश की जाती है जो प्रखर बुद्धि के होते हैं क्योंकि इन बच्चों की भी अपनी कुछ समस्याएँ होती हैं।

शिक्षा मनोविज्ञान शिक्षार्थियों को उत्तम सलाह भी देते हैं। कुछ शिक्षार्थी ऐसे होते हैं जिनमें समायोजन-संबंधी समस्याएँ इतनी प्रबल हो जातीं हैं कि उनसे उनकी शैक्षिक अभिरुचि तथा उपलब्धि पर बुरा असर पड़ता है। शिक्षा मनोवैज्ञानिक ऐसे बालकों की समस्याओं की पहचान करते हैं तथा उनके समाधान की दिशा में उपयुक्त सलाह (counselling) भी देते हैं। शिक्षा मनोवैज्ञानिक सिर्फ शिक्षार्थियों को नहीं बल्कि शिक्षकों एवं अभिभावकों को भी उचित परामर्श देकर उन्हें सही मार्गदर्शन करते हैं। शिक्षा मनोविज्ञानी शिक्षार्थियों को नवीनतम व्यावसायिक सूचनाएँ (vocational information) प्रदान करके उन्हें उचित जीवनवृत्ति (career) चुनने में मदद करता है।

निष्कर्षतः यह कहा जा सकता है कि शिक्षा मनोविज्ञान, शिक्षार्थी, शिक्षक तथा शैक्षिक वातावरण की रीढ़ (backbone) है। शिक्षा मनोविज्ञान उचित मार्गदर्शन प्रदान करके शिक्षार्थियों के भविष्य को उज्ज्वल बनाता है।

नैदानिक मनोविज्ञान *(Clinical Psychology)*

नैदानिक मनोविज्ञान भी मनोविज्ञान का एक अनुप्रयुक्त शाखा (applied branch) है जो बहुत हद तक असामान्य मनोविज्ञान (abnormal psychology) से संबंधित है। नैदानिक मनोविज्ञान मनोविज्ञान की वह शाखा है जो मनोवैज्ञानिक सिद्धांतों का सांवेगिक एवं व्यवहारात्मक समस्याओं (behavioural problems) के निरूपण

(diagnosis) एवं उपचार में उपयोग करता है। यह मनोविज्ञान की सबसे बड़ी शाखा है क्योंकि एक अनुमान के अनुसार कुल मनोवैज्ञानिकों का 43% मनोवैज्ञानिक केवल नैदानिक मनोवैज्ञानिक हैं। अतः नैदानिक मनोविज्ञान की विषय-वस्तु में मानसिक रोगों के निरूपण (diagnosis) तथा उपचार की प्रविधियाँ सम्मिलित होती हैं। मानसिक रोगों में मनस्नायुविकृति (psychoneurosis), मनोविकृति (psychosis), मानसिक दुर्बलता (mental deficiency), वैवाहिक समायोजन (marital adjustment), अपराध (delinquency), आदि का निरूपण प्रमुख है। नैदानिक मनोविज्ञान मानसिक एवं सांवेगिक समस्याओं एवं असामान्यताओं का सिर्फ निरूपण ही नहीं करता है बल्कि उनका उपचार भी करता है। इनके उपचार के लिए वह विभिन्न प्रविधियों को अपनाता है जिनमें से कुछ प्रमुख प्रविधियाँ इस प्रकार हैं—मनोविश्लेषनात्मक चिकित्सा (psycho-analytic therapy), रोगी-केन्द्रित चिकित्सा (client-centered therapy), खेल चिकित्सा (play therapy), आघात चिकित्सा (shock therapy), जल चिकित्सा (hydro-therapy), व्यवहार चिकित्सा (behaviour therapy) आदि।

स्पष्ट हुआ कि नैदानिक मनोविज्ञान का कार्यक्षेत्र मानसिक रोगों का निरूपण (diagnosis) तथा उपचार (treatment) दोनों ही है। अतः एक नैदानिक मनोविज्ञान का कार्य मनश्चिकित्सक (psychiatrist) के कार्य के समान है। फिर भी इन दोनों में प्रमुख अंतर यह है कि नैदानिक मनोविज्ञान के पास सिर्फ मनोविज्ञान या नैदानिक मनोविज्ञान में एम० ए० या पी-एच० डी० की उपाधि प्राप्त होती है। उसके पास कोई मेडिकल उपाधि नहीं प्राप्त होता है। शायद यही कारण है कि एक नैदानिक मनोविज्ञान मानसिक रोगों के उपचार में सिर्फ मनोवैज्ञानिक विधियों की सिफारिश करते हैं। किसी प्रकार के औषध (drug) का उपयोग नहीं करते हैं। एक मनश्चिकित्सक को मनश्चिकित्सा (psychotherapy) में प्रशिक्षण प्राप्त होता है तथा साथ-ही-साथ उसके पास मेडिकल उपाधि भी होती है। अतः मानसिक रोगों की चिकित्सा में वह औषध का भी प्रयोग कर पाता है।

जीवन-अवधि विकासात्मक मनोविज्ञान *(Life Span Developmental Psychology)*

विकासात्मक मनोविज्ञान, मनोविज्ञान की एक ऐसी शाखा है, जिसमें व्यक्ति खासकर बच्चों के व्यवहारों या क्रियाओं (मानसिक तथा शारीरिक) का अध्ययन किया जाता है। मनोविज्ञान के इस शाखा में गर्भाधारण से लेकर मृत्यु तक होने वाले भिन्न-भिन्न प्रकार के विकासात्मक परिवर्तनों (developmental changes) जैसे भाषा विकास, संवेग विकास, शारीरिक विकास, सामाजिक विकास आदि का अध्ययन किया जाता है। कहने का तात्पर्य यह है कि विकासात्मक मनोविज्ञान में पूरे जीवन-अवधि के भिन्न-भिन्न अवस्थाओं या अवधियों में होने वाले विकासात्मक परिवर्तनों का अध्ययन किया जाता है। यही कारण है कि विकासात्मक मनोविज्ञान का पूरा नाम *जीवन-अवधि विकासात्मक मनोविज्ञान* (Life Span Developmental Psychology) रखा गया है। **हरलॉक** (Hurlock, 1959) ने इसी संदर्भ में इसे परिभाषित करते हुए कहा है, ''विकासात्मक मनोविज्ञान मनोविज्ञान की वह शाखा है जो गर्भधारण से मृत्यु तक मनुष्यों में होने वाले विकास का अध्ययन करता है जिसमें जीवन-अवधि के विभिन्न अवस्थाओं में होने वाले परिवर्तनों पर बल डाला जाता है।''

विकासात्मक मनोविज्ञान में विभिन्न तरह के विकासात्मक प्रक्रियाओं का अध्ययन किया जाता है। इनमें प्रमुख हैं—पूर्वप्रसूति विकास (prenatal development), संभाषण विकास (speech development), शारीरिक विकास (physical development), संवेदी विकास (sensory development), क्रियात्मक एवं पेशीय विकास (motor development), खेल का विकास (play development), नैतिक एवं चारित्रिक विकास (moral and character development), व्यक्तित्व विकास (personality development) तथा यौन-भूमिका विकास (sex role development)।

जीवन-अवधि विकासात्मक मनोविज्ञान के मुख्य उद्देश्य (aims) निम्नांकित हैं:—

(i) एक विकासात्मक काल से दूसरे विकासात्मक काल में होनेवाले परिवर्तनों का अध्ययन करना।

(ii) विकासात्मक काल में होनेवाले परिवर्तनों का समय का पता लगाना।

(iii) उन परिस्थितियों का पता लगाना जिनमें विकासात्मक परिवर्तन अधिक होते हैं।

(iv) इस बात का पता लगाना कि किस तरह से विकासात्मक परिवर्तन बच्चों के व्यवहार को प्रभावित करते हैं।

(v) विकासात्मक मनोविज्ञानी इस बात का भी पता लगाते हैं कि विकासात्मक परिवर्तन का पूर्वकथन किया जा सकता है या नहीं।

स्पष्ट हुआ कि विकासात्मक मनोविज्ञान का कार्यक्षेत्र (scope) तो विस्तृत है ही साथ-ही-साथ उसके उद्देश्य भी काफी स्पष्ट एवं वैज्ञानिक हैं।

अपराध मनोविज्ञान (*Psychology of Crime*)

अपराध मनोविज्ञान मनोविज्ञान की एक ऐसी शाखा है जिसमें अपराधियों के व्यवहारों एवं मानसिक प्रक्रियाओं का मनोवैज्ञानिक अध्ययन कर उनके कारणों तथा उसे रोकने के उपायों पर प्रकाश डाला जाता है। प्रत्येक समाज के कुछ अपने नियम तथा सामाजिक मानक (social norms) होते हैं जिनके अनुसार उस समाज के प्रत्येक व्यक्ति को व्यवहार करना होता है। यदि कोई व्यक्ति उन सामाजिक मानकों के विरुद्ध व्यवहार करता है तथा जिसके चलते उसे न्यायालय (law of court) से सजा भी मिलती है, तो उसे अपराधी व्यवहार की संज्ञा दी जाती है। जब अपराध करने वाले व्यक्ति की उम्र 7 साल से 18 साल (भारतीय दंड संहिता के अनुसार) के बीच होती है तो उसे बाल अपराधी (Juvenile delinquency) कहा जाता है तथा इस तरह के अपराध को बाल अपराध (Juvenile delinquent) कहा जाता है। जब व्यक्ति की उम्र 21 साल के ऊपर होती है, और वह कोई अपराध करता है, तो उसे हम अपराधी (criminal) कहते हैं। परन्तु जब व्यक्ति की उम्र 7 साल से कम होती है और वह कोई अपराध करता है, तो उसे अल्पवयस्क (young) या अल्पवयस्क अपराधी (young-offender) कहा जाता है। चोरी करना, डकैती करना, बलात्कार करना, हत्या करना, अपहरण करना, वेश्यावृद्धि करना अपराध के कुछ प्रमुख उदाहरण हैं और न्यायपालिका ऐसे कार्यों के लिए अपराधियों को उचित सजा देती है। स्पष्ट है कि किसी अपराध के दोष में सिर्फ पकड़े जाने से ही व्यक्ति को कानूनी रूप से अपराधी नहीं माना जाता है। हाँ, जब न्यायालय द्वारा उसका अपराध साबित हो जाता है जिसके फलस्वरूप उसे सजा मिल जाती है, तो उसे अपराधी की संज्ञा दी जाती है। इससे पहले उसे अभियुक्त (suspect) कहा जाता है।

अपराध मनोवैज्ञानिकों ने अपराध के मुख्य तीन कारण बतलायें हैं—जैविक, मनोवैज्ञानिक तथा सामाजिक-सांस्कृतिक (socio-cultural)। जैविक कारकों में गुणसूत्र (chromosomes) से संबंधित विकृतियाँ (disorders) प्रधान हैं। प्रत्येक सामान्य पुरुष में यौन गुणसूत्र XY तथा सामान्य महिला में XX का होता है। यहाँ सामान्य से तात्पर्य वैसे व्यक्ति से होता है जो अपराधी नहीं होते हैं। जब XY में कोई एक अतिरिक्त X (जैसे XXY) तथा अतिरिक्त Y जैसे (XYY) होता है, तो पुरुष अपराधी प्रकृति का हो जाता है। उसी तरह से महिला XX में जब एक अतिरिक्त X होता है (अर्थात XXX) होता है, वह महिला भी अपराधी प्रकृति की हो जाती है। मनोवैज्ञानिक कारकों में भग्न परिवार (broken family) अर्थात् ऐसा परिवार जिनका विभिन्न कारणों से विघटन हो चुका है, माता-पिता की लम्बी अनुपस्थिति, माता का प्रभुत्व, पिता का तिरस्कार आदि कुछ प्रमुख कारण हैं जिनसे अपराधी प्रवृत्तियाँ पनपती हैं। आईजेन्क (Eysenck, 1982) के अनुसार अपराधी के व्यक्तित्व में बहिमुर्खता (extraversion) तथा स्नायुविकृति (neuroticism) का शीलगुण अधिक पाया जाता है। अपराध करने से अपराधी के भीतर दमित इच्छाओं एवं कुंठाओं की अभिव्यक्ति होती है और उसे पुनः अपराध करने की प्रेरणा मिलती है। सामाजिक-सांस्कृतिक कारकों में शिक्षा का अभाव, गरीबी, अपराधी पास-पड़ोस, दोषी मित्र-मंडली आदि प्रमुख हैं।

अपराध मनोवैज्ञानिकों ने अपराधी प्रवृत्तियों को कम करने के ख्याल से उनके लिए पुनर्वासीय कार्यक्रमों को चलाया है जिसके तहत अपराधियों को विशेष वातावरण में रखकर उन्हें उचित स्नेह एवं प्यार दिया जाता है तथा अपराध न करने की इच्छाओं को पुनर्बलित किया जाता है। इन लोगों ने यह स्पष्ट किया है कि भिन्न-भिन्न तरह के

सजा देकर या कानून के सहारे अपराधियों को सुधारा नहीं जा सकता है। अगर यही बात सच होती तो किसी भी समाज में अपराध की संख्या काफी कम होती क्योंकि प्रत्येक समाज में अपराधियों के लिए सख्त-से-सख्त कानून होते हैं तथा कड़ी-से-कड़ी सजा दी जाती है। फिर भी आज अपराधों की संख्या बढ़ती जा रही है। स्नेह, प्यार एवं उचित मार्ग-निर्देशन के सहारे मानसिक तनावों एवं संघर्षों को कम किया जा सकता है तथा उसे सफल नागरिक बनाया जा सकता है।

दैहिक या जैविक मनोविज्ञान (*Physiological or Biological Psychology*)

दैहिक मनोविज्ञान में मनोविज्ञानियों का कार्यक्षेत्र प्राणी के व्यवहारों के दैहिक निर्धारकों (physiological determinants) तथा उनके प्रभावों का अध्ययन करना है। इस तरह के दैहिक मनोविज्ञान मनोविज्ञान की एक ऐसी शाखा है जो जैविक विज्ञान (biological science) से काफी जुड़ा हुआ है। इसे *मनोजीवविज्ञान* (psychobiology) भी कहा जाता है। आजकल मस्तिष्कीय कार्य (brain functioning) तथा व्यवहार के सम्बन्धों के अध्ययन में मनोवैज्ञानिकों की रुचि अधिक हो गयी है। इससे एक नयी अन्तरविषयक विशिष्टता (interdisplinary speciality) का जन्म हुआ है जिसे *'न्यूरोविज्ञान'* (neuroscience) कहा जाता है। इसी तरह के दैहिक मनोविज्ञानी हारमोन्स (hormones) का व्यवहार पर पड़ने वाले प्रभावों के अध्ययन में भी अभिरुचि रखते हैं। आजकल विभिन्न तरह के औषध (drug) तथा उनका व्यवहार पर पड़ने वाले प्रभावों का भी अध्ययन दैहिक मनोविज्ञान में किया जा रहा है। इससे भी एक नयी विशिष्टता (new speciality) का जन्म हुआ है जिसे *मनोफर्माकोलॉजी* (Psychopharmacology) कहा जाता है तथा जिसमें विभिन्न औषधों के व्यवहारात्मक प्रभाव (behavioural effects) से लेकर तन्त्रीय तथा चयापचय (metabolic) प्रक्रियाओं में होने वाले आणविक शोध (molecular research) तक का अध्ययन किया जाता है।

पर्यावरणी मनोविज्ञान (*Environmental Psychology*)

मनोविज्ञान के इस शाखा में पर्यावरण (environment) तथा उसके व्यवहार पर पड़ने वाले प्रभावों का अध्ययन किया जाता है। पर्यावरण के विभिन्न पहलुओं जैसे—स्कूल, घर, आवाज, प्रदूषण, मौसम, भीड़-भाड़ आदि का व्यवहार पर स्पष्ट प्रभाव पड़ता है। इन प्रभावों का अध्ययन *पर्यावरणी मनोविज्ञान* (environmental psychology) में किया जाता है। पर्यावरण मनोविज्ञानी अपने विशेष अध्ययन तथा शोध में यह जानने की कोशिश करते हैं कि पर्यावरण के कीमती खजानों को कैसे बचाया जा सकता है तथा पर्यावरण के दोषपूर्ण पहलू से मानव को किस तरह बचाकर उनके जीवन के गुणों या विशेषताओं को उन्नत बनाया जा सकता है।

स्वास्थ्य मनोविज्ञान (*Health Psychology*)

मनोविज्ञान के इस क्षेत्र में स्वास्थ्य विशेषकर शारीरिक स्वास्थ्य को प्रभावित करने वाले कारकों का अध्ययन किया जाता है। दूसरे शब्दों में, स्वास्थ्य मनोविज्ञान में स्वास्थ्य तथा उन्हें प्रभावित करने वाले चरों (variables) के बीच के सम्बन्धों पर प्रकाश डाला जाता है। इस क्षेत्र में विशेषकर तनाव, चिन्ता आदि का हृदय रोग, कैंसर आदि की उत्पत्ति में क्या भूमिका होती है या हो सकती है, का अध्ययन किया जाता है। इसमें डॉक्टर-रोगी संबंध, अस्पताल के पर्यावरण में उपलब्ध सुविधाओं तथा उनके प्रति रोगियों की प्रतिक्रियाओं का अध्ययन किया जाता है।

सुधारात्मक मनोविज्ञान (*Correctional Psychology*)

मनोविज्ञान की इस शाखा में मनोविज्ञानी उन मानव व्यवहारों का अध्ययन करते हैं जो सामाजिक नियम तथा कानून का उल्लंघन से संबद्ध होता है। मनुष्यों के ऐसे व्यवहारों को सुधारने का पर्याप्त प्रयास मनोवैज्ञानिक तथ्यों एवं विधियों द्वारा किया जाता है। इसमें अपराधी एवं किशोर अपराधियों के व्यवहारों को सुधारने का पर्याप्त प्रयास किया जाता है। अतः इस मनोविज्ञान का सम्बन्ध जेल के पर्यावरण तथा न्यायिक कोर्ट आदि के वातावरण से भी काफी होता है।

वायुदिक् मनोविज्ञान ***(Aerospace Psychology)***

मनोविज्ञान की इस शाखा में व्यक्ति के व्यवहार में होने वाले उन परिवर्तनों का अध्ययन किया जाता है जब वे दिक् (space) में काफी ऊँचाई पर वायुयान में कार्यरत होते हैं। जब व्यक्ति पृथ्वी से अधिक ऊँचाई पर चला जाता है तो वहाँ उसे पूर्णतः भिन्न तरह के मौसम तथा पर्यावरण का सामना करना पड़ता है। ऐसी परिस्थिति में उनके व्यवहार में पूर्णतः परिवर्तन आ जाता है। व्यक्ति को पर्यावरण के साथ समायोजन की समस्या खड़ी होती है। इन समस्यात्मक पहलुओं पर तथा उनके यथाचित समाधान पर इस मनोविज्ञान में अध्ययन किया जाता है।

न्यायिक मनोविज्ञान ***(Forensic Psychology)***

मनोविज्ञान तथा कानून का सम्बन्ध पुराना है। न्यायिक मनोविज्ञान में इन दोनों के सम्बन्धों का मनोवैज्ञानिक अध्ययन किया जाता है। किसी व्यक्ति पर मुकदमा चलाया जा सकता है कि नहीं, इसका निर्धारण करने में मनोवैज्ञानिक निदान (psychological diognosis) की भूमिका अहम होती है। जेल के भीतर मनोवैज्ञानिक एक चिकित्सक, पुनर्वास विशेषज्ञ (rehabilitation expert) आदि के रूप में कार्य करते हैं। पुलिस विभाग द्वारा अक्सर मनोवैज्ञानिकों की सेवा इस उम्मीद से ली जाती है कि वे उन्हें जटिल मानव इच्छाओं एवं अभिप्रेरणों को ठीक ढंग से समझने में मदद करेंगे। कानूनी तन्त्र (legal system) के दूसरे छोर पर यह भी देखा गया है कि मनोवैज्ञानिक शोधों का उपयोग कभी-कभी जटिल न्यायिक निर्णय लेने से सफलतापूर्वक किया जाता है।

क्रीड़ा मनोविज्ञान ***(Sports Psychology)***

क्रीड़ा मनोविज्ञान, मनोविज्ञान की एक ऐसी शाखा है जिसमें न केवल खिलाड़ी पुरुष (sportsmen) तथा खेलाड़ी महिला (sportswomen) के व्यवहारों एवं अनुभूतियों का बल्कि कोच (coach), रेफरी (refree), क्लब तथा खेल-कूद संघों के प्रबन्धकों (managers) तथा श्रोताओं (audiences) के प्रतिक्रियाओं का भी अध्ययन होता है। खेल-कूद मनोविज्ञानी व्यक्तियों के गत (past) एवं वर्तमान निष्पादनों का ही सिर्फ अध्ययन नहीं करते बल्कि खेल-कूद की घटनाओं एवं परिस्थितियों के बारे में पणधारियों (stakeholders) के बीच होने वाले गत एवं वर्तमान अंतक्रियाओं का भी अध्ययन करते हैं।

क्रीड़ा मनोविज्ञान के क्षेत्र को निर्धारित करने में निम्नांकित तरह के अध्ययनों का विशेष योगदान रहा है—

(a) खिलाड़ियों तथा उनके कौशलों के शीर्ष निष्पादन (peak performance) तथा व्यक्तिगत वर्द्धन (personal growth) में मनोवैज्ञानिक कारकों की भूमिका से संबद्ध अध्ययन।

(b) कोच (coach), पुरुष खिलाड़ी तथा महिला खिलाड़ी के बीच हुए अंतक्रियाओं एवं कोचिंग की प्रभावशीलता में अभिप्रेरणात्मक कारकों एवं अधिगम अनुभूतियों की भूमिका से संबद्ध अध्ययन।

(c) रेफ्री द्वारा लिये गए निर्णयों एवं व्याख्याओं को प्रभावित करने में संज्ञानात्मक तथा संवेदी पेशीय कारकों की भूमिका।

(d) खेल-कूद क्रियाओं एवं अभिरूचि को बढ़ावा देने वाले या उसमें बाधा पहुँचाने वाले संगठनात्मक एवं प्रबंधकीय कारकों की भूमिका।

(e) खेल-कूद के मैदान में उपस्थित दर्शकों एवं प्रशंसकों की भूमिका का विश्लेषण।

(f) जिन लोगों द्वारा खेल-कूद क्रियाओं को अपना एक शौक या अपने जीवन-अवधि (life span) में शारीरिक रूप से फिट रखने के लिए जो अभ्यास किये जाते हैं, के दौरान सफलता, असफलता, चोट लगना आदि से उत्पन्न धनात्मक एवं ऋणात्मक मनोवैज्ञानिक परिणामों का अध्ययन।

(g) कुछ शारीरिक या मानसिक अक्षमताओं वाले व्यक्तियों के लिए खेल-कूद तथा अन्य संबंध दैहिक अभ्यासों की उपयोगिताओं का अध्ययन।

क्रीड़ा मनोवैज्ञानिक प्रयोगात्मक डिजाइन का उपयोग करके प्रयोगशाला में भी अध्ययन करते हैं ताकि वे उत्तम

खिलाड़ियों के उन मनोजैविक कारकों, संज्ञानात्मक प्रक्रियाओं तथा विशिष्ट गुणों की पहचान कर सके जिनसे उनके निष्पादन प्रभावित होते हैं। इसके अलावा वे लोग क्षेत्र अध्ययन, सर्वे, पेनल समूह तथा अन्य समान विधियों का उपयोग करके स्टेडियम (stadium) तथा व्यायामशाला (gymnasium) में की जानेवाली क्रियाओं का प्रेक्षण एवं अध्ययन करते हैं। वे विभिन्न प्रश्नावलियों, परीक्षणों, साक्षात्कारों, आत्म-प्रेक्षण (self-observation) तथा आत्म-प्रतिवेदन आविष्कारिका (self-report inventories), मनोदैहिक प्रोटोकाल (psychophysiological protocol) आदि का उपयोग करके मनोवैज्ञानिक मापन भी करते हैं।

राजनीति मनोविज्ञान (*Political Psychology*)

राजनीतिक मनोविज्ञान मनोविज्ञान की एक ऐसी उभरती शाखा है जिसमें मूलतः इस बात का अध्ययन मनोवैज्ञानिक करते हैं कि लोगों पर शासन करने की प्रक्रिया को मनोवैज्ञानिक रूप से कैसे सुदृढ़ किया जा सकता है। राजनीतिक मनोविज्ञान में जनमत में परिवर्तन, देश के मूल्य तंत्रों एवं विश्वास में परिवर्तन, प्रेरणा, आत्म-सम्मान (self-esteem) तथा निर्णय प्रक्रिया से संबद्ध नेतृत्व एवं सहभागिता (participation) समस्याओं का गहन रूप से अध्ययन किया जाता है। इतना ही नहीं, इसके अतिरिक्त सरकार में भ्रष्टाचार (corruption) से संबद्ध समस्याओं, प्रजातिवाद (racism), राष्ट्रवाद (nationalism), अलगाववाद (separatism), आतंकवाद (terrorism) तथा अल्पसंख्यकों एवं बहुसंख्यकों के बीच की अंतक्रियाओं का अध्ययन भी राजनैतिक मनोविज्ञान में किया जाता है। अपने विषय-वस्तु के अध्ययन में राजनैतिक मनोविज्ञानियों द्वारा जिन विधियों का उपयोग किया जाता है, उनमें सर्वे, प्रयोगशाला प्रयोग, क्षेत्र अध्ययन, दूरभाष से साक्षात्कार, केस अध्ययन, अंतवर्स्तु विश्लेषण (content analysis), महत्त्वपूर्ण राजनीतिज्ञों के मनोविश्लेषणात्मक पुनर्व्याख्या आदि प्रमुख हैं। इन लोगों द्वारा राजनीतिक जिंदगी, घटनाओं एवं प्रवृत्तियों का अध्ययन वैज्ञानिक एवं तकनीकी दोनों ढंगों से किया जाता है। बोट्टनेग एवं वार-टाल (Boehnke & Bar-Tal, 1998) के अनुसार 1980 से *पोलिटीकल साइकोलोजी* (Political psychology) नाम का जरनल का प्रकाशन शुभारंभ होने से इस क्षेत्र में किये जा रहे अध्ययनों को एक वैज्ञानिक प्रारूप एवं क्रमबद्धता (systematization) मिल गया है।

गिरोमनोविज्ञान (*Geropsychology*)

मनोविज्ञान के इस क्षेत्र का प्रादुर्भाव आज से लगभग 30 वर्ष पहले हुआ है जिसमें वृद्ध लोगों (old people) के मानसिक स्वास्थ्य का अध्ययन किया जाता है। इसमें विशेष रूप से यह अध्ययन किया जाता है कि वृद्ध लोगों के मानसिक स्वास्थ्य के मूल्यांकन एवं उपचार की विधियाँ क्या वयस्क लोगों के मानसिक स्वास्थ्य के मूल्यांकन एवं उपचार की विधियों से भिन्न होतीं हैं या एक समान ही होती हैं। साथ-ही-साथ इसमें इस बात का भी अध्ययन किया जाता है कि जैसे-जैसे व्यक्ति की आयु बढ़ती है, वैसे-वैसे उसके मनोवैज्ञानिक कार्यों पर सामाजिक-आर्थिक स्तर, समूह-सम्बन्धन, व्यक्तिगत एवं प्रजननी (generational) इतिहास का क्या प्रभाव पड़ता है। अध्ययनों में सुविधा के ख्याल से इस क्षेत्र के मनोवैज्ञानिक वृद्धावस्था को तीन भाग में बाँटते हैं—*कमसीन-वृद्ध* (Young-old) जिसमें 65 से 74 वर्ष के आयु के लोगों रखा जाता है, *वृद्ध-वृद्ध* (old-old) जिसमें 75 से 85 वर्ष से ऊपर की आयु के व्यक्तियों को रखा जाता है तथा *पुरा वृद्ध* (oldest-old) जिसमें 85 वर्ष की आयु से ऊपर के व्यक्तियों को रखा जाता है। गिरोमनोविज्ञान में व्यक्ति के तैथिक आयु (chronological age) तथा *कार्यात्मक आयु* (functional age) में स्पष्ट अन्तर किया जाता है। तैथिक आयु से तात्पर्य व्यक्ति के जन्म से लेकर आज तक के समय से होता है तथा गिरोमनोवैज्ञानिक इस तैथिक आयु को उसके कार्यात्मक क्षमताओं का सही सूचक नहीं मानते हैं क्योंकि कुछ व्यक्ति की तैथिक आयु कम होने पर भी उनकी कार्यात्मक क्षमता अच्छी नहीं होती है तथा कुछ लोगों को ठीक इसके विपरीत तैथिक आयु अधिक होने पर भी उत्तम कार्यक्षमता बनी रहती है। विरेन तथा कन्निघम (Birren & Cunningham, 1985) के अध्ययन के आधार पर कार्यात्मक आयु (functional age) द्वारा उम्रप्रभाव (aging) के तीन पहलुओं अर्थात् जैविक, सामाजिक एवं मनोवैज्ञानिक पहलु प्रतिबिम्बित होती है। जैविक आयु (biological age) द्वारा व्यक्ति के सामान्य जीवन अवधि (potential life span) के संदर्भ में उसके वर्तमान स्थिति का पता

चलता है। चिकित्सक व्यक्ति के विभिन्न महत्त्वपूर्ण अंग तंत्रों को जाँच कर उसके जैविक आयु का पता लगाते हैं। सामान्यतः आयु बढ़ने से व्यक्ति के इन अंगों का आत्म-नियन्त्रण क्षमता घटती जाती है और वह मृत्यु के करीब पहुँच जाता है। सामाजिक आयु (social age) से तात्पर्य समाज के अन्य व्यक्तियों की तुलना में व्यक्ति की आदत, भूमिकाओं एवं अन्य सम्बन्धित व्यवहार से होता है। व्यक्ति के पोशाक, भाषा एवं अन्तर्वैयक्तिक शैली से उसके सामाजिक आयु का पता चलता है। मनोवैज्ञानिक आयु (psychological age) से तात्पर्य परिवर्तित वातावरण में व्यक्ति को समायोजन करने की क्षमता से होता है। इस पर व्यक्ति के साकारात्मक कार्य, अभिप्रेरण तथा आत्म-सम्मान का काफी प्रभाव पड़ता है। गिरोमनोविज्ञान में वृद्ध लोगों के मानसिक स्वास्थ्य के अध्ययन के इन तीनों तरह के आयु पर संयुक्त रूप से विचार किया जाता है।

आर्थिक मनोविज्ञान *(Economic Psychology)*

'आर्थिक मनोविज्ञान' जैसे पद का उपयोग सबसे पहले-पहल 1901 में हुआ क्योंकि यह उस पाठ्यक्रम का नाम था जिसे टार्डे (Tarde) ने पेरिस विश्वविद्यालय में पढ़ाया करते है। आर्थिक मनोविज्ञान मनोविज्ञान की वैसी शाखा है जिसमें यह अध्ययन किया जाता है कि व्यक्ति किस तरह से अर्थव्यवस्था द्वारा प्रभावित होता है और जब वे जीवन के श्रेष्ठ चीजों को प्राप्त करने के बारे में निर्णय लेते हैं, तो उनके इस आर्थिक व्यवहार में कौन-कौन मनोवैज्ञानिक प्रक्रियाएँ सम्मिलित होती हैं। इस क्षेत्र के मनोवैज्ञानिक निम्नांकित तीन पहलुओं का गहन अध्ययन करते हैं—

(a) आम व्यक्तियों, उपभोक्ताओं एवं विभिन्न चीजों के निर्माताओं (producers) के आर्थिक व्यवहार के पीछे किस तरह के विश्वास, मूल्यों (values), मनोवृत्ति, योजनाएँ एवं उद्देश्य हैं?

(b) इन लोगों द्वारा लिये गए निर्णयों के परिणाम (cnsequences) क्या हैं?

(c) इन लोगों की आर्थिक आवश्यकताओं की संतुष्टि का स्तर कितना कम या अधिक है।

यातायात एवं परिवहन मनोविज्ञान *(Traffic and Transport Psychology)*

यातायात तथा परिवहन मनोविज्ञान मनोविज्ञान की एक ऐसी नयी उभरती शाखा है जिसमें यातायात नियमों एवं ओटोमोबाइल चालकों (automobile drivers) के मनोवैज्ञानिक आशय (psychological implications) का अध्ययन किया जाता है। सबसे पहले-पहल 1900 में पैट्रीजी (Patrizi) ने औटोमोबाइल एवं ट्राम (tram) चालकों के मनोवैज्ञानिक मापन में अभिरूचि दिखलाया तथा ध्यान की स्थायित्व (persistence) के महत्त्व को बतलाया। इस मनोविज्ञान में मूलतः दो तरह की सूचनाओं के अध्ययन पर बल डाला जाता है—दुर्घटनाओं का रोक-थाम से संबद्ध सूचना तथा इन चालकों के निष्पादन की प्रभावशीलता से संबद्ध सूचना। इस क्षेत्र के मनोवैज्ञानिकों द्वारा पेशेवर चालकों (professional drivers) का अनिवार्य रूप से मनोवैज्ञानिक जाँच करने पर बल डाला जाता है ताकि इनसे होने वाले दुर्घटनाओं में तो कमी आये ही साथ-ही-साथ चालकों के निष्पादन की प्रभावशीलता भी बढ़ जायँ। स्पेन संसार का एकमात्र इकलौता देश है जहाँ चालकों के अनुज्ञापत्र (license) प्राप्त करने के लिए मनोवैज्ञानिक परीक्षण अनिवार्य रूप से करना होता है। यातायात मनोवैज्ञानिक सामान्यतः चालक मूल्यांकन केंद्र (driver assessment centres), पेशेवर चालकों के प्रशिक्षण केंद्र, बीमा कम्पनी, रेलवे तथा बस कम्पनी आदि में कार्यरत होकर अपनी सेवाएँ प्राप्त करते हैं।

अनुसंधान एवं अनुप्रयोग के कथ्य
(Themes of Research and Application)

मनोवैज्ञानिक मूलतः दो तरह के सामान्य कार्यों में संलग्न होते हैं। वे दो कार्य हैं—*अनुसंधान या शोध* (research) तथा *अनुप्रयोग* (application)। अनुसंधान या शोध में मनोवैज्ञानिक कुछ सिद्धान्त एवं नियम (principles) का निर्माण करते हैं तथा अनुप्रयोग (application) में मनोवैज्ञानिक उन सिद्धान्तों एवं नियमों का उपयोग कर किसी समस्या का समाधान करते हैं। सचमुच में इन दोनों कार्यों में कोई मौलिक अंतर नहीं होता है तथा ये दोनों क्रियाएँ बहुत हद तक अंतर्संबधित (interrelated) होती हैं तथा एक-दूसरे को पुनर्बलित (reinforce) करने वाली होती हैं।

अब प्रश्न यह उठता है कि मनोवैज्ञानिकों द्वारा किये जाने वाले ये दो कार्य अर्थात् अनुसंधान एवं अनुप्रयोग के कौन-कौन से कथ्य (themes) होते हैं जो उन्हें दिशा प्रदान करते हैं। ऐसे कथ्यों में कुछ प्रमुख निम्नांकित हैं—

1. मानव व्यवहार के प्रायः एक कारण न होकर कई कारण होते हैं *(Human behaviour often has multiple causes and not one cause)*—मनोवैज्ञानिक जब शोध या अनुसंधान करते हैं या फिर उससे प्राप्त तथ्यों का किसी समस्या के समाधान में अनुप्रयोग (application) कहते हैं, तो स्पष्टतः इस मौलिक कथ्य से निर्देशित होते हैं कि व्यक्ति द्वारा किये गए व्यवहार का कोई एक कारण न होकर कई कारण होते हैं। इन बहुकारणों की खोज वे प्राणी के भीतर जिसे जैविक कारण (biological factors) कहा जाता है तथा पर्यावरण (environment) जिसे पर्यावरणी कारक (environmental factors) कहा जाता है, के रूप में करते हैं।

2. मानव व्यवहार व्यक्ति तथा वातावरण का एक उत्पाद या प्रकार्य होता है *(Human behaviour is the function or product of individual and environment)*—मनोवैज्ञानिक अनुसंधान एवं अनुप्रयोग को दिशा निर्देश देने वाला दूसरा कथ्य यह है कि मानव व्यवहार व्यक्ति तथा वातावरण दोनों तरह के कारकों का एक प्रतिफल या उत्पाद (product) होता है। जब भी व्यक्ति कोई व्यवहार करता है, उसमें व्यक्ति से संबंधित कारक तथा बाह्य या वातावरण में पाये जाने वाले कारक दोनों ही सम्मिलित होते हैं। जैसे, जब कोई व्यक्ति साइकिल चलाता है, तो उसमें उसका चिंतन, स्मृति, सोच, समझ के साथ-ही-साथ इर्द-गिर्द के वातावरण में मौजूद अन्य लोग, सड़क, मकान, दुकान एवं अन्य वस्तुएँ (objects) आदि दोनों ही संयुक्त रूप से सम्मिलित होते हैं जो साइकिल चलाने के व्यवहार को प्रभावित करते हैं एवं नियंत्रित करते हैं। प्रसिद्ध क्षेत्र मनोवैज्ञानिक (field psychology) कर्ट लेविन (Kurt Lewin) ने इस कथ्य के लिए सूत्र भी प्रदान किया है जो इस प्रकार है—

$B = f(P, E)$

यहाँ, B = व्यवहार (behaviour)

P = व्यक्ति (person)

E = वातावरण (environment)

f = प्रतिफल (function)

सूत्र में स्पष्ट रूप से कहा गया है कि मानव व्यवहार स्वयं व्यक्ति तथा वातावरण दोनों का ही प्रतिफल होता है।

3. मानव व्यवहार की समझ संस्कृति आधारित होती है *(The understanding of human behaviour is culture-dependent)*—मनोवैज्ञानिक अनुसंधान एवं अनुप्रयोग का तीसरा प्रमुख कथ्य यह है कि मानव व्यवहार को समझने के लिए जो सिद्धान्त या मॉडल बनाये जाते हैं, वे यद्यपि किसी संस्कृति विशेष से प्राप्त तथ्यों पर आधृत होते हैं, फिर उनका उपयोग दूसरे संस्कृति के लोगों के व्यवहारों को समझने के लिए भी किया जाता है। अधिकांश मनोवैज्ञानिक सिद्धान्त एवं मॉडल तो अमेरिकन संस्कृति में किये गए अध्ययनों पर आजकल उपलब्ध है परंतु उनका अनुप्रयोग अन्य संस्कृति के लोगों के व्यक्तियों को समझने में भी कुछ क्षेत्रीय आवश्यकताओं के आलोक में किए गए संशोधनों के साथ किया जाता है।

4. व्यवहार एवं मानसिक प्रक्रियाओं की व्याख्या करने के लिए विभिन्न सिद्धान्तों का विकास करने का मनोवैज्ञानिक प्रयास करते हैं *(Psychologists try to develop different theories for explaining behaviour and mental processes)*—मनोविज्ञान में मानव व्यवहारों एवं मानसिक प्रक्रियाओं की व्याख्या करने के लिए कुछ सिद्धान्त, मॉडल, नियम (principles) का निर्माण किया जाता है। इसके लिए मनोवैज्ञानिक विशेष चरों (variables) की पहचान करते हैं, प्राक्कल्पना (hypothesis) बनाते हैं, प्रयोग करते हैं, प्राप्त आँकड़ों का विश्लेषण करते हैं और फिर किसी परिणाम एवं निष्कर्ष पर पहुँचते हैं। उनकी कोशिश यह होती है कि प्राप्त परिणाम तथा निष्कर्ष अध्ययन में सम्मिलित किये गए व्यक्तियों के अतिरिक्त एक बड़े जीव संख्या (population) के लिए सही उतरे। मनोविज्ञान के जिन शाखाओं में व्यवहार एवं मानसिक प्रक्रियाओं का अध्ययन करने के लिए सिद्धान्त,

नियम तथा मॉडल आदि का निर्माण किया जाता है, उसे *शुद्ध मनोविज्ञान* (pure psychology) कहा जाता है। इससे मूल रूप से *प्रयोगात्मक मनोविज्ञान* (Experimental psychology), *दैहिक या जैविक मनोविज्ञान* (Psysiological or Biological psychology), परिमाणात्मक मनोविज्ञान (Quantitative psychology), *जीवन-अवधि विकासात्मक मनोविज्ञान* (Life-span developmental psychology), *व्यक्तित्व मनोविज्ञान* (personality psychology), *संज्ञानात्मक मोविज्ञान* (Cognitive psychology), *असामान्य मनोविज्ञान* (Abnormal psychlogy) आदि को रखा जाता है।

यद्यपि इन सभी शाखाओं का अध्ययन विषय भिन्न-भिन्न है, फिर भी इन सबों में मनोवैज्ञानिक विशेष शोध करके मानव व्यवहार की व्याख्या करने के लिए उपयुक्त सिद्धान्त, नियम तथा मॉडल बनाते हैं।

5. विभिन्न सिद्धान्तों, मॉडलों एवं नियमों के वास्तविक उपयोग द्वारा मनोवैज्ञानिक विभिन्न तरह के समस्याओं का समाधान करते हैं, व्यवहारों को नियंत्रित करके उसके बारे में पूर्वकथन भी करते हैं *(By actual application of different theories, models and principles, the psychologists try to solve different problems, control and predict about the behaviour)*—मनोवैज्ञानिक व्यवहार की व्याख्या करने के लिए न केवल विभिन्न तरह के सिद्धान्तों, मॉडलों एवं नियमों का प्रतिपादन ही करते है, बल्कि उनका वास्तविक उपयोग करके विभिन्न तरह के समस्याओं का समाधान करते हैं, व्यवहार को नियंत्रित करके उसके बारे में पूर्वकथन करते हैं। मनोविज्ञान के कुछ शाखाओं में केवल विभिन्न नियमों, सिद्धान्तों का केवल अनुप्रयोग किया जाता है ताकि संबद्ध व्यवहार की समस्याओं का समाधान किया जा सके तथा उन्हें नियंत्रित भी किया जा सके। ऐसी शाखाओं में *औद्योगिक एवं संगठनात्मक मनोविज्ञान* (Industrial and organizational psychology), *नैदानिक मनोविज्ञान* (Clinical psychology), *सामुदायिक मनोविज्ञान* (Community psychology), *परामर्श मनोविज्ञान* (Counselling psychology), *स्कूल मनोविज्ञान* (School psychology), *सैन्य मनोविज्ञान* (Military psychology), *क्रीड़ा मनोविज्ञान* (Sports psychology), *स्वास्थ्य मनोविज्ञान* (Health psychology) आदि मुख्य हैं।

मनोविज्ञान के इन विभिन्न शाखाओं में तरह-तरह के मानव व्यवहार एवं मानसिक प्रक्रियाओं से संबद्ध समस्याओं का समाधान विभिन्न मॉडलों, सिद्धान्तों आदि का उपयोग करके किया जाता है। मनोवैज्ञानिक औद्योगिक एवं संगठनात्मक मनोविज्ञान में विभिन्न उद्योगों एवं संगठनों में कार्यरत व्यक्तियों की मानवीय समस्याओं का समाधान करने के लिए सिद्धान्तों एवं मॉडलों का उपयोग करते हैं। नैदानिक मनोविज्ञान में मनोवैज्ञानिक मानसिक रोगियों की समस्याओं का समाधान करने के लिए नियमों, सिद्धान्तों आदि का उपयोग करते हैं। सामुदायिक मनोविज्ञान में व्यक्तियों की समस्याओं का समाधान उन्हें विशेष समुदाय में रहते हुए करने का प्रयास किया जाता है। परामर्श मनोविज्ञान में व्यक्ति के जीवन के साधारण समस्याओं जैसे नींद न आना, पढ़ाई में मन न लगना आदि का समाधान करने के लिए सिद्धान्तों एवं नियमों का उपयोग किया जाता है। स्कूल मनोविज्ञान में स्कूल में बच्चों की समस्याओं विशेषकर उनके उपलिब्ध (achievement), आक्रमकता (aggressiveness) आदि से संबद्ध समस्याओं पर विचार किया जाता है। सैन्य मनोविज्ञान (military psychology) में सैनिकों की मानवीय समस्याओं का अध्ययन कर उनका समाधान विशेष सिद्धान्त एवं मॉडल के तहत किया जाता है। क्रीड़ा मनोविज्ञान (sports psychology) में खिलाड़ी, कोच (coach), रेफरी (refree) आदि के व्यवहारों से संबद्ध समस्याओं के समाधान करने में मनोवैज्ञानिक नियमों एवं सिद्धान्तों का उपयोग किया जाता है। स्वास्थ्य मनोविज्ञान (health psychology) में व्यक्ति के स्वास्थ्य संबद्ध समस्याओं के अध्ययन में मनोवैज्ञानिक नियमों, सिद्धान्तों एवं मॉडलों का उपयोग किया जाता है।

स्पष्ट हुआ कि मनोविज्ञान में अनुसंधान (research) एवं अनुप्रयोग (application) से संबद्ध कुछ स्पष्ट कथ्य (theme) हैं जिनको ध्यान में रखकर ही मनोवैज्ञानिक उत्तम ढंग से मानव व्यवहार का अध्ययन, नियंत्रण एवं उसके बारे में किसी प्रकार पूर्वकथन (prediction) एवं सामान्यीकरण (generalization) कर सकते हैं।

मनोविज्ञान एवं अन्य विद्याशाखाएँ
(Psychology and other Disciplines)

मनोविज्ञान मानव व्यवहार एवं मानसिक प्रक्रियाओं के अध्ययन में कुछ विद्याशाखाओं (disciplines) जैसे समाजशास्त्र (Sociology), मानवशास्त्र (Anthroplogy), अर्थशास्त्र (Economics), राजनीति विज्ञान (Political science), दर्शनशास्त्र (Philosophy), मनोरोग विज्ञान/आयुर्विज्ञान (psychiatry), विधि (law), अपराधशास्त्र (criminology), जनसंचार (Public communication), कम्प्यूटर विज्ञान (Computer science), वास्तुकला एवं अभियांत्रिकी (Architecture & engineering) आदि से मदद लेता है तथा उन्हें भी अपने क्षेत्र से महत्त्वपूर्ण तथ्यों एवं आँकड़ों को उपस्थित कर अपने-अपने विषय-वस्तु को समझने में मदद करता है। यही कारण है कि मनोविज्ञान में अंतर्विषयक उपागम (interdisciplinary approach) का जन्म हुआ है जिसका सहर्ष स्वागत सभी मनोवैज्ञानिकों द्वारा किया गया है। यहाँ पर हम उक्त विद्याशास्त्र के साथ मनोविज्ञान के परस्पर संबंध पर विचार करेंगे—

1. मनोविज्ञान तथा समाजशास्त्र *(Psychology and Sociology)*—मनोविज्ञान का समाजशास्त्र से सीधा एवं प्रत्यक्ष संबंध वैज्ञानिकों द्वारा बतलाया गया है। समाजशास्त्र का अध्ययन मनोविज्ञान के लिए न केवल लाभदायक है बल्कि महत्त्वपूर्ण भी है। समाजशास्त्र को परिभाषित करते हुए यह सामान्यतः यह कहा जाता है कि समाजशास्त्र सामाजिक संबंधों, उनके प्रकार, प्रारूप (forms) तथा जो कुछ भी उन्हें प्रभावित करता है तथा जिन्हें वे प्रभावित करते हैं, का वैज्ञानिक अध्ययन करता है। इस परिभाषा से यह स्पष्ट है कि समाजशास्त्र में अंतर वैयक्तिक संबंध (inter personal relationship), सामूहिक व्यवहार, सामाजिक संस्थाओं (social institutions) आदि का अध्ययन किया जाता है। मनोविज्ञान में मानव व्यवहार एवं मानसिक प्रक्रियाओं (mental processes) का अध्ययन किया जाता है। मनुष्य एक सामाजिक पशु (social animal) है और विभिन्न सामाजिक समूहों का सदस्य बनकर अपनी जिंदगी व्यतीत करता है। समाजशास्त्र जहाँ विभिन्न तरह के अन्तर्वैयक्तिक संबंधों का अध्ययन पर विशेष रूप से बल डाला जाता है, के तथ्य एवं अध्ययनों के परिणाम मानव व्यवहार एवं मानसिक प्रक्रियाओं को समझने में अभूतपूर्व मदद करते हैं। इस तरह से मनोविज्ञान का संबंध समाजशास्त्र से प्रत्यक्ष होता है।

मनोविज्ञान के अबतक 48 शाखाओं की पहचान सफलतापूर्वक की गई है। इन शाखाओं में एक शाखा समाज मनोविज्ञान (Social psychology) का है जिसमें मानव व्यवहार पर अंतर्वैयक्तिक संबंधों के पड़ने वाले प्रभावों का अध्ययन किया जाता है। अतः मनोविज्ञान का यही शाखा अर्थात् समाज मनोविज्ञान समाजशास्त्र से मनोविज्ञान को नजदीक लाता है। इस बिंदु पर मोटवानी (Motwani, 1965) जो एक जाने-माने समाजशास्त्री हैं, बहुत ही सटीक टिप्पणी किये हैं जो इस प्रकार है, ''समाज मनोविज्ञान समाजशास्त्र तथा मनोविज्ञान के बीच एक कड़ी है'' (Social Psychology is the link between sociology and psychology)। मैकाइवर (MacIver, 1975) ने अपनी प्रसिद्ध पुस्तक 'समाजशास्त्र' (Sociology) में बहुत ही स्पष्ट शब्दों में कहा है, ''समाजशास्त्र मनोविज्ञान को विशेष सहायता प्रदान करता है ठीक उसी प्रकार जिस प्रकार मनोविज्ञान समाजशास्त्र को विशेष सहायता प्रदान करता है।''

इतना होने के बावजूद भी समाजशास्त्र तथा मनोविज्ञान विशेषकर समाज मनोविज्ञान के दृष्टिकोणों में विभिन्नता है।

(i) समाज मनोविज्ञानी (Social psychologist) की अभिरुचि वैयक्तिक व्यवहार (individual behaviour) के अध्ययन में होता है जबकि समाजशास्त्री का अध्ययन. समूह व्यवहार (group behaviour) के अध्ययन में होता है।

(ii) समाजशास्त्र तथा समाज मनोविज्ञान के दृष्टिकोण में भी अंतर है। समाजशास्त्र में समाज का अध्ययन सम्मिलित सामुदायिक तत्वों (community elements) के खयाल से किया जाता है जबकि समाज मनोविज्ञान में सामाजिक व्यवहार का अध्ययन सम्मिलित मनोवैज्ञानिक कारकों के खयाल से किया जाता है।

इन अंतरों के बावजूद समाजशास्त्र तथा मनोविज्ञान में बहुत ही घनिष्ठ संबंध है।

2. मनोविज्ञान एवं मानवशास्त्र *(Psychology and Anthropology)*—मानवशास्त्र जिसका अंग्रेजी रूपांतर Anthropology है, दो ग्रीक शब्दों अर्थात् एन्थ्रोपोस (Antrhopos) तथा लोगोस (logos) से मिलकर बना है। 'एन्थ्रोपोस' से तात्पर्य आदमी तथा लोगों से तात्पर्य अध्ययन से होता है। दूसरे शब्दों में एन्थ्रोपोलॉजी का अर्थ आदमी का अध्ययन करना होता है। मानवशास्त्र को तीन भागों में सामान्यतः बाँटा गया है—दैहिक मानवशास्त्र (Physical anthropology), सांस्कृतिक मानवशास्त्र (Cultural anthropology) तथा सामाजिक मानवशास्त्र (Social anthropology)। दैहिक मानवशास्त्र में पुरातन व्यक्तियों एवं उनके समकालीन तथ्यों का अध्ययन किया जाता है। सांस्कृतिक मानवशास्त्र में आरंभिक मानवों तथा उनकी सांस्कृतिक पृष्ठभूमियों का विशेष रूप से गहन किया जाता है। सामाजिक मानवशास्त्र में पहले और वर्तमान मानव संबंधों का अध्ययन किया जाता है। इस विभाजन से यह स्पष्ट है कि मानवशास्त्र में मानव एवं समयानुकूल विकसित होने वाले संस्कृतियों का अध्ययन किया जाता है। मानवशास्त्र में सामान्यतः सामूहिक व्यवहार (group behaviour) के अध्ययन पर बल डाला जाता है। मनोविज्ञान में वैयक्तिक व्यवहार (individual behaviour) के अध्ययन पर बल डाला जाता है।

वैसे वैज्ञानिक जो मानव व्यवहार के अध्ययन में अभिरुचि रखते हैं, के लिए मानवशास्त्र एक अत्यन्त ही महत्त्वपूर्ण क्षेत्र है। इसका एक प्रधान कारण यह है कि मानवशास्त्र के अध्ययन से मानव व्यवहार को सही ढंग से समझने के लिए अध्ययन करने की दिशा में एक महत्त्वपूर्ण बाधा जो 'आत्मकेन्द्रितावाद' (ethnocentricism) से उत्पन्न होता है, दूर हो जाता है। आत्म-केन्द्रितावाद का शाब्दिक अर्थ किसी एक विशिष्ट संस्कृति पर ही ध्यान केन्द्रित करना होता है। जब व्यक्ति किसी एक संस्कृति में समाजीकृत होता है, तो उस संस्कृति के मूल्य, प्रेरणा, आकांक्षाएँ तथा अन्य विशेषताओं द्वारा अन्य संस्कृति में पले-बढे व्यक्तियों के बारे में लिया गया निर्णय प्रभावित होता है। जैसे, हम भारतीय को यदि किसी जापानी व्यक्ति के व्यवहार का अध्ययन करना पड़े, तो हम अपनी संस्कृति के मूल्यों एवं मानकों के ही अनुरूप उसकी व्याख्या करेंगे जिससे त्रुटि होने की संभावना काफी अधिक है। मानवशास्त्र आत्मकेन्द्रिता से उत्पन्न होने वाले ऐसी कठिनाइयों को दूर करता है ताकि संतोषजनक स्तर तक दूसरे संस्कृति वाले लोगों को व्यवहारों का वस्तुनिष्ठ ढंग से अध्ययन किया जा सके।

मनोविज्ञान के लिए मानवशास्त्र का एक सटीक एवं महत्त्वपूर्ण पाठ यह है कि एक संस्कृति से दूसरे संस्कृति में मानव व्यवहार में काफी विभिन्नताएँ होती हैं। गत 100 वर्षों में संसार के विभिन्न क्षेत्रों से प्राप्त किए गए सबूतों से यह स्पष्ट हुआ है कि व्यक्ति का व्यवहार मूलतः उस संस्कृति से निदेशित एवं नियंत्रित होता है जिसमें वह रहता है तथा तरह-तरह के अन्तर्वैयक्तिक संबंध दिखलाता है।

उपर्युक्त तथ्यों को ध्यान में रखते हुए यह कहा जा सकता है कि मानवशास्त्र तथा मनोविज्ञान का संबंध पारस्परिक रूप से गहरा है जिससे मानव व्यवहार तथा उनपर पड़ने वाले सांस्कृतिक प्रभावों का अध्ययन सफलतापूर्वक किया जाता है।

3. मनोविज्ञान, अर्थशास्त्र एवं राजनीति विज्ञान *(Psychology, Economics and Political science)*—मनोविज्ञान, अर्थशास्त्र तथा राजनीतिशास्त्र से बहुत कुछ प्राप्त करता है तथा उसका उपयोग मानव व्यवहार के विभिन्न पहलुओं की व्याख्या करने में करता है। वह इन विषयों को अपने-अपने विषय-वस्तु की व्याख्या करने के लिए कई तरह के मनोवैज्ञानिक तथ्यों की भी आपूर्ति करता है। मनोविज्ञान ने उपभोक्ता व्यवहार (consumble behaviour) तथा बचत व्यवहार को समझने की उत्तम पृष्ठभूमि तैयार किया है जिसका उपयोग कर अर्थशास्त्री इन क्षेत्रों में व्यक्ति के आर्थिक व्यवहार के बारे में उत्तम निर्णयन (decision) एवं नियंत्रण पर अधिक सफलता प्राप्त किया है। आर्थिक व्यवहार में सहयोग एवं द्वन्द्व (conflicts) जैसे तत्वों की सराहनीय भूमिका थॉमस शेलिंग (Thomas Schelling) द्वारा किया गया जिसके लिए उन्हें अर्थशास्त्र में 2005 में नोबल पुरस्कार (Nobel Prize) भी प्रदान किया गया।

राजनीतिशास्त्र भी व्यक्ति के राजनैतिक क्रियाओं (political activities) के अध्ययन में मनोवैज्ञानिक सिद्धान्तों एवं नियमों (principles) का उपयोग करता है। नेतृत्व के प्रकार, नेतृत्व प्रशिक्षण, राजनैतिक द्वन्द्व (political conflict) के स्वरूप, मतदान व्यवहार (voting behaviour), शक्ति (power) के स्वरूप आदि को समझने में मनोविज्ञान के सिद्धान्तों एवं तथ्यों का उपयोग करता है।

4. मनोविज्ञान एवं दर्शनशास्त्र *(Psychology and Philosophy)*—कहा जाता है कि मनोविज्ञान के माता-पिता (parents) हैं—*दर्शनशास्त्र* (Philosophy) तथा *शरीरक्रिया विज्ञान* (Physiology)। मनोविज्ञान का जन्म तब हुआ जब दर्शनशास्त्र के कुछ विचार (ideas) शरीरक्रिया विज्ञान (Physiology) के कुछ विधि (methods) तथा परिणाम (findings) से संयोजित (combined) हुए। 19वीं शताब्दी के उत्तरार्द्ध में दार्शनिकों के बीच कुछ महत्त्वपूर्ण प्रश्नों का अध्ययन करने की होड़-सी मची थी—हमलोग अपने इर्द-गिर्द के वातावरण को किस तरह से प्रत्यक्षण करते हैं? क्या व्यक्तियों में मुक्त इच्छा (free will) होता है या उनकी क्रियाएँ व्यक्ति के शरीर के भीतर एवं बाहर की घटनाओं से निर्धारित होती है? मन (mind) एवं शरीर में क्या संबंध है? आदि-आदि। अधिकतर दार्शनिकों ने यह अनुभव किया मन से संबद्ध इन प्रश्नों का उत्तर मात्र तर्कणा (reasoning) के आधार पर नहीं दिया जा सकता है बल्कि इसके लिए एक विशेष तरह का प्रेक्षण (observation) या आनुभविक उपागम (empirical approach) की आवश्यकता है। इस बिन्दु पर दैहिकशास्त्र विशेषकर जोहान्स मूलर (Johannes Muller), गुस्टाभ फेकनर (Gustav Fechner) तथा हेल्महोल्ज (Helmholtz) द्वारा प्रतिपादित वैज्ञानिक विधियाँ आकर्षक दीख पड़ी। परिणामतः मानव मन (human mind) को वैज्ञानिक विधियों से अध्ययन करने के लिए मनोविज्ञान जैसे विद्याशास्त्र का जन्म हुआ और विलियम वुण्ट (Wilhelm Wundt) ने पहला मनोवैज्ञानिक प्रयोगशाला 1879 में स्थापित करके इस दिशा में मनोविज्ञान को एक प्रयोगात्मक स्वरूप दिया। मनोविज्ञान इस तरह से दर्शनशास्त्र से अलग होकर एक स्वतंत्र विज्ञान का दर्जा पा लिया परंतु फिर भी वह दर्शनशास्त्र की विधियों एवं कुछ सिद्धान्तों का उपयोग मानव व्यवहार तथा मानसिक प्रक्रियाओं को समझने में करता है और दर्शनशास्त्री भी मनोवैज्ञानिक तथ्यों को स्वीकार करते हुए उसे अपने क्षेत्र में उपयोग करने से हिचकिचाते नहीं हैं।

5. मनोविज्ञान एवं आयुर्विज्ञान *(Psychology and Medical Science)*—मनोविज्ञान का संबंध आयुर्विज्ञान (medical science) से भी है। आजकल बहुत से चिकित्सकों या मेडिकल अस्पताल में चिकित्सक रोगियों के उपचार के पहले या बाद मनोवैज्ञानिक परामर्श (psychological counselling) की आवश्यकता महसूस करते हैं। चिकित्सक कैंसर रोगियों, एड्स (AIDS) रोगियों तथा बड़े-बड़े शल्यक्रिया (operation) करने के पहले तथा बाद में मनोवैज्ञानिक सिद्धान्तों विशेषकर परामर्श मनोविज्ञान (Counselling psychology) के सिद्धान्तों एवं मॉडलों का उपयोग करते हैं और इस कार्य के लिए वे स्थायी तौर पर परामर्श मनोवैज्ञानिक की नियुक्ति भी करते हैं। इतना ही नहीं, आयुर्विज्ञान की विशेष शाखा मनोरोगविज्ञान (Psychiatry) के क्षेत्र में भी मनोविज्ञान विशेषकर असामान्य मनोविज्ञान (Abnormal Psychology) तथा नैदानिक मनोविज्ञान (Clinical psychology) के सिद्धान्तों एवं मॉडलों का उपयोग कर मानसिक रोगियों का उपचार करता है। मनोविज्ञान भी मनोरोग विज्ञान के क्षेत्र में विकसित तकनीकियों का फायदा उठाकर अपने क्षेत्र के अध्ययन को मजबूत करता है।

6. मनोविज्ञान एवं कम्प्यूटर विज्ञान *(Psychology and Computer Science)* —मनोविज्ञान कम्प्यूटर विज्ञान से भी काफी जुड़ा हुआ है। कम्प्यूटर मानव मस्तिष्क के समान व्यवहार करते हुए समान तरह की बुद्धि दीखलाता है जिसे *'कृत्रिम बुद्धि'* (Artifical intelligence) कहा गया है। कम्प्यूटर को सोचने की शक्ति, स्मृति (memory) आदि बहुत कुछ मानव मस्तिष्क के समान बल्कि उससे और अधिक यथार्थ रूप से इन मानसिक प्रक्रियाओं को दिखाने की शक्ति होती है। इन सबों से मनोविज्ञान का अध्ययन क्षेत्र काफी प्रभावित हुआ और इससे मनोविज्ञान में एक विशेष उपागम (approach) का जन्म हुआ जिसे *सूचना-संसाधन उपागम* (information processing approach) कहा जाता है। कम्प्यूटर विज्ञान के तथ्यों से मनोविज्ञान का लगभग प्रत्येक शाखा प्रभावित हुआ है परंतु सबसे अधिक प्रभावित होने वाला शाखा है संज्ञानात्मक मनोविज्ञान (Cognitive psychology)। कम्प्यूटर वैज्ञानिक भी बहुत सारे मनोवैज्ञानिक सिद्धान्तों एवं मॉडलों के अनुरूप अपने विज्ञान के महत्त्वपूर्ण साफ्टवेयर कार्यक्रमों (software programmes) तथा हार्डवेयर कार्यक्रमों (hardware programme) को निर्धारित करते हैं। कुछ मनोवैज्ञानिक इन्टरनेट (internet) के माध्यम से मानसिक रोगियों की चिकित्सा (therapy) भी करते

हैं। इस तरह के चिकित्सा को *साइबरचिकित्सा* (Cybertherapy) तथा इस तरह के चिकित्सक को साइबरचिकित्सक (cybertherapist) कहा जाता है।

7. मनोविज्ञान, विधि एवं अपराधशास्त्र *(Psychology, Law and Criminology)*—मनोविज्ञान, विधि (law) तथा अपराधशास्त्र (ciminology) से भी काफी जुड़ा हुआ विज्ञान है। सचमुच में एक सफल अधिवक्ता (advocate) तथा अपराधशास्त्री को मनोविज्ञान के मौलिक तथ्यों, सिद्धान्तों एवं मॉडलों की ज्ञान आवश्यक है। न्यायिक प्रक्रिया में जितने तरह के मनोवैज्ञानिक अन्तर्गस्तता (psychological involvement) हो सकते हैं, वह *न्यायिक मनोविज्ञान* (Forensic psychology) का एक भाग के रूप में देखा जाता है। न्यायिक मनोविज्ञान में न्याय तंत्र (legal system) से संबंधित मनोवैज्ञानिक पहलुओं, अपराधी साक्ष्यों (criminal evidences) की परख करने तथा अपराधी क्रियाकलापों (criminal activities) में विधि प्रवर्तन अनुसंधान (law enformcement investigation) में मदद करने से संबद्ध तथ्यों एवं विषयों का अध्ययन किया जाता है। मनोविज्ञान अपने इस शाखा अर्थात् न्यायिक मनोविज्ञान के माध्यम से विधि एवं अपराधशास्त्र से जुड़ा हुआ है। इस बिंदु पर लेही[1] (Lahey, 1995) ने कुछ इस तरह की सटीक टिप्पणी किया है, ''न्याय की प्रक्रिया में लोग—अधिवक्ता या अटार्नी (attorney), प्रतिवादी (defendent), गवाह (witnesses) तथा न्यायमूर्ति (judges)—सम्मिलित होते हैं। विधि की कोई भी समझ जो मानव तत्व अर्थात् सम्मिलित व्यक्तियों के मनोविज्ञान की उपेक्षा करता है, एक अधूरा ज्ञान ही होगा।''

कुछ न्यायिक मनोविज्ञानी अधिवक्ता तथा न्यायमूर्ति (Judges) को विशेष सूचना एवं परामर्श देते हैं, कुछ रिमांड गृह (remand home), बन्दी गृह एवं जेल के भीतर अपराधियों की पहचान करके उन्हें मनोवैज्ञानिक उपचार करते हैं तथा कुछ अपराधी प्रतिवादियों (criminal defendants) पर मनोवैज्ञानिक परीक्षण (psychological tests) का क्रियान्वयन करते हैं। न्यायिक मनोवैज्ञानिक अभियोग पक्ष (prosecution) तथा प्रतिवाद (defence) को इस बात में भी मदद करते हैं कि कौन न्यायमूर्ति उनके लिए उपयुक्त (appropriate) साबित होगा। न्याय मनोविज्ञानी गवाह (witness) या प्रतिवादी (defendant) द्वारा दिये गए कथनों की सत्यता की जाँच के लिए प्रत्यक्षदर्शी सबूत (eyewitness testimony) एवं स्मृति (memory) परिशुद्धता (accuracy) का मनोवैज्ञानिक विश्लेषण भी करते हैं। इतना ही नहीं, मनोविज्ञान, विधि एवं अपराधशास्त्र से कुछ सिद्धान्तों एवं मॉडलों का उपयोग करके अपने विशेष शाखा अर्थात् न्यायिक मनोविज्ञान को काफी संवृद्ध बनाता है।

8. मनोविज्ञान एवं जनसंचार *(Psychology and Public Cummunication)*—मनोविज्ञान एवं जनसंचार में भी अन्योन्याश्रय संबंध है। जनसंचार मनोविज्ञान को प्रभावित करता है तथा मनोविज्ञान से प्रभावित होता भी है। आधुनिक समय में जनसंचार के साधनों जैसे प्रिंट मीडिया, रेडियो, दूरदर्शन (television), सिनेमा आदि से लोगों का व्यवहार एवं मानसिक प्रक्रिया काफी हद तक प्रभावित हुई है। जनसंचार के इन माध्यमों से व्यक्ति की मनोवृत्ति (attitude), भाव (feeling), संवेग (emotion) तथा चिन्तन (thinking) काफी प्रभावित होता है। मनोवैज्ञानिक अपने शोधों एवं अनुसंधानों के आधार पर संचार को अधिक प्रभावोत्पादक तथा संचार नेटवर्क को अधिक प्रभावी बनाने में अपना सक्रिय योगदान देते हैं। प्रिंट मीडिया यदि तथ्यों, ज्ञान एवं व्यक्ति की अभिरूचियों एवं उनके रूझान के अनुसार यदि कोई पत्र/लेख, कहानी, समाचार आदि प्रकाशित करता है, तो वह निश्चित रूप से अधिक प्रभाव होता है। इतना ही नहीं, प्रिन्ट मीडिया के प्रभाव का ही आज परिणाम है कि घर-घर में समाचारपत्र एवं पत्रिकाएँ ली जाती हैं और उसे पढ़ने के लिए लोगों में होड़-सी मची रहती है। यहाँ तक कि व्यक्ति अपनी दिनचर्या तथा धार्मिक व्यवहारों का निर्धारण समाचारपत्रों एवं पत्रिकाओं के दिशानिर्देश के अनुसार करते हैं।

9. मनोविज्ञान, संगीत एवं ललित कला *(Psychology, Music and Fine Arts)*—मनोविज्ञान, ललित कला विशेषकर संगीत के क्षेत्र से भी जुड़ा हुआ है। मनोवैज्ञानिक संगीत का उपयोग करके व्यक्ति के कुछ व्यवहारों का विशेष रूप से अध्ययन में करने में सफलता प्राप्त किये हैं। औद्योगिक मनोविज्ञानी (industrial psychology)

---

1. "The administration of justice is a process that involves people—attorney, defendents, witnesses and judges. Any understanding of the profession of law that ignores the human element—the psychology of the people involved, would be an incomplete understanding."
—Lehey : *Psychology,* 1995, p. 664

संगीत का कर्मचारियों के कार्य निष्पादन (job performance) पर उत्तम प्रभाव पड़ते देखा है। अभी मनोविज्ञानियों द्वारा मानसिक रूप से विक्षुब्ध व्यक्तियों का उपचार करने में भी संगीत का उपयोग की अनुशंसा किया जा रहा है। इस प्रविधि को *संगीत चिकित्सा* (music therapy) की संज्ञा दी जाती है। मनोवैज्ञानिक अध्ययनों में यह पाया गया है कि संगीत से व्यक्ति में सुखद भाव उत्पन्न होते हैं जिनसे उनमें सर्जनात्मकता (creativity) को प्रोत्साहन मिलता है।

10. मनोविज्ञान, वास्तुकला तथा अभियांत्रिकी *(Psychology, Architecture and Engineering)*— मनोविज्ञान का संबंध वास्तुकला (architecture) एवं अभियांत्रिकी (engineering) से भी है। एक वास्तुकार हमेशा यह कोशिश करता है कि उसकी कोई भी संरचना ऐसी नहीं है जिससे व्यक्ति को मनोवैज्ञानिक असंतुष्टि हो। वह इस बात की हमेशा कोशिश करता है कि उसकी संरचनाओं से व्यक्ति की अभिरुचि (interest), आदत (habit) तथा जिज्ञासा (curiosity) आदि का सम्पूर्ण तुष्टि हो। ऐसा करने के लिए वह अपने क्षेत्र में मनोवैज्ञानिक सिद्धान्तों एवं मॉडलों की आधारभूत तथ्यों को अवश्य ही ध्यान में रखता है।

जहाँ अभियांत्रिकी (engineering) के क्षेत्र का प्रश्न है, इसपर भी मनोविज्ञान का काफी प्रभाव पड़ा है। अभियंता किसी भी मशीन के डिजाइन तथा उसके कार्यरूप का निर्धारण करते समय मानवीय जरूरतों, आदतों एवं सुविधाओं का पूरा-पूरा ख्याल रखते हैं। इस प्राक्कल्पना (hypothesis) को *मानव-मशीन तंत्र* (man-machine system) कहा जाता है तथा इस क्षेत्र को *मानव अभियांत्रिकी* (human engineering) कहा जाता है। अनेकों अध्ययनों से यह तथ्य सामने आया है कि यदि किसी मशीन का निर्माण मानव अभियांत्रिकी के नियमों एवं सिद्धान्तों के अनुरूप किया जाता है, तो उससे कार्य निष्पादन तो बढ़ता ही है तथा साथ ही कार्य तुष्टि (job satisfaction) भी कर्मचारियों में बढ़ जाती है।

स्पष्ट हुआ कि मनोविज्ञान का कई विद्याशास्त्रों से अन्योन्याश्रय संबंध है।

कार्यरत मनोवैज्ञानिक
(Working Psychologists)

मनोवैज्ञानिकों का कुछ समूह ऐसा है जो मनोवैज्ञानिक सिद्धान्तों, मॉडल एवं नियमों का उपयोग व्यक्ति की समस्याओं के समाधान में करते हैं। ऐसे मनोवैज्ञानिकों *अनुपयुक्त मनोवैज्ञानिक* (applied psychologists) कहा जाता है तथा इस श्रेणी में निम्नाकृत तरह के मनोवैज्ञानिकों को रखा जा सकता है—

1. नैदानिक मनोवैज्ञानिक *(Clinical Psychologists)*—नैदानिक मनोवैज्ञानिक व्यक्तियों के मनोवैज्ञानिक या मानसिक रोगों (mental disorders) की पहचान करते हैं तथा उनका उपचार करते हैं। ऐसा काम मनोरोविज्ञानी (psychiatrists) द्वारा भी किया जाता है। परंतु नैदानिक मनोविज्ञानी तथा मनोरोगविज्ञानी में मुख्य अंतर यह है कि नैदानिक मनोविज्ञानी मानसिक रोगों के उपचार में कोई भी औषध (drug) का सिफारिश नहीं कर सकते हैं तथा मेडिकल चिकित्सा medical therapy) का उपयोग नहीं कर सकते हैं जबकि मनोरोगविज्ञानी ऐसा कर सकते हैं। नैदानिक मनोविज्ञानी रोगी की समस्याओं के बारे में सुनकर, मनोवैज्ञानिक परीक्षणों (psychological tests) का क्रियान्वयन करके तथा फिर रोगी को अपने जीवन में सकारात्मक परिवर्तन (positive changes) लाने की सलाह देकर उन्हें मदद करते हैं। कुछ नैदानिक मनोवैज्ञानिक निजी अस्पताल (private hospital) में कार्य करते हैं तो कुछ का [illegible]ना उपचारगृह (clinics) होता है जिसमें वे वे प्रैक्टिस करते हैं। कोई-कोई नैदानिक मनोवैज्ञानिक सरकारी मा[illegible] अस्पताल में भी कार्य करते हैं। कुछ नैदानिक मनोविज्ञानी तरह-तरह के लोगों की समस्याओं को दूर करने में लगे होते हैं तो कुछ ऐसे होते हैं जो किसी आयु समूह जैसे बच्चों या फिर वृद्धों की ही मानसिक समस्याओं को निपटने में विशिष्टीकरण (specialization) स्थापित कर लेंते हैं। कुछ नैदानिक मनोवैज्ञानिक कुछ विशेष तरह के मानसिक रोग जेसे मनोविदालिता (schizophrenia) तथा विषाद (depression) में ही विशिष्टीकरण (specialization) स्थापित कर लेते हैं।

2. परामर्श मनोवैज्ञानिक *(Counselling Psychologists)*—परामर्श मनोवैज्ञानिक कार्य बहुत कुछ नैदानिक

मनोविज्ञानी के समान है क्योंकि परामर्श मनोविज्ञानी भी मानसिक समस्याओं की पहचान करते हैं तथा उनका उपचार करते हैं। अन्तर सिर्फ इतना ही है कि परामर्श मनोवैज्ञानिक सिर्फ वैसे व्यक्तियों की समस्याओं का उपचार करते हैं जिनका स्वरूप गंभीर न होकर साधारण होता है। ऐसी समस्याओं में नींद कम आना, पढ़ने में एकाग्रता का कम होना, वैवाहिक जीवन की समस्याएँ, पारिवारिक जिन्दगी में कुछ अनबन आदि प्रमुख है। परामर्श मनोवैज्ञान्कि निजी उपचार गृह तथा अस्पताल आदि में कार्य करते हैं।

3. सामुदायिक मनोवैज्ञानिक *(Community Psychologists)*—सामुदायिक मनोविज्ञानी व्यक्तियों का अध्ययन सामाजिक समूह या समुदाय जिसमें वह रहता है, के संदर्भ में करता है। ऐसे मनोवैज्ञानिक सामुदायिक मानसिक स्वास्थ्य कार्यक्रम (community mental health programme) चलाते हैं जिनका संबंध कुछ खास-खास समस्याओं से नहीं बल्कि विस्तृत स्वरूप की सामाजिक समस्याओं जैसे नौकरी, शिक्षा, आवासीय समस्याओं आदि से होते हैं। इस तरह के मनोवैज्ञानिकों के प्रयास से सामाजिक एवं सामुदायिक हस्तक्षेप (social and community intervention) सम्पन्न किया जाता है जिससे सामाजिक संस्थान (social institutions) जैसे स्कूल, क्लब, फैक्ट्री, परिवार आदि अधिक स्वास्थ्य उन्मुखी होते हैं और वे व्यक्तियों के समूह में व्याप्त तनाव को कम करते हैं। सामुदायिक मनोविज्ञान में सामाजिक एवं सामुदायिक हस्तक्षेप का उद्देश्य सांवेगिक विकृतियों की रोकथाम (prevention) करना न कि उपचार (treatment) करना होता है। ऐसे हस्तक्षेप का केन्द्रबिन्दु कोई एक व्यक्ति नहीं बल्कि पूरा समुदाय होता है।

4. स्कूल मनोवैज्ञानिक एवं शिक्षा मनोवैज्ञानिक *(School Psychologists and Educational Psychologists)*—स्कूल मनोविज्ञानी शिक्षकों (educators) के साथ मिलकर कार्य करते हैं और वे उन्हें स्कूल के बच्चों के बौद्धिक (intellectual), सामाजिक (social) तथा सांवेगिक (emotional) आवश्यकताओं को पूरा करने में मदद करते हैं। स्कूल मनोविज्ञानी का सबसे महत्त्वपूर्ण कार्य मनोवैज्ञानिक परीक्षण (psychological testing) करना होता है। उन्हें बुद्धि, शैक्षिक उपलब्धि (academic achievement) तथा व्यवहारात्मक कार्यों (behavioural functioning) को मापने के लिए मनोवैज्ञानिक परीक्षणों का क्रियान्वयन करते हैं। प्रायः स्कूल प्राधिकारियों (school authorities) द्वारा बच्चों में मानसिक मंदता (mental retardation), अधिगम अक्षमता (learning disabilities) तथा अवधान ह्रास हाइपरएक्टिव विकृति (attention deficit hyperactive disorder) से संबंधित समस्याओं की पहचान करने के लिए स्कूल मनोविज्ञानी की सेवा लेते हैं। स्कूल मनोविज्ञानी स्कूल प्राधिकारियों को ऐसा अधिगम वातावरण (learning environment) उत्पन्न करने में मदद करते हैं जिससे बच्चों के शैक्षिक एवं वैयक्तिक (personal) विकास पूर्णरूपेण हो सके। इतना ही नहीं, वे शिक्षकों को वर्ग प्रबंधन कौशल (classroom management skills) को भी उन्नत बनाने में मदद करते हैं। कभी-कभी स्कूल मनोविज्ञानी स्कूली बच्चों की समस्याओं को दूर करने के लिए लघु चिकित्सा (brief therapy) भी प्रदान करते हैं।

शिक्षा मनोविज्ञानी का कार्य बच्चे वर्ग में किस तरह से सीखते हैं, की परख करना होता है। वे विभिन्न तरह के मनोवैज्ञानिक एवं शैक्षिक परीक्षणों (educational tests) का भी निर्माण करते हैं। इस तरह से शिक्षा मनोवैज्ञानिक मूलतः मानव अधिगम (human learning) से संबंधित कार्य करते हैं। वे अधिगम के मौलिक पहलुओं की पहचान करके वे कुछ ऐसी विधियों एवं सामग्रियों (materials) को विकसित करते हैं जिनसे अधिगम की प्रक्रिया उन्नत हो सके। उदाहरणस्वरूप, शिक्षा मनोविज्ञानी बच्चों के शिक्षण (teaching) के लिए फोनिक विधि (phonic method) विकसित करते हैं ताकि बच्चा ठीक से किताब को पढ़ सके।

स्कूल मनोविज्ञानी तथा शिक्षा मनोविज्ञानी में मूल अंतर यह है कि स्कूल मनोविज्ञानी स्कूल में समस्यात्मक बच्चों (problem children) की पहचान करके उनकी समस्याओं से निबटने की कोशिश करते हैं जबकि शिक्षा मनोविज्ञानी मूलतः अधिगम की विधियों के विकास एवं संबंधित परीक्षणों के निर्माण-कार्य पर अधिक बल डालते हैं ताकि उनका उपयोग करके बच्चों के शिक्षण एवं अधिगम को अधिक मजबूत किया जा सके।

5. औद्योगिक/संगठनात्मक मनोवैज्ञानिक *(Industrial/Organizational Psychologist)*—औद्योगिक/संगठनात्मक मनोविज्ञानी व्यक्तियों (peoples) एवं उनके कार्य वातावरण (work environment) के बीच संबंधों

पर कार्य करते हैं। ऐसे मनोविज्ञानी नियोक्ताओं (employers) को उत्पादकता (productivity) बढ़ाने के तरीकों, कर्मचारियों की अनुपस्थिति कम करने, कार्य परिवर्तन (job turnover) को कम करने, कार्य प्रशिक्षण कार्यक्रम (job training programme) को उन्नत बनाने, कार्मिक चयन (personnel selection) तथा कर्मचारियों का मूल्यांकन करने में मदद करते हैं। इतना ही नहीं, औद्योगिक/संगठनात्मक मनोविज्ञानी कर्मचारियों के मनोबल (morale), कार्यतुष्टि (job satisfaction) तथा अभिप्रेरण स्तर (motivational level) को भी उन्नत करने में मदद करता है। ऐसे मनोवैज्ञानिक संगठनात्मक संरचनाओं (organizational structure) को संगठनात्मक विकास एवं परिवर्तन (organizational development and change) कार्यक्रमों के माध्यम से उन्नत बनाते हैं। ऐसे मनोवैज्ञानिक प्रबंधक को पर्यवेक्षण (supervision) के प्रभावी प्रविधियों के बारे में भी उचित सलाह देते हैं। ऐसे मनोवैज्ञानिक कुछ इस तरह के कार्यक्रम भी विकसित करते हैं जिनसे कर्मचारियों के बीच तो सहयोग बढ़ता ही है साथ-ही-साथ कार्यकर्ता एवं प्रबंधन (management) के बीच आपसी तालमेल भी बढ़ता है।

औद्योगिक/संगठनात्मक मनोवैज्ञानिक का एक विशिष्ट समूह जिन्हें *मानव कारक अभियंता* (human factors engineer) कहा जाता है, मशीन, फर्निचर तथा अन्य उपकरणों के डिजाइन (design) पर अधिक बल देते हैं ताकि तैयार किया गया साधन (device) मानव उपयोग के लिए काफी व्यापहारिक, आरामदेह तथा तार्किक (logical) दीख पड़े। इस तरह से ऐसे मनोवैज्ञानिक मानव एवं मशीन (machines) के अन्तःक्रिया (interaction) को सुलभ बनाने का भरसक प्रयास करते हैं। ऐसे लोग हवाई जहाज नियंत्रण (airplane control), कम्प्यूटर तथा अन्य यांत्रिक साधनों (mechanical devices) के डिजाइन को सुलभ एवं सहज करने में अहम भूमिका निभाते हैं।

6. स्वास्थ्य मनोवैज्ञानिक *(Health Psychologists)*—स्वास्थ्य मनोवैज्ञानिक मानव व्यवहार पैटर्न तथा शारीरिक स्वास्थ्य (bodily health) के प्रति तनाव प्रतिक्रियाओं (stress reactions) के संबंधों का अध्ययन करते हैं। इनका उद्देश्य लोगों में उत्तम स्वास्थ्य बनाये रखने तथा बीमारी की रोकथाम एवं उपचार करने में मदद करना होता है। जैसे, एक स्वास्थ्य मनोवैज्ञानिक ऐसा कार्यक्रम तैयार कर सकते हैं जिससे लोगों को मोटापा कम करने में या धूम्रपान रोकने में मदद मिले। स्वास्थ्य मनोवैज्ञानिक तनाव प्रबंधन (stress management) के विभिन्न प्रविधियों का उपयोग करवाकर लोगों के स्वास्थ्य को उत्तम बनाने की कोशिश करते हैं। स्वास्थ्य मनोवैज्ञानिक, अस्पताल, उपचारगृह (clinics), स्वास्थ्य संगठन तथा शैक्षिक संगठन में कार्य कर सकते हैं। ऐसे मनोवैज्ञानिक निजी प्रैक्टिस (private practice) भी करते हैं।

7. उपभोक्ता मनोवैज्ञानिक *(Consumer Psychologists)*—उपभोक्ता मनोवैज्ञानिक उपभोक्ता व्यवहार का अध्ययन करते हैं और इन कारकों का भी पता लगाते हैं जिनसे उपभोक्ता व्यवहार प्रभावित होता है। किस तरह की कार (car) आप खरीदना चाहेंगे, किस तरह का स्कूटर आप खरीदना चाहेंगे, किस तरह का स्वेटर, कमीज आदि पहनना चाहेंगे और क्यों? आदि प्रश्नों का संतोषजनक उत्तर उपभोक्ता मनोवैज्ञानिक देने की कोशिश करते हैं। कुछ उपभोक्ता मनोवैज्ञानिक कंपनी के लिए कार्य करते हैं जो उपभोक्ताओं के लिए तरह-तरह के चीजों (products) को बनाता है। कुछ उपभोक्ता मनोविज्ञानी की नियुक्ति निजी संगठनों (private organizations) या सरकारी एजेन्सी द्वारा किया जाता है और उनपर उपभोक्ता शिक्षा एवं सुरक्षा (consumer education and protection) का उत्तरदायित्व सौंपा जाता है। सचमुच में उपभोक्ता मनोवैज्ञानिक मार्केट सर्वे के माध्यम से शोध करके कुछ ऐसे प्रश्नों का उत्तर देने की कोशिश करते हैं—कोई भी लेबल (label) मार्केट में अपना पहचान क़िस तरह से बना पाता है? किस ढंग का रंग एवं पैटर्न से उपभोक्ताओं में सुखद साहचर्य (pleasant association) उत्पन्न होता है? आदि-आदि।

8. क्रीड़ा मनोवैज्ञानिक *(Sports Psychologists)*—क्रीड़ा मनोविज्ञान मनोविज्ञान का नया उभरता हुआ शाखा है तथा क्रीड़ा मनोवैज्ञानिक मूलतः खेल-कूद निष्पादन (sports performance) को उन्नत बनाने तथा खेल-कूद में सहभागिता (participation) को अधिक लाभकारी (beneficial) बनाने में सक्रिय भूमिका निभाते हैं। खेल-

कूद मनोविज्ञानी दो तरह के लोगों के खेल-कूद व्यवहार का अध्ययन करते हैं। एक श्रेणी में तो वैसे लोग होते हैं जो खेल-कूद को मनोरंजन तथा स्वास्थ्य कारणों से अपनाते हैं। ऐसे लोग पेशेवर खेलाड़ी (professional sportsman) नहीं होते हैं। दूसरी श्रेणी में वैसे लोग होते हैं जो खेल-कूद को ही अपना जीवन-वृत्ति (career) बना लेते हैं और ऐसे लोग पेशेवर खिलाड़ी होते हैं। क्रीड़ा मनोवैज्ञानिक वयस्कों तथा बच्चों जो तरह-तरह के खेल-कूद में भाग लते हैं, को खेल-कूद व्यवहार से अधिकतम शारीरिक, मानसिक एवं सांवेगिक लाभ उठाने के लिए तरह-तरह के कार्यक्रम आयोजित करते हैं। ऐसे मनोवैज्ञानिक उन परिस्थितियों की भी पहचान करते हैं जिनसे पेशीय कौशलों (motor skills) का सीखना उन्नत हो सकता है तथा लोगों के ऐसे कौशलों को उन्नत बनाने के लिए भी भरपूर कोशिश करते हैं। इतना ही नहीं, क्रीड़ा मनोवैज्ञानिक क्रीड़ा शिक्षक (coaches) को भी प्रभावी शिक्षण (effective teaching) तथा मानव संबंधों को उन्नत बनाने वाले प्रविधियों को विकसित करने में पर्याप्त मदद करते हैं। क्रीड़ा मनोवैज्ञानिक खिलाड़ी में जीतने की मनोवृत्ति (winning attitude) तथा एक मजबूत टीम प्रवृत्ति (strong team spirit) बनाकर रखने में भी काफी मदद करते हैं। इस पर सिंगर[1] (Singer, 1993) ने एक सटीक टिप्पणी करते हुए इस प्रकार कहा है, ''क्रीड़ा मनोविज्ञान पूरे विश्व में बहुत ही तीव्र गति से एक वैध क्रीड़ा विज्ञान एवं एक मूल्यवान सेवा प्रदान करने वाला पेशा के रूप में उभर रहा है।''

स्पष्ट हुआ कि कार्यरत मनोवैज्ञानिक के कई प्रारूप हैं जिनसे मनोविज्ञान की व्यवहारिक उपयोगिता अपने आप सिद्ध हो जाती है। नवीनतम अमेरिकन मनोवैज्ञानिक संघ (American Psychological Assocaion) के अनुसार कुल मनोवैज्ञानिकों की संख्या का 43% नैदानिक मनोवैज्ञानिक, 13% परामर्श मनोवैज्ञानिक, 4% औद्योगिक मनोवैज्ञानिक 6%, शिक्षा मनोविज्ञानी 5%, स्कूल मनोविज्ञानी हैं।

दैनदिन जीवन में मनोविज्ञान
(Psychology in day-to-day life)

मनोविज्ञान एक विज्ञान है और अन्य विज्ञानों के समान इसका दैनिक जीवन में काफी उपयोग होता है। दैनिक जीवन में लोग इसका उपयोग कर काफी लाभान्वित हो रहे हैं क्योंकि उनके दैनिक जीवन में मनोवैज्ञानिक तथ्यों एवं सिद्धान्तों के उपयोग से काफी सरलता एवं सुगमता आ गयी है। ऐसे ही कुछ प्रमुख बिन्दुएँ निम्नांकित हैं—

1. व्यक्ति की मनोवैज्ञानिक समस्याओं के समाधान में *(In solution of psychological problems of the individual)*—प्रत्येक व्यक्ति के जीवन में कुछ-न-कुछ मनोवैज्ञानिक समस्या जैसे, विषाद (depression), किसी काम में मन लगना, नींद नहीं आना, अनावश्यक चिन्ता आदि होती है। ऐसी समस्याओं के समाधान करने में मनोविज्ञान काफी मदद करता है। मनोविज्ञान के पास ऐसे साधन एवं युक्तियाँ (means) हैं जिनका सही उपयोग करके व्यक्ति अपने इन दैनिक जीवन की समस्याओं को आसानी से सुलझा लेता है और एक सुखी जीवन व्यतीत करने लगता है।

2. बच्चों के शैक्षिक उपलब्धियों को मजबूत करने में *(In strengthening the educational achievements of children)*—कुछ बच्चे स्कूल में शैक्षिक रूप से पिछड़ जाते हैं जिनपर विशेष ध्यान देने की जरूरत होती है। ऐसे बच्चे शिक्षकों के लिए एक चुनौती के समान होता है। शिक्षकों को मनोवैज्ञानिक इस पुनीत कार्य में भरपूर मदद करते हैं। ऐसे बच्चों के लिए विशेष पाठ्यक्रम तैयार करके तथा उनके साथ विशेष तरह से अन्तःक्रिया करके उनके मनोबल को बढ़ाते हैं। इस तरह से बच्चों के शैक्षिक उपलब्धि को मनोवैज्ञानिक मजबूत करके उनके भविष्य को सँवारते हैं।

3. पढ़ने-लिखने की आदत को उन्नत बनाने में *(In improving study habit)*—कुछ लोग कुशाग्र बुद्धि के तो होते हैं परंतु अपनी बुरी एवं अनुपयुक्त पढ़ने-लिखने की आदत के कारण अच्छा शैक्षिक निष्पादन

---

1. "Sports Psychology is energing at a rapid rate all over the globe as a legitimate sport science and a profession capable of offering valuable services."—Singer. *Contemporrary Perspective on Sports Psychology,* 1993, p. 10

(academic performance) नहीं दिखा पाते हैं। मनोविज्ञान ऐसे लोगों को भी काफी मदद करता है। इस दिशा में मनोवैज्ञानिकों की एक सामान्य सलाह यह होती है कि पढ़ने-लिखने के लिए एक शांत जगह जहाँ किसी भी तरह का ध्यानभंग (distraction) नहीं हो, के साथ छात्रों को अपने आप को अनुबंधित (conditioned) करना चाहिए। छात्रों को मनोविज्ञानी यह भी सलाह देते हैं कि किसी लम्बे एवं जटिल कार्य को छोटे-छोटे उपखंडों में बाँटकर उसपर कार्य करना तुलनात्मक रूप से ज्यादा बेहतर होता है। पढ़ने के तुरंत बाद सो जाने की आदत भी एक उत्तम आदत माना गया है।

4. स्मृति को उन्नत बनाने में *(In improving memory)*—व्यक्तियों की स्मृति को भी उन्नत बनाने के लिए मनोवैज्ञानिक प्रविधियाँ काफी सहायक सिद्ध हुई हैं। इन प्रविधियों का उपयोग करके स्मृति को उन्नत एवं मजबूत बनाया जाता है तथा विस्मरण पर काफी हद तक काबू पाया जाता है। इस दिशा में मनोवैज्ञानिक *सर्वे-क्वेश्चन-रीड-रिसाइट-रिभिऊ (Survey-Questions-Read-Recite-Review or SQ3R)* को एक लाभकारी प्रविधि साबित हुआ है। इसे एफ॰ पी॰ रोकिनसन (F. P. Robinson, 1970) ने प्रथम बार उपयोग में लाया था।

5. आक्रमक व्यवहार को नियंत्रित करने में *(In controlling aggressive behaviour)*—दैनिक जीवन में आक्रमक व्यवहार प्रायः व्यक्ति करते जाते हैं। चूँकि यह सामाजिक रूप से अनुमोदित व्यवहार नहीं है, अतः इस पर रोकथाम आवश्यक है। मनोविज्ञान व्यक्ति के आक्रमक व्यवहार के कारणों की पहचान करने की कोशिश करता है और उसे यथासंभव नियंत्रित करने की भरपूर कोशिश करता है। इस दृष्टिकोण से मनोविज्ञान की दैनंदिन जीवन में व्यवहृत होनेवाला एक लोकप्रिय विज्ञान साबित होता है। मनोवैज्ञानिकों का मत है कि अधिकतर आक्रमक व्यवहार का कारण अनुचित कुंठा (unjustified frustration) होता है जिसे नियंत्रित या दूर करके व्यक्ति आक्रमक व्यवहार पर बहुत हद तक काबू पा सकता है।

6. व्यक्ति अन्तर्वैयक्तिक व्यवहार को समझने में *(In understanding interpersonal behaviour of the person)*—दिन प्रतिदिन की जिन्दगी में प्रत्येक व्यक्ति दूसरे व्यक्ति के साथ एक स्वस्थकर अंतक्रिया (healthy interaction) करना चाहता है ताकि उसका समायोजन (adjustment) ठीक-ठाक रहें। इस सिलसिले में भी मनोविज्ञान के तथ्य एवं सिद्धान्त काफी सहायक होते हैं। इन तथ्यों एवं सिद्धान्तों के अनुरूप व्यक्ति दूसरे व्यक्ति के बारे में यदि एक छवि निर्माण (impression formation) करता है तो उसका समायोजन काफी लम्बे समय तक अनुकूली (adaptive) बना होता है।

7. तनाव, द्वन्द्व आदि को प्रबंधित करने में *(In managing stress and conflict)*—व्यक्ति के दिन-प्रतिदिन की जिन्दगी में कई कारणों से तनाव एवं द्वन्द्व (conflict) उत्पन्न होते रहते हैं जिनको यदि नियंत्रित नहीं किया गया तो उससे व्यक्ति का मानसिक स्वास्थ्य (mental health) तथा आगे चलकर फिर शारीरिक स्वास्थ्य (physical health) दोनों ही खराब होने का खतरा मौजूद रहता है। मनोविज्ञान व्यक्तियों को तरह-तरह के समायोजी युक्तियों (coping strategies) को सीखला कर व्यक्ति को इस लायक बना देता है कि वह इन तनाव एवं द्वन्द्वों को बहुत हद तक नियंत्रित कर सके और अपना मानसिक स्वास्थ्य को ठीक-ठीक रख सके। इस युक्तियों में *समस्या समाधान युक्ति* (problem solving coping strategies) तथा संवेग केन्द्रित युक्ति (emotions focused coping stretegies) मुख्य रूप से उल्लेखनीय है।

स्पष्ट हुआ कि दैनदिन जीवन के लगभग हर महत्त्वपूर्ण क्षेत्र में मनोविज्ञान का उपयोग किया जाता है।

प्रमुख पद
(Key Terms)

व्यवहार (Behaviour)

संज्ञानात्मक प्रक्रिया (Cognitive processes)

आनुभाविक प्रेक्षण (Empirical observation)

परिमापण (Quantification)

पश्चदृष्टि उपागम (Hindsight approach)
वैज्ञानिक उपागम (Scientific approach)
टेबूला रासा (Tabula Rasa)
संरचनावाद (Structuralism)
प्रकार्यवाद (Functionalism)
व्यवहारवाद (Behaviourism)
शाब्दिक रिपोर्ट (Verbal report)
सैद्धान्तिक मनोविज्ञान (Theoretical Psychology)
अनुप्रयुक्त मनोविज्ञान (Applied Psychology)
औद्योगिक/संगठनात्मक मनोविज्ञान (Industrial/Organization Psychology)
नैदानिक मनोविज्ञान (Clinical Psychology)
शिक्षा मनोविज्ञान (Educational Psychology)
जीवन-अवधि विकासात्मक मनोविज्ञान (Life-span Developmental Psychology)
न्यायिक मनोविज्ञान (Forensic Psychology)
मानव अभियांत्रिकी (Human Engineering)।

अध्याय सारांश
(Chapter Summary)

1. मनोविज्ञान व्यवहार एवं मानसिक प्रक्रियाओं का विज्ञान है।
2. मनोविज्ञान का विषय-वस्तु (subject-matter) व्यवहार है जो मूलतः दो प्रकार का होता है—*स्पष्ट व्यवहार* (overt behaviour) तथा *अस्पष्ट व्यवहार* (covert behaviour)।
3. मनोविज्ञान एक विज्ञान है क्योंकि इसमें कई ऐसी विशेषताएँ जैसे आनुभाविक प्रेक्षण (empirical observation), क्रमबद्ध अध्ययन (systematic study), नियंत्रित प्रयोग (controlled experimentation), परिमापन (quantification), प्रयुक्तता (applicability), परीक्षण (verification) एवं पुनरावृत्ति (repetition) होती है जो उसे विज्ञान का दर्जा दिलाने में मदद करता है।
4. एक विद्याशाखा के रूप में मनोविज्ञान पूर्णरूपेण स्थापित हो चुका है। मनोविज्ञान एक प्राकृतिक विज्ञान (natural science) तथा एक सामाजिक विज्ञान (social science) के रूप में अपने विषय-वस्तु का अध्ययन करता है। इन दोनों प्रारूपों में मनोविज्ञान की साख स्थापित हो चुकी है।
5. मनोविज्ञान विद्याशाखा की कुछ प्रमुख धारणाएँ (concepting) है जिन्हें 9 विभिन्न शीर्षकों के तहत वर्णन किया गया है।
6. मन (mind) तथा व्यवहार (behaviour) एक-दूसरे को प्रभावित एवं एक-दूसरे से प्रभावित होने वाले संप्रत्यय हैं।
7. मनोविज्ञान का विकास का एक अपना इतिहास है जिसे पूर्व वैज्ञानिक काल (prescientific period) तथा वैज्ञानिक काल (scientific period) दो भागों में बाँटकर प्रस्तुत किया गया है। मनोविज्ञान के वैज्ञानिक काल की शुरूआत 1879 से प्रारंभ होता है जब विलियम वुण्ट ने जर्मनी के लिपजिंग विश्वविद्यालय में मनोविज्ञान का पहला प्रयोगशाला स्थापित किया गया।
8. मनोविज्ञान की कई शाखाएँ (branches) हैं जिसमें सामान्य मनोविज्ञान, समाज मनोविज्ञान, असामान्य

मनोविज्ञान, औद्योगिक/संगठनात्मक मनोविज्ञान (Industrial/organisation psychology), शिक्षा मनोविज्ञान, नैदानिक मनोविज्ञान (Clinical psychology), जीवन-अवधि विकासात्मक मनोविज्ञान (Life-span developmental psychology), अपराध मनोविज्ञान (Psychology of crime) आदि प्रमुख हैं।

9. भारत में मनोविज्ञान के विकास का अपना एक अलग इतिहास जो 1905 से प्रारंभ होकर अभी तक की घटनाओं को अपने में समेटे हुए है।
10. मनोवैज्ञानिक अनुसंधान एवं अनुप्रयोग के कई महत्त्वपूर्ण कथ्य (theme) हैं जिसमें पाँच प्रमुख कथ्यों को उजागर किया गया है।
11. मनोविज्ञान का अन्य कई विद्या शाखाओं से घनिष्ठ संबंध है जिसमें मनोविज्ञान का संबंध समाजशास्त्र, मानवशास्त्र, अर्थशास्त्र, राजनीतिशास्त्र, दर्शनशास्त्र, आयुर्विज्ञान (Medicine), कम्प्यूटर विज्ञान (Computer science), विधि (Law) एवं अपराधशास्त्र (Criminology), जनसंचार (Public communication), संगीत (music) तथा ललित कला (fine arts), वास्तुकला (architecture) तथा अभियंत्रिकी (engineering) आदि प्रमुख है।
12. कार्यरत मनोवैज्ञानिक (working psychologists) के कई प्रकार हैं जिनमें नैदानिक मनोवैज्ञानिक, औद्योगिक/संगठनात्मक मनोविज्ञानी, परामर्श मनोविज्ञानी (Counselling psychology), सामुदायिक मनोविज्ञानी, स्कूल मनोविज्ञानी तथा शिक्षा मनोविज्ञानी, औद्योगिक/संगठनात्मक मनोविज्ञानी, स्वास्थ्य मनोविज्ञानी (Health psychologists), उपभोक्ता मनोविज्ञानी (Consumer psychologists), क्रीड़ा मनोविज्ञानी (Sports psychologist) आदि प्रमुख है।
13. दैनदिन जीवन में मनोविज्ञान एक काफी लोकप्रिय विज्ञान के रूप में स्थापित हो चुका है। ऐसे सात क्षेत्रों में इसकी लोकप्रियता स्थापित हो चुकी है।

❑

अध्याय 2

मनोविज्ञान में जाँच की विधियाँ
(METHODS OF ENQUIRY IN PSYCHOLOGY)

इस अध्याय को पढ़ने के बाद आप

- *मनोवैज्ञानिक जाँच के लक्ष्य एवं स्वरूप की व्याख्या कर पायेंगे,*
- *मनोवैज्ञानिक आँकड़ों (प्रदत्त) के स्वरूप को समझ सकेंगे,*
- *मनोवैज्ञानिक जाँच के कुछ महत्त्वपूर्ण विधियों के बारे में जान पायेंगे,*
- *मनोवैज्ञानिक परीक्षणों के प्रकार एवं उनकी सीमाओं (limitations) को समझ पायेंगे,*
- *प्रदत्त विश्लेषण की विधियों को समझ पायेंगे,*
- *मनोवैज्ञानिक जाँच में सम्मिलित नैतिक मुद्दे (ethical issues) को समझ पायेंगे।*

विषय वस्तु

परिचय

इस अध्याय में मनोविज्ञान अपने विषय-वस्तु का अध्ययन करने के लिए किन-किन जाँच विधियों का उपयोग करता है, उनके क्या उद्देश्य हैं, आँकड़ों या प्रदत्त (data) का विश्लेषण किस तरह से किया जाता है, मनोवैज्ञानिक जाँच की क्या सीमाएँ (limitations) एवं निहित नैतिक मुद्दे (moral issues) हैं, का अध्ययन किया जाएगा। अन्य वैज्ञानिकों के समान मनोवैज्ञानिक भी जिन विषयों/कथ्य का अध्ययन करते हैं, उनका वर्णन, पूर्वकथन, व्याख्या एवं जहाँ तक संभव हो नियंत्रण करने की कोशिश करते हैं। ऐसा करने के लिए मनोवैज्ञानिक भिन्न-भिन्न विधियों का उपयोग करते हैं जिसमें प्रेक्षण, प्रयोग, सहसंबंधात्मक अनुसंधान, सर्वे, केस अध्ययन विधि तथा मनोवैज्ञानिक परीक्षण आदि प्रमुख हैं। एक मनोवैज्ञानिक, अनुसंधान (investigation) करने में किन-किन चरणों (steps) को अपनाता है, इसकी भी चर्चा इस अध्याय में की जायेगी।

मनोवैज्ञानिक जाँच के लक्ष्य
(Goals of Psychological Enquiry)

मनोविज्ञान में होने वाले शोधों या अनुसंधानों (researches) पर यदि हम ध्यान देखें तो यह स्पष्ट होगा कि ऐसे शोधों को मूलतः दो श्रेणियों में बाँटा जा सकता है—*मौलिक शोध* (basic research) तथा *अनुप्रयुक्त शोध* (applied research)। मौलिक शोध में मनोवैज्ञानिक शोध करके व्यवहार के सामान्य नियमों (principles), सिद्धान्त (theories) एवं मॉडल (models) का निर्माण करते हैं जबकि अनुप्रयुक्त शोध (applied research) में मनोवैज्ञानिक उन सामान्य नियमों, सिद्धान्तों एवं मॉडलों का उपयोग व्यक्ति की विभिन्न समस्याओं के समाधान में करते हैं। हाल के वर्षों में कुछ मनोवैज्ञानिक कुछ ऐसे शोधों में भी अभिरुचि दिखलाने लगे हैं जिसके माध्यम से वे व्यक्तियों के व्यवहारों को बदलने के लिए कुछ हस्तक्षेप (interventions) करते हैं। इसके लिए सरकारी स्तर पर भी विभिन्न तरह के कार्यक्रम (programme) चलाये जाते हैं। इस तरह के शोध को *कार्यक्रम मूल्यांकन* (programme evaluation) कहा जाता है। इसके अलावा कुछ मनोवैज्ञानिक विभिन्न सिद्धान्तों के क्रमबद्ध समन्वय (integration), उपयोग एवं मूल्यांकन (evaluation) के लिए शोध करते हैं। ऐसे शोधों का संबंध वास्तविक जिंदगी की समस्याओं से अधिक रहता है। इन समस्याओं से संबंधित पहलुओं पर वे आँकड़ा या प्रदत्त संग्रह करते हैं और क्रमबद्ध शोध के सहारे समस्याओं के कारणों का पता लगाते हैं। ऐसे शोध को *क्रियाशोध* (action research) कहा जाता है।

मनोवैज्ञानिक शोध या जाँच के चाहे जो भी प्रकार क्यों न हो, इसके कुछ स्पष्ट लक्ष्य (goals) होते हैं। ऐसे लक्ष्य निम्नांकित पाँच हैं—*वर्णन* (description), *बोध* (understanding), *पूर्वकथन* (prediction), *नियंत्रण* (control) तथा *उपयोग* (application)। इन सबों का वर्णन निम्नांकित है—

1. वर्णन *(Description)*—मनोवैज्ञानिक सबसे पहले किसी घटना/व्यवहार आदि का वर्णन करने की कोशिश करते हैं ताकि संबद्ध घटना/व्यवहार को ठीक से परिभाषित किया जा सके तथा इसे अन्य व्यवहारों या घटनाओं से भिन्न कर सके। वर्णन की प्रक्रिया में शोधकर्त्ता घटनाओं या व्यवहारों का प्रेक्षण (observe) करता है और उसके बारे में हर चीज को सावधानीपूर्वक नोट करता है। इसमें अन्य बातों के अलावा क्या हो रहा है, कहाँ हो रहा है, किसके साथ हो रहा है और किस परिस्थिति में वह अमुक व्यवहार/घटना हो रहा है, आदि पर मुख्य रूप से ध्यान केन्द्रित किया जाता है। जैसे, शिक्षक वर्ग में यह प्रेक्षण कर सकते हैं कि रमेश अपने कक्षा में विचित्र ढंग से व्यवहार करता है। वह अपना गृहकार्य (homework) ठीक से नहीं करता है, पढ़ने-लिखने में ध्यान नहीं देता है, स्कूल के प्रति उसकी मनोवृत्ति नकारात्मक है। उसके परीक्षा अंक में लगातार गिरावट आ रही है, आदि-आदि।

2. व्याख्या *(Explanation)*—यहाँ शोधकर्त्ता अमुक व्यवहार का कारण पर अपना ध्यान केन्द्रित करता है। यहाँ चूँकि घटित घटना या व्यवहारों के कारणों को समझने की कोशिश की जाती है, इसलिए इस लक्ष्य को *बोध* (understanding) भी कहा जाता है। जैसे, यहाँ शिक्षक यह पता लगाने की कोशिश करेंगे कि रमेश का व्यवहार वर्ग में क्यों अनोखा है। संभवतः इसके लिए वे स्कूल परामर्शदाता (school counsellor) की मदद लेंगे, वे यह

भी पता लगाने की कोशिश करेंगे कि वर्ग में उसका इस अनोखे व्हार का कारण शारीरिक (physiological) तो नहीं है, शिक्षक मनोवैज्ञानिक की सहायता से यह भी जानने की कोशिश करेंगे कि रमेश में कहीं कोई मनोवैज्ञानिक समस्या (psychological problem) तो नहीं है, आदि। कहने का तात्पर्य यह है कि शोधकर्त्ता यहाँ पहचान किये गए व्यवहार के कारणों का पता लगाने की भरपूर कोशिश करते हैं। व्यवहार के कारणों का पता लगाकर मनोवैज्ञानिक संबंधित व्यवहार का एक सिद्धान्त (theory) विकसित करने की कोशिश करते हैं। जैसे, विभिन्न तरह के उपलब्ध कारणों के आधार पर मनोवैज्ञानिक इस तथ्य पर पहुँच सकते हैं कि रमेश विशेष अधिगम समस्या (learning problem) यानी डायस्लेक्सिया (dyslexia) से ग्रसित हैं। इसके कारण बच्चे अपने उम्र एवं बुद्धि के अनुरूप पढ़ नहीं पाते हैं।

3. पूर्वकथन *(Prediction)*—पूर्वकथन से तात्पर्य यह तय करना होता है कि अब भविष्य में क्या हो सकता है। जब मनोवैज्ञानिक को किसी घटना/व्यवहार के कारणों का पता चल जाता है, तो वे उसके बारे में पूर्वकथन (prediction) करने की कोशिश करते हैं कि इस ढंग के व्यवहार का क्या परिणाम भविष्य में हो सकता है। जैसे, मनोवैज्ञानिक यहाँ यह पूर्वकथन कर सकते हैं कि रमेश भविष्य में भी गृहकार्य ठीक से नहीं कर पायेगा और अपने अपूर्व अधिगम विभव (learning potential) पर कभी नहीं पहुँच पायेगा। पूर्वकथन में त्रुटि (error) होने की भी संभावना होती है। अतः मनोवैज्ञानिकों द्वारा किया गया पूर्वकथन एक सीमा के भीतर ही सही होती है। मनोविज्ञान में जो भी पूर्वकथन किया जाता है उसका संबंध लोगों के औसत व्यवहार (average behaviour) से होता है और जब इसका उपयोग वैयक्तिक केस (individual case) के लिए किया जाता है, तो इसकी यथार्थता में कमी आ जाती है।

4. नियंत्रण *(Control)*—नियंत्रण (control) से यहाँ मतलब व्यवहार में परिवर्तन या परिमार्जन (modification) से होता है। दूसरे शब्दों में, व्यवहार में कमी (reduction) या वृद्धि (enhancement) करके उसमें पर्याप्त परिमार्जन या परिवर्तन लाया जाता है। जैसे चिकित्सा (therapy) के माध्यम से व्यवहार में लाया गया परिवर्तन, नियंत्रण (control) का एक उत्तम उदाहरण है। उक्त उदाहरण में रमेश के अवांछित व्यवहार (स्कूल में फेल होना, वर्ग में ठीक ढंग से व्यवहार न करना) को वांछित व्यवहार (desirable behaviour) अर्थात् वर्ग में सफलता प्राप्त करने में बदलना नियंत्रण कहलायेगा। अनेक ऐसे अधिगम युक्तियाँ (learning strategies) उपलब्ध हैं जिनके माध्यम से पठन कौशल (reading skills) को उन्नत बनाया जा सकता है तथा डायस्लेक्सिया (dyslexia) को बहुत हद तक नियंत्रित किया जा सकता है।

5. उपयोग *(Application)*—मनोवैज्ञानिक जाँच का अंतिम लक्ष्य व्यक्ति, समाज या संगठन के विभिन्न समस्याओं के समाधान में प्राप्त तथ्यों एवं सिद्धान्तों का उपयोग करना होता है। उद्योग (industry), अस्पताल एवं सरकारी संस्थानों में मनोवैज्ञानिक उपयोग (psychological application) काफी लोकप्रिय है। स्वास्थ्य क्षेत्र में मनोवैज्ञानिक सिद्धान्तों का उपयोग कर व्यक्ति एवं समुदाय की समस्याओं का समाधान भी काफी किया जाता है। इन मनोवैज्ञानिक उपयोगों (psychological applications) से जिन्दगी की गुणवत्ता (quality of life) में काफी परिवर्तन आया है।

स्पष्ट हुआ कि मनोवैज्ञानिक जाँच (psychological enquiry) के कई लक्ष्य होते हैं। यहाँ ध्यान देने वाली बात यह है कि सभी मनोवैज्ञानिक जाँच या अनुसंधान (psychological enquiries) में इन सभी लक्ष्यों को पूरा करने की कोशिश नहीं की जाती है। जैसे व्यक्तित्व मनोवैज्ञानिक (personality psychologists) वर्णन तथा पूर्वकथन (prediction) पर अधिक बल डालते हैं क्योंकि वे मूलतः दो तरह के प्रश्नों के अध्ययन में रुचि रखते हैं—लोग किस तरह के होते हैं (वर्णन) तथा वे किस परिस्थिति में क्या करते हैं (पूर्वकथन)। कुछ मनोवैज्ञानिक मात्र वर्णन (description) तथा व्याख्या (explanation) में अभिरुचि दिखलाते हैं। जैसे प्रयोगात्मक मनोवैज्ञानिक (experimental psychologists) किसी प्रेक्षित व्यवहार (observed behaviour, अर्थात् वर्णन) की व्याख्या (explanation) करने में अधिक अभिरुचि दिखलाते हैं। मनोचिकित्सक (psychotherapists) का मुख्य ध्यान नियंत्रण (control) में होता है हालांकि अन्य लक्ष्य उक्त लक्ष्य को प्राप्त करने के लिए महत्त्वपूर्ण होता है।

मनोवैज्ञानिक अनुसंधान के चरण
(Steps of Psychological Invesigation)

मनोवैज्ञानिक अनुसंधान एक वैज्ञानिक अनुसंधान (scientific investigation) होता है। वैज्ञानिक अनुसंधान की कई विशेषताएँ हैं जिनमें प्रमुख विशेषता यह है कि यह व्यवस्थित (systematic), आनुभविक (empirical) तथा चरणबद्ध होता है। मनोवैज्ञानिक अनुसंधान में सम्मिलित प्रमुख चरण इस प्रकार है—

1. शोध समस्या या प्रश्न का निर्धारण *(Determination of Research problem or question)*—मनोवैज्ञानिक अनुसंधान का सबसे पहला चरण किसी शोध समस्या या प्रश्न का निर्धारण करना है। किसी भी मनोवैज्ञानिक अनुसंधान की शुरूआत तब होती है जब अनुसंधानकर्त्ता अध्ययन के कथ्य (theme) तथा विषय (topic) का चयन करता है। जब इसका चयन हो जाता है, तो वह अपना ध्यान शोध के विशेष प्रश्न या समस्या पर करता है। ऐसा करने में वह पूर्व में किये गए अनुसंधानों/शोधों की समीक्षा (review of research), प्रेक्षण तथा व्यक्तिगत अनुभवों से फायदा उठाता है। इन सबों के आधार पर वह फिर अंत में कोई विशेष समस्या या प्रश्न पर पहुँचता है जिसे शोध समस्या या प्रश्न (research problem or topic) कहा जाता है। उदाहरणस्वरूप, मान लिया जाय कि अध्ययनकर्त्ता बच्चों के अधिगम निष्पादन (learning performance) के क्षेत्र में एक मनोवैज्ञानिक अनुसंधान करना चाहता है। वह अधिगम के क्षेत्र में पूर्व किये गए अध्ययनों की समीक्षा करेगा तथा तरह-तरह के प्रेक्षणों (observations) पर ध्यान देगा। यदि इन सबों के बाद वह इस निष्कर्ष पर पहुँचता है कि पुरस्कार तथा दंड देने से बच्चों का अधिगम निष्पादन किस तरह से प्रभावित होता है, एक अच्छी समस्या है, जिसपर अनुसंधान किया जा सकता है, तो उक्त समस्या एक शोध समस्या या प्रश्न का उदाहरण होगा।

2. प्राक्कल्पना एवं चर का निर्धारण *(Determination of hypothesis and variables)*—जैसे ही शोध समस्या या प्रश्न सुनिश्चित हो जाता है, अगले चरण में अनुसंधानकर्त्ता उसके संभावित उत्तर को ढूँढ़ना प्रारंभ कर देता है। वह एक अस्थायी तौर पर उस समस्या या प्रश्न का उत्तर तैयार कर लेता है जिसे *प्राक्कल्पना* (hypothesis) की संज्ञा दी जाती है। तकनीकी रूप से प्राक्कल्पना को परिभाषित करते हुए यह कहा जाता है कि यह अध्ययन किये जाने वाले दो या दो से अधिक घटनाओं (events) या चरों (variables) के बीच संभावित संबंध का एक अस्थायी (tentative) तथा मापनीय (testable) कथन होता है। प्राक्कल्पना की जाँच करने की प्रक्रिया को *औचित्य या तर्कसंगति का संदर्भ* (Context of justification) की संज्ञा दी जाती है।

समस्या तथा प्राक्कल्पना दोनों में ही चर (variables) सम्मिलित होते हैं। अतः इस बिन्दु पर भी प्रकाश यहाँ डालना उचित होगा। चर से तात्पर्य कोई भी वैसी घटना, अवस्था, प्रक्रिया (process) या गुण (attribute) से होता है जो परिवर्तित (variable) होता है तथा साथ-ही-साथ जिसे मापना संभव हो। जैसे, बुद्धि, उम्र, रोशनी का स्तर आदि सभी चर के उदाहरण हैं जो परिवर्तित होते हैं तथा साथ-ही-साथ उन्हें मापना संभव हो पाता है। चर का स्वरूप गुणात्मक (qualitative) भी हो सकता है या परिमाणात्मक (quantitative)। गुणात्मक चर से तात्पर्य वैसी सभी चरों से होता है जिनमें ऐसी श्रेणियाँ होती हैं जिन्हें मात्रा (magnitude) के रूप में सुव्यवस्थित नहीं किया जा सकता है। जैसे, प्रजाति, धर्म आदि गुणात्मक चर के उदाहरण हैं। मात्रात्मक चर वैसे चर को कहा जाता है जिनमें ऐसी श्रेणियाँ होती हैं जिन्हें मात्रा के रूप में सुव्यवस्थित किया जा सकता है। जैसे, बुद्धि, उद्दीपक की तीव्रता, पाठ की कठिनाई (task difficulty) आदि मात्रात्मक चर के उदाहरण हैं।

मनोवैज्ञानिक अनुसंधान में चर का स्वरूप चाहे जो हो, कुछ चर ऐसे होते हैं जिनमें शोधकर्त्ता जोड़-तोड़ (manipulation) करता है। ऐसे चर को *स्वतंत्र चर* (independent variable) कहा जाता है। जिस चर के बारे में अनुसंधानकर्त्ता शोध करके पूर्वकथन (prediction) करता है, उसे *आश्रित चर* (dependent variable) कहा जाता है तथा कुछ चर ऐसे होते हैं जिनके प्रभाव को अनुसंधानकर्त्ता नियंत्रित करके रखता है क्योंकि उसके पड़ने वाले प्रभाव के अध्ययन में उसकी कोई अभिरुचि नहीं होती है। ऐसे चर को *वहिरंग चर* (extraneous variable) कहा जाता है।

एक उदाहरण : जैसे उक्त शोध समस्या में शोधकर्त्ता साहित्य समीक्षा (review of literature) के बाद यह प्राक्कल्पना बना सकता है—

''पुरस्कार देने से अधिगम निष्पादन श्रेष्ठ होता है तथा दंड देने से इस तरह का निष्पादन घटिया होता है।''

अब इस कथन को शोधकर्त्ता अपने अनुसंधान के आधार पर सही या गलत सिद्ध कर सकता है।

3. प्रदत्त संग्रह *(Data collection)*—जब अनुसंधानकर्त्ता प्राक्कल्पना (hypothesis) का निर्माण कर लेता है, तो अगला चरण आँकड़ा या प्रदत्त (data) संग्रह का होता है। यहाँ अनुसंधानकर्त्ता निम्नांकित पहलुओं पर विशेष रूप से ध्यान देता है—

(i) अध्ययनकर्त्ता अपनी शोध समस्या के स्वरूप के मद्देनजर अध्ययन की कोई विशेष विधि (method) को चुनता है। सामान्यतः मनोविज्ञान में अध्ययन विधि के रूप में प्रेक्षण (observation), प्रयोग (experiment), केस अध्ययन (case study), सहसंबंधात्मक अध्ययन (correlational study) तथा सर्वे (survey) आदि का उपयोग किया जाता है। इनमें से किसी भी एक या कभी-कभी एक से अधिक विधि का भी अध्ययनकर्त्ता उपयोग प्रदत्त संग्रह के लिए करता है।

(ii) इसके बाद वास्तविक कार्य प्रारंभ करने के पहले वह पूरे शोध प्रक्रिया का एक रूप-रेखा (blue print) तैयार करता है जिसे अध्ययन का डिजाइन (design) कहा जाता है।

(iii) फिर अध्ययन में सम्मिलित किये जाने वाले उपकरणों (tools) या परीक्षण (tests) आदि के बारे में निर्णय लेता है। ऐसे परीक्षण पहले से उपलब्ध हो सकते हैं या फिर उपलब्ध नहीं रहने पर उसका निर्माण भी किया जा सकता है।

(iv) यहाँ शोधकर्त्ता को अध्ययन में शामिल किये जाने वाले प्रतिभागियों (participants) के बारे में निर्णय करना होता है। सामान्यतः अध्ययनकर्त्ता प्रतिभागियों को इतनी संख्या में अवश्य चुनता है कि उनके द्वारा जीवसंख्या (population) का प्रतिनिधित्व हो सके।

उपर चार महत्त्वपूर्ण कारकों के बारे में निर्णय लेने के बाद ही प्रदत्त संग्रह का कार्य प्रारंभ होता है। यहाँ पर यह कहना भी उचित होगा कि कभी-कभी अनुधानकर्त्ता को मुख्य अध्ययन (main study) के पहले एक छोटा *पथदर्श अध्ययन* (pilot study) भी करना पड़ता है।

4. प्रदत्त विश्लेषण तथा व्याख्या *(Data analysis and Interpretation)*—प्राप्त प्रदत्त का विभिन्न परिणात्मक (quantative) गुणात्मक प्रविधियों (qualitative technique) द्वारा विश्लेषण किया जाता है। इस तरह के विश्लेषण का मुख्य उद्देश्य प्रदत्त से कुछ अर्थ निकालना है तथा यह देखना होता है कि अध्ययन की समस्या (problem) तथा प्राक्कल्पना (hypothesis) पर इससे कितनी रोशनी पड़ती है।

5. शोध निष्कर्ष *(Research conclusion)*—अनुसंधानकर्त्ता द्वारा प्रारंभ में निर्मित प्राक्कल्पना शोध के प्रदत्त के विश्लेषण से संपुष्ट होती है या नहीं, इस बात पर यहाँ ध्यान केन्द्रित किया जाता है। आरंभ में यह प्राक्कल्पना का निर्माण किया गया था कि पुरस्कार देने से अधिगम निष्पादन (learning performance) श्रेष्ठ होता है तथा दंड देने से इस तरह का निष्पादन घटिया होता है। यहाँ यह देखा जाता है कि क्या निष्कर्ष से प्राक्कल्पना की पुष्टि होती है। यदि पुष्टि होती है, तो प्राक्कल्पना को सही ठहराया जाता है। यदि ऐसा नहीं होता है तो अनुसंधानकर्त्ता एक वैकल्पिक प्राक्कल्पना का निर्माण करके फिर से नये प्रदत्तों के आधार पर उसकी जाँच करेगा और किसी निष्कर्ष पर पहुँचेगा। प्राप्त निष्कर्ष की वैधता की जाँच भावी अनुसंधानकर्त्ताओं द्वारा भी की जाती है। अतः सचमुच में अनुसंधान एक निरंतर चलने वाली प्रक्रिया होती है।

स्पष्ट हुआ कि मनोवैज्ञानिक अनुसंधान में कई चरण सम्मिलित होते हैं जिनपर ध्यान देने से ही उत्तम अनुसंधान किया जा सकता है।

अनुसंधान के वैकल्पिक प्रतिमान
(Alternative model of Investigation)

मनोवैज्ञानिक अनुसंधान में दो वैकल्पिक प्रतिमानों पर प्रायः विचार किया जाता है। एक प्रतिमान *वैज्ञानिक परंपरा* (scientific tradition) का है तथा दूसरा प्रतिमान *व्याख्यापरक परंपरा* का है। वैज्ञानिक परंपरा वाले मनोवैज्ञानिकों का यह विश्वास है कि मनोविज्ञान में इसके विषय-वस्तु अर्थात् व्यवहार एवं मानसिक प्रक्रियाओं के अध्ययन में भौतिकी, रसायन विज्ञान तथा जीव विज्ञान (biology) जैसे विज्ञानों की विधियों को अपनाकर आसानी से अध्ययन किया जा सकता है। यहाँ पूर्वकल्पना यह होती है कि मानव व्यवहार बाह्य एवं आंतरिक दोनों बलों द्वारा घटित होती है। फलतः इसके बारे में पूर्वानुमान लगाया जा सकता है तथा इसका प्रेक्षण (observation), मापन (measurement) तथा नियंत्रण (control) किया जा सकता है। फलतः यह प्रतिमान मनोवैज्ञानिक अध्ययनों में वैयक्तिक अुभूतियों, अनुभवों (experiences) तथा अर्थों (meanings) पर ध्यान नहीं देता है।

आधुनिक समय में इससे भिन्न एक दृष्टिकोण विकसित हुआ है जिसे *व्याख्यापरक परंपरा* की संज्ञा दी गयी है जिसके अनुसार किसी खाश संदर्भ (context) में घटित होने वाली घटनाओं एवं क्रियाओं की अर्थवत्ता को ढूँढ़ना एवं उसे समझना अधिक महत्त्वपूर्ण होता है। कुछ बाह्य परिस्थिति जैसे आगजनी, बाढ़, भूकंप आदि तथा आंतरिक परिस्थिति (जैसे लंबी बीमारी) आदि कुछ ऐसी होती है जहाँ व्यवहारों तथा अनुभूतियों के अध्ययन में वस्तुनिष्ठता बनाकर रखना संभव नहीं हो पाता है। अतः यहाँ व्यक्ति वास्तविकता की वैयक्तिक व्याख्या उस संदर्भ को समझते हुए करता है और किसी निष्कर्ष पर पहुँचता है।

मनोवैज्ञानिक आँकड़ों (प्रदत्त) का स्वरूप
(Nature of Psychological Data)

मनोवैज्ञानिक, शोध या अनुसंधान तथा प्रेक्षण (observation) के आधार पर कुछ सूचनाएँ एवं तथ्य एकत्रित करते हैं जिन्हें हम तकनीकी भाषा में प्रदत्त या आँकड़ा (data) कहते हैं। 'Data' बहुवचन पद है जिसका एकवचन 'Datum' होता है। मान लिया जाए कि मनोवैज्ञानिक एक सर्वे करके यह जानना चाहते हैं कि कितने लोग दूरदर्शन पर 'स्टार प्लस' पर आने वाले किसी विशेष सिरियल को देखते हैं और उसमें कितने लोग किशोर हैं, कितने वयस्क हैं और कितने बच्चे हैं। इस सर्वे के आधार पर जो सूचना या तथ्य जिन्हें प्रायः अंकों या प्रतिशत/अनुपात में व्यक्त किया जाता है, को आँकड़ा या प्रदत्त (data) का उदाहरण होगा।

मनोवैज्ञानिक आँकड़ों या प्रदत्त का स्वरूप भिन्न-भिन्न तरह का होता है। इसके प्रमुख प्रकारों को इस प्रकार उल्लेखित किया जा सकता है—

1. मनोवैज्ञानिक सूचना *(Psychological information)*—व्यक्ति के व्यवहार एवं मानसिक प्रक्रियाओं से संबद्ध मनोवैज्ञानिक सूचनाओं एवं तथ्यों से मिलने वाले आँकड़ों को मनोवैज्ञानिक सूचना आधृत प्रदत्त कहा जाता है। इसमें व्यक्ति की बुद्धि, व्यक्तित्व, मूल्य, मनोवृत्ति, संवेग, अभिप्रेरण (motivation), निर्णय (decision), चिन्तन (thinking) आदि मुख्य हैं और इनसे मनोवैज्ञानिकों को प्राप्त होने वाले सूचनाएँ मनोवैज्ञानिक प्रदत्त कहलातीं हैं। जैसे, बुद्धि परीक्षण के क्रियान्वयन के बाद एक कहा जा सकता है कि सीता की बुद्धिलब्धि (intgelligence quotient or IQ) गीता से 10 बिन्दु ज्यादा है क्योंकि सीता की बुद्धिलब्धि 110 है जबकि गीता की बुद्धिलब्धि मात्र 100 है। यहाँ बुद्धिलब्धि की अभिव्यक्ति मनोवैज्ञानिक प्रदत्त का उदाहरण है।

2. दैहिक प्रदत्त *(Physiological data)*—मनोवैज्ञानिक शोध में व्यक्ति (या पशु) के दैहिक हालातों (physiological conditions) के बारे में भी सूचनाएँ प्राप्त की जाती हैं। ऐसी सूचनाओं को दैहिक प्रदत्त (physiological data) कहा जाता है। जैसे, प्रायः मनोवैज्ञानिकों को व्यक्ति के थकान का स्तर, साइकोगलवैनिक अनुक्रिया (Psychogalvanic Response or PGR), मस्तिष्कीय तरंग (brain waves), निद्रा की गहराई एवं अवधि, लार की मात्रा, अन्तःस्रावी ग्रन्थियों (endocrine glands) के कार्यों आदि के बारे में जानने की जरूरत

पड़ती है और वे इन सबों से संबंधित आँकड़े इकट्ठा करते हैं। इन आँकड़ों या प्रदत्त को दैहिक प्रदत्त (physiological data) कहा जाता है।

3. भौतिक प्रदत्त *(Physical data)*—मनोवैज्ञानिक को अमुक तरह की भौतिक परिस्थिति में किया व्यवहार से संबद्ध सूचनाओं को भी एकत्रित करना पड़ता है। इस तरह की सूचना को *भौतिक प्रदत्त* (physical data) कहा जाता है। इसके तहत मनोवैज्ञानिक कुछ महत्त्वपूर्ण सूचनाए जो एकत्रित करते हैं, इस प्रकार है—कार्य वातावरण (work environment) के तापक्रम, आर्द्रता (humidity), आवाज का स्तर, पास-पड़ोस का वातावरण, स्कूल की संरचना, वर्ग के छात्रों की संख्या तथा वर्ग के भीतर उपलब्ध सूचनाएँ, घरेलू सामाजिक-सांस्कृतिक परिवेश, यातायात के साधन एवं सुविधाएँ आदि। इन सबों का व्यक्ति के व्यवहार पर काफी प्रभाव पड़ता है।

4. जनांकिकीय प्रदत्त *(Demographic data)*—मनोवैज्ञानिक व्यक्ति विशेष से संबंधित सूचनाएँ भी इकट्ठा करते हैं जिनकी उपयोगिता विशेषकर नैदानिक परिवेश (clinical perspective) में अधिक होता है। इस तरह की सूचनाओं को *जनांकिकीय प्रदत्त* (demographic data) कहा जाता है। इसमें अन्य बातों के अलावा व्यक्ति का नाम, आयु, उम्र, जन्मक्रम, माता-पिता की शिक्षा, माता-पिता का आय, व्यवसाय, भाई-बहन की संख्या, जाति, धर्म आदि से संबध सूचनाएँ प्रदत्त (data) के रूप में एकत्रित की जाती है।

स्पष्ट हुआ कि मनोवैज्ञानिक आँकड़े या प्रदत्त के स्वरूप भिन्न-भिन्न हैं जिनका उपयोग भिन्न-भिन्न तरह के अनुसंधानों या शोधों में होता है।

मनोविज्ञान की कुछ महत्त्वपूर्ण जाँच विधियाँ
(Some Important Methods of Enquiry in Psychology)

मनोविज्ञान में व्यक्ति के व्यवहार एवं मानसिक प्रक्रियाओं को अध्ययन करने के लिए कई तरह की विधियों को अपनाया जाता है जिसमें निम्नांकित प्रमुख हैं:—

(1) अन्तर्निरीक्षण विधि (Introspection Method)

(2) प्रेक्षण विधि (Observation Method)

(3) प्रयोगात्मक विधि (Experimental Method)

(4) सर्वे विधि (Survey Method)

(5) नैदानिक या केस अध्ययन विधि (Clinical or Case Study Method)

(6) सहसंबंधात्मक विधि (Correlational Method)

इन सभी विधियों का वर्णन निम्नांकित हैं:—

अन्तर्निरीक्षण विधि
(Introspection Method)

अन्तर्निरीक्षण विधि मनोविज्ञान की एक सबसे पुरानी विधि है जिसका सबसे पहले उपयोग प्रयोगात्मक मनोविज्ञान के जनक विलियम वुण्ट (Wilhelm Wundt) तथा उनके शिष्य टिचेनर (Titchener) द्वारा किया गया था। अन्तर्निरीक्षण का शाब्दिक अर्थ अन्तस् का निरीक्षण करना होता है। दूसरे शब्दों में, जब व्यक्ति अपने आन्तरिक अनुभवों को स्वयं अध्ययन कर बतलाता है तो इसे अन्तर्निरीक्षण (introspection) कहा जाता है। वुण्ट तथा टिचेनर ने मनोविज्ञान को चेतन अनुभूति (conscious experience) के अध्ययन का विज्ञान कहा था तथा इस चेतन अनुभूति को अध्ययन करने का मात्र विधि अन्तर्निरीक्षण बतलाया। जैसा कि ऊपर कहा जा चुका है, अन्तर्निरीक्षण विधि एक ऐसा आत्म निरीक्षण (self-observation) है जिसमें व्यक्ति अपने आन्तरिक अनुभूतियों का स्वयं अवलोकन करके उसके बारे में बतलाता है। जैसे—यदि कोई व्यक्ति एक फूल को सूंघकर यह बतलाता है कि फूल में सुगंध काफी है, तो यह अन्तर्निरीक्षण का एक उदाहरण होगा क्योंकि फूल सूंघने के बाद अपने भीतर उत्पन्न

अनुभूतियों का स्वयं अवलोकन करके उसके बारे में वह बतला रहा है। परन्तु यदि कोई व्यक्ति अपने सिर का बाल देखकर यह कहता है कि उसके सिर के बाल काफी उजले हो गये हैं तो यह अन्तर्निरीक्षण का उदाहरण नहीं होगा क्योंकि यहाँ बाल देखना मात्र एक व्यवहार का वर्णन है जो स्वयं निरीक्षण करने के कारण आत्मनिरीक्षण तो है परन्तु अन्तर्निरीक्षण नहीं है (क्योंकि यहाँ व्यक्ति बाल देखने से उत्पन्न अनुभूतियों का वर्णन नहीं किया है)। हाँ, यदि वह यह कहता है कि उजले बाल को देखकर उसे काफी दुःख हुआ तो यह अन्तर्निरीक्षण का उदाहरण होगा।

टिचेनर (Titchener) ने अन्तर्निरीक्षण विधि की सफलता के लिए निम्नांकित कारकों को महत्त्वपूर्ण बतलाया है—

(1) अन्तर्निरीक्षण करने वाले व्यक्ति को किसी प्रकार की पूर्वाग्रह (prejudice) तथा पक्षपात (bias) से ग्रसित नहीं होना चाहिए।

(2) अन्तर्निरीक्षण करने वाले व्यक्ति की ध्यान में स्थिरता होनी चाहिए अर्थात् उसका ध्यान इधर-उधर भटकना नहीं चाहिए।

(3) अन्तर्निरीक्षण करने वाले व्यक्ति को अन्तर्निरीक्षण की प्रक्रिया में काफी अभिरुचि होनी चाहिए तथा उसे शांत, चित्त प्रकृति वाला व्यक्ति होना चाहिए।

(4) अन्तर्निरीक्षण करने वाले व्यक्ति को मानसिक एवं शारीरिक रूप से अधिक तरो-ताजा होना चाहिए अर्थात् उसमें शारीरिक एवं मानसिक थकान की स्थिति नहीं होनी चाहिए:—

अन्तर्निरीक्षण विधि के कुछ गुण एवं दोष है। इसके प्रमुख गुण निम्नांकित हैं:—

(i) अन्तर्निरीक्षण विधि ही एक ऐसी विधि है जिसके द्वारा व्यक्ति अपनी मानसिक स्थिति का सीधा अध्ययन कर पाता है। वह अपने विचारों, भावों, संवेगों एवं अन्य अनुभूतियों का अध्ययन इस विधि द्वारा ठीक ढंग से करता है। अन्य किसी भी दूसरी विधि द्वारा इन मानसिक क्रियाओं का अध्ययन संभव नहीं है।

(ii) अन्तर्निरीक्षण विधि का दूसरा प्रमुख गुण यह है कि यह विधि मनोविज्ञान को प्राकृतिक विज्ञानों से भिन्न करके उसे एक अलग दर्जा प्रदान करने में मदद किया है। अन्तर्निरीक्षण विधि का प्रयोग अब प्राकृतिक विज्ञान जैसे—भौतिकी, रसायनशास्त्र आदि में नहीं होता है जबकि मनोविज्ञान में इसका प्रयोग आज भी किया जा रहा है।

(iii) इस विधि का अन्य गुण यह है कि यह विधि मनोविज्ञान की कुछ समस्याओं का अध्ययन करने के लिए काफी सटीक बैठता है। मनोविज्ञान की कुछ समस्याएँ ऐसी हैं जिनका अध्ययन मात्र अन्तर्निरीक्षण विधि से ही संभव है। यदि कोई मनोविज्ञानी यह देखना चाहते हैं कि चिन्तन की प्रक्रिया में मानसिक प्रतिमा (mental images) का कोई स्थान होता है या नहीं, तो इसका अध्ययन वह मात्र अन्तर्निरीक्षण विधि द्वारा ही कर सकता है।

(iv) कुछ मनोवैज्ञानिकों का मत है कि चूँकि अन्तर्निरीक्षण एक तरह का आत्म-निरीक्षण (self-observation) है और यदि यह निष्पक्ष एवं बिना किसी डर या भय का किया जाए, तो मानसिक प्रक्रियाओं (mental processes) का अध्ययन करने का इससे अधिक वैज्ञानिक विधि कोई अन्य हो ही नहीं सकती है।

(v) अन्तर्निरीक्षण विधि प्रयोगात्मक मनोविज्ञान की सबसे पहली विधि है। इस विधि के सहारे मनोवैज्ञानिक ने चेतन अनुभूतियों का अध्ययन करके मनोविज्ञान को दर्शनशास्त्र से अलग किया था तथा उसे एक प्रयोगात्मक मनोविज्ञान का दर्जा दिया था।

इन गुणों के बावजूद भी अन्तर्निरीक्षण विधि के कुछ दोष (demerits) है जो निम्नांकित हैं:—

(i) इस विधि का सबसे प्रमुख दोष यह है कि इसमें आत्मनिष्ठता तथा वैयक्तिकता का गुण अधिक होता है जिसके कारण इस विधि से प्राप्त तथ्यों को वैध नहीं माना जा सकता है। व्यक्ति अन्तर्निरीक्षण करके जिस तरह की अनुभूति या भाव के बारे में बतलाता है, उसे मानना ही पड़ता है। संभव है कि उसे अनुभूति कुछ हो रहा हो और वह कह कुछ और ही रहा हो। जैसे—किसी अपरिचित से पहली बार मिलने पर व्यक्ति यह कहता है कि आपसे मिलकर बहुत खुशी हुई परन्तु संभव है कि उसे कुछ ऐसा नहीं हुआ हो।

(ii) कुछ मनोवैज्ञानिकों की राय है कि अन्तर्निरीक्षण विधि से प्राप्त तथ्यों का सामान्यीकरण दूसरे व्यक्तियों के लिए करना वैज्ञानिक नहीं होगा क्योंकि इस तरह के तथ्यों का आधार किसी व्यक्ति विशेष की चेतन अनुभूतियाँ होतीं हैं जो अन्य व्यक्तियों के लिए सही नहीं भी हो सकती है। जैसे—किसी पार्टी में दिया गया भोजन संभव है कि किसी एक व्यक्ति को स्वादिष्ट एवं अच्छा नहीं लगा हो परन्तु इस अमुक व्यक्ति के अनुभूतियों के आधार पर क्या कहा जा सकता है कि भोजन सचमुच में बेकार एवं स्वादहीन था? शायद नहीं, क्योंकि संभव है कि अन्य व्यक्तियों को ऐसी अनुभूति नहीं हुई हो।

(iii) इस विधि का एक अन्य दोष यह बतलाया गया है कि जब व्यक्ति अन्तर्निरीक्षण के दौरान अपनी अनुभूतियों का निरीक्षण या अध्ययन करना प्रारंभ करता है, तो वे अनुभूतियाँ ही लगभग समाप्त हो जाती है। जैसे—एक क्रोधित व्यक्ति यदि अपने भीतर होने वाले अनुभूतियों एवं शारीरिक परिवर्तनों पर ध्यान देने लगे, तो बहुत उम्मीद इस बात की है कि उसका क्रोध ही शांत हो जाएगा। इस दोष से बचने के लिए मनोवैज्ञानिकों ने यह सलाह दी है कि अन्तर्निरीक्षण किसी विशेष मानसिक स्थिति के दौरान न करके उसके तुरंत बाद करना चाहिए। जैसे—क्रोध की अवस्था में होने वाले अनुभूतियों का अन्तर्निरीक्षण क्रोध की अवस्था समाप्त होने के तुरंत बाद करना चाहिए। इसे मनोवैज्ञानिकों ने *अनुदर्शन* (retrospection) की संज्ञा दी है।

(iv) कुछ चेतन अनुभूति इस प्रकार की होती है कि उनका अध्ययन अन्तर्निरीक्षण विधि द्वारा संभव नहीं है क्योंकि व्यक्ति इन अनुभूतियों से अवगत तो रहता है परन्तु उसकी अभिव्यक्ति उचित ढंग से नहीं कर पाता है। जैसे–किसी व्यक्ति को मूली खाकर उससे उत्पन्न अनुभूति का वर्णन करने के लिए कहा जाए, तो संभवतः वह व्यक्ति अपनी अनुभूति का सही-सही अभिव्यक्ति नहीं कर पायेगा। कुछ मनोवैज्ञानिकों ने इसे अन्तर्निरीक्षण विधि का दोष न कहकर भाषा का दोष बतलाया है। परन्तु वास्तवकिता यह है कि इसमें भाषा का तो दोष है ही साथ-ही-साथ इस विधि का भी दोष है।

(v) अन्तर्निरीक्षण विधि का उपयोग सभी तरह के प्राणियों पर संभव नहीं हो पाता है। इसके द्वारा केवल सामान्य व्यक्तियों की अनुभूतियों का ही अध्ययन संभव है। पशु-पक्षी, शिशुओं तथा असामान्य व्यक्तियों की अनुभूतियों का अध्ययन नहीं कर सकते हैं क्योंकि ऐसे लोग अन्तर्निरीक्षण नहीं कर सकते हैं।

(vi) अन्तर्निरीक्षण विधि में अनुभव करने वाला और अनुभूतियों का निरीक्षण करने वाला व्यक्ति एक ही होता है। इस तरह से अन्तर्निरीक्षण विधि में एक ही व्यक्ति को दोहरा कार्य करना होता है जो सभी लोग ठीक ढंग से नहीं कर पाते हैं। जो कुछ लोग ऐसा कर भी लेते हैं, उनके द्वारा अन्तर्निरीक्षण की गयी अनुभूतियों पर अधिक भरोसा करना संभव नहीं हो पाता है।

इस विधि के गुणों एवं अवगुणों पर एक नजर डालने के बाद हम इस निष्कर्ष पर पहुँचते हैं कि अन्तर्निरीक्षण विधि की उपयोगिता को पूर्णतः अस्वीकृत कर देना उचित नहीं है। यही कारण है कि इस विधि का उपयोग प्रयोगात्मक विधि (experimental methods) के पूरक विधि के रूप में आज भी किया जाता है।

प्रेक्षण विधि
(Observation Method)

प्रेक्षण विधि (Observation method) मनोविज्ञान का एक महत्त्वपूर्ण विधि है। 1913 में जब जे॰ बी॰ वाटसन (J.B. Watson) ने व्यवहारवाद की स्थापना की तो मनोविज्ञान को नये ढंग से परिभाषित करते हुए यह कहा गया कि मनोविज्ञान व्यवहार का विज्ञान है जिसका अध्ययन अन्तर्निरीक्षण विधि से न करके प्रेक्षण विधि से किया जाना चाहिए। मनोविज्ञान के क्षेत्र में उसी समय से प्रेक्षण विधि का उपयोग प्रारंभ हुआ।

इस विधि में प्राणियों के व्यवहारों का अध्ययन किसी विशेष परिस्थिति में किया जाता है। जब अनेक प्रेक्षक (observer) किसी व्यक्ति के व्यवहारों का निरीक्षण स्वाभाविक परिस्थिति में करके एक समान निष्कर्ष पर पहुँचते हैं, तो ऐसे निरीक्षण या प्रेक्षण को वस्तुनिष्ठ प्रेक्षण (objective observation) कहा जाता है। जैसे—यदि चार

शिक्षक कुछ बच्चों के व्यवहारों का खेल के मैदान में अध्ययन कर इस निष्कर्ष पर पहुँचते हैं कि अमुक बच्चा का व्यवहार अधिक आक्रमक (aggressive) है, तो वह वस्तुनिष्ठ प्रेक्षण का उदाहरण होगा। परन्तु उसमें से कुछ शिक्षक यदि कुछ दूसरे निष्कर्ष पर पहुँचते हैं तो उसे प्रेक्षण तो कहा जाएगा परन्तु वस्तुनिष्ठ प्रेक्षक (objective observation) नहीं कहा जाएगा।

मनोविज्ञान में वस्तुनिष्ठ प्रेक्षण (objective observation) के निम्नांकित तीन प्रमुख प्रकार बतलाया गया है—

1. सहभागी प्रेक्षण *(Participant Observation)*—इस प्रकार के प्रेक्षण में प्रेक्षक उस घटना या व्यवहार को करने में स्वयं भी हाथ बँटाता है जिसका उसे अध्ययन करना है। इसका उपयोग बच्चों के व्यवहारों एवं औद्योगिक व्यवहार के अध्ययन में काफी होता है।

2. असहभागी प्रेक्षण *(Non-participant Observation)*—इस तरह के प्रेक्षण में प्रेक्षक उस घटना या व्यवहार को करने में हाथ नहीं बँटाता है जिसका कि वह अध्ययन कर रहा है। दूसरे शब्दों में, वह इन व्यवहारों का अध्ययन दूर से ही करता है। इस विधि का उपयोग शिक्षा, उद्योग एवं नैदानिक (clinical) परिस्थितियों में काफी होता है।

3. प्रकृतिवादी प्रेक्षण *(Naturalistic Observation)*—इस प्रेक्षण में प्राणियों के व्यवहारों का अध्ययन उनके स्वाभाविक परिस्थिति में किया जाता है। बन्दरों, चीटियों एवं मधुमक्खियों का उनके स्वाभाविक रहने के स्थानों पर किये गये प्रेक्षणों को प्रकृतिवादी प्रेक्षण कहा जाएगा।

वस्तुनिष्ठ प्रेक्षण का चाहे जो भी प्रकार का उपयोग क्यों न किया जा रहा हो, इसके कुछ स्पष्ट गुण एवं दोष हैं। हम पहले इसके प्रमुख गुणों की ओर ध्यान देंगे जो निम्नांकित हैं:—

(1) वस्तुनिष्ठ प्रेक्षण विधि आत्मनिष्ठ (subjective) नहीं है तथा इसमें अवैयक्तिकता का गुण है। वस्तुनिष्ठता का अर्थ होता है प्रेक्षकों में आपसी सहमति (interpersonal agreement)। चूँकि विधि वस्तुनिष्ठ एवं अवैयक्तिक है, इसलिए इसके निष्कर्ष पर भरोसा किया जा सकता है। जैसे—कोई व्यक्ति अगर जोर-जोर से चिल्ला कर बोल रहा है, उसकी आँखें लाल है, नथुने फड़क रहे हैं तो इसे देखकर प्रेक्षक आसानी से इस निष्कर्ष पर पहुँच जाता है कि व्यक्ति क्रोधित है। यह निष्कर्ष विश्वसनीय एवं वैध भी होता है।

(2) यह विधि आत्मनिरीक्षण विधि से अधिक व्यापक है क्योंकि इसका उपयोग सभी तरह के प्राणियों अर्थात् शिशुओं, वयस्क, बूढ़े, पशु-पंक्षी, कीड़े-मकोड़े आदि पर आसानी से किया जाता है।

(3) इस विधि का उपयोग एक समय में एक से अधिक प्राणियों के प्रेक्षण पर आसानी से किया जा सकता है। समूह, भीड़ व्यवहार तथा जनमत आदि के अध्ययन के लिए जनता के व्यवहारों का अध्ययन प्रेक्षण विधि द्वारा आसानी से किया जा सकता है।

(4) इस विधि से प्राप्त आँकड़ों का सांख्यिकीय निरूपण (statistical treatment) संभव है क्योंकि प्रायः आँकड़ें आवृत्ति (frequency) तथा प्रतिशत के रूप में प्राप्त होते हैं। इससे वस्तुनिष्ठ प्रेक्षण विधि की वैधता बढ़ जाती है।

(5) चूँकि इस विधि में सांख्यिकीय विश्लेषण संभव है तथा साथ-ही-साथ इसके द्वारा अनेक व्यक्तियों का अध्ययन भी संभव है, अतः इससे प्राप्त परिणाम का सामान्यीकरण अन्य लोगों के लिए संभव है। इतना ही नहीं, प्रेक्षण की पुनरावृत्ति से इस विधि का परिणाम अधिक विश्वसनीय हो जाता है।

इन गुणों के बावजूद वस्तुनिष्ठ प्रेक्षण विधि के कुछ दोष (demerits) हैं जिनमें निम्नांकित प्रमुख हैं:—

(1) इस विधि में प्रेक्षक के पूर्वाग्रह (prejudice), मनोवृत्ति (attitude) मान्यताओं आदि का प्रभाव उसके प्रेक्षण कार्य पर काफी पड़ता है। इसे दूर करने का कोई उचित उपाय नहीं है। अतः प्रेक्षण दोषपूर्ण हो जाता है। जैसे—एक ब्राह्मण को यदि एक हरिजन के व्यवहारों का प्रेक्षण करने के लिए कहा जाए तो बहुत उम्मीद इस बात की है कि ब्राह्मण द्वारा किया गया प्रेक्षण विशेष जातीय पूर्वाग्रह के कारण वास्तविक नहीं होगा। वह अपने प्रेक्षण में कुछ ऐसी चीजों का उल्लेख करेगा जो उनके अपने पूर्वाग्रह से न कि प्रेक्षण से उत्पन्न हुए हों।

(2) प्रेक्षण विधि में प्राणी के व्यवहारों का प्रेक्षण करके उससे संबंधित मानसिक अवस्थाओं के बारे में जाना जाता है। परन्तु हमेशा ऐसा अनुमान लगाना संभव नहीं हो पाता है। जैसे—आज भी गाँव में सामान्यतः जब दो स्त्रियाँ आपस में बहुत समय के बाद मिलती हैं तो अपनी खुशी प्रकट करने के लिए एक-दूसरे से गले मिलकर रोती हैं। इस रोने के व्यवहार का प्रेक्षण करके दोनों स्त्रियों में दुःख की मानसिक स्थिति का अंदाज लगा लेना सर्वथा गलत होगा। इस उदाहरण से यह स्पष्ट है कि प्राणी के व्यवहारों का मात्र निरीक्षण करके उसकी मानसिक स्थिति का सही-सही पता लगाना हमेशा संभव नहीं हो पाता है।

(3) इस विधि में प्रेक्षक सामान्यतः परिस्थिति में उपस्थित रहता है। कई बार ऐसा देखा गया है कि परिस्थिति में प्रेक्षक की उपस्थिति से व्यक्तियों के वास्तविक व्यवहार में कुछ परिवर्तन या विकृति आ जाती है जिससे प्रेक्षण का परिणाम अविश्वसनीय हो जाता है। इस तरह के परिवर्तन या विकृति का मुख्य कारण उनमें आत्म-सचेतता का उत्पन्न होना होता है। इस तरह के प्रभाव को कम करने के लिए प्रेक्षक अपनी पहचान छिपा लेते हैं या एक-तरफा पर्दा (one-way screen) का उपयोग करते हैं।

इन दोषों के बावजूद वस्तुनिष्ठ प्रेक्षण विधि मनोविज्ञान की एक प्रमुख विधि है तथा कुछ खास-खास व्यवहारों जैसे—समूह व्यवहार, भीड़ व्यवहार आदि के अध्ययनों में इस विधि का प्रयोग अन्य विधियों से अधिक श्रेष्ठ माना गया है।

प्रयोगात्मक विधि
(Experimental Method)

मनोविज्ञान की सबसे प्रमुख विधि प्रयोगात्मक विधि है। प्रयोगात्मक विधि वह विधि होता है जिसका आधार प्रयोग (experiment) होता है। अब प्रश्न उठता है कि प्रयोग किसे कहते हैं? मनोविज्ञान में प्रयोग से तात्पर्य किसी नियंत्रित अवस्था (controlled condition) में क्रमबद्ध अध्ययन या प्रेक्षण (observation) करने से होता है। दूसरे शब्दों में, किसी घटना या व्यवहार का नियंत्रित प्रेक्षण (controlled observation) ही प्रयोग कहलाता है। अतः प्रयोगात्मक विधि यह विधि होती है जिसमें प्राणियों के व्यवहारों एवं मानसिक प्रक्रियाओं का प्रेक्षण (observation) विशेष नियंत्रित परिस्थिति में की जाती है। किसी भी मनोवैज्ञानिक प्रयोग के मुख्य पाँच अंग होते हैं जिनका वर्णन निम्नलिखित हैः—

1. प्रयोगकर्त्ता या प्रयोक्ता *(Experimenter)*—प्रयोग करने वाले व्यक्ति को प्रयोक्ता या प्रयोगकर्त्ता कहा जाता है। मनोवैज्ञानिक प्रयोगों में प्रयोगकर्त्ता की संख्या एक भी होती है या एक से अधिक भी हो सकती है।

2. प्रयोज्य *(Subject)*—जिस जीव (मनुष्य या पशु) पर प्रयोग किया जाता है उसे प्रयोज्य कहते हैं। वैयक्तिक प्रयोग (individual experiment) में प्रयोज्य की संख्या एक ही होती है परन्तु समूह प्रयोग (group experiment) में प्रयोज्य की संख्या एक से अधिक होती है।

3. प्रयोगशाला *(Laboratory)*—मनोवैज्ञानिक प्रयोग सामान्यतः एक प्रयोगशाला में किया जाता है क्योंकि प्रयोग में परिस्थिति को नियंत्रित करना होता है जो प्रयोगशाला में काफी आसानी से हो जाता है। ऐसे प्रयोग को *प्रयोगशाला प्रयोग* कहा जाता है। कभी-कभी मनोवैज्ञानिक को किसी क्षेत्र (field) में परिस्थिति को नियंत्रित करके भी प्रयोग करना पड़ता है। ऐसे प्रयोग को *क्षेत्र प्रयोग* (field experiment) कहा जाता है। स्कूल, कॉलेज, फैक्ट्री आदि ऐसे क्षेत्र या वास्तविक परिस्थिति के कुछ उदाहरण हैं।

4. उपकरण *(Apparatus)*—मनोवैज्ञानिक प्रयोगों में व्यवहारों का अध्ययन करने के लिए कुछ उपकरणों का भी प्रयोग किया जाता है। स्मृति-पटल (memory drum), विरामघड़ी (stop watch), टेचिस्टोस्कोप (tachistoscope) आदि ऐसे कुछ सामान्य उपकरण के उदाहरण हैं।

5. चर *(Variable)*—चर मनोवैज्ञानिक प्रयोग का सबसे महत्त्वपूर्ण अंग होता है। चर वस्तु या व्यक्ति का एक ऐसा गुण या विशेषता होती है जिसे मापा जा सकता है तथा जो परिमाणात्मक रूप से (quantitatively) परिवर्तित

हो सके। बुद्धि, रोशनी का स्तर, आयु, उम्र चर के कुछ उदाहरण हैं। मनोवैज्ञानिक प्रयोगों में तीन तरह के चरों का उपयोग होता है:—

(i) स्वतंत्र चर *(Independent variable)*—स्वतंत्र चर वैसे चर को कहा जाता है जिसमें प्रयोगकर्त्ता जोड़-तोड़ (manipulation) करके उसका प्रभाव अन्य चर पर देखता है।

(ii) आश्रित चर *(Dependent variable)*—आश्रित चर वैसे चर को कहा जाता है जिस पर स्वतंत्र चर के जोड़-तोड़ का प्रभाव पड़ता है। प्रयोग का उद्देश्य इसी चर के बारे में कुछ पूर्वकथन (prediction) करना होता है।

(iii) मध्यवर्ती चर *(Intervening variable)*—मध्यवर्ती चर वैसे चर को कहा जाता है जो स्वतंत्र चर तथा आश्रित चर के बीच में आते हैं और स्वतंत्र चर तथा आश्रित चर के संबंध को प्रभावित करते हैं। मध्यवर्ती चर प्रयोज्य के भीतर हो सकते हैं, जैसे प्रयोज्य की आयु, यौन आदि या वे पर्यावरण (environment) में हो सकते हैं जैसे—रोशनी, आवाज आदि। प्रयोग में त्रुटियों को कम करने के लिए प्रयोगकर्त्ता मध्यवर्ती चरों को नियंत्रित करता है ताकि उसका प्रभाव आश्रित चर पर न पड़ सके। यही कारण है कि ऐसे चरों को नियंत्रण चर (control variable) भी कहा जाता है।

मनोवैज्ञानिक प्रयोग एक विशेष डिजाइन (design) तथा कार्य विधि (procedure) के अनुरूप की जाती है। फलस्वरूप बाद में यदि कोई अन्य मनोवैज्ञानिक पहले के मनोवैज्ञानिक के प्रयोग के निष्कर्ष की सत्यता की जाँच करने के लिए उसे दोहराना चाहे तो वह आसानी से उसकी पुनरावृत्ति (repetition) कर लेता है।

संक्षेप में मनोवैज्ञानिक प्रयोग के तीन अपेक्षित गुण होते हैं—

(1) नियंत्रण (control) (2) परिवर्तन (variation) (3) पुनरावृत्ति (repetition)

मनोवैज्ञानिक प्रयोग में प्रयोगकर्त्ता एक नियंत्रित परिस्थिति कायम करता है जिसमें वह स्वतंत्र चर में कुछ परिवर्तन (variation) करता है। चूँकि प्रयोग एक निश्चित डिजाइन एवं कार्यविधि के अनुरूप होती है, अतः उसकी पुनरावृत्ति संभव है।

एक उदाहरण *(An example)*—मान लिया जाए कि प्रयोगकर्त्ता सीखने पर पुरस्कार का पड़नेवाले प्रभाव का अध्ययन एक समूह प्रयोग (group experiment) द्वारा करना चाहता है। इस प्रयोग के लिए वह बच्चों का दो समूह तैयार करता है जो उम्र, बुद्धि, यौन आदि के ख्याल से एक समान हो। एक समूह में वह एक पाठ सीखने के लिए देता है और छात्रों से यथाशीघ्र उसे याद कर लेने के लिए कहता है। दूसरा समूह में वह उसी पाठ को सीखने के लिए उसे देता है और यह कहता है कि इसे जल्द सीखने पर प्रत्येक को 100-100 रुपया इनाम के रूप में दिया जाएगा। अगर परिणाम में यह देखा जाता है कि दूसरे समूह के छात्रों द्वारा पहले समूह के छात्रों की तुलना में कम समय में पाठ सीख लिया जाता है और अगर यह अन्तर सांख्यिकीय रूप से सार्थक होता है, तो हम कहेंगे कि पुरस्कार से सीखने की प्रक्रिया प्रभावित होती है। दूसरे शब्दों में, पुरस्कार देने से सीखने में तेजी आती है। पहले समूह को नियंत्रित समूह (control group) तथा दूसरे समूह को प्रयोगात्मक समूह (experimental group) कहा जाता है।

इस प्रयोग में सीखना एक आश्रित चर (dependent variable) का उदाहरण है क्योंकि इसी के बारे में प्रयोगकर्त्ता एक विशेष पूर्वकथन (prediction) करना चाहता है तथा इसी पर पुरस्कार का प्रभाव भी पड़ रहा है। 'पुरस्कार' एक स्वतंत्र चर (independent variable) का उदाहरण है क्योंकि प्रयोगकर्त्ता इसी में जोड़-तोड़ किया है (अर्थात् एक समूह को दिया है परन्तु दूसरे समूह को नहीं दिया है)। प्रयोज्य के उम्र, आयु, यौन मध्यवर्ती चर के उदाहरण हैं जिन्हें प्रयोगकर्त्ता ने सुमेलित (match) करके नियंत्रित कर दिया। यदि ऐसे चरों को नियंत्रित नहीं किया जाता तो उससे पाठ सीखने की प्रक्रिया अर्थात् आश्रित चर प्रभावित हो जाती है और तब यह कहना मुश्किल हो जाता है कि उसमें जो अन्तर हो रहा है उसका कारण स्वतंत्र चर का प्रभाव है या मध्यवर्ती चरों को अनियंत्रित छोड़ देना।

प्रयोगात्मक विधि के कुछ गुण एवं दोष हैं। इसके प्रमुख गुण निम्नांकित हैं:—

(1) प्रयोगात्मक विधि में व्यवहारों एवं मानसिक प्रक्रियाओं का अध्ययन नियंत्रित परिस्थिति में की जाती है। परिणामस्वरूप, इससे प्राप्त निष्कर्ष की आंतरिक वैधता (internal validity) अधिक होती है।

(2) प्रयोगात्मक विधि में पुनरावृत्ति का गुण होता है। किसी मनोवैज्ञानिक द्वारा प्राप्त परिणाम के बारे में यदि किसी दूसरे मनोवैज्ञानिक को कुछ शक है तो उसे दोहरा कर उसके परिणाम की सत्यता की जाँच की जा सकती है। फलस्वरूप मनोवैज्ञानिक प्रयोगों में विश्वसनीयता तथा निर्भरता का गुण अधिक होता है।

(3) चूँकि प्रयोगात्मक विधि काफी वस्तुनिष्ठ होती है। इसलिए इससे प्राप्त आँकड़ों का गुणात्मक (qualitative) तथा परिमाणात्मक (quantitative) विश्लेषण आसानी से किया जा सकता है। इससे प्रयोग के परिणाम की व्यापकता काफी बढ़ जाती है।

(4) प्रयोगात्मक विधि ने मनोविज्ञान के क्षेत्र को बहुत व्यापक बना दिया है क्योंकि इस विधि के सहारे शिशुओं, युवकों, बूढ़ों, पशु, पक्षियों आदि सभी के व्यवहार एवं मानसिक प्रक्रियाओं का अध्ययन संभव हो पाया है।

इन गुणों के बावजूद प्रयोगात्मक विधि के कुछ अवगुण भी हैं जिनमें निम्नांकित प्रमुख हैं:—

(1) प्रयोगात्मक विधि का आधार प्रयोग होता है जिसमें एक नियंत्रित अवस्था होती है और उसी नियंत्रित अवस्था में प्रयोज्य के व्यवहारों एवं मानसिक प्रक्रियाओं (mental processes) का अध्ययन किया जाता है। आलोचकों का मत है कि ऐसी कृत्रिम या नियंत्रित अवस्था में प्रयोज्य कभी स्वाभाविक ढंग से व्यवहार नहीं कर पाते हैं। फलस्वरूप, उनके स्वाभाविक व्यवहार का अध्ययन संभव नहीं हो पाता है। अतः प्रयोगात्मक विधि से प्राप्त निष्कर्षों की निर्भरता कम होती है।

परन्तु यह अवगुण कोई अधिक वैध नहीं लगता है क्योंकि एक सफल प्रयोगकर्त्ता प्रयोग की नियंत्रित अवस्था में प्रयोज्य को इस प्रकार भलिभाँति परिचित करा देता है कि वह इसमें भी स्वाभाविक अनुक्रिया करने लगता है।

(2) कुछ समस्याएँ ऐसी होतीं हैं जिनका अध्ययन प्रयोगात्मक विधि द्वारा संभव नहीं है। जैसे—इस विधि के द्वारा हड़ताल, भीड़, युद्ध, भूकंप आदि में होंने वाले मानवीय व्यवहारों का अध्ययन संभव नहीं है क्योंकि इससे संबंधित अवस्था को प्रयोग के नियंत्रित परिस्थिति में उत्पन्न करना संभव नहीं है।

(3) सामाजिक अनुमति (social approval) न होने के कारण कुछ खास परिस्थितियों में व्यक्ति के व्यवहारों का अध्ययन प्रयोगात्मक विधि द्वारा संभव नहीं हो पाता है। जैसे—समाज इसकी अनुमति नहीं देता है कि किसी मानव शिशु को जन्म से ही एक वंचित वातावरण (deprived environment) में रखकर पालान-पोषण किया जाए और फिर शिशु पर वैसे वातावरण के पड़ने वाले प्रभावों का मनोवैज्ञानिक अध्ययन किया जाए। फलस्वरूप प्रयोगात्मक विधि का कार्यक्षेत्र थोड़ा सीमित हो जाता है।

(4) प्रयोगात्मक विधि एक खर्चीला विधि है क्योंकि इसमें महंगे उपकरणों का उपयोग होता है। इस विधि में समय भी काफी लगता है क्योंकि प्रयोग एक खास डिजाइन के अनुसार विशेष कार्य-विधि द्वारा सम्पन्न की जाती है।

निष्कर्षतः यह कहा जा सकता है कि प्रयोगात्मक विधि में कुछ अवगुण होने के बावजूद इस विधि की लोकप्रियता काफी अधिक है। सचमुच में यही विधि मनोविज्ञान का एक वस्तुनिष्ठ एवं वैज्ञानिक स्वरूप को बनाये रखने में काफी सक्षम है।

सर्वे विधि
(Survey Method)

मनोविज्ञान में कुछ ऐसी समस्याएँ हैं जिनका वैज्ञानिक अध्ययन यदि कोई अध्ययनकर्त्ता एक छोटा प्रतिदर्श (sample) (व्यक्तियों की संख्या जिन्हें अध्ययन में शामिल किया जाता है, प्रतिदर्श कहा जाता है) लेकर करना चाहे, तो ठीक ढंग से वह नहीं कर पाता है। इस तरह की समस्याओं के अध्ययन के लिए प्रतिदर्श (sample) का

बड़ा होना तथा समाज के भिन्न-भिन्न वर्गों से व्यक्ति को लेना अनिवार्य हो जाता है। समाज में बच्चों के पालन-पोषण के अभ्यास (child-rearing practices) के प्रति मनोवृत्ति (attitude) का अध्ययन, शादी से पहले होने वाले लैंगिक संबंधों का अध्ययन करना, किशोरों में विशेष औषध (drug) का प्रयोग से संबंधित समस्या आदि कुछ ऐसी ही समस्याएँ हैं जिनका अध्ययन के लिए प्रतिदर्श (sample) को बड़ा तथा सभी वर्गों से प्रतिनिधित्व (representation) का होना अनिवार्य है और इसी तरह की समस्याओं के अध्ययन के लिए मनोवैज्ञानिकों द्वारा सर्वे विधि को अपनाया जाता है।

सर्वे विधि में आँकड़े चार विधियों द्वारा संग्रहित किये जाते हैं। वे चार विधियाँ निम्नांकित हैं:—

(1) साक्षात्कार सर्वे (Interview survey)

(2) डाक सर्वे (Mail survey)

(3) पेनल सर्वे (Panel survey)

(4) टेलिफोन सर्वे (Telephone survey)

इन सबों का वर्णन निम्नांकित है:—

(1) साक्षात्कार सर्वे *(Interview survey)*—इस विधि से किसी समस्या के बारे में आँकड़े संग्रह करने के लिए प्रतिदर्श (sample) में सम्मिलित किये गये सभी व्यक्तियों का एक-एक कर अध्ययनकर्त्ता साक्षात्कार (interview) लेता है। साक्षात्कार करते समय अध्ययनकर्त्ता समस्या से संबंधित कुछ प्रश्नों को पूछता है, जिसका जवाब व्यक्ति को देना होता है। सभी व्यक्तियों द्वारा दिये गये उत्तर के आधार पर अध्ययनकर्त्ता एक निश्चित निष्कर्ष पर पहुँचता है।

(2) डाक सर्वे *(Mail survey)*—इसमें अध्ययनकर्त्ता व्यक्तियों द्वारा उत्तर दिये जाने वाले प्रश्नों को एक जगह छपवाकर एक पुस्तिका तैयार कर लेता है और उन्हें डाक द्वारा अध्ययन में शामिल किये गये प्रत्येक व्यक्ति के घर पर भेज दिया जाता है। इन व्यक्तियों को सभी प्रश्नों का सही-सही उत्तर देकर उस पुस्तिका को पुनः डाक द्वारा ही अध्ययनकर्त्ता को लौटा देना होता है। इस तरह से डाक प्रश्नावली द्वारा देश के दूर-दूर के कोनों में फैले व्यक्तियों से भी आसानी से समस्या से संबंधित प्रश्नों के प्रति उत्तर प्राप्त हो जाते हैं।

(3) पेनल सर्वे *(Panel survey)*—इसमें व्यक्ति के एक ही समूह या प्रतिदर्श (sample) को कई बार साक्षात्कार (interview) लिया जाता है। दूसरे शब्दों में, एक ही प्रतिदर्श से समस्या से संबंधित प्रश्नों को कम-से-कम तीन बार भिन्न-भिन्न समय अन्तराल पर पूछा जाता है और उनका विश्लेषण कर अध्ययनकर्त्ता एक निश्चित निष्कर्ष पर पहुँचता है। इस विधि द्वारा आँकड़े संग्रह करने में फायदा यह होता है कि अध्ययनकर्त्ता को यह साफ-साफ पता चल जाता है कि वे कौन-कौन से कारक (factors) हैं जो समस्या के प्रति व्यक्ति की मनोवृत्ति (attitude) में अन्तर लाते हैं।

(4) टेलिफोन सर्वे *(Telephone survey)*—इसमें अध्ययनकर्त्ता अध्ययन में सम्मिलित किये गये व्यक्तियों से टेलिफोन द्वारा ही प्रश्नों का उत्तर पूछ लेता है। इस तरह से टेलिफोन सर्वे में आँकड़े तो जल्द संग्रह कर लिए जाते हैं परन्तु देखा गया है कि टेलिफोन पर व्यक्ति प्रश्नों का सही-सही जवाब विशेषकर वैसे प्रश्नों का जवाब जिसका संबंध नैतिकता से होता है, नहीं दे पाता है। भारत जैसे देश में टेलिफोन सर्वे का एक और दोष यह हो जाता है कि यहाँ कम ही व्यक्तियों के पास टेलिफोन की सुविधा है। अतः टेलिफोन सर्वे का महत्त्व अपने आप में काफी सीमित हो जाता है।

सर्वे विधि के कुछ गुण (merits) तथा दोष (demerits) हैं। इस विधि के प्रमुख गुण निम्नांकित हैं:—

(1) इस विधि का सबसे बड़ा गुण यह है कि इसके द्वारा कम समय में अधिक-से-अधिक व्यक्तियों से आँकड़े संग्रह किये जा सकते हैं।

(2) चूँकि इस विधि में समाज में भिन्न-भिन्न वर्गों से व्यक्तियों का चयन करके उन्हें अध्ययन में शामिल किया जाता है, अतः इससे प्राप्त निष्कर्ष में सामान्यीकरण (generalization) का गुण अधिक होता है। दूसरे शब्दों में,

यह कहा जा सकता है कि इस विधि से प्राप्त निष्कर्ष को अधिक-से-अधिक व्यक्तियों के लिए सही माना जा सकता है, यानी सर्वे विधि में बाध्य वैधता (external validity) का गुण काफी अधिक होता है।

सर्वे विधि के प्रमुख अवगुण (demerits) निम्नांकित हैं:—

(1) इसका प्रयोग शिशुओं (infants) पर नहीं किया जा सकता है।

(2) इस विधि में समस्या से संबंधित जो आँकड़े संग्रह किये जाते हैं, उसकी वैधता (validity) पर लोगों को शक बना होता है। उदाहरणार्थ, डाक प्रश्नावली द्वारा प्राप्त सूचनाएँ या आँकड़े सही ही हैं, इसे निश्चितपूर्वक कैसे कहा जा सकता है। हो सकता है कि इस प्रश्नावली के प्रश्नों को उचित व्यक्ति जवाब न देकर कोई दूसरा ही दिया हो। ऐसा भी संभव है कि व्यक्ति कुछ ही प्रश्नों का जवाब देकर प्रश्नावली को लौटा दे। अतः यह कहा जाता है कि सर्वे विधि द्वारा प्राप्त आँकड़े की वैधता बहुत अधिक नहीं होती है। इस विधि में कुछ दोष होने के बावजूद भी इसका प्रयोग मनोवैज्ञानिकों द्वारा काफी किया जाता है।

नैदानिक या केस अध्ययन विधि
(Clinical or Case Study Method)

मनोविज्ञान की यह एक प्रमुख विधि है। इसे मनोवैज्ञानिकों ने चिकित्साशास्त्र (medicine) से ग्रहण किया है। इस विधि का उपयोग नैदानिक मनोवैज्ञानिकों (clinical psychologist) द्वारा व्यक्तियों के रोगात्मक लक्षणों (pathological symptoms) के पहचान करने तथा उसके कारणों को पता लगाने में काफी किया जाता है। यही कारण है इसे *नैदानिक विधि* (clinical method) भी कहा जाता है।

इस विधि में मनोवैज्ञानिक किसी एक व्यक्ति के व्यवहार को समझने के लिए उसके जीवन के सभी तरह की घटनाओं जो उसके साथ माँ के गर्भ में आने के समय से ही घटित हो रहा होता है, एक विस्तृत इतिहास तैयार करते हैं। इसलिए इस विधि को *केस विवरण विधि* (case history method) भी कहा जाता है। केस विवरण तैयार करते समय मनोवैज्ञानिक निम्नांकित तथ्यों पर अधिक ध्यान देते हैं:—

1. प्रारंभिक सूचनाएँ *(Preliminary information)*—इसके अन्तर्गत व्यक्ति के नाम, उम्र, यौन, माता-पिता का उम्र, शिक्षा, पेशा, सामाजिक स्तर (social status), परिवार में सदस्यों की संख्या आदि जैसे तथ्यों को सम्मिलित किया जाता है।

2. गत इतिहास *(Past history)*—इसके अन्तर्गत गर्भधारण से वर्तमान समय तक का इतिहास तैयार किया जाता है। जब व्यक्ति माँ के गर्भ में होता है, तो उस समय माँ की स्थिति कैसी थी, माँ में उस समय कोई भयंकर शारीरिक या मानसिक बीमारी हुई थी या नहीं, जन्म लेते समय की अवस्था कैसी थी, क्या जन्म सामान्य ढंग से हुआ था या नहीं, किसी प्रकार की शारीरिक आघात आदि की घटना हुई थी या नहीं, से संबंधित तथ्य इकट्ठा किये जाते हैं। इसके अलावा बालक का जन्मक्रम (birth order), बचपनावस्था में किसी भयंकर शारीरिक बीमारी या प्रभाव आदि से संबंधित तथ्यों को इकट्ठा किया जाता है।

3. वर्तमान अवस्था *(Present condition)*—केस विवरण (case history) तैयार करने में व्यक्ति के वर्तमान अवस्था के बारे में भी एक लेखा-जोखा तैयार कर लिया जाता है। जैसे—बालक की बुद्धि स्तर, उसकी रुचि, शौक (hobby), अभिक्षमता, सांवेगिक स्तर, शैक्षिक उपलब्धि (achievement) के बारे में तथ्य इकट्ठा किया जाता है।

केस विवरण तैयार करने में मनोवैज्ञानिक विभिन्न प्रविधियों जैसे—साक्षात्कार, प्रश्नावली, व्यक्तित्व परीक्षण, मापनी (scale) आदि का उपयोग करते हैं। केस विवरण तैयार करने में प्रायः मनोवैज्ञानिक व्यक्ति के अलावा उनके माता-पिता, दोस्त, पड़ोसियों आदि का भी साक्षात्कार लेते हैं। केस विवरण तैयार करने के बाद उसका विश्लेषण किया जाता है और उस विश्लेषण के आधार पर व्यक्ति के व्यवहार के बारे में एक सामान्य निष्कर्ष पर पहुँच जाता है।

इस विधि के कुछ गुण (merits) तथा अवगुण (demerits) हैं। इसके प्रमुख *गुण निम्नांकित हैं*:—

(1) नैदानिक विधि में मनोवैज्ञानिक चूँकि प्रत्येक अध्ययन किये जाने वाले व्यक्ति का एक अलग विस्तृत इतिहास तैयार करके उसके कारणों का पता लगाते हैं, इसलिए इस विधि द्वारा व्यक्ति का गहन अध्ययन संभव है।

(2) नैदानिक विधि द्वारा व्यक्ति के मानसिक तथा शारीरिक विकासक्रम को अच्छी तरह जाँचा जा सकता है। इस विधि द्वारा अध्ययन करने में मनोवैज्ञानिकों को इस बात की भरपूर जानकारी हो जाती है कि व्यक्ति किन-किन वैयक्तिक अवस्थाओं से गुजर चुका है तथा उनका प्रभाव उनके शारीरिक एवं मानसिक विकास पर क्या पड़ा है।

(3) नैदानिक विधि में चूँकि अध्ययन का आधार केस विवरण (case history) होता है, अतः इस विधि में व्यक्ति की समस्याओं एवं उनके संभावित कारणों पर सीधा प्रकाश डालने का सुनहरा अवसर मनोवैज्ञानिक को प्राप्त होता है।

इन गुणों के बावजूद इस विधि के कुछ प्रमुख अवगुण (demerits) हैं जिनमें निम्नांकित प्रमुख हैं:—

(1) नैदानिक विधि में व्यवहार के अध्ययन का आधार व्यक्ति का गत इतिहास (past history) होता है जो व्यक्ति के माता-पिता, दोस्त तथा पड़ोसियों द्वारा दिये गये सूचनाओं पर आधारित होता है। अक्सर देखा गया है कि माता-पिता, दोस्त या पड़ोसी व्यक्ति की सच्ची घटनाओं या तथ्यों को विशेषकर वैसी घटनाओं या तथ्यों को जिनका संबंध नैतिकता से होता है, छिपा लेते हैं। फलस्वरूप, उनके द्वारा प्रदत्त सूचनाएँ दोषपूर्ण हो जाती है और उनके आधार पर जो अध्ययन किया जाता है, वह अधिक निर्भर योग्य नहीं रह जाता है।

(2) व्यक्ति के बारे में पूर्ण विवरण तैयार करने में जो सूचनाएँ प्राप्त होती हैं या जो इतिहास तैयार होता है, उसकी सत्यता की जाँच करने का कोई उपयुक्त तरीका नैदानिक विधि में नहीं है।

(3) नैदानिक विधि द्वारा व्यक्ति की समस्या का समाधान करने के लिए यह आवश्यक है कि मनोवैज्ञानिक काफी प्रशिक्षित हो तथा उन्हें साक्षात्कार और मनोवैज्ञानिक परीक्षणों का उत्तम ज्ञान हो। प्रायः यह देखा गया है कि इस विधि का उपयोग एक साधारण मनोवैज्ञानिक भी करने लगते हैं। ऐसी परिस्थिति में इनसे प्राप्त तथ्यों पर अधिक भरोसा नहीं किया जा सकता है।

(4) नैदानिक विधि में वस्तुनिष्ठता (objectivity) कम तथा आत्मनिष्ठता (subjectivity) एवं अन्तर्दशिता (intuitiveness) अधिक है। व्यक्ति के एक ही केस विवरण (case history) का विश्लेषण यदि अलग-अलग मनोवैज्ञानिकों द्वारा की जाती है तो उसमें एकरूपता की कमी पायी जाती है। इससे नैदानिक विधि की विश्वसनीयता (reliability) में कमी आ जाती है।

उपयुक्त अवगुणों के बावजूद नैदानिक विधि का उपयोग मनोविज्ञान में विशेषकर नैदानिक मनोविज्ञान में काफी अधिक होती है। मात्र यही एक ऐसी विधि है जिसके माध्यम से व्यक्ति के व्यवहारात्मक समस्याओं का अध्ययन वैज्ञानिक ढंग से की जा सकती है।

सह-संबंधात्मक विधि
(Correlational Method)

सह-संबंधात्मक विधि मनोविज्ञान की एक प्रमुख विधि है जिसमें अन्वेषणकर्त्ता (investigator) दो चरों (variables), घटनाओं या व्यवहारों के बीच सह-संबंध (correlation) ज्ञात करके किसी निश्चित निष्कर्ष पर पहुँचता है। सामान्यतः मनोवैज्ञानिक विभिन्न तरह के व्यवहारों तथा उनसे संबद्ध घटनाओं का कारण (causes) का पता लगाने की कोशिश करते हैं। जैसे क्या धूम्रपान से कैंसर होता है? क्या तनाव (stress) से बीमारी (illness) होती है? आदि-आदि। परंतु ऐसे प्रश्नों या समस्याओं का अध्ययन हम प्रयोगात्मक विधि (experimental method) से नहीं कर पाते हैं क्योंकि इस विधि में प्रयोज्यों (subjects) को विभिन्न प्रयोगात्मक अवस्थाओं (experimental conditions) में आवंटित करना आवश्यक होता है और यदि यहाँ ऐसा किया जाता है तो अनैतिक (unethical) तथा गैरकानूनी (illegal) दोनों ही होगा। जैसे, कोई अन्वेषणकर्त्ता के लिए छात्रों को एक ऐसे समूह

में आवंटित करना अनैतिक होगा जिसे धूम्रपान करना पड़े या तनावग्रस्त परिस्थिति से जूझना पड़े। अतः नैतिकता के कारणों से ऐसी समस्याओं का अध्ययन अन्वेषणकर्त्ता प्रयोगात्मक विधि से न करके सह-संबंधात्मक विधि (correlational method) से करते हैं। इस विधि के तीन चरण होते हैं:—

(1) अन्वेषणकर्त्ता पहले एक चर (variable) या व्यवहार जैसे धूम्रपान करना (smoking) को प्रयोज्यों के एक समूह में मापेगा।

(2) अन्वेषणकर्त्ता फिर दूसरे चर या व्यवहार जैसे कैंसर की गंभीरता को उसी प्रयोज्यों के समूह में मापेगा।

(3) फिर अन्त में अन्वेषणकर्त्ता विशेष सांख्यिकी (statistics) का उपयोग करके यह निर्धारित करेगा कि दोनों व्यवहार सह-संबंधित (correlated) है या नहीं।

सह-संबंध गुणांक (correlation coefficient) एक ऐसा आंकिक मूल्य (numerical value) होता है जो दो चरों के बीच संबंध की मात्रा (degree) तथा दिशा (direction) बतलाता है। सह-संबंध गुणांक +1.00 (पूर्ण धनात्मक सह-संबंध) से शून्य (0) से –1.00 (पूर्ण ऋणात्मक सहसंबंध) तक हो सकता है। धनात्मक सह-संबंध दो चरों के बीच समान प्रवृत्ति (similar trend) तथा ऋणात्मक सह-संबंध दो चरों के बीच असमान्न प्रवृत्ति (dissimilar trend) को दिखलाता है। जैसे, उक्त उदाहरण में यदि धूम्रपान एवं कैंसर के बीच + 0.85 का सह-संबंध आता है, तो इस धनात्मक सह-संबंध के आधार पर अन्वेषणकर्त्ता इस निष्कर्ष पर पहुँचेगा कि जैसे-जैसे धूम्रपान की आवृत्ति (frequency) बढ़ती जाती है, वैसे-वैसे कैंसर की गंभीरता भी बढ़ती जाती है।

सह-संबंधात्मक विधि के कुछ लाभ (advantages) तथा अलाभ (disadvantages) हैं। इसके प्रमुख लाभ निम्नांकित हैं:—

(1) सह-संबंधात्मक विधि द्वारा कुछ वैसे समस्याओं का अध्ययन आसानी से किया जा सकता है जिसे व्यवहारिक या नैतिकता के ख्याल से प्रयोगात्मक विधि द्वारा अध्ययन नहीं किया जा सकता है।

(2) सह-संबंधात्मक विधि से प्राप्त आँकड़ों के आधार पर पूर्वानुमान या पूर्वकथन (prediction) संभव है। जब दो चरों या घटनाओं के बीच धनात्मक (positive) या ऋणात्मक सह-संबंध ज्ञात होता है, तो किसी एक चर के प्राप्तांक (score) के आधार पर दूसरे चर के बारे में आसानी से पूर्वकथन किया जा सकता है। जैसे, यदि तनाव (stress) तथा बीमारी (illness) के बीच उच्च धनात्मक सह-संबंध (high positive correlation) जैसे + .85, + .90 प्राप्त होता है, तो इसके आधार पर यह पूर्वकथन किया जा सकता है कि तनाव बढ़ने पर बीमारी भी बढ़ती है।

(3) सह-संबंधात्मक विधि का उपयोग करके किन्हीं दो व्यवहारों या घटनाओं का अध्ययन प्रयोग (experiment) से पहले किया जा सकता है, ताकि उनके बीच के साहचर्य (association) को जाना जा सके और तब फिर उसी के अनुसार उनका अध्ययन प्रयोगशाला में भी नियंत्रित परिस्थिति में किया जा सके।

इन लाभों के बावजूद सह-संबधात्मक विधि के कुछ अलाभ (disadvantages) भी हैं जो इस प्रकार हैं:—

(1) सह-संबंधात्मक विधि द्वारा चरों या घटनाओं के बीच कारण-परिणाम संबंध (cause-effect relationship) का अध्ययन नहीं हो पाता है। जब दो चरों या घटनाओं के बीच सह-संबंध होता है, तो इसका मतलब यह नहीं होता है कि उसमें से एक-दूसरे का कारण है। जैसे, तनाव एवं बीमारी जब सह-संबंधित होते हैं, तो यह नहीं कहा जा सकता है कि तनाव ही व्यक्ति में बीमारी उत्पन्न कर देता है। ऐसा भी संभव है कि कोई तीसरा कारक जैसे गरीबी या घटिया स्वास्थ्य से तनाव उत्पन्न हो रहा हो?

(2) सह-संबंधात्मक विधि में जो सह-संबंध गुणांक प्राप्त होते हैं उसके आधार पर समूह के निष्पादन के बारे में पूर्वकथन (prediction) तो किया जा सकता है परंतु व्यक्ति की स्थिति के बारे में नहीं। जब धूम्रपान (smoking) तथा फेफड़े का कैंसर के बीच सह-संबंध प्राप्त होता है, तो यह आसानी से पूर्वकथन (prediction) किया जा सकता है कि धूम्रपान करने वाले व्यक्तियों के समूह में फेफड़े का कैंसर होने की संभावना धूम्रपान नहीं करने वाले व्यक्तियों

के समूह की अपेक्षा अधिक होगी। परंतु यह नहीं पूर्वकथन किया जा सकता है कि धूम्रपान करने वाले समूह में किस व्यक्ति विशेष में फेफड़े का कैंसर होगा।

इन अलाभों के बावजूद सह-संबंधात्मक विधि का उपयोग मनोवैज्ञानिक अध्ययनों में काफी होता है।

आँकड़ों का विश्लेषण
(Analysis of Data)

मनोवैज्ञानिक अपने प्रयोगों तथा प्रेक्षणों से प्राप्त आँकड़ों का विश्लेषण करते हैं ताकि उनके आधार पर किसी वैज्ञानिक निष्कर्ष पर पहुँचा जा सके। आँकड़ों का विश्लेषण करने के लिए वे सांख्यिकीय विधियों (statistical methods) का उपयोग करते हैं। सांख्यिकी (statistics) का मतलब एक ऐसे विज्ञान से होता है जिसके द्वारा संख्यात्मक तथ्यों का संकलन (organisation), विवेचन (treatment), विश्लेषण (analysis) एवं व्याख्या (interpretation) की जाती है।

मनोविज्ञान में प्रयोगों, सर्वे, प्रेक्षणों आदि से प्राप्त आँकड़ों का विश्लेषण करने के लिए कई तरह के सांख्यिकीय विधियों का उपयोग किया जाता है जिसमें केन्द्रीय प्रवृत्ति की माप (measures of central therapy) प्रमुख है जिसका वर्णन हम इस प्रकार करेंगे।

केन्द्रीय प्रवृत्ति का अर्थ
(Meaning of Central Tendency)

केन्द्रीय प्रवृत्ति से मतलब वैसे सूचकों (indices) से होता है जो किसी समूह के प्राप्तांकों (scores) का प्रतिनिधित्व करता है। ऐसे सूचक हमेशा प्राप्तांकों के केन्द्रीय मान (central value) को बतलाते हैं। साधारण बोलचाल की भाषा में इन सूचकों को औसत (average) की संज्ञा दी जाती है। जैसे—मान लीजिए कि शिक्षक अपने छात्रों से गणित के वर्ग के निष्पादन (performance) के बारे में जानना चाहते हैं। शिक्षक के लिए यह सम्भव नहीं है कि वह हर विद्यार्थी के अंकों को याद रखें और न तो सब विद्यार्थियों के अलग-अलग अंक के आधार पर वह वर्ग के निष्पादन के अच्छा या बुरा होने का कोई अन्दाजा ही लगा सकते हैं। लेकिन यदि वे सभी विद्यार्थियों द्वारा गणित में प्राप्त अंकों का एक केन्द्रीय मान जैसे 75 अंक (100 में) ज्ञात कर लेते हैं, तो शिक्षक अब आसानी से यह कह सकते हैं कि अधिकतर विद्यार्थियों का निष्पादन गणित में अच्छा रहा है। यहाँ अंक 75 पूरे वर्ग के सभी विद्यार्थियों के अंकों का प्रतिनिधित्व कर रहा है। उसी तरह मान लीजिए कि इतिहास के वर्ग में विद्यार्थियों के अंकों का केन्द्रीय मान 30 (100 में) आता है तो शिक्षक यँह आसानी से कह सकते हैं कि इतिहास के वर्ग का निष्पादन गणित के वर्ग के निष्पादन से अच्छा नहीं है। स्पष्ट है कि केन्द्रीय प्रवृत्ति हमें अंकों या प्राप्तांकों के मध्य (central) का मान बतलाता है। इस मध्य के मान (value) को हमलोग सांख्यिकी में केन्द्रीय मान (central value) तथा बोलचाल की भाषा में औसत (average) कहते हैं।

केन्द्रीय प्रवृत्ति की माप
(Measures of Central Tendency)

सांख्यिकी में केन्द्रीय प्रवृत्ति के तीन मुख्य भाग हैं—

(i) माध्य (Mean), (ii) माध्यिका (Median), (iii) बहुलक (Mode)।

ध्यान रहे कि ये तीनों माप केन्द्रीय-प्रवृत्ति का एक सरसरी विवरण (summary description) प्रदान करता है। इसके आधार पर किसी विशेष प्राप्तांक की वास्तविक स्थिति का पता नहीं लगाया जा सकता है।

इन तीनों की व्याख्या नीचे की जा रही है—

(i) माध्य *(Mean)*—इसक प्रतीक (symbol) $\overline{X}$ है जिसे 'एक्स बार' पढ़ा जाता है। माध्य तीन प्रकार (types) के होते हैं—

ज्यामितीय माध्य (Geometric Mean), हरात्मक माध्य (Harmonic Mean) तथा अंकगणितीय माध्य (Arithematic Mean)। पहले दोनों प्रकार के माध्यों का प्रयोग गणित (mathematics) में ज्यादा होता है, अतः हम इसकी चर्चा नहीं करेंगे। सांख्यिकी में खासकर शैक्षिक (educational) तथा मनोवैज्ञानिक (psychological) सांख्यिकी (statistics) में माध्य का प्रयोग इसी अंकगणितीय माध्य (Arithematic Mean) के अर्थ में होता है। सुविधा के विचार से अंकगणितीय माध्य को सिर्फ माध्य (Mean) कहकर भी पुकारा जाता है। अब प्रश्न यह उठता है कि माध्य या अंकगणित माध्य क्या है? प्राप्तांकों के योग को उसकी संख्या से विभाजित करने पर जो भागफल आता है उसे अंकगणितीय माध्य कहा जाता है। जैसे—मान लिया जाए कि 3 विद्यार्थियों ने इतिहास के परीक्षण (test) में 33, 40 तथा + 50 प्राप्तांक = 123 किये। यदि 123 को विद्यार्थियों की संख्या से विभाजित किया जाता है तो $\frac{123}{3} = 41$ भाग हुआ। यह 41 इन तीन विद्यार्थियों के अंकों का अंकगतिणीय माध्य हुआ। बोल-चाल की भाषा में इसे औसत[1] (Average) कहते हैं।

(ii) माध्यिका *(Median)*—माध्यिका का प्रतीक (symbol) *Mdn* है। वर्ट, निडट तथा अहमान (Wert, Neidit and Ahmann)[2] ने माध्यिका की परिभाषा देते हुए कहा है, "माध्यिका किसी वितरण का वह बिन्दु (point) है जिसके ऊपर तथा नीचे 50%-50% केसेज आते हैं।" दूसरे शब्दों में हम कह सकते हैं कि माध्यिका किसी वितरण का वह बिन्दु है जो वितरण को दो बराबर भागों (50-50%) में बाँट देती है। जब प्राप्तांकों को बढ़ती (increasing) या घटती (decreasing) क्रम (order) में व्यवस्थित किया जाता है, तब मध्य की स्थिति माध्यिका (Median) कहलाती है। जैसे, पाँच विद्यार्थियों के मनोविज्ञान के अंक को लीजिए जो इस प्रकार हैं—32, 40, 38, 60, 51। इन्हें बढ़ती क्रम में इस प्रकार व्यवस्थित करते हैं—32, 38, 40, 51, 60। इसमें माध्यिका 40 है क्योंकि इसके ऊपर दो अंक (51 तथा 60) तथा नीचे दो अंक (32 तथा 38) हैं यानी माध्यिका अंकों के वितरण को दो बराबर भाग में बाँट रही है। इस तरह से माध्यिका शततमक (percentile) का एक विशिष्ट केस होता है। सचमुच में माध्यिका 50वाँ शततमक (50th percentile) पर का प्राप्तांक (score) होता है।

(iii) बहुलक *(Mode)*—बहुलक किसी वितरण का वह बिन्दु (point) है जो वितरण में सबसे अधिक बार आता है। जैसे, मान लीजिये कि मनोविज्ञान के किसी वर्ग में विद्यार्थियों को निम्नलिखित अंक प्राप्त होते हैं—40, 35, 55, 65, 55, 32, 55, 48, 60, 55। इसमें बहुलक 55 है क्योंकि अंकों के पूरे वितरण में यह 4 बार आया है जो कि सबसे अधिक है। आवृत्ति वितरण में बहुलक उस वर्गान्तर का मध्यबिंदु होता है जिसकी आवृत्ति सबसे अधिक होती है।

अंकगणितीय माध्य का परिकलन
(Calculation of Arithematic Mean)

छात्र माध्य का अर्थ अब समझ चुके हैं। इसे और अधिक स्पष्ट रूप से समझने के लिए इसके परिकलन (calculation) की ओर ध्यान दीजिए। माध्य के परिकलन के सम्बन्ध में दो परिस्थितियाँ आती हैं। एक तो वह जहाँ आँकड़े अव्यवस्थित (ungrouped) होते हैं तथा दूसरी वह जहाँ आँकड़े व्यवस्थित (grouped) होते हैं। दोनों तरह के आँकड़ों से माध्य के परिकलन करने की विधियाँ अलग-अलग हैं। पहले हम यह समझायेंगे कि अव्यवस्थित आँकड़ों से माध्य कैसे ज्ञात किया जाता है।

1. अव्यवस्थित आँकड़ों से माध्य निकालना *(Mean from ungrouped data)*—अव्यवस्थित आँकड़ों से माध्य निकालने की विधि बहुत सरल है तथा *N* कम रहने पर यह विधि अधिक लोकप्रिय (popular) है। प्राप्तांकों

---

1. सांख्यिकी में औसत (average) और अंकगणितीय माध्य (arithematic mean) में अन्तर है। औसत से मतलब माध्य (mean), माध्यिका (median) तथा बहुलक (mode) तीनों से होता है। पर जब हम अंकगणितीय माध्य कहते हैं तो इससे सिर्फ इसी माध्य का बोध होता है, माध्यिका तथा बहुलक का नहीं।
2. "The median is that point in the distribution above which and below which 50 per cent of case lie."
—Wert, Neidit and Ahnmann : *Statistical Methods in Educational and Psychological Research,* 1954, p. 28

को पहले जोड़ लिया जाता है। फिर योगफल को प्राप्तांकों की संख्याओं (numbers) से भाग दे दिया जाता है और भाग देने के बाद प्राप्त मान (value) माध्य कहलाता है। इसका सूत्र नीचे दिया जा रहा है—

$$\overline{X} = \frac{\Sigma X}{N}$$ ...सूत्र 2.1

यहाँ पर,

$\overline{X}$ = माध्य (Mean)

Σ = कुल योग (The sum of

X = प्राप्तांक (Score)

N = प्राप्तांकों की संख्या या व्यक्तियों की संख्या (Number of scores or individuals)

एक उदाहरण—मान लीजिये कि अंग्रेजी परीक्षण (English test) में विद्यार्थियों का प्राप्तांक इस प्रकार आया—

10, 18, 16, 15, 19
15, 14, 25, 16, 18

प्रश्न यह है कि इन अव्यवस्थित आँकड़ों से माध्य कैसे ज्ञात किया जा सकता है? सुविधा के लिए इन आँकड़ों को निम्नलिखित ढंग से एक तालिका में लिख दिया जाता है—

तालिका (Table)-1

विद्यार्थियों की संख्या	प्राप्तांक (X)
1	10
2	18
3	16
4	15
5	19
6	15
7	14
8	25
9	16
10	18
N = 10	$\Sigma X = 166$

$$\overline{X} = \frac{\Sigma X}{N} = \frac{166}{10} = 16.6$$

यहाँ माध्य = 16.6 हुआ।

2. व्यवस्थित आँकड़ों से माध्य निकालना *(Mean from grouped data)*—जैसा कि छात्र जानते हैं कि व्यवस्थित आँकड़े वे आँकड़े हैं जिन्हें आवृत्ति वितरण में सारिणीबद्ध (tabulate) किया गया हो। जब N काफी बड़ा होता है तो प्राप्तांकों को आवृत्ति वितरण में व्यवस्थित कर लेते हैं और तब माध्य की प्रक्रिया शुरू की जाती है। ऐसे व्यवस्थित आँकड़ों से ज्ञात करने की दो प्रमुख विधियाँ हैं—

(क) लम्बी विधि (Long Method)

(ख) लघु विधि (Short Method) या कूट-संकेत प्राप्तांक विधि (Coded score method) या कल्पित माध्य विधि (Assumed Mean Method)

इन दोनों विधियों का वर्णन नीचे किया जा रहा है—

(क) लम्बी विधि *(Long Method)*—लम्बी विधि से माध्य ज्ञात करने का सूत्र इस प्रकार है—

$$\overline{X} = \frac{\sum fX}{N} \qquad \text{...सूत्र 2.2}$$

यहाँ पर,

$\overline{X}$ = माध्य (Mean)

$\sum$ = कुल योग (The sum of)

f = बारंबारता या आवृत्ति (Frequency)

X = मध्य बिन्दु (Midpoint)

N = कुल आवृत्तियों की संख्या (Number of frequencies)

यहाँ पर छात्र को मध्य बिन्दु (midpoint) का अर्थ समझाना आवश्यक है। मध्यबिन्दु किसी वर्गान्तर (class interval) की दोनों सीमाओं के बीच का बिन्दु होता है। दूसरे शब्दों में हम यह कह सकते हैं कि मध्य बिन्दु किसी वर्गान्तर में आये हुए प्राप्तांकों का माध्य (mean) है। जब हम वर्गान्तर में निहित प्राप्तांकों को किसी एक प्राप्तांक या अंक द्वारा बतलाना चाहते हैं तो ऐसी परिस्थिति में हम मध्यबिन्दु (midpoint) ज्ञात करते हैं। अतः मध्य बिन्दु किसी भी अन्तराल (interval) का वह बिन्दु है जो उस अन्तराल में निहित सभी प्राप्तांकों का प्रतिनिधित्व करता है। मध्य बिन्दु निकालने का सूत्र इस प्रकार है—

$$\text{Midpoint} = \frac{\text{Upper Score + Lower Score}}{2} \qquad \text{... सूत्र 2.3}$$

यहाँ तालिका 2 के 50-54 वर्गान्तर का मध्यबिन्दु निकालना है तो इस सूत्र के अनुसार

$$\text{Midpo int} = \frac{50 + 54}{2} = 52$$

मध्यबिन्दु ज्ञात करने का तरीका जान लेने के बाद माध्य (mean) लम्बी विधि से इस प्रकार निकाला जाता है। अब एक उदाहरण देखें—काट परीक्षण (cancellation test) पर 50 विद्यार्थियों ने निम्नलिखित प्राप्तांक (score) पाये। प्रश्न यह है कि लम्बी विधि द्वारा इन व्यवस्थित प्राप्तांकों का माध्य कैसे ज्ञात किया जा सकता है? माध्य निकालने लिये पहले 4 कॉलम बनाएँगे—

1 प्राप्तांक (Scores)	2 मध्यबिन्दु (Midpoint) *X*	3 आवृत्ति (Frequency) *f*	4 आवृत्ति तथा मध्यबिन्दुओं का गुणनफल *fX*

तालिका (Table)-2

1 प्राप्तांक (Scores)	2 मध्यबिन्दु (Midpoint) X	3 आवृत्ति (Frequency) f	4 आवृत्ति तथा मध्यबिन्दुओं का गुणनफल (Product of frequency and Midpoint) fX
95 — 99	97	1	97
90 — 94	92	1	92
85 — 89	87	4	348
80 — 85	82	3	246
75 — 79	77	6	462
70 — 74	72	12	864
65 — 69	67	7	469
60 — 64	62	6	372
55 — 59	57	6	342
50 — 54	52	3	156
45 — 49	47	1	47
		$N = 50$	$\Sigma fX = 3495$

$$\overline{X} = \frac{\Sigma fX}{N}$$

$$= \frac{3495}{50} = 69.9$$

लम्बी विधि द्वारा माध्य ज्ञात करने में निहित कदम (involved steps) इस प्रकार है—

(i) सबसे पहले खाना या कॉलम 1 में वर्गान्तर को लिखा जाता है।

(ii) सभी मध्यबिन्दुओं को कॉलम 2 में उसके वर्गान्तरों के सामने लिखा जाता है। इस कॉलम के ऊपर में X लिखते हैं।

(iii) मध्यबिन्दु के कॉलम के बाद कॉलम 3 में आवृत्तियों (frequencies) को उसके वर्गान्तरों के सामने लिखते हैं। इस कॉलम के ऊपर में f लिखते हैं।

(iv) अन्तिम कॉलम में आवृत्ति (f) एवं मध्यबिन्दु (X) का गुणनफल लिखते हैं।

(v) इसके बाद कॉलम 3 के योग ($\sum fX$) को N से (सूत्र के अनुसार) भाग देते हैं और भागफल को माध्य कहा जाता है।

(ख) लघु विधि *(Short Method)*—लम्बी विधि से माध्य ज्ञात करने में हम देखते हैं कि कई अंकों वाला गुणा भाग करना पड़ता है। खासकर यह समस्या और भी तब जटिल हो जाती है जब वर्गान्तर तीन अंकों (digits) में अभिव्यक्त किया जाता है। जैसे, 145-149, 150-154 आदि। ऐसी परिस्थिति में लम्बी विधि से माध्य ज्ञात करने से त्रुटि होने की सम्भावना बढ़ जाती है। इस समस्या के निदान के लिये माध्य (mean) ज्ञात करने की एक लघु विधि (short method) प्रतिपादित की गयी है। इस विधि में वास्तविक माध्य (actual mean) एक कल्पित माध्य (assumed mean) के आधार पर निकाला जाता है। अतः इस विधि को *कल्पित माध्य विधि* (assumed mean method) भी कहा जाता है। इस विधि को *कूट संकेत प्राप्तांक विधि* (Coded score method) भी कहा जाता है क्योंकि इससे माध्य मध्यबिन्दुओं को कूट संकेत प्राप्तांकों (coded score) में बदलकर ज्ञात किया जाता है। लघु विधि से माध्य ज्ञात करने का सूत्र इस प्रकार है।

$$\overline{X} = AM + Ci$$ ... सूत्र 2.4

यहाँ पर, X = माध्य (Mean)

AM = कल्पित माध्य (Assumed Mean)

(यहाँ कल्पित माध्य उस वर्गान्तर का मध्यबिन्दु (midpoint) होता है जिसमें कल्पित माध्य की कल्पना की जाती है।)

C = शुद्धि (Correction)

i = वर्गान्तर की लम्बाई या आकार (length or size of class interval) यहाँ C इस सूत्र से ज्ञात किया जाता है—

$$C = \frac{\sum fx'}{N}$$ ...सूत्र 2.5

यहाँ पर

Σ = कुल योग (The sum of)

fx' = आवृत्ति (frequency) तथा विचलन[1] (deviation) का गुणनफल।

N = आवृत्तियों का कुल योग (total number of frequencies)।

सूत्र 11.4 के द्वारा अब हम माध्य निकालने के प्रमुख सोपानों (steps) को निम्नलिखित ढंग से बता सकते हैं—

(i) सबसे पहले पाँच कॉलम वाली एक तालिका (table) बनानी होगी।

(ii) कॉलम 1 में प्राप्तांकों को वर्गान्तर (class interval) के रूप में लिख दिया जाता है।

(iii) कॉलम 2 में हर वर्गान्तर के सामने उसके मध्यबिन्दुओं (midpoints) को लिखा जाता है। इसे X से नामांकित किया जाता है।

(iv) कॉलम 3 में हम वर्गान्तर के सामने उनकी आवृत्तियों (frequencies) को लिखा जाता है। इसे f से नामांकित किया जाता है।

(v) कॉलम 4 में प्राप्तांकों के विचलन (deviation) को लिखा जाता है। यहाँ प्राप्तांकों का विचलन (x') कल्पित माध्य (assumed mean) से होता है। प्रश्न अब यह उठता है कि पूरे वितरण (distribution) में कल्पित माध्य की कल्पना कहाँ पर की जाय। इसके संबंध में कोई स्थायी नियम नहीं है। लेकिन कल्पित माध्य की कल्पना करते समय एक बात का ध्यान रखना चाहिये। संभवतः कल्पित माध्य उस वर्गान्तर में माना जाना चाहिए जो वितरण के बीच में हो तथा जिसमें आवृत्ति (frequency) सबसे ज्यादा हो। जिस वर्गान्तर में कल्पित माध्य की कल्पना की जाती है, उसके सामने x' के कॉलम (यानी, कॉलम 4) में शून्य (0) लिखते हैं (तालिका 3 में देखें)। यहाँ x' के कॉलम, यानी कॉलम 4 में 70-74 वर्गान्तर के सामने '0' लिखा गया है क्योंकि हमने कल्पित माध्य की कल्पना इसी वर्गान्तर में किया है। कल्पित माध्य इस वर्गान्तर (70-74) के मध्य बिन्दु को ही कहा जाता है। यानी, कल्पित माध्य यहाँ 72 है। यहाँ पर ध्यान देने योग्य बात यह है कि इस कल्पित माध्य के ऊपर के प्राप्तांक धन (+) तथा नीचे के प्राप्तांक ऋण (–) में विचलित होंगे। अब हमें हर वर्गान्तर के मध्यबिन्दुओं (midpoints) को इस कल्पित माध्य

---

1. सांख्यिकी में माध्य से प्राप्तांक के विचलन (The deviation of a score from mean) का प्रतीक है—x (छोटा एक्स)। प्राप्तांक का यह विचलन यदि कल्पित माध्य से होता है तो इसके लिए x के ऊपर में एक प्राईम लगा दिया जाता है – x'। पर यदि वह विचलन वास्तविक माध्य से होता है तो उसके लिए सिर्फ x लिखा जाता है। छात्र को x' तथा x के अन्तर को हमेशा याद रखना चाहिए।

से जितना कदम नीचे की ओर विचलित होगा, उसके सामने ऋण (–) लिखकर उसके कदमों की संख्या लिख दी जाती है। जैसे—मध्य बिन्दु 77 कल्पित माध्य के वर्गान्तर (70-74) से एक कदम ऊपर की ओर विचलित हो रहा है। अतः इसके सामने 1 लिख दिया गया है। उसी तरह मध्यबिन्दु 87 तीन कदम ऊपर की ओर विचलित हो रहा है, अतः इसके सामने 3 लिखा गया है। अब एक नजर कल्पित माध्य के नीचे के मध्यबिन्दुओं के विचलन पर डालें। मध्यबिन्दु 67 कल्पित माध्य के वर्गान्तर (70-74) से एक कदम नीचे की ओर विचलित हो रहा है। अतः इसके सामने-1 लिखा गया है। इसी तरह मध्यबिन्दु 52 कल्पित माध्य से 4 कदम नीचे की ओर विचलित हो रहा है। अतः इसके सामने –4 लिखा गया है। इसी तरह मध्य बिन्दु 47 पाँच कदम नीचे की ओर विचलित हो रहा है, इसीलिए इसके सामने –5 लिखा गया है।

(vi) कॉलम 5 में आवृत्ति (कॉलम 3) तथा विचलन (कॉलम 4) के गुणनफल को लिखा जाता है। इस गुणनफल के कॉलम को fx' से नामांकित किया जाता है। जैसे तालिका 3 के कॉलम 5 में 95-99 वर्गान्तर के सामने 5 लिखा हुआ है। यह आवृत्ति 1 तथा विचलन 5 का गुणनफल (5×1) है। उसी ढंग से 85-89 वर्गान्तर के सामने 12 लिखा हुआ है। यह आवृत्ति 4 तथा विचलन 3 का गुणनफल (4×3) उसी तरह से 60-64 वर्गान्तर के सामने –12 लिखा हुआ है। यह आवृत्ति 6 तथा विचलन –2 का गुणनफल है। इसी तरह से सभी वर्गान्तरों के सामने fx' निकालकर लिखा गया है। ध्यान रहे कि '0' से ऊपर सभी fx' का मान (value) धनात्मक (+) होगा तथा सभी नीचे के fx' का मान ऋणात्मक (–) होगा।

(vii) सभी वर्गान्तर का fx' ज्ञात कर लेने के बाद सभी धनात्मक fx' को एक साथ जोड़ लिया जाता है सभी ऋणात्मक fx' को एक साथ जोड़ दिया जाता है। फिर ज्यादा में से कम को घटा दिया जाता है। यदि धनात्मक fx' का योग ज्यादा हुआ तो घटा हुआ मान धन (+) में आता है और यदि ऋणात्मक fx' का योग ज्यादा हुआ तो घटा हुआ मान (value) ऋण (–) में आता है। उपर्युक्त उदाहरण में ऋणात्मक fx' का मान धनात्मक fx' के मान से ज्यादा है अतः fx' का मान ऋण (–) में आया है।

(viii) $\Sigma fx'$ निकाल लेने के बाद उसको N से भाग देकर शुद्धि (correction) निकाला जाता है। और शुद्धि ज्ञात कररने के बाद उसे i से गुणा कर दिया जाता है। इस तरह से Ci का मान (value) निकल जाता है। इसके बाद सूत्र 2.4 के अनुसार माध्य ज्ञात किया जाता है।

तालिका 2 में व्यवस्थित आँकड़ों से ही माध्य इस विधि द्वारा इस प्रकार ज्ञात होता है—

तालिका (Table) -3

1 प्राप्तांक (Scores)	2 मध्यबिन्दु (Midpoints) X	3 आवृत्ति (Frequency) f	4 विचलन (Deviation) x'	5 आवृत्ति तथा विचलन का गुणनफल (Product of frequency and deviation) fx'
95 — 99	97	1	5	5
90 — 94	92	1	4	4
85 — 89	87	4	3	12
80 — 84	82	3	2	6
75 — 79	77	6	1	6
70 — 74	72	12	0	+ 33
65 — 69	67	7	– 1	– 7
60 — 64	62	6	– 2	– 12
55 — 59	57	6	– 3	– 18
50 — 54	52	3	– 4	– 12
45 — 49	47	1	– 5	– 5
		$N = 50$		– 54

$\sum fx' = 33 - 54 = -21$

$\overline{X} = AM + Ci$

$AM = 72$

$C = \frac{\sum fx'}{N} = \frac{-21}{50} = -.42$

$i = 5, ci = (-.42)(5) = -2.10$

Mean = 72 + (– 2.10) = 72 – 2.10 = 69.9 उत्तर।

माध्यिका का परिकलन (Calcuation of Median)

माध्यिका (Median) केन्द्रीय प्रवृत्ति का दूसरा प्रमुख माप है। माध्यिका का अर्थ हम पहले ही बता चुके हैं। हम यहाँ उसके परिकलन (calculation) के बारे में बतायेंगे। माध्य के समान ही माध्यिका ज्ञात करने करने में दो प्रकार की परिस्थितियाँ आती हैं। एक तो वह जहाँ आँकड़े अव्यवस्थित (ungrouped) होते हैं तथा दूसरी वह जहाँ आँकड़े आवृत्ति वितरण में व्यवस्थित (grouped) होते हैं। दोनों तरह के आँकड़ों से माध्यिका ज्ञात करने की विधि अलग-अलग है।

(1) अव्यवस्थित आँकड़ों से माध्यिका निकालना *(Median from ungrouped data)*—अव्यवस्थित आँकड़ों से माध्यिका ज्ञात करना बहुत ही आसान है। N के छोटा (small) रहने पर हम माध्यिका को सीधे अव्यवस्थित आँकड़ों से ही निकालते हैं। दिये हुए आँकड़ों को बढ़ती क्रम (increasing order) जैसे 1, 2, 3, 4,

5, या घटती क्रम (decreasing order) जैसे, 5, 4, 3, 2, 1, में सजा लेते हैं। उसके बाद निम्नलिखित सूत्र द्वारा माध्यिका के स्थान (position) का पता लगाते हैं।

$$\text{Median} = \text{The } \frac{(N+1)}{2} \text{ th number} \qquad \text{...सूत्र 2.6}$$

यहाँ N = प्राप्तांकों या आँकड़ों की कुल संख्या है।

इस सूत्र से माध्यिका के सिर्फ स्थान का पता लगता है न कि उसके वास्तविक मान (actual value) का। दूसरे शब्दों में इस सूत्र के द्वारा सिर्फ यह पता चलता है कि माध्यिका कहाँ पर होगी, लेकिन यह पता नहीं चलता है कि माध्यिका का मान (value) क्या होगा।

अव्यवस्थित आँकड़ों से माध्यिका निकालते समय दो ढंग की परिस्थितियाँ आती हैं।

(i) जब N समांकी (even) होता है

(ii) जब N विषम (odd) होता है

जब N समांकी (even) होता है तो माध्यिका हम इस प्रकार ज्ञात करते हैं। मान लीजिये कि 8 विद्यार्थियों का काट परीक्षण (cancellation test) पर निम्नलिखित प्राप्तांक आया (जिसकी माध्यिका ज्ञात करनी है) 4, 9, 6, 5, 10, 12, 14, 13।

इन प्राप्तांकों को पहले बढ़ते क्रम (increasing order) में इस प्रकार व्यवस्थित कर लेते हैं

9.5

4, 5, 6, 9, ↑ 10, 12, 13, 14।

यहाँ पर N = 8 है।

माध्यिका का सूत्र है—

$$\text{Mdn} = \text{The } \frac{(N+1)}{2} \text{ th number}$$

$$= \frac{8+1}{2} = \frac{9}{2} = 4.5\text{th number}$$

अतः यहाँ पर माध्यिका 4th तथा 5th संख्या (4.5) के बीच में पड़ रही है। विद्यार्थी अक्सर यहाँ भूल से 4.5 को ही माध्यिका समझ बैठते हैं। यह 4.5 माध्यिका का स्थान (position) है। उपर्युक्त आँकड़ों में 4.5th संख्या 9 तथा 10 के बीच में आती है (चाहे बायें से गिना जाय या दायें से गिना जाय)

$$\therefore \quad 4.5\text{th Number} = \frac{9+10}{2} = \frac{19}{2} = 9.5$$

इस तरह से 4.5th संख्या (number) 9.5 है। अतः माध्यिका = 9.5 है। इसके ऊपर 4 प्राप्तांक अर्थात् 10, 12, 13 तथा 13 (50%) है तथा इसके नीचे 4 प्राप्तांक अर्थात् –4, 5, 6, तथा 9 (50%) है।

जब N विषम (odd) होता है, तब माध्यिका इस प्रकार ज्ञात की जाती है कि मान लीजिए 7 विद्यार्थियों को किसी मौखिक परीक्षण में निम्नलिखित प्राप्तांक आये 14, 13, 10, 20, 25, 19, 26। इससे माध्यिका ज्ञात करने के लिए पहले इन प्राप्तांकों को बढ़ते क्रम (increasing order) में इस प्रकार व्यवस्थित कर लेंगे—

10, 13, 14, 19, 20, 25, 26

यहाँ पर $N = 7$ है।

माध्यिका का सूत्र—

$$\text{Mdn} = \text{The} \left(\frac{N+1}{2}\right)\text{th number}$$

$$= \frac{7+1}{2} = \frac{8}{2} = 4\text{th number}$$

इन आँकड़ों में बायें या दायें से गिनने पर 4th संख्या 19 है। अतः यही 19 माध्यिका है। इसके ऊपर 3 प्राप्तांक अर्थात् 20, 23 तथा 26 (50%) है तथा नीचे प्राप्तांक भी तीन प्राप्तांक अर्थात् 10, 13 तथा 14 (50%) है।

(2) व्यवस्थित आँकड़ों से माध्यिका निकालना (*Median from grouped data*)—जब N बड़ा होता है, यानी प्राप्तांकों की संख्या काफी अधिक होती है, तो उससे माध्यिका सीधे ज्ञात करना मुश्किल होता है। यहाँ प्राप्तांकों को पहले आवृत्ति वितरण (frequency distribution) में व्यवस्थित कर लेते हैं और तब माध्यिका ज्ञात की जाती है।

व्यवस्थत आँकड़ों से माध्यिका निम्नलिखित सूत्र द्वारा ज्ञात की जाती है–

$$Mdn + l + \left(\frac{\frac{N}{2} - F}{fm}\right) i \qquad \text{...सूत्र 2.7}$$

यहाँ पर Mdn = माध्यिका (Median); l = उस वर्गान्तर की वास्तविक निचली सीमा जिसमें माध्यिका पड़ती हो (exact lower limit of the class interval upon which median falls) F = उस वर्गान्तर के नीचे की सभी आवृत्तियों का योग जिसपर माध्यिका पड़ती है (sum of all frequencies lying below the class interval upon which the median lies); fm = उस वर्गान्तर की आवृत्ति जिसमें माध्यिका पड़ती है (frequency within the class interval upon which the median falls); i = वर्गान्तर की लम्बाई या आकार (length or size of class interval)।

एक उदाहरण के रूप में तालिका –4 के व्यवस्थत आँकड़ों से माध्यिका नीचे ज्ञात की जा रही है–

तालिका (Table) – 4

प्राप्तांक (Scores)	आवृत्ति (Frequency) f	
95 — 99	1	↓
90 — 94	1	
85 — 89	4	
80 — 84	3	↓
75 — 79	6	15
70 — 79	12	
65 — 69	7	23
60 — 69	6	↑
55 — 59	6	
50 — 54	3	
45 — 40	1	
	$N = 50$	$\frac{N}{2} = \frac{50}{2} = 25$

$$Mdn = l + \left(\frac{\frac{N}{2} - F}{fm} \right) i$$

$l = 69.5;$

$\frac{N}{2} = \frac{50}{2} = 25;$

$F = 23;$

$fm = 12;$

$i = 5$

सूत्र के अनुसार—

$$Mdn = 69.5 + \left(\frac{25 - 23}{12} \right) 5$$

$$= 69.5 + \left(\frac{2}{12} \right) 5$$

$$= 69.5 + (.1666)\ 5$$

$$= 69.5 + (.167)\ (5)$$

= 70.335 उत्तर

सूत्र 11.7 के आधार पर माध्यिका ज्ञात करने के प्रमुख सोपानों (steps) को नीचे दिया जा रहा है—

(i) व्यवस्थित आँकड़ों से माध्यिका निकालने में सबसे पहला कदम है $\frac{N}{2}$ का पता लगाना होता है। जैसा कि छात्र जानते होंगे N का अर्थ होता है आवृत्तियों (frequencies) का योग। यहाँ आवृत्तियों का योग 50 है। अतः $\frac{N}{2} = \frac{50}{2} = 25$ हुआ। इसके बाद यह ज्ञात किया जाता है कि यह $\frac{N}{2}$ वितरण (distribution) में कहाँ पर पड़ रहा है। इसके लिए आवृत्तियों (frequencies) को नीचे से हम गिन-गिन कर जाड़ते जाते हैं। जैसे तालिका 6 में नीचे से 65-69 वर्गान्तर तक की आवृत्तियों को जोड़ने पर 23 आता है। लेकिन हमें चाहिए 25 क्योंकि $\frac{N}{2} = 25 = 25$ है। अतः इसके ऊपर के वर्गान्तर (यानी 70-74) की आवृत्ति (जो कि 12 है) को भी हम इसमें जोड़ते हैं क्योंकि 25 इसी वर्गान्तर में पड़ रहा है। इसका मतलब यह हुआ कि माध्यिका 70-74 वर्गान्तर में कहीं पर पड़ रही है।

(ii) जब आवृत्तियों (frequencies) को नीचे से गिनते हुए उस वर्गान्तर तक पहुँच गये जिसमें कि माध्यिका, अर्थात् $\frac{N}{2} = 25$ पड़ रहा है, तो उस वर्गान्तर की वास्तविक निचली सीमा (eact lower limit) लेते हैं। इसे सूत्र में l से दिखाते हैं। इस उदाहरण में नीचे से आवृत्तियों को गिनने पर 70-74 वर्गान्तर में 25 $\left(\text{यानी } \frac{N}{2}\right)$ पड़ता है। इस वर्गान्तर की वास्तविक निचली सीमा 69.5 है। अतः $l = 69.5$ हुआ।

(iii) $\frac{N}{2}$ तथा l ज्ञात कर लेने के बाद हम F ज्ञात करते हैं। जिस वर्गान्तर में $\frac{N}{2}$ पड़ता है, उसके नीचे जितनी आवृत्तियाँ (frequencies) हैं, उन सबको एक साथ जोड़ दिया जाता है आवृत्तियों का यह कुल योग F होता है। जैसे, इस उदाहरण में 70-74 वर्गान्तर $\left(\text{जिसमें } \frac{N}{2} \text{ पड़ रहा है}\right)$ के नीचे की आवृत्तियों को जोड़ने पर 23 आता है। अतः $F = 23$ हुआ।

(iv) इसके बाद हम *fm* ज्ञात करते हैं। *fm* उस वर्गान्तर की आवृत्ति (frequency) है जिसमें माध्यिका $\left(\frac{N}{2}\right)$ पड़ रही है। इस उदाहरण में 70-74 में $\frac{N}{2}$ पड़ रहा है। इस वर्गान्तर की आवृत्ति जो 12 है, *fm* हुआ।

(v) इसके बाद हम *i* ज्ञात करते हैं जिसका मतलब वितरण के वर्गान्तर की लम्बाई से होता है। इस उदाहरण में $i = 5$ है। इस *i* को $\left(\frac{\frac{N}{2} - F}{fm}\right)$ प्राप्त मान (value) के साथ गुणा कर देते हैं। गुणनफल को *l* के मान (value) में जोड़ दिया जाता है। योगफल को माध्यिका कहा जाता है। उदाहरण देखें।

बहुलक की विशेषताएँ तथा परिकलन (Properties and Calculation of Mode)

हम बहुलक (mode) का अर्थ पहले ही बता चुके हैं। जहाँ तक बहुलक के परिकलन (calculation) का प्रश्न है, यहाँ भी दो तरह की परिस्थितियाँ आती हैं। एक तो वह जहाँ कि आँकड़े अव्यवस्थित (ungrouped) होते हैं तथा दूसरी वह जहाँ आँकड़े व्यवस्थित (grouped) होते हैं। इन दोनों तरह के आँकड़ों से बहुलक निकालने की विधि अलग-अलग है।

(1) अव्यवस्थित आँकड़ों से बहुलक निकालना *(Mode from ungrouped data)*—अव्यवस्थित आँकड़ों से बहुलक (mode) ज्ञात करने की विधि इतनी सरल है कि दिये हुए आँकड़ों को मात्र निरीक्षण (inspection) करके ही कहा जा सकता है कि इसमें बहुलक कौन है। इस तरह के बहुलक को अपरिष्कृत बहुलक[1] (crude mode) कहते हैं। एक उदाहरण नीचे दिये जा रहा है जिनमें एक मौखिक परीक्षण पर 10 विद्यार्थियों के प्राप्तांकों को दिया जा रहा है—5, 3, 8, 15, 10, 8, 12, 8, 13 तथा 18।

इन आँकड़ों को मात्र निरीक्षण करके यह कहा जा सकता है कि इसमें अपरिष्कृत बहुलक 8 है क्योंकि यह पूरे वितरण में 3 बार आया है।

(2) व्यवस्थित आँकड़ों से बहुलक निकालना *(Mode from grouped data)*—जब आँकड़े आवृत्ति वितरण में व्यवस्थित हैं, तो अपरिष्कृत बहुलक (crude mode) उस वर्गान्तर का मध्यबिन्दु (midpoint) होता है, जिसमें आवृत्तियाँ (frequencies) सबसे ज्यादा है। तालिका 2 में हम पाते हैं कि 70-74 वर्गान्तर में आवृत्तियों की संख्या 12 है जो कि उस वितरण के अन्यसभी वर्गान्तरों की आवृत्तियों से ज्यादा है अतः अपरिष्क्त बहुलक 70 74 वर्गान्तर का मध्यबिन्दु (midpoint) अर्थात् $\frac{(70+74)}{2} = \frac{144}{2} = 72$ है।

बहुलक को मात्र निरीक्षण (inspection) के आधार पर न ज्ञात करके सूत्र द्वारा भी ज्ञात किया जा सकता है। इस तरह के बहुलक को वास्तविक बहुलक (True Mode) कहते हैं। सूत्र इस प्रकार है—

$$Mo = 3\,Mdn - 2M \quad \text{(सूत्र 2.8)}$$

यहाँ, पर
Mo = बहुलक (Mode)
Mdn = माध्यिका (Median)
M = माध्य (Mean)

1. अपरिष्कृत बहुलक (Crude Mode) तथा वास्तविक बहुलक (True Mode) में अन्तर है। अपरिष्कृत बहुलक वह है जो आँकड़ों को मात्र निरीक्षण (inspection) करके बतलाया जाता है। वास्तविक बहुलक वह है जिसे सूत्र (formula) के आधार पर परिकलन (calculation) किया जाता है। इसीलिये वास्तविक बहुलक को परिकलित बहुलक (calculated mode) भी कहा जाता है। अक्सर अपरिष्कृत बहुलक वास्तविक बहुलक के ठीक बराबर नहीं आता है।

उपर्युक्त 10 विद्यार्थियों द्वारा मौखिक परीक्षण पर पाये गये प्राप्तांकों से वास्तविक बहुलक (true mode) सूत्र 2.8 द्वारा इस प्रकार ज्ञात कर सकते हैं—

$$\begin{aligned} M &= 10 \\ Mdn &= 9 \\ Mo &= 3\,Mdn - 2M \\ &= (3)(9) - (2)(10) \\ &= 27 - 20 \\ &= 7 \end{aligned}$$

इस उदाहरण में वास्तविक बहुलक (true mode) अपरिष्कृत बहुलक (crude mode) से एक कम है। (एक ही वितरण से यदि बहुलक विभिन्न सूत्रों द्वारा परिकलित किया जाता है तो इसके उत्तर में थोड़ी भिन्नता आ सकती है। इससे छात्रों के मन में कोई भ्रम नहीं होना चाहिये।) जैसा कि ऊपर बताया जा चुका है तालिका-2 के वितरण का अपरिष्कृत बहुलक 72 है। इसी वितरण का माध्य (mean) 69.9 है तथा माध्यिका (median) 70.335 या 70.3 (एक दशमलव अंक तक पूर्णांकन करने पर) है। सूत्र 11.8 के अनुसार वास्तविक बहुलक इस प्रकार ज्ञात किया जायेगा—

$$\begin{aligned} Mo &= (3)(70.3) — (2)(69.9) \\ &= 210.9 - 139.8 \\ &= 71.1 \end{aligned}$$

यहाँ पर भी हम पाते हैं कि वास्तविक बहुलक (true mode) तथा अपरिष्कृत बहुलक (curde mode) में कुछ अन्तर है। वास्तविक बहुलक अपरिष्कृत बहुलक से .9 कम है।

आँकड़ों के आलेखीय प्रस्तुतीकरण का अर्थ
(Meaning of Graphic Presentation of Data)

आँकड़ों से सही-सही अर्थ निकालने के लिए सामान्यतः उनका सारिणीकरण (tabulation) किया जाता है। पर अक्सर हम यह पाते हैं कि सारिणी या तालिका (table) द्वारा किसी तथ्य (facts) की स्पष्ट व्याख्या नहीं हो पाती है। लेकिन जब उन आँकड़ों को आलेख (graph) द्वारा प्रस्तुत किया जाता है, तो उन्हें समझने में कोई कठिनाई नहीं होती है तथा साथ-ही-साथ उन आँकड़ों के वितरण का आकार भी एक ही बार में देखने से स्पष्ट हो जाता है।

आलेख (graph) तैयार करने के लिए कुछ प्रमुख बातों की जानकारी आवश्यक है। आलेख का निर्माण दो रेखाओं द्वारा किया जाता है। इन रेखाओं में से बड़ी रेखा (vertical line) को क्रमसूचक (Ordinate) या 'Y' अक्ष (axis) कहा जाता है तथा पड़ी रेखा (Horizontal line) को एबसिशा (abcissa) या 'X' अक्ष (axis) कहा जाता है, (चित्र 1 देखें)। खड़ी तथा पड़ी रेखाएँ जिस बिन्दु पर मिलती हैं, उस बिन्दु को 'O' (Origin) कहा जाता है। यहाँ 'O' बिन्दु खड़ी तथा पड़ी रेखाओं का शून्य बिन्दु (zero point) या उद्‌गम-स्थान (point of origin) होता है।

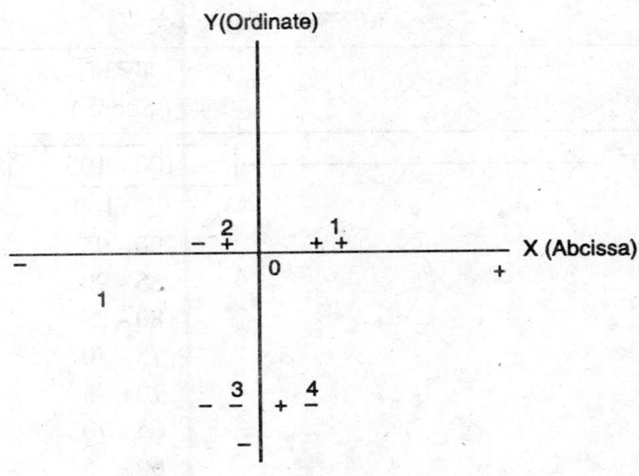

चित्र 2.1

'X' अक्ष (axis) का 'O' बिन्दु से दायाँ भाग (right side) धनात्मक (+ या positive) होता है तथा बायाँ भाग (lift side) ऋणात्मक (– या negative) होता है। उसी तरह से 'X' अक्ष (axis) पर 'O' बिन्दु से ऊपर का भाग धनात्मक (+ या positive) होता है तथा नीचे का भाग ऋणात्मक (– या negative) होता है। 'O' बिन्दु पर जब 'X' अक्ष (axis) तथा 'Y' अक्ष (axis) एक-दूसरे को काटते हैं, तो इसके फलस्वरूप आलेख (graph) के 4 भाग बन जाते हैं जिसे चतुर्थांश (quadrant) कहा जाता है। (चित्र-2.1 देखें) ऊपर के दाँयें भाग को पहला चतुर्थांश (quadrant) कहा जाता है। (चित्र-2.1 देखें) ऊपर के दाँयें भाग को पहला चतुर्थांश (first quardant) कहा जाता है जहाँ X तथा Y दोनों अक्ष धनात्मक (++) होते हैं। ऊपर का बाँया भाग दूसरा चतुर्थांश (second quardant) कहलाता है और जहाँ X अक्ष ऋणात्मक (–) तथा Y अक्ष धनात्मक (+) होता है। नीचे का भाग तीसरा चतुर्थांश (third quardant) कहलाता है जहाँ X तथा Y दोनों अक्ष ऋणात्मक (––) होता है। नीचे का दाँया भाग चौथा चतुर्थांश (fourth quadrant) कहलाता है जहाँ X अक्ष धनात्मक (+) तथा Y अक्ष ऋणात्मक (–) होता है। हम आलेख (graph) बनाते समय पहले चतुर्थांश को ही प्रयोग में लाते हैं जहाँ X तथा Y दोनों अक्ष धनात्मक (++) होते हैं।

आवृत्ति वितरण को आलेख (graph) द्वारा कई विधियों से दिखलाया जाता है। हम यहाँ कुछ ऐसी प्रमुख विधियों का वर्णन करेंगे जिनका उपयोग खासकर मनोविज्ञान में अधिक होता है। कुछ ऐसी ही प्रमुख विधियाँ नीचे दी जा रहीं हैं–

(i) आवृत्ति बहुभुज (Frequency Polygon)

(ii) आयत चित्र (Histogram)

(iii) दंड आरेख (Bar Diagram)

इन सभी विषयों का विस्तृत वर्णन हम अलग-अलग अनुच्छेदों (section) में करेंगे।

आवृत्ति बहुभुज (Frequency Polygon)

आवृत्ति बहुभुज का अर्थ होता है—बहुकोण आकृति (many-angled figure) अर्थात् ऐसी आकृति जिसमें अनेक कोण हों। आवृत्ति वितरण को आवृत्ति बहुभुज (frequency polygon) द्वारा दिखलाने की विधि बहुत ही लोकप्रिय है। इस विधि की सरलता (simplicity) ही इसकी लोकप्रियता (popularity) का प्रमुख कारण है। चित्र-2.2 में एक आवृत्ति बहुभुज बना कर दिखाया गया है। इस आवृत्ति बहुभुज का आधार तालिका (Table) 5 के आँकड़े हैं।

तालिका (Table)-5

	प्राप्तांक (Score)	आवृत्ति (Frequency) f
अतिरिक्त वर्गान्तर ←	100 - 105	0
	95 - 100	1
	90 - 95	1
	85 - 90	4
	80 - 85	3
	75 - 80	6
	70 - 75	10
	65 - 70	9
	60 - 65	6
	55 - 60	6
	50 - 55	3
	45 - 50	1
अतिरिक्त वर्गान्तर ←	40 - 45	0
		N = 50

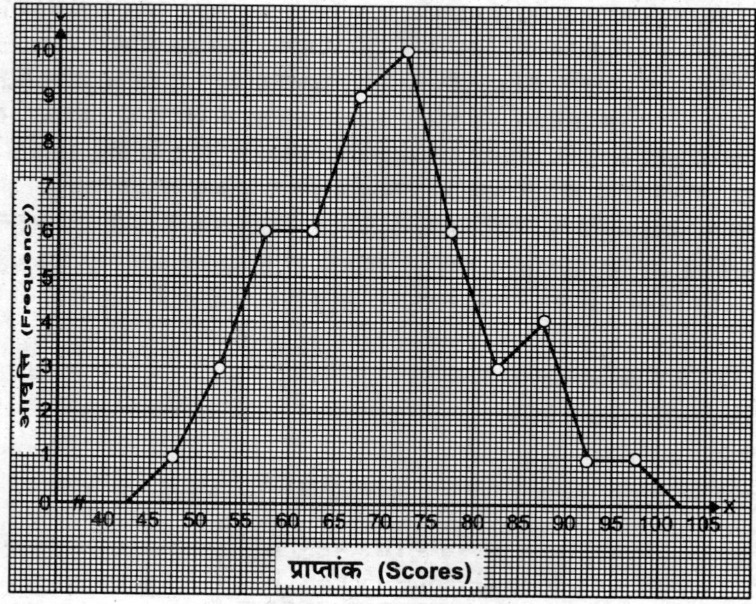

चित्र 2.2 : आवृत्ति बहुभुज

आवृत्ति बहुभुज बनाने के प्रमुख़ सोपानों (steps) को हम नीचे दे रहे हैं—

(1) सबसे पहले आलेख पत्र (graph paper) पर एक खड़ी रेखा (vertical line) तथा एक पड़ी रेखा (horizontal line) खीचें। खड़ी रेखा आलेख पत्र में बायीं तरफ हो तथा पड़ी रेखा आलेख पत्र में नीचे (bottom)

में हों। ये दोनों रेखाएँ इस तरह खीचीं जानी चाहिए कि वे एक-दूसरे पर लम्ब (perpendicular) हों। जहाँ पर खड़ी रेखा तथा पड़ी रेखा एक-दूसरे को काटे, वहाँ पर 'O' लिखें तथा पड़ी रेखा की दूसरे छोर पर X और खड़ी रेखा की दूसरे छोर पर Y लिखें। इस तरह से X अक्ष (X-axis) 'OX' रेखा होगी तथा Y अक्ष (Y-axis) 'OY' रेखा होगी। चित्र-2 देखें।

(2) दिये हुए वितरण में समान आकार का दो अतिरिक्त वर्गान्तर (additional class interval) अपनी ओर से और बढ़ा दें। इन दो वर्गान्तरों में से एक वर्गान्तर सबसे नीचे में तथा एक वर्गान्तर सबसे ऊपर में होगा। चूँकि ये दोनों वर्गान्तरों को हम अपनी ओर से बढ़ा रहे हैं, इसलिए इसकी आवृत्ति (frequency) शून्य (zero) होगी। जैसे—तालिका 5 में सबसे नीचे का वर्गान्तर 45-50 है जिसके नीचे उसी आकार (size) का एक और वर्गान्तर (40-45) बढ़ा दिया गया है जिसकी आवृत्ति शून्य है। उसी तरह से सबसे ऊपर का वर्गान्तर 95-100 है जिसके ऊपर उसी आकार (size) का एक और वर्गान्तर (100-105) बढ़ा दिया गया है जिसकी भी आवृत्ति शून्य है। X-अक्ष की वास्तविक लम्बाई[1] की गणना में इन दोनों अतिरिक्त वर्गान्तरों के बीच आलेख पर के छोटे वर्गों (small squares) को सम्मिलित नहीं किया जाता है।

(3) 'OX' रेखा (X-axis) पर सभी वर्गान्तरों (class intervals) को बराबर-बराबर दूरी पर लिखें दें। (चित्र-2.2 देखें) बराबर-बराबर दूरी रखने के लिये आलेख पत्र (graph paper) पर कोई भी इकाई (unit) ली जा सकती है। लेकिन सामान्यतः 5 या 10 छोटे वर्गों (small squares) के अन्तराल (interval) की एक इकाई मानना ज्यादा सुविधाजनक होता है। हमने इस आवृत्ति बहुभुज के निर्माण में आलेख पत्र के 10 छोटे वर्गों (small squares) का एक वर्गान्तर (class interval) माना है। X अक्ष पर का *'ff'* चिह्न इस बात का सूचक होता है कि मापनी (scale) का कुछ भाग छिपा हुआ है। जैसे—इस उदाहरण में 0 से 39 तक की मापनी (scale) को यहाँ नहीं दिखाया गया है। यदि X अक्ष पर की मापनी (scale) सतत (continuous) होती है अर्थात् इसका कोई भाग छिपा नहीं रहता, तो इसे *'ff'* चिह्न की कोई जरूरत नहीं होती है।

(4) 'OY' रेखा (Y-axis) पर आवृत्तियों (frequencies) को बराबर-बराबर दूरी पर लिख दें। X अक्ष (X-axis) की तरह की यहाँ पर दूरी को बराबर करने के लिए ऐसी इकाई चुन लिया जाता है जिससे कि आलेख(graph) तैयार करने में काफी सुविधा हो। सामान्यतः आलेख के 5 या 10 छोटे वर्गों (small squares) की एक इकाई मानना सुविधाजनक होता है। हमने यहाँ 10 छोटे वर्गों (small squares) का एक आवृत्ति (1 frequency) माना है। Y अक्ष (Y-axis) की लम्बाई का निर्णय करते समय यह ध्यान रखना चाहिए कि इस पूरे अक्ष की लम्बाई X अक्ष (X-axis) की लम्बाई का 75% हो। अर्थात् यदि X- अक्ष 100 वर्गों (small squares) का है तो Y अक्ष 75 छोटे वर्गों का ही तैयार किया जाय। हालाँकि यह 75 प्रतिशत का नियम कोई अपरिवर्त्य नियम (rigid rule) नहीं है। Y-अक्ष की लम्बाई कभी-कभी 75 प्रतिशत से कम जैसे 60 प्रतिशत या ज्यादा जैसे 80 प्रतिशत भी होता है। उस दिशा में सबसे उत्तम नियम यह माना गया है कि X-अक्ष पर के मापनी (scale) की लम्बाई अर्थात् आलेख पर के छोटे वर्गों (small squares) की संख्या को गिन ली जाए और उसमें .6 तथा .8 से गुणा कर दिया जाए। फिर उसी प्रसार (range) में Y-अक्ष की ऊँचाई रखी जाए। जैसे मान लिया जाए कि X-अक्ष की लम्बाई 130 छोटे वर्ग की है तो $130 \times .6 = 78$ तथा $130 \times .8 = 104$ अर्थात् 78 से 104 छोटे वर्गों तक Y-अक्ष की ऊँचाई 78 छोटे वर्गों से कम नहीं तथा 104 छोटे वर्गों से ज्यादा नहीं हो। चित्र-2.2 में Y-अक्ष की लम्बाई 100 छोटे वर्गों की रखी गयी है।

(5) X अक्ष (X-axis) पर के प्रत्येक वर्गान्तर के मध्यबिन्दु (midpoint) के ठीक ऊपर Y अक्ष (Y-axis) की ओर बढ़कर आवृत्ति का निर्धारण करके एक बिन्दु (point) लगाइए। जैसे, 45-50 वर्गान्तर की आवृत्ति 1 है। इसको प्रदर्शित करने के लिए 40-46 वर्गान्तर के मध्यबिन्दु से ऊपर की ओर Y-axis में हम बढ़ते हैं तथा जब हम आवृत्ति एक पर पहुँचते हैं तो वहाँ एक बिन्दु लगा देते हैं। इसी तरह से अन्य वर्गान्तरों की सभी आवृत्तियों को भी हम प्रदर्शित करते हैं।

1. X-अक्ष की वास्तविक लम्बाई तथा Y-अक्ष की वास्तविक ऊँचाई से मतलब आलेखित आँकड़े (graphed data) से होता है न कि आलेख के अंतिम छोरों से।

(6) अन्त में इन सभी बिन्दुओं को एक सीधी रेखा से मिला दीजिये। इसके फलस्वरूप जो चित्र बनेगा, वह आवृत्ति बहुभुज कलायेगा।

आयतचित्र
(Histogram or Column Diagram)

आयतचित्र आवृत्ति वितरण को आलेख (graph) द्वारा दिखाने का दूसरा प्रमुख तरीका है। इसे आयतचित्र इसलिए कहा जाता है कि आधाररेखा (base line) यानी आलेख के 'OX' रेखा पर हर वर्गान्तर की आवृत्ति (frequency) को 'OY' रेखा की आवृत्ति की ऊँचाई से मिलाते हुए एक आयत (rectangle) बनाकर दिखाया जाता है। आयतचित्र बनाने के सोपान (step) आवृत्ति बहुभज (frequency polygon) के सोपान (step) के ही समान हैं (इसलिए इसकी चर्चा यहाँ अलग से नहीं की जा रही है)। अन्तर सिर्फ इतना ही है कि आवृत्ति बहुभुज (frequency polygon) में आवृत्तियों को वर्गान्तर के मध्यबिन्दु (midpoint) पर दिखलाया जाता है लेकिन आयत चित्र में ऐसा नहीं किया जाता है। यहाँ आवृत्तियों को पूरे वर्गान्तर के सहारे दिखलाया जाता है। जैसे तालिका-5 में नीचे से पहला वर्गान्तर 45-50 है। इसे ठीक 45-50 लिखकर 'OX' पर दिखाया गया है। इस वर्गान्तर की आवृत्ति 1 है। अतः 'OY' के 1 के समानान्तर दो बिन्दु दिया जाता है, एक 45 के ऊपर दूसरा 50 के ऊपर। फिर इन दोनों बिन्दुओं को 'OX' रेखा से मिलाते हुए आपस में ऊपर से भी मिला देते हैं। इसी तरह से अन्य वर्गानतरों तथा उनकी आवृत्तियों को दिखलाया गया है। यहाँ पर कोई अतिरिक्त वर्गान्तर (additional class interval) को अपनी ओर से नहीं जोड़ते हैं। उदाहरणार्थ तालिका 5 के आँकड़ों से ही हम आयतचित्र चित्र-2.3 में बनाकर दिखला रहे हैं।

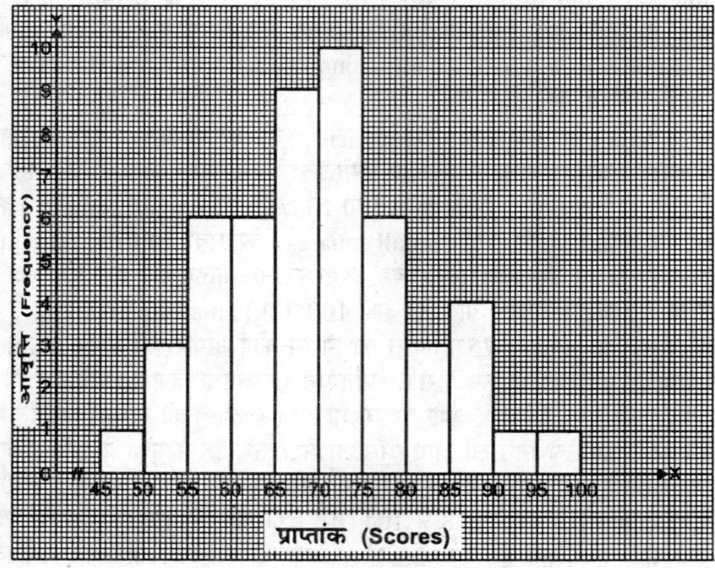

चित्र-2.3 : आयातचित्र (Histogram)

दंड आरेख
(The Bar Diagram)

जब निरूपाधिक आँवड़ों(categorical data) को आलेख द्वारा लिखलाना हो तो वहाँ दंड आरेख(bar diagram) सबसे उपयुक्त तरीक है। दंड आरेख आयतचित्र से मिलता-जुलता है। इसमें एक आयत(rectangle) से दूसरे आयत (retcangle) के बीच कुछ बराबर-बराबर जगह छोड़ दिया जाता है। अब दंड आरेख बनाने का एक उदाहरण नीचे देखें। मान लीजिए कि किसी कॉलेज में पढ़ने वाले विद्यार्थियों की संख्या विभिन्न विषयों में निम्न प्रकार है।

विषय	विद्यार्थियों की संख्या
अर्थशास्त्र	200
मनोविज्ञान	350
समाजशास्त्र	500
भूगोल	300
राजनीति विज्ञान	400
अंग्रेजी	600
हिन्दी	550
संस्कृत	100

ऊपर के निरूपाधिक आँकड़ों (categorical data) को दंड आरेख द्वारा दिखाने के लिए पहले इसे घटती क्रम (descending order) में हम इस प्रकार सजा लेते हैं—

विषय	विद्यार्थियों की संख्या
अंग्रेजी	600
हिन्दी	550
समाजशास्त्र	500
राजनीति विज्ञान	400
मनोविज्ञान	350
भूगोल	300
अर्थशास्त्र	200
संस्कृत	100

इसके बाद आलेख के 'OX' रेखा पर विषय को तथा 'OY' रेखा पर विद्यार्थियों की संख्या को दिखलाते हैं। 'OX' रेखा पर एक विषय तथा दूसरे विषय के बीच में कुछ बराबर-बराबर जगह छोड़ देते हैं। चित्र-2.4 देखें यहाँ प्रत्येक आयत के बीच 10 छोटे वर्गों (small squares) का जगह (space) छोड़ा गया है।

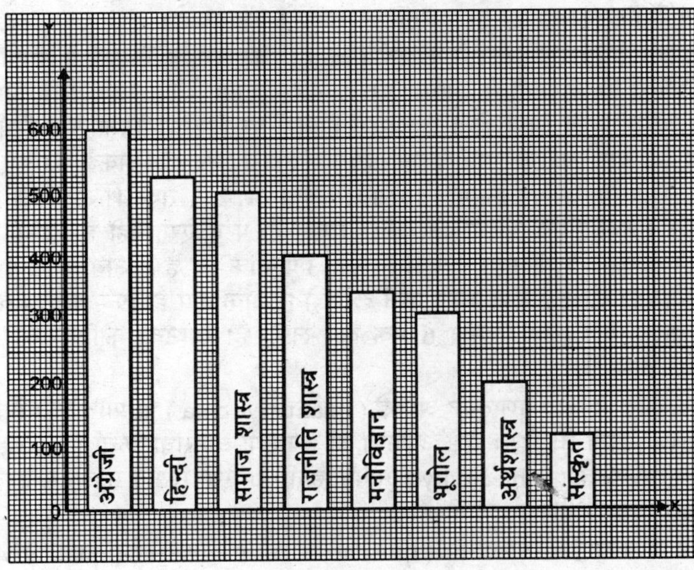

चित्र 2.4

मनोवैज्ञानिक जाँच की परिसीमाएँ (Limitations of Psychological Enquiry)

मनोवैज्ञानिक जाँच की कई विधियाँ हैं जिनपर प्रकाश डाला जा चुका है। यहाँ पर हम मनोवैज्ञानिक जाँच की जो कुछ सामान्य परिसीमाएँ (limitations) या समस्याएँ हैं, उनपर विचार करेंगे। ऐसी प्रमुख परिसीमाएँ निम्नांकित हैं—

(1) मनोवैज्ञानिक जाँच में व्यवहृत उपकरणों/परीक्षणों का सापेक्षिक स्वरूप *(Relative nature of instruments/tests used in psychological enquiry)*—मनोवैज्ञानिक जाँच में जो परीक्षण (test) या मापनी (scale) उपयोग में आते हैं, उनका स्वरूप कुछ ऐसा होता है कि वे विशेष संदर्भ में तो वैद्य होते हैं परंतु अन्य परिस्थिति में वे उतना वैद्य नहीं होते हैं और वे सार्थक परिणाम नहीं दे पाते हैं। जैसे, जो परीक्षण अमेरीका में 10 साल के बच्चों की बुद्धि मापने के लिए बनाया गया है, उसे यदि हम भारत या पाकिस्तान जैसे देश में उसी उम्र के बच्चों के लिए बुद्धि मापने के लिए क्रियान्वयन करें तो वह उतना वैद्य एवं सार्थक नहीं होगा। उसी ढंग से जो परीक्षण शहरी क्षेत्र के संदर्भ में विकसित किया गया है, उसका उपयोग जनजातीय क्षेत्र (tribal areas) के लोगों पर उतना सार्थक ढंग से नहीं किया जा सकता है और परिणाम तब निश्चित रूप से दोषपूर्ण हो जाता है।

(2) वास्तविक शुन्य बिन्दु अभाव *(Lack of true zero point)*—मनोवैज्ञानिक जाँच की एक अन्य परिसीमा यह है कि इसमें भौतिक विज्ञानों (physical sciences) के समान एक वास्तविक शुन्य बिन्दु नहीं होता है। इसका परिणाम यह होता है कि ऐसे जाँच के परिणाम के आधार पर किसी ठोस निष्कर्ष पर पहुँचना एक ढेड़ी खीर साबित होता है। इसे एक उदाहरण द्वारा इस प्रकार समझाया जा सकता है—मान लिया जाय कि किसी टेबुल की लम्बाई मापने के बाद यह पता चलता हे कि यह 6 फीट लम्बी है। इसका मतलब यह हुआ है कि 3 फीट लम्बी टेबुल से यह ठीक दोगुणी लम्बी है तथा छह फीट का मतलब एक वास्तविक शुन्य से छह फीट से होता है। यहाँ वास्तविक शुन्य का मतलब यह होता है कि यहाँ लम्बाई कुछ भी नहीं है अर्थात् शुन्य है। परंतु यदि मोहन को बुद्धि परीक्षण पर यदि 60 प्राप्तांक आता है और सोहन को 30 प्राप्तांक (score) आता है तो क्या यह कहा जा सकता है कि मोहन सोहन से बुद्धि में दुगुना अधिक है? शायद नहीं क्योंकि इन प्राप्तांकों का शुन्य बिन्दु वास्तविक (real) न होकर मनचाहा (arbitary) होता है। प्राप्तांक 60 या प्राप्तांक 30 की गणना शुन्य प्राप्तांक से नहीं होती है। कोई व्यक्ति ऐसा नहीं होता है जिसका बुद्धि-स्तर वास्तविक शुन्य के बराबर हो।

इतना ही नहीं, कुछ मनोवैज्ञानिक जाँच में कोटियों (ranks) को लब्धांक के रूप में उपयोग किया जाता है। यहाँ समस्या यह उत्पन्न होती है कि कोटियों के आधार पर तो यह दीखता है कि सभी कोटि प्राप्तकर्ताओं के बीच का अन्तर समान है परंतु वास्तविकता भिन्न होती है जिससे निष्कर्ष पर विश्वसनीयता तथा निर्भरता कम हो जाती है। जैसे, मान लिया जाए कि चार छात्रों को मनोविज्ञान विषय में 80, 77, 60, 54 अंक प्राप्त हुए। अब यदि इन्हें कोटि (rank) में व्यक्त किया जाएगा तो वह क्रमशः इस प्रकार होगा—1, 2, 3, तथा 4। अब मात्र कोटि को देखने से तो यह लगता है कि कोटि 1 तथा 2 एवं 3 तथा 4 में अंतर समान है। परंतु ऐसा नहीं है। 80 को पहला कोटि तथा 77 पाने वाले छात्र को दूसरा कोटि दिया गया है (अंतर मात्र 3 प्राप्तांक का है)। अब कोटि 3 प्राप्त करने वाले छात्र को मात्र 60 आया है जिसका कोटि 2 प्राप्त करने वाले छात्र से 17 अंक कम है। फिर कोटि 4 वाले छात्र को 54 आया है जो कोटि 3 प्राप्त करने वाले छात्र से मात्र 6 अंक कम लाया है। स्पष्टतः कोटियों का वास्तविक अर्थ उसके प्रत्यक्षित अर्थ से काफी भिन्न है।

(3) मनोवैज्ञानिक जाँच में कुछ गुणात्मक आँकड़े (qualitative data) भी प्राप्त होते हैं जिनकी व्याख्या काफी आत्मपरक (subjective) होती है। प्रायः ऐसे आँकड़ों की व्याख्या अनुसंधानकर्त्ता (investigaor) स्वयं करते हैं जिसके कारण उनमें आत्मनिष्ठता (subjectivity) अधिक होती है। ऐसी स्थिति में अनुसंधानकर्त्ता द्वारा परिणाम की गयी व्याख्या पर निर्भरता काफी कम हो जाती है।

(4) मनोवैज्ञानिक जाँच चाहे परिमाणात्मक (qualitative) हो या गुणात्मक (qualitative), उसमें जो प्रयोज्यों (subjects) या सहभागियों (participants) का उपयोग किया जाता है, उनका सहयोग कभी-कभी उतना नहीं मिल

पाता है जितना की मिलना चाहिए था। परिणामतः प्राप्त आँकड़ों या प्रदत्तों (data) की विश्वसनीयता (reliability) काफी कम हो जाती है।

स्पष्ट हुआ कि मनोवैज्ञानिक जाँच की कुछ परिसीमाएँ हैं जिनके कारण इस तरह की जाँच की वैधता तथा विश्वसनीयता काफी कुप्रभावित हो जाती है।

मनोवैज्ञानिक जाँच में नैतिक मुद्दे
(Ethical Issues in Psychological Inquiry)

मनोवैज्ञानिक शोधों में अक्सर यह देखा गया है कि कभी-कभी शोध अध्ययन का स्वरूप ऐसा होता है कि वह अध्ययन व्यवहारिक दृष्टिकोण से साध्य या संभव तो है परन्तु नैतिक दृष्टिकोण से उसे करना संभव नहीं है। जैसे, यदि कोई शोधकर्त्ता यह अध्ययन करना चाहता है कि आरंभिक बंचन (early deprivation) का बच्चों के संज्ञानात्मक विकास (cognitive development) पर क्या प्रभाव पड़ता है, तो व्यावहारिक दृष्टिकोण से निश्चित रूप से एक उत्तम शोध अध्ययन होगा परंतु नैतिक दृष्टिकोण से बहुत ही साध्य नहीं होगा क्योंकि मानव शिशुओं को पशुओं की तरह उनके आरंभिक बाल्यावस्था में अध्ययन के लिए एक वंचित वातावरण में नहीं रखा जा सकता है और न तो कोई माता-पिता ऐसा करने की इजाजत ही देंगे। इस तरह की नैतिक समस्याएँ मनोवैज्ञानिक शोधों में अक्सर देखने को मिलती है। *ब्रिटिश मनोवैज्ञानिक सोसाइटी* (British Psychological Society, 1993) तथा *अमेरिकन मनोवैज्ञानिक एशोसिएशन* (American Psychological Association, 1992) ने मिलकर कुछ ऐसी समस्याओं की पहचान किया है जिनपर विचार कर तय किया जा सकता है कि कोई विशेष शोध अध्ययन नैतिक रूप से साध्य (feasible) है या नहीं। ऐसी कुछ प्रमुख सिद्धान्त एवं मुद्दे निम्नांकित हैं—

(i) प्रयोज्यों की सुरक्षा एवं कल्याण *(Protection and Welfare of participants)*—मनोवैज्ञानिक शोध की सभी नैतिक संहिता (ethical codes) में इस बात पर बल डाला गया है कि मनोवैज्ञानिक अपने शोध तथा प्रयोग में भाग लेने वाले प्रयोज्यों (subjects) के कल्याण का ध्यान रखे तथा इस बात का भी पुख्ता इंतजाम करे कि शोध प्रक्रिया से प्रयोज्य दैहिक या मानसिक रूप से क्षतिग्रस्त नहीं हो। इसका मतलब यह हुआ कि कोई भी व्यक्ति जो मनोवैज्ञानिक शोध में भाग लेते हैं, उनके हानि की जोखिम सामान्य जीवन शैली बिताने में हो रहे हानि की जोखिम से किसी भी ढंग से ज्यादा नहीं होना चाहिए। अगर अध्ययन को कोई अंश या भाग ऐसा है जो प्रयोज्यों में हानि या अवांछित परिणाम (undesirable consequence) उत्पन्न कर सकता है, तो शोधकर्ता की यह नैतिक जिम्मेवारी बनती है कि वह उस दुष्परिणाम को हटा दें। अगर यह किसी कारण से संभव नहीं है और इस बात की पूर्ण संभावना है कि शोध की प्रक्रिया का दुष्परिणाम प्रयोज्य पर होगा ही तो इस तरह के शोध को सामान्यतः नैतिक रूप से अमान्य समझा जाता है। ऐसी परिस्थिति में शोधकर्त्ता को शोध प्रक्रिया का प्रयोग पर पड़ने वाले प्रभावों के बारे में पर्याप्त सूचना दे देना तथा उनकी राय भी जान लेना आवश्यक होता है।

(ii) सूचित अनुमति *(Informed consent)*—ब्रिटिश मनोवैज्ञानिक सोसाइटी तथा अमेरिकन मनोवैज्ञानिक संघ ने मनोवैज्ञानिक शोध की दूसरी महत्त्वपूर्ण नैतिक समस्या सूचित अनुमति की समस्या को माना है। जहाँ तक एवं जब-जब संभव हो, शोधकर्त्ता शोध के उन सभी पहलुओं के बारे में प्रयोज्यों को बतला दें जो शोध में भाग लेने की उनकी इच्छा को प्रभावित करता हो। इतना ही नहीं, शोधकर्त्ता को उन पहलुओं के बारे में भी स्पष्ट रूप से विवरण प्रस्तुत कर देना चाहिए जिनके बारे में प्रयोज्य प्रश्न करते हों। जब इन सभी पहलुओं को जान कर प्रयोज्य अध्ययन में भाग लेने की इच्छा व्यक्त करता है, तो फिर उस शोध के प्रति पूर्ण ज्ञान हो जाने से संबद्ध उसकी अनुमति प्राप्त कर लेनी होती है।

(iii) धोखा का उपयोग *(Use of deception)*—कुछ मनोवैज्ञानिक अध्ययनों का स्वरूप ऐसा होता है कि शोधकर्त्ता के लिए उन सभी बातों को प्रयोज्यों से कहना संभव नहीं हो पाता है जिसे उन्हें कहा जा सकता है क्योंकि ऐसा करने से प्रयोज्य का वह व्यवहार प्रभावित हो सकता है जिसका अध्ययन होने वाला है। इतना ही नहीं, कभी-कभी ऐसी भी परिस्थिति उत्पन्न होती है जिसमें प्रयोज्यों को बिना गुमराह किये विशेष मनोवैज्ञानिक प्रक्रिया का

अध्ययन संभव नहीं हो पाता है। ऐसी परिस्थिति में जान-बूझकर प्रयोज्यों को गुमराह कर या धोखा देकर अध्ययन करना ही पड़ता है। इस तरह के साभिप्राय धोखा (intentional deception) को अनैतिक माना जाता है तथा जहाँ तक संभव हो, ऐसा नहीं करना चाहिए। अतः ब्रिटिश मनोवैज्ञानिक सोसाइटी तथा अमेरिकन मनोवैज्ञानिक संघ दोनों ही इस बात पर जोर डालता है कि शोधकर्त्ता को कुछ ऐसा विकल्प ढूँढना चाहिए जिसमें धोखा की बात नहीं हो। अगर ऐसा विकल्प कोई उपलब्ध नहीं हो और यदि शोधकर्त्ता यह समझता है कि दिया जाने वाला धोखा नैतिक रूप से एक अनुमेय प्रक्रिया (permissible procedure) है, तो इसके बारे में प्रयोज्यों को उचित मौके पर इशारा कर देना चाहिए।

(iv) प्रयोज्यों को प्रयोग के बाद प्रयोग के बारे में जानकारी देना *(Debriefing of subjects)*—सभी मनोवैज्ञानिक अध्ययनों में जिनमें प्रयोज्यों ने भाग लिया है, आँकड़े (data) संग्रहण के बाद उन्हें अध्ययन के स्वरूप के बारे में पूछे जाने वाले बातों को बतला देना चाहिए। शोधकर्त्ता को शोध प्रक्रिया के साथ हुए अपने अनुभवों को बतला देना चाहिए ताकि अगर शोध का कोई अप्रत्याशित प्रभाव हुआ हो, तो उसे नियंत्रित किया जा सकता है। इतना ही नहीं, यदि शोधकर्त्ता यह महसूस करते हों कि प्रयोज्यों पर कुछ अप्रत्याशित प्रभाव पड़ गया है तो उसे दूर करने के लिए कुछ सक्रिय हस्तक्षेप (active intervention) प्रयोज्यों द्वारा शोध परिस्थिति छोड़ने से पूर्व करना चाहिए। अतः शोध करने के लिए कार्यक्रम बनाते समय शोधकर्त्ता को आँकड़ा संग्रहण के बाद पूछे जाने वाले प्रश्नों का उत्तर देने के लिए पर्याप्त खाली समय का प्रावधान रखना चाहिए।

(v) अध्ययन से अलग हट जाने का प्रयोज्यों का अधिकार *(Subject's right to withdraw from the investigation)*—शोध प्रारंभ होने के पहले ही शोधकर्त्ता को प्रयोज्यों से यह स्पष्ट कर देना चाहिए कि यद्यपि वे प्रयोग में भाग लेने की अनुमति दे चुके हैं, फिर भी किसी भी समय वे अगर चाहे तो अपने आप को शोध से अलग कर सकते हैं। अगर कोई प्रयोज्य अपने आप में सचमुच में शोध प्रक्रिया के दौरान हुए अनुभव को मद्देनजर अलग करने का निर्णय लेता है, तो उसका अधिकार यह भी बनता है कि वह अपने पर प्राप्त आँकड़ों को नष्ट करने की माँग करे। यदि कोई शोधकर्त्ता ऐसा नहीं करता है, तो इससे एक नैतिक समस्या का जन्म होगा।

(vi) प्रेक्षणात्मक शोधों में प्रयोज्यों की गुप्ति पर प्रहार *(Invasion of privancy in observational research)*—वैसे मनोवैज्ञानिक शोध जो दिन-प्रतिदिन के स्वाभाविक प्रेक्षण (naturalistic observation) पर आधारित होते हैं, उनमें कुछ नैतिक समस्याएँ उठ खड़ी होती हैं क्योंकि ऐसे अध्ययनों में प्रयोज्यों से सूचित अनुमति नहीं भी मिल सकती है। अतः ऐसे अध्ययनों में शोधकर्त्ता की यह नैतिक जिम्मेदारी बनती है कि प्रयोज्यों के गुप्ति तथा उनके मनोवैज्ञानिक कल्याण का ध्यान रखे। अनुमति नहीं मिलने के कारण प्रेक्षणात्मक शोध सिर्फ उन्हीं स्थानों या परिस्थितियों में किया जाना चाहिए जिस स्थान पर प्रयोज्य मनोवैज्ञानिकों द्वारा प्रेक्षण किया जाना पसंद करता है। स्थानीय सांस्कृतिक मूल्यों तथा इस तरह के प्रेक्षण को प्रयोज्यों द्वारा अपनी गुप्ति पर एक तरह प्रहार होने जैसे तथ्यों की उपेक्षा शोधकर्त्ता को कभी नहीं करना चाहिए क्योंकि ऐसा करने से नैतिक समस्याओं का जन्म होगा।

(vii) आँकड़ों की गुमनामी तथा गोपनीयता *(Confidentiality and the anonymity of data)*—मनोवैज्ञानिक शोधों में प्रयोज्यों से प्राप्त आँकड़ों की गोपनीयता तथा गुमनामी बरकरार रखने से संबंध नैतिक समस्याएँ उठती हैं। नैतिक संहिता (ethical code) इस बात पर बल डालता है कि शोध के दौरान प्रयोज्यों से प्राप्त आँकड़ों को गोपनीय रखा जाय। हाँ, कुछ विशेष परिस्थिति में ही इन सूचनाओं की गोपनीयता भंग की जा सकती है और ऐसी परिस्थिति निम्नांकित तीन हैं—

(a) जब प्रयोज्य को तात्कालिक खतरा हो, तो वैसी परिस्थिति में मनोवैज्ञानिक शोधों से प्राप्त गोपनीय आँकड़ों को अन्य पेशेवरों (professionals) या जन अधिकारों जैसे—पुलिस, कोर्ट आदि को बतलाया जा सकता है।

(b) यदि प्रयोज्य के गोपनीय आँकड़ों के बारे में महत्त्वपूर्ण विशेषज्ञों से बातचीत करना आवश्यक हो।
(c) अगर स्वयं प्रयोज्य कुछ चयनित (selected) व्यक्तियों से अपने गोपनीय आँकड़ों के बारे में बतलाने का लिखित अनुमति देता हो।

इतना ही नहीं, प्रयोज्यों को इस उम्मीद का अधिकार प्राप्त होता है कि यदि उनके आँकड़ों को प्रकाशित करना अनिवार्य है, तो उसमें उनका नाम नहीं दिया जाय। अगर शोधकर्त्ता ऐसा नहीं करता है, तो इससे नैतिक समस्याएँ उत्पन्न होती हैं। अगर किसी कारण से इस ढंग को गोपनीयता या गुमनामी को बरकरार रखना शोध में संभव नहीं हो, तो इस तथ्य की सूचना शोध प्रारंभ होने से प्रहले ही प्रयोज्यों को दे देना चाहिए।

स्पष्ट हुआ कि जब मनोवैज्ञानिक शोध मानव प्रयोज्यों (human subjects) पर किये जाते हैं तो कुछ नैतिकता से संबद्ध समस्याएँ उठ खड़ी होती हैं। इन समस्याओं के समाधान के लिए हालांकि मनोवैज्ञानिक ने कुछ नैतिकता संहिता बना रखा है, फिर भी अभी ऐसी समस्याएँ उत्पन्न हो जाती हैं।

ऐसी नैतिक समस्याएँ सिर्फ मानव प्रयोज्यों के साथ ही नहीं बल्कि पशु प्रयोज्यों पर प्रयोग/शोध करने पर उठती है और उनका समाधान भी उन्हीं नैतिकता संहिता (ethical codes) का पालन करके किया जाता है। पशु शोध में सबसे महत्त्वपूर्ण नैतिक समस्या पशु के देख-रेख तथा उसके कल्याण से संबद्ध है। अध्ययन के दौरान कोई भी पशु का दैहिक क्षति नहीं या फिर कम-से-कम हो, इसका पूर्ण ख्याल रखा जाता है।

प्रमुख पद
(Key Terms)

वर्णन (Description)
बोध (Understanding)
पूर्वकथन (Prediction)
नियंत्रण (Control)
उपयोग (Application)
अंतर्निरीक्षण विधि (Introspection method)
प्रेक्षण विधि (Observation method)
प्रयोगात्मक विधि (Experimental method)
सर्वे विधि (Survey method)
नैदानिक या केस अध्ययन विधि (Clinical or Case Study Method)
सह-संबंधात्मक विधि (Correlational method)
स्वतंत्र चर (Independent variable)
मध्यवर्त्ती चर (Intervening variable)
साक्षात्कार सर्वे (Interview Survey)
डाक सर्वे (Mail Survey)
पेनल सर्वे (Panel Survey)
टेलीफोन सर्वे (Telephone Survey)
विश्वसनीयता (Reliability)
वैधता (Validity)
माध्य (Mean)
माध्यिका (Median)

बहुलक (Mode)
एक्स अक्ष (X-axis)
वाई अक्ष (Y-axis)
आवृत्ति बहुभुज (Frequency Polygon)
आयतचित्र (Histogram)
दंड आरेख (Bardiagram)
मनोवैज्ञानिक परीक्षण (Psychological Testing)
परिमाणात्मक विधि (Quantitative method)
गुणात्मक विधि (Qualitative method)
नैतिक मुद्दे (Ethical issues)।

अध्याय सारांश
(Chapter Summary)

1. मनोवैज्ञानिक जाँच (Psychological enquiry) के पाँच उद्देश्य होते हैं—वर्णन (description), बोध (understanding), पूर्वकथन (prediction), नियंत्रण (control) तथा उपयोग।
2. मनोवैज्ञानिक प्रदत्त या आँकड़ों का स्वरूप कई प्रकार का होता है जिसमें दैहिक (physiological) सूचना, मनोवैज्ञानिक सूचना, भौतिक सूचना एवं जनांकिकीय सूचना पर आधृत आँकड़े प्रमुख हैं।
3. मनोवैज्ञानिक जाँच की कई विधियाँ हैं जिनमें आत्मनिरीक्षण विधि, प्रेक्षण विधि, प्रयोगात्मक विधि, सह-संबंधात्मक विधि, सर्वेक्षण विधि आदि प्रमुख हैं जिनका वर्णन यहाँ सम्मिलित है।
4. मनोवैज्ञानिक परीक्षण (psychological test) मनोवैज्ञानिक अनुसंधान/शोध में व्यवहृत होने वाला एक महत्त्वपूर्ण उपकरण है। सचमुच में एक मनोवैज्ञानिक परीक्षण शाब्दिक या अशाब्दिक अनुक्रियाओं या अन्य व्यवहारों द्वारा सम्पूर्ण व्यक्ति के एक या एक से अधिक पहलुओं को वस्तुनिष्ठ रूप से मापने का एक माननीकृत उपकरण है।
5. आँकड़ों या प्रदत्तों का विश्लेषण करने के लिए सांख्यिकी (Statistics) का उपयोग किया जाता है। इसमें माध्य, माध्यिका तथा बहुलक प्रधान है।
6. प्रदत्तों का आलेखीय प्रस्तुतीकरण (graphical representation of data) करने की कई विधियाँ हैं जिनमें आवृत्ति बहुभुज (frequency polygon), आयतचित्र (histogram) तथा दंड आरेख (bar diagram) प्रधान हैं।
7. मनोवैज्ञानिक जाँच की चार प्रमुख परिसीमाओं पर भी प्रकाश डाला गया है।
8. मनोवैज्ञानिक अनुसंधान/शोध में कुछ नैतिक मुद्दे (moral issues) भी सम्मिलित होते हैं जो मूलतः प्रयोज्यों की सुरक्षा तथा कल्याण, सूचित अनुमति (informed consent), धोखा का उपयोग (use of deception), प्रयोज्यों को अध्ययन के बाद अध्ययन के बारे में जानकारी देना, अध्ययन से अलग हट जाने का प्रयोज्यों का अधिकार, आँकड़ों की गुमनामी तथा गोपनीयता आदि से संबंधित होते हैं।

❑

अध्याय 3

मानव व्यवहार का आधार

(BASES OF HUMAN BEHAVIOUR)

इस अध्याय को पढ़ने के बाद आप

- *मानव व्यवहार के क्रमविकासवादी परिपेक्ष्य* (evolutionary perspective) को आप समझ सकेंगे
- तंत्रिका तंत्र तथा अन्त:स्रावी तंत्र के प्रकार्यों (functions) का उसके व्यवहार के साथ संबंधों को बतला पायेंगे,
- मानव व्यवहार को समझने में सामाजिक-सांस्कृतिक कारकों की भूमिका को समझ पायेंगे,
- मानव व्यवहार को समझने में जैवकीय कारकों की भूमिका को समझ सकेंगे,
- संस्कृतिकरण, समाजीकरण एवं परसंस्कृतिग्रहण के स्वरूप को समझ सकेंगे,
- मानव व्यवहार को निर्धारित करने में आनुवंशिक कारकों (hereditary factors) की भूमिका को समझ सकेंगे।

विषय-वस्तु

संस्कृतिकरण

समाजीकरण

परसंस्कृतिग्रहण

समाजीकरण के कारक

प्रमुख पद (Key Terms)

अध्याय सारांश (Chapter Summary)

परिचय

मानव व्यवहार एवं मानसिक प्रक्रियाओं पर तरह-तरह के कारकों का प्रभाव पड़ता है जिन्हें मोटे तौर पर दो भागों में बाँटा गया है—*जैविक कारक* (biological factors) तथा *पर्यावरणी कारक* (environmental factors)। जैविक कारकों में उन सभी कारकों को रखा जाता है जो व्यक्ति के शारीरिक संरचनाओं से संबद्ध होते हैं। पर्यावरणी कारकों में व्यक्ति के समाज एवं संस्कृति से संबद्ध कारकों का अध्ययन किया जाता है। इस अध्याय में इन सभी कारकों का सविस्तार अध्ययन किया जाएगा।

क्रमविकासवादी परिपेक्ष्य (Evolutionary Perspective)

आधुनिक समय में मनोवैज्ञानिकों का यह एक अटूट विश्वास है कि जननिक कारक (genetic factors) मानव व्यवहार के विभिन्न पहलुओं को निर्धारित करने में महत्त्वपूर्ण भूमिका निभाता है। इसका मौलिक कारण क्रमविकासात्मक परिपेक्ष्य (evolutionary perspective) का तीव्र गति से विकसित होना है। इस परिपेक्ष्य के अनुसार मानव प्रजाति, अन्य प्रजातियों के समान, अपने पूरे क्रमविकासात्मक इतिहास में एक जैविक विकास (biological evolution) की प्रक्रिया से होकर गुजरा है और इस प्रक्रिया का परिणाम यह हुआ है कि उत्तरजीविकता (survival) से संबंधित बहुत सारे समस्याओं का समाधान करने के लिए हमारे पास विकसित मनोवैज्ञानिक प्रक्रम (evolved psychological mechanism) उपलब्ध हैं। दूसरे शब्दों में यह कहा जा सकता है कि विकासात्मक संदर्श या परिपेक्ष्य इस बात पर बल डालता है कि किस तरह से मानव (humans) विकास के लम्बे सफर में विभिन्न पर्यावरणी माँगों (environmental pressures) के आलोक में उत्तरजीविता के लिए विभिन्न तरह के व्यवहारों को विकसित किया है तथा उसे अनुकूलित (adapted) किया है। इस तथ्य पर प्रकाश डालने से पहले हमें 'क्रमविकास' (evolution) की प्रक्रिया के अर्थ को समझना आवश्यक है—

क्रमविकास (evolution) जिसे पहले-पहल चार्ल्स डार्विन (Charles Darwin) द्वारा 1859 में परिकल्पित किया गया, में मूलतः तीन तत्त्व (elements) सम्मिलित होते हैं—

(a) भिन्नता (variation)

(b) वंशागति (inheritance)

(c) चयन (selection)।

भिन्नता (variation) से तात्पर्य इस बात से होता है कि किसी भी प्रजाति (species) का जीव (organism) विभिन्न प्रारूपों (ways) में एक-दूसरे से भिन्न होते हैं। यदि मानव विकास के इतिहास पर एक नजर डाला जाए, तो यह स्पष्ट होगा कि इसके आकार-प्रकार प्रारंभ से लेकर आजतक विभिन्न विमाओं पर काफी परिवर्तित हुए हैं और आज हो भी रहे हैं। *वंशागति* (inheritance) से तात्पर्य इस बात से होता है कि इन विभिन्नताओं (variations) में से कुछ एक पीढ़ी से दूसरी पीढ़ी में जननिक प्रक्रम (genetic mechanism) द्वारा अंतरित होती है। *चयन* (selection) से तात्पर्य इस बात से होता है कि इनमें से कुछ विभिन्नताएँ जो व्यक्ति में होते हैं, प्रजनन (reproduction) में तीक्ष्णता प्रदान करती है। इसका परिणाम यह होता है कि ऐसे व्यक्तियों को जीवित रहने की संभावना बढ़ जाती है, आसानी से साथी (mate) खोज लेते हैं और इन भिन्नताओं को आसानी से अगली पीढ़ी

में अंतरित कर दिया जाता है। परिणामतः जैसे-जैसे समय बीतता जाता है, मानव प्रजाति के अधिक-से-अधिक सदस्य उस भिन्नता को अगले पीढ़ी में अंतरित करते जाते हैं। प्रजाति के गुणों में लम्बे अवधि तक होने वाले ऐसे भिन्नताओं एवं परिवर्तन से जो प्रक्रिया उत्पन्न होती है, उसे क्रमविकास (evolution) कहा जाता है।

क्रमविकासात्मक परिपेक्ष्य स्पष्ट रूप से यह बतलाता है कि मानव के रूप में व्यक्ति में बहुत सारे जटिल प्रक्रम मौजूद होते हैं जो व्यक्ति को चुनौतीपूर्ण एवं जटिल वातावरण में जीवित रहने में मदद करता है। इन प्रक्रमों का स्वरूप जैविक अवश्य होता है परंतु वे बाह्य वातावरण (external environment) तथा अनुभूति के साथ अंतक्रिया (interact) करते हैं और उसमें परिवर्तन के लिए बड़ा अवसर छोड़ देते हैं।

मानव क्रमविकास (human evolution) में तीन ऐसे महत्त्वपूर्ण विकास (significant development) हुए हैं जो मनुष्यों को अन्य प्रजातियों (species) से भिन्न करता है। वे तीन विकास हैं—

(a) द्विपादिता (bipedalism)

(b) मस्तिष्कीकरण (encephalization)

(c) भाषा विकास (language development)

द्विपादिता से तात्पर्य मनुष्यों में दो पैर पर खड़ा होकर चलने की क्षमता से होता है। इससे मनुष्य अपने हाथ को अन्य कामों में लगा सकने (चलना छोड़कर) में समर्थ हो पाया है जिसके परिणामस्वरूप वे किसी भी चीज का अन्वेषण उत्तम ढंग से आसानी से कर लेते हैं।

मस्तिष्कीकरण (encephalization) से तात्पर्य मस्तिष्कीय आकार (brain size) तथा मस्तिष्कीय उत्तकों (brain tissues) के अनुपात में वृद्धि से होता है। मनुष्यों में शारीरिक वजन (bodily weight) तथा मस्तिष्कीय वजन (brain weight) का अनुपात (या प्रतिशत) अन्य प्रजातियों की तुलना में अधिक होता है। मनुष्यों में मस्तिष्क का वजन शरीर के कुल भार का औसतन 2.35 प्रतिशत होता है जबकि सबसे भारी-भरकम विशालकाय हाथी में यह अनुपात मात्र 0.2 प्रतिशत होता है। इस बड़े हुए अनुपात का प्रत्यक्ष प्रभाव यह होता है कि मनुष्यों में चिन्तन, तर्कणा (reasoning), स्मरण (remembering), निर्णयन (decision making) तथा समस्या समाधान की क्षमता अधिक विकसित एवं जटिल भी होती है।

भाषा विकास (language development) तीसरा महत्त्वपूर्ण तत्त्व है जो मनुष्यों को अन्य प्रजाति से भिन्न करता है। भाषा विकास के कारण एक व्यक्ति दूसरे व्यक्ति से ठीक ढंग से अंतक्रिया कर पाता है तथा अपनी इच्छाओं एवं भावानाओं को दूसरों तक पहुँचा पाता है और फिर उसी के अनुरूप चिन्तन आदि करके व्यवहार कर पाता है।

स्पष्ट हुआ कि विकासात्मक परिपेक्ष्य मानव प्रजाति किस तरह से गुणों का विकास कर अपनी उत्तरजीविता (survival) बनाये रखता है, पर बल डालकर मानव व्यवहार का अध्ययन विशिष्ट ढंग से अध्ययन करने की सलाह देता है।

जैवकीय एवं सांस्कृतिक मूल
(Biological and Cultural Roots)

मानव व्यवहार का निर्धारक जैविक संरचना तथा सांस्कृतिक संरचना दोनों ही है। मानव व्यवहार का निर्धारण एक जैविक संरचनाओं जिसे व्यक्ति अपने माता-पिता से एक विकसित शरीर एवं मस्तिष्क के रूप में प्राप्त करता है, द्वारा होता है। जब व्यक्ति की मस्तिष्कीय संरचनाएँ कमजोर एवं सुस्त होती हैं तो उसका व्यवहार सामान्य नहीं रहा जाता है और वह मानसिक मंदता (mental retardation) का लक्षण दिखलाने लगता है। दूसरी तरफ, जब व्यक्ति की मस्तिष्कीय संरचनाएँ मजबूत एवं तीक्ष्ण होती हैं, तो उसका व्यवहार एवं अन्य मानसिक प्रक्रियाएँ जैसे चिन्तन, स्मरण, निर्णय प्रक्रिया, समस्या समाधान क्षमता आदि काफी मजबूत एवं दृढ़ होती हैं।

प्रत्येक व्यक्ति का जन्म एक समाज में होता है जिसकी एक संस्कृति होती है। इस सांस्कृतिक तंत्र (cultural system) का भी प्रभाव हमारे व्यवहार पर पड़ता है। संस्कृति व्यक्ति को समाज के स्वीकृत मानकों (norms) के

अनुरूप व्यवहार करने की प्रेरणा देता है। संस्कृति व्यक्ति को यह सीखलाता है कि व्यक्ति को चोरी नहीं करना चाहिए, झूठ नहीं बोलना चाहिए, माता-पिता का सम्मान करना चाहिए, सगी बहन से शादी नहीं की जाती है, आदि-आदि। इन सांस्कृतिक मानकों के कारण व्यक्ति का व्यवहार एक खास ढंग से निर्धारित होता है।

व्यवहार के जैविक आधार
(Biological bases of Behaviour)

जैवमनोविज्ञानी (biopsychologists) प्राणी के व्यवहार एवं संज्ञानात्मक प्रक्रियाओं (cognitive processes) की व्याख्या तंत्रिका तंत्र (nervous system) विशेषकर मस्तिष्क के कार्यों पर आधृत करके करने की कोशिश करते हैं। वे चिन्तन, भाव, संवेग प्रत्यक्षण, अधिगम, स्मृति, स्पष्ट क्रियाओं (overt actions) आदि का एक तंत्रकीय आधार (neural basis) खोजते हैं। जब व्यक्ति चिन्तन करता है, तो उसके मस्तिष्कीय कार्यों में किस तरह का परिवर्तन होता है या जब वह किसी नयी चीज को सीख रहा होता है या पहले की सीखी गई चीजों का प्रत्याह्वान (recall) कर रहा होता है, या किसी तरह का संवेग दिखलाता है तो उस समय व्यक्ति के मस्तिष्क में होने वाले परिवर्तनों को अभिलेखित किया जाता है तथा उसके आधार पर उसकी व्याख्या की जाती है। जैसे, अभी नवीनतम अध्ययनों से यह पता चला है कि व्यक्ति में अधिगम तथा स्मृति कार्य का आधार हिप्पोकैम्पस (hippocampus) तथा संवेग का आधार एमिगडाला (amygdala) होता है। ये दोनों ही मस्तिष्क के दो विशिष्ट भाग हैं। इस तरह से तंत्रकीय प्रक्रियाओं में विभिन्न क्रियाओं को ढूँढ़कर व्यवहार का एक सुदृढ़ जैविक आधार (biological bases) तैयार किया जाता है। इतना ही नहीं, व्यवहार एवं संज्ञानात्मक प्रक्रियाओं को विभिन्न तरह के अन्तःस्रावी ग्रन्थियों (endocrine glands) जैसे कंठ ग्रन्थि (thyroid gland), पिट्यूटरी ग्रन्थि (pituitary gland), एड्रीनल ग्रन्थि (adrenal gland), पैंक्रियाज (pancreas), यौन ग्रन्थि (sex gland) आदि से निकलने वाले स्रावों (secretion) जिसे हार्मोन्स (hormones) कहा जाता है, की अधिकता या न्यूनता के रूप में व्याख्या करके एक ठोस जैविक आधार प्रदान किया जाता है।

तंत्रिका कोश या न्यूरोन
(Nerve Cell or Neuron)

तंत्रिका कोश (nerve cell) या न्यूरोन (neuron) तंत्रिका तंत्र (nervous system) की सबसे छोटी इकाई (smallest unit) है जिसके द्वारा तंत्रिका आवेग के रूप में सूचनाएँ शरीर के एक अंग से दूसरे अंग में जाती है। लेफरैन्कोइस (Lefrancois, 1983) के अनुसार पूरे मानव शरीर में तंत्रिका कोश की संख्या करीब 12.5 अरब (billion) है जिनमें से करीब 10 अरब सिर्फ मस्तिष्क में है। मानव शरीर में तंत्रिका कोश के अलावा भी कुछ कोश पाये जाते हैं जिनका प्रधान कार्य तंत्रिका कोश को जीवित एवं स्वस्थ रखना होता है। इस तरह के कोश को *न्यूरोग्लिया* (neuroglia) या *ग्लिया कोश* (glia cell) कहा जाता है। इसे तंत्रिका कोश का *गृहरक्षक कोश* (house-keeping cell) भी कहा जाता है।

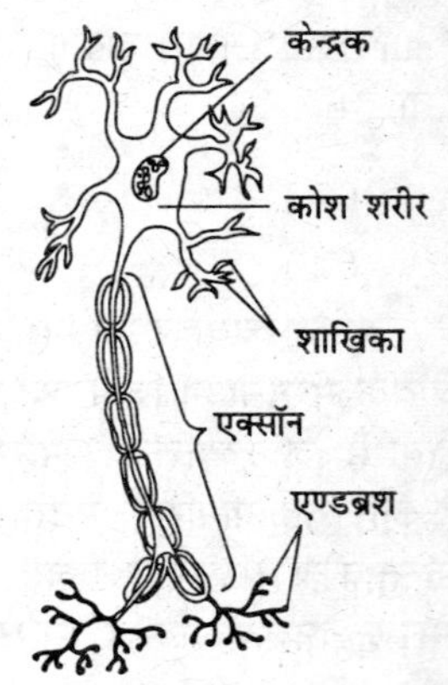

चित्र 3.1
तंत्रिकाकोश या न्यूरोन का चित्र

तंत्रिका कोश या न्यूरोन का अध्ययन मुख्य रूप से दो भागों में बाँटकर हम कर सकते हैं—

तंत्रिका कोश की संरचना तथा कार्य *(Structure and function of nerve cell or neuron)*—संरचना की दृष्टि से तंत्रिका कोश तीन भागों में बँटा होता है:—

(1) शाखिका या पार्श्वतंतु (dendrite) (2) कोश शरीर (cell body) तथा (3) ऐक्सॉन या अक्षतंतु (axon)।

इन तीनों का वर्णन निम्नांकित है—

(1) शाखिका या पार्श्वतंतु *(Dendrite)*—शाखिकाओं का आकार पेड़ की टहनियों तथा शाखाओं के समान होता है जिनमें कई छोटी-छोटी उपशाखाएँ होती हैं

(देखें चित्र 3.1)। इसे तंत्रिका कोश का एक प्रधान हिस्सा माना गया है तथा इसका प्रधान कार्य दूसरे तंत्रिका कोश से आनेवाले तंत्रिका आवेग (nerve impulse) को ग्रहण करके उसे कोश शरीर (cell body) के भीतर भेजना होता है।

(2) कोश शरीर *(Cell body)*—कोश शरीर न्यूरोन का दूसरा प्रमुख भाग है। इसे *सोमा* या *काय* (soma) की भी संज्ञा दी गई है। यह न्यूरोन या तंत्रिका कोश का जीव होता है। किसी कारण से यदि कोश शरीर नष्ट हो जाता है, तब तंत्रिका कोश कार्य करना बन्द कर देता है यानी उसकी मृत्यु हो जाती है। कोश शरीर में एक विशेष तरल पदार्थ होता है जिसे *साइटोप्लाज्म* (cytoplasm) कहा जाता है।

साइटोप्लाज्म एक विशेष झिल्ली से ढँका होता है। कोश शरीर के बीच में केन्द्रक (nucleus) होता है जो उसका सबसे मुख्य भाग होता है। कोश शरीर के मुख्य दो कार्य होते हैं—पहला कार्य शाखिका द्वारा लाये गए तंत्रिका आवेग (nerve impulse) को ग्रहण कर उसे आगे की ओर बढ़ाना तथा दूसरा कार्य तंत्रिका कोश (nerve cell) को स्वस्थ तथा जीवित रखना।

(3) ऐक्सॉन या अक्षतंतु *(Axon)*—तंत्रिका कोश के उस भाग को ऐक्सॉन कहा जाता है जो कोश शरीर (cell body) से निकलकर आगे की ओर लम्बवतः बढ़ा हुआ दिखाई देता है (चित्र 3.1 देखें) यह छोटा भी होता है तथा काफी लम्बा भी होता है। ऐक्सॉन माइलिन शीथ (myelin sheath) द्वारा ढँका होता है। यह परत या आवरण सतत् (continuous) नहीं होता है बल्कि प्रत्येक दो मिलीलीटर पर या तो समाप्त हो जाता है या काफी पतला हो जाता है (चित्र 3.1 देखें)। अगर आवरण सतत् होता, तो तंत्रिका आवेग का प्रवाह ठीक ढंग से नहीं हो पाता। प्रत्येक ऐक्सॉन के अन्तिम छोर पर अनेक छोटे-छोटे तन्तु (fibers) होते हैं जिन्हें *एण्डब्रश* (endbrush) या *एण्डप्लेट* (endplate) कहा जाता है। अनेक ऐक्सॉन एक साथ मिलकर एक तंत्रिका शरीर (cell body) का निर्माण करते हैं। ऐक्सॉन के मुख्य दो कार्य होते हैं—पहला कार्य कोश शरीर (cell body) होते हुए आ रहे तंत्रिका आवेग को ग्रहण करना तथा दूसरा, फिर उसे एण्डब्रश तक अर्थात अन्तिम छोर तक पहुँचा देना होता है।

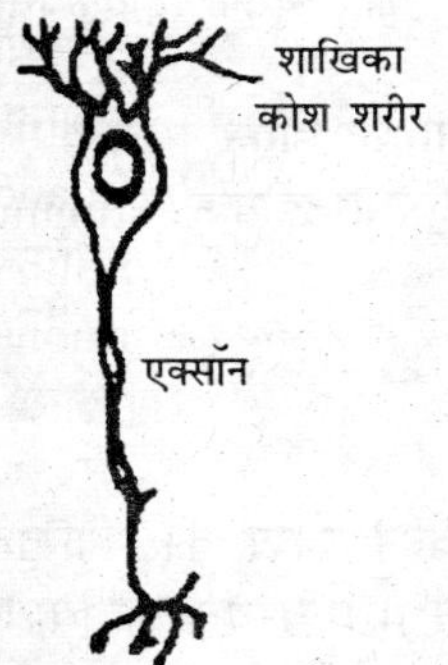

चित्र 3.2
संवेदी न्यूरोन का चित्र

स्पष्ट हुआ कि शाखिकाओं द्वारा तंत्रिका आवेग को इकट्ठा किया जाता है और कोश शरीर के भीतर भेजा जाता है। कोश शरीर का केन्द्रक उस तंत्रिका आवेग को ग्रहण कर पुनः उसे बाहर होने को निर्देशित करता है जो ऐक्सॉन द्वारा एण्डब्रश (endbrush) तक पहुँचता है। इसका मतलब यह हुआ कि तंत्रिका आवेग शाखिकाओं के सहारे न्यूरोन में प्रवेश करता है तथा ऐक्सॉन के सहारे बाहर निकलता है।

न्यूरोन के प्रकार *(Types of neuron)*—जैसा कि ऊपर कहा जा चुका है, हमारे शरीर में न्यूरोन की संख्या बहुत है। ये सभी न्यूरोन एक ही प्रकार के नहीं है। इन्हें निम्नांकित तीन भागों में बाँटा गया हैः—

(1) संवेदी न्यूरोन (sensory or afferent neuron)

(2) गतिवाही न्यूरोन (motor or efferent neuron)

(3) साहचर्य न्यूरोन (association neuron or interneuron)

इन तीनों का वर्णन निम्नांकित हैं:—

(1) संवेदी न्यूरोन *(Sensory or afferent neuron)*—संवेदी न्यूरोन से तात्पर्य वैसे न्यूरोन से होता है जो तंत्रिका आवेग को ज्ञानेन्द्रिय (sense organ) से मस्तिष्क एवं सुषुम्ना तक पहुँचाता है। जैसे—कोई व्यक्ति एक फूल देखता है तो फूल देखने से उत्पन्न तंत्रिका आवेग आँख से विशेष न्यूरोन द्वारा मस्तिष्क के एक खास भाग में पहुँचता है। यह विशेष न्यूरोन को संवेदी न्यूरोन कहा जाता है। इसका एक सामान्य चित्र, चित्र संख्या 3.2 में दिखलाया गया है। आँख के समान अन्य ज्ञानेन्द्रियों से भी अलग-अलग संवेदी न्यूरोन सुषुम्ना तथा मस्तिष्क के विभिन्न हिस्सों में जाते हैं।

(2) गतिवाही न्यूरोन *(Motor Neuron)*—गतिवाही न्यूरोन वैसे न्यूरोन को कहा जाता है जो तंत्रिका आवेग को मस्तिष्क तथा सुषुम्ना से प्रभावक (effector) अर्थात् शरीर के विभिन्न अंगों की मांशपेशियों (muscles) तथा ग्रन्थियों (glands) तक पहुँचाते हैं। इसी के फलस्वरूप व्यक्ति उद्दीपक (stimulus) देखकर कोई अमुक क्रिया या व्यवहार करता है। गति न्यूरोन की संरचना को चित्र संख्या 3.3 में दिखलाया गया है।

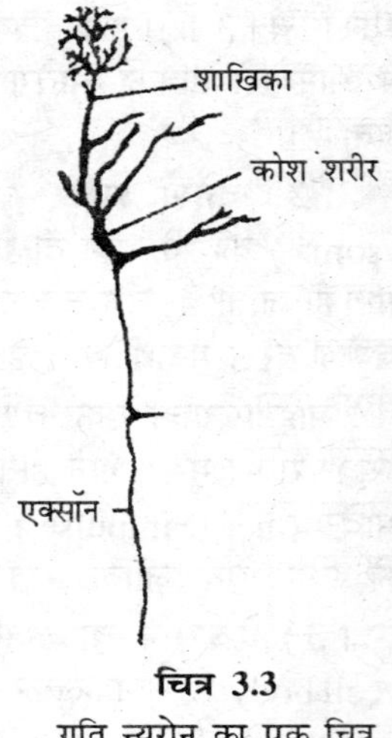

चित्र 3.3
गति न्यूरोन का एक चित्र

(3) साहचर्य न्यूरोन *(Association neuron)*—साहचर्य न्यूरोन मस्तिष्क तथा सुषुम्ना (spinal cord) में पाये जाते हैं। इसका काम संवेदी न्यूरोन द्वारा लाये गए तंत्रिका आवेग को गतिवाही न्यूरोन में छोड़ना है। इसका स्पष्ट मतलब यह हुआ कि साहचर्य न्यूरोन संवेदी न्यूरोन तथा गति न्यूरोन में संबंध स्थापित करता है। साहचर्य न्यूरोन की संरचना को चित्र 3.4 में दिखलाया गया है।

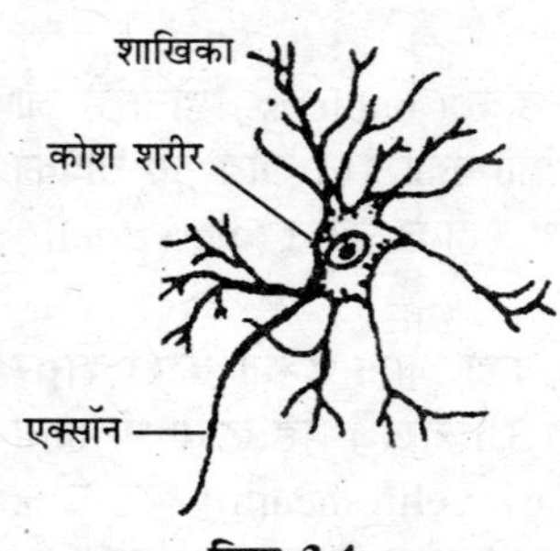

चित्र 3.4
साहचर्य न्यूरोन का एक चित्र

निष्कर्षतः यह कहा जा सकता है कि तंत्रिका कोश या न्यूरोन तीन प्रकार के होते हैं जो आपस में समन्वित होकर कार्य करते हैं। इसी समन्वित प्रयास का परिणाम यह होता है कि व्यक्ति किसी उद्दीपक (stimulus) का प्रत्यक्षण कर उसके प्रति सही अनुक्रिया कर पाता है।

सूत्रयुग्मन
(Synapse)

एक तंत्रिका कोश या न्यूरोन (neuron) के एक्सॉन (axon) तथा दूसरे तंत्रिका कोश की शाखिकाएँ (dendrites) के मिलन स्थान को सूत्रयुग्मन (synapse) कहा जाता है। (चित्र 3.5 देखें)। संधिस्थल की विशेषता यह होती है कि एक्सॉन तथा शाखिकाएँ एक-दूसरे से सटीं नहीं होतीं हैं। फिर भी तंत्रिका आवेग का संचरण एक्सॉन से शाखिकाओं में होता है। इस तरह के अनेकों संधिस्थल पार करते हुए तंत्रिका आवेग ग्राहक (receptor) से केन्द्रीय तंत्रिका तंत्र (central nervous system) और फिर वहाँ से मांसपेशियों तथा ग्रन्थियों (glands) तक पहुँचता है।

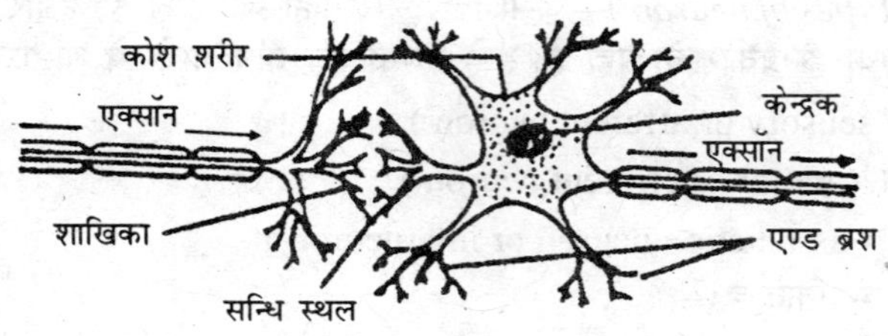

चित्र 3.5 : सूत्रयुग्मन का एक चित्र

यहाँ एक महत्त्वपूर्ण प्रश्न यह उठता है कि जब संधिस्थल पर एक तंत्रिका कोश (neuron) का एक्सॉन (axon) दूसरे तंत्रिकाकोश की शाखिका (dendrite) से सटा हुआ नहीं होता है, तो तंत्रिका आवेग का संचरण कैसे होता है? इस प्रश्न का उत्तर देते हुए यह कहा गया है कि एक्सॉन में बहुत सारे छोटे-छोटे बल्ब (bulbs) होते हैं जिसे बुटोन्स (buttons) कहा जाता है। इन बुटोन्स में छोटी-छोटी पुटिकाएँ (vesicles) होती हैं जिनमें

एक विशेष प्रकार का रासायनिक पदार्थ (chemical substance) भरा होता है जिसे *न्यूरोट्रांसमीटर* (neurotransmitter) कहा जाता है। जब तंत्रिका आवेग संधिस्थल पर के तंत्रिकाकोश (neuron) के एक्सॉन पर पहुँचता है तो छोटी-छोटी पुटिकाएँ उत्तेजित हो जातीं हैं और उनसे न्यूरोट्रांसमीटर निकलना प्रारंभ हो जाता है जिससे संधि-स्थल गीला हो जाता है और एक्सॉन तथा शाखिका में संबंध स्थापित हो जाता है।

संधि-स्थल का मुख्य कार्य कमजोर तंत्रिका आवेग का रोकना तथा फिर उन्हें शक्तिशाली बनाकर बढ़ने देना है। कमजोर तंत्रिका आवेग संधि-स्थल पर पहुँच कर रुक जाते हैं परन्तु जब कई कमजोर तंत्रिका आवेग संधि-स्थल पर इकट्ठा हो जाते हैं, तो वे आपस में मिलकर शक्तिशाली भी हो जाते हैं और संधि-स्थल को पार कर जाते हैं। कभी-कभी ऐसा होता है कि कई न्यूरोनों से आने वाले कमजोर तंत्रिका आवेग एक साथ एक ही समय में संधि-स्थल पर पहुँच जाते हैं। इस तरह का आवेग आपस में मिलकर शक्तिशाली हो जाते हैं और संधि-स्थल पार कर जाते हैं। स्पष्ट हुआ कि संधि-स्थल का मुख्य कार्य कमजोर तंत्रिका आवेग को आगे बढ़ने से रोकना तथा फिर उसे शक्तिशाली बनाकर आगे भेजना होता है।

तंत्रिका आवेग
(Nerve Impulse)

प्रत्येक न्यूरोन एक छोटी पतली झिल्ली से ढँका होता है। जब कोई उपयुक्त उद्दीपक उस झिल्ली को उत्तेजित करता है, तो न्यूरोन भी उत्तेजित हो जाता है। इससे एक तरह का वैद्युत-रासायनिक आवेग (electro-chemical impulse) पैदा होता है जिसे हम तंत्रिका आवेग (nerve impulse) की संज्ञा देते हैं। तंत्रिका आवेग की गति 100 मीटर प्रति सेकंड होती है। तंत्रिका आवेग ही उद्दीपक के प्रभावों (effects) को संवेदी तंत्रिका कोश या न्यूरोन (sensory neuron) द्वारा ज्ञानेन्द्रियों से मस्तिष्क एवं सुषुम्ना तथा फिर गति न्यूरोन द्वारा मस्तिष्क और सुषुम्ना से मांशपेशियों (muscles) तक पहुँचाता है।

पूर्ण-या-शून्य नियम
(All-or-None law)

पूर्ण-या-शून्य नियम तंत्रिका आवेग के संरचना का एक प्रमुख नियम है। यह नियम यह बतलाता है कि जब कोई न्यूरोन किसी उद्दीपक से उत्तेजित होता है तो वह या तो अपनी पूरी शक्ति के साथ उत्तेजित होता है या फिर बिलकुल ही उत्तेजित नहीं होता है। जब कोई उद्दीपक काफी कमजोर होता है तो संभव है कि उससे न्यूरोन उत्तेजित हो ही नहीं अर्थात् उससे तंत्रिका आवेग उत्पन्न ही नहीं हो। परन्तु यदि न्यूरोन उससे उत्तेजित हो गया, तो उसमें तंत्रिका आवेग की शक्ति पूर्ण होती है न कि उस उद्दीपक जिसने तंत्रिका आवेग पैदा किया है, की शक्ति के समान क्षीण होती है। इस नियम का अर्थ यह कदापि नहीं समझना चाहिए कि किसी एक उद्दीपक सभी न्यूरोन तंत्रिका आवेग उत्पन्न करेंगे अथवा कोई भी न्यूरोन तंत्रिका आवेग उत्पन्न नहीं करेगा। यह सही है कि एक ही उद्दीपक सभी तरह के न्यूरोन में तंत्रिका आवेग उत्पन्न नहीं करते हैं। जैसे—रोशनी का उद्दीपक दृष्टि तंत्रिका आवेग उत्पन्न करेगा, श्रवण तंत्रिका आवेग (auditory nerve impulse) नहीं।

तंत्रिका तंत्र का विभाजन
(Division of Nervous System)

तंत्रिका तंत्र मानव शरीर का एक महत्त्वपूर्ण तंत्र है। इसके दो मुख्य भाग हैं—केन्द्रीय तंत्रिका तंत्र (central nervous system) तथा परिधीय तंत्रिका तंत्र (peripheral nervous system)। केन्द्रीय तंत्रिका तंत्र को फिर दो भागों में बाँटा गया है—मस्तिष्क (brain) तथा सुषुम्ना या मेरूरज्जु (spinal cord)। मस्तिष्क को फिर मोटे तौर पर तीन भागों में बाँटा गया है—पश्चमस्तिष्क, मध्यमस्तिष्क तथा अग्रमस्तिष्क। परिधीय तंत्रिका-तंत्र को भी दो भागों में बाँटा गया है—कायिक तंत्रिका तंत्र (somatic nervous system) तथा स्वायत्त तंत्रिका तंत्र (autonomic nervous system)। स्वायत्त तंत्रिका को फिर दो भागों में बाँटा गया है—अनुकंपी तंत्रिका तंत्र (sympathetic nervous system) तथा उपअनुकंपी तंत्रिका तंत्र (para-sympathetic nervous system)। तंत्रिका तंत्र के इन उपविभाजनों को चित्र संख्या 3.6 में दिखलाया गया है।

तंत्रिका तंत्र के अग्रांकित विभाजनों की संरचनाओं एवं कार्यों का वर्णन हम अलग अलग करेंगे।

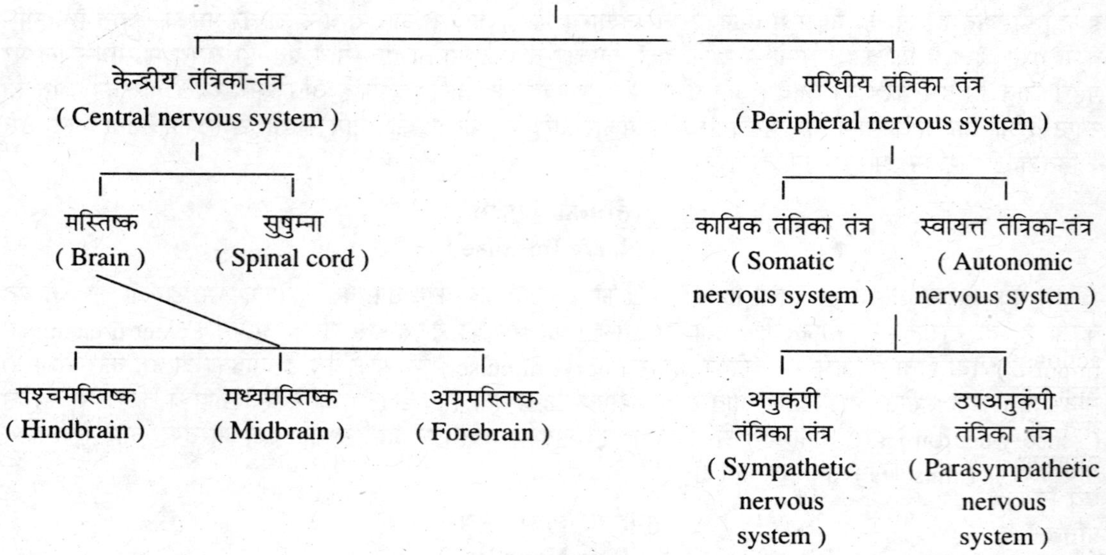

चित्र 3.6 : तंत्रिका-तंत्र का विभाजन

केन्द्रीय तंत्रिका तंत्र की संरचना तथा कार्य
(Structure and Function of Central Nervous System)

केन्द्रीय तंत्रिका तंत्र (central nervous system) तंत्रिका तंत्र का सबसे प्रमुख हिस्सा है। प्राणी के सभी प्रमुख व्यवहारों का संचालन एवं नियंत्रण केन्द्रीय तंत्रिका तंत्र से ही होता है। इस तंत्रिका तंत्र के दोनों भागों अर्थात् सुषुम्ना (spinal cord) तथा मस्तिष्क (brain) की विस्तृत व्याख्या इस प्रकार है :—

सुषुम्ना या मेरूरज्जु *(Spinal Cord)*

संरचना *(Structure)*—रीढ़ की हड्डी जो कमर से गर्दन तक फैली है, में एक तरल पदार्थ भरा है, जिसमें एक मोटा तंतु है। उस तंतु को ही *सुषुम्ना* कहा जाता है। ऊपर से नीचे तक सुषुम्ना में कुल 31 भाग हैं और प्रत्येक भाग में मेरुदण्डीय तंत्रिका (spinal nerves) का एक जोड़ा निकलता है। इस जोड़ा में से एक तंत्रिका द्वारा शरीर के बायें भाग से स्नायु प्रवाह आते हैं तथा दूसरा तंत्रिका द्वारा शरीर के दायें भाग से स्नायु प्रवाह आते हैं।

सुषुम्ना को यदि कहीं से भी काटा जाय तो इसकी भीतरी संरचना (structure) एक ही समान दीख पड़ती है (चित्र 3.7 देखें)। चित्र में सुषुम्ना के एक ऐसे ही कटे हुए भाग को दिखलाया गया है। इस चित्र को देखने से स्पष्ट हो जाता है कि सुषुम्ना के बीच के भाग का आकार एक तितली (butterfly) के समान होता है और वह भाग धूसर रंग (grey colour) का होता है। इसे सुषुम्ना का धूसर पदार्थ कहा जाता है। सुषुम्ना के बीच के भाग के चारों तरफ उजला पदार्थ (white matter) होता है जिससे होकर अनेक तंत्रिका तंतु (nerve fibers) ऊपर से नीचे की ओर और नीचे से ऊपर की ओर आते-जाते दिखलाई पड़ते हैं। ऊपर से नीचे की ओर आनेवाले तंत्रिका तन्तु द्वारा मस्तिष्क

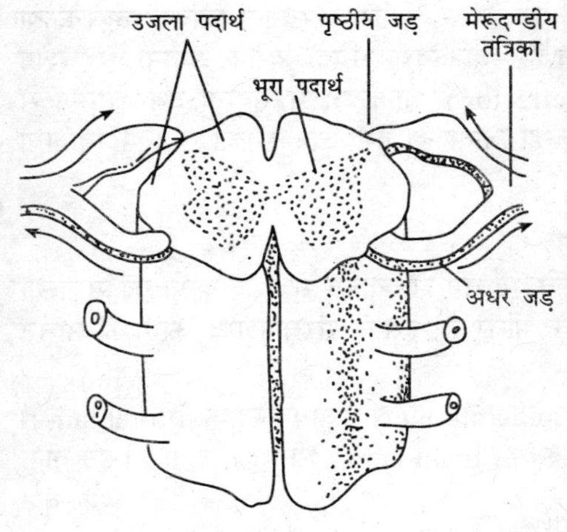

चित्र 3.7

सुषुम्ना के कटे हुए एक भाग का चित्र

से सूचनाएँ आती हैं तथा नीचे से ऊपर की ओर जानेवाले तंत्रिका तन्तु द्वारा सूचनाएँ सुषुम्ना से मस्तिष्क में लायी जाती है।

कार्य *(Function)*—सुषुम्ना के मुख्य कार्य निम्नांकित तीन हैं:—

(1) सुषुम्ना द्वारा ज्ञानेन्द्रिय से आने वाले तंत्रिका आवेग को मस्तिष्क में भेजा जाता है और मस्तिष्क द्वारा शरीर के विभिन्न भागों को भेजे जानेवाले तंत्रिका आवेग भी सुषुम्ना द्वारा ही बाहर निकलते हैं। इस तरह से सुषुम्ना का प्रथम महत्त्वपूर्ण कार्य तंत्रिका आवेग का संचरण (conduction) करना होता है।

(2) सुषुम्ना द्वारा शारीरिक क्रियाओं (bodily movements) का संचालन भी होता है। चेहरा (face) तथा गर्दन (neck) का संबंध मस्तिष्क से सीधा है। अतः इन भागों को छोड़कर शरीर के अन्य भागों की क्रियाओं का नियंत्रण बहुत हद तक सुषुम्ना द्वारा ही होता है।

(3) सुषुम्ना द्वारा सहज या प्रतिवर्त्त क्रियाओं (reflex actions) का भी नियंत्रण एवं संचालन होता है। सहज क्रिया या प्रतिवर्त्त क्रिया किसी उद्दीपक के प्रति एक ऐसी अनुक्रिया है जो अनैच्छिक (involuntary) तथा संगत होती है। जैसे—आँख पर तीव्र रोशनी पड़ते ही पलक का बन्द हो जाना, गर्म वस्तुओं से अंगुली स्पर्श हो जाने पर तेजी से अंगुली को खींच लेना आदि सहज क्रिया के उदाहरण है। ऐसा लगता है कि ऐसी क्रियाएँ अपने आप हो गयीं। परन्तु सच्चाई यह है कि ऐसी क्रियाओं का संचालन एवं नियंत्रण सुषुम्ना द्वारा न कि मस्तिष्क (brain) द्वारा होता है। सुषुम्ना द्वारा यह कार्य कैसे होता है, इसके लिए प्रतिवर्त्त धनु (reflex arc) को समझना आवश्यक है जिसकी चर्चा आगे अलग से की जाएगी।

स्पष्ट हुआ कि सुषुम्ना की एक निश्चित संरचना होती है जिसके द्वारा महत्त्वपूर्ण कार्य किये जाते हैं।

प्रतिवर्त्त धनु *(Reflex arc)*

प्रतिवर्त्त क्रिया या सहज क्रिया के संचालन में तंत्रिका आवेग (nerve impulse) जिन तंत्रिकाओं एवं अंगों से होकर गुजरता है उसे ही *प्रतिवर्त्त धनु* (reflex arc) कहा जाता है। प्रतिवर्त्त क्रिया किसी विशिष्ट उद्दीपक के प्रति एक स्वचालित (automatic) एवं अनुअर्जित (unlearnt) अनुक्रिया है। आँख पर तीव्र रोशनी पड़ते ही पलक का अपने आप बन्द हो जाना तथा पिन के चुभने पर हाथ तुरंत पीछे खींच लेना सहज क्रिया या प्रतिवर्त्त क्रिया का उदाहरण है। स्पष्ट हुआ कि इस सहज प्रक्रिया में कोई एक उद्दीपक (stimulus) किसी ज्ञानेन्द्रिय (sense organ) को उत्तेजित करता है। इसके परिणामस्वरूप, ज्ञानेन्द्रिय में तंत्रिका आवेग (nerve impulse) उत्पन्न हो जाते हैं जो संवेदी न्यूरोन (sensory neuron) द्वारा सुषुम्ना में पहुँचते हैं। सुषुम्ना में साहचर्य न्यूरोन (association neuron) होते हैं, जो इन तंत्रिका आवेग को ग्रहण करके सुषुम्ना के आदेशानुसार उन्हें गति तंत्रिकाओं (motor neuron) में छोड़ देते

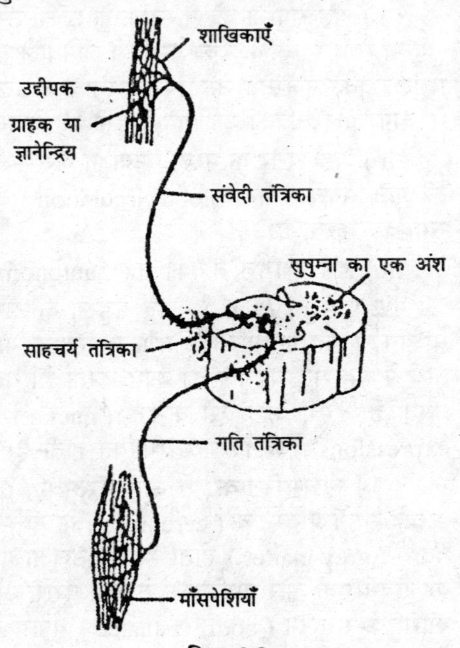

चित्र 3.8

प्रतिवर्त्त धुन का चित्र

हैं। गति तंत्रिका इन आवेगों के मांसपेशियों तथा ग्रन्थियों तक पहुँचा देते हैं। इसके परिणामस्वरूप व्यक्ति सहज क्रिया कर पाता है। इस तरह से सहज क्रिया में 6 अंग मिलकर कार्य करते हैं—ज्ञानेन्द्रिय, संवेदी न्यूरोन, सुषुम्ना का विशेष भाग, साहचर्य न्यूरोन, गति न्यूरोन तथा कर्मेन्द्रिय या प्रभावक (effector)। ज्ञानेन्द्रिय से सुषुम्ना तथा सुषुम्ना से कर्मेन्द्रिय तक के सम्पूर्ण मार्ग को प्रतिवर्त्त धनु (reflex arc) कहा जाता है। इसे चित्र संख्या 3.8 में दिखाया गया है।

मस्तिष्क तथा व्यवहार *(Brain and Behaviour)*

केन्द्रीय तंत्रिका तंत्र का अति महत्त्वपूर्ण भाग मस्तिष्क है जिसके माध्यम से व्यक्ति सभी क्रियाओं का संचालन करता है। शरीर में इसका स्थान सुषुम्ना के ऊपर और खोपड़ी के भीतर है। इसकी संरचना एवं कार्य की उचित व्याख्या इसे निम्नांकित प्रमुख तीन भागों में बाँटकर की गई है:—

(1) पश्चमस्तिष्क (hindbrain) (2) मध्य मस्तिष्क (midbrain) (3) अग्रमस्तिष्क (forebrain)। पश्चमस्तिष्क तथा मध्य मस्तिष्क को एक साथ मिलाकर *मस्तिष्क स्तंभ* (brain stem) भी कहा जाता है। इन तीनों का वर्णन निम्नांकित है:—

1. पश्चमस्तिष्क *(Hindbrain)*

मस्तिष्क के पिछले भाग को पश्चमस्तिष्क कहा जाता है जिसके तीन प्रमुख भाग हैं—मेडुला (Medula), सेतु (Pons) तथा लघु मस्तिष्क (Cerebellum)। इन तीनों का वर्णन निम्नांकित है:—

(1) मेडुला *(Medula)*—यह पश्चमस्तिष्क का सबसे निचला भाग होता है जो सुषुम्ना तथा मस्तिष्क के महत्त्वपूर्ण भागों को जोड़ता है। (चित्र 3.9 देखें) यह लगभग एक इंच लम्बा होता है। इसके तीन कार्य बतलाये गए हैं।

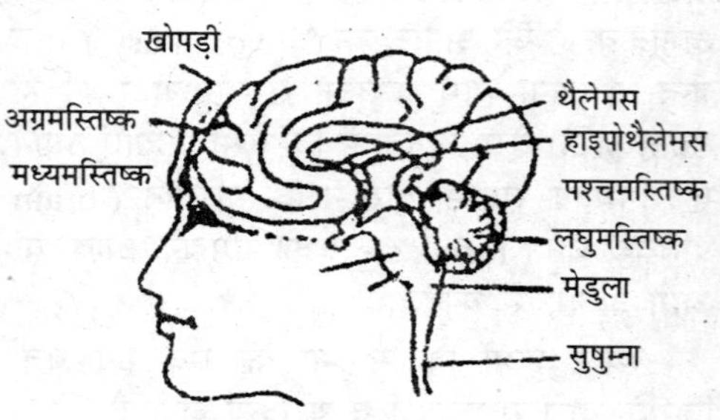

चित्र 3.9
मानव मस्तिष्क के प्रमुख भागों की संरचना

(i) यह सुषुम्ना को मस्तिष्क के उच्च केन्द्रों से मिलाता है। सुषुम्ना से मस्तिष्क के उच्च केन्द्रों में जानेवाले तंत्रिका आवेग यही मेडुला होकर गुजरते हैं और फिर मस्तिष्क के उच्च केन्द्रों से सुषुम्ना में जाने वाले तंत्रिका आवेग भी इसी से होकर गुजरते हैं।

(ii) यह शरीर के मुख्य क्रियाओं जैसे—श्वसन गति, हृदय की गति, रक्त संचार (blood circulation) आदि के कार्यों को समन्वित करता है।

(iii) यह स्वायत्त तंत्रिका तंत्र (autonomic nervous system) के क्रियाओं को भी नियंत्रित करता है।

(2) सेतु *(Pons)*—सेतु मेडुला के ऊपर होता है। इसमें कई तरह के तन्तु (fibres) पाए जाते हैं, जिनके माध्यम से यह लघुमस्तिष्क तथा प्रमस्तिष्क या वृहत मस्तिष्क (cerebrum) के भागों को मिलाता है। अतः सही अर्थ में यह सेतु या पुल का काम करता है। यह श्रवण कार्यों के लिए एक रिले स्टेशन (relay station) का कार्य करता है। इसमें कुछ ऐसे केन्द्रक (nuclie) भी होते हैं जिनसे श्वसन गति तथा आनन अभिव्यक्तियों (facial expressions) की क्रियाएँ प्रभावित होती है।

(3) लघुमस्तिष्क या अनुमस्तिष्क *(Cerebellum)*—पश्चमस्तिष्क का यह अन्य एक महत्त्वपूर्ण भाग है। इसका स्थान प्रमस्तिष्क (cerebrum) के नीचे और पीछे की ओर है (देखें चित्र 3.9) इसकी ऊपरी सतह पर धूसर पदार्थ (grey matter) होता है तथा उजला पदार्थ उसके भीतरी तह पर होता है। कुछ स्नायुओं द्वारा लघुमस्तिष्क का संबंध एक ओर प्रमस्तिष्क से तथा दूसरी ओर सुषुम्ना (spinal cord) से होता है। लघु मस्तिष्क का मुख्य कार्य शारीरिक संतुलन (bodily balance) बनाये रखना होता है। एक शराबी के चाल-ढाल में लड़खड़ाहट का मुख्य कारण नशा से लघु मस्तिष्क का प्रभावित हो जाना है। बूढ़े लोगों के हाथ में जो कम्पन होता है, उसका कारण भी लघु मस्तिष्क का कमजोर पड़ना होता है।

2. मध्यमस्तिष्क *(Midbrain)*

मध्यमस्तिष्क, पश्चमस्तिष्क (hindbrain) तथा अग्रमस्तिष्क (forebrain) के बीच अवस्थित होता है और इस तरह से यह इन दोनों को जोड़ता है। मध्य मस्तिष्क का मुख्य भाग उसका शिखर या छत (roof) होता है जिसे *टेकटम* (tectum) कहा जाता है। इसके द्वारा दृष्टि तथा श्रवण क्रियाओं के संचालन में मदद मिलती है। मध्यमस्तिष्क का वह भाग जो न्यूरोन्स का एक घना एवं मोटा जाल (net) सा दिखता है, उसे *रेटिकुलर एक्टीभेटिंग तंत्र* (Recticular activating system RAS) कहा जाता है जो व्यक्ति में सतर्कता (alertness) की अवस्था को बनाये रखता है। यह व्यक्ति में सक्रियता, नींद आदि के संचालन में भाग लेता है।

3. अग्रमस्तिष्क *(Forebrain)*

यह मानव मस्तिष्क का सबसे बड़ा एवं जटिल भाग है। इसके मुख्य अंग चार हैं—थैलेमस (thalamus), हाइपोथैलेमस (hypothalamus), लिम्बिक तंत्र (limbic system) तथा प्रमस्तिष्क या वृहत मस्तिष्क (cerebrum)। इन चारों का वर्णन निम्नांकित है:—

(1) थैलेमस *(Thalamus)*—मध्यमस्तिष्क (midbrain) के ठीक ऊपर और दोनों प्रमस्तिष्कीय गोलार्द्ध (central hemispheres) के बीच एक अंडाकार संरचना होती है जिसे थैलेमस (thalamus) कहा जाता है (चित्र 3.9 देखें)। चूँकि थैलेमस दोनों प्रमस्तिष्कीय गोलार्द्ध के बीच में होती है, अतः इसे ऊपर से देखा नहीं जा सकता है। हाँ, दोनों गोलार्द्धों को एक-दूसरे से अलग करने पर इसे देखा जा सकता है। थैलेमस का मुख्य कार्य भिन्न-भिन्न संवेदी प्रक्रियाओं (sensory processes) से संबंधित आवेग को ग्रहण करके प्रमस्तिष्क (cerebrum) के उपयुक्त केन्द्रों में प्रसारण (relay) करना होता है। इनके अलावा यह लघुमस्तिष्क, मस्तिष्क स्तंभ तथा रेटिकुलर फॉरमेशन से भी आवेगों को ग्रहण करके उसे प्रमस्तिष्क (cerebrum) के उचित क्षेत्रों में भेजता है।

(2) हाइपोथैलेमस *(Hypothalamus)*—थैलेमस के नीचे एक छोटा परन्तु अत्यन्त ही महत्त्वपूर्ण संरचना है जिसे *हाइपोथैलेमस* कहा जाता है। यह थैलेमस तथा मध्य मस्तिष्क (midbrain) को जोड़ता है। हाइपोथैलेमस द्वारा कई कार्य किये जाते हैं जिसमें महत्त्वपूर्ण निम्नांकित हैं:—

(i) हाइपोथैलेमस व्यक्ति के प्रमुख जैविक अभिप्रेरकों जैसे—भूख, प्यास एवं यौन (sex) आदि को समंजित (regulate) करता है।

(ii) शरीर के भीतर में एक सामान्य संतुलन (balance) बनाये रखने में हाइपोथैलेमस एक प्रमुख भूमिका निभाता है। इसके लिए यह शरीर के तापक्रम, हृदय गति, रक्तचाप आदि को एक खास स्तर पर बनाये रखता है। इस स्थिति को मनोवैज्ञानिकों ने *समस्थिति* (homeostasis) की संज्ञा दिया है।

(iii) हाइपोथैलेमस द्वारा अन्तःस्रावी ग्रंथियों (endocrine glands) को भी समंजित किया जाता है।

(iv) हाइपोथैलेमस प्राणी के संवेग की उत्पत्ति एवं नियंत्रण में भी महत्त्वपूर्ण भूमिका निभाता है।

(3) लिम्बिक तंत्र *(Limbic system)*—यह तंत्र कई तरह की अन्तर-संबंधित संरचनाओं (interconnected structures) का एक समूह (group) होता है। ऐसी संरचनाओं का स्वरूप प्रान्तस्था (cortical) तथा उपप्रान्तस्था (subcortical) तरह का होता है। लिम्बिक तंत्र द्वारा अन्तरयावी क्रियाएँ (visceral functions) जैसे भोजन करना, पानी पीना आदि समंजित होते हैं। इससे सांवेगिक क्रियाएँ खासकर यौन क्रियाओं का भी नियंत्रण होता है। इसके द्वारा सामान्य एवं असामान्य दोनों तरह के व्यवहारों का संचालन एवं नियंत्रण होता है।

(4) प्रमस्तिष्क या वृहत मस्तिष्क *(Cerebrum)*—अग्रमस्तिष्क का सबसे बड़ा एवं जटिल भाग प्रमस्तिष्क है। एक विशेष दरार (fissure) जिसे अनुदैर्घ्य दरार (longitudinal fissure) कहा जाता है, द्वारा यह दो गोलार्द्धों (hemisphere) में बँटा होता है—बायाँ गोलार्द्ध (left hemisphere) तथा दायाँ गोलार्द्ध (right hemisphere)। दोनो गोलार्द्धों के ऊपर न्यूरोन का एक पतला आवरण (करीब 3 मिलीमीटर मोटा) होता है जिसे प्रमस्तिष्क वल्कुट (cerebral cortex) भी कहा जाता है। आवरण का रंग धूसर होता है जो प्रमस्तिष्क का धूसर

पदार्थ (grey matter) है। बायाँ गोलार्द्ध तथा दायाँ गोलार्द्ध एक-दूसरे से तंत्रिका तन्तु (nerve fibers) के एक विशेष गुच्छा या बंडल (bundle) से जुड़ा होता है। इस गुच्छा या बंडल को *कौरपस केलोजम* (corpus callosum) कहा जाता है और यह उजले पदार्थ (white matter) का बना होता है।

प्रत्येक गोलार्द्ध में दो गहरे दरार (deep fissure) होते हैं जिन्हें *रोलैण्डो का दरार* (fissure of Rolando) या *केन्द्रीय सुलकस* (central sulcus) तथा सिलभियस का दरार (fissure of Sylvius) या *लेट्रल दरार* (lateral fissure) कहा जाता है। इसके अलावा भी इन दोनों गोलार्द्धों में अनेक छोटे-छोटे कई दरार होते हैं। प्रत्येक गोलार्द्ध केन्द्रीय सुलकस (central sulcus) तथा लेट्रल दरार की मदद से निम्नांकित चार पालियों (lobes) में बँटा होता है–(चित्र 3.10 देखें)।

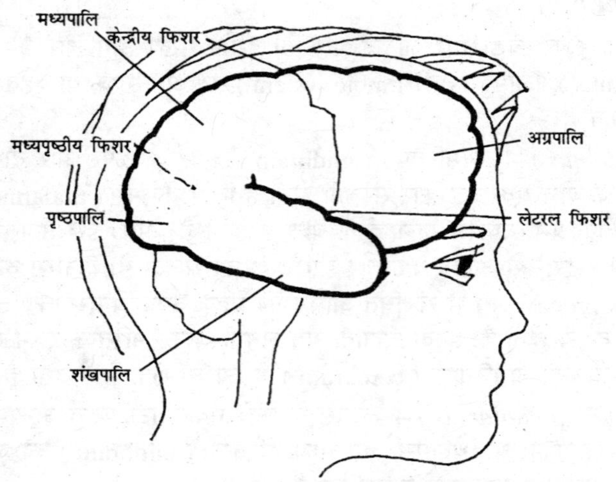

चित्र 3.10 बाएँ गोलार्द्ध की चार पालियाँ (lobes)

(i) अग्रपालि *(Frontal lobe)*—यह केन्द्रीय सुलकस के आगे तथा सेन्ट्रल दरार (lateral fissure) के ऊपर का भाग होता है (चित्र 3.10 देखें)। इसके द्वारा गति या पेशीय क्रियाओं (motor activities) तथा उच्च चिन्तन प्रक्रियाओं (higher thought processes) का ज्ञान होता है।

(ii) भित्तीय पालि *(Parietal lobe)*—यह पालि केन्द्रीय सुलकस के पीछे तथा सिलभियस दरार के ऊपर होता है। इसके द्वारा मूलतः त्वक् संवेदन अर्थात् गर्म, ठंडा, दर्द आदि का ज्ञान होता है।

(iii) शंखपालि *(Temporal lobe)*—यह पालि सिलभियस के दरार के नीचे जिसे हम कनपट्टी (temple) कहते हैं, में होता है। इसके द्वारा श्रवण संवेदनाओं का ज्ञान होता है।

(iv) पश्चकपालीय *(Occipital lobe)*—यह गोलार्द्ध का सबसे पिछला हिस्सा होता है। इसके द्वारा दृष्टि संवेदन का ज्ञान होता है।

स्पष्ट हुआ कि केन्द्रीय तंत्रिका तंत्र (central nervous system) जिसके मुख्य दो भाग अर्थात् सुषुम्ना एवं मस्तिष्क द्वारा महत्त्वपूर्ण कार्य किये जाते हैं। मस्तिष्क में सबसे महत्त्वपूर्ण भाग प्रमस्तिष्क (cerebrum) का है।

परिधीय तंत्रिका तंत्र की संरचना एवं कार्य
(Structure and Functions of Peripheral Nervous System)

तंत्रिका तंत्र का दूसरा प्रमुख भाग परिधीय तंत्रिका तंत्र (peripheral nervous system) है। इससे तात्पर्य उन सभी तंत्रिका कोशों से होता है जो मस्तिष्क तथा सुषुम्ना के बाहर होते हैं। शायद यही कारण है कि इसे परिधीय

तंत्रिका तंत्र (peripheral nervous system) कहा जाता है। इसे मूलतः दो भागों में बाँटा गया है—

1. कायिक तंत्रिका तंत्र (Somatic nervous system) तथा
2. स्वायत्त तंत्रिका तंत्र (Autonomic nervous system)

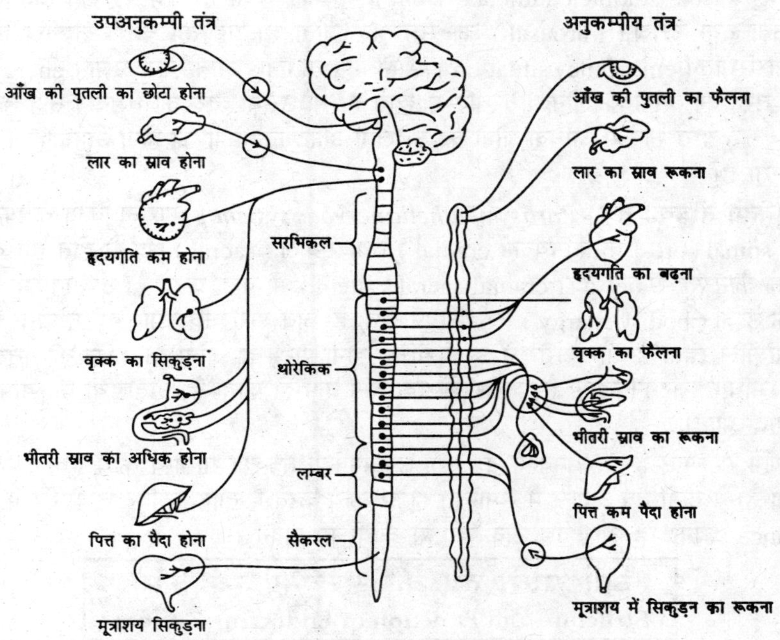

चित्र 3.11 : स्वायत्त तंत्रिका का एक चित्र

1. कायिक तंत्रिका तंत्र *(Somatic nervous system)*—कायिक तंत्रिका तंत्र का संबंध मूलतः वैसी क्रियाओं से होता है जिन्हें हम अपनी इच्छानुसार करते हैं। इसी तंत्रिका तंत्र द्वारा केन्द्रीय तंत्रिका तंत्र की बाह्य उत्तेजनाओं (external stimuli) से उत्पन्न ताप, ठंड, दबाव आदि का ज्ञान होता है तथा साथ-ही-साथ इन्हीं तंत्रिका तंत्र के सहारे केन्द्रीय तंत्रिका तंत्र ऐच्छिक मांसपेशियों (voluntary muscles) को कुछ कार्य करने के लिए तंत्रिका आवेग उनके पास भेजता है।

2. स्वायत्त तंत्रिका तंत्र की संरचना तथा कार्य *(Structure and function of Autonomic Nervous System or ANS)*—स्वायत्त तंत्रिका तंत्र तंत्रिका तंत्र का एक मुख्य भाग है। स्वायत्त तंत्रिका तंत्र सुषुम्ना (spinal cord) के समानान्तर तंत्रिका कोश समूहों की एक श्रृंखला (chain) होती है जिससे शरीर के विभिन्न आन्तरिक अंगों जैसे हृदय, फेफड़ा, गुर्दा, पुतली, लार ग्रंथि, एड्रिनल ग्रंथि आदि के तंत्रिका तन्तु (nerve fibers) मिले होते हैं। (देखें चित्र 3.11)। जैसा कि नाम से ही स्पष्ट है, इस तंत्रिका तंत्र द्वारा उन अंगों की क्रियाओं का संचालन तथा नियंत्रण होता है, जो व्यक्ति की इच्छा से नहीं बल्कि अपनी इच्छा से कार्य करते हैं। जैसे हृदय, गुर्दा, फेफड़ा अन्तःस्रावी ग्रंथि आदि के कार्यों का संचालन एवं नियंत्रण इसी स्वायत्त तंत्रिका तंत्र से होता है।

स्वायत्त तंत्रिका तंत्र को दो भागों में बाँटा गया है—

(1) अनुकंपी तंत्रिका तंत्र (Sympathetic nervous system) तथा

(2) पराअनुकंपी तंत्रिका तंत्र (Parasympathetic nervous system)

इन दोनों का वर्णन निम्नांकित है—

1. अनुकंपी तंत्रिका तंत्र *(Sympathetic nervous system)*—अनुकंपी तंत्रिका तंत्र का स्थान सुषुम्ना (spinal cord) के थोरेकिक (thoracic) तथा लुम्बर (lumbar) क्षेत्रों में होता है। यही कारण है कि इस तंत्रिका तंत्र को *थोरेकिकलुम्बर तंत्र* (thoracic lumbar system) भी कहा जाता है। जब यह तंत्र क्रियाशील होता है, तो व्यक्ति में सतर्कता तथा उत्तेजन (arousal) का स्तर बढ़ जाता है। यह तंत्र के क्रियाशील होने पर शरीर को आपातकालीन परिस्थिति (emergency situation) से निबटने के लिए अतिरिक्त ऊर्जा (energy) प्राप्त होता है। जब व्यक्ति इस तरह की आपातकालीन परिस्थिति में होता है, तो उसमें हृदय की धड़कन तेज होना, तेजी से साँस लेना, यकृत (liver) द्वारा खून में अधिक चीनी को उड़ेलना आदि क्रियाओं का होना अनुकंपी तंत्रिका तंत्र के कार्यों पर ही निर्भर करता है।

2. पराअनुकंपी तंत्रिका तंत्र *(Parasympathetic nervous system)*—पराअनुकंपी तंत्रिका तंत्र द्वारा तंत्रिका आवेग सुषुम्ना (spinal cord) के क्रेनियल (cranial) तथा सैक्रल (sacral) क्षेत्र से होते हुए बाहर निकलता है। अतः इस तंत्र को *कैनियल-सैक्रल तंत्र* (cranial-sacral system) भी कहा जाता है। उपअनुकंपी तंत्र के क्रियाशील होने से शारीरिक ऊर्जा (bodily energy) का संचयन होता है। जब शरीर विश्रामावस्था में होता है, तो उपअनुकंपी तंत्र अधिक क्रियाशील रहता है और शरीर में ऊर्जा संचित होना प्रारंभ हो जाता है। आँख की पुतली छोटी हो जाती है, लार ग्रंथि से अधिक लार निकलता है, शरीर का रक्तचाप कम हो जाता है, अंतड़ियों की सामान्य क्रियाएँ प्रारंभ हो जाती है, आदि-आदि।

ऊपर के वर्णन से स्पष्ट है कि अनुकंपी तंत्र तथा उपअनुकंपी तंत्र का सामान्य कार्य एक-दूसरे से ठीक विपरीत तथा विरोधी होता है। ये दोनों तंत्र आपस में समन्वित होकर कार्य करते हैं ताकि व्यक्ति के शरीर में आन्तरिक संतुलन (internal balance) बना रहे और वह ठीक ढंग से कार्य कर सके।

अंत:स्रावी तंत्र की संरचना एवं कार्य
(Structure and Function of Endocrine System)

हमारे शरीर में प्रभावक (effector) एक महत्त्वपूर्ण अंग है जिसके सहारे व्यक्ति किसी कार्य को करता है। प्रभावक के मुख्य दो भाग हैं—मांसपेशियाँ (muscles) एवं ग्रन्थियाँ (glands)। मांसपेशियों द्वारा व्यक्ति अपने बाहारी वातावरण (external environment) में समायोजन (adjustment) स्थापित कर पाता है तथा ग्रन्थियाँ (glands) द्वारा वह अपने शरीर के भीतर वातावरण (internal environment) में एक संतुलित समायोजन (balanced adjustment) कर पाता है। इस तरह के आंतरिक संतुलन को मनोवैज्ञानिकों ने *समावस्थान या समस्थिति* (homeostasis) की संज्ञा दी है।

हमारे शरीर में दो तरह की ग्रन्थियाँ हैं—वहिःस्रावी ग्रन्थि (exocrine gland) तथा अन्तःस्रावी ग्रन्थि (endocrine gland)। वहिःस्रावी ग्रन्थि उन ग्रन्थियों को कहा जाता है जिसका स्राव विशेष पथ (path or duct) द्वारा शरीर के बाहर निकल जाता है। अतः इन ग्रन्थियों का स्राव (secretion) खून में नहीं मिल पाता है। जैसे—अश्रु ग्रन्थियाँ (tear glands) तथा लार ग्रन्थियाँ (saliva glands) वहिःस्रावी

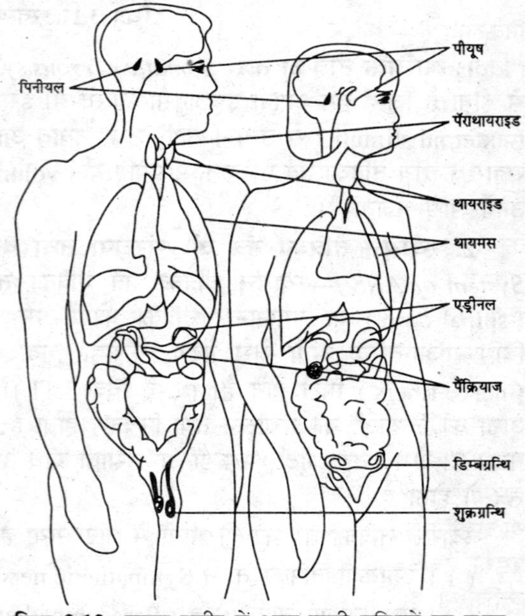

चित्र 3.12 : मानव शरीर में अन्तःस्रावी ग्रन्थियों का स्थान

ग्रन्थि के उदाहरण हैं। इन ग्रन्थियों को *पथ ग्रन्थि* (duct gland) भी कहा जाता है। व्यक्तित्व के विकास में इन ग्रन्थियों का कोई महत्त्वपूर्ण योगदान नहीं हो पाता है।

अन्तःस्रावी ग्रन्थि वैसे ग्रन्थियों को कहा जाता है जिसका स्राव (secretion) सीधे खून में मिल जाता है क्योंकि इनके स्राव निकलने के लिए कोई विशेष पथ (duct) नहीं होता है। यही कारण हे कि इन्हें *पथहीन ग्रन्थि* (ductless gland) भी कहा जाता है। अन्तःस्रावी ग्रन्थि के स्राव को *हारमोन्स* (hormones) कहा जाता है जिसका शरीर के विकास तथा व्यक्ति के सांवेगिक विकास (emotional development) पर काफी पड़ता है। हमारे शरीर में कई अन्तःस्रावी ग्रन्थियाँ (endocrine gland) हैं जो शरीर के भिन्न-भिन्न भागों में अवस्थित (localized) होते हैं (देखें चित्र 3.12)। व्यक्तित्व विकास में प्रमुख अन्तःस्रावी ग्रन्थियों के महत्त्व का वर्णन निम्नांकित हैं—

1. पीयूष ग्रन्थि *(Pituitary gland)*—पीयूष ग्रन्थि मस्तिष्क में अवस्थित (located) होता है (चित्र 3.12) देखें। इसे हाइपोफिसिस (hypophysis) भी कहा जाता है। पीयूष ग्रन्थि को दो भागों में बाँटा गया है—अग्रवर्ती (anterior) तथा परवर्त्ती (posterior)। अग्रवर्ती भाग को *एडनोहाइपोफिसिस* (adenohypophysis) भी कहा जाता है। इस भाग द्वारा कई तरह के हारमोन्स निकलते हैं जिन्हें मूलतः दो भागों में बाँटा जा सकता है—ट्रोफिक हारमोन्स (trophic hormones) तथा विकास हारमोन्स (growth hormones)। ट्रोफिक हारमोन द्वारा पीयूष ग्रन्थि अन्य दूसरे अन्तःस्रावी ग्रन्थियाँ जैसे—एड्रिनल ग्रन्थि (adrenal gland), कण्ठग्रन्थि (thyroid gland) तथा यौन ग्रन्थि (sex gland or gonads) पर अपना नियंत्रण बनाये रखता है। यही कारण है कि पीयूष ग्रन्थि को *मास्टर ग्रन्थि* (master gland) भी कहा जाता है। प्रयोगात्मक अध्ययन से यह स्पष्ट हो गया है कि इन तीनों ग्रन्थियों में से कोई भी ग्रंन्थि यदि अपना कार्य ठीक ढंग से नहीं कर पाता है तो वैसी हालत में पीयूष ग्रन्थि का यह अग्रवर्ती भाग उससे उत्पन्न कमी को बहुत हद तक दूर कर देता है। अग्रवर्ती भाग से शरीर के विकास के लिए हारमोन्स निकलता है जिसे विकास हारमोन्स (growth hormones) या सोमैटोट्रोफिन (somatotrophin) कहा जाता है। इस तरह का हारमोन्स के अधिक होने से व्यक्ति के शरीर की लम्बाई काफी अधिक हो जाती है तथा इसकी कमी होने से व्यक्ति बौना (dwarf) हो जाता है।

पीयूष ग्रन्थि के परवर्त्ती भाग जिसे न्यूरोहाईपोफिसिस (neurohypophysis) कहा जाता है, से जो हारमोन्स निकलता है उसे पिटयूट्रीन (pituitrin) कहा जाता है जिससे शरीर का रक्तचाप, चिकनी मांसपेशियाँ तथा वृक्क (kidney) आदि के कार्यों का नियमन होता है।

2. एड्रीनल ग्रन्थि *(Adrenal gland)*—एड्रीनल ग्रन्थि का स्थान हमारे शरीर के दोनों वृक्क (kidney) के ऊपर होता है। एड्रीनल ग्रन्थि के भी दो भाग हैं—बाहरी भाग (outer part) तथा भीतरी भाग (inner part)। बाहरी भाग को *एड्रीनल कॉर्टेक्स* (adrenal cortex) तथा भीतरी भाग को *एड्रीनल मेडुला* (adrenal medulla) भी कहते हैं। एड्रीनल कॉर्टेक्स से जो हारमोन्स निकलता है उसे *कॉर्टिन* (cortin) की संज्ञा दी जाती है। इसके द्वारा शरीर के कार्बोहाइड्रेट (carbohydrate) तथा नमक (salt) चयापचय (metabolism) का निर्धारण होता है और ऐसा देखा गया है कि यदि एड्रीनल ग्रन्थि का यह भाग अपना कार्य ठीक ढंग से नहीं करता है या किसी कारणवश कार्य करना बन्द कर देता है तो इससे संबंधित चयापचय (metabolism) में गड़बड़ी आ जाती है तथा धीरे-धीरे प्राणी (organism) की मृत्यु भी हो जाती है।

एड्रीनल मेडुला (adrenal medulla) द्वारा दो तरह का हारमोन्स (hormones) निकलता है—एक को *इपाइनफ्रेंाइन* (epinephrine) या *एड्रीनालीन* (adrenaline) तथा दूसरे को *नॉरपाइनफ्राइन* (norepinephrine) या *नारएड्रीनालीन* (noradrenaline) कहा जाता है। इन दोनों तरह के हारमोन्स को एक संयुक्त नाम अर्थात *केटकोल हारमोन्स* (catechol hormones) भी दिया गया है। इन दोनों तरह के हारमोन्स में इपाइनफ्राइन (epinephrine) या एड्रीनालीन का महत्त्व अधिक है क्योंकि इसका संबंध व्यक्ति की सांवेगिक स्थिति (emotional state) पर सीधा पड़ता है। जब रक्त में एड्रीनालीन मिलता है तो इससे व्यक्ति में तीव्र संवेग (emotion) उत्पन्न हो जाता है और व्यक्ति में इस तरह के परिवर्तन होने लगते हैं कि वह बाहर के आपातकालीन स्थिति (emergency situation) के साथ ठीक ढंग से समायोजन कर सके।

3. कण्ठ ग्रन्थि *(Thyroid gland)*—इसका स्थान कण्ठ के पास होता है। कण्ठ ग्रन्थि के दो भाग (lobes) होते हें जो श्वासनलिका (windpipe) के दोनों ओर कण्ठ के पास होते हैं। इस ग्रन्थि से निकलने वाला हारमोन्स को थायराक्सीन (thyroxin) कहा जाता है जिसका प्रभाव किसी अंग विशेष पर तो नहीं बल्कि पूरे शरीर के चयापचय (metabolism) पर पड़ता है। चूँकि शरीर का विकास (growth) तथा सामान्य रूप से कार्य करने की क्षमता चयापचय पर ही निर्भर करता है, अतः यदि थायराक्सीन (thyroxin) की कमी हो जाती है, तो उससे व्यक्ति के शरीर का विकास (growth) सामान्य से कम हो पाता है। बचपन में यदि थायराक्सीन की कमी (deficiency) हो गयी, तो इससे बच्चों में *बौनापन* (cretinism) की स्थिति उत्पन्न हो जाती है और यदि वयस्क (adult) होने पर थायराक्सीन की कमी हो जाती है, तो इससे व्यक्ति में एक विशेष शारीरिक अवस्था जिसे *माइएक्सडेमा* (myxedema) कहा जाता है, उत्पन्न हो जाता है। माइएक्सडेमा की स्थिति में चयापचय की गति मंद हो जाती है जिसके फलस्वरूप व्यक्ति की हृदय की गति, श्वसन गति, रक्त चाप, शरीर का तापक्रम (temperature) अन्य क्रियाओं का स्तर सामान्य अवस्था से नीचे हो जाती है। थायराक्सीन की कमी (deficiency) की अवस्था जिसे *हाइपोथायराडिज्म* (hypothyroidism) कहा जाता है, से बच्चों में भी सामान्य क्रियाओं (general activities) का स्तर कम हो जाता है तथा बच्चों में आसानी से थक जाने की प्रवृत्ति तथा खेल-कूद कम करने की प्रवृत्ति बढ़ जाती है। इतना ही नहीं, ऐसे बच्चों में मोटापा (fatness) बढ़ जाता है।

जब कण्ठ ग्रन्थि अधिक क्रियाशील (overactive) हो जाता है तो ऐसी अवस्था में *थायराक्सीन* (thyroxin) अधिक मात्रा में खून में मिलता है और इस अबस्था को *हाइपरथायराडिज्म* (hyperthyroidism) की संज्ञा दी जाती है। इस अवस्था में व्यक्ति अधिक जोशीला (energetic) तथा क्रियाशील (active) नजर आता है। शरीर का रक्तचाप बढ़ा होता है और शरीर का वजन (weight) धीरे-धीरे कमता नजर आता है। व्यक्ति का स्वभाव चिड़चिड़ा हो जाता है। वह काफी चिन्तित भी दिखने लगता है।

4. उपकण्ठ ग्रन्थि *(Parathyroid gland)*—उपकण्ठ ग्रन्थि का स्थान कण्ठ ग्रन्थि के बगल में होता है तथा आकार में यह बहुत ही छोटा ग्रन्थि होता है जिसका वजन .1 ग्राम के करीब होता है। इस ग्रन्थि से निकलने वाले हारमोन्स (hormones) को *पाराथोरमोन* (parathormone) कहा जाता है जिसके द्वारा खून में कैल्शियम तथा फास्फेट की मात्रा का निर्धारण होता है। जब खून में पाराथोरमोन की मात्रा अधिक होती है तो उसमें कैल्शियम का स्तर (level) भी ऊँचा होता है परन्तु फास्फेट का स्तर कम होता है। दूसरे तरफ, यदि पाराथोरमोन की मात्रा कम होती है तो खून में कैल्शियम का स्तर कम हो जाता है तथा फॉस्फेट का स्तर बढ़ जाता है। खून में कैल्शियम का स्तर द्वारा तंत्रिका उत्तक (nerve tissue) में उत्तेजनशीलता नियंत्रित होती है। कैल्शियम अधिक होने से तंत्रिकाओं में उत्तेजनशीलता बनी रहती है। दूसरी तरफ यदि खून में पराथोरमोन की कमी हो जाती है तो इससे तंत्रिकाओं का सामान्य कार्य नहीं होता है और व्यक्ति शिथिल दीख पड़ता है। विटेकर (Whittaker, 1970) के अनुसार कुछ ऐसे प्रयोग पशुओं पर किये गये हैं जिनके शरीर से उपकण्ठ ग्रन्थि को ऑपरेशन करके निकाल दिया गया था। परिणाम में यह देखा गया कि धीरे-धीरे इन पशुओं में शिथिलता बढ़ती गयी और एक दिन उसकी मृत्यु भी हो गयी।

5. पैंक्रियाज *(Pancreas)*—इस ग्रन्थि का स्थान आमाशय (stomach) के नीचे होता है। अन्तःस्रावी ग्रन्थि (endocrine gland) के रूप में इससे दो तरह के हारमोन्स निकलते हैं जो इस ग्रन्थि में स्थित दो विभिन्न कोशिकाओं (cells) से आते हैं—*बीटा कोशिका* (beta) से निकलने वाला हारमोन्स को *इन्सुलिन* (insulin) तथा *अल्फा कोशिका* से निकलने वाले हारमोन्स को *ग्लुकागोन* (glucagon) कहा जाता है।

इन दोनों तरह के हारमोन्स में से इन्सुलिन का महत्त्व अधिक है। रक्त में चीनी (blood sugar) की मात्रा इन्सुलिन द्वारा ही नियंत्रित होती है। रक्त में चीनी की मात्रा के ऑक्सीकरण (oxidation) से शरीर को ऊर्जा (energy) प्राप्त होता है। पैंक्रियाज से उचित मात्रा में इन्सुलिन निकलने पर रक्त में चीनी की मात्रा का ऑक्सीकरण (oxidisation) होता है जिससे शरीर को पर्याप्त ऊर्जा मिलती है। इन्सुलिन की मात्रा कम निकलने पर रक्त में चीनी की मात्रा का स्तर अधिक हो जाता है (क्योंकि चीनी का ऑक्सीकरण नहीं हो पाता है और पेशाब के सहारे चीनी की मात्रा बाहर आने लगती है जिसे हम मधुमेह (diabetes) रोग कहते हैं)। दूसरी तरफ जब इन्सुलिन अधिक मात्रा

में उत्पन्न होता है तो इससे रक्त में चीनी की मात्रा का ऑक्सीकरण अधिक होता है। फलस्वरूप रक्त में चीनी की मात्रा जरूरत से कम हो जाता है। इस अवस्था को *हाइपोग्लिसेमिया* (hypoglycemia) कहा जाता है। ऐसी अवस्था में व्यक्ति सुस्ती, चिड़चिड़ापन तथा थकान आदि बढ़ जाता है।

ग्लूकागोन (glucagon) पैंक्रियाज से निकलने वाला दूसरा हारमोन्स है जिसका प्रभाव इन्सुलिन (insulin) के प्रभाव के विपरीत होता है। इससे रक्त में चीनी की मात्रा बढ़ती है। परन्तु इसका प्रभाव बहुत ही कम समय के लिए होता है। सच्चाई यह है कि दोनों हारमोन्स अर्थात् इन्सुलिन तथा ग्लूकागोन मिलकर रक्त में चीनी की मात्रा को नियंत्रित करते हैं।

6. यौन ग्रन्थि *(Sex gland or gonads)*—महिलाओं के यौन ग्रन्थि (sex gland) को *ओभरी* (ovary) तथा पुरुष के यौन ग्रन्थि को *टेस्टीज* (testes) कहा जाता है। यौन ग्रन्थि से निकलने वाला हारमोन्स को गोनाडल हारमोन्स (gonadal hormones) कहा जाता है। गोनाडल हारमोन्स सामान्यतः तीन तरह के होते हैं—*एन्ड्रोजेन्स* (androgens), *एस्ट्रोजेन्स* (estrogenes) तथा *प्रोजेस्ट्रोन* (progestrone)। *एन्ड्रोजेन्स* पुरुष यौन ग्रन्थि (male sex gland) से निकलता है तथा टेस्टोस्ट्रोन (testostrone) और एण्ड्रोस्ट्रोन (androstrone) इसके मुख्य दो प्रकार हैं। एस्ट्रोजेन्स (estrogens) स्त्री यौन ग्रन्थि से निकलता है तथा प्रोजेस्ट्रोन (progestrone) सिर्फ गर्भवती महिलाओं के यौन ग्रन्थि तथा प्लेसेन्टा (placenta) द्वारा निकलता है। एन्ड्रोजेन्स द्वारा पुरुष में सभी गौण यौन गुण (secondary sex characteristics) जैसे—मूँछ आना, शरीर के खास-खास अंगों पर घने बाल उग आना, आवाज भारी होना आदि गुणों का विकास होता है। एस्ट्रोजेन्स (estrogens) द्वारा स्त्रियों में सभी गौण यौन गुणों जैसे—आवाज महीन हो जाना, शरीर के खास अंगों पर बाल उग आना, स्तन (breast) का बढ़ जाना, आदि गुणों का विकास होता है। प्रोजेस्ट्रोन (progestrone) द्वारा गर्भाशय (uterus) को ठीक ढंग से कार्य करने में मदद मिलता है जिसके फलस्वरूप भ्रूण (fetus) का विकास ठीक ढंग से होता है। पुरुष यौन ग्रन्थि यानी टेस्टीज द्वारा सिर्फ एण्ड्रोजेन्स ही नहीं निकलता है बल्कि इसमें शुक्राणु (sperm) भी बनते हैं। उसी तरह से महिला यौन ग्रन्थि से एस्ट्रोजेन्स तथा प्रोजेस्ट्रोन ही सिर्फ नहीं निकलता है बल्कि अण्डाणु (ovum) भी तैयार होते हैं।

7. पिनीयल ग्रन्थि *(Pineal gland)*—यह ग्रन्थि मटर (pea) के आकार का होता है जो व्यक्ति के मस्तिष्क में पाया जाता है। यह व्यक्ति द्वारा दिनभर में किये गये क्रियाओं के स्तर का नियमन (regulate) करता है। सुबह होने पर जैसे ही रोशनी का स्तर बढ़ता है, पिनीयल ग्रन्थि सक्रिय होता है जिसके परिणामस्वरूप इसके द्वारा निकलने वाला एक विशेष हारमोन जिसे *मेलाटोनिन* (melatonin) कहा जाता है, में कमी हो जाती है। इसका परिणाम यह होता है कि शरीर का तापक्रम बढ़ जाता है, प्राणी अधिक फुर्तीला हो जाता है और वह अपने दैनिक कार्य के लिए अपने आप को तैयार कर लेता है। शाम होने पर जब रोशनी का स्तर कम हो जाता है, पिनीयल ग्रन्थि से मेलाटोनिन अधिक मात्रा में निकलता है जिसके परिणामस्वरूप प्राणी के शरीर का तापक्रम कम हो जाता है और शारीरिक क्रियाएँ कम हो जाती हैं ताकि वह आराम से कर सके या सो जाए। पिनीयल ग्रन्थि का प्रभाव छोटे-छोटे पशुओं जैसे चूहों एवं पक्षियों में तो स्पष्ट रूप से देखा जा सकता है। मनुष्यों में भी इस ग्रन्थि का ऐसा ही प्रभाव होने का अनुमान लगाया जाता है हालांकि शोधों द्वारा अभी इस तथ्य की पुष्टि बाकी है।

ऊपर वर्णन किये गये तथ्यों से यह स्पष्ट हो जाता है कि भिन्न-भिन्न अन्तःस्रवी ग्रन्थियों (endocrine glands) का कार्य अलग-अलग है तथा उसे अलग-अलग ढंग के व्यवहारों का नियंत्रण होता है। परन्तु सच्चाई यह है कि इन ग्रन्थियों द्वारा आपस में अन्तःक्रिया (interaction) की जाती है। यही कारण है कि यदि कोई एक ग्रन्थि का कार्य कुछ ढीला पड़ जाता है, तो उसकी क्षतिपूर्ति दूसरी ग्रन्थि द्वारा बहुत हद तक कर लिया जाता है। हाँ, यह भले ही संभव है कि कभी-कभी दूसरा ग्रन्थि भी क्षतिपूर्ति करने में पूर्णतः समर्थ नहीं हो पाता है।

स्पष्ट हुआ कि अन्तःस्रावी तंत्र (endocrine system) एक महत्त्वपूर्ण तंत्र है जो तंत्रिका तंत्र (nervous system) को प्रभावित करने के अतिरिक्त मानव व्यवहार को भी प्रभावित करता है। इनका प्रभाव व्यक्ति के शारीरिक विकास, सांवेगिक विकास तथा संज्ञानात्मक विकास पर सबसे अधिक पड़ता पाया गया है।

तंत्रिका तंत्र तथा अंत:स्रावी तंत्र का व्यवहार तथा अनुभूति के साथ संबंध
(Relationship of Nervous system and Endocrine system with behaviour and experience)

तंत्रिका तंत्र (nervous system) अन्तःस्रावी तंत्र (endocrine system) के साथ अन्तःक्रिया करता है तथा मानव व्यवहार एवं अनुभूति को काफी हद तक प्रभावित करता है। जैसा कि हम जानते हैं, तंत्रिका तंत्र (nervous system) का सबसे महत्त्वपूर्ण भाग मस्तिष्क (brain) होता है। उसी तरह से अन्तःस्रावी तंत्र में कई महत्त्वपूर्ण अन्तःस्रावी ग्रन्थियाँ (endorcrine glands) होते हैं जिनसे हार्मोन्स (hormones) निकलता है तथा जो व्यक्ति के व्यवहारों को प्रभावित करता है।

तंत्रिका तंत्र के समान अन्तःस्रावी तंत्र का भी प्रधान कार्य शरीर के एक भाग से दूसरे भाग में सूचनाओं को पहुँचाना है। तंत्रिका तंत्र शरीर के एक भाग से दूसरे भाग में सूचनाओं को पहुँचाने के लिए तंत्रिका आवेग (nervous impulse) का उपयोग करता है जबकि अन्तःस्रावी तंत्र इसी कार्य के लिए हार्मोन्स (hormones) का उपयोग करता है। अन्तःस्रावी ग्रन्थि से निकलने वाले कुछ हार्मोन्स से मस्तिष्क में सक्रियता बढ़ जाती है तथा मस्तिष्क के भीतर होने वाली क्रियाओं से अन्तःस्रावी ग्रन्थियाँ भी प्रभावित हो जाती है और इन दोनों तरह के तंत्रों के इस पारस्परिक संबंध का प्रभाव व्यक्ति के व्यवहार पर स्पष्ट रूप से पड़ता है। जैसे, बोरोड (Borod, 2006) ने एक अध्ययन कर यह दिखलाया है कि किसी द्वन्द्वात्मक या तनावयुक्त परिस्थिति के बारे में नकारात्मक भाव (negative feeling) मस्तिष्क में आने से तुरंत ही शरीर के भीतर तनाव हार्मोन (stress hormone) उत्पन्न हो जाता है व्यक्ति उस परिस्थिति से निपटने के लिए तरह-तरह के उपयुक्त व्यवहार करना प्रारंभ कर देता है।

तंत्रिका तंत्र तंत्रिका आवेग द्वारा सूचनाओं को तेजी से संचारित (transmit) करके व्यक्ति को तात्कालिक अनुक्रिया करने के लिए बाध्य करता है जबकि अन्तःस्रावी ग्रन्थि द्वारा सूचनाएँ कुछ विलम्ब से संचरित होती है क्योंकि यह हार्मोन द्वारा सूचनाओं को भेजता है और हार्मोन रक्त में मिलकर रक्त प्रवाह के माध्यम से शरीर के किसी विशेष भाग में पहुँचते हैं। जब व्यक्ति का हाथ किसी गर्म वस्तु से स्पर्श कर जाता है, तो वह अपना हाथ तुरंत ही उस वस्तु से हटा लेता है। इस व्यवहार का संचालन इसलिए हो पाता है क्योंकि इसका नियंत्रण तंत्रिका तंत्र (nervous system) अपने तंत्रिका आवेग (nerve impulse) के माध्यम से करता है।

अध्ययनों से यह पता चला है कि जन्म के पहले से ही अर्थात् जब व्यक्ति अपने माता के गर्भ में होता है, तो हार्मोन्स उसके विकास (development) तथा अन्य व्यवहारों (behaviours) को प्रभावित करने लगता है। जैसे, तीसरे से चौथे महीने के गर्भावस्था में भ्रूण में कुछ ऐसा हार्मोन बनता है जिससे न केवल बच्चे का यौन अंग का विकास बल्कि तंत्रिका तंत्र के कई भागों की संरचनाओं एवं कार्य में भी अंतर हो जाता है। इस पूर्वप्रसूति हार्मोन (prenatal hormones) के कारण पुरुष एवं महिलाओं के मस्तिष्कीय संरचनाओं में भी स्पष्ट अंतर हो जाता है और फिर उसका प्रभाव उनके द्वारा किये गए व्यवहर पर स्पष्ट रूप से पड़ता है। जैसे, महिलाओं का कारपस कैलोजम (corpus callosum) जो बायाँ गोलार्द्ध तथा दायाँ गोलार्द्ध को जोड़ता है, पुरुषों के कारपस कैलोजम से तुलनात्मक रूप से बड़ा होता है जिसका परिणाम यह होता है कि सामान्यतः महिलाओं में बायाँ गोलार्द्ध (left hemisphere) में भाषा संबद्ध कार्य (language function) कम स्थायीकृत (localized) होते हैं। इतना ही नहीं, महिलाओं के शंख पालि (temporal lobe) के भाषा-महत्त्वपूर्ण क्षेत्रों में न्यूरोन्स की सघनता (density) अधिक होने से शाब्दिक कौशलों (verbal skills) की क्षमता उनमें तुलनात्मक रूप से कम होती है जिनसे उनका भाषाई व्यवहार (linguistic behaviour) पुरुषों की तुलना में सामान्यतः घटिया होता है।

स्पष्ट हुआ कि तंत्रिका तंत्र तथा अन्तःस्रावी तंत्र के पारस्परिक अंतःक्रियाओं से व्यक्ति का विकास, व्यवहार एवं अनुभूति काफी प्रभावित होता है।

आनुवंशिकता : जीन एवं व्यवहार
(Heredity : Genes and Behaviour)

आनुवंशिकी (genetics) एक ऐसा विज्ञान है जिसमें आनुवंशिकता (heredity) के महत्त्व को विस्तारपूर्वक अध्ययन किया जाता है। इस विज्ञान में माता-पिता से उनके बच्चों में शारीरिक गुणों (physical characteristics) तथा संगठनों का जीन्स (genes) द्वारा होने वाले संचरण का अध्ययन किया जाता है। आनुवंशिकता से तात्पर्य उन सारे जैविक रूप से निर्धारित गुणों से होता है जो माता-पिता से बच्चों में अंतरित होता है।

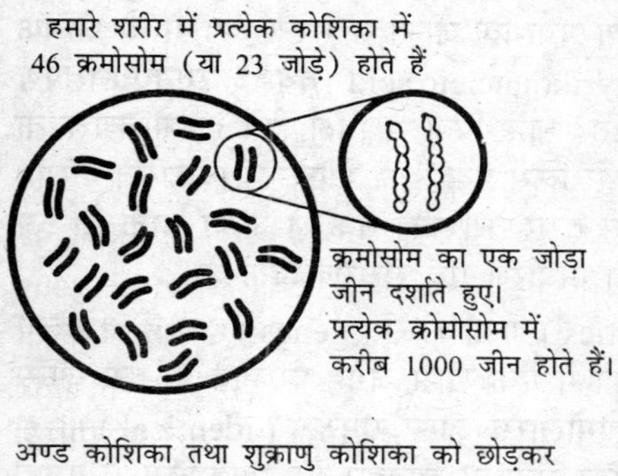

हमारे शरीर में प्रत्येक कोशिका में 46 क्रमोसोम (या 23 जोड़े) होते हैं

क्रमोसोम का एक जोड़ा जीन दर्शाते हुए। प्रत्येक क्रोमोसोम में करीब 1000 जीन होते हैं।

अण्ड कोशिका तथा शुक्राणु कोशिका को छोड़कर

चित्र 3.12

मानव शरीर के प्रत्येक कोशिका (cell) के केन्द्रक में छड़ी के आकार (roll-shaped) की एक संरचना होती है जिसे गुणसूत्र (chromosomes) की संज्ञा दी जाती है। इसकी संख्या प्रत्येक कोशिका के केन्द्र में 46 यानी 23 जोड़ा होता है। परंतु जनन कोशिका के केन्द्रक में मात्र 23 गुणसूत्र ही पाये जाते हैं। जब पिता के शुक्राणु (sperm) माँ के अण्डाणु (ovum) से मिलता है तो इससे गर्भाधारण (conception) होता है। गर्भाधारण के समय शुक्राणु के 23 गुणसूत्र (chromosomes) अण्डाणु के 23 गुणसूत्र से मिलते हैं और इस तरह से गुणसूत्र की कुल संख्या 46 अर्थात् 23 जोड़ा (pair) हो जाता है। इस *गर्भित अंडाणु* (fertilized ovum) *युग्मनज* (zygote) कहा जाता है। गुणसूत्र का आकार धागे के समान लम्बा होता है और प्रत्येक गुणसूत्र में लगभग 1000 जीन्स (genes) पाये जाते हैं। (देखें चित्र 3.12)। इन जीन्स में ही आनुवंशिक गुण (hereditary traits) संचित होते हैं। माता-पिता जो अपने माता-पिता से आनुवंशिक गुण प्राप्त करते हैं, अपने बच्चों को इन्हीं जीन्स के माध्यम से इन गुणों को तथा कुछ अपने व्यक्तित्व गुणों को उन्हें देते हैं।

गुणसूत्र के 23 जोड़ों में से 22 जोड़े का आकार स्त्री तथा पुरुष दोनों में ही एक समान होता है। इसलिए इन्हें *ओटोजोम्स* (autosomes) कहा जाता है। 23वाँ जोड़ा यौन गुणसूत्र (sex chromosomes) होता है जो स्त्रियों में तो समान (similar) होता है परन्तु पुरुषों में भिन्न होता है। यौन गुणसूत्र दो तरह के होते हैं—लम्बा गुणसूत्र को X गुणसूत्र तथा छोटा एवं नाटा गुणसूत्र को Y गुणसूत्र कहा जाता है (देखें चित्र 3.13)। पिता में X तथा Y गुणसूत्र दोनों ही होते हैं जबकि माँ में सिर्फ X गुणसूत्र होता है। जब पिता के वैसे शुक्राणु जिसमें X गुणसूत्र होते हैं,

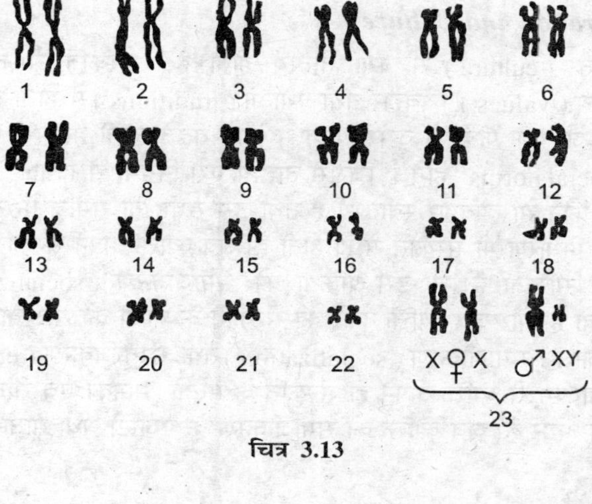

1 2 3 4 5 6
7 8 9 10 11 12
13 14 15 16 17 18
19 20 21 22 X♀X ♂XY
23

चित्र 3.13

माँ के अण्डाणु (ovum) के X गुणसूत्र से मिलते हैं, तो ऐसी अवस्था में लड़की उत्पन्न होती है। परंतु यदि पिता के वैसे शुक्राणु जिसमें Y गुणसूत्र होते हैं माँ के X गुणसूत्र से मिलता है तो ऐसी अवस्था में लड़का (male) उत्पन्न होता है।

जीन्स सचमुच में गुणसूत्र की एक विशेष संरचना होता है। जैसा कि ऊपर कहा जा चुका है, एक गुणसूत्र में लगभग 1,000 जीन्स होते हैं। 1950 में विशेषज्ञों द्वारा यह पता लगाया गया कि जीन्स में मुख्य रूप से दो जैविक अणु (organic molecule) होते हैं जिन्हें डीएनए (DNA या Deoxyribonucleic acid) तथा आरएनए (RNA or Ribonucleic acid) कहा जाता है। DNA में विशेष गुण जो मूलतः माता-पिता से मिले होते हैं, संचित रहता है तथा इसी डीएनए से ही यह निर्धारित होता है कि व्यक्ति वातावरण में किस प्रकार का शीलगुण विकसित करेगा। आरएनए (RNA) द्वारा डीएनए में संचित गुणों को एक कोशिका से दूसरे कोशिका तक ले जाया जाता है। इस तरह से यह स्पष्ट है कि जीन्स द्वारा ही मूलतः आनुवंशिक गुणों का निर्धारण एवं संचरण होता है।

गुणसूत्र के जोड़े के दोनों सदस्यों में एक ही गुण (characteristics) वाले जीन्स (genes) होते हैं। इसलिए जीन्स के भी जोड़े (pair) होते हैं। ये दोनों जीन्स अपने-अपने गुणसूत्र में एक खास जगह पर होते हैं। ऐसे जीन्स को *होमोलोग्स जीन* (homologous gene) कहा जाता है ये दोनों होमोलोग्स जीन्स समरूप (identical) भी हो सकते हैं या असमान भी हो सकते हैं। जब वे समान होते है, तो इनका संबंधित व्यवहार पर स्पष्ट रूप से प्रभाव पड़ता है। जैसे, मान लिया जाए कि ये दोनों जीन्स हकलाने का है तो शिशु अवश्य ही हकलाने का व्यवहार करेगा। ऐसा भी संभव है कि जोड़े का एक जीन्स हकलाने का है तो दूसरा जीन्स सामान्य ढंग से बातचीत करने का हो। ऐसी अवस्था में शिशु कौन-सा व्यवहार दिखलायेगा, यह इस बात पर निर्भर करता है कि इन दोनों जीन्स में कौन जीन्स प्रबल (dominant) है तथा कौन अप्रबल (recessive)। उसका व्यवहार प्रबल जीन्स के अनुसार निर्धारित होगा।

स्पष्ट हुआ कि व्यक्ति का व्यवहार तथा उसके जीन्स में काफी गहरा संबंध होता है।

सांस्कृतिक आधार : व्यवहार का सामाजिक-सांस्कृतिक निरूपण
(Cultural base : Socio-Cultural explanation of behaviour)

मनुष्य एक सामाजिक प्राणी है। प्रत्येक समाज की एक संस्कृति होती है। प्रत्येक व्यक्ति का जन्म किसी-न-किसी संस्कृति में होती है। व्यक्ति के व्यवहार पर उस संस्कृति का स्पष्ट प्रभाव पड़ता है जिसमें उसका जन्म हुआ है तथा उसका पालन-पोषण हुआ है।

संस्कृतिकरण, समाजीकरण, परसंस्कृतिग्रहण तथा संस्कृति के संप्रत्यय *(Concept of Enculturation, Socialization, Acculturation and Culture)*

प्रश्न उठता है संस्कृति (culture) से क्या तात्पर्य होता है? संस्कृति से तात्पर्य समाज के टिकाऊ (enduring) विश्वास, मूल्य (values), व्यवहार तथा प्रथाओं (traditions) से होता है जिसे बहुत से लोगों द्वारा स्वीकार किया जाता है तथा जो एक पीढ़ी से दूसरी पीढ़ी में आगे बढ़ते जाती है। सभी सांस्कृतिक समूह के अपने-अपने सामाजिक मानक (social norms) होते हैं जिससे तात्पर्य ऐसे नियमों से होता है (जो प्रायः अलिखित होता है) जो यह बतलाता है कि कौन-सा व्यवहार स्वीकार्य है तथा उस समूह या समाज के सदस्यों से उम्मीद की जाती है। इन सामाजिक मानकों का निर्धारण भी संस्कृति से ही होती है। जब व्यक्ति अपने संस्कृति में मौजूद नियमों, मानकों, विश्वासों, मूल्यों आदि को सीखता है, तो इस प्रक्रिया को *समाजीकरण* (socialization) तथा *संस्कृतिकरण* (enculturation) कहा जाता है और जब व्यक्ति दूसरे की संस्कृति के चीजों को सीखता है, तो उसे *परसंस्कृतिग्रहण* (acculturation) कहा जाता है। समाजीकरण (socialization) तथा संस्कृतिकरण (enculturation) यद्यपि दोनों ही ऐसी प्रक्रिया है जिसके माध्यम से व्यक्ति अपने ही संस्कृति के मूल्यों, मानकों एवं रीति-रिवाजों आदि को सीखता है, फिर भी इन दोनों में एक अंतर है। जब व्यक्ति को समाजीकरण के एजेन्टों यथा माता-पिता, शिक्षक, पास-पड़ोस

आदि द्वारा सामाजिक मूल्यों, मानकों एवं रीति-रिवाजों को जान-बूझकर सीखलाया जाता है, तो इसे समाजीकरण कहा जाता है परंतु जब व्यक्ति स्वतः अपने अनुभूतियों एवं प्रेक्षणों (observations) के आधार पर सामाजिक मूल्यों, मानकों को सीख लेता है, तो इसे संस्कृतिकरण (enculturation) कहा जाता है। अतः संस्कृतिकरण में माता-पिता, शिक्षक तथा अन्य लोगों द्वारा व्यक्ति को जान-बूझकर कुछ सीखलाने का प्रयास नहीं किया जाता है। सचमुच में सुसंस्कृतिकरण एक तरह का शिक्षार्थन (apprenticeship) एवं दिन-प्रतिदिन के जिन्दगी की अनुभूतियों के प्रति एक स्वतः अनुक्रिया है। जैसे, एक चोर को पिटाते देख जब बच्चा यह सीख लेता है कि चोरी नहीं करना चाहिए, तो यह एक संस्कृतिकरण का उदाहरण होगा परंतु जब यही बात माता-पिता, शिक्षक सीखलाते हैं और उसे ऐसा न करने के लिए बाध्य करते हैं, तो यह समाजीकरण (socialization) कहा जाएगा। व्यक्ति के चिन्तन, समझ, अधिगम (learning), प्रत्यक्षण (perception) आदि पर समाजीकरण, संस्कृतिकरण तथा परसंस्कृतिग्रहण तीनों ही तरीकों से प्रभाव पड़ता है।

प्रत्येक बच्चा में जन्म से भाषा सीखने की क्षमता मौजूद होती है। वह उस भाषा को जल्द एवं आसानी से सीख लेता है जो उसके अपनी संस्कृति की होती है। शायद यही कारण है कि एक बंगाली परिवार में जन्मा तीन साल का बच्चा आसानी से बंगला भाषा में बातचीत कर लेता है परंतु एक 12 सल का बच्चा जो उस परिवार में नहीं जन्मा है उस भाषा का प्रयोग नहीं कर पाता है। भाषा के अनुसार व्यक्ति का चिन्तन एवं अन्य व्यवहार भी प्रभावित होता है। व्यवहार में इस तरह का अंतर संस्कृतिकरण (enculturation) का परिणाम होता है। परंतु व्यक्ति के व्यवहार पर दूसरों की संस्कृति का भी प्रभाव पड़ता है। जब कोई व्यक्ति 5-7 साल (या कुछ और अधिक समय) के लिए दूसरे संस्कृति में जाकर अपना समय व्यतीत करता है, तो वहाँ के संस्कृति के कुछ व्यवहारों को सीख लेता है और उसी के अनुरूप व्यवहार करना प्रारंभ कर देता है। इसका सबसे उत्तम उदाहरण हमें उस समय मिलता है जब कोई विद्यार्थी अमेरिका में 5-7 साल रहकर शिक्षा हासिल कर जब अपने भारतीय संस्कृति में लौटता है, तो उनके शब्दों के उच्चारण, हाव-भाव, खान-पान की आदतें स्पष्ट परिवर्तित दीखती हैं। व्यवहार पर इस तरह के प्रभाव को *परसंस्कृतिग्रहण* (acculturation) की संज्ञा दी जाती है।

मनोवैज्ञानिकों द्वारा इस बात का विस्तृत अध्ययन किया गया है कि परसांस्कृतिग्रहण के दौरान व्यक्ति मेंकिस तरह के परिवर्तन आते हैं, इन अध्ययनों से यह स्पष्ट हुआ है कि परसंस्कृति के कारण आने वाले परिवर्तनों का आत्मनिष्ठ (subjective) तथा वस्तुनिष्ठ (objective) दोनों स्तरों पर परीक्षण किया जा सकता है। जब आत्मनिष्ठ स्तर पर परिवर्तन होता है, तो इसका झलक व्यक्ति की मनोवृत्तियाँ (attitude) में प्रतिबिम्बित होतीहैं। इसे *परसंस्कृतिग्रहण मनोवृत्तियाँ* कहा जाता है। वस्तुनिष्ठ स्तर पर जब परिवर्तन होता है तो यह परिवर्तन व्यक्तियों के दैनिक व्यवहारों और क्रियाकलापों में प्रतिबिम्बित होता है। दूसरे शब्दों में ऐसा परिवर्तन व्यक्ति की भाषा, वेशभूषा शैली, जीवन यापन के साधन, मनोरंजन के साधन, यात्रा का अनुभव, प्रौद्योगिकी का उपयोग आदि के रूप में स्पष्ट रूप से दीखते हैं। जॉन वेरी (John Berry, 1978) द्वारा परसंस्कृतिग्रहण के क्षेत्र में काफी महत्त्वपूर्ण योगदान किये गए हैं और इन योगदानों के आधार पर उन्होंने यह स्पष्ट रूप से बतलाया है कि चूँकि परसंस्कृतिग्रहण में व्यक्तिं में परिवर्तन होता है, इसलिए दो प्रश्न यहाँ महत्त्वपूर्ण हो जाते हैं।

(i) व्यक्ति किस मात्रा तकअपनी संस्कृति तथा अनन्यता को बनाए रखना चाहता है, तथा

(ii) व्यक्ति अन्य सांस्कृतिक समूह के सदस्यों के साथ विभिन्न क्रियाओं में किस हद तक अपने को लगाए रखना चाहता है।

इन दोनों प्रश्नों पर विचार करते हुए कुछ परसंस्कृतिग्राही युक्तियाँ (strategies) खोजी गयी है जिनका उपयोग व्यक्ति प्रायः करते देखे हैं—

(i) समाकलन (*Integration*)—यह एक ऐसा परसंस्कृतिग्राही युक्ति है जिसमें दोनों तरह की बातें होती हैं अर्थात् व्यक्ति अपने मूल संस्कृति एवं अनन्यता को भी बनाकर रखना चाहता है और साथ-ही-साथ दूसरे सांस्कृतिक समूह के साथ भी दैनिक अन्योन्यक्रिया (reciprocal activities) करना चाहता है। ऐसी युक्ति में व्यक्ति दूसरे

संस्कृति समूह के साथ अन्योन्यक्रिया करते हुए कुछ मात्रा में अपनी संस्कृति की अखंडता बनाये रखना चाहता है।

(ii) आत्मसात्करण *(Identification)*—इस तरह की परसंस्कृतिग्रहण युक्ति में व्यक्ति अपनी सांस्कृतिक अखंडता तथा अनन्यता को बनाये रखना नहीं चाहता है और दूसरे सांस्कृतिक समूह का एक सदस्य एवं अभिन्न अंग बनने के लिए उत्सुक रहता है। ऐसी युक्ति में अपनी संस्कृति की अखंडता की क्षति पहुँचती है।

(iii) पृथक्करण *(Irolation)*—इस तरह की युक्ति में व्यक्ति अपनी संस्कृति की अखंडता तथा अनन्यता को हर हालत में बचाकर रखना चाहता है और वह दूसरे समूह के सांस्कृतिक समूहों के साथ पारस्परिक क्रिया करने से हमेशा बचना चाहता है। ऐसी स्थिति में व्यक्ति को अपनी सांस्कृतिक अखंडता तथा अन्नता पर गर्व होता है।

(iv) सीमांतकरण *(Extremeness)*—इस तरह की युक्ति में व्यक्ति को अपनी सांस्कृतिक अनन्यता में रूचि कम होती है और दूसरे सांस्कृतिक समूहों के साथ अन्योन्यक्रिया करने की इच्छा भी नहीं होती है। इस तरह की युक्ति में व्यक्ति सामान्यतः अनिश्चित अवस्था में होता है और वह यह तय नहीं कर पाता है कि उन्हें क्या करना चाहिए और इस तरह से वह एक दबाववश स्थिति (tense situation) में होता है।

ऐसा भी देखा गया है कि सांस्कृतिक परिवेश (cultural context) कुछ खास-खास तरह के व्यवहार को करने की प्रेरणा तथा कुछ विशेष तरह के व्यवहार को न करने की प्रेरणा भी व्यक्तियों को देता है। इससे व्यक्ति के व्यवहार में कुछ खास-खास कौशल (skills) तथा क्रियाएँ (activities) अत्यधिक मजबूत हो जातीं हैं। सचमुच में संस्कृति का वातावरण व्यक्ति को कुछ विशेष तरह का व्यवहार करने की अटूट अपेक्षाएँ रखता है। इसका सबसे उत्तम उदाहरण हमें तब मिलता है जब हम ग्रामीण परिवेश में पले-बढ़े बच्चे की तुलना शहरी परिवेश में पले-बढ़े बच्चे से करते हैं। ग्रामीण परिवेश के बच्चे बहुत ही आसानी से पेड़ पर चढ़ना, नदी में तैरना, घोड़े, भैंस के पीठ पर सवारी करना, बैलगाड़ी हाँकना, तरह-तरह के फसलों के पौधों के बीच अन्तर करना, जलवायु का फसल पर पड़ने वाले प्रभावों का पूर्वानुमान लगाना सीख लेते हैं जबकि शहरी परिवेश के बच्चे दूरभाष से बातचीत करना, दूरदर्शन (television) पर मनोरंजन करना, समाचार-पत्र पढ़ना, साइकिल, स्कूटर आदि चलाना आसानी से सीख लेते हैं। इन दोनों तरह के परिवेश में पले बच्चों के व्यवहार में अंतर संबंधित संस्कृति का अनोखे दबाव के कारण ऐसा हो पाता है।

यहाँ यह भी स्पष्ट कर देना उचित होगा कि इन सबों का यह कदापि अर्थ नहीं है कि व्यक्ति के व्यवहार पर जैविक कारकों (biological factors) का प्रभाव नहीं पड़ता है। वास्तविकता यह है कि व्यक्ति की भाषा, संज्ञान (cognition) तथा संवेग आदि के निर्धारण में जैविक कारकों का प्रभाव पड़ता है परंतु संस्कृति के वातावरण से भी उन कारकों के विशेष तत्त्व को एक नया मोड़ दिया जाता है। इसका सबसे उत्तम उदाहरण हमें मातृत्व-पितृत्व व्यवहार (parenting) से मिलता है। यह एक ऐसा व्यवहार है जो संसार के सभी समाज में पाया जाता है परंतु इसके कुछ तत्त्व एक संस्कृति से दूसरी संस्कृति में अलग-अलग होते हैं। इतना ही नहीं, इस पर समय का भी प्रभाव पड़ते देखा गया है। भारतीय संस्कृति को ही ले लिया जाए। पहले संयुक्त परिवार (joint family) का प्रचलन था परंतु आजकल एकाकी परिवार (nuclear family) का प्रचलन हो गया है। संयुक्त परिवार में बच्चों का देख-रेख माता-पिता के अलावा दादा-दादी, चाचा-चाची आदि द्वारा भी आसानी से हो जाया करता था। परंतु एकाकी परिवार में जहाँ माता और पिता दोनों ही अपने-अपने कार्य में व्यस्त होते हैं, मातृत्व-पितृत्व (parenting) व्यवहार काफी भिन्न ढंग का होता है। ऐसे माता-पिता को अपने बच्चों को कहीं देख-रेख केन्द्र (care centre) में रखकर अपने-अपने कार्यों पर जाना होता है। इन दोनों तरह के मातृत्व-पितृत्व व्यवहार की छाया में पले-बढ़े बच्चों का संवेग, भाव, संज्ञान (cognition) आदि में स्पष्ट अंतर हो जाता है।

स्पष्ट हुआ कि व्यक्ति का व्यवहार सांस्कृतिक प्रभावों से काफी प्रभावित होता है। संस्कृति, समाजीकरण (socialization) तथा परसंस्कृतिग्रहण (acculturation) की प्रक्रिया द्वारा व्यक्ति के व्यवहार पर अपना प्रभाव डालता है।

व्यवहार का सामाजिक-सांस्कृतिक निर्धारण
(Socio-Cultural Shaping of Behaviour)

मनुष्य को एक सामाजिक प्राणी (social creatures) सिर्फ इसलिए नहीं कहा जाता है कि उनका ज़न्म एक खास समाज तथा परिवार में होता है बल्कि इसलिए भी कहा जाता है कि उनका व्यवहार सामाजिक समूहों (social groups) तथा उनकी संस्कृतियों (cultures) द्वारा बहुत हद तक निर्धारित होती है। इस तरह व्यक्ति हमेशा जन्म के बाद से सामाजिक-सांस्कृतिक संदर्भ के साथ अन्तःक्रिया करते रहता है और इस अन्तःक्रिया द्वारा उसका व्यवहार एवं संज्ञान (cognition) दोनों ही प्रभावित होते रहते हैं। इन अंतःक्रियाओं के परिणाम को व्यक्ति प्रथा (custom), कर्मकाण्ड (vituals) तथा दिन-प्रतिदिन के अन्य सामान्य व्यवहारों के रूप में अभिव्यक्त करता है। इतना ही नहीं, विभिन्न सामाजिक परिस्थितियों में क्या उचित व्यवहार होगा, इस बिन्दु पर भी सांस्कृतिक विभिन्नताएँ देखी गयी हैं। जैसे, एक व्यक्ति को अपने माता-पिता के साथ, शिक्षक के साथ तथा पास-पड़ोस के साथ किस तरह का व्यवहार करना चाहिए का निर्धारण संस्कृति (culture) द्वारा होता है। इतना ही नहीं, व्यक्ति की जिंदगी में क्या महत्त्वपूर्ण होता है, यह भी भिन्न-भिन्न संस्कृति में अलग-अलग होता है। अध्ययनों से यह स्पष्ट हुआ है कि अन्य कारकों के अलावा व्यक्ति का परिवार, समुदाय (community), विश्वास (faith), लिंग, जाति आदि कुछ ऐसे कारक हैं जिनसे व्यक्ति का व्यवहार एवं संज्ञान काफी हद तक प्रभावित होता है तथा उन प्रभावों के अनुरूप उनमें सामाजिक सीखना (social learning) होता है। इन कारकों का संक्षिप्त विवरण निम्नांकित हैः—

1. परिवार *(Family)*—व्यक्ति का परिवार एक महत्त्वपूर्ण कारक है जो उसपर प्रभाव डालता है। व्यक्ति परिवार के सदस्यों के साथ तरह-तरह ही अन्तःक्रिया करता है और उसके परिणामस्वरूप कुछ नये व्यवहारों को सीखता है। एक बच्चा अपने माता-पिता से यह सीखता है कि अपने से बड़ों को उनका पैर छूकर प्रणाम तथा सम्मान करना चाहिए। उसी तरह से उसे शिक्षक के साथ तथा पास-पड़ोस के साथ किस तरह का व्यवहार करना चाहिए, अपने परिवार से ही सर्वप्रथम सीखता है। यही कारण है कि परिवार को व्यक्ति की जिंदगी का *प्रथम पाठशाला* कहा गया है।

2. समुदाय *(Community)*—समुदाय से भी व्यक्ति का व्यवहार एवं संज्ञान प्रभावित होता है। समाज में कई तरह के समुदाय जैसे—हिन्दू समुदाय, मुस्लिम समुदाय, सिक्ख समुदाय आदि होते हैं और उनका प्रभाव व्यक्ति के व्यवहार एवं चिन्तन, संवेग, भाषा आदि पर विशेष रूप से पड़ता है। यह समुदाय का ही परिणाम है कि हिन्दू लोग पूजा करने के लिए मंदिर को श्रेष्ठ, मुस्लिम मस्जिद को श्रेष्ठ तथा सिक्ख गुरुद्वारा को श्रेष्ठ मानते हैं। प्रत्येक समुदाय की कुछ अपनी-अपनी अवधारणाएँ होती हैं जिनका प्रभाव उस समुदाय के लोगों के व्यवहार पर स्पष्ट रूप से देखने को मिलता है। यह समुदाय के कर्मकांड (ritual) का ही प्रभाव है कि हिन्दू समुदाय में किसी की मृत्यु होने पर पुरुष लोग सिर का बाल मुड़ाकर अपना शोक व्यक्त करते हैं। सिक्ख समुदाय के पुरुषों में महिलाओं जैसा लम्बे-लम्बे सिर का बाल बढ़ाने तथा फिर उससे पगड़ी बनाने की प्रथा को उत्तम समझा जाता है।

3. विश्वास *(Faith)*—प्रत्येक परिवार में एक खास तरह का विश्वास व्याप्त होता है जिससे उस परिवार के लोगों का व्यवहार प्रभावित होता है। जैसे, जिस परिवार में धार्मिक विश्वास (religious faith) अधिक मजबूत होता है, उस परिवार के सदस्यों में भगवान तथा उनके आशीर्वाद प्राप्त करने के लिए तरह-तरह के पूजा-पाठ अधिक करते हैं। ऐसे परिवार के सदस्य अपना अधिकतर समय मन की शांति और ईश्वर की प्राप्ति के लिए पंडितों द्वारा पूजा-पाठ कराने एवं करने में तथा यज्ञ आदि के आयोजन में अधिक बीताते हैं। यहाँ तक कि किसी व्यक्ति के गंभीर रूप से बीमार होने पर उत्तम डाक्टरों की सलाह लेने के बजाए किसी साधु-सन्त द्वारा दिये गए पुड़ियों या उनके द्वारा बतलाये गए विधानों को पूरा करके उनका उपचार करना अधिक उत्तम समझते हैं।

4. लिंग *(Gender)*—लिंग का भी प्रभाव व्यक्ति के सामाजिक व्यवहार पर पड़ता है। भारतीय समाज में लड़का तथा लड़कियों के पालन-पोषण एवं उससे संबद्ध व्यवहारों में माता-पिता द्वारा कुछ अंतर प्रायः किया जाता है जिसका परिणाम यह होता है कि उनके संज्ञान (cognition) अर्थात् चिन्तन, समझ (understanding),

संवेग, भाव, भाषा शैली आदि में स्पष्ट रूप से अंतर हो जाता है। लड़कों का व्यवहार लड़कियों की तुलना में प्रायः अधिक आक्रामक होता है। भारतीय परिवेश में महिलाएँ पुरुषों की अपेक्षा अधिक क्षमाशील, दयावान, धार्मिक आदि गुणों से ओत-प्रोत होती हैं। स्पष्टतः लिंग का तब मानव व्यवहार पर काफी सार्थक प्रभाव पड़ता है।

5. जाति *(Caste)*—भारतीय समाज में कई तरह की जातियाँ पायी जाती हैं जिनका भी प्रभाव व्यक्ति के व्यवहार एवं संज्ञान पर पड़ता है। जाति व्यवस्था जन्मजात होता है। अतः जन्म होते ही माता-पिता की जाति का मुहर उसपर अपने आप लग जाता है। ऊपरी जाति (upper caste) के व्यक्तियों का व्यवहार औसतन सामान्यतः निचली जाति (lower caste) के लोगों से भिन्न होता है हालांकि इसके बारे में बहुत सारे अपवाद भी देखने को मिले हैं। फिर भी इतना तो कहा जा सकता हैं कि जाति से व्यक्ति का सोच, प्रत्यक्षण, चिन्तन कुछ हद तक अवश्य ही प्रभावित होते हैं।

6. मीडिया *(Media)*—समाजीकरण में मीडिया के आधुनिक साधनों यथा दूरदर्शन, अखबार, सिनेमा की भी भूमिका प्रशंसनीय है। इन माध्यमों से व्यक्ति बहुत-सी चीजों को सीखता है जिससे उसका चिन्तन, स्मृति, प्रत्यक्षण तथा भिन्न-भिन्न तरह का सामाजिक कौशल (social skills) का सीखना प्रभावित होता है। नवीनतम मनोवैज्ञानिक शोधों से यह स्पष्ट हुआ कि जो बच्चे दूरदर्शन पर वैसे कार्यक्रमों को अधिक देखते हैं जिनमें आक्रामकता (aggression) अधिक होता है, तो वे अपने वास्तविक जीवन में भी अधिक आक्रामकता दिखलाना सीख लेते हैं।

7. साथी-संगी *(Peers)*—उत्तर बाल्यावस्था (later childhood) में बच्चों में साथी-संगी (peers) बनाने का तीव्र होड़ रहता है। इतना ही नहीं, वे इनके साथ-साथ अंतक्रिया करते हैं और एक परस्पर सामान्य सूझ-बूझ भी विकसित कर लेते हैं। इसका परिणाम यह होता है कि बच्चे अपने साथी-संगी के विचारों को बहुत जल्द स्वीकार करके उसके अनुरूप व्यवहार करना सीख लेता है। वे साथी-संगी के समूहों के मानकों एवं मूल्यों के अनुरूप अपने व्यवहार में परिवर्तन लाकर एक नमूना पेश करते हैं।

8. धर्म *(Religion)*—भारत एक ऐसा देश है जिसमें विविध धर्मों के लोग यथा हिन्दू, मुस्लिम, सिक्ख, इसाई, पारसी आदि रहते हैं। प्रत्येक धर्म की कुछ अपनी विशेष मान्यताएँ होती हैं जिनसे व्यक्ति का संज्ञानात्मक विकास एवं सामाजिक चिन्तन प्रभावित होता है। ईश्वर, पुनर्जन्म (rebirth), कर्म (karma), आत्मा आदि के बारे में जो प्रत्येक धर्म के लोगों में अलग-अलग विश्वास होते हैं, उनका प्रभाव व्यक्ति के सामाजिक चिन्तन एवं सामाजिक अंतक्रियाओं पर काफी पड़ता है। खास-खास पर्व जैसे, इद-उल-फितर, मुहर्रम, गुड फ्राइडे, दशहरा, दीपावली, रामनवमी आदि पर जो व्यक्ति की अनुभूतियाँ होती हैं, उसका समाजीकरण पर काफी प्रभाव पड़ता है।

स्पष्ट हुआ कि व्यक्ति का व्यवहार तथा संज्ञानात्मक प्रक्रियाओं पर कुछ सामाजिक-सांस्कृतिक कारकों द्वारा इस तरह का प्रभाव पड़ता है कि वे बहुत हद तक एक खास दिशा में मुड़ जाती है।

प्रमुख पद
(Key Terms)

भिन्नता (Variation)
वंशागति (Inheritance)
चयन (Selection)
द्विपादिता (Bipedalism)
मस्तिष्कीकरण (Encephalization)
शाखिका (Dendrite)

कोश शरीर (Cell body)
एक्सॉन (Axon)
संवेदी न्यूरोन (Sensory neuron)
गतिवाही न्यूरोन (Motor neuron)
साहचर्य न्यूरोन (Association neuron)
सूत्रयुग्मन (Synapse)
न्यूरोट्रांसमीटर (Neurotransmitter)
तंत्रिका आवेग (Nerve impulse)
मस्तिष्क (Brain)
सुषुम्ना (Spinal cord)
कायिक तंत्रिका तंत्र (Somatic nervous system)
स्वायत्त तंत्रिका तंत्र (Autonomic nervous system)
अग्रपालि (Frontal lobe)
भित्तीय पालि (Parietal lobe)
शंखपालि (Temporal lobe)
पश्चकपालीय पालि (Occipital lobe)
पीयूष ग्रन्थि (Pituitary gland)
एड्रीनल ग्रन्थि (Adrenal gland)
कंठग्रन्थि (Thyroid gland)
उपकंठ ग्रन्थि (Parathyroid gland)
पैंक्रियाज (Pancreas)
यौन ग्रन्थि (Sex gland)
पिनीयल ग्रन्थि (Pineal gland)
एड्रीनल ग्रन्थि (Adrenal gland)
गुणसूत्र (Chromosomes)
जीन्स (Genes)।

अध्याय सारांश
(Chapter Summary)

1. जैवमनोविज्ञानी (biopsychologists) प्राणी के व्यवहार एवं मानसिक प्रक्रियाओं का अध्ययन तंत्रिका तंत्र (nervous system) विशेषकर मस्तिष्क के कार्यों पर आधृत करके करते हैं। इतना ही नहीं, इसे पूर्णरूपेण समझने के लिए वे उसकी व्याख्या विभिन्न तरह के अन्तःस्रावी ग्रन्थियों (endocrine glands) की संरचना एवं कार्य के रूप में भी करते हैं।
2. तंत्रिका कोश (nerve cell) या जिसे न्यूरोन (neuron) भी कहा जाता है, तंत्रिका तंत्र (nervous system) की सबसे छोटी इकाई (smallest unit) है जिसके द्वारा तंत्रिका आवेग के रूप में सूचनाएँ शरीर के एक अंग से दूसरे अंग में जाती है। इसकी तीन संरचनाएँ (structures) प्रधान होती हैं—*शाखिका* (dendrite), *कोश शरीर* (cell body) तथा *एक्सॉन* (axon)। न्यूरोन के तीन प्रकार हैं—*संवेदी न्यूरोन* (sensory neuron), *गतिवाही न्यूरोन* (motor or efferent neuron) तथा *साहचर्य न्यूरोन* (association neuron)।

3. एक तंत्रिका कोश या न्यूरोन के एक्सॉन (axon) तथा दूसरे तंत्रिका कोश की शाखिकाएँ के मिलन स्थान को *संधि-स्थल* (synapse) कहा जाता है।
4. तंत्रिका तंत्र (nervous system) के मुख्य दो भाग हैं—केन्द्रीय तंत्रिका तंत्र (central nervous system) तथा परिधीय तंत्रिका तंत्र (peripheral nervous system)। फिर केन्द्रीय तंत्रिका तंत्र के दो प्रमुख संरचनाएँ (structures) होती हैं—*मस्तिष्क* (brain) तथा *सुषम्ना* (spinal cord)। परिधीय तंत्रिका तंत्र के भी दो तंत्र हैं—*कायिक तंत्रिका तंत्र* (somatic nervous system) तथा *स्वायत्त तंत्रिका तंत्र* (autonomic nervous system)। स्वायत्त तंत्रिका तंत्र के भी दो भाग हैं—अनुकंपी तंत्रिका तंत्र (sympathetic nervous system) तथा उपअनुकम्पी तंत्रिका तंत्र (parasympathetic nervous system)।
5. अन्तःस्रावी तंत्र (endorcrine system) के तहत कुछ प्रमुख अन्तःस्रावी ग्रन्थियों का जिक्र किया गया है। इन ग्रन्थियों से निकलने वाले स्राव (secretion) को *हार्मोन्स* (hormones) कहा जाता है जिसका प्रभाव व्यक्ति के शारीरिक विकास तथा मानसिक विकास पर काफी पड़ता है।
6. अन्तःस्रावी ग्रन्थियों तथा तंत्रिका तंत्र (nervous system) आपस में एक-दूसरे का सहयोग करते हुए व्यक्ति के व्यवहार एवं अनुभूतियों को नियंत्रित करने में अहम् भूमिका निभाते हैं।
7. मानव व्यवहार जीन्स (genes) द्वारा प्रभावित होता है। जीन्स गुणसूत्र (chromosome) में पाये जाते हैं। एक गुणसूत्र में लगभग 1000 जीन्स होते हैं। जीन्स के दो तत्त्व होते हैं—डीएनए (DNA) तथा आरएनए (RNA)। डीएनए में वैसे गुण संचित होते हैं जिसे व्यक्ति को अपने माता-पिता से मिला होता है। आरएनए द्वारा डीएनए में संचित गुणों को एक कोशिका से दूसरे कोशिका तक ले जाया जाता है।
8. व्यवहार का जैविक आधार होने के अलावा सांस्कृतिक आधार भी होता है। व्यक्ति के व्यवहार पर सांस्कृतिक मूल्यों, रीति-रिवाजों, प्रथाओं का व्यापक प्रभाव पड़ता है।
9. व्यवहार का निर्धारण सांस्कृतिक कारक तथा सामाजिक कारक दोनों ही द्वारा मिलकर किया जाता है। इन्हें सामाजिक-सांस्कृतिक कारक (socio-cultural factor) भी कहा जाता है। इनमें अन्य कारकों के अलावा परिवार (family), समुदाय (community), विश्वास (faith), लिंग (gender), जाति आदि प्रधान हैं।

❑

अध्याय 4

मानव विकास

(HUMAN DEVELOPMENT)

इस अध्याय को पढ़ने के बाद आप

- *संवृद्धि (growth), परिपक्वता (maturation), विकास (development) तथा क्रमविकास (evolution) के अंतर को स्पष्ट कर पायेंगे,*
- *मानव विकास के अर्थ एवं प्रक्रिया का वर्णन कर सकेंगे,*
- *मानव विकास की विभिन्न अवस्थाओं की पहचान कर सकेंगे,*
- *मानव विकास को प्रभावित करने वाले कारकों को समझ सकेंगे,*
- *शैशवावस्था (infancy), वाल्यावस्था (childhood), किशोरावस्था adolescence), प्रौढ़ावस्था (adulthood) तथा वृद्धावस्था (old age) के स्वरूप एवं उनकी प्रमुख विशेषताओं का वर्णन कर सकेंगे।*

विषय-वस्तु

परिचय

प्रत्येक व्यक्ति जन्म के समय लगभग एक समान रहता है। जैसे-जैसे उसकी आयु बढ़ती जाती है, उसमें वैयक्तिक विभिन्नताएँ बढ़ती जाती हैं। जन्म से लेकर मृत्यु तक जीवन की जो विभिन्न अवस्थाएँ जैसे शैशवावस्था, बाल्यावस्था, व्यस्कावस्था, वृद्धावस्था आदि होतीं हैं उसमें व्यक्ति में संवेगात्मक विकास, सामाजिक विकास, संज्ञानात्मक विकास आदि इस तरह से होते हैं जो प्रत्येक व्यक्ति को अपना एक स्वतंत्र वैयक्तिकता (individuality) बनाकर रखने में मदद करता है। इस अध्याय में पूर्वप्रसूति अवस्था (prenatal stage) से लेकर वृद्धावस्था तक होने वाले प्रमुख विकासात्मक प्रक्रियाओं (developmental processes) तथा उन अवस्थाओं में होने वाले परिवर्तनों के बारे में आप ज्ञान प्राप्त करेंगे।

विकास का अर्थ
(Meaning of Development)

विकास (development) सचमुच में एक ऐसी प्रक्रिया है जिसके माध्यम से व्यक्ति अपने पूरे जीवन-काल में बढ़ता रहता है एवं परिवर्तित होते रहता है। इसमें गुणात्मक (qualitative) तथा परिणामात्मक (quantitative) दोनों तरह के परिवर्तन होते हैं। इस ढंग का परिवर्तन गर्भाधारण (conception) से प्रारंभ होकर जीवन-पर्यंत चलता रहता है। विकास जैविक (biological), संज्ञानात्मक (cognitive) तथा सामाजिक-सांवेगिक (social-emotional) प्रक्रियाओं के परस्पर क्रियाओं से काफी हद तक प्रभावित होता है। जीन (gene) के कारण होने वाले विकास यथा लंबाई, वजन, मस्तिष्क, हृदय, फेफड़ा आदि का विकास जैविक विकास के उदाहरण हैं। व्यक्ति में चिंतन, अवधान, प्रत्यक्षण, समस्या समाधान क्षमता आदि का विकास संज्ञानात्मक विकास का उदाहरण है। विकास सामाजिक-सांवेगिक प्रक्रियाओं (social-emotional processes) द्वारा भी प्रभावित होते है जिसमें मूलतः एक व्यक्ति दूसरे व्यक्ति के साथ होने वाली अंतक्रिया (interaction) तथा संवेग एवं व्यक्तित्व में होने वाले परिवर्तन शामिल होते हैं। ये तीनों प्रक्रियाएँ अर्थात् जैविक प्रक्रिया, संज्ञानात्मक प्रक्रिया तथा सामाजिक-सांवेगिक प्रक्रिया एक-दूसरे से घनिष्ठ रूप से संबंधित है और पूरे जीवन पर्यंत होने वाले विकास को प्रभावित करते हैं।

संवृद्धि, परिपक्वता, विकास तथा क्रमविकास
(Growth, Maturation, Development and Evolution)

जीवन-अवधि विकासात्मक मनोविज्ञान (life-span developmental psychology) में *संवृद्धि* (growth), *परिपक्वता* (maturation), *विकास* (development) तथा *क्रमविकास* (evolution) ऐसे चार पद हैं जिनका उपयोग प्रायः किया जाता है और चूँकि इन चारों के अर्थ में ऊपर से देखने में काफी समान लगता है, अतः उसके आपसी भिन्नता को भी समझना आवश्यक है।

संवृद्धि (growth) से तात्पर्य शरीर के किसी अंग या पूरे शरीर के आकार (size) में वृद्धि से होता है। ऐसी वृद्धि को आसानी से मापा जा सकता है। अतः संवृद्धि में सिर्फ परिमाणात्मक परिवर्तनों (quantitative changes) अर्थात् मापने योग्य परिवर्तनों को ही रखा जाता है। जैसे, बच्चों की ऊँचाई (height) तथा शरीर के भार या वजन में वृद्धि संवृद्धि का उदाहरण होगा। इसमें बच्चों का न केवल शारीरिक आकार बड़ा होता है बल्कि उसके आंतरिक अंगों (internal organs) तथा मस्तिष्क में भी वृद्धि होती है। मस्तिष्क में हुए संवृद्धि के परिणामस्वरूप बच्चों में सीखने, याद करने तथा तर्क करने की क्षमता में पर्याप्त वृद्धि होती है।

विकास (development) में जैसा कि हरलॉक (Hurlock, 1978) ने कहा है, में *गुणात्मक* (qualitative) तथा *परिमाणात्मक* (quantitative) दोनों तरह के परिवर्तनं सम्मिलित होते हैं। ऐसे परिवर्तन क्रमिक (orderly) तथा संगत (coherent) होते हैं जो गर्भाधारण (conception) से प्रारंभ होकर जीवनपर्यन्त चलते रहते हैं। अतः ये उत्तरोतर क्रम (progressive sequence) में होते हैं। उत्तरोतर क्रम से मतलब यह हुआ है कि ऐसे परिवर्तन एक निश्चित दिशा में अर्थात् आगे की ओर (forward) न कि पीछे की ओर (backward) होती है। संगत

(coherent) परिवर्तन का अर्थ यह हुआ कि विकास में जो परिवर्तन होते हैं, वे पीछे हुए तथा आगे होने वाले परिवर्तनों में एक संबंध (relationship) बतलाते हैं। शरीर के आकार (size) में परिवर्तन, उम्र बढ़ने के साथ शरीर के अंगों में आनुपातिक परिवर्तन (proportional changes), पुराने गुणों (old features) का समाप्त होना, जैसे दुध के दाँत का समाप्त होना तथा नये गुणों का उत्पन्न होना (acquisition of new features) जैसे उम्र बीतने के साथ नये स्थायी दाँतों का आना, प्राथमिक (primary) तथा गौण यौन विशेषताओं (secondary sex characteristics) का उत्पन्न होना आदि विकास के उदाहरण हैं। ध्यान रहे कि विकास में संवृद्धि (growth) सम्मिलित होता है क्योंकि विकास में गुणात्मक तथा परिमाणात्मक दोनों ही परिवर्तनों को रखा गया है।

परिपक्वता या *परिपक्वन* (maturation) से तात्पर्य वैसे शारीरिक परिवर्तनों से होता है जो एक क्रम (sequence) में स्वतः होते हैं और मूलतः जननिक कारकों (genetic factors) द्वारा निर्धारित होते हैं। जैसे, अधिकतर बच्चे एक साल की आयु होने पर चलना (walk) प्रारंभ कर देते हैं। ऐसा इसलिए होता है कि उस उम्र तक उसके संबंधित अंगों की परिपक्वता एक जननिक रूप से निर्धारित शर्तों के अनुरूप हो जाती है। अगर उसे 6-7 महीना में चलने लायक बनाने की कोशिश की जाती है, तो इसमें सफलता इसलिए नहीं मिल पाती है क्योंकि शिशु के अंगों की परिपक्वता पूरी नहीं हुई होती है।

क्रमविकास (evolution) से तात्पर्य प्रजाति-विशिष्ट (species-specific) परिवर्तनों से होता है। क्रमविकासात्मक परिप्रेक्ष्य (evolutionary perspective) में किसी भी प्रजाति में वही व्यक्ति स्वाभाविक रूप से चयनित होता है जो अपने वातावरण के साथ समायोजन कर लेता है तथा जिनमें पुनरूत्पादक (reproduce) क्षमता होती है। समायोजी व्यवहार (adaptative behaviour) से तात्पर्य वैसे व्यवहार से होता है जिसे करके व्यक्ति या प्राणी अपने स्वाभाविक वातावरण में जीवित (survival) रहने की संभावना को बढ़ा देता है। किसी भी प्रजाति में क्रमविकासात्मक परिवर्तन एक पीढ़ी से दूसरी पीढ़ी और दूसरी पीढ़ी से तीसरी पीढ़ी और इसी तरह से अन्य पीढ़ियों तक होते रहता है। स्वभावतः इसमें तब काफी समय लग जाता है। एक अंदाज के अनुसार वानर प्रजाति से मनुष्य प्रजात्ति तक क्रमविकसात्मक परिवर्तन (eovlutionary change) में करीब एक करोड़ चालीस लाख वर्ष लग गए।

स्पष्ट हुआ कि ये चारों पद अर्थात् संवृद्धि (growth), परिपक्वता (maturation), विकास (development) तथा क्रमविकास (evolution) आपस में संबंधित होते हुए भी भिन्न अर्थ के हैं।

विकास का जीवनपर्यंत परिपेक्ष्य (Life-Span perspective on Development)

जीवनपर्यंत परिपेक्ष्य (life span perspective) में विकास का अध्ययन करने में कुछ पूर्वकल्पनाएँ (assumptions) सम्मिलित होती हैं। ऐसी पूर्वकल्पनाओं में निम्नांकित प्रमुख हैं—

(1) जीवनपर्यंत परिपेक्ष्य (life-span perspective) के अनुसार प्राणी में विकास गर्भाधारण (conception) से वृद्धावस्था (old age) तक होते रहता है। इस तरह के विकास में कुछ धनात्मक परिवर्तन तथा कुछ ऋणात्मक परिबर्तन भी होते हैं। जीवनपर्यंत परिपेक्ष्य में सभी उम्र में होने वाले विकासों पर समान रूप से न किसी एक अवस्था में होने वाले परिवर्तन पर अधिक बल डाला जाता है।

(2) मानव विकास के कई पहलू होते हैं जिनमें जैविक (biological), संज्ञानात्मक (cognitive) तथा समाजिक-सांस्कृतिक विकास (socio-cultural development) महत्त्वपूर्ण होते हैं और ये सभी पहलुएँ पूरी जीवन अवधि में होने वाले विकास के साथ जुड़े होते हैं।

(3) विकास के कई विमा (dimension) या तत्त्व (component) होते हैं। इसमें से कुछ विमा या तत्त्व में वृद्धि हो सकती है जबकि कुछ अन्य विमा या तत्त्व पर ह्रास (decrement) हो सकता है। जैसे, उम्र बीतने से व्यक्ति की बुद्धि अधिक तीक्ष्ण होती है जबकि उसके कार्य करने की गति (speed) में कमी होती है।

(4) विकास समाज की ऐतिहासिक पृष्ठभूमि (historical condition) द्वारा भी प्रभावित होता है। जैसे आज

के कम्प्यूटर युग में स्कूल के छात्रों की जीवनवृत्ति उन्मुखता (career orientation) जो है, वह 70 साल पहले के स्कूली छात्रों की जीवनवृत्ति उन्मुखता से काफी भिन्न है।

(5) विकास एक लचीला संप्रत्यय (flexible concept) होता है। प्रत्येक व्यक्ति के अन्तर्गत होने वाले मानसिक एवं शारीरिक विकास में परिमार्जनशीलता एवं भिन्नता पायी जाती है।

(6) विकास के क्रम में व्यक्ति किस तरह से व्यवहार करेगा, यह बहुत कुछ संदर्भ (context) पर आधृत होता है। इस संदर्भ में बहुत सारी चीजें सम्मिलित होती है जिनमें वंशानुगति (inheritance), भौतिक वातावरण (physical environment), ऐतिहासिक, सामाजिक एवं सांस्कृतिक संदर्श आदि सम्मिलित होते हैं।

स्पष्ट हुआ कि विकास का जीवनपर्यन्त संदर्भ विकास कई महत्त्वपूर्ण तथ्यों पर बल डालता है जिनके विकास का स्वरूप स्पष्ट होता है।

विकास को प्रभावित करने वाले कारक
(Factors Influncing Development)

जीवन अवधि (life span) में विकास कई कारकों द्वारा प्रभावित होते हैं जिन्हें मोटे तौर पर दो भागों में बाँटा जा सकता है—

(क) आनुवंशिकता (heredity)

(ख) पारिस्थितिकी (ecology)

इन दोनों का वर्णन इस प्रकार है—

(क) आनुवंशिकता *(Heredity)*—आनुवंशिकी (genetics) एक ऐसा विज्ञान है जिसमें आनुवंशिकता (heredity) के वैज्ञानिक अध्ययन पर काफी बल डाला जाता है। जीवन-अवधि विकास के अध्ययन में भी आनुवंशिकता को काफी महत्त्वपूर्ण बतलाया गया है। माता-पिता से उनके बच्चों में शारीरिक गुणों (physical characteristics) तथा अन्य संरचनाओं (structures) के जीन्स द्वारा होने वाले संचरण (transmission) का अध्ययन करने वाले विज्ञान को *आनुवंशिकी* (Genetics) की संज्ञा दी जाती है। इन्हीं जीन्स द्वारा व्यक्ति अपने माता-पिता से उनके गुणों एवं शारीरिक संरचनाओं को प्राप्त करता है। इसे ही हम *आनुवंशिकता* कहते हैं।

जब पिता का शुक्राणु (sperm) माँ के अंडाणु (ovum) से मिलता है, तो इससे गभधारण (conception) होता है। गर्भाधारण के समय शुक्राणु के 23 गुणसूत्र (chromosomes) अंडाणु के 23 गुणसूत्र से मिलते हैं और इस तरह से गुणसूत्र की कुल संख्या 46 अर्थात् 23 जोड़े की हो जाती है। सचमुच में प्रत्येक मानव कोशिका (human cell) में एक नियंत्रक केन्द्र (control center) होता है जिसे *केन्द्रक* (nucleus) कहा जाता है जिसमें एक लम्ब आकारीय संरचना (rodlike structure) होता है जिसे गुणसूत्र कहा जाता है जिसमें जननिक सूचनाएँ (genetic information) संचित (store) होते है तथा जहाँ से वे फिर अंतरित (transmit) होते है। एक प्रजाति से दूसरे प्रजाति में कोशिका में पायी जाने वाली गुणसूत्र की संख्या अलग-अलग होते है। जैसे, मनुष्यों में यह संख्या 46, वनमानुष (chimpanzee) में 48, घोड़ों (horses) में 64 तथा चूहों में 40 होता है।

मानव गुणूसत्र का आकार धागे के समान लम्बा होता है और प्रत्येक गुणूसत्र में जीन्स (genes) पाये जाते हैं जिनमें वास्तव में आनुवंशिक गुण (hereditary traits) संचित होते हैं। जीन में मुख्य रूप से दो जैविक अणु (organic molecule) होते हैं—डीएनए (DNA or Deoxyribonucleic acid) तथा आरएनए (RNA)। डीएनए में विशेष गुण जो मूलतः माता-पिता से मिले होते हैं, संचित रहता है तथा इस बात को निर्धारण होता है कि वातावरण में शिशु किस प्रकार का शीलगुण विकसित करेगा। इस प्रक्रिया को *जीनप्ररूप* (genotype) कहा जाता है। परंतु सच्चाई यह है कि इनमें से सभी जननिक तत्त्व (genetic material) व्यक्ति के प्रेक्षित गुणों (observed traits) में स्पष्ट दिखलाई नहीं देते हैं तथा पहचाने भी नहीं जा सकते हैं। बच्चों द्वारा किये गए व्यवहार तथा प्रेक्षणीय एवं मापनीय शीलगुणों (observable and measurable traits) की जो अभिव्यक्ति होती है (जो अंशतः जीन प्ररूप पर निर्भर करता है) को *दृश्यप्ररूप* (phenotype) कहा जाता है। दृश्य प्ररूप में व्यक्ति की शारीरिक गुण जैसे ऊँचाई (height), भार (weight), आँख का रंग, त्वचा का रंग तथा अन्य मनोवैज्ञानिक

विशेषताएँ जैसे बुद्धि (intelligence), सर्जनात्मकता (creativity) तथा व्यक्तित्व आदि सम्मिलित होते हैं। नवीनतम अध्ययनों से यह स्पष्ट हुआ है कि व्यक्ति का दृश्यप्ररूप (phenotype) तीन तरह के कारकों द्वारा प्रभावित होता है—जीनप्ररूप (geneotype), गर्भधारण के समय से मिलने वाला वातावरण तथा इन दोनों की अंतःक्रिया (interaction। फिर भी व्यक्ति में अपने जननिक कोड (genetic code) के अनुरूप ही विकसित होने की संभावना काफी होती है। जैसे, मान लिया जाय कि किसी शिशु के जननिक कोड में हकलाने का जीन उपलब्ध है, तो बहुत ज्यादा संभावना यह है कि शिशु में हकलाने का गुण विकसित होगा। उसी तरह से यदि किसी शिशु में भारी-भरकम शरीर विकसित होने (ऊँचाई एवं वजन के ख्याल से) का जीन है, तो बहुत ज्यादा उम्मीद है कि वातावरण उतना अनुकूल नहीं होने पर भी उसका शारीरिक डील-डॉल भारी-भरकम इकाई के रूप में विकसित होगा।

(ख) पारिस्थितिकी *(Ecology)*—पारिस्थितिकी (ecology) से तात्पर्य उस प्राकृतिक या स्वाभाविक आवास (habitat) से होता है जिसमें बच्चे रहते हैं तथा विकसित होते हैं। पारिस्थितिकीय संदर्श (ecological perspective) इस बात पर विशेष रूप से बल डालता है कि बच्चे संबंधों (relationship) का एक ऐसे जटिल तंत्र (complex system) में विकसित होते हैं जो इर्द-गिर्द के वातावरण (surrounding environment) के बहुस्तरों (multilevels) से प्रभावित होता है। इस क्षेत्र में यूरी ब्रोनफेनब्रेन्नर (Urie Bronfenbrenner) का योगदान काफी प्रशंसनीय है। इनके अनुसार चूँकि बच्चों के जैविक रूप से (biologically) एवं जननिक रूप से (genetically) प्रभावित झुकाव (predisposition) पर्यावरणी कारकों के साथ मिलकर बच्चों के विकास (development) को प्रभावित करता है, ब्रोनफेनब्रेन्नर (Bronfenbrenner) ने अपने इस संदर्श को *जैवपारिस्थितिकी मॉडल* (bioecological model) कहा है।

विकास का संदर्भ
(Context of Development)

ब्रोनफेनब्रेन्नर (Bronfenbrenner) के अनुसार वातावरण (environment) में कई संरचनाओं (structures) का एक झुण्ड होता है जिसमें घर (home), स्कूल (school) तथा पास-पड़ोस की परिस्थितियाँ होती हैं और इनमें बच्चे अपने दिन-प्रतिदिन की जिंदगी बिताते हैं। इनके अनुसार वातावरण कोई स्थिर बल (static force) नहीं होता है जो सभी बच्चों को एक समान ढंग से प्रभावित करता हो। बल्कि यह हमेशा परिवर्तनशील होता है। जिन्दगी की महत्त्वपूर्ण घटनाएँ जैसे किसी का जन्म लेना, स्कूल जाने की शुरूआत, माता-पिता का संबंध-विच्छेद, माता या पिता की मृत्यु आदि से बच्चों एवं वातावरण के बीच का संबंध परिवर्तित हो जाता है और इनसे एक ऐसी नई अवस्था भी उत्पन्न होती है जो बच्चों के विकास को प्रभावित करता है। ब्रौनफेनब्रेन्नर मॉडल में वातावरण के पाँच अन्तर्संबंध स्तर (interconnected layer) होते हैं जिनसे बच्चों में विकास (development) की प्रक्रिया स्पष्ट रूप से प्रत्यक्षतः प्रभावित होता है। इन पाँच स्तरों एवं उनके पड़ने वाले प्रभावों का वर्णन इस प्रकार है—

1. लघुमंडल या माइक्रोतंत्र *(Microsystem)*—यह वातावरण का सबसे भीतरी भाग होता है जिससे बच्चे द्वारा अपने नजदीकी प्रतिवेश (surroundings) में किये गए अन्तःक्रियाएँ (interactions) एवं क्रियाएँ होती हैं। इसमें मूलतः बच्चों का घर में माता-पिता एवं परिवार के अन्य वयस्कों के साथ किये गए अंतःक्रियाएँ (interactions) स्कूल, पास-पाड़ोस, शिशु देखरेख केन्द्र आदि में किये गए अंतःक्रियाएँ होतीं हैं (देखें चित्र 4.1)। ब्रोनफेनब्रेन्नर ने विशेषकर इस बात पर बल डाला है कि यहाँ बच्चों के विकास को पूर्णरूपेण समझने के लिए इस बात को मन में रखना आवश्यक है कि सभी संबंध (relationship) यहाँ *द्विदिशात्मक* (bidirectionl) होते हैं। इसका मतलब यह हुआ कि परिवार में माता-पिता तथा अन्य वयस्क बच्चों के व्यवहार को प्रभावित करते हैं परंतु बच्चों के शारीरिक गुण, व्यक्तित्व तथा क्षमताओं का भी प्रभाव वयस्कों पर पड़ता है। जब इस ढंग का पारस्परिक अंतक्रिया (reciprocal interaction) लम्बे समय तक होता है, तो इससे बच्चों का विकास काफी प्रभावित होता है।

2. मध्यमंडल या मेसोतंत्र *(Mesosystem)*—मेसोतंत्र ब्रोनफेनब्रेन्नर मॉडल का दूसरा महत्त्वपूर्ण स्तर (level) है जिसमें माइक्रोतंत्र के विभिन्न तत्त्वों जैसे—घर, स्कूल, पास-पड़ोस एवं शिशु देख-रेख केन्द्र (child care centre) के संबंधों पर बल डाला जाता है (देखें चित्र 4.1)। बच्चों के विकास इन संबंधों द्वारा प्रभावित होता

है। जैसे, किसी बच्चे का सामाजिक (social), संवेगात्मक (emotional), संज्ञानात्मक विकास (cognitive development) सिर्फ स्कूल में किये गए क्रियाओं एवं अंतक्रियाओं (interactions) पर ही नहीं निर्भर करता है, बल्कि यह इस बात पर भी निर्भर करता है कि उनके माता-पिता, पास-पड़ोस द्वारा किस ढंग का समर्थन इस तरह के विकास के लिए उपलब्ध कराया जाता है।

3. बाह्य मंडल या एक्सोतंत्र *(Exosystem)*—ब्रोनफेनब्रेन्नर मॉडल का यह तीसरा महत्त्वपूर्ण स्तर है जिसमें मूलतः ऐसे सामाजिक परिवेश (social settings) को सम्मिलित किया गया है जिनमें बच्चे तो सम्मिलित नहीं होते हैं फिर भी उनसे बच्चों का विकास प्रभावित होता है (देखें चित्र 4.1)। ऐसे सामाजिक परिवेश में कई तरह के औपचारिक संगठन (formal organization) जैसे माता-पिता का दफ्तर, जहाँ वे नौकरी करते हैं, धार्मिक संस्थान (religious institutions) यथा मंदिर, मस्जिद, गिरिजाघर आदि तथा स्वास्थ्य एवं कल्याण केन्द्र (health and welfare centres) आदि सम्मिलित होते हैं। जब माता-पिता अपने दफ्तर से इच्छानुसार वेतनसहित छुट्टी लेकर बच्चों के बीमारी तथा अन्य समस्याओं पर ध्यान देते हैं, तो इससे निश्चित रूप से बच्चों का विकास प्रभावित होता है। उसी तरह से जिन माता-पिता का सामाजिक नेटवर्क काफी मजबूत होता है, उनके बच्चों को माता-पिता के दोस्तों से भी उचित सलाह, प्यार एवं स्नेह मिलता है और इससे भी उनका विकास प्रभावित होता है।

4. वृहत मंडल या मैक्रोतंत्र *(Macrosystem)*—यह ब्रोनफेनब्रेन्नर मॉडल का सबसे बाहरी भाग या स्तर होता है जिससे सामाजिक-सांस्कृतिक मूल्य (socio-cultural values) नियम, कानून, सामाजिक प्रथाएँ एवं साधन (resources) आदि सम्मिलित होते हैं (देखें चित्र 4.1)। सामान्यतः इन उपतंत्रों से बच्चों को पर्याप्त समर्थन मिलता है जिनसे बच्चों का विकास प्रभावित होता है। यदि इन उपतंत्रों से बच्चों को किसी कारण से समर्थन नहीं मिलता है, तो उससे उसका विकास अवरुद्ध हो जाता है। जैसे, यदि किसी बच्चे की उपलब्धि को सामाजिक मूल्यों, प्रथाओं एवं नियमों द्वारा काफी प्रशंसा की जाती है एवं पुरस्कृत किया जाता है, तो उससे उनपर अनुकूल प्रभाव पड़ता है तथा उसका विकास तेजी से होता है।

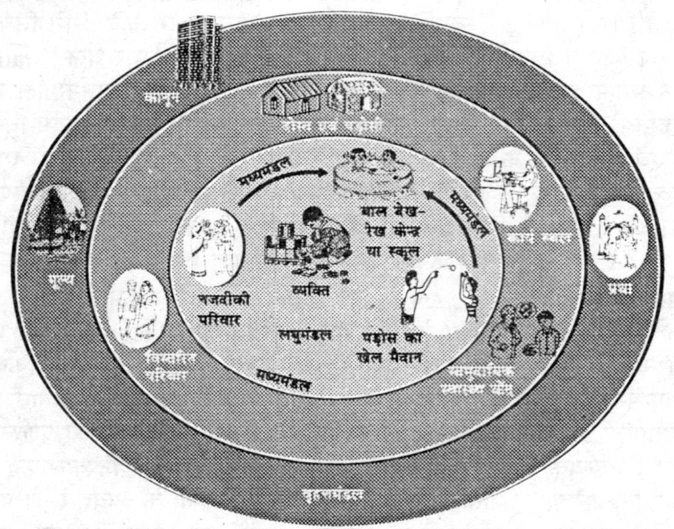

चित्र 4.1 : ब्रोनफेनब्रेन्नर का जैव-पारिस्थितिकी मॉडल

5. घटना मंडल या क्रोनोतंत्र *(Chronosystem)*—घटना मंडल जिसे चित्र 4.2 में दिखलाया नहीं गया है, सचमुच में कोई विशिष्ट संदर्भ (specific context) नहीं होता है बल्कि इससे तात्पर्य व्यक्ति के वातावरण के गत्यात्मक (dynamic) एवं सदैव परिवर्तित प्रकृति (ever changing nature) से होता है। इसमें जीवन की घटनाओं में होनेवाले परिवर्तनों को मूल रूप से शामिल किया जाता है। जैसे, प्रायः यह देखा गया है कि परिवार

में किसी बच्चे का जन्म से अन्य दूसरे छोटे-छोटे शिशुओं पर काफी प्रभाव पड़ता है हालांकि ऐसा ही प्रभाव उन बच्चों पर नहीं पड़ता है जो स्कूल जाने लगते हैं क्योंकि उनको वहाँ नये-नये दोस्त पहले से मौजूद होते हैं। उसी तरह से माता या पिता की असामयिक मृत्यु का भी प्रभाव छोटे बच्चों पर काफी पड़ता है, क्योंकि उन्हें वैसा कोई दूसरा अनुकल्प (substitute) नहीं मिल पाता है। इन सब घटनाक्रमों या ऐसी ही घटनाक्रमों से बच्चों का विकास काफी प्रभावित होता है।

ब्रोनेफेनब्रेन्नर मॉडल की मुख्य आलोचना यह है कि इस मॉडल में बच्चों के विकास में जैविक (biological) तथा संज्ञानात्मक (cognitive) कारकों पर बहुत ही कम ध्यान दिया गया है।

आधुनिक समय में शोधकर्त्ताओं द्वारा बच्चों के विकास में पाये जाने वाले संगतता (consistency) तथा परिवर्तनशीलता (variability) दोनों की गहन पहचान की गयी है और वे परिवर्तनशीलता की व्याख्या करने के लिए अधिक चिंतित दीख पड़ते हैं। इन शोधकर्त्ताओं में फिशकर एवं बिंडेल (Fischer & Bindell, 1998), स्पेन्सर एवं स्कोनर (Spencer & Schoner, 2003) तथा थेलेन एवं स्मिथ (Thelen & Smith, 1998) के नाम अधिक मशहूर हैं। इन लोगों द्वारा एक विशेष संदर्श (perspective) जिसे *गत्यात्मक तंत्र संदर्श* (dynamic system perspective) कहा गया है, विकसित किया गया है। इस विचारधारा के अनुसार बच्चों का मन (mind), शरीर (body) तथा भौतिक एवं सामाजिक वातावरण आपस में मिलकर एक समन्वित तंत्र (integrated system) का निर्माण करते हैं जिससे बच्चे नये-नये कौशलों (skills) को सीख पाते हैं। यह तंत्र गत्यात्मक (dynamic) या सतत परिवर्तनशील होता है। इसके किसी भी एक भाग या हिस्से में यानी मस्तिष्कीय वर्द्धन (brain grwoth) से लेकर उसके भौतिक एवं सामाजिक परिवेश (social surroundings) में होने वाला परिवर्तन से बच्चे का वातावरण के साथ वर्तमान संबंध क्षुब्ध हो जाता है। इसका परिणाम यह होता है कि बच्चे अपने व्यवहार को जल्दी से पुनर्संगठित कर लेता है ताकि तंत्र के तत्त्व ठीक से काम कर सके। गत्यात्मक तंत्र (dynamic system) के अनुसार विकास (development) को लड़ी या रेशा (fibers) का एक जाल (web) के समान माना जाता है जो बहुत सारे दिशाओं (directions) में फैले होते हैं। प्रत्येक रेशा या लड़ी द्वारा विकास के विभिन्न विमाओं जैसे दैहिक (physical), संज्ञानात्मक (cognitive), संवेगिक/सामाजिक विकास के क्षेत्र में एक कौशल (skill) को इंगित करता है (देखें चित्र 4.2)। रेशाओं का भिन्न-भिन्न दिशाओं द्वारा इस तथ्य का पता चलता है कि जैसे-जैसे बच्चा विभिन्न क्षेत्रों में सहभागिता के लिए आवश्यक कौशल विकसित करता है, वैसे-वैसे उसके विकास की राहें जटिल एवं मजबूत होते जाती हैं।

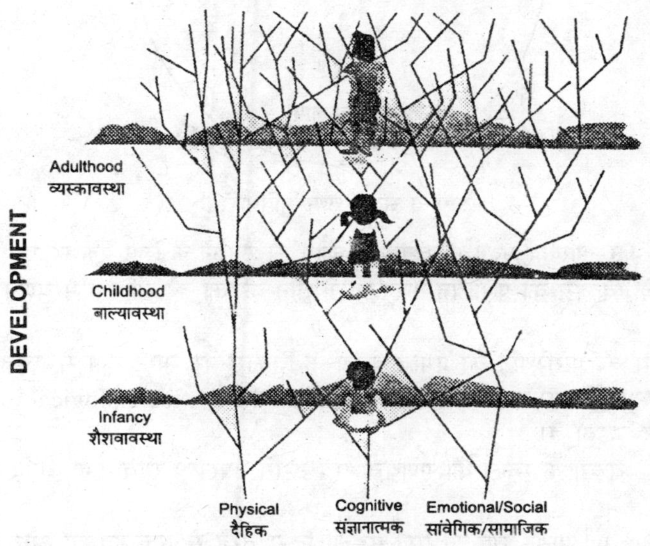

चित्र 4.2 : विकास का गत्यात्मक तंत्र (Dynamic system of Development)

भारतीय परिपेक्ष्य में बच्चे के विकास को समझने के लिए स्वर्गीय दुर्गानन्द सिन्हा (1977) ने एक पारिस्थितिकी मॉडल (Ecological model) का निर्माण किया है जिस पर भी यहाँ ध्यान देना उचित होगा। इस मॉडल के अनुसार बच्चों का विकास बच्चों के परिवेश (ecology) से काफी प्रभावित होता है। यदि परिवेश समृद्ध होता है तो उसका बच्चों के विकास पर अनुकूल प्रभाव पड़ता है परंतु यदि वह अभावग्रस्त होता है, तो उससे बच्चों के विकास पर प्रतिकूल प्रभाव पड़ता है। इस मॉडल के अनुसार बच्चे का परिवेश दो परतों (layers) वाले वृत्त की आकृति के रूप में समझा जा सकता है (देखें चित्र 4.3)। सबसे ऊपरी परत जो स्पष्ट रूप से दिखलाई देने वाली होती है, में घर (home), स्कूल (school) तथा साथी-संगी (peers) होते हैं, जो तीन प्रकार से बच्चों को अनुभव प्रदान करके उन्हें विकसित करता है। ऊपरी परत के इन तीनों कारकों में से प्रत्येक कारक द्वारा तीन तरह की विमाएँ (dimensions) अर्थात् *भौतिक स्थान एवं सामग्री, सामाजिक भूमिका* (social roles), *बच्चों का अन्य लोगों के साथ संबंध, बच्चों की क्रियाएँ तथा व्यवहार* (activities of children) आदि प्रदान किया जाता है। जैसा कि चित्र से भी स्पष्ट है, वृत्त का ऊपरी स्तर (जो स्पष्टतः दिखाई देता है) सचमुच में एक दूसरा स्तर जिसे *'परिवेशी स्तर'* (surrounding layer) कहा जाता है, के अन्तर्गत स्थित होता है। यह परिवेशी स्तर एक बड़ी और व्यापक पृष्ठभूमि प्रदान करता है और ऊपरी स्तर के तीन कारकों पर अपना निरंतर प्रभाव डालता रहता है। इस परिपेशी स्तर में भी तीन कारक महत्त्वपूर्ण होते हैं—भौगोलिक एवं भौतिक वातावरण (geographic and physical environment), बच्चे का संस्थागत परिवेश (institutional settings) तथा बच्चे को मिलने वाली सामान्य सुविधाएँ (general service amennities)।

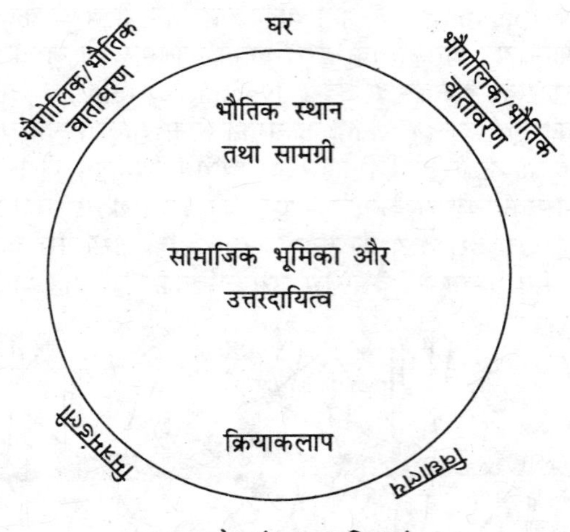

चित्र 4.3 : भारतीय संदर्भ में बच्चों के विकास को समझने के लिए एक मॉडल

ऊपरी परत में बच्चों के विकास को प्रभावित करने वाली तीन कारकों को संक्षिप्त में वर्णन इस प्रक़ार किया जा सकता है—

1. घर *(Home)*—घर की परिस्थिति का प्रभाव बच्चों के विकास पर स्पष्ट रूप से पड़ता है। घर में लोगों के लिए उपलब्ध स्थान, सदस्यों की संख्या, खिलौने, तकनीकी सामग्रियों (technological materials) आदि का प्रभाव बच्चों के विकास पर पड़ता है।

2. स्कूल *(School)*—बच्चों के स्कूल की गुणवत्ता एवं उसमें उपलब्ध सुविधाओं आदि से भी उनका विकास प्रभावित होता है।

3. साथी-संगी *(Peers)*—साथी-संगी या मित्र-मंडली किस तरह से बाल्यावस्था और उसके बाद भी किस तरह से अनुक्रिया करते हैं, का भी प्रभाव बच्चों के विकास पर पड़ता है।

मॉडल के अनुसार ये तीनों कारक स्वतंत्र रूप से कार्य न करके सतत (constantly) एक-दूसरे के साथ अंतःक्रिया करते हैं। चूँकि ऊपरी परत के ये तीनों कारक एक वृहत एवं व्यापक स्तर जिसे परिवेशी स्तर (surrounding layer) कहा जाता है, के अन्तर्गत होते हैं, अतः परिवेशी स्तर के कारकों का प्रभाव ऊपरी स्तर के कारकों पर पड़ता है और यह प्रभाव हमेशा स्पष्ट रूप से दिखलाई नहीं देता है। परिवेशी स्तर के तीन कारकों एवं उनके पड़ने वाले प्रभावों का संक्षिप्त वर्णन इस प्रकार है—

1. सामान्य भौगोलिक पर्यावरण *(General geographical environment)*—इसमें घर से बाहर बच्चों को खेलने तथा अन्य क्रियाओं को करने के लिए उपलब्ध स्थान एवं उसमें सुविधाओं से होता है। इसमें उस मुहल्ले या इलाके में भीड़-भाड़ (crowding) तथा जनसंख्या का घनत्व आदि भी सम्मिलित होता है। यदि पर्याप्त सुविधाओं के साथ स्थान उपलब्ध होता है तथा इलाके में भीड़-भाड़ कम होता है, तो इसका बच्चों के विकास पर अनुकूल प्रभाव पड़ता है।

2. संस्थागत परिवेश *(Institutional setting)*—इस तरह का परिवेश जाति (caste), वर्ग (class) तथा अन्य दूसरे संबद्ध कारकों से बनता है तथा कुछ विशेष प्रकार के कार्य करने के लिए व्यक्तियों पर दबाव डालता है। इसमें से प्रत्येक व्यक्ति कुछ निश्चित भूमिका प्रत्याशा (role expectations) तथा सीमाएँ (limitations) बच्चों के सामने रखता है जिसमें उसका विकास प्रभावित होता है।

3. सामान्य सुविधाएँ *(General amenities)*—बच्चों को अन्य सामान्य सुविधाएँ जैसे पीने का पानी, मनोरंजन के साधन, बिजली आदि के उपलब्ध रहने या न रहने से भी उनका विकास प्रभावित होता है।

स्पष्ट हुआ कि प्रो॰ सिन्हा द्वारा प्रतिपादित मॉडल के दो स्तर हैं—परिवेशी स्तर (surrounding layer) तथा ऊपरी स्तर (upper layer)। इन दोनों स्तरों के कारक आपस में अन्तःक्रिया (interaction) करते हैं और भिन्न-भिन्न लोगों में विकास के लिए अलग-अलग प्रभाव छोड़ते हैं। पूरे जीवनपर्यंत (life span) में व्यक्ति का पारिस्थितिकीय वातावरण (ecological environment) कभी भी बदल सकता है जिसका प्रभाव विकास पर पड़ता है। सचमुच में व्यक्ति के जिन्दगी में होने वाला सभी परिवर्तन जैसे विवाह करना, नौकरी करना, तलाक होना, नौकरी से अवकाश (retirement) प्राप्त करना आदि सभी, दोनों तरह के परिवर्तनों अर्थात् जैविक परिवर्तन तथा परिवेशगत परिवर्तनों का प्रतिफल होता है। अतः अंतिम निष्कर्ष यह है कि बच्चों के लिए परिवेश एक ऐसा ढाँचा (framework) उपस्थित करता है जिसके अनुसार विकसात्मक घटनाएँ (developmental events) घटित होती हैं।

विकास की अवस्थाएँ
(Stages of Development)

जीवन-अवधि मनोविज्ञान (life span development) में विकास को सामान्यतः विभिन्न अवस्थाओं (stages) में बाँटकर वर्णन किया जाता है। अगर आप अपने भाई-बहनों, माता-पिता, चाचा-चाची आदि पर एक नजर डालें तो यह स्पष्ट होगा कि इन व्यक्तियों में कुछ भिन्नता है। यह विभिन्नता अंशतः इसलिए होता है क्योंकि सभी ऐसे व्यक्ति विकास के भिन्न-भिन्न अवस्थाओं से गुजर रहे होते हैं। प्रत्येक विकासात्मक अवस्था की अपनी-अपनी कुछ विशेषताएँ होती हैं जिसके आधार पर उस अवधि की अपनी पहचान बनी रहती है। प्रत्येक अवस्था में कुछ ऐसे कौशल (skills) एवं व्यवहार (behaviour) होते हैं जिसे व्यक्ति आसानी से सीख लेता है। ऐसे व्यवहार एवं कौशल संबंधित अवस्था का एक सामाजिक प्रत्याशा (social expectations) बन जाते हैं जिसे मनोवैज्ञानिकों ने *विकासात्मक कार्य* (developmental task) की रांज्ञा दिया है।

मानव विकास की मुख्य अवस्थाएँ आठ हैं जिनका वर्णन निम्नांकित है—

1. पूर्णप्रसूति अवधि *(Prenatal period)*—यह अवस्था गर्भाधारण से जन्म तक का होता है जो लगभग 9 महीना का होता है। इसमें विकास काफी तेजी से होता है। एकांकी कोशिका (single cell) पूर्णरूपेण एक प्राणी के रूप में विकसित हो जाता है जिसमें मस्तिष्क होने के साथ-ही-साथ व्यवहारात्मक क्षमताएँ (behavioural capicities) भी पर्याप्त होते हैं।

2. शैशवावस्था *(Infancy)*—विकास की यह दूसरी अवस्था है जो जन्म से लेकर प्रथम दो साल तक का होता है। इस अवस्था में शरीर एवं मस्तिष्क से वृहत् परिवर्तन (dramatic changes) होते हैं जिसके परिणामस्वरूप कई तरह के पेशीय (motor), प्रत्यक्षज्ञानात्मक (perceptual) तथा बौद्धिक क्षमताएँ (intellectual capacities) विकसित होते हैं। इसी अवस्था में भाषा का उपयोग भी प्रारंभ होता है तथा दूसरों के साथ पहली बार घनिष्ठ संबंध स्थापित किया जाता है। इस दो साल की अवधि में प्रथम साल को *बालकपन* तथा दूसरे साल को *बचपनावस्था* (toddlerhood) कहा जाता है। बचपनावस्था में ही शिशु चलने के लिए पहला कदम बढ़ाते हैं और स्वायत्तता (autonomy) की ओर अग्रसर होते हैं।

3. आरंभिक बाल्यावस्था *(Early childhood)*—इसकी अवधि 2 साल से 6 साल की होती है। इस अवधि में शरीर की लम्बाई बढ़ जाती है, शरीर दुबला हो जाता है, पेशीय कौशल (motor skills) थोड़ा स्पष्ट हो जाता है तथा बच्चे पहले से अधिक आत्म-नियंत्रित (self-controlled) तथा आत्म-पर्याप्त (self-sufficient) हो जाते हैं। बच्चे कुछ खास किस्म के खेल में अभिरुचि दिखलाने लगते हैं जिससे मनोवैज्ञानिक विकास के सभी पहलुओं का समर्थन मिलता है। चिंतन (thought) एवं भाषा का विकास तेजी से होने लगता है तथा बच्चे कुछ अन्य बच्चों के साथ दोस्ती कर लेते हैं।

4. उत्तर बाल्यावस्था *(Later childhood)*—इस अवस्था की अवधि 6 से 11-12 साल की होती है। इसमें बच्चे विस्तृत वातावरण के विभिन्न पहलुओं के बारे में जानकारी हासिल करते हैं और नये-नये उत्तरदायित्वों को सीखते हैं जो बहुत कुछ वयस्क की भूमिका से मिलता-जुलता है। इस अवस्था में मुख्य रूप से बच्चे में उन्नत खेल-कूद की क्षमता, कोई संगठित खेल-कूद (ogranized game) में सहभागिता, अधिक तार्किक चिन्तन प्रक्रियाएँ (more logical thought processes), मौलिक साहित्यिक कौशलों को सीखना, दोस्ती, नैतिकता, (morality) एवं आत्म-बोध (self-understanding) में वृद्धि आदि मुख्य विशेषताओं में से है।

5. किशोरावस्था *(Adolescence)*—इस अवस्था की अवधि सामान्यतः 13 से 19 साल की होती है। यह अवस्था व्यस्कावस्था की शुरूआत करता है। लड़के तथा लड़कियों में वयस्क के आकार का शरीर विकसित हो जाता है तथा लैंगिक परिपक्वता (sexual maturity) उत्पन्न हो जाती है। चिन्तन का स्वरूप अमूर्त्त (abstract) तथा आदर्शवादी (idealistic) हो जाता है और स्कूलिंग मूलतः उच्च शिक्षा पर केन्द्रित हो जाता है। ऐसे किशोर अपने परिवार से स्वायत्तता (autonomy) प्राप्त कर लेते हैं तथा अपने व्यक्तिगत मूल्यों (personal values) एवं लक्ष्यों (goals) को स्पष्ट रूप से परिभाषित करते हैं।

6. आरंभिक वयस्कावस्था *(Early adulthood)*—इस अवस्था की अवधि सामान्यतः 20-30 साल की होती है जिसमें व्यक्ति अपने जीवन-वृत्ति (career) की शुरूआत करता है तथा उसे विकसित करता है। वह व्यक्तिगत (personal) तथा आर्थिक स्वतंत्रता की ओर अग्रसर होता है। शादी करता है तथा अपना घर-परिवार बसाकर अपने संतानों का पालन-पोषण भी आरंभ कर देता है।

7. मध्य वयस्कावस्था *(Middle adulthood)*—यह अवस्था 35-55 साल की होती है जिसमें व्यक्ति अपने व्यक्तिगत (personal) तथा सामाजिक आवेष्टन (social involvement) को बढ़ाता है तथा मजबूत करता है। वह अपने अगले पीढ़ी के बच्चों को जवाबदेही स्वीकार करना सीखलाते हैं तथा उन्हें सामर्थ्य (competent) बनने में मदद करते हैं। इस अवस्था में व्यक्ति अपने जीवन-वृत्ति को और दृढ़ करता है तथा उससे पूर्ण संतुष्टि प्राप्त करने का भरसक कोशिश करता है।

8. उत्तर वयस्कावस्था *(Later adulthood)*—यह अवस्था 56 से लेकर 70 साल या मृत्यु तक की होती है। इस अवस्था में व्यक्ति बुढ़ापे में होता है तथा व्यक्ति को गिरते स्वास्थ्य एवं शक्ति (strength) के साथ समायोजन करना पड़ता है। यहाँ व्यक्ति अवकाश-प्राप्त जिंदगी में होता है और इसमें उसे नयी सामाजिक भूमिका (social roles) के साथ भी समायोजन करना पड़ता है।

स्पष्ट हुआ कि विकास की कई अवस्थाएँ होती हैं। मानव जिंदगी इन्हीं अवस्थाओं से होकर आगे बढ़ता है। भारतीय परिपेक्ष्य में विकास की अवस्थाएँ जो हिन्दू मॉडल (Hindu model) के अनुसार वर्णित हैं, चार

हैं—*ब्रह्मचर्य* (Brahmacharya), *गृहस्थ* (Grihastha), *वनप्रस्थ* (Vanaprastha) तथा *संन्यास* (Samnyasa)। ब्रह्मचर्य पहला आश्रम या जिंदगी की अवस्था होता है जिसमें एक स्कूल जाने वाला छात्र अपने गुरु के साथ रहकर बड़ा होता है और उनसे कुछ वैसे कौशलों (skills) को सीखता है जो वयस्कावस्था में जाकर उन्हें उत्तम ढंग से जीने में मदद करता है। *गृहस्थ* हिन्दू सिद्धान्त के अनुसार जिंदगी का दूसरी अवस्था (second stage) है जिसमें व्यक्ति *पुरुषार्थ, अर्थ* या धन कमाने तथा *लैंगिक तुष्टि* (sexual satisfaction) प्राप्त करता है क्योंकि वह शादी करके एक परिवार बसाता है तथा उसका पालन-पोषण करता है। *वनप्रस्थ* तीसरी अवस्था होती है जिसमें व्यक्ति पारिवारिक जिंदगी से अपने मन को बाहर कर लेता है क्योंकि व्यक्ति की रुचि पारिवारिक झंझटों से हटकर आध्यात्मिक जिंदगी (spiritual life) के क्षेत्र में हो जाता है। *संन्यास* जिन्दगी की अंतिम अवस्था होती है जिसमें हिन्दू विचारधारा के अनुसार व्यक्ति को सभी व्यक्तिगत संबंधों एवं सांसारिक चीजों से दैहिक अलगाव (physical separation) हो जाता है।

विकासात्मक अवस्थाओं की समग्र दृष्टि
(Overview of Developmental Stages)

मानव जीवन के विकास का वर्णन विभिन्न अवस्थाओं (stages) में किया जाता है। मानव जीवन इन्हीं अवस्थाओं से होता हुआ आगे बढ़ता है। प्रत्येक अवस्था में व्यक्ति को कुछ विशेष तरह का व्यवहार तथा कौशल सीखना होता है। इस तरह की सामाजिक अपेक्षा (social requirements) को मनोवैज्ञानिकों ने *विकासात्मक कार्य* (developmental task) कहा जाता है। इस अनुच्छेद में हम कुछ प्रमुख अवस्थाओं के दौरान होनेवाले भिन्न-भिन्न तरह के विकासों पर एक नजर डालेंगे।

पूर्वप्रसूति अवस्था में विकास
(Development in Prenatal Period)

गर्भाधान (conception) से लेकर जन्म तक की अवधि को *पूर्वप्रसूति अवस्था* (prenatal stage) कहा जाता है जो औसतन लगभग 38 से 40 सप्ताह (266 से 280 दिन) का होता है। इस अवस्था से विकास की अवधि तीन मुख्य उपअवस्थाओं में बँटा होता है—पहली उपअवस्था को *भ्रूणीय अवधि* (germinal period) कहा जाता है जो गर्भधारण से प्रारंभ होकर *आरोपण* (implantation) तक का होता है और इसकी समयावधि 8-14 दिन का होता है। आरोपण में विकसित हो रहे युग्मनज (zygote) गर्भाशय (uterus) के दिवाल से काफी सहज ढंग से संलग्न (attatch) हो जाता है। दूसरी उपअवस्था को *भ्रूणावधि* (period of embryo) कहा जाता है जो तीसरा सप्ताह से प्रारंभ होकर आठवाँ सप्ताह तक का होता है। इस अवधि में शरीर के सभी मुख्य अंगों का निर्माण होता है तथा हृदय (heart) धड़कना प्रारंभ हो जाता है। तीसरी अवस्था को फेटल अवधि (fetal period) जो आठवीं सप्ताह से प्रारंभ होकर जन्म तक का होता है। इस अवधि में शरीर के सभी मुख्य अंग कार्य करना प्रारंभ कर देता है तथा विकसित हो रहा शिशु तेजी के साथ बढ़ता है।

पूर्वप्रसूति अवस्था में विकसित हो रहे भ्रूण पर बहुत से कारकों का प्रभाव पड़ता है जिनमें निम्नांकित प्रमुख हैं—

1. माता से संबंध कारक *(Factors related to mother)*—माता से संबद्ध कई कारक हैं जिनसे भ्रूण प्रभावित होता है। माता की उम्र का सीधा प्रभाव भ्रूण पर पड़ता है। 20 साल से कम तथा 35 साल से ऊपर की माताओं में कई कारणों से भ्रूण का यथोचित विकास (proper development) प्रभावित होता है तथा इस उम्र में गर्भपात होने की संभावना भी अधिक रहती है। गर्भ के दौरान माँ की सांवेगिक स्थिति तथा उनके असंतुलित भोजन का भी प्रभाव पड़ता है। अध्ययनों से यह स्पष्ट हुआ कि जब गर्भ के दौरान लम्बे समय तक माताएँ सांवेगिक तनाव से गुजरती हैं तो उन के अन्तस्रावी ग्रन्थियों (endocrine glands) से शक्तिशाली हारमोन्स (hormones) जैसे एड्रीनालीन (adrenaline) निकलता है जो भ्रूण को प्रभावित करता है। ऐसी स्थिति में गर्भस्राव या गर्भपात (miscarriage), लम्बे समय तक प्रसव-पीड़ा (labour pain) तथा प्राक्परिपक्व प्रसूति (premature delivery)

आदि होता है। गर्भ के दौरान असंतुलित भोजन लेने से पैदा होने वाला शिशु में जन्मजाती दोष (congenital defect), मृतप्रसव (still birth), जन्म लेने के बाद शिशु का एक साल के भीतर ही मर जाना आदि देखने को मिलता है।

2. टेराटोजेन्स *(Teratogens)*—टेराटोजेन्स (teratogens) का प्रभाव विकसित हो रहे भ्रूण पर काफी सार्थक पड़ता है। टेराटोजेन्स से तात्पर्य बाह्य कारकों (external factors) जैसे औषध (drugs), वाइरस (virus), रसायन (chemicals), विकिरण (radiation) से होता है जो भ्रूण के विकास को प्रभावित कर अवरूद्ध कर देता है। अध्ययनों से टेराटोजेन्स के पड़ने वाले प्रभाव के बारे में निम्नांकित सामान्य तथ्य पता चलता है—

(i) टेराटोजेन्स का प्रभाव भ्रूण पर उस समय सबसे खराब होता है जब शरीर की संरचना का निर्माण हो रहा होता है।

(ii) सभी भ्रूणों पर टेराटोजेन्स का प्रभाव एक समान नहीं पड़ता है। यह भ्रूण के जननिक पृष्ठभूमि (genetic background) के अनुसार भिन्न-भिन्न मात्रा में प्रभाव डालते हैं।

(iii) एक ही तरह का दोष विभिन्न टेराटोजेन्स से उत्पन्न हो सकता है।

(iv) एक ही टेराटोजेन्स से कई तरह के दोष भ्रूण में उत्पन्न हो सकते हैं।

(v) टेराटोजेन्स का प्रभाव ज्यादा समय तक होने से भ्रूण में गंभीर क्षति होते हैं।

टेराटोजेन्स में गर्भ के दौरान माँ को होने वाली बीमारियों एवं उसके पड़ने वाले प्रभाव का जिक्र हम पहले करेंगे। गर्भ के दौरान जिन माताओं को रूबेला (Rubella) या जिसे जर्मन खसरा (German measles) कहा जाता है, हो जाता है, उनके जन्म लेने वाले शिशुओं में कई तरह के दोष जैसे अंधापन (blindness), बहरापन (deafness), हृदय रोग तथा मानसिक मंदता (mental retardation) होने की संभावना अधिक होती है। रूबेला के अतिरिक्त और भी कुछ रोग जैसे सिफिलिस (syphilis), सूजाक (gonorrhea), जननिक हरपिस (genital herpis), एड्स (AIDS), हैजा (cholera), मधुमेह (diabetes), पीलिया रोग (Jaundice) आदि का भी कुप्रभाव भ्रूण पर पड़ता देखा गया है।

जब माताएँ गर्भ के दौरान औषध (drugs) लेतीं हैं तो इसका भी भ्रूण के विकास पर नकारात्मक प्रभाव पड़ता है। ऐसे औषध में अल्कोहल (alcohol), एम्फिटामाइन (amphetamine), एन्टीबायटिक (antibiotics), कोकेन (cocaine), लिथियम (lithium), एलएसडी (LSD), हेरोइन (Heroin), तम्बाकू आदि प्रधान है जिनके सेवन से भ्रूण में आंशिक या पूर्ण जन्मजाती दोष (congenital defect) उत्पन्न हो जाते हैं। ऐसे शिशुओं में प्रायः हृदय रोग, मानसिक मंदता, श्वसन रोग (respiratory diseases) तथा कभी-कभी मृतप्रसव (still birth) भी होते हैं।

टेराटोजेन्स का एक श्रेणी पर्यावरणी आपद (environmental hazards) से भी उत्पन्न होता है। इसमें विकिरण (radiation) कुछ विशेष रसायन (chemical) तथा प्रदूषक (pollutants) मुख्य हैं। अध्ययनों से यह स्पष्ट हुआ है कि विकिरण से गर्भवती माताएँ जब प्रभावित होती हैं, तो मृतप्रसव (still birth), विकलांग शिशु तथा जन्म के कुछ दिनों बाद ही मर जाने वाले शिशुओं को प्रायः वे जन्म देती हैं। कुछ विशेष तरह के रसायन जैसे पेस्टिसाइड्स (pesticides) तथा सौंदर्यपरक उत्पाद (cosmetic products), कृत्रिम मिठाई आदि से भ्रूण के विकास पर आंशिक रूप से कुप्रभाव देखा गया है। हवा तथा जल के माध्यम से प्रदूषक गर्भवती माता के शरीर में प्रवेश करता है, तो इससे भ्रूण के सामान्य विकास पर कुप्रभाव पड़ता है। प्रायः देखा गया है कि औद्योगिक संगठनों द्वारा हवा या जल में लीड (lead) जिंक (zinc), मरकरी (mercury) आदि छोड़े जाते हैं जिनके प्रभाव से गर्भवती माता के भ्रूण का विकास अवरुद्ध हो जाता है।

स्पष्ट हुआ कि पूर्वप्रसूति अवधि में तीन उपअवस्थाओं में बँटकर मानव विकास होता है और इस अवधि के विकास पर कई कारकों का प्रभाव पड़ता है।

शैशवावस्था के दौरान विकास
(Development during Infancy)

शैशवावस्था जन्म से लेकर प्रथम दो वर्ष की अवधि का होता है। एक महीने तक की आयु के शिशु को *नियोनेट* (neonate) कहा जाता है। जन्म होने के बाद यानी जब शिशु का शरीर माँ के शरीर से बाहर निकल जाता है, तो जबतक उसका नाभि-नाड़ी (umbilical cord) काटा नहीं जाता है (सामान्यतः 15 से 20 मिनट), को *प्रसवी अवधि* (period of partunate) कहा जाता है। इस अवधि में जन्म के बाद भी माँ से ही उसे भोजन उस नाड़ी के माध्यम से मिलते रहता है। इस नाड़ी के काट कर बाँध दिये जाने के समय से लेकर 15 दिनों तक के समय को *नियोनेट अवधि* (period of neonate) कहा जाता है जिसमें शिशु एक स्वतंत्र एवं अलग प्राणी के रूप में होता है और वह प्रसवी अवधि के समान अपने माँ पर भोजन के लिए निर्भर नहीं रहता है।

जन्म के समय एक सामान्य शिशु के शरीर की लम्बाई 19 से 22 ईंच तथा वजन 5½ से 9½ पौंड तक का होता है। जन्म के बाद इन शिशुओं द्वारा तीन तरह के व्यवहार किये जाते हैं—*नींद लेना* (sleeping), *रूदन* (crying) तथा *भोजन करना* (feeding)। एक नवजात शिशु का सबसे महत्त्वपूर्ण कार्य नींद लेना होता है। वह प्रतिदिन करीब 16 या इससे ज्यादा घंटे सो कर बिताता है। रूदन (crying) भी शिशुओं में अनार्जित (unlearned) तथा अनैच्छिक (involuntary) अनुक्रिया है जिसके माध्यम से वे माता-पिता या देख-देख करनेवालों का ध्यान अपनी ओर आकर्षित करते हैं। शिशु माँ के स्तन से दुध चूसकर प्राप्त करते हैं और इस तरह से वे अपने भूख की तुष्टि करते हैं। इस स्तन-पान से शिशु एवं माता दोनों की ही तुष्टि होती है। माँ का दुध को बाहर से दिये जाने वाले दुध की अपेक्षा पचाना असान होता है तथा यह शिशु के शरीर में विभिन्न तरह के रोग प्रतिकारक (antibodies) का निर्माण करता है जो शिशुओं का खतरनाक संक्रमण (infection) से बचाता भी है।

इन तीन प्रमुख क्रियाओं (activities) के अतिरिक्त जन्म से ही शिशुओं में विभिन्न तरह के प्रतिवर्त (reflexes) करने की आंतरिक क्षमता (built-in capacity) होती है। सहज क्रिया से तात्पर्य किसी उद्दीपक (stimulus) के प्रति अनार्जित (unlearned) तथा स्वतः अनुक्रिया (automatic response) से होता है। जैसे, आँख पर फूँक मारने से पलक का स्वतः बंद होना एक प्रतिवर्त का उदाहरण है। शैशवावस्था में शिशु दो तरह के सहज क्रियाएँ (reflexes) करते हैं—

(क) उत्तरजीविता प्रतिवर्त (survival reflexes)

(ख) आदि प्रतिवर्त (primitive reflxes)।

(क) उत्तरजीविता प्रतिवर्त *(Survival Reflexes)*

उत्तरजीविता सहज क्रियाएँ में वैंसी क्रियाएँ सम्मिलित होती हैं जो शिशु को जीवित रहने के लिए आवश्यक है। इस श्रेणी में *श्वसन प्रतिवर्त* (breathing reflex), *आँख मटकाना प्रतिवर्त* (eyeblink reflex), *कनीनिका प्रतिवर्त* (pupillary reflex), *रूटिंग प्रतिवर्त* (rooting reflex), *चूषण प्रतिवर्त* (sucking reflex) तथा *निगरण प्रतिवर्त* (swallowing reflexes) मुख्य रूप से आते हैं। इन सबों का संक्षिप्त विवरण इस प्रकार है—

1. श्वसन प्रतिवर्त *(Breathing reflexes)*—इसमें शिशु लगातार साँस लेता तथा छोड़ता है। यह एक स्थायी प्रतिवर्त (permanent reflex) होता है तथा शिशु को ऑक्सीजन (oxygen) देता है तथा कार्बन डायक्साइड (carbon dioxide) बाहर करने में मदद करता है।

2. आँख मटकाना प्रतिवर्त *(Eyeblink reflex)*—इसमें शिशु आँख का पलक खोलता है तथा बन्द करता है। यह भी एक स्थायी प्रतिवर्त होता है तथा यह आँख को चमकीला एवं तेज रोशनी से बचाता है।

3. कनीनिका प्रतिवर्त *(Pupillary reflex)*—इसमें तीव्र रोशनी के आने पर शिशु के आँख की पुतली सिकुड़ जाती है तथा मंद रोशनी में फैल जाती है। यह भी एक स्थायी प्रतिवर्त होता है तथा यह तीव्र रोशनी से आँख

को बचाता है तथा दृष्टि तंत्र (visual system) को निम्न रोशनी (low illumination) के प्रति समायोजित करता है।

4. रूटिंग प्रतिवर्त *(Rooting reflex)*—इस प्रतिवर्त में गाल को छूने पर उसी दिशा में शिशु सिर को घुमाता है। यह जन्म के कुछ सप्ताह के बाद अपने आप समाप्त हो जाता है और ऐच्छिक सिर घुमाने (voluntary head turning) की प्रक्रिया से प्रतिस्थापित हो जाता है। यह प्रतिवर्त शिशु को माँ के स्तन या दुध के बोतल की ओर उन्मुखता बनाये रखने में सहायता प्रदान करता है।

5. चूषण प्रतिवर्त *(Sucking reflex)*—इस प्रतिवर्त में शिशु जो वस्तु को मुँह में रखता है, उसे चूषणा प्रारंभ कर देता है। जीवन के प्रथम कुछ महीनों से प्राप्त अनुभव के आलोक में इस प्रतिवर्त में कुछ परिवर्तन आ जाता है। यह शिशु को भोजन करने में भोज्य पदार्थ को स्वीकार करने में मदद करता है।

6. निगरण प्रतिवर्त *(Swallowing reflex)*—इसमें शिशु निगलने की अनुक्रिया (swallowing) करता है। यह स्थायी होता है परंतु अनुभव के आलोक में इसमें परिवर्तन होता है। यह भी शिशु को भोज्य पदार्थ को निगलने में मदद करता है।

(ख) आदि प्रतिवर्त *(Primitive reflex)*—आदि प्रतिवर्त से तात्पर्य वैसे प्रतिवर्त से होता है जो धीरे-धीरे जिंदगी के प्रथम साल के अंत होते-होते समाप्त हो जाते हैं क्योंकि इस उम्र तक प्रमस्तिष्कीय कॉर्टेक्स (cerebral cortex) इतना परिपक्व हो जाता है कि व्यवहार का नियंत्रण वह अपने हाथ में ले लेता है। इसे आदि (primitive) प्रतिवर्त इसलिए कहा जाता है क्योकि नियंत्रण मस्तिष्क के उपप्रमस्तिष्कीय क्षेत्र (subcortical area) से होता है अर्थात् ऐसा क्षेत्र जो सबसे पहले विकसित होता है। प्रमुख आदि प्रतिवर्त निम्नांकित है—

1. बेविन्सकी प्रतिवर्त *(Babinski reflex)*—इसमें यदि शिशु के पैर के तलवे पर हल्का चोट दिया जाता है, तो वह पहले पैर की ऊँगलियों को फैलाता है और फिर उसे आगे की ओर मोड़ लेता है। प्रायः यह 8 महीने से 12 महीने के भीतर समाप्त हो जाता है। इसकी उपस्थिति और फिर समय पर इसका समाप्त हो जाने से सामान्य तंत्रकीय विकास (neurological development) का संकेत मिलता है।

2. हथेली पकड़ प्रतिवर्त *(Palmar grasping reflex)*—इस प्रतिवर्त में यदि शिशु के हथेली (palm) को ऊँगली (finger) अथवा किसी अन्य वस्तु से स्पर्श किया जाता है, शिशु की ऊँगलियाँ उसके इर्द-गिर्द लिपट कर पकड़ लेती है। यह 3-4 महीने के बाद अपने आप समाप्त हो जाता है। इससे भी शिशु में सामान्य तंत्रकीय विकास (normal neurological development) का पता चलता है।

3. मोरो प्रतिवर्त *(Moro reflex)*—यदि शिशु के सामने तीव्र आवाज होता है या उसके सिर की स्थिति (position) में अचानक परिवर्तन कर दिया जाता है, तो वह अपना बाँह को बाहर की ओर फेंकता है, फिर पीछे की ओर मोड़ता है तथा बाँह को एक-दूसरे के नजदीक लाता है मानों वह किसी चीज को पकड़ रहा है। यह प्रतिवर्त तो 6-7 महीना के बाद समाप्त हो जाता है परंतु शिशु अप्रत्याशित आवाज या शारीरिक समर्थन के अचानक हटने के प्रति चौकाना प्रतिवर्त (stratle reflex) दिखलाता है जो कभी समाप्त नहीं होता है। मोरो प्रतिवर्त भी सामान्य तंत्रकीय विकास (normal neurological development) की ओर इशारा करता है।

4. तैराकी प्रतिवर्त *(Swiming reflex)*—यदि शिशु को पानी में डुबोया जाता है तो उसके बाँह एवं पैर में सक्रिय गति देखने को मिलता है और अनैच्छिक ढंग से (involuntarily) अपने साँस को रोक लेता है जिससे शरीर की उत्पलावकता (buoyancy) बढ़ जाती है। यह प्रतिवर्त कुछ समय तक शिशु को तैरने में मदद करता है। यह प्रथम 4 से 6 महीने के बाद समाप्त हो जाता है। इससे भी सामान्य तंत्रकीय विकास (normal neurological development) का पता चलता है।

5. डग भरने का प्रतिवर्त *(Stepping reflex)*—इसमें शिशु खड़ा होता है ताकि उसका पैर जमीन के सतह को छू सके मानों वह चलने की तैयारी कर रहा हो। अगर शिशु को चलने की लगातार अभ्यास नहीं कराया जाता है तो यह प्रतिवर्त प्रथम 8 सप्ताह में समाप्त हो जाता है। इससे भी सामान्य तंत्रकीय विकास को संकेत मिलता है।

इन विभिन्न प्रतिवर्तों के माध्यम से बच्चों में पेशीय कौशल (motor skills) विकसित होता है। जैसे, जिन शिशुओं में डग भरने के प्रतिवर्त (stepping reflex) का नियमित ढंग से अभ्यास कराया जाता है, वे स्वतः डग बढ़ाने की अनुक्रिया अधिक करते हैं और उनकी मांसपेशियाँ जल्द ही काफी मजबूत हो जाती है। परिणामतः ऐसे शिशु अन्य शिशुओं की अपेक्षा जिन्हें ऐसा अभ्यास नहीं कराया जाता है, कई सप्ताह पहले से ही चलना प्रारंभ कर देते हैं।

शैशवावस्था में होने वाले प्रमुख प्रकार के विकास (development) की व्याख्या हम इस प्रकार कर सकते हैं।

1. पेशीय विकास *(Motor development)*—शिशुओं में पेशीय कौशल (motor skills) का सीखना और परिणामतः कुछ उससे संबंध पेशीय विकास तो विभिन्न प्रकार के प्रतिवर्त (reflexes) के कारण हो जाते हैं। परंतु फिर भी जैसे-जैसे शिशु की आयु इस अवस्था में बढ़ती है, कुछ स्पष्ट पेशीय विकास देखने को मिलते हैं। पेशीय विकास से तात्पर्य वैसे विकास से होता है जिसमें शिशु वैसी क्रियाओं (activities) को करता है जिसमें उसके कंकालीय (skeletal) विकास एवं मांसपेशियों की अहम भूमिका होती है। जैसे, रेंगना (crawling), चलना (walking), चढ़ना (climbing), किसी चीज या वस्तु को पकड़ना (graping) आदि सभी पेशीय विकास के फलस्वरूप होने वाले पेशीय क्रियाएँ (motor activities) हैं। शैशवावस्था में पेशीय विकास दो तरह के नियमों के अनुरूप होते हैं—*मस्तकाधोमुखी नियम* (cephalocaudal principle) तथा *निकट-दूर नियम* (proximodistal principle) मस्तकाधोमुखी नियम के अनुसार पेशीय विकास सिर से पैर की दिशा में होती है। फलस्वरूप सिर की बनावट तथा कार्य में पहले विकास होता है, फिर धड़ की बनावट तथा कार्य में और अन्त में पैर मांसपेशियों एवं कार्य में। मस्तकाधोमुखी विकास के परिणामस्वरूप यह देखा जाता है कि विकास के क्रम में शिशु पहले सिर उठाता है, उसके बद वह बैठना प्रारंभ कर देता है, फिर खड़ा होता है और अन्त में चलना प्रारंभ कर देता है। निकट-दूर नियम के अनुसार बालकों में पेशीय विकास शरीर के केन्द्र से उसके छोर की ओर होता है। इस नियम के अनुसार पहले पेट या छाती के क्षेत्र में विकास होता है, फिर बाँह में और अन्त में अँगुलियों में। इन दोनों नियमों को चित्र 4.4 में दिखलाया गया है।

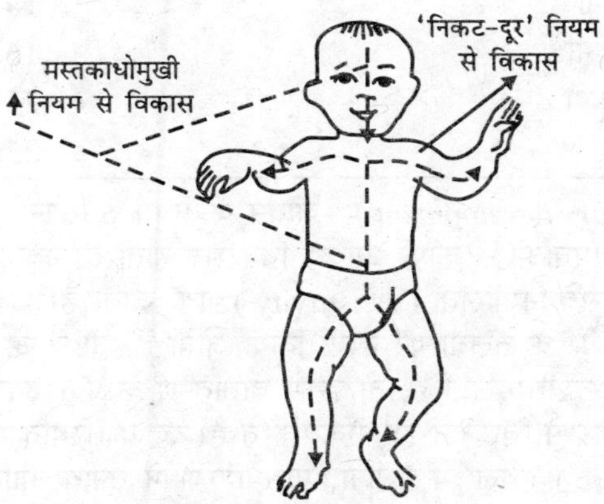

चित्र 4.4 :

शैशवावस्था में शिशुओं में दो तरह के पेशीय विकास होते हैं—*सकल पेशीय विकास* (gross motor development) तथा *सूक्ष्म पेशीय विकास* (fine motor development)। सकल पेशीय विकास से तात्पर्य उन क्रियाओं के करने पर नियंत्रण से होता है जो शिशु को अपने वातावरण में इधर-उधर करने में मदद करता है। रेंगना अर्थात् दोनों हथेली तथा दोनों ठेहुना को मोड़कर आगे बढ़ना (crawlling), खड़ा होना (standing), चलना (walking) आदि इसके उत्तम उदाहरण हैं। सूक्ष्म पेशीय विकास का संबंध छोटे-छोटे गतियों (movements) से होता है। जैसे, शिशुओं द्वारा किसी विशेष चीज या व्यक्ति के पास पहुँचना (reaching) तथा किसी चीज को पकड़ना (graping) आदि। पूरे शैशवावस्था में शिशुओं द्वारा भिन्न-भिन्न महीने की आयु में भिन्न-भिन्न तरह के

पेशीय क्रियाएँ की जाती हैं। इन क्रियाओं की सूची शिशुओं के औसतन आयु के साथ तालिका-1 में दिखलाया गया है।

तालिका 1 : जीवन के प्रथम दो साल (शैशवावस्था) में सकल (gross) एवं सूक्ष्म (fine) पेशीय विकास

पेशीय कौशल (Motor Skills)	**औसतन आयु** (Average Age)
1. खड़ा करने पर सिर ऊँचा एवं सीधा करना	6 सप्ताह
2. झुककर बाँह के सहारे अपने आप को उठाना	2 महीना
3. एक बगल (side) से पीठ की ओर लुढ़कना	2 महीना
4. किसी चीज को कसकर पकड़ना	3 महीना, 3 सप्ताह
5. पीठ (back) की ओर से बगल की ओर लुढकना	4½ महीना
6. अकेले बैठ जाना (sits alone)	7 महीना
7. दोनों हथेली एवं ठेहुना के सहारे चलना (रेंगना)	7 महीना
8. खड़ा होने की कोशिश करना	8 महीना
9. थपकी दे देकर खेलना	9 महीना, 3 सप्ताह
10. अकेले खड़ा हो जाना	11 महीना
11. अकेले चलने लगना	11 महीना, 3 सप्ताह
12. दो घनों (cubes) को लेकर एक-दूसरे पर रखकर खेलना	11 महीना, 3 सप्ताह
13. तेजी से घसीट कर लिख देना	14 महीना
14. सहारा देने पर सीढ़ी पर चढ़ना	16 महीना
15. किसी जगह खड़ा होकर कूदना	23 महीना, 2 सप्ताह
16. पैर की अँगुलियों पर चलना	25 महीना

2. संवेदी विकास *(Sensory development)*—जीवन के प्रथम 6 महीनों में शिशुओं की संवेदी क्षमताएँ (sensory capacities) पेशीय क्षमताओं से काफी अधिक विकसित होती है। नवजात शिशुओं में स्पर्श (touch) एवं दर्द (pain) के प्रति काफी संवेदनशीलता (sensitivity) पायी जाती है। जब ऐसे शिशु को विशेषकर मुँह (mouth) हथेली (palm) तथा पैर के तलवा पर स्पर्श किया जाता हैं, तो वे अनुक्रिया करते देखे जाते हैं। जब शिशुओं को स्पर्श करने से उन्हें खुशी मिलती है, तो इससे वातावरण के प्रति उनकी संवेदनशीलता बढ़ जाती है। शिशु दर्द के प्रति भी अनुक्रिया जोर से चिल्लाते हुए रोकर करते हैं। दर्द की स्थिति में उनकी हृदयगति तीव्र हो जाती है तथा रक्तचाप (blood pressure), हथेली में पसीना, मांसपेशियों में तनाव आदि बढ़ जाती है।

शिशुओं में स्वाद (taste) तथा गंध (smell) की भी संवेदी क्षमता होती है। स्टीनर (Steiner, 1999) द्वारा किये गए अध्ययन से यह स्पष्ट हुआ है कि मीठा स्वाद के होने पर शिशु अपने चेहरे की मांसपेशियों को शिथिल (relax) करते देखे गये हैं और जब स्वाद खट्टा होता है तो वे अपने होठों को सिकोड़ लेते हैं और जब उन्हें कडुआ (bitter) स्वाद का सामना करना पड़ता है तो वे अपने मुँह को चलाकर वृत्तांश ढंग से खोलते (archlike opening) हुए देखे जाते हैं। शिशुओं में कुछ गंध को पसंद करने की उन्मुखता होती है। जैसे, स्टीनर (Steiner, 1987) ने अपने अध्ययन में पाया कि शिशु केला (banana) तथा चॉकलेट (chocholate) से एक शिथिल (relaxed) एवं सुखद आनन अभिव्यक्ति (facial expression) दिखलाते हैं तथा सड़े अंडा के प्रति शिशु अप्रसन्नता (frowning) का भाव दिखलाते हैं।

शिशुओं में श्रवण संवेदी क्षमता भी मौजूद होती है। वे भिन्न-भिन्न तरह के आवाजों को सुनते हैं और विभेदन करते हैं। 3 दिन का शिशु आवाज आने की सामान्य दिशा की ओर अपना आँख तथा सिर घुमाता है। प्रथम 6 महीने में आवाज की दिशा की निश्चित पहचान की क्षमता विकसित हो जाती है और दूसरा साल के अन्त होते-होते यह और भी उन्नत हो जाता है। जन्म के तुरंत बाद शिशु जटिल आवाज (complex sound) पर शुद्ध आवाज (pure tone) की अपेक्षा अधिक ध्यान देते हैं। कोई भी कोलाहल (noise) तथा आवाज (voice) के प्रति वे ध्यान देते पाये गए हैं। प्रथम साल समाप्त होते-होते शिशु में आवाजों को एक विस्तृत पैटर्न (elaborate pattern) में संगठित करने की क्षमता विकसित हो जाती है और 4 से 7 महीने की आयु होने पर उनमें संगीतमय शैली (musical phrasing) की पहचान का भाव विकसित हो जाता है। प्रथम साल के अंत होने पर शिशु अपने मातृभाषा में आवाजों को संगठित करना पसंद करने लगते हैं। वेबर (Weber, 2004) द्वारा किये गए अध्ययन से यह स्पष्ट हुआ है कि 5-6 महीना के आयु होने पर वे अपनी मातृभाषा के अक्षर बल पैटर्न (syllable stress pattern) से अवगत हो जाते हैं। 6 से 8 महीने की आयु होने पर वे उन अक्षरों के आवाजों को अलग करने की क्षमता विकसित कर लेते हैं जो उनके मातृभाषा में नहीं होती है।

, दृष्टि संवेदी क्षमता (visual sensory capacity) नवजात शिशुओं में सबसे कम परिपक्व क्षमता होती है। ऐसे शिशुओं में नेत्र की विभिन्न संरचनाएँ परिपक्व नहीं होती है। फलतः स्पष्ट दृष्टि संवेदी क्षमता इस समय विकसित नहीं होता है। चूँकि इनकी दृष्टि संरचनाएँ परिपक्व नहीं होती हैं, अतः नवजात शिशु किसी चीज पर ध्यान ठीक ढंग से केन्द्रित नहीं कर पाते हैं और उनमें दृष्टि तीव्रता (visual acquity) सीमित होता है। स्लेटर (Slater, 2001) के अध्ययन के अनुसार वयस्क जिसे 600 फीट की दूरी पर स्पष्टतः देख सकते हैं, एक नवजात शिशु मात्र 20 फीट की दूरी तक ही उतना ही स्पष्ट देख पाता है। एक नवजात शिशु में रंग विभेदन की क्षमता तो होती है परंतु 2 महीने की आयु होने पर ही इस तरह की क्षमता को स्पष्टतः देखने को मिलता है। जीवन के प्रथम कुछ महीनों में दृष्टि तंत्र बहुत तेजी से विकसित होती है और 6 महीना के भीतर वयस्क के समान यह 20/20 के स्तर पर पहुँच जाता है। शिशुओं में नेत्र द्वारा स्कैनिंग (scanning) तथा खोज (tracking) की प्रवृत्ति प्रथम 6 महीने में बढ़ जाती है तथा नेत्र गति (eye movements) पर ऐच्छिक नियंत्रण बढ़ जाता है। अध्ययनों से इस बात के भी सबूत मिले हैं कि शिशुओं में गहराई प्रत्यक्षण (depth perception) भी होता है। गहराई प्रत्यक्षण से तात्पर्य वस्तुओं को एक-दूसरे से और अपने आप से दूरी तय करने की क्षमता से होती है। गिब्सन तथा वाक (Gibson & Walk) द्वारा निर्मित दृष्टि भृगु (visual cliff) के सहारे किये गए प्रयोगों से यह स्पष्ट हुआ कि 2 से 3 महीना के भीतर गहराई प्रत्यक्षण क्षमता जन्म लेती है तथा 15 महीना की आयु होते-होते यह पूर्णतः स्पष्ट रूप से विकसित हो जाती है। अध्ययनों से इस बात के भी सबूत मिले हैं कि एक साल के शिशुओं में पैटर्न प्रत्यभिज्ञान (pattern recognition) तथा चेहरा प्रत्यक्षण (face perception) की भी क्षमता का विकास हो जाता है।

3. संज्ञानात्मक विकास *(Cognitive development)*—संज्ञान (cognition) से तात्पर्य जानने (knowing) की प्रक्रिया से होती है। इसमें कई तरह के मानसिक प्रक्रियाएँ (mental processes) जैसे संवेदन (sensation), प्रत्यक्षण (perception), प्रतिमावली (imagery), धारण (retention), प्रत्याह्वान (recall), समस्या समाधान (problem solving), तर्कणा (reasoning), चिंतन (thinking), अवधान (attention) आदि सम्मिलित होते हैं। शिशुओं में इन संज्ञानात्मक प्रक्रियाओं का समग्र विकास (overall development) को संज्ञानात्मक विकास (cognitive development) कहा जाता है जिसका विस्तृत एवं वैज्ञानिक अध्ययन सबसे पहले जीन पियाजे (Jean Piaget) जो स्वीटजरलैंड के मनोवैज्ञानिक हैं, द्वारा किया गया। इन्होंने संज्ञानात्मक विकास का एक सिद्धान्त (theory of cognitive development) का भी प्रतिपादन किया जिसके अनुसार बच्चों में संज्ञानात्मक विकास चार अवस्थाओं से होकर गुजरता है—*संवेदी-पेशीय अवस्था* (sensory-motor stage) जो जन्म से प्रथम दो साल तक की अवधि की होती है, *प्राक्सक्रियात्मक अवस्था* (preoperational stage) जो 2 से 7 साल की अवधि की होती है; *ठोस संक्रियात्मक अवस्था* (concrete operational stage) जो 7 साल से 11 साल तक की अवधि की होती

है तथा *औपचारिक संक्रियात्मक अवस्था* (formal operational stage) जो 11 साल या उसके कुछ बाद प्रारंभ होता है।

जैसा कि हम जानते हैं, संवेदी-पेशीय अवस्था जन्म से प्रथम दो साल की होती है और शैशवावस्था की भी यह अवधि होती है। अतः संवेदी-पेशीय अवस्था के अनुरूप शिशुओं में होने वाले संज्ञानात्मक विकास (cognitive development) की चर्चा यहाँ की जायेगी। जैसा कि संवेदी-पेशीय अवस्था के नाम से ही स्पष्ट है, पियाजे का मत है कि इस अवस्था में यानी शैशवावस्था में पियाजे अपने आँख, कान, हाथ तथा अन्य संवेदी-पेशीय यंत्रों (sensory-motor equipment) के सहारे सोचते हैं। फिर भी वे अपने मस्तिष्क के भीतर बहुत सारी क्रियाएँ नहीं कर पाते हैं। उनका संज्ञान सामने उपस्थित वस्तु के इर्द-गिर्द ही मुख्य रूप से होता है। पियाजे के अनुसार यह अवस्थ काफी विस्तृत है और इसमें संज्ञानात्मक विकास छह विभिन्न अवस्थों में होता है जो इस प्रकार है—

1. पहली अवस्था : प्रतिवर्त क्रियाएँ *(Stage 1 : Reflex acts)*—यह संवेदी-पेशीय विकास की पहली अवस्था है जो जन्म से 1 महीने तक की होती है। इस अवस्था में जब बच्चे को उत्तेजित किया जाता है, शिशु जैविक रूप से कार्यक्रमित प्रक्रम (biologically programmed mechanism) अर्थात् प्रतिवर्त (reflexes) के माध्यम से अनुक्रिया करते हैं। इन प्रतिवर्तों के अनुरूप वे चूसते हैं, कसकर अँगुली पकड़ते हैं, रोते हैं, अपनी बाँहों, सिर तथा धड़ (trunk) को उठाते हैं, आदि-आदि। इन्हीं प्रतिवर्त के माध्यम से वे वातावरण के साथ अंतक्रिया करते हैं और कुछ नयी-नयी अनुभूतियाँ प्राप्त करते हैं। जिंदगी के इस प्रथम माह में भी शिशु अपने प्रतिवर्तों को परिमार्जित (modify) कर उनके साथ अनुकूलन स्थापित करते हैं। जैसे, वे स्तनाग्र (nipple) को पहचानना तथा उसे खोजना सीख लेते हैं।

2. दूसरी अवस्था : प्राथमिक वृत्तीय प्रतिक्रिया *(Second stage : Primary Circular reaction)*—यह अवस्था एक महीने से चार महीने तक की होती है। इस अवस्था में शिशु वैसे व्यवहार को दोहराते (repeat) हैं तथा उन्हें परिमार्जित (modify) करते हैं जिन्हें वे मात्र संयोगवश पहले किये थे और यह अनुभव करते हैं कि इनसे उन्हें तुष्टि (satisfaction) मिलता है। जैसे अंगूठा चूसने की क्रिया जिसे पहली अवस्था में शिशु अँगूठा का मुँह से संयोगवश स्पर्श होने से किया था, एक उत्तम उदहारण है। अब शिशु के हाथ में उतनी परिपक्वता आ जाती है कि अपने अँगुलियों को मुँह के पास ले जाकर, उसे चूसे। इस तरह से अब यादृच्छिक अंगूठा चूसने की क्रिया से हटकर वह समन्वित अंगूठा चूसने (coordinated thumb sucking) की क्रिया करने लगता है। इन अनुक्रियाओं को प्राथमिक (primary) इसलिए कहा जाता है कि क्योंकि वे शिशु के शरीर पर केन्द्रित होते हैं (जैसा कि अंगूठा चूसने की क्रिया में) तथा वे वृत्तीय (circular) इसलिए होते हैं क्योंकि वे उस ढंग से दोहराये जाते हैं कि वे आदत का रूप ले लेते हैं।

3. तीसरी अवस्था : गौण वृत्तीय प्रतिक्रियाएँ *(Third Stage : Secondary Circular reactions)*—यह अवस्था 4 से 9 महीने की अवधि की होती है। इस अवस्था में शिशु अपने शरीर पर से ध्यान हटाकर अपने वातावरण की वस्तुओं (objects) तथा घटनाओं (events) पर डालता है। इसमें शिशु उन घटनाओं को दोहराता है जो उनके अपने ही व्यवहार से उत्पन्न होते हैं। जैसे, यदि किसी झुनझुना को हाथ में लेकर इधर-उधर करने से आवाज निकलता है, तो वे उसे बार-बार दोहराते हैं और निकलने वाले आवाज से आनन्दित होते हैं। इस तरह से उनमें किसी वस्तु को पकड़ने (grasping) का संवेदी-पेशीय कौशल विकसित होता है। इसी अवस्था में शिशुओं में *वस्तु स्थायित्व* (object permanence) का ज्ञान भी विकसित होता है जिससे शिशु यह संज्ञान विकसित करता है कि जब कोई भी वस्तु उसके सामने नहीं भी है, तो उसका अस्तित्व बना हुआ है। इससे शिशु में खोज करने का (searching) संवेदी-पेशीय कौशल (sensory motor skill) विकसित होता है। इस अवस्था के अंत में शिशुओं में उन वस्तुओं को पहचानने की क्षमता भी विकसित हो जाती है जिसका कुछ भाग या अंश दिखाई दे रहा हो और बाकी पूरा भाग छिपा हुआ होता है।

4. चौथी अवस्था : गौण स्कीमा का समन्वय *(Fourth stage : Coordination of Secondary Schemes)*—इस अवस्था की अवधि 9 से 12 महीने की होती है। इस अवस्था की मुख्य विशेषता यह होती है कि

शिशु अब कई विचारों या स्कीमा को एक साथ समन्वित (coordinate) करके एक नया पैटर्न (pattern) का निर्माण कर पाता है। वे पहले से सीखे गये कौशलों का उपयोग करके एक परिस्थिति में किसी एक लक्ष्य पर पहुँचते हैं और फिर नयी परिस्थिति में नयी समस्याओं के समाधान में उनका उपयोग करते हैं। पियाजे के अनुसार किसी लक्ष्य पर पहुँचने के लिए इस तरह का *उद्देश्यपूर्ण चयन* (intentional selection), बुद्धि (intelligence) की पहली अभिव्यक्ति होती है। पियाजे के अनुसार सामाजिक एवं भौतिक वातावरण के साथ समायोजन (adjustment) को ही बुद्धि की संज्ञा दी जाती है।

5. पाँचवीं अवस्था : टरशियरी वृत्तीय प्रतिक्रियाएँ *(Fifth Stage : Tertiary Circular Reactions)*—यह अवस्था 12 से 18 महीने की अवधि की होती है। इस अवस्था में शिशु सोच-समझकर कुछ नये कार्य करने में आनन्द उठाते हैं। वे कुछ नये, अप्रत्याशित (unexpected) तथा मनोरंजक परिणाम प्राप्त करने की कोशिश करते हैं। इसके लिए वे अपने इर्द-गिर्द के वातावरण का निरन्तर अन्वेषण (relentless exploration) जारी रखते हैं। इस तरह से शिशु इस अवस्था में *अन्वेषणात्मक बुद्धि* (inventive intelligence) विकसित कर लेते हैं। इस अवस्था में वस्तु-स्थायित्व का गुण और भी परिष्कृत (refined) एवं मजबूत हो जाता है।

6. छठी अवस्था : चिन्तन का शुभारंभ *(Sixth Stage : Beginning of Thought)*—यह अवस्था 18 महीने से 24 महीने की होती है। इस अवस्था की मुख्य विशेषता यह है कि इसमें शिशुओं में चिंतन (thinking) करने का पहला संकेत मिलता है। पियाजे के अनुसार चिन्तन की मुख्य विशेषता अनुपस्थित वस्तुओं (objects) एवं घटनाओं (events) को मानसिक रूप से सक्रिय करते हुए उसका प्रतिनिधित्व करना होता है। इस प्रक्रिया को उन्होंने *मानसिक प्रतिनिधित्व* (mental representation) की संज्ञा दिया है। इस अवस्था में शिशु अचानक सूझ (sudden insight) दिखलाकर चिंतन उत्पन्न होने का पहला सबूत देते हैं। वे हल्का-फूल्का प्रयत्न एवं त्रुटि (trial and error) दिखलाकर किसी समस्या का आकस्मिक समाधान (abrupt solution) करते हैं। शिशओं में मानसिक प्रतिनिधित्व का गुण विकसित होने से कई अन्य तरह की संज्ञानात्मक क्षमताएँ (cognitive capacities) जैसे *आस्थगित अनुकरण* (deferred imitation), *विश्वास-बनाओ खेल* (make-believe play) तथा *अदृश्य विस्थापन* (invisible displacement) आदि विकसित हो जाती है। आस्थगित अनुकरण में शिशु में वैसे मॉडल के व्यवहार का नकल करने की क्षमता होती है जो उपस्थित नहीं होते हैं। विश्वास-बनाओ खेल में शिशुओं में दैनिक जीवन की क्रियाओं एवं संबंधित काल्पनिक क्रियाओं को करने की क्षमता विकसित हो जाती है। अदृश्य विस्थापन में शिशु किसी वस्तु को सामने से हट जाने पर उसकी उचित जगह खोज करने की क्षमता विकसित कर लेता है।

स्पष्ट हुआ कि शैशवावस्था में संज्ञानात्मक विकास स्पष्टतः कई चरणों में संपन्न होता है।

4. भाषा विकास *(Language development)*—जन्मजात शिशुओं में रूदन (crying) एक विलकुल ही स्पष्ट आवाज (sound) होता है। शिशु में संचार का यह पहला माध्यम होता है परंतु इसे तकनीकी तौर पर भाषा (language) नहीं कहा जाता है। जब शिशु तीन महीना की आयु में आ जाता है, तो वह कूजन (cooing) आवाज करता है और छह महीने की आयु होने पर बड़बड़ाना (babbling) आवाज करते पाये जाते हैं। कूजन में शिशु 15 से 20 सेकेंड तक किलकारी की ध्वनि उत्पन्न करते हैं और बड़बड़ाने में शिशु व्यंजन तथा स्वर के क्रम को बदल-बदलकर उत्पन्न करता है। जैसे, दा-दा, बा-बा, मा-मा आदि। सच्चाई यह है कि शिशु कूजन तथा बड़बड़ाने की प्रक्रिया में आवाज उत्पन्न करके अपने आप से खेलते हैं। विकासात्मक मनोवैज्ञानिकों का मत है कि शिशु 10 से 13 माह की आयु में ही पहला शब्द बोलते हैं। शिशु को इस प्रथम भाषाई उक्ति (linguistic utterances) को *एकशब्दी वाक्य* (holophrases) कहा जाता है। एक शब्दी वाक्य सचमुच में एक शब्द होता है जिसका अर्थ संदर्भ (context) के अनुसार भिन्न-भिन्न होता है। ऐसा शब्द प्रायः एक संज्ञा, विशेषण या आत्म-अन्वेषित शब्द (self-invented word) होता है। 'मा-मा', 'दा-दा', 'नां-ना' ऐसे ही एक शब्दी वाक्य के उदाहरण हैं। जब शिशु 18 से 22 महीने का हो जाता है, तो अधिकतर शिशु दो शब्दों के वाक्यों (two-word sentences) को बोलना प्रारंभ करते हैं। ऐसे दो शब्द वाक्य के कुछ उदाहरण हैं—'और दुध', 'मम्मा चलो', आदि। 24 महीने की आयु होते-होते शिशु तीन शब्द के वाक्य बोलने लगते हैं और यह तीसरा शब्द पहले के दो शब्द वाक्य के कमी को पूरा करता

है। जैसे, ''और दूध पीयेंगे'', ''मम्मा अब चलो'' आदि। मशहूर मनोवैज्ञानिक रोजर ब्राउन (Roger Brown) ने इस भाषा को *टेलीग्राफिक संभाषण* (Telegraphic speech) कहा है।

5. सामाजिक-सांवेगिक विकास *(Socio-Emotional development)*—मनुष्य एक सामाजिक प्राणी है। प्रत्येक शिशु का जन्म किसी-न-किसी समाज में होता है और जन्म से ही उनमें सामाजिक प्रवृत्तियाँ (social tendencies) मजबूत होती हैं। अपने आरंभिक सामाजिक बोध (social understanding) में एक शिशु परिचित चेहरों को अधिक वरीयता देता है और कूजन (cooing) तथा किलकारी के द्वारा उन परिचित चेहरों विशेषकर माता-पिता या पालनकर्ता (care-givers) के प्रति अनुक्रिया करते हैं। मशहूर मनोवैज्ञानिक इरिक्सन (Erikson, 1963) का मत है कि शैशवावस्था में शिशु यह सीखते हैं कि क्या यह संसार उत्तम है तथा उनके लिए यह संतोष उत्पन्न करने वाला है या वह दु:ख, कुंठा (frustration) तथा कष्ट का स्रोत है। अगर शिशु की मौलिक आवश्यकताओं की तुष्टि ठीक ढंग से हो जाती है, तो शिशु में अन्य लोगों के प्रति एक 'मौलिक विकास' (basic trust) का भाव विकसित होता है और साथ-ही-साथ आत्म-विश्वास (self-trust) का भी भाव उसमें विकसित होता है। ऐसा ही विचारधारा वर्टन एल ह्वाईट (Burton L. White, 1975) जो एक हावार्ड विश्वविद्यालय के मनोवैज्ञानिक हैं, द्वारा विकसित किया गया है। इनका मत है कि 10 से 18 महीना की आयु के शिशुओं में सामाजिक-सांवेगिक विकास के लिए महत्त्वपूर्ण होता है। इस आयु में शिशु ग्राह्य भाषा (receptive language) तथा आत्म-गमन (self-locomotion) की क्षमता विकसित कर लेता है। वह अपने आप को अन्य लोगों से अलग प्राणी होने का भाव भी विकसित कर लेता है और इस तरह की आत्म पहचान बहुत हद तक माता-पिता या पालनकर्ता के साथ हुए सामाजिक अंत:क्रियाओं (social interactions) द्वारा निर्धारित होता है। शिशु माता-पिता या देख-रेख करने वाले (पालनकर्त्ता) के साथ एक स्नेह का सांवेगिक बंधन (emotional bond) भी विकसित कर लेता है जिसे एन्सवर्थ तथा बेल (Ainsworth & Bell, 1970) ने *आसक्ति* (attatchment) की संज्ञा दिया है। शिशुओं में आसक्ति की अभिव्यक्ति बाँह फैलाना, माता-पिता के पीछे-पीछे गुड़कना (following), हँसना, चिल्लाना (crying), लिपटना (clinging) आदि द्वारा होता है। इन क्रियाओं द्वारा शिशु यह बतलाते हैं कि कुछ विशिष्ट लोग उनके लिए महत्त्वपूर्ण तथा संतोषप्रद होते हैं। सामाजिक रूप से उन्मुखी इन प्रतिक्रियाओं के समूह को मैकोवी तथा मास्टर्स (Maccoby & Masters, 1979) ने *निर्भरता* (dependency) की संज्ञा दिया है। हारलो एवं हारलो[1] (Harlow & Harlow, 1962) इस सिलसिले में एक अति महत्त्वपूर्ण अध्ययन किया जिसमें शिशु बंदरों का पालन-पोषण 6 माह तक कृत्रिम या स्थानापन्न माताओं (surrogate mothers) जिसमें से एक तार से बनी हुई तथा दूसरी कपड़े से, द्वारा किया गया। आधे शिशु बंदरों को तार से बने माता द्वारा भोजन दिया जाता था तथा आधे शिशु बंदरों को कपड़े की बनी माँ ने भोजन दिया। परिणाम में देखा गया कि इन बंदर शिशुओं द्वारा तार की बनी माँ की अपेक्षा कपड़े की माँ के साथ अधिक समय व्यतीत किया गया जो इस बात का सबूत है कि आसक्ति या लगाव विकसित होने के लिए आहार महत्त्वपूर्ण न होकर सम्पर्क सुख महत्त्वपूर्ण होता है।

शिशुओं द्वारा दिखलाये गए विभिन्न संवेगों जैसे क्रोध, भय, सुख (happiness) आदि आरंभिक सामाजिक विकास (social development) में महत्त्वपूर्ण भूमिका निभाते हैं। शिशु संवेग या भाव के माध्यम से कुछ संचार (communicate) करते हैं जिससे देख-रेख करने वाले का व्यवहार प्रभावित होता है। जैसे, शिशुओं का मुस्कुराहट (smile) या अभिरुचि की अभिव्यक्ति से देख-रेख करने वाले या माता-पिता को यह विश्वास हो सकता है कि उनका शिशु उनके साथ एक सामाजिक संबंध (social relationship) कायम करने के लिए इच्छुक है। डर या उदासी से यह पता चलता है कि शिशु में असुरक्षा का भाव विकसित हो गया है, अत: उसपर ध्यान देने की जरूरत है। स्पष्ट हुआ कि शिशुओं का संवेग इस अर्थ में समायोजी (adaptive) होता है और इन संवेगों द्वारा सामाजिक सम्पर्क (social contact) विकसित होता है और देख-रेख करने वालों का व्यवहार को शिशुओं की आवश्यकता तथा लक्ष्य के साथ समायोजित करने में मदद मिलता है।

स्पष्ट हुआ कि शैशवावस्था में कई तरह के विकास होते हैं जिनकी अपनी-अपनी विशेषताएँ होती हैं।

बाल्यावस्था में विकास
(Development in Childhood)

बाल्यावस्था (childhood) की अवधि शैशवावस्था (infancy) के बाद प्रारंभ होती है। बाल्यावस्था को दो भागों में बाँटा गया है—आरंभिक बाल्यावस्था (early childhood) तथा उत्तर बाल्यावस्था (later childhood)। आरंभिक बाल्यावस्था की अवधि 2 से 6 साल तथा उत्तरबाल्यावस्था की अवधि 7 से 12 साल की होती है। इन दोनों ही उपअवस्थाओं में तरह-तरह के विकास बच्चे में होते हैं जिनका एक संक्षिप्त वर्णन निम्नांकित है—

आरंभिक बाल्यावस्था *(Early Childhood)*

जैसा कि ऊपर कहा गया है, आरंभिक बाल्यावस्था की शुरूआत 2 साल से होती है और 6 साल की आयु होने तक बच्चा इसी अवधि में होता है। इस अवधि में होने वाले कुछ महत्त्वपूर्ण विकासों का वर्णन निम्नांकित है—

1. शारीरिक विकास *(Physical development)*—इस अवस्था में शारीरिक विकास की गति शैशवावस्था की तुलना में मंद गति से होती है। 6 साल की आयु होते-होते एक औसत बच्चे की आयु 46.6 ईंच की हो जाती है और उसका शारीरिक वजन 48-49 पौंड (pounds) का होता है। उसके शरीर के अंगों में इस ढंग का विकास होता है कि उसका 'शिशु प्रकटन' (baby look) समाप्त हो जाता है और उनके शारीरिक गठन (body build) का प्रारूप स्पष्ट होने लगता है जिसे देखकर यह अनुमान लगाया जाता है कि आगे चलकर इस बच्चे का शारीरिक गठन गठीला (muscular) होगा, या मोटा (fatty) होगा या दुबला-पतला (lean) होगा। इस अवस्था में भी शारीरिक विकास मस्काधोमुखी नियम (cephalocaudal principle) तथा निकट-दूर नियम proximo-distal principle) के अनुसार होते हैं।

2. पेशीय विकास *(Motor development)*—इस अवस्था में बच्चों में पेशीय विकास अधिक समन्वित (coordinated) हो जाता है। टहलना या चलना (walking), चढ़ना (climbing), पहुँचना (reaching), पकड़ना (grasping) अब उनके लिए सिर्फ क्रिया (activities) ही नहीं रह जाते हैं बल्कि वे नये-नये पेशीय कौशलों (motor skills) को सीखने का माध्यम भी हो जाते हैं। इन कौशलों के माध्यम से वे नयी चीजों या व्यवहारों को करना सीखते हैं। अध्ययनों से यह स्पष्ट हुआ है कि बच्चे इस अवस्था में दो तरह के पेशीय कौशल को मुख्य रूप से सीखते हैं—*हाथ कौशल* (hand skills) तथा *पैर कौशल* (leg skills)। हाथ कौशल में मुख्य रूप से अपने से भोजन करना (self-feeding) तथा पहनावा कौशल (dressing skills) अधिक मजबूत होने लगता है। बाल को कंघी करना तथा अपने से स्नान करना जैसे कौशल विकसित होने लगते हैं। 6 साल की आयु होते-होते अधिकतर बच्चे गेंद या अन्य वस्तु को पकड़ने तथा उसे फेंकने (throw) का कौशल भी विकसित कर लेते हैं। पैर कौशल भी इस अवस्था में विकसित हो जाता है। बच्चे उछलाना, कूदना, फाँदना, फूदकना आदि जैसे व्यवहार करना सीख लेते हैं। इस अवस्था में सीढ़ी चढ़ने का पेशीय व्यवहार भी काफी स्थापित हो जाता है। 4 से 5 साल के उम्र में बच्चे तैरना एवं तीन पहिए साइकिल चलाने की कौशल भी विकसित कर लेते हैं। इस अवस्था में बच्चों में एक हाथ की तुलना में दूसरे हाथ को अधिकतर कामों में उपयोग करने की प्रवृत्ति भी विकसित होती है और इस प्रवृत्ति को *हस्तदक्षता* (handedness) की संज्ञा दी जाती है।

3. संज्ञानात्मक विकास *(Cognitive development)*—इस अवस्था में जो मानसिक विकास (mental development) होता है, उसमें तरह-तरह के संज्ञानात्मक क्षमताओं का विस्तार (expansion) होता देखा गया है। पियाजे 2 से 7 साल की आयु के भीतर होने वाले संज्ञानात्मक विकास की विशेष अवधि को *प्राक्संक्रियात्मक अवधि* (preoperational period) की संज्ञा दिया है। इस अवधि के संज्ञानात्मक विकास की मुख्य विशेषता यह होती है कि बच्चों में बाह्य वातावरण को संकेत (symbol) के माध्यम से आंतरिक रूप से प्रतिनिधित्व (represent) करने की क्षमता का विकास हो जाता है। अब वे संकेत (symbol) का उपयोग करके वर्तमान की वस्तुओं/घटनाओं को ही नहीं बल्कि भविष्य एवं गत (past) की घटनाओं/वस्तुओं को निरूपित या प्रस्तुत करने में सक्षम हो जाते हैं। इस

अवधि में संज्ञानात्मक विकास दो उप अवधि में होता है—*प्राक्संप्रत्ययात्मक अवधि* (preconceptual period) तथा *अन्तर्दर्शी अवधि* (intuitive period)। प्राक्संप्रत्ययात्मक अवधि 2 से 4 साल की होती है और इस अवस्था में सीखा गया संप्रत्यय (concept) को पियाजे ने प्राक्संप्रत्यय (preconcept) कहा जाता है क्योंकि वे वयस्क द्वारा सीखे गए संप्रत्यय (concept) के समान पूर्ण तथा तार्किक (logical) नहीं होते हैं। फिर भी ऐसे प्राक्संप्रत्ययों का उपयोग करके वे बहुत सारे घटनाओं/वस्तुओं को वर्गीकृत कर लेते हैं। दूसरी अवस्था अंतदर्शी अवस्था (intuitive period) की होती है जो 4 से लगभग 7 साल की होती है। इस अवस्था में बच्चे विभिन्न मानसिक संक्रियाओं (mental operation) को जो मूलतः वस्तुओं को वर्गीकृत (classify) करने, मापन (quantify) करने तथा उन्हें आपस में संबंधित (relate) करने में उपयोग होते हैं, विकसित कर लेते हैं। परंतु वे ऐसे वर्गीकरण, मापन एवं संबंध के पीछे छिपे नियमों (principle) तथा तर्क को समझ नहीं पाते हैं।

इस अवस्था में बच्चों के चिन्तन एवं हुए संज्ञानात्मक विकास में कई तरह के दोष (limitations) भी स्पष्ट रूप से देखे जाते हैं। इन सीमाओं को स्पष्टतः उस समय देखा जाता है जब वे संरक्षण (conservation) की समस्याओं का समाधान करने की कोशिश करते हैं। संरक्षण के संप्रत्यय से यह तात्पर्य होता है कि किसी चीज की मात्रा (quantity or amount) उसके आकार (shape) या स्थान (position) के बदलने के बावजूद एक समान बना रहता है। इस अवस्था के चिन्तन का एक प्रमुख दोष केन्द्रीकरण (centering) है जिसमें बच्चे किसी वस्तु/घटना के मात्र एक पहलू पर ध्यान देते हैं और अन्य पहलुओं की उपेक्षा करते हैं। जैसे, जब पानी को एक लम्बे गिलास से चौड़े आकार के बर्तन में डाल दिया जाता है, तो बच्चे नये बर्तन में जमा हुए जल की चौड़ाई (फैलाव) पर या तो सिर्फ ऊँचाई पर ध्यान देते हैं तथा अन्य विमाओं पर ध्यान नहीं देते हैं जिससे वे नये बर्तन में पानी की मात्रा के बारे में गलत अनुमान (पहले से ज्यादा या कम होने) का अंदाज लगा लेते हैं। इस अवस्था के बच्चों के संज्ञानात्मक विकास की दूसरी सीमा *अपलटावी* (nonreversibility) होना है। वे यह नहीं समझ पाते कि जो भी संक्रिय (operations) किया जा रहा है, उसे पलटा भी जा सकता है। जैसे, लम्बी पतली गिलास से जल को चौड़े बर्तन में डालने के बाद पुनः पानी को उसी लम्बी गिलास में वापस डाला जा सकता है और पानी की मात्रा भी वही रहेगी। लेकिन बच्चे उसे नहीं समझ पाते हैं। इस अवस्था के चिन्तन की तीसरी सीमा अहंकेन्द्रवाद (egocentrism) होता है जिसमें बच्चे यह नहीं समझते हैं कि उनके विचारों या सोच से हटकर अलग कोई दूसरा विचार या सोच भी होता है। फलस्वरूप, बच्चे यह सोचते हैं कि वे किसी समस्या या वस्तु के बारे में जैसा सोच रहे हैं, वैसा ही अन्य सभी व्यक्ति भी सोचते हैं। इस अहंकेन्द्रवाद के कारण बच्चों में *जीववाद* (animism) भी विकसित हो जाता है जिसमें बच्चे निर्जीव वस्तुओं जैसे कार, पंखा आदि को भी सजीव समझता है।

4. सामाजिक-सांवेगिक विकास *(Socio-emotional development)*—सामाजिक-सांवेगिक विकास आरंभिक बाल्यवस्था का एक महत्त्वपूर्ण विकास है। इस अवस्था में बच्चे अन्य व्यक्तियों या सामाजिक वस्तुओं से अपने आप को भिन्न करने की कोशिश करता है और उसके इस कोशिश से *स्व या आत्म* (self) का जन्म होता है। स्व में बच्चे अपने बारे में एक अनोखा प्रतिमा (unique image) विकसित करते हैं। स्व का एक महत्त्वपूर्ण पहलू आत्म-सम्मान (self esteam) है। रोजर्स (Rogers, 1961) का मत है कि जिन बच्चों को पर्याप्त सामाजिक समर्थन (social support) तथा सांवेगिक अनुमोदन (emotional approval) नहीं प्राप्त होता है, उनमें आत्म-सम्मान की भाव की कमी हो जाती है। इस अवस्था में, जैसा कि इरिक्सन (Erikson) ने कहा है, जब बच्चे अपने द्वन्द्वात्मक आवश्यकताओं (conflicting needs) से जुझते हैं तथा माता-पिता के नियंत्रण (parental control) का विरोध करते हें, तो उनमें स्वायत्तता (autonomy) का भाव विकसित होता है। इस सामाजिक प्रतिक्रिया (social reactions) की अभिव्यक्ति बच्चों में दो महत्त्वपूर्ण संवेगात्मक प्रदर्शन (emotional displays) के रूप में होती है अर्थात बच्चे नकरात्मकता (negativism) तथा *क्रोधावेश* (temper tentrum) को प्रदर्शित करते हैं। इरिक्सन (Erikson) का यह भी मत है कि तीन से पाँच साल की आयु में बच्चे में पहल (initiativeness) का भाव विकसित होने लगता है। वे वातावरण में नये-नये अवसर को ढूँढने लगते हैं और ऐसा करने में वे अपनी प्रभावशीलता (effectiveness) को अपने मन में स्थापित कर लेते हैं। फलतः आरंभिक बाल्यावस्था एक तरह से

आगे के स्कूली जिन्दगी की जटिलताओं के लिए संज्ञानात्मक तथा सामाजिक नींव (foundation) का काम करता है।

आरंभिक बाल्यावस्था में बच्चों में यौन भूमिका की पहचान (sex role indentification) का ज्ञान विकसित होता है। बच्चे यह समझने लगते हैं कि वे लड़का है या लड़की। इसे *लिंग पहचान* (gender identity) की संज्ञा दी जाती है। इतना ही नहीं, इस अवस्था में बच्चों में *लिंग स्थिरता* (gender constancy) का भी भाव विकसित हो जाता है अर्थात् बच्चे यह समझने लगते हैं कि उनका जैविक यौन (biological sex) में उनके पहनावा में अंतर या परिवर्तन होने से कोई परिवर्तन नहीं होता है।

5. नैतिक विकास *(Moral development)*—आरंभिक बाल्यावस्था में बच्चों में नैतिक विकास (moral development) की भी शुरूआत हो जाती है। नैतिक विकास से तात्पर्य एक ऐसी प्रक्रिया से होती है जिसमें बच्चे कुछ ऐसे नियमों (principles) को सीखते हैं जिसके आधार पर वे किसी व्यवहार को 'सही' या 'गलत' ठहराते हैं और फिर वे अपने व्यवहार को उन्हीं नियमों के तहत संचालित करते हैं। जीन पियाजे (Jean Piaget) के अनुसार 8 साल के नीचे की आयु में बच्चों में *परायत्त नैतिकता* (heteronomous morality) विकसित होती है जिसमें बच्चे यह समझते हैं कि नैतिक नियमों का निर्माण किसी प्राधिकार (authorities) जैसे भगवान, माता-पिता तथा शिक्षक आदि द्वारा किया जाता है और उन नियमों का अस्तित्व स्थायी होता है, अपरिवर्तनशील (unchangeable) होता है तथा उनका सख्ती से पालन किया जाना चाहिए। पियाजे के अनुसार सभी बच्चे नियमों को एक समान ढंग से देखते हैं और समझते हैं, इसलिए उनका नैतिक बोध (moral understanding) में *वास्तविकता* (realism) का गुण होता है अर्थात् बच्चे यह समझते हैं कि नियम वास्तविकता (reality) का बाह्य विशेषता (external features) होता है न कि एक सहयोगी नियम (cooperative rules) जिसे इच्छानुसार बदला जा सकता है। पियाजे के समान कोह्लवर्ग (Kohlberg, 1958) ने भी यह विचार व्यक्त किया है कि इस अवस्था में बच्चे प्राधिकारियों (authority figures) के नियमों का स्वीकार करते हैं और किसी कार्य का मूल्यांकन उसके परिणामों के आधार पर किया जाता है। जिस व्यवहार से बच्चों को दंड मिलता है, उसे वे बुरा समझते हैं तथा जिस व्यवहार से उसे पुरस्कृत किया जाता है उसे वे अच्छा (good) समझते हैं। कोह्लवर्ग ने इस तरह की नैतिकता को *प्राक्रूढ़िगत नैतिकता* (preconventional morality) की संज्ञा दिया है।

स्पष्ट हुआ कि आरंभिक बाल्यावस्था (early childhood) में बच्चों में कई तरह के विकास होते हैं और उनके सामने कई तरह के विकासात्मक पाठ (developmental task) होते हैं जिन्हें उनको सीखना पड़ता है।

उत्तरबाल्यावस्था *(Later Childhood)*

इस अवस्था की अवधि 6 से 12 साल तक की होती है। इस अवस्था की शुरूआत तथा अन्त दोनों में ही कुछ ऐसी अवस्थाएँ (conditions) पायी जाती है जो बच्चों के व्यक्तिगत तथा सामाजिक जिन्दगी को काफी प्रभावित करता है। इस अवस्था में होने वाले प्रमुख विकास की संक्षिप्त रूपरेखा निम्नांकित है—

1. शारीरिक विकास *(Physical development)*—उत्तरबाल्यावस्था में शारीरिक विकास की गति थोड़ी मंद परंतु एकसमान (uniform) होता है। शारीरिकवर्द्धन एक पूर्वानुमेय पैटर्न (predictable pattern) के अनुसार होता है हालांकि इसमें कुछ भिन्नताएँ अवश्य देखने को मिलती हैं। इस अवस्था में बच्चों की शारीरिक ऊँचाई में वार्षिक वृद्धि की दर 2 से 3 ईंच की होती है तथा शारीरिक वजन में 3 से 5 पौंड तक की वृद्धि होती है। इस अवस्था में शारीरिक गठन में इस ढंग का परिवर्तन होता है कि वह एक वयस्क के समान दीखता है। वसा उत्तकों (fat tissues) का विकास मांसपेशियों उत्तकों (muscles tissues) की अपेक्षा तेजी से होता है। इस अवस्था तक बच्चों में करीब 28 स्थायी दाँतों का विकास पूर्ण हो जाता है। यौन अंतर (sex differences) इस अवस्था में बच्चों में स्पष्ट रूप से दीखने लगते हैं।

2. पेशीय विकास *(Motor development)*—उत्तर बाल्यावस्था में बच्चों में मुख्य तीन तरह के पेशीय कौशल (motor skills) विकसित होते हैं—*आत्म-मदद कौशल* (self-help skills), *सामाजिक-मदद कौशल*

(social help skills) तथा *स्कूल कौशल* (school skills)। आत्म-मदद कौशल के रूप में बच्चे स्वयं खाना खा लेना, पोशाक पहन लेना, स्नान कर लेना आदि उत्तम ढंग से कर लेते हैं। इसमें वे किसी की मदद नहीं लेते हैं और यह स्वतः होते प्रतीत होता है और बच्चों को इन पेशीय-कौशलों को करने में बहुत विशेष ध्यान देने की जरूरत नहीं पड़ती है। सामाजिक-मदद कौशल में बच्चों दूसरों को मदद करने संबंधी कौशलों को करते हैं। जैसे, घर पर वे बिछावन समेट देना, झाड़ू लगा देना, झाड़-पोछ कर देना कर लेते हैं। स्कूल में वे ब्लैकबोर्ड साफ करना, डेस्क को साफ-सुथरा करना, कूड़ादान से कूड़ा फेंक देना आदि कर लेते हैं; तथा खेल के समूह में वे तरह-तरह के भाग-दौड़ वाले खेल जैसे कब्बडी, क्रिकेट आदि भी खेलते हैं। स्कूल कौशल के रूप में वे उत्तम ढंग से लिखना, आरेखन करना, पेंटिंग, मिट्टी का मॉडल बनाना आदि भी करते हैं। इस अवस्था के अंत तक बच्चे स्पष्ट रूप से या तो दक्षिणहस्त (right-handed) या वामहस्त (left-handed) हो जाते हैं।

3. संज्ञानात्मक विकास *(Cognitive development)*—इस अवस्था में संज्ञानात्मक विकास पहले की अपेक्षा अधिक तार्किक (logical), लचीला (flexible) तथा संगठित (organized) हो जाता है। इस अवस्था के बच्चे किसी भी संप्रत्यय (concept) का मानसिक जोड़-तोड़ (mental manipulation) अधिक करते पाये गए हैं। वे किसी सूचना को अधिक तार्किक ढंग से संसाधित करते हैं। जीन पियाजे ने इस अवस्था के संज्ञानात्मक विकास को ठोस संक्रिया (concrete operations) के विकास की अवस्था कहा है। इस अवस्था की मुख्य विशेषता यह है कि इसमें बच्चों में विभिन्न प्रकार की क्रियाएँ जो वस्तुओं के वर्गीकरण (classification), क्रम (ordering) आदि से संबंधित होते हैं, बहुत ही आसानी से कर लेते हैं जबकि इन्हीं क्रियाओं को करने में वे आरंभिक बाल्यावस्था (early childhood) में काफी समय लेते थे। जैसे, यदि आरंभिक बाल्यावस्था के किसी बच्चे को भिन्न-भिन्न लम्बाई के 5 छड़ी को देकर उन्हें बढ़ते से घटते क्रम में (लम्बाई के ख्याल से) सुव्यवस्थित करने के लिए कहे, तो वह प्रत्येक छड़ी को एक-दूसरे के सामने रखते हुए तुलना करके यह कार्य सम्पन्न करेगा जिसमें स्वभावतः अधिक समय लगेगा। परंतु ठोस संक्रिया की अवस्था में बच्चे इसी कार्य को मात्र कुछ सेकंड के भीतर कर डालेगा क्योंकि उनकी ये सभी क्रियाएँ अब आंतरिक मानसिक (mental) या संज्ञानात्मक प्रक्रियाएँ (cognitive process) द्वारा निर्देशित (directed) होती है।

4. सांवेगिक-सामाजिक विकास *(Socio-emotional development)*—इस अवस्था में बच्चों का संज्ञानात्मक (cognitive) तथा सामाजिक (social) कौशल तीक्ष्ण होता है, वे अधिक-से-अधिक आत्म-निर्देशित (self-directed) होते जाते हैं। परिणामस्वरूप वे अपनी इच्छानुसार सामाजिक सम्पर्क स्थापित करते हैं। ज्यादातर वे अपने ही उम्र के साथी-संगी (peers) के साथ सामाजिक सम्पर्क स्थापित करते हैं। ऐसे साथी-संगी के साथ सामाजिक सम्पर्क का उनके सांवेगिक विकास (emotional development) पर काफी प्रभाव पड़ता है। सामान्यतः वे अपने उम्र के ही अन्य बच्चों के साथ सामाजिक सम्पर्क स्थापित कर खुश होते हैं तथा उनमें सहयोगिता (cooperativeness) का भाव (feeling) भी विकसित हो जाते हैं। इस अवस्था में जो साथी-संगी के साथ संबंध स्थापित होता है, उसकी एक खाशियत यह है कि लड़के अपने उम्र के लड़के के ही साथ तथा लड़कियाँ अपने उम्र की लड़कियों के साथ ही दोस्ती रखना पसंद करते हैं। उसे मनोवैज्ञानिकों ने *यौन विभेद* (sex cleavage) कहा है। इस अवस्था में बच्चों में इस तरह से *समलैंगिकता* (homosexuality) का व्यवहार प्रायः देखा जाता है। परंतु ब्रोडेरिक तथा रोवी (Broderick & Rove, 1988) द्वारा किये गये अध्ययन से यह स्पष्ट हुआ है कि 10 से 12 साल की आयु में बच्चों में वयस्क की विषमलैंगिकता (heterosexuality) जैसी अभिरुचि (interests) एवं क्रियाएँ (activities) की उपस्थिति होने लगती है। इस अवस्था में वे विपरीत लिंग के दोस्त के साथ घूमना-फिरना, सिनेमा देखना आदि पसंद करने लगते हैं। इन व्यवहारों से उनमें विषमलैंगिकता (heterosexuality) की जड़ें विकसित होने लगती हैं।

5. नैतिक विकास *(Moral development)*—पियाजे के अनुसार इस अवस्था में बच्चे नैतिक सापेक्षवाद अवस्था (moral relativism stage) में प्रवेश करते हैं जिसमें बच्चे अब यह अनुभव करते हैं कि किसी नियम में जरूरत पड़ने पर परिवर्तन भी किया जा सकता है और इस तरह से वे आरंभिक बाल्यावस्था (early childhood) के इस विचार को कि नियम तो प्राधिकारियों (authorities) द्वारा बनाये जाते हैं और उसमें किसी ढंग का परिवर्तन

संभव नहीं है, का त्याग कर देते हैं। 8 से 12 साल की आयु में बच्चे यह भी समझने लगते हैं कि यदि वे नियम का अतिक्रमण (violation) करते हैं, तो इससे तब तक उन्हें दंडित नहीं किया जाता है जबतक कि ऐसा करते पकड़ा न जाए। इस अवस्था में बच्चे नैतिक निर्णय (moral judgement) करते समय किसी व्यवहार या कार्य के उद्देश्य (intention) को उसके परिणाम (consequence) की तुलना में अधिक महत्त्व देते हैं। कोह्लवर्ग (Köhlberg, 1981) ने भी कुछ ऐसा ही विचार व्यक्त करते हुए यह कहा है कि इस अवस्था में बच्चे वैसे व्यवहार को उत्तम समझते हैं जिनसे लोग खुश होते हैं।

स्पष्ट हुआ कि आरंभिक बाल्यावस्था (early childhood) तथा उत्तर बाल्यावस्था (later childhood) में बच्चों में तरह-तरह के विकास होते हैं।

किशोरावस्था की चुनौतियाँ (Challenges of Adolescence)

'एडोलेसेन्स' अर्थात् 'किशोरावस्था' (adolsecence) लैटिन शब्द एडोलेसेर (adolescere) से बना है जिसका अर्थ होता है परिपक्व रूप से विकसित होना (to grow to maturity)। यह अवस्था बाल्यावस्था (childhood) से वयस्कावस्था (adulthood) के बीच के परिवर्तन की अवस्था होती है। इसकी शुरूआत लगभग 12-13 साल की आयु से होती है और 18-19 साल की आयु पर आकर समाप्त हो जाती है। कुछ मनोवैज्ञानिकों ने 13 से 17 साल को *आरंभिक किशोरावस्था* (early adolescence) तथा 18 से 19 साल को उत्तर किशोरावस्था (later adolescence) कहा है। इसमें किशोरों तथा किशोरियों को कई तरह की चुनौतियों (challenges) का सामना करना पड़ता है। बढ़ता शारीरिक विकास, नयी सामाजिक जवाबदेहियाँ (social responsibilities), सांवेगिक विकास (emotional development), संज्ञानात्मक (cognitive) एवं नैतिक विकास सभी उनके सामने नयी-नयी माँगे रखता है जिसे उन्हें पूरा करना पड़ता है। इन सभी तरह की चुनौतियों का वर्णन हम अलग-अलग अनुच्छेदों में करेंगे।

1. शारीरिक विकास *(Physical growth)*—किशोरावस्था के आरंभिक कुछ वर्षों में अधिकतर किशोरों के शारीरिक ऊँचाई तथा भार में तीव्र वृद्धि आती है जिसे मनोवैज्ञानिकों ने *'किशोर संवृद्धि लहर'* (adolescent growth spurt) कहा है। प्रायः यह लहर (spurt) लड़कियों में लड़कों की अपेक्षा दो साल पहले ही उत्पन्न हो जाता है। यह लहर दो वर्षों तक बना रहता है जिसके फलस्वरूप लड़कियाँ 6 से 7 ईंच तथा लड़के 8 से 9 ईंच लम्बे हो जाते हैं। किशोर संवृद्धि लहर सिर्फ लम्बाई में ही नहीं बल्कि अन्य अंगों जैसे हृदय (heart), फेफड़ा (lungs), पैंक्रियाज (pancreas), पेट (stomach), आँत (intestine) तथा पुनरूत्पादक अंग (reproductive system) में भी होते हैं। इस लहर के मात्र दो अपवाद पाये जाते हैं। पहला अपवाद मस्तिष्क है जो 8 साल की आयु होते-होते करीब अपना 90% आकार विकसित कर लेता है तथा दूसरा लिम्फ (lymph) तथा थाइमस उत्तक (thymus tissues) जिसका आकार (size) किशोरावस्था में सचमुच में छोटा हो जाता है।

किशोरावस्था में पुनरूत्पादक अंगों (reproductive organs) या यौन अंगों (sex organs) में भी काफी विकास होता है। किशोर वर्द्धन लहर के समान ही लड़कियों में लैंगिक विकास (sexual development) लड़कों की अपेक्षा तेजी से होती है। जब लड़कियों में किशोरावस्था प्रारंभ होता है, उनका स्तन का आकार बड़ा हो जाता है। इसके साथ-ही-साथ गर्भाशय (uterus) तथा यौनि (vagina) एक ही साथ परिपक्व हो जातें हैं। इस अवधि में उनमें पहला मासिक धर्म (mensturation) आरंभ हो जाता है जिसे *मासिक धर्म प्रारंभ* (menarch) कहा जाता है। लड़कियों का आवाज भी पतला हो जाता है। लड़कों में दाढ़ी-मूँछ आ जाते हैं। उनके अंडग्रन्थि (testicles), शिश्न (penis) परिपक्व हो जाते हैं तथा आवाज भारी हो जाता है।

शारीरिक परिपक्वता के साथ-साथ किशोरावस्था का सबसे महत्त्वपूर्ण विकसात्मक पाठ (developmental task) विपरीत लिंग के व्यक्तियों के साथ एक नया एवं परिपक्व संबंध कायम करना होता है। यह कार्य उतना आसान

नहीं है जितना दीखता है क्योंकि इसमें किशोर एवं किशोरियों पर तरह-तरह के सामाजिक दबाव होते हैं और उन्हें मद्देनजर रखकर एक परिपक्व संबंध कायम करना होता है।

किशोर तथा किशोरियों में विपरीत लिंग के व्यक्तियों के साथ संबंध बनाने की प्रेरणा न केवल सामाजिक दबाव से बल्कि यौन के बारे में उनकी अपनी उत्सुकता (curiosity) तथा यौन व्यवहार में अभिरुचि (interest) के कारण भी होता है। इस अवस्था में यौन में अभिरुचि दिनोंदिन बढ़ती जाती है, फलस्वरूप वे इसके बारे में अनेक तरह की सूचनाओं को इकट्ठा करने की कोशिश करते हैं। किशोर प्रायः यह अनुभव करते हैं कि माता-पिता से इसके बारे में उन्हें कम सूचना मिल पायेगी। अतः वे अपने दोस्तों, ब्लू फिल्मों एवं यौन व्यवहार के बारे में बतलाने वाले पुस्तकों का सहारा लेते हैं। इसके लिए वे हस्तमैथुन (masturbation), सहवास (intercourse) आदि से भी अनुभव प्राप्त करने की कोशिश करते हैं। टैन्नर (Tanner, 2005) ने अपने अध्ययन के आधार पर यह बतलाया है कि किशोरियों में यौन अभिरुचि (sex interest) की बिन्दुएँ किशोरों के यौन अभिरुचि की बिन्दुओं से भिन्न होता है। किशोरियों की यौन अभिरुचि में जन्म नियंत्रण के साधनों (means of birth control), गर्भपात (abortion), गर्भ (pregnency) आदि महत्त्वपूर्ण बिन्दु होते हैं जबकि किशोरों की यौन अभिरुचि का महत्त्वपूर्ण बिन्दु यौन व्यवहार का आनन्द, यौन रोग (venereal disesses), लैंगिक सहवास (sexual intercourse), जन्म नियंत्रण (birth control) आदि होता है।

किशोरों में विषमलैंगिकता (heterosexuality) अर्थात् विपरीत लिंग के व्यक्तियों में यौन अभिरुचि का विकास एक पूर्वानुमेय पैटर्न (predictable pattern) के अनुरूप होता है अर्थात् उनमें विपरीत लिंग के व्यक्तियों में 14-15 साल की आयु में तीव्र लालसा जगती है जिसमें वे सामाजिक बंधन को दरकिनार करने में कम हिचकते हैं परंतु किशोरावस्था के समाप्ति के करीब आने पर (19 साल की आयु में) उनका यह यौन अभिरुचि एवं उससे संबंधित यौन व्यवहार में परिपक्वता आ जाती है और वे सामाजिक अनुमति के अनुकूल ही व्यवहार करना अधिक उत्तम समझते हैं।

आधुनिक समय में यौन एवं यौन शिक्षा के प्रति नये-नये विचारधाराओं के आ जाने, गर्भ निरोधक साधनों (contraceptive devices) की आसानी से उपलब्धता तथा आसानी से गर्भपात किये जाने से किशोरों एवं किशोरियों में यौन मनोवृत्ति, यौन अभिरुचि एवं यौन व्यवहार में काफी बदलाव आ गया। भारतीय संस्कृति पर पश्चिमी सभ्यताओं का जो स्पष्ट प्रभाव पड़ा है, उनसे भी इन किशोर-किशोरियों की यौन व्यवहार पहले की तुलना में अधिक प्रतिबंधरहित हो गया है। इस तरह का व्यवहार शहरों में ग्रामीण क्षेत्रों की अपेक्षा काफी होती है। माता-पिता की शिक्षा तथा पारिवारिक संरचना के कारण भी किशोरों के यौन अभिरुचि में अधिक अंतर पाया गया है। सिंह एवं वाल्टन (Singh & Walton, 2006) ने एक अध्ययन कर यह दिखलाया है कि एकांकी परिवार (nuclear family) तथा उच्च शिक्षा स्तर प्राप्त माता-पिता के किशोर बच्चों में लैंगिक उत्सुकता (sexual curiosity) तथा लैंगिक व्यवहार की बारंबारता वैसे किशोरों की तुलना में अधिक होती है जो संयुक्त परिवार से आते हैं तथा जिनके माता-पिता की शिक्षा-दीक्षा साधारण स्तर की होती है।

आधुनिक समय में किशोरों एवं किशोरियों के यौन अभिरुचि तथा यौन व्यवहार में जो उदारता देखने को मिल रहा है, उसके कुछ कारण इस प्रकार बतलाये गए हैं:—

(i) सबसे पहला कारण तो इन किशोरों एवं किशोरियों का यह विश्वास (belief) है कि लैंगिक व्यवहार करने में कोई गलत बात नहीं है क्योंकि इस तरह का व्यवहार सभी लोग करते हैं।

(ii) किशोरों एवं किशोरियों के समूह को विपरीत लिंगी दोस्त बनाने में उनको किसी कारण से अधिक आधुनिकता तथा प्रगतिशीलता नजर आती है। कुछ ऐसे भी केसेज उपलब्ध हैं जिसमें अपने बच्चों को ऐसा छूट देकर रखने में माता-पिता या परिवार के अन्य सदस्य कभी-कभी गर्व का अनुभव करते हैं।

स्पष्टतः किशोरों एवं किशोरियों की यौन अभिरुचि एवं यौन व्यवहार अब पहले अर्थात् 60-70 वर्ष पहले के किशोर-किशोरियों की यौन अभिरुचि एवं यौन व्यवहार से काफी भिन्न है जहाँ अभी के ऐसा व्यवहार लगभग प्रतिबंधरहित है जबकि पहले का ऐसा व्यवहार तरह-तरह के प्रतिबंधों से घिरा था।

2. संज्ञानात्मक विकास *(Cognitive development)*—जब बच्चे किशोरावस्था में प्रवेश करते हैं तो उनमें संज्ञानात्मक परिपक्वता भी बढ़ जाती है। परिणामतः उनकी बौद्धिक क्षमता, भाषाई क्षमता, पठन क्षमता, अंकगणीतीय क्षमता आदि सभी पहले की अपेक्षा अधिक मजबूत हो जाती है। पियाजे (Piaget, 1968) ने किशोरावस्था को *औपचारिक संक्रिया की अवस्था* (period of formal operations) कहा है जो शैशवावस्था तथा वयस्कावस्था के बीच में बुद्धि के विकास की सबसे उच्चतम अवस्था में होती है। पियाजे के अनुसार औपचारिक संक्रिया (formal operaion) के निम्नांकित चार विशेषताएँ होती हैं—

(a) इस अवस्था के चिंतन में स्वतंत्रता (freedom), गतिशीलता (mobility) तथा लचीलापन (flexibility) होती है क्योंकि इसमें अमूर्त्तता (abstraction) की क्षमता विकसित हो जाती है। इनका चिंतन अब किसी उपस्थित ठोस वस्तु तक ही सीमित नहीं रहती है।

(b) किशोर सभी तरह के विकल्प एवं संभावनाओं (possibilities) पर विचार करते हैं। उनका चिंतन क्या है और क्या हो सकता है, दोनों से ताल्लुकात रखता है।

(c) किशोर अपने चिंतन में नियंत्रण (control) भी दिखलाते हैं अर्थात् वे किसी समस्या के समाधान पर विचार करते समय सभी संगत सूचनाओं (relevant information) को न कि असंगत सूचनाओं को अपने मन में रखते हैं। सभी संगत सूचनाओं में से कुछ को रोककर अन्य की सार्थकता के बारे में सोच पाते हैं।

(d) किशोर किसी घटना या तथ्य का सिर्फ वर्णन (description) ही नहीं बल्कि उसकी व्याख्या भी करते हैं।

औपचारिक संक्रिया (formal operation) सम्पन्न होने के लिए यह आवश्यक है कि किशोरों में सांकेतिक तर्क (symbolic logic) करने की क्षमता हो और डेविड एलकिन्ड (David Elkind, 1967) जिन्हें पियाजे के सिद्धान्त का एक प्रमुख व्याख्याकार (interpreter) माना गया है, का मत है कि किशोरावस्था का सबसे बड़ा कार्य औपचारिक संक्रिया (formal operation) द्वारा चिंतन पर विजय प्राप्त करना होता है। सभी किशोर एक ही आयु में औपचारिक संक्रिया करना प्रारंभ नहीं कर देते हैं। पियाजे (1972) ने स्वयं ही कहा है कि औपचारिक संक्रिया किशोर की अभिरुचि (interest) तथा अभिक्षमता (aptitude) पर निर्भर करता है।

औपचारिक संक्रिया का स्वरूप ही कुछ ऐसा होता है कि किशोर अपने बारे में अधिक सोचते हैं और अपनी मानसिक रचनाओं (mental constructions) पर बहुत ध्यान देते हैं। इसी तरह से वे अन्य दूसरे लोगों के बारे में भी अपने संदर्भ में यही सोचते हैं कि दूसरे लोग भी उनपर अधिक ध्यान देते हैं। एलकिन्ड (Elkind, 1967) के अनुसार किशोर अपने चिंतन तथा उनके ही बारे में दूसरे लोगों के चिंतन के बारे में अंतर नहीं कर पाते हैं। चूँकि वे अपने बारे में ही अधिक सोचते हैं, इसलिए उनका यह भी विश्वास रहता है कि दूसरे लोग भी उनके ही व्यवहार तथा वेष-भूषा के बारे में सोचते होंगे। किशोरों के इस सोच प्रवृत्ति को *अहंकेन्द्रवाद* (egocentrism) कहा गया है। इस अहंकेन्द्रवाद के दो परिणाम (consequences) होते हैं—*काल्पनिक स्रोत* (imaginary audience) एवं *व्यक्तिगत दंतकथा* (personal fable)। काल्पनिक स्रोत से मतलब किशोरों के उस विश्वास (belief) से होता है जिसमें वे यह समझते हैं कि प्रत्येक व्यक्तियों का वे ध्यान का केन्द्र है और प्रत्येक व्यक्ति उनके व्यवहार, पोशाक, चेहरा आदि के बारे में सोचता रहता है। इसका परिणाम यह होता है कि वे आत्म-सचेत (self-conscious) हो जाते हैं। शायद यही कारण है कि वे अपने चेहरे, पोशाक आदि पर काफी ध्यान देते हैं। व्यक्तिगत दंतकथा (personal fable) से तात्पर्य किशोरों को अपने बारे में कुछ विशिष्ट (special) एवं विलक्षण (unique) होने का विश्वास से होता है। चूँकि किशोर इस बात से विश्वस्त (sure) रहते हैं कि दूसरे लोग उसे ही देखते हैं तथा उसके ही बारे में सोचते हैं, वे अपने महत्त्व के बारे में बढ़ा-चढ़ाकर इस तरह से सोचते हैं। किशोरावस्था समाप्त होते-होते काल्पनिक स्रोत तथा व्यक्तिगत दंतकथा (personal fable) जैसे अहंकेन्द्रवादी प्रवृत्तियाँ (egocentric tendencies) समाप्त होने लगती है क्योंकि इस आयु तक किशोरों को यह स्पष्ट रूप से अनुभव होने लगता है कि अन्य लोग उनके बारे में नहीं बल्कि अपने बारे में अधिक सोचते हैं क्योंकि उनकी अपनी समस्याएँ हैं।

3. पहचान निर्माण *(Identity formation)*—इरिक्सन (Erikson) के अनुसार किशोरावस्था का मुख्य कार्य

किशारों में एक तर्कसंगत पहचान (identify) का निर्माण करना होता है। पहचान (identify) क्या है? पहचान से तात्पर्य किशोरों में इन प्रश्नों का उत्तर प्राप्त करना होता है—मैं कौन हूँ? मैं क्या बनूँगा? मैं अपने जिंदगी में क्या करने जा रहे हैं? इस तरह से पहचान से तात्पर्य किशोरों का वातावरण में अपने स्थापन (placement) के भाव से होता है। इस पहचान की एक विशेषता यह है कि यह निश्चित (fixed) नहीं होता है अर्थात् जो एक बार बन गया, पूरी जिंदगी तक बरकरार रहेगा, ऐसा नहीं होता है। यह मानव जीवन अवधि के दौरान लगातार परिवर्तित होते रहता है।

इरिक्सन का मत है कि किशोरों में अपनी पहचान को स्थापित करने एवं उसे स्पष्ट करने का एक जबर्दस्त होड़ होती है। इस होड़ में वह तरह-तरह की भूमिकाएँ (roles) करता है और एक स्पष्ट एवं स्थायी आत्म-धारणा (self-conception) के बारे में पहुँचने में उसे तरह-तरह की कठिनाइयों एवं जटिलताओं का सामना करना पड़ता है जिसके कारण उनमें स्वयं के बारे में एक धूमिल प्रतिमा (blurred image) बन कर रह जाती है। वह यह नहीं समझ पाता है कि वह कौन है, कहाँ जा रहा है, क्या करने वाला है। इरिक्सन ने इसे *भूमिका संभ्रांति* (role confusion) की संज्ञा दिया है। इरिक्सन का दावा है कि कुछ सीमा तक भूमिका संभ्रांति सभी किशोरों में होता है और यह उत्तम चीज भी है क्योंकि इससे किशोरों में कुछ नयी सूझ विकसित होती है।

इरिक्सन ने अपने शोधों के आधार पर यह भी स्पष्ट किया है कि पहचान निर्माण की भूमिका में किशोरों को कुछ जोखिम (dangers) या आशंका का भी सामना करना पड़ता है। एक प्रमुख ऐसी आशंका उनका यह सोच होता है कि शायद वह एक संगठित, संगत (consistent) तथा समन्वित पहचान कायम करने में असफल रह जाए। इस तरह की आशंका से किशोरों में *पहचान अपविस्तार* (identity diffusion) उत्पन्न होता है जिसमें उत्तर किशोरावस्था में भी किशोरों में किसी स्पष्ट पहचान (identity) के प्रति वचनबद्धता (commitment) नहीं हो पाता है और वे एक पहचानने योग्य स्थिति का निर्माण नहीं कर पाते हैं। एक दूसरा जोखिम यह होता है कि किशोर *नकारात्मक पहचान* (negative identity) की ओर उन्मुख हो जाते हैं जिसमें वे हीन सामाजिक भूमिकाओं को करने के लिए प्रेरित होते हैं जिससे उनका एक हीन आत्म प्रतिमा (self-image) का ही निर्माण होता है। तीसरा जोखिम यह होता है कि कुछ किशोरों में *विसामान्य पहचान* (deviant identity) विकसित होने की उम्मीद होती है जिसमें किशोरों द्वारा एक ऐसी जीवनशैली (life style) का निर्माण किया जाता है जिसका समाज की प्रत्याशाओं (expectations) एवं मूल्यों (values) द्वारा समर्थन नहीं प्राप्त होता है।

कनाडियन मनोवैज्ञानिक जेम्स मारसिया (James Marcia, 1998) ने इरिक्सन द्वारा किशोरों में पहचान (identity) के बारे में प्रस्तावित संप्रत्यय का विश्लेषण किया और पहचान निर्माण में पहचान अपविस्तार (identity diffusion) जैसे संप्रत्यय के होने का समर्थन किया और बतलाया कि सचमुच में यह एक ऐसी पहचान स्तर (identity status) होती है है जहाँ किशोर ने अर्थपूर्ण विकल्प (meaningful alternative) का न तो खोजबीन (exploration) किया होता है और न ही किसी विशेष भूमिका के प्रति कोई स्पष्ट वचनबद्धता (committment) किये होता है।

4. सांवेगिकता *(Emotionality)*—पारंपरिक ढंग से ऐसा कहा जाता है कि किशोरावस्था 'आँधी-तूफान तथा तनाव' (storm and stress) की अवस्था होती है। दूसरे शब्दों में यह कहा जा सकता है कि शारीरिक तथा ग्रन्थीय परिवर्तनों (glandular changes) के कारण किशोरों में सांवेगिक तनाव (emotional tension) अधिक होता है। मनोवैज्ञानिकों ने इस बिन्दु पर टिप्पणी करते हुए कहा है कि किशोरों को चूँकि नयी सामाजिक प्रत्याशाओं (social expectations) तथा व्यवहार के नये पैटर्न के साथ समायोजन करना होता है, इसलिए उन्हें सांवेगिक तनाव होता है। किशोरों के सांवेगिकता (emotionality) से संबद्ध कुछ महत्त्वपूर्ण तथ्यों को इन शब्दों में व्याख्या की गयी है:—

(i) किशोरों का संवेग प्रायः तीव्र (intense), अनियंत्रित (uncontrolled) तथा देखने में अतार्किक (illogical) होता है। बात-बात में गुस्सा करना, मुँह फुला लेना, रोने लगना, व्यवहार में आवेगशीलता (emotionality) दिखलाना सामान्य रूप से पाया जाता है।

(ii) किशोरावस्था जैसे-जैसे अपने अंतिम चरण में पहुँचता है, अर्थात् किशोर की आयु जब 18-19 साल पर पहुँचता है, तो उनकी सांवेगिकता में कमी आने लगती है तथा वे अपने संवेगों को नियंत्रण करते हुए व्यवहार करते पाये जाते हैं।

(iii) किशोरों के साथ जब अन्य वयस्कों द्वारा एक छोटा बच्चा समझकर व्यवहार किया जाता है, तो इससे किशोरों में क्रोध अधिक उत्पन्न होता है।

(iv) किशोरों में अपने उन दोस्तों से अधिक ईर्ष्या होती है जिनके पास उसके तुलना में दोस्त के पास अधिक द्रव्यात्मक समान (material possession) जैसे मोबाइल फोन, स्कूटर, घड़ी, अच्छे-अच्छे कपड़े आदि होते हैं।

(v) रोमान्स या प्रेम-लीला को किशोरों द्वारा काफी अहमियत दी जाती है। प्रायः इस अवस्था में लड़के एवं लड़कियों में सामाजिक बंधन को दरकिनार करके रोमान्स करने की सांवेगिकता अपने चरम सीमा पर होती है।

(vi) किशोरावस्था के समाप्ति के करीब आने पर (लगभग 19 वर्ष की आयु होने पर) किशोरों में सांवेगिक परिपक्वता (emotional maturity) अधिक बढ़ जाती है और वे अब किसी भी उद्दीपक या परिस्थिति के प्रति प्रायः काफी सोच-समझकर कोई व्यवहार करते हैं।

स्पष्ट हुआ कि किशोरों में सांवेगिकता का स्तर आँधी-तूफान एवं तनाव से प्रारंभ होकर सांवेगिक परिपक्वता (emotional maturity) के करीब आकर समाप्त होता है।

5. नैतिक विकास *(Moral development)*—नैतिक विकास के क्षेत्र में भी किशोरों को कुछ चुनौतियों का सामना करना पड़ता है। इस अवस्था में किशोरों में आदर्शवादिता (idealism) अपने चरम सीमा पर होता है। पियाजे (Piaget) के अनुसार इस अवस्था में किशोरों में *स्वायत्त नैतिकता* (autonomous morality) विकसित होती है जिसमें किशोर में यह समझ पूर्णरूपेण विकसित हो जाती है कि किसी व्यवहार का मूल्यांकन सही-सही तभी किया जा सकता है जब व्यवहार करने वाले व्यक्ति का उद्देश्य (intention) तथा व्यवहार के परिणाम (consequence) को ध्यान में रखा जाए। किशोरों में यह भी समझ विकसित हो जाती है कि दंड सामाजिक रूप से नियमित होती है और यह तभी दिया जाता है जब कोई गलत काम करता है और कभी-कभी गलत काम करने पर दंड से बचा जा सकता है। सामाजिक नियम एक मनचाहा नियम (arbitrary rules) होता है जिसे बदला जा सकता है तथा जिसकी चुनौती दी जा सकती है। कोह्लबर्ग (Kohlberg) के अनुसार किशोरावस्था में उत्तरप्रारंभिक नैतिकता (postconventional morality) होती है जिसमें नैतिक निर्णय (moral judgement), तर्कसंगत (rational) एवं आंतरिकृत (internalized) नैतिकता का नियंत्रण आंतरिकृत नैतिक नियमों (internlaized ethical code) जिसमें दूसरों के अनुमोदन की जरूरत नहीं पड़ती है, द्वारा होता है। इस स्तर पर नैतिक द्वन्द्वों (moral conflicts) का समाधान विस्तृत नैतिक नियमों (broad moral principles) द्वारा होता है और किसी कारण से यदि इनकी उपेक्षा की जाती है, तो इससे किशोरों में दोष (guilt) तथा आत्म-निन्दा (self-condemnation) का भाव विकसित हो जाता है। कोह्लबर्ग, पियाजे के समान ही इस बात से सहमत है कि किशोरावस्था में नैतिकता का विकास अन्य बातों के अलावा इस बात पर भी आधृत होता है कि औपचारिक संक्रियात्मक चिन्तन (formal operational thought) कितना परिपक्व हुआ है अर्थात् किशोरों में तार्किक रूप से एवं अमूर्त्त (abstract) ढंग से सोचने की शक्ति कितना विकसित हुई है।

स्पष्ट हुआ कि किशोरावस्था में कई तरह के विकास होते हैं जिनमें किशोरों को तरह-तरह की चुनौतियों का सामना करना पड़ता है।

प्रौढ़ावस्था एवं वृद्धावस्था में विकासात्मक परिवर्तन
(Developmental Changes in Adulthood and Old age)

प्रौढ़ावस्था या वयस्कावस्था (adulthood) की उत्पत्ति लैटिन शब्द एडलट्स (adultus) से हुई है जिसका अर्थ होता है पूरी शक्ति (strength) एवं आकार (size) तक की संवृद्धि (growth)। इसका मतलब हुआ कि वयस्क या प्रौढ़ वैसे व्यक्ति को कहा जाता है जिन्होंने अपनी संवृत्ति (growth) पूरा कर लिया है तथा अन्य वयस्कों

के साथ समाज में अपना महत्त्व या प्रतिष्ठा (status) कायम करने के लिए तैयार होते हैं। विकासात्मक मनोवैज्ञानिकों ने वयस्कावस्था के तीन उपभाग (subdivision) बतलाया है—*आरंभिक वयस्कावस्था* (early adulthood), *मध्य वयस्कावस्था* (middle adulthood) तथा *उत्तर वयस्कावस्था* (later adulthood) जिसे *वृद्धावस्था* (old age) भी कहा जाता है। इन तीनों अवस्थाओं में होने वाले प्रमुख विकासात्मक परिवर्तनों (developmental changes) की व्याख्या निम्नांकित है:—

(क) आरंभिक व्यस्कावस्था *(Early adulthood)*—इस अवस्था की शुरूआत सामान्यतः 20 साल से प्रारंभ होता माना गया है जो 40 वर्ष की आयु में आकर समाप्त हो जाती है। इस अवस्था में वयस्क अपनी जिंदगी बसाते हैं और एक सम्पूर्ण वयस्क की उत्तरदायित्वों को निभाते हैं। प्रायः वे किसी नौकरी या व्यवसाय से अपने को जोड़ते हैं तथा शादी कर अपना घर बसाते हैं। हाँ, कुछ ऐसे वयस्क भी होते हैं जो शादी नहीं भी करते हैं और अपने माता-पिता या परिवार के अन्य सदस्यों के साथ आसक्ति दिखलाकर अपना समय व्यतीत कर लेते हैं।

अधिकतर वयस्क इस अवस्था में जनकता (parenthood) प्राप्त कर लेते हैं और अपने बच्चों का पालन-पोषण करके स्कूली शिक्षा के लिए प्रेरित करते हैं। इस अवस्था में वयस्क को *सामाजिक अलगाव* (social irolation) का भी सामना करना पड़ता है। इस अवस्था में किशोरावस्था के दोस्त या साथी-संगी बिछड़ जाते हैं। अतः शैशवावस्था के बाद प्रथम बार व्यक्ति को सामाजिक विलगाव या जिसे इरिक्सन (Erikson, 1968) ने *अलगाव संकट* (isolation crisis) कहा है, उत्पन्न होता है। इरिक्सन के अनुसार इस अवस्था में वयस्क अन्य व्यक्तियों के साथ ऐसा घनिष्ठ (intimate) तथा उत्तम संबंध बनाने पर बल डालता है जिसमें *व्यक्तिगत वचनबद्धता* (personal commitment) हो, का संकट (crisis) का सामना करता है। हालांकि इसमें विभिन्न प्रकार की दोस्ती सम्मिलित होती है, परंतु विशेषकर लैंगिक संबंध (sexual relationship) सबसे प्रधान एवं महत्त्वपूर्ण होता है। अगर व्यक्ति किसी कारण से घनिष्ठता नहीं विकसित कर पाता है, तो उसमें अलगाव (isolation) का भाव विकसित हो जाता है जिसमें वह बहुत ही रूढ़िबद्ध अन्तर्वैयक्तिक संबंध (stereotyped interpersonal relationship) के साथ समझौता कर अपना जीवन व्यतीत करता है।

इस अवस्था में उसे नूतन जीवन शैली (new life styles) के साथ भी समायोजन (adjustment) करना होता है। इसमें उसे नये पारिवारिक जिंदगी का पैटर्न जिसमें वैवाहिक समायोजन भी सम्मिलित होता है, का सामना करना पड़ता है। नये व्यावसायिक पैटर्न (vocational patterns) के साथ भी समायोजन करना पड़ता है। वैवाहिक समायोजन के चार प्रमुख पहलू होते हैं जिसे वैवाहिक खुशी (marital happiness) के लिए आवश्यक माना गया है। वे चार पहलू हैं—*पति-पत्नी का समायोजन, लैंगिक समायोजन* (sexual adjustment), *वित्तीय समायोजन* (financial adjustment) तथा *ससुराली समायोजन* (in-law adjustment)। आरंभिक वयवस्कावस्था में इन चारों तरह के समायोजन होने पर दाम्पत्य जीवन सुखमय बीतती है अन्यथा फिर समस्याएँ उत्पन्न होने लगती हैं। जनकता (parenthood) प्राप्त करने पर भी पति एवं पत्नी को कुछ नयी चुनौतियों का सामना करना पड़ता है और वहाँ समायोजन आवश्यक होता है। कभी-कभी पति या पत्नी में से किसी एक की मृत्यु हो जाती है या फिर वैवाहिक-संबंध विच्छेद हो जाने से भी दोनों अलग-अलग हो जाते हैं और संतान की परवरिश किसी एक को ही करना पड़ता है। इस परिस्थिति में भी व्यक्ति को समायोजन करने की आवश्यकता होती है। यदि वयस्क को संतान की संख्या उतनी है जिसे वे आदर्श समझते हैं, तो जनकता के प्रति उनका समायोजन उत्तम होगा परंतु जब वे संतान की संख्या को अधिक समझते हैं, तो इससे जनकता के प्रति समायोजन उत्तम नहीं होता है।

कुछ वयस्क व्यक्तिगत कारणों से या पर्यावरणी कारकों से विवाह नहीं करते हैं और अविवाहित जिंदगी व्यतीत करते हैं। अध्ययनों से यह स्पष्ट हुआ है कि अविवाहित वयस्क पुरुष का समायोजन अविवाहित वयस्क महिला की अपेक्षा उत्तम होता है क्योंकि ऐसी महिलाओं को घर के भीतर तथा बाहर दोनों ही अधिक समस्याओं एवं चुनौतियों का सामना करना पड़ता है जिसे वे अकेले करने में हमेशा सक्षम नहीं हो पाते हैं।

इस अवस्था में वयस्कों को व्यावसायिक कठिनाईयाँ भी होती हैं जिनमें दो महत्त्वपूर्ण हैं—कार्य अतुष्टि (job dissatisfaction), बेरोजगारी (unemployment) तथा न्यून बेरोजगारी (underemployment)। इन व्यवसायिक

कठिनाइयों के कारण इनका समायोजन (adjustment) प्रभावित हो जाता है और फिर तब इसमें पारिवारिक जिंदगी भी दुखमय हो जाती है।

(ख) मध्य वयस्कावस्था *(Middle adulthood)*—मध्य वयस्कावस्था 40 वर्ष की आयु से प्रारंभ होकर 60 वर्ष की आयु तक की होती है। इस अवस्था में दैहिक (physical) तथा मनोवैज्ञानिक (psychological) दोनों तरह के ह्रास (decline) औसत व्यक्ति में प्रारंभ हो जाते हैं। इस अवधि को *भयावह अवधि* (dreaded period) कहा गया है क्योंकि यहाँ व्यक्ति में तरह-तरह की आशंकाओं तथा बदलते परिवेश के साथ समायोजन की चिंता बनी रहती है। किम्मेल (Kimmel, 1974) के अनुसार इस अवस्था में व्यक्ति को तीन तरह के *विकासात्मक संकट* (developmental crisis) से जूझना पड़ता है जो इस प्रकार है—

(1) पहला विकासात्मक संकट यह होता है कि व्यक्ति यह सोचता है कि उनसे कहाँ गलती हो गयी है। यह संकट तब उत्पन्न होता है जब उनके बच्चे बड़े होकर उनकी आशाओं के अनुरूप नहीं उतरते हैं। ऐसी स्थिति में व्यक्ति यह सोचता है कि उनसे बच्चों के पालन-पोषण में कहाँ गलती हो गयी।

(2) दूसरा विकासात्मक संकट ऐसे व्यक्ति में अपने वृद्ध माता-पिता के रख-रखाव से संबंधित होता है। ऐसे व्यक्ति प्रायः कई कारकों से अपने वृद्ध माता-पिता को जब अपने साथ नहीं रख पाते हैं, तो उनमें एक दोष-भाव (guilt feeling) उत्पन्न होता है।

(3) तीसरा विकासात्मक संकट इस बात से संबंध होता है कि वे अकेले कैसे रहेंगे। दूसरे शब्दों में, वे प्रायः अपने पति या पत्नी के संभावित मृत्यु की बात सोच-सोचकर घबड़ा जाते हैं जिनसे उनका व्यक्तिगत तथा सामाजिक समायोजन (social adjustment) पर बुरा प्रभाव पड़ता है।

मारमोर (Marmor, 1977) ने मध्य यस्कावस्था में होने वाले तनाव (stress) का भी सविस्तार अध्ययन किया है और बतलाया है कि इसमें निम्नांकित चार तरह के तनाव होते हैं जिनका व्यक्ति के व्यक्तिगत तथा सामाजिक तनाव पर गहरा प्रभाव पड़ता है—

(1) दैहिक तनाव *(Somatic stress)*—इस तरह का तनाव उम्र बीतने के साथ दैहिक कमजोरियों के कारण उत्पन्न होता है।

(2) आर्थिक तनाव *(Economic stress)*—इस तरह का तनाव बच्चों को पढ़ाने-लिखाने से उत्पन्न आर्थिक बोझ तथा पारिवार के सभी सदस्यों को स्तर संकेत (status symbols) उपलब्ध कराने में लगे खर्च से उत्पन्न होता है।

(3) मनोवैज्ञानिक तनाव *(Psychological stress)*—मनोवैज्ञानिक तनाव की उत्पत्ति का कारण पति/पत्नी की मृत्यु तथा घर छोड़कर बच्चों को अपने कार्य पर चला जाना आदि से होता है।

(4) सांस्कृतिक तनाव *(Cultural stress)*—इस तरह का तनाव किसी सांस्कृतिक समूह के लड़के-लड़कियों, उनकी शक्तियों एवं सफलताओं पर जरूरत से ज्यादा बल देने से उत्पन्न होता है।

मध्यवयस्कावस्था में व्यक्तियों की उपलब्धियाँ तथा सफलताएँ (success) अपने चरम सीमा पर होती है। इरिक्सन (Eriskon, 1968) के अनुसार इस अवस्था में व्यक्ति में *जननात्मकता बनाम स्थिरता* (generativity vs stagnation) का संकट उत्पन्न होता है। जननात्मकता से तात्पर्य व्यक्ति द्वारा अपने अगले पीढ़ी के लोगों के कल्याण तथा साथ-ही-साथ उस समाज जिसमें वे लोग रहेंगे को उन्नत बनाने की चिंता से होती है। इसमें ऐसे वयस्क अपने से छोटे व्यक्तियों को अच्छा जनकता (parenting) तथा उपदेश देकर उन्हें उत्तम जिंदगी जीने के योग्य बनाते हैं। जब ऐसे वयस्क में जननात्मकता की चिन्ता उत्पन्न नहीं होती है, तो इससे स्थिरता (stagnation) उत्पन्न होने की खतरा बढ़ जाती है जिससे ऐसे वयक्ति को यह महसूस होता है कि वे अपने अगले पीढ़ी के बच्चों के लिए कुछ भी नहीं कर पाये।

मध्य वयस्कावस्था में चूँकि व्यक्ति अपने व्यवसाय, उद्योग, नौकरी आदि में चरम सफलता पर होते हैं, अतः इनमें पर्याप्त सम्मान (prestige) एवं सत्ता (power) की इच्छा भी होती है। स्त्री तथा पुरुष दोनों को ही इस अवस्था

में कई तरह के उपलब्धियों के लिए सम्मान मिल चुका होता है और वे भी अपने पहले की कड़ी मेहनत की सफलताओं का लाभ का आनन्द लेते हैं।

(ग) उत्तर वयस्कावस्था या वृद्धावस्था *(Later adulthood or Old age)*—वृद्धावस्था कब प्रारंभ होती है, उसे निश्चित तौर पर तो नहीं कहा जा सकता है परंतु सामान्यतः यह 60-65 से प्रारंभ होकर मृत्यु तक की अवधि को इसमें सम्मिलित किया गया है। इस अवस्था में व्यक्ति में शारीरिक शक्ति क्षीण हो जाती है, मानसिक ह्रास होने लगता है तथा तरह-तरह के नयी चुनौतियों (challenges) का सामना करना पड़ता है। इन्हें गिरते स्वास्थ्य, सेवानिवृत्ति (retirement), आमदनी में कमी, नयी पारिवारिक जवाबदेहियों (responsibilities) अर्थात् दादा-दादी, नाना-नानी आदि की जवाबदेही को निभाना पड़ता है। अधिकतर वृद्ध लोगों को पति/पत्नी की मृत्यु के साथ भी समायोजन करना पड़ता है। अध्ययनों से यह स्पष्ट हुआ है कि वृद्ध महिलाएँ जब विधवा हो जाती हैं, तो उन्हें उनका अकेलापन बहुत ही कष्टकर होता है और उन्हें इस परिस्थिति में समायोजन से संबद्ध अधिक समस्याओं का सामना करना पड़ता है। इस अवस्था में वृद्धों में लैंगिक अभिरूचि (sexual interest) काफी कम हो जाती है तथा पेशीय क्षमताओं (motor abilities) में पर्याप्त परिवर्तन आ जाता है। वृद्धों में शारीरिक ह्रास (physical deterioration) के साथ-ही-साथ मानसिक ह्रास (mental deterioration) भी होता है हालांकि इसमें वैयक्ति विभिन्नता (individual difference) भी पाया जाता है। किसी एक व्यक्ति के उच्चतर बौद्धिक स्तर (higher intellectual level) में निम्नतर बौद्धिक स्तर की तुलना में कम ह्रास होता है।

वृद्ध व्यक्तियों की अभिरुचियाँ (interests) भी भिन्न होती है। इनकी व्यक्तिगत अभिरुचि (personal interests) में स्वयं में अभिरुचि, प्रकटन (appearance) में अभिरुचि, पोशाक में अभिरुचि तथा अपने रुपये-पैसों में अभिरुचि प्रमुख होता है। ऐसे लोगों की सामाजिक अभिरुचियाँ (social interests) भी कुछ विशिष्ट हो जाती हैं जिनमें सामाजिक आबन्ध (social engagement) की कमी प्रधान होती है जिसमें मुख्य रूप से चार तत्त्व (elements) देखते जाते हैं—अन्य लोगों के साथ कम-से-कम आवेष्टन (involvement) दिखलाना, विभिन्न तरह के सामाजिक भूमिकाओं (social roles) में कमी, मानसिक क्षमताओं का अधिक उपयोग तथा दैहिक क्रियाओं में कम-से-कम सहभागिता (less participation)। अध्यनों से यह भी स्पष्ट हुआ कि इस उम्र के वृद्धों में धार्मिक विश्वास तथा प्रवृत्तियाँ सामान्यतः पहले की तुलना में अधिक सुदृढ़ (consolidates) हो जाती हैं। ऐसे व्यक्तियों में जिन्दगी और अधिक जीने की तमन्ना भी नहीं रह जाती है और मृत्यु में अभिरुचि तथा उसके प्रति प्रवृत्ति तीव्र हो जाती है।

स्पष्ट हुआ कि वयस्कावस्था के जो तीन भिन्न-भिन्न उपअवस्थाएँ बतलाये गए हैं, उनमें विकास का पैटर्न अलग-अलग होता है।

मुख्य पद
(Key Terms)

संवृद्धि *(Growth)*
परिपक्वत्ता *(Maturation)*
विकास *(Development)*
क्रमविकास *(Evolution)*
पारिस्थितिकी *(Ecology)*
डीएनए *(DNA)*
आरएनए *(RNA)*
जैवपारिस्थितिकी मॉडल *(Bioecological model)*
गत्यामक तंत्र संदर्श *(Dynamic System Perspective)*

विकासात्मक कार्य *(Development task)*
किशोरावस्था *(Adolescence)*
टेराटोजेन्स *(Teratogens)*
उत्तरजीविता प्रतिवर्त *(Survival reflexes)*
आदि प्रतिवर्त *(Primitive reflexes)*
मस्तकाधोमुखी *(Cephalocaudal principle)*
निकट-दूर नियम *(Proximodistal principle)*
टेलीग्राफिक संभाषण *(Telegraphic speech)*
परायत्त नैतिकता *(Heteronomous morality)*
अहंकेद्रवाद *(Egocentrism)*
भूमिका संभ्रांति *(Role confusion)*
स्वायत्त नैतिकता *(Autonomous morality)*
अलगाव संकट *(Isolation crisis)*
जीववाद *(Animism)*।

अध्याय सारांश
(Chapter Summary)

1. संवृद्धि (growth), परिपक्वता (maturation), विकास (development) तथा क्रमविकास (evolution) विकासात्मक मनोविज्ञान के ऐसे पद हैं जो आपस में काफी संबंधित होते हुए भी भिन्न है।
2. विकास का जीवनपर्यंत परिपेक्ष्य (life-span perspective) मानव विकास के बारे में कुछ पूर्वकल्पना (assumptions) करता है जिनमें छह ऐसे पूर्वकल्पनाओं पर बल डाला गया है।
3. विकास को प्रभावित करने वाले जितने भी कारक हैं, उन्हें मोटे तौर पर दो भागों में बाँटा गया है—*आनुवंशिकता* (heredity) तथा पारिस्थितिकी (ecology) पारिस्थितिकी व्यांख्या में ब्रोनफेनब्रेन्नर (Bronfenbrenner) का सिद्धान्त अधिक लोकप्रिय है।
4. मानव विकास की आठ अवस्थाओं का वर्णन किया गया है—पूर्वप्रसूति अवधि, शैशवावस्था, आरंभिक बाल्यावस्था, उत्तर बाल्यावस्था, किशोरावस्था, आरंभिक वयस्कावस्था, मध्यवयस्कावस्था तथा उत्तर वयस्कावस्था।
5. विभिन्न अवस्थाओं में होने वाले विकास पर एक समग्र दृष्टि डालते हुए उसका सविस्तार वर्णन किया गया है। इसमें पूर्वप्रसूति अवस्था, शैशवावस्था, बाल्यावस्था तथा वयस्कावस्था में होने वाले विकासात्मक पैटर्न की व्याख्या सविस्तार की गयी है।

❑

अध्याय 5

संवेदी, अवधानिक एवं प्रात्यक्षिक प्रक्रियाएँ
(SENSORY, ATTENTIONAL AND PERCEPTUAL PROCESSES)

इस अध्याय के पढ़ने के बाद आप

- *संवेदी प्रक्रियाओं के स्वरूप एवं उद्दीपक के स्वरूप तथा विविधता के बारे में जान पायेंगे,*
- *विभिन्न प्रकार के प्रत्यक्षण के स्वरूप को समझ पायेंगे,*
- *आकार एवं स्थान प्रत्यक्षण की समस्याओं का विश्लेषण कर सकेंगे,*
- *प्रत्यक्षण में सामाजिक-सांस्कृतिक कारकों की भूमिका समझ सकेंगे,*
- *अपने दैनिक जीवन में संवेदी, अवधानिक एवं प्रात्यक्षिक प्रक्रियाओं के स्वरूप को समझ सकेंगे।*

विषय-वस्तु

प्रत्यक्षज्ञानात्मक संगठन के नियम/सिद्धान्त

स्थान, गहनता तथा दूरी प्रत्यक्षण

एक नेत्री संकेत एवं द्विनेत्री संकेत

भ्रम का अर्थ

भ्रम के प्रकार

भ्रम के कारण

प्रत्यक्षण तथा भ्रम में अंतर

प्रत्यक्षण पर सामाजिक-सांस्कृतिक प्रभाव

अवधान का अर्थ

अवधान की विशेषताएँ

अवधान के विशिष्ट प्रकार

चयनात्मक अवधान के सिद्धान्त/मॉडल

दीर्घीकृत या संधृत अवधान के निर्धारक

प्रमुख पद (Key terms)

अध्याय सारांश (Chapter Summary)

परिचय

इस अध्याय में विभिन्न तरह के ग्राहियों या ग्राहक से आपका परिचय करवाया जायगा। इन ग्राहियों के वजह से व्यक्ति किसी वस्तु, घटना तथा व्यक्ति पर ध्यान देता है तथा उसका सही-सही प्रत्यक्षण करता है। व्यक्ति के शरीर में कुछ ग्राहक ऐसे होते हैं जिनका स्पष्ट रूप से प्रत्यक्षण संभव है। जैसे, आँख, कान, नाक आदि ऐसे ही ग्राहक हैं। कुछ ग्राहक ऐसे होते हैं जो व्यक्ति के शरीर के भीतर होते हैं जिनका प्रेक्षण बिना यंत्र के नहीं किया जा सकता है। इस अध्याय में महत्त्वपूर्ण ग्राहकों की संरचना तथा कार्य से आपको अवगत कराया जायेगा। इतना ही नहीं, अवधान से संबंधित कई तरह के महत्त्वपूर्ण तथ्यों को आप जानेंगे। हम आपको यहाँ यह भी बतलायेंगे कि व्यक्ति को दूरी एवं गहराई का प्रत्यक्षण किस तरह होता है और कैसे कभी-कभी व्यक्ति कुछ उद्दीपकों का सही प्रत्यक्षण में धोखा भी खा जाता है।

जगत का ज्ञान
(Knowledge of World)

हमें अपने इर्द-गिर्द के वातावरण का ज्ञान ज्ञानेन्द्रियों (sense organs) के क्रियाशीलता के कारण होता है। व्यक्ति जहाँ भी होता है, उसके इर्द-गिर्द में अनेक तरह के उद्दीपक मौजूद रहते हैं जिनसे वह प्रभावित होता है। सचमुच में ज्ञानेन्द्रियाँ जैसे आँख, कान, नाक, त्वचा तथा जीभ किसी वस्तु से उत्तेजन प्राप्त करके उसे पंजीकृत (registration) करती हैं जिससे व्यक्ति में संवेदन (sensation) होता है। किसी भी उद्दीपक या वस्तु को पंजीकृत होने के लिए यह आवश्यक है कि वह व्यक्ति के ध्यान को अपनी ओर आकर्षित करे। जब पंजीकृत सूचनाओं को मस्तिष्क में भेजा जाता है, तो उसका एक अर्थ ग्रहण किया जाता है और उससे प्रत्यक्षण (perception) की प्रक्रिया मजबूत हो जाती है। स्पष्टतः तब संवेदन (sensation), अवधान (attention) तथा प्रत्यक्षण की प्रक्रिया आपस में अंतर्बद्ध होती है और इससे व्यक्ति को अपने जगत का ज्ञान होता है।

इन तीनों प्रक्रिया को एक उदाहरण द्वारा इस प्रकार समझाया जा सकता है। अभी आप जिस कमरे में बैठकर पढ़ रहे हैं, वहाँ तरह-तरह के उद्दीपक (stimulus) जैसे पंखा, बल्ब, टेबुल, कुर्सी, किताब आदि उपस्थित हैं। आपका ध्यान इनमें से सिर्फ किताब पर है जिसे आप पढ़ रहे हैं। आपका आँख किताब के पन्ने से उद्दीपकों को लेकर

उनका पंजीकृत कर रहा है और उस पंजीकरण की सूचना मस्तिष्क को दे रहा है जिनसे आपको किताब में लिखे गए वाक्यों का अर्थ समझ में आ रहा है। कई उद्दीपकों में से सिर्फ किताब पर ध्यान देना अवधान (attention) का उदाहरण है। फिर किताब के पन्नों पर लिखे गए वाक्यों से आपके नेत्र में उत्तेजन का उत्पन्न होना संवेदन (sensation) का उदाहरण है तथा फिर उन उत्तेजनों का अर्थपूर्ण ज्ञान होना, प्रत्यक्षण का उदाहरण है।

उद्दीपक का स्वरूप एवं विविधता
(Nature and Diversity of Stimulus)

सामान्यतः उद्दीपक (stimulus) से तात्पर्य उन सभी कारकों, घटनाओं एवं वस्तुओं से होता है जिससे हम प्रभावित होते हैं। वैज्ञानिक अर्थ में उद्दीपक का अर्थ कुछ इससे हटकर बतलाया गया है। रेवर[1] (Reber, 2001) ने उद्दीपक को इस प्रकार परिभाषित किया है:—

उद्दीपक से तात्पर्य, *''कोई चीज (अर्थात् कोई भी घटना, किसी चीज, संप्रत्यय या प्रत्यक्षित वस्तु में परिवर्तन, आंतरिक या बाह्य) जो प्राणी पर इस तरह का प्रभाव डालता है जिससे उसके व्यवहार में पहचानने योग्य परिवर्तन होता है।''*

यदि हम इस सरल परिभाषा का विश्लेषण करें तो हमें उद्दीपक के स्वरूप के बारे में निम्नांकित तथ्य प्राप्त होते हैं:—

(1) उद्दीपक की श्रेणी में किसी भी वस्तु या घटना को रखा जाता है बशर्ते कि उससे प्राणी के व्यवहार में पहचानने योग्य परिवर्तन हो। जैसे, किसी आवाज को सुनकर उसके तरफ व्यक्ति प्रायः सिर घुमा लेता है। यहाँ 'आवाज' एक उद्दीपक का उदाहरण है जो व्यक्ति में पहचानने योग्य परिवर्तन (सिर घुमाना) कर रहा है।

(2) उद्दीपक का स्वरूप बाह्य एवं आंतरिक (internal) कुछ भी हो सकता है। ऊपर के उदाहरण में 'आवाज' एक बाह्य श्रेणी का उद्दीपक है। उद्दीपक का स्वरूप आंतरिक भी होता है। जैसे, व्यक्ति के पेट में दर्द होता है, वह परेशान नजर आने लगता है और अत्यधिक दर्द बढ़ने पर वह कराहने भी लगता है। यहाँ 'दर्द' एक आंतरिक श्रेणी का उद्दीपक है जो प्राणी में कुछ प्रत्यक्षणीय या पहचानने योग्य परिवर्तन कर रहा है।

स्पष्ट हुआ कि उद्दीपक प्राणी को प्रभावित करने वाला एक कारक (factor) होता है जिससे प्राणी में कुछ ऐसा परिवर्तन होता है जिसे पहचाना या जिसके बारे में जाना जा सकता है।

ऐसे तो मनोवैज्ञानिकों ने उद्दीपक (stimulus) को कई दृष्टिकोणों से उसके कई प्रकार बतलाया है। परंतु सामान्यतः उसका पाँच प्रकार ही है जो काफी महत्त्वपूर्ण है:—

1. दृष्टि उद्दीपक *(Visual stimulus)*—दृष्टि उद्दीपक से तात्पर्य वैसे उद्दीपक से होता है जिसे व्यक्ति देख सकता है तथा देखने पर व्यक्ति में पहचानने योग्य परिवर्तन होता है। जैसे, कमरे में बल्ब का जलना एक दृष्टि उद्दीपक है क्योंकि बल्ब को जलने पर व्यक्ति का ध्यान उसके ओर चला जाता है और उससे स्पष्ट कुछ परिवर्तन भी हो जाता है। दृष्टि उद्दीपक का ग्राहक (receptor) आँख होता है।

2. श्रवण उद्दीपक *(Auditory stimulus)*—श्रवण उद्दीपक से तात्पर्य वैसे उद्दीपक से होता है जिसे व्यक्ति सुनता है जिससे उसमें कुछ पहचानने योग्य परिवर्तन होता है। जैसे, किसी आवाज सुनकर व्यक्ति में कुछ परिवर्तन जैसे सतर्क हो जाना, उसके तरफ देखना, उसके तरफ सिर घुमाना आदि होता है। यहाँ 'आवाज' एक श्रवण उद्दीपक का उदाहरण है तथा इसके ग्राहक (receptor) को 'कान' कहा जाता है।

3. स्पर्श उद्दीपक *(Touch stimulus)*—स्पर्श उद्दीपक वैसे उद्दीपक को कहा जाता है जिससे स्पर्श होने पर व्यक्ति में कुछ अनुभव होता है। इस उद्दीपक का ग्राहक त्वचा (skin) होता है। जैसे, यदि हमारा हाथ किसी गर्म

---

1. "Anything (that is, any event, any occurrence, any change in a thing, any percept or concept, internal or external) that has some impact or effect on an organism such that its behaviour is modified in some detectable way."
—Reber : *The Penguin Dictionary of Psychology,* 2001, p. 712

वस्तु से स्पर्श होता है, तो हमें यह पता चलता है कि वह वस्तु गर्म है और संभवतः हाथ उस वस्तु से वह हटा लेता है।

4. स्वाद उद्दीपक *(Gustatory stimulus)*—स्वाद उद्दीपक वैसे उद्दीपक को कहा जाता है जिसे ग्रहण करने पर व्यक्ति को कोई विशेष तरह का स्वाद का अनुभव होता है। इसका ग्राहक व्यक्ति के जीभ पर की स्वाद कलियाँ (taste buds) होती है। जैसे, व्यक्ति जब अपने जीभ पर चीनी का कुछ कण रखता है, तो उसे मिठास का स्वाद मिलता है। यहाँ चीनी का कण स्वाद उद्दीपक का उदाहरण है।

5. घ्राण उद्दीपक *(Olfactory stimulus)*—घ्राण उद्दीपक वैसा उद्दीपक होता है जिसे जब व्यक्ति सूँघता है तो उसमें पहचानने योग्य परिवर्तन उत्पन्न करता है। इस उद्दीपक का ग्राहक नाक होता है। जब व्यक्ति के नाक में किसी फूल या इत्र का सुगन्ध प्रवेश करता है, तो उसमें एक विशेष अनुभूति होता है। यहाँ फूल या इत्र का सुगन्ध एक घ्राण उद्दीपक का उदाहरण है।

स्पष्ट हुआ कि उद्दीपक कें पाँच प्रमुख सामान्य प्रकार होते हैं जिनका व्यक्ति प्रत्यक्षण करता है।

संवेदन प्रकारताएँ
(Types of Sense Modalities)

प्राणी अपने इर्द-गिर्द के वातावरण के प्रति जिन विशिष्ट प्रक्रिया द्वारा ज्ञान प्राप्त करता है, उसे *संवेदन या ज्ञान प्रकारताएँ* (sense modalities) कहा जाता है। इस प्रक्रिया में जो अंग (organs) सम्मिलित होते हैं, उन्हें तकनीकी तौर पर ग्राहक (receptor) कहा जाता है। सचमुच में ग्राहक एक तरह से विशिष्टता प्राप्त न्यूरोन (neuron) होता है जो वातावरण तथा शरीर के भीतर होने वाले परिवर्तनों का ज्ञान कराते हैं। इसे साधारण बोल-चाल की भाषा में *ज्ञानेन्द्रियाँ* (sense organs) कहा जाता है।

ग्राहक या ज्ञान रूपात्मकता के चार प्रमुख प्रकार होतें हैं जो इस प्रकार हैः—

1. बाह्य ग्राहक *(Exteroceptor)*—ऐसे ग्राहक शरीर के सतह पर पाये जाते हैं तथा बाह्य उत्तेजनों के प्रति क्रियाशील होते हैं। आँख, कान, नाक, त्वचा तथा जीभ इसके मुख्य उदाहरण हैं जिनके द्वारा क्रमशः दृष्टि, श्रवण, घ्राण, त्वक संवेदन (दर्द, दबाव, गर्मी) तथा स्वाद आदि का ज्ञान होता है। बाह्य ग्राहक सबसे प्रमुख ग्राहक होता है जिसके माध्यम से व्यक्ति को बाह्य उद्दीपकों का ज्ञान होता है।

2. अन्तर्ग्राहक *(Interoceptor)*—ऐसे ग्राहक शरीर के भीतर विशेषकर पाचन एवं मूत्र तंत्रीय क्षेत्रों में होते हैं और शरीर के भीतर के उत्तेजनों के प्रति अनुक्रियाशील होते हैं। इसके द्वारा व्यक्ति को आंगिक दर्द (organic pain), आंगिक दबाव (organic pressure) तथा आंगिक गर्मी (organic warmth) तथा ठंढ का ज्ञान होता है।

3. मध्य ग्राहक *(Proprioceptor)*—ऐसे ग्राहक मूलतः मांसपेशियाँ, कंडरा (tendor), संधि (joints) आदि में होते हैं और वे मूलतः शारीरिक गतियों (bodily movement) के प्रति अनुक्रिया करते हैं। इसके द्वारा मूलतः मांसपेशीय गतिरोध (muscle kinesthesis), कंडरा गतिबोध (tender kinesthesis) तथा संधि गतिबोध (joint kinesthesis) आदि होता है।

4. नोसीग्राहक *(Nociceptor)*—ऐसे ग्राहक व्यक्ति के पूरे शरीर में फैले होते हैं तथा मूलतः घातक उद्दीपकों (injurious stimuli) के प्रति अनुक्रिया करते हैं। नमन या मोड (flexion) के रूप में इनके द्वारा मुख्य रूप से अनुक्रिया की जाती है। इसके द्वारा भी त्वक् दर्द (cutaneous pain), आंगिक दर्द (organic pain) तथा गतिसंवेदी दर्द (kinesthetic pain) का बोध या ज्ञान होता है।

स्पष्ट हुआ कि हमारे शरीर में कई तरह के संवेदन रूपात्मकता (sense modalities) है। इनमें मनोवैज्ञानिकों द्वारा दृष्टि रूपात्मकता (vision modality) तथा श्रवण रूपात्मकता (auditory modality) का विस्तृत अध्ययन किया गया है। अतः ज्ञान के इन दोनों माध्यमों का अध्ययन हम आगे विस्तृत रूप से करेंगे।

ज्ञानेन्द्रियों की प्रकार्यात्मक सीमाएँ
(Functional Limits of Sense Organs)

जी॰ टी॰ फेकनर
(G. T. Fechner)

मानव शरीर की ज्ञानेन्द्रियाँ अर्थात् आँख, कान, नाक, जीभ तथा त्वचा एक सीमा के अन्दर कार्य करती हैं। यदि उद्दीपक की तीव्रता (intensity) उस सीमा या परास (range) से बाहर होता है, तो व्यक्ति उस उद्दीपक की पहचान नहीं कर पाता है। जैसे, जब कोई रोशनी की तीव्रता काफी धुमिल (dim) हो जाता है, तो व्यक्ति उसका प्रत्यक्षण नहीं कर पाता है। उसी तरह हमलोग किसी ध्वनि को 20Hz से 20,000 Hz तक की सीमा में होने पर ही सुन पाते हैं। स्पष्ट हुआ कि उद्दीपक (stimulus) तथा उससे उत्पन्न संवेदन (sensation) की पहचान एक खास संबंध पर आधारित होता है। जिस शास्त्र या विद्याशास्त्र (discipline) में उद्दीपक एवं उससे उत्पन्न संवेदनाओं के संबंध का अध्ययन किया जाता है, उसे *मनोभौतिकी* (psychophysics) कहा जाता है जिसके जनक जी॰ टी॰ फेकनर (G. T. Fechner) जिन्होंने 1860 में इस पद का सबसे पहले-पहल प्रयोग किया था।

मनोभौतिकी के गूढ़ तत्त्व को समझने के लिए इसके कुछ महत्त्वपूर्ण संप्रत्यय (concepts) हैं जिनपर विचार करना आवश्यक है। इनमें निम्नांकित प्रमुख हैं—

1. उद्दीपक सीमान्त या निरपेक्ष सीमान्त *(Stimulus threshold or absolute Threshold)*—व्यक्ति अपने वातावरण में उपस्थित सभी वस्तुओं के प्रति अनुक्रिया न करके सिर्फ उन्हीं उद्दीपकों के प्रति अनुक्रिया करता है जिनमें अनुक्रिया पैदा करने की एक न्यूनतम क्षमता होती है। दूसरे शब्दों में कहा जा सकता है कि किसी उद्दीपक को अनुक्रिया उत्पन्न करने के लिए एक न्यूनतम स्तर तक का होना चाहिए। इस न्यूनतम स्तर को मनोभौतिकी में उद्दीपक सीमान्त (stimulus threshold) कहां जाता है। इसके लिए RL शब्द का भी प्रयोग अधिक किया जाता है जो जर्मन शब्द रिज लाइमन (Reiz Limen) का संक्षिप्त रूप है। प्रयोगात्मक मनोविज्ञान (experimental psychology) में RL को इस प्रकार परिभाषित किया गया है, "RL वह न्यूनतम उद्दीपक मान (stimulus value) है जो व्यक्ति में 50% प्रयासों में अनुक्रियां पैदा करता है तथा शेष 50 प्रयासों में अनुक्रिया पैदा नहीं करता है।'' जब किसी उद्दीपक का मान इस न्यूनतम मान से नीचे होगा, तो वह व्यक्ति में अनुक्रिया पैदा नहीं करेगा।

2. अंतस्थ सीमान्त *(Terminal Limen)*—जैसा कि हम जानते हैं कि सीमान्त (limen or threshold) का अर्थ उद्दीपक की उस न्यूनतम मात्रा से होता है जो किसी अनुक्रिया को उत्पन्न करने में सफल होता है। परन्तु किसी उद्दीपक का प्रत्यक्षण करने के लिए केवल यह आवश्यक नहीं कि उसका मान (value) एक न्यूनतम स्तर तक का हो, बल्कि यह भी आवश्यक है कि उसका मान एक खास अधिकतम स्तर (maximum level) से ऊपर न हो। यदि कोई उद्दीपक, उस खास अधिकतम स्तर से भी ऊपर है, तो व्यक्ति उसका प्रत्यक्षण नहीं कर पाएगा। जैसे अगर 20,000 cycle से अधिक की आवाज (tone) में व्यक्ति को कुछ कहा जाए, तो निश्चय ही वह कुछ नहीं सुन पाएगा। उसी तरह यदि 15-cycle या इससे कम की आवृत्ति (frequency) की आवाज में व्यक्ति को कुछ कहा जाए तो भी वह कुछ नहीं सुन पाएगा। 20-cycle न्यूनतम सीमान्त (lower threshold) का उदाहरण होगा तथा 20,000 cycle की आवाज अधिकतम सीमान्त (upper threshold) का उदाहरण होगा। अधिकतम सीमान्त को ही अंतस्थ सीमान्त (terminal limen) कहा जाता है।

3. विभेदक सीमांत *(Differential Limen)*—यदि भिन्न-भिन्न तीव्रता-स्तर (intensity level) के दो एक ही तरह के उद्दीपकों (stimuli) को व्यक्ति के सामने रखा जाए, तो व्यक्ति तब तक इन दोनों के अंतर (difference) प्रत्यक्षण नहीं कर पाएगा, जब तक कि इन दोनों उद्दीपकों की तीव्रता-स्तर में एक न्यूनतम (minimum) अंतर न हो। जैसे, यदि किसी व्यक्ति के सामने 15 सेंटीमीटर तथा 13 सेंटीमीटर की दो रेखाएँ बारी-बारी से रखकर यह पूछा जाए कि उनमें से कौन बड़ी है (या कौन छोटी है), तो इस बात की संभावना अधिक है कि वह अंतर को नहीं

बता पाएगा; किंतु जब एक रेखा की लंबाई घटाकर 5 सेंटीमीटर कर दी जाती है, तब यह संभावना है कि इस बार वह इन दोनों के अंतर को बताने में समर्थ हो जाए। स्थूल रूप से (roughly) इसी को मनोभौतिकी (Psychophysics) में विभेदक सीमान्त (differential limen or DL) कहा जाता है। किसी भी दो उद्दीपकों का DL ज्ञात करने के लिए उन दोनों उद्दीपकों की तीव्रता स्तर में कम-से-कम परिवर्तन करके घटाया या बढ़ाया जाता है और व्यक्ति को इसका प्रत्यक्षण (perception) करने को कहा जाता है। प्रायः यह देखा जाता है कि ऐसे कई प्रयासों में कुछ में तो व्यक्ति तीव्रता स्तर में किए गए परिवर्तन का प्रत्यक्षण कर लेता है, परंतु कुछ प्रयासों में वह असफल रहता है। सामान्यतः, यह देखा गया है कि दोनों उद्दीपकों के तीव्रता-स्तर में अधिक अंतर होने पर वह स्पष्टतः इसका प्रत्यक्ष कर लेता है। इन दोनों सीमाओं, अर्थात्, कम-से-कम अंतर (minimum difference) तथा अधिक-से-अधिक अंतर (maximum difference) के बीच एक ऐसा भी तीव्रता-स्तर होता है जिस पर व्यक्ति के प्रत्यक्ष में स्पष्ट अंतर होता है और व्यक्ति जिसका ठीक 50% प्रयासों में प्रत्यक्षण करता है तथा 50% प्रयासों में प्रत्यक्ष नहीं करता है। प्रयोगात्मक मनोविज्ञान में इसी उद्दीपक अंतर (stimulus difference) को DL की संज्ञा दी जाती है।

उपर्युक्त संप्रत्ययों (concepts) का अध्ययन करने के लिए तीन प्रमुख मनोभौतिक विधियाँ अपनाई जाती हैं, जो निम्नांकित हैं—(i) औसत त्रुटि बुद्धि (Method of Average Error), (ii) सीमा विधि (Method of Limits), (iii) सतत उद्दीपक विधि (Method of Constant Stimuli)। इन तीनों विधियों की संक्षिप्त व्याख्या इस प्रकार है—

(i) औसत त्रुटि विधि *(Method of Average Error)*—इसे अन्य नामों—जैसे, *समायोजन विधि* (method of adjustment), *पुनरूत्पादन विधि* (method of reproduction) तथा *तुल्य उद्दीपक की विधि* (method of equivalent stimuli)—से भी पुकारा जाता है। इस मनोभौतिक विधि में प्रयोज्यों को दो उद्दीपक एक साथ दिए जाते हैं। उनमें एक उद्दीपक को *मानक उद्दीपक* (standard stimulus) तथा दूसरे को *परिवर्त्य उद्दीपक* (variable stimulus) कहा जाता है। मानक उद्दीपक की प्रमुख विशेषता यह होती है कि यह प्रयोग के समय बिल्कुल निश्चित होता है। इसे प्रयोगकर्त्ता (experimenter) या प्रयोज्य (subject) घटा-बढ़ा नहीं सकते हैं। परिवर्त्य उद्दीपक (variable stimulus) की विशेषता यह है कि प्रयोग के दौरान प्रयोगकर्त्ता तथा प्रयोज्य दोनों इसको घटा-बढ़ा सकते हैं। औसत त्रुटि विधि में प्रयोगकर्त्ता परिवर्त्य उद्दीपक को मानक उद्दीपक से कभी तो बड़ा करके तथा कभी छोटा करके प्रयोज्य को देता है। प्रयोज्य परिवर्त्य उद्दीपक को घटा-बढ़ा कर मानक उद्दीपक के बराबर करता है। चूँकि यहाँ प्रयोज्य स्वयं ही परित्वर्य उद्दीपक को घटा-बढ़ा कर समायोजन (adjustment) करता है, इसलिए इस विधि को समायोजन विधि (method of adjustment) भी कहते हैं। समायोजन विधि में प्रयोज्य कई प्रयासों (trails) तक परिवर्त्य उद्दीपक को मानक उद्दीपक के बराबर करता जाता है और बाद में प्रयोगकर्त्ता इन सभी निर्णयों का एक औसत ज्ञात करता है। इन सभी प्रयासों के औसत (average) को ही (RL) की संज्ञा दी जाती है। मूलर-लायर-भ्रम का अध्ययन इस विधि द्वारा अधिक सुविधाजनक होता है।

(ii) सीमा विधि *(Method of Limits)*—इसे अन्य नामों—जैसे, *न्यूनतम ज्ञेय भेद विधि* (method of just noticeable difference), *न्यूनतम परिवर्तन विधि* (method of minimal changes) तथा *क्रमिक खोज विधि* (method of serial exploration) से भी पुकारा जाता है। इस विधि से RL ज्ञात करने में उद्दीपक के मान (value) में अल्पतम परिवर्तन (minimal change) करते हुए उसे क्रमबद्ध रूप से (systematically) घटाया या बढ़ाया जाता है। जब उद्दीपक के मान को घटाना रहता है, तब उस उद्दीपक को एक ऐसे मान से शुरू किया जाता है जिसका प्रत्यक्षण (perception) स्पष्ट रूप से प्रयोज्य को होता है। इसके बाद उद्दीपक के मान में अल्पतम परिवर्तन करके तब तक घटाया जाता है जब तक कि प्रयोज्य अपना उत्तर न बदल दे। इसे *अवरोही शृंखला* (descending series) कहा जाता है। अवरोही शृंखला के बाद आरोही शृंखला (ascending series) शुरू की जाती है जहाँ उद्दीपक के मान में अल्पतम परिवर्तन करते हुए उसे तब तक बढ़ाया जाता है जब तक कि प्रयोज्य अपना उत्तर न बदल दे, अर्थात जब तक प्रयोज्य को उसका स्पष्ट प्रत्यक्षण न होने लगे। चूँकि इस विधि में प्रत्येक बार उद्दीपक के मान में अल्पतम परिवर्तन किया जाता है, इसलिए इस विधि को *अल्पतम परिवर्तन विधि* (method of minimal change) भी कहा जाता है। कई प्रयासों तक अवरोही तथा आरोही शृंखला में आँकड़े लिए जाते हैं और दोनों शृंखलाओं का माध्य (mean) RL कहलाता है।

सीमा विधि से अध्ययन करने में दो तरह की त्रुटियाँ होती हैं, जिन्हें *प्रत्याशा-त्रुटि* (error of expectation) तथा *अभ्यसन-त्रुटि* (error of habituation) की संज्ञा दी गई है। जब आरोही शृंखला (ascending series) का माध्य अवरोही-शृंखला के माध्य से ज्यादा हो, तब समझा जाता है कि प्रयोज्य में अभ्यसन-त्रुटि (error of habituation) हो रही है, परंतु जब अवरोही का माध्य आरोही शृखला के माध्य से ज्यादा हो, तब समझा जाता है कि प्रयोज्य में प्रत्याशा-त्रुटि (error of expectation) हो रही है।

(iii) सतत् उद्दीपक विधि *(Method of Constant Stimuli)*—इस विधि को अन्य नामों—जैसे, *सही तथा गलत केसेज की विधि* (method of right and wrong cases) *बारंबारता की विधि* (method of frequency) से भी पुकारा जाता है। इस विधि द्वारा RL ज्ञात करने में प्रत्येक प्रयास में उद्दीपक को कुछ समय के लिए व्यक्ति के सामने प्रस्तुत किया जाता है तथा उसके बाद प्रयोज्य को उसके बारे में बताना होता है। प्रत्येक प्रयास में भिन्न-भिन्न मात्रा (magnitudes) का उद्दीपक (stimulus) प्रस्तुत किया जाता है। इनमें कुछ उद्दीपक तो ऐसे होते हैं, जो सीमांत (threshold) से ऊपर होते हैं और उनका स्पष्ट प्रत्यक्षण प्रयोज्य कर लेता है तथा कुछ ऐसे होते हैं जो सीमांत से नीचे होते हैं और उनका सही प्रत्यक्षीकरण दुर्लभ होता है। भिन्न-भिन्न मात्रा के उद्दीपकों को आरोही शृंखला (ascending series) तथा अवरोही शृंखला (descending series) में प्रस्तुत न कर उसे अनियमित रूप से (irregularly or randomly) प्रस्तुत किया जाता है। यहाँ RL सभी उद्दीपकों के प्रति दी गई अनुक्रियाओं के प्रतिशत का माध्य (mean) होता है।

सतत् उद्दीपक विधि का उपयोग अवधान (attention) के प्रयोग में करके आगे बताया गया है।

संवेदन का अर्थ एवं स्वरूप
(Meaning and Nature of Sensation)

संवेदन एक ऐसी सरल मानसिक प्रक्रिया है जिसके द्वारा हमें वस्तुओं एवं व्यक्तियों के बारे में एक आभास मात्र होता है क्योंकि इसमें अर्थहीनता एवं अस्पष्टता होती है। इसमें सूचनाएँ मस्तिष्क में केवल पंजीकृत (registered) होती हैं, उनकी व्याख्याएँ नहीं होती हैं। संवेदन की कुछ मुख्य परिभाषाएँ इस प्रकार हैं—

सैन्ट्रोक[1] (Santrock, 2006) के अनुसार, ''वातावरण में उद्दीपक ऊर्जा को कूटसंकेतन करने तथा पहचानने की प्रक्रिया को संवेदन कहा जाता है।''

वुड एवं **वुड**[2] (Wood & Wood, 1999) के अनुसार, ''संवेदन एक ऐसी प्रक्रिया है जिसके द्वारा ज्ञानेन्द्रियाँ दृष्टि, श्रवण एवं अन्य संवेदी उद्दीपकों की पहचान करता है तथा उसे मस्तिष्क में अंतरित करता है।''

यदि हम संवेदन के इन पारिभाषाओं का विश्लेषण करें तो यह स्पष्ट होगा कि संवेदन की परिभाषा में अन्य बातों के अलावा निम्नांकित चार बातें पायी जाती हैः—

(1) संवेदन एक मानसिक प्रक्रिया है।

(2) संवेदन एक आरंभिक मानसिक प्रक्रिया है।

(3) संवेदन में उद्दीपकों (वस्तु या व्यक्तियों) का आभास मात्र अर्थात् अर्थरहित ज्ञान होता है।

(4) संवेदन के लिए उद्दीपक की उपस्थिति अनिवार्य है।

संवेदन के स्वरूप (nature) को समझने के लिए इन चार तथ्यों की व्याख्या आवश्यक है जो इस प्रकार हैः—

(1) संवेदन एक मानसिक प्रक्रिया है *(Sensation is a mental process)*—संवेदन एक मानसिक प्रक्रिया है। मानसिक प्रक्रिया से तात्पर्य वैसी क्रियाओं से होता है जो मन या मस्तिष्क के सहारे होता है। मानसिक प्रक्रियाएँ

1. "Sensation is the process of detecting and encoding stimulus energy in the world."
—Santrock : *Psychology,* 2006 p. 122

2. "Sensation is the process through which the senses detect visual, auditory and other sensory stimuli and transmit them to the brain." —Wood & Wood : *The World of Psychology*, 1999, p. 74

तीन तरह की होतीं है—संज्ञानात्मक (cognitive), भावात्मक (affective) तथा क्रियात्मक (conative)। संवेदन एक संज्ञानात्मक नानसिक प्रक्रिया है क्योंकि इसके द्वारा वस्तु, व्यक्तियों या घटनाओं अर्थात् उद्दीपकों (stimuli) का एक अस्पष्ट ज्ञान होता है।

(2) संवेदन एक आरंभिक मानसिक प्रक्रिया है *(Sensation is an elementary mental process)*—सचमुच में उद्दीपक के बारे में ज्ञान प्राप्त करने के लिए कई तरह की मानसिक क्रियाएँ होतीं हैं। जैसे, चिन्तन, कल्पना, तर्क करना आदि। परन्तु इन सभी क्रियाओं से भी पहले एक और मानसिक प्रक्रिया होती है और वह है संवेदन की। किसी वस्तु पर चिन्तन करने के लिए यह आवश्यक है कि पहले उसका संवेदन हो। शायद यही कारण है कि संवेदन को एक आरंभिक मानसिक प्रक्रिया कहा गया है।

(3) संवेदन में उद्दीपकों का एक आभास मात्र अर्थात् अर्थ रहित ज्ञान होता है *(In sensation a general awareness or meaningless knowledge occurs)*—संवेदन इतनी सरल प्रक्रिया है कि इसमें उद्दीपक का कोई स्पष्ट अर्थ नहीं पता चलता है, मात्र उसका एक सामान्य आभास होता है। जैसे—कभी-कभी कोई वस्तु हमारे आँखों के सामने झट से आकर हट जाती है। ऐसे वस्तु का मात्र एक आभास संवेदन ही होता है। हाँ, यदि हमें उसका अर्थ मालूम हो जाता है, तो वह संवेदन न होकर प्रत्यक्षण (perception) हो जाता है।

(4) संवेदन के लिए उद्दीपक की उपस्थिति अनिवार्य है *(For sensation, presence of stimulus is essential)*—संवेदन के लिए उद्दीपक का होना अनिवार्य है। उद्दीपक को व्यक्ति ज्ञानेन्द्रिय से ग्रहण करता है जिसके परिणामस्वरूप उसमें तंत्रिका आवेग (nerve impulse) पैदा होते हैं। यह तंत्रिका आवेग जब मस्तिष्क में पहुँचता है, तो हमें उस वस्तु का संवेदन होता है।

उपर्युक्त विवरण से स्पष्ट है कि संवेदन एक ऐसी आरंभिक संज्ञानात्मक मानसिक प्रक्रिया है जिसके द्वारा हमें उद्दीपक का आभास मात्र या अर्थरहित ज्ञान होता है।

अब यह प्रश्न उठता है कि संवेदन कैसे होता है? इस प्रश्न का उत्तर देते हुए यह कहा जा सकता है कि संवेदन का उत्पन्न होना निम्नांकित तीन बातों पर निर्भर करता है—उद्दीपक (stimulus), ज्ञानेन्द्रिय तथा मस्तिष्क। जब कोई उद्दीपक व्यक्ति को प्रभावित करता है, तो उससे ज्ञानेन्द्रिय में एक रासायनिक क्षोभ (chemical disturbance) उत्पन्न हो जाता है। इस रासायनिक क्षोभ को तंत्रिका आवेग (nerve impulse) कहा जाता है। तंत्रिका आवेग संवेदी तंत्रिका (sensory nerve) द्वारा मस्तिष्क में पहुँचता है जिसके परिणामस्वरूप एक मानसिक प्रक्रिया की शुरुआत होती है। इस मानसिक प्रक्रिया को संवेदन (sensation) कहा जाता है। इसे एक उदाहरण द्वारा इस प्रकार समझाया जाता है। मान लिया जाए कि व्यक्ति कोई आवाज सुनता है। आवाज यहाँ एक उद्दीपक है। आवाज की ध्वनि तरंगें कान (ज्ञानेन्द्रिय) में प्रवेश करके श्रवण तंत्रिका आवेग (auditory nerve impulse) उत्पन्न करता है जो मस्तिष्क के शंखपालि (temporal lobe) में पहुँचता है। तंत्रिका आवेग को शंखपालि में पहुँचते ही जो पहली मानसिक प्रक्रिया होती है, उसे संवेदन कहा जाता है जिससे उस आवाज का मात्र एक आभास प्राप्त होता है। उसके और कोई आयामों का अर्थ नहीं पता चलेगा।

क्या शुद्ध संवेदन होता है?
(Does Pure Sensation occur ?)

सचमुच में शुद्ध संवेदन एक सैद्धांतिक संप्रत्यय (theoretical concept) है। हम यह मान लेते हैं कि प्रत्यक्षण, चिन्तन आदि क्रियाओं के होने के पहले शुद्ध संवेदन होता है। दूसरे शब्दों में, हमलोग यह मान लेते हैं कि किसी वस्तु का पहले संवेदन अलग से होता है और बाद में उससे अर्थ जोड़ दिया जाता है, तो उसका प्रत्यक्षण होता है या फिर उसके बारे में हम चिन्तन करते हैं। सच्चाई यह है कि हमें किसी भी वस्तु का अर्थहीन अनुभव नहीं होता है। जब भी हम कोई वस्तु का प्रत्यक्षण करते हैं तो यह नहीं होता कि पहले उसका शुद्ध संवेदन हो जाता है और तब हम उसके रूप-रंग, आकार-प्रकार आदि को समझते हैं। बल्कि सच्चाई यह है कि जब हम किसी वस्तु का प्रत्यक्षण करते हैं, तो उसके बारे में पूरा-पूरा ज्ञान भी हमें हो जाता है। कुछ लोग यह समझते हैं कि बच्चों को शुद्ध

संवेदन होता है। लेकिन यह भी समझना एक भूल है क्योंकि बच्चे भी जब किसी उद्दीपक का प्रत्यक्षण करते हैं तो उसका कोई-न-कोई अर्थ अवश्य लगा लेते हैं भले ही वह अर्थ गलत ही क्यों न हो। जैसे, एक बच्चा चम्मच को देखता है, और वह उसे मुँह में ले लेता है शायद यह समझकर कि यह कोई खाने की वस्तु है। इस उदाहरण में बच्चा चम्मच को देखकर अर्थ लगा रहा अवश्य है भले ही वह अर्थ गलत क्यों न हो। इस उदाहरण से स्पष्ट है कि बच्चे को भी कभी शुद्ध संवेदन नहीं होता है। अतः शुद्ध संवेदन की कल्पना मात्र एक सैद्धांतिक संकल्पना या संप्रत्यय है।

प्रत्यक्षण का अर्थ एवं स्वरूप
(Meaning and Nature of Perception)

प्रत्यक्षण एक महत्त्वपूर्ण मानसिक प्रक्रिया है। संवेदन के समान प्रत्यक्षण भी एक ऐसी संज्ञानात्मक मानसिक प्रक्रिया है जिसके द्वारा वातावरण के उद्दीपक का ज्ञान होता है। अन्तर इतना ही है संवेदन में अर्थरहित ज्ञान होता है जबकि प्रत्यक्षण में अर्थपूर्ण ज्ञान होता है क्योंकि इसमें मस्तिष्क सक्रिय होकर सूचनाओं को संगठित करता है तथा उसकी व्याख्या करता है। अतः यदि हम प्रत्यक्षण को परिभाषित करना चाहें, तो यह कहा जा सकता है कि प्रत्यक्षण एक ऐसी जटिल संज्ञानात्मक मानसिक प्रक्रिया है जिसके द्वारा पर्यावरण में किसी उपस्थित उद्दीपक का तात्कालिक अर्थपूर्ण ज्ञान होता है। प्रत्यक्षण की कुछ प्रमुख परिभाषाएँ इस प्रकार हैं—

वुड एवं वुड[1] (Wood & Wood, 1999) के अनुसार, ''प्रत्यक्षण एक ऐसी प्रक्रिया है जिसके सहारे संवेदी सूचनाओं को सक्रिय होकर संगठित किया जाता है और मस्तिष्क द्वारा व्याख्या किया जाता है।''

सैन्ट्रोक[2] (Santrock, 2006) के अनुसार, ''संवेदी सूचनाओं को अर्थ प्रदान करने के लिए उसे संगठित करने तथा व्याख्या करने की मस्तिष्कीय प्रक्रिया को प्रत्यक्षण कहा जाता है।''

यदि इन परिभाषाओं का विश्लेषण करें, तो प्रत्यक्षण के स्वरूप के बारे में निम्नांकित तथ्य प्राप्त होते हैं:—

1. प्रत्यक्षण एक जटिल मानसिक प्रक्रिया *(Perception is a complex mental process)*—प्रत्यक्षण एक जटिल मानसिक प्रक्रिया है भले ही ऐसा देखने में न लगे। जैसे—हमारे सामने कोई व्यक्ति या वस्तु आ जाता है और उसे बिना प्रयास किये ही प्रत्यक्षण कर लेते हैं। इससे लगता है कि प्रत्यक्ष कितना सरल है। परन्तु सच्चाई ऐसी नहीं है। यदि इस प्रत्यक्षण का विश्लेषण किया जाए तो हम पायेंगे कि इसमें कई तरह के उप-प्रक्रियाएँ (sub-process) शामिल होती हैं जिनसे इसकी जटिलता बढ़ जाती है।

2. प्रत्यक्षण एक संज्ञानात्मक मानसिक प्रक्रिया है जिसमें सूचनाओं को संगठित कर उसकी व्याख्या की जाती है। *(Perception is a cognitive mental process in which information is organized and interpreted.)*—प्रत्यक्षण का स्वरूप संज्ञानात्मक होता है कि क्योंकि इसके द्वारा व्यक्ति को पर्यावरण में उपस्थित उद्दीपकों के बारे में अर्थपूर्ण ज्ञान प्राप्त होता है। प्रत्यक्षण द्वारा हमें आन्तरिक (internal) एवं बाह्य दोनों तरह के उद्दीपकों के बारे में अर्थपूर्ण ज्ञान प्राप्त होता है।

ऐसा इसलिए होता है क्योंकि मस्तिष्क संवेदी सूचनाओं को सक्रिय होकर इसे संगठित करता है। किताब, टेबुल, पेंसिल आदि बाह्य उद्दीपक के उदाहरण हैं तथा पेट में दर्द, कान में दर्द तथा दिल का धड़कन आदि आन्तिरक उद्दीपक के उदाहरण हैं।

3. प्रत्यक्षण में उद्दीपकों का तात्कालिक ज्ञान होता है *(In perception immediate knowledge of stimuli takes place)*—प्रत्यक्षण में उद्दीपक का तात्कालिक ज्ञान होता है। दूसरे शब्दों में, जब व्यक्ति के सामने

---

1. "Perception is the process by which sensory information is actively organized and interpreted by the brain."
—Wood & Wood : *The world of Psychology,* 1999, p. 74

2. "Perception is the brain's process of organizing and interpreting sensory information to give its meaning."
—Santrock : *Psychology,* 2006, p. 123

कोई उद्दीपक उपस्थित होता है तो उसका ज्ञान उसे तुरंत हो जाता है न कि उस उद्दीपक के बारे में कुछ देर तक सोचने के बाद। जैसे—यदि कोई व्यक्ति कमरे में बैठकर पढ़ रहा है और इतने में उसका नौकर उस कमरे में प्रवेश करता है तो नौकर के भीतर प्रवेश करते ही उसका प्रत्यक्षण हो जाता है न कि व्यक्ति कुछ समय तक सोचता है और तब जाकर नौकर का उसे प्रत्यक्षण होता है।

4. प्रत्यक्षण के लिए उद्दीपक की उपस्थिति अनिवार्य है *(For perception presence of stimulus is essential)*—प्रत्यक्षण केवल उन्हीं उद्दीपकों का होता है जो व्यक्ति के सामने उपस्थित रहते हैं। जो उद्दीपक व्यक्ति के सामने उपस्थित नहीं रहता है, व्यक्ति उसके बारे में मात्र चिन्तन कर सकता है, प्रत्यक्षण नहीं। जब उद्दीपक व्यक्ति के सामने उपस्थित रहता है, तो संबंधित ज्ञानेन्द्रिय उत्तेजित होता है और उत्पन्न तंत्रिका आवेग मस्तिष्क में पहुँचकर उस उद्दीपक का अर्थपूर्ण ज्ञान कराते हैं जिसे प्रत्यक्षण की संज्ञा दी जाती है।

स्पष्ट हुआ कि प्रत्यक्षण एक जटिल मानसिक प्रक्रिया है जिसके द्वारा पर्यावरण में उपस्थिति उद्दीपकों का अर्थपूर्ण ज्ञान होता है।

प्रत्यक्षण तथा संवेदन में अन्तर
(Difference between Perception and Sensation)

प्रत्यक्षण तथा संवेदन की प्रक्रिया एक-दूसरे से काफी जुड़ी हुई है और समान दीख पड़ती है क्योंकि दोनों ही प्रक्रियाओं द्वारा व्यक्ति को उद्दीपक के बारे में कुछ सूचनाएँ प्राप्त होती हैं। फिर भी इन दोनों में कुछ प्रमुख अन्तर है जो इस प्रकार हैः—

(1) संवेदन एक सरलतम मानसिक प्रक्रिया है जबकि प्रत्यक्षण एक जटिल मानसिक प्रक्रिया है। तंत्रिका आवेग उत्पन्न होकर जब ज्ञानेन्द्रिय से मस्तिष्क में पहुँचता है, तो जो सबसे पहली प्रक्रिया होती है, वह संवेदन की होती है और उसके बाद फिर इसका प्रत्यक्षण होता है जो तुलनात्मक रूप से एक जटिल प्रक्रिया हो जाती है क्योंकि इसमें अनेक उप-प्रक्रियाएँ सम्मिलित होती हैं।

(2) संवेदन संवेदी अनुभूतियों के लिए कच्चा सामग्री (raw material) प्रदान करता है जबकि प्रत्यक्षण एक ऐसी मानसिक प्रक्रिया है जिसमें उद्दीपकों का सम्पूर्ण ज्ञान अर्थात् उनका एक तैयार प्रारूप प्रदान किया जाता है।

(3) संवेदन द्वारा उद्दीपक का हमें मात्र आभास अर्थात् अर्थहीन ज्ञान होता है। परन्तु प्रत्यक्षण के आधार पर हमें किसी उद्दीपक का अर्थपूर्ण ज्ञान होता है। इसका कारण यह है कि संवेदन में मस्तिष्क का संवेदक क्षेत्र (sensory area) ही कार्य करता है जबकि प्रत्यक्षण में मस्तिष्क का संवेदी क्षेत्र तथा साहचर्य क्षेत्र (association area) दोनों ही कार्य करते हैं।

(4) संवेदन में मात्र ग्राहक प्रक्रिया (receptor process) होती है जबकि प्रत्यक्षण में इसके अलावा प्रतीकात्मक प्रक्रिया, एकीकरण की प्रक्रिया तथा भावात्मक प्रक्रिया भी होती है। संवेदन के लिए ग्राहक या ज्ञानेन्द्रिय का किसी उद्दीपक द्वारा उत्तेजित होकर तंत्रिका आवेग का मस्तिष्क के संवेदी क्षेत्र में पहुँच जाना ही काफी है परन्तु प्रत्यक्षण के लिए इतना मात्र आधार है और इसके आगे की भी क्रियाएँ होती हैं जिसका विश्लेषण करने पर हमें उसमें प्रतीकात्मक प्रक्रिया, एकीकरण तथा भावात्मक प्रक्रियाएँ सम्मिलित होतीं पायी जाती हैं।

(5) एक ही उद्दीपक भिन्न-भिन्न व्यक्तियों में समान संवेदन तो पैदा करता है परन्तु अनेक कारणों से एक समान प्रत्यक्षण नहीं पैदा कर सकता है। जैसे—एक श्वेत कागजं का टुकड़ा भिन्न-भिन्न व्यक्तियों में संवेदन (अर्थात् आभास मात्र) तो एक समान उत्पन्न करेगा परन्तु इसका प्रत्यक्षण सभी व्यक्तियों में एक समान नहीं भी हो सकता है। जो व्यक्ति पीलिया रोग से ग्रसित है, उसे यह सफेद कागज का टुकड़ा कुछ पीलापन लिए हुए दिखाई पड़ेगा परन्तु सामान्य व्यक्ति को यह सफेद ही दिखेगा।

(6) संवेदन की प्रक्रिया इतनी प्रारंभिक है कि इसका उचित विश्लेषण नहीं किया जा सकता है और यदि कोशिश की गयी भी तो खुद संवेदन ही समाप्त हो जायेगा। परन्तु प्रत्यक्षण की प्रक्रिया ऐसी नहीं है और इसका

विश्लेषण करना संभव है। इन गुणों के कारण यह कहा जा सकता है कि संवेदन एक प्रारंभिक एवं अमूर्त (abstract) प्रक्रिया है जबकि प्रत्यक्षण एक जटिल एवं मूर्त्त (complex and concrete) प्रक्रिया है।

स्पष्ट हुआ कि संवेदन तथा प्रत्यक्षण में विभिन्नता है।

संवेदी अनुकूलन (Sensory Adaptation)

हमारे संवेदी तंत्र (sensory system) वातावरण में होने वाले परिवर्तनों के प्रति काफी संवेदनशील होते हैं। सचमुच में संवेदी न्यूरोन (sensory neurons) किसी स्थिर उद्दीपक (constant stimulus) के प्रति धीरे-धीरे अपनी क्रियाशीलता को कम करते हुए अनुक्रिया करता है। मनोवैज्ञानिकों ने किसी अपरिवर्तनशील उद्दीपक (unchanging stimulus) के प्रति इस तरह के ह्रासमान संवेदनशीलता (diminishing sensitivity) को *संवेदी अनुकूलन* (sensory adaptation) की संज्ञा दी गयी है। इसे कभी-कभी *अभ्यसन*[1] (habituation) भी कहा जाता है। संवेदी अनुकूल में इस तरह से निम्नांकित दो बातें मुख्य होती हैं:—

(i) संवेदी अनुकूलन की घटना होने के लिए वातावरण के उद्दीपक में कोई परिवर्तन न हो अर्थात् उसका स्वरूप अपरिवर्तनशील हो।

(ii) संवेदी अनुकूलन की घटना में व्यक्ति के संवेदी न्यूरोन (sensory neuron) धीरे-धीरे उस अपरिवर्तनशील उद्दीपक के प्रति अपनी अनुक्रियाशीलता में कमी कर देता है।

संवेदी अनुकूलन की घटना को कुछ उदाहरण से हम इस प्रकार समझा सकते हैं—जब हम ठंढे पानी में अपना हाथ डालते हैं तो पहले हमें अधिक ठंढ होने का अनुभव होता है (क्योंकि हमारे संवेदी न्यूरोन तापक्रम में होने वाले परिवर्तन के प्रति अपनी अनुक्रिया करता है। परंतु थोड़े समय के बाद हमें ठंढ का अनुभव धीरे-धीरे इसलिए कमने लगता है क्योंकि हाथ का संवेदी न्यूरोन्स पानी के स्थिर तापक्रम के प्रति अपनी अनुक्रियाशीलता में कमी करना प्रारंभ कर देता है। व्यक्ति ज़ब हाथ में घड़ी लगाता है, तो उसे प्रारंभ में कुछ भारीपन का संवेदन होता है और बाद में वह समाप्त हो जाता है और घड़ी उसके हाथ में होती है फिर भी उसे इसका कुछ अनुभव नहीं होता है। ऐसा संवेदी अनुकूलन (sensory adaptation) के कारण होता है।

संवेदी अनुकूलन के कुछ लाभ है तो कुछ हानि भी। इसका सबसे बड़ा लाभ यह है कि इससे व्यक्ति अनुकूली (adaptive) हो जाता है और उसे वातावरण से प्राप्त होने वाले उत्तेजनाओं के प्रति प्रतिदिन नये ढंग से अनुक्रिया नहीं करना पड़ता है। संवेदी अनुकूलन से हानि भी होता है। जैसा कि हम जानते हैं कि करीब एक मिनट के बाद अधिकतर गंधों (odors) के प्रति व्यक्ति की संवेदनशीलता (संवेदी अनुकूलन के कारण) 70% कम हो जाती है। इसका परिणाम यह हो सकता है कि यदि गन्ध में कुछ जहरीले अंश हैं तो हम उसके प्रति असंवेदनशील होकर उसका गन्ध लेते रहेंगे जिससे हमारे स्वास्थ्य पर निश्चित रूप से बुरा असर पड़ेगा।

स्पष्ट हुआ कि व्यक्ति के जीवन में संवेदी अनुकूलन की घटना एक महत्त्वपूर्ण घटना है जिसके लाभ तथा हानि दोनों ही पक्ष होते हैं।

चाक्षुष संवेदना : मानव आँख की संरचना तथा कार्य (Visual Sensation : Structure and Function of Human Eye)

मानव आँख की संरचना या बनावट फोटो खींचने वाले कैमरा की संरचना से मिलती-जुलती है। यह ऊपर से देखने में गोलाकार होता है परन्तु पलकों से ढँका रहने के कारण इसका गोल आकार पूर्णतः हमें दिखाई नहीं देता।

1. यद्यपि संवेदी अनुकूलन (sensory adaptation) को कभी-कभी अभ्यसन (habituation) भी कहा जाता है, परंतु सचमुच में दोनों में एक सूक्ष्म अन्तर है। संवेदी अनुकूलन में संवेदी न्यूरोन वैसे उद्दीपक के प्रति कम अनुक्रिया करने लगता है जो स्थिर प्रकृति के या जिनमें परिवर्तन नहीं होता हो जबकि अभ्यसन (habituation) में व्यक्ति के मस्तिष्क में ही ऐसे अपरिवर्तनशील उद्दीपकों के प्रति अनुक्रिया न करने की प्रवृत्ति होती है।

आँख के इस गोल आकार के कारण ही इसे *नेत्रगोलक* (eye ball) भी कहा जाता है। नेत्रगोलक में तीन परतें होती हैं और बीच की जगह खोखली होती है जो विशेष द्रव पदार्थ से भरी होतीं हैं। इस द्रव को *काचाभ* (viterous humour) कहा जाता है (चित्र 5.1 देखें)। इसी द्रव के कारण ही आँख गोलाकार तथा बाहर से फूली हुई मालूम होती है। नेत्रगोलक की प्रमुख तीन परतों का वर्णन निम्नांकित हैः—

(1) श्वेत पटल (Sclerotic coat)

(2) मध्य पटल (Choroid)

(3) दृष्टि पटल (Retina)

इन तीनों का वर्णन निम्नांकित हैः—

1. श्वेत पटल *(Sclerotic coat)*—नेत्र गोलक की सबसे ऊपरी सतह को श्वेत पटल कहा जाता है। संरचना के दृष्टिकोण से यह कड़ा एवं अपारदर्शी होता है। इसका रंग श्वेत होता है। श्वेत पटल के मुख्य दो कार्य हैंः—

(i) यह नेत्रगोलक के भीतरी भागों की रक्षा करता है। अगर यह नहीं होता तो हमारी आँख में धूलकण या कीड़े-फतंगे गिरकर उसे घायल कर देते। श्वेत पटल इन चीजों को बाहर करके आँख को घायल होने से बचा लेता है।

(ii) चूँकि श्वेत पटल अपारदर्शी (आगे के हिस्सों को छोड़कर) होता है, अतः यह प्रकाश को चारों ओर से आँख में प्रवेश नहीं करने देता है। फलतः हम किसी वस्तु को ठीक ढंग से देख पाते हैं। श्वेत पटल का अगला भाग उभरा हुआ तथा पारदर्शी होता है। इसी से प्रकाश आँख में प्रवेश करता है। श्वेत पटल के इस अगले भाग को जो उभरा हुआ तथा पारदर्शी होता है, उसे *कॉर्निया* (cornea) कहा जाता है। *कौर्निया में रक्त की आपूर्ति नहीं होती है।*

2. मध्य पटल *(Choroid)*—श्वेत पटल के नीचे मध्य पटल होता है। इसका रंग प्रायः काला होता है। कुछ व्यक्तियों में मध्यपटल का रंग भूरा होता है। फलतः उसके नेत्र गोलक के बीच का भाग बाहर से भूरा दिखाई पड़ता है। मध्य पटल भी पूर्णतः अपारदर्शी होता है। अतः इससे भी प्रकाश का अन्दर प्रवेश संभव नहीं है। मध्य पटल के आगे का भाग भी थोड़ा उभरा हुआ है जिसे *परितारिका* (iris) कहते हैं। इस तरह से परितारिका कौर्निया के पीछे होता है। परितारिका के बीच में एक गोल छेद होता है जिसे *पुतली* (pupil) कहा जाता है। कौर्निया तथा परितारिका के बीच का भाग एक तरल पदार्थ से भरा होता है जिसे जल द्रव (aqueous humour) कहा जाता है। इसका द्रव प्रत्येक चार घंटों पर अपने आप परिवर्तित होते रहता है। चूँकि कौर्निया में खून की आपूर्ति (supply) नहीं होती है, फलतः वह अपना पोषक पदार्थ इसी जल द्रव से प्राप्त करता है। कौर्निया से आता हुआ प्रकाश पुतली द्वारा ही आँख की भीतरी भाग में पहुँचता है। तीव्र रोशनी की स्थिति में पुतली सिकुड़ जाती है तथा कम रोशनी की स्थिति में पुतली फैल जाती है ताकि उपयुक्त मात्रा में रोशनी भीतर प्रवेश कर सके। पुतली के पीछे लेन्स होता है और *लेन्स में भी खून की आपूर्ति नहीं होती है* और यह अपना पोषक पदार्थ जल द्रव से ही प्राप्त करता है। लेन्स का काम पुतली द्वारा आने वाले रोशनी को आँख की भीतरी सतह के एक निर्धारित स्थान पर पहुँचाना है। फोटो खींचने वाले कैमरा के लेन्स के समान ही मानव आँख का लेन्स भी किसी वस्तु की प्रतिमा को उल्टा करके आँख के भीतरी भाग के निर्धारित जगह पर पहुँचा देता है। इसका छोटा या बड़ा होना इसके दोनों किनारों पर स्थित मांसपेशियों पर निर्भर करता है। इन मांसपेशियों को *पक्षमाभिकी मांसपेशी* (ciliary muscles) कहा जाता है। नजदीक की चीजों को देखने के लिए लेन्स छोटा हो जाता है तथा दूर की चीजों को देखने के लिए लेन्स बड़ा हो जाता है।

3. दृष्टिपटल *(Retina)*—दृष्टिपटल नेत्र-गोलक की सबसे भीतरी सतह है तथा दृष्टि संवेदन के दृष्टिकोण से सबसे अधिक महत्त्वपूर्ण है। श्वेत पटल तथा मध्यपटल रोशनी को दृष्टिपटल तक पहुँचा देते हैं। दृष्टि पटल में दो तरह के प्रकाशग्राही कोशिकाएँ (light receptor cells) होती हैं। एक को शलाकाएँ (rods) तथा दूसरे को शंकु (cones) कहा जाता है। एक अनुमान के अनुसार दृष्टिपटल में शलाकाओं

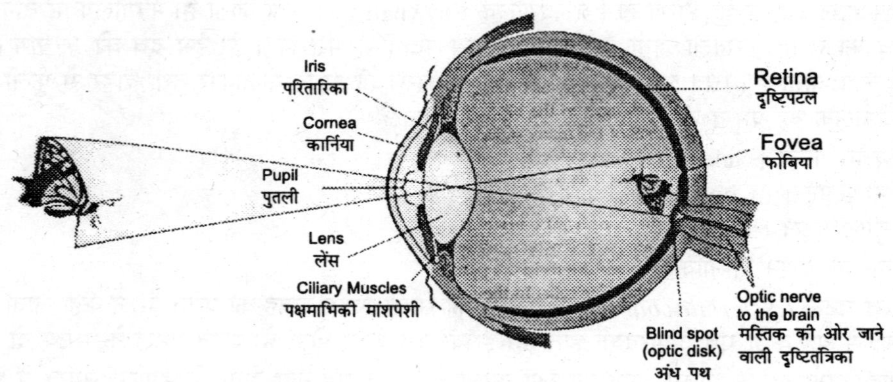

चित्र 5.1 : मानव आँख की रचना

की संख्या करीब दस लाख तथा शंकु की संख्या करीब एक करोड़ होती है। शलाकाएँ धूमिल रोशनी तथा रात में क्रियाशील होती है जबकि शंकु तीव्र रोशनी में अधिक क्रियाशील होती है। शलाकाओं द्वारा हमें रंगहीन वस्तुओं का अर्थात् काले, श्वेत तथा धूसर रंग का ज्ञान होता है तथा रंगीन वस्तुओं का ज्ञान शंकु द्वारा होता है। शलाकाओं (rods) का आकार लम्बा एवं पतला होता है जबकि शंकु का आकार नाटा एवं मोटा होता है (देखें चित्र 5.2)। इन दोनों के अतिरिक्त दो और तरह की कोशिकाएँ (cells) जिसे द्विध्रुवीय कोशिका (bipolar cells) तथा गैंगलियन कोशिका (ganglian cells) कहा जाता है, होती है जिससे होकर प्रकाश अक्षिपटल होते हुए मस्तिष्क में पहुँचता है। सचमुच में इनके एक्सान (axons) से ही दृष्टि तंत्रिका (optic nerve) का निर्माण होती है।

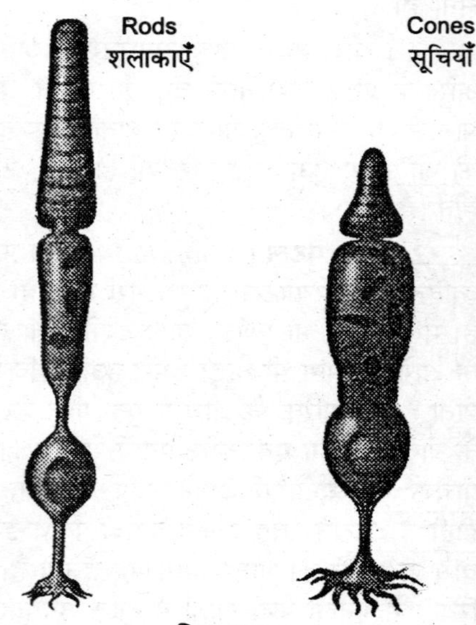

चित्र 5.2 :

दृष्टिपटल में एक विशेष धंसी हुई स्थान है जहाँ सिर्फ शंकु ही काफी अधिक मात्रा में पायी जातीं हैं। इस स्थान को *फोविया* (fovea) कहा जाता है। जब किसी देखी जाने वाली वस्तु का प्रतिविम्ब फोविया पर पड़ता है, तो वह बहुत अधिक स्पष्ट दिखलाई पड़ती है। यही कारण है कि इसे *स्पष्टतम दृष्टिबिन्दु* (point of clearest vision) भी कहा जाता है। फोविया के बाहर के क्षेत्रों में शलाकाएँ तथा शंकु दोनों ही असमान संख्या में पायी जाती है।

जब शलाकाएँ तथा शंकु प्रकाश को ग्रहण करती है तो उनमें एक विशेष तंत्रिका आवेग (nerve impulse) उत्पन्न होता है जिसे दृष्टि तंत्रिका आवेग कहते हैं। तंत्रिका आवेग (nerve impulse) दृष्टि तंत्रिका (optic nerve) के सहारे दृष्टि पटल से मस्तिष्क में पहुँचता है जिसके फलस्वरूप व्यक्ति को दृष्टि संवेदन (visual sensation) कहलाता है। दृष्टि पटल का वह भाग जहाँ से दृष्टि तंत्रिका निकलकर मस्तिष्क में जाती है, उसे *अंध बिन्दु* (blind spot) कहलाता है जहाँ न तो शलाकाएँ होती हैं और न शंकु ही। अतः यहाँ से देखना संभव नहीं है।

स्पष्ट है कि आँख की रचना जटिल है। आँख से देखने की क्रिया सम्पन्न होने के लिए यह आवश्यक है कि रोशनी कौर्निया से पुतली होते हुए लेन्स द्वारा दृष्टिपटल तक पहुँचे जहाँ शलाकाएँ एवं शंकुओं के उत्तेजित होने से तंत्रिका आवेग उत्पन्न होता है जो दृष्टि तंत्रिका (optic nerve) से होते हुए मस्तिष्क में पहुँच कर संवेदन उत्पन्न करता है।

मानव आँख एवं फोटो खींचने वाला कैमरा की तुलना

मनोवैज्ञानिकों ने मानव आँख की संरचना तथा कार्य एवं एक फोटो खींचने वाला कैमरा की संरचना और कार्य में काफी समानता पाया है। कैमरा में शटर (shutter) के समान आँख की पलकें होती हैं जो आँख को धुल, अत्यधिक प्रकाश तथा गर्दे आदि से बचाती हैं। जिस तरह कैमरा में प्रकाश, डायफ्राम (diaphram) द्वारा प्रवेश करता है, ठीक उसी तरह प्रकाश आँख के भीतरी भागों में पुतली के द्वारा प्रवेश करता है। जिस प्रकार फोटो खींचने वाला व्यक्ति प्रकाश कम या अधिक होने पर डायफ्राम में आवश्यक परिवर्तन अर्थात् उसे छोटा या बड़ा करता है, ठीक उसी तरह प्रकाश के कम या अधिक होने पर पुतलियाँ भी बढ़ती या सिकुड़ती है। तीव्र रोशनी के प्रवेश करने पर पुतली सिकुड़ जाती है। कैमरा के ही समान आँख में लेंस भी होता है। कैमरा के समान आँख में भी प्रकाश, लेंस होकर ही गुजरता है। जिस तरह से कैमरा में वस्तु की छाया के लिए एक फिल्म होता है, ठीक उसी तरह आँख में भी किसी वस्तु की छाया के लिए अक्षिपटल (retina) होता है। फोटो खींचने वाला कैमरा के लेंस के समान ही मानव आँख का लेंस भी किसी वस्तु की प्रक्रिया को उल्टा करके आँख के भीतरी भाग अर्थात् अक्षिपटल (retina) पर प्रतिविम्बित करता है। स्पष्ट हुआ कि फोटो खींचने वाला कैमरा तथा मानव आँख में काफी समानता है।

दृष्टि संवेदनशीलता में अनुकूलन
(Adaptation in Visual Sensitivity)

दृष्टि संवेदनशीलता का एक महत्त्वपूर्ण पहलू *अनुकूलन* (adaptation) है जो दो प्रकार का होता है—*तम अनुकूलन* (dark adaptation) तथा *प्रकाश अनुकूलन* (light adaptation)। जब व्यक्ति उजाले से या तीव्र रोशनी की अवस्था से अँधेरे में जाता है, तो पहले उसे थोड़े देर तक कुछ भी नहीं दीखता है परंतु फिर धीरे-धीरे उसे दृष्टि संवेदनशीलता बढ़ने लगती है अर्थात उसकी संवेदनशीलता उस निम्न रोशनी या अंधेरे के साथ व्यानुकूलित हो जाती है। इसे तम अनुकूलन (dark adaptation) कहा जाता है। तम अनुकूलन की प्रक्रिया दो चरणों (steps) में सम्पन्न होती है—

(1) करीब 5 से 10 मिनट के भीतर में शंकु (cones) अपने अधिकतम संवेदनशीलता पर पहुँच जाती है। ध्यान रहे कि शंकुओं द्वारा हमें रोशनी की स्थिति में दिखाई देती है।

(2) करीब 10 मिनट के बाद शलाकाएँ (rods) अनुकूलित (adapt) होना प्रारंभ हो जाती हैं और करीब 30 मिनट में जैसा कि मैटलिन तथा फोले (Matlin & Foley, 1997) ने बतलाया है, इस अनुकूलन की प्रक्रिया पूर्णतः सम्पन्न हो जाती है।

अध्ययनों से यह भी स्पष्ट हुआ है कि तम-अनुकूलित आँख (dark-adapted eye) 100,000 गुणा रोशनी के प्रति रोशनी अनुकूलित आँख (light-adapted eye) की तुलना में अधिक संवेदनशील होते हैं।

जब व्यक्ति किसी अंधेरा जगह या कमरा से अधिक रोशनी वाले जगह या कमरा में जाता है, एक विपरीत प्रक्रिया प्रारंभ होती है जिसे रोशनी अनुकूलन (light adaptation) कहा जाता है। अतः रोशनी अनुकूलन में अंधेरा में कुछ समय तक रहने के बाद रोशनी के प्रति नेत्र की संवेदनशीलता का अनुकूलन ही रोशनी अनुकूलन कहलाता है। शंकुओं को इस प्रक्रिया में बढ़े हुए रोशनी के स्तर के साथ अनुकूलन करना पड़ता है। हुड (Hood, 1998) के अनुसार रोशनी अनुकूलन की प्रक्रिया मात्र चंद सेकंड में सम्पन्न हो जाती है और इस तरह से तम अनुकूलन (dark adaptation) की तुलना में यह बहुत जल्द सम्पन्न हो जाती है।

रंग दृष्टि
(Colour Vision)

हमारे दृष्टि तंत्र का एक महत्त्वपूर्ण विशेषता रंग दृष्टि (colour vision) है। रंग व्यक्ति के संवेदी अनुभूति का एक मनोवैज्ञानिक गुण (psychological property) होता है जिसकी उत्पत्ति तब होती है जब मस्तिष्क को बाह्य

वातावरण के बारे में सूचना प्राप्त होती है। न्यूटन (Newton) ने 17वीं शताब्दी में यह पता लगाया था कि जब सफेद सूर्य की रोशनी (white sunlight) एक शीशे की प्रिज्म (glass prism) से होकर गुजरती है, तो इससे रंगों का इन्द्रधनुषी छटा (सात रंगों का मिश्रण) निकलती है जिसे *दृश्य स्पेक्ट्रम* (visible spectrum) कहा जाता है तथा जिसमें रोशनी का तरंग दैर्ध्य (wavelength) 400 nm (nanometer) से लेकर 800 nm तक का होता है। ये देखे गए रंग हैं—वायलेट (Violet), इंडिगो (Indigo), ब्लू (Blue), ग्रीन (Green), येलो (Yellow), आरेंज (Orange) तथा रेड (Red) जिसे संक्षेप में 'VIBGYOR' कहा जाता है। रंग दृष्टि के अध्ययन से हमें यह पता चलता है कि रंग का प्रत्यक्षण हमें किस प्रकार होता है तथा रंग के कौन-कौन गुण हैं जिसका हम प्रत्यक्षण करते हैं, आदि। विशेषज्ञों ने रंग के तीन मनोवैज्ञानिक विमा (psychological dimensions) बतलाये हैं जिनका हम प्रत्यक्षण करते हैं। ये तीनों विमाएँ रोशनी के तीन भौतिक (physical) गुणों अर्थात् तरंगदैर्ध्य (wavelength), तीव्रता तथा शुद्धता (purity) से संबंधित होते हैं।

वे तीन मनोवैज्ञानिक विमाएँ (dimensions) निम्नांकित हैं—

(1) वर्ण *(Hue)*—वर्ण का प्रत्यक्षण हमें रोशनी (light) का तरंगदैर्ध्य (wavelength) पर निर्भर करता है। तरंगदैर्ध्य की माप नैनोमीटर (nanometer) में किया जाता है जो एक मीटर का एक अरब भाग (one billionth) होता है। सबसे छोटा तरंग दैर्ध्य (wave length) जिसे व्यक्ति देख पाता है करीब 400 नैनोमीटर का होता है और इससे बैंगनी (violet) वर्ण का प्रत्यक्षण होता है। सबसे बड़ा तरंग दैर्ध्य जिसका प्रत्यक्षण व्यक्ति कर पाता है, वह 700 से 800 नैनोमीटर का होता है और इससे व्यक्ति को लाल वर्ण (red hue) का प्रत्यक्षण होता है। इन दोनों सीमाओं के बीच के तरंग दैर्ध्य द्वारा अन्य रंगों का प्रत्यक्षण होता है।

(2) चमक *(Brightness)*—चमक से तात्पर्य इस बात से होता है कि रंग या वर्ण कितना हल्का (light) या गहरा (dark) है। दूसरे शब्दों में कहा जा सकता है कि चमक (brightness) द्वारा रंग की तीव्रता (intensity) का पता चलता है। व्यक्ति को चमक का प्रत्यक्षण तरंगदैर्ध्य (light wave) के विस्तार (amplitude) पर निर्भर करता है। अगर किसी खास तरंगदैर्ध्य का विस्तार कम होगा, तो रंग कम तीव्र दीख पड़ेगा तथा जब तरंगदैर्ध्य का विस्तार अधिक होगा, तो रंग अधिक तीव्र दीख पड़ेगा। ध्यान रहे कि तरंगदैर्ध्य के विस्तार (amplitude) में परिवर्तन होने से रोशनी के वर्ण (hue) या रंग में कोई परिवर्तन नहीं होता है।

(iii) संतृप्ति *(Saturation)*—संतृप्ति से तात्पर्य वर्ण की शुद्धता (purity) से होता है। प्रायः यह देखा जाता है कि हमें किसी खास तरंगदैर्ध्य (wavelength) का शुद्ध रूप में प्रत्यक्षण नहीं होता है। प्रायः कई तरंगदैर्ध्य आपस में मिल जाते हैं और हम उनका प्रत्यक्षण करते हैं। तरंगदैर्ध्य के इस मिश्रण (mixture) के प्रत्यक्षण को हम संतृप्ति (saturation) या शुद्धता (purity) की संज्ञा देते हैं। जितना ही इस तरह का मिश्रण (mixture) जटिल (complex) होगा, संतृप्ति (saturation) उतना ही कम होगा।

इस तरह से वर्ण, चमक तथा संतृप्ति व्यक्ति के रंग अनुभूति के तीन अलग-अलग पहलू हैं। कोरन, पोरेक एवं वार्ड (Coren, Porac & Ward, 1984) के अनुसार यद्यपि व्यक्ति 150 वर्णों के बीच तक ही अंतर कर पाता है, संतृप्ति तथा चमक के विभिन्न स्तर आपस में मिलकर करीब 300,000 विभिन्न रंगों की उत्पत्ति करते हैं।

रंग दृष्टि से संबंधित निम्नांकित तीन महत्त्वपूर्ण घटनाएँ (phenomenon) हैं जिनपर मनोवैज्ञानिकों ने बल डाला है—

(1) रंग अनुकूलन (colour (adaptation)

(2) रंग मिश्रण (colour mixture)

(3) वर्णान्धता (colour blindness)

(1) रंग अनुकूलन *(Colour adaptation)*—यदि हम किसी रंगीन उद्दीपक (coloured stimulus) पर कुछ समय तक लगातार देखते हैं तो उस रंगीन उद्दीपक के हटने के बाद भी उसका प्रत्यक्षण कुछ समय तक होता रहता है। इस तरह के प्रभाव को *उत्तरप्रभाव* (after effect) कहा जाता हैं। ऐसा भी देखा गया है कि रंगीन उद्दीपक

पर अधिक देर तक देखने के बाद विशेष रंग का प्रत्यक्षण धीरे-धीरे धूसर रंग (gray colour) के समान होने लगता है। इसे रंग अनुकूलन की संज्ञा दी गयी है।

रंग प्रत्यक्षण (colour perception) में मनोवैज्ञानिकों ने दो तरह के उत्तर प्रभाव या प्रतिमा (after effect or images) का वर्णन किया है—धनात्मक उत्तरप्रभाव(positive after-effect) तथा ऋणात्मक उत्तर प्रभाव(negative after effect)। उत्तर प्रतिमा से तात्पर्य वैसे प्रत्यक्षज्ञानात्मक अनुभूति (perceptual experiences) से होता है जो मौलिक उत्तेजन (original stimulation) के हटने के बावजूद भी व्यक्ति में बना रहता है। ऋणात्मक उत्तरप्रभाव में व्यक्ति जब किसी रंग पर कुछ मिनट तक देखता है और उसके बाद धूसर रंग पर देखता है तो प्रायः व्यक्ति पहले देखे गये रंग के सम्पूरक रंग (complimentary colour) को ही देखता है। जैसे, यदि कोई व्यक्ति लाल वृत्त (red circle) पर कुछ मिनट तक देखता है और उसके बाद फिर धूसर रंग के वृत्त पर यदि वह देखता है तो उसे हरा रंग का वृत्त (लाल रंग का सम्पूरक) कुछ समय के लिए दिखलाई देता है। इसे ऋणात्मक उत्तर प्रभाव (negative after image) की संज्ञा दी जाती है। ऐसा भी होता है कि जब व्यक्ति किसी तीव्र रंगीन उद्दीपक (bright stimulus) पर कुछ समय के देखने के बाद किसी कम तीव्र रंगीन उद्दीपक पर देखता है तो उसे कुछ समय तक तीव्र रंगीन का उद्दीपक दिखलाई पड़ता है। यहाँ व्यक्ति सम्पूरक रंग (complimentary) का प्रत्यक्षण दूसरी बारी में नहीं करता है। इस तरह का प्रत्यक्षण जो प्रायः कम होता है, को धनात्मक उत्तर प्रभाव (positive after-affect) कहा जाता है।

(2) रंग मिश्रण *(Colour Mixture)*—विभिन्न रंगों को आपस में मिश्रित करके कुछ विशेष रंग उत्पन्न किया जाता है। रंग मिश्रण की घटना को दो तरह से अध्ययन किया गया है—रोशनी के तरंगदैर्ध्य (wavelength) को मिश्रित करके विभिन्न रंगों को उत्पन्न करना तथा पेन्ट (paints) या पिगमेंट (pigments) के विभिन्न रंगों को मिश्रित करके विशेष रंग उत्पन्न करना। विभिन्न रंग के रोशनी के मिश्रण की प्रक्रिया को योगात्मक रंग मिश्रण (additive colour mixture) कहा जाता है। रोशनी मिश्रण के ख्याल से लाल, हरा एवं नीला (blue) रंग की रोशनी को मूल रंग (primary colour) कहा जाता है। ये तीनों रंग की रोशनियों को मिश्रित करके कोई भी रंग को उत्पन्न किया जा सकता है। जैसे लाल रंग की रोशनी तथा हरा रंग की रोशनी को मिश्रित करके पीला रंग की रोशनी की उत्पत्ति की जाती है। लाल एवं नीला रोशनी को मिश्रित करके जामुनी (purple) रंग की रोशनी उत्पन्न की जाती है। अगर समान तीव्रता के लाल, हरा तथा नीला रोशनी को आपस में मिला दिया जाता है, तो इससे उजला रोशनी की उत्पत्ति होती है। दूरदर्शन (television) के पर्दे पर जो विभिन्न रंग की उत्पत्ति की जाती है, उसमें योगात्मक रंग मिश्रण के सिद्धांत का ही उपयोग किया जाता है। अगर पर्दे पर ध्यान से गौरपूर्वक देखें तो यह स्पष्ट हो जाएगा कि देखे जानेवाला तसवीर में पतला लाल, हरा एवं नीला बिन्दु दिखाई देगा जो आपस में मिलकर विभिन्न रंग उत्पन्न करता है। विभिन्न तरंगदैर्ध्य (wavelength) के रोशनियों को आपस में मिश्रित करने की इस प्रक्रिया को योगात्मक रंग मिश्रण इसलिए कहा जाता है क्योंकि प्रत्येक रोशनी द्वारा मिश्रण में अतिरिक्त तरंगदैर्ध्य को जोड़ दिया जाता है।

रंग मिश्रण के दूसरे नियम या सिद्धांत को *व्यवकलक रंग मिश्रण* (subtractive colour mixture) कहा जाता है जो योगात्मक रंग मिश्रण से भिन्न है। व्यवकलक रंग मिश्रण की प्रक्रिया विभिन्न रंग के पेन्ट (paint) (न कि रोशनी) उत्पन्न करने के लिए अपनायी जाती है। ध्यान रहे कि पेन्ट पिगमेन्ट (paint pigment) के लिए मूल रंग (primary colour) लाल, पीला तथा नीला (blue) होता है न कि लाल, हरा एवं नीला। इस रंग मिश्रण की प्रक्रिया में जब दो या उससे अधिक रंग के पेन्ट को आपस में मिश्रित किया जाता है तो प्रत्येक रंग का पेन्ट रोशनी के कुछ तरंगदैर्ध्य (wavelength) को आपस में सोख (absorb) लेता है और दूसरा तरंगदैर्ध्य को परावर्तित (reflect) करता है। जैसे, जब हरा एवं लाल पेन्ट को आपस में समान मात्रा में मिश्रित कर दिया जाता है तो इससे पीला नहीं बल्कि धूसर (gray) रंग का पेन्ट तैयार हो जाता है। ऐसा इसलिए होता है कि लाल रंग द्वारा वर्णक्रम (spectrum) के नीला (blue) छोर तरफ की रोशनी को सोख लिया जाता है जबकि हरा पेन्ट द्वारा वर्णक्रम के लाल छोर तरफ की रोशनी को सोख लिया जाता है। एक साथ मिलकर वे सभी रोशनी को अपने आप में सोख लेते हैं और सिर्फ मंद धूसर रंग छोड़ दिया जाता है जो परावर्तित होकर हमारे आँख तक पहुँचता है। उसी तरह से यदि नीला (blue) तथा पीला (yellow) पेन्ट को समान मात्रा में मिला दिया जाता है तो वह हरा रंग का पेन्ट हो जाता है क्योंकि नीला पेन्ट द्वारा उन सभी तरंगदैर्ध्यों को सीखे लिया जाता है जो हरा-नीला-बैंगनी (green-blue-violet) परास (range)

में होते हैं तथा पीला पेन्ट द्वारा हरा-पीला तरंगदैर्ध्य को छोड़कर सभी तरंगदैर्ध्य को सीख लिया जाता है। ऐसी अवस्था में मात्र हरा रंग तरंगदैर्ध्य ही परावर्तित होकर व्यक्ति के आँख तक पहुँचती है। अतः यह मिश्रण हरा दीखता है। कहने का तात्पर्य यह है कि जब हमलोग पेन्ट को मिश्रित कर देते हैं, तो परिणामस्वरूप बनने वाला रंग उन तरंगदैर्ध्यों (wavelengths) के संयोग (combination) का मिश्रण होता है जिसे पेन्ट का रंग अपने में न सोख करके उसे हमारे आँख की ओर परावर्तित कर देता है।

स्पष्ट हुआ कि योगात्मक रंग मिश्रण तथा व्यावकलक रंग मिश्रण के सिद्धान्तों द्वारा रंग मिश्रण की व्याख्या की गयी है।

(3) वर्णान्धता *(Colour blindness)*—वर्णान्धता से सामान्य तात्पर्य रंगों के बीच विभेद (discrmination) करने की अक्षमता से होती है। वर्णान्धता के अध्ययन पर मनोवैज्ञानिकों का ध्यान 1798 में गया जब जॉन डाल्टन (John Dalton) ने कुछ रंगों के बीच विभेद करने की अपनी अक्षमता को लोगों के सामने रखा। फिर बाद, में यानी 1881 में लार्ड रेले (Lord Rayleigh) ने वर्णान्धता का अध्ययन विशेष रूप से किया और उसे मापने के लिए एक विशेष परीक्षण (test) बनाया जिसे रेले परीक्षण (Rayleigh test) की संज्ञा दी गयी।

वर्णान्धता (colour blindness) को समझने के लिए मनोवैज्ञानिकों ने सामान्य रंग दृष्टि तंत्र (normal visual) को तीन भागों में बाँटा है—हल्का-गहरा (light-dark) पीला-नीला, (yellow-blue) तथा लाल-हरा (red-green)। जिस व्यक्ति में रंग से संबंधित इन तीनों तरह का प्रत्यक्षण होता है उसकी रंग दृष्टि को सामान्य दृष्टि (normal vision) कहा जाता है। ऐसे व्यक्ति को *त्रिवर्णी* (trichromat) कहा जाता है। परंतु 10% पुरुष तथा 1% महिला में वर्णान्धता होती है। यदि किसी व्यक्ति में इन तीन पहलुओं में से किसी एक पहलू का ही प्रत्यक्षण होता है तो इस तरह की अवस्था को आंशिक वर्णान्धता (partial colour blindness) कहा जाता है। ऐसे व्यक्ति में या तो लाल और हरा रंग के बीच या पीला और नीला रंग के बीच विभेद करने में असमर्थता भी पायी जाती है। ऐसे व्यक्ति को *द्विवर्णी* (dichromat) कहा जाता है। कुछ ऐसे भी व्यक्ति होते हैं जिन्हें रंग के इन तीन पहलुओं में से किसी का प्रत्यक्षण नहीं होता है। इस तरह की स्थिति में पूर्णवर्णान्धता (total colour blindness) की संज्ञा दी जाती है और ऐसे व्यक्ति को *एकवर्णी* (monochromat) की संज्ञा दी जाती है। वर्णान्धता अन्य दूसरे प्रकार का भी हो सकता है।

स्पष्ट हुआ कि मनोवैज्ञानिकों ने रंग से संबंधित विभिन्न तरह की घटनाओं का अध्ययन किया है। इनमें से वर्णान्धता एव रंग अनुकूलन की घटना के अध्ययन में लोगों ने अधिक अभिरुचि दिखलाया है।

श्रवण संवेदन : मानव कान की संरचना तथा कार्य
(Auditory Sensation : Structure and Function of Human Ear)

जब किसी प्रकार की ध्वनि हमारे कान में प्रवेश करती है, तो इसमें हमें श्रव्य संवेदन होता है। मानव कान की रचना को मनोवैज्ञानिकों ने सुविधा के दृष्टिकोण से निम्नांकित तीन भागों में बाँटा है—

(1) बाह्य कर्ण (Outer ear), (2) मध्य कर्ण (Middle ear), (3) अन्तःकर्ण (Inner ear)

इन तीनों का वर्णन निम्नांकित हैं:—

1. बाह्य कर्ण *(Outer ear)*—बाह्य कर्ण कान का वह हिस्सा है जिसे हम बाहर से देखते हैं। इसे दो भागों में बाँटा गया है–पिन्ना (Pinna) तथा कान की नली (auditory canal)। इन दोनों का वर्णन निम्नांकित है:—

(i) पिन्ना *(Pinna)*—पिन्ना कान का वह हिस्सा है जो बाहर की ओर निकला होता है तथा ऊपर से नीचे की ओर पतला होते हुए गोलाकार होता है। साधारण अर्थ में उसे ही 'कान' कहा जाता है। पिन्ना का मुख्य कार्य ध्वनि तरंगों को जमा करके उसे कान की नली में भेजना होता है परन्तु ऐसा देखा गया है कि इसकी अनुपस्थिति में भी ध्वनि तरंगें आसानी से कान की नली में प्रवेश कर जाती है। इसका मतलब यह हुआ कि पिन्ना द्वारा सुनने में बहुत ही कम योगदान होता है।

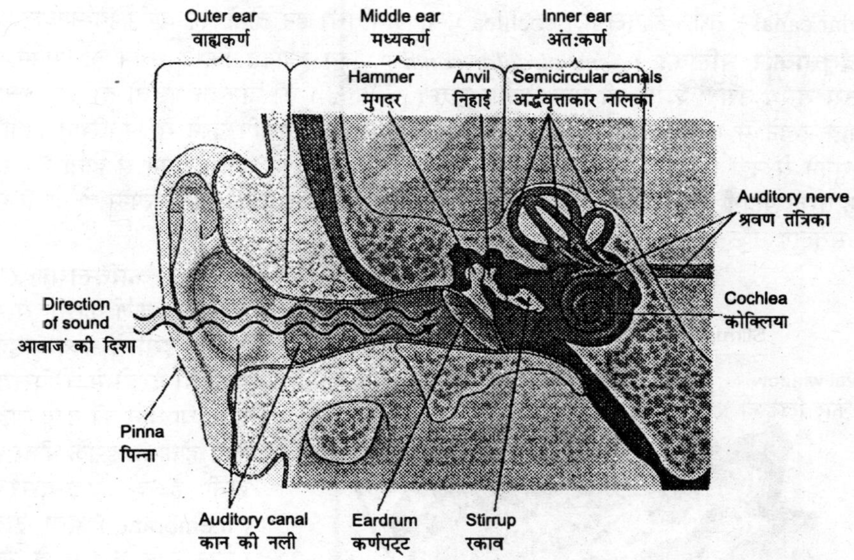

चित्र 5.3 : मानव कान की रचना

(ii) कान की नली *(Auditory canal)*—कान की नली बाहर से दिखाई देती है और इसकी लम्बाई करीब-करीब 25-26 मिलीमीटर की होती है। (चित्र 5.3 देखें) ध्वनि तरंगें जो पिन्ना द्वारा इकट्ठा की जाती है, इस कान की नली में प्रवेश करती है। कान की नली उन ध्वनि तरंगों को कान की झिल्ली या कर्णपट्ट (ear drum) तक पहुँचा देती है। ध्वनि तरंगें जब कर्ण पट्ट से टकराती है तो इनसे कम्पन पैदा होता है क्योंकि यह झिल्ली अधिक कोमल एवं संवेदनशील होती है। कर्णपट्ट से मध्यकर्ण की शुरूआत हो जाती है।

2. मध्य कर्ण *(Middle ear)*—मध्य कर्ण की शुरूआत कर्णपट्ट से होती है। मध्यकर्ण एक छोटी-सी जगह है जो हवा से भरी होती है। हवा में भरी इस जगह को कर्ण कोटर (typanic cavity) कहा जाता है। इसमें कर्णपट्ट से सटी हुई तीन हड्डियाँ होती हैं—मुगदर (hammer), निहाई (anvil) तथा रकाब (stirrup)। मुगदर का एक छोर कान की झिल्ली से सटा होता है तथा दूसरा छोर निहाई के एक छोर से सटा होता है। रकाब का आखिरी भाग एक छेद से लगा हुआ होता है जिसे अंडाकार खिड़की (oval window) कहते हैं। ठीक इसी के बगल में एक दूसरा गोल छेद होता है जिसे गोल खिड़की (round window) कहते हैं। इसके बाद फिर अन्तःकर्ण (inner ear) प्रारंभ हो जाता है।

जब ध्वनि तरंगें कान की झिल्ली को प्रकम्पित करती है तो इससे मुगदर, निहाई तथा रकाब की हड्डियाँ भी प्रकम्पित होने लगती हैं। इन तीनों हड्डियों में प्रकम्पन होने से ध्वनि की तीव्रता काफी बढ़ जाती है। फलस्वरूप, हमें उसका श्रवण संवेदन अधिक स्पष्ट होने की संभावना बढ़ जाती है। जब अंतिम हड्डी अर्थात् रकाब प्रकम्पित होती है तो प्रकम्पन अपने आप ही अंडाकार खिड़की के माध्यम से अन्तःकर्ण में प्रवेश कर जाता है।

मध्यकर्ण में एक विशेष नली भी होती है जिसे *कर्णकण्ठनली* (eustachian tube) कहा जाता है। यह नली मध्य कर्ण से कंठ तक जाती है। इसका प्रमुख कार्य कर्णपट्ट को तीव्र ध्वनि तरंगों के आघात से बचाना होता है। बहुत तीव्र आवाज होने पर, कान के अन्दर का प्रकम्पन इस नली के सहारे कंठ तक चला जाता है जो मुँह से बाहर निकल जाता है। यदि यह नली नहीं होती तो कर्णपट्ट तेज आवाज से फट जा सकता था।

3. अन्तःकर्ण *(Inner ear)*—यह कान का सबसे प्रमुख भाग है जो अंडाकार खिड़की (oval window) से प्रारंभ होता है। अन्तःकर्ण में ही श्रव्य संवेदन की ग्राहक कोशिकाएँ (receptor cells) पायी जाती है। अन्तःकर्ण की क्रियाओं को ठीक से समझने के लिए इसके बनावट को दो भागों में बाँटा जा सकता है—अर्द्धवृत्ताकार नलिका

(semi-circular canal) तथा कोक्लिया (cochlea) या कर्णावर्त्त। इन दोनों का वर्णन निम्नांकित है—

(i) अर्द्धवृत्ताकार नलिका *(Semi-circular canal)*—जब व्यक्ति किसी ध्वनि को सुनने की कोशिश करता है तो उस समय उसके शरीर की एक विशेष मुद्रा (posture) की जरूरत पड़ती है। अर्द्धवृत्ताकार नलिका वैसी मुद्रा बनाये रखने में मदद करती है। अतः अर्द्धवृत्ताकार नलिका यद्यपि कान में अवस्थित होती है, फिर भी उसका संबंध सुनने से नहीं होता है। इसका विशेष महत्त्व शारीरिक संतुलन बनाये रखने से होता है। सचमुच में इस नलिका में एक तरल पदार्थ भरा होता है। यदि इस तरह पदार्थ में किसी तरह की गति उत्पन्न हो जाती है, तो व्यक्ति का शारीरिक संतुलन नष्ट हो जाता है और वह लड़खड़ाने लगता है।

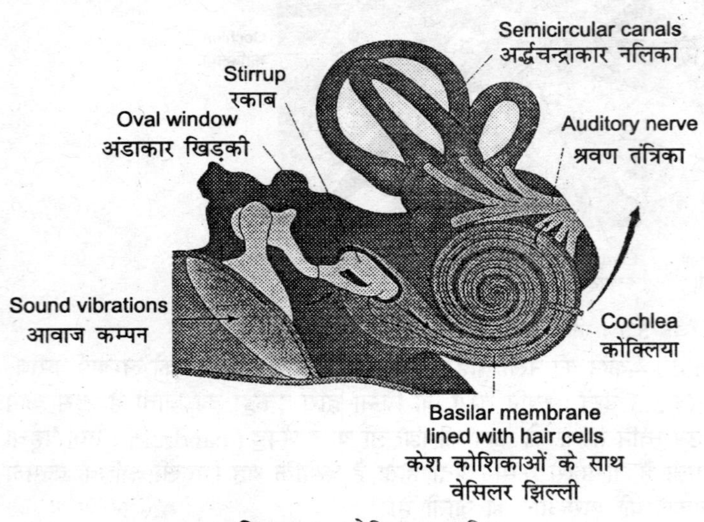

चित्र 5.4 : कोक्लिया का चित्र

(ii) कोक्लिया *(Cochlea)*—यह अन्तःकर्ण का सबसे मुख्य भाग है क्योंकि इसी में श्रव्य ग्राहक कोशिकाएँ होती हैं। देखने में कोक्लिया का आकार शंख या घोंघे की तरह ढाई तीन चक्कर लिए होता है। इसके भीतर तीन नलिकाएँ होतीं हैं जो एक-दूसरे से झिल्ली (membrane) द्वारा अलग होती है (देखें चित्र 5.4)। वे तीन नलिकाएँ हैं—वेस्टीब्युलर नलिका (vestibular canal), कोक्लियर नलिका (cochlear canal) तथा टिम्पैनिक नलिका (tympanic canal)। इन नलिकाओं में तरल पदार्थ भरा होता है। चित्र 5.4 से यह स्पष्ट होता है कि कोक्लियर नलिका की स्थिति वेस्टीब्युलर नलिका तथा टिम्पैनिक नलिका कें बीच में होती है। वेस्टीब्युलर नलिका की शुरूआत अंडाकार खिड़की की दूसरी ओर से होती है जो कोक्लिया के शीर्ष तक चली जाती है। इस शीर्ष से टिम्पैनिक नलिका शुरू हो जाती है। कोक्लियर नलिका तथा टिम्पैनिक नलिका के बीच एक झिल्ली होती है जिसे वेसीलर झिल्ली (basilar membrane) कहते हैं। इस वेसीलर झिल्ली पर आर्गन ऑफ कोर्टी (organ of corti) होती है जिसमें सेवार के घास के समान पतले-पतले केश कोशिकाएँ (hair cells) होती हैं। जब ध्वनि तरंगें अंडाकार खिड़की में प्रकम्पन उत्पन्न करती हैं तो इससे वेस्टीब्युलर नलिका के तरल पदार्थ में हलचल उत्पन्न होती है जिससे टिम्पैनिक नली के तरल पदार्थ में भी हलचल होती है। इस हलचल से वेसीलर झिल्ली प्रकम्पित होती है और तब इस झिल्ली की कोशिकाएँ उत्तेजित हो जातीं हैं। इसके परिणामस्वरूप तंत्रिका आवेग उत्पन्न होते हैं जो श्रवण तंत्रिकाओं द्वारा मस्तिष्क में पहुँचते हैं। इसके फलस्वरूप हमें श्रवण संवेदन (auditory sensation) होता है।

स्पष्ट हुआ कि मानव कान की रचना जटिल है। सुनने की प्रक्रिया भी कई चरणों में सम्पन्न होती है। बाह्य कर्ण ध्वनि तरंगों को संग्रहित करके मध्यकर्ण तक पहुँचाता है। मध्यकर्ण ध्वनि की तीव्रता को बढ़ा देता है तथा अन्तःकर्ण की केश कोशिकाएँ श्रवण तंत्रिका आवेग उत्पन्न कर उसे मस्तिष्क में भेज देता है जिससे श्रवण संवेदन उत्पन्न होता है।

ध्वनि एक उद्दीपक के रूप में
(Sound as a Stimulus)

ध्वनि, श्रवण प्रत्यक्षण के लिए एक उद्दीपक (stimulus) का कार्य करता है। बाह्य वातावरण में कोई भी भौतिक गति से इर्द-गिर्द का माध्यम (हवा) में क्षुब्धता उत्पन्न होती है और हवा के अणु में हलचल उत्पन्न होता है। इससे

ध्वनि तरंग (sound wave) की उत्पत्ति होती है जो करीब प्रति सेकेंड 1100 फीट की गति से संचरित होती है। जब ये ध्वनि तरंग हमारे कान द्वारा ग्रहण किये जाते हैं, तो हमें श्रवण प्रत्यक्षण (auditory perception) होता है। ध्वनि तरंग साइन तरंग (sine wave) में संचरित होती है जो आयाम (amplitude) तथा *तरंगदैर्ध्य* (wavelength) में अलग-अलग हो सकता है। आयाम से तात्पर्य तरंग शृंग (wave crest) की ऊँचाई (height) से तथा तरंगदैर्ध्य का मतलब आनुक्रमिक शृंगों (successive crests) के बीच की दूरी से होता है।

ध्वनि के तीन गुण होते हैं जिनका वर्णन इस प्रकार है—

1. तारत्व या पिच *(Pitch)*—श्रवण प्रत्यक्षण का तारत्व या पिच एक विशेष गुण है। किसी ध्वनि (sound) का तारत्व उस ध्वनि तरंग(sound waves)की बारंबारता(frequency)से संबंधित होता है। ध्वनि तरंग की बारंबारता (frequecy) से मतलब प्रति सेकेण्ड ध्वनि तरंग की चक्र (cycle) से होता है। ध्वनि की बारंबारता की अभिव्यक्ति (expression) एक विशेष इकाई (unit) में होती है जिसे हर्ज (Hertz) या संक्षेप में Hz कहा जाता है। यदि कोई ध्वनि तरंग प्रति सेकेण्ड चार चक्र (cycles) पैदा कर रही है तो इसकी बारंबारता 4Hz का माना जायेगा। प्रति सेकेण्ड यदि किसी ध्वनि तरंग की चक्र (cycles) काफी अधिक होगी, तो उस ध्वनि का तारत्त्व (pitch) भी अधिक होगा और यदि ध्वनि तरंग की चक्र (cycles) प्रति सेकेण्ड कम होगा, तो उसका तारत्व भी कम होगा। सामान्यतः मानव कान (human ear) 20Hz से 20,000 Hz की ध्वनि को ही सुन पाता है। ध्वनि तरंग का एक चक्र (one cycle) से तात्पर्य हवा के कणों में फैलाव (expansion) तथा सिकुड़न (compression) से बने एक वक्र से होता है जिसे चित्र 5.5 में दिखलाया गया है।

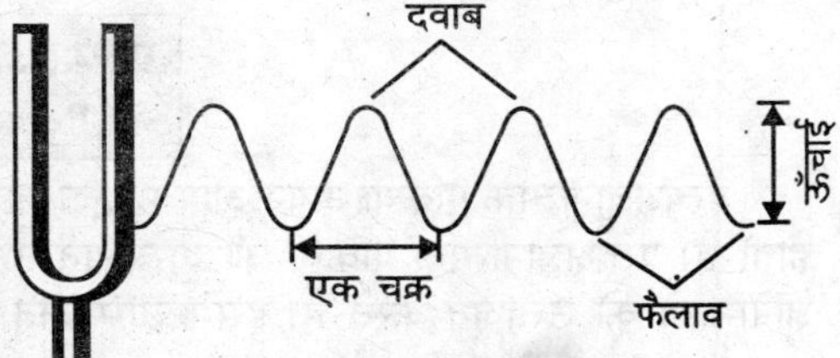

चित्र 5.5 : ध्वनि तरंग का एक चक्र

2. प्रबलता *(Loudness)*—प्रबलता ध्वनि तरंग (sound waves) की तीव्रता (intensity) या उसकी ऊँचाई (amplitude) पर निर्भर करता है। यदि कोई ध्वनि तीव्र (intense) है, तो उसकी ऊँचाई (amplitude) भी अधिक होगी और फलस्वरूप उसकी श्रवण प्रत्यक्षण अधिक प्रबल होगा। ध्वनि तरंग की तीव्रता या उसकी ऊँचाई का मापन हम डेसिबल (Decibel) में करते हैं जिसे संक्षेप में db कहा जाता है। इस इकाई का नामकरण 'डेसिबेल' इसके अनुसंधानकर्त्ता (inventor) एलेक्जेण्डर ग्राहम बेल (Alexander Graham Bell) के नाम पर है। ऐसा देख गया है कि सामान्य बातचीत (normal conversion) की प्रबलता (loudness) करीब-करीब 60 dB होता है। 120 dB पर ध्वनि की प्रबलता दर्दनाक (painful) होने लगता है। ऐसा भी देखा है कि यदि 90dB के ध्वनि को लगातार कोई व्यक्ति कुछ दिनों तक सुनता है, तो इससे उसमें स्थायी बहरापन (permanent loudness) उत्पन्न हो जाता है। महत्त्वपूर्ण ध्वनि की प्रबलता को डेसिबेल (decibels or dB) इकाई के रूप में तालिका 5.1 में दिखलाया गया है जिससे डेसिबेल मापनी के बारे में एक उत्तम अंदाज लगाया जा सकता है—

तालिका 5.1 : कुछ महत्त्वपूर्ण आवाजों/ध्वनियों की तीव्रता स्तर
(Intensity levels of some familiar sounds)

ध्वनि *(Sound)*	**तीव्रता स्तर** *(Intensity level : dB)*
बन्दूक की आवाज (gun shot)	165
दर्द	140
एम्बुलेंस साइरन	120
जोर-जोर से चिल्लाना	100
मोटरवाहनों का शोरगुल	80
सामान्य बातचीत	60
शांत वातावरण	40
फुस्फुसाना	30

3. ध्वनिरूप *(Timbre)*—ध्वनि कभी भी शुद्ध रूप में नहीं होता। दूसरे शब्दों में यह कहा जा सकता है कि ध्वनि (sound) में सभी तरंगें (waves) समरूप बारंबारता (identical frequency) की नहीं होती है बल्कि वह भिन्न-भिन्न बारंबारता वाले ध्वनि तरंगों का एक मिश्रण(mixture)होता है। जब व्यक्ति को इस तरह के मिश्रण का संवेदन होता है तो इस अनुभूति को ध्वनिरूप (timbre) की संज्ञा दी जाती है। सचमुच में ध्वनिरूप (timbre) का संवेदन के ही आधार पर हम यह पहचान पाते हैं कि ध्वनि कहाँ से उत्पन्न हो रहा है और किस चीज की ध्वनि हम सुन रहे हैं। इसी ध्वनिरूप के आवाज पर हम यह पहचान पाते हैं कि यह वायलिन की आवाज है, यह हारमोनियम की आवाज है आदि-आदि?

स्पष्ट हुआ कि ध्वनि के कई विशेषताएँ होती हैं।

प्रत्यक्षज्ञानात्मक प्रक्रियाएँ
(Perceptual Processes)

प्रत्यक्षज्ञानात्मक प्रक्रिया अपने आप में एक जटिल प्रक्रिया होती है क्योंकि इसमें बहुत तरह की घटनाएँ सम्मिलित होती हैं। प्रत्यक्षज्ञानात्मक प्रक्रिया की शुरूआत उस क्षण से प्रारंभ हो जाती हैं जैसे ही उद्दीपक (stimulus) हमारे ज्ञानेन्द्रियों को उत्तेजित करते हैं। इसमें सम्मिलित प्रमुख घटनाएँ जो महत्त्वपूर्ण है, इस प्रकार है—

1. प्रत्यक्षण के प्रक्रमण उपागम (Processing approach to perception)
2. प्रत्यक्षज्ञानात्मक स्थिरता (Perceptual constancy)
3. प्रत्यक्षणकर्त्ता की विशेषताएँ (Perceiver's characteristics)

इन सबों का वर्णन हम अलग-अलग इस प्रकार करेंगे—

1. प्रत्यक्षण के प्रक्रमण उपागम *(Processing approach to perception)*—प्रक्रमण उपागम इस बात की व्याख्या करता है कि व्यक्ति किस तरह से उद्दीपकों को एक अर्थपूर्ण संप्रत्यय (meaningful concept) के रूप में प्रत्यक्षण करता है। सचमुच में कोई भी प्रत्यक्षण दो तरह के कारकों (factors) अर्थात् *उद्दीपक कारक* (stimulus factors) तथा *व्यक्तिगत कारक* (personal factors) का एक प्रतिफल (product) होता है। उद्दीपक कारक से संबद्ध प्रक्रिया को *ऊर्ध्वगामी प्रक्रमण* (bottom-up processing) तथा व्यक्तिगत कारकों से संबद्ध प्रक्रिया को *अधोगामी प्रक्रमण* (top-down processing) कहा जाता है। ऊर्ध्वगामी प्रक्रिया में व्यक्ति संवेदी ग्राहकों (sensory receptors) से सूचनाओं को ग्रहण करके उसे ऊपर की ओर अर्थात् मस्तिष्क में भेजता है ताकि उसकी कोई संगत (relevant) तथा अर्थपूर्ण व्याख्या हो सके। इस प्रक्रिया को 'उद्दीपक-प्रेरित' (stimulus-driven) या *आँकड़े-प्रेरित* (data-driven) भी कहा जाता है क्योंकि इसमें ग्राहकों से प्राप्त सूचनाओं से प्रत्यक्षज्ञानात्मक प्रक्रिया (perceptual processes) प्रेरित होती है। स्पष्ट हुआ कि इस उर्ध्वगामी प्रक्रिया की शुरूआत उद्दीपक (stimulus) के वैयक्तिक तत्त्व (individual components) जिसे संवेदी ग्राहकों द्वारा पहचान की जाती है, उससे होती है। इन सूचनाओं का अंतरण मस्तिष्क में होता है जहाँ उसे संगठित कर एक विशेष पैटर्न (pattern) के रूप में समझा जाता है जिसे व्यक्ति प्रत्यक्षण करता है।

अधोगामी प्रक्रमण (top-down processing) में व्यक्ति उद्दीपकों से प्राप्त सूचनाओं को विश्लेषित करने एवं उसका सही प्रत्यक्षण करने में अपने गत अनुभूति (past experience), प्रत्याशा (expectation), स्मृति (memory), अभिप्रेरण (motivation), ज्ञान (knowledge) तथा सामाजिक-सांस्कृतिक पृष्ठभूमि (socio-cultural background), मनोवृत्ति (attitude), विश्वास (beliefs) आदि का सहारा लेता है। इन सभी कारकों की मदद लेकर व्यक्ति किसी वस्तु का प्रत्यक्षण करता है तथा उद्दीपक पैटर्न (stimulus pattern) को समझता है। प्रत्यक्षण के इस पहलू को *संप्रत्यात्मक रूप से प्रेरित'* (conceptually driven) भी कहा जाता है।

इन दोनों प्रक्रियाएँ अर्थात उर्ध्वगामी प्रक्रमण (bottom-up processing) तथा अधोगामी प्रक्रमण (top-down processing) दोनों ही आपस में अंतक्रिया करते हैं और उसके फलस्वरूप व्यक्ति किसी उद्दीपक या वस्तु का प्रत्यक्षण अर्थपूर्ण ढंग से कर पाता है। सच्चाई यह है कि उर्ध्वगामी प्रक्रिया से मानसिक संरचना (mental construction) का निर्माण होता है जबकि अधोगामी प्रक्रिया द्वारा व्यक्ति उद्दीपक की पहचान कर पाता है।

2. प्रत्यक्षज्ञानात्मक स्थिरता *(Perceptual constancy)*—प्रत्यक्षण का एक विशेष गुण यह है कि इसके द्वारा हमें वस्तुओं (objects) व्यक्तियों तथा उद्दीपकों (stimuli) का ज्ञान उसके भौतिक परिस्थितियों (physical characteristics) में परिवर्तन के बावजूद भी समान रूप से होता है। दूसरे शब्दों में, यह कहा जा सकता है कि वस्तुओं या उद्दीपकों की भौतिक परिस्थितियों में यद्यपि परिवर्तन हो जाता है, फिर भी उसके प्रत्यक्षण में कोई परिवर्तन न होकर स्थिरता बनी रहती है। इसे ही प्रत्यक्षज्ञानात्मक स्थिरता (perceptual constancy) कहा जाता है। जैसे, कोयला के एक टुकड़ा को छाया (shadow) में रखकर देखे या फिर सूर्य की रोशनी में रखकर देखें, दोनों ही परिस्थितियों में उसे हम कोयला के रूप में देखेंगे हालांकि छाया में कोयला की चमकीलापन (brightness) का स्तर सूर्य में उसके चमकीलापन के स्तर से कम होगा। उसी तरह से किसी व्यक्ति को हम चार फीट की दूरी से देखें या दस फीट की दूरी से देखें, उसे वही व्यक्ति के रूप में प्रत्यक्षण करेंगे हालांकि पहली परिस्थिति में व्यक्ति का अक्षिपटलीय आकार (retinal size) दूसरी परिस्थिति में बनने वाले अक्षिपटलीय आकार की तुलना में बड़ी होगी।

प्रत्यक्षज्ञानात्मक स्थिरता वस्तुओं के आकार (size), रूप (shape), चमकीलापन (brightness), रंग (colour) तथा स्थिति (location) आदि के प्रत्यक्षण में प्रायः होता है। अतः इससे संबद्ध इसके कई प्रकार हैं जिनका वर्णन इस प्रकार है—

(i) आकार स्थिरता *(Size constancy)*—जब व्यक्ति किसी वस्तु से दूर जाता है, तो उस वस्तु का व्यक्ति के अक्षिपटल (retina) पर बनने वाला प्रतिमा (image) का आकार छोटा होता है और जब व्यक्ति वस्तु से नजदीक होता है, तो उस वस्तु का अक्षिपटलीय प्रतिमा बड़ा होता है। इसके बावजूद व्यक्ति वस्तु का आकार एक समान या स्थिर ही प्रत्यक्षित करता है। ऐसा इसलिए संभव हो पाता है क्योंकि व्यक्ति अक्षिपटलीय प्रतिमा (retinal image) की व्याख्या प्रत्यक्षित दूरी (perceived distance) के संदर्भ में करता है। इसके अलावा, यदि व्यक्ति वस्तु का आकार (size) से पहले से परिचित होता है, तो इस पूर्वअनुभूति के फलस्वरूप और स्मृति में संचित आकार (stored size) के कारण व्यक्ति वस्तु के आकार स्थिरता का प्रत्यक्षण करता है। इसका मतलब यह हुआ कि व्यक्ति आकार स्थिरता का प्रत्यक्षण तभी करता है जब व्यक्ति दूरी का प्रत्यक्षण सही-सही कर पाता है या वस्तु या उद्दीपक ज्ञात आकार (size) का हो। उस परिस्थिति में आकार स्थिरता समाप्त हो जाती है जब वस्तु का आकार से व्यक्ति परिचित नहीं होता है या दूरी संकेत (distance cues) उपलब्ध नहीं हो पाता है (जैसा कि अंधेरा में होता है)।

(ii) रूप स्थिरता *(Shape constancy)*—भिन्न-भिन्न परिस्थितियों में यदि एक ही वस्तु को भिन्न-भिन्न कोणों (angle) से हम देखते हैं, तो इससे उत्पन्न अक्षिपटलीय प्रतिबिम्ब (retinal image) में परिवर्तन आ जाता है। इसके बावजूद भी व्यक्ति उस वस्तु को ठीक पहले के रूप (shape) में ही देखता है। इसे ही रूप *स्थिरता* (shape constancy) कहा जाता है। इसे उदाहरण द्वारा इस प्रकार समझाया जा सकता है—व्यक्ति खिड़की या दरवाजा के पल्ला को खोलकर देखें या बन्द करके देखे, इन दोनों अवस्थाओं में वे हमें आयताकार (rectangular) ही दिखाई देता है हालांकि पल्ला खुला रहने पर जो अक्षिपटलीय प्रतिबिम्ब (retinal image) बनता है, वह पल्ला बन्द रहने पर बने अक्षिपटलीय प्रतिबिम्ब से काफी भिन्न होता है। उसी तरह से टेबुल पर यदि एक गिलास को खड़ा करके तथा फिर उसे लेटाकर (horizontally) रखते हैं, तो दोनों ही परिस्थिति में गिलास का रूप (shape) एक ही समान अर्थात लम्बा नजर आता है हालांकि इन दोनों परिस्थितियों में बनने वाले अक्षिपटलीय प्रतिबिम्ब (retinal image) में काफी भिन्नता होती है।

आकार स्थिरता (size constancy) के समान रूप स्थिरता (shape constancy) का प्रत्यक्षण होने के लिए यह आवश्यक है कि वस्तु से व्यक्ति परिचित हो।

(iii) चमकीलापन स्थिरता *(Brightness constancy)*—वस्तु के चमकीलापन स्तर में अंतर होने के बावजूद भी व्यक्ति उसे एक समान ढंग से प्रत्यक्षण करता है। जैसे, उजले कागज के एक पेज को अन्य कमरे में रखकर देखें तथा फिर उसे सूर्य की रोशनी में रखकर देखें, दोनों ही परिस्थिति में आप उसे एक समान कागज के टुकड़ा के रूप में ही देखेंगे हालांकि सूर्य की रोशनी में उससे कमरे की अपेक्षा अधिक रोशनी परावर्तित हो रही होती है।

(iv) रंग स्थिरता *(Colour constancy)*—एक ज्ञात रंग की वस्तु को यदि हम भिन्न रंगों के संदर्भ (context) में रखकर देखें तो वस्तु का रंग वही दीख पड़ता है जो पहले से था। जैसे, यदि आप किसी ऐसे पार्टी में गये हैं जहाँ का कमरा लाल रंग की रोशनी से सजाई गयी है, तो प्रारंभ में तो दिवाल थोड़ी देर के लिए लाल दिखेगी परंतु कुछ ही समय में यह स्पष्ट हो जाएगा कि दिवाला सचमुच में उजला है न कि लाल। दूसरे शब्दों में, आप प्रकाश की रोशनी का स्वरूप समझ जाते हैं और रंग स्थिरता का प्रत्यक्षण करते हैं। ऐसा इसलिए संभव हो पाता है क्योंकि अक्षपटलीय निवेश (retinal input) की व्याख्या करने में हमलोग प्रकाश की वर्तमान स्थिति को ध्यान में रखते हैं।

(v) स्थिति स्थिरता *(Location Constancy)*—दिन-प्रतिदिन की जिंदगी में व्यक्ति वस्तुओं की स्थिति से परिचित होता है। जब व्यक्ति अपने कमरे में विभिन्न स्थिति में बैठता या सोता है, तो उस समय कमरे में रखे वस्तु का अक्षिपटलीय प्रतिबिम्ब (retinal image) में परिवर्तन हो जाता है। फिर भी हम उसकी स्थिति (location) में कोई अंतर नहीं होने का प्रत्यक्षण करते हैं। जैसे, कमरे में बैठकर यदि हम सामने की दीवाल पर देखते हैं और फिर बिछावन पर लेटकर उसी दिवाल पर देखते हैं, तो दोनों ही स्थिति में अक्षिपटलीय प्रतिबिम्ब (ratinal image) में तो अंतर हो जाता है परंतु दिवाल की स्थिति में कोई अंतर नहीं होता है।

स्पष्ट हुआ कि प्रत्यक्षज्ञानात्मक स्थिरता (perceptual constancy) के कई प्रकार हैं।

3. प्रत्यक्षणकर्त्ता की विशेषताएँ *(Characteristics of Perceiver)*—प्रत्यक्षणकर्त्ता की कुछ खास-खास विशेषताएँ होती हैं जिनसे प्रत्यक्षण प्रभावित होता है। इन विशेषताओं में निम्नांकित प्रमुख हैं—

(i) अभिप्रेरण (Motivation)—व्यक्ति के प्रत्यक्षण पर उसके अभिप्रेरणात्मक कारकों (motivational factors) जैसे आवश्यकता (need), मूल्य (values), संवेग (emotion), व्यक्तित्व (personality) आदि का प्रभाव पड़ता है। इन कारकों को *केन्द्रीयकरण* (central factors) या अवयवी कारक (organismic factors) कहा जाता है। इन कारकों से प्रभावित होकर व्यक्ति उसी के अनुरूप प्रत्यक्षण करता है। जैसे, मान लिया जाए कि एक व्यक्ति को काफी तीव्र भूख लगी है और दूसरे व्यक्ति को तीव्र प्यास लगी है। ये दोनों व्यक्ति यदि वे किसी होटल में पहुँचते हैं, तो भूखे व्यक्ति भोजन के व्यंजनी (menu) को तथा प्यासे व्यक्ति शीतल पेय के व्यंजनी को जल्द प्रत्यक्षण करेगा। स्पष्ट हुआ कि व्यक्ति की आवश्यकता का उसके प्रत्यक्षण पर काफी प्रभाव पड़ता है। ऐसे तो यह तथ्य मनोविज्ञान में बहुत पहले से ही मौजूद था परंतु, 1940 वाले दशक में कुछ मनोवैज्ञानिकों को जिन्हें 'न्यू लूक' (New look) मनोवैज्ञानिक कहा गया, ने इसका प्रयोगात्मक अध्ययन किया। इन मनोवैज्ञानिकों में आलपोर्ट (Allport), मर्फी (Murphy), ब्रुनर तथा गुडमैन (Bruner & Goodman) आदि का नाम अधिक मशहूर है। यहाँ उदाहरण के तौर पर लेभाइन, चीन तथा मर्फी (Levine, Chein & Murphy, 1942) का एक अतिमशहूर प्रयोग का संक्षेप में उल्लेख किया जा रहा है। इस अध्ययन में कॉलेज छात्रों का दो समूह था—एक समूह को भूखा रखा गया था तथा दूसरे समूह को तुरंत भोजन करवाया गया था। इन दोनों समूह के छात्रों को कुछ रंगीन तथा रंगहीन अस्पष्ट चित्रकारियों (drawings) को एक शीशे के भीतर रखकर दिखलाया गया। इन दोनों तरह के छात्रों को यह बतलाना था कि चित्रकारी में वे क्या देख रहे हैं। भूखे छात्रों ने चित्रकारी में खाने-पीने की वस्तुओं का प्रत्यक्षण किया जबकि भोजन किये छात्रों ने उस चित्रकारी में ऐसे कोई वस्तुओं का प्रत्यक्षण न करके कुछ और ही वस्तुओं का प्रत्यक्षण किये। इस परिणाम से यह स्पष्ट हो जाता है कि व्यक्ति के प्रत्यक्षण पर उसकी आवश्यकता का प्रभाव पड़ता है।

(ii) प्रत्यक्षज्ञानात्मक प्रत्याशा (Perceptual expectancy)—व्यक्ति के प्रत्याशा (expectancy) का प्रभाव उसके प्रत्यक्षण पर पड़ता है। जैसा भी वह किसी भी परिस्थिति में प्रत्याशा करता है, वैसा ही उसका प्रत्यक्षण होता है। इसे प्रत्यक्षज्ञानात्मक प्रत्याशा (perceptual expectancy) या *प्रत्यक्षज्ञानात्मक विन्यास* (perceptual set) भी कहा जाता है। जैसे, मान लिया जाए कि आप रात्रि में 10 बजे अपने दोस्त के आने की प्रत्याशा कर रहे हैं और उसी समय आपसे मिलने के ख्याल से पड़ोसी आपका दरवाजा खटखटाता है, तो आप उस आवाज को अपने दोस्त की खटखटाहट के रूप में प्रत्यक्षित करके दरवाजा खोल देते हैं।

यद्यपि प्रत्यक्षज्ञानात्मक प्रत्याशा से किसी उद्दीपक की व्याख्या करने में मदद मिलती है, परंतु कभी-कभी इस तरह के प्रत्याशा से व्यक्ति गलत व्याख्या भी कर डालता है। जैसे, यदि चित्र 5.6 में देखें तो बीच का आरेखण (drawing) को पहचानना थोड़ा कठिन है। परंतु जो लोग इस चित्र में बायें सबसे किनारे पर बने आरेखण को पहले देखते हुए बीच के आरेखण की ओर बढ़ते हैं, तो बहुत उम्मीद इस बात की होती है कि बीच के आरेखण को एक पुरुष का चेहरा के रूप में वह प्रत्यक्षण करेगा। परंतु यदि वह सबसे दायें के आरेखण पर पहले देखते हुए बीच के आरेखण की ओर बढ़ेगा तो बहुत उम्मीद इस बात की है कि वह उसे एक महिला के चेहरा के रूप में देखेगा। ऐसा इसलिए होता है क्योंकि दायें किनारे पर जो आरेखण है, वह एक महिला का है जो कुछ झुकी है और जिसका एक हाथ अपने छाती पर तथा दूसरा हाथ अपने घुटना (knee) पर रखे हुए है, तथा बायें किनारे पर स्पष्टतः एक पुरुष का चेहरा है। पहले पुरुष का चेहरा पर देखने से व्यक्ति में ऐसा ही चेहरा देखने का एक प्रत्यक्षज्ञानात्मक विन्यास या सेट (perceptual set) मन में विकसित हो जाता है तथा पहले महिला का आरेखण देखने से व्यक्ति में महिला का चेहरा देखने का प्रत्यक्षज्ञानात्मक विन्यास या सेट मन में विकसित हो जाता है। यही कारण है कि व्यक्ति द्वारा बीच का आरेखण एक परिस्थिति में पुरुष का चेहरा के रूप में तथा दूसरी परिस्थिति में स्त्री के चेहरा के रूप में प्रत्यक्षण किया जा रहा है।

चित्र 5.6 : प्रत्यक्षज्ञानात्मक सेट

(iii) संज्ञानात्मक शैली (Cognitive style)—संज्ञानात्मक शैली का भी प्रभाव प्रत्यक्षण पर पड़ता है। संज्ञानात्मक शैली से तात्पर्य अपने वातावरण के साथ एक खास ढंग से सोच-विचार कर व्यवहार करने से होता है। संज्ञानात्मक शैली के दो मुख्य प्रकार हैं—*क्षेत्र आश्रित* (field dependent) तथा *क्षेत्र अनाश्रित* (field independent)। क्षेत्र आश्रित संज्ञानात्मक शैली के व्यक्ति वातावरण का उसकी समग्रता के रूप में प्रत्यक्षण करते हैं। फल ऐसे लोग किसी वस्तु को उसके पृष्ठभूमि से अलग करके प्रत्यक्षण कर में कठिनाई का अनुभव करते हैं। दूसरे तरफ क्षेत्र अनाश्रित संज्ञानात्मक शैली वाले व्यक्ति बाह्य वातावरण को उसकी इकाइयों से भिन्न करके प्रत्यक्षण करने में सफल होते हैं अर्थात् ऐसे लोग किसी वस्तु को उसके पृष्ठभूमि से अलग करके उसका विश्लेषणात्मक ढंग से व्याख्या करते हुए उसका प्रत्यक्षण कर सकने में सफल हो पाते हैं। चित्र 5.7 में बायें तरफ की आकृति को दायें आकृति में छिपा दिया गया है। क्षेत्र आश्रित व्यक्ति को सन्निहित आकृति (embedded figure) में बायें तरफ की आकृति नहीं दिखाई पड़ेगी जबकि क्षेत्र अनाश्रित व्यक्ति बायें तरफ की आकृति को आसानी से उस सन्निहित आकृति में ढूँढ़ कर प्रत्यक्षण कर लेंगे।

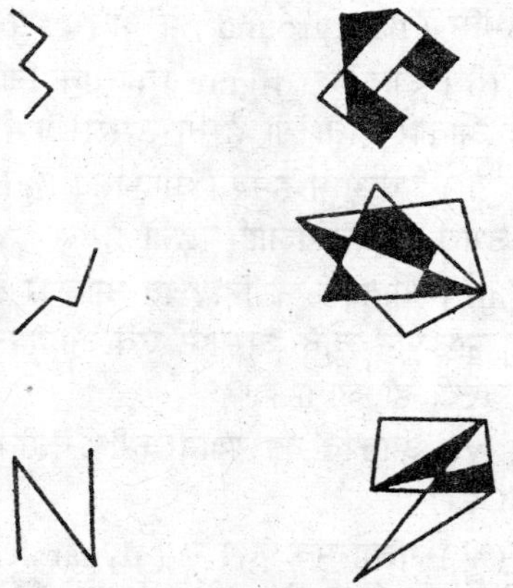

चित्र 5.7 : सन्निहित आकृति परीक्षण का एक नमूना

(iv) सांस्कृतिक पृष्ठभूमि एवं अनुभूति (Cultural background and experience)—प्रत्यक्षणकर्त्ता की सांस्कृतिक पृष्ठभूमि, उसमें किये गए अधिगम एवं अनुभूतियों का भी प्रभाव प्रत्यक्षण पर पड़ता है। जैसे, एस्किमो (Eskimo) जाति की संस्कृति में वर्फ के कई प्रकारों की चर्चा की गयी है। अतः ऐसे लोग वर्फ के विभिन्न प्रारूपों में सूक्ष्म अंतर करने में सफल हो जाते हैं जबकि हमारे संस्कृति के लोग ऐसा नहीं कर पाते हैं क्योंकि इस

संस्कृति में वर्फों के प्रकार की चर्चा नहीं होती है। हंडसन (Hundson, 1960) ने एक प्रयोग किया जिसमें अफ्रीका के जनजातियों (Africans tribals) एवं अमेरीका के सभ्य लोगों द्वारा कुछ चित्रों के प्रत्यक्षण का अध्ययन किया। परिणाम में पाया गया कि अफ्रीकन प्रयोज्य चित्र में प्रदर्शित बहुत सारे वस्तुओं की पहचान करने में सक्षम नहीं थे। इतना ही नहीं, वे चित्रों में दूरी का प्रत्यक्षण करने में भी असफल रहे तथा चित्रों की गलत व्याख्या भी किया। अमेरीकन प्रयोज्यों द्वारा ऐसी गलतियाँ नहीं की गयी तथा चित्रों में दूरी आदि का प्रत्यक्षण भी सही-सही ढंग से किया गया। शायद इसका कारण यह था कि उस अफ्रीका जनजाति के संस्कृति के प्रयोज्यों में चित्रों के प्रत्यक्षण की अनुभूति नहीं थी जबकि अमेरीकन प्रयोज्यों में इसकी अनुभूति थी। वे एकनेत्री संकेतों (monocular cues) का उपयोग कर चित्रों में दूरी का प्रत्यक्षण करने में सफल हुए।

स्पष्ट हुआ कि प्रत्यक्षण कई कारकों द्वारा प्रभावित होता है।

प्रत्यक्षज्ञाणात्मक संगठन के नियम या सिद्धान्त
(Principles of Perceptual Organization)

गेस्टाल्ट स्कूल मनोविज्ञान का एक महत्त्वपूर्ण जर्मन स्कूल है। 'गेस्टाल्ट' एक जर्मन शब्द है जिसका अंग्रेजी में मूलतः तीन शब्द अनुवाद के रूप में व्यवहृत किये जाते हैं—'form' 'shape' तथा 'configuration'। हिन्दी अनुवाद के रूप में गेस्टाल्ट का अर्थ 'आकार' या 'समग्राकृति' (configuration) है।

गेस्टाल्ट स्कूल का योगदान प्रत्यक्षण में काफी अधिक है। प्रत्यक्षण के बारे में गेस्टाल्टवादियों का मत था कि व्यक्ति किसी भी उद्दीपक (stimulus) का प्रत्यक्षण समग्र रूप से (as a whole) करता है न कि उसके अलग-अलग भागों का अलग-अलग प्रत्यक्षण करता है। जब हम किसी व्यक्ति के चेहरे को देखते हैं तो चेहरे के भिन्न-भिन्न अंगों जैसे—नाक, कान, आँख आदि का अलग-अलग प्रत्यक्षण न करके सम्पूर्ण चेहरे का एक साथ प्रत्यक्षण करते हैं। समग्रता की अपनी विशेषताएँ होती हैं जो उसके अलग-अलग भागों की विशेषताओं का योग (sum) नहीं होता है। गेस्टाल्टवादियों ने कहा कि जब हम किसी उद्दीपक का प्रत्यक्षण करते हैं तो उसका कुछ भाग अधिक स्पष्ट तथा प्रभावकारी दिखलाई देता है जबकि अन्य कुछ भाग अस्पष्ट तथा अप्रभावकारी दिखलाई देते हैं। पहले तरह के प्रत्यक्षण को आकृति तथा दूसरे तरह के प्रत्यक्षण को *पृष्ठभूमि* (background) कहा जाता है। इसे *आकृति-पृष्ठभूमि प्रत्यक्षण* (figure-background perception) कहा जाता है। गेस्टाल्टवादियों ने आकृति (figure) तथा पृष्ठभूमि (background) में अंतर इस प्रकार किया है—

(i) आकृति (figure) का एक निश्चित आकार होता है जबकि पृष्ठभूमि आकारहीन (formless) होता है या यदि आकार होता भी है तो उससे किसी प्रकार की आकृति नहीं बनती है।

(ii) पृष्ठभूमि हमेशा आकृति (figure) के पीछे होता है और आकृति निश्चित आकार लिए हुए उसी पृष्ठभूमि पर उभरी हुई दिखलाई पड़ती है।

(iii) आकृति का निश्चित आकार होने के कारण वह अधिक प्रभावपूर्ण (impressive) तथा स्मरणीय होता है परंतु पृष्ठभूमि चूँकि अस्पष्ट एवं अनिश्चित आकार का होता है, अतः वह प्रभावहीन होता है तथा उसका विस्मरण भी जल्दी हो जाता है।

(iv) आकृति का स्थान करीब-करीब निश्चित तथा सीमित होता है परंतु पृष्ठभूमि पीछे की ओर अनन्त फैला होता है।

(v) गत्यात्मक रूप से (dynamically) भी आकृति तथा पृष्ठभूमि में अंतर होता है। इसका मतलब यह हुआ कि एक परिस्थिति में जो वस्तु आकृति के रूप में दिखलाई देती है थोड़े समय के बाद वही वस्तु फिर पृष्ठभूमि के रूप में दिखलाई देती है और पहले जो पृष्ठभूमि के रूप में दिखलाई दी थी वह अब आकृति के रूप में दिखलाई देती है। इस तरह की आकृति को पलटावी आकृति जैसा कि चित्र 5.8 में दिखलाया गया है, कहा जाता है। चित्र 5.8 में यदि उजला भाग आकृति के रूप में उभरता है तो व्यक्ति को फूलदान (flower base) परंतु जब काला भाग आकृति के रूप में दीखता है तो व्यक्ति को आमने-सामने दो व्यक्तियों का चेहरा दिखलाई पड़ता है।

चित्र 5.8 : पलटावी आकृति

प्रश्न यह उठता है कि उद्दीपक के भिन्न-भिन्न भाग किस तरह से संगठित (organise) होकर एक सम्पूर्णता (wholeness) का प्रत्यक्षण हमें कराते हैं? गेस्टाल्टवादियों का मत है कि प्रत्यक्षण में इस तरह का संगठन अपने आप नहीं हो जाता है बल्कि इसके कुछ विशेष नियम है जो प्रत्यक्षण में संगठन लाते हैं। इन नियमों को *प्रत्यक्षणात्मक संगठन का नियम* (Principles of Perceptual organisation) की संज्ञा दी जाती है जिनमें निम्नांकित प्रमुख है—

1. सन्निकटता का नियम *(Principle of Proximity or Nearness)*—इस नियम के अनुसार जिन उद्दीपकों में समय या स्थान के ख्याल से समीपता होती है, उसे व्यक्ति आपस में संगठित प्रत्यक्षित करता है। जैसे—चित्र 5.9 में व्यक्ति दो

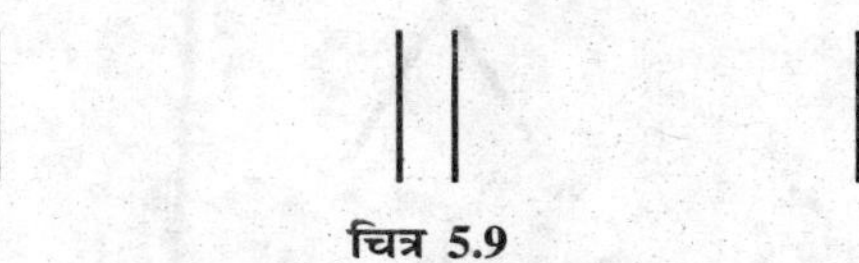

चित्र 5.9

सीधी रेखाओं का प्रत्यक्षण एक जोड़े के रूप में संगठित इसलिए देखता है क्योंकि ये दोनों रेखाएँ एक-दूसरे से नजदीक हैं।

2. समानता का नियम *(Principle of Similarity)*—जो उद्दीपक एक-दूसरे के समान होते हैं, वे एक साथ संगठित हो जाते हैं और उनका प्रत्यक्षण एक निश्चित आकृति के रूप में होती है। चित्र 5.10 में हम 'क्रॉस' की दो पंक्तियों का तथा 'वृत्त' की दो पंक्तियों का प्रत्यक्षण करते हैं। ऐसा इसलिए होता है कि क्योंकि सभी 'क्रॉस' एक-दूसरे के समान है तथा उसी तरह से सभी वृत्त एक-दूसरे के समान है।

○ ○ ○
× × ×
○ ○ ○
× × ×

चित्र 5.10

3. अच्छी आकृति का नियम *(Principle of Good form)*—व्यक्ति में किसी भी उद्दीपक को एक उत्तम आकृति के रूप में देखने की प्रवृत्ति होती है। इस प्रवृत्ति के कारण भी व्यक्ति उद्दीपक को संगठित तथा उसे एक उत्तम प्रारूप में देखता है। जैसे—चित्र 5.11 में हम अंग्रेजी का अक्षर 'A' तथा 'B' का प्रत्यक्षण करते हैं हालाँकि वह एक विकृत रूप में दिखलाया गया है। इसका मूल कारण किसी वस्तु को उत्तम आकृति के रूप में देखने की हमारी प्रवृत्ति है।

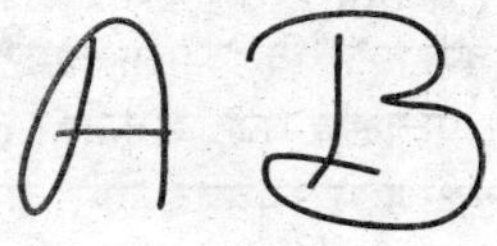

चित्र 5.11

4. निरंतरता या सातत्य का नियम *(Principle of Continuity)*—इस नियम को *दिशा का नियम* (principle of direction) या अच्छे सातत्य का नियम (principle of good continuation) भी कहा जाता है। इस नियम के अनुसार जिन उद्दीपकों में किसी एक दिशा में जाने या होने की निरंतरता पायी जाती है, उन्हें व्यक्ति एक समूह में संगठित करके प्रत्यक्षण करता है। जैसे—चित्र 5.12 में दो रेखाएँ हम देखते हैं। एक लहरदार

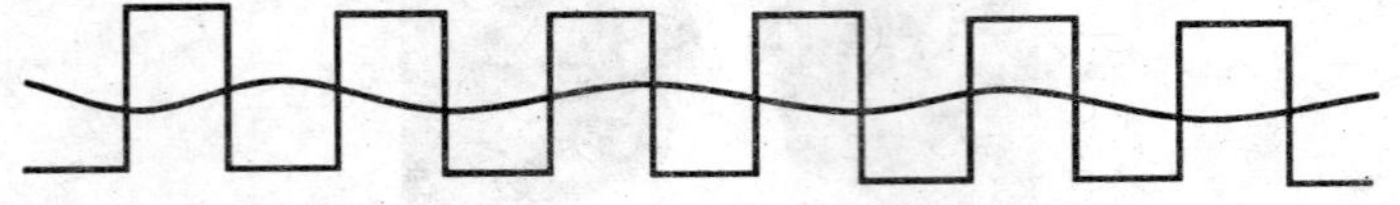

चित्र 5.12

रेखा (wavy line) तथा दूसरी वर्गाकार रेखा। हालाँकि ये दोनों रेखाएँ एक-दूसरे को काटतीं हैं और विभाजित करतीं हैं, इस तरह के विभाजन के बाद भी एक रेखा लहरदार रेखा तथा दूसरी रेखा वर्गाकार रेखा के रूप में हम इसलिए प्रत्यक्षण करते हैं क्योंकि इन दोनों रेखाओं की एक निश्चित दिशा में अपनी-अपनी निरंतरता है।

5. पूर्ति का नियम *(Principle of closure)*—इस नियम के अनुसार उद्दीपक (stimulus) में जो लुप्त अंश होता है, उसे पूरा करके एक समग्र आवृत्ति के रूप में करते हैं न कि उसके खंडित भागों को अलग-अलग करके। जैसे, चित्र 5.13 में हम चित्र को एक त्रिभुज के रूप में तीनों भुजाओं के रिक्त अंश को पूरा करते हुए देखते हैं न कि उसे तीन अलग-अलग छोटे-छोटे कोण के रूप में।

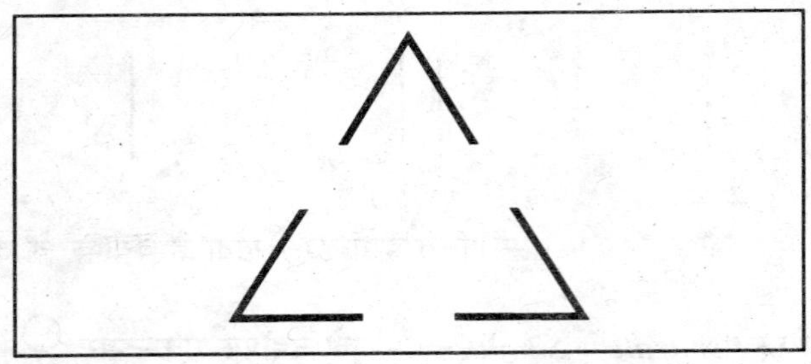

चित्र 5.13

स्पष्ट हुआ कि गेस्टाल्टवादियों द्वारा कई ऐसे नियमों या सिद्धान्तों की व्याख्या की जाती है जिनसे प्रत्यक्षज्ञानात्मक संगठन की प्रक्रिया सम्पन्न होती है।

स्थान, गहनता तथा दूरी प्रत्यक्षण
(Space, Depth and Distance Perception)

स्थान प्रत्यक्षण (space perception) से तात्पर्य वस्तुओं का आकार (size) तथा दूरी (distance) के प्रत्यक्षण से होता है। मानव नेत्र का अक्षिपटल (retina) द्विविमीय (bidimensional) है अर्थात् इसमें ऊपर-नीचे (up-down) तथा दायें-बायें (right-left) मात्र दो ही विमाएँ हैं। ऐसी स्थिति में व्यक्ति को वस्तुओं या उद्दीपकों का ज्ञान मात्र इन दो ही विमाओं के अनुरूप होना चाहिए था। परंतु हम सभी बहुत सही-सही वस्तुओं की तीसरी विमा (third dimension) अर्थात् उसकी गहनता (depth) तथा दूरी (distance) का प्रत्यक्षण कर लेते हैं। यह किस ढंग से संभव हो पाता है? मनोवैज्ञानिकों का कहना है कि व्यक्ति अपने द्विविमीय अक्षिपटल से त्रिविमीय प्रत्यक्षण (third dimensional perception) या स्थान प्रत्यक्षण कुछ संकेतों (cues) के आधार पर कर लेता है। परंतु उन संकेतों का वर्णन करने के पहले हम स्थान प्रत्यक्षण में व्यवहत होने वाले प्रमुख पदों (terms) का अर्थ बतलावेंगे जो निम्नांकित है—

(1) दूरी *(Distance)*—इससे तात्पर्य प्रतयक्षणकर्त्ता तथा वस्तु (object) के बीच के निरपेक्ष स्थानिक फैलाव

(absolute spatial extent) से होता है। जैसे, मान लिया जाए कि आप किसी वृक्ष को 20 फीट की दूरी से देख रहे हैं अर्थात् आप में और वृक्ष के बीच 20 फीट की निरपेक्ष स्थानिक फैलाव है जिसे दूरी कहा जायेगा। इस भौतिक दूरी को *प्रत्यक्षित दूरी* (perceived distance) या कभी-कभी *आभासी दूरी* (apparent distance) भी कहा जाता है।

(2) गहनता या गहराई *(Depth)*—प्रत्यक्षणकर्त्ता द्वारा दो वस्तुओं के बीच सापेक्ष स्थानिक फैलाव (relative spatial extent) को गहराई कहा जाता है। जैसे, यदि हम दो वस्तुओं यथा दो पेड़ों के बीच की आपसी दूरी को देखें तो यह गहराई का उदाहरण होगा। यदि पहला वस्तु 30 फीट की दूरी पर तथा दूसरा वस्तु 50 फीट की दूरी पर है, तो पहला वस्तु से दूसरा वस्तु की दूरी (50-30 फीट) भौतिक गहराई (physical depth) का उदाहरण होगा। उसे *प्रत्यक्षित गहराई* (perceived depth) भी कहा जाता है।

(3) आकार *(Size)*—प्रत्येक वस्तु का एक निश्चित आकार (size) होता है जिसे भौतिक आकार (physical size) कहा जाता है। व्यक्ति द्वारा प्रत्यक्षित आकार को *प्रत्यक्षित आकार* (perceived size) या *आभासी आकार* (apparent size) कहा जाता है। जैसे, एक टेबुल का आकार लम्बाई × चौड़ाई × ऊँचाई = 3' × 3' × 2½' फीट का है, तो यह उस टेबुल का आकार (size) कहलायेगा। यदि कोई व्यक्ति इसे 3' × 2½' × 2½' के रूप में प्रत्यक्षित करता है, तो यह उसका प्रत्यक्षित आकार कहलायेगा।

व्यक्ति गहनता (depth) तथा दूरी (distance) का प्रत्यक्षण कुछ संकेतों (cues) के आधार पर करता है। इस तरह के संकेतों (cues) को मोटे तौर पर दो सामान्य भागों में बाँटा गया है—

(1) एकनेत्री संकेत (Monocular cues)

(2) द्विनेत्री संकेत (Binocular Cues)

इन दोनों तरह के संकेतों (cues) का वर्णन निम्न प्रकार है—

1. एकनेत्री संकेत *(Monocular cues)*—एकनेत्री संकेत (cues) उन संकेतों (cues) को कहा गया है जिन्हें एक ही आँख द्वारा ग्रहण (register) किया जा सकता है। इसका मतलब यह हुआ कि अगर कोई व्यक्ति किसी बीमारी या दुर्घटना आदि के कारण अपना एक आँख खो दिया है, तो वह भी अपने बचे एक आँख द्वारा इन संकेतों को ग्रहण कर सकता है और उसे वस्तुओं की दूरी, गहराई तथा सघनता (solidarity) आदि का ज्ञान हो सकता है। एकनेत्री संकेतों (monocular cues) को *चित्रीय संकेत* (pictorial cues) भी कहा जाता है। एकनेत्री संकेत को व्यक्ति अपने अनुभव (experience) से सीखता है। अतः एकनेत्री संकेत सीखा गया संकेत (learnt cues) होता है न कि जन्मजात संकेत (innate cues) होता है। एकनेत्री संकेत दो तरह के होते हैं—वैसे एकनेत्री संकेत जिसमें गति (movement) सम्मिलित नहीं होता है तथा वैसे एकनेत्री संकेत जिसमें गति सम्मिलित होता है। प्रमुख एकनेत्री संकेत (monocular cues) जिसमें गति सम्मिलित नहीं होता है, का वर्णन निम्नांकित है—

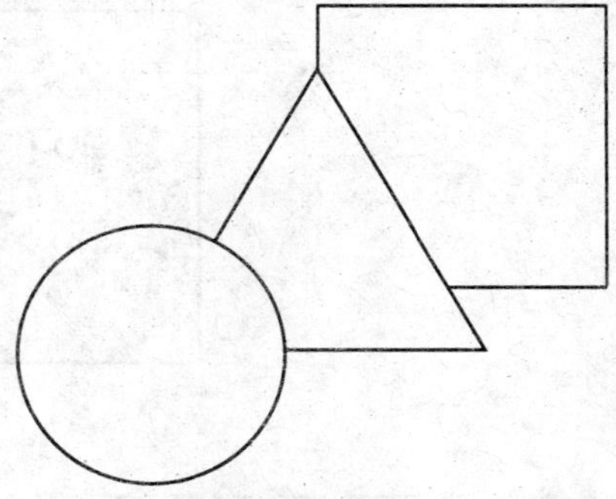

चित्र 5.14

(i) हस्तक्षेप *(Interposition or overlay)*—जब वस्तुएँ (objects) एक सीध में होती हैं तथा साथ-ही-साथ जब वे अपारदर्शीय होते हैं, तो आगे की वस्तु (object) पीछे की वस्तु के कुछ हिस्से या भाग को प्रायः छिपा लेती है। इसे ही हस्तक्षेप (interposition) का संकेत (cue) कहा जाता है। जब आगे की वस्तु पीछे की वस्तु को अंशतः छिपा लेती है, तो व्यक्ति को पीछे की वस्तु अधिक दूर (distance) पर दीख पड़ता है तथा आगे की वस्तु जिसका पूरा भाग वह देख रहा है, काफी नजदीक मालूम पड़ता है। इसका उदाहरण हमें चित्र 5.14 में मिलता है। चित्र 5.14 में एक वृत्त (circle) है जो अंशतः एक त्रिभुज (triangle) को ढँके हुए हैं। इस चित्र में वर्ग (square) अधिक दूरी पर दिखलाई दे रहा है तथा वृत्त (circle) तुलनात्मक रूप से नजदीक दिखलाई दे रहा है। त्रिभुज की दूरी वृत्त से अधिक परन्तु वर्ग से कम दिखाई दे रहा है। इन सबका प्रधान कारण हस्तक्षेप संकेत (interposition cues) है।

(ii) दृष्टिपटलीय प्रतिबिम्ब का आकार *(Size of retinal image)*—जब कोई वस्तु व्यक्ति से नजदीक होता है, तो दृष्टिपटल या अक्षिपटल (retina) पर बनने वाले इसके प्रतिबिम्ब का आकार (size) बड़ा होता है। फलस्वरूप वस्तु का आकार भी बड़ा दिखलाई देता है। एक उदाहरण लीजिए। उड़ रहे हवाई जहाज पर ध्यान दें तो हम पाते हैं कि जैसे-जैसे हवाई जहाज नजदीक आता है, वैसे-वैसे उसका दृष्टिपटलीय प्रतिबिम्ब (retinal image) बड़ा होते जाता है। फलस्वरूप, हवाई जहाज आकार में पहले की अपेक्षा बड़ा दिखलाई पड़ने लगता है। ठीक, उसके विपरीत जैसे-जैसे हवाई जहाज हमसे दूर होता जाता है, उसका दृष्टिपटलीय प्रतिबिम्ब (retinal image) छोटा होता जाता है। फलस्वरूप, उस हवाई जहाज का आकार भी छोटा दिखलाई पड़ने लगता है और अत्यधिक दूर चले जाने पर मात्र धब्बा के समान दिखलाई देता है और अन्त में वह हमारे नजरों से ओझल हो जाता है। इटेल्सन एवं किल्पैट्रीक (Ittelson & Kilpatrick, 1950) ने एक प्रयोग किया जिसमें अंधेरे कमरे में समान दूरी पर हवा से भरे दो बैलून को लटका दिया। प्रयोज्य को यह बतलाना था कि कौन-सा बैलून नजदीक है तथा कौन अधिक दूरी पर। एक बैलून का आकार दूसरे बैलून के आकार से बड़ा कर दिया गया था। परिणाम में देखा गया कि बड़े बैलून का प्रयोज्यों ने नजदीक तथा छोटे बैलून को प्रयोज्यों ने अधिक दूरी पर होने का प्रत्यक्षण किया।

(iii) रेखीय परिदृश्य *(linear perspective)*—''रेखीय परिदृश्य से तात्पर्य उस घटना (phenomenon) से होता है जहाँ समानांतर रेखाएँ जैसे-जैसे (व्यक्ति से) दूर होते जाती है, वैसे-वैसे आपस में अभिमुख (converge) होते जाती हैं (अर्थात एक-दूसरे से सटती नजर आती है)।'' जब दो समानान्तर रेखाएँ (parallel lines) आगे की ओर अर्थात् क्षितिज (horizontal) की ओर बढ़ने पर एक-दूसरे से सटी हुई (converge) नजर

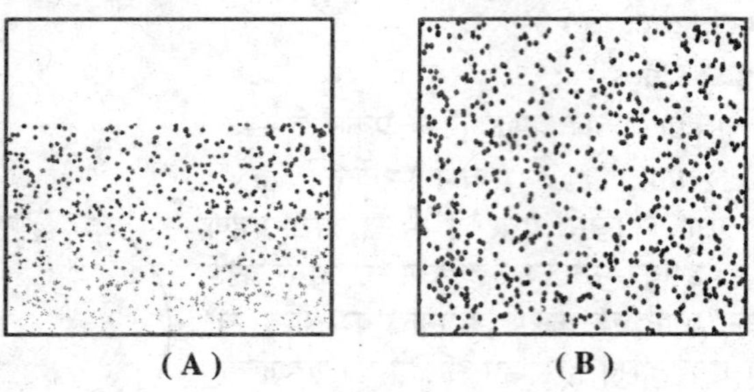

चित्र 5.15

आती है, तो इससे हमें दूरी एवं गहराई (depth and distance) का प्रत्यक्षण होता है तथा इस संकेत को रेखीय परिदृश्य कहा जाता है। इसका सबसे अच्छा उदाहरण रेल की दोनों पटरियों (tracks) पर देखने से प्राप्त होता है। अगर हम रेल की पटरियों के बीच खड़ा होकर देखें तो पाएँगे कि जैसे-जैसे पटरियाँ आगे बढ़तीं जातीं हैं, वैसे-वैसे एक-दूसरे के नजदीक आते मालूम पड़ती है। अधिकतम दूरी पर यानी कि क्षतिज (horizon) पर ऐसा महसूस होता है कि ये दोनों पटरियाँ बिलकुल ही एक-दूसरे से सट गयीं।

(iv) गठन प्रवणता *(Texture gradient)*—गठन प्रवणता का संकेत (cues) एक ऐसा संकेत है जिसमें रेखीय परिदृश्य (liner perspective) तथा आकार (size) दोनों तरह के संकेत सम्मिलित होते हैं। गठन (texture) से तात्पर्य वस्तु एवं उसके आकार (size) में क्रमिक परिवर्तन (gradual change) से होता है। गिब्सन (Gibson, 1950) ने गठन प्रवणता (texture gradient) के संकेत पर प्रयोग करके यह दिखला दिया है कि जब किसी वस्तु के गठन (texture) के तत्त्वों (elements) का आकार (size) छोटा-छोटा होता है तथा वे काफी सघन (dense) होते हैं, तो इससे व्यक्ति को दूरी (distance) का प्रत्यक्षण होता है। परन्तु जब गठन के सभी तत्त्वों (elements) का आकार एक समान होता है तथा वे सघन (compact) नहीं होकर फैले (scattered) होते हैं, तो इससे वस्तु के तत्त्वों (elements) में आपस दूरी का प्रत्यक्षण व्यक्ति को नहीं होता है। चित्र 5.15 में देखने से यह बात बिलकुल ही स्पष्ट हो जाता है। इस चित्र के 'A' में देखने से यह बिलकुल ही स्पष्ट रूप से पता चलता है कि सघन (compact) तथा अत्यन्त छोटे-छोटे कण अधिक दूरी पर स्थित दिखलाई देते हैं। परन्तु 'B' में सभी कण या तत्त्व सघन न होकर फैले हुए हैं तथा आकार (size) में भी करीब-करीब समान है। अतः इनके तत्त्वों पर

गौरपूर्वक देखने से किसी प्रकार की दूरी या नजदीकी का प्रत्यक्षण नहीं होता है। कुछ मनोवैज्ञानिकों ने इस संकेत को *विस्तृत परिदृश्य* (detail perspective) भी कहा है।

(v) वायुमंडलीय परिदृश्य *(Atmospheric perspective)*—वायवीय परिदृश्य का संबंध भी रोशनी (light) से ही है। वायु (air) में जैसे-जैसे रोशनी आगे की ओर बढ़ती है वैसे-वैसे उसमें (वायु में) उपस्थित धूलकण तथा नमी (moisture) के कारण रोशनी में अधिक धुंधलापन तथा फैलाव (scatteredness) बढ़ जाता है। इसका परिणाम यह होता है कि वातावरण में उपस्थित दूर की पहाड़ियाँ, घर, पेड़ आदि काफी धुंधले (dim), अस्पष्ट तथा साथ-ही-साथ बैगनी रंग पर दिखलाई देते हैं। इसे ही वायुमंडलीय परिदृश्य (atmospheric perspective) का संकेत कहा जाता है। वातावरण में जो वस्तुएँ, यानी पहाड़ियाँ, घर, पेड़-पौधे, व्यक्ति से नजदीक होते हैं, वे न तो धुंधले, अस्पष्ट और न ही बैंगनी रंग पर ही दिखलाई देते हैं। अतः वस्तु की अस्पष्टता, धुंधलापन, आदि जो वायुमंडलीय परिदृश्य (atmospheric perspective) के संकेत में सम्मिलित होता है, द्वारा भी हमें वस्तुओं की दूरी का प्रत्याक्षण होता है।

(vi) सापेक्ष चमकीलापन *(Relative brightness)*—अंधेरे में यदि कई वस्तुओं (objects) को जिनके चमकीलापन का स्तर (brightness level) असमान (dissimilar) होता है, हम देखते हैं तो अधिक चमकीली वस्तु हमें नजदीक तथा कम चमकीली वस्तु अधिक दूरी पर दिखलाई देती है। इटेल्सन (Ittleson, 1960) ने इसे एक प्रयोग कर साबित कर दिया है। इन्होंने प्रयोज्य (subject) को एक पूर्णरूपेण अंधेरे कमरे में दो समान दूरी पर रोशनी दिखलाई। एक रोशनी में दूसरी रोशनी की अपेक्षा चमकीलापन (brightness) अधिक था। परिणाम में देखा गया कि प्रयोज्य ने अधिक चमकीले रोशनी को नजदीक तथा कम चमकीले रोशनी को अपेक्षाकृत अधिक दूरी पर होने का प्रत्यक्षण दिया। सापेक्ष चमकीलापन (relative brightness) के संकेत द्वारा हम किस तरह से दूरी का प्रत्यक्षण करते हैं, इसका स्पष्ट उदाहरण अंधेरी रात में जब साफ आकाश (clean sky) की ओर हम देखते हैं, तब मिलता है। आकाश में अनेकों तारे (stars) दिखलाई देते हैं जिनमें से कुछ में चमक अधिक होती है तथा कुछ धुंधले दिखाई देते हैं। अधिक चमकीले तारे हमसे काफी नजदीक प्रतीत होते हैं (उतना नजदीक जितना वे नहीं है) तथा धुंधले तारे अधिक दूरी पर उपस्थित दिखाई देते हैं।

कुछ एकनेत्री संकेत (monocular cues) ऐसे हैं जिनमें गति (movement) सम्मिलित होता है। ऐसे प्रमुख एकनेत्री संकेत निम्नांकित दो हैं—

(i) गतिबोधक गहराई संकेत *(Kinetic depth cue)*—इस संकेत का संबंध वस्तुओं या उद्दीपकों के गति से है न कि प्रत्यक्षणकर्त्ता के गति से है। कोई वस्तु स्थिरावस्था में होने पर चपटा (flat) दिखता है परंतु जब उसमें गति उत्पन्न हो जाती है या वह घुमने लगता है तो उसमें गहराई एवं दूरी प्रत्यक्षण होने लगता है। इस तथ्य की पुष्टि कई अध्ययनों में की गयी है जिसमें एक महत्त्वपूर्ण अध्ययन वालेक एवं ओकोनेल (Wallach & O'Connell, 1953) द्वारा किया गया। इस अध्ययन में प्रयोज्यों को कुछ ठोस ब्लाक, तार से बने कुछ आकृतियाँ एवं सीधी छड़ी आदि दिखलाया गया। स्थिरावस्था में ये सारी वस्तुएँ चिपटी प्रतीत हुई परंतु जब उन्हें तेजी से घूमते हुए स्थिति में दिखलाया गया तो वे त्रिविमीय (three dimensional) प्रतीत हुई। बाद में ब्राऊनस्टीन (Braunstein, 1976) ने भी अपने अध्ययन से इनके परिणाम की सम्पुष्टि किया।

(ii) गति *(Motion)*—वस्तुओं में गति (Movement) का प्रत्यक्षण होने के कारण भी हमें दूरी तथा गहराई का ज्ञान होता है। इस संकेत को *गति लम्बन* (movement parallax) भी कहा जाता है। इसका सबसे अच्छा उदाहरण चलती रेलगाड़ी में खिड़की या दरवाजे से बाहर की ओर देखने पर मिलता है। चलती रेलगाड़ी से बाहर देखने पर लगता है कि नजदीक के पेड़-पौधे, मकान, व्यक्ति आदि विपरीत दिशा में भागते जा रहे हैं तथा दूर के पेड़-पौधे, मकान, पहाड़, आदि उसी दिशा में (यानी जिस दिशा में रेलगाड़ी चल रही है) भागते प्रतीत होते हैं हालांकि सच्चाई यह होती है कि न तो नजदीक के पेड़-पौधे, मकान पहाड़ आदि भाग रहे हैं या चल रहें हैं और

न तो दूर का ही। परन्तु जब व्यक्ति को ऐसा प्रतीत होता है तो इससे उसे वस्तुओं की दूरी तथा नजदीकी का स्पष्ट प्रत्यक्षण होता है।

ऊपर वर्णन किये गये तथ्यों (facts) के आधार पर यह कहा जा सकता है कि इन एकनेत्री संकेतों (monocular cues) द्वारा हमें दूरी एवं गहराई के प्रत्यक्षण में काफी मदद मिलती है। सभी एकनेत्रीय संकेतों की एक सामान्य विशेषता या गुण यह है कि व्यक्ति इसे अपने अनुभव (experience) द्वारा सीखता है न कि जन्म से ही इन संकेतों का उपयोग करने की क्षमता उसमें मौजूद रहती है।

2. द्विनेत्रीय संकेत *(Binocular cues)*—द्विनेत्रीय संकेत उन संकेतों (cues) को कहा जाता है जिनके उपयोग के लिए दोनों आँखों का होना आवश्यक है। अगर कोई व्यक्ति अपनी एक आँख किसी दुर्घटना या बीमारी के कारण खो दिया है, तो वह इन संकेतों का उपयोग दूरी एवं गहराई के प्रत्यक्षण में नहीं कर सकता है। इन संकेतों को *शारीरिक संकेत* (physiological cues) भी कहा जाता है क्योंकि इसका संबंध आँख की संरचना (structure) से होता है। स्वभावतः तब इस तरह का संकेत जन्मजात (inborn) होता है न कि व्यक्ति इसे अपने अनुभव (experience) द्वारा जीवन काल में सीखता है। कोरेन, पोरेक तथा वार्ड (Coren, Porac & Ward, 1979) के अनुसार प्रमुख द्विनेत्री संकेत (binocular cues) निम्नांकित तीन हैं—

(i) समायोजन *(Accommodation)*—इस संकेत को कुछ मनोवैज्ञानिकों ने एकनेत्री संकेत जिसमें गति सम्मिलित नहीं होता है, की भी श्रेणी में भी रखा है। हमारे आँख के लेन्स में छोटा होने तथा बड़ा होने का गुण मौजूद होता है। दूसरे शब्दों में, हम कह सकते हैं, कि लेन्स की वक्रता (curvature) घटती-बढ़ती है। जब व्यक्ति नजदीक की चीज या वस्तु को देखता है, तो लेन्स छोटा हो जाता है अर्थात् लेन्स की वक्रता या मोटाई बढ़ जाती है ताकि देखे जा रहे वस्तु का प्रतिबिम्ब अक्षिपटल (retina) पर ठीक से पड़ सके। दूसरी तरफ जब व्यक्ति दूर की चीज या वस्तु को देखता है तो लेन्स बड़ा हो जाता है, अर्थात लेन्स की वक्रता कम हो जाती है जिससे लेन्स पतला हो जाता है और तब जाकर दूर की वस्तुओं का प्रतिबिम्ब अक्षिपटल (retina) पर ठीक ढंग से पड़ता है। लेन्स के आकार में वृद्धि तथा कमी से वस्तु का प्रतिबिम्ब अक्षिपटल (retina) पर ठीक ढंग से पड़ता है। लेन्स के आकार में वृद्धि तथा कमी की यह प्रक्रिया विशेष मांसपेशियों (muscles) द्वारा नियंत्रित होता है जिसे सिलियरी मांसपेशी (ciliary muscles) कहा जाता है तथा इस पूरी प्रक्रिया को समायोजन (accommodation) की संज्ञा दी गयी है। इस व्याख्या से स्पष्ट है कि लेन्स में अधिक वक्रता (curvature) होने से कोई भी वस्तु व्यक्ति को नजदीक दिखलाई देता है तथा लेन्स में फैलाव (relaxation) होने से व्यक्ति को वस्तु दूर पर दिखलाई देता है।

(ii) अभिबिन्दुता तथा अपसारिता *(Convergence and Divergence)*— अभिबिन्दुता (convergence) तथा अपसारिता (divergence) नेत्र-गोलक (eye-ball) के गति (movement) से संबंधित दो संकेत (cues) हैं जिनसे हमें वस्तु की दूरी एवं गहराई का ज्ञान होता है। जब हम नजदीक की वस्तुओं (objects) को देखते हैं, तो दोनों आँख का नेत्र-गोलक भीतर की ओर यानी नाक की ओर घुमता है, उसे *अभिबिन्दुता* (convergence) कहा जाता है। उसी तरह से जब हम दूर की वस्तुओं पर देखते हैं, तो दोनों आँख का नेत्र-गोलक बाहर की दिशा में यानी बायीं आँख, बाँयें कान की ओर तथा दायीं आँख दायें कान की ओर घुमता है। इसे अभिसारिता (divergence) कहा जाता है। इस तरह से यह स्पष्ट है कि अभिबिन्दुता (convergence) द्वारा हमें वस्तुओं की समीपता (nearness) का प्रत्यक्षण होता है तथा अपसारिता (divergence) द्वारा हमें वस्तुओं की दूरी (distance) का प्रत्यक्षण होता है।

(iii) द्विनेत्री विभिन्नता या अक्षिपटलीय विभिन्नता *(Binocular disparity or retinal disparity)*—जब व्यक्ति किसी वस्तु को देखता है तो इसकी प्रतिमा आँखों के अक्षिपटल (retina) पर अलग-अलग बनता है। इन दोनों प्रतिमाओं में थोड़ी भिन्नता पायी जाती है जिसे *अक्षिपटलीय विभिन्नता* या *द्विनेत्री विभिन्नता* कहा जाता है। ऐसा देखा गया है कि जैसे-जैसे वस्तु व्यक्ति से नजदीक आता जाता है, वैसे-वैसे अक्षिपटलीय विभिन्नता बढ़ती जाती

है। दूसरे तरफ यदि वस्तु व्यक्ति से दूर होता जाता है, तो उससे उत्पन्न द्विनेत्री विभिन्नता कम होते जाती है। स्पष्ट हुआ कि अक्षिपटलीय विभिन्नता द्वारा भी व्यक्ति को वस्तुओं की दूरी का प्रत्यक्षण होता है।

उपर्युक्त विवेचना के आलोक में हम इस निष्कर्ष पर पहुँचते हैं कि दूरी तथा गहराई का प्रत्यक्षण एकनेत्री संकेत (monoculer cues) तथा द्विनेत्री संकेत दोनों के आधार पर होता है। वास्तविकता यह है कि हम इन दोनों तरह के संकेतों का जब उपयोग करते हैं तो दूरी तथा गहराई का परिशुद्ध प्रत्यक्षण होता है। अगर हम सिर्फ एक ही प्रकार के संकेत का उपयोग करें तो दूरी एवं गहराई का प्रत्यक्षण उतना सही नहीं हो पायेगा। यही कारण है कि एक आँख के व्यक्ति में दूरी तथा गहराई का प्रत्यक्षण दो आँख वाले व्यक्ति की दूरी तथा गहराई के प्रत्यक्षण से थोड़ा अस्पष्ट एवं घटिया होता है।

भ्रम या विपर्यय का अर्थ
(Meaning of Illusion)

किसी उपस्थित उद्दीपक का गलत प्रत्यक्षण ही भ्रम या विपर्यय (illusion) कहलाता है। अंधेरे में रस्सी को साँप समझना तथा खंभे को एक आदमी समझ लेना भ्रम के कुछ उदाहरण हैं। अतः यह कहा जा सकता है कि भ्रम एक ऐसी मानसिक प्रक्रिया है जिसमें उपस्थित उद्दीपक का गलत प्रत्यक्षण होता है। इस परिभाषा का विश्लेषण करने पर हमें भ्रम के स्वरूप के बारे में निम्नांकित तथ्य मिलते हैं—

(i) भ्रम एक प्रकार का प्रत्यक्षण है परन्तु सही प्रत्यक्षण न होकर एक गलत प्रत्यक्षण है। शायद यही कारण है कि इसे भ्रम कहा जाता है। परन्तु भ्रम अप्रत्यक्षण (misperception) नहीं है क्योंकि अप्रत्यक्षण तो एक प्रकार का धोखा या हाथ की सफाई होती है।

(ii) चूँकि भ्रम एक तरह का प्रत्यक्षण है, इसलिए यह भी एक मानसिक प्रक्रिया है।

(iii) भ्रम के लिए किसी उद्दीपक की स्थिति अनिवार्य है।

भ्रम के प्रकार
(Kinds of Illusion)

भ्रम के दो प्रकार होते हैं—

(1) सामान्य भ्रम (general Illusion) तथा

(2) व्यक्तिगत भ्रम (personal Illusion)

सामान्य भ्रम वैसे भ्रम को कहा जाता है जो सभी व्यक्तियों में होता है। शायद यही कारण है कि इसे *सर्वव्यापी भ्रम* (universal illusion) भी कहा जाता है। ऐसे भ्रम की एक विशेषता यह होती है कि यह स्थायी होता है। जैसे—दूर में देखने से आकाश तथा पृथ्वी का सटा नजर आना तथा रेल की दो समानान्तर पटरियों को दूर तक देखने पर सटी हुई नजर आना सामान्य भ्रम के उदारहण हैं। सभी ज्यामितिक भ्रम (geometrical illusion) जिनका वर्णन आगे किया गया है, सामान्य भ्रम के उदाहरण हैं।

व्यक्तिगत भ्रम में वैसे भ्रम को रखा जाता है जो सभी व्यक्तियों में नहीं होता है तथा क्षणिक प्रकृति का होता है। जैसे—अंधेरे में खंभा को आदमी समझ लेना, पीछे से किसी अपरिचित को अपना दोस्त समझ लेना व्यक्तिगत भ्रम के उदाहरण हैं। मनोवैज्ञानिकों ने व्यक्तिगत भ्रम की तुलना में सामान्य भ्रम के अध्ययन पर अधिक बल डाला है। इसमें विशेषकर प्रमुख ज्यामितिक भ्रम (geometrical illusion) जिनका अध्ययन मनोवैज्ञानिकों ने किया है, निम्नांकित हैः—

(1) मूलर-लायर भ्रम *(Muller-Lyer illusion)*—यह एक ऐसा भ्रम है जिसमें तीर-रेखा (arrow-headed line) तथा पंख रेखा (feather-headed line) की लम्बाई समान होते हुए भी व्यक्ति तीर रेखा को पंख रेखा से छोटा समझता है (चित्र 5.16 देखें)।

चित्र 5.16 : मूलर-लायर भ्रम

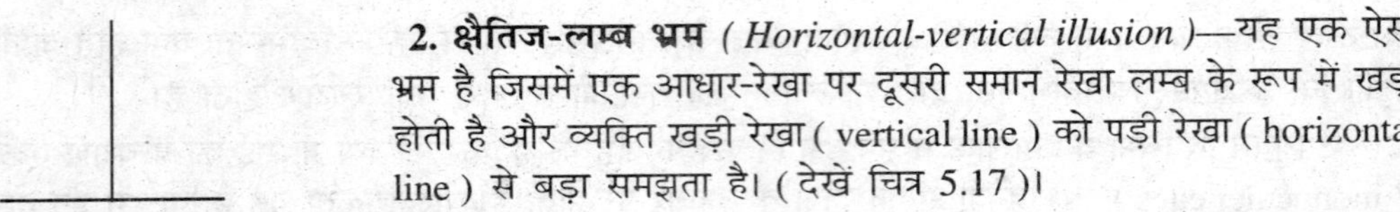

चित्र 5.17 : हॉरिजेन्टल-भर्टिकल भ्रम

2. क्षैतिज-लम्ब भ्रम *(Horizontal-vertical illusion)*—यह एक ऐसा भ्रम है जिसमें एक आधार-रेखा पर दूसरी समान रेखा लम्ब के रूप में खड़ी होती है और व्यक्ति खड़ी रेखा (vertical line) को पड़ी रेखा (horizontal line) से बड़ा समझता है। (देखें चित्र 5.17)।

3. सैण्डर भ्रम *(Sander illusion)*—इस भ्रम में समानान्तर चतुर्भुज (parallelogram) से बनी दो विकर्ण (diagonal) रेखाएँ समान होते हुए भी असमान दिखलाई पड़ती है। चित्र 5.18 में रेखा xy तथा ay की लम्बाई समान है फिर भी रेखा xy रेखा ay से बड़ी लगती है।

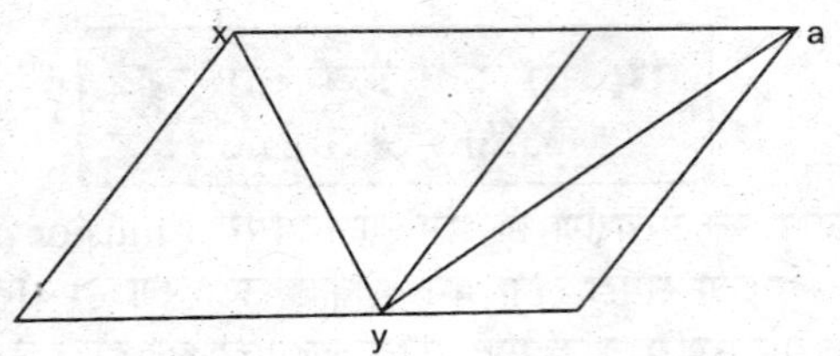

चित्र 5.18 : सैण्डर भ्रम

4. पोगेनडॉर्फ भ्रम *(Poggendroff illusion)*—इस भ्रम में जैसा कि चित्र 5.19 में दिखाया गया है, तिरछी रेखा एक सीध में है परन्तु देखने में ऐसा नहीं लगता है।

चित्र 5.19 : पोगेनडॉर्फ भ्रम

5. जॉलनर भ्रम *(Zollner's illusion)* —इस भ्रम को चित्र 5.20 में दिखलाया गया है। इस चित्र में चारों रेखाएँ एक-दूसरे के समानान्तर (parallel) तथा सीध में खींची गयी है। परन्तु ऐसा लगता है कि वे सीधी न होकर कुछ झुकी हुई है।

चित्र 5.20 : जॉलनर भ्रम

स्पष्ट हुआ कि भ्रम के कई प्रकार हैं। इन विभिन्न प्रकारों का अध्ययन मनोवैज्ञानिक प्रयोगशाला में भी हम प्रायः करते हैं।

भ्रम के कारण
(Causes of Illusion)

भ्रम के प्रमुख कारण निम्नांकित हैं:—

1. ज्ञानेन्द्रियों के दोष *(defect in sense organs)*—भ्रम का एक मुख्य एवं सामान्य कारण ज्ञानेन्द्रियों में किसी प्रकार के दोष का होना है। ज्ञानेन्द्रिय में किसी प्रकार के दोष उत्पन्न हो जाने से व्यक्ति उद्दीपक को ठीक ढंग से ग्रहण नहीं कर पाता है और उसे भ्रम हो जाता है। पीलिया रोग से ग्रसित व्यक्ति को अक्सर सभी चीजें पीली नजर आती है क्योंकि यह रोग आँख में एक प्रकार का दोष उत्पन्न करता है। वर्णन्धता (colour blindness) में व्यक्ति को रंग का सही प्रत्यक्षण नहीं होता है और वह लाल को पीला तथा हरा को नीला रंग के रूप में प्रत्यक्षण करता है।

2. प्रत्याशा *(expectation)*—जब व्यक्ति किसी चीज की प्रत्याशा या किसी आदमी की प्रतीक्षा करता है तो ऐसी अवस्था में अक्सर भ्रम हो जाता है। जैसे—पत्नी जब पति के आने की प्रतीक्षा करती है तब किसी भी अन्य व्यक्ति के आने की आहट पर वह दरवाजे पर दौड़कर आती है मानों उसका पति आ गया हो। इस तरह के भ्रम का कारण स्पष्टतः एक प्रकार की प्रत्याशा है।

3. समानता *(similarity)*—समानता भी भ्रम का एक प्रधान कारण है। जब दो व्यक्तियों या वस्तुओं में काफी समानता होती है, तो किसी एक को देखकर दूसरे को देखने का भ्रम होता है। अक्सर देखा गया है जुड़वाँ भाइयों

या जुड़वाँ बहनों में ऐसी समानता अधिक होती है। ऐसी परिस्थिति में किसी एक भाई या बहन को देखकर दूसरे भाई या बहन का भ्रम अक्सर हो जाता है।

4. आवश्यकता *(need)*—व्यक्ति की आवश्यकताएँ जैसे–भूख, प्यास आदि भी व्यक्ति में भ्रम उत्पन्न करती है। मनोविज्ञान में ऐसे अनेक प्रयोग किये गए हैं जिनमें यह दिखाया गया है कि जब व्यक्ति काफी भूखा होता है, तो वह उन वस्तुओं के चित्रकारी में जिनका खाने-पीने की वस्तुओं से कोई संबंध नहीं होता है, प्रायः खाने-पीने की वस्तुओं के होने का प्रत्यक्षण करता है। स्पष्टतः इस तरह के भ्रम का कारण व्यक्ति में तीव्र भूख आवश्यकता का होना है।

5. प्रसंग *(context)*—भ्रम का कारण उद्दीपक का प्रसंग भी होता है। दूसरे शब्दों में, उद्दीपक किस तरह के प्रसंग में व्यक्ति के सामने आ रहा है, उसके द्वारा भी भ्रम उत्पन्न होता है। मूलर-लायर भ्रम में तीर रेखा और पंख रेखा की लम्बाई समान होते हुए भी तीर रेखा पंख रेखा से छोटी लगती है। क्यों? इसका कारण दोनों रेखाओं का प्रसंग है। तीर रेखा के दोनों किनारों पर तीर होने के कारण यह छोटापन या सिकुड़ेपन का प्रसंग उपस्थित करती है तथा पंख रेखा के दोनों किनारों पर पंख के समान आकृति होने के कारण यह फैलाव का प्रसंग उपस्थित करती है। शायद यही कारण है कि पंख रेखा तीर रेखा से बड़ी मालूम पड़ती है।

6. विरोध *(contrast)*—कुछ भ्रमों का कारण उद्दीपकों का विरोधाभास होता है। एक नाटा व्यक्ति दो लम्बे व्यक्तियों के समूह में और भी अधिक नाटा दिखाई पड़ता है क्योंकि लम्बा व्यक्ति नाटे व्यक्ति से एक तरह की विरोधात्मक परिस्थिति उत्पन्न करता है।

7. दुश्चिंता या भय *(anxiety or fear)*—भ्रम का एक प्रमुख कारण दुश्चिन्ता या भय भी है। रात के सन्नाटे में यदि व्यक्ति को इस बात का भय बना हुआ है कि किसी तरफ से चोर या डकैत घर में आ सकता है तो बिल्ली या चूहों द्वारा छलांग लगाने से उत्पन्न आवाज से भी चोर या डकैत के आने का भ्रम होता है।

8. नवीनता *(novelty)*—भ्रम कारण उद्दीपक की नवीनता (novelty) भी हो सकती है। नवीन वस्तुओं को चूँकि हम ठीक से नहीं जानते हैं, अतः उसका हम गलत प्रत्यक्षण कर बैठते हैं। नवीनता के कारण ही किसी नये शहर में जाने से दिशा का भ्रम होता है।

9. अस्पष्टता *(vagueness)*—भ्रम का कारण उद्दीपक की अस्पष्टता या उसका अस्पष्ट परिस्थिति में होना भी होता है। एक जमीन में गड़ा हुआ खम्भा दिन में खम्भा नजर आता है परन्तु रात की धूमिल रोशनी में प्रायः व्यक्ति उसे एक आदमी समझ बैठता है। इस तरह के भ्रम का कारण अस्पष्टता ही है।

निष्कर्षतः यह कहा जा सकता है कि भ्रम के अनेक कारण हैं। इनमें से कुछ कारण तो ऐसे हैं जो सभी व्यक्तियों में समान रूप से भ्रम पैदा करता है तथा कुछ ऐसे हैं जिनसे कुछ ही व्यक्तियों में भ्रम उत्पन्न होता है। जैसे—नवीनता द्वारा उत्पन्न भ्रम कुछ व्यक्तियों में ही होता है सभी व्यक्तियों में नहीं होता है।

प्रत्यक्षण तथा भ्रम में अन्तर
(Difference between Perception and Illusion)

प्रत्यक्षण तथा भ्रम दोनों एक प्रकार के संज्ञानात्मक मानसिक प्रक्रिया है। फिर भी इन दोनों में कुछ प्रमुख अन्तर है जो निम्नांकित हैं:—

(1) प्रत्यक्षण में उद्दीपक का सही एवं यथार्थ ज्ञान होता है जबकि भ्रम में उद्दीपक का गलत एवं अयथार्थ ज्ञान होता है।

(2) प्रत्यक्षण एक स्थायी प्रक्रिया है जबकि भ्रम अस्थायी होता है। अधिकांश भ्रम उद्दीपक की परिस्थिति स्पष्ट होते ही समाप्त हो जाते हैं। जैसे—अंधेरे में पड़े रस्सी को व्यक्ति साँप समझ लेता है परन्तु ज्यों ही टार्च जलाकर वह उजाला करता है, उसका भ्रम दूर हो जाता है।

(3) प्रत्यक्षण सभी व्यक्ति को एक समान होता है परन्तु भ्रम में व्यक्तिगत अन्तर होता है। जैसे—सामने रखे

कलम को सभी लोग कलम के रूप में ही प्रत्यक्षण करेंगे परन्तु अंधेरे में गड़े खम्भे को कोई व्यक्ति खम्भा न समझकर किसी आदमी के होने का भी प्रत्यक्षण कर लेता है।

स्पष्ट हुआ कि प्रत्यक्षण तथा भ्रम में साफ अन्तर है।

प्रत्यक्षण पर सामाजिक-सांस्कृतिक प्रभाव
(Socio-Cultural Impact upon Perception)

प्रत्यक्षण पर सामाजिक-सांस्कृतिक प्रभाव पड़ता है। प्रत्येक व्यक्ति एक समाज में जन्म लेता है जिसकी अपनी कुछ संस्कृति होती है और उसी संस्कृति के अनुरूप वह बहुत कुछ सीखता है तथा अनुभूति (experience) प्राप्त करता है। ऐसे अधिगम (learning) तथा अनुभूतियों का स्पष्ट प्रभाव उसके संस्कृति पर पड़ता है। इस तथ्य का आधार कई प्रयोगात्मक अध्ययनों का निष्कर्ष रहा है। ग्रिगोरी (Gregory) का मत है कि मूलर-लायर भ्रम तथा अन्य भ्रमों का प्रत्यक्षण का कारण व्यक्ति का अपने दिन-प्रतिदिन की जिंदगी में रेखाओं (lines), किनारों (edges), दरवाजा (doors), कोनों (corners), कमरा आदि के साथ प्राप्त अनुभूतियाँ हैं। सिगाल्ल तथा उनके सहयोगियों (Segall et al., 1966) ने एक अध्ययन किया जिसमें दक्षिणी अफ्रीका (South Africa), फिलिपिन्स (Philippins) तथा अमेरिका (United States) के 15 विभिन्न संस्कृतियों में 1848 वयस्कों का चयन करके उनका मूलर-लायर भ्रम तथा अन्य भ्रमों के प्रति संप्रभाव्यता (susceptibility) को मापा। इन लोगों ने अपने अध्ययन में पाया कि व्यक्ति अपने सांस्कृतिक अनुभूतियों के अनुरूप भ्रम को प्रत्यक्षित करता है। जैसे, दक्षिणी अफ्रीका के जुलुस (Zulus) जनजाति के लोग जिनके घरों का आकार गोल होता है तथा जिनमें कोई कोना (corner) नहीं होता पाया गया, को मूलर-लायर भ्रम (Muller-Lyer illusion) नहीं होता है परंतु अमेरीकन वयस्कों जिनकी संस्कृति में रेखा, कोना, आयताकार या वर्गाकार कमरा आदि होते हैं, को मूलर-लायर भ्रम काफी हुआ। कुछ अन्य अध्ययनों से भी इस बात का सबूत मिला है कि प्रत्यक्षज्ञानात्मक भ्रम (perceptual illusion) संस्कृति (cutlure) द्वारा प्रभावित होती है। पेडरसेन तथा ह्वीलर (Pederson & Wheeler, 1983) ने एक अन्य अध्ययन किया जिसमें नाभाजोस (Navajos) जो नेटिव अमेरीकन जनजाति है, का मूलर-लायर भ्रम के प्रति संप्रभाव्यता का अध्ययन किया गया। नाभाजोस के दो समूह थे—एक समूह ऐसे थे जो आयाताकार घरों (rectangular houses) में रहते थे तथा जिन्हें कोना, त्रिकोण, किनारा (edges) आदि का ज्ञान था तथा दूसरा समूह ऐसा था जिसे ऐसी अनुभूतियाँ नहीं थीं क्योंकि वे जुलूस के समान गोल-गोल आवासीय घरों में रहते थे। परिणाम में देखा गया कि पहले समूह को मूलर-लायर भ्रम हुआ जबकि दूसरे समूह को ऐसा भ्रम नहीं हुआ। उसी तरह से लाइकोविज एवं पिक (Liebowitz & Pick, 1972) ने अपने अध्ययन में पाया कि गुआम (Guam) में रहने वाले जनजाति (tribes) में पोन्जो भ्रम (Ponzo illusion) नहीं होता है क्योंकि उनकी संस्कृति में तो कोई चौड़ी-चौड़ी एवं लम्बी सड़कें होती हैं और न रेलवे ही। बल्कि पूरा द्वीप में उबड़-खाबड़ पहाड़ियाँ ही पहाड़ियाँ होती हैं। परंतु अमेरीकन वयस्कों में पोन्जो भ्रम होता पाया गया क्योंकि इनकी संस्कृति में चौड़ी-चौड़ी लम्बी सड़कों एवं रेलवे का जाल-सा बिछा हुआ होता है।

ब्रुटा तथा गाँगुली (Broota & Ganguli, 1975) ने एक अध्ययन भारत में किया जिसमें उन्होंने भारतीय बच्चों की तुलना अमेरिकन बच्चों से प्रत्यक्षज्ञानात्मक अधिगम (perceptual learning) के संदर्भ में किया। भारतीय बच्चे जिनमें हिन्दू एवं मस्लिम दोनों ही तरह के बच्चे थे, ने अस्पष्ट आकृतियों (ambiguous figures) में से सिर्फ उन्हीं आकृतियों की पहचान थी जो प्रत्यक्षज्ञानात्मक अधिगम के दौरान दंड (punishment) से जुड़े थे परंतु श्वेत अमेरीकन बच्चे ऐसे अस्पष्ट आकृतियों में से उन आकृतियों की पहचान अधिक किये जो अधिकम के दौरान पुरस्कार (reward) से संबंधित थे। इन दोनों संस्कृतियों में बच्चों के पालन-पोषण की प्रथा में अंतर होने के कारण इन दोनों समूहों में प्रत्यक्षण पर पुरस्कार एक दंड का विभेदी प्रभाव पड़ता गया।

स्पष्ट हुआ कि व्यक्ति के प्रत्यक्षण पर उसके सामाजिक-सांस्कृतिक कारकों का गहरा प्रभाव पड़ता है।

अवधान का अर्थ
(Meaning of Attention)

दैनिक जीवन में हमारी ज्ञानेन्द्रियाँ अनेकों तरह के उद्दीपकों द्वारा प्रभावित होती रहती है। परन्तु इन सभी उद्दीपकों के प्रति हम अनुक्रिया नहीं करते हैं। अपनी अभिरुचि या आवश्यकतानुसार हम उनमें से कुछ उद्दीपकों को चुन लेते हैं और उनके प्रति अनुक्रिया करते हैं। मनोविज्ञान में इस तरह की चयनात्मक प्रक्रिया (selective process) को अवधान कहा जाता है। यदि हम अवधान की परिभाषा देना चाहें, तो इस प्रकार दे सकते हैं—*अवधान एक चयनात्मक मानसिक प्रक्रिया (selective mental process) है जिसमें व्यक्ति एक विशेष शारीरिक मुद्रा बनाकर किसी वस्तु को चेतना केन्द्र में लाने के लिए तत्पर रहता है।*

इस परिभाषा का विश्लेषण करने पर हमें अवधान के स्वरूप के बारे में निम्नांकित तथ्य प्राप्त होता है—

1. अवधान एक चयनात्मक मानसिक प्रक्रिया है *(Attention is a selective mental process)*—अवधान एक ऐसी मानसिक प्रक्रिया है जो चयनात्मक (selective) होती है। व्यक्ति अपनी इच्छा, आवश्यकता तथा आदत के अनुसार अनेकों उद्दीपकों में से कुछ उद्दीपक को चुन लेता है और उस पर ध्यान देता है। जैसे—आप अभी किताब पढ़ रहे हैं। अतः आपका ध्यान सिर्फ इस किताब पर है। कमरे में उपस्थित अन्य उद्दीपकों जैसे—कुर्सी, मेज, पंखा आदि पर आपका ध्यान बिलकुल ही नहीं है क्योंकि आपकी अभिरुचि किताब पढ़ने में है।

2. अवधान में विशेष शारीरिक मुद्रा होती है *(In attention there is particular bodily posture)*—जब व्यक्ति किसी उद्दीपक पर ध्यान देता है तो उस समय शरीर के अंगों द्वारा एक विशेष मुद्रा (posture) अपना ली जाती है। किसी वस्तु पर ध्यान देते समय शरीर के अंगों तथा ज्ञानेन्द्रियों को हम इस तरह से समायोजित कर लेते हैं कि उस वस्तु विशेष का हम ठीक ढंग से प्रत्यक्षण कर सके। शायद यही कारण है कि छात्र वर्ग में शिक्षक का भाषण सुनते समय एक विशेष शारीरिक मुद्रा अर्थात् हाथ, पाँव, सिर आदि की एक विशेष शारीरिक मुद्रा बना लेते हैं।

3. अवधान में सिर्फ कुछ ही उद्दीपक चेतना केन्द्र में होते हैं *(In attention only some stimuli are in focus of consciousness)*—अवधान में व्यक्ति केवल उद्दीपक का चुनाव ही नहीं करता है बल्कि चुने हुए उद्दीपकों को चेतना केन्द्र (focus of consciousness) में भी लाता है। चेतना केन्द्र में उद्दीपक के आने से व्यक्ति उसके प्रति सजग या तत्पर हो जाता है। शायद यही कारण है कि अवधान को *तत्परता की अवस्था* (state of readiness) भी कहा जाता है। व्यक्ति जब तत्पर या सजग हो जाता है तो वह उस उद्दीपक का ठीक ढंग से प्रत्यक्षण कर पाता है। मैदान में नेता के भाषण का प्रत्यक्षण इसलिए हो पाता है कि व्यक्ति उस पर ध्यान देकर उसे अपने अवधान केन्द्र में सम्मिलित कर लेता है। स्पष्टतः तब अवधान की प्रक्रिया प्रत्यक्षण से पहले होती है।

स्पष्ट हुआ कि अवधान एक ऐसी मानसिक प्रक्रिया है जिसके आधार पर व्यक्ति अनेकों उद्दीपकों में से कुछ उद्दीपक को चुनकर उसे अपना चेतन केन्द्र में लाता है।

अवधान की विशेषताएँ
(Characteristics of Attention)

अवधान एक ऐसी मानसिक प्रक्रिया है जिसके द्वारा हम कुछ उद्दीपकों को अपने चेतना केन्द्र में लाते हैं ताकि उसका ठीक ढंग से प्रत्यक्षण किया जा सके। अवधान के स्वरूप को पूर्णरूपेण समझने के लिए यह आवश्यक है कि उसकी कुछ विशेषताओं की ओर ध्यान दी जाए। ऐसी प्रमुख विशेषताएँ निम्नांकित हैं:—

1. अवधान का स्वरूप चयनात्मक होता है *(The nature of attention is selective)*—अवधान का स्वरूप चयनात्मक होता है क्योंकि सभी उपस्थित उद्दीपकों में से कुछ खास उद्दीपकों को चुनकर व्यक्ति उस पर ध्यान देता है। जैसे—यदि कोई व्यक्ति सोफासेट खरीदने निकलता है तो उस समय उसका ध्यान सिर्फ फर्नीचर की दुकान पर ही जाता है। बाजार की अन्य दुकानों पर उसका ध्यान नहीं जाता है। इसका मुख्य कारण है ध्यान के स्वरूप का चयनात्मक होना।

2. अवधान में शारीरिक मुद्रा होती है *(Attention involves bodily posture)*—अवधान की प्रक्रिया में एक विशेष शारीरिक मुद्रा होती है ताकि उद्दीपक का ठीक ढंग से प्रत्यक्षण किया जा सके। जैसे—किसी नर्तकी का नाच देखते समय आपकी आँखें अपलक नर्तकी की ओर, कान उसके संगीत के स्वर की ओर और गर्दन तथा सिर स्थिर-सा होता है। स्पष्ट हुआ कि अवधान में विशेष शारीरिक मुद्रा भी होता है।

3. अवधान में तत्परता की स्थिति होती है *(Attention involves the state of readiness)*—अवधान में एक तत्परता की स्थिति पायी जाती है। अवधान देने के बाद व्यक्ति को किसी वस्तु, व्यक्ति आदि का स्पष्ट ज्ञान होता है और उसी के अनुरूप वह क्रिया करने के लिए तत्पर हो उठता है।

4. अवधान की विस्तृति सीमित होती है *(Attention has limited span or range)*—अवधान की विस्तृति सीमित होती है। किसी दिये हुए समय में व्यक्ति जितने अधिक-से-अधिक उद्दीपकों पर एक साथ अवधान दे पाता है, वही उसकी अवधान की विस्तृति होती है। प्रयोगात्मक अध्ययनों से यह स्पष्ट हुआ कि एक औसत या सामान्य व्यक्ति का अवधान विस्तृति सामान्यतः 7 से 9 उद्दीपकों का होता है। अवधान विस्तृति विभिन्न व्यक्तियों के लिए तो अलग-अलग होता ही है तथा साथ ही विभिन्न उद्दीपकों के लिए भी अलग-अलग होता है।

5. अवधान उद्देश्यपूर्ण होता है *(Attention is purposive)*—अवधान उद्देश्यपूर्ण होता है। दूसरे शब्दों में, अवधान के पीछे व्यक्ति की कोई-न-कोई इच्छा या आवश्यकता होती है। जिस व्यक्ति को किसी खास समय में जैसी इच्छा या आवश्यकता होती है, वह उसी के अनुरूप अवधान देता पाया जाता है। प्यासे व्यक्ति का ध्यान पानी पर तथा भूखे व्यक्ति का ध्यान भोजन पर जाने का प्रधान कारण यही है।

6. अवधान में अस्थिरता तथा उच्चलन का गुण होता है *(Attention has the property of fluctuation and shifting)*—अवधान में अस्थिरता तथा उच्चलन का गुण होता है। प्रायः अवधान एक ही उद्दीपक के एक पहलू से दूसरे पहलू पर परिवर्तित होता रहता है। अवधान के इस गुण को अवधान अस्थिरता (fluctuation of attention) कहा जाता है। परन्तु जब अवधान एक उद्दीपक से दूसरे और दूसरे से तीसरे उद्दीपक पर परिवर्तित होता है तो इसे अवधान उच्चलन (shifting of attention) कहा जाता है। जैसे—यदि आप किसी सुन्दर चित्रकारी देखते हैं, तो आपका ध्यान उस चित्रकारी के एक बूटे से दूसरे बूटे तथा दूसरे से फिर तीसरे बूटे पर अपने आप जाने लगता है। यह अवधान अस्थिरता का उदाहरण है। कपड़े की दुकान में जब आपका ध्यान एक सूट के कपड़े से दूसरे सूट तथा दूसरे सूट के कपड़े से तीसरे सूट पर जाता है, तो यह अवधान उच्चलन का उदाहरण बनता है।

7. अवधान में विभाजन का भी गुण होता है *(There occurs division in attention)*—सामान्यतः जब एक ही समय में व्यक्ति दो भिन्न कार्यों को करने लगता है तो इस प्रक्रिया में उसका अवधान उन दोनों कार्यों पर होता है। अवधान की इस स्थिति को अवधान विभाजन की संज्ञा दी जाती है। अक्सर देखा जाता है कि छात्र किताब पढ़ते हैं और साथ-ही-साथ अपना रेडियो भी धीमा करके चालू रखते हैं। उनका अवधान कुछ किताब पर तथा कुछ रेडियो के गीत पर होता है। स्पष्ट हुआ कि अवधान में विभाजन का भी गुण होता है।

निष्कर्षतः यह कहा जा सकता है कि अवधान की कई विशेषताएँ होती हैं जिनके आधार पर इस प्रक्रिया को ठीक ढंग से समझा जाता है।

अवधान के विशिष्ट प्रकार
(Specific Types of Attention)

अवधान के दो विशिष्ट प्रकार बतलाये गए हैं:—

(1) दीर्घीकृत अवधान (Sustained attention)
(2) चयनात्मक अवधान (Selective attention)

इन दोनों तरह के विशिष्ट प्रकारों का वर्णन इस प्रकार है:—

1. दीर्घीकृत अवधान (*Sustained Attention*)

दीर्घीकृत अवधान या ध्यान जिसे साधारण बोल-चाल की भाषा में *निगरानी* (vigilance) भी कहा जाता है, से तात्पर्य एक ऐसी प्रत्यक्षणात्मक प्रक्रिया (perceptual process) से होता है जिसमें व्यक्ति अधिक समय तक अपना ध्यान किसी उद्दीपक पर केन्द्रित किये रहता है तथा उस उद्दीपक के प्रति अधिक सतर्कता बनाये रखता है। इस परिभाषा से यह स्पष्ट होता है कि दीर्घीकृत अवधान में व्यक्ति किसी वस्तु या उद्दीपक पर लगातार ध्यान देकर सतर्कता बनाये हुए रखता है।

दीर्घीकृत अवधान के अध्ययन में मनोवैज्ञानिकों की अभिरुचि तब उत्पन्न हुई जब उन्होंने द्वितीय विश्वयुद्ध के दौरान रडार संचालकों (radar operators) में अवधान से संबंध समस्याएँ उत्पन्न होते पाये गए। इन संचालकों को गौर से ध्यान देते हुए दुश्मन के आते हुए हवाई जहाज से रडार में उत्पन्न संकेतों की पहचान करनी होती थी। कुछ समय तक इस तरह के कार्य करने के बाद रडार संचालकों के निष्पादन में गिरावट आने लगी और वे दुश्मन के आते हुए हवाई जहाज से रडार में उत्पन्न संकेतों की पहचान करने में वे असफल रहे।

उक्त घटना से प्रेरित होकर दीर्घीकृत अवधान का सबसे पहला प्रयोगात्मक अध्ययन मैकवर्थ (Mackworth, 1950) द्वारा किया गया। इस अध्ययन में उन्होंने यह स्पष्ट रूप से पाया कि एक खास समय तक दीर्घीकृत अवधान देने से व्यक्ति का निष्पादन (performance) उत्तम बना रहता है। परंतु बाद में दीघीकृत अवधान देने के बावजूद व्यक्ति का निष्पादन खराब हो जाता है। इसका कारण बतलाते हुए मनोवैज्ञानिकों ने कहा है कि दीर्घीकृत अवधान का स्तर जैसे-जैसे बढ़ता है, अवधान किसी केन्द्रीय लक्ष्य (central traget) पर केन्द्रित हो जाता है परंतु व्यक्ति अन्य दूसरे तरह की संबंध सूचनाओं पर ध्यान नहीं दे पाता है या उसकी उपेक्षा हो जाती है। इसका परिणाम यह होता है कि दीर्घीकृत अवधान अधिक समय तक बना कर रखने में व्यक्ति का निष्पादन उत्तम होने के बजाय घटने लगता है।

अतः दीर्घीकृत अवधान के बारे में हम इस प्रकार कुछ महत्त्वपूर्ण तथ्यों को संयोजित कर सकते हैं:—

(i) दीर्घीकृत अवधान अवधान का एक विशिष्ट प्रकार (specific type) है।

(ii) दीर्घीकृत अवधान में व्यक्ति किसी विशेष उद्दीपक पर ही गौर से ध्यान देता है।

(iii) किसी कार्य पर दीर्घीकृत अवधान देने से पहले तो उस कार्य का निष्पादन उत्तम एवं त्रुटिरहित होता है परंतु फिर धीरे-धीरे उस कार्य पर का निष्पादन खराब होने लगता है।

2. चयनात्मक अवधान (*Selective Attention*)

चयनात्मक अवधान एक ऐसी प्रक्रिया है जिसमें व्यक्ति कुछ खास क्रिया या उद्दीपक पर अपनी मानसिक एकाग्रता (mental concentration) दिखलाता है तथा अन्य क्रियाओं या उद्दीपकों पर न के बराबर ध्यान देता है। मैटलिन[1] (Matlin, 1983) के शब्दों में चयनात्मक अवधान को इस प्रकार परिभाषित किया जा सकता है, *''चयनात्मक अवधान एक ऐसी घटना है जिसमें हमलोग एक क्रिया पर अपनी मानसिक क्रियाशीलता को एकाग्रचित करते हैं तथा अन्य क्रियाओं के बारे में बहुत ही कम ध्यान दे पाते हैं।''* जैसे यदि एक साथ कई व्यक्ति मिलकर बगल के कमरे में बातचीत कर रहे हों और आप उनमें से किसी एक व्यक्ति की बात पर ध्यान दे रहे हों तो इसमें आप उस व्यक्ति के बात को ठीक ढंग से सुन पायेंगे तथा अन्य व्यक्तियों के बातों को यदा-कदा। यह चयनात्मक अवधान का उदाहरण होगा।

---

1. "Selective attention is a phenomenon in which we concentrate over only one activity and notice every little about other activities."—Matlin : *Perception* 1983, p. 260

यदि हम उक्त तथ्य पर ध्यान दें तो यह स्पष्ट हो जाएगा कि चयनात्मक अवधान में अन्य बातों के अलावा निम्नांकित दो तथ्य मुख्य रूप से सम्मिलित करते हैं:—

(i) चयनात्मक अवधान में व्यक्ति के सामने कई उद्दीपक उपस्थित होते हैं जिनमें से कुछ पर वह अपना एकाग्रता दिखलाता है।

(ii) चयनात्मक अवधान में व्यक्ति की मानसिक सक्रियता कुछ ही उद्दीपकों तक सीमित होती है।

चयनात्मक अवधान का विशेष गुण या लाभ यह है कि इसमें व्यक्ति एक तरह के कार्य पर दूसरे कार्यों से बिना किसी तरह के अवरोध अनुभव किये एकाग्रचित (concentrate) कर सकता है। इसका परिणाम यह होता है कि इससे मानसिक निष्पादन (mental performance) की उत्कृष्टता बढ़ जाती है। परंतु चयनात्मक अवधान में कुछ अलाभ (disadvantages) भी होता है। चयनात्मक अवधान व्यक्ति में कुछ विशेष परिस्थिति में खास कर उस परिस्थिति में कुंठा (frustration) उत्पन्न करने लगता है जब उसे एक ही साथ कई क्रियाओं पर ध्यान देना आवश्यक हो जाता है। ऐसी परिस्थिति में लाचारी में व्यक्ति को अन्य क्रियाओं की अवहेलना करना पड़ता है।

चयनात्मक अवधान के क्षेत्र में सबसे महत्त्वपूर्ण अध्ययन चेरी (Cheery, 1953) द्वारा किया गया। इस प्रयोग में उन्होंने छायाभासी प्रविधि (shadowing technique) का प्रतिपादन किया है जिसमें प्रयोज्यों को सुने हुए शब्दों को ठीक उसी रूप में बोलने के लिए कहा जाता है। चेरी ने एक प्रवक्ता (speaker) के आवाज में दो अलग-अलग सूचनाओं (message) को अभिलेखित (recording) किया। प्रयोज्यों को आकर्णक (earphone) लगा लेने के लिए कहा गया तथा प्रत्येक कान में अलग-अलग सूचनाओं को दिया गया तथा उन्हें उनमें से किसी एक सूचना को ठीक उसी ढंग से बोलकर दोहराने के लिए कहा गया। इस तरह के कार्य को *द्विभाजित सुनना* (diachotic listening) कहा जाता है। परिणाम में देखा गया कि प्रयोज्यों द्वारा दोनों में से एक ही सूचना जिसपर वे ध्यान दे सके थे, का प्रत्याह्वान (recall) किया गया। दूसरी सूचना जिसपर वे ध्यान नहीं दे सके (unattended message), से वे बहुत कम प्रत्याह्वान कर सकने में समर्थ हुए। हाँ, जब इस दूसरे तरह की सूचना में कुछ परिवर्तन कर दिया जाता था जैसे इसे पुरुष की आवाज में न कहकर महिला की आवाज में कहा जाता था, तो वैसी परिस्थिति में प्रयोज्यों का ध्यान उस ओर चला जाता था। इस प्रयोग से स्पष्ट होता है कि व्यक्ति को जब कई तरह की सूचनाओं पर एक साथ ध्यान देने के लिए कहा जाता है तो उसमें कुछ सूचना पर वह ध्यान दे पाता है तथा कुछ पर ध्यान नहीं दे पाता है। हाँ, जिन सूचनाओं पर वह ध्यान नहीं दे पाता है अगर उसके स्वरूप में कुछ परिवर्तन कर दिया जाता है (जैसे पुरुष से महिला या महिला से पुरुष की आवाज में परिवर्तन होने से) तो उस पर व्यक्ति का ध्यान चला जाता है। मोरे (Moray, 1959) ने अपने एक प्रयोग में पाया कि जिन सूचनाओं पर प्रयोज्य ध्यान नहीं दे पाता है, उनमें यदि प्रयोज्य का नाम कहीं-कहीं पर जोड़ दिया जाता है, तो वह उस पर ध्यान देने में समर्थ हो पाता है।

चयनात्मक अवधान के सिद्धान्त या मॉडल (Theories or Models of Selective Attention)

चयनात्मक अवधान की व्याख्या करने के लिए मनोवैज्ञानिकों ने कई तरह के सिद्धान्त का प्रतिपादन किया है जिनमें निम्नांकित प्रमुख हैं—

1. मार्गविरोधी सिद्धान्त (Bottleneck theories)
2. नॉरमैन एवं बोबरो मॉडल (Norman & Bobrow's model)
3. बहुविधिक सिद्धान्त (Multiphasic theory)

इन तीनों का अलग-अलग वर्णन निम्नांकित है—

1. मार्गविरोधी सिद्धान्त *(Bottleneck theories)*—चयनात्मक अवधान का सबसे पहला मार्गविरोधी सिद्धान्त ब्रौडवेन्ट (Broadbent, 1958) द्वारा प्रतिपादित किया गया। इस सिद्धान्त जिसे *फिल्टर सिद्धान्त* (filter theory) भी कहा जाता है, के अनुसार जब व्यक्ति को एक ही साथ कई तरह की सूचनाओं को संसाधित करना पड़ता है अर्थात् कई तरह की सूचनाओं पर एक ही साथ ध्यान देना होता है, तो इस आरम्भिक अवस्था में मार्गविरोध

(bottleneck) उत्पन्न हो जाता है। दूसरे शब्दों में, जैसे ही ज्ञानेन्द्रिय कई तरह की सूचनाओं द्वारा उत्तेजित होता है, मार्गाविरोध (bottleneck) उत्पन्न हो जाता है। ब्रौडवेन्ट मॉडल में इस तरह का मार्गाविरोध, पैटर्न पहचान (pattern recognition) की प्रक्रिया से पहले ही उत्पन्न हो जाता है। इस तरह के मार्गाविरोध का उद्देश्य अधिक संख्या में सूचनाओं को ध्यान केन्द्र में प्रवेश करने से रोकना होता है तथा साथ-ही-साथ कई तरह की सूचनाओं से एक ही साथ प्रभावित हो जाने से अपने आप को बचाना होता है। मार्गाविरोध में फिल्टर प्रक्रम (filter mechanism) जिसके द्वारा व्यक्ति विभिन्न सूचनाओं में से किसी एक का चयन कर लेता है, द्वारा कुछ कमी होती है। चित्र 5.21 में ब्रौडवेन्ट मॉडल द्वारा चयनात्मक अवधान (selective attention) की प्रक्रिया की व्याख्या की गयी है। इस चित्र से स्पष्ट है कि जब व्यक्ति को 'सेव' शब्द एक कान में बोला जाता है जिसपर उसे ध्यान देना है तो वह मार्गाविरोध को पार करते हुए आगे बढ़ जाता है तथा व्यक्ति इस सूचना को संसाधित करके उसके प्रति अनुक्रिया कर पाता है। परंतु जब उसे पेंसिल शब्द दूसरे कान में उसी समय बोला जाता है जिसे सुनकर वह बतला नहीं पाया है तो उस सूचना को कान ग्रहण करके आगे बढ़ाता है परंतु यह सूचना मार्गाविरोध (bottleneck) में फँस जाता है और आगे नहीं बढ़ पाता है।

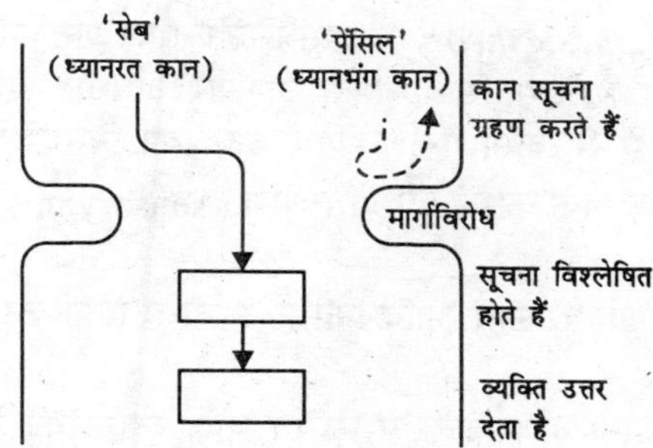

चित्र 5.21 : ब्रैडवेन्ट-फिल्टर मॉडल

इस तरह से हम देखते है कि ब्रौडवेन्ट मॉडल द्वारा इस बात की व्याख्या तो आसानी से हो जाती है कि व्यक्ति सूचना की कुछ विशेषताओं (characteristics) पर ध्यान क्यों नहीं दे पाता है। (क्योंकि वे मार्गाविरोध पार नहीं कर पाते हैं)। परन्तु बौडवेन्ट मॉडल द्वारा इस बात की व्याख्या नहीं होती है कि व्यक्ति सूचना की कुछ विशेषताओं (जैसे—ऐसे सूचना में यदि उसका अपना नाम कभी आया हो) पर ध्यान दे पाने में क्यों समर्थ हो जाता है।

ट्रीसमैन (Treisman, 1964) जो एक महिला मनोवैज्ञानिक थी, ब्रौडवेन्ट मॉडल में थोड़ा परिवर्तन कर उसे अधिक उपयोगी बनाने की कोशिश की। इनके मॉडल को *फिल्टर-तनुकरण मॉडल* (filter attentuation model) कहा जाता है। इस मॉडल के अनुसार व्यक्ति जिस कान से प्राप्त सूचना पर ध्यान नहीं दे पाता है, वह संसाधित (processing) होने से पूर्णतः अवरुद्ध नहीं हो जाता है बल्कि उसका रूप थोड़ा सूक्ष्म हो जाता है और मात्र इसका आंशिक विश्लेषण ही व्यक्ति कर पाता है। यही कारण है कि ध्यान नहीं दी गयी सूचना की कुछ विशेषताओं से भी व्यक्ति अवगत हो जाता है। ट्रीसमैन ने ब्रौडवेन्ट सिद्धान्त के इस दावे का खंडन किया है कि सूचनाओं के संसाधन की प्रारंभिक अवस्था में ही मार्गाविरोध के कारण बहुत सारे सूचनाओं पर व्यक्ति ध्यान नहीं दे पाता है। अतः उनका अस्तित्व इस आरंभिक अवस्था में ही समाप्त हो जाता है।

2. नॉरमैन एवं बॉबरो सिद्धान्त *(Norman & Bobrow's Theory)*—नॉरमैन तथा बॉबरो (Norman & Bobrow, 1957) ने अवधान की व्याख्या एक-दूसरे दृष्टिकोण से किया है। इनलोगों ने मार्गाविरोध (bottleneck) के सम्प्रत्यय (concept) को अस्वीकृत किया है और कहा है कि सचमुच में सूचना संसाधन (information processing) में मार्गाविरोध नाम की कोई चीज नहीं होती है जिससे सूचना की प्रवाह में कोई रुकावट होती है। इन लोगों के सिद्धान्त या मॉडल के अनुसार अवधान का स्वरूप सीमित (limits) होता है क्योंकि व्यक्ति के पास किसी कार्य (work) पर ध्यान देने के लिए मानसिक प्रयास (mental effort) करने की क्षमता सीमित होती है। ऐसे

मानसिक प्रयास को नॉरमैन एवं बॉबरो ने *साधन या युक्ति* (resources) की संज्ञा दिया है। इन लोगों ने साधन में मानसिक प्रयास के अलावा स्मृति के विभिन्न प्रयासों एवं संचार माध्यमों को भी सम्मिलित किया है। इन लोगों का मत है किं चूँकि व्यक्ति के पास जो साधन होता है वह सीमित होता है, फलतः वह कुछ सीमित वस्तुओं या उद्दीपकों या कार्यों पर ही ध्यान दे पाता है। इन लोगों ने यह भी स्पष्ट किया है कि व्यक्ति का ध्यान कई कार्यों में विभाजित होने से निष्पादन (performance) में जो कमी होती है उसका कारण यह होता है कि उस सीमित साधन का उपयोग व्यक्ति को उन सभी कार्यों में बाँटकर करना होता है।

नॉरमैन एवं बॉबरो (Norman & Bobrow) के अनुसार सूचनाओं को संसाधित करने के लिए जो साधन उपलब्ध होते हैं उनकी एक ऊपरी सीमा (upper limit) निश्चित होती है। जब व्यक्ति को कई ऐसा कार्य करना पड़ता है जिसे संसाधित करने में लगा कुल साधन की मात्रा की सीमा उस ऊपरी सीमा से कम है तो व्यक्ति उन पर आसानी से ध्यान देने में समर्थ हो पाता है। परन्तु यदि कुल साधन की मात्रा की सीमा उस ऊपरी सीमा से अधिक है तो ऐसी हालत में व्यक्ति को किये जा रहे कार्य पर चयनित ध्यान (selective attention) देने में बाधा पहुँचता है। फलस्वरूप, ऐसी परिस्थिति में एक या कई अन्य कार्य पर का निष्पादन खराब होगा।

3. बहुविधिक सिद्धान्त *(Multiphasic theory)*—इस सिद्धान्त का प्रतिपादन जॉन्सटन एवं हिन्ज (Johnston & Heinz, 1978) द्वारा किया गया है। इस सिद्धान्त के अनुसार अवधान एक ऐसा लचीला तंत्र (flexible system) होता है जो कई उद्दीपकों में से किसी एक उद्दीपक का चयन निम्नांकित तीन अवस्थाओं में करता है—

(1) पहली अवस्था में व्यक्ति उद्दीपक का संवेदी प्रतिरूपण (sensory imagery) जैसे दृष्टि प्रतिमा (visual image) का निर्माण करता है।

(2) दूसरी अवस्था में वह उद्दीपक का नाम आदि निर्मित करता है ताकि उसकी पहचान करने में कोई दिक्कत नहीं हो।

(3) तीसरी अवस्था में पहले दोनों अवस्थाओं में निर्मित चीजें व्यक्ति की चेतना में प्रवेश करती है।

इन अवस्थाओं से गुजरने के बाद ही व्यक्ति किसी उद्दीपक पर ध्यान या अवधान दे पाता है और उसका स्वरूप चयनात्मक हो पाता है।

दीर्घीकृत अवधान के निर्धारक
(Determinants of Sustained Attention)

दीर्घीकृत अवधान के क्षेत्र में किये गए प्रयोगों से यह स्पष्ट हुआ है कि दीर्घीकृत अवधान पर कई तरह के कारकों का प्रभाव पड़ता है। इन कारकों में निम्नांकित पाँच महत्त्वपूर्ण हैं—

1. संवेदी कारक (sensory factors)
2. संकेत या उद्दीपक उत्कृष्टता (signal conspicuity)
3. सामायिक एवं स्थानिक अनिश्चितता (temporal and spatial uncertainty)
4. परिणाम ज्ञान (knowledge of results)

1. संवेदी कारक *(Sensory factors)*—व्यक्ति का दीर्घीकृत अवधान इस बात से प्रभावित होता है कि उद्दीपक का स्वरूप क्या है? मनोवैज्ञानिकों द्वारा किये गए अध्ययनों से यह स्पष्ट हुआ है कि जब दीर्घीकृत अवधान कार्य में श्रवण संकेत की पहचान करनी होती है तो ऐसे कार्य का निष्पादन उस परिस्थिति से होता है जब दीर्घीकृत अवधान कार्य में दृष्टि संकेत (visual signals) की पहचान करनी पड़ती है। दूसरे शब्दों में, जब व्यक्ति को श्रवण संकेतों पर ध्यान देकर उसमें से उपयुक्त संकेत की पहचान करनी पड़ती है तो उसका निष्पादन उस परिस्थिति से अधिक उत्तम होता है जब व्यक्ति को दृष्टि संकेतों पर ध्यान देकर उसमें से उपयुक्त संकेत की पहचान करनी पड़ती है।

2. संकेत या उद्दीपक उत्कृष्टता *(Signal conspicuity)*—मनोवैज्ञानिकों द्वारा किये गये प्रयोगों से यह भी

स्पष्ट हुआ है कि दीर्घीकृत अवधान पर उद्दीपक या संकेत (stimulus or signal) की उत्कृष्टता का भी प्रभाव पड़ता है। संकेत की उत्कृष्टता के दो पहलुओं का अध्ययन किया गया है—संकेत की तीव्रता या विस्तार (amplitude) तथा संकेत की अवधि (duration of signal) किसी संकेत या उद्दीपक पर अधिक देर तक ध्यान देने से उसमें व्यक्ति विवेचित संकेत (critical signal) या उचित संकेत का ठीक-ठीक पहचान कर पायेगा कि नहीं, यह संकेत के विस्तार या तीव्रता (amplitude) तथा उसकी अवधि पर निर्भर करता है।

विवेचित उद्दीपक (crititcal stimuli) की अवधि द्वारा भी दीर्घीकृत अवधान कार्य प्रभावित होता है। बेकर (Bekar, 1963) एवं वार्म तथा उनके सहयोगियों (Warm et al., 1970) द्वारा किये गये अध्ययनों से यह स्पष्ट हुआ है कि विवेचित उद्दीपक जब कम अवधि के लिए व्यक्ति के सामने उपस्थित किया जाता है तो उसकी पहचान होने की संभावना उस परिस्थिति की तुलना में कम होती है जब विवेचित उद्दीपक अधिक अवधि के लिए व्यक्ति के सामने उपस्थित होता है।

3. सामयिक एवं स्थानिक अनिश्चितता *(Temporal and spatial uncertainty)*—प्रत्यक्षणकर्त्ता या प्रयोज्य के मन में इस बात की अनिश्चितता (uncertainty) की संकेत या उद्दीपक जिसकी पहचान की जानी है, कब (when) और कहाँ-कहाँ (where) उपस्थित होगा, से भी दीर्घीकृत अवधान प्रभावित होता है। पहले कारक को सामयिक अनिश्चितता (temporal uncertainty) तथा दूसरे तरह के कारकों को स्थानिक अनिश्चितता (spatial uncertainty) कहा जाता है।

मनोवैज्ञानिकों ने विवेचित संकेत (critical signal) जिसकी पहचान प्रयोज्य को करना होता है, के बारे में प्रयोज्य के मन में सामयिक अनिश्चितता (temporal uncertainty) को विवेचित संकेत की संख्या या सघनता (density) में परिवर्तन करके एवं जोड़-तोड़ करके उसका दीर्घीकृत अवधान पर पड़ने वाले प्रभाव का अध्ययन किया है। इन लोगों का सामान्य निष्कर्ष यह रहा है कि जैसे-जैसे विवेचित संकेत की आवृत्ति (frequency) या सघनता (density) बढ़ती है संकेत के सही-सही पहचान करने की प्रतिशत में वृद्धि होती है।

मनोवैज्ञानिकों ने स्थानिक अनिश्चितता (spatial uncertainty) का दीर्घीकृत अवधान पर पड़ने वाले प्रभावों का भी अध्ययन किया है। नाईसली एवं मिलर (Nicele & Miller, 1957) ने एक अध्ययन किया जिसमें उन्होंने प्रयोज्यों को अनुरूपी रडार प्रदर्शन (stimulated radar display) की परिस्थिति में कुछ उद्दीपक को दिखलाया गया। यह कार्य कई भागों में बाँटकर किया गया। विवेचित संकेत या उद्दीपक (critical signal) जिसकी पहचान व्यक्ति को करना था, एक विशेष भाग में ही अधिकांशतः उपस्थित किया जाता था। परिणाम में यह देखा गया कि संकेत पहचान की सम्भावना उस भाग में सबसे अधिक पायी गयी जिसमें संकेतों की उपस्थिति की सम्भावना अधिक होती थी।

4. परिणाम ज्ञान *(Knowledge of results)*—परिणाम ज्ञान का भी प्रभाव दीर्घीकृत अवधान (sustained attention) पर पड़ता है। मैकवर्थ (Mackworth, 1940) द्वारा इस क्षेत्र में किये गये आरम्भिक प्रयोगों में यह देखा गया कि परिणाम ज्ञान देने से अर्थात निगरानी या दीर्घीकृत अवधान कार्य के निष्पादन (performance) के बारे में प्रयोज्यों को परिणाम ज्ञान देने से संकेतों की सही पहचान की आवृत्ति में वृद्धि हो जाती है। कुछ अन्य मनोवैज्ञानिकों जैसे—वार्म तथा उनके सहयोगियों (Warm et. al., 1973), वाइनोर (Wienor, 1974), वार्म, हैगनर, एवं मेयर (Warm, Hagnor & Mayor, 1971) ने भी अपने आधार पर इस तथ्य की सम्पुष्टि किया है कि परिणाम ज्ञान देने से निगरानी कार्य में उद्दीपक या संकेत के सही-सही पहचान की आवृत्ति (frequency) तथा गति (speed) दोनों में वृद्धि हो जाती है। परिणाम ज्ञान देने से संकेत के सही-सही पहचान की आवृत्ति तथा गति में वृद्धि का कारण बतलाते हुए मनोवैज्ञानिकों ने यह कहा है कि इससे प्रयोज्यों में एक अभिप्रेरणा मिलती है और वह अगले प्रयासों में अपने आपको आवश्यकतानुसार अधिक सतर्क कर लेता है जिससे संकेत की सही पहचान में कुछ विशेष सहायता मिल जाती है।

स्पष्ट हुआ कि दीर्घीकृत अवधान के कई निर्धारक हैं।

प्रमुख पद
(Key Terms)

संवेदन (*Sensation*)
उद्दीपक (*Stimulus*)
बाह्य ग्राहक (*Exteroceptor*)
अन्तर्ग्राहक (*Interoceptor*)
मध्य ग्राहक (*Proprioceptor*)
नोसी ग्राहक (*Nociceptor*)
मनोदैहिकी (*Psychophysics*)
उद्दीपक सीमान्त (*Stimulus Threshold*)
अंतस्थ सीमान्त (*Terminal Threshold*)
विभेदक सीमान्त (*Differential Limen*)
न्यूनतम ज्ञेय भेद (*Just Noticeable difference*)
आत्मपरक समता बिन्दु (*Point of Subjective Equality*)
औसत त्रुटि विधि (*Method of Average Error*)
सीमा विधि (*Method of Limits*)
सतत उद्दीपक विधि (*Method of Constant Stimuli*)
प्रत्यक्षण (*Perception*)
संवेदी अनुकूलन (*Sensory adaptation*)
अक्षिपटल (*Retina*)
शलाकाएँ (*Rods*)
शंकु (*Cones*)
तम अनुकूलन (*Dark adaptation*)
रोशनी अनुकूलन (*Light adaptation*)
रंग दृष्टि (*Colour Vision*)
रंग अनुकूलन (*Colour adaptation*)
कोकिल्या (*Cochlea*)
तारत्व (*Pitch*)
प्रबलता (*Loudness*)
ध्वनिरूप (*Timbre*)
प्रत्यक्षज्ञानात्मक स्थिरता (*Perceptual constancy*)
उर्ध्वगामी प्रक्रिया (*Bottom up processing*)
अधोगामी प्रक्रिया (*Top-down processing*)
प्रत्यक्षज्ञानात्मक प्रत्याशा (*Perceptual expectation*)
क्षेत्र आश्रित (*Field dependent*)

क्षेत्र अनाश्रित (Field Independent)
प्रत्यक्षज्ञानात्मक संगठन (Perceptual organization)
एकनेत्री संकेत (Monocular cues)
द्विनेत्री संकेत (Binocular cues)
मूलर-लायर भ्रम (Muller Lyer Illusion)
अवधान (Attention)
दीर्घीकृत अवधान (Sustained attention)
चयनात्मक अवधान (Selective attention)
मार्गावरोधी सिद्धान्त (Bottleneck Theories)
नॉरमैन एवं बॉबरो सिद्धान्त (Norman & Bobrow's Theory)

अध्याय सारांश
(Chapter Summary)

1. ज्ञानेन्द्रियाँ बाह्य उद्दीपकों से प्राप्त सूचनाओं को ग्रहण करके उसे मस्तिष्क में भेजती है जिससे व्यक्ति को जगत का ज्ञान हो पाता है।
2. उद्दीपक (stimulus) से तात्पर्य उन सभी घटनाओं, कारकों आदि से होता है जिससे व्यक्ति में पहचानने योग्य परिवर्तन होता है।
3. ज्ञानेन्द्रियों के अनुरूप उद्दीपक के पाँच सामान्य प्रकार होते हैं—दृष्टि उद्दीपक, श्रवण उद्दीपक, स्पर्श उद्दीपक, स्वाद उद्दीपक तथा घ्राण उद्दीपक।
4. मनोभौतिक (psychophysics) एक ऐसा विद्याशास्त्र है जिसमें उद्दीपक तथा उससे उत्पन्न संवेदन के परिमाणात्मक संबंध का अध्ययन किया जाता है।
5. किसी उद्दीपक को अनुक्रिया उत्पन्न करने के लिए उसे एक न्यूनतम स्तर का होना चाहिए। इस न्यूनतम स्तर को उद्दीपक सीमान्त (stimulus threshold) या निरपेक्ष सीमान्त या दहेली कहा जाता है।
6. दो उद्दीपकों में कम-से-कम अंतर तथा अधिक-से-अधिक अंतर के बीच एक ऐसा भी तीव्रता स्तर होता है जिसपर व्यक्ति के प्रत्यक्षण में स्पष्ट अंतर होता है और व्यक्ति जिसका आधे प्रयासों में प्रत्यक्षण करता है तथा बाकी आधे में नहीं करता है। इस उद्दीपक अंतर को विभेदक सीमांत (Differential limen or DL) कहा जाता है।
7. संवेदी सूचनाओं को अर्थ प्रदान करने के लिए उसे संगठित करने तथा व्याख्या करने की मस्तिष्कीय प्रक्रिया को प्रत्यक्षण (perception) कहा जाता है।
8. किसी अपरिवर्तनशील उद्दीपक के प्रति ह्रासमान संवेदनशीलता (diminishing sensitivity) को संवेदी अनुकूलन (sensory adaptation) की संज्ञा दिया है।
9. मानव आँख का सबसे महत्त्वपूर्ण भाग अक्षिपटल (retina) होता है। इसमें शलाकाएँ (rods) तथा शंकु (cones) पाये जाते हैं जिनके उत्तेजित होने से व्यक्ति को दृष्टि संवेदन होता है।
10. अंधेरा अनुकूलन (dark adaptation) शलाकाएँ को अनुकूलित होने के फलस्वरूप होता है। जब व्यक्ति उजाले से अंधेरे की अवस्था में आता है, तो पहले उसे कुछ भी नहीं दीखता है परंतु धीरे-धीरे उसमें दृष्टि संवेदनशीलता बढ़ने लगती है।
11. रोशनी अनुकूलन (light adaptation) शंकुओं (cones) के अनुकूलित होने के फलस्वरूप होता है। अंधेरा

में कुछ समय तक रहने के बाद रोशनी के प्रति आँख की संवेदनशीलता का अनुकूलन ही रोशनी अनुकूलन कहलाता है।

12. रंगीन उद्दीपक पर अधिक देर तक देखने के बाद विशेष रंग का प्रत्यक्षण धीरे-धीरे धूसर रंग (gray colour) के समान होने लगता है। इसे रंग अनुकूलन की संज्ञा दी जाती है।
13. विभिन्न रंगों को आपस में मिश्रित कर कुछ विशेष रंग उत्पन्न किया जाता है। इसे रंग मिश्रण (colour mixture) कहा जाता है। रंग मिश्रण की घटना को दो तरह से अध्ययन किया गया है—रोशनी के तरंगदैर्ध्य (wavelength) को मिश्रित करके विभिन्न रंगों को उत्पन्न करना तथा पेंट या पिगमेंट के विभिन्न रंगों को मिश्रित करके विशेष रंग उत्पन्न करना।
14. वर्णान्धिता (colour blindness) में व्यक्ति में कुछ विशेष रंगों के बीच अन्तर करने की अक्षमता होती है। जैसे, व्यक्ति लाल-हरा के बीच जब अंतर नहीं कर पाता है, तो यह कहा जाता है कि उसमें वर्णान्धिता है।
15. श्रवण प्रत्यक्षण हमें कान द्वारा होता है। कोकिल्या (cochelea) कान का एक महत्त्वपूर्ण भाग है जो सुनने में अहम भूमिका निभाता है।
16. ध्वनि के तीन प्रमुख गुण होते हैं—*तारत्व या पिच* (Pitch), *प्रबलता* (loudnesas), एवं *ध्वनिरूप* (timber)।
17. प्रत्यक्षण के दो प्रक्रमण उपागम (processing approach) है—*उर्ध्वगामी प्रकमण* (bottom-up processing) तथा अधोगामी प्रक्रमण (top-down processing)। उर्ध्वगामी प्रक्रमण में व्यक्ति उद्दीपक के विभिन्न विशेषताओं को ग्रहण करके उसे मस्तिष्क में भेजता है जिसके विश्लेषण के उपरान्त व्यक्ति को वस्तु या उद्दीपक का सही-सही प्रत्यक्षण होता है। अधोगामी प्रक्रमण में व्यक्ति उद्दीपकों का विश्लेषण करने में गत अनुभूति, प्रत्याशा, स्मृति, अभिप्रेरण तथा ज्ञान आदि का सहारा लेता है। ये दोनों प्रक्रमण आपस में अन्त:क्रिया (interaction) करते हैं।
18. वस्तुओं या उद्दीपकों का प्रत्यक्षण उसके भौतिक परिस्थिति में परिवर्तन के बावजूद भी एक समान होता है। इसे *प्रत्यक्षज्ञानात्मक स्थिरता* (perceptual constancy) कहा जाता है।
19. प्रत्यक्षणकर्त्ता की विशेषताएँ जैसे उसका अभिप्रेरण, प्रत्यक्षज्ञानात्मक प्रत्याशा (perceptual expectancy), संज्ञानात्मक शैली तथा सांस्कृतिक अनुभूतियों का पर्याप्त प्रभाव पड़ता है।
20. प्रत्यक्षज्ञानात्मक संगठन की प्रक्रिया कई तरह के नियमों (principles) के कारण सम्पन्न होती है।
21. व्यक्ति को स्थान (space), गहनता (depth) तथा दूरी (distance) का प्रत्यक्षण दो तरह के संकेत (cues) अर्थात एक नेत्री संकेत (monocular cues) तथा द्विनेत्री संकेत (binocular cues) के कारण होता है।
22. गलत प्रत्यक्षण (false perception) को भ्रम कहा जाता है। मूलर-लायर भ्रम (Muller-Lyer illusion), क्षैतिज-लम्ब भ्रम (horizontal-vertical illusion), पोन्जोभ्रम (Ponzo illusion), सैण्डर भ्रम (Sander illusion) आदि भ्रम के कुछ प्रमुख प्रकार हैं।
23. व्यक्ति के प्रत्यक्षण पर सामाजिक-सांस्कृतिक कारकों (socio-cultural factors) का प्रभाव पड़ता है। वह अपने सामाजिक-सांस्कृतिक अनुभूतियों से प्रभावित होकर प्रत्यक्षण करता है।
24. अवधान (attention) एक चयनात्मक मानसिक प्रक्रिया (selective mental process) है जिसमें व्यक्ति एक विशेष शारीरिक मुद्रा बनाकर किसी वस्तु को चेतना केन्द्र में लाने के लिए तत्पर रहता है।
25. अवधान के दो विशिष्ट प्रकार हैं—*दीर्घीकृत अवधान* (sustained attention) तथा *चयनात्मक अवधान* (selective attention)।
26. दीर्घीकृत अवधान जिसे साधारण बोल-चाल की भाषा में *निगरानी* (vigilance) भी कहा जाता है, से तात्पर्य

एक ऐसी प्रत्यक्षणात्मक प्रक्रिया (perceptual process) होता है जिसमें व्यक्ति अधिक समय तक अपना ध्यान किसी उद्दीपक पर केन्द्रित किये रहता है।

27. दीर्घीकृत अवधान पर कई कारकों का प्रभाव पड़ता है जिसमें संवेदीकारक संकेत या उद्दीपक उत्कृष्टता, सामाजिक एवं स्थानिक अनिश्चितता (temporal and spatial uncentainty) तथा परिणाम ज्ञान (knowledge of result) प्रमुख है।
28. चयनात्मक अवधान (selective attention) एक ऐसी प्रक्रिया है जिसमें व्यक्ति कुछ खास क्रिया या उद्दीपक पर अपनी मानसिक एकाग्रता (mental concentration) दिखलाता है तथा अन्य क्रियाओं या उद्दीपकों पर न के बराबर ध्यान देता है।
29. चयनात्मक अवधान के कई सिद्धान्त हैं जिनमें मार्गाविरोधी सिद्धान्त (bottleneck theories), नॉरमैन एवं बॉबरो (Norman & Bobrow's theory) प्रमुख है।

❑

अध्याय 6

अधिगम या सीखना

(LEARNING)

इस अध्याय को पढ़ने के बाद आप

- *अधिगम के स्वरूप एवं प्रतिमान (paradigm) को समझ सकेंगे,*
- *अधिगम के विभिन्न प्रकारों एवं उन प्रकारों में प्रयुक्त प्रक्रमों का वर्णन कर पायेंगे*
- *विभिन्न प्रकार के अधिगमों के स्वरूप को समझ पायेंगे,*
- *अधिगम को सुगम बनाने वाले कारकों को आप पहचान कर पायेंगे,*
- *अधिगम के निर्धारकों की व्याख्या कर सकेंगे,*
- *अधिगम शैलियों एवं अधिगम अशक्तताओं के स्वरूप को समझ सकेंगे,*
- *अधिगम सिद्धान्तों के कुछ अनुप्रयोगों से परिचित हो पायेंगे।*

विषय वस्तु

अधिगम अंतरण (Transfer of Training)
अधिगम को मजबूत करने वाले कारक (Factors Facilitating Learning)
अधिगमकर्त्ता : अधिगम शैलियाँ (Learner : Learning Styles)
अधिगम अशक्तताएँ (Learning disabilities)
अधिगम सिद्धान्तों का अनुप्रयोग (Application)
प्रमुख प्रद (Key terms)
अध्याय सारांश (Chapter Summary)

परिचय

जन्म के बाद एक शिशु बहुत ही कम मात्रा में अनुक्रियाएँ करता है। परंतु जैसे-जैसे उसकी आयु बढ़ती जाती है, उसमें अनुक्रियाओं को करने की क्षमता बढ़ती जाती है। वह विभिन्न उद्दीपकों की पहचान कर उसके प्रति अनुक्रिया करना सीख लेता है। सचमुच में व्यक्ति में परिपक्वता जैसे-जैसे बढ़ती जाती है, वैसे-वैसे उसमें संदर्भ की माँग के अनुरूप उनमें अनुक्रिया करने की क्षमता बढ़ते जाती है और विभिन्न तरह की समस्याओं के समाधान के तरीकों को आसानी से सीख लेता है। इस अध्याय में अधिगम (learning) के विभिन्न विधियों, अधिगम के दौरान घटित होने वाले कुछ महत्त्वपूर्ण घटनाओं तथा अधिगम की मात्रा एवं गति को निर्धारित करनेवाले विभिन्न कारकों तथा अधिगम शैलियों (learning styles) तथा अधिगम अशक्तताओं (learning disabilities) का सविस्तार चर्चा किया जाएगा।

अधिगम का अर्थ एवं स्वरूप
(Meaning and Nature of Learning)

अधिगम एक बहुत ही व्यापक शब्द है। अतः मनोवैज्ञानिकों ने अधिगम को वैज्ञानिक ढंग से परिभाषित करने की कोशिश की है। सामान्य अर्थ में अधिगम व्यवहार में परिवर्तन को कहा जाता है। परन्तु सभी तरह के व्यवहार में हुए परिवर्तन को सीखना नहीं कहा जा सकता है। व्यवहार में परिवर्तन थकान, दवा खाने से, बीमारी, परिपक्वता आने से भी होते हैं। परन्तु ऐसे परिवर्तन को सीखना नहीं कहा जा सकता है। मनोविज्ञान में अधिगम से तात्पर्य सिर्फ उन्हीं परिवर्तनों से होता है जो अभ्यास (practice) या अनुभव (experience) के फलस्वरूप होता है। प्रायः इस तरह के परिवर्तन का उद्देश्य व्यक्ति को किसी दिये हुए वातावरण में समायोजन (adjustment) करने में मदद करने से होता है। अतः यह कहा जा सकता है कि अधिगम व्यवहार में किसी ऐसे परिवर्तन को कहा जा सकता है जो अभ्यास या अनुभव के फलस्वरूप होता है तथा जिसका उद्देश्य व्यक्ति को समायोजन करने में मदद करना होता है। (Learning refers to change in behavior as function of practice or experience with a view to make adjustment in the environment)।

मनोवैज्ञानिकों ने अधिगम की परिभाषा यद्यपि अलग-अलग ढंग से दिया है, फिर भी उनके विचारों में इस पद (term) के मूल अर्थ के बारे में काफी सहमति है। कुछ प्रमुख मनोवैज्ञानिकों की परिभाषाओं को नीचे दिया जा रहा है—

मार्गन, किंग, विस्ज तथा **स्कोपलर**[1] (Morgan, King, Weisz & Schopler, 1986) के अनुसार, ''अभ्यास या अनुभूति के परिणामस्वरूप व्यवहार में होनेवाले अपेक्षाकृत स्थायी परिवर्तन को अधिगम कहा जाता है।''

हरगेनहान[2] (Hergenhan, 1988) ने जो **किम्बल** (Kimble) द्वारा दी गयी परिभाषा में संशोधन करके

1. "Learning can be defined as any relatively permanent change in behaviour that occurs as a result of practice or experience." —Morgan, King, Weisz & Schopler : *Introduction to Psychology,* 1986, p. 10.
2. "Learning is a relatively permanent change in behaviour or in behavioural potentiality that results from experience and cannot be attributed to temporary body states such as those included by illness, fatigue or drugs" —Hergenhahn : *Introduction to Theories of Learning,* 1988, p. 7

अधिगम की परिभाषा दिया है, इस प्रकार है, ''अधिगम व्यवहार या व्यवहारात्मक अन्तःशक्ति में अपेक्षाकृत स्थायी परिवर्तन है जो अनुभूति के कारण होता है और जिसे अस्थायी शारीरिक अवस्थाओं जैसे वैसी अवस्थाएँ जो बीमारी, थकान या औषध आदि से उत्पन्न होते हैं, के रूप में आरोपित नहीं किया जा सकता है।''

उपर्युक्त परिभाषाओं का संयुक्त विश्लेषण करने पर हमें सीखने के स्वरूप के बारे में निम्नांकित तथ्य प्राप्त होते हैं:—

1. अधिगम व्यवहार में परिवर्तन को कहा जाता है *(Learning refers to change in behaviour)*— अधिगम व्यवहार में परिवर्तन (अच्छा या बुरा) को कहा जाता है। कहने का तात्पर्य है कि सीखने में व्यवहार में परिवर्तन होता है। साइकिल चलाना सीखना, स्वेटर बुनना सीखना व्यवहार में अच्छे परिवर्तन के उदाहरण हैं। चोरी करना, झूठ बोलना आदि व्यवहार में बुरे परिवर्तन के उदाहरण हैं। सीखना में व्यवहार में इन दोनों तरह के परिवर्तनों को सम्मिलित किया जाता है।

2. व्यवहार में परिवर्तन अभ्यास या अनुभूति के फलस्वरूप होता है *(The change in behaviour occurs as a function of practice or experience)*—व्यक्ति के व्यवहार में सिर्फ उसी परिवर्तन को सीखना कहा जाता है जो व्यक्ति द्वारा किये गये अभ्यास या अनुभव के परिणामस्वरूप होते हैं। व्यक्ति के व्यवहार में परिवर्तन थकान हो जाने से भी होता है, कभी दवा खा लेने से भी होता है या उसमें परिपक्वता आने से भी होता है परन्तु ऐसे सभी परिवर्तनों को सीखना नहीं कहा जाएगा क्योंकि वे अभ्यास या अनुभूति के परिणामस्वरूप नहीं हुए होते हैं।

3. व्यवहार में अपेक्षाकृत स्थायी परिवर्तन होता है *(There is relatively permanent change in behaviour)*—सीखने में व्यवहार में जो परिवर्तन होता है, वह अपेक्षाकृत स्थायी रूप से बना होता है। जो व्यक्ति टाइप करना सीख लेता है, वह उसे तुरंत भूल नहीं जाता है बल्कि उसे काफी दिनों तक याद रखता है ताकि वह भविष्य में ठीक ढंग से समायोजन (adjustment) कर सके।

स्पष्ट हुआ कि अधिगम से तात्पर्य व्यवहार में अच्छे या बुरे दोनों तरह के परिवर्तन से होता है। ऐसे परिवर्तन कुछ समय तक व्यक्ति में स्थायी रूप से बने होते हैं तथा वे अभ्यास या अनुभूति के फलस्वरूप होते हैं, अन्य किसी कारण से नहीं।

अधिगम तथा परिपक्वन या परिपक्वता में अन्तर
(Difference between Learning and Maturation)

अभ्यास या अनुभूति के परिणामस्वरूप व्यवहार में हुए परिवर्तन को सीखना कहा जाता है। परिपक्वता या परिपक्वन से तात्पर्य जीव में विकास (development) तथा वर्द्धन (growth) की प्रक्रिया पूरी होने से होता है। चूँकि परिपक्वता से जीव में विकास तथा वर्द्धन होता है, अतः स्वभावतः इससे भी व्यवहार में परिवर्तन होता है। जैसे जन्म के समय शिशु निःसहाय होता है। कुछ महीना बाद उसके शरीर की मांसपेशियों का वर्द्धन होता है। परिणामस्वरूप, वह बैठना तथा चलना प्रारंभ कर देता है। इस तरह से जैसे-जैसे उम्र बीतते जाता है, उनमें परिपक्वता आते जाता है तथा उसके व्यवहार में परिवर्तन होते जाते हैं। अतः हम देखते हैं कि सीखना तथा परिपक्वता दोनों में ही व्यवहार में परिवर्तन होते हैं। इस समानता के बावजूद दोनों का अर्थ अलग-अलग है। इन दोनों के स्वरूप को ठीक ढंग से समझने के लिए यह आवश्यक है कि इन दोनों के अंतर को समझा जाए। प्रमुख अन्तर इस प्रकार हैं:—

1. परिपक्वता एक जन्मजात प्रक्रिया है जबकि सीखना एक अर्जित प्रक्रिया है—परिपक्वता की प्रक्रिया गर्भधारण से लेकर जन्म के बाद भी चलती रहती है परन्तु सीखना के साथ ऐसी बात नहीं है। सीखने की क्रिया अर्जित होती है जो व्यक्ति द्वारा परिपक्वता के एक खास स्तर पर पहुँचने के बाद ही होता है। जैसे, टाइप सीखना, साइकिल चलाना आदि कुछ ऐसे उदाहरण हैं जो व्यक्ति में अपने आप नहीं हो जाता है बल्कि परिपक्वता के एक खास स्तर पर पहुँचने के बाद ही व्यक्ति उसे अर्जित कर पाता है।

2. परिपक्वता की प्रक्रिया में अभ्यास का महत्त्व नहीं होता है जबकि सीखने की क्रिया में अभ्यास एक महत्त्वपूर्ण कारक है—समय बीतने के साथ-ही-साथ परिपक्वता की क्रिया सामान्य हालत में अपने आप होता रहता है। इसके

लिए कोई अभ्यास की जरूरत नहीं पड़ती है परन्तु सीखना के साथ ऐसी बात नहीं है। किसी भी प्रक्रिया को जब हम सीखते हैं तो उसे प्रायः बार-बार दोहराते हैं तथा उसका अभ्यास करते हैं।

3. *परिपक्वता की प्रक्रिया एक सामान्य प्रक्रिया है जबकि सीखना एक व्यक्तिगत प्रक्रिया है*—एक खास उम्र के सभी सामान्य स्वास्थ्य वाले बच्चों में अंगों का विकास करीब-करीब एक समान होता है अर्थात् परिपक्वता की प्रक्रिया समान होती है। परन्तु सीखने की प्रक्रिया हमेशा व्यक्तिगत होता है अर्थात् एक व्यक्ति से दूसरे व्यक्ति में भिन्न होता है। एक 16 वर्ष का लड़का या लड़की कार चलाना सीख लेता है तो इसका मतलब यह नहीं है कि 16 वर्ष के सभी बच्चे अपने आप ही कार चलाना सीख लेंगे। कारण, सीखने की प्रक्रिया समान न होकर व्यक्तिगत होती है।

4. *परिपक्वता की क्रिया सतत (continuous) होती है जबकि सीखने की क्रिया सामयिक (temporal) होती है*—परिपक्वता की प्रक्रिया एक खास समय से प्रारंभ होकर जैसे गर्भधारण से प्रारंभ होकर एक खास समय तक अर्थात् वयस्कता तक सतत चलती रहती है परन्तु सीखने के साथ ऐसी बात नहीं है। व्यक्ति जब अभ्यास जारी रखता है तो सीखने की प्रक्रिया होती है और जब वह अभ्यास बन्द कर लेता है तो सीखने की प्रक्रिया भी लगभग समाप्त हो जाती है।

5. *परिपक्वता की क्रिया एक खास उम्र या अवस्था आने पर बिलकुल ही मन्द या नहीं के बराबर हो जाती है जबकि सीखने की क्रिया जीवनपर्यन्त (life long) चलती रहती है*—वयस्कता के बाद परिपक्वता की क्रिया सामान्यतः नहीं देखी गयी है। परन्तु सीखने की क्रिया आजीवन चलती रहती है। ऐसी कोई अवस्था नहीं होती है जिसके बाद सीखने की क्रिया बन्द हो जाती है। व्यक्ति बुढ़ापे में भी नयी-नयी क्रियाओं को सीखते रहता है।

6. *परिपक्वता की प्रक्रिया से शरीर में कई तरह के रासायनिक एवं दैहिक परिवर्तन आते हैं*— परिपक्वता के कारण शरीर के भीतरी अंगों तथा बाहरी अंगों का विकास हो जाता है लेकिन सीखने के फलस्वरूप शरीर के अन्दर इस तरह का कोई परिवर्तन दृष्टिगोचर नहीं होता हैं। हाँ, सीखने की प्रक्रिया में अंगों द्वारा किये गये व्यवहारों में अवश्य परिवर्तन होता है।

7. *सीखने की क्रिया परिपक्वता पर निर्भर करती है परन्तु परिपक्वता की क्रिया सीखने पर नहीं*— परिपक्वता की प्रक्रिया जबतक पूरी नहीं हो जाती सीखने की क्रिया नहीं हो पाती है। जैसे, एक पाँच साल का बच्चा कितना भी अभ्यास क्यों न करे, वह कार चलाना नहीं सीख सकता है क्योंकि उसके अंग की परिपक्वता नहीं हुई होती है। स्पष्ट है कि सीखने की क्रिया परिपक्वता के अभाव में संभव नहीं है। दूसरी तरफ, परिपक्वता के लिए किसी कार्य को सीखना आवश्यक नहीं है। ऐसा नहीं कहा जा सकता है कि जबतक एक पाँच साल का बच्चा कार चलाना सीख नहीं लेता है, उसके हाथ-पैर या शरीर के अन्य अंगों की मांसपेशियाँ परिपक्व नहीं होगी।

उपर्युक्त विवरण से यह स्पष्ट है कि परिपक्वता तथा सीखने दोनों के ही व्यवहार में परिवर्तन होता है परन्तु ये दोनों प्रक्रियाएँ एक-दूसरे से भिन्न है।

अधिगम के प्रतिमान
(Paradigms of Learning)

'प्रतिमान' (paradigm) प्रयोगात्मक मनोविज्ञान (experimental pscyhology) में व्यवहृत होने वाला एक बहुत ही सामान्य पद है। प्रतिमान से तात्पर्य कोई विशेष प्रयोगात्मक विधि (experimental procedure) से होता है। अधिगम की प्रयोगात्मक परिपेक्ष्य में व्याख्या करने के लिए कई तरह के ऐसे प्रतिमानों (paradigms) को विकसित किया गया है जिनमें प्रमुख हैं—*क्लासिकी अनुबंधन* (classical conditioning), *क्रियाप्रसूत/नैमित्तिक या साधनात्मक अनुबंधन* (operant/classical conditioning), *प्रेक्षणात्मक अधिगम* (observational learning), *संज्ञानात्मक अधिगम* (cognitive learning), *वाचिक अधिगम* (verbal learning), *संप्रत्यय अधिगम* (concept learning) एवं *कौशल अधिगम* (skill learning)। इन सभी प्रतिमानों (paradigms) का अध्ययन हम स्वतंत्र अनुच्छेदों में करेंगे।

क्लासिकी अनुबंधन (Classical Conditioning)

इस सिद्धांत का प्रतिपादन रूसी शरीरक्रिया विज्ञानी (Physiologist) पैवलव (Pavlov) ने किया था। इसे *क्लासिकी अनुबन्धन सिद्धांत* (Classical conditioning theory) भी कहा जाता है। इस सिद्धांत के अनुसार स्वाभाविक उद्दीपक (natural stimulus) के प्रति व्यक्ति एक स्वाभाविक अनुक्रिया (natural reponse or Unconditioned response or UCR) करता है। जैसे, गर्म बरतन को छूते ही हाथ खींच लेना, दोस्त को देखकर खुश होना, भूखा होने पर भोजन देखकर मुँह से लार आना आदि ऐसी अनुक्रिया के उदाहरण हैं तथा गर्म बरतन, दोस्त तथा भोजन स्वाभाविक उद्दीपक (natural stimulus or Unconditioned stimulus or UCS) के उदाहरण हैं। जब प्राणी स्वाभाविक उद्दीपक के प्रति अनुक्रिया करता है, तो कुछ अन्य तटस्थ उद्दीपक (neutral stimulus) भी वहाँ उपस्थित रहते हैं। जैसे, भोजन के साथ थाली की आवाज या भोजन देनेवाले आदमी का उपस्थित होना तटस्थ उद्दीपक (neutral stimulus) है जो स्वाभाविक उद्दीपक (natural stimulus) के साथ आता है। ऐसी परिस्थिति में व्यक्ति तटस्थ उद्दीपक के प्रति भी स्वाभाविक अनुक्रिया प्राणी करने लगता है। तटस्थ उद्दीपक के प्रति स्वाभाविक अनुक्रिया प्राणी करने को अनुबन्धन कहा जाता है। अनुबन्धन के बाद ऐसी स्वाभाविक अनुक्रिया को *अनुबन्धित अनुक्रिया* (Conditioned Response या CR) कहा जाता है तथा इस तरह के तटस्थ उद्दीपक को जो स्वाभाविक अनुक्रिया उत्पन्न करने लगता है, उसे *अनुबन्धित उद्दीपक* (Conditioned Stimulus या CS) कहा जाता है। अनुबन्धन के बाद थाली की आवाज या मात्र भोजन देनेवाला आदमी को देखकर ही उस व्यक्ति के मुँह में लार आने लगता है।

आई॰ पी॰ पैवलव (I. P. Pavlov)

अनुबंधित अनुक्रिया सिद्धांत कुछ प्रयोगों पर आधारित है। ऐसे यहाँ दो मुख्य प्रयोगों का वर्णन किया जाएगा:—

(1) पैवलव द्वारा कुत्ता पर किया गया प्रयोग।

(2) वाटसन तथा रेनर द्वारा अलबर्ट नाम का बच्चा पर किया गया प्रयोग। इन दोनों का वर्णन निम्नांकित है:—

1. पैवलव द्वारा कुत्ता पर किया गया प्रयोग—पैवलव ने यह प्रयोग ध्वनि नियंत्रित प्रयोगशाला (sound-proof laboratory) में किया। एक भूखे कुत्ते के सामने भोजन लाया जाता था, तो उसके मुँह में लार का स्राव होने लगता था जो कुत्ते के गलफड़े में लगे एक विशेष यंत्र द्वारा माप लिया जाता था (चित्र 6.1 देखें)। कुछ प्रयास के बाद भोजन प्रस्तुत करने के चन्द सेकंड पहले एक घंटी बजायी जाने लगी। इस प्रक्रिया को कुछ प्रयासों तक दोहराने के बाद घंटी की आवाज सुनते ही बिना भोजन देखे कुत्ता के मुँह में लार आने लगा। इस तरह कुत्ता घंटी की आवाज पर लार स्राव करना सीख गया। पैवलव के अनुसार यहाँ कुत्ता घंटी की आवाज तथा लार स्राव में एक संबंध स्थापित करना सीख लिया जिसे अनुबन्धन (conditioning) की संज्ञा दी गयी। इस प्रयोग में घंटी की आवाज CS तथा लार का स्राव (अनुबन्धन के बाद) एक CR है।

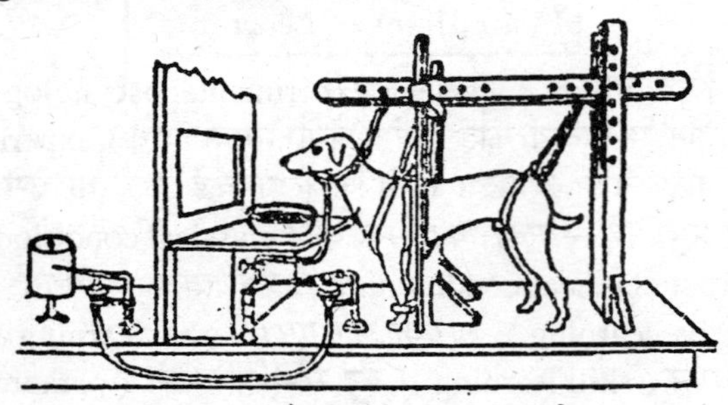

चित्र 6.1 : पैवलव का कुत्ता पर प्रयोग

2. वाटसन तथा रेनर द्वारा अलवर्ट नाम का बच्चा पर किया गया प्रयोग—वाटसन ने अपनी शिष्या पत्नी रेनर के साथ मिलकर अलबर्ट नाम के एक बच्चे पर प्रयोग किया। प्रयोग में अलबर्ट एक उजले चूहे के साथ खेल रहा था, तभी जोरों की आवाज उत्पन्न कर दी। जोरों की आवाज से बच्चा डर गया। जोरों की आवाज यहाँ स्वाभाविक उद्दीपक तथा डर जाना एक स्वाभाविक अनुक्रिया का उदाहरण है। जब इस प्रक्रिया को कई बार दोहराया गया तो बच्चा बिना आवाज हुए ही मात्र चूहे को देखकर डरने लगा। वाटसन तथा रेनर के अनुसार बिना आवाज हुए ही मात्र चूहे को देखकर डरना अनुबन्धन (conditioning) का उदाहरण है। इस प्रयोग में अनुबन्धित उद्दीपक (conditioned stimulus or CS) चूहा है तथा अनुबन्धित अनुक्रिया (conditioned response or CR) डर है। वाटसन ने आगे चलकर अलबर्ट में और तीव्र अनुबन्धन होते पाया जिसमें अलबर्ट न केवल उजले चूहे से ही नहीं बल्कि उससे मिलती-जुलती अन्य चीजों से जैसे उजला रोएँदार कोट, उजला खरगोश आदि से भी डरने लगा।

उपर्युक्त प्रयोगों के विवरण से यह स्पष्ट है कि अनुबन्धन एक ऐसी प्रक्रिया है जिसमें अस्वाभाविक उद्दीपक तथा स्वाभाविक उद्दीपक एवं फिर अस्वाभाविक उद्दीपक (घंटी) तथा स्वाभाविक अनुक्रिया (लार स्राव) में विशेष संबंध स्थापित हो जाता है। स्पष्ट हुआ कि क्लासिकी अनुबंधन एक तरह का उद्दीपक-उद्दीपक परिस्थिति (stimulus-stimulus situation) का प्रतिनिधित्व करती है क्योंकि एक उद्दीपक (घंटी की आवाज) दूसरे उद्दीपक (भोजन) के लिए संकेत का कार्य करता है और फिर बाद में यह उद्दीपक-अनुक्रिया की परिस्थिति में बदल जाता है जिसमें एक उद्दीपक (घंटी की आवाज) एक विशेष सीखी गयी अनुक्रिया (लार स्राव) के लिए संकेत का कार्य करता है।

क्लासिकी अनुबंधन को प्रभावित करने वाले कारक *(Factors influencing Classical Conditioning)*

मनोवैज्ञानिकों द्वारा किये गए अध्ययनों से यह स्पष्ट हुआ है कि क्लासिकी अनुबंधन कई कारकों से प्रभावित होता है। इन कारकों में निम्नांकित चार कारक को सबसे महत्त्वपूर्ण बतलाया गया है—

1. अनुबंधित उद्दीपक तथा स्वाभाविक उद्दीपक के युग्मित उपस्थिति की संख्या (Number of paired presentation of the conditioned stimulus and the unconditioned stimulus)—मनोवैज्ञानिकों द्वारा किये गए अध्ययनों से यह स्पष्ट हुआ है कि जब सीखने के दौरान अनुबंधित उद्दीपक तथा स्वाभाविक उद्दीपक को युग्मित करके कई बार उपस्थित किया जाता है, तो इससे अनुबंधित अनुक्रिया की शक्ति में वृद्धि होती है। इन दोनों उद्दीपकों के युग्मित प्रस्तुतीकरण की संख्या जितनी ही अधिक होती है, अनुबंधित अनुक्रिया की शक्ति उतनी ही मजबूत होती है। इन अध्ययनों से यह भी पता चला है कि व्यक्ति या पशु जिन्हें अनुबंधन का प्रयोज्य (subject) बनाया गया है, के वैयक्तिक गुणों या विशेषताओं पर यह निर्भर करता है कि अनुबंधित उद्दीपक तथा स्वाभाविक उद्दीपन का युग्मित प्रस्तुतीकरण की संख्या कितनी हो। इसके बारे में कोई एक समान नियम नहीं है।

2. स्वाभाविक उद्दीपक की तीव्रता (Intensity of unconditined stimulus)—गौरमेजानो (Gormezano, 1984) द्वारा किये गए अध्ययनों से यह स्पष्ट हुआ है कि अगर अनुबंधित उद्दीपक (conditioned stimulus) को बहुत तीव्र स्वाभाविक उद्दीपक (unconditioned stimulus) के साथ युग्मित किया जाता है, तो ऐसी परिस्थिति में अनुबंधित अनुक्रिया (conditioned response) अधिक मजबूत होती है। इतना ही नहीं, ऐसी परिस्थिति में अनुबंधित अनुक्रिया को व्यक्ति जल्द सीख भी लेता है।

3. स्वाभाविक उद्दीपक का प्रकार (Types of unconditioned stimulus)—क्लासिकी अनुबंधन में सामान्यतः दो तरह के स्वाभाविक उद्दीपक का उपयोग किया जाता है—*अभिलाषी* (appetitive) तथा *विमुखी* (aversive)। अभिलाषी स्वाभाविक उद्दीपक स्वतः सुगम्य अनुक्रियाएँ (approach responses) उत्पन्न करते हैं। खाना, पीना, दुलारना (caressing) आदि कुछ ऐसे ही सुगम्य अनुक्रियाएँ हैं जो अभिलाषी उद्दीपकों से उत्पन्न होती हैं। ऐसी अनुक्रियाओं से प्राणी में संतुष्टि (satisfaction) तथा खुशी होती है। दूसरे तरफ विमुखी स्वाभाविक उद्दीपक वैसा उद्दीपक होता है जो प्राणी में परिहार (avoidance) तथा पलायन (escape) अनुक्रिया उत्पन्न करता है। तीव्र आवाज, तीखा स्वाद, बिजली का आघात, दर्दपूर्ण सूई लेना (painful injection) सभी विमुखी स्वाभाविक उद्दीपक

के उदाहरण हैं। अध्ययनों से यह स्पष्ट हुआ है कि अभिलाषी स्वाभाविक उद्दीपक दिये जाने पर क्लासिकी अनुबंधन धीमा (slower) होता है तथा ऐसी अनुक्रियाओं को सीखने में भी अधिक समय लगता है। परंतु विमुखी स्वाभाविक उद्दीपक के देने पर क्लासिकी अनुबंधन मात्र एक या दो ही प्रयासों में सम्पन्न हो जाता है। विमुखी उद्दीपक की तीव्रता बहुत होने पर मात्र एक ही प्रयास में अधिगम पूरा हो जाता है।

4. अनुबंधित उद्दीपक द्वारा किस हद तक स्वाभाविक उद्दीपक के बारे में सही-सही पूर्वानुमान लगाया जाता है (How reliably the conditioned stimulus predicts the unconditioned stimulus)—इस कारक को राबर्ट रेसकोरला (Robert Rescorla, 1967, 1988) द्वारा काफी महत्त्वपूर्ण बतलाया गया है। रेसकोरला का कहना है कि एक तटस्थ उद्दीपक (neutral stimulus) को एक अस्वाभाविक उद्दीपक के साथ मात्र युग्मित (paired) कर देने से ही क्लासिकी अनुबंधन अपने आप स्थापित नहीं हो जाता है बल्कि अनुबंधन का स्थापित होना इस बात पर आधारित होता है कि तटस्थ उद्दीपक द्वारा कितनी सही-सही स्वाभाविक उद्दीपक के आने के बारे में सूचना प्राणी को मिलती है। यही कारण है कि एक ऐसी आवाज जिसके बाद प्राणी को हमेशा भोजन दिया जाता है, से अधिक मात्रा में लार स्राव होगा परंतु वह आवाज जिसके बाद प्राणी को यदा-कदा भोजन दिया जाता है, से प्राणी में लारस्राव कम मात्रा में उत्पन्न होगा।

5. अनुबंधित उद्दीपक तथा स्वाभाविक उद्दीपक का सामयिक संबंध (Temporal relationshp between the conditioned stimulus and the unconditioned stimulus)—क्लासिकी अनुबंधन के कुछ प्रतिमान में अनुबंधित उद्दीपक (Conditioned Stimulus or CS) पहले तथा बाद में स्वाभाविक उद्दीपक (Unconditioned stimulus or UCS) दिया जाता है। जबकि कुछ प्रतिमान में स्वाभाविक उद्दीपक पहले तथा अनुबंधित उद्दीपक बाद में दिया जाता है। पहले तरह के प्रतिमान को *अग्रवर्ती अनुबंधन* (forward conditioning) तथा दूसरे तरह के प्रतिमान को *पश्चगामी अनुबंधन* (backward conditioning) कहा जाता है। इन दोनों तरह के अनुबंधनों के प्रमुख प्रकारों का वर्णन निम्नांकित है—

(i) सहकालिक या समकालिक अनुबंधन (Simultaneous Conditioning)—इस तरह के अनुबंधन में अनुबंधित उद्दीपक (conditioned stimulus or CS) (जैसे घंटी की आवाज) तथा स्वाभाविक उद्दीपक (unconditioned stimulus or UCS) प्रयोज्य के सामने साथ-साथ आते हैं और फिर साथ-ही-साथ हटा दिये जाते हैं।

(ii) विलंबित अनुबंधन (Delayed conditioning)—इस तरह के अनुबंधन में अनुबंधित उद्दीपक (conditioned stimulus) पहले आता है और कुछ देर तक बना रहता है तब स्वाभाविक उद्दीपक उपस्थित किया जाता है। इस तरह से अनुबंधित उद्दीपक, स्वाभाविक उद्दीपक के पहले ही हटा लिया जाता है।

(iii) चिह्न अनुबंधन (Trace conditioning)—इस तरह के अनुबंधन में अनुबंधित उद्दीपक (जैसे घंटी) को पहले प्राणी के सामने उपस्थित किया जाता है अर्थात बजाया जाता है। फिर कुछ सेकेंड तक बजने के बाद उसे हटा लिया जाता है और उसके बाद स्वाभाविक उद्दीपक (भोजन) दिया जाता है। चूँकि इस तरह के अनुबंधन में अनुबंधित उद्दीपक पहले से देकर हटा लिया जाता है, अतः प्राणी उस उद्दीपक द्वारा मन में छोड़े गए चिह्न या संकेत के प्रति ही अनुक्रिया करता है। अतः उसे संकेत या चिह्न अनुबंधन कहा जाता है।

(iv) पश्चगामी अनुबंधन (Backward conditioning)—यह अनुबंधन ऊपर से तीनों अनुबंधन से भिन्न होता है। ऊपर के तीनों अनुबंधन में अनुबंधित उद्दीपक (CS) (यानी घंटी) पहले दिया जाता है तथा भोजन (UCS) बाद में आता है। परंतु इस अनुबंध में भोजन (UCS) पहले आता है तथा अनुबंधित उद्दीपक बाद में आता है।

इन चारों तरह के अनुबंधन में विलम्बित अनुबंधन सबसे प्रभावी होता है।

मनोवैज्ञानिकों द्वारा किये गए अध्ययनों से यह स्पष्ट हुआ है कि अगर अनुबंधित उद्दीपक को स्वाभाविक उद्दीपक के तुरंत पहले दिया जाता है, तो इससे अनुबंधन तेजी से होता है। स्पेच तथा उनके सहयोगियों (Spetch et. al., 1981) तथा स्पूनर एवं केल्लोग (Spooner & Kellogg, 1947) द्वारा किये गए अध्ययनों से यह स्पष्ट हुआ है कि जब ये दोनों उद्दीपक साथ-साथ दिये जाते हैं, तो अनुबंधन बहुत धीरे होता है या न के बराबर होता है और जब

अनुबंधित उद्दीपक स्वाभाविक उद्दीपक के बाद में दिया जाता है तो अनुबंधन शायद ही स्थापित हो पाता है। अनुबंधित उद्दीपक तथा स्वाभाविक उद्दीपक के बीच का आदर्श समय आधा सेकंड या 500 मिली सेकंड बतलाया गया है क्योंकि इस समय अंतराल पर अनुबंधन बहुत जल्द स्थापित होते पाया गया है। सोलोमोन तथा उनके सहयोगियों (Solomon et. al., 1991) के अनुसार प्रयोज्य की आयु से भी यह आदर्श समय अंतराल प्रभावित होता है। इस क्षेत्र में किये गए मनोवैज्ञानिक अध्ययनों का सामान्य निष्कर्ष यह रहा है कि अगर अनुबंधित उद्दीपक स्वाभाविक उद्दीपक के बहुत पहले उपस्थित किया जाता है तो इन दोनों के बीच कोई साहचर्य स्थापित नहीं हो पाता है। इस सामान्य नियम का मात्र अपवाद स्वाद विरुचि (taste aversion) का अनुबंधन है।

क्लासिकी अनुबन्धन का सिद्धांत की प्रमुख आलोचनाएँ निम्नांकित हैं:—

(1) इस सिद्धांत के अनुसार सीखने के लिए पुनर्बलन (reinforcement) आवश्यक है। यदि पुनर्बलन नहीं दिया जाएगा, तो प्राणी अस्वाभाविक उद्दीपक के प्रति अनुक्रिया करना नहीं सीख पायेगा। परन्तु टालमैन (Tolman, 1932), ब्लौजेट (Blodgett, 1929) द्वारा किये गये प्रयोगों से यह स्पष्ट हो गया है कि पुनर्बलन के अभाव में भी प्राणी किसी अनुक्रिया को सीखता है। पुनर्बलन की आवश्यकता सीखी गयी अनुक्रिया की अभिव्यक्ति के लिए होती है।

(2) अनुबन्धन सिद्धांत सीखने के लिए अभ्यास या पुनरावृत्ति को महत्त्वपूर्ण मानता है परन्तु बहुत प्रतिक्रियाएँ ऐसी होती है जिन्हें व्यक्ति मात्र एक बार के अनुभव में ही सीख लेता है। इसके लिए अभ्यास की जरूरत नहीं पड़ती है।

(3) कुछ आलोचकों का मत है कि पैवलव द्वारा प्रतिपादित सीखना अस्थायी तथा आंशिक रूप से ही प्राणी के व्यवहार में परिवर्तन लाता है। कुत्ता घंटी की आवाज पर तभी तक लार का स्राव करता था जबतक की घंटी की आवाज के बाद उसे भोजन दिया जाता था। जब भोजन दिया जाना बन्द कर दिया गया तो कुत्ता भी लार स्राव करना बन्द कर दिया। इसका स्पष्ट मतलब यह हुआ कि अनुबन्धन द्वारा सीखी गयी अनुक्रिया में स्थायित्व कम होता है।

(4) कुछ आलोचकों का मत है कि अनुबन्धन द्वारा सीखी गयी अनुक्रिया अस्वाभाविक होती जिसके आधार पर स्वाभाविक रूप से सीखने की व्याख्या नहीं की जा सकती है। अनुबन्धन द्वारा सीखने की परिस्थिति बिलकुल ही अस्वाभाविक होती है। क्या हमलोग वास्तविक जीवन में किसी अनुक्रिया को तभी सीखते हैं जब कोई अस्वाभाविक उद्दीपक या अनुबन्धित उद्दीपक तथा स्वाभाविक उद्दीपक दोनों ही साथ-साथ उपस्थित किये गए हों? नहीं, सच्चाई यह है कि इस तरह का सीखना दिन-प्रतिदिन की जिन्दगी में कम ही होता है।

इन आलोचनाओं के बावजूद अनुबन्धित अनुक्रिया सिद्धांत एक उपयोगी सिद्धांत है। बच्चे तथा पशुओं के सीखने में अनुबन्धन की भूमिका सबसे अधिक सराहनीय है।

क्रियाप्रसूत अनुबंधन
(Operant Conditioning)

क्रियाप्रसूत अनुबंधन (Operant conditioning) के सिद्धांत की नींव ई॰ एल॰ थॉर्नडाइक (E.L Thorndike) द्वारा ही डाली गयीं थी। परन्तु इसका पूर्णरूपेण विकास बी॰ एफ॰ स्कीन्नर (B.F. Skinner) द्वारा किया गया। क्रियाप्रसूत अनुबंधन के इस सिद्धांत को *साधनात्मक अनुबंधन का सिद्धांत* (theory of operant conditioning) भी कहा जाता है।

बी॰ एफ॰ स्कीन्नर
(B. F. Skinner)

स्कीन्नर द्वारा विकसित इस सिद्धांत में अनुक्रिया (response) के दो प्रकार बतलाये गये हैं—*प्रतिवादी अनुक्रिया* (respondent response) तथा *क्रियाप्रसूत अनुक्रिया* (operant response)। प्रतिवादी अनुक्रिया से तात्पर्य वैसी अनुक्रिया से होता है जिसका स्वरूप अनैच्छिक (involuntary) होता है तथा जिसकी उत्पत्ति किसी ज्ञात उद्दीपक (stimulus) होता है। जैसे, पैवलव के प्रयोग में कुत्ते द्वारा घंटी की आवाज या भोजन देखकर लार का

स्राव करना एक प्रतिवादी अनुक्रिया का उदाहरण है। क्रियाप्रसूत अनुक्रिया से तात्पर्य वैसी अनुक्रिया से होता है जिसका स्वरूप ऐच्छिक (voluntary) होता है परन्तु जिसकी उत्पत्ति किसी ज्ञात उद्दीपक से न होकर प्राणी (organism) द्वारा उत्सर्जित (emit) होती है। टहलना, हसँना, स्कीन्नर बकस में चूहा द्वारा लीवर दबाना आदि क्रियाप्रसूत अनुक्रिया के उदाहरण है।

स्कीन्नर ने अपने इस सिद्धांत में क्रियाप्रसूत अनुक्रियाओं को सीखने की ही व्याख्या किया है। उन्होंने सीखने की व्याख्या करते हुए कहा है कि जब प्राणी द्वारा किसी क्रियाप्रसूत अनुक्रिया को किया जाता है और उसके बाद जब उसे पुनर्बलन (reinforcement) दिया जाता है, तो इससे की गयी अनुक्रिया की शक्ति बढ़ जाती है और भविष्य में प्राणी उसे दोहराता है। चूँकि इस तरह के अनुबंधन में सीखने का आधार पुनर्बलन (reinforcement) या पुरस्कार (reward) होता है, इसलिए इसे *टाईप आर अनुबंधन* (Type R conditioning) भी कहा जाता है। ध्यान रहे कि पैवलोवियन अनुबंधन को *टाईप एस अनुबंधन* (Type S conditioning) भी कहा जाता है क्योंकि ऐसे अनुबंधन में जिस अनुक्रिया का अनुबंधन होता है उसे उत्पन्न करने में उद्दीपक (stimulus) जो पुनर्बलन (reinforcement) से संबंधित होता है, की भूमिका महत्त्वपूर्ण होती है।

स्कीन्नर ने अपने साधनात्मक अनुबंधन के सिद्धांत के समर्थन में कई तरह के प्रयोग चूहों, कबूतरों एवं मुर्गियों पर किये हैं। उदाहरण के रूप में हम यहाँ उनके द्वारा चूहा पर किया गया एक प्रयोग की चर्चा कर रहे हैः—

चूहा पर स्कीन्नर द्वारा किया गया प्रयोग *(Experiment done on rat by Skinner)*—स्कीन्नर एक भूखे चूहे को एक विशेष छोटे जाँच कक्ष (small test chamber) में छोड़ देते थे। इस जाँच कक्ष का मौलिक नाम क्रियाप्रसूत अनुबंधन कक्ष (Operant Conditioning Chamber) था परन्तु बाद में स्कीन्नर के शिष्यों ने अपने गुरु के सम्मान में इसका नाम स्कीन्नर बक्स (Skinner box) रख दिया और आज इस कक्ष को इसी स्कीनर बकस के नाम से जाना जाता है। इस बकस में जाली का एक फर्श, रोशनी (light), एक लीवर (lever) तथा एक भोजन कप (food cup) होता था। (चित्र 6.2 देखें)। इस बकस की विशेषता यह थी कि जब भूखा चूहा बक्स में इधर-

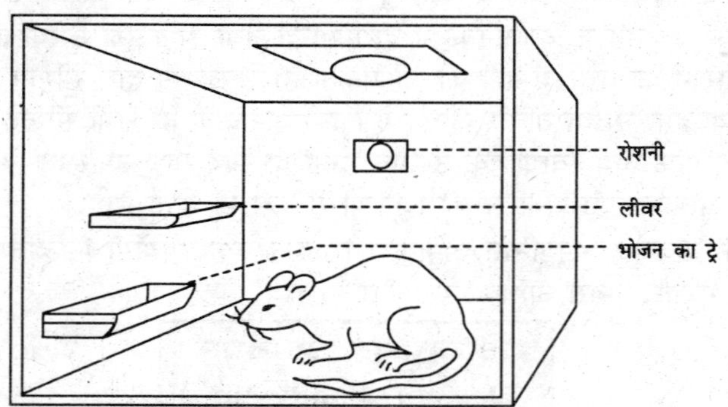

चित्र 6.2 : स्कीन्नर बकस में चूहा पर किया गया प्रयोग

उधर घूमते हुए भोजन कप (food cup) के पास आकर लीवर (lever) को दबाता या अचानक दब जाता है, तो इससे भोजन कप में भोजन की कुछ गोलियाँ (food pellets) निकल आतीं थीं जिसे चूहा खा लेता था। लीवर दबाने की इस अनुक्रिया को वह अगले प्रयासों में दोहराता देखा गया क्योंकि ऐसा करने से उसे भोजन (पुनर्बलन) मिलता था। धीरे-धीरे वह लीवर दबाने की अनुक्रिया को सीख गया। स्कीन्नर एक विशेष योजना (plan) या नियम बनाकर पुनर्बलन को अपने प्रयोग में देते थे जिसे उन्होंने *पुनर्बलन अनुसूची* (Schedule of reinforcements) की संज्ञा दिया था। पुनर्बलन अनुसूची कभी समय पर आधारित होता था तो कभी अनुक्रिया पर। प्रत्येक पुनर्बलन अनुसूची में एक खास प्रकार का अनुक्रिया पैटर्न होता देखा गया।

स्कीन्नर बक्स में चूहा पर किया गया प्रयोग के संदर्भ में यह कहा जा सकता है कि स्कीन्नर के अनुसार अधिगम या सीखने की प्रक्रिया सम्पन्न होने के लिए निम्नांकित तथ्यों का होना आवश्यक हैः—

(1) क्रियाप्रसूत अनुक्रिया का होना (Emergence of operant response) सीखने के लिए यह आवश्यक है कि प्राणी द्वारा क्रियाप्रसूत अनुक्रिया की जायँ। स्कीन्नर बक्स में चूहा द्वारा लीवर दबाना एक क्रियाप्रसूत अनुक्रिया का उदाहरण है।

(2) क्रियाप्रसूत अनुक्रिया का निश्चित परिणाम (Definite consequence of operant response)—क्रियाप्रसूत अनुक्रिया का एक निश्चित परिणाम (consequence) का होना अनिवार्य है। जैसे, स्कीन्नर बक्स में चूहा द्वारा लीवर दबाने की अनुक्रिया का एक निश्चित परिणाम अर्थात् भोजन की गोलियों (पुनर्बलन) का उपस्थित होना होता था जिसे चूहा खा लेता था। यदि यह परिणाम स्पष्टतः यहाँ नहीं होता अर्थात् भोजन की गोलियाँ नहीं दी जाती, तो चूहा लीवर दबाने की अनुक्रिया नहीं सीख पाता।

(3) क्रियाप्रसूत अनुक्रिया तथा उसके परिणाम के बीच का समय अंतराल (Time interval between operant response and its consequences)—साधनात्मक अधिगम के लिए यह आवश्यक है कि क्रियाप्रसूत अनुक्रिया उत्पन्न होने तथा उसका परिणाम (अर्थात् पुनर्बलन) के बीच का समय अंतराल लघुतम हो। यह समय अंतराल जितना ही अधिक होगा, यानी अनुक्रिया उत्पन्न होने के बाद जितना ही विलम्ब से पुनर्बलन किया जाता है साधनात्मक अधिगम की प्रक्रिया उतनी ही कमजोर एवं छिन्न होगी।

4. पुनर्बलन अनुसूची (Reinforcement Schedule)—जैसा कि ऊपर कहा जा चुका है, स्कीन्नर अपने प्रयोगों में पुनर्बलन अनुसूची (schedule of reinforcement) के अनुसार पुनर्बलन देते थे। इस तरह की पुनर्बलन अनुसूची मुख्य रूप से निम्नांकित चार थीः—

(i) निश्चित अनुपात अनुसूचि (Fixed ratio schedule)—इस अनुसूचि में प्रयोज्य अर्थात् चूहा को औसतन निश्चित संख्या में अनुक्रिया करने के बाद ही पुनर्बलन (भोजन) दिया जाता था। जैसे, यदि प्रयोगकर्त्ता यह पूर्वनिश्चित करता है, कि वह प्रत्येक 10 सही अनुक्रिया के बाद चूहा को पुनर्बलन देगा, तो यह निश्चित अनुपात अनुसूचि का उदाहरण होगा।

(ii) परिवर्त्य अनुपात अनुसूचि (Variable ratio schedule)—इस अनुसूचि में चूहा को पुनर्बलन औसतन कितनी अनुक्रिया के बाद दी जायेगी, यह निश्चित नहीं होता था। कभी 5 सही अनुक्रिया के बाद तो कभी 10 तो कभी 7 सही अनुक्रिया (औसतन) पर पुनर्बलन दिया जाता था।

(iii) निश्चित अंतराल अनुसूचि (Fixed Interval Schedule)—इस तरह की अनुसूचि में प्रयोज्य को पुनर्बलन एक औसतन निश्चित समय बीतने पर ही पुनर्बलन दिया जाता था चाहे वह उस अवधि में अनुक्रिया करे या न करें।

(iv) परिवर्त्य अंतराल अनुसूचि (Variable Interval Schedule)—इस तरह की अनुसूचि में प्रयोज्य को औसतन विभिन्न अनिश्चित समय अंतरालों पर पुनर्बलन दिया जाता है चाहे उसके द्वारा की गयी सही अनुक्रिया की बारंबारता कुछ भी हो। अतः इसमें पिछली की गयी अनुक्रिया के बाद औसतन कभी 3 सेकेंड तो कभी 2 सेकेंड तो कभी 5 सेकेंड बीतने पर पुनर्बलन दिया जाता था।

स्कीन्नर ने अपने सिद्धान्त में यह भी स्पष्ट कर दिया था कि इन चारों पुनर्बलन अनुसूचियों का प्रभाव क्रियाप्रसूत अनुक्रिया के होने के दर पर अलग-अलग पड़ता है। स्कीन्नर के अनुसार सबसे उच्चतम (highest) अनुक्रिया दर परिवर्त्य अनुपात अनुसूचि में, तथा बहुत उच्च अनुक्रिया दर निश्चित अनुपात अनुसूचि में होती है। परिवर्त्य अंतराल अनुसूचि में अनुक्रिया दर साधारण (moderate) तथा निश्चित अंतराल अनुसूचि में अनुक्रिया दर सबसे कम होती है।

5. पुनर्बलन का प्रकार (Types of reinforcement)—पुनर्बलन दो प्रकार का हो सकता है—धनात्मक (positive) तथा ऋणात्मक (negative)। धनात्मक पुनर्बलन से तात्पर्य वैसे उद्दीपकों से होता है जिसके परिणाम सुखद (pleasant) होते हैं। ऐसे उद्दीपक अनुक्रिया को मजबूत करके उसे संपोषित करते हैं। ऐसे पुनर्बलन से व्यक्ति की विभिन्न तरह की आवश्यकताओं की तुष्टि होती है जिसमें भोजन की आवश्यकता, पानी की आवश्यकता,

प्रशंसा एवं इज्जत पाने की आवश्यकता, धन-दौलत कमाने की इच्छा आदि सम्मिलित होती है। ऋणात्मक पुनर्बलन से तात्पर्य वैसे उद्दीपकों से होता है जिसके परिणाम दुखद होते हैं। इसमें दर्दनांक उद्दीपक (painful stimulus) एवं अरुचिकर उद्दीपक सम्मिलित होते हैं। वैसी अनुक्रियाएँ जो व्यक्ति को इन दर्दनाक उद्दीपकों से छुटकारा दिलाता है या फिर इनसे दूर रहने में मदद करता है, ऋणात्मक पुनर्बलन (negative reinforcement) प्रदान करता है। इसका मतलब यह हुआ कि ऋणात्मक पुनर्बलन से व्यक्ति परिहार (avoidance) तथा पलायन (escape) अनुक्रिया को सीखता हैं। जैसे, आग से व्यक्ति आने आप को दूर रहना सीखता है तथा उसी तरह से कुछ खतरनाक उद्दीपक जैसे जहरीला साँप आदि से व्यक्ति पलायन करना सीखता है।

छात्र यहाँ ध्यान देंगे कि ऋणात्मक पुनर्बलन (negative reinforcement) दंड (punishment) नहीं होता है। दंड के प्रयोग से कोई भी अनुक्रिया दमित हो जाती है या कमजोर हो जाती है जबकि ऋणात्मक पुनर्बलन से परिहार (avoidance) तथा पलायन (escape) अनुक्रिया के होने की संभावना बढ़ जाती है।

6. पुनर्बलन की संख्या एवं अन्य संबद्ध कारक (Number of reinforcement and other related features)— सीखने वाले प्राणी को कितने प्रयासों (trials) में पुनर्बलन (reinforcement) दिया गया है तथा कितनी मात्रा (amount) में पुनर्बलन दिया गया है, इस पर भी क्रियाप्रसूत अनुबंधन निर्भर करता है। इतना ही नहीं, किम्बल (Kimble, 1999) ने अपने प्रयोग के आधार पर यह भी दिखलाया है कि पुनर्बलन की गुणवत्ता (quality) से भी क्रियासप्रसूत अनुबंधन प्रभावित होता है। प्रयोगात्मक मनोवैज्ञानिकों का मत है कि जैसे-जैसे पुनर्बलन की संख्या (number), मात्रा (amount) तथा गुणवत्ता (quality) में वृद्धि होती है, क्रियाप्रसूत अनुबंधन (operant conditioning) मजबूत होते चली जाती है।

यद्यपि साधनात्मक अनुबंधन के नियमों (Principles) का काफी उपयोगी होता रहा है क्योंकि इसका प्रत्यक्ष रूप से उपयोग शिक्षा, मनचिकित्सा (psychotherpy) आदि क्षेत्रों में की गयी है, फिर भी इस सिद्धांत के कुछ परिसीमाएँ (limitations) हैं जिनपर विचार करना होगा। प्रमुख परिसीमाएँ निम्नांकित हैं—

(i) आलोचकों का मत है कि यह सिद्धांत अधिगम का एक क्रमबद्ध सिद्धांत (systematic theory) नहीं है क्योंकि इसमें बहुत सारे संप्रत्ययों (concepts) तथा तथ्यों का समावेश तो किया गया है परन्तु उनमें आपसी क्रमबद्धता को दिखलाया नहीं गया है।

(ii) साधनात्मक अनुबंधन के सिद्धांत के अनुसार सीखने के लिए पुनर्बलन (reinforcement) का होना जरूरी है। परन्तु कई मनोवैज्ञानिकों जिनमें टॉलमैन (Tolman, 1932) तथा ब्लैजेट (Blodgett, 1929) का नाम प्रमुख है, ने कई प्रयोग करके यह साबित कर दिया है कि अधिगम या सीखना पुनर्बलन (reinforcement) की अनुपस्थिति में भी हो सकती है। इन लोगों का कहना है कि पुनर्बलन की आवश्यकता सीखने के लिए नहीं बल्कि सीखी गयी अनुक्रियाओं को निष्पादन (performance) के रूप में व्यक्त करने के लिए होती है।

(iii) स्कीन्नर के इस साधनात्मक अनुबंधन सिद्धांत के अनुसार सिर्फ क्रियाप्रसूत अनुक्रियाओं (operant responses) को ही सीखा जा सकता है। परन्तु कुछ मनोवैज्ञानिकों जैसे मिलर तथा डिकारा (Miller & Dicara, 1967) ने अपने प्रयोगों के आधार पर यह दिखाया गया है कि साधनात्मक अनुबंधन के सहारे प्रतिवादी अनुक्रिया (respondent response) जैसे चूहों का हृदय गति का भी अनुबंधन आसानी से किया जा सकता है। इनके प्रयोग से स्कीन्नर का दावा गलत साबित हो जाता है।

इन परिसीमाओं या आलोचनाओं के बावजूद स्कीन्नर का साधनात्मक सिद्धांत एक महत्त्वपूर्ण सिद्धांत है। इसकी उपयोगिता विशेषकर शिक्षा (education) तथा मनचिकित्सा (psychotherapy) अर्थात् मानसिक रोगों के उपचार विधि के रूप में स्थापित हो चुकी है।

क्लासिकी अनुबंधन तथा क्रियाप्रसूत अनुबंधन में अन्तर
(Distinction between Classical Conditioning and Operant Conditioning)

क्लासिक अनुबंधन का प्रतिपादन रूसी शरीरविज्ञानी (Russian physiologist) पैवलव (Pavlov) द्वारा किया गया था। इनके अनुसार जब किसी तटस्थ उद्दीपक को स्वाभाविक उद्दीपक के साथ बार-बार प्राणी के सामने

उपस्थित किया जाता है तो प्राणी तटस्थ उद्दीपक के प्रति ठीक उसी ढंग से अनुक्रिया करना सीख लेता है जिस तरह से वह स्वाभाविक उद्दीपक के प्रति करता था। साधनात्मक अनुबंधन का विकास मूलतः स्कीन्नर (Skinner) के प्रयासों से हुआ हालाँकि इसका नींव थॉर्नडाइक (Thorndike) ने ही डाल रखा था। इस सिद्धांत का मुख्य तथ्य यह है कि जब किसी क्रियाप्रसूत अनुक्रिया के करने के बाद प्राणी को पुनर्बलन (reinforcement) दिया जाता है, तो प्राणी उस अनुक्रिया को भविष्य में दोहराना चाहता है और इस तरह से फिर वह उस अनुक्रिया को करना सीख लेता है। क्लासिकी अनुबंधन तथा क्रियाप्रसूत अनुबंधन में कुछ समानताएँ (similarities) तथा कुछ विषमताएँ हैं जो इस प्रकार है—

समानताएँ ***(Similarities)***

(1) दोनों ही तरह के अनुबंधन का आधार साहचर्यात्मक सीखना (associative learning) होता है। क्लासिकी अनुबंधन में प्राणी दो उद्दीपकों के बीच में साहचर्य स्थापित करना सीखता है जबकि साधनात्मक अनुबंधन में प्राणी अनुक्रिया तथा उसके परिणामों की बीच साहचर्य स्थापित करना सीखता है।

(2) दोनों ही तरह के अनुबंधन सिद्धांतों में सीखने में पुनर्बलन (reinforcement) की भूमिका में सराहनीय बतलाया गया है।

(3) दोनों तरह के अनुबंधन सचमुच में साधारण अधिगम (simple learning) के उदाहरण हैं। इन दोनों तरह के अनुबंधन में लगभग समान प्रक्रियाएँ जैसे विलोपन (extinction), सामान्यीकरण (generalization), विभेदन तथा स्वतः पुनर्लाभ (spontaneous recovery) आदि सम्मिलित होते हैं।

विषमताएँ ***(Dissimilarities)***

(1) क्लासिकी अनुबंधन (classical conditioning) में प्राणी को पुनर्बलन (reinforcement) अर्थात् भोजन पहले दिया जाता है और वह अनुक्रिया (response) बाद में करता है। जैसे, पैवलव के प्रयोग में कुत्ता को भोजन पहले दिया जाता था परन्तु लार स्राव (salivation) की क्रिया वह बाद में करता था। परन्तु साधनात्मक अनुबंधन में प्राणी अनुक्रिया पहले करता है और पुनर्बलन बाद में मिलता है। जैसे, स्कीन्नर बक्स में चूहा लीवर दबाने की अनुक्रिया पहले करता है परन्तु पुनर्बलन (भोजन) उसे बाद में मिलता है।

(2) क्लासिकी अनुबंधन में प्रयोगकर्ता तटस्थ उद्दीपक जैसे घंटी की आवाज देने के बाद पुनर्बलन (भोजन) को चाहे तो तुरंत दे सकता है या फिर कुछ समय बाद भी दे सकता है। परन्तु साधनात्मक अनुबंधन में ऐसी बात नहीं है और प्रयोगकर्त्ता लीवर दबाने के बाद अर्थात् सही अनुक्रिया करने के बाद तुरंत ही पुनर्बलन (reinforcement) देने को वाध्य होता है।

(3) क्लासिकी अनुबंधन में तटस्थ उद्दीपक जैसे घंटी की आवाज तथा स्वाभाविक उद्दीपक (natural stimulus) जैसे भोजन के बीच का समय अंतराल अनुबंधन के लिए महत्त्वपूर्ण होता है। यह समय अतंराल जितना ही बड़ा होगा, अनुबंधन की शक्ति उतनी ही कम होगी। दूसरे तरफ, साधनात्मक अनुबंधन में अनुक्रिया तथा उसके परिणाम (consequence) के बीच का समय अतंराल महत्त्वपूर्ण होता है। यह समय अतंराल जितना ही बढ़ा होगा, साधनात्मक अनुबंधन द्वारा सीखी गयी अनुक्रिया की शक्ति कमजोर होगी।

(4) क्लासिकी अनुबंधन में अनुबंधित उद्दीपक (Conditioned stimulus or CS) स्पष्ट होता है। जैसे, पैवलव के प्रयोग में घंटी स्पष्टतः CS है जिसके प्रति कुत्ता लार स्राव की अनुक्रिया को करना धीरे-धीरे सीख लेता है। परन्तु साधनात्मक अनुबंधन में कोई ऐसी वस्तु नहीं होती है जिसे CS के रूप में समझा जा सकता है।

(5) क्लासिकी अनुबंधन में प्राणी एक निष्क्रिय भूमिका (passive role) निभाता है जबकि साधनात्मक अनुबंधन में प्राणी एक सक्रिय भूमिका (active role) अपनाता है। जैसे, क्लासिकी अनुबंधन के प्रयोग में पैवलव का कुत्ता प्रयोगात्मक परिस्थिति में इस तरह बंधा हुआ होता है कि वह चाहकर भी उसमें इधर-उधर घूम नहीं सकता है जबकि साधनात्मक अनुबंधन के प्रयोग में स्कीन्नर का चूहा को प्रयोगात्मक परिस्थिति में स्वतंत्र होकर इधर-उधर घूमने की छूट होती थी।

(6) क्लासिकी अनुबंधन द्वारा सामान्यतः अनैच्छिक (involuntary) अनुक्रिया या प्रतिवर्ती अनुक्रिया (reflexive response) को ही सीखा जाता है जबकि साधनात्मक अनुबंधन द्वारा ऐच्छिक अनुक्रिया (voluntary response) को सीखा जाता है।

(7) साधारणतः क्लासिकी अनुबंधन द्वारा सरल अनुक्रियाओं का अनुबंधन होता है जबकि साधनात्मक अनुबंधन द्वारा सरल से जटिल अनुक्रियाओं का अनुबंधन होता है।

(8) क्लासिकी अनुबंधन द्वारा सांवेगिक प्रतिक्रियाओं जैसे डर, पसंदगी, नापसंदगी आदि को सीखा जाता है जबकि साधनात्मक अनुबंधन द्वारा मूलतः लक्ष्य-उन्मुखी अनुक्रियाओं (goal-oriented responses) को सीखा जाता है।

स्पष्ट हुआ कि क्लासिकी अनुबंधन तथा साधनात्मक अनुबंधन में कुछ समानताएँ होने के बावजूद भी इनमें विभिन्नताएँ हैं।

प्रमुख अधिगम प्रक्रियाएँ (Important Learning Processes)

अधिगम का स्वरूप चाहे क्लासिकी अनुबंधन (classical conditioning) हो या फिर क्रियाप्रसूत अनुबंधन (operant conditioning) हो, उसमें कुछ सामान्य प्रक्रियाएँ (process) सम्मिलित होती हैं जो इस प्रकार है—

1. पुनर्बलन *(Reinfocement)*—पुनर्बलन से तात्पर्य पुनर्बलक (reinforcers) प्राप्त करने की प्रक्रिया से होती है जो दोनों तरह के अनुबंधन अधिगम में होता है। प्रबलक वैसे उद्दीपक (stimulus) को कहा जाता है जो अपने पहले होने वाली अनुक्रियाओं की दर या संभावना (probability) को बढ़ा देता है। पुनर्बलक दो प्रकार का होता है—धनात्मक (positive) तथा ऋणात्मक (negative)। धनात्मक पुनर्बलन से तात्पर्य वैसे पुनर्बलक से होता है जिसे प्राप्त होने के पहले होने वाली अनुक्रिया की दर बढ़ जाती है। जैसे, स्कीन्नर के प्रयोग से भोजन की गोलियाँ मिलने के पहले चूहा स्कीन्नर बक्स में लीभर दबाने की अनुक्रिया करता है जिसकी भविष्य में दोबारा होने की संभावना इसलिए बढ़ जाती है क्योंकि भोजन एक धनात्मक पुनर्बलक है। ऋणात्मक पुनर्बलक (negative reinforcer) वैसे उद्दीपक को कहा जाता है जिसके हटा लिए जाने से या समाप्त कर दिये जाने से पहले की अनुक्रिया की दर भविष्य में बढ़ जाती है। अगर व्यक्ति यह देखता है कि किसी अनुक्रिया को करने से विरुचिपूर्ण उद्दीपक (aversive stimulus) जैसे बिजली का आघात दूर हो जाते हैं, तो उससे उस अनुक्रिया को भविष्य में किये जाने की संभावना बढ़ जाती है और ऐसे उद्दीपक को नकारात्मक पुनर्बलक (negative reinforcer) कहा जाता है।

एक दूसरे दृष्टिकोण से पुनर्बलक के दो अन्य प्रारूप (forms) बतलाये गए हैं—*प्राथमिक पुनर्बलक* (positive reinforcer) तथा *गौण पुनर्बलक* (secondary reinforcer)। प्राथमिक पुनर्बलक वैसे पुनर्बलक को कहा जाता है जो व्यक्ति के अस्तित्व में बने रहने के लिए दैहिक आवश्यकताओं (physical needs) को पूरा करता है तथा जो किसी प्रकार के अधिगम (learning) पर आधृत नहीं होता है। भोजन, पानी, नींद, दर्द की समाप्ति आदि प्राथमिक पुनर्बलक के उदाहरण हैं। गौण पुनर्बलक से तात्पर्य एक ऐसे तटस्थ उद्दीपक (neutral stimulus) से होता है जो अन्य पुनर्बलकों (reinforcers) के साथ साहचर्यित होकर पुनर्बलन (reinforcement) का गुण धारण कर लेता है। जैसे, प्रशंसा (praise), उत्तम ग्रेड (good grade), अनुमोदन का संकेत जैसे हँसी आदि सभी गौण पुनर्बलक के उदाहरण हैं।

2. उद्दीपक सामान्यीकरण *(Stimulus generalization)*—सीखने के प्रारंभ के प्रयासों (trials) में ऐसा देखा गया है कि सिर्फ मूल अनुबंधित उद्दीपक (original conditioned stimulus) के प्रति ही प्राणी अनुक्रिया नहीं करता है बल्कि उससे मिलते-जुलते अन्य उद्दीपकों के प्रति भी उसी ढंग से अनुक्रिया करता है। इसे ही उद्दीपक सामान्यीकरण की संज्ञा दी जाती है। एक उदाहरण लिया जाये—मान लिया जाय कि किसी प्रयोग में कुत्ते में 1000 Hertz tone or Hz (हर्जटोन) की आवाज पर भोजन देकर लार स्राव की अनुक्रिया को अनुबंधित (conditioned) किया जाता है। यह 1000 Hz की आवाज मूल अनुबंधित उद्दीपक (original conditioned stimulus) का

उदाहरण है। इस तरह के अनुबन्धन (conditioning) के दौरान यदि कुत्ते के सामने 1200 Hz, 1100 Hz, 900 Hz, तथा 800Hz की आवाज दिया जाय तो कुत्ता में पहले के समान ही लार स्राव की अनुक्रिया होगी। इसे ही *उद्दीपक सामान्यीकरण* (stimulus generalization) की संज्ञा दी जाती है।

3. विभेदन *(Discrimination)*—विभेदन की घटना (phenomenon) उद्दीपक सामान्यीकरण (stimulus generalization) के ठीक विपरीत घटना है। जैसे-जैसे सीखने के लिए दिये जाने वाले प्रयासों (trial) की संख्या बढ़ती जाती है, वैसे-वैसे प्राणी मूल अनुबंधित उद्दीपक (original conditioned stimulus) तथा अन्य समान उद्दीपकों (similar stimuli) के बीच स्पष्ट अन्तर या विभेद कर लेता है। इसके परिणामस्वरूप प्राणी सिर्फ मूल अनुबंधित उद्दीपक के प्रति ही अनुक्रिया करता है, अन्य समान उद्दीपकों के प्रति अनुक्रिया नहीं करता है। इसे ही विभेदन (discrimination) की संज्ञा दी जाती है। विभेदन की घटना स्थापित होने के बाद कुत्ता सिर्फ 1000Hz पर ही अनुक्रिया (response) करेगा अन्य समान उद्दीपकों जैसे 900 Hz, 1100Hz, आदि पर नहीं करेगा। कभी-कभी देखा गया है कि जब अन्य उद्दीपक (जिसे जाँच उद्दीपक कहा जाता है) तथा मूल अनुबंधित उद्दीपक के बीच इतनी अधिक सामानता होती है कि प्राणी इन दोनों के बीच विभेद करने में असमर्थ हो जाता है, तो ऐसी परिस्थिति में प्राणी का व्यवहार थोड़ी देर के लिए असामान्य (abnormal) हो जाता है। जैसे पैवलव के सहयोगियों ने पाया कि ऐसी परिस्थिति में कुत्ता जोर-जोर से भौंकना प्रारंभ करता है, पंजों से नोच-खसोट आदि भी प्रारंभ कर देता है। इसे मनोवैज्ञानिकों ने *प्रयोगात्मक मनः स्नायुविकृति* (experimental neurosis) की संज्ञा दी है।

4. विलोपन तथा स्वतः पुनर्लाभ *(Extinction and Spontaneous recovery)*—प्राणी (organism) में अनुबन्धन (conditioning) उत्पन्न होने के बाद जब सिर्फ CS (घंटी) दिया जाता है और UCS (भोजन) नहीं दिया जाता है और इस प्रक्रिया को लगातार कई प्रयासों (trials) तक दोहराया जाता है, तों धीरे-धीरे सीखी गयी अनुक्रिया की शक्ति कमने लगती है। दूसरे शब्दों में, कुत्ता धीरे-धीरे घंटी की आवाज पर लार का स्राव कम करते जाता है। अन्त में, एक ऐसा भी प्रयास (trial) आता है जहाँ घंटी बजती है परन्तु लार का स्राव बिलकुल ही नहीं होता है। इस तरह की घटना (phenomenon) को *विलोपन* (extinction) की संज्ञा दी है।

विलोपन से ही संबंधित एक दूसरी घटना (phenomenon) है जिसपर भी मनोवैज्ञानिकों ने अधिक बल डाला है और वह है स्वतः पुनर्लभ (spontaneous recovery) की घटना। जब किसी सीखी गयी अनुक्रिया का आंशिक रूप से विलोपन (partial exinction) हो जाता है और उसके कुछ समय बीतने के बाद यदि पुनः CS (घंटी) दिया जाता है, तो प्राणी (कुत्ता) फिर से CR (लार का स्राव) करते पाया जाता है हालाँकि ऐसी परिस्थिति में किया गया लार स्राव की मात्रा पहले के समान अधिक नहीं होती है। इस तरह से स्वतः पुनर्लभ में हम पाते हैं कि विलोपन के कुछ समय के बाद CS देने पर विलोपित CR अपने आप पुनः प्राणी द्वारा किया जाता है।

संज्ञानात्मक अधिगम
(Cognitive Learning)

संज्ञानात्मक अधिगम वैसे सीखना को कहा जाता है जो प्राणी के संज्ञान (cognition) पर आधारित होता है। संज्ञान से तात्पर्य ज्ञानेन्द्रियों (sense organs) द्वारा पर्यावरण या वातावरण के बारे में मिलने वाली सूचनाओं के संसाधन (processing) से होता है तथा इसमें प्रत्यक्षण, अवधान (attention), चिंतन, अधिगम, स्मृति आदि की प्रक्रियाएँ मुख्य रूप से सम्मिलित होतीं हैं। सचमुच में किसी भी संज्ञानात्मक प्रक्रिया में कम-से-कम निम्नांकित छः कदम सम्मिलित होते हैं:—

(i) सूचनाओं का चयन।
(ii) चयनित सूचनाओं में यथासंभव हेर-फेर या परिवर्तन करना।
(iii) ऐसे सूचनाओं के बीच आपस में साहचर्य स्थापित करना।
(iv) इन सूचनाओं पर गम्भीर रूप से चिन्तन कर उसे विस्तारित करना।
(v) ऐसी सूचनाओं को स्मृति में संचित करना।
(vi) ऐसे संचित सूचनाओं को पुनः प्राप्त (retrieve) करना।

संज्ञानात्मक प्रक्रिया की उपर्युक्त व्याख्या से यह स्पष्ट है कि संज्ञानात्मक प्रक्रिया में व्यक्ति वातावरण से प्राप्त सूचनाओं में से कुछ महत्त्वपूर्ण सूचनाओं को चुनकर उनका आपस में संबंध स्थापित कर अपने स्मृति संचयन में भविष्य के लिए रख लेता है। इसे ध्यान में रखते हुए तब यह कहा जा सकता है कि संज्ञानात्मक सीखना वैसे सीखना को कहा जाता है जिसमें प्राणी वातावरण की घटनाओं के बीच नये संबंध का प्रत्यक्षण करता है तथा उनके बीच नया साहचर्य की स्थापना करता है। दूसरे शब्दों में, संज्ञानात्मक सीखना में व्यक्ति वातावरण के घटनाओं का एक संज्ञानात्मक नक्शा (cognitive map) विकसित कर लेता है। इस तरह के सीखना पर टालमैन (Tolman) तथा बौल्स (Bolles) आदि मनोवैज्ञानिकों ने काफी बल डाला है।

संज्ञानात्मक सीखना को दिखलाने के लिए कई प्रयोग किये गए हैं जिनमें से हम यहाँ उदाहरण के रूप में मेंजल (Menzel, 1973) द्वारा किये गये प्रयोग का वर्णन कर रहे हैं। यह प्रयोग चार वनमानुषों पर किया गया। इन चार वनमानुषों को कुछ दिनों तक एक विशेष मैदान (field) में छोड़ दिया गया ताकि वे इसमें घूम-घूम कर उसके विस्तृतता को ठीक से समझ लें या उसकी परख कर लें। इसके बाद उसमें एक वनमानुष को साथ लेकर जगह-जगह पर (कुल 16 जगहों पर) खाने की वस्तु छिपा दिये गये। वह वनमानुष इन सभी जगहों को देखता गया। इसके बाद फिर उस वनमानुष को इस मैदान से कुछ देर के लिए अलग कर दिया गया और तब उसे उसी मैदान में अन्य तीन वनमानुषों के साथ छोड़ दिया गया। यह प्रक्रिया बारी-बारी से तीन अन्य वनमानुषों के साथ दोहराया गया जिसमें प्रत्येक के लिए अलग-अलग अठारह बिन्दु पर भोजन छिपाकर रखे गये थे। परिणाम में देखा गया है कि जिस वनमानुष को यह पता होता था कि कहाँ-कहाँ भोजन छिपाया गया है वह तो ठीक एक-एक करके उन सभी बिन्दुओं पर छिपाये गए भोजन की खोज कर लिया। परन्तु जिस वनमानुष को यह पता नहीं था कि भोजन कहाँ छिपाया गया था, वे इन बिन्दुओं की तलाश में कुछ यादृच्छिक व्यवहार (random behaviour) करते पाये गए।

प्रयोग के परिणाम में संज्ञानात्मक सीखना के स्पष्ट सबूत मिले। प्रत्येक वनमानुष (जिसे यह मालूम था कि भोजन किन बिन्दुओं पर छिपाकर रखा गया है) द्वारा भोजन खोजने का प्रयास एक विशेष नियम जिसे न्यूनतम दूरी का सिद्धान्त (principle of least distance) कहा जा सकता है, द्वारा नियंत्रित हो रहा था। वनमानुष उस बिन्दु पर पहले भोजन खोजता पाया गया जो पहले बिन्दु जहाँ उसे भोजन मिल चुका था, के सबसे कम दूरी पर होता था। स्पष्टतः वनमानुष द्वारा किया जा रहा भोजन की खोज यादृच्छिक (random) नहीं था। वह विभिन्न खोज बिन्दुओं के आपसी संबंध को समझ रहा था और मैदान के अन्य वस्तुओं जैसे घास, पेड़ आदि को भी ऐसा संबंध स्थापित करने में ध्यान में ले रहा था। इस प्रयोग में वनमानुष स्पष्टतः भोजन बिन्दुओं के स्थानों को देखकर यह सीख लिया कि वे कहाँ-कहाँ अवस्थित हैं। इस तरह के सीखना को संज्ञानात्मक सीखना (cognitive learning) कहा गया।

संज्ञानात्मक अधिगम के तीन प्रमुख प्रारूप (forms) हैं—

(1) अव्यक्त अधिगम (Latent learning)

(2) सूझ द्वारा सीखना या अधिगम (Learning by insight)

(3) प्रेक्षणात्मक अधिगम (Observational learning)

इनका वर्णन निम्नांकित है—

(1) अव्यक्त अधिगम *(Latent learning)*—अव्यक्त अधिगम से तात्पर्य वैसे अधिगम से होता है जो पुनर्बलन (reinforcement) की अनुपस्थिति में होता है तथा यह प्राणी के व्यवहार द्वारा तबतक अभिव्यक्त नहीं होता है जबतक कि उसकी अभिव्यक्ति के लिए अनुकूल परिस्थिति न बन जाए। टॉलमैन तथा हाजिन्स्क (Tolman & Honzik, 1930) ने अपने प्रयोग के आधार पर यह अव्यक्त अधिगम के संप्रत्यय को समर्थन किया है। इनके अध्ययन में भूखे चूहों के तीन समूह को एक भूलभूलैया में 17 दिनों तक दौड़ लगाने के लिए रखा गया। चूहों का पहला समूह को प्रत्येक दौड़ की समाप्ति के बाद भोजन दिया जाता था, दूसरा समूह को दौड़ समाप्ति के बाद कभी भी भोजन नहीं दिया जाता था तथा तीसरा समूह को प्रथम 10 दिनों तक तो भोजन नहीं दिया गया परंतु 11वें दिन के दौड़ समाप्ति के बाद भोजन दिया जाता था। परिणाम में देखा गया कि प्रथम समूह का निष्पादन 17 दिनों में धीरे-धीरे बढ़ता

गया। दूसरा समूह के निष्पादन में बहुत ही हल्का क्रमिक बढ़ोत्तरी (gradual improvement) देखा गया। तीसरा समूह का निष्पादन प्रथम 10 दिनों में असंतोषजनक रहा परंतु 11वें दिन से उसका निष्पादन में बहुत तेजी से बढ़ोत्तरी हुई और इनका निष्पादन प्रथम समूह से भी अधिक श्रेष्ठ हो गया। तीसरा समूह का निष्पादन से यह पता चलता है कि इसमें अव्यक्त अधिगम प्रथम 10 दिनों में हो चुका था जिसकी अभिव्यक्ति 11वें दिन से होने लगी। टॉलमैन के अनुसार इस प्रकार के अधिगम का मुख्य कारण यह था कि चूहा भूलभूलैया के पथों का एक *संज्ञानात्मक नक्शा* (cognitive map) मन में विकसित कर लिया था जिसमें प्राणी परिस्थिति का एक मानसिक प्रतिनिधित्व (mental representation) विकसित कर लिया था जो उसे सीखने में मदद करता था

(2) सूझ द्वारा सीखना या अधिगम *(Learning by insight)*—सूझपूर्ण सीखने की परिस्थिति में प्राणी के सामने जो समस्या का समाधान करने के लिए दिया जाता है, उससे प्राणी के प्रयास के बावजूद भी कोई सफलता नहीं मिलती है। वह थोड़े देर के लिए किंकर्त्तव्यविमूढ़-सा हो जाता है तब अचानक उसे सफलता मिलती है और वह समस्या का समाधान कर लेता है। इस तरह से सीखने की प्रक्रिया पूरी हो जाती है। व्यक्ति जब सूझ द्वारा किसी समस्या का समाधान करना सीख लेता है, तो उसमें सूझ उत्पन्न होने पर एक विशेष तरह की अनुभूति भी उत्पन्न होती है जिसे *अहा अनुभूति* (aha experience) कहा जाता है। कोहलर (Kohler) तथा कौफ्का (Koffka) ने सुलतान नामक वनमानुष पर कई प्रयोग किये हैं जिनसे यह स्पष्ट हुआ है कि वनमानुष सीखने में या समस्या का समाधान करने में सूझ का उपयोग करता था।

(3) प्रेक्षणात्मक अधिगम *(Observational learning)*—संज्ञानात्मक अधिगम के इस प्रारूप का अध्ययन इसके विशेष महत्त्व के कारण हम अलग अनुच्छेद में करेंगे।

प्रेक्षणात्मक अधिगम
(Observational Learning)

प्रेक्षणात्मक अधिगम एक ऐसी सीखना है जिसमें व्यक्ति दूसरों के व्यवहारों का अनुकरण करता है या कुछ विशेष मॉडल के व्यवहार एवं उसके परिणाम को देखकर उसी के अनुरूप व्यवहार करना सीखता है। इस तरह के सीखना में व्यक्ति दूसरों को या किसी मॉडल विशेष को कुछ करते हुए देखता है और साथ-ही-साथ उस अमुक व्यवहार के परिणाम को भी देखता है। उससे प्रोत्साहित होकर बाद में वह खुद उस व्यवहार को करने लगता है और उसे सीख लेता है। इसे *अनुकरण* (imitation) या *माडलिंग* (modeling) भी कहा जाता है। यह संज्ञानात्मक सीखना का ही एक प्रकार है। इस क्षेत्र में अग्रणी शोध बैण्डुरा (Bandura) एवं सहयोगियों द्वारा खासकर बच्चों पर अधिक किया गया। इनके प्रयोगों के परिणाम से यह स्पष्ट हो जाता है कि बच्चे को जैसा व्यवहार देखने के लिए मिला, वे ठीक वैसा ही व्यवहार करना सीख गये थे। इस तरह के अधिगम में चूँकि व्यक्ति सामाजिक व्यवहार (social behaviours) को सीखता है, इसलिए *सामाजिक अधिगम* (social learning) भी कहा जाता है। कई अध्ययनों से यह स्पष्ट हुआ है कि प्रेक्षणात्मक अधिगम में क्रियाप्रसूत अनुबंधन की अपेक्षा कम समय लगता है।

ए॰ बैन्डुरा
(A. Bandura)

अब एक महत्त्वपूर्ण प्रश्न यह उठता है कि वे कौन-कौन कारक हैं जो यह निर्धारित करते हैं कि प्रेक्षणात्मक सीखना कब और कितनी मात्रा में होगा? बैण्डुरा (Bandura, 1986) के अनुसार निम्नांकित ऐसे कुछ कारक हैं जो यह निर्धारित करता है कि प्रेक्षणात्मक सीखना कब और कितनी मात्रा में होगी।

1. अवधान *(Attention)*—प्रेक्षणात्मक सीखना होने के लिए यह आवश्यक है कि व्यक्ति दूसरे व्यक्ति या मॉडल जिसके व्यवहार का अनुकरण किया जाना है, उसपर गौर से ध्यान दें। बेरोन (Baron, 1970) के अनुसार प्रायः व्यक्ति उन्हीं व्यक्तियों या मॉडलों के व्यवहारों पर ध्यान देना सुनिश्चित करता है जो उनके लिए अर्थपूर्ण, महत्त्वपूर्ण एवं आकर्षक होते हैं।

2. स्मरण *(Remembering)*—प्रेक्षणात्मक सीखना के लिए सिर्फ यह आवश्यक नहीं है कि व्यक्ति मॉडल के व्यवहार पर ध्यान दें बल्कि यह भी आवश्यक है कि मॉडल द्वारा जिस तरह का व्यवहार किया जा रहा है, उसे वह अपनी स्मृति में रखें ताकि बाद में वह उसी के अनुरूप व्यवहार कर सकें।

3. उत्पादन प्रतिक्रियाएँ *(Production processes)*—प्रेक्षणात्मक सीखना के लिए यह भी आवश्यक है कि व्यक्ति स्मृति में संचित व्यवहारों को कार्यरूप में परिणत कर सके। इसी प्रक्रिया को बैण्डुरा ने उत्पादन प्रक्रिया (production process) की संज्ञा दिया है।

4. अभिप्रेरक *(Motivation)*—प्रेक्षणात्मक सीखना के उपयुक्त तीनों कारकों के होने के अलावा व्यक्ति में अभिरुचि का भी होना अनिवार्य है। यदि व्यक्ति में अभिप्रेरण की कमी है, तो वह मॉडल के व्यवहार को देखकर भी उसके अनुरूप व्यवहार करना नहीं चाहेगा। फलस्वरूप, प्रेक्षणात्मक सीखना की प्रक्रिया पूरी नहीं हो पायेगी।

स्पष्ट हुआ कि प्रेक्षणात्मक सीखना कई कारकों द्वारा निर्धारित होता है।

शाब्दिक या वाचिक अधिगम
(Verbal Learning)

मानव अधिगम (learning) का एक महत्त्वपूर्ण पक्ष शाब्दिक सीखना (verbal learning) है। शाब्दिक अधिगम से तात्पर्य ऐसे सीखना से होता है जिसमें व्यक्ति अक्षरों, अक्षरों से बने सार्थक, अर्थहीन शब्दों, वाक्यों, चिह्नों (symbols) तथा अंकों (digits) में साहचर्य स्थापित कर उसे सीखता है तथा उसके आशय को समझता है।

शाब्दिक सीखना के प्रयोगात्मक अध्ययनों में कई तरह के शाब्दिक इकाइयों (verbal units) का उपयोग किया गया है जो आकार एवं गुण में भिन्न होते हैं। प्रयोगशाला में कई तरह के शाब्दिक इकाइयों (verbal units) का उपयोग किया जाता है जिसमें निम्नांकित प्रमुख हैं:—

1. निरर्थक पद या सी०वी०सी त्रिवर्ण *(Nonsense syllable or CVC trigram)*—शाब्दिक सीखना के प्रयोगशाला अध्ययन में त्रिवर्ण (trigram) का उपयोग सबसे अधिक है। त्रिवर्ण (trigram) में सबसे मशहूर निरर्थक पद (nonsense syllable) है जिसका सबसे पहले निर्माण एवं अध्ययन में उपयोग जर्मन मनोवैज्ञानिक इविंगहास (Ebbinghaus) ने किया था। निरर्थक पद से तात्पर्य वैसे त्रिवर्ण या तीन अक्षरों से बने पद से होता है जो निरर्थक होता है तथा जिसका पहला और अंतिम अक्षर व्यंजन (consonant) एवं बीच का अक्षर स्वर (vowel) है। जैसे, KUZ, TEK, HUX आदि निरर्थक पद के उदाहरण हैं। अक्षरों के क्रम को ध्यान में रखकर इन्हें सी०बी०सी० पद (Consonant-Vowel-Consonant Syllable) भी कहा जाता है। इविंगहास ने कुल 2300 निरर्थक पदों का निर्माण किया था।

एच० इविंगहॉस
(H. Ebbinghaus)

2. व्यंजन पद या सी०सी०सी० त्रिवर्ण *(Consonant syllable or CCC trigram)*—व्यंजन पद एक ऐसा त्रिवर्ण (trigram) है जो अर्थहीन होता है तथा साथ-ही-साथ इसके तीनों अक्षर व्यंजन होते हैं। जैसे KZP, NQC, TRN आदि व्यंजन पद के उदाहरण हैं। चूँकि इस पर का तीनों अक्षर व्यंजन (consonant) होता है, इसलिए उसे सी सी सी त्रिवर्ण (CCC trigram) कहा जाता है। तीनों अक्षर व्यंजन होने के कारण इनका सामान्यतः उच्चारण नहीं किया जा सकता है तथा निरर्थक पद की तुलना में इनके साथ साहचर्य (association) भी आसानी से स्थापित नहीं किया जा सकता है। यही कारण है कि व्यंजन पदों का उपयोग आजकल निरर्थक पदों की तुलना में शाब्दिक सीखना के प्रयोगों में अधिक किया जा रहा है।

शाब्दिक अधिगम की विधियाँ
(Methods of Verbal Learning)

शाब्दिक सीखना या मौखिक सीखना के प्रयोगों में शाब्दिक एकांशों (verbal items) को विभिन्न विधियों या तरीकों द्वारा प्रयोज्यों के सामने उपस्थित किया जाता है। इन विधियों या तरीकों को शाब्दिक सीखना की विधि (methods of verbal learning) कहा जाता है। इस क्षेत्र में किये गये प्रयोगों के आलोक में हम इस निष्कर्ष पर पहुँचते हैं कि शाब्दिक सीखना के मुख्य निम्नांकित चार विधियाँ हैं:—

(1) क्रमिक सीखना या अनुक्रमिक सीखना विधि (method of serial learning or sequential learning)

(2) मुक्त प्रत्याह्वान विधि (method of free recall)

(3) अनुबोधन तथा पूर्वाभास विधि (method of prompting and anticipation)

(4) युग्मित सहचर विधि (method of paired associate learning)

इन सभी विधियों का वर्णन इस प्रकार है:—

1. क्रमिक या अनुक्रमिक सीखना विधि *(Method of serial learning or sequential learning)*—इस विधि का प्रयोग सर्वप्रथम इविंगहॉस (Ebbinghaus) ने किया था। इस विधि में प्रयोज्य को शब्दों या निरर्थक पदों (nonsense syllables) या व्यंजन पदों (consonant syllables) को एक-एक करके कुछ सेकेंड[1] के लिए एक खास क्रम (order) में दिखाया जाता है। प्रयोगशाला में इन पदों को एक खास समय तक (जैसे दो सेकेंड के लिए) दिखाने के लिए एक विशेष उपकरण (apparatus) होता है, जिसे *स्मृति-पटल* (memory drum) कहा जाता है। इस उपकरण के नहीं रहने पर कागज के एपरचर (paper aperture) द्वारा भी पदों या शब्दों को दिखाया जा सकता है। प्रयोज्य (subject) को यह निर्देश (instruction) दिया जाता है कि वे दिखाए गए पदों को उसी क्रम में याद करें जिस क्रम में उन्हें दिखाया गया है। सामान्यतः प्रत्याह्वान के लिए 20 से 30 सेकेंड का समय प्रयोज्य को दिया जाता है। इस तरह से पूरी सूची (list) के प्रत्येक पद को बारी-बारी से तब तक दिखाया जाता है जब तक कि प्रयोज्य प्रयोगकर्त्ता द्वारा निर्धारित कसौटी (criterion) पर नहीं पहुँचता है।

2. मुक्त प्रत्याह्वान विधि *(Method of Free Recall)*—यह विधि मौखिक सीखना की सबसे आसान विधि है। इस विधि से सीखने में शब्दों (words) या पदों (syllables) को एक-एक करके कुछ सेकेंड के लिए प्रयोज्य को दिखा दिया जाता है। फिर, प्रयोज्य उस सूची के शब्दों या पदों का प्रत्याह्वान (recall) करता है। प्रत्याह्वान के लिए 25 से 30 सेकेंड का समय दिया जाता है। प्रयोज्य को किसी भी क्रम (order) में प्रत्याह्वान (recall) करने की पूरी स्वतंत्रता होती है। इस तरह यह विधि क्रमिक सीखना विधि (serial learning method) से भिन्न है जहाँ पदों का प्रत्याह्वान प्रयोज्य द्वारा एक खास क्रम में ही किया जाना आवश्यक होता है। इस विधि में प्रयोज्यों में सूची के अन्तिम पदों तथा कुछ प्रथम पदों को याद करने की विशेष तत्परता पाई जाती है। पहले को *आसन्नता प्रभाव* (recency effect) तक दूसरे को *प्राथमिकी प्रभाव* (primacy effect) कहा जाता है।

3. अनुबोधन तथा पूर्वाभास विधि *(Method of Prompting and Anticipation)*—यह विधि क्रमिक सीखना विधि का ही एक परिवर्तित रूप है। इस विधि में सूची के अर्थहीन पद (syllables) या सार्थक शब्द (words) को स्मृति पटल (memory drum) या कागज के एपरचर (paper aperture) द्वारा एक बार दो-दो सेकेंड के लिए पहले दिखा दिया जाता है। इसके बाद उसे पहला पद दिखाया जाता है और दिखाए गए शब्द या पद के ठीक बाद वाले शब्द या पद को उसे बताने के लिए (anticipate) कहा जाता है। सूची (list) के पहले पद या उस शब्द को दो सेकेंड के लिए प्रयोज्य को दिखाया जाता है और प्रयोज्य उसके बाद आनेवाले शब्द को बताता है। इसके बाद प्रयोगकर्त्ता उस शब्द को (जिसे प्रयोज्य को पहले बताने के लिए कहा गया था) फिर दो सेकेंड

1. सामान्यतः ऐसे पदों को 2 सेकेंड के लिए दिखाया जाता है। लेकिन, ऐसा कोई नियम नहीं है। ऐसे भी प्रयोग (experiment) किए गए हैं जिनमें मौखिक एकांशों (verbal items) को 3 या 4 सेकेंड के लिए भी दिखाया गया है। पदों को सामान्यतः दो सेकेंड के लिए दिखाने के पीछे तर्क यह दिया गया है कि यह न्यूनतम अवधि होता है जिसके बीतने पर ही व्यक्ति के मस्तिष्क में देखी गयी वस्तु का आकार प्रत्यक्षण (form perception) होता है।

के लिए दिखाता है और इसके ठीक बाद आनेवाले शब्द प्रयोज्य को बताना होता है। फिर, उसी शब्द को दिखाकर प्रयोगकर्त्ता उसे उसके बाद आनेवाले शब्द का प्रत्याह्वान (recall) करने को कहता है। इसी तरह सूची के प्रत्येक शब्द को प्रयोगकर्त्ता (experimenter) प्रयोज्य को दिखाता जाता है और प्रयोज्य उसके बाद आने वाले शब्द को बताते जाता है। प्रयोगकर्त्ता प्रयोज्य के उत्तरों को (सही या गलत) लिख लेता है। इस विधि में हम पाते हैं कि प्रयोज्य का उत्तर गलत है या सही, इसे वह प्रयोगकर्त्ता के बिना कहे ही जान लेता है। इस प्रकार, यह विधि क्रमिक सीखना विधि (method of serial learning) से थोड़ा भिन्न है, क्योंकि क्रमिक सीखना विधि में प्रयोज्य (subject) को यह पता नहीं चलता है कि उसका उत्तर सही है या गलत। प्रयोगकर्त्ता यह सारी प्रक्रिया तब तक दुहराता जाता है जब तक कि प्रयोज्य (subject) प्रयोगकर्त्ता द्वारा पूर्वनिर्धारित कसौटी (criterion) पर नहीं पहुँच जाता है। इस विधि को आगे दिए गए उदाहरण से और अधिक स्पष्ट किया जा रहा है:—

सूची (List)

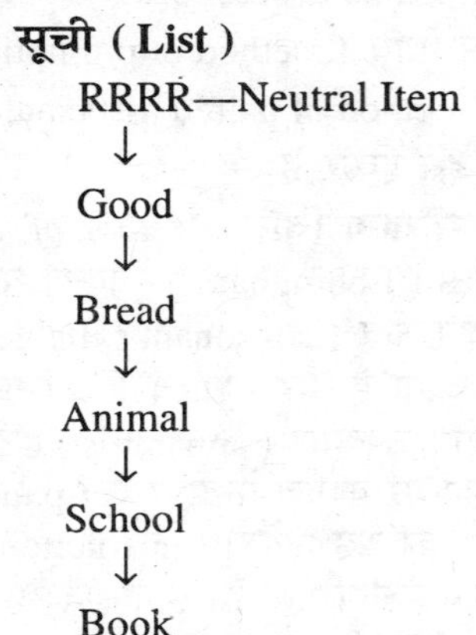

उपर्युक्त सूची का प्रत्येक शब्द प्रयोज्य को एक बार दिखा देने के बाद प्रयोगकर्त्ता सबसे पहले 'RRRR' यानी तटस्थ एकांश दिखाएगा तथा प्रयोज्य उसके बाद के शब्द (यानी 'Good') का प्रत्याह्वान (recall) करेगा। फिर "Good" को दिखाकर उसके बाद के शब्द (Bread) का प्रत्याह्वान करने के लिए उसे कहा जायेगा। फिर 'Bread' को दिखाकर उसके बाद के शब्द का प्रयोज्य को प्रत्याह्वान करने के लिए कहेगा। इसी तरह से सूची के अन्य शब्दों को दिखाकर प्रयोज्य को ठीक उसके बाद आनेवाले शब्द बताने को कहा जाता है। इस विधि की यह भी एक विशेषता है कि सूची का प्रत्येक पद या शब्द उद्दीपक (stimulus) तथा अनुक्रिया (response) दोनों के रूप में कार्य करता है। यही कारण है कि इस विधि में प्रयोज्य द्वारा सीखा गया साहचर्य (association) खड़ा या उदग्र (vertical) होता है। जैसे:—

सूची (List)

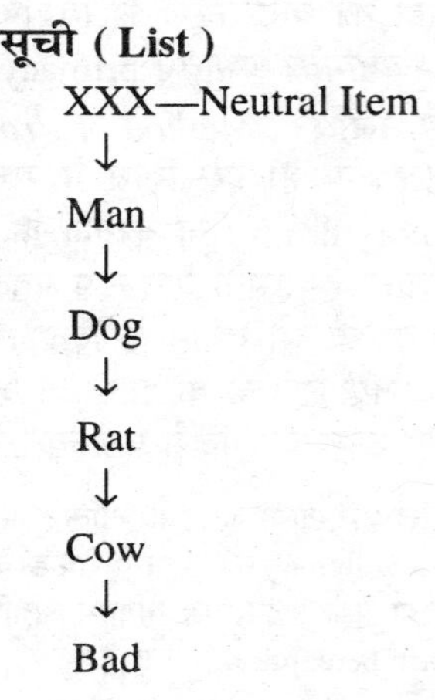

उपर्युक्त उदाहरण में 'Man' शब्द देखने के बाद प्रयोज्य (subject) को 'Dog' शब्द बोलना होता है। अतः, 'Dog' 'Man' के लिए एक अनुक्रिया (response) है और फिर वही 'Dog' 'Rat' के लिए उद्दीपक (stimulus) है, क्योंकि 'Dog' शब्द देखने पर प्रयोज्य को 'Rat' शब्द कहना होता है। इसी तरह 'Cow' 'Rat' के लिए अनुक्रिया (response) है तथा 'Bad' के लिए एक उद्दीपक (stimulus) है। अक्सर सूची के सबसे पहले शब्द पर एक तटस्थ एकांश (neutral item) जोड़ दिया जाता है (जो यहाँ XXX है) ताकि पहला शब्द उद्दीपक एकांश (stimulus item) के अलावा प्रतिक्रिया एकांश (response item) के रूप में भी कार्य कर सके। बिना तटस्थ एकांश के सूची का सबसे पहला शब्द दूसरे शब्द के उद्दीपक के रूप में ही कार्य करेगा। चूँकि प्रयोज्य उपर्युक्त सूची को सीखने में 'Man' का साहचर्य 'Dog' से 'Dog' का साहचर्य 'Rat' से 'Rat' का साहचर्य 'Cow' से तथा इसी क्रम (order) में अन्य शब्दों के साथ साहचर्य स्थापित करता है, इसलिए यहाँ सीखा गया पूरा साहचर्य (whole association) ऊपर से नीचे की ओर (जिसे तीर से दिखाया गया है) होता है, जो स्पष्टतः ही खड़ा या उदग्र साहचर्य (vertical association) है।

4. युग्मित-सहचर विधि *(Method of Paired associate)*—स्मृति (memory) के अध्ययन करने की युग्मित-सहचर विधि (method of paired-associate) प्रमुख विधियों में से एक है। युग्मित-सहचर विधि (paired-associate method) वह विधि है जिसमें प्रयोज्य को पदों (syllables) या शब्दों (words) के बहुत-से युग्मों (pairs) की स्मृति पटल (memory drum) या पेपर एपरचर (paper aperture) की खिड़की द्वारा दिखाया जाता है। युग्म (pair) के पहले शब्द को *उद्दीपक शब्द* (stimulus words) और दूसरे शब्द को *अनुक्रिया शब्द* (response word) कहा जाता है तथा प्रयोज्य को युग्म के प्रत्येक उद्दीपक शब्द (stimulus word) के साथ अनुक्रिया शब्द (response word) का साहचर्य (association) स्थापित करना होता है, जैसे—'Man—Sky' एक युग्म हुआ। इसमें 'Man' उद्दीपक शब्द (stimulus word) और 'Sky' अनुक्रिया शब्द (response word) है तथा प्रयोज्य को 'Man' के साथ 'Sky' का साहचर्य स्थापित करना सीखना होता है। यह स्पष्ट है कि युग्मित-सहचर विधि (paired-associate method) में सीखा गया साहचर्य क्षैतिज या पड़ा (horizontal) होता है न कि उदग्र (vertical)। युग्मित सहचर विधि का यह सबसे प्रमुख गुण है और इस तरह यह विधि क्रमिक सीखना (serial learning) की विधि और अनुबोधन तथा पूर्वाभास विधि से भिन्न है, जहाँ सीखा गया साहचर्य उदग्र (vertical) होता है। युग्मित-सहचर विधि (paired associate method) में शब्दों या पदों के सभी युग्म को हर प्रयास में नए क्रम (new order) में दिखाया जाता है ताकि प्रयोज्य उदग्र साहचर्य स्थापित न कर सके। हर प्रयास में जब शब्दों को नए क्रम में दिखाया जाएगा तो स्वभावतः (naturally) प्रयोज्य में उदग्र या खड़ा साहचर्य (vertical association) नहीं हो पाएगा। हाउस्टन[1] (Houston, 1976) के अनुसार उदग्र साहचर्य स्थापित नहीं होने देने का कारण यह है कि यदि प्रत्येक प्रयास (trial) में शब्दों या पदों का एक ही क्रम (same order) रखा जाए तो प्रयोज्य केवल अनुक्रिया शब्द (response word) को ही याद करेगा तथा उद्दीपक शब्द (stimulus word) को छोड़ (ignore) देगा (क्योंकि उद्दीपक शब्द तो उसे दिखा ही दिया जाता है)।

वाचिक अधिगम के निर्धारक
(Determinants of Verbal Learning)

मनोवैज्ञानिक प्रयोगों से यह स्पष्ट हुआ है कि वाचिक अधिगम कई कारकों से प्रभावित होता है जिनमें प्रमुख निम्नांकित है—

1. सूची की लम्बाई *(Length of list)*—यदि किसी शब्दों या निरर्थक पदों की सूची की लम्बाई अधिक है अर्थात् उसमें बहुत सारे पद (terms) है तो वैसी परिस्थिति में वाचिक अधिगम की प्रक्रिया थोड़ी मंद पड़ जाती है। इसका कारण यह है कि लम्बी सूची में अनेकों पद होने के कारण वे सभी पद प्रत्याह्वान (recall) के समय आपस

1. Houston : *Fundamentals of Learning*, 1996 p. 76

में काफी प्रतियोगिता करते हैं जिससे बाधा (interference) होती है और फिर व्यक्ति उन्हें विलम्ब से सीख पाता है।

2. अर्थपूर्णता *(Meaningfulness)*—सूची के पदों की अर्थपूर्णता पर भी वाचिक अधिगम निर्भर करता है। अर्थपूर्ण पदों को व्यक्ति अर्थहीन पदों की अपेक्षा जल्द सीख लेता है। इसका कारण यह है कि अर्थपूर्ण पदों का अर्थ व्यक्ति सही-सही समझ लेता है। फलस्वरूप उसका स्मृति चिह्न सुदृढ़ हो जाते हैं। दूसरे तरफ अर्थहीन पदों के अर्थ को चूँकि व्यक्ति समझ नहीं पाता है, अतः उनसे बनने वाली स्मृति चिह्न मजबूत नहीं होते हैं और व्यक्ति उसे शीघ्र भूल जाता है।

3. आत्मनिष्ठ संगठन *(Subjective organization)*—आत्मनिष्ठ संगठन का कारक की पहचान टुलभिंग (Tulving, 1962) ने अपने प्रयोग के आधार पर किया। जब पदों या एकांशों की सूची को सीखने में व्यक्ति अपनी ओर से कुछ विशिष्ट संगठनात्मक युक्तियों (organizational strategies) को अपनाता है तो इसे आत्मनिष्ठ संगठन कहा जाता है। सामान्यतः इस तरह के आत्मनिष्ठ संगठन से वाचिक सीखना उत्तम एवं मजबूत हो जाती है। जैसे, मान लिया जाए कि किसी सूची में पाँच पद इस प्रकार है—COW, DOG. CAT, RAT तथा MAT। इसे याद करते समय मन में यदि व्यक्ति ऐसा युक्ति विकसित कर लेता है कि अंतिम तीनों पदों के अंतिम दो अक्षर एक समान है, तो यह आत्मनिष्ठ संगठन का उदाहरण होगा और इससे वाचिक अधिगम मजबूत होगा।

4. श्रेणी गुच्छन *(Category Clustering)*—वाचिक अधिगम पर श्रेणी गुच्छन का भी प्रभाव पड़ता है। इस कारक की पहचान बोसफिल्ड (Bousfield, 1953) द्वारा किया गया। श्रेणी गुच्छन से तात्पर्य शाब्दिक एकांशों (verbal items) के सीखने में एक ऐसे गुच्छन से होता है जिसका आधार उन एकांशों की विशेष श्रेणियाँ होती हैं। इस तरह के गुच्छन का प्रभाव यह होता है कि इससे वाचिक अधिगम उत्कृष्ट होता है। जैसे, मान लिया जाए कि व्यक्ति को 12 ऐसे शाब्दिक एकांशों की सूची प्रयोज्य को याद करने के लिए दिये गए हैं जिनमें तीन नाम फलों के हैं, तीन नाम फूलों के हैं, तीन नाम सब्जियों के हैं तथा तीन नाम गंधों के हैं। यदि इन्हें सीखने में प्रयोज्य इन श्रेणियों का उपयोग करते हुए सीखते हैं अर्थात् वे इन 12 पदों को इस तरह समझकर सीखते हैं कि इनमें कुछ नाम फल के हैं, कुछ फूल के हैं आदि, तो यह श्रेणी गुच्छन (category clustering) का उदाहरण होगा। इस तरह के श्रेणी गुच्छन से वाचिक अधिगम (verbal learning) की प्रक्रिया अधिक मजबूत हो जाती है और जल्दी से सम्पन्न हो जाती है।

स्पष्ट हुआ कि वाचिक अधिगम पर कई तरह के कारकों का प्रभाव पड़ता है।

संप्रत्यय अधिगम
(Concept Learning)

संप्रत्यय (concept) एक बहुत ही महत्त्वपूर्ण पद है जिसका उपयोग प्रयोगात्मक मनोविज्ञान में होता है। प्रश्न यह उठता है कि संप्रत्यय क्या है? संप्रत्यय से तात्पर्य एक लेवल (label) से होता है जो ऐसे वस्तुओं, व्यक्तियों या घटनाओं के एक समूह या वर्ग का प्रतिनिधित्व करता है जो सामान्य विशेषताओं या गुणों को अपने में सम्मिलित करता है। सैन्ट्रोक (Santrock, 2005) के अनुसार संप्रत्यय एक मानसिक श्रेणी (mental category) होता है जिसके माध्यम से वस्तुओं, घटनाओं एवं विशेषताओं को समूहन (grouping) किसी नियम के तहत किया जाता है। हुल्स, इगेथ तथा डीज[1] (Hulse, Egeth & Decse, 1980) के अनुसार, ''कुछ नियम द्वारा गुणों का आपस में मिलना ही संप्रत्यय कहलाता है।''

यदि हम इन परिभाषाओं का विश्लेषण करें तो हमें निम्नांकित दो महत्त्वपूर्ण तथ्य मिलते हैं—

1. गुणों का समुच्चय या समूह *(Set of features)*—इस तथ्य से स्पष्ट है कि सम्प्रत्यय (concept) का निर्माण तभी हो सकता है जब वस्तु में कुछ गुण (features) या विशेषताएँ हों। इस तरह के 'गुण या विशेषता'

1. "Concept is a set of features connected by some rules."

—Hulse, Egeth & Deese : *The Psychology of Learning,* 1980, p. 214

के दो लक्षण होते हैं—पहला यह कि गुण ऐसा हो जिसका पृथक्करण (abstraction) किया जा सके तथा दूसरा यह कि गुण ऐसा हो जो विषमता (contrast) दिखलावें। अगर ये दो लक्षण नहीं है, तो उसे गुण (feature) की संज्ञा नहीं देंगे। उदाहरणार्थ, 'घास हरा होता है।' इस वाक्य में घास का 'गुण' हरापन (greenish) है जिसमें ऊपर के दोनों लक्षण पाये जाते हैं। घास के हरापन के गुण को स्पष्टतः घास के अन्य गुणों से पृथक किया जा रहा है। 'हरापन' में विषमता भी स्पष्ट रूप से है, यानी यह रंग अन्य रंगों से बिलकुल ही विषम या अलग है। थोड़ी देर के लिए मान लिया जाय कि दुनिया की हर वस्तु हरे ही रंग की हो जाती है, तो ऐसी अवस्था में इसकी विषमता (contrast) की क्षमता समाप्त हो जायेगी और तब इसे 'गुण' की श्रेणी में नहीं रखा जायेगा।

सम्प्रत्यय (concept) के निर्माण में प्रायः इसी तरह के कई गुणों का एक समूह होता है। जैसे, निम्नांकित गुणों के आधार पर आपके मन में कौन-सा सम्प्रत्यय (concept) उत्पन्न होता है—'चार पैर, एक पूँछ, भौंकना। इन गुणों को मिलाने पर आप सामान्य निष्कर्ष पर पहुँचेंगे 'कुत्ता'। यहाँ 'कुत्ता' सम्प्रत्यय का उदाहरण हुआ।

2. नियम *(Rule)*—सम्प्रत्यय (concept) का बोध होने के लिए सिर्फ यही आवश्यक नहीं है कि व्यक्ति के सामने कई गुण (features) उपस्थित हो बल्कि यह भी आवश्यक है कि ये सभी गुण कुछ विशेष नियम (rule) द्वारा आपस में सम्बन्धित हों। मार्गन, किंग, विस्ज तथा स्कौपलर (Morgan, King, Weisz & Schopler, 1986) के अनुसार इन नियमों को दो भागों में बाँटा गया है—एल्गोरिद्म या गणितीय नियम (algorithmic rule) तथा स्वतः शोध नियम (heuristic rule)। गणितीय नियम से तात्पर्य उस नियम से होता है जिसके लागू करने से व्यक्ति को सफलता निश्चित रूप से प्राप्त होती है। जैसे, किसी अंक में शून्य (zero) से गुणा करने पर उत्तर हमेशा शून्य होगा, एक गणितीय नियम का उदाहरण होगा। स्वतःशोध नियम (heuristic rule) में व्यक्ति को सफलता की कोई गारंटी नहीं होती है। परिस्थिति के अनुसार इन दोनों नियमों में से किसी एक का प्रयोग कर व्यक्ति सम्प्रत्यय को सीखता है। ऊपर के उदाहरण में व्यक्ति तीन गुणों अर्थात 'चार पैर', 'एक पूँछ' तथा भौंकना' को एक साथ मिलाकर एक सम्प्रत्यय यानी 'कुत्ता' होने का निर्णय लेता है जो एक तरह का समुच्चय बोधक नियम (conjunctive rule) हैं क्योंकि इसमें तीन गुणों को एक साथ बाँधा जा रहा है। परिस्थिति के अनुसार समुच्चय बोधक नियम (conjunctive rule) को हम गणितीय नियम की श्रेणी में भी रख सकते हैं या स्वतः शोध नियम (heuristic rule) के श्रेणी में रख सकते हैं। इस उदाहरण में इसे एक गणितीय नियम की श्रेणी में रखा जायेगा क्योंकि ये तीनों गुण सिर्फ एक ही जानवर, यानी 'कुत्ता' में ही पाया जाता है। इसका कोई दूसरा उत्तर नहीं हो सकता है। तीन गुणों में से 'भौंकना' के जगह पर 'दो सींग' का गुण जोड़ दिया जाता है तो इस परिस्थिति का समुच्चय बोधक नियम (conjunctive rule) स्वतः शोध नियम (heuristic rule) की श्रेणी में आ जाएगा क्योंकि इसका उत्तर निश्चित नहीं है और इस नियम में व्यक्ति की अपनी इच्छा का महत्त्व अधिक हो जाता है। कोई 'गाय' का सम्प्रत्यय बना सकता है तो कोई 'भैंस' का तो कोई 'भेंड़' का। इस व्याख्या से यह स्पष्ट है कि जब किसी वस्तु के कई गुण एक खास नियम द्वारा आपस में सम्बन्धित कर लिए जाते हैं, तो इससे उत्पन्न स्थिति को सम्प्रत्यय (concepts) की संज्ञा दी जाती है।

सम्प्रत्यय के प्रकार
(Types of Concept)

सामान्यतः सम्प्रत्यय (concept) के दो मुख्य प्रकार हैं—*कृत्रिम सम्प्रत्यय* (artificial concept) तथा *स्वाभाविक सम्प्रत्यय* (natural concept)। कृत्रिम सम्प्रत्यय वैसे सम्प्रत्यय को कहा जाता है जिसे नियमों (rules) या गुणों (properties) के सेट द्वारा स्पष्टतः परिभाषित किया जाता है। जैसे, एक वर्ग (square) उस चित्र को कहा जाता है जिसके चार भुजा हों तथा जिसके चारों कोण (angles) 90° का हो। इसी तरह से त्रिभुज उसे कहा जाता है जिसके तीन भुजा हों तथा तीनों कोण का योग 180° हो। ये दोनों ही कृत्रिम सम्प्रत्यय के उदाहरण हैं जिनका गणित एवं विज्ञान के क्षेत्र में विशेष महत्त्व है। स्वाभाविक सम्प्रत्यय (natural concept) वैसे सम्प्रत्यय को कहा जाता है जिसके कोई स्पष्ट परिभाषिक गुण (defining features) नहीं होते हैं, इनका कोई स्पष्ट सीमा-रेखा या

किनारा नहीं होता है। जैसे क्या मुर्गी एक जानवर है? यहाँ 'जानवर' एक स्वाभाविक सम्प्रत्यय का उदाहरण है। परन्तु 'जानवर' कहलाने के लिए कौन-कौन परिभाषिक गुणों का होना अनिवार्य है, इसकी कोई निश्चित सीमा नहीं है। स्पष्ट है कि स्वाभाविक सम्प्रत्यय की सीमा रेखा (boundaries) अस्पष्ट होती है।

उपर्युक्त सामान्य प्रकार के अलावा सम्प्रत्यय (concept) के दो विशिष्ट प्रकार हैं—साधारण प्रकार (simple concept) तथा जटिल सम्प्रत्यय (comlex concept)। साधारण सम्प्रत्यय वैसे सम्प्रत्यय को कहा जाता है जिसकी एक विशेषता (feature or property) होता है। जैसे, पीला, लाल आदि ज़टिल सम्प्रत्यय वैसे सम्प्रत्यय को कहा जाता है जिसे दो या दो से अधिक विशेषताओं के रूप में परिभाषित किया जाता है। जैसे लाल गाय, हरा बल्ब आदि जटिल सम्प्रत्यय के उदाहरण हैं। इन दोनों में मनोवैज्ञानिकों का ध्यान जटिल सम्प्रत्यय (complex concept) पर अधिक गया है जिसे उन्होंने निम्नांकित पाँच भागों में बाँटा है—

1. समुच्चयबोधक सम्प्रत्यय *(Conjunctive concept)*—जब किसी वस्तु के दो या दो से अधिक गुणों को जोड़ने पर कोई सम्प्रत्यय (concept) बनता है, तो इसे समुच्चय बोधक सम्प्रत्यय कहा जाता है। मार्गन, किंग तथा रॉबिन्सन[1] (Morgan, King & Robinson, 1981) के अनुसार, ''जब वस्तु या घटना के दो या दो से अधिक गुणों या विशेषताओं के आधार पर किसी सम्प्रत्यय को परिभाषित किया जाय, तो इसे समुच्चयबोधक सम्प्रत्यय कहा जाता है।'' जैसे, भारतीय राष्ट्रपति के पद के उम्मीदवार को (i) भारत का नागरिक होना चाहिए (ii) उसकी उम्र 35 वर्ष से कम नहीं होना चाहिए तथा (iii) उसे किसी कानून की अदालत द्वारा सजा नहीं होनी चाहिए। यहाँ हम पाते हैं कि भारतीय राष्ट्रपति के उम्मीदवार के सम्प्रत्यय को तीन विशेषताओं को छोड़कर परिभाषित किया गया है। अतः यह समुच्चयबोधक सम्प्रत्यय का उदाहरण है।

2. वियोजक सम्प्रत्यय *(Disjunctive concept)*—जब वस्तुओं की कई विभिन्नताओं के बावजूद भी कोई एक विशेषता ऐसी होती है जिसके कारण उन्हें वर्ग में रखा जाता है, तो ऐसी परिस्थिति में उत्पन्न सम्प्रत्यय को वियोजक सम्प्रत्यय (disjunctive concept) कहा जाता है। जैसे, बाघ, चीता, सिंह, भेड़िया चार अलग पशु हैं और प्रत्येक की अलग-अलग विशेषताएँ हैं। परन्तु इस विभिन्नता के बावजूद भी उनमें एक ऐसी विशेषता है जो समान है और उसके आधार पर उन्हें एक वर्ग यानी जंगली जानवर की श्रेणी में रखते हैं। यहाँ जंगली जानवर का सम्प्रत्यय एक वियोजक संम्प्रत्यय का उदाहरण है।

3. सम्बन्धात्मक सम्प्रत्यय *(Relational concept)*—जैसा कि नाम से ही स्पष्ट है, विशेषताओं के बीच सम्बन्धों (relationship) के आधार पर जो सम्प्रत्यय (concept) बनते हैं उसे सम्बन्धात्मक सम्प्रत्यय (relationship) कहा जाता है। दिन-प्रतिदिन की जिन्दगी में 'नजदीक', 'दूर', 'छोटा', 'बड़ा', 'भारी', 'हल्का', 'लम्बा' आदि का सम्प्रत्यय सम्बन्धात्मक सम्प्रत्यय का उदाहरण है। उदाहरणार्थ, 'प्रिन्सिपल' कॉलेज में सबसे बड़ा पद है, यहाँ 'बड़ा' एक सम्बन्धात्मक सम्प्रत्यय का उदाहरण है।

4. प्रतिबंधित सम्प्रत्यय *(Conditional concept)*—प्रतिबंधित सम्प्रत्यय से तात्पर्य वैसे सम्प्रत्यय से होता है जो ''अगर...तब'' (If ... then) जैसे वाक्य संरचनाओं से घिरे होते हैं। स्पष्टतः इसका मतलब यह हुआ कि ऐसे सम्प्रत्यय का निर्माण तब होता है जब इसमें उल्लेखित शर्त पूरा हों। जैसे, यदि कोई प्रयोगकर्त्ता अपने प्रयोग में यह शर्तबद्ध कथन देता है कि सम्प्रत्यय कहलाने के लिए अगर कोई वस्तु काला है तब उसे आयताकार भी होना आवश्यक है तो ऐसा सम्प्रत्यय, प्रतिबंधित सम्प्रत्यय (conditional concept) का उदाहरण होगा।

5. द्विप्रतिबंधित सम्प्रत्यय *(Biconditional concept)*—जैसा कि नाम से ही स्पष्ट है, इस तरह के सम्प्रत्यय का निर्माण दोहरे शर्त वाले वाक्य संरचनाओं से होता है। प्रायः ऐसे वाक्य की शुरूआत (If and only)

---

1. "Conjunctive concepts are defined by a the joint presence of two or more features of objects or events."

—Morgan, King & Robinson : *Inroduction to Psychology*, 1981

(अगर और सिर्फ अगर) से प्रारम्भ होते हैं। जैसे, यदि कोई प्रयोगकर्त्ता प्रयोग के दौरान यह दोहरा शर्त्त रखते हुए कहता है कि कोई भी काला वस्तु को सम्प्रत्यय (concept) तभी कहा जाएगा जब वह वस्तु सिर्फ केवल आयताकार हो तो यह द्विप्रतिबंधित सम्प्रत्यय का उदाहरण होगा।

स्पष्ट हुआ कि सम्प्रत्यय के कई प्रकार हैं। इनमें से साधारण तथा समुच्चयबोधक सम्प्रत्यय का सीखना काफी आसान है तथा प्रतिबन्धित एवं द्विप्रतिबन्धित सम्प्रत्यय का सीखना काफी कठिन है।

कौशल अधिगम
(Skill Learning)

जीवन में व्यक्ति द्वारा विभिन्न तरह के कौशलों (skills) को सीखा जाता है। प्रश्न उठता है कि कौशल (skill) से क्या तात्पर्य होता है? कौशल से तात्पर्य किसी जटिल कार्य (complex task) को ठीक एवं प्रभावी ढंग से करने की क्षमता से होता है। जैसे, स्कूटर चलाना, कार चलाना, हवाई जहाज चलाना, पानी का जहाज चलाना, लिखना-पढ़ना, लघु लिपि लिखना (short hand) आदि कौशल के कुछ उदाहरण हैं। ऐसे कौशलों को व्यक्ति अभ्यास (exercise) के माध्यम से सीखता है। मनोवैज्ञानिकों का विचार है कि यदि हम किसी भी कौशल का विश्लेषण करें तो पायेंगे कि उसमें एक नहीं बल्कि अनेक प्रत्यक्षज्ञानात्मक पेशीय अनुक्रियाएँ (perceptual-motor responses) की एक श्रृंखला होती है। इन्हें उद्दीपक-अनुक्रिया साहचर्यो (stimulus-response associations) की श्रृंखला (series) भी कहा जाता है। हाथ, पैर, बाँह, अँगुलियाँ, शरीर के झुकाव, सिर का घुमाना आदि कुछ ऐसे गति (movements) के उदाहरण हैं जो प्रायः कौशल में सम्मिलित होते हैं। उदाहरण के रूप में कार चलाना कौशल में एक नौसिखिया चालक द्वारा किये गए उद्दीपक-अनुक्रिया साहचर्यों का चरणवार उल्लेख इस प्रकार किया जा सकता है (देखें तालिका 6.1)—

तालिका 6.1 : नौसिखिया कार चालक द्वारा किया गया उद्दीपक-अनुक्रिया साहचर्य

उद्दीपक तत्त्व (Stimulus Components)	अनुक्रिया तत्त्व (Response Components)
S_1 दरवाजे के लॉक में चाभी प्रवेश करना	R_1 दरवाजा को खोलना और भीतर सीट पर बैठ जाना
S_2 अन्य तीनों दरवाजे के लॉक को खोलना	R_2 शीशे को नीचे कर लेना तथा दरवाजा को बंद कर लेना
S_3 इंजन लॉक पर देखना	R_3 उसमें चाभी प्रवेश करना
S_4 गियर को नियंत्रित करने के लिए हैंडल पर हाथ देना	R_4 इस बात से आश्वस्त हो जाना कि गियर न्यूट्रल अवस्था (neutral position) में है।
S_5 आगे सड़क पर नजर डाला	R_5 स्ट्राटर (starter) को उत्तेजित करने के लिए कुंजी को घुमाना
S_6 मोटर के आवाज पर ध्यान	S_6 कुंजी को फिर छोड़ देना
S_7 एक्सीलेटर पर पैर रखना	S_7 एक्सीलेटर को दबाना
S_8 गियर (Gear)	S_8 गाड़ी को प्रथम गियर में रखना

स्पष्ट हुआ कि कार चलाने के कौशल में लगभग 8 उद्दीपक अनुक्रिया तत्त्व सम्मिलित होते हैं। इसी तरह से अन्य सभी तरह के कौशलों में कई उद्दीपक अनुक्रिया तत्त्व सम्मिलित होते हैं जिनके बारे में विश्लेषण के आधार पर जाना जा सकता है।

कौशल अधिगम की अवस्थाएँ (*Phases of Skill Learning*)

मनोवैज्ञानिकों द्वारा किये गए अध्ययनों से यह स्पष्ट हुआ है कि कोई भी कौशल सीखना विभिन्न तरह की अवस्थाओं (phases) से होकर सम्पन्न होता है और ये अवस्थाएँ एक-दूसरे से गुणात्मक ढंग (qualitatively) भिन्न होते हैं। प्रत्येक अवस्था में कौशल-अधिगम उन्नत होता जाता है। जैसे-जैसे व्यक्ति कौशल को सीखने के लिए प्रयास करता जाता है, वैसे-वैसे निष्पादन निर्बाध (smooth) होते जाता है और उससे व्यक्ति को कम प्रयास लगता है। दूसरे शब्दों में, निष्पादन स्वतः (spontaneous) तथा स्वचालित (automatic) होते चला जाता है। एक अवस्था से दूसरे अवस्था में अंतरण (transition) के वक्त जब निष्पादन की बढ़ोत्तरी रुक जाती है तो इसे मनोवैज्ञानिकों ने *निष्पादन पाठार* (performance plateau) कहा है। जैसे ही अगली अवस्था प्रारंभ होती है, निष्पादन में फिर उन्नति (improvement) होने लगती है।

फिट्ट्स (Fitts) द्वारा कौशल अधिगम के क्षेत्र में महत्त्वपूर्ण अध्ययन किये गए हैं और इन्होंने कौशल अधिगम के तीन अवस्थाओं (phases) का वर्णन किया है जो इस प्रकार है—

1. संज्ञानात्मक अवस्था (*Cognitive phase*)—कौशल अधिगम के प्रत्येक अवस्था में विभिन्न प्रकार की मानसिक प्रक्रियाएँ होती हैं। संज्ञानात्मक अवस्था में कौशल सीखने वाले व्यक्ति को कार्य संपन्न करने के लिए दिये गए निर्देशों (instructions) को समझना पड़ता है तथा फिर उसे याद भी रखना पड़ता है। व्यक्ति को यह भी समझना होता है कि कार्य किस ढंग से किया जा सकता है। इस अवस्था में व्यक्ति, जहाँ तक संभव हो पाता है, अपने चेतन में बाह्य संकेतों (outside cue), निर्देशात्मक माँग (instructional demand), अपने द्वारा किये गए अनुक्रियाओं के परिणाम (response outcome) को सजग एवं सक्रिय रखकर कार्य करना पड़ता है।

2. साहचर्यात्मक अवस्था (*Associative phase*)—इस अवस्था में शिक्षार्थी (learner) दूसरे तरह की मानसिक प्रक्रिया को अपनाता है। यहाँ विभिन्न संवेदी उद्दीपकों (sensory) को वह उपयुक्त अनुक्रियाओं (appropriate responses) या व्यवहारों के साथ साहचर्यित (associate) करके अपने आत्म-विश्वास को मजबूत करता है। इस आत्म-विश्वास के साथ जैसे-जैसे वह अभ्यास करता जाता है, वैसे-वैसे उसका निष्पादन उत्तम होता जाता है और कार्य को सम्पन्न करने में समय एवं त्रुटि कमते जाता है। इसी तरह का अभ्यास जारी रहने पर व्यक्ति का निष्पादन त्रुटिरहित (errorless) हो जाता है हालांकि शिक्षार्थी को सतर्क रहते हुए सभी बिन्दुओं पर एकाग्रता बनाकर रखना होता है।

3. स्वायत्त अवस्था (*Autonomous phase*)—कौशल अधिगम की यह अंतिम अवस्था होती है जिसमें शिक्षार्थी के निष्पादन में दो महत्त्वपूर्ण परिवर्तन होते हैं—पहला परिवर्तन यह होता है कि इसमें साहचर्यात्मक अवस्था का जो *अवधानात्मक माँगे* (attentional demands) होती है, वह कम हो जाती है। दूसरे शब्दों में, इस अवस्था में व्यक्ति को कार्य करने में इतनी महारथ हासिल हो जाती है कि वह इसके विभिन्न बिन्दुओं पर कम-से-कम ध्यान देकर भी उत्तम निष्पादन कर लेता है। इसका मूल कारण यह है कि बाह्य कारकों (external factors) द्वारा उत्पन्न किये जाने वाले संभावित बाधाएँ कम हो जाती हैं। दूसरा परिवर्तन यह होता है कि कौशल निष्पादन (skilled performance) में *स्वचालिता* (automaticity) उत्पन्न हो जाता है जिसमें व्यक्ति सचेत प्रयासों (conscious effort) पर कम-से-कम ध्यान देते हुए उस अर्जित कौशल को दिखला पाता है। ऐसा कहा जा सकता है कि इस अवस्था में स्वचालिता विकसित हो जाने पर व्यक्ति साइकिल का हैण्डल को बिना पकड़े भी उत्तम ढंग से सड़क पर साइकिल चला लेने में समर्थ हो जाता है।

यदि हम कौशल अधिगम के इन तीनों अवस्थाओं पर ध्यान दें तो यह स्पष्ट होगा कि कौशल अधिगम को सफलतापूर्वक सम्पन्न होने का मात्र उत्तम माध्यम अभ्यास (exercise or practice) होता है। जैसे-जैसे व्यक्ति कार्य पर अभ्यास जारी रखता है, वैसे-वैसे निष्पादन दर अपने-आप मजबूत होते चला जाता है और त्रुटिरहित निष्पादन की स्वचालिता (automaticity) प्राप्त हो जाती है।

प्रशिक्षण या अधिगमन अंतरण
(Transfer of Training or Learning)

प्रशिक्षण या अधिगमन अंतरण (transfer of training or learning) एक महत्त्वपूर्ण संप्रत्यय (concept) है जिसपर प्रयोगात्मक मनोवैज्ञानिकों ने बहुत सारे शोध एवं प्रयोग किया है। प्रशिक्षण या अधिगमन अंतरण से तात्पर्य पहले सीखे गये कौशल (skills) का वर्तमान कौशल को सीखने पर पड़ने वाले प्रभाव से होता है। जैसे, यदि कोई व्यक्ति ट्रक चलाना सीखकर कार चलाना सीखता हो तो ट्रक चलाना सीखने से यदि कार चलाना सीखने की प्रक्रिया प्रभावित होती है, तो इसे प्रशिक्षण या अधिगमन अंतरण (transfer of training) की संज्ञा दी जाती है। विटेकर[1] (Whittaker, 1970) ने अधिगमन अंतरण को इस प्रकार परिभाषित किया है, ''प्रशिक्षण के अंतरण से तात्पर्य किसी एक कौशल या विषय-वस्तु के सीखने का किसी दूसरे कौशल या विषय-वस्तु के सीखने पर पड़ने वाले प्रभाव से होता है।''

इस परिभाषा से यह स्पष्ट है कि प्रशिक्षण या सीखने के अंतरण में पहले सीखा गया कौशल बाद में सीखने जाने वाले कौशल पर एक प्रभाव डालता है। इस प्रभाव के स्वरूप के आलोक में प्रशिक्षण अंतरण के निम्नांकित तीन प्रारूप होते हैं:—

1. धनात्मक अंतरण *(Positive transfer)*—जब पहले सीखे गये कौशल (skill) या विषय-वस्तु से नये कौशल या विषय-वस्तु को सीखने में सहायता मिलती है, तो इसे धनात्मक अंतरण (positive transfer) कहा जाता है। जैसे, यदि किसी व्यक्ति को हिन्दी भाषा सीखने के बाद भोजपुरी भाषा को सीखने में उससे मदद मिलती है, तो यह धनात्मक अंतरण (positive transfer) का उदहारण होगा।

2. ऋणात्मक अंतरण *(Negative transfer)*—जब पहले सीखे गये कौशल या विषय-वस्तु से नये कौशल या विषय-वस्तु को सीखने में बाधा पहुँचती है, तो इसे ऋणात्मक अंतरण (negative transfer) कहा जाता है। जैसे संस्कृत भाषा सीखकर अंग्रेजी भाषा सीखने में कोई विशेष तरह की कठिनाई या बाधा महसूस करता है, तो यह ऋणात्मक अंतरण (negative transfer) का उदाहरण होगा। जनवरी महीने में जब साल की शुरूआत होती है, तो व्यक्ति प्रायः तिथि लिखते समय पुराने वर्ष को ही लिख देता है। यह भी ऋणात्मक अंतरण (negative transfer) का उदाहरण है जो आदत-संबंधी बाधा (habit intereference) के बारे में सूचना देता है।

3. शून्य अंतरण *(Zero transfer)*—जब पहले सीखे गये कौशल का प्रभाव वर्तमान कौशल के सीखने पर न तो धनात्मक और न ही ऋणात्मक होता है, तो इसे शून्य अंतरण (zero transfer) कहा जाता है।

इसके अतिरिक्त अंतरण (transfer) को दो सामान्य भागों में बाँटा गया है—*सामान्य अंतरण* (general transfer) तथा *विशिष्ट अंतरण* (specific transfer)। इन दोनों तरह के अंतरण की व्याख्या निम्नांकित है—

(i) सामान्य अंतरण *(General transfer)*—सामान्य अंतरण से तात्पर्य वैसे अंतरण से होता है जिसकी उत्पत्ति किसी विशिष्ट कारक से नहीं होती है। यह एक तरह का सामान्य श्रेणी का अंतरण होता है जहाँ कोई स्पष्ट एवं विशिष्ट कारक की पहचान नहीं होती है। इसे *अविशिष्ट अंतरण* (nonspecifc transfer) भी कहा जाता है।

मनोवैज्ञानिकों ने सामान्य अंतरण के दो प्रकार बतलाये हैं—*सरगर्मी* (warm up) तथा *सीखने का अधिगम* (learning to learn)। सरगर्मी से तात्पर्य सीखने के एकांशों, उपकरण, परिस्थिति आदि के साथ समायोजन (adjustment) से होता है जो आरंभिक प्रयासों में होता है तथा कुछ प्रयास हो जाने के बाद अपने आप समाप्त हो जाता है। सीखने का अधिगम से तात्पर्य सीखने के मौलिक कौशल, उत्तम विधि, उपाय (strategies) आदि के सीखने से होता है जो अभ्यास के साथ व्यक्ति में विकसित होता है। इससे व्यक्ति में एक तरह का स्थायी परिवर्तन होता है। अतः सरगर्मी तथा सीखने के अधिगम में मौलिक अंतर सामयिक निरन्तरता (temporal persistence)

---

1. "Transfer of training refers to the effect of learning a skill or piece of subject-matter on the learning of another skill or subject-matter."
—Whittaker : *Introduction to Psychology,* 1970 p. 665

के ख्याल से होता है। सरगर्मी का प्रभाव अस्थायी होता है। जैसे ही अभ्यास समाप्त होता है, सरगर्मी के प्रभाव से होने वाला लाभ भी तेजी से समाप्त हो जाता है। परंतु सीखने का अधिगम का प्रभाव अधिक स्थायी होता है। जब व्यक्ति किसी पाठ को सीखने के लिए मौलिक, कुशल विधि तथा उपाय ढूँढ लेता है, तो वह उसे सदा याद रखता है और उसका उपयोग करते रहता है।

(ii) विशिष्ट अंतरण *(Specific Transfer)*—विशिष्ट अंतरण से तात्पर्य वैसे अंतरण से होता है जो विशिष्ट कारक जैसे उद्दीपक समानता (stimulus similarity), अनुक्रिया समानता (response similarity), उद्दीपक विभिन्नता (stimulus difference), अनुक्रिया विभिन्नता (response differentation) आदि के कारण हो जाता है। इस तरह के अंतरण में अंतरण का कारण स्पष्ट होता है।

जब कभी भी व्यक्ति कुछ सीखता है तो उसमें उद्दीपक-अनुक्रिया साहचर्यों (stimulus-response associations) की शृंखला होती है। मनोवैज्ञानिकों द्वारा किये गए प्रयोगों के आधार पर विशिष्ट अंतरण के संबंध में विशेषकर एक कार्य और दूसरे कार्य के उद्दीपक एवं अनुक्रिया की समानता तथा असमानता के आधार पर निम्नांकित पाँच तरह की अवस्थाओं (conditions) में कुछ प्रमुख निष्कर्ष प्राप्त हुए हैं जिनका वर्णन यहाँ अपेक्षित है—

(1) $S_A – R_A$, $S_A – R_A$—इस प्रयोगात्मक रूपावली (experimental paradigm) का पहला कार्य में उद्दीपक (Stimulus) S_A तथा अनुक्रिया (Response) R_A है तथा दूसरा कार्य में भी उद्दीपक S_A तथा अनुक्रिया R_A ही है। इसका मतलब यह हुआ कि दोनों ही कार्य परिस्थिति में उद्दीपक एवं अनुक्रिया दोनों ही समरूप (identical) हैं। ऐसी परिस्थिति में धनात्मक अंतरण (positive transfer) होगा।

(2) $S_A – R_A$, $S_B – R_C$—इस प्रयोगात्मक रूपावली में पहले कार्य परिस्थिति में उद्दीपक S_A जो दूसरे कार्य में बदलकर S_B हो जाता है तथा अनुक्रिया R_A भी बदलकर R_C हो जाता है। इसका मतलब यह हुआ कि दूसरे परिस्थिति का कार्य पहले परिस्थिति के कार्य से पूर्णतः भिन्न है। अतः यहाँ कोई अंतरण नहीं होगा अर्थात् पहले कार्य का प्रभाव दूसरे कार्य पर न के बराबर पड़ेगा।

(3) $S_A – R_A$, $S_B – R_A$—इस प्रयोगात्मक रूपावली में दोनों कार्य परिस्थिति की अनुक्रियाएँ तो एक समान होती हैं परंतु उद्दीपक में परिवर्तन हो जाता है। ऐसी परिस्थिति में धनात्मक अंतरण (positive response) होगा।

(4) $S_A – R_A$, $S_A – R_B$—इस प्रयोगात्मक रूपावली में दोनों कार्य परिस्थिति का उद्दीपक तो एक समान (S_A, S_A) ही हैं परंतु अलग-अलग अनुक्रियाएँ व्यक्ति को सीखना पड़ता है। अतः इस तरह की परिस्थिति में व्यक्ति को ऋणात्मक अंतरण (negative transfer) होगा।

(5) $S_A – R_A$, $S_A — R_r$—इस तरह के प्रयोगात्मक रूपावली में दोनों ही परिस्थितियों में सीखे जाने वाले कार्य सूची एक समान होती है परंतु दूसरी परिस्थिति में उद्दीपक-अनुक्रिया साहचर्य नयी होती है। जैसे—

प्रथम सूची	द्वितीय सूची
ZLK—EGG	ZLK—MAD
PQC—DOG	PQC—EGG
TNL—MAD	TNL—MAN
LKT—MAN	LKJ—DOG

स्पष्ट हुआ कि दूसरी सूची में पहली सूची के ही उद्दीपक एवं अनुक्रिया पद हैं परंतु दूसरी सूची में उद्दीपक एवं अनुक्रिया का नया साहचर्य स्थापित होता है। जैसे, ZLK के साथ EGG को प्रयोज्य पहली सूची में साहचर्यित करना सीखता है जबकि उसी ZLK के साथ दूसरी परिस्थिति में उसे एक नया पद MAD को साहचर्यित करना पड़ता है। ऐसी परिस्थिति में ऋणात्मक अंतरण (negative transfer) होगा।

स्पष्ट हुआ कि विशिष्ट अंतरण कई तरह की परिस्थितियों में होता है जो मूलतः उद्दीपकों एवं अनुक्रियाओं के समानता तथा असमानता के कारण होता है।

अधिगम को मजबूत करने वाले कारक
(Factors Facilitating Learning)

अधिगम कई कारकों से प्रभावित होता है। यहाँ पर हम कुछ ऐसी ही सामान्य सीमित कारकों पर विचार करेंगे जिससे अधिगम प्रभावित होता है। ऐसे कारकों में से कुछ कारक इस प्रकार है—

1. पुनर्बलक का स्वरूप *(Nature of reinformcenet)*—क्लासिकी अनुबंधन तथा क्रियाप्रसूत अनुबंधन पर किये गये वर्णन से यह स्पष्ट हो गया है कि अधिगम के लिए पुनर्बलन (reinforcement) की विशेष भूमिका होती है। अनुबंधन प्रयोगों से यह स्पष्ट हुआ है कि पुनर्बलन का स्वरूप सामान्यतः दो प्रकार का होता है—सतत पुनर्बलन (continuous reinformcement) तथा आंशिक पुनर्बलन (partial reinforcement)। सतत पुनर्बलन में प्राणी को प्रत्येक अनुक्रिया के बाद पुनर्बलन (या पुरस्कार) दिया जाता है जबकि आंशिक पुनर्बलन में कुछ अनुक्रिया के बाद प्राणी को पुनबर्लन मिलता है तथा कुछ अनुक्रिया के बाद प्राणी को पुनर्बलन नहीं मिलता है। मनोवैज्ञानिकों द्वारा किये गए अध्ययनों से यह स्पष्ट हुआ है कि आंशिक पुनर्बलन में अधिगम का दर सतत पुनर्बलन की अपेक्षा तेज होता है। इतना ही नहीं, आंशिक पुनर्बलन से सीखी गयी अनुक्रिया को विलोपन का प्रतिरोध (resistance to extinction) अधिक होता है अर्थात् ऐसी अनुक्रिया विलोपित नहीं हो पाती है। इसे प्रयोगात्मक मनोवैज्ञानिकों ने *आंशिक पुनर्बलन प्रभाव* (partial reinfocement effect) की संज्ञा दिया है। आंशिक पुनर्बलन को कई ढंग से प्रयोगकर्त्ता प्रयोग के दौरान उपस्थित कर सकता है जिसमें दो प्रविधि महत्त्वपूर्ण है—*अनुपात अनुसूची* (ratio schedule) तथा *अंतराल अनुसूची* (interval schedule)। अनुपात अनुसूची में पुनर्बलन होने का आधार अनुक्रिया होता है, जबकि अंतराल अनुसूची में पुनबर्लन देने का आधार दो अनुक्रिया के बीच का समय होता है। सामान्यतः अनुपात अनुसूची में अंतराल अनुसूची की अपेक्षा अधिगम का दर अधिक मजबूत होता है।

2. अभिप्रेरण का स्तर *(Level of motivation)*—अधिगम का एक अन्य महत्त्वपूर्ण निर्धारक अभिप्रेरण (motivation) होता है। सामान्यतः अभिप्रेरण का स्तर जितना ही अधिक होता है, अधिगम का दर उतना ही तीव्र होता है। जब किसी कार्य को सीखने के लिए व्यक्ति में अभिप्रेरण का स्तर अधिक होता है, तो वह मेहनत करके अपने कार्य में लग जाता है और उसे जल्द-से-जल्द सीख लेता है। ऐसी परिस्थिति में सामान्यतः दो तरह की बातें होती हैं—एक तो वह जिसमें व्यक्ति किसी बाह्य पुरस्कार को प्राप्त करने के लिए अभिप्रेरित होकर किसी कार्य को सीखता है। जैसे, वह यह सोच कर किसी प्रतियोगिता की तैयारी कर सकता है कि उसमें सफल होने पर उसे 1,000 रुपये का पुरस्कार मिलेगा। इस तरह के अभिप्रेरण को *बाह्य अभिप्रेरण* (extrinsic motivation) कहा जाता है। दूसरे तरफ, ऐसा भी हो सकता है कि व्यक्ति किसी कार्य या पाठ को अपनी अभिरुचि (interest), इच्छा आदि के कारण करना सीखता हो। जैसे, यदि कोई व्यक्ति प्रतियोगिता में सफल होने की प्रेरणा मात्र इसलिए रखता है कि इस तरह की परिस्थति में से वह बेहद खुश होगा। इस तरह के अभिप्रेरक को *आंतरिक अभिप्रेरण* (intrinsic motivation) कहा जाता है।

3. अधिगम की तत्परता *(Preparedness for learning)*—अधिगम की तत्परता विभिन्न प्राणियों में अलग-अलग होती हैं। कुछ प्राणी जैसे मनुष्य, बन्दर, वनमानुष के लिए कुछ क्रियाओं को सीखने की तत्परता जन्मजात रूप से अधिक होती है जबकि अन्य प्राणियों में कुछ दूसरे तरह के कार्यों को सीखने की तत्परता तुलनात्मक रूप से अधिक होती है। सचमुच में यहाँ तत्परता एक व्यापक अर्थ में प्रयोग किया जा रहा है जिसमें एक छोर पर वैसे अधिगम कार्य (learning tasks) या साहचर्यों (associations) को रखा जाता है जो कुछ प्रजाति के सदस्यों के लिए आसान होता है, दूसरे छोर पर वैसे अधिगम कार्य या साहचर्यों को रखा जाता है जिसके लिए वे सदस्य बिल्कुल ही नहीं तत्पर होते हैं या उनके लिए इसे करना मुश्किल होता है। मध्य में उन अधिगम कार्यों को रखा जाता है जिसके लिए सदस्य न तो तत्पर रहते हैं और न ही अतत्पर। जिन कार्यों को सीखने की तत्परता प्राणी में अधिक होती है, वह उस कार्य को आसानी से सीख लेता है परंतु जिसके लिए वह प्राणी तत्पर नहीं होता है, उसे वह नहीं सीख पाता है या फिर उसे सीखने में काफी कठिनाई होती है। जैसे, एक वनमानुष में साइकिल चलाने की तत्परता

होती है और वह उसे आसानी से सीख लेता है परंतु एक बिल्ली में इस तरह की तत्परता नहीं पायी जाती है। फलतः वह ऐसा कार्य नहीं सीख पायेगी।

4. अधिगम की विधि (*Methods of learning*)—अधिगम पर सीखने की विधि का भी प्रभाव पड़ता है। जैसे, यदि किसी लम्बे विषय को सीखने के लिए अंश विधि (part method) तथा छोटे विषय को सीखने के लिए पूर्ण विधि (whole method) को अपनाया जाता है तो इससे अधिगम की दर उन्नत होती है। अंश विधि में व्यक्ति किसी लम्बे अधिगम कार्य को छोटे-छोटे अंशों में बाँटकर अध्ययन करता है जबकि पूर्ण विधि में अधिगम कार्य को व्यक्ति प्रारंभ से अन्त तक बिना उसे खंडित किये ही अभ्यास कर सीखता है।

5. व्यक्तिगत कारक (*Personal factors*)—अधिगम पर सीखने वाले व्यक्ति की आयु एवं स्वास्थ्य आदि का भी प्रभाव पड़ता है। सामान्यतः एक वयस्क, बच्चे एवं वृद्धों की अपेक्षा किसी अधिगम कार्य को जल्द सीख लेता है। उसी तरह से यदि व्यक्ति का स्वास्थ्य ठीक है, अर्थात् वह मानसिक एवं शारीरिक रूप से स्वस्थ है, तो किसी अधिगम कार्य को तुरंत पूरा कर लेता है। दूसरे तरफ जिनका स्वास्थ्य ठीक नहीं होता है, उसे किसी अधिगम कार्य को पूरा करने में काफी कठिनाई होती है।

स्पष्ट हुआ कि अधिगम कई कारकों से प्रभावित होता है।

अधिगमकर्त्ता : अधिगम शैलियाँ
(Learner : Learning Styles)

अधिगम शैली (learning style) अधिगमकर्त्ता (learner) द्वारा अपनाया गया एक प्रमुख युक्ति (strategy) होती है जिसका उपयोग करके वह सीखने के कार्य को सरल तथा सुगम बना देता है और उस कार्य को भली-भाँति करना सीख लेता है। कुछ बच्चे या वयस्क अधिगम शैली का उपयोग बहुत तीक्ष्णता के साथ करके अपने कार्य में प्रवीणता (mastery) हासिल कर लेते हैं। फलतः वे अन्य बच्चों या वयस्कों से सीखने के कार्य में आगे बढ़ जाते हैं।

अब प्रश्न उठता है कि अधिगम शैली से क्या तात्पर्य होता है? अधिगम शैली को परिभाषित करते हुए यह कहा जाता है कि यह अधिगमकर्त्ता द्वारा अपनाया गया एक ऐसी शैली होती है जिसमें वह अधिगम (learning) तथा अध्ययन (studying) के प्रति विशेष दृष्टिकोण विकसित करता है तथा संबंधित सूचना पर ध्यान देते हुए उसे इस ढंग से संसाधित करता है कि उसमें अधिक-से-अधिक प्रवीणता हासिल की जा सके।

यदि इस परिभाषा का विश्लेषण करे तो हमें इसके बारे में निम्नांकित तथ्य प्राप्त होते हैं—

(1) अधिगम शैली अधिगमकर्त्ता द्वारा अपनाया गया एक विशेष दृष्टिकोण या उपागम (approach) होता है। इसी संदर्भ में वुलफाल्क[1] (Woolfolk, 2004) ने अधिगम शैली के स्वरूप पर प्रकाश डालते हुए कहा है, ''अधिगम शैली अधिगम तथा अध्ययन के प्रति एक विशेष उपागम होता है।''

(2) अधिगम शैली में व्यक्ति सीखे जाने वाले कार्य से संबंधित सूचनाओं पर ध्यान देता है तथा उसे विशेष तरह से संसाधित करता है।

(3) अधिगम शैली का उद्देश्य अधिगमकर्त्ताओं को प्रवीणता हासिल करने में मदद करना होता है।

अधिगम शैली के व्युत्पन्न (derivation) होने में निम्नांकित तीन चरण (steps) सामान्यतः शामिल होते हैं—

(1) प्रत्यक्षज्ञानात्मक रूपात्मकता (*Perceptual modalities*)—किसी भी अधिगम शैली की उत्पत्ति में पहला चरण यह होता है कि वह वातावरण में उपस्थित सूचनाओं को अपने ज्ञानेन्द्रियों के माध्यम से ग्रहण करें। वह वातावरण से दृष्टि सूचनाओं, श्रवण सूचनाओं, घ्राण, गति एवं स्पर्श (touch), संबद्ध सूचनाओं को उपयुक्त ज्ञानेन्द्रियों के माध्यम से ग्रहण करता है।

---

1. "Learning styles are characteristics approach to learning and studying."
—Woolfolk (2004) : *Educational Psychology,* p. 120

(2) सूचना प्रक्रमण *(Information processing)*—अधिगम शैली की उत्पत्ति में दूसरा चरण में ज्ञानेन्द्रियों से प्राप्त सूचनाओं का प्रक्रमण (processing) से होता है। इसमें व्यक्ति समस्या समाधान करने के तरीके तथा सूचनाओं को याद एवं उसे विश्लेषत करने के तरीकों पर विशेष रूप से ध्यान देता है। ऐसा करने में सूचनाओं के विभिन्न पहलुओं पर बारी-बारी से भी ध्यान देते हुए वह विश्लेषण करता है या फिर इन सभी पहलुओं पर एक साथ ध्यान देते हुए उनका विश्लेषण कर सकता है।

(3) व्यक्तित्व पैटर्न *(Personality pattern)*—यहाँ व्यक्ति अपने व्यक्तित्व पृष्ठभूमि के आलोक में वातावरण के साथ अन्तःक्रिया करने का एक विशेष तरीका अपनाता है। वह अधिगम परिस्थिति में अन्य व्यक्तियों या वस्तुओं के साथ अंतक्रिया करते हुए विशेष अनुक्रिया करने के ढंग या तरीका को अन्वेषित करता है।

मनोवैज्ञानिकों द्वारा किये गए अध्ययनों से यह स्पष्ट हुआ है कि अधिगम शैली के कई प्रकार होते हैं। जैसे एण्डरसन (Anderson, 1989) ने अधिगम शैली को दो प्रमुख भागों में बाँटा है—*संबंधात्मक शैली* (relational style) तथा *विश्लेषणात्मक शैली* (analytical style)। इन दोनों तरह के शैलियों वाले व्यक्तियों के संज्ञानात्मक दृष्टिकोण (cognitive background) में अंतर होता है जो इस प्रकार है—

(1) संबंधात्मक शैली वाले व्यक्ति किसी सूचना या घटना का प्रत्यक्षण समग्र रूप से (as a whole) करते हैं जबकि विश्लेषात्मक शैली वाले व्यक्ति किसी सूचना को उसके छोटे-छोटे इकाइयों में बाँटकर या उससे किसी विशेष सूचना को निकालकर उसका प्रत्यक्षण कर सकने में सफल होते हैं।

(2) संबंधात्मक शैली वाले व्यक्तियों में मौखिक रूप से प्रस्तुत विचारों एवं सूचनाओं के लिए अच्छी स्मृति होती है जबकि विश्लेषणात्मक शैली वाले व्यक्तियों में अमूर्त्त (abstract) विचारों एवं अप्रासंगिक सूचनाओं के लिए अच्छी स्मृति होती है।

(3) संबंधात्मक शैली वाले व्यक्तियों द्वारा अशैक्षणिक क्षेत्रों (non-academic fields) में अधिक कार्योन्मुखता दिखलायी जाती है जबकि विश्लेषणात्मक शैली वाले व्यक्तियों द्वारा शैक्षणिक क्षेत्र (academic field) में अधिक कार्योन्मुखता दिखलायी जाती है।

(4) संबंधात्मक शैली वाले व्यक्तियों द्वारा अंतर्ज्ञानात्मक चिंतन (intuitive thinking) अधिक दिखलाया जाता है जबकि विश्लेषणात्मक शैली वाले व्यक्तियों द्वारा अनुक्रमिक (successive) तथा संरचित (structural) चिंतन को अधिक दिखलाया जाता है।

(5) संबंधात्मक शैली वाले व्यक्ति मानवीय एवं सामाजिक विषय-वस्तु से संबंद्ध सामग्रियों का अध्ययन करने में अधिक अभिरुचि दिखलाते हैं जबकि विश्लेषणात्मक शैली वाले व्यक्ति उन सामग्रियों के अध्ययन में अधिक अभिरुचि दिखलाते हैं जो अचेतन (unconscious) एवं अवैयक्तिक (impersonal) प्रकृति के होते हैं।

(6) संबंधात्मक शैली वाले व्यक्ति अपने आप को वैसे कार्यों से तुरंत हटा लेते हैं जिससे उन्हें पर्याप्त उत्तेजन नहीं मिल पाते हैं जबकि विश्लेषणात्मक शैली वाले व्यक्ति वैसे कार्यों में भी लगे रहते हैं जिनसे उन्हें पर्याप्त उत्तेजना नहीं मिल पाती है।

(7) संबंधात्मक शैली वाले व्यक्ति का विचार पारंपरिक विद्यालयी परिवेश (traditional school environment) से सामान्यतः मेल नहीं रखता है जबकि विश्लेषणात्मक शैलीवाले व्यक्ति का विचार अधिकतर विद्यालयी परिवेशों के साथ मेल रखता है।

(8) संबंधात्मक शैली वाले व्यक्ति आसानी से छात्रों का मूल्यांकन करने में प्राधिकारियों के विश्वास एवं शंकाओं से प्रभावित हो जाते हैं (क्योंकि उनकी रुचि शैक्षणिक क्षेत्र में कम होती है) जबकि विश्लेषणात्मक शैली वाले व्यक्ति ऐसे मूल्यांकन में दूसरों के विचारों, विश्वासों एवं शंकाओं से प्रभावित नहीं होते हैं।

वुलफाल्क (Woolfolk, 2004) का मत है कि अधिगम का जो भी शैली क्यों न हो, उनमें एक सामान्य बात जो उन्हें एक सूत्र में बाँधता है, वह अधिगम परिस्थितियों में सूचनाओं को संसाधित करने के लिए गहरा (deep) एवं सतही (surface) उपागमों (approaches) में व्याप्त अंतर है। स्नो, कोर्नो एवं जैक्सन (Snow, Corno & Jackson, 1996) का मत है कि जो छात्र गहरा संसाधन उपागम (deep processing approaches) को अपनाते

हैं, वे अधिगम क्रियाओं (learning activities) के कुछ संप्रत्ययों को समझने का विशेष माध्यम के रूप में लेते हैं। ऐसे लोगों की चिंता इस बात में नहीं होती है कि उनका मूल्यांकन किस तरह से किया जा रहा है। वे सीखने के लिए हमेशा प्रेरित रहते हैं। जो छात्र सतही संसाधन उपागम (surface-processing approach) को अपनाते हैं वे अधिगम सामग्रियों को याद करने के लिए न कि सीखने के लिए अधिक तत्परता दिखलाते हैं। ऐसे छात्र पुरस्कार तथा बाह्य मानकों (external standards) से अधिक अभिप्रेरित होते हैं तथा दूसरों से धनात्मक मूल्यांकन (positive evaluation) की उम्मीद अधिक रखते हैं। हालांकि यह बात भी है कि अधिगम परिस्थिति भी ऐसी हो सकती है जो गहरा एवं सतही संसाधनों (processing) को प्रोत्साहित कर सकती है परंतु इस बात का सबूत है कि व्यक्तियों में विशेष ढंग से परिस्थिति को समझने की उन्मुखता पायी जाती है।

अधिगम अशक्तताएँ
(Learning disabilities)

अधिगम असक्तता (learning disability) एक सामान्य पद है। इसमें बच्चों में पाये जाने वाले कई तरह की विकृतियों (disorders) को रखा गया है। सामान्यतः ऐसे बच्चे जिन्हें अधिगम (learning), पठन (reading), लेखन (writing), बोलने (speaking), सुनने (listening), तर्कणा करने (reasoning) एवं गणितीय कौशल (mathematical skills) में कठिनाई होती है, उन्हें अधिगम असक्तता (learning disability) की श्रेणी में रखा जाता है। अधिगम असक्तता के कई परिभाषा विभिन्न मनोवैज्ञानिकों द्वारा दिये गए हैं। हालहान, कॉफमैन एवं लायड (Halhahan, Kauffman & Llyod, 1999) के अनुसार अभी इसके दर्जनों परिभाषाएँ हैं जिनका सारांश इस प्रकार है—

अधिगम असक्तता वाले बच्चों की बुद्धि सामान्य (normal) या उससे ऊपर होती है; इन्हें एक या एक से अधिक शैक्षिक क्षेत्रों में कठिनाई होती है तथा इनमें कोई विशेष विकृति जैसे मानसिक मंदता (mental retardation) आदि नहीं होती है। अमेरिका में *नेशनल जाएन्ट कमेटी ऑन लर्निंग डिजेविलिटिज*[1] (National Joint Committee on Learning Disabilities, 1989) ने अधिगम असशक्तता का एक व्यापक एवं सर्वमान्य परिभाषा दिया है जो इस प्रकार है—

''अधिगम असक्तता एक सामान्य पद है जिसमें विकृतियों का एक विषम समूह होता है जो सुनने, बोलने, पढ़ने, लिखने, तर्क करने तथा गणितीय क्षमताओं के उपयोग एवं अधिग्रहण में सार्थक कठिनाई को दिखलाता है।''

इस परिभाषा के विश्लेषण से अधिगम असक्तता के बारे में मुख्य रूप से दो बातें स्पष्ट होती हैं—

(1) अधिगम असक्तता में कई तरह के विकृति होते हैं।

(2) इन विकृतियों का संबंध बच्चों के सुनने, बोलने, पढ़ने, लिखने, तर्क करने तथा गणितीय क्षमताओं से होता है।

मनोवैज्ञानिकों द्वारा किये गए अध्ययनों से अधिगम असक्तता के बारे में दो और महत्त्वपूर्ण तथ्यों का पता चला है जो इस प्रकार है—

(1) केन्द्रीय तंत्रिका तंत्र (central nervous system) के दुष्क्रिया (dysfunction) के परिणामस्वरूप अधिगम असक्तता विकसित होती है।

(2) अधिगम असक्तता पूरे जीवन काल के लिए एक चुनौती होती है।

---

1. "Learning disabilities is a general term that refers to a heterogeneous group of disorders manifested by significant diffculties in the acquisition and use of listening, speaking, reading, writing, reasoning or mathematical difficulties."
—National Joint Committee on Learning Disabilities (1989)

अधिगम असक्तता के लक्षण *(Symptoms of Learning Disability)*

अधिगम असक्तता से संबद्ध लक्षणों को मनोवैज्ञानिकों द्वारा दो भागों में बाँटा गया है—

(1) सामान्य पैटर्न से संबद्ध लक्षण (Symptoms related to common patterns)

(2) शैक्षिक निष्पादन से संबद्ध लक्षण (Symptoms related to Academic performance)

इन दोनों का वर्णन निम्नांकित है—

1. सामान्य पैटर्न से संबद्ध लक्षण *(Symptoms related to common patterns)*—अधिगम असक्तता वाले बच्चे कुछ सामान्य व्यवहारात्मक लक्षण दिखलाते हैं जो इस प्रकार है—

(1) ऐसे बच्चे प्रायः अतिक्रियाशीलता (hyperactivity) तथा व्यवहार में बेचैनी दिखलाते हैं। ऐसे बच्चों के व्यवहार में आवेगशीलता (impulsivity) भी अधिक होती है। ऐसे बच्चे बहुत दोस्त नहीं बना पाते हैं और दोस्ती को बहुत दिनों तंक बरकरार भी नहीं रख पाते हैं।

(2) अधिगम असक्तता वाले बच्चों में समन्वय (cordination) तथा संतुलन (balance) की कमी पायी जाती है। इनमें हस्त दक्षता (manual dexterity) की कमी होती है। ऐसे बच्चों का शारीरिक संतुलन प्रायः ठीक नहीं होता है और वे चलते-चलते प्रायः गिर जाते हैं। ऐसे बच्चों के व्यवहार में निश्चित समन्वय नहीं होने के कारण वे अपने पेंसिल को भी तीक्ष्ण करने में असफल रहते हैं।

(3) ऐसे बच्चों में अवधान (attention) से संबद्ध विकृति भी होती है वे किसी वस्तु पर ध्यान ठीक से केन्द्रित नहीं कर पाते हैं और उनका ध्यान बहुत जल्द ही विकर्षित (distracted) हो जाता है। यही कारण है कि उनके व्यवहार में अतिक्रियाशीलता (hyperactivity) पायी जाती है और वे हमेशा उछल-कूद एवं विभिन्न तरह के क्रियाओं को सतत करते रहते हैं।

(4) ऐसे बच्चों को कुछ निर्देश दिये जाने पर वे उसका पालन ठीक से नहीं कर पाते हैं। वे अपने साथियों के साथ संबंध को ठीक ढंग से मूल्यांकन नहीं कर पाते हैं। ऐसे बच्चे इशारों एवं शारीरिक भाषा (body language) को भी नहीं समझ पाते हैं।

(5) ऐसे बच्चों का निष्पादन विषम होता है। दूसरे शब्दों में यह कहा जा सकता है कि ऐसे बच्चे का निष्पादन किसी एक क्षेत्र में उत्तम होता है तो दूसरे क्षेत्र से काफी खराब।

(6) ऐसे बच्चों में स्थान उन्मुखता (space orientation) खराब होता है तथा समय का पर्याप्त ज्ञान नहीं होता है। ऐसे बच्चे नये स्थान पर होने से जल्द ही घबड़ा जाते हैं और वे किंकर्त्तव्यविमूढ़ हो जाते हैं। ऐसे बच्चे को बायें, दायें, ऊपर, नीचे आदि का भी पर्याप्त ज्ञान नहीं होता है तथा पूरब, पश्चिम, उत्तर, दक्षिण आदि में भी अंतर नहीं कर पाते हैं।

(7) ऐसे बच्चे निष्क्रिय शिक्षार्थी (passive learners) होते हैं क्योंकि उन्हें यह पता नहीं होता है कि अधिगम किस तरह से किया जाए। स्वतंत्र रूप से कार्य करना इन्हें काफी कठिन लगता है। फलतः इनका गृहकार्य (homework) तथा वर्गकार्य (classwork) प्रायः अधूरा ही रहता है।

2. शैक्षिक निष्पादन से संबद्ध लक्षण *(Symptoms related to academic perfomance)*—शैक्षिक निष्पादन से संबंधित निम्नांकित तीन प्रमुख लक्षण अधिगम असक्तता वाले बच्चों में देखा जाता है—

(1) ऐसे बच्चों में पढ़ने (reading) से संबद्ध लक्षण काफी स्पष्ट रूप से देखने को मिलता है। ऐसे बच्चों में पढ़ने से संबंधित प्रवाहिता (fluency) नहीं होते हैं अर्थात् बहुत रुक-रुक कर वे किसी लिखे हुए सामग्रियों को पढ़ते हैं। ऐसे बच्चे, पढ़ते समय शब्दों को प्रायः पलट (reverse) कर पढ़ते हैं। जैसे 'कलम' को 'कमल', 'मार' को 'राम' आदि के रूप में वे प्रायः पढ़ा करते हैं।

(2) ऐसे बच्चों में लिखने से संबद्ध लक्षण भी प्रायः देखने को मिलते हैं। ऐसे बच्चे प्रायः अक्षरों एवं शब्दों को सही रूप में नहीं लिख पाते हैं। सीधी पंक्ति बनाकर भी वे उसके अनुरूप नहीं लिख पाते हैं। लेखन-कार्य पूरा

करने में काफी पीछे रह जाते हैं। ब्लैकबोर्ड पर लिखे गए शब्दों या वाक्यों की नकल कर लिखने में इन्हें काफी परेशानी होती है।

(3) ऐसे बच्चों का गणितीय कौशल (mathematical skills) काफी घटिया (poor) होता है। गणित से संबंध तथ्यों को याद करने में इन्हें काफी कठिनाई होती है। ऐसे बच्चे अंकों को जोड़ने एवं घटाने में उन्हें कॉलम में लिखने में असमर्थता महसूस करते हैं।

स्पष्ट हुआ कि अधिगम असक्तता वाले बच्चों द्वारा कई विभिन्न तरह के लक्षण दिखलाये जाते हैं।

अधिगम सिद्धान्तों का अनुप्रयोग
(Application of Learning Principles)

मानव जीवन के लिए अधिगम के सिद्धान्त/नियम (principles) का काफी महत्त्व है। व्यक्ति अपनी जिंदगी में उन सारे व्यवहारों एवं क्रियाओं को जिनसे उसका व्यक्तिगत, आर्थिक, सामाजिक जिंदगी आनन्दमय होता है, सचमुच में उसे सीखता है। आधुनिक मनोवैज्ञानिकों द्वारा कई ऐसी प्रविधियाँ विकसित की गयी हैं जिसमें क्लासिकी अनुबंधन, क्रियाप्रसूत अनुबंधन, सामाजिक अधिगम (social learning), वाचिक अधिगम (verbal learning), संप्रत्यय अधिगम (concept learning) तथा कौशल अधिगम (skill learning) के नियमों का उपयोग किया जाता है ताकि जिंदगी के विभिन्न पहलुओं को उन्नत एवं आनन्दमय किया जा सके।

मनोवैज्ञानिकों द्वारा अधिगम नियमों/सिद्धान्तों का उपयोग कई क्षेत्रों में सार्थक ढंग से किया गया है जिनमें निम्नांकित प्रमुख है—

(1) विभिन्न संगठनों में (In different organizations)

(2) कुसमायोजी व्यवहारों को समझने एवं उनके उपचार में (In understanding and treating maladaptive behaviours)

(3) बच्चों के पालन-पोषण में (In child rearing)

(4) शैक्षिक अधिगम में (In academic learning)

इन चारों प्रमुख बिन्दुओं का वर्णन इस प्रकार है—

1. विभिन्न संगठनों में *(In different organizations)*—विभिन्न संगठनों में कार्यरत कर्मचारियों की कई तरह की समस्याएँ होती हैं। ऐसी समस्याओं में अनुशासनहीनता, अनुपस्थिति (absenteeism), उपयुक्त कौशल की कमी (lack of appropriate skills) आदि प्रमुख हैं। एक प्रमुख मनोवैज्ञानिक नियम/सिद्धान्त है कि पुरस्कार देने से व्यक्ति किसी व्यवहार को सीखता है तथा उससे उस व्यवहार के होने की संभावना भविष्य में बढ़ जाती है। इस विशेष नियम का उपयोग औद्योगिक संगठनों में प्रबंधकों द्वारा करके कर्मचारियों के बीच अनुपस्थिति तथा अन्य समस्याओं को आसानी से दूर किया जा सकता है। जैसे, अनुपस्थिति को कम करने के लिए प्रबंधन महीना के अंतिम दिन वैसे कर्मचारियों को विशेष पुरस्कार देने की घोषणा कररके जो पूरे महीना में कभी भी कार्य से अनुपस्थित नहीं रहे हैं, अनुपस्थिति जैसे व्यवहार को नियंत्रित कर लेते हैं। उसी तरह से कम्पनी या संगठन वैसे कर्मचारियों के लिए विशेष लाभ एवं पुरस्कार की घोषणा करके जिन्होंने गत छह महीना में मेडिकल छुट्टी (medical leave) नहीं लिए हैं, उनमें इस तरह के छुट्टी पर जाने की प्रवृत्ति को निश्चित रूप से कम कर सकता है।

2. कुसमायोजी व्यवहारों को समझने एवं उनके उपचार में *(In understanding and treating maladaptive behaviour)*—अधिगम नियमों/सिद्धान्तों का विशेषकर क्लासिकी अनुबंधन (classical conditioning) तथा क्रियाप्रसूत अनुबंधन (operant conditioning) के सिद्धान्तों का उपयोग कुसामयोजी व्यवहार (maladaptive behaviour) या असामान्य व्यवहार को समझने तथा उनके उपचार में काफी किया गया है। इसमें मूलतः विलोपन (extinction) के नियमों का उपयोग करके ऐसे व्यवहारों का उपचार संभव हो पाता है। उक्त अधिगम सिद्धान्तों के आधार पर कई तरह की प्रविधियाँ जैसे क्रमबद्ध संवेदीकरण (systematic desensitization), अन्तःस्फोटात्मक

चिकित्सक (implosive therapy), फलडिंग (flooding), विरुचि चिकित्सा (aversion therapy), दृढ़ग्राही चिकित्सा (assertive therapy), तथा बायोफिडबैक विधि (biofeedback method), संभाव्यता प्रबंधन (contingency management) आदि का प्रतिपादन किया गया है। जिन व्यक्तियों में चिंता (anxiety) एवं डर अधिक होती है, उनमें क्रमबद्ध संवेदीकरण (systematic desensitization) का उपयोग कर उनकी अनावश्यक चिंताओं एवं डर को दूर किया जाता है। इस प्रविधि का प्रतिपान साल्टर (Salter, 1949) तथा ओल्प (Wolpe, 1958) द्वारा किया गया था। वैसे व्यक्ति जिनमें अतार्किक (irrational) एवं आधारहीन डर (unfounded fear) के साथ-ही-साथ परिहार व्यवहार (avoidance behaviour) भी होता है, उनके लिए अन्तःस्फोटात्मक चिकित्सा (impulsive therapy) एवं फलडिंग का सफलतापूर्वक उपयोग किया गया है। अवांछनीय आदतों (undersirable habits) तथा स्वास्थ्य एवं खुशी को कुप्रभावित कर देने वाले आदतों से छुटकारा दिलाने के लिए विरुचि चिकित्सा का उपयोग किया जाता है। चिकित्सक परिस्थिति को यहाँ इस ढंग से पुनर्व्यवस्थित करता है कि कुसमायोजी आदतों के होने से दर्दपूर्ण अनुभूतियाँ व्यक्तियों में हो और फिर व्यक्ति उससे छुटकारा पाने की विधियों को सीखने लगता है। जिन व्यक्तियों में अंतर्मुखता (introversion) की प्रवृत्ति अधिक होती है तथा जो शर्मीले प्रकृति के होते हैं तथा जिन्हें अन्तर्वैयक्तिक अंतक्रियाओं (interpersonal interactions) को करने में कठिनाई महसूस होती है, उन्हें दृढ़गाही चिकित्सा (assertive therapy) देकर ऐसी समस्याओं से छुटकारा दिलाया जाता है। कुछ व्यक्ति तुनुकमिजाजी होते हैं अर्थात् उन्हें जरा-सा भी छेड़ने पर वे अपना मानसिक संतुलन खोने लगते हैं; उनका श्वसन गति तीव्र हो जाता है; रक्तचाप में वृद्धि हो जाती है, भूख-प्यास लगभग समाप्त हो जाती है। ऐसी समस्याओं से निजात पाने के लिए मनोवैज्ञानिकों द्वारा वायोफिडबैक प्रविधि का उपयोग किया जाता है। सचमुच में यह प्रविधि क्लासिकी अनुबंधन तथा क्रियाप्रसूत अनुबंधन दोनों का ही प्रतिफल माना गया है। किसी अनुक्रिया विशेषकर अवांछित अनुक्रिया की आवृत्ति को परिवर्तित करने के ख्याल से उस अनुक्रिया के परिणाम (पुरस्कार) में किया गया जोड़-तोड़ (manipulation) को ही संभाव्यता प्रबंधन (contingency managenent) कहा जाता है और यह प्रविधि क्रियाप्रसूत अनुबंधन (operant conditioning) के नियमों पर आधारित है। वायोफिडबैक प्रविधि सचमुच में क्लासिकी अनुबंधन तथा क्रियाप्रसूत अनुबंधन दोनों के अंतक्रिया (interaction) पर आधारित होता है।

3. बच्चों के पालन-पोषण में *(In Child rearing)*—बच्चों के पालन-पोषण में भी अधिगम के नियमों/सिद्धान्तों का उपयोग काफी किया जा सकता है। सचमुच में माता-पिता अधिगम के नियमों/सिद्धान्तों का उपयोग करके उत्तम व्यक्तित्व विकास की नींव बच्चों में डाल सकते हैं। क्लासिकी अनुबंधन के नियमों का सही-सही उपयोग करके माता-पिता बच्चों को खतरा एवं सुरक्षा के संकेतों को सीखलाकर उनके व्यवहार में उत्कृष्टता ला सकते हें। इतना ही नहीं, क्रियाप्रसूत अनुबंधन (operant conditioning) के नियमों का उपयोग करके माता-पिता बच्चों को कई तरह की बुरी आदतों से उन्हें मुक्ति दिला सकते हैं। माता-पिता एक अच्छे मॉडल के रूप में भी अपने बच्चों को कर्त्तव्यनिष्ठ, सामाजिक कौशल तथा उपायकुशल आदि तो निश्चित रूप से बना सकते हैं।

4. शैक्षिक अधिगम में *(In academic learning)*—अधिगम सिद्धान्तों/नियमों का उपयोग शिक्षक एवं छात्रों द्वारा शैक्षिक परिणामों को उत्तम बनाने के लिए भी सफलतापर्वूक किया गया है। स्कीन्नर (Skinner) द्वारा प्रतिपादित कार्यक्रमिक अधिगम (programmed learning) उसका एक उत्तम उदाहरण है जिसमें पाठ (lesson) को कई छोटे-छोटे अंशों में बाँटकर छात्र उसे सीखते हैं। प्रत्येक अंश को सीखने के लिए उन्हें पुनर्बलन दिया जाता है जिससे अधिगम आसान हो जाता है। इस तरह से छात्रों को पुनर्बलन के नियम (principle of reinforcement) के सहारे किसी सूचना या अनुक्रिया को सीखने में अधिक सक्रिय बनाकर उन्हें प्रोत्साहित किया जाता है। शिक्षक भी अपने आप को छात्रों के सामने एक इस डंग का उत्तम मॉडल के रूप में पेश करते हैं जिससे छात्रों में उत्तम व्यक्तिगत आदत (personal habits) तथा उचित सामाजिक व्यवहार आसानी से उत्पन्न हो सके। छात्रों द्वारा अर्जित कौशलों (skills) का विश्लेषण उद्दीपक-अनुक्रिया (stimulus-responses) या उद्दीपक-उद्दीपक (stimulus-stimulus)

ढाँचे में किया जाता है। छात्रों को गृहकार्य तथा वर्गकार्य करने के लिए पर्याप्त अभ्यास करना भी सीखलाया जाता है।

स्पष्ट हुआ कि अधिगम के सिद्धान्तों/नियमों का उपयोग कई परिस्थितियों में की जाती है जिनका समग्र उद्देश्य व्यक्ति के जीवन के विभिन्न क्षेत्रों में आनन्द एवं सुख उत्पन्न करना होता है।

प्रमुख पद (Key Terms)

परिपक्वता *(Maturation)*
क्लासिकी अनुबंधन *(Classical conditioning)*
क्रियाप्रसूत/नैमित्तिक या साधनात्मक अनुबंधन *(Instrumental conditioning)*
प्रेक्षणात्मक अधिगम *(Observational learning)*
वाचिक अधिगम *(Verbal learning)*
संप्रत्यय अधिगम *(Concept learning)*
कौशल अधिगम *(Skill learning)*
स्वाभाविक उद्दीपक (Unconditioned stimulus)
अनुबंधित अनुक्रिया *(Conditioned response)*
अनुबंधित उद्दीपक *(Conditioned stimulus*
पुनर्बलन अनुसूचि *(Reinforcement schedule)*
उद्दीपक सामान्यीकरण *(Stimulus generalization)*
संज्ञानात्मक अधिगम *(Cognitive learning)*
अव्यक्त अधिगम *(Latent learning)*
सीखने का अधिगम *(Learning to learn)*
प्रशिक्षण या अधिगम अंतरण *(Transfer of Training or learning)*
अधिगम शैलियाँ *(Learning styles)*
अधिगम अशक्तताएँ *(Learning disabilities)*

अध्याय सारांश (Chapter Summary)

1. अभ्यास या अनुभूति के परिणामस्वरूप व्यवहार में होने वाले अपेक्षाकृत स्थायी परिवर्तन को अधिगम कहा जाता है।
2. अधिगम तथा परिपक्वता में अंतर होता है।
3. क्लासिकी अनुबंधन में व्यक्ति तटस्थ उद्दीपक (neutral stimulus) के प्रति स्वाभाविक अनुक्रिया करना सीख लेता है।
4. क्लासिकी अनुबंधन कई तरह के कारकों द्वारा प्रभावित होता है जिनमें अनुबंधित उद्दीपक तथा स्वाभाविक उद्दीपक के युग्मित उपस्थिति की संख्या, स्वाभाविक उद्दीपक की तीव्रता, स्वाभाविक उद्दीपक का प्रकार तथा अनुबंधित उद्दीपक तथा स्वाभाविक उद्दीपक का सामयिक संबंध आदि महत्त्वपूर्ण है।
5. क्रियाप्रसूत अनुक्रिया करने के बाद जब व्यक्ति को पुनर्बलन (reinforcement) दिया जाता है, तो इससे उस अनुक्रिया को भविष्य में करने की संभावना बढ़ जाती है। इस तरह के अधिगम सिद्धान्त को क्रियाप्रसूत अनुबंधन कहा जाता है।

6. क्लासिकी अनुबंधन तथा क्रियाप्रसूत अनुबंधन में अंतर है।
7. अधिगम का स्वरूप चाहे क्लासिकी अनुबंधन हो या फिर क्रियाप्रसूत अनुबंधन, उनमें कुछ सामान्य प्रक्रियाएँ सम्मिलित होती है। इन प्रक्रियाओं में पुनर्बलन, उद्दीपक सामान्यीकरण, विभेदन, विलोपन तथा स्वतः पुनर्लाभ (spontaneous recovery) आदि प्रमुख है।
8. संज्ञानात्मक अधिगम वैसे सीखना को कहा जाता है जो व्यक्ति के संज्ञान पर आधारित होता है।
9. प्रेक्षणात्मक अधिगम (observational learning) एक ऐसा सीखना है जिसमें व्यक्ति दूसरों के व्यवहारों का अनुकरण करता है या कुछ विशेष मॉडल के व्यवहार एवं उसके परिणाम को देखकर उसी के अनुरूप व्यवहार करना सीखता है।
10. शाब्दिक या वाचिक अधिगम (verbal learning) से तात्पर्य ऐसे सीखना से होता है जिसमें व्यक्ति अक्षरों, शब्दों, अर्थहीन शब्दों, वाक्यों, चिह्नों तथा अंकों में साहचर्य स्थापित कर उसे सीखता है तथा उसके आशय को समझता है।
11. वाचिक अधिगम की कई विधियाँ हैं जिनमें क्रमिक सीखना या आनुक्रमिक सीखना विधि (method of serial learning or sequential learning), मुक्त पुनःस्मरण विधि (method of the free recall), अनुबोधन एवं पूर्वाभास विधि तथा युग्मित सहचर विधि (paired associate learning) आदि प्रधान है।
12. वाचिक अधिगम के कई निर्धारक (determinants) हैं जिनमें सूची की लम्बाई, अर्थपूर्णता, आत्मनिष्ठता संगठन (subjective organization), श्रेणी गुच्छन (category clustering) आदि प्रमुख हैं।
13. कुछ नियम द्वारा गुणों का आपस में मिलना ही संप्रत्यय (concept) कहा जाता है और इसके अधिगम को संप्रत्यय अधिगम (concept learning) कहा जाता है।
14. संप्रत्यय के कई प्रकार होते हैं जिनमें समुच्चयबोधक संप्रत्यय (conjunctive concept), वियोजक संप्रत्यय (disjunctive concept), संबंधात्मक संप्रत्यय (relational concept), प्रतिबंधित संप्रत्यय (conditional concept), द्विप्रतिबंधित संप्रत्यय (biconditional concept) आदि महत्त्वपूर्ण हैं।
15. कौशल अधिगम में व्यक्ति तरह-तरह के कौशलों को अर्जित करता है तथा उसे सीखता है। कौशल अधिगम के तीन अवस्थाएँ होती हैं—संज्ञानात्मक अवस्था, साहचर्यात्मक अवस्था तथा स्वायत्त अवस्था।
16. पूर्व सीखे गये कौशल/व्यवहारों का वर्तमान में सीखे जा रहे कौशलों एवं व्यवहारों पर जो प्रभाव पड़ता है, उसे प्रशिक्षण या अधिगम अंतरण (transfer of training) कहा जाता है। इसके कई प्रकार हैं।
17. अधिगम कई कारकों से प्रभावित होता है जिनमें पुनर्बलन का स्वरूप, अभिप्रेरण का स्तर, अधिगम की तत्परता, अधिगम की विधि तथा व्यक्तिगत कारक प्रमुख है।
18. अधिगम शैली (learning style) अधिगमकर्त्ता द्वारा अपनाया गया एक ऐसी शैली होती है जिसमें वह अधिगम तथा अध्ययन (studying) के प्रति एक विशेष दृष्टिकोण अपनाता है। संबंधात्मक शैली (relational style) तथा विश्लेषणात्मक शैली (analytical style) दो महत्त्वपूर्ण अधिगम शैली हैं जिनका उपयोग व्यक्तियों द्वारा काफी किया जाता है।
19. अधिगम अशक्तताएँ (learning disabilities) एक सामान्य पद है जिसमें विकृतियों का एक विषम समूह होता है जो सुनने, बोलने, पढ़ने, लिखने, तर्क करने तथा गणितीय क्षमताओं के उपयोग एवं अधिग्रहण में सार्थक कठिनाइयों को दिखलाता है।
20. अधिगम सिद्धान्तों का उपयोग मुख्य रूप से चार क्षेत्रों में किया गया है। वे चार क्षेत्र हैं—संगठन (organization), कुसमायोजी व्यवहार का उपचार (treatment), बच्चों के पालन-पोषण (child rearing) तथा शैक्षिक अधिगम (academic learning)।

❑

अध्याय 7

मानव स्मृति
(HUMAN MEMORY)

इस अध्याय को पढ़ने के बाद आप

- *स्मृति के स्वरूप के बारे में ज्ञान प्राप्त कर सकेंगे,*
- *स्मृति के विभिन्न प्रकारों में अंतर स्पष्ट कर सकेंगे*
- *दीर्घकालीन स्मृति की सामग्रियों के संगठन एवं प्रस्तुतीकरण की व्याख्या कर सकेंगे,*
- *विस्मरण के स्वरूप एवं कारणों के बारे में ज्ञान प्राप्त कर सकेंगे,*
- *स्मृति को उन्नत बनाने वाले उपायों से परिचित हो पायेंगे।*

विषय-वस्तु

परिचय

स्मृति का स्वरूप

स्मृति का प्रकार (Types of Memory)

लघुकालीन स्मृति तथा दीर्घकालीन स्मृति में अन्तर

प्रतिमा-संबद्ध स्मृति (iconic memory) तथा प्रतिध्वनिक स्मृति (echoic memory) में अंतर

स्मृति का सूचना संसाधन या प्रक्रमण : अवस्था मॉडल

वौघ-नॉरमैन मॉडल

एटकिन्सन शिफरीन प्रतिरोधक मॉडल

प्रक्रमण मॉडल (Level-of-Processing Model)

विशिष्ट स्मृति घटनाएँ

स्मृति का मापन (Measurement of Memory)

स्मृति में ज्ञान का संगठन एवं प्रतिनिधान (Knowledge representation and organization in memory)

स्मृति निर्माण : प्रत्यक्षदर्शी स्मृति तथा मिथ्या स्मृति

स्मृति एक रचनात्मक प्रक्रिया के रूप में

विस्मरण का अर्थ एवं स्वरूप

विस्मरण के कारण

स्मृति को उन्नत बनाने की विधियाँ

प्रमुख पद (Key terms)

अध्याय सारांश (Chapter Summary)

परिचय
(Introduction)

स्मृति एक प्रमुख संज्ञानात्मक प्रक्रिया (cognitive process) है। स्मृति हमारे जीवन में महत्त्वपूर्ण भूमिका निभाता है। व्यक्ति जब भी किसी अन्य व्यक्ति के साथ अंतक्रिया करता है, तो इससे प्राप्त अनुभूति को अपने स्मृति में रखता है ताकि भविष्य में वह ठीक से अंतक्रिया कर सके। मनोवैज्ञानिकों द्वारा यह जानने का प्रयास किया गया है कि किस तरह से व्यक्ति सूचना को अपने स्मृति में क्रमबद्ध करता है, किन युक्तियों को अपनाकर व्यक्ति उसे लम्बे समय तक धारित कर रख सकता है, किसी सूचना का विस्मरण किस तरह से होता है, आदि-आदि। स्मृति के क्षेत्र में जर्मन मनोवैज्ञानिक हर्मन इविंगहॉस (Hermann Ebbinghaus), फ्रेडरिक वार्टलेट (Frederick Bartlett) आदि का नाम मशहूर है जिन्होंने इस क्षेत्र में अग्रणी शोध एवं योगदान किये हैं।

स्मृति का स्वरूप
(Nature of Memory)

स्मृति एक संज्ञानात्मक तंत्र (cognitive system) है जिसके सहारे व्यक्ति सूचनाओं को संचित करता है तथा उसका पुनःप्राप्ति (retrieval) करता है। स्मृति व्यक्ति को यह जानने में मदद करता है कि वह कहाँ है, कौन है, कब कोई घटना घटी, कब आदि-आदि। यह व्यक्ति की जिन्दगी में निरंतरता (continuity) प्रदान करता है जिससे व्यक्ति की अनुभूतियाँ जुड़ी होतीं हैं।

लेफटन[1] (Lefton, 1991) ने स्मृति की एक व्यापक परिभाषा दिया है जो इस प्रकार है:—

''गत सीखी गयी सूचनाओं या कौशलों या गत घटनाओं को याद करने की क्षमता को स्मृति कहा जाता है; स्मृति एक संचयन तंत्र भी होता है जो गत सीखी गयी सूचनाओं को धारण करने तथा उनकी पुनःप्राप्ति करने की अनुमति देता है।''

इस परिभाषा से स्मृति के स्वरूप के बारे में हमें निम्नांकित तथ्य प्राप्त होते हैं:—

(1) स्मृति एक क्षमता (ability) है जिसका स्वरूप संज्ञानात्मक (cognitive) होता है।

(2) स्मृति एक संचयन तंत्र (storage system) के रूप में कार्य करता है जिसमें व्यक्ति अपनी जिन्दगी की बीती हुई अनुभूतियों को संचित रखता है।

(3) स्मृति व्यक्ति के गत घटनाओं एवं बीती अनुभूतियों को न केवल संचित करता है बल्कि आवश्यकतानुसार उनकी पुनःप्राप्ति (retrieval) भी करने में मदद करता है।

स्मृति के स्वरूप को एक उदाहरण द्वारा इस प्रकार समझाया जा सकता है: मान लिया जाय कि दश दिन पहले एक छात्र ने भारत के 20 शहरों के नाम की एक सूची याद किया है। आज उससे शिक्षक उन शहरों के नाम को बतलाने के लिए कह रहे हैं। संभव है कि छात्र आज सभी 20 नामों का सही-सही प्रत्याह्वान (recall) कर दे या उनमें से मात्र कुछ नामों का ही प्रत्याह्वान कर पाये। जिस संज्ञानात्मक प्रक्रिया द्वारा यह कार्य सम्पन्न होगा, उसे ही स्मृति की संज्ञा दी जाती है।

1960 तथा 1970 के दशकों में स्मृति के स्वरूप को वैज्ञानिक ढंग से समझने के लिए मानव स्मृति की तुलना एक कम्प्यूटर (computer) से की गयी जिसका परिणाम यह हुआ कि *स्मृति की सूचना संसाधन मॉडल* (information processing model) की उत्पत्ति हुई। स्मृति के इस मॉडल को आज सबसे प्रभावकारी मॉडल माना गया है जिसके अनुसार स्मृति में तीन तत्त्व (elements) या अवस्थाएँ सम्मिलित होती हैं:—

1. "Memory is the ability to remember past events or previously learned information or skills; memory is also the storage system that allows for retaining and retrieving previously learned information."

—Lefton : *Psychology,* 1991, p. 200

(1) कूटसंकेतन *(encoding)*—कूटसंकेतन स्मृति की पहली अवस्था या तत्त्व होता है। कूटसंकेतन में व्यक्ति किसी उद्दीपक या बाह्य उत्तेजन का प्रत्यक्षण करके उसे एक निश्चित रूप या कूटसंकेत (code) के रूप में तंत्रिका तंत्र में ग्रहण करता है। दूसरे शब्दों में, यह कहा जा सकता है कि कूटसंकेतन एक ऐसी प्रक्रिया है जिसके सहारे सूचनाओं को एक ऐसा आकार या रूप में परिवर्तित कर दिया जाता है कि वे स्मृति में प्रवेश पा सके। साधारण बोलचाल की भाषा में स्मृति चिह्नों का निर्माण होना ही *कूटसंकेतन* (encoding) कहलाता है। इसे *पंजीकरण* (registration) भी कहा जाता है। उक्त उदाहरण से 20 शहरों के नामों को सीखने के फलस्वरूप उनका स्मृति चिह्न का बनना कूटसंकेतन का उदाहरण है।

(2) संचयन *(Storage)*—स्मृति का दूसरा तत्त्व संचयन (storage) होता है। इस तत्व या अवस्था में संकेतन द्वारा प्राप्त सूचनाओं एवं उत्तेजनाओं को कुछ समय के लिए संचित करके या धारित (retained) करके रखा जाता है। इस अवस्था को धारण (retention) भी कहा जाता है। उक्त उदाहरण में 20 शहरों के नामों की धारण अवधि 10 दिनों का दिखलाया गया है।

(3) पुन:प्राप्ति *(Retrieval)*—पुनःप्राप्ति स्मृति का तीसरा तत्त्व या अवस्था है। इस अवस्था में व्यक्ति संचित सूचनाओं को आवश्यकतानुसार खोज करके चेतना में लाता है। इस अवस्था को तकनीकी तौर पर *स्मरण* (remembering) की संज्ञा दी गयी है।

अध्ययनों से स्पष्ट हुआ कि इन तीनों अवस्थाओं के उपयुक्त संचालन (appropriate conduct) पर ही व्यक्ति किसी सूचना का प्रत्याह्वान (recall) या प्रत्यभिज्ञान (recognition) कर पाता है। इन तीनों में से किसी भी स्तर पर असफलता होने से व्यक्ति सूचनाओं की पुनः प्राप्ति नहीं कर पाता है और तब इसे *विस्मरण* (forgetting) की संज्ञा दी जाती है। ध्यान रहे कि स्मृति के दो पहलू है—*स्मरण* (remembering) तथा *विस्मरण* (forgetting)। स्मरण एक धनात्मक पहलू है जबकि विस्मरण एक नकारात्मक (negative) पहलू है।

स्मृति के प्रकार
(Types of Memory)

स्मृति के कई प्रकार बतलाये गए हैं। स्मृति चिह्नों (memory traces) को संचित करने की अवधि की कसौटी के आधार पर स्मृति के मुख्य तीन प्रकार बतलाये गये हैं:—

1. संवेदी स्मृति (Sensory Memory)
2. लघुकालीन स्मृति (Short-term Memory)
3. दीर्घकालीन स्मृति (Long-term Memory)

इन तीनों का वर्णन इस प्रकार है:—

1. संवेदी स्मृति *(Sensory memory)*—संवेदी स्मृति वैसी स्मृति को कहा जाता है जिसमें सूचनाओं को सामान्यतः एक सेकंड या इससे कम अवधि के लिए ही व्यक्ति संचित कर पाता है। इस स्मृति की विशेषता यह है कि इसमें व्यक्ति उद्दीपक से मिलने वाले सूचनाओं को मौलिक रूप में अर्थात् बिना किसी तरह के फेर-बदल के ही उन्हें संचित करता है। इसे एटकिन्सन तथा शिफरीन (Atkinson & Shiffrin, 1968) ने *संवेदी रजिस्टर* (sensory register) भी कहा है।

संवेदी स्मृति के दो प्रकार होते हैं:—

प्रतिमा-संबद्ध स्मृति (iconic memory) तथा **प्रतिध्वनिक स्मृति** (echoic memory)—प्रतिमा संबद्ध स्मृति में व्यक्ति देखे गए वस्तु या व्यक्ति के बारे में सामान्यतः एक सेकंड के चौथाई भाग अर्थात् 250 मिलीसेकेंड तक एक दृष्टि चिह्न (visual trace) रख पाता है जबकि प्रतिध्वनिक स्मृति में व्यक्ति किसी सुनी हुई आवाज को उद्दीपक चिह्न (stimulus trace) के रूप में 1/4 सेकेंड से लेकर कई सेकंड तक होने के दावे प्रस्तुत किये गए हैं। प्रतिमा संबद्ध स्मृति के स्वरूप के बारे में यह भी कहा गया है कि यह असहचर्यात्मक (non-associative) होता है तथा यह अभ्यास से उन्नत नहीं होती है।

2. लघुकालीन स्मृति *(Short-term memory)*—लघुकालीन स्मृति वैसी स्मृति होती है जिसमें सूचनाओं को अधिक-से-अधिक 20-30 सेकंड तक संचित करके रखा जाता है। इसे विलियम जेम्स (William James) ने *प्राथमिक स्मृति* (Primary memory) भी कहा है। इसे अन्य नामों जैसे *सक्रिय स्मृति* (Active memory), *तात्कालिक स्मृति* (Immediate memory) या *लघुकालीन संचयन* (Short-term store) भी कहा जाता है।

लघुकालीन स्मृति की मुख्य विशेषताएँ निम्नांकित हैः—

(1) लघुकालीन स्मृति में स्मृति चिह्नों को अधिकतम 30 सेकंड तक ही संचित करके रखा जाता है।

(2) लघुकालीन स्मृति में व्यक्ति विषय या पाठ को मात्र एक या दो प्रयास में ही सीख लेता है।

(3) लघुकालीन स्मृति में स्मृति चिह्नों का ह्रास बहुत तेजी से होता है क्योंकि वे कमजोर होते हैं।

(4) लघुकालीन स्मृति का विस्तार (span) सामान्यतः 5 से 9 उद्दीपकों से अधिक का नहीं होता है।

पहले कुछ मनोवैज्ञानिकों द्वारा लघुकालीन स्मृति (short term memory) को एक अन्य नाम अर्थात् *कार्यकारी या चलन स्मृति* (working memory) के नाम से भी पुकारा जाता था परंतु आजकल मनोवैज्ञानिकों द्वारा इन दोनों में अंतर किया जाता है। आजकल के प्रयोगात्मक मनोवैज्ञानिकों का मत है कि लघुकालीन स्मृति में सूचनाओं को सिर्फ थोड़े समय के लिए संचित किया जाता है। कार्यकारी या चलन स्मृति जहाँ सूचनाओं को लगभग उतने ही समय के लिए संचित किया जाता है परंतु यहाँ संचयन के साथ-साथ उनका सक्रिय संसाधन (active processing) भी होता है। दूसरे शब्दों में, चलन स्मृति में सूचनाओं को संचित करने की क्षमता तथा सूचनाओं को संसाधित करने (या बदलने) की क्षमता दोनों ही होता है। चलन या कार्यकारी स्मृति के संप्रत्यय का प्रतिपादन ब्रिटिश मनोवैज्ञानिक एलाम बैड्डेली (Alam Baddely, 2003) द्वारा किया गया था। कार्यकारी स्मृति को एक उदाहरण द्वारा इस प्रकार दिखलाया जा सकता है—यदि हम कोई दूरभाष संख्या जैसे 688336 को देखकर सिर्फ 30 सेकेंड तक उसे संचित करके मन में रखते हैं, तो यह लघुकालीन स्मृति का उदाहरण होगा परंतु यदि हम उसे 30 सेकेंड तक संचित करने के साथ-साथ हम इस सूचना को संसाधित इस प्रकार करते हैं कि इसके आरंभ और अन्त में 6 है तथा बीच में पहले दो आठ तथा फिर दो तीन हैं, तो यह चलन स्मृति का उदाहरण होगा या फिर हम उसे ऐसे संसाधित करते हैं कि दो 6, दो 8 दो 3 है जिसका योग $12 + 16 + 6 = 34$ हुआ तो यह चलन स्मृति का उदाहरण होगा। आधुनिक मनोवैज्ञानिकों द्वारा चलन स्मृति को चेतना का *वर्कबेंच* (Workbench of consciousness) कहा है अर्थात् यह ऐसी जगह होती है जहाँ अभी वर्तमान में उपयोग की जाने वाली सूचनाएँ मौजूद होती हैं तथा संसाधित होती हैं।

3. दीर्घकालीन स्मृति *(Long-term memory)*—दीर्घकालीन स्मृति वैसी स्मृति को कहा जाता है जिसमें किसी सूचना को व्यक्ति कम-से-कम 30 सेकंड तक तो अवश्य ही धारण करके रखता है। अधिक-से-अधिक कितने समय के लिए किसी सूचना को संचित करके रखा जा सकता है, इसकी कोई निश्चित समय सीमा नहीं होती है। विलियम जेम्स ने इसे *गौण स्मृति* (Secondary memory) भी कहा है। इसे *असक्रिय स्मृति* (Inactive memory) तथा *दीर्घ अवधि संचयन* (long-term store) भी कहा जाता है। दीर्घकालीन स्मृति की मुख्य विशेषताएँ निम्नांकित हैंः—

(i) दीर्घकालीन स्मृति में स्मृति चिह्नों को धारण कर रखने की कोई अधिकतम समय सीमा नहीं होती है।

(ii) इस तरह की स्मृति में व्यक्ति विषय या पाठ को काफी अभ्यास के फलस्वरूप सीखता है।

(iii) दीर्घकालीन स्मृति में स्मृति चिह्नों का ह्रास शनैः-शनैः होता है।

टुलभिंग (Tulving, 1972) ने दीर्घकालीन स्मृति के दो उपप्रकार बतलाया हैः—

(i) प्रासंगिक स्मृति *(Episodic memory)*—प्रासंगिक स्मृति वैसी स्मृति होती है जिसमें वैसी सूचनाएँ संचित होती हैं जो अस्थायी रूप से व्यक्ति के साथ घटित होती है। अतः ऐसी सूचनाओं द्वारा मूलतः यह पता चलता है कि व्यक्तिगत घटनाएँ कब और कहाँ हुई थी। अतः प्रासंगिक स्मृति एक *मानसिक डायरी* (mental diary) के समान होता है जिसमें तरह-तरह की व्यक्तिगत घटनाएँ संचित होतीं हैं। प्रासंगिक स्मृति के कुछ उदाहरण इस प्रकार है—मेरे बचपन के दिन चेन्नई में बीते थे, कल चार बजे मैं डाक्टर के पास गया था, दस दिन पहले मैंने एक ऐसा

ही फिल्म देखा था, आदि-आदि। इस तरह की स्मृति को *आत्म-चरित्र स्मृति* (autobiographical memory) भी कहा जाता है।

(ii) अर्थगत स्मृति *(Semantic memory)*—अर्थगत स्मृति में व्यक्ति शब्दों, संकेतों आदि के बारे में एक क्रमबद्ध ज्ञान रखता है। इस तरह के ज्ञान में शब्दों, संकेतों के आपसी संबंधों, उनके अर्थों तथा उनमें जोड़-तोड़ (manipulation) करने के नियमों आदि का ज्ञान सम्मिलित होता है। अतः अर्थगत स्मृति एक *मानसिक शब्दकोष* (dictionary) या *विश्वकोष* (encyclopedia) के समान होता है। अर्थगत् स्मृति के कुछ उदाहरण इस प्रकार है—मैं जानता हूँ कि जल का रासायनिक सूत्र H_2O होता है। किसी भी अंक में शून्य से गुणा करने पर उसका गुणनफल शून्य होता है; आदि-आदि। इसे *सामान्य स्मृति* (generic memory) भी कहा जाता है।

प्रासंगिक स्मृति तथा अर्थगत स्मृति को एक साथ मिलाकर *घोषणात्मक स्मृति* (declarative memory) या *स्पष्ट स्मृति* (explicit memory) भी कहा जाता है। इस तरह से घोषणात्मक स्मृति में वे सारी चीजों की स्मृति सम्मिलित होती है जिसे मस्तिष्क में एक तथ्य के रूप में लाया जा सकता है या जिसकी घोषणा की जा सकती है। इसके अतिरिक्त दीर्घकालीन स्मृति का एक अन्य प्रकार भी है जिसे *अघोषणात्मक स्मृति* (nondeclarative memory) कहा जाता है। इसे *अस्पष्ट स्मृति* (implicit memory) भी कहा जाता है तथा इस पद का प्रतिपादन स्कैकटर (Schachter, 1987) द्वारा किया गया। अघोषणात्मक स्मृति वैसे स्मृति को कहा जाता है जिसमें पेशीय कौशल (motor skills), आदत (habits) तथा क्लासिकी अनुबन्धन द्वारा सीखी गयी अनुक्रियाएँ संचित होती हैं। इसे *प्रक्रियात्मक स्मृति* (procedural memory) भी कहा जाता है और इस पर मनोवैज्ञानिकों का ध्यान तुलनात्मक रूप से कम गया है। प्रक्रियात्मक स्मृति का सम्बन्ध वैसे स्मृति से होता है जिसमें उद्दीपक (stimulus) तथा अनुक्रियाओं के बीच सीखे गये सम्बन्ध या साहचर्य संचित होते हैं। जैसे—टेलीफोन की घंटी बजते सुनते हैं और हम तुरंत रिसीवर उठाने के लिए तैयार हो जाते हैं। सड़क पर लालबत्ती (red light) देखते हैं, और गांड़ी का ब्रेक दबा देते हैं। ये सभी अर्जित या सीखे गये साहचर्य प्रक्रियात्मक स्मृति में संचित होते हैं। प्रक्रियात्मक स्मृति में संचित सूचनाओं की विशेषता यह है कि ऐसी सूचनाएँ मन्द गति से सीखीं जाती हैं। परंतु एक बार सीख लेने पर वे आदत-सी बन जाती हैं और बिना प्रयास के ही होते नजर आती है।

स्मृति के इन विभिन्न प्रकारों को एक तालिका के रूप में इस प्रकार दिखला सकते हैं:—

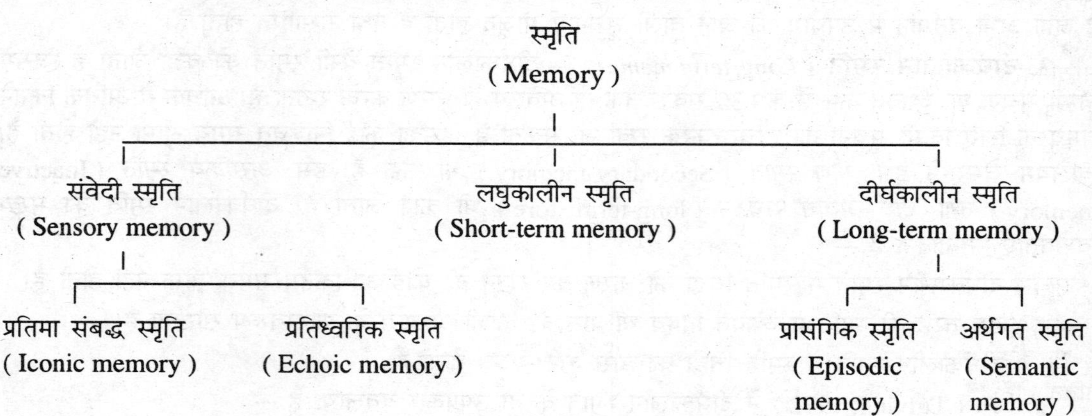

लघुकालीन स्मृति तथा दीर्घकालीन स्मृति में अन्तर
(Distinction between Short-term memory and Long-term memory)

लघुकालीन स्मृति (Short-term memory) या जिसे *प्राथमिक स्मृति* (primary memory) भी कहा जाता है तथा दीर्घकालीन स्मृति (long-term memory) या जिसे गौण स्मृति (secondary memory) भी कहा जाता

है, एक-दूसरे से निम्नांकित बिन्दुओं पर भिन्न हैं:—

(i) लघुकालीन स्मृति की अधिकतम समय सीमा सामान्यतः 20 से 30 सेकंड होता है जबकि दीर्घकालीन स्मृति की अधिकतम समय सीमा कुछ भी निश्चित नहीं होती है। शायद यही कारण है कि एक 110 वर्ष का वृद्ध व्यक्ति भी अपने बचपन की घटनाओं को सुना पाता है।

(ii) लघुकालीन स्मृति के स्मृति चिह्न (memory trace) कमजोर होते हैं क्योंकि उनका निर्माण मात्र एक-दो प्रयासों में ही हो जाता है। दूसरे तरफ दीर्घकालीन स्मृति के स्मृति चिह्न तुलनात्मक रूप से मजबूत होते हैं क्योंकि उनके निर्माण का आधार अभ्यास (practice) होता है।

(iii) लघुकालीन स्मृति में यदि व्यक्ति स्मृति चिह्नों पर ध्यान नहीं देता है या उसे मन-ही-मन दोहराता नहीं है तो उसका नाश फौरन हो जाता है। परन्तु दीर्घकालीन स्मृति में स्मृति चिह्नों का नाश शनैः-शनैः होता है क्योंकि दीर्घकालीन स्मृति में स्मृति चिह्न व्यक्ति द्वारा ध्यान दिये जाने या पूर्वाभ्यास (rehearsal) किये जाने के बाद होता है।

स्पष्ट हुआ कि लघुकालीन स्मृति दीर्घकालीन स्मृति से कई अर्थों में भिन्न है।

प्रतिमा संबद्ध स्मृति तथा प्रतिध्वनिक स्मृति में अंतर
(Difference between Iconic memory and Echoic memory)

संवेदी स्मृति के दो प्रमुख प्रकार हैं—प्रतिमा संबद्ध स्मृति (iconic memory) तथा प्रतिध्वनिक स्मृति (echoic memory)। प्रतिमा संबद्ध स्मृति का संबंध देखे जाने वाले वस्तुओं के स्मृति चिह्नों से होता है जबकि प्रतिध्वनिक स्मृति का संबंध सुने गए आवाजों के स्मृति चिह्नों से होता है। इन दोनों में प्रमुख अंतर निम्नांकित है:—

(1) अधिकतर मनोवैज्ञानिकों का मत है कि प्रतिमा संबद्ध स्मृति की अवधि 1/4 सेकेंड अर्थात् 250 मिलीसेकेंड तक की होती है। परंतु प्रतिध्वनिक स्मृति की अवधि के आकलन के बारे में मनोवैज्ञानिकों के बीच सहमति नहीं है। फलतः इसकी अवधि 1/4 सेकेंड से लेकर कई सेकेंड तक के होने के अलग-अलग गंभीर दावे मनोवैज्ञानिकों द्वारा पेश किये गए हैं।

(2) प्रतिमा संबद्ध स्मृति के अस्तित्व का समर्थन के लिए ठोस एवं मजबूत प्रयोगात्मक सबूत उपलब्ध है जबकि प्रतिध्वनिक स्मृति के अस्तित्व के लिए जो प्रयोगात्मक सबूत उपलब्ध हैं, उनमें विभिन्नताएँ काफी अधिक होने से उसे एक मजबूत ठोस समर्थन नहीं कहा जा सकता है।

इस तरह से प्रतिमा-संबद्ध स्मृति तथा प्रतिध्वनिक स्मृति एक-दूसरे से काफी भिन्न है।

स्मृति का सूचना-संसाधन या प्रक्रमण : अवस्था मॉडल
(Information Processing of Memory : Stage Model)

सूचना-संसाधन मॉडल स्मृति का नया मॉडल है जिसमें मनुष्य को एक सूचना संसाधन तंत्र (information processing system) माना गया है। इन मॉडल में मनुष्यों की स्मृति में सूचनाएँ किस ढंग से कूटलेखन (encoding), संचयन (storage) तथा पुनः प्राप्ति (retrieval) की अवस्थाओं द्वारा प्रवाहित होती है और प्रत्येक अवस्था पर किस तरह से उन्हें संसाधित (processing) किया जाता है, का वर्णन किया जाता है।

इसके तहत निम्नांकित मॉडल की चर्चा की जाती है—

(i) बौघ-नॉरमैन मॉडल (Waugh-Norman model)

(ii) एटकिन्सन-शिफरीन प्रतिरोधक मॉडल (Atkinson-Shiffrin Buffer model)

(iii) प्रक्रमण मॉडल (Level-of-Processing model)

इन तीनों तरह के मॉडल का वर्णन निम्नांकित हैं—

बौघ-नॉरमैन मॉडल (Waugh-Norman Model)

इस मॉडल का प्रतिपादन वौघ तथा नॉरमैन (Waugh & Norman, 1965) द्वारा किया गया जिसमें STM तथा LTM को एक-दूसरे से अन्तर करते हुए इन दोनों की व्याख्या सूचना-संसाधन भाषा (information-processing language) में करने की कोशिश की गयी है।

इस मॉडल के अनुसार प्रत्येक एकांश या उद्दीपक जिसका व्यक्ति प्रत्यक्षण करता है, लघुकालीन स्मृति या प्राथमिक समृति (Primary memory or PM) में पहले प्रवेश करता है। जब भी कोई सूचना या उद्दीपक प्राथमिक स्मृति में प्रवेश करता और तो यदि किसी कारण से व्यक्ति उसका रिहर्सल (rehearsal) नहीं कर पाता है, तो उस सूचना को व्यक्ति भूल जाता है। यह रिहर्सल स्पष्ट (overt) या अस्पष्ट (covert) भी हो सकता है, साभिप्राय (intentional) या असाभिप्राय (unintentional) भी हो सकता है, चेतन (conscious) या अचेतन (unconscious) भी हो सकता है। अगर एकांश का व्यक्ति रिहर्सल करता है, तो वह PM में बना होता है और तब गौण स्मृति (secondary memory or SM) या दीर्घकालीन स्मृति में उसे प्रवेश करने की संभावना काफी अधिक होती है। इस तरह से सूचना PM से SM में रिहर्सल के आधार पर प्रवाहित होती है तथा रिहर्सल के अभाव में सूचना PM से ही लुप्त हो जाती है। इस पूरे तथ्य को चित्र 7.1 में दिखलाया गया है।

इस मॉडल के अनुसार SM या LTM को एक अधिक स्थायी संचयन (permanent store) माना जाता है और एक बार यदि कोई उद्दीपक (stimulus) या सूचना SM

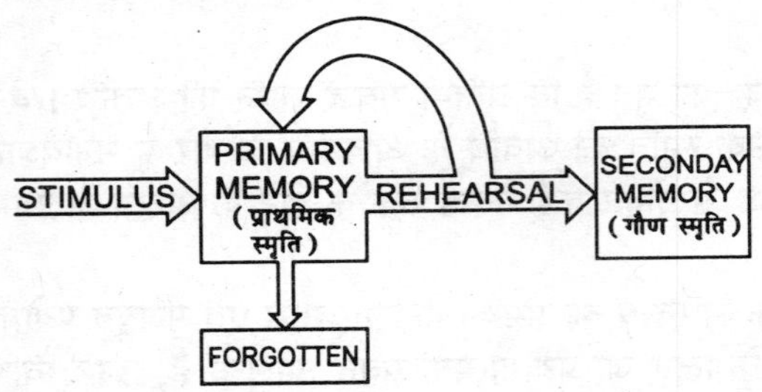

चित्र 7.1 : वौघ-नॉरमैन स्मृति मॉडल (Waugh-Norman memory model)

में प्रवेश कर जाता है, तो उसे फिर वहाँ पर संचित रहने के लिए रिहर्सल की आवश्यकता नहीं होती है और व्यक्ति ऐसी सूचनाओं को उस परिस्थिति में भी पुनः प्राप्ति (retrieval) करने में सफल होता है जब ऐसी सूचनाएँ उनके चेतन से सामान्यतः बाहर होता है।

इस मॉडल की मान्यता यह है कि PM की संचयन क्षमता (stage capacity) सीमित है। इसका मतलब यह हुआ कि एक समय में PM में सीमित संख्या में ही सूचनाओं को संचित किया जा सकता है।

यद्यपि वौघ एवं नॉरमैन मॉडल (Waugh & Norman model) एक ऐसा मॉडल है जो PM तथा SM की व्याख्या सूचना संसाधन भाषा में सरलतम ढंग से करता है, फिर भी इसके कुछ दोष हैं या कुछ समस्याएँ हैं जिनसे इस मॉडल में व्याप्त अनुपयुक्तता (inadequacy) का अंदाज मिलता है।

(1) इस मॉडल में इस प्रश्न का उत्तर नहीं मिलता है कि विभिन्न तरह के सामग्रियों (materials) के लिए कितनी मात्रा में रिहर्सल की जाय ताकि सूचनाएँ PM से SM में आसानी से अंतरित (transfer) हो जाए।

(2) इस मॉडल में इस प्रश्न का भी पर्याप्त उत्तर नहीं मिलता है कि क्या कुछ सूचनाएँ PM से सीधे SM में बिना रिहर्सल के ही अंतरित हो सकती है ? मॉडल द्वारा किये गए वर्णन से तो ऐसा लगता है कि PM से SM में सूचनाओं को अंतरित होने के लिए रिहर्सल आवश्यक है। अतः उक्त प्रश्न का उत्तर नकारात्मक होगा। परंतु सच्चाई

यह है कि कुछ सूचनाएँ ऐसी होतीं हैं जो PM से सीधे बिना रिहर्सल के ही SM में चली जातीं हैं। प्रायः ऐसी सूचनाओं का स्वरूप मानसिक आघात (mental trauma) जैसे, किसी प्रियजनों की मृत्यु की खबर या कोई कीमती चीज को खो जाने का खबर, आदि पहुँचाने वाला होता है।

(3) इस मॉडल द्वारा इस प्रश्न का भी उत्तर नहीं मिलता है कि SM से सूचनाएँ PM में कैसे वापस लायी जाती है?

उक्त प्रश्नों का उत्तर नहीं मिलने के कारण अधिकतर आधुनिक मनोवैज्ञानिकों ने वौघ-नॉरमैन मॉडल को स्मृति का एक अधूरा मॉडल माना है। इन मनोवैज्ञानिकों ने इस मॉडल को स्मृति के अध्ययन का मात्र एक आरंभ बिन्दु माना है न कि एक ऐसा बिन्दु जिसके द्वारा स्मृति में सन्निहित सभी तरह के प्रक्रियाओं की पर्याप्त व्याख्या की जाय।

एटकिन्सन-शिफरीन प्रतिरोधक मॉडल (Atkinson-Shiffrin Buffer Model)

एटकिन्सन-शिफरीन प्रतिरोधक मॉडल में स्मृति की व्याख्या त्रितत्व तंत्र (three-component system) के रूप में की गयी है। इस मॉडल के अनुसार स्मृति में सूचनाएँ तीन स्तरों पर संसाधित होती है अर्थात इस मॉडल के अनुसार स्मृति के तीन तंत्र (systems) होते हैं—*संवेदी रजिस्टर* (sensory register) या *संवेदी स्मृति* (sensory memory), *लघुकालीन स्मृति* (short-term memory) तथा *दीर्घकालीन स्मृति* (long-term memory)। इन तीनों स्मृति तंत्रों में इस मॉडल के अनुसार सूचनाओं का संचयन (storage) एवं अंतरण (transfer) कैसे होता है, इसका वर्णन निम्नांकित हैं—

1. संवेदी रजिस्टर या संवेदी स्मृति *(Sesnory register or Sensory memory)*—इस मॉडल के अनुसार सूचनाएँ पहले संवेदी स्मृति (sensory memory) में प्रवेश करतीं हैं। संवेदी स्मृति की सबसे महत्त्वपूर्ण विशेषता यह है कि इसमे संचित सूचनाएँ बहुत जल्द ही अपना अस्तित्व खो देती है। इस स्मृति की संचयन क्षमता काफी बड़ी होती है परंतु संचयन अवधि (storage duration) कम होती है। दृष्टि सूचनाओं को सामान्यतः एक सेकंड से भी कम अवधि के लिए तथा श्रव्य सूचनाओं (auditory information) को कुछ सेकंड के लिए संचित कर रखना संभव हो पाता है।

2. लघुकालीन स्मृति *(Short-term memory or STM)*—प्रतिरोधक मॉडल (buffer model) का यह तत्त्व या तंत्र वौघ-नॉरमैन मॉडल (Waugh-Norman model) के PM के समान होते हुए भी उससे कुछ भिन्न है क्योंकि इसमें STM की स्वरूप की विस्तृत व्याख्या की गयी है। यह स्पष्ट है कि रिहर्सल प्रतिरोधक (rehearsal buffer) STM का एक भाग है जिसमें निश्चित संख्या में कुछ खाँचा (slots) होती है। सचमुच में, यही खाँचा वह स्थान होता है जिसमें सूचनाएँ संचित होतीं हैं। ऐसी खाँचाओं की संख्या सीमित होती है जो यह बतलाती है कि STM में संचयन क्षमता (storage capacity) सीमित है। इसे चित्र में 'r, r-1, r-2...1' से दिखलाया गया है। इतना ही नहीं, इन खाँचों का एक क्रम (sequence) होता है। शायद यही कारण है उन्हें r-1, r-2 आदि के रूप में सुसज्जित किया गया है। 'r' द्वारा प्रतिरोधक का नवीनतम सूचना (newest information) का प्रतिनिधित्व होता है तथा '1' द्वारा प्रतिरोधक का सबसे पुराना सूचना (old information) का प्रतिनिधित्व होता है। चूँकि प्रतिरोधक में खाँचा की संख्या सीमित है (अर्थात STM की संचयन क्षमता सीमित है) इसलिए किसी भी नयी सूचना को वहाँ तभी ग्रहण किया जा सकता है जब कोई सूचना को वहाँ से हटायी जाय (ताकि एक खाँचा उसके लिए खाली हो सके)। नयी सूचना मॉडल में 'r' खाँचा में प्रवेश पाता है। अब प्रश्न उठता है कि 'r' खाँचा में यदि कोई नयी सूचना प्रवेश पाती है, तो प्रतिरोधक का कौन-सी सूचना विस्थापित (displaced) होगी ? सामान्यतः यह उम्मीद की जाती है कि जो सूचना सबसे पुरानी होगी (अर्थात 1 खाँचे की सूचना), वही इस नयी सूचना के प्रवेश से विस्थापित होगी।

STM में एकांश या सूचनाओं का रिहर्सल से सूचनाएँ यहाँ मात्र संचित ही नहीं रहती है बल्कि LTM में जाने के लायक भी हो जाती है। परंतु इसका मतलब यह नहीं है कि सूचनाओं का STM में रिहर्सल किये जाने के बाद

निश्चित रूप से उनका LTM में अंतरण (transfer) होगा ही। ऐसा भी हो सकता है कि रिहर्सल होने के बावजूद भी सूचनाएँ STM में ही बनी रहे। परंतु STM से केवल वही सूचनाएँ LTM में जातीं हैं जिनका रिहर्सल (rehearsal) किया जाता है। अगर लम्बे समय तक किसी एकांशों को STM में रिहर्सल किया जाय, तो LTM में जाने की उसकी संभावना तीव्र हो जाती है।

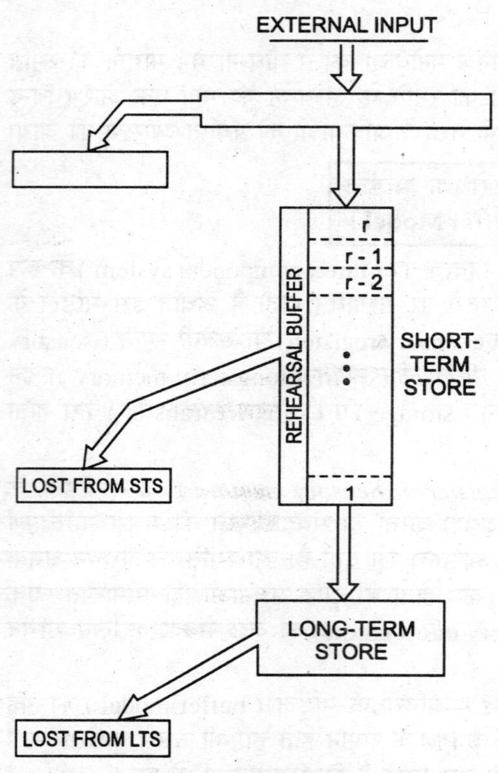

चित्र 7.2 : एटकिन्स-शिर्फिन प्रतिरोधक स्मृति मॉडल

एटकिन्स एवं शिफरीन ने यह भी अपने अध्ययन के आधार पर बतलाया है कि एक ही समय में एक ही एकांश (item) STM तथा LTM दोनों में ही हो सकता है। जैसे, अपने पिता का नाम के बारे में यदि कोई व्यक्ति सोचता है तो यह एक ही साथ STM और LTM दोनों में संचित दीखता है। उसी तरह से कोई सूचना LTM में हो सकता है परंतु STM में नहीं। जैसे, सभी चीजे जिसे व्यक्ति जानता है परंतु जिसके बारे में वह अभी सोच नहीं रहा है, LTM में होते हैं परंतु STM में नहीं। उसी तरह से कोई एकांश STM में हो सकता है परंतु LTM में नहीं। जैसे, 'NKTPZL' अभी आपके STM में हैं परंतु LTM में नहीं।

3. दीर्घकालीन स्मृति *(Long-term memory)*—मॉडल का तीसरा प्रमुख तंत्र (system) दीर्घकालीन स्मृति (long-term memory or LTM) है। इस मॉडल में STM से सूचनाएँ LTM में सविस्तारित रिहर्सल (elaborative rehearsal) के कारण प्रवेश करतीं हैं। इस तरह के रिहर्सल में व्यक्ति न केवल मन-ही-मन सूचनाओं को दोहराता है बल्कि उनका अर्थ समझकर अन्य सूचनाओं से उसका संबंध भी जोड़ता है। एक बार जब सूचनाएँ LTM में प्रवेश कर जातीं है तो उनके रिहर्सल की आवश्यकता नहीं होती है और वे स्थायी तौर पर वहाँ संचित होती है। हाँ, फिर उनके रिहर्सल की आवश्यकता तब पड़ती है जब उन्हें LTM से STM में लाना होता है। LTM में संचित सूचनाएँ क्षीणता (decay) तथा बाधा (interference) दोनों के प्रभावों के कारण लुप्त होतीं हैं। LTM से सूचनाएँ उतनी तेजी से क्षीण नहीं होतीं हैं जितनी तेजी से STM से होतीं हैं परंतु फिर भी सूचनाओं का क्षीण होना LTM से विस्मरण का एक प्रमुख कारण है।

स्पष्ट हुआ कि एटकिन्सन-शिफरीन प्रतिरोधक मॉडल में सूचनाओं का संसाधन तीन अलग-अलग स्तरों पर होता है।

प्रक्रमण मॉडल
(Level-of-Processing Model)

इस मॉडल का प्रतिपादन क्रेक एवं लॉकहार्ट (Craik & Lockhart, 1972) द्वारा किया गया। इस मॉडल के अनुसार स्मृति के विभिन्न तंत्र (systems) अर्थात् संवेदी स्मृति, लघुकालीन स्मृति तथा दीर्घकालीन स्मृति द्वारा सूचनाओं को संसाधित नहीं किया जाता है बल्कि स्मृति का एक ही तंत्र होता है और उसी के भीतर सूचनाओं को विभिन्न स्तरों पर संसाधित किया जाता है। मॉडल का यह दावा है कि स्मृति तंत्र में सूचना को पहले उसके संवेदी गुणों के आधार पर संसाधित किया जाता है जो एक तरह का संसाधन का सबसे ऊपरी स्तर होता है। इसके बाद

उस सूचना की पहचान की जाती है, नामकरण किया जाता और थोड़ी गहरी स्तर पर अर्थात उसके आवाज के आधार पर उसे संसाधित किया जाता है। संसाधन का यह दूसरा स्तर पहले स्तर से अधिक गहरा होता है। अंत में सूचनाओं का संसाधन उसके अर्थ के अनुरूप किया जाता है जो संसाधन का सबसे गहरा एवं तीसरा स्तर होता है। इस विश्लेषण से यह स्पष्ट है कि स्मृति की अवधि (duration) संसाधन की गहराई (depth) द्वारा न कि एक स्मृति तंत्र से दूसरे स्मृति तंत्र मं स्थानान्तरण द्वारा प्रभावित होता है। जितना ही संसाधन का स्तर गहरा होगा, स्मृति की अवधि उतनी ही लम्बी या दीर्घ होगी। इस तरह से तब संवेदी स्मृति, लघुकालीन स्मृति तथा दीर्घकालीन स्मृति को अलग-अलग तंत्र मानना इस मॉडल के अनुसार उचित नहीं है। जब किसी सूचना को मात्र पहले स्तर तक ही संसाधित की जाती है, तो उसकी अवधि अत्यन्त सूक्ष्म होती है और इसे संवेदी स्मृति कहा जा सकता है। जब उसी सूचना को ऊपर बताये गये दूसरे स्तर तक संसाधित किया जाता है, तो उसे लघुकालीन स्मृति तथा फिर जब उसे तीसरे स्तर तक संसाधित किया जाता है तो उसे बहुसंचयन मॉडल में दीर्घकालीन स्मृति कहा जाता है।

जो मनोवैज्ञानिक स्मृति को संसाधन-के-स्तर मॉडल से विश्लेषित करते हैं, वे दो तरह के रिहर्सल (rehearsal) में अंतर करते हैं—*संपोषण रिहर्सल या टाईप वन रिहर्सल* (Maintenance rehearsal or Type I rehearsal) तथा *विस्तृत रिहर्सल या टाइप टू रिहर्सल* (Elaborative rehearsal or Type II rehearsal)। संपोषण रिहर्सल से सूचना स्मृति में सक्रिय रहते हैं परंतु उस सूचना की स्मृति में स्थायित्व पर कोई प्रभाव नहीं पड़ता है। इस तरह का रिहर्सल सूचनाओं का संसाधन ऊपरी स्तर पर होता है।

विस्तृत रिहर्सल वैसे रिहर्सल को कहा जाता है जो तुलनात्मक रूप से संसाधन के गहरे स्तर पर संपन्न होता है। इस मॉडल की एक मुख्य विशेषता यह है कि इसमें किसी सूचना की स्मृति की अवधि को विस्तृत रिहर्सल से सीधे प्रभावित होता माना गया है। यह रिहर्सल जितना ही अधिक होगा, स्मृति की अवधि उतनी ही लम्बी होगी।

यद्यपि प्रक्रमण स्तर मॉडल की व्याख्या सरल है और इसमें स्मृति के विभिन्न तंत्र को अप्रभावी बताकर संसाधन की गहराई के स्तर के रूप में स्मृति की अवधि की व्याख्या की गयी है, इस मॉडल के साथ कुछ कठिनाइयाँ भी हैं जिनमें निम्नांकित प्रमुख है—

वैड्डेली (Baddeley, 1978) के अनुसार इस मॉडल का मुख्य संप्रत्यय संसाधन की गहराई (depth of processing) है जिसे सही-सही ढंग से परिभाषित करना कठिन है। इस पद को स्मृति के स्थायित्व (permanence) के रूप में समझाने की कोशिश की गयी है जिससे एक वृत्तीय परिभाषा (circular definition) की उत्पत्ति होती है जो इस प्रकार है—जिन एकांशों का संसाधन गहरे स्तर पर होता है, उसकी धारणा उत्तम होती है और जिन एकांशों का उत्तम धरणा होती है, उसे गहरी स्तर तक संसाधित किया जाता है। इस तरह के वृत्तीय परिभाषा से मात्र संभ्रान्ति (confusion) ही उत्पन्न होती है।

विशिष्ट स्मृति घटनाएँ
(Special Memory Phenomena)

स्मृति के क्षेत्र में कई तरह के नयी घटनाओं के बारे में प्रयोगात्मक मनोवैज्ञानिकों ने विशेष रूप से उल्लेख किया गया है जिसमें निम्नांकित प्रमुख हैं—

1. आत्मचरित या जीवनचरित स्मृति *(Autobiographical Memory)*—आत्मचरित स्मृति प्रासंगिक स्मृति (episodic memory) का एक विशिष्ट प्रारूप है। यह व्यक्तिगत स्मृति (personal memory) होता है। सचमुच में आत्मचरित स्मृति से तात्पर्य उन व्यक्तिगत घटनाओं के बारे में सूचनाओं की स्मृति से होती है जो व्यक्ति की निजी जिंदगी में घटित होते हैं। व्यक्ति के जिंदगी के कुछ अवधि ऐसे होते है जिसमें आत्मचरित स्मृति अन्य अवधि की तुलना में अधिक होती है। जैसे, जीवन के प्रथम 4 या 5 साल प्रायः व्यक्ति में आत्मचरित स्मृति नहीं के बराबर होती है। उसे *बाल्यावस्था स्मृति लोप* (childhood amnesia) कहा जाता है। परतु 7-8 साल की अवधि से ऐसे स्मृतियाँ अधिक होने लगती हैं और वयस्कावस्था में यह काफी अधिक हो जाती हैं। फिर वयस्कावस्था के बाद आत्मचरित स्मृति में कमी आने लगती है। आत्मचरित स्मृति को घटनाओं की नवीनता, महत्त्व एवं सांवेगिकता अधिक मजबूत कर देता है।

2. क्षणदीप स्मृति *(Flashbulb Memory)*—क्षणदीप स्मृति आत्मचरित स्मृति का ही एक विशेष प्रारूप है। क्षणदीप स्मृति में उन परिस्थितियों की यादें संचित होती हैं जिसमें व्यक्ति को पहली बार किसी आश्चर्यचकित एवं सांवेगिक रूप से उत्तेजन उत्पन्न करने वाली घटनाओं का अनुभव हुआ होता है। इस स्मृति का स्वरूप विस्तृत (detail) होता है और स्पष्ट होता है। सचमुच में ऐसी स्मृतियाँ कुछ ऐसी तरो-ताजा होती हैं जैसे उच्च शक्ति कैमरा से लिया गया कोई फोटाग्राफ होता है। जैसे, मान लिया जाए कि किसी पदाधिकारी को उन्हीं के चपरासी द्वारा दफ्तर में ही कई अन्य व्यक्तियों के समक्ष चाटा लगा दिया जाता है तो यह एक आश्चर्यचकित एवं सांवेगिक रूप से उत्तेजन उत्पन्न करने वाली व्यक्तिगत घटना होगी जिसकी स्मृति प्रायः इन दोनों व्यक्तियों में समय-समय पर बहुत दिनों तक संभवत बनी रहेगी। यह क्षणदीप स्मृति का एक उदाहरण होगा।

3. निहित स्मृति *(Implicit memory)*—व्यक्ति की जिंदगी में कुछ ऐसी स्मृतियाँ होती हैं जो उसके चेतन की अवगतता से बाहर होती है। सचमुच में इस तरह की स्मृति से व्यक्ति अवगत (aware) नहीं होता है और इसमें स्मृति स्वतः पुनरुद्धत (retrieve) होती है। सचमुच में निहित स्मृति हमारे चेतन के प्रयास से बाहर होती है। इसके बावजूद भी निहित स्मृतियाँ हमारे व्यवहार को प्रभावित करतीं हैं। इस तरह की स्मृति उन व्यक्तियों में प्रायः देखने को मिलता है जिनके मस्तिष्क में चोट लगी होती है। कुछ अध्ययनों में देखा गया कि कुछ ऐसे ही रोगियों को सामान्य शब्दों की एक सूची दिखलाई गयी और बाद में उसका प्रत्याह्वान (recall) लिया गया। ऐसे व्यक्ति इनका प्रत्याह्वान करने में असमर्थ रहे। परंतु जब उन्हें दो अक्षरों को देकर उनसे बनने वाले शब्दों को बतलाने के लिए कहा गया तो वे उस सूची के शब्द का प्रत्यह्वान कर सकने में सफल हुए। इस तरह की घटना से निहित स्मृति के संप्रत्यय की पुष्टि होती है।

स्मृति का मापन
(Measurements of Memory)

स्मृति को मापने के लिए दो तरह की विधियों का प्रतिपादन प्रयोगात्मक मनोवैज्ञानिकों द्वारा किया गया है—

(क) स्पष्ट स्मृति मापनी (Explicit Memory Measures)

(ख) अस्पष्ट स्मृति मापनी (Implicit Memory Measures)

इन दोनों मापन विधियों का वर्णन इस प्रकार है—

(क) स्पष्ट स्मृति मापनी *(Explicit memory measures)*—स्पष्ट स्मृति मापनी से तात्पर्य वैसे मापन विधियों से होता है जिसमें व्यक्ति अपने मस्तिष्क में संचित सूचनाओं को या उसके अंश को विशेष प्रयास करके प्रत्याह्वान (recall) करता है। इसके तहत मुख्य रूप से निम्नांकित दो विधियों को रखा गया है—

(1) प्रत्याह्वान विधि *(Recall method)*—इस विधि को *पुनरूत्पादन विधि* (reproduction method) भी कहा जाता है। इस विधि में स्मृति की जाँच प्रत्याह्वान (recall) करके किया जाता है। पूर्व सीखे गये विषय या पाठ को व्यक्ति अपने सामने से हटा देता है और उसकी अनुपस्थिति में ही उसे बोलकर या लिखकर उसका प्रत्याह्वान करता है। विषय या पाठ का जितना ही अंश को वह प्रत्याह्वान कर पाता है, वह स्पष्ट स्मृति (explicit memory) का माप हो जाता है।

(2) प्रत्यभिज्ञान विधि *(Recognition method)*—इस विधि का आधार प्रत्यभिज्ञान (recognition) होता है। प्रत्यभिज्ञान में सीखे गये पाठ या विषय को कुछ सदृश (similar) एवं नये पाठ या विषय के साथ मिलाकर व्यक्ति के सामने उपस्थित किया जाता है। अगर सचमुच में व्यक्ति पूर्व सीखे गए पाठ या विषय को स्मृति में संचित रखे हुए हैं, तो वह आसानी से उस पाठ या विषय को नये पाठ या विषय से अलग करके उसकी पहचान कर लेता है। यह पहचान की मात्रा उसके स्पष्ट स्मृति का माप होता है।

प्रत्यभिज्ञान विधि, प्रत्याह्वान विधि से भिन्न होता है क्योंकि प्रत्यभिज्ञान विधि में व्यक्ति के सामने मौलिक पाठ या विषय नये सदृश पाठ या विषय के साथ उपस्थित होता है जबकि प्रत्याह्वान विधि में व्यक्ति मौलिक पाठ या विषय को उसकी अनुपस्थिति में ही स्मृति में लाने का प्रयास होता है। सामान्यतः प्रत्यभिज्ञान (recognition) प्रत्याह्वान

(recall) से आसान होता है परंतु नवीनतम प्रयोगात्मक अध्ययनों से यह स्पष्ट हुआ है कि कुछ विशेष परिस्थिति विशेषकर वैसी परिस्थिति जिसमें पाठ या विषय से संबद्ध कुछ संकेत (cue) उपलब्ध होते हैं, तो उसमें प्रत्याह्वान (recall) ही प्रत्यभिज्ञान की तुलना में आसान होता है।

(ख) अस्पष्ट स्मृति मापनी *(Implicit memory measures)*—अस्पष्ट स्मृति मापनी में व्यक्ति को कुछ कार्य करना पड़ता है जिसमें व्यक्ति इस बात से अनभिज्ञ रहता है कि उसकी स्मृति की जाँच होनी है। सचमुच में इसमें स्मृति से पुनःप्राप्ति (retrieval) का कोई सचेत प्रयास व्यक्ति द्वारा नहीं किया जाता है। इन विधियों द्वारा स्मृति का वह अंश या भाग का मापन होता है जो चेतना में नहीं होते हैं। इसके तहत भी कुख्य रूप से दो विधियों को रखा गया है—

(1) शब्द पूर्ति कार्य *(Word completion task)*—जैसा कि नाम से ही स्पष्ट है, इस कार्य में व्यक्ति को कुछ अधूरा शब्द दिया जाता है जिसे उसे अपनी ओर से कुछ और अक्षर या अक्षरों को जोड़कर पूरा करना होता है। पूरा किया गया शब्द उसके स्मृति में संचित हुआ मान लिया जाता है और यह भी समझा जाता है कि व्यक्ति को वे शब्द याद हैं। जैसे—MA–Y शब्द को व्यक्ति पूरा करने के लिए यदि दिया जाय तो, वह उसे 'MANY' के रूप में या 'MAZY' के रूप में पूरा कर सकता है। यदि वह ऐसा करता है, तो उसका मतलब यह हुआ कि ये दोनों शब्द उनके स्मृति में संचित थे।

(2) आवर्त्ती प्रिमिंग कार्य *(Repetition Priming Task)*—इस कार्य में प्रिमिंग की प्रविधि का उपयोग किया जाता है। प्रिमिंग में कुछ विशेष संकेत से कुछ विशेष घटना/शब्द की यादें ताजा हो जाती हैं। जैसे, मान लिया जाय कि व्यक्ति कोई ऐसी कहानी पढ़ा है जिसमें शादी-विवाह की विभिन्न पहलुओं पर चर्चा की गयी थी। अब यदि उसे मान लिया जाय कि इस शब्द अर्थात् B—I—E को पूरा करना है, तो वह इसे संभवत BRIDE के रूप पूरा कर लेगा क्योंकि कहानी का सार शादी-विवाह पर था और यह परिस्थिति व्यक्ति को अधूरे शब्द को 'BRIDE' के रूप में पूरा करने के लिए उसे तैयार किया। ऐसी परिस्थिति में यह समझा जाता है कि 'BRIDE' शब्द उसके स्मृति में संचित था जो कहानी की विशेष पृष्ठभूमि के कारण व्यक्ति उसका प्रत्याह्वान करनें में सफल हो पाया।

स्पष्ट हुआ कि स्मृति की माप प्रत्यक्ष तथा परोक्ष दोनों रूप से संभव हो पाता है।

स्मृति में ज्ञान का संगठन एवं प्रतिनिधान
(Knowledge Representation and Organization in Memory)

स्मृति एक ऐसा संचयन तंत्र (storage system) होता है जिसमें प्रासंगिक स्मृति (episodic memory) तथा अर्थगत स्मृति (semantic memory) संगठित होते हैं। प्रायः संचित सूचनाओं को व्यक्ति आसानी से पुनःप्राप्ति (retrieval) कर लेता है। इसका प्रधान कारण यह है कि मानव स्मृति (human memory) विभिन्न इकाइयों (units) या तत्त्वों (components) में संगठित होते हैं। इन इकाइयों में *संप्रत्यय* (concept), *श्रेणी* (categories), *प्रतिमा* (image), *संज्ञानात्मक नक्शा* (cognitive map), *स्कीमा* (schema) तथा *स्क्रीप्ट* (script) प्रमुख है जिनका वर्णन यहाँ अपेक्षित है—

1. संप्रत्यय एवं श्रेणी *(Concept and Category)*—जैसा कि हम जानते हैं कि प्रासंगिक स्मृति में घटनाओं को होने के समय एवं स्थान के रूप में संचित किया जाता है जबकि अर्थगत स्मृति में (semantic memory) संप्रत्यय, तथ्य, विचार, श्रेणी आदि को उसके बोध (comprehension) के ख्याल से उसमें संचित किया जाता है। अर्थगत स्मृति ज्ञान के भंडार के रूप में मूलतः विभिन्न संप्रत्ययों (concepts) तथा श्रेणियों (categories) के रूप में संगठित होता है। संप्रत्यय से तात्पर्य वैसी घटनाओं/वस्तुओं के मानसिक श्रेणी (mental category) से होता है जो एक-दूसरे से कुछ अर्थों में समानता रखते हों। जैसे, कमीज (shirts), जीन्स (Jeans), जैकेट (Jacket), बनियान को पोशाक (clothes) के संप्रत्यय के तहत रखा जाता है। इस तरह के संगठन में *पदानुक्रम* (hierarchy) होता है। जैसे, सभी जीवों को मनुष्य तथा जानवर दो सामान्य संप्रत्ययों में बाँटा जा सकता है। फिर पशुओं को कई श्रेणियों में जैसे चिड़िया (birds), मछली आदि में श्रेणीकृत किया जा सकता है। फिर चिड़िया तथा पक्षी को भी कई

श्रेणियों में बाँट कर एक पदानुक्रमिक संगठन (hierarchical organization) को दिखलाया जा सकता है। कोलिन्स एवं क्यूलियन (Collins & Quillian, 1969) ने एक शोध करके यह दिखलाया था कि अर्थगत स्मृति में संप्रत्यय एक पदानुक्रम (hierarchy) में संचित होता है जिससे एक नेटवर्क (network) तैयार होता है। इसे *अर्थगत नेटवर्क मॉडल* (semantic network model) कहा जाता है। इस नेटवर्क में संप्रत्ययों (concepts) का एक पदानुक्रम (hierarchy) होता है। जैसे, पशु में चिड़िया तथा मछली दोनों ही सम्मिलित होते हैं। पक्षी में फिर *ऑस्ट्रिच* (Ostriches) तथा *केनारी* (Canarry) दोनों ही सम्मिलित होते हैं। उसी तरह मछली में *शार्क* (shark) एवं *सालमोन* (Salmon) दोनों ही सम्मिलित होते हैं। इस मॉडल के अनुसार जो संप्रत्यय अर्थ के ख्याल से एक-दूसरे से संबंधित होते हैं, वे मस्तिष्क में एक-दूसरे से भौतिक रूप से नजदीक दूरी पर संचित होते हैं। जैसे, केनारी एवं ऑस्ट्रिच 'पक्षी' संप्रत्यय के नोड (node) के नजदीक संचित होते हैं क्योंकि पक्षी होने के कारण दोनों में समानता है। उसी तरह से 'शॉर्क' तथा 'सालमोन' मछली संप्रत्यय के नजदीक संचित होंगे क्योंकि मछली की श्रेणी के होने के नाते दोनों में समानता है।

2. प्रतिमा *(Images)*—पहले यह समझा जाता था कि व्यक्ति अपने ज्ञान एवं अनुभूतियों (experiences) को स्मृति में शाब्दिक प्रतिज्ञप्ति (verbal preposition) या शब्द के रूप में मस्तिष्क में संचित किया जाता है। परंतु आजकल मनोवैज्ञानिकों द्वारा किये गए शोधों से यह स्पष्ट हुआ है कि सूचनाओं को सिर्फ अर्थगत (semantic) रूप से ही नहीं बल्कि शाब्दिक-सांकेतिक प्रारूप (verbal-symbolic form) के अनुसार इसे दृष्टि-स्थानिक कसौटी के आधार पर भी संगठित करते हैं। सचमुच में कूटसंकेतन (encoding) के ये दोनों तरीके एक-दूसरे से स्वतंत्र न होकर अंतर्संबद्ध (interconnected) है। जैसे जब व्यक्ति किसी ठोस वस्तु जैसे किसी मकान या दुकान की याद करता है, तो वह यह भी याद करता है कि वह किस तरह का दीखता था। उसकी दृष्टि प्रतिमा (visual image) तथा शाब्दिक कूटसंकेत (verbal code) दोनों ही मस्तिष्क में उपस्थित होते हैं। इस तरह से किसी भी ठोस वस्तु तथा संप्रत्यय (concept) का प्रत्याह्वान (recall) करना इसलिए आसान हो जाता है क्योंकि वे आसानी से शाब्दिक-सांकेतिक (verbal symbolic) तथा दृष्टि-स्थानिक कूटसंकेत (visual-spatial codes) में संचित होते हैं। इस तरह से कोई भी अनुभूति जो इस तरह से द्वैत ढंग से कूटसंकेतिक होते हैं, उनका प्रत्याह्वान (recall) आसानी से कर लिया जाता है। उसे पाइभियो (Paivio, 1980) ने *द्वैत-कूटसंकेत प्राक्कल्पना* (dual-code hypothesis) कहा है।

3. संज्ञानात्मक नक्शा *(Cognitive map)*—संज्ञानात्मक नक्शा के रूप में भी व्यक्ति अपने भौतिक वातावरण की अनुभूतियों को याद रखता है। व्यक्ति जब भी किसी जगह जैसे स्कूल, कॉलेज आदि के बारे में सोचता है, तो उसके चेतन में कुछ दृष्टि प्रतिमाएँ (visual images) तैयार होते हैं। इन प्रतिमाओं के सेट को *संज्ञानात्मक नक्शा* (cognitive map) कहा जाता है। कहने का तात्पर्य यह है कि संज्ञानात्मक नक्शा व्यक्ति के स्थानिक वातावरण (spatial environment) का आंतरिक प्रतिमान (internal representation) होता है। सचमुच में संज्ञानात्मक नक्शा दृष्टि-स्थानिक प्रतिमाओं (visual-spatial images) का एक क्रमबद्ध सेट (systematic set) होता है जिसमें आकार (shapes), दूरियाँ (distances) तथा दिशाएँ (directions) आदि सम्मिलित होता है।

4. स्कीमा *(Schema)*—स्कीमा के रूप में भी स्मृति में ज्ञान (knowledge) का संचयन होता है। सचमुच में स्कीमा सूचनाओं का गुच्छा होता है। यह एक तरह की ऐसी संज्ञानात्मक संरचना (cognitive structure) होती है जिसमें व्यक्ति के व्यवहार को निर्देशित करने के लिए साहचर्यों (associations) का एक नेटवर्क (network) होता है। स्कीमा में छोटी या बड़ी सभी तरह के ज्ञान को संचित किया जाता है। प्रत्येक स्कीमा का कुछ अंश अपरिवर्तनशील (fixed) होता है तथा कुछ अंश परिवर्तनशील (variable) होता है। जैसे, पालतू जानवर, सब्जी (vegetables) आदि स्कीमा के कुछ उदाहरण हैं। सभी पालतू जानवर व्यक्ति के निवासीय अहाता (residential premise) में रहते हैं, उन्हें समय पर खाना-पानी तथा मौसम के अनुसार पर्याप्त सुरक्षा भी दिया जाता है। पालतू जानवर का ये सभी अपरिवर्तनशील तथा निश्चित पहलू या विशेषताएँ हैं। परंतु बैल से खेती की जाती है, गाय से दुध निकालने का कार्य होता है, तथा कुत्ता को सुरक्षा के उद्देश्य से रखा जाता है तो ये सारे पालतू जानवर के

परिवर्तनशील (variant) विशेषता हैं। व्यक्ति अपनी चेतना में संगत स्कीमा (relevant schema) के माध्यम से किसी वस्तु/घटना आदि का प्रत्यक्षण करता है तथा उसे संगठित करता है।

5. स्क्रिप्ट *(Script)*—स्क्रिप्ट एक विशेष तरह का स्कीमा ही होता है। यह नैत्य क्रियाओं (routine activities) का स्कीमा होता है जो मस्तिष्क में संचित होता है। उसका उपयोग सामाजिक अंतक्रियाओं (social interactions) के लिए होता है तथा इसमें क्रियाएँ एक क्रम (sequence) में की जाती है। इसे एक उदाहरण से इस प्रकार समझाया जा सकता है। मान लिया जाय कि आपको अपने दोस्त के बड़े भाई की शादी में भाग लेने के लिए जाना है। यहाँ आप कुछ क्रियाएँ एक क्रम में करेंगे। सबसे पहले आप शादी में क्या उपहार (gift) के रूप में ले जायेंगे, इसका निश्चित करेंगे और उसकी खरीदारी करेंगे। इसे अच्छा से पैक करवाकर और उसपर एक कार्ड लगाकर बधाई के साथ अपना नाम लिखेंगे। आप उस पार्टी में जाने के लिए कोई विशेष पोशाक खरीदेंगे और पहनकर पार्टी में जायेंगे। करीब-करीब सभी दोस्त इन ही क्रियाओं को इसी क्रम में करेंगे। यह स्मृति में संचित एक स्क्रीप्ट का उदाहरण होगा।

स्पष्ट हुआ कि व्यक्ति स्मृति में सूचनाओं एवं ज्ञान को कई इकाइयों के रूप में संचित करता है।

स्मृति निर्माण : प्रत्यक्षदर्शी स्मृति तथा मिथ्या स्मृति (Memory Formation : Eyewitness Memory and Pseudo Memory)

प्रत्यक्षदर्शी स्मृति उन प्रमाणों या सबूतों पर आधृत होता है जिसे प्रत्यक्षणकर्त्ता किसी घटना जैसे कोई अपराध (crime) या दुर्घटना (accident) को स्वयं देखने के बाद उसके बारे में उपस्थित करता है। कानूनी पेशा में (legal profession) में इस प्रत्यक्षदर्शी स्मृति को काफी महत्त्व दिया जाता है और इसके आधार पर न्यायमूर्ति (judge) किसी को सजा दे देते हैं तो किसी को रिहा भी कर देते हैं। मनोवैज्ञानिकों का मत है कि स्मृति में चूँकि संरचनात्मक (constructive) तथा पुनर्संरचनात्मक (reconstructive) प्रक्रियाएँ शामिल होती हैं, अतः व्यक्ति जब घटनास्थल पर ग्रहण किये गए अनुभूतियों को बाद में विभिन्न परिस्थितियों जैसे पुलिस के सामने या कानून के कोर्ट में प्रत्याह्वान करता है, तो स्वभावतः उसमें विकृति (distortion) उत्पन्न हो जाता है और तब ऐसी परिस्थिति में प्रत्यक्षदर्शी साक्ष्य (eyewitness testimony) कहाँ तक यथार्थ तथा वास्तविक होगा, कहना कठिन है।

**एलिजाबेथ लोफ्टस
(Elizebeth Loftus)**

प्रत्यक्षदर्शी स्मृति के क्षेत्र में सबसे प्रमुख शोधकार्य एक महिला मनोवैज्ञानिक जिसका नाम एलिजाबेथ लोफ्टस (Elizabeth Loftus) था, द्वारा किया गया। इन्होंने 1970 के दशक में काफी महत्त्वपूर्ण प्रयोग किये। यहाँ लोफ्टस द्वारा किया गया एक प्रयोग को उदाहरण के रूप में प्रस्तुत किया जा रहा है—एक प्रयोग में एक काफी व्यस्त रेलवे स्टेशन पर चोरी के दृश्य का नाटक किया गया। इसमें एक महिला अपने थैला को रेलवे स्टेशन पर छोड़कर इधर-उधर कहीं चली जाती है। इतने में एक पुरुष आता है और उस थैला में से कुछ निकालता है। इसी बीच वहाँ महिला आ जाती है और अपने थैले के भीतर झाँक कर कहती है कि उसका टेपरेकॉर्डर (taperecorder) थैला से गायब है। तब वह अगल-बगल में जिन प्रत्यक्षदर्शियों ने उस पुरुष को थैले से कुछ निकालते देखा था, उनसे अपने घर का दूरभाष संख्या बतलाने का सविनय प्रार्थना की ताकि आगे उनसे सम्पर्क बनाकर अपराधी को पकड़ा जा सके। अधिकतर प्रत्यक्षदर्शियों ने अपना दूरभाष संख्या उस महिला को बतला दिया। करीब एक सप्ताह बाद एक आदमी अपने आप को बीमा एजेन्ट बतलाते हुए, उन प्रत्यक्षदर्शियों के यहाँ दूरभाष कर सम्पर्क स्थापित किया और उनसे अपराध का विस्तृत ब्योरा देने को कहा। हालांकि सच्चाई यह थी कि महिला के थैला में कोई टेपरेकॉर्डर नहीं था और उक्त घटना मात्र एक बनावटी थी। करीब आधे-से-अधिक प्रत्यक्षदर्शियों ने थैले से टेपरेकॉर्डर निकालते देखने की बात बतलायी। कई लोगों ने टेपरेकॉर्डर के आकार और रंग के बारे में भी बतलाये। इसके आधार पर लोफ्टस इस निष्कर्ष पर पहुँची कि प्रत्यक्षदर्शी साक्ष्य में कई तरह की त्रुटियाँ होती हैं।

लोफ्टस ने एक अन्य प्रयोग में प्रयोज्यों को कार दुर्घटना की एक फिल्म दिखाई और बाद में प्रश्न इस प्रकार

से पूछा गया जो सचमुच में घटना के कूटसंकेतन (enconding) में एक तरह से बाधा पहुँचाने वाला था। उसमें एक प्रश्न इस प्रकार था—''कारें कितनी तीव्र गति से थी जब दोनों ने एक-दूसरे से भीषण टक्कर दी और शीशा चकनाचूर हो गया'' तथा दूसरा प्रश्न था, ''दोनों कार जब एक-दूसरे के सम्पर्क में आये तो उनकी गति क्या थी।'' जिन प्रयोज्यों से पहला प्रश्न किया गया, उन लोगों ने कार की गति का अनुमान 40.8 मील प्रति घंटा लगाया तथा जिनसे दूसरा प्रश्न किया गया उन लोगों ने कार की गति 31.8 मील प्रति घंटा बतलाया। इस परिणाम से स्पष्ट हो जाता है कि प्रश्न पूछने के ढंग से स्मृति में परिवर्तन (त्रुटि) हो जाता है।

इसी तरह के अनेक प्रयोगों के आधार पर लोफ्टस द्वारा इस निष्कर्ष पर पहुँचा गया कि स्मृति में त्रुटियाँ होती हैं जिनमें से कुछ त्रुटि दिग्भ्रमित प्रश्नों के कारण तो कुछ घटना के भावनात्मक स्वरूप के कारण उत्पन्न होती है। प्रायः देखा गया है कि दुर्घटना या हिंसा की घटनाएँ इतना तीव्र संवेग उत्पन्न करती है कि प्रत्यक्षसाक्षी इतना उससे अभिभूत हो जाता है कि कूटसंकेत करते समय वह छोटी-छोटी बातों पर ध्यान नहीं दे पाता है।

मिथ्या स्मृति से तात्पर्य वैसी घटनाओं की स्मृति से होती है जो कभी घटित नहीं हुई होती है परंतु विशेष तरह की कल्पनशीलता से उत्पन्न किया जाता हैं। इस सिलसिले में गैरी (Garry, 1982), मैनिंग (Manning, 1986), ग्रीनी (Greene, 1980) तथा लोफ्टस (Loftus, 1996) द्वारा प्रयोग किये गए हैं और इन सबों के प्रयोग से मिथ्या स्मृति के स्वरूप के बारे में कुछ तथ्यों का पता चला है। ऐसे प्रयोग तीन चरण में किये थे। पहले चरण में प्रयोज्यों से यह बतलाने के लिए कहा गया कि घटनाओं की दी गई सूची में से उनके बचपन में कौन-कौन घटनाएँ घटीं हैं। दूसरे चरण में प्रयोज्यों को दो सप्ताह बाद बुलाकर उन घटनाओं की कल्पना करने या दृष्टि प्रत्यक्षण (visual perception) करने के लिए कहा मानों वे घटनाएँ उनकी जिंदगी में वास्तव में घटित हुई हों। इस प्रक्रिया को विशेषकर उन घटनाओं के लिए करवाया गया जिनके घटित होने की संभावना बहुत कम थी। तीसरे चरण में प्रयोगकर्त्ताओं ने यह बहाना बनाया कि पहले चरण के घटनाओं की मूल्यांकन सूची उनसे खो गई है। इसलिए वे फिर से सूची लेकर यह मूल्यांकन करें कि उनमें से किन घटनाओं को उनके जीवन में घटित होने की संभावना है। सबसे रोचक बात यहाँ यह पायी गई कि पहले चरण में जो घटनाओं का न्यून मूल्यांकन किया गया था और जिनको दृष्टि प्रत्यक्षण एवं कल्पना करने के लिए उन्हें कहा गया था, अब उनका उच्च मूल्यांकन किया गया। प्रयोज्यों ने यहाँ तक बतलाया कि वैसी घटनाएँ उनके जीवन में सचमुच में घटित हुई थी। ऐसे परिणाम में यह संकेत मिलता है कि स्मृतियाँ उत्पन्न कराई जा सकती हैं तथा कल्पना के माध्यम से आरोपित की जा सकती है।

स्मृति एक रचनात्मक प्रक्रिया के रूप में
(Memory as a Constructive Process)

स्मृति के स्वरूप के बारे में मनोवैज्ञानिकों में थोड़ा मतभेद है। एक प्रसिद्ध मनोवैज्ञानिक इविंगहॉस (Ebbinghaus) का मत है कि स्मृति एक पुनरूत्पादक मानसिक प्रक्रिया (reproductive mental process) है। इसका मतलब यह हुआ कि किसी पाठ या विषय को सीखने के बाद स्मृति-चिह्न (memory trace) मस्तिष्क में बनता है और उसी के आधार पर व्यक्ति उसका प्रत्याह्वान (recall) कर लेता है जिस रूप में उसने सीखा था। इसमें कोई परिवर्तन नहीं होता है। इसे साबित करने के लिए उन्होंने निरर्थक पदों जैसे XAP, PAZ आदि की एक सूची को याद कर उसका प्रत्याह्वान भिन्न-भिन्न समयों में किये। परिणाम में यह देखा गया कि उसने निरर्थक पदों की सूची का प्रत्याह्वान ठीक उसी ढंग से अर्थात् सीखे गए ढंग से कर सकने में समर्थ हुए। इस आधार पर वे इस निष्कर्ष पर पहुँचे कि स्मरण एक *पुनरूत्पादक मानसिक प्रक्रिया* है।

दूसरे तरफ अन्य मनोवैज्ञानिकों जैसे बार्टलेट (Bartlett) तथा गिब्सन (Gibson) आदि ने स्मृति के स्वरूप के बारे में इविंगहॉस के विपरीत विचार व्यक्त किया है और कहा है कि स्मरण एक *रचनात्मक मानसिक प्रक्रिया* (constructive mental process) है। इसका मतलब यह हुआ कि जब व्यक्ति किसी पूर्व अनुभव के बारे में सोचता है और उसे वर्तमान चेतना में लाता है, तो वह अपनी रुचि, इच्छा एवं अभिप्रेरणा के अनुरूप उसमें कुछ जोड़-घटा देता है। दूसरे शब्दों में, वह अपनी रुचि एवं इच्छा के अनुरूप उसे एक विशेष रचनात्मक स्वरूप प्रदान करता है।

बार्टलेट का मत है कि इविंगहॉस उस प्रकार के परिणाम इसलिए पाये थे क्योंकि वे निरर्थक पदों की सूची को याद कर उसका प्रत्याह्वान कर रहे थे। अगर वे सार्थक पदों या शब्दों को याद कर उसका प्रत्याह्वान करते तो इस प्रकार के परिणाम निश्चित रूप से नहीं पाते। बार्टलेट अपने दावे को सत्यापित करने के लिए कई प्रयोग भी किये हैं। उन्होंने अपने एक अति मशहूर प्रयोग में कुछ प्रयोज्यों (subjects) को एक कहानी जिसका शीर्षक *'वार ऑफ घोस्टस'* था, पढ़ने के लिए दिया। भिन्न-भिन्न समय अंतरालों के बाद उसका प्रत्याह्वान करवाया गया। एक दूसरे प्रयोग में उन्होंने एक प्रयोज्य को एक कहानी पढ़ने के लिए दिया और पढ़ने के बाद उसे अपनी याद से उस कहानी को लिखने के लिए कहा गया। उस लिखी कहानी को दूसरे व्यक्ति को पढ़ने के लिए दिया गया और उसे अपने याद से कहानी को लिखने के लिए कहा गया। इसी लिखी कहानी को तीसरे व्यक्ति को पढ़ने के लिए दिया गया। इसी तरह से एक ही कहानी को कई बार प्रयोज्यों ने उसे याद किया और उसे लिखा। बार्टलेट के ऐसे सभी प्रयोगों के परिणाम बड़े रोचक थे। परिणाम में देखा गया कि मूल कहानी से अन्तिम लिखी गयी कहानी काफी भिन्न थी। प्रत्येक प्रत्याह्वान में कहानी का रूप बदलता गया क्योंकि प्रयोज्य अपनी ओर से कहानी में कुछ जोड़ता गया तथा उसके मौलिक अंश को हटाता गया। इससे स्पष्ट होता है कि स्मरण का स्वरूप रचनात्मक (reconstructive) होता है। हम अपने दिन-प्रतिदिन के अनुभव पर यदि ध्यान दें तो इस बात का पर्याप्त सबूत मिलेगा कि जब हम अपने गत अनुभूतियों का प्रत्याह्वान करते हैं, तो उसमें अपनी ओर से कुछ जोड़-घटा देते हैं न कि उन विगत अनुभूतियों का हू-ब-हू प्रत्याह्वान (recall) करते हैं।

अतः अन्तिम निष्कर्ष यह है कि स्मृति का स्वरूप रचनात्मक (constructive) होता है।

विस्मरण का अर्थ एवं स्वरूप
(Meaning and Nature of Forgetting)

विस्मरण स्मृति का नकारात्मक या ऋणात्मक पक्ष (negative aspect) है। गेल्डार्ड (Geldard, 1963) ने विस्मरण को एक नकारात्मक धारण (negative retention) कहा है। जब हम पूर्व सीखे गए अनुभवों को मस्तिष्क में संचित नहीं रख पाते हैं तो सामान्यतः इसे विस्मरण की संज्ञा दी जाती है। जो कुछ हम सीखते हैं, उसे सामान्यतः स्मृति-चिह्नों के रूप में मस्तिष्क में धारण करते हैं। जब स्मृति-चिह्न क्षीण हो जाते हैं या समाप्त हो जाते हैं तो पूर्व सीखे गये अनुभवों को हम याद नहीं कर पाते हैं और यह कहा जाता है कि उसका विस्मरण हो गया है। अतः यह कहा जा सकता है कि विस्मरण एक ऐसी प्रक्रिया है जिसमें स्मृति-चिह्नों के समाप्त हो जाने के कारण पूर्व सीखे गये अनुभवों को व्यक्ति याद नहीं कर पाता है। परन्तु वास्तव में विस्मरण का यह एक अधूरा अर्थ है क्योंकि कभी-कभी ऐसा होता है कि किसी अनुभव का स्मृति-चिह्न तो उपस्थित होता है अर्थात् उन अनुभवों की धारण तो होती है परन्तु व्यक्ति उनका प्रत्याह्वान (recall) या प्रत्यभिज्ञान (recognition) नहीं कर पाता है। जैसे ही उस अनुभव से संबंधित कुछ संकेत (cues) प्राप्त होते हैं, हम उनका प्रत्याह्वान तुरन्त कर लेते हैं। अतः विस्मरण की एक सम्पूर्ण परिभाषा देते हुए यह कहा जा सकता है कि विस्मरण एक ऐसी मानसिक प्रक्रिया है जिसमें व्यक्ति पूर्व सीखे गये अनुभवों का प्रत्याह्वान या प्रत्यभिज्ञान करने में अपने आप को असमर्थ पाता है। इस असमर्थता का कारण स्मृति-चिह्नों का समाप्त हो जाना भी हो सकता है या उचित संकेतों की अनुपस्थिति भी हो सकती है।

विस्मरण के स्वरूप की व्याख्या करने के संबंध में मनोवैज्ञानिकों में दो तरह की विचारधाराएँ हैं। एक विचारधारा के समर्थक इविंगहॉस (Ebbinghaus) हैं जिनके अनुसार विस्मरण एक निष्क्रिय मानसिक प्रक्रिया (passive mental process) है। दूसरी विचारधारा मेल्टन (Melton, 1940) मैग्यू (McGeoch, 1932), मूलर तथा पिलजेकर (Muller & Pilzecker, 1900) आदि का है जिसके अनुसार विस्मरण को एक सक्रिय मानसिक प्रक्रिया (active mental process) माना है। इन दोनों विचारधाराओं का वर्णन निम्नांकित है:—

1. विस्मरण एक निष्क्रिय मानसिक प्रक्रिया के रूप में *(forgetting as a passive mental process)*— इस विचारधारा के प्रवर्तक जर्मन मनोवैज्ञानिक इविंगहॉस (Ebbinghaus) हैं। इसके अनुसार विस्मरण का कारण

समय का बीतना होता है। किसी पाठ या विषय को सीखने के बाद ज्यों-ज्यों समय बीतते जाता है, सीखे गए विषय से मस्तिष्क में उत्पन्न स्मृति-चिह्न कमजोर पड़ते जाते हैं और व्यक्ति अन्त में उसे भूल जाता है। इस तरह से विस्मरण एक निष्क्रिय मानसिक प्रक्रिया (passive mental process) है। इस दावे को उन्होंने एक प्रयोग कर साबित किया है। उन्होंने 13 निरर्थक पदों की एक सूची को सीखकर उसे भिन्न-भिन्न समय अंतरालों पर जैसे 20 मिनट, 1 दिन, 2 दिन, 6 दिन और 21 दिनों के बाद पुनः सीखे और यह देखा

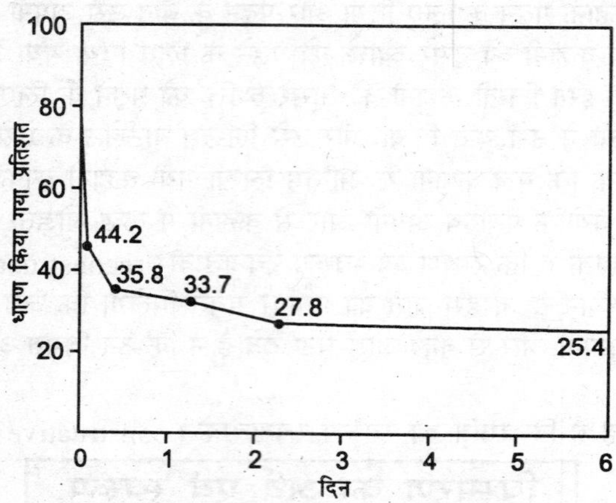

चित्र 7.3 : विस्मरण वक्र या इविंगहॉस वक्र

गया कि दूसरी बार में उस सूची का कितना प्रतिशत उन्होंने धारण किया था तथा कितना भूल गए थे। इन आँकड़ों या प्राप्तांकों के आधार पर उन्होंने एक रेखा चित्र बनाया जिसे *विस्मरण वक्र* (Forgetting curve) या *इविंगहॉस वक्र* (Ebbinghaus curve) कहा गया है। (चित्र 7.3 देखें) विस्मरण वक्र से निम्नांकित दो बातों का पता चलता है:—

(i) विस्मरण की दर (rate) सीखने के तुरंत बाद तीव्र होती है। चित्र 7.3 में वक्र पर ध्यान देने से यह स्पष्ट हो जाता है कि सीखने के बाद प्रथम 20 मिनट में सही धारण की प्रतिशत 44.2% हुआ अर्थात् 100% – 44.2% = 55.8% का विस्मरण हो गया। शायद यही कारण है कि सीखने के शीघ्र बाद धारण रेखा में सहसा ह्रास होता है।

(ii) सीखने के बाद जैसे-जैसे समय बीतता जाता है, विस्मरण की मात्रा बढ़ती जाती है। वक्र के अनुसार 6ठे दिन धारण का प्रतिशत मात्र 25.4 है अर्थात् 100 – 25.4 = 74.6% विस्मरण हुआ।

2. विस्मरण एक सक्रिय मानसिक प्रक्रिया के रूप में *(forgetting as an active mental process)*— इविंगहॉस का विचारधारा अधिक दिनों तक मान्य नहीं रह सका। मैग्यू, मूलर तथा पिलजेकर, फ्रायड आदि मनोवैज्ञानिकों ने यह मानने से इनकार कर दिया कि विस्मरण का स्वरूप निष्क्रिय होता है अर्थात् विस्मरण समय बीतने के कारण अपने आप होता है। इन लोगों का मत था कि विस्मरण एक सक्रिय मानसिक प्रक्रिया है अर्थात् भूलने के पीछे व्यक्ति की कुछ क्रियाशीलता होती है न कि समय बीतने के साथ हम स्वतः ही निष्क्रिय रूप से भूलते जाते हैं। इन मनोवैज्ञानिकों का मानना है कि सीखने के बाद जो समय अंतराल (time interval) होता है, उसमें दो तरह की क्रियाएँ होती है जिनके कारण व्यक्ति भूलता है—बाधक क्रियाएँ (interpolated activities) तथा दमन (repression)। बाधक क्रिया से तात्पर्य उन क्रियाओं से होता है जिसे व्यक्ति समय अंतराल के दौरान करता है। जैसे किसी नये पाठ या विषय को उस समय अंतराल में सीखना। इन क्रियाओं के करने से सीखे गए मौलिक विषय या पाठ के प्रत्याह्वान (recall) या प्रत्यभिज्ञान में बाधा पहुँचता है। इसका परिणाम विस्मरण होता है। इस पर मैग्यू, मूलर तथा पिलजेकर आदि मनोवैज्ञानिकों द्वारा अधिक बल डाला गया है।

फ्रायड ने भी विस्मरण को एक सक्रिय मानसिक प्रक्रिया कहा है और विस्मरण में दमन (repression) को महत्त्वपूर्ण बतलाया है। इनके अनुसार किसी विषय को हम इसलिए भूलते हैं क्योंकि उसे भूलना चाहते हैं। इनका मत था कि जो अनुभव दुखद तथा कष्टकर होते हैं, उन्हें व्यक्ति अधिक समय तक अपनी चेतना में नहीं रखता है बल्कि उसे अपनी चेतना से हटाकर अचेतन में दमित कर देता है। अचेतन मन में चले जाने से व्यक्ति उन अनुभवों को भूल जाता है।

उपर्युक्त विवरण से यह स्पष्ट है कि विस्मरण के स्वरूप के बारे में मनोवैज्ञानिकों में कुछ मतभेद है परन्तु अधिकतर आधुनिक मनोवैज्ञानिकों द्वारा इस बात से सहमति प्रकट की गयी है कि विस्मरण के स्वरूप को निष्क्रिय न होकर सक्रिय मानना ही अधिक वैज्ञानिक है। दूसरे शब्दों में, हमलोग मात्र समय व्यवधान के कारण नहीं भूलते हैं बल्कि भूलने में मानसिक सक्रियता होती है।

विस्मरण का कारण
(Causes of Forgetting)

विस्मरण के कई कारकों से उत्पन्न होता है। मनोवैज्ञानिकों ने इसे पाँच प्रमुख भागों में बाँटा है—

1. कूटसंकेतन असफलता के कारण विस्मरण (Forgetting due to encoding failures)
2. चिह्न ह्रास के कारण विस्मरण (Forgetting due to trace decay)
3. अवरोध के कारण विस्मरण (Forgetting due to Inhibition)
4. पुनरूद्धार असफलता के कारण विस्मरण (Forgetting due to retireval failure)
5. विविध कारकों के कारण विस्मरण (Forgetting due to miscellaneous factors)।

इन सबों का वर्णन निम्नांकित है—

1. कूटसंकेतन असफलता के कारण विस्मरण *(Forgetting due to encoding failures)*—जब भी व्यक्ति किसी पाठ या कार्य को सीखता है, तो उनसे उत्पन्न अनुभूतियों को मस्तिष्क में संसाधित किया जाता है। इस प्रक्रिया में कूटसंकेतन (encoding) कहा जाता है। इसे *पंजीकरण* (regsistration) भी कहा जाता है। जब किसी कारण से ऐसी अनुभूतियों को व्यक्ति ठीक ढंग से संसाधित नहीं कर पाता है या उन्हें गहरे स्तर पर संसाधित नहीं कर पाता है, तो उनका विस्मरण हो जाता हे क्योंकि ऐसी अनुभूतियाँ दीर्घकालीन स्मृति में प्रवेश नहीं कर पाती हैं। लघुकालीन स्मृति (short term memory) की संचयन क्षमता काफी सीमित होती है। अतः इसमें प्रवेश करने वाली सूचनाएँ थोड़ा सा-भी ध्यान विचलित होने पर अन्य सूचनाओं द्वारा प्रतिस्थापित (displaced) हो जाती हैं और फिर उनका विस्मरण हो जाता है। कहने का तात्पर्य यह है कि ध्यान विचलन (shift of attention) तथा सूचनाओं को गहरे स्तर पर संसाधित न किये जाने से कूटसंकेतीकरण (encodings) की प्रक्रिया ठीक ढंग से सम्पन्न नहीं हो पाती है और व्यक्ति उसे भूल जाता है।

2. चिह्न ह्रास या संचयन असफलता के कारण विस्मरण *(Forgetting due to trace decay or storage failure)*—विस्मरण का दूसरा प्रमुख कारण संचयन में असफलता है। कूटसंकेतिक सूचनाओं (encoded information) को व्यक्ति दीर्घकालीन स्मृति (long term memory) में संचित करके रखता है ताकि उसका समय पर प्रत्याह्वान किया जा सके। परंतु कुछ कारणों से जब ऐसी सूचनाओं को संचित रखना संभव नहीं हो पाता है, तो इससे विस्मरण उत्पन्न हो जाता है। इन कारकों में समय बीतने पर संचित सूचनाओं का उपयोग में नहीं रहने पर उससे उत्पन्न स्मृति चिह्न का ह्रास (decay) हो जाता है। परंतु अधिकतर परिस्थिति में देखा गया है कि स्मृति चिह्न का पूर्णतः ह्रास नहीं होता है बल्कि कुछ कारकों के कारण उन सूचनाओं की पुनःप्राप्ति (retrieval) में बाधा पहुँचती है, जिससे हमलोग यह सोचने को विवश हो जाते हैं कि स्मृति चिह्न हमेशा के लिए समाप्त हो गये हैं। यह सच्चाई है कि स्मृति समय बीतने के साथ कमजोर पड़ती है अगर उन्हें उपयोग (use) में नहीं रखा जाता है। परंतु जब हम उन्हें फिर से उपयोग में लाते हैं तो कम समय और कम त्रुटि हुए ही उन्हें पुनःसीखने (relearning) में समर्थ हो पाते हैं। इसे मनोवैज्ञानिक ने *बचत* (saving) की संज्ञा दिया है।

3. पुनःप्राप्ति या पुनरुद्धार असफलता के कारण विस्मरण *(Forgetting due to retrieval failure)*— विस्मरण का एक प्रमुख कारण पुनःप्राप्ति असफलता (retrival failure) है। इस तरह के असफलता के कई कारण हैं जिनमें दो प्रमुख हैं। पहला तो याद किये जाने का संदर्भ (context) है। यदि व्यक्ति एक परिस्थिति में किसी साहचर्य या सूचना को याद करता है और उसका प्रत्याह्वान किसी भिन्न परिस्थिति में करता है जो असमान (dissimilar) होता है तो व्यक्ति उसकी पुनःप्राप्ति (retrieval) नहीं कर पाता है और उसका विस्मरण हो जाता है। जैसे, मान लिया जाए कि कहीं बगीचा में चार मित्रों के साथ बैठकर आप किसी कविता को याद करते हैं। परंतु उसका प्रत्याह्वान आप वर्ग में शिक्षक के सामने करते हैं, तो परिस्थिति में इस बदलाव के कारण पहली परिस्थिति की बहुत सारी अनुभूतियों की पुनःप्राप्ति (retrieval) आसानी से नहीं हो पाती है और आप उसे भूल जाते हैं।

विस्मरण का दूसरा कारण किसी विषय या पाठ को याद करने के पहले बाद में संचित सामग्रियों का स्वरूप (nature) क्या है। सचमुच में पहले और बाद में संचित सामग्रियों से लक्ष्य स्मृति (target memory) में एक तरह का बाधा पहुँचता है। अतः यहाँ पुनःप्राप्ति असफलता बाधा (interference) के कारण होता समझा जाता है। ऐसी बाधा सामान्यतः दो तरह का होता है—*पृष्ठोन्मुख अवरोध* (Retroactive Inhibition or RI) तथा *अग्रलक्षी अवरोध* (Proactive Inhibition or PI)।

पृष्ठोन्मुख अवरोध (retroactive inhibition) को पूर्वलक्षी अवरोध भी कहा जाता है। प्राय यह देखा गया है कि किसी पाठ को सीखने के बाद दूसरा पाठ सीखकर फिर पहले विषय या पाठ का प्रत्याह्वान किया जाता है, तो इससे पहले पाठ या विषय का प्रत्याह्वान कम होता है या इसमें बाधा पहुँचती है। इस तरह के बाधा या अवरोध को पृष्ठोन्मुख अवरोध (retroactive inhibition) कहा जाता है। मूलर (Muller) तथा पिलेजकर (Pilzecker) ने प्रयोग कर यह दिखलाया है कि जब व्यक्ति किसी पाठ या विषय को सीखने के बाद विश्राम करता है और उसके बाद प्रत्याह्वान करता है, तो प्रत्याह्वान की मात्रा अधिक होती है, अर्थात् विस्मरण कम होता है परन्तु यदि व्यक्ति किसी पाठ या विषय को सीखने के बाद विश्राम न करके तुरंत बाद दूसरा पाठ या विषय सीखता है, और उसके बाद पहले सीखे गये विषय या पाठ का प्रत्याह्वान करता है, तो प्रत्याह्वान की मात्रा कम होती है अर्थात् विस्मरण अधिक होती है। अतः पृष्ठोन्मुख अवरोध विस्मरण का एक महत्त्वपूर्ण कारक है।

अग्रलक्षी अवरोध (proactive inhibition) दूसरा प्रमुख कारण है जिससे पुनःप्राप्ति असफलता उत्पन्न होता है। जब किसी विषय के प्रत्याह्वान में उस विषय के पहले सीखे गए विषयों या पाठों से उत्पन्न स्मृति-चिह्नों द्वारा बाधा पहुँचती है, तो इसे अग्रलक्षी अवरोध कहा जाता है। ग्रीनऊड (Greenwood, 1956) तथा पोस्टमैन (Postman, 1961) द्वारा किये गये अध्ययनों से यह साबित हुआ कि व्यक्ति किसी घटना या विषय को उस परिस्थिति में भूल जाता है जब वह उससे संबंधित कई तरह की घटनाओं या विषयों को पहले ही सीख चुका होता है।

मनोवैज्ञानिकों द्वारा किये गए अध्ययनों से यह स्पष्ट हुआ है कि RI का प्रभाव PI के प्रभाव की तुलना में काफी अधिक होता है। अध्ययनों से यह भी स्पष्ट हुआ है कि RI से उस परिस्थिति में विस्मरण काफी अधिक होता है जब स्मरण किये गए कार्य तथा उसकी पुनःप्राप्ति (retrieval) के बीच का समय अंतराल कम होता है। परंतु यह समय अंतराल बड़ा होने पर RI कम होता है। कई अध्ययनों से यह भी स्पष्ट हुआ है कि जब लक्ष्य स्मृति के भाग एवं उसके बाद या पहले स्मरण किये गये भाग में समानता अधिक होती है, तो विस्मरण अधिक होता है।

4. विविध कारकों के कारण विस्मरण *(Forgetting due to miscellaneous factors)*—उपर्युक्त कारकों के अलावा भी कई और कारक हैं जिनसे विस्मरण की घटना उत्पन्न होती है। ऐसे कारक विविध प्रकार हैं जिनका संक्षिप्त विवरण इस प्रकार है—

(i) सीखे गए विषय का स्वरूप *(nature of material learnt)*—सीखे गए विषय का स्वरूप सार्थक हो सकता है या निरर्थक हो सकता है। जब विषय सार्थक नहीं होता है तो उसकी धारण दृढ़ नहीं होती है। फलतः व्यक्ति उसे जल्दी भूल जाता है। दूसरी तरफ जब सीखा गया विषय सार्थक होता है तथा उसके विभिन्न पक्ष या पहलू आपस में तार्किक रूप से संबधित होते हैं, तो उसकी धारण दृढ़ होती है और उनकी स्मृति-चिह्न मस्तिष्क में बहुत समय तक बने होते हैं। फलतः इनका विस्मरण नहीं होता है।

(ii) सीखने की मात्रा *(degree of learning)*—विस्मरण पर सीखने की मात्रा का भी प्रभाव पड़ता है। साधारणतः सीखने की मात्रा जितनी ही कम होती है, व्यक्ति उसे उतना ही जल्दी से भूल जाता है। जैसे किसी विषय को मात्र दो बार पढ़ा जाए और फिर समान कठिनाई के विषय को दस बार पढ़ा जाय तो पहली परिस्थिति में दूसरी परिस्थिति की तुलना में विस्मरण अधिक होगी। इसका कारण यह है कि पहली परिस्थिति में सीखने की मात्रा दूसरी परिस्थिति के सीखने की मात्रा से काफी कम है।

(iii) विषय की लम्बाई *(length of material)*—सीखा जाने वाला विषय जब लम्बा होता है तो उसका विस्मरण देरी से होता है। जब सीखनेवाले विषय की लम्बाई कम होती है तो व्यक्ति उसे जल्द सीख तो लेता है परन्तु भूल भी जल्द जाता है। लंबे विषय को अधिक दिनों तक याद रखने का कारण यह बतलाया गया है कि ऐसे विषयों को सीखने में व्यक्ति उसे कई बार दोहराता है उसके स्मृति-चिह्न काफी मजबूत हो जाते हैं। इतना ही नहीं, ऐसे विषयों का संबध जीवन के विभिन्न पहलुओं से किसी-न-किसी रूप में अधिक होता है। फलतः ऐसे विषयों का विस्मरण कम होता है। विषय की लम्बाई कम होने से न तो व्यक्ति उसे अधिक दोहराता है और न ही जीवन के विभिन्न पहलुओं से उसका साहचर्य ही स्थापित कर पाता है। फलतः ऐसे विषयों को व्यक्ति जल्द भूल जाता है।

(iv) विषय का भावात्मक मूल्य *(affective value of materials)*—यदि कोई अनुभव व्यक्ति के लिए सुखद है, तो वह बार-बार उसकी मानसिक पुनरावृत्ति करता रहता है। फलतः वह उसे अधिक समय तक धारण किये रहता है और उसका विस्मरण तेजी से नहीं होता है। दुखद अनुभवों को व्यक्ति दोहराता नहीं है क्योंकि इससे उसके अहं (ego) को चोट पहुँचता है। फलस्वरूप, वह उसे चेतन मन से अचेतन मन में दमन कर देता है। मनोवैज्ञानिकों ने अनेकों ऐसे अध्ययन किये हैं जिनसे यह साबित हुआ है कि दुःखद अनुभवों को व्यक्ति सुखद अनुभवों की अपेक्षा जल्दी भूल जाता है। इस सिलसिले में जर्सिल्ड (Jersild, 1931) ने एक ऐसा ही प्रयोग 51 छात्रों पर किया जिसमें उन्होंने पाया कि छात्र दुःखद अनुभवों का मात्र 31% तथा सुखद अनुभवों का 45% प्रत्याह्वान (recall) कर पाते हैं। दूसरे शब्दों में, दुखद अनुभवों के विस्मरण की मात्रा 69% तथा सुखद अनुभवों के विस्मरण की मात्रा 55% प्रतिशत पायी गयी।

(v) सीखने की विधि *(methods of learning)*—यदि सीखने की विधि गलत तथा अनुपयुक्त होती तो इससे विस्मरण अधिक होता है। सीखने की कई विधियाँ हैं जिनमें तीन प्रमुख हैं। पूर्ण तथा अंश विधि (whole and part method), साभिप्राय तथा अप्रसांगिक विधि (intentional and incidental method) तथा विराम या अविराम विधि (massed and distributed method)। साभिप्राय विधि से सीखने की अपेक्षा उसका विस्मरण धीरे-धीरे होता है। ऐसा इसलिए होता है क्योंकि साभिप्राय विधि द्वारा सीखने से उत्पन्न स्मृति-चिह्न तुलनात्मक रूप से अधिक मजबूत तथा सार्थक होते हैं।

(vi) मस्तिष्क आघात तथा अन्य शारीरिक कष्ट *(brain injury and other physical troubles)*—सीखने से उत्पन्न स्मृति-चिह्न मस्तिष्क में ही बने होते हैं। जब व्यक्ति के मस्तिष्क पर किसी तरह का आघात या चोट लगती है (जैसा कि किसी तरह के दुर्घटना में अक्सर हो जाया करता है) तो उसके स्मृति-चिह्न नष्ट हो जाते हैं और इस तरह से व्यक्ति अधिक मात्रा में उसे भूल जाता है। यह भी देखा गया है कि व्यक्ति यदि किसी तरह के शारीरिक कष्ट या रोग से ग्रस्त है तो इससे भी स्मृति-चिह्न को धारण कर रखने की क्षमता उसमें कम जाती है। फलस्वरूप, उसका विस्मरण तेजी से हो जाता है।

(vii) मानसिक धक्का, दुश्चिन्ता तथा डर *(mental shock, anxiety and fear)*—जब किसी पाठ या विषय को सीखने के बाद उसे किसी तरह का मानसिक धक्का (mental shock) लगता है, तो इससे भी उसके स्मृति-चिह्न नष्ट हो जाते हैं और व्यक्ति उसे भूल ज़ाता है। जैसे, किसी महिला के पति की मृत्यु होने से जो मानसिक धक्का उसे पहुँचता है, उससे वह पहले के कई तरह की बातों को भूल जाती है। उसी तरह जो व्यक्ति किसी बात से बहुत अधिक चिंतित होता है या फिर कुछ कारण से डरा होता है, वह अपने गत अनुभवों को ठीक से याद नहीं कर पाता है। अतः मानसिक, धक्का, दुश्चिन्ता तथा डर आदि भी विस्मरण का एक कारण होता है।

(viii) कूटसंकेतन विशिष्टता एवं संकेत-आधृत विस्मरण *(Encoding specificity and cue-dependent forgetting)*—मनोवैज्ञानिकों द्वारा किये गए अध्ययनों से यह स्पष्ट हुआ है कि घटनापरक या प्रासंगिक स्मृति (episodic memory) में व्यक्ति घटनाओं/सूचनाओं आदि को किसी विशेष परिस्थिति जिसमें वे विशेष समय तथा स्थान से जुड़े होते हैं, के संदर्भ में कूटसंकेतिक (encode) करता है। इसका मतलब यह हुआ कि सूचना किस तरह से कूटसंकेतिक होगा, यह परिस्थिति विशिष्ट (situation specific) होता है। इसे *कूटसंकेतन विशिष्टता* (encoding specificity) की संज्ञा दी जाती है। अगर प्रत्याह्वान करते समय व्यक्ति के सामने वही परिस्थिति जिसमें मूलतः सूचना/पाठ सीखी गयी थी, का समय तथा स्थान संकेत उपलब्ध होता है, तो विस्मरण की मात्रा कम हो जाती है। परंतु यदि वे संकेत उपलब्ध नहीं हुए, तो विस्मरण की मात्रा अधिक होती है। इस तरह के विस्मरण को *संकेत-आधृत विस्मरण* (cue-dependent forgetting) कहा जाता है जो संक्षेप में इस बात की ओर इशारा करता है कि अगर प्रत्याह्वान करते समय वैसे संकेत उपलब्ध होते हैं, जो अधिगम के समय उपलब्ध थे, तो इससे विस्मरण की मात्रा में कमी होती है।

स्पष्ट हुआ कि विस्मरण के कई कारण होते हैं जिनपर मनोवैज्ञानिकों का ध्यान गया है।

स्मृति को उन्नत बनाने की विधियाँ (Methods of enhancing memory)

मनोवैज्ञानिकों के सामने यह समस्या रहती है कि वे व्यक्तियों की स्मृति शक्ति को कैसे उन्नत बनाएँ ताकि उनकी स्मृति अच्छी-से-अच्छी हो सके। इस सिलसिले में मनोवैज्ञानिकों द्वारा किये गए प्रयास सराहनीय है। वुडरो (Woodrow, 1927) ने स्मृति प्रशिक्षण (memory training) या स्मृति को उन्नत बनाने से संबंधित उपायों की प्रभावशीलता दिखलाने के लिए एक बहुचर्चित प्रयोग किया। प्रयोग के परिणाम के आधार पर उन्होंने स्मृति को उन्नत बनाने के लिए निम्नांकित सात तरीकों का उल्लेख किया है:—

(1) यथासंभव पूर्ण विधि (whole method) और विराम विधि (distributed method) से सीखना चाहिए।

(2) सीखते समय अपने आप को जाँचते रहना चाहिए अर्थात् अपनी धारणा (retention) की जाँच करती रहनी चाहिए।

(3) विषयों के सदृश अंशों को संगठित करके तथा उनमें सामंजस्य (rhythm) स्थापित करके सीखना चाहिए।

(4) विषय को उसका अर्थ समझकर सीखना चाहिए।

(5) सीखते समय मानसिक सतर्कता तथा एकाग्रता बनाए रखना चाहिए।

(6) अपनी स्मरण शक्ति पर विश्वास करनी चाहिए।

(7) गौण साहचर्यों (secondary associations) का प्रयोग करना चाहिए।

वुडरो द्वारा स्मृति प्रशिक्षण के लिए दिये गये सात क्लासिकी सुझावों (classical suggestion) के अलावा भी आधुनिक मनोवैज्ञानिकों ने कुछ विशेष प्रविधियों का वर्णन किया है जिनके सहारे स्मृति को उन्नत बनाया जा सकता है। इनमें प्रमुख निम्नांकित है:—

(1) स्मृति-सहायक प्रविधियाँ *(Mnemonic deivces)*—मनोवैज्ञानिकों ने कुछ ऐसी स्मृति-सहायक प्रविधियों का वर्णन किया है जिनसे भी स्मृति उन्नत होती है। तुक (rhymes), परिवर्णी शब्द (acronyms) तथा परिवर्णी पंक्ति शब्द (acrostics) प्रतिमावली (imagery) का उपयोग, लोकी विधि (method of LOCI) तथा संगठनात्मक उपाय (organizational derives) आदि कुछ ऐसी ही स्मृति सहायक प्रविधियाँ हैं जिनके उपयोग से स्मृति उन्नत होती है।

(i) तुक (rhymes) में चूँकि दोहे की पंक्तियों का अंतिम शब्द आवाज में मिलते-जुलते होते हैं, इसलिए उसे व्यक्ति जल्द याद कर लेता है। शायद यही कारण है कि छोटे-छोटे बालक अनेक ऐसे दोहे को तुरंत याद कर लेते हैं, भले ही वे उसका अर्थ समझे या नहीं समझे।

(ii) परिवर्णी शब्द एक तरह का अक्षर संकेत होता है जिनसे जटिल सूचनाओं को याद रखने एवं उनका प्रत्याह्वान करने में मदद मिलती है। जैसे, World Health Organization को WHO के रूप में तथा University Grants Commission को UGC के रूप में मस्तिष्क में रखने से उनके प्रत्याह्वान (recall) में तो सुविधा होती ही है, साथ-ही-साथ उनकी स्मृति भी अच्छी बनी रहती है।

(iii) परिवर्णी पंक्तियाँ ऐसी पंक्तियाँ होतीं हैं जिसमें प्रथम कुछ अक्षर संकेत के रूप में कार्य करते हैं और उसे देखते ही या सुनते ही व्यक्ति शेष भागों का प्रत्याह्वान कर लेता है। जैसे, 'सारे जहाँ से अच्छा हिन्दोस्ताँ हमारा' में सारे को सुनकर व्यक्ति पूरी पंक्ति का प्रत्याह्वान कर लेता है। यह एक परिवर्णी पंक्ति का उदाहरण है।

(iv) प्रतिमा का उपयोग *(Use of imagery)*—जब भी व्यक्ति किसी वस्तु, घटना, प्राणी के बारे में कुछ सीखता है तो उसके अर्थ के साथ-ही-साथ मन में उनका कुछ दृष्टि-स्थानिक प्रतिनिधित्व (visual spatial representation) भी होता है जिसे तकनीकी तौर पर प्रतिमावली कहा जाता है। मनोवैज्ञानिकों द्वारा किये गए अध्ययनों से यह भी स्पष्ट हुआ है कि इन प्रतिमाओं के उपयोग से व्यक्ति की स्मृति उन्नत होती है। जैसे, कोई बच्चा के लिए 'हवाई जहाज' का अर्थ सीखना काफी आसान है क्योंकि वह इसका अर्थ तो समझता ही है तथा हवाई जहाज की प्रतिमा के साथ साहचर्यित भी कर लेता है। मनोवैज्ञानिकों द्वारा किये गये अध्ययनों से यह स्पष्ट हुआ है कि जब सामग्री (materials) जैसे शब्दों, वाक्य आदि से साहचर्यित प्रतिमा अधिक अनोखा या बेतुका (bizarre) होता है तो उसे स्मृति में संचित करना और फिर प्रत्याह्वान (recall) करना आसान हो जाता है।

(v) लोकी विधि *(Method of LOCI)*—इस विधि का प्रतिपादन ग्रीकवासियों (Greeks) द्वारा किया गया था जिसका उपयोग प्राचीन रोमवासियों (ancient Romans) द्वारा काफी किया गया है। इसे कभी-कभी *रोमन रूम विधि* (Roman Room Method) भी कहा जाता है।

शाब्दिक रूप से लोकी विधि का अर्थ अवस्थिति की विधि (method of locations) से होता है। जब व्यक्ति को कई शब्द या पद को एक खास क्रम में सीखकर याद करना होता है, तो वह इस विधि का उपयोग करता है। इस विधि के उपयोग में तीन चरण होते हैं। पहला चरण वह होता है जिसमें कई स्थानों की एक शृंखला जिससे व्यक्ति परिचित होता है, निश्चित किया जाता है। दूसरे चरण में उन स्थानों के बारे में प्रत्येक पद के लिए कुछ दृष्टि प्रतिमा का सृजन करता है ताकि प्रत्येक पद को वह याद रख सके और अन्त में वह प्रत्येक पद को वह एक-एक करके संबंधित अवस्थिति (locations) के साथ साहचर्यित करता जाता है जिससे उनका प्रत्याह्वान काफी आसान हो जाता है।

(2) संगठनात्मक उपाय *(Organizational devices)*—मनोवैज्ञानिक अध्ययनों से यह स्पष्ट हुआ है कि यदि व्यक्ति सीखते समय एकांशों/पदों को एक खास ढंग से संगठित कर लेता है, तो इससे उसकी स्मृति अच्छी हो जाती है और वह बहुत दिनों तक उसे याद भी रखता है। यहाँ हम ऐसे निम्नांकित तीन संगठनात्मक प्रविधियों का उल्लेख करेंगे—

(i) चुकिंग प्रविधि *(Chunking techniqe)*—चुकिंग में व्यक्ति लम्बी सूचनाओं को कम करके छोटी सूचना में बदलकर याद कर लेता है। जैसे, मान लिया जाए कि व्यक्ति को एक दूरभाष संख्या याद करना है जो इस प्रकार है—9936475869 को वह 99 से प्रारंभ करते हुए 36 के बाद 11-11 जोड़ते हुए 69 तक जाता है। या कोई और तरह से इसे छोटा करके जब उसे याद करता है, तो उसे चुकिंग की संज्ञा दी ज़ाती है। चुकिंग से लघुकालीन स्मृति (short-term memory) की सामान्य संचयन क्षमता 7 ± 2 से बढ़ जाती है।

(ii) प्रथम अक्षर प्रविधि *(First letter technique)*—इस प्रविधि में व्यक्ति याद किये जाने वाले शब्दों या पदों के प्रथम अक्षर को लेकर एक नया शब्द बना देता है और फिर उसके सहारे वह सभी संप्रत्ययों/पदों को आसानी से प्रत्याह्वान कर लेता है। जैसे, World Health Organization में तीन संप्रत्यय हैं जिनके तीनों के प्रथम अक्षरों को मिलाकर WHO बना लेता है और उसी के सहारे वह इन तीनों का बाद में प्रत्याह्वान करता है। उसी तरह से Ear, Nose तथा Throat के लिए वह ENT बनाकर उसे आसानी से बाद में प्रत्याह्वान कर लेता है।

(iii) विवरणात्मक प्रविधि *(Narrative technique)*—इस प्रविधि में व्यक्ति एक ऐसी कहानी बनाता है जिसमें पात्र (characters) विभिन्न परिस्थितियों या अवस्थाओं से होकर गुजरते हैं और फिर अपने अनुभूतियों को संयोजित करके एक विशेष कहानी या विवरण का रूप देता है। इसका परिणाम यह होता है कि व्यक्ति इस तरह के अन्तर्संबंध के कारण घटनाओं को उत्तम ढंग से बाद में प्रत्याह्वान कर सकने में सफल हो जाता है।

स्पष्ट हुआ कि स्मृति को उन्नत बनाने के लिए कई तरीके या प्रविधि उपलब्ध है।

(3) PQRST विधि *(PQRST technique)*—इस विधि का प्रतिपादन थॉमस एवं रॉबिन्सन (Thomas & Robinson, 1982) द्वारा प्रदत्त विचारों पर आधृत है। इस विधि का मूल उद्देश्य पाठ्यपुस्तक की सामग्रियों का छात्रों द्वारा अध्ययन करने तथा स्मरण करने की क्षमता को बढ़ाना है। इस विधि का नामकरण इसकी पाँच अवस्थाओं (stages) के प्रथम अक्षरों को मिलाकर किया गया है:—

P = Preview (पूर्वदर्शन)

Q = Question (प्रश्न)

R = Read (पढ़ना)

S = Self-recitation (आत्म-प्रपठन)

T = Test (जाँच)

पूर्वदर्शन की अवस्था में व्यक्ति पाठ की विषय-सूची (contents) का मात्र अवलोकन करता है। *प्रश्न* की अवस्था में व्यक्ति अनुच्छेद के शीर्षक तथा अनुच्छेद के भीतर के उपशीर्षक को पढ़कर उसे प्रश्न के रूप में बदल देता है। जैसे, अगर शीर्षक का नाम 'सीखना तथा परिपक्वन' है तो छात्र इसे प्रश्न के रूप में बदल देता है—सीखना तथा परिपक्वन एक-दूसरे से कैसे संबंधित है? आदि। *पढ़ना* की अवस्था में व्यक्ति अनुच्छेद की सामग्रियों (materials) को पढ़ना प्रारंभ कर देता है और मुख्य शब्दों एवं वाक्यों को रेखांकित भी करना प्रारंभ कर देता है। *आत्म-प्रपठन* (self-recitation) की अवस्था में व्यक्ति अनुच्छेद को पढ़ना समाप्त कर उसके मुख्य संप्रत्ययों एवं विचारों को मन-ही-मन सुनाना (recite) प्रारंभ कर देता है। इस तरह के आत्म-प्रपठन से व्यक्ति को अपनी ज्ञान की रिक्तियों का भी पता चल जाता है तथा फिर वे स्मृति चिह्नों को उत्तम ढंग से संगठित भी कर पाते हैं। *जाँच* की अवस्था में व्यक्ति पाठ को पढ़ना समाप्त कर उसकी जाँच एवं समीक्षा (review) करना प्रारंभ कर देता है। इस अवस्था में वह मूल तथ्यों का प्रत्याह्वान (recalls) करता है और पुनः उन तथ्यों को याद किये गए पाठ की तथ्यों से मिलाता है।

स्पष्ट हुआ कि स्मृति को उन्नत बनाने की कई विधियाँ हैं जिनके उपयोग पर मनोवैज्ञानिकों द्वारा बल डाला गया है।

प्रमुख पद
(Key Terms)

कूटसंकेतन (Encoding)
पुनःप्राप्ति या पुनरुद्धार (Retrieval)
प्रतिमा-संबंध स्मृति (Iconic memory)
प्रतिध्वनिक स्मृति (Echoic memory)
लघुकालीन स्मृति (Short term memory)
दीर्घकालीन स्मृति (Long term memory)

प्रासंगिक स्मृति (Episodic memory)
अर्थगत स्मृति (Semantic memory)
वौघ-नॉरमैन मॉडल (Waugh-Norman Model)
एटकिन्सन-शिफरीन प्रतिरोधक मॉडल (Attkinson-Shiffrin Buffer model)
प्रक्रमण स्तर मॉडल (Level-of-Processing model)
पृष्ठोन्मुख अवरोध (Retroactive inhibition)
अग्रलक्षी अवरोध (Proactive inhibition)
कूटसंकेतन विशिष्टता (Encoding specificity)
प्रत्यक्षदर्शी स्मृति (Eyewitness memory)
क्षणदीप स्मृति (Flash bulb memory)
आत्मचरित तथा जीवन चरित स्मृति (Anthobiographical memory)।

अध्याय सारांश
(Chapter Summary)

1. स्मृति के तीन तत्त्व या अवस्थाएँ होती हैं—*कूटसंकेतन* (encoding), *संचयन* (storage) तथा पुनरुद्धार या पुनःप्राप्ति (retrieval)।
2. स्मृति के तीन सामान्य प्रकार होते हैं—संवेदी स्मृति (sensory memory), लघुकालीन स्मृति (short term memory) तथा दीर्घकालीन स्मृति (long term memory)।
3. दीर्घकालीन स्मृति के दो मुख्य प्रकार हैं—प्रासंगिक स्मृति (episodic memory) तथा अर्थगत स्मृति (semantic memory)।
4. वौध-नॉरमैन मॉडल (Waugh-Norman model) के अनुसार सूचनाएँ लघुकालीन स्मृति में पहले प्रवेश करता है तथा फिर ध्यान या रिहर्सल से संसाधित होते हुए दीर्घकालीन स्मृति में पहुँचती है।
5. एटकिन्सन-शिफरीन प्रतिरोधक मॉडल (Atkinson-Shiffrin buffer model) के अनुसार सूचनाएँ तीन स्तर पर न कि दो स्तर पर ही संसाधित होती हैं। सूचनाएँ पहले संवेदी रजिस्टर या संवेदी स्मृति में प्रवेश करती है और फिर लघुकालीन स्मृति में और अन्त में दीर्घकालीन स्मृति में जाती है।
6. प्रक्रमण स्तर मॉडल (level of processing model) के अनुसार स्मृति को एक तंत्र माना जाता है और उसी के अंदर स्मृति को विभिन्न स्तरों पर संसाधित किया जाता है। साधारणतः सूचना को ऊपरी स्तर तथा निचली स्तर पर संसाधित किया जाता है।
7. मनोवैज्ञानिकों ने कुछ विशिष्ट स्मृति घटनाओं का विशेष रूप से अध्ययन किया है। इनमें आत्मचरित या जीवनचरित स्मृति (autobiographical memory), क्षणदीप स्मृति (flashbulb memory), निहित स्मृति (implicit memory) आदि प्रमुख हैं।
8. स्मृति के मापन की दो विधियाँ हैं—स्पष्ट स्मृति मापनी तथा अस्पष्ट स्मृति मापनी।
9. मानव स्मृति विभिन्न इकाइयों या तत्त्वों (elements) से संगठित होते हैं जिनमें संप्रत्यय, श्रेणी, प्रतिमा, संज्ञानात्मक नक्शा, स्कीमा तथा स्क्रीप्ट (script) आदि प्रमुख है।
10. स्मृति निर्माण में प्रत्यक्षदर्शी स्मृति (eyewitness memory) तथा मिथ्या स्मृति (pseudomemory) की अहं भूमिका होती है।
11. स्मृति एक रचनात्मक प्रक्रिया है न कि पुनरूत्पादक (reproductive) प्रक्रिया है।

12. विस्मरण स्मृति का एक नकारात्मक या ऋणात्मक पक्ष (negative aspect) है। विस्मरण एक ऐसी मानसिक प्रक्रिया है जिससे व्यक्ति पूर्व सीखे गए अनुभवों का प्रत्याह्वान या प्रत्यभिज्ञान करने में अपने आप को असमर्थ पाता है।
13. विस्मरण का स्वरूप निष्क्रिय न होकर सक्रिय होता है।
14. विस्मरण के कई कारण हैं। विस्मरण कूटसंकेतन (encoding), असफलता, चिह्न ह्रास, अवरोध, पुनरुद्धार असफलता (retrieval failure) तथा अन्य विविध कारकों के कारण होता है।
15. स्मृति को उन्नत बनाने के कई तरीके हैं जिनमें स्मृति सहायक प्रविधियाँ (mnemonic devices) मशहूर है। इसमें प्रतिमावली का प्रयोग, लोकी विधि, PQRST आदि प्रमुख है।

❑

अध्याय 8

चिन्तन एवं भाषा

(THINKING AND LANGUAGE)

इस अध्याय को पढ़ने के बाद आप

- *चिन्तन के स्वरूप का वर्णन कर सकेंगे,*
- *समस्या समाधान, तर्कणा तथा निर्णयन की प्रक्रिया के बांरे में जान पायेंगे*
- *सर्जनात्मक चिन्तन के स्वरूप, प्रक्रिया तथा उसे उन्नत बनाने के तरीका को आप जान पायेंगे,*
- *चिन्तन एवं भाषा के आपसी संबंध को जान पायेंगे,*
- *भाषा एवं भाषा के उपयोग का विकास का अर्थ समझ पायेंगे।*

विषय-वस्तु

परिचय

चिन्तन एक प्रमुख संज्ञानात्मक प्रक्रिया (cognitive process) है। संज्ञान (cognition) से तात्पर्य जानने या ज्ञान अर्जन करने की प्रक्रिया से होता है। जब भी व्यक्ति किसी समस्या का सामना करता है, तो वह उसके समाधान के लिए तरह-तरह का चिन्तन करना प्रारंभ कर देता है। चिन्तन सचमुच में एक उच्च मानसिक प्रक्रिया (higher mental process) है। इसका स्वरूप संरचनात्मक (constructive) होता है जिसका मतलब यह होता है कि संवेदी निवेश (sensory inputs) से कुछ विशेष मानसिक प्रक्रिया (mental process) की उत्पत्ति होती है और उसका परिणाम (output) फिर निवेश (input) से भिन्न होता है। कभी-कभी चिन्तन स्वतंत्र प्रवाही (free flowing) होता है न कि लक्ष्य-निर्देशित (goal-directed)। कभी-कभी यह निर्देशित भी होता है और वह किसी लक्ष्य (goal) के लिए उन्मुखी होता है जैसा कि जब व्यक्ति किसी समस्या का समाधान कर रहा होता है या कोई निर्णय लेता है। इस अध्याय में आप चिन्तन एवं उनसे संबध अन्य प्रक्रिया अर्थात्, समस्या समाधान, निर्णयन (decision making), सर्जनात्मक चिन्तन (creative thinking), भाषा विकास आदि का अध्ययन करेंगे।

चिन्तन की परिभाषा एवं स्वरूप
(Definition and Nature of Thinking)

चिन्तन एक उच्च मानसिक प्रक्रिया (higher mental process) है जो सभी प्राणियों में पायी जाती है। परन्तु इसे परिभाषित करना कठिन है। विभिन्न मनोवैज्ञानिकों ने इसे अलग-अलग ढंग से परिभाषित किया है। कुछ मनोवैज्ञानिकों ने इसे वातावरण से प्राप्त होनेवाली सूचनाओं का मानसिक व्यवस्थापन (mental manipulation) कहा है, तो कुछ ने इसे एक मध्यस्थ प्रक्रिया (mediating process) कहा है जो किसी समस्या (उद्दीपक) तथा उसके समाधान (सही अनुक्रिया) के मध्य घटित होती है। कुछ प्रमुख परिभाषाएँ इस प्रकार हैंः—

सिल्वरमैन[1] (Silverman, 1978) के अनुसार, ''चिन्तन एक ऐसी मानसिक प्रक्रिया है जो उद्दीपक तथा घटनाओं के प्रतीकात्मक निरूपण के द्वारा किसी समस्या का समाधान करने में हमारी सहायता पहुँचाती है।''

वारेन[2] (Warren, 1934) के अनुसार, ''चिन्तन एक प्रतीकात्मक स्वरूप की विचारात्मक प्रक्रिया है जिसका प्रारंभ व्यक्ति के सामने उपस्थित किसी समस्या से होता है। इसमें व्यक्ति की समस्या तथा मानसिक वृत्ति से संबंध कुछ प्रयत्न और त्रुटि की क्रियाएँ होती हैं और अन्त में समस्या का समाधान या निष्कर्ष प्राप्त होता है।''

सिकारेली एवं **मेयर**[3] (Ciccarelli & Meyer, 2006) के अनुसार, ''चिन्तन एक ऐसी मानसिक प्रक्रिया के रूप में परिभाषित किया जाता है जो मस्तिष्क में तब होता है जब व्यक्ति सूचना को संसाधित करता है—उसे संगठित करता है, उसे समझता है तथा दूसरों को संप्रेषित करता है।''

यदि उपर्युक्त परिभाषाओं का विश्लेषण करें तो हमें चिन्तन के स्वरूप के बारे में निम्नांकित तथ्य प्राप्त होते हैंः—

1. चिन्तन की शुरुआत किसी-न-किसी समस्या से होती है *(Thinking starts with a problem of some sort)*—चिन्तन प्रक्रिया का प्रारंभ उस समय होता है जब मनुष्य या पशु के सामने कोई ऐसी समस्या आती है जिसका समाधान वह करना चाहता है। समस्या से तात्पर्य एक ऐसी परिस्थिति या घटना से होता है जिसमें प्राणी

---

1. "Thinking is a process that enables us to find solutions to problems by using symbolic representations of stimuli and events."
—Silverman : *Psychology,* 1978, p. 269

2. "Thinking is an ideational activity, symbolic in character, initiated by the problem or task the individual is facing, involving some trial and error but under certain directive of his problem set, and ultimately leading to a conclusion or solution of the problem.
—Warren : *Dictionary of Psychology,* 1934, p. 110

3. "Thinking can be defined as mental activity that goes on in the brain when a person is processing information—organizationg it, understanding it and communicating it to others."
—Ciccarelli & Meyer : *Psychology,* 2006, p. 350

समस्या का समाधान अपने पूर्व अनुभवों या आदतों के आधार पर नहीं कर पाता है। जैसे, पाँचवें वर्ग के एक छात्र को मैट्रिक कक्षा का कोई गणितीय सूत्र का समाधान करने के लिए दे दिया जाय, तो यह उसके लिए एक समस्या का उदाहरण होगा क्योंकि वह अपने पूर्व अनुभवों के आधार पर उसका अर्थ तुरंत नहीं समझ सकता है।

2. चिन्तन प्रतीकात्मक स्वरूप की विचारात्मक प्रक्रिया है *(Thinking is an ideational activity whose character is symbolic)*—सचमुच में चिन्तन में कई तरह के विचार उत्पन्न होते हैं और ऐसी विचारों की एक कड़ी द्वारा चिन्तन की प्रक्रिया होते रहती है। अक्सर ये विचार प्रतीक (symbols) के रूप में होते हैं। जैसे, जब कोई छात्र किसी गणित की समस्या का समाधान करता है, तो उसके सूत्र, समाधान के तरीके एवं अन्य विभिन्न पहलू पर विचार किया जाता है। ये सभी कुछ प्रतीक (symbol) तथा भाषा (language) के रूप में उसके मन में आते रहते हैं। स्पष्ट है कि चिन्तन विचारात्मक प्रक्रिया है जो प्रतीकों के सहारे सम्पन्न होती है।

3. चिन्तन में प्रयत्न एवं त्रुटि की प्रक्रिया होती है *(Thinking involves trial and error)*—चिन्तन द्वारा प्राणी किसी समस्या का समाधान करना चाहता है। समस्या का समाधान तुरंत नहीं होता है। इसके लिए व्यक्ति प्रयत्न या अभ्यास करता है। इस प्रयत्न में त्रुटियाँ (errors) भी होतीं हैं। यह प्रयत्न तथा त्रुटि की प्रक्रिया दो तरह की होती है—शारीरिक (physical) तथा मानसिक (mental)। चिन्तन करते समय हाथ पैर हिलाना-डुलाना, सिर खुजलाना आदि शारीरिक प्रयत्न एवं त्रुटि के उदाहरण हैं। इन्हें *व्यक्त या प्रकट प्रयत्न एवं त्रुटि* (explicit or overt trial and error) भी कहा जाता है। जब व्यक्ति किसी समस्या का समाधान करता है, तो इसके समाधान के लिए सोचते समय कई तरह की बातें प्रतीक के रूप में आती जाती रहती हैं। इनमें से जिसे व्यक्ति गलत समझता है, उसे एक-एक करके छोड़ते जाता है। इस तरह से तरह-तरह के संभावित समाधानों के सहारे समस्या को सुलझाने की कोशिश करना और गलत तरीकों को धीरे-धीरे छोड़ते जाना मानसिक प्रयत्न एवं त्रुटि का उदाहरण है।

4. चिन्तन में एक विशेष मानसिक वृत्ति होती है *(Thinking involves mental set)*—चिन्तन में मानसिक वृत्ति (mental set) की भूमिका महत्त्वपूर्ण है। चिन्तन में व्यक्ति के मन में जो प्रयत्न एवं त्रुटि होती है, वे एक निश्चित दिशा में होते हैं, न कि यादृच्छिक (randomly) ढंग से। जैसे, कोई अभियंता किसी मकान के डिजाइन के बारे में सोचता है, तो उसके मन में आने वाले सभी विचार उसी डिजाइन से न कि किसी अन्य भवन के डिजाइन से संबंधित होते हैं। स्पष्ट है कि चिन्तन में एक विशेष दिशा होती है।

5. अन्त में, चिन्तन द्वारा समस्या का समाधान होता है *(At last, thinking involves solution of the problems)*—चिन्तन का अन्तिम लक्ष्य समस्या का समाधान होता है। समस्या का समाधान होते ही चिन्तन प्रक्रिया सम्पन्न हो जाती है और व्यक्ति को सचमुच में इसके बाद चिन्तन की जरूरत ही नहीं पड़ती है। जैसे ही अभियंता भवन के सही डिजाइन का निर्माण कर लेता है, उसे फिर डिजाइन के बारे में चिन्तन करने की आवश्यकता नहीं रह जाती है।

स्पष्ट हुआ कि चिन्तन एक जटिल उच्च मानसिक प्रक्रिया है जिसकी शुरुआत किसी समस्या से होती है तथा अन्त उसके समाधान से होता है।

चिन्तन के प्रकार (Types of Thinking)

मनोवैज्ञानिकों ने चिन्तन को मुख्य रूप से दो भागों में बाँटा है:—

(1) स्वली चिन्तन (autistic thinking) तथा

(2) यथार्थवादी चिन्तन (realistic thinking)

इन दोनों का संक्षिप्त विवरण निम्नांकित है:—

1. स्वली चिन्तन *(Autistic thinking)*—स्वली चिन्तन वैसे चिन्तन को कहा जाता है जिसमें व्यक्ति अपने काल्पनिक विचारों एवं इच्छाओं की अभिव्यक्ति करता है। स्वप्न, स्वप्नचित्र (fantasy) तथा कल्पित चिन्तन सभी

स्वली चिन्तन के उदाहरण हैं। जैसे, छात्र जीवन में यदि कोई विद्यार्थी यह सोचता है कि वह बड़ा होकर एक ईमानदार आई॰ ए॰ एस॰ ऑफिसर बनेगा और भाँति-भाँति का कार्य करेगा, तो यह एक स्वली चिन्तन का उदाहरण होगा। ऐसे चिन्तन से किसी समस्या का समाधान नहीं हो पाता है।

2. यथार्थवादी चिन्तन *(Realistic thinking)*—यथार्थवादी चिन्तन वैसे चिन्तन को कहा जाता है जिसका संबंध वास्तविकता से होता है और इसके द्वारा व्यक्ति किसी समस्या का समाधान कर पाता है। इस तरह के चिन्तन को मनोवैज्ञानिकों ने *विवेचन* या *तर्कणा* (reasoning) की संज्ञा दिया है। जैसे, मान लिया जाय कि कोई व्यक्ति कार में बैठकर कहीं जा रहा है। कार अचानक रुक जाती है। वह व्यक्ति तरह-तरह की बातें सोचना प्रारंभ कर देता है। कहीं पेट्रोल तो खत्म नहीं हो गया है, कहीं मशीन में खराबी तो नहीं आ गयी है, आदि-आदि। इस तरह का चिन्तन यथार्थवादी चिन्तन का उदाहरण है।

यथार्थवादी चिन्तन निम्नांकित तीन तरह के होते हैं:—

(1) अभिसारी चिन्तन (convergent thinking)

(2) सृजनात्मक चिन्तन (creative thinking)

(3) आलोचनात्मक चिन्तन (evaluative thinking)

इन तीनों का वर्णन निम्नांकित है:—

1. अभिसारी चिन्तन *(Convergent thinking)*—अभिसारी चिन्तन को निगमनात्मक चिन्तन (deductive thinking) भी कहा जाता है। अभिसारी चिन्तन में व्यक्ति दिये गये तथ्यों के आधार पर किसी सही निष्कर्ष पर पहुँचने की कोशिश करता है। जैसे, आपसे यह पूछा जाय कि रमेश सुशील की पत्नी के पिता का बेटा है, तो रमेश सुशील का क्या लगा, तो आप चिन्तन करके कोई एक उत्तर (शायद साला) देंगे। यह चिन्तन अभिसारी चिन्तन (deductive thinking) का उदाहरण होगा।

2. सृजनात्मक चिन्तन *(Creative thinking)*—इस तरह के चिन्तन को आगमनात्मक चिन्तन (inductive thinking) भी कहा जाता है। इस तरह के चिन्तन में व्यक्ति दिये गये तथ्यों में अपनी और कुछ नयी बातों को जोड़कर एक निश्चित निष्कर्ष पर पहुँचता है। जब तक व्यक्ति अपनी ओर से कुछ नयी बातों को जोड़ता नहीं है, तब तक समस्या का समाधान नहीं होता है। जैसे, यदि आप से पूछा जाय कि कलम का असाधारण उपयोग बतलाइये, तो आपको अपने चिन्तन के आधार पर कुछ नयी बातें जोड़कर उत्तर देना होगा। 'कलम' का साधारण उपयोग तो लिखने में होता है, अब असाधारण उपयोग क्या हो सकता है। इस तरह की परिस्थिति में किये गये चिन्तन को सृजनात्मक चिन्तन (creative thinking) कहा जाता है।

3. आलोचनात्मक चिन्तन *(Evaluative thinking)*—आलोचनात्मक चिन्तन वैसे चिन्तन को कहा जाता है जिसमें व्यक्ति, वस्तु, घटना तथा तथ्य की सच्चाई को स्वीकार करने के पहले उसके अच्छाई तथा बुराई को परख लेता है। कुछ व्यक्ति ऐसे होते हैं जिसे घटना या वस्तु के बारे में जो कुछ भी कहा जाता है, उसे वे सही समझकर स्वीकार कर लेते हैं। ऐसी अवस्था में हम कहते हैं कि उस व्यक्ति में आलोचनात्मक चिन्तन की क्षमता कम है। दूसरी तरफ, कुछ व्यक्ति ऐसे होते हैं जिनसे किसी घटना या वस्तु के बारे में यदि कुछ कहा जाता है, तो वे पहले उसके गुण-अवगुण तथा अच्छाई-बुराई के बारे में जान लेते हैं, तभी सही मानते हैं या नहीं मानते हैं। इस प्रकार के चिन्तन को आलोचनात्मक चिन्तन की संज्ञा दी जाती है।

स्पष्ट हुआ कि मनोवैज्ञानिकों ने चिन्तन के कई प्रकार बतलाये हैं जिनके अध्ययन से उसकी विस्तृत ज्ञान प्राप्त होता है।

चिन्तन के आधारभूत तत्त्व
(Fundamental Elements of Thinking)

आज मनोवैज्ञानिकों के बीच इस बात की सामान्य सहमति है कि जब व्यक्ति चिन्तन करता है, तो उस चिन्तन में कम-से-कम तीन आधारभूत तत्त्व (elements) अवश्य ही शामिल होते हैं—*मानसिक प्रतिमा* (mental images) एवं *संप्रत्यय* (concept) तथा प्रतिज्ञप्ति (proposition)। इन दोनों का वर्णन इस प्रकार है—

1. मानसिक प्रतिमा *(Mental images)*—मानसिक प्रतिमावली से तात्पर्य मस्तिष्क में विभिन्न तरह के संवेदी अनुभूतियों (sensory experiences) जैसे दृष्टि (visual), श्रवण (auditory), स्वाद (gustatory), पेशीय (motor), घ्राण (olfactory) तथा स्पर्श (tactile) अनुभूतियों का मन में प्रतिनिधित्व (representation) से होता है। अध्ययनों से यह स्पष्ट हुआ है कि जब हमलोग सोचते हैं, तो उसमें उन मानसिक प्रतिमाओं की अहं भूमिका होती है। कोशलिन तथा उनके सहयोगियों (Kosslyn et al., 1991) ने अपने अध्ययन के आधार पर यह बतलाया है कि मानसिक प्रतिमाओं से चिन्तन में कई तरह के कार्य सम्पन्न होते हैं। जैसे, लोग शाब्दिक निर्देशों (verbal instructions) को समझने के लिए प्रतिमा का उपयोग करते हैं, शब्दों को विशेष मानसिक तस्वीर में बदलने के लिए प्रतिमा का उपयोग किया जाता है, अपनी मनोदशा (moods) को उन्नत बनाने के लिए प्रतिमाओं का उपयोग करते हैं तथा धनात्मक घटनाओं या दृश्यों को दृष्टिगोचर (visualise) करने के लिए भी मानसिक प्रतिमा का उपयोग करते हैं। मैककेल्लर (McKellar, 1972) ने एक सर्वे 500 वयस्कों का किया और पाया कि चिन्तन के दौरान 97% प्रयोज्यों ने अपने में दृष्टि प्रतिमा (visual images) होते बतलाया, 93% प्रयोज्यों ने श्रवण प्रतिमा, 74%, पेशीय प्रतिमा (जैसे हाथ उठाने या दौड़ने की प्रतिमा), 70% स्पर्श प्रतिमा (जैसे किसी चीज पर रगड़ने की प्रतिमा), 67% स्वाद प्रतिमा (जैसे कोई विशेष चीज के स्वाद की प्रतिमा) तथा 66% घ्राण प्रतिमा (जैसे गुलाब के गंध की प्रतिमा) आदि बतलाया। इस अध्ययन से यह स्पष्ट होता है कि चिन्तन में दृष्टि प्रतिमाओं का निर्माण होना सबसे सामान्य बात है। ऐसा कहा जाता है कि मशहूर वैज्ञानिक अलबर्ट आइन्स्टीन Albert Einstein) अपना अधिकतर चिन्तन मानसिक प्रतिमाओं के सहारे ही करते थे।

2. संप्रत्यय *(Concept)*—चिन्तन का दूसरा महत्त्वपूर्ण तत्त्व संप्रत्यय (concept) है। संप्रत्यय से तात्पर्य एक ऐसे लेबल (label) से होता है जिससे ऐसे वस्तुओं, व्यक्तियों या घटनाओं (events) का प्रतिनिधित्व होता है जिसमें सामान्य गुण या विशेषता होते हैं। संप्रत्यय के सहारे व्यक्ति वातावरण की वस्तुओं/घटनाओं में एक व्यवस्था या क्रम (order) उत्पन्न करता है तथा पर्याप्त यथार्थता तथा गति (speed) के साथ उसके बारे में सोचता है। जैसे, पालतू पशु, एक संप्रत्यय का उदाहरण होगा और इसमें कुत्ता, गाय, भैंस, मछली, बिल्ली आदि सम्मिलित होंगे। हालांकि हमारे घर में अन्य पशु जैसे चूहा, मच्छड़ तथा तिलचट्टा (cockroach) आदि भी हो सकते हैं, परंतु वे पालतू पशु के संप्रत्यय में सम्मिलित नहीं किये जा सकते हैं।

सामान्यतः संप्रत्यय के दो प्रकार होते हैं—*तार्किक या औपचारिक संप्रत्यय* (logical or formal concept) तथा *स्वाभाविक संप्रत्यय* (natural concept)। तार्किक संप्रत्यय वैसे संप्रत्यय को कहा जाता है जिसे नियमों (rules) या विशेषताओं से स्पष्ट रूप से परिभाषित किया जा सकता है। जैसे, किसी आकृति को त्रिभुज तभी कहा जा सकता है जब उसमें तीन भुजा हों तथा तीनों के कोण का योग 180° डिग्री हो और वर्ग तभी कहा जा सकता है जब उसमें चार सम भुजा हो और प्रत्येक कोण 90° का हो। स्वाभाविक संप्रत्यय वैसे संप्रत्यय को कहा जाता है जिसके कोई निश्चित एवं परिभाष्य विशेषताएँ (defining features) नहीं होते हैं। जैसे 'फल' संप्रत्यय एक स्वाभाविक संप्रत्यय का उदाहरण है क्योंकि प्रायः फल में 'सेव', 'केला', 'नारंगी', 'अंगूर' आदि को रखेंगे परंतु 'टमाटर', 'जैतून' (olive), 'नारियल' आदि के बारे में कम सोचेंगे हालांकि ये सभी 'फल' के श्रेणी के ही हैं। स्पष्ट हुआ कि स्वाभाविक संप्रत्यय के परिभाष्य विशेषताएँ निश्चित नहीं होती हैं। स्वाभाविक संप्रत्यय प्रायः उत्तम एवं स्पष्ट उदाहरणों पर आधृत होते हैं और ऐसे उदाहरणों को मनोविज्ञान में *'प्रोटोटाइप'* (prototype) कहा गया है। चिन्तन में व्यक्ति इन दोनों तरह के संप्रत्ययों का उपयोग करता है हालांकि सच्चाई यह है कि स्वाभाविक संप्रत्यय का उपयोग वह अपने दिन-प्रतिदिन की घटनाओं/वस्तुओं के बारे में ज्ञान प्राप्त करने में अधिक करता है।

3. प्रतिज्ञप्ति *(Proposition)*—चिन्तन एक निष्क्रिय प्रक्रिया (passive process) न होकर एक सक्रिय प्रक्रिया है जिसमें व्यक्ति बाह्य वातावरण की आंतरिक छवि में जोड़-तोड़ करता है। प्रायः चिन्तन में व्यक्ति एक संप्रत्यय (concept) को दूसरे संप्रत्यय (concept) से तथा संप्रत्यय की एक विशेषता को पूरे संप्रत्यय से जोड़ता है। चूँकि व्यक्ति भाषा का धनी होता है, अतः ये सभी संज्ञानात्मक क्रियाएँ एक ऐसा वाक्य का रूप ले लेता है जिसमें

एक संप्रत्यय दूसरे संप्रत्यय से संबंधित तो होता ही है साथ-ही-साथ एक अलग कथन (assertion) भी बन जाता है। इसे ही मनोवैज्ञानिकों ने प्रतिज्ञप्ति (propostions) कहा है जिसके सहारे हमलोग चिन्तन करते हैं। जैसे *'मोहन ने सोहन को तमाचा मारा'* में दो संप्रत्यय के बीच एक नकारात्मक संबंध का पता चल रहा है—इस उदाहरण में मोहन तथा सोहन दो संप्रत्यय हैं जिनमें एक विशेष संबंध को दिखलाया गया है। उसी तरह से *'ध्रुवीय भालू के उजले रोंये होते हैं'* में संप्रत्यय (ध्रुवीय भालू) तथा उसकी विशेषताओं में एक संबंध को दिखलाया गया है। जब भी व्यक्ति ध्रुवीय भालू के बारे में सोचता है, तो उक्त कथन उसके मन में अवश्य ही आयेंगे। स्पष्ट हुआ कि व्यक्ति चिन्तन में प्रतिज्ञप्ति का भी उपयोग करता है।

स्पष्ट हुआ कि चिन्तन के कई तत्त्व हैं जिनके माध्यम से व्यक्ति इस संज्ञानात्मक प्रकिया को सम्पन्न करता है।

भाषा एवं भाषा के उपयोग का विकास
(Language and Development of use of Language)

इस अनुच्छेद में तीन बिन्दुओं पर विचार-विमर्श किया जायेगा। पहली बिन्दु तो यह है कि *भाषा का अर्थ एवं स्वरूप* क्या होता है, दूसरी बिन्दु यह है कि *भाषा का विकास (development of lanaguage)* किस तरह से होता है तथा तीसरी बिन्दु यह है *भाषा का क्या उपयोग* है। इन तीनों बिन्दुओं पर हम अलग-अलग विचार करेंगे।

भाषा का अर्थ एवं स्वरूप
(Meaning and Nature of Language)

भाषा (language) संचार (communication) का एक तंत्र (system) है। प्राणी का अधिकतर चिन्तन, तर्कणा (reasoning) एवं समस्या-समाधान व्यवहार में भाषा का उपयोग होता है। भाषा को संज्ञान (cognition) के ताज (crown) का मणि (jewel) कहा गया है। कोई भी उच्चतर संज्ञानात्मक प्रक्रिया का उत्तम ढंग से होना भाषा पर ही निर्भर करता है। प्रश्न अब यह उठता है कि भाषा क्या है?

भाषा को परिभाषित करते हुए यह कहा जाता है कि भाषा[1] विभिन्न संकेतों (symbols) को संयोजित (combine) करने के नियमों का एक ऐसा तंत्र (system) है जो असीमित संख्या में संभावित सूचना (message) एवं अर्थ (meaning) को उत्पन्न करता है। यदि हम इस परिभाषा का विश्लेषण करें, तो निम्नांकित इसकी कुछ प्रमुख विशेषताएँ मिलती हैं—

1. भाषा सांकेतिक होती है *(Language is symbolic)*—भाषा में आवाज (sound) लिखे गए अक्षर तथा अन्य दूसरे तरह के संकेतों (symbols) का उपयोग कर वस्तुओं, घटनाओं, विचारों, भावों एवं क्रियाओं (actions) का प्रतिनिधित्व किया जाता है। संकेतों (symbols) के किसी भी सेट को भाषा कहलाने के लिए कम-से-कम निम्नांकित तीन कसौटियों (criteria) पर खरा उतरना चाहिए—

(1) सूचनाओं का संचरण (transmission) संकेतों (symbols) द्वारा निश्चित रूप से हो। शब्द तथा वाक्यों का निश्चित रूप से कोई अर्थ हो।

(2) हालांकि किसी भाषा में अलग-अलग आवाजों या शब्दों की संख्या सीमित होती है, फिर भी इन तथ्यों को वाक्यों की असीमित संख्याओं में संयोजित करना संभव हो।

(3) इन संयोजनों (combinations) का अर्थ उस परिस्थिति से स्वतंत्र हो जिसमें उनका उपयोग किये जाते हैं। दूसरे शब्दों में, वाक्य निश्चित रूप से अन्य स्थानों एवं समय के बारे में बतलाते हों।

इन कसौटियों पर खरा उतरने के बाद ही संकेतों के तंत्र को भाषा की संज्ञा दी जा सकती है।

---

1. "Language consists of different symbols and some rules for combining these symbols in such a way that a infinite number of possible message and meaning may be generated." —Author

2. भाषा संरचित होती है *(Language is structured)*—भाषा में एक संरचना होती है जो विशेष तरह के नियम से निदेशित एवं नियंत्रित होता है। इस नियम को व्याकरण (grammar) की संज्ञा दी जाती है। भाषा का व्याकरण सचमुच में नियमों का एक ऐसा सेट होता है जो यह बतलाता है कि किस तरह से संकेतों को संयोजित (combined) कर संचार का उसे एक अर्थपूर्ण इकाई बनाया जा सकता है। जैसे, यदि आप से यह पूछा जाय कि ''मैदान में गायें चर रहा है'' एक सही वाक्य है तो आप तुरंत ही हिन्दी भाषा के व्याकरण का उपयोग करते हुए कहेंगे कि वाक्य सही नहीं है और उसे इस तरह से होना चाहिए, ''मैदान में गायें चर रहीं हैं।''

3. भाषा से अर्थ निकलता है *(Language conveys meaning)*—भाषा में संकेत एवं नियमों का उपयोग होता है और जैसे ही व्यक्ति उन संकेतों एवं नियमों के अर्थ को सीख लेता है, उसका उपयोग वह अपने मन के विचारों एवं सोच को सही-सही ढंग से संप्रेषित करने में करता है। हालांकि कभी-कभी शब्दों एवं वाक्यों से अर्थ निकालना कठिन हो जाता है।

4. भाषा उत्पादक होता है तथा इससे विस्थापन सम्पन्न होता है *(Language is generative and permits displacement)*—भाषा का स्वरूप उत्पादक (generative) होता है। इसका मतलब यह हुआ कि भाषा के संकेतों को इस ढंग से संयोजित करना संभव होता है कि उससे असीमित संख्या में सूचनाएँ उत्पन्न हो पाती हैं और प्रत्येक सूचना का अर्थ नवीन होता है। जैसे, अंग्रेजी भाषा में मात्र 26 अक्षर होते हैं जिसे संयोजित कर असंख्य शब्दों का निर्माण होता है और जिन्हें संयोजित करके फिर असीमित वाक्यों का निर्माण होता है।

भाषा द्वारा विस्थापन (displacement) भी संभव होता है। इसका मतलब यह हुआ कि भाषा के माध्यम से व्यक्ति उन घटनाओं/वस्तुओं के बारे में संप्रेषण कर पाता है जो उसके सामने भौतिक रूप से उपस्थित नहीं होते हैं। व्यक्ति भाषा के माध्यम से भूत एवं भविष्य की घटनाओं/वस्तुओं पर विचार-विमर्श करता है तथा वर्तमान में उन वस्तुओं/घटनाओं पर भी विचार-विमर्श करता है जो उनके सामने घटित न होकर कहीं और घटित हो रहे हों।

स्पष्ट हुआ कि भाषा जो संकेतों का एक अर्थपूर्ण तंत्र (meaningful system) है,, की अपनी कुछ स्पष्ट विशेषता होती है।

भाषा का विकास
(Development of Language)

जन्म के प्रथम कुछ सप्ताहों तक बच्चों में संचार (communication) का मात्र एक ही साधन (means) होता है और वह है—रोते हुए चिल्लाना (crying)। कुछ सालों में बच्चे पूर्ण वाक्य बोलने लगते हैं और उनके शब्दकोश (vocabulary) में सैकड़ों शब्द आ जाते हैं। मनोवैज्ञानिकों द्वारा भाषा विकास के इस क्रम की व्याख्या वैज्ञानिक ढंग से की गयी है।

भाषा विकास के तीन प्रमुख तत्त्व (components) हैं जो इस प्रकार है—

1. ध्वनिसांकेतिक विकास *(Phonological development)*—इससे तात्पर्य एक या एक से अधिक भाषाओं के शब्दों तथा आवाजों को उच्चारण करने की क्षमता के विकास से होता है। 3 से 6 महीना में बच्चे बलबलाना (babbling) प्रारंभ कर देते हैं। प्रारंभ में 'बलबलाना' में बहुत सारे आवाजों का मिश्रण होता है परंतु 9 से 10 महीना की आयु तक 'बलबलाना' के परास (range) में कमी आ जाती है और अब अपनी संस्कृति की भाषा की आवाजों तक ही बलबलाना सीमित हो जाता है। अधिकतर बच्चे एक साल की आयु होते-होते स्पष्ट रूप से अपनी भाषा के कुछ शब्द को बोलने लगते हैं। एक से दो साल के बीच बच्चों का शब्दकोश तेजी से बढ़ने लगता है और इस आयु तक 60-70 शब्दों का शब्दकोश वे विकसित कर लेते हैं। इस आयु तक वे दो शब्दों को मिलाकर भी बोलने लगते हैं। इस अवस्था में वे हाव-भाव या किसी वस्तु की ओर अँगुली दिखाकर भी अपने विचार को वक्त करने लगते हैं।

2. अर्थगत विकास *(Semantic development)*—अर्थगत विकास से मतलब शब्दों के अर्थ को समझने से होता है। दो साल के बाद बच्चों के शब्दकोश में तेजी से वृद्धि होती है। 6 साल की आयु होते-होते हजारों शब्द

बच्चे अपने शब्दकोश में इकट्ठा कर लेते हैं। बच्चे सिर्फ नये शब्दों को ही नहीं सीखते हैं बल्कि नये प्रकार के शब्दों को भी सीखते हैं। जैसे, वे साधारण विशेषण (adjectives) जैसे अच्छा, बुरा, ऊँचा, नीचा आदि के अर्थ को सीख लेते हैं। इतना ही नहीं, वे इस आयु तक प्रश्न शब्दों (question words) को भी सीख लेते हैं। क्यों? कहाँ? कब? कैसे? आदि प्रश्न शब्दों के उदाहरण हैं। ऐसे शब्दों को वे दो और तीन साल में सीख लेते हैं।

3. व्याकरण ***(Grammar)***—प्रत्येक भाषा का एक व्याकरण (grammar) होता है जिससे नियमों का एक सेट होता है जो यह बतलाता है कि शब्दों तथा वाक्यों को किस तरह संयोजित किया जा सके ताकि उससे सही-सही अर्थ ज्ञात हो सके। दो साल की आयु तक बच्चे दो शब्दों वाले वाक्यों को बोलना प्रारंभ कर देते हैं जिसे मनोवैज्ञानिकों द्वारा *टेलग्राफिक संभाषण* (telegraphic speech) कहा जाता है। जैसे, एक बच्चा अपनी माँ से बिस्कुट माँगने के लिए कह सकता है—'मम्मा दो' परंतु जब इससे बात नहीं बनती तो वह यह भी कह सकता है कि 'बिस्कुट दो'। दो से तीन साल की आयु वाले बच्चे तीन शब्दों वाले वाक्यों को बालेने लगते हैं, जैसे वह अब यह कह सकता है—'मम्मा बिस्कुट लेंगे।' फिर बच्चे अपने भाषा के व्याकरण के नियमों के अनुकूल लम्बे एवं जटिल वाक्यों को बोलना सीख लेते हैं और धीरे-धीरे वे ऐसे वाक्यों को समझकर उपयोग करने लगते हैं जिसमें महत्त्वपूर्ण विचार छिपे होते हैं।

स्पष्ट हुआ कि भाषा विकास के तीन पहलू हैं जो पूरे बाल्यावस्था में संज्ञानात्मक विकास की एक सतत विशेषता (continuity feature) है जिसकी व्याख्या तीन तरह के विभिन्न विचारधाराओं (viewpoints) द्वारा किये गए हैं। सामाजिक-अधिगम विचारधारा (social-learning viewpoints) यह बतलाता है कि बच्चों में भाषा का विकास अनुकरण (imitation) एवं क्रियाप्रसूत अनुबंधन (operant conditioning) के संयोग (combination) से होता है। माता-पिता बच्चों के सामने 'शब्द' बोलकर उसे अनुकरण करने के लिए प्रोत्साहित करते हैं। इतना ही नहीं, सही अनुकरण किये जाने पर बच्चों की प्रशंसा भी की जाती है। इन सबों का परिणाम यह होता है कि बच्चों में भाषा का विकास होता है।

इससे भिन्न दूसरी विचारधारा नोम चौमस्की (Noam Chomsky) की है। इनके अनुसार भाषा विकास कम-से-कम अंशतः तो निश्चित रूप से जन्मजात (innate) होता है। इनका मत है कि मनुष्यों में एक *भाषा अधिग्रहण उपकरण* (linguistic acquistion device) होता है अर्थात् एक बना-बनाया तंत्रकीय तंत्र (neural system) जो व्यक्ति को व्याकरण सीखने की अन्तर्ज्ञानी पकड़ (intuitive grasp) उत्पन्न करता है। कहने का मतलब यह है कि एक मानव बच्चा जन्म से ही भाषा सीखने के लिए तैयार होता है और यही कारण है कि वह जल्द ही भाषा को सीख लेता है।

तीसरा विचारधारा स्लोविन (Slobin, 1979) का है जिसे *संज्ञानात्मक सिद्धान्त* (cognitive theory) कहा गया है जो सचमुच में भाषा विकास में अधिगम/अनुकरण तथा जन्मजात प्रकम (innate mechanism) दोनों की ही भूमिका को स्वीकार करता है। इस सिद्धान्त का मानना है कि बच्चों में कुछ सूचना संसाधन क्षमता होते हैं जिसके सहारे वह भाषा को सीखता है। इसे *संक्रियात्मक नियम* (operating principles) कहा जाता है जिसे व्यक्ति अपने जीवन के अति आरंभिक समय में विकसित करते हैं। जैसे, 'शब्दों के अंत भाग पर ध्यान देना चाहिए' या 'शब्दों के क्रम (order) पर ध्यान देना चाहिए' संक्रियात्मक नियम के कुछ उदाहरण हैं।

उपर्युक्त तथ्यों एवं विचारधाराओं के आलोक में इस निष्कर्ष पर पहुँचा जा सकता है कि भाषा विकास सचमुच में अधिगम, बहुत तरह की संज्ञानात्मक प्रक्रियाओं (cognitive processes) तथा अन्य जन्मजात प्रक्रमों (innate mechanism) जैसी जटिल प्रक्रियाओं का प्रतिफल है।

भाषा का उपयोग
(Uses of Language)

भाषा का उपयोग हमारे जीवन के प्रत्येक क्षेत्र में होता है। हालीडे (Holliday, 1999) ने भाषा के निम्नांकित प्रमुख उपयोगिताओं का वर्णन किया है जिसे अधिकतर मनोवैज्ञानिकों ने अपनी सहमति भी प्रदान किया है—

1. साधनात्मक उपयोगिता (*Instrumental uses*)—भाषा के उपयोग से व्यक्ति अपनी इच्छा की अभिव्यक्ति करता है तथा आवश्यकता की पूर्ति में यह सहायक भी होता है। जैसे, ''मेरी इच्छा है कि ....'' आदि।

2. नियमनात्मक उपयोगिता (*Regulatory uses*)—भाषा के उपयोग से व्यक्ति दूसरों के व्यवहार को नियंत्रित कर पाता है। जैसे, 'आप वह कार्य करें' 'आप वह कार्य अब करें।' आदि।

3. अन्तर्वैयक्तिक उपयोगिता (*Interpersonal functions*)—भाषा का उपयोग करके बच्चे अपनी सामाजिक वातावरण में दूसरों के साथ अन्तःक्रिया करते हैं। जैसे 'लाल वाला खिलौना मेरा है, उजला वाला खिलौना तुम्हारा है।' आदि।

4. वैयक्तिक उपयोगिता (*Personal uses*)—भाषा का उपयोग बच्चे अपनी अनोखे विचार, सोच-समझ, मनोवृत्ति आदि की अभिव्यक्ति करने के लिए करते हैं। इसके माध्यम से बच्चे अपना व्यक्तिगत पहचान (personal identify) स्थापित करने में सफ़ल हो पाते हैं।

5. स्वतःशोध उपयोगिता (*Heuristic uses*)—भाषा की स्वतःशोध उपयोगिता भी होती है। जब बच्चे अपने आप को वातावरण से अलग करना सीख लेते हैं तो वह भाषा का उपयोग अपने वातावरण को अन्वेषित करने के लिए करता है। जैसे, 'मुझे बताओ ऐसा क्यों नहीं होना चाहिए' आदि।

6. काल्पनिक उपयोगिता (*Imaginative function*)—व्यक्ति भाषा का उपयोग करके वास्तविकता से दूर हटकर एक अपना विशेष वातावरण में होने की भी कल्पना करता है। जैसे, 'अब चलो हमलोग कुछ बहाना बना लें-या 'कुछ कविता कर लें' जिसमें कल्पनाओं की प्रवाह भरपूर हो' आदि।

7. सूचनात्मक उपयोगिता (*Informative functions*)—भाषा का सूचनात्मक उपयोगिता काफी स्पष्ट होती है। बच्चे भाषा का उपयोग करके नयी-नयी सूचनाओं का आदान-प्रदान करते हैं। जैसे, ''मै तुम्हें कुछ नयी बात बतलाना चांहता हूँ।'' आदि।

स्पष्ट हुआ कि भाषा की उपयोगिताएँ अनेक हैं।

चिन्तन एवं भाषा
(Thinking and Language)

चिन्तन (thinking) और भाषा का संबंध क्या है, यह एक विवादास्पद विषय (controversial issue) है। इस संबंध में भिन्न-भिन्न मनोवैज्ञानिकों के विचार भिन्न हैं। मनोवैज्ञानिकों के इन सभी विचारों को निम्नांकित तीन भागों में बाँटा जा सकता है:—

(1) कुछ मनोवैज्ञानिकों का विचार है कि चिन्तन के लिए भाषा आवश्यक है। भाषा के अभाव में चिन्तन की प्रक्रिया नहीं हो सकती है। अतः चिन्तन की प्रक्रिया भाषा द्वारा प्रभावित (influenced) होता है तथा निर्धारित (determined) भी होती है। इस तरह के विचार व्यक्त करनेवाले मनोवैज्ञानिकों में सापिर (Sapir) तथा उनके शिष्य ओर्फ (Whorf, 1956), ब्रुनर (Bruner, 1964), वर्नस्टीन (Bernstein, 1958) आदि का नाम अधिक प्रसिद्ध है।

सापिर (Sapir) की प्राक्कल्पना यह थी कि भाषा (language) द्वारा चिन्तन की प्रक्रिया काफी हद तक प्रभावित होती है। इस प्राक्कल्पना का समर्थन ब्रुनर (Bruner, 1964) के प्रयोगात्मक सबूतों द्वारा होता है। इन्होंने शिशुओं (infants) तथा प्राक्-स्कूली छात्रों (pre-school children) पर प्रयोग किया और पाया कि इन बच्चों के चिन्तन की प्रक्रिया तथा संज्ञानात्मक विकास अधिक सीमित इसलिए होता है क्योंकि इनमें भाषा पूर्ण रूप से विकसित नहीं होती है। इनके अध्ययन के अनुसार 6-7 साल की उम्र में बच्चे सोचने के लिए अच्छी तरह से भाषा का उपयोग प्रारंभ कर देते हैं। चूँकि प्राक्-स्कूली बच्चों की उम्र 6 साल से नीचे होती है और उनमें भाषा का विकास पूर्ण नहीं रहता, अतः उनका संज्ञानात्मक विकास विशेषकर चिन्तन की प्रक्रिया ठीक ढंग से नहीं हो पाती है। इस प्रयोग से स्पष्ट है कि भाषा द्वारा चिन्तन की प्रक्रिया प्रभावित होती है। बर्नस्टीन (Bernstein, 1958) ने गरीब तथा धनी परिवार के बच्चों के चिन्तन का एक तुलनात्मक अध्ययन किया। इनके अनुसार गरीब परिवार के बच्चों की भाषा

सीमित एवं अविकसित होती है तथा धनी परिवार के बच्चों का संज्ञानात्मक विकास (cognitive development) भी अधूरा एवं अपूर्ण होते पाया। ऐसे बच्चों के चिन्तन एवं तर्क करने की क्षमता धनी परिवार के बच्चों की ऐसी क्षमता की अपेक्षा हमेशा कम होते पायी गयी।

ओर्फ (Whorf, 1956) ने अपने गुरु सापिर (Sapir) के इस कथन को कि भाषा द्वारा चिन्तन प्रभावित होती हैं, और भी अधिक तीक्ष्ण (sharpen) करते हुए कहा कि भाषा द्वारा चिन्तन प्रभावित (influenced) ही नहीं बल्कि निर्धारित (determined) भी होती है। सचमुच में ओर्फ के योगदान (contribution) को मनोवैज्ञानिकों द्वारा अधिक मान्यता मिली है। ओर्फ (Whorf) की प्राक्कल्पना (hypothesis) यह थी कि भाषा का विकास चिन्तन की प्रक्रिया से पहले होता है तथा चिन्तन की प्रक्रिया का निर्धारण पूर्णरूपेण भाषा (language) द्वारा ही होता है। इसे *'भाषाई नियतिवाद'* (linguistic determinism) कहा गया तथा साधारण रूप से *'ओर्फ प्राक्कल्पना'* (Whorf hypothesis) के नाम से मशहूर हुआ। इस प्राक्कल्पना के अनुसार सभी उच्चस्तरीय चिन्तन भाषा द्वारा ही निर्धारण होता है *(All higher levels of thinking are determined by language)*।

(2) मनोवैज्ञानिकों का एक दूसरा समूह ऐसा भी है जिसने उपर्युक्त विचार के ठीक विपरीत विचार व्यक्त किया है। इसमें पियाजे (Piaget, 1923) तथा क्लार्क (Clark, 1973) का नाम अधिक प्रसिद्ध है। इन मनोवैज्ञानिकों का कहना है कि चिन्तन की प्रक्रिया व्यक्ति में पहले होती है और बाद में उससे संबंधित शब्दों (या भाषा) का विकास होता है। दूसरे शब्दों में, चिन्तन की प्रक्रिया के लिए भाषा आवश्यक नहीं है क्योंकि चिन्तन पहले होता है और भाषा का प्रयोग बाद में। इस तरह से चिन्तन की प्रक्रिया भाषा प्रतिबिम्बित (reflect) होती है न कि निर्धारित (determined) होती है। पियाजे ने अपने प्रयोग में पाया कि कुछ शब्द जैसे बड़ा (bigger), छोटा (smaller), लम्बा (longer), दूर (farther) आदि का अर्थ बच्चा तबतक नहीं समझता है जबतक कि उसमें इन शब्दों से संबंधित तार्किक संप्रत्ययों (logical concepts) का विकास नहीं होता है।

(3) कुछ मनोवैज्ञानिक ऐसे भी हैं जो इन दो विपरीत विचारों के बीचों-बीच अपना विचार रखते हैं। ऐसे मनोवैज्ञानिकों का कहना है कि भाषा तथा चिन्तन दो ऐसी प्रक्रियाएँ हैं जो प्रारंभ में अलग-अलग तथा स्वतंत्र रूप से विकसित होती हैं। किसी एक का विकास दूसरे द्वारा प्रभावित नहीं होता है। रूसी मनोवैज्ञानिकों वाइगोस्टस्काई (Vygostsky, 1962) का ऐसा ही विचार है। इनके अनुसार दो साल तक की अवस्था में चिन्तन तथा भाषा का विकास बिना एक-दूसरे को प्रभावित किये हुए होता है। परन्तु उसके बाद चिन्तन की अभिव्यक्ति शब्दों में होने लगती है तथा बच्चे शब्दों का प्रयोग भी विवेकी (rational) ढंग से करने लगते हैं।

ऊपर वर्णन किये गये तथ्यों (facts) के आधार पर हम इस निष्कर्ष पर पहुँचते हैं कि इसमें कोई संदेह नहीं है कि भाषा द्वारा चिन्तन की प्रक्रिया प्रभावित अथवा निर्धारित होती है। परन्तु इसके आधार पर यह कह देना कि सभी उच्चतर चिन्तन (higher thinking) भी निश्चित रूप से भाषा पर ही निर्भर होते हैं, उचित नहीं है।

द्विभाषिकता तथा बहुभाषिता
(Bilingualism and Multilingualism)

अधिकतर परिवारों में द्विभाषिकता पायी जाती है। जब बच्चे दो भाषाओं की जानकारी रखते हैं, तो उन्हें *द्विभाषी बच्चे* (bilingual) बच्चे कहा जाता है। कुछ बच्चे ऐसे होते हैं जिन्हें अपने विशेष वातावरण के कारण दो से अधिक भाषाओं की जानकारी होती है। इन्हें *बहुभाषी बच्चे* (multilingual) कहा जाता है। कुछ बच्चे ऐसे होते हैं जिन्हें मात्र एक ही भाषा की जानकारी होती है जिन्हें *एकलभाषी बच्चे* (monolingual) कहा जाता है। इन तीन तरह के बच्चों में द्विभाषी बच्चे की बहुलता अधिक है। प्रायः ऐसे बच्चे घर-परिवार में हिन्दी बोलते हैं तो स्कूल एवं कॉलेज में अंग्रेजी में बोलते हैं। कुछ बच्चे जिनका परिवार मौलिक रूप से दक्षिण भारत जैसे मान लिया जाय कि आँध्रप्रदेश का है, जब वे उत्तरी भारत के किसी शहर में कुछ दिन रह जाते हैं, तो वे बहुभाषी बन जाते हैं। घर-परिवार में तेलगू भाषा, स्कूल में अंग्रेजी तथा हिन्दी भाषा का उपयोग करने लगते हैं।

मनोवैज्ञानिकों द्वारा किये गए अध्ययनों से यह स्पष्ट हुआ है कि द्विभाषिकता (bilingualism) बच्चों के

मानसिक संगठनात्मक क्षमता (mental organizational ability) को अधिक मजबूत करता है। इन अध्ययनों से निम्नांकित तीन बातें स्पष्ट रूप से सामने आयी हैं—

(1) द्विभाषिक बच्चों में कूटसंकेतन-परिवर्तन क्षमता (code switching ability) अधिक होती है। कूटसंकेत परिवर्तन क्षमता से तात्पर्य दोनों भाषाओं में से किसी भाषा से शब्दों का चयन करके बोलने की क्षमता से होती है। जब कूटसंकेतन परिवर्तन क्षमता अधिक होती है, तो ऐसे द्विभाषिक बच्चे/व्यक्ति दूसरे बच्चे/व्यक्ति के प्रस्तावित सूचना को तेजी से समझकर ग्रहण कर लेते हैं।

(2) द्विभाषिक बच्चों का व्याकरण संबंध ज्ञान (grammatical knowledge) तथा अर्थगत ज्ञान (semantic knowledge) विस्तृत होता है जिनसे उन्हें संबंधित भाषा से शब्दों के प्रत्याह्वान या प्रत्यभिज्ञान की क्षमता अधिक होती है।

(3) द्विभाषिकता से संबंधित एक तीसरा तथ्य जो सामने आया है, वह यह है कि भाषा में समानता होने से व्यक्ति में दूसरों की आवाज को पहचानने में मदद करता है। गोग्गिन तथा उनके सहयोगियों (Goggin et al., 1991) द्वारा किये गए अध्ययन से इस तथ्य को समर्थन मिला है।

स्पष्ट हुआ कि द्विभाषिकता या बहुभाषिकता एकलभाषिकता (monolingualism) की तुलना में 'व्यक्ति के चिन्तन एवं भाषा संबंध क्षमताओं को तुलनात्मक रूप से अधिक मजबूत करते हैं।

समस्या समाधान व्यवहार का अर्थ
(Meaning of Problem Solving Behaviour)

समस्या समाधान व्यवहार एक संज्ञानात्मक व्यवहार (cognitive behaviour) है जो उस समय आवश्यक हो जाता है जब व्यक्ति किसी लक्ष्य पर पहुँचना चाहता है परन्तु लक्ष्य आसानी से उपलब्ध नहीं हो पाता है। अतः समस्या समाधान व्यवहार वैसे व्यवहार को कहा जाता है जिसमें व्यक्ति बाधाओं को दूर करने तथा लक्ष्यों की ओर पहुँचने के लिए चिन्तन प्रक्रियाओं का सही उपयोग करता है। सरल शब्दों में यह कहा जा सकता है कि समस्या समाधान व्यवहार एक ऐसा व्यवहार होता है जिसमें व्यक्ति समस्या के वर्तमान अवस्था (given state) से लक्ष्य अवस्था (goal state) की ओर अग्रसित होता है। मैटलिन (Matlin, 1983) के अनुसार समस्या समाधान व्यवहार के तीन महत्त्वपूर्ण पहलू होते हैं:—

1. मौलिक अवस्था *(original state)*—मौलिक अवस्था से तात्पर्य उस अवस्था से होता है जो समस्या के सामने आने पर प्रारंभ में उत्पन्न होता है।

2. लक्ष्य अवस्था *(goal state)*—लक्ष्य अवस्था से तात्पर्य उस अवस्था से होता है जो लक्ष्य पर पहुँचने अर्थात् समस्या समाधान होने के बाद उत्पन्न होती है।

3. नियम *(rules)*—नियम से तात्पर्य उन कार्य विधियों से होता है जिसे व्यक्ति समस्या की मौलिक अवस्था से लक्ष्य अवस्था तक पहुँचने में अपनाता है।

जैसे, मान लिया जाए कि आपको एक नदी के उस पार इंतजार कर रहे अपने भाई से मिलना है। यहाँ समस्या समाधान व्यवहार की मौलिक अवस्था यह है कि हम नदी के इस पार हैं और अपने भाई से दूर भी है। लक्ष्य अवस्था नदी के उस पार जाना है और भाई से मिलना है। नियम में उन तरीकों को रखा जायेगा जिनके माध्यम से आप नदी पार कर सकते हैं। जैसे, मोटर नाव (motor boat), तैरकर, अपने से नाव चलाकर आदि।

समस्या समाधान व्यवहार को प्रभावित करने वाले कारक
(Factors Influencing Problem Solving Behaviour)

मनोवैज्ञानिकों द्वारा किए गये शोधों से यह स्पष्ट हुआ है कि कई ऐसे कारक (factors) है जिनका समस्या समाधान व्यवहार पर स्पष्ट प्रभाव पड़ता है। कुछ ऐसे प्रमुख कारक निम्नांकित हैं:—

1. कार्यात्मक अटलता *(Functional fixedness)*—कार्यात्मक अटलता से समस्या समाधान में बाधा होती

है। कार्यात्मक अटलता से तात्पर्य किसी वस्तु के एक विशेष उपयोगिता या कार्य के बारे में अटल विचार या चिन्तन से होता है जिसके कारण व्यक्ति उस वस्तु का उपयोग दूसरे ढंग से समस्या समाधान में नहीं कर पाता है। दूसरे शब्दों में, यह कहा जा सकता है कि कार्यात्मक अटलता में वस्तु का कोई विशेष उपयोग या कार्य ही एक अटल (fixed) प्रारूप धारण कर लेता है जिसके कारण व्यक्ति उस वस्तु का उपयोग हमेशा उसी ढंग से करता है। यदि समस्या का स्वरूप ऐसा होता है कि वहाँ उस वस्तु को नये ढंग से कार्यरूप देना होता है तो इससे उसमें उसे सफलता नहीं मिलती है और समस्या समाधान व्यवहार प्रभावित हो जाता है। डंकर (Duncker, 1945) ने अपने प्रयोग के आधार पर इस तथ्य की संपुष्टि किया है।

2. मानसिक वृत्ति *(mental set)*—मानसिक वृत्ति से भी समस्या समाधान व्यवहार प्रभावित होता है। मानसिक वृत्ति से तात्पर्य सामान्यतः विशेष ढंग से किसी वस्तु या व्यक्ति या घटना के बारे में सोचने से होता है। जब मानसिक वृत्ति उपयुक्त (appropriate) होती है, तो इससे समस्या समाधान में मदद मिलती है परन्तु जब मानसिक वृत्ति अनुपयुक्त (inappropriate) होती है तो इससे समस्या समाधान में बाधा पहुँचती है। लुचिन्स (Luchins, 1942) ने पानी घड़ा समस्या (water jar problem) पर एक प्रयोग करके यह दिखला दिया है कि जब मानसिक वृत्ति प्रयोज्यों में अनुपयुक्त होती थी, तो प्रयोज्य समस्या का समाधान ठीक ढंग से नहीं कर पाता था और उसे दिये गये समस्या के समाधान में बाधा का अनुभव होता था।

3. प्रशिक्षण *(training)*—समस्या समाधान व्यवहार प्रशिक्षण द्वारा भी प्रभावित होता है। समस्या समाधान की उपयुक्त प्रविधियों में प्रशिक्षण देकर समस्या समाधान को आसान बनाया जा सकता है। इस सिलिसले में एक मशहूर प्रयोग डी ल्यू (DeLeeu, 1978) द्वारा किया गया। इन्होंने स्कूली बच्चों का दो समूह लिया। एक समूह को एल्गोरिद्म विधि (algorithm strategy) से समस्या समाधान करने की प्रशिक्षण दी गयी जिसमें उन्हें समस्या के बारे में कुछ महत्त्वपूर्ण निर्णय पर पहुंचना सीखलाया गया। इस विधि में समस्या समाधान की गारंटी होती है। दूसरे समूह को शोध-अन्वेषण (heuristic exploration) द्वारा प्रशिक्षण दिया गया जिसमें छात्रों ने स्वयं ही दी गयी समस्याओं के बारे में निर्णय लिया। प्रशिक्षण सम्पन्न होने के बाद दोनों समूहों को विशेष तरह की समस्या का समाधान करने के लिए दिया गया। शोध अन्वेषण नियम एक लघु नियम (short-cut rule) के समान होते हैं जिससे किसी समस्या का समाधान तो जल्द हो जाता है परन्तु एल्गोरिद्म विधि के समान समस्या समाधान की गारंटी नहीं होती है। प्रयोग के परिणाम में पाया गया कि एल्गोरिद्म विधि द्वारा प्रशिक्षित समूह का निष्पादन स्वतः शोध अन्वेषण द्वारा प्रशिक्षित समूह के निष्पादन से उत्तम था। परन्तु कुछ दिनों के बाद स्वतः शोध अन्वेषण वाले समूह का निष्पादन (performance) पहले तरह के समूह से अधिक श्रेष्ठ हो गया। इसका मतलब यह हुआ कि समय बीतने के साथ स्वतः शोध अन्वेषण विधि का प्रशिक्षण समस्या समाधान में अधिक गुणकारी होता है।

4. समस्या का स्वरूप *(Nature of problem)*—समस्या का स्वरूप स्पष्ट (well-defined) या अस्पष्ट (ill-defined) हो सकता है। समस्या के इस स्वरूप का प्रभाव समस्या समाधान पर पड़ता है। मनोवैज्ञानिकों द्वारा किये गए अध्ययनों से यह स्पष्ट हुआ है कि अस्पष्ट समस्या का समाधान स्पष्ट समस्या के समाधान की तुलना में कठिन होता है। लेकिन इसका मतलब यह नहीं है कि अस्पष्ट समस्या का समाधान व्यक्ति कर ही नहीं पाता है। सच्चाई यह है कि कुछ विशेष उपायों को अपनाकर ऐसी समस्याओं का समाधान संभव है।

5. दुश्चिंता *(Anxiety)*—मनोवैज्ञानिकों द्वारा किये गए अध्ययनों से यह स्पष्ट हुआ है कि किसी भी समस्या के लिए व्यक्ति में साधारण स्तर की चिन्ता आवश्यक है। इससे सचमुच में समस्या समाधान में एक तरह की मदद मिलती है क्योंकि इससे समस्या समाधान की प्रेरणा प्रबल होती है। परन्तु यदि इसका स्तर बहुत अधिक हो जाता है तो इससे समस्या समाधान में बाधा होने लगती है क्योंकि ऐसी स्थिति में व्यक्ति में संज्ञानात्मक भंगता (cognitive distraction) उत्पन्न होने लगता है।

6. अवधान विस्तार *(Span of attention)*—समस्या समाधान व्यवहार व्यक्ति के अवधान विस्तार से भी प्रभावित होता है। अवधान विस्तार से तात्पर्य इस बात से होता है कि व्यक्ति एक साथ अनेक मौजूद उद्दीपकों में से कितने उद्दीपक पर ध्यान दे पाता है। यदि व्यक्ति एक साथ समस्या के कई पहलुओं पर अवधान देने में समर्थ

हो पाता है तो इससे वह समस्या के महत्त्वपूर्ण एवं महत्त्वहीन पहलुओं के बीच अंतर करने में सफल हो जाता है। ऐसी परिस्थिति में वह समस्या समाधान ठीक ढंग से करने में सफल हो पाता है। परन्तु यदि कुछ कारणों से वह समस्या के अधिक पहलुओं पर अवधान नहीं दे पाता है तो इस तरह का अन्तर वह नहीं कर पाता है और ऐसी परिस्थिति में उसे समस्या समाधान में अधिक सफलता नहीं मिल पाती है।

7. उद्‌भवन (*Incubation*)—जब व्यक्ति किसी समस्या का समाधान करते समय कुछ बिन्दुओं पर अपने आप को असमर्थ पाता है, तो थोड़े समय के लिए वह उस बिन्दु पर से ध्यान हटाकर आराम करने लगता है। इस अवस्था को *उद्‌भवन* कहा जाता है। सच्चाई यह है कि व्यक्ति जब आराम की अवस्था में होता है जहाँ वह चेतन रूप से भले ही समस्या समाधान पर से अपना ध्यान हटा लेता है, परन्तु अचेतन रूप से वह समस्या के समाधान के बारे में सोचता रहता है। परिणामतः उसे समस्या समाधान करने में विशेष मदद मिलती है। फलतः उद्‌भवन का प्रभाव समस्या समाधान पर पड़ता है।

8. विक्षिप्तिकरण (*Brainstorming*)—विक्षिप्तिकरण से तात्पर्य एक ऐसी प्रक्रिया से होती है जिसमें व्यक्ति को एक साथ समस्या के सभी संभावित समाधानों के बारे में बतलाना होता है। इस तरह से एक सीमित समय के भीतर व्यक्ति समस्या का जितना समाधान बतला सकता है, बतलाने के लिए कहा जाता है। इस तरह से विक्षिप्तिकरण से फायदा यह होता है कि व्यक्ति द्वारा बतलाये गए विभिन्न समाधानों में कुछ उत्तम समाधान निकल आते हैं, और इस तरह से समस्या का समाधान हो जाता है। थम्पसन (Thompson, 1975) ने अपने अध्ययन में पाया है कि विक्षिप्तिकरण उत्पन्न होने पर करीब 40% प्रयोज्यों ने पहले से अधिक समस्या का समाधान कर पाये।

स्पष्ट हुआ कि कई ऐसे कारक हैं जिनमें समस्या समाधान व्यवहार प्रभावित होता है।

निर्णयन प्रक्रिया का अर्थ
(Meaning of Decision-making)

निर्णयन प्रक्रिया (decision making) एक तरह का समस्या समाधान व्यवहार (problem solving behaviour) होता है, जिसमें व्यक्ति के सामने कई विकल्प (alternatives) होते हैं जिनमें से उसे किसी एक को चुनना होता है। सैन्ट्रोक (Santrock, 2005) ने निर्णय लेने की प्रक्रिया का एक उत्तम परिभाषा इस प्रकार दिया है: ''निर्णयन प्रक्रिया में विकल्पों का मूल्यांकन किया जाता है और उनमें से कुछ को चुन लिया जाता है।''[1] मॉर्गन, किंग, विस्ज तथा स्कोपलर (Morgan, King, Weisz & Schopler, 1986) के अनुसार, ''निर्णयन प्रक्रिया एक तरह का समस्या समाधान होता है जिनमें हमें कई विकल्प दिये जाते हैं और उनमें से हमें किसी एक को चुनना पड़ता है।''[2]

निर्णय लेने की प्रक्रिया की इन सरल परिभाषाओं से यह स्पष्ट है कि इसमें निम्नांकित तथ्य सम्मिलित होते हैं—

(i) निर्णयन प्रक्रिया में व्यक्ति के सामने कई विकल्प (alternatives) होते हैं।

(ii) निर्णयन प्रक्रिया में उपलब्ध सूचनाओं की अनिश्चितता (uncertanity) होती है। इस अनिश्चितता का मुख्य कारण यह होता है कि उपलब्ध सूचना के कई पहलू गायब होते हैं।

(iii) निर्णयन प्रक्रिया में कुछ स्पष्ट नियम नहीं होते हैं जो व्यक्ति को यह बतला सके कि उपलब्ध सूचना से निष्कर्ष की ओर किस तरह से बढ़ाया जा सकता है। इसके बावजूद व्यक्ति एक विकल्प (alternatives) को अंदाज से चुनकर समस्या का समाधान करता है और एक निर्णय लेता है।

(iv) निर्णयन प्रक्रिया एक समस्या समाधान के समान होती है।

---

1. "Decision making involves evaluating alternatives and making choices among them."
—Santrock : *Psychology,* 2005, p. 264.

2. "Decision making is a kind of problem solving in which we are presented with several alternatives among which we must chose." —Morgan, King, Weistz & Schopler : *Introduction to Psychology,* 1986, p. 237

एक उदाहरणः मान लिया जाय कि मैट्रिक वर्ग का एक छात्र के सामने निम्न समस्या रखा जाता है:— भारत का सबसे अंतिम दक्षिणी छोर का नाम क्या है?

(क) रामेश्वरम् (ख) अंडमन निकोबार द्वीप

(ग) इंदिरा पोयान्ट (घ) इनमें से कोई नहीं

इस समस्या के समाधान के लिए चार विकल्प दिये गये हैं। इन उपलब्ध सूचनाओं में अनिश्चितता (uncertanity) का तत्त्व सम्मिलित होता है क्योंकि इस समस्या के समाधान के रूप में जो विकल्प है, उनसे भिन्न भी उनका समाधान हो सकता है जो यहाँ नहीं है। साथ-ही-साथ उक्त उदाहरण में कोई ऐसा नियम छिपा नहीं है जो यह निश्चित रूप से बतला दे कि कौन सही उत्तर है।

निर्णयन प्रक्रिया में सम्मिलित कदम
(Steps involved in Decision making)

निर्णयन प्रक्रिया सरल तथा जटिल (complex) कुछ भी हो सकता है। जब समस्या का समाधान सरल होता है तो निर्णय लेना भी आसान होता है और जब समस्या का समाधान कठिन होता है, तो निर्णय लेना भी कठिन होता है। निर्णय लेने की प्रक्रिया चाहे सरल हो या कठिन, उसमें निम्नांकित पाँच कदम स्पष्ट रूप से सम्मिलित होते हैं—

1. निर्णय लेने की आवश्यकता का अनुभव *(Realisation of the need for a decision)*—किसी भी निर्णय लेने की प्रक्रिया में सबसे पहला कदम यह तय करना होता है कि क्या सचमुच में कोई विशेष निर्णय लेने की आवश्यकता है या नहीं। जब व्यक्ति के सामने वांछित लक्ष्य (desired goal) तथा वास्तविक वर्तमान अवस्था के बीच विषमता (disparity) होती है, तो व्यक्ति को निर्णय लेने की आवश्यकता महसूस होता है। जैसे, आप किसी किराये के तंग मकान में रह रहे हैं, तो आप यह निर्णय लेने की आवश्यकता महसूस करेंगे कि कोई बड़ा अच्छा मकान खरीदा जाय या फिर किराया पर ही लेकर यहाँ से हटा जाय। यहाँ आपका वांछित लक्ष्य तथा वर्तमान अवस्था के बीच स्पष्टतः एक विषमता है जिससे निर्णय लेने की आवश्यकता महसूस की गयी।

2. विभिन्न विकल्पों का ध्यानपूर्वक अवलोकन *(To observe carefully different alternatives)*—निर्णय लेने की प्रक्रिया में दूसरा कदम दिये गये विभिन्न विकल्पों (alternative) का अवलोकन करना होता है। इस अवस्था में व्यक्ति समस्या के संभावित विभिन्न विकल्पों के बारे में सोचता है और उन पर ध्यान देता है। जैसे, किसी व्यक्ति को आवासीय मकान खरीदनी है तो वह इसके विभिन्न विकल्पों जैसे किस महल्ले में मकान अवस्थित है, पास-पड़ोस कैसा है, मकान तक पहुँचने का रास्ता कितना चौड़ा है, मकान की कितनी कीमत है, आदि-आदि विकल्प का अवलोकन करेगा और उसपर ध्यान देगा।

3. प्रत्येक विकल्प के लाभ-हानि पर विचार करना *(To deliberate over the advantages and disadvantages of each alternative)*—निर्णय लेने की प्रक्रिया के इस तीसरे चरण में व्यक्ति प्रत्येक संभावित विकल्प से होने वाले लाभों एवं हानियों (disadvantages) पर विचार करता है। समस्या के समाधान के लिए जितने भी विकल्प उपलब्ध होते हैं, उनसे मिलनेवाले लाभों एवं होनेवाले हानियों पर वह गंभीरतापूर्वक विचार करता है। जैसे, उक्त उदाहरण में प्रत्येक विकल्प अर्थात् मकान की अवस्थिति (location) से मिलने वाला लाभ तथा होने वाला हानि, विशेष पास-पड़ोस के वजह से मिलने वाला लाभ तथा होने वाला हानि, चौड़े रास्ते का लाभ-हानि तथा उसकी कीमत तथा उससे मिलने वाले लाभ तथा होने वाली असुविधाओं पर वह काफी गंभीरता से विचार करेगा तथा उनका तुलनात्मक अध्ययन करेगा।

4. सबसे अधिक लाभ देने वाला विकल्प पर ध्यान केन्द्रित करना *(To concentrate upon the alternative yielding maximum benefit)*—निर्णय लेने की प्रक्रिया के इस चौथे चरण में व्यक्ति उस विकल्प पर सबसे अधिक ध्यान केन्द्रित करने लगता है जिससे उसे मिलने वाला लाभ अन्य विकल्पों पर के मिलने वाले लाभों

से अधिक तथा होने वाला हानि अन्य विकल्पों पर के होने वाले हानियों से कम होता है। जैसे, उक्त उदाहरण में व्यक्ति को संभवतः ऐसा लगे कि मकान के पास-पड़ोस के लोग काफी अच्छे हैं जिनसे उसे वर्तमान एवं भविष्य में आने वाली पीढ़ियों को अधिक लाभ होगा। उसे अन्य विकल्पों से मिलनेवाला लाभ इससे कम महत्त्वपूर्ण लग सकता है। इस तरह से वह इसी विकल्प पर सर्वाधिक ध्यान केन्द्रित कर सकता है।

5. अधिकतम लाभ देने वाले विकल्प को स्वीकार करना *(To accept the alternative that gives the maximum benefit)*—निर्णय लेने की इस अंतिम चरण में व्यक्ति उस विकल्प को स्वीकार कर लेता है जिससे उसे सर्वाधिक लाभ की आशा होती है। इस स्वीकृति के साथ ही निर्णय-प्रक्रिया का पटाक्षेप हो जाता है। जैसे, उक्त उदाहरण में व्यक्ति उत्तम पास-पड़ोस के होने के विकल्प को अन्य विकल्पों की तुलना में सर्वाधिक लाभकारी मान चुका है। फलतः वह इस विकल्प का स्वीकार करके अपना निर्णय सुना देता है और इस प्रक्रिया की समाप्ति की घोषणा करता है।

स्पष्ट हुआ कि निर्णय लेने की प्रक्रिया में पाँच चरण स्पष्ट रूप से शामिल होते हैं जो इस प्रक्रिया में स्पष्टता प्रदान करते हैं।

तर्कणा के अर्थ एवं स्वरूप
(Meaning and Nature of Reasoning)

तर्कणा एक प्रकार का वास्तविक चिन्तन (realistic thinking) है। व्यक्ति तर्कणा के माध्यम से अपने चिन्तन को क्रमबद्ध (systematic) बनाता है तथा तर्क-वितर्क के आधार पर किसी निष्कर्ष पर पहुँचता है। रेबर[1] (Reber, 1985) ने तर्कणा के दो अर्थ बताए हैं—सामान्य अर्थ में, तर्कणा एक प्रकार का चिन्तन है जिसकी प्रक्रिया तार्किक (logical) तथा संगत (coherent) होती है। विशिष्ट अर्थ में (specifically) तर्कणा समस्या-समाधान व्यवहार है जहाँ अच्छी तरह से निर्मित प्राक्कल्पनाओं की क्रमबद्ध रूप से जाँच की जाती है तथा समाधान तार्किक ढंग से निगमित (deduce) किया जाता है। रेबर के इस विचार से यह स्पष्ट हो जाता है कि तर्कणा में व्यक्ति किसी घटना या विषय के पक्ष तथा विपक्ष में तर्क करते हुए एक परिणाम पर पहुँचता है। उदाहरणार्थ, मान लिया जाए कि कोई छात्र कमरे में टेबुल लैम्प की रोशनी में पढ़ रहा है। अचानक रोशनी बुझ जाती है। अब छात्र के समाने यह समस्या उठ खड़ी होती है कि रोशनी कैसे आए कि पढ़ाई जारी रखी जा सके। छात्र अपने मन में कई तरह के तर्क करते हुए चिन्तन कर सकता है। यह सोच सकता है कि संभवतः बिजली मीटर के बगल का फ्यूज तार (fuse-wire) जल गया हो। फिर वह सोच सकता है कि चूँकि बगल के कमरे का बल्ब जल रहा है, अतः जरूर ही लैम्प का बल्ब, फ्यूज कर गया होगा। अतः छात्र बल्ब की जाँच करेगा और उसके बाद यदि वह यह पता है कि बल्ब भी ठीक है तो स्पष्टतः वह इस निष्कर्ष पर पहुँचेगा कि टेबुल लैम्प का स्विच (switch) खराब हो गया है। परन्तु जब वह यह पाता है कि स्विच भी ठीक है, तो इस निष्कर्ष पर पहुँचता है कि टेबुल लैम्प का होल्डर (holder) जिसमें बल्ब लगा है, वहीं कुछ खराबी होगी। इस उदाहरण में तर्कणा की प्रक्रिया स्पष्ट रूप से झलकती है। छात्र क्रमबद्ध रूप से तर्क करते हुए एक खास परिणाम पर पहुँचता है। इसमें तर्कणा के स्वरूप (nature) के बारे में हमें निम्नांकित तथ्य प्राप्त होते हैं—

(i) तर्कणा चिन्तन एक प्रक्रिया है।

(ii) तर्कणा में क्रमबद्धता (systematization) पाई जाती है।

(iii) तर्कणा में व्यक्ति पक्ष-विपक्ष में तर्क करते हुए एक निश्चित निष्कर्ष पर पहुँचता है।

---

1. Reasoning, in general, refers to "thinking with the implication that the process is logical and coherent. More specifically, it is problem-solving where well-formed hypotheses are tested systematically and solutions are logically deduced."
—Reber : *Psychology*, 1985, p.617

तर्कणा के प्रकार
(Kinds of Reasoning)

मनोवैज्ञानिकों ने तर्कणा के निम्नांकित चार प्रकार बताए हैं—

(1) निगमनात्मक तर्कणा (Deductive reasoning)
(2) आगमनात्मक तर्कणा (Inductive reasoning)
(3) आलोचनात्मक तर्कणा (Evaluative reasoning)
(4) सादृश्यवाची तर्कणा (Analogical reasoning)

इन सबों का वर्णन इस प्रकार है—

(1) निगमनात्मक तर्कणा *(Deductive reasoning)*—निगमनात्मक तर्कणा वैसी तर्कणा को कहा जाता है जिसमें व्यक्ति पहले से ज्ञात नियमों एवं तथ्यों के आधार पर एक निश्चित निष्कर्ष पर पहुँचने की कोशिश करता है। इस ढंग की तर्कणा मानव एवं पशु दोनों ही द्वारा की जाती है। निगमनात्मक तर्कणा इस तरह के न्यायवाक्यों (syllogism) के आधार पर निकाले गए परिणाम से स्पष्ट रूप से सम्मिलित होते हैं—

जहाँ जहाँ धुआँ होता है, आग होती है।
पहाड़ पर धुआँ है।
∴ पहाड़ पर आग है।
सभी मनुष्य मरणशील हैं।
मोहन एक मनुष्य है।
∴ मोहन मरणशील है।

(2) आगमनात्मक तर्कणा *(Inductive reasoning)*—आगमनात्मक तर्कणा वैसी तर्कणा को कहा जाता है जिसमें व्यक्ति दिए तथ्यों में अपनी ओर से नये तथ्य को जोड़कर एक निश्चित निष्कर्ष पर पहुँचता है। जब तक व्यक्ति इन नए तथ्यों को अपनी ओर से उसमें नहीं जोड़ता, अर्थात इन तथ्यों का सर्जन (create) नहीं करता, समस्या का समाधान नहीं हो पाता है। रूक[1] (Ruch, 1967) ने आगमनात्मक चिन्तन को परिभाषित करते हुए कहा है, ''आगमनात्मक चिन्तन में चिन्तक अपनी कल्पना के आधार पर कुछ ऐसी नयी चीजों को जोड़ता है जो प्रस्तुत आँकड़ों से सीधे ज्ञात नहीं कर लिए जा सकते थे।'' इस तरह की तर्कणा सर्जनात्मक चिन्तक (creative thinker) द्वारा अधिक प्रयोग में लाई जाती है।

(3) आलोचनात्मक तर्कणा *(Evaluative reasoning)*—इस प्रकार की तर्कणा में व्यक्ति किसी वस्तु, घटना के बारे में सोचते समय या किसी समस्या का समाधान करते समय प्रत्येक उपाय के गुण एवं दोष की परख कर लेता है। वह प्रत्येक विचार (idea) की प्रभावशीलता (effectiveness) को ठीक ढंग से जाँच करके ही एक अन्तिम निर्णय लेता है। दूसरों द्वारा किसी तथ्य या विचार को दिए जाने पर भी उसे वह हू-ब-हू स्वीकार नहीं करता। उसके गुण-दोष की परख के बाद ही वह किसी निश्चित निष्कर्ष पर पहुँचता है।

(4) सादृश्यवाची तर्कणा *(Analogical reasoning)*—इस तरह की तर्कणा में उपमा के आधार पर तर्क-वितर्क करते हुए चिन्तक किसी निष्कर्ष पर पहुँचता है। जैसे, मान लिया जाए कि शिक्षक छात्र से यह प्रश्न पूछते हैं कि रानी लक्ष्मीबाई राणा प्रताप के समान एक वीरांगना कैसे थी? इस समस्या के समाधान के लिए छात्र यह सोच सकता है कि रानी लक्ष्मीबाई ने अँग्रेजों से हार नहीं मानी थी और ठीक उसी तरह राणा प्रताप

---

1. "In inductive reasoning the thinker, through imagination adds something new, something not directly derivable from the data in hand."
—Ruch : *Psychology and Life*, 1968, p. 333

ने भी सम्राट अकबर से हार स्वीकार करना अपने मान के खिलाफ समझा था। सचमुच राणा प्रताप, जैसे वीर पुरुष के समान ही रानी लक्ष्मीबाई भी एक मशहूर वीरांगना थी। इस तरह के चिन्तन को सादृश्यवाची तर्कणा कहा जाता है।

इस तरह हम देखते हैं कि तर्कणा (reasoning) के कई प्रकार हैं। शिक्षकों को चाहिए कि वे बालकों में इस ढंग से शिक्षा दें कि उनमें उपर्युक्त तरह की तर्कणा (reasoning) का स्वस्थ विकास (health development) बाल्यावस्था में ही हो जाए।

तर्कणा में महत्त्वपूर्ण कदम या सोपान
(Important Steps in Reasoning)

तर्कणा (reasoning) की एक प्रमुख विशेषता यह बताई गयी है कि इसमें क्रमबद्धता (systematization) होती है। चिन्तक कुछ खास-खास सोपानों या चरणों से होते हुए क्रमबद्ध ढंग से किसी समस्या के समाधान के लिए चिन्तन करता है। अध्ययनों से यह पता चला है कि तर्कणा में निम्नांकित प्रमुख सोपान (steps) होते हैं—

(1) समस्या का पहचान (Recognition of a problem)
(2) आँकड़ों पर पहुँचना (Collection of data)
(3) अनुमान पर पहुँचना (Drawing inference)
(4) अनुमान के अनुसार प्रयोग करना (To do experiment according to inference)
(5) निर्णय करना (Decision-making)

इस सोपानों का वर्णन उदाहरण सहित निम्नांकित हैं—

(1) समस्या की पहचान *(Recognition of a problem)*—प्रत्येक तर्कणा (reasoning) की शुरूआत तभी होती है जब व्यक्ति के सामने कोई समस्या उत्पन्न होती है। समस्या के नहीं रहने पर व्यक्ति में चिन्तन या तर्कणा का कोई प्रश्न ही नहीं उठता। अतः पहला सोपान व्यक्ति के द्वारा समस्या की पहचान का है। उदाहरणस्वरूप, मान लिया जाए कि छात्र अपने कमरे में 'मनोविज्ञान' नामक पुस्तक की खोज कर रहा है, क्योंकि आज उसे कक्षा में मनोविज्ञान से संबंधित महत्त्वपूर्ण तथ्यों को पढ़ाया जानेवाला है। अतः समस्या यहाँ यह है कि उसने अमुक किताब कहाँ रख दी है।

(2) आँकड़ों का संग्रहण *(Collection of data)*—इस दूसरे सोपान में व्यक्ति समस्या के समाधान से संबंधित तथ्यों को एकत्र करता है। तथ्यों को एकत्र करने में वह अपनी गत अनुभूतियों का सहारा लेता है। जैसे उपर्युक्त उदाहरण में इस दूसरे सोपान पर व्यक्ति यह देखने की कोशिश करेगा कि वह पुस्तक कहाँ-कहाँ रखा करता था। उसके भाई-बहन भी प्रायः उस पुस्तक को काम में लाते थे। अतः उसके मन में यह बात आएगी कि उनसे भी पूछ लेना चाहिए कि उन्होंने तो पुस्तक को कहीं रख दी नहीं हैं।

(3) अनुमान पर पहुँचना *(Drawing inference)*—जब व्यक्ति हर तरह के संभावित आँकड़ों का संग्रह कर लेता है तब किसी-न-किसी अनुमान पर पहुँचने की कोशिश करता है। जैसे उपर्युक्त उदाहरण में छात्र इस अनुमान पर पहुँच सकता है कि लगता है कि "हम इस पुस्तक को अपने दोस्त सोहन को 10 दिन पहले दिये थे।"

(4) अनुमान के अनुसार प्रयोग करना *(To do experiment according to inference)*—इस सोपान में व्यक्ति द्वारा लगाए गए अनुमान के अनुसार कार्य किये जाते हैं। जैसे उपर्युक्त उदाहरण में छात्र का यह अनुमान था कि उसने पुस्तक को अपने दोस्त सोहन को 10 दिन पहले ही दे दिया था। अतः वह सोहन के घर पर आकर सोहन से उक्त किताब के बारे में पूछताछ करेगा।

(5) निर्णय करना *(Decision making)*—तर्कणा का यह अन्तिम सोपान होता है जहाँ चिन्तक (thinker)

एक निश्चित निष्कर्ष पर पहुँच जाता है। उसके द्वारा लिए गए निर्णय से समस्या का समाधान हो भी सकता है या नहीं भी। यदि समस्या का समाधान नहीं होता है, तो वह पुनः दूसरे तरह का अनुमान लगाकर उस पर कार्य करना प्रारंभ कर देता है। उक्त उदाहरण में सोहन के घर जाने से यदि अमुक किताब मिल जाती है, तब तो समस्या का समाधान हो जाता है। परन्तु, यदि सोहन यह कहता है कि उसने तो पाँच दिन पहले ही किताब उसे लौटा दी थी, तो अब ऐसी परिस्थिति में छात्र अपने संग्रह किए गए आँकड़ों के आधार पर कोई नया अनुमान लगायेगा और उसी के अनुकूल कार्य करेगा।

इस तरह हम देखते हैं कि तर्कणा एक ऐसी मानसिक प्रक्रिया है जिसमें क्रमबद्धता (systematization) अधिक होती है तथा जिसमें तर्क-वितर्क के सहारे व्यक्ति किसी अनुमान पर और फिर उसके आधार पर अन्तिम निष्कर्ष पर पहुँचता है।

सर्जनात्मक चिन्तन का संप्रत्यय
(Concept of Creative Thinking)

व्यक्ति के सामने प्रतिदिन भिन्न-भिन्न प्रकार की समस्याएँ आती रहती हैं जिसके समाधान के लिए उसे चिन्तन करना होता है। विद्यार्थी यह चिन्तन करते हैं कि वे किस तरह अच्छे-से-अच्छे ढंग से प्रश्नों के उत्तर तैयार कर परीक्षा में उच्च अंक प्राप्त कर सकते हैं। प्रोफेसर यह सोचते हैं कि किस तरह से छात्र उनके व्याख्यान से अधिक-से-अधिक लाभ उठा सकते हैं। चोरी करने वाला व्यक्ति यह सोचता है कि किस तरह से वह माल लेकर सुरक्षित ढंग से भाग सकता है। ये सभी चिन्तन के साधारण उदाहरण हैं। परन्तु इसके अलावा भी एक और चिन्तन होता है जिसमें अधिक प्रतिभा, सूझ एवं त्रुटि की जरूरत होती है। इस तरह के चिन्तन को सर्जनात्मक चिन्तन (creative thinking) कहा जाता है। सर्जनात्मक चिन्तन एक ऐसी मानसिक प्रक्रिया है जो समस्याओं को नवीन ढंग से हल करने के लिए व्यक्ति में नवीन विचार या अनुक्रिया उत्पन्न करती है। इस तरह के चिन्तन के सहारे व्यक्ति किसी तथ्य का अनुसंधान करता है या नयी रचनाओं का सृजन करता है। तरह-तरह के वैज्ञानिक अनुसंधान, शिल्पकला, कविता आदि की रचना सर्जनात्मक चिन्तन के उदाहरण हैं। इन उदाहरणों से यह स्पष्ट है कि सभी व्यक्ति ऐसा चिन्तन नहीं कर पाते। इसके लिए विशेष कौशल, प्रतिभा, योग्यता आदि की जरूरत पड़ती है।

सर्जनात्मक चिन्तन की अवस्थाएँ
(Stages of Creative Thinking)

सर्जनात्मक चिन्तन की प्रक्रिया कुछ अवस्थाओं (stages) से होकर गुजरती है। ऐसी अवस्थाएँ निम्नांकित चार हैः—

(1) तैयारी की अवस्था (Stage of preparation)

(2) उद्भवन की अवस्था (Stage of incubation)

(3) प्रबोधन की अवस्था (Stage of illumination or inspiration)

(4) सत्यापन की अवस्था (Stage of verification)

1. तैयारी की अवस्था *(Stage of preparation)*—सर्जनात्मक चिन्तन की यह पहली अवस्था है जिसमें व्यक्ति समस्या की खोज करता है तथा उसके समाधान से संबंधित तथ्यों एवं आँकड़ों को इकट्ठा करता है। इस सिलसिले में समुचित प्रेक्षण भी किया जाता है तथा जरूरत पड़ने पर लोगों से पूछ-ताछ भी किया जाता है ताकि उसका नये ढंग से समाधान किया जा सके। जैसे, मान लिया जाय कि कोई वैज्ञानिक यह पता लगाना चाहता है कि सौर मंडल (solar system) में दशवाँ ग्रह है या नहीं। यह निश्चित रूप से एक नयी समस्या है क्योंकि अब तक वैज्ञानिकों को नौ ग्रहों के बारे में ही मालूम है। इसके लिए वह ग्रहों के स्वरूप, वहाँ के वातावरण में पहुँचने के साधन आदि से संबंधित तथ्यों का संग्रह करेगा। इस तरह से इस अवस्था में नये ढंग से समाधान खोजने की तैयारी करता है।

2. उद्‌भवन की अवस्था *(Stage of incubation)*—सर्जनात्मक चिन्तन की यह दूसरी अवस्था है। इस अवस्था में चिन्तन की दिशा में कोई संतोषजनक प्रगति नहीं होती है। अपनी ओर से संभावित सभी तरह की तैयारी कर लेने के बावजूद व्यक्ति समस्या का समाधान नहीं कर पाता है। ऐसी अवस्था में वह समझ नहीं पाता है कि अब क्या करे। इस उधेड़बुन में वह समस्या के बारे में चेतन रूप से चिन्तन करना छोड़ देता है और एक तरह से विश्राम करता है। इस विश्राम की अवस्था में यद्यपि व्यक्ति चेतन रूप से समस्या के समाधान के बारे में कुछ नहीं सोचता है परन्तु मनोवैज्ञानिकों का मत है कि व्यक्ति अचेतन रूप से उस समस्या के समाधान के बारे में सोचता रहता है। कुछ लोगों का मत है कि विश्राम की अवस्था में जब व्यक्ति समस्या के समाधान के बारे में सोचना ही छोड़ देता है तब ऐसे विचार जो समस्या के समाधान में बाधा पहुँचाते थे, अपने आप समाप्त होने लगते हैं।

3. प्रबोधन की अवस्था *(Stage of illumination or inspiration)*—उद्‌भवन की अवस्था समाप्त होते ही प्रबोधन की अवस्था प्रारंभ होती है जिसमें व्यक्ति की समस्या का समाधान अचानक प्राप्त होता है। अतः यह सूझ की अवस्था से बहुत कुछ मिलती-जुलती है। वालास (Wallas, 1953) ने स्फुरण की अवस्था के प्रमुख तीन गुण बतलायें हैं जो निम्नांकित हैं:—

(i) यह अवस्था अचानक प्रकट होती है।

(ii) इस अवस्था में व्यक्ति को प्रसन्नता एवं उल्लास उत्पन्न होता है।

(iii) इस अवस्था में व्यक्ति को यह अनुभव होता है कि समस्या का समाधान किसी रहस्यमयी शक्ति के द्वारा हुआ है।

स्फुरण की अवस्था में समस्या का अचानक समाधान होना इस बात का द्योतक है कि यद्यपि उद्‌भवन अवस्था में व्यक्ति चेतन रूप से समस्या के समाधान के बारे में चिन्तन नहीं करता है परन्तु अचेतन रूप से वह अवश्य ही करता रहता है। कलाकार, लेखक तथा वैज्ञानिक प्रायः यह कहते हुए पाये जाते हैं कि उनमें यह अमुक विचार कैसे आया, बता नहीं सकते हैं। सच्चाई यह है कि ऐसा इसलिए होता है क्योंकि वे उद्‌भवन की अवस्था में भी समस्या के समाधान के बारे में चेतन रूप से सोचना छोड़कर अचेतन रूप से उसके बारे में सोचते रहते हैं।

4. मूल्यांकन या सत्यापन की अवस्था *(Stage of evaluation or verification)*—सर्जनात्मक चिन्तन की यह चौथी अवस्था है जिसें समस्या के समाधान की जाँच की जाती है। व्यक्ति समस्या का समाधान करके इस बात की जाँच करता है कि प्राप्त समाधान संतोषप्रद है या नहीं। वह यह सीख लेता है कि इसमें कोई त्रुटि तो नहीं रही गयी है। प्रायः जब कोई वैज्ञानिक नया बम बनाता है तो रेगिस्तान, समुद्र आदि में गिराकर उसकी जाँच करके पहले यह देख लेता है कि उसकी शक्ति कितनी है और किस हद तक वह संतोषजनक ढंग से कार्य क़रता है।

यदि व्यक्ति यह समझता है कि प्राप्त समाधान या प्राप्त नया अनुसंधान बहुत संतोषजनक नहीं है तो वह फिर से उसमें कुछ संशोधन (revision) करता है और यह देखने की कोशिश करता है कि इसमें कौन-सी त्रुटि रह गयी है। किस तरह से समस्या के समाधान को परिवर्तित किया जा सकता है जिससे कि समाधान या प्राप्त अनुसंधान पहले से और भी अधिक प्रभावकारी हो जाए। कुछ मनोवैज्ञानिकों ने इस तरह के संशोधन को एक अलग स्वतंत्र अवस्था अर्थात् पाँचवीं अवस्था माना है।

उपर्युक्त विश्लेषण से यह स्पष्ट है कि सर्जनात्मक चिन्तन के कई अवस्थाएँ होती हैं। कुछ मनोवैज्ञानिकों ने यह आशंका व्यक्त करते हुए कहा है कि प्रत्येक सर्जनात्मक चिन्तन को इस तरह की स्पष्ट अवस्थाओं में बाँटना कठिन तथा असंभव है।

सर्जनात्मक चिन्तन को उन्नत बनाने के उपाय
(Strategies to Improve Creative Thinking)

सर्जनात्मक चिन्तन को उन्नत बनाने के लिए मनोवैज्ञानिकों ने कई तरह के उपाय बतलाये हैं। इन उपायों को क्रियान्वयन करने पर सर्जनात्मक चिन्तन को उन्नत होने के अनेकों प्रमाण मिले हैं। कुछ ऐसे ही उपायों का वर्णन निम्नांकित है—

(1) विक्षिप्तिकरण (brain stroming) के माध्यम से सर्जनात्मक चिन्तन को प्रायः उन्नत बनाने की कोशिश की गयी है। इस प्रविधि में व्यक्ति एक विशेष समूह में किसी समस्या से संबंध जितने तरह के विचार में आ सकते हैं, को आने देता है। इस तरह से अधिक-से-अधिक संख्या में विचारों की अभिव्यक्ति समूह में व्यक्तियों द्वारा की जाती है। इस तरह की परिस्थिति में स्वभावतः व्यक्ति के मन में तरह-तरह के नये-नये विचार आते हैं जिनसे सर्जनात्मकता में शनैः-शनैः वृद्धि होती है।

(2) सर्जनात्मकता को उन्नत बनाने के लिए साइनेक्टिक्स (Synectics) प्रविधि का भी सहारा लिया जाता है। इस प्रविधि का प्रतिपादन गॉर्डन (Gordon, 1961) द्वारा किया गया। इस विधि में सर्जनात्मक चिन्तन को उन्नत बनाने के लिए सादृश्यता (analogy) का उपयोग किया जाता है। इस तरह के सादृश्यता का उपयोग करके एलेक्जेण्डर ग्राहम बेल (Alexander Graham Bell) ने दूरभाष (telephone) की खोज किया था। उन्होंने यह प्रेक्षण किया कि जब मानव कान के कई हड्डियाँ आसानी से एक कोमल झिल्ली (delicate membrane) में गति उत्पन्न करने से प्रभावित हो जाती है तो क्यों नहीं स्टील के छोटे टुकड़े में विशेष तरह की झिल्ली द्वारा गति उत्पन्न किया जा सकता है। इस सादृश्यता को सफलीभूत करने के बाद उन्हें अंततः दूरभाष की खोज करने में काफी मदद मिली।

(3) डी बोनो (De Bono, 1970) ने सर्जनात्मक चिन्तन को उन्नत बनाने के लिए पार्श्विक चिन्तन (lateral thinking) को मजबूत करने की सिफारिश किया है। इस तरह के चिन्तन में व्यक्ति को विशिष्ट समस्या के समाधान करने के लिए नहीं कहा जाता है बल्कि उन्हें प्रत्येक समस्या के समाधान के लिए नये-नये तरीकों को अपनाने के लिए प्रोत्साहित किया जाता है। गिलफोर्ड ने इस पार्श्विक चिन्तन को *अपसारी चिन्तन* (divergent thinking) कहा है।

(4) सर्जनात्मक चिन्तन की एक प्रमुख तत्त्व प्रवाहिता (fluency) होती है। अतः व्यक्ति को चाहिए कि उसे चिन्तन प्रवाह का अभ्यास करना चाहिए तथा चिन्तन में लचीलापन लाना चाहिए। ऐसा वह अपने दूरस्थ विचारों को जोड़कर तथा फिर उसे लचीला बनाकर कर सकता है।

(5) किसी भी तरह के निर्णय लेने में तथा चीजों के बारे में कल्पना करने से व्यक्ति को स्वतंत्र चिन्तन को बढ़ावा देना चाहिए। ऐसा करने के लिए चिन्तन करते समय उसे किसी संसाधनों की सहायता नहीं लेनी चाहिए।

(6) सर्जनात्मक चिन्तन को मजबूत करने के लिए व्यक्ति में आत्म-मूल्यांकन (self-evaluation) को बढ़ावा देना चाहिए।

(7) व्यक्ति को कुछ ऐसी चीजों के बारे में सोचना चाहिए जो कभी घटित नहीं हुई हो। ऐसा करने से उनमें अपसारी चिन्तन (divergent thinking) की प्रवृत्ति बढ़ेगी।

(8) व्यक्ति को आत्मविश्वासी एवं सकारात्मक चिन्तन के लिए काफी सजग प्रयास करना चाहिए। इससे निश्चित रूप से व्यक्ति में सर्जनात्मकता बढ़ती है।

(9) सर्जनात्मक को उन्नत बनाने का एक तरीका यह भी है कि आप जान-बूझ कर अपना दिन-प्रतिदिन के रूटिन में परिवर्तन कर लें। जैसे, नाश्ता करने का समय बदल लें, भोजन करने का समय बदल लें, कॉलेज/दफ्तर आने का मार्ग बदल लें और किसी ऐसे व्यक्ति से बातचीत करें जिनसे आप कभी नहीं मिल हों।

(10) सर्जनात्मकता को उन्नत करने का एक तरीका यह भी है कि आप अपने रुचि के क्षेत्र में ज्यादा ध्यान दें। जैसे, यदि आपको फोटोग्राफी में अधिक अभिरुचि है, तो इसमें काफी ध्यान देने से संभव है कि आप कुछ नवीन तरीका एवं तस्वीर के नये प्रारूप की खोज कर सकें।

स्पष्ट हुआ कि सर्जनात्मक चिन्तन को कई विधियों से उत्तम बनाया जा सकता है।

प्रमुख पद
(Key Terms)

स्वली चिन्तन (Autistic thinking)
अभिसारी चिन्तन (Convergent thinking)
सृजनात्मक चिन्तन (Creative thinking)
कार्यात्मक अटलता (Functional fixedness)
विक्षिप्तिकरण (Brain stroming)
तर्कणा (Reasoning)
उद्भवन (Incubation)
भाषाई नियतवाद (Linguistic determinism)
मानसिक वृत्ति (Mental set)
पार्श्विक चिन्तन (Lateral thinking)
बहुभाषिकता (Multilingualism)
द्विभाषिकता (Bilingualism)
एकलभाषिकता (Monolingualism)।

अध्याय सारांश
(Chapter Summary)

1. चिन्तन एक ऐसी मानसिक प्रक्रिया है जो उद्दीपक तथा घटनाओं के प्रतीकात्मक निरूपण के द्वारा किसी समस्या का समाधान करने में हमारी सहायता पहुँचाती है।
2. चिन्तन के तीन आधारभूत तत्त्व (functional elements) हैं—मानसिक प्रतिमा (mental images), संप्रत्यय (concept) तथा प्रतिज्ञप्ति (proposition)।
3. चिन्तन के मुख्य दो प्रकार होते हैं—स्वली चिन्तन (autistic thinking) तथा यथार्थवादी चिन्तन (realistic thinking)।
4. भाषा विभिन्न संकेतों (symbol) को संयोजित करने के नियमों का एक ऐसा तंत्र है जो असीमित संख्या में संभावित सूचना (meassage) एवं अर्थ को उत्पन्न करता है।
5. भाषा का विकास धीरे-धीरे बच्चों में होता है। भाषा विकास के प्रमुख तीन तत्त्व हैं—*ध्वनिसांकेतिक विकास* (phonological development), *अर्थगत विकास* (semantic development) तथा व्याकरण (grammar)।
6. भाषा की सात प्रमुख उपयोगिताएँ हैं।
7. द्विभाषिकता (bilingualism) तथा बहुभाषिकता (multilingualism) जैसी घटनाओं के अध्ययन से यह स्पष्ट हुआ है कि इस तरह के बहुभाषा के उपयोग से बच्चों में मानसिक संगठनात्मक क्षमता मजबूत होती है।
8. समस्या समाधान व्यवहार एक ऐसा व्यवहार होता है जिसमें व्यक्ति समस्या के वर्तमान अवस्था से लक्ष्य अवस्था की ओर अग्रसर होता है। अतः समस्या समाधान के तीन पहलू होते हैं—*मौलिक अवस्था* (original state), *लक्ष्य अवस्था* (goal state) तथा *नियम* (rules)।

9. समस्या समाधान कई कारकों से प्रभावित होता है। ऐसे आठ कारकों की व्याख्या की गयी है।
10. निर्णयन प्रक्रिया में विकल्पों का मूल्यांकन किया जाता है और उनमें से कुछ को चुन लिया जाता है।
11. निर्णयन प्रक्रिया में पाँच चरण सम्मिलित होते हैं।
12. तर्कणा (reasoning) चिन्तन की एक प्रक्रिया है जिसमें क्रमबद्धता (systematization) पायी जाती है तथा जिसमें व्यक्ति पक्ष-विपक्ष करते हुए किसी निश्चित निष्कर्ष पर पहुँचता है।
13. तर्कणा के चार प्रकार होते हैं—*निगमनात्मक तर्कणा* (deductive reasoning), आगमनात्मक तर्कणा (inductive reasoning), आलोचनात्मक तर्कणा (evaluative reasoning) तथा सादृश्यवाची तर्कणा (analogical reasoning)।
14. सर्जनात्मक चिन्तन एक ऐसी मानसिक प्रक्रिया है जो समस्याओं को नवीन ढंग से हल करने के लिए व्यक्ति में नवीन विचार या अनुक्रिया उत्पन्न करती है।
15. सर्जनात्मक चिन्तन के चार अवस्थाएँ होती हैं—तैयारी की अवस्था, उद्भवन की अवस्था, प्रबोधन की अवस्था तथा सत्यापन की अवस्था।
16. सर्जनात्मक चिन्तन को उन्नत बनाने के लिए दस प्रमुख उपायों का वर्णन किया गया है।

❑

अध्याय 9

अभिप्रेरण एवं संवेग
(MOTIVATION AND EMOTION)

इस अध्याय को पढ़ने के बाद आप

- *मानव अभिप्रेरण के अर्थ एवं स्वरूप को आप समझेंगे,*
- *मानव अभिप्रेरण के कुछ महत्त्वपूर्ण प्रकारों के बारे में स्पष्ट ज्ञान प्राप्त करेंगे,*
- *संवेग के अर्थ एवं स्वरूप को आप समझेंगे,*
- *संवेग के शरीरक्रियात्मक एवं संज्ञानात्मक आधारों को आप समझ पायेंगे,*
- *संवेगात्मक अभिव्यक्ति (emotional expression)* के स्वरूप का वर्णन कर सकेंगे,
- निषेधात्मक संवेगों का प्रबंधन करने के तरीकों को आप जानेंगे,
- धनात्मक संवेगों को मजबूत करने के उपायों को जान पायेंगे।

विषय-वस्तु

धनात्मक संवेगों को उन्नत बनाना

मुख्य पद (Key Terms)

अध्याय सारांश (Chapter Summary)।

परिचय *(Introduction)*

प्राणी का प्रत्येक व्यवहार के पीछे कोई-न-कोई अभिप्रेरण (motivation) होता है। व्यक्ति का व्यवहार लक्ष्य-निर्धारित (goal directed) होता है और व्यक्ति ऐसा व्यवहार तबतक दिखलाता रहता है जबकि कि वह लक्ष्य पर नहीं पहुँच जाता है। व्यक्ति लक्ष्य पर पहुँचने के लिए भिन्न-भिन्न तरह के योजनाओं को अपनाता है। परंतु कभी-कभी योजनाबद्ध होने के बावजूद भी व्यक्ति अपने लक्ष्य पर नहीं पहुँच पाता है जिससे व्यक्ति को काफी दुःख एवं उनमें तरह-तरह के नकारात्मक संवेग उत्पन्न होते हैं। इस अध्याय में आप अभिप्रेरण एवं संवेग इन दोनों क्षेत्रों में के प्रमुख संप्रत्ययों एवं तथ्यों से रू-ब-रू होंगे।

अभिप्रेरण का स्वरूप (Nature of Motivation)

हम दिन-प्रतिदिन की जिन्दगी में अनेकों कार्य करते हैं। हम भोजन करते हैं, स्नान करते हैं, पढ़ते हैं, किसी से दोस्ती करते हैं तथा किसी से लड़ाई करते हैं आदि-आदि। हम इन विभिन्न कार्यों को क्यों करते हैं? स्पष्टतः ऐसे कार्यों को इसलिए करते हैं क्योंकि इनके पीछे कोई-न-कोई अभिप्रेरण (motivation) होता है। अब प्रश्न उठता है कि अभिप्रेरण क्या है?

अभिप्रेरण का सामान्य अर्थ एक ऐसी अवस्था से होता है जो व्यक्ति को किसी कार्य को करने के लिए प्रेरित करता है। अतः यह एक तरह का आन्तरिक बल (internal force) है। परन्तु इतना कह देने से इसका अर्थ स्पष्ट नहीं होता है। इसकी एक वैज्ञानिक एवं काफी उपयुक्त परिभाषा *बेरोन, बर्न* तथा *कैन्टोविज*[1] (Baron, Byrne & Kantowitz, 1980) ने दिया है जो इस प्रकार है। ''मनोविज्ञान में हमलोग अभिप्रेरण को एक काल्पनिक आन्तरिक प्रक्रिया के रूप में परिभाषित करते हैं जो व्यवहार करने के लिए शक्ति प्रदान करती है तथा किसी विशेष उद्देश्य की ओर व्यवहार को ले जाती है।'' यह परिभाषा इतनी सही है कि इससे यह स्पष्ट रूप से यह पता चल जाता है कि अभिप्रेरण व्यक्ति की एक आन्तरिक अवस्था है जो उसमें कुछ क्रियाएँ उत्पन्न करतीं हैं और उसके व्यवहारों को एक निश्चित दिशा में उद्देश्य की प्राप्ति की ओर अग्रसित करता है। इन तथ्यों का विश्लेषण करने से अभिप्रेरण के स्वरूप (nature) के बारे में निम्नांकित तथ्य प्राप्त होते हैः—

(1) अभिप्रेरण व्यक्ति की एक आन्तरिक अवस्था (internal stage) है। आन्तरिक अवस्था होने के कारण, अभिप्रेरण को सीधे देखा नहीं जा सकता है।

(2) अभिप्रेरण में जो आन्तरिक अवस्था होती है उससे व्यक्ति में कुछ क्रियाएँ उत्पन्न होती हैं।

(3) अभिप्रेरण में उत्पन्न क्रियाएँ एक निश्चित दिशा यानी उद्देश्य की प्राप्ति की ओर होती है। इसका मतलब यह हुआ कि प्रत्येक अभिप्रेरक में एक निश्चित उद्देश्य होता है जिसकी ओर व्यक्ति का व्यवहार प्रेरित होता है।

(4) अभिप्रेरित व्यवहार उत्पन्न होने पर वह लक्ष्य की प्राप्ति तक जारी रहता है।

इसे एक उदाहरण द्वारा इस प्रकार समझाया जा सकता है—मान लिया जाए कि आपको भूख लगी है। आप किसी होटल में जाते हैं और भोजन करके अपनी भूख की तुष्टि करते हैं। यहाँ भूख एक अभिप्रेरक का उदाहरण है

---

1. "In psychology, we define motivation as a hypothetical internal force that provides energy for behaviour and directs it towards a specific goal." —Baron, Byrne & Kantowitz, : *Psychology,* 1980, p. 293

जिसमें उपर्युक्त चारों विशेषताएँ उपलब्ध हैं—भूख व्यक्ति की आन्तरिक अवस्था है जिसे बाहर से देखा नहीं जा सकता है (पहली विशेषता)। यह आन्तरिक अवस्था व्यक्ति में कुछ विशेष क्रियाएँ जैसे—होटल ढूँढ़ना तथा वहाँ भोजन के बारे में पूछ-ताछ करना उत्पन्न करता है। (दूसरी विशेषता)। इन क्रियाओं का मूल उद्देश्य भोजन प्राप्त करना होता है (तीसरी विशेषता)। जब तक व्यक्ति को भोजन मिल नहीं जाता है, उसमें भोजन ढूँढ़ने की क्रिया जारी रहती है। भोजन करने के बाद उसकी भूख समाप्त हो जाती है और संबंधित सभी क्रियाएँ भी समाप्त हो जाती हैं (चौथी विशेषता)।

आवश्यकता–प्रणोद–लक्ष्य-निदेशित व्यवहार–लक्ष्य-प्राप्ति-प्रणोद-ह्रास : अभिप्रेरण चक्र (Need–Drive–Goal-directed behaviour—Goal-achievement—Drive reduction : Motivation Cycle)

अभिप्रेरण को अधिक स्पष्ट रूप से समझने के लिए मनोवैज्ञानिकों ने एक विशेष संप्रत्यय जिसे अभिप्रेरणात्मक चक्र (motivational cycle) कहा जाता है, का प्रतिपादन किया है। इसमें मुख्य पाँच संप्रत्यय हैं जिनका वर्णन निम्नांकित है—

1. आवश्यकता *(Need)*—जब प्राणी के शरीर में किसी चीज की कमी या अति (excess) हो जाती है, तो इस अवस्था को आवश्यकता (need) की संज्ञा दी जाती है। *वुडवर्थ* तथा *स्कौल्सवर्ग*[1] (Woodworth & Scholsberg, 1954) ने आवश्यकता को इसी ढंग से परिभाषित करते हुए कहा है, ''कमी या अति की शारीरिक अवस्था को आवश्यकता कहा जाता है।'' जैसे—प्यास लगने पर शरीर की कोशिकाओं में पानी की कमी तथा मल-मूत्र त्यागने की इच्छा में शरीर में जमा हुए अनावश्यक चीजों की मात्रा अधिक हो जाती है। फलतः ये दोनों ही अवस्थाएँ आवश्यकता के उदाहरण हैं। प्यास, भूख, नींद, काम (sex) आदि शारीरिक आवश्यकता के उदाहरण हैं तथा धन-दौलत, स्नेह, सामाजिक प्रतिष्ठा आदि पाना मानसिक आवश्यकता या मनोवैज्ञानिक आवश्यकता के उदाहरण हैं।

2. प्रणोद *(Drive)*—प्रणोद या अन्तर्नोद आवश्यकता द्वारा उत्पन्न होता है। अतः यह कहा जाता है कि प्रणोद एक ऐसी मानसिक तनाव की अवस्था होती है जो आवश्यकता के कारण उत्पन्न होती है। जिस तरह से आवश्यकताएँ शारीरिक तथा मनोवैज्ञानिक होती हैं, उसी तरह प्रणोद भी शारीरिक एवं मनोवैज्ञानिक होता है। शारीरिक आवश्यकताओं से उत्पन्न प्रणोद शारीरिक प्रणोद तथा मनोवैज्ञानिक आवश्यकताओं से उत्पन्न प्रणोद मनोवैज्ञानिक प्रणोद कहलाता है। भूख आवश्यकता से उत्पन्न मानसिक तनाव की अवस्था को भूख प्रणोद तथा धन कमाने एवं प्रतिष्ठा की आवश्यकता से उत्पन्न मानसिक तनाव की अवस्था को उपलब्धि प्रणोद कहा जाएगा।

3. लक्ष्य निदेशित व्यवहार *(Goal directed behaviour)*—जब प्राणी में प्रणोद (drive) उत्पन्न होता है, तो वह लक्ष्य निदेशित व्यवहार करता है। दूसरे शब्दों में, उसका व्यवहार एक निश्चित लक्ष्य (goal) या प्रोत्साहन (incentive) की ओर अग्रसर हो जाता है। जैसे, व्यक्ति में भूख प्रणोद उत्पन्न होने पर वह अपना व्यवहार विशेष लक्ष्य (goal) अर्थात् भोजन की प्राप्ति की ओर निदेशित करता है। वह अपना व्यवहार किसी अन्य वस्तु की ओर न करके सिर्फ भोजन की प्राप्ति की ओर अग्रसर करेगा। ऐसे व्यवहार को लक्ष्य निदेशित व्यवहार कहा जाता है।

4. लक्ष्य प्राप्ति *(Goal achievement)*—लक्ष्य निदेशित व्यवहार एक प्रयासयुक्त व्यवहार होता है जिसका

---

1. "A need is an organic state of deficiency or excess."
—Woodworth & Scholsberg : *Experimental Psychology,* 1954, p. 657

परिणाम यह होता है कि व्यक्ति को जल्द ही लक्ष्य (goal) या प्रोत्साहन (incentive) की प्राप्ति हो जाती है। जैसे, एक भूखा व्यक्ति द्वारा लक्ष्य निदेशित व्यवहार किये जाने का परिणाम यह होता है कि उसे जल्द ही उस लक्ष्य (भोजन) की प्राप्ति हो जाती है जिसके तरफ उसका व्यवहार निदेशित हुआ था।

5. प्रणोद ह्रास *(Drive reduction)*—अन्त में जब व्यक्ति को लक्ष्य की प्राप्ति हो जाती है, तो उसकी आवश्कता (need) की पूर्ति हो जाती है और उससे उसमें उत्पन्न प्रणोद (drive) में कमी हो जाती है। दूसरे शब्दों में, भोजन की प्राप्ति के बाद भूख की आवश्यकता थोड़े देर के लिए समाप्त हो जाती है और भूख प्रणोद में कमी आ जाती है।

स्पष्ट हुआ कि अभिप्रेरित व्यवहार (motivated behaviour) में विभिन्न अवस्थाओं का एक सुनिश्चित क्रम होता है।

आवश्यकता, प्रणोद तथा लक्ष्य में संबंध
(Relation between Need, Drive and Goal)

आवश्यकता, प्रणोद एवं लक्ष्य अभिप्रेरक के तीन प्रमुख अंग हैं, जो परस्पर संबंधित हैं। वस्तुतः अभिप्रेरण की शुरूआत आवश्यकता से होती है तथा प्रोत्साहन की प्राप्ति तक जारी रहता है। आवश्यकता तथा प्रणोद प्राणी की आन्तरिक अवस्था होते हैं, तथा प्रोत्साहन बाह्य वातावरण का एक अंग होता है। जब भी व्यक्ति में आवश्यकता उत्पन्न होती है, तो उसमें प्रणोद उत्पन्न होता है, अर्थात् उसमें मानसिक तनाव उत्पन्न होता है। इस तनाव को दूर करने के लिए व्यक्ति क्रियाएँ करता है जिसके फलस्वरूप उसे लक्ष्य (goal) की प्राप्ति होती है। जब व्यक्ति को लक्ष्य की प्राप्ति हो जाती है, तो उसकी आवश्यकता समाप्त हो जाती है तथा प्रणोद में कमी हो जाती है। जैसे—व्यक्ति को प्यास लगने से उसके शरीर की कोशिकाओं में पानी की कमी हो जाती है। दूसरे शब्दों में, आवश्यकता (need) की उत्पत्ति होती है। इससे उसमें मानसिक तनाव (mental tension) उत्पन्न होता है जिसे प्रणोद (drive) कहा जाता है जो पानी मिलने तक जारी रहता है। जब व्यक्ति पानी पी लेता है, तो उसकी प्यास समाप्त हो जाती है तथा पानी की कमी से उत्पन्न तनाव (tension) अर्थात् प्रणोद में कमी आ जाती है।

अभिप्रेरकों के प्रकार
(Kinds of Motives)

अभिप्रेरक अनेक प्रकार के होते हैं। कुछ अभिप्रेरक ऐसे होते हैं जो व्यक्ति में जन्म से ही मौजूद होते हैं तथा कुछ ऐसे होते हैं जिन्हें व्यक्ति अपने जीवनकाल में अनुभव के आधार पर अर्जित करता है। पहले तरह के अभिप्रेरक को *जन्मजात अभिप्रेरक* (inborn motive) तथा दूसरे प्रकार के अभिप्रेरक को *अर्जित अभिप्रेरक* (acquired motive) कहा जाता है। इन दोनों तरह के अभिप्रेरकों का वर्णन हम अलग-अलग अनुच्छेदों में करेंगे।

जन्मजात अभिप्रेरक या जैविक अभिप्रेरक
(Inborn or Innate motive or Biogenic motive)

जैसा कि नाम से ही स्पष्ट है, जन्मजात अभिप्रेरक वैसे अभिप्रेरक को कहा जाता है जो व्यक्ति में जन्म से ही मौजूद रहते हैं। इन्हें *जैविक अभिप्रेरण* (biogenic motive) भी कहा जाता है क्योंकि इन अभिप्रेरकों का जन्म व्यक्ति की शारीरिक आवश्यकताओं से होता है। इन अभिप्रेरकों की संतुष्टि नहीं होने पर व्यक्ति का जिन्दा रहना संभव नहीं हो पाता। प्रमुख जन्मजात अभिप्रेरक निम्नांकित हैः—

(1) भूख (2) प्यास और (3) यौन या काम (sex)

इन तीनों का वर्णन निम्नांकित हैः—

1. भूख *(Hunger)*—भूख एक प्रमुख जन्मजात अभिप्रेरक है। जब व्यक्ति के शरीर में भोजन की आवश्यकता होती है, तो उसे भूख लगती है। भूख की अवस्था में व्यक्ति बाहर से अधिक क्रियाशील हो उठता है

तथा वह हर संभव प्रयास करके भोजन प्राप्त करना चाहता है। भूख की स्थिति में इन बाह्य परिवर्तनों (external changes) के अलावा कुछ आन्तरिक परिवर्तन (internal changes) भी होते हैं जो दो प्रकार के होते हैं। पहला, भूख की अवस्था में व्यक्ति के खून में कुछ रासायनिक परिवर्तन होते हैं तथा उसके खून में चीनी का स्तर कम हो जाता है। दूसरा, अमाशय की मांसपेशियों में संकुचन उत्पन्न होने लगते हैं जिसके फलस्वरूप मांसपेशियों में रगड़ होती है और इससे व्यक्ति के पेट में दर्द (hunger pangs) उत्पन्न हो जाता है। कैनन तथा वाशवर्न (Cannon & Washburn, 1932) ने एक प्रयोग करके इस तथ्य को प्रयोगात्मक रूप से वैध ठहराया है।

2. प्यास *(Thirst)*—जब व्यक्ति के शरीर में पानी की कमी हो जाती है, तो उसे प्यास का अनुभव होता है। प्यास लगने पर व्यक्ति कुछ इस प्रकार की क्रियाएँ करता है जिससे उसे पानी मिल जाए तथा उसकी प्यास बुझ जाए। इन बाह्य शारीरिक परिवर्तनों के अलावा प्यास में व्यक्ति में कुछ आन्तरिक परिवर्तन (internal changes) भी होते हैं। जैसे—कैनन (Cannon, 1932) के अनुसार प्यास में मुँह के लार ग्रन्थियों से स्राव या लार कम मात्रा में निकलता है। फलतः मुँह तथा कंठ सूखने लगता है और व्यक्ति को प्यास का अनुभव होता है। बाद में किए गए प्रयोगों से यह स्पष्ट हुआ कि प्यास में प्राणी के शरीर की कोशिकाओं में पानी की कमी हो जाती है तथा रक्त की मात्रा (volume) में भी आ जाती है जिससे रक्त चाप (blood pressure) के सामान्य स्तर में कमी आ जाती है। स्पष्ट हुआ कि प्यास में शरीर के भीतर भी महत्त्वपूर्ण परिवर्तन होते हैं।

3. यौन या काम *(Sex)*—काम भी एक प्रमुख जन्मजात अभिप्रेरक है। काम की भावना स्त्री तथा पुरुष में एक खास उम्र आने पर अर्थात् शारीरिक परिपक्वता आने पर प्रकट होते देखी गयी है। पशुओं में भी यही बात पायी जाती है। व्यक्तियों में काम की इच्छा दो कारकों पर निर्भर करती है—आन्तरिक कारक (internal factor) तथा बाह्य कारक (external factors)।

व्यक्ति में काम अभिप्रेरक उत्पन्न होना उसके कुछ भीतरी शारीरिक परिवर्तनों पर निर्भर करता है। काम की इच्छा उत्पन्न होना यौन ग्रन्थियों (sex glands) के परिपक्व होने पर निर्भर करता है। पुरुष के यौन ग्रन्थि को टेस्टीकल्स (testicles) तथा स्त्री के यौन ग्रन्थि को ओभरी (ovary) कहा जाता है। इन ग्रन्थियों से निकला हुआ स्राव (secretions) व्यक्ति के खून में सीधे मिलता है और उसमें यौन की इच्छा उत्पन्न करता है। मनुष्यों में यौन की इच्छा यौन ग्रन्थि के अलावा पीयूष ग्रन्थि (pituitary gland) के सक्रियता पर भी निर्भर करती है। कई प्रयोग पशुओं पर करके यह दिखलाया गया है कि यौन व्यवहार की उत्पत्ति में यौन ग्रन्थियों की भूमिका सराहनीय होती है। कुछ प्रयोगों में नर चूहों एवं कुत्तों के यौन ग्रन्थि को काटकर निकाल दिया गया। ऐसा देखा गया कि इस तरह के ऑपरेशन के कुछ दिनों के बाद ही उनमें यौन की इच्छा कम हो गयी। कुछ अन्य प्रयोगों में चूहों एवं कुत्तों के यौन ग्रन्थि को बाल्यावस्था में ही ऑपरेशन द्वारा निकाल दिये गये। यौवनावस्था आने पर ऐसे पशुओं में काम की इच्छा नहीं देखी गयी। पशुओं पर किये गए प्रयोग से पाये गये तथ्य बहुत हद तक मनुष्यों के लिए भी सही पाये गए हैं। कुछ ऐसे पुरुष होते हैं जिनमें यौन की इच्छा अधिक होती है क्योंकि इनके यौन ग्रन्थियों से स्राव अधिक निकलता है। ऐसे पुरुष को *सटायरीयेसीस* (satyriasis) कहा जाता है तथा कुछ ऐसी स्त्रियाँ होती हैं जिनमें भी काम की इच्छा काफी तीव्र होती है। इने *निम्फोमेनिक* (nymphomanic) कहा जाता है। इसके विपरीत कुछ ऐसे भी पुरुष एवं स्त्रियाँ होती हैं जिनमें काम की इच्छा यौन ग्रन्थि रहने पर भी बहुत कम पायी जाती है या न के बराबर पायी जाती है। इस तरह के पुरुषों को नपुसंक (impotent) तथा स्त्री को मंदकाम (frigid) कहा जाता है।

व्यक्तियों में काम की इच्छा कुछ बाह्य कारणों पर भी निर्भर करती है। बाह्य कारकों में सामाजिक मानक, संस्कृति, समाज की रीति-रिवाज आदि आते हैं। व्यक्ति को अपनी काम की इच्छा को इन रीति-रिवाजों के संदर्भ में मोड़ना पड़ता है। पशुओं के यौन व्यवहार तथा मनुष्यों के यौन व्यवहार में इस बिन्दु पर स्पष्ट अंतर होता है। सामान्यतः पशुओं का यौन व्यवहार इस तरह के रीति-रिवाजों द्वारा निर्देशित नहीं होता है।

स्पष्ट हुआ कि जन्मजात अभिप्रेरक (inborn motives) के कई प्रकार हैं। प्राणी को जीवित रहने के लिए यह आवश्यक है कि इन आवश्यकताओं की पूर्ति समय पर हो।

अर्जित अभिप्रेरक
(Acquired Motives)

अर्जित अभिप्रेरक वैसे अभिप्रेरक को कहा जाता है जो व्यक्ति में जन्म से तो मौजूद नहीं होता है परन्तु वह अपने जीवन काल में वैयक्तिक (personal) एवं सामाजिक जीवन को उन्नत बनाने के लिए सीखता है। फलतः अर्जित अभिप्रेरक के दो प्रकार बतलाये गए हैं:—

(1) व्यक्तिगत अभिप्रेरक (personal motives) तथा

(2) सामाजिक अभिप्रेरक (social motives)

इन दोनों का वर्णन निम्नांकित है:—

1. व्यक्तिगत अभिप्रेरक *(Personal motive)*

व्यक्तिगत अभिप्रेरक वैसे अभिप्रेरक को कहा जाता है जो व्यक्ति के अपने अनुभवों से उत्पन्न होते हैं। एक व्यक्ति दूसरे व्यक्ति के साथ अन्तःक्रिया करता है और उसके फलस्वरूप उसे कुछ विशेष अनुभव होते हैं। इन्हीं अनुभवों से कुछ अभिप्रेरकों का जन्म होता है जिसे व्यक्तिगत अभिप्रेरक कहा जाता है। प्रमुख व्यक्तिगत अभिप्रेरक निम्नांकित है:—

(1) आकांक्षा स्तर (level of aspiration)

(2) अहं-अन्तर्ग्रस्ता (ego-involvement)

(3) आदत (habit)

(4) जीवन-लक्ष्य (life goal)

(5) अभिरुचि (interest)

(6) मनोवृत्ति (attitude)

इन सबका वर्णन निम्नांकित है:—

1. आकांक्षा स्तर *(Level of aspiration)*—आकांक्षा स्तर से तात्पर्य उन सामान्य लक्ष्यों से होता है जिसे व्यक्ति अपने जीवन में प्राप्त करने की इच्छा रखता है और उसी के अनुरूप व्यवहार करता है। कोई भी सामान्य व्यक्ति अपने गत उपलब्धियों (past achievements) के संदर्भ में अपनी आकांक्षा स्तर का निर्धारण करता है। जो छात्र आई॰ ए॰ की परीक्षा में 60% अंक लाकर उत्तीर्ण होता है, वे यह सोचते हैं कि इस बार बी॰ ए॰ की परीक्षा में उन्हें 70% लाना चाहिए। कहने का तात्पर्य यह है कि आकांक्षा स्तर गत उपलब्धि स्तर से हमेशा ऊपर होता है।

2. अहं-अन्तग्रस्ता *(Ego-involvement)*—अहं-अन्तग्रस्ता से तात्पर्य एक ऐसी अवस्था से होती है जिसमें कार्य करते समय व्यक्ति का अहं (ego) पूर्णतः उसमें अन्तर्ग्रस्त (involve) होता है और उस कार्य में प्राप्त सफलता को व्यक्ति अपनी सफलता तथा असफलता को व्यक्ति अपनी असफलता मानता है। अध्ययनों से यह स्पष्ट हुआ कि जब व्यक्ति को ऐसा कार्य करना होता है जिसमें उसे उसकी अहं-अर्न्तग्रस्ता (ego-involvement) अधिक है, और उसमें सफलता प्राप्त होती है, तो उसे संतुष्टि होती है। दूसरे तरफ यदि व्यक्ति को ऐसा कार्य करना पड़ता है जिसमें अहं-अन्तर्ग्रस्ता होती है परन्तु सफलता नहीं मिलती है, तो उससे उसमें कुंठा (frustration) उत्पन्न होना है। अहं-अन्तग्रस्ता होने से व्यक्ति का व्यवहार लक्ष्य की ओर अधिक प्रेरित रहता है। जैसे—एक अच्छे विद्यार्थी की अहं-अन्तग्रस्ता किताबों में अधिक होती है। फलतः वह किताबों को तथा उनके नये-नये संस्करणों को पढ़ने के लिए काफी प्रेरित रहता है।

3. आदत *(Habit)*—व्यक्ति की आदत एक प्रमुख व्यक्तिगत अभिप्रेरक है जिससे प्रेरित होकर वह कई तरह का व्यवहार करता है। व्यक्ति की आदत मादक-द्रव्य सेवन की हो सकती है या फिर कुछ व्यवहार-संबंधी आदत हो सकती है। शराब, गाँजा, अफीम, तम्बाकू आदि कुछ प्रमुख मादक द्रव्य हैं जिनका सेवन करना कई व्यक्तियों

में प्रमुख आदत होती है। इन मादक द्रव्यों का सेवन करने की आदत लग जाने पर उनका व्यवहार इन लक्ष्यों की प्राप्ति की ओर काफी अग्रसर रहता है और रास्ते में आई रुकावटों का वह तनिक भी परवाह नहीं करता है। एक शराबी के शराब पीने की आदत इतनी तीव्र होती है कि शराब खरीदने के लिए पैसा नहीं रहने पर वह घर की चीजें, जमीन-जायदाद तथा बेटी-बहू के जेवर-गहने तक बेच डालता है। उसी तरह गाँजा, भाँग आदि की आदत जो प्रारंभ में आनन्द लाता है और बाद में पछतावा, भी इतनी तीव्र होती है कि उन वस्तुओं के न मिलने पर उन्हें काफी बेचैनी मालूम पड़ती है।

इसके अलावा कुछ आदत व्यवहार संबंधी होती है। जैसे कुछ व्यक्ति को शाम में घर से निकलकर दोस्तों की मजलिस में गप्पें करने की होती है। फलतः संध्या आते ही उनकी बेचैनी बढ़ जाती है और वे घर में अभिभावक के नजर से छुपते हुए मजलिस में शामिल हो जाते हैं। उसी तरह कुछ लोगों की आदत संध्या समय किसी क्लब में जाने की होती है तो कुछ लोगों की आदत कहीं विशेष स्थान पर जाकर संगीत सुनने की होती है। इन सब आदतों के शिकार हो जाने पर व्यक्ति उनके अनुसार व्यवहार करने के लिए बेचैन हो जाता है।

4. जीवन-लक्ष्य *(Life goal)*—जीवन लक्ष्य भी एक प्रमुख अभिप्रेरक है। प्रत्येक व्यक्ति के जीवन का लक्ष्य भिन्न-भिन्न होता है। फलस्वरूप, वह अपने जीवन लक्ष्य से प्रभावित होकर भिन्न-भिन्न प्रकार का व्यवहार करता पाया जाता है। कुछ व्यक्तियों का जीवन-लक्ष्य डाक्टर बनने का होता है, कुछ का सफल शिक्षक, कुछ का नेता, कुछ का अभिनेता। व्यक्ति अपने द्वारा निश्चित किये गये लक्ष्यों के अनुरूप व्यवहार करता है। जैसे—जिस व्यक्ति का जीवन-लक्ष्य नेता बनने का है वह सामाजिक कार्यों में सक्रिय होकर भाग लेता है, जेल जाने में खुशी महसूस करता है, आदि-आदि। उसी तरह से जो व्यक्ति डाक्टर बनना चाहता है वह मेडिकल की पढ़ाई की ओर रुचि दिखलाता है तथा वह डाक्टरों की संगति में रहना अधिक चाहता है आदि-आदि। इस तरह के व्यक्ति द्वारा निर्धारित लक्ष्य एक प्रमुख अभिप्रेरक है जो उसके व्यवहार को दिशा निर्देशित करता है।

5. अभिरुचि *(Interest)*—व्यक्ति की अभिरुचि भी एक महत्त्वपूर्ण अभिप्रेरक है जो उसके व्यवहार को प्रभावित करता है। कुछ व्यक्तियों को क्रिकेट का मैच देखने में तीव्र अभिरुचि होती है। फलतः वह मैच के समय अपने हर कार्य को स्थगित करके मैदान में या टेलीविजन के सामने जा बैठता है। उसी तरह से कुछ लोगों की अभिरुचि विशेष लेखक की उपन्यास पढ़ने में होती है। ऐसे व्यक्ति उपन्यास मिलते ही उसे पढ़ना प्रारंभ कर देते हैं। बीच-बीच में काम से जैसे ही उन्हें छुट्टी मिलती है, वे उपन्यास पढ़ने लगते हैं। इस तरह के अनेकों उदाहरण दिये जा सकते हैं जिनमें अभिरुचि के कारण व्यक्ति प्रेरित होकर कोई विशेष कार्य करता है।

6. मनोवृत्ति *(attitude)*—व्यक्ति की मनोवृत्ति दूसरे व्यक्ति या वस्तु के प्रति प्रतिकूल (unfavourable) तथा अनुकूल (favourable) हो सकती है। अनुकूल मनोवृत्ति होने पर वह वस्तु या व्यक्ति की प्रशंसा करता है, तथा उसके साथ रहने की इच्छा व्यक्त करता है। दूसरे तरफ प्रतिकूल मनोवृत्ति होने पर व्यक्ति उस व्यक्ति या वस्तु से दूर रहना चाहता है तथा उसकी शिकायत करता पाया जाता है। स्पष्ट हुआ कि मनोवृत्ति भी एक प्रमुख व्यक्तिगत अभिप्रेरक है जो व्यक्ति को विशेष अनुक्रिया करने के लिए बाध्य करता है।

स्पष्ट हुआ कि व्यक्तिगत अभिप्रेरक कई प्रकार के होते हैं जो व्यक्ति को एक खास ढंग से व्यवहार करने के लिए प्रेरित करते हैं।

2. सामाजिक अभिप्रेरक *(Social motives)*

सामाजिक अभिप्रेरक एक दूसरा महत्त्वपूर्ण अर्जित अभिप्रेरक है। सामाजिक अभिप्रेरक से तात्पर्य वैसे अभिप्रेरकों से होती है जिनसे प्रेरित होकर व्यक्ति भिन्न-भिन्न तरह के सामाजिक व्यवहार (social behaviour) करता है। ऐसे अभिप्रेरकों के कारण ही व्यक्ति परिवार के सदस्यों, पास-पड़ोस, शिक्षा आदि के साथ एक खास ढंग से व्यवहार करता है। सामाजिक अभिप्रेरक के मुख्य प्रकार निम्नांकित हैं:—

(1) आक्रमणशीलता (aggressiveness)

(2) सामुदायिकता या संबंधन की आवश्यकता (gregariousness and need for affiliation)

(3) संग्रहणशीलता (acquisitiveness)
(4) उपलब्धि अभिप्रेरक (achievement motivation)
(5) सत्ता तथा सम्मान पाने की आवश्यकता (need for power and prestige)

इन अभिप्रेरकों का वर्णन निम्नांकित हैः—

1. आक्रमणशीलता *(Aggressiveness)*—आक्रमणशीलता एक प्रमुख सामाजिक अभिप्रेरक है जिसके द्वारा एक व्यक्ति दूसरे व्यक्ति को शारीरिक रूप से घायल करने या शाब्दिक रूप से चोट पहुँचाने की कोशिश करता है। इस तरह के अभिप्रेरण से प्रेरित होकर व्यक्ति दूसरे की धन-दौलत को भी बर्बाद करने का भरसक प्रयत्न करता है। इस अभिप्रेरक के कारण व्यक्तियों में आपस में लड़ाई-झगड़ा भी होता है। दो देशों के बीच युद्ध भी इसी आक्रमणशीलता की अभिव्यक्ति का परिणाम है। अध्ययनों से यह स्पष्ट हो जाता है कि आक्रमणशीलता संसार के सभी मनुष्यों में पायी जाती है। शायद यही कारण है कि इसे कुछ लोगों ने एक सर्वव्यापक अभिप्रेरक (universal motive) कहा है। मिलर तथा डोलार्ड (Miller & Dollard, 1939) एवं वर्कोचिव (Berkowitz, 1964) द्वारा किये गए अध्ययनों से यह स्पष्ट हुआ कि जब व्यक्ति में कुंठा (frustration) खासकर अनुचित कुंठा (unjustified frustration) होती है, तो इससे उसमें आक्रमणशीलता अधिक उत्पन्न होती है। बैंदुरा (Bandura, 1973) के अनुसार बच्चे अनुकरण (imitation) द्वारा भी आक्रमणशील क्रियाओं को सीखते हैं।

2. सामुदायिकता या संबंधन की आवश्यकता *(Gregariousness or need for affiliation)*—मनुष्य एक सामाजिक प्राणी है और वह समाज में रहना चाहता है। अधिकतर पशुओं जैसे—शृंगाल, हाथी, बन्दर, हिरण आदि के साथ भी यही बात है। समाज में या दूसरों के साथ रहने के इस प्रवृत्ति को सामुदायिकता या संबंधन की आवश्यकता कहा जाता है। व्यक्ति में सामुदायिकता के अभिप्रेरक का विकास इसलिए होता है कि इसके सहारे वह अपनी कुछ आवश्यकताओं जैसे—भूख, प्यास, काम आदि की संतुष्टि करता है। एक शिशु जन्म के बाद कुछ वर्षों तक असहाय तथा पूर्णतः दूसरों पर निर्भर रहता है। माता-पिता या परिवार के अन्य सदस्य उनकी आवश्यकताओं जैसे—भूख, प्यास आदि की पूर्ति करते हैं। सयाना होने पर उसे साथी की आवश्यकता होती है। वह अपनी काम आवश्यकता की पूर्ति करने के लिए समाज के किसी विशेष महिला से शादी करता है। अपने को अन्य व्यक्तियों के बीच पाकर व्यक्ति सुरक्षित भी महसूस करता है। स्पष्ट हुआ कि सामुदायिकता अभिप्रेरक से प्रेरित होकर व्यक्ति तरह-तरह का व्यवहार करता है जिनसे उनकी कुछ मौलिक आवश्यकताओं की भी पूर्ति होता है।

3. संग्रहणशीलता *(acquisitiveness)*—संग्रहणशीलता अभिप्रेरक से तात्पर्य मूल्यवान वस्तु या पसंद की चीजों को इकट्ठा करने या संग्रह करने से होता है। इस तरह के अभिप्रेरक का भाव व्यक्ति के अनुकरण के द्वारा सीखने के फलस्वरूप होता है। परिवार के बच्चे बड़े सदस्यों को उत्तम एवं मूल्यवान चीजों को हिफाजत से संग्रह करते देखते हैं। फलतः वे भी ऐसी चीजों का संग्रह करके रखना चाहते हैं और उनमें धीरे-धीरे संग्रहणशीलता के अभिप्रेरक का विकास होता है। संग्रहणशीलता का अभिप्रेरक संसार के सभी सभ्य जातियों में पाया जाता है। परन्तु कुछ जातियाँ ऐसी भी हैं जिनमें इस तरह का अभिप्रेरक नहीं पाया जाता है। पाउडरमेकर (Powdermaker, 1933) के अनुसार लेशु (Lesu) जाति के लोगों में इस तरह का अभिप्रेरक नहीं पाया जाता है क्योंकि इस जाति के समाज में आंशिक या पूर्णतः साम्यवाद (communism) होता है।

4. उपलब्धि अभिप्रेरक *(achievement motivation)*—उपलब्धि अभिप्रेरक से तात्पर्य श्रेष्ठता का विशेष स्तर प्राप्त करने की इच्छा से होती है। जिस व्यक्ति में उपलब्धि अभिप्रेरक अधिक होता है, वह जिन्दगी में अधिक सफलता प्राप्त करना चाहता है। सभी व्यक्तियों में उपलब्धि अभिप्रेरक एक समान नहीं होता है। कुछ व्यक्तियों में यह अधिक होता है तथा कुछ व्यक्तियों में कम होता है। मैकक्लीलैंड (McClelland, 1961) तथा एटकिन्सन (Atkinson, 1963) आदि मनोवैज्ञानिकों ने इस क्षेत्र में महत्त्वपूर्ण कार्य किये हैं। इन लोगों के अध्ययनों से यह स्पष्ट हुआ है कि विभिन्न व्यक्तियों के उपलब्धि अभिप्रेरक में अंतर का एक प्रमुख कारण बचपन में माता-पिता द्वारा दिया गया स्वतंत्रता प्रशिक्षण (independence training) है। स्वतंत्रता प्रशिक्षण से तात्पर्य माता-पिता द्वारा बच्चों को स्वतंत्र

रूप से कोई कार्य करने देने पर बल डालने से होता है। कुछ माता-पिता चाहते हैं कि उनके बच्चे अपने आप खेलने जायें, सही रास्तों को स्वयं ढूंढ़ें तथा बिना उनके सलाह या सुझाव के स्वयं ही कोई कार्य कर लें। जिन बच्चों में इस तरह की स्वतंत्रता होती है, उनमें सयाना होने पर उपलब्धि अभिप्रेरक अधिक मजबूत होता है। कुछ मनोवैज्ञानिकों का मत है कि सामान्यतः प्रथम जन्म क्रम वाले व्यक्तियों में उपलब्धि अभिप्रेरक की मात्रा अधिक होती है।

5. सत्ता एवं सम्मान की आवश्यकता *(Need for power and prestige)*—प्रत्येक व्यक्ति चाहता है कि उसे समाज में उचित सम्मान मिले और इससे प्रेरित होकर वह कुछ ऐसे कार्यों को करता है जिससे उसे समाज में ऊँचा स्थान मिल सकें तथा लोगों द्वारा इज्जत मिल सके। सत्ता की आवश्यकता (need for power) भी इससे काफी संबंधित है। सत्ता की आवश्यकता से तात्पर्य एक ऐसी आवश्यकता से होती है जिसमें व्यक्ति अपने आदर्श एवं इच्छा के अनुरूप दूसरों पर आधिपत्य एवं वर्चस्व बनाये रखने की भरपूर कोशिश करता है। प्रायः यह देखा गया है कि सत्ता एवं सम्मान की आवश्यकता एक-दूसरे से संबंधित है। ऐसे व्यक्तियों को जिन्हें सत्ता में बने रहने की आवश्यकता अनुभव होती है, उनमें अपने अधीनस्थ व्यक्तियों में सम्मान पाने की भी इच्छा होती है। जैसे—एक नेता को सत्ता में बने रहने की आवश्यकता अत्यधिक होती है और उसके साथ ही उसकी यह भी इच्छा होती है कि उसे सभी अधीनस्थ व्यक्तियों तथा अनुयायियों द्वारा उचित सम्मान भी मिले। मार्गन, किंग तथा रॉबिन्सन (Morgan, King & Robinson, 1988) के अनुसार सामान्यतः स्त्रियों में पुरुषों की अपेक्षा सत्ता की आवश्यकता कम होती है। इतना ही नहीं, जब स्त्रियाँ सत्ता में होती हैं, तो उसकी अभिव्यक्ति वे पुरुषों की अपेक्षा कम निश्चयात्मक ढंग से कर पाती हैं।

स्पष्ट हुआ कि सामाजिक अभिप्रेरक के कई प्रकार होते हैं। इन प्रकारों में उपलब्धि अभिप्रेरक (achievement motivation), संबंधन की आवश्यकता (need for affiliation) तथा आक्रमणशीलता (aggressiveness) तुलनात्मक रूप से अधिक महत्त्वपूर्ण है।

मैसलो का आवश्यकता-पदानुक्रम मॉडल (Maslow's Need-hierarchy Model)

मैसलो (Maslow, 1954) प्रथम ऐसे मनोवैज्ञानिक हैं जिन्होंने आत्मसिद्धि (self-actualization) को एक महत्त्वपूर्ण अभिप्रेरक बतलाया तथा इसका वैज्ञानिक अध्ययन कर एक सिद्धान्त (theory) का प्रतिपादन किया जिसे *आवश्यकता-पदानुक्रम सिद्धान्त* (need-hierarchy theory) कहा जाता है।

मैसलो (Maslow, 1954) ने बतलाया कि मानव आवश्यकताओं (human needs) या मानव अभिप्रेरकों (human motives) की व्याख्या एक अनुक्रम (hierarchy) या पीढ़ी (ladder) के रूप में की जा सकती है। मैसलो (Maslow) के अनुसार मानव आवश्यकताएँ प्रमुख रूप से पाँच हैं जिन्हें हम एक अनुक्रम (hierarchy) या सीढ़ी (ladder) के रूप में चित्र 9.1 में दिखला सकते हैं।

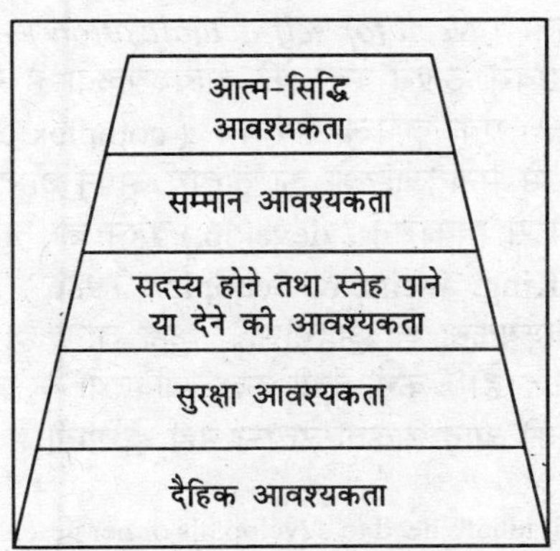

चित्र 9.1 : मैसलो का आवश्यकता-पदानुक्रम सिद्धान्त (Maslow's Need-hierarchy theory)

अब्राहम मैसलो
(Abraham Maslow)

जैसा कि चित्र 9.1 में दिखलाया गया है, मैसलो ने मानव आवश्यकताओं (human needs) के निम्नांकित पाँच प्रकार बतलाएँ हैं जो अनुक्रमानुसार (hierarchical order) निम्नांकित हैं—

1. शारीरिक आवश्यकता *(Physiological needs)*—मनुष्य की शारीरिक आवश्यकताएँ (physiological needs) मैसलो के अनुक्रम (hierarchy) में सबसे नीचे आता है (जैसा कि चित्र 9.1 से स्पष्ट है।) शारीरिक आवश्यकताओं (physiological needs) में भूख (hunger), प्यास (thirst), काम (sex) तथा अन्य शारीरिक आवश्यकताएँ (needs) सम्मिलित होती हैं जिनके अभाव में व्यक्ति को जिंदा रहना संभव नहीं है। अतः मैसलो का कहना है कि व्यक्ति सबसे पहले अपने शारीरिक आवश्यकताओं की संतुष्टि चाहता है। इसके बाद ही वह अपने अन्य सामाजिक आवश्यकताओं (social needs) के बारे में सोचता है।

2. सुरक्षा की आवश्यकता *(Safety needs)*—जब व्यक्ति की शारीरिक आवश्यकता पूरी हो जाती है तो उसके सामने दूसरी महत्त्वपूर्ण आवश्यकता सुरक्षा की आवश्यकता (safety need) होती है। सुरक्षा की आवश्यकता में शारीरिक (physical) तथा सांवेगिक दुर्घटनाओं से अपने आप को बचाने की आवश्यकता सम्मिलित होती है। इस तरह की आवश्यकता में व्यक्ति विभिन्न प्रकार के डर (fear) तथा असुरक्षा (insecurity) से बचने की कोशिश करता है।

3. सदस्य होने तथा स्नेह पाने या देने की आवश्यकता *(Need to belong and to love)*—मैसलों (Maslow) के सिद्धान्त में यह तीसरी प्रमुख आवश्यकता है जो ऊपर बताये गये दोनों आवश्यकताओं की सन्तुष्टि के बाद उत्पन्न होती है। इस तरह की आवश्यकता के कारण व्यक्ति परिवार, स्कूल, धर्म (religion), प्रजाति (race) राजनैतिक पार्टी (political party) आदि के साथ तादात्म्य (identification) स्थापित करता है। व्यक्ति को ऐसा अनुभव होता है कि हम भी अपने समूह के प्रमुख सदस्य हैं। इतना ही नहीं, व्यक्ति अपने समूह के अन्य सदस्यों के प्रति स्नेह (affection) दिखलाता है तथा उनसे स्नेह पाने की कोशिश करता है। इस तरह से व्यक्ति समूह के अन्य सदस्यों के साथ मित्रता स्थापित करता है।

4. सम्मान की आवश्यकता *(Esteem needs)*—जब ऊपर बताये गये प्रथम तीनों आवश्यकता की संतुष्टि हो जाती है, तो वैसी परिस्थिति में व्यक्ति में सम्मान पाने की आवश्यकता (esteem need) की उत्पत्ति होती है। इस आवश्यकता में आन्तरिक सम्मान कारक (internal esteem factor) जैसे आत्म-सम्मान (self-respact), उपलब्धि (achievement), स्वायत्तता (autonomy) तथा बाह्य सम्मान कारक (external esteem factor), जैसे पद (status), कदरदानी (recognition) आदि सम्मिलित होते हैं।

5. आत्मसिद्धि की आवश्यकता *(Need for self-actualization)*—मैसलो (Maslow) के सिद्धान्त में आत्मसिद्धि (self-actualization) सबसे ऊपरी स्तर की आवश्यकता है जहाँ पर सभी लोग नहीं पहुँच पाते हैं। आत्मसिद्धि (self actualization) एक जटिल संप्रत्यय (complex concept) है जिसे परिभाषित करना थोड़ा कठिन है। फिर भी आत्मसिद्धि से मनोवैज्ञानिकों का तात्पर्य अपने अन्दर छिपे क्षमताओं (potentialities) की पहचान करना तथा उसे ठीक ढंग से विकसित (develop) करने की आवश्यकता से होता है। मार्गन, किंग, विस्ज तथा स्कोपलर[1] (Morgan, King, Weisz & Schopler, 1986) के अनुसार, ''व्यक्ति की अपनी क्षमताओं को विकसित करने की आवश्यकता को आत्मसिद्धि कहा जाता है। दूसरे शब्दों में, अपनी क्षमताओं के अनुसार कुछ कर सकना ही आत्मसिद्धि हैं।'' कभी-कभी कुछ व्यक्तियों के जिन्दगी में ऐसी परिस्थितियाँ आती हैं जिसके कारण व्यक्ति में आत्मसिद्धि की आवश्यकता उत्पन्न नहीं हो पाती है और वह हमेशा इससे नीचे स्तर की

---

1. "Self-actualization refers to an individual's need to develop his or her potenliatities, in other words, to do what he or she is capable of doing." —Morgan, King, Weisz & Schopler : *Introduction to Psychology,* 1986, p. 298.

आवश्यकताओं (needs) की ही संतुष्टि करने में लगा रहता है। जिन व्यक्तियों में आत्मसिद्धि पूर्ण होती है उन्हें अपने व्यक्तिगत विकास (personal growth) से काफी संतुष्टि होती है। चूँकि ऐसे व्यक्तियों में डर (fear), दुश्चिंता (anxiety) आदि नहीं के बराबर होता है अतः ऐसे व्यक्तियों में परिस्थितियों का प्रत्यक्षण (perception) सही-सही होता है।

मनोवैज्ञानिकों ने मैसलों के आत्मसिद्धि सिद्धान्त (self-actualization theory) को निम्नांकित कारकों के आधार पर आलोचित किया है—

(1) आलोचकों का मत है कि मैसलो (Maslow) ने अपने सिद्धान्त का प्रतिपादन वैसे आँकड़ों (data) के आधार पर किया जिसे वे ऊपरी वर्ग (upper class) तथा मध्यम वर्ग के लोगों से प्राप्त किया था। अतः उनका सिद्धान्त इन दो वर्गों के लोगों के लिए काफी उचित है। परन्तु निम्न वर्ग के लोगों या वैसे लोगों पर जो कम विकसित हैं तथा गरीब हैं, पर लागू नहीं होता है क्योंकि ऐसे लोगों की शारीरिक आवश्यकताएँ कभी पूर्णतः सन्तुष्ट नहीं हो पाती है। फलस्वरूप वे अनुक्रम (hierarchy) के आगे की आवश्यकताओं के बारे में सोच भी नहीं पाते हैं।

(2) मैसलो (Maslow) ने अपने सिद्धान्त में यह पूर्वकल्पना की है कि सभी मनुष्य उनके द्वारा बताये गये पाँच आवश्यकताओं में निचली स्तर से ऊपरी स्तर की ओर आगे बढ़ते हैं। आलोचकों का मत है कि मैसलो अपनी इस पूर्वकल्पना (assumption) को प्रयोगात्मक रूप से जाँच कर नहीं दिखला सके। इतना ही नहीं, मैसलो ने यह भी पूर्वकल्पना (assumption) किया था कि व्यक्ति अनुक्रम (hierarchy) के अगला स्तर (next level) पर तभी पहुँचता है जब वह उसके ठीक पिछला स्तर पर की आवश्यकता की संतुष्टि कर लेता है। आलोचकों ने बतलाया है कि हमेशा ऐसा ही हो यह आवश्यक नहीं है। ऐसा भी हो सकता है कि सबसे निम्न स्तर की आवश्यकताओं की संतुष्टि करने के बाद उसमें तीसरे स्तर की आवश्यकता न उत्पन्न होकर चौथे स्तर की आवश्यकता उत्पन्न हो जाय। इस तथ्य की संतुष्टि विलियम्स एवं पेज (Williams & Page, 1989) के प्रयोगात्मक अध्ययन से हो चुका है।

(3) मैसलो (Maslow) ने जिन मानवीय आवश्यकताओं (human needs) का वर्णन किया है उनके दैहिक या शारीरिक (physiological) तथा मनोवैज्ञानिक (psychological) आधारों (bases) को नहीं बतलाया गया है। उदाहरणस्वरूप, भूख की आवश्यकता को ही ले लीजिए। व्यक्ति में भूख की आवश्यकता होती है परन्तु किन-किन शारीरिक परिवर्तनों (physiological changes) से यह उत्पन्न होता है, इसका वर्णन उन्होंने नहीं किया है।

(4) मैसलो (Maslow) ने अपने सिद्धान्त के समर्थन में व्यक्तियों के मात्र केस इतिहास (case history) को प्रस्तुत किया है। उन्होंने इसके लिए कोई प्रयोगात्मक सबूत (experimental evidence) नहीं दिया है। फलतः उनकी सिद्धान्त की मान्यता थोड़ी कम हो जाती है।

इन आलोचनाओं के बावजूद भी मैसलो का आवश्यकता-पदानुक्रम सिद्धान्त एक महत्त्वपूर्ण सिद्धान्त माना गया है कि क्योंकि उनका सिद्धान्त एक ऐसा सिद्धान्त है जो अभिप्रेरण (motivation) की व्याख्या करने में जैविक (biological), सामाजिक (social), व्यवहारपरक (behavioural) प्रभावों (impacts) को सम्मिलित करता है।

संवेग का अर्थ एवं स्वरूप
(Meaning and Nature of Emotion)

भाव के समान संवेग भी एक भावात्मक मानसिक प्रक्रिया (affective mental process) है। संवेग का अंग्रेजी रूपान्तर 'emotion' है जो लैटिन शब्द 'emovere' से बना है और जिसका अर्थ उत्तेजित करना (to excite) होता है। इस शाब्दिक अर्थ को ध्यान में रखते हुए तब यह कहा जा सकता है कि संवेग व्यक्ति की उत्तेजित अवस्था का दूसरा नाम है। इसी अर्थ में **गेलडार्ड**[1] (Geldard, 1963) ने कहा है "संवेग क्रियाओं का उत्तेजक है।" लेकिन संवेग में सिर्फ उत्तेजित अवस्था ही नहीं होती है बल्कि कुछ और भी प्रक्रियाएँ होती हैं। अतः संवेग की एक उत्तम

1. "Emotions are inciter to action." —Geldard : *Fundamentals of Psychology* 1963, p. 33

परिभाषा **पी० टी० यंग**[1] (P.T. Young, 1961) ने दी है जो इस प्रकार है—''संवेग व्यक्ति में समग्र रूप से तीव्र उपद्रव की अवस्था है जिसकी उत्पत्ति मनोवैज्ञानिक कारणों से होती है, तथा जिसमें व्यवहार, चेतन अनुभूति तथा अन्तरावयवी कार्य होते हैं।''

पास्सर एवं **स्मीथ**[2] (Passer & Smith, 2007) के अनुसार, ''संवेग एक भावात्मक अवस्था होती है जिसमें घटनाओं के प्रति संज्ञानात्मक, दैहिक एवं व्यवहारपरक प्रतिक्रियाएँ सम्मिलित होती हैं।''

उपर्युक्त परिभाषाओं का विश्लेषण करने पर हमें संवेग के स्वरूप के बारे में निम्नांकित बातें मिलती हैं—

1. संवेग में तीव्र उपद्रव की अवस्था होती है *(In emotion there is an acute state of disturbance)*—संवेग में उपद्रव की अवस्था पायी जाती है। कहने का तात्पर्य यह है कि संवेग में व्यक्ति में सामान्य अवस्था समाप्त हो जाती है और उसकी जगह पर शारीरिक उपद्रव की अवस्था कायम हो जाती है। यह तथ्य तीव्र संवेग में अधिक देखने को मिलता है। शायद यही कारण है कि तीव्र संवेग में व्यक्ति का व्यवहार सामान्य व्यवहार से कुछ विचलित हो जाता है। जैसे, तीव्र डर के संवेग में व्यक्ति चीख उठता है और इधर-उधर भागने लगता है। साधारण संवेग में शारीरिक उपद्रव की मात्रा कम होती है।

2. संवेग में समग्र रूप से शारीरिक उपद्रव होता है *(In emotion bodily disturbance takes place as a whole)*—संवेग में जो उपद्रव होते हैं, वह शरीर के किसी एक अंग जैसे, पेट, नाक, हाथ, पैर, चेहरा, आदि में नहीं होते हैं बल्कि वह पूरे शरीर में होता है। जैसे, व्यक्ति में जब क्रोध का संवेग होता है, तो वह किसी अंग विशेष तक सीमित नहीं होता है बल्कि पूरे शरीर में ही एक ही तरह का उपद्रव पाया जाता है।

3. संवेग में चेतन अनुभव, व्यवहार तथा अन्तरांगों के कार्यों में परिवर्तन होते हैं *(In emotion changes take place in conscious experience, behaviour and in the functioning of visceral organs)*—संवेग में व्यक्ति के चेतन अनुभव, व्यवहार तथा अन्तरायवयव तीनों में परिवर्तन होते हैं। जैसे, क्रोध संवेग को ही ले लिया जाय। इस संवेग में व्यक्ति एक खास तरह का मानसिक अनुभव करता है, खास तरह का व्यवहार करता है तथा इसके अतिरिक्त उसके शरीर के भीतरी अंगों जैसे, हृदय की धड़कन में परिवर्तन, सांस की गति में परिवर्तन, रक्त चाप में वृद्धि आदि भी होते हैं।

4. संवेग की उत्पत्ति मनोवैज्ञानिक कारणों से होती है *(Emotions have psychological origin)*—संवेग की उत्पत्ति मनोवैज्ञानिक कारणों से होती है। व्यक्ति के सामने संवेग उत्पन्न करने वाला उद्दीपक उपस्थित होने पर वह उसके प्रति मानसिक रूप से अनुक्रिया करता है जिससे व्यक्ति में संवेग की उत्पत्ति होती है। जैसे, व्यक्ति साँप को देखकर डर जाता है। इसमें साँप एक उद्दीपक है जिसके प्रति व्यक्ति मानसिक रूप से अनुक्रिया करता है और डर का अनुभव करता है। कभी-कभी उद्दीपक् वास्तविक न होकर काल्पनिक भी हो सकता है। जैसे, किसी भयंकर साँप की मात्र कल्पना से ही व्यक्ति में डर उत्पन्न हो जाता है।

स्पष्ट हुआ कि संवेग का स्वरूप (nature) ऐसा होता है जिसमें व्यक्ति के शरीर में समग्र रूप में एक शारीरिक उपद्रव पाया जाता है।

संवेग की अभिव्यक्ति
(Expression of Emotion)

संवेग की अभिव्यक्ति व्यक्ति की शारीरिक परिवर्तनों द्वारा होती है। दूसरे शब्दों में यह कहा जा सकता है कि शारीरिक परिवर्तनों द्वारा ही संवेग की अभिव्यक्ति होती है। इस तरह की अभिव्यक्ति को मूलतः दो भागों में बाँटकर अध्ययन किया गया है।

---

1. "Emotion is an acute disturbance of individual as a whole, psychological in origin, involving behaviour, conscious experience and visceral function." —P.T. Young : *Motivation and Emotion,* 1961, p. 502
2. "Emotions are feeling (or affect) states that involve a pattern of cognitive, physiological and behavioural reactions to events." —Passer & Smith : *Psychology,* 207, p. 375

(1) बाह्य सांवेगिक अभिव्यक्ति (external emotional expression)

(2) आन्तरिक सावंगिक अभिव्यक्ति (internal emotional expresion)

इन दोनों प्रकार की सांवेगिक अभिव्यक्ति का वर्णन निम्नांकित है:—

1. बाह्य सांवेगिक अभिव्यक्ति *(External emotional expression)*

संवेग में होनेवाले बाह्य शारीरिक परिवर्तन से तात्पर्य उन शारीरिक परिवर्तनों से होता है जिसे बाहर से कोई भी व्यक्ति देख सकता है, अर्थात् जिसका प्रेक्षण (observation) बिना किसी विशेष यंत्र या उपकरण की सहायता से आसानी से किया जा सकता है। जैसे, क्रोध संवेग में व्यक्ति का चेहरा लाल हो जाता है, होठ कांपने लगता है, आँखे चढ़ी-चढ़ी-सी होतीं हैं, व्यक्ति जोर-जोर से बोलने लगता है। इन शारीरिक परिवर्तनों को आसानी से कोई भी व्यक्ति प्रेक्षण करके यह समझ सकता है कि व्यक्ति में क्रोध का संवेग हो रहा है। मनोवैज्ञानिकों के अनुसार संवेगात्मक अवस्था में मुख्यतः निम्नांकित तीन तरह के बाह्य शारीरिक परिवर्तन (external bodily changes) होते हैं—

1. आनन अभिव्यक्ति में परिवर्तन (Changes in facial expression)
2. शारीरिक मुद्रा में परिवर्तन (Changes in bodily postures)
3. स्वर अभिव्यक्ति में परिवर्तन (Changes in vocal expression)

इन परिवर्तनों की व्याख्या निम्नांकित है:—

1. आनन अभिव्यक्ति में परिवर्तन *(Changes in facial expression)*—संवेग में व्यक्ति के चेहरे या मुखाकृति (faces) में महत्त्वपूर्ण परिवर्तन होते हैं जिसके आधार पर उक्त संवेग का ज्ञान होता है। मनोवैज्ञानिकों के अनुसार चेहरे में बहुत संवेदनशील एवं छोटी-छोटी मांसपेशियाँ होतीं हैं जो संवेग के उत्पन्न होने पर फैलना-सिकुड़ना प्रारंभ कर देती है। इसी से चेहरे में संवेग की स्थिति में बहुत जल्द परिवर्तन आ जाता है। यही कारण है कि क्रोध, भय, प्रेम आदि संवेगों में चेहरा देखकर बहुत कुछ अंदाज लगा लिया जाता है। संवेग एवं आनन अभिव्यक्ति (facial expression) के बीच का अध्ययन सबसे पहले चार्ल्स डार्विन (Charles Darwin) द्वारा किया गया। उनका मत है कि भाषा विकसित होने के पहले से ही व्यक्ति अपनी भीतरी अवस्थाओं के बारे में संवेग के माध्यम से दूसरों को कुछ बतलाता है। डार्विन ने अपने अध्ययन के आधार पर यह बतलाया कि मौलिक संवेगों जैसे खुशी, डर, उदासी, क्रोध, आश्चर्य तथा विरक्ति या घृणा (disgust) आदि में जो आनन अभिव्यक्ति होती है, वह जननिक रूप से वंशागत (genetically inherited) होता है तथा पूरे मानव जाति की विशेषता होती है। उन्होंने विभिन्न संस्कृतियों में इन संवेगों की आनन अभिव्यक्ति एक समान पाया। फिर बाद में एकमैन तथा फ्रीसेन (Ekman & Friesen, 1971) ने अपने अध्ययन में संवेग के आनन अभिव्यक्ति को सार्विक (universal) होने के डार्विनियन दावे को सही ठहराया। इन्होंने छह मौलिक संवेगों यथा उदासी (sadness), आश्चर्य (surprise), खुशी (happiness), क्रोध (anger), डर (fear) तथा विरक्ति या घृणा (disgust) के आनन अभिव्यक्तियों का फोटोग्राफ (photograph) कई देशों से प्रयोज्यों को लेकर उन्हें दिखलाया और उनसे अभिव्यक्त होने वाले संवेग को बतलाने के लिए कहा गया (देखें चित्र

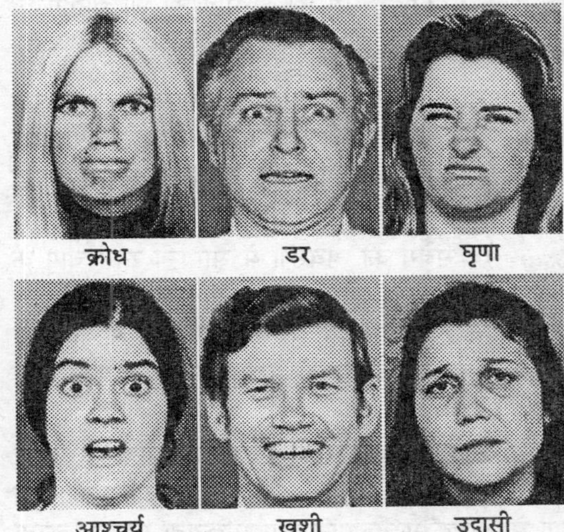

चित्र 9.2 : विभिन्न संवेगों की आनन अभिव्यक्ति

9.2)। अपने परिणाम में उन्होंने पाया कि इन आनन अभिव्यक्तियों का सचमुच में एक जैविक आधार होता है और इस तरह से डार्विन के दावे को इन्होंने भी अपने अध्ययन से समर्थन प्रदान किया।

2. शारीरिक मुद्रा में परिवर्तन *(Changes in bodily posture)*—प्रत्येक संवेग में शरीर की एक खास मुद्रा (posture) होती है। अतः संवेग में व्यक्ति के शारीरिक मुद्रा में भी परिवर्तन होता है। प्रायः दुःख के संवेग में व्यक्ति का शरीर कुछ झुका हुआ तथा क्रोध में उसका शरीर कुछ अकड़ा हुआ एवं तना हुआ दिखाई पड़ता है। भय के संवेग में व्यक्ति या तो भाग खड़ा होता है या किंकर्त्तव्यविमूढ़ होकर चुपचाप खड़ा रहता है। मनोवैज्ञानिकों ने कुछ प्रयोगों के आधार पर यह बतलाया है कि प्रत्येक संवेग में व्यक्ति के हाथ, पैर आदि की विशेष मुद्रा होती है। यह मुद्रा ऐसी होती है कि इसके आधार पर हम यह कह सकते हैं कि व्यक्ति में विभिन्न संवेग में से कौन-सा संवेग हो रहा है। शायद यही कारण है कि मूक भूमिका जिसमें नायक या नायिका मात्र अंगों का संचालन करते हैं, को देखकर हम समझ जाते हैं कि उसमें अमुक संवेग हो रहा है।

3. स्वर अभिव्यक्ति में परिवर्तन *(changes in vocal expression)*—संवेग की स्थिति में व्यक्ति की आवाज में भी परिवर्तन आ जाता है जिसे सुनकर हम आसानी से व्यक्ति के संवेग का अंदाज लगा लेते हैं। जैसे, यदि कोई व्यक्ति थोड़ी दूर पर ज़ोर-जोर से बोलता हुआ सुना जाता है तो उसके आवाज की तीव्रता, बोलने का ढंग, स्वर विराम तथा स्वर आरंभ से हम समझ जाते हैं कि उसमें क्रोध का संवेग हो रहा है। एक नेत्रहीन व्यक्ति स्वरों द्वारा किये गये अभिव्यक्ति से ही दूसरों के संवेग को समझ लेता है। डुसेनवेरी तथा नोअरर (Dusenbery & Knowrer, 1939) ने इस सिलसिले में एक प्रयोग किया। इस प्रयोग में A से K तक के अक्षरों को भिन्न-भिन्न संवेगात्मक आवाज में किसी व्यक्ति द्वारा पढ़वाया गया और उसके आवाज का टेपरिकॉर्डिंग किया गया। बाद में इस टेपरिकॉर्डिंग को कुछ प्रयोगों को परोक्ष रूप से (अर्थात् टेपरेकॉर्डर को किसी नजदीक के कमरे में रखकर) सुनाया गया। परिणाम में देखा गया कि अधिकतर प्रयोज्य इन अक्षरों द्वारा व्यक्त संवेग की पहचान करने में सफल हुए।

स्पष्ट हुआ कि संवेग में कुछ स्पष्ट बाह्य परिवर्तन होते हैं जिन्हें देखकर संवेग की पहचान की जा सकती है।

2. आन्तरिक सांवेगिक अभिव्यक्ति *(Internal emotional expression)*

संवेग में बाह्य शारीरिक परिवर्तनों के अलावा कुछ आन्तरिक शारीरिक परिवर्तन भी होते हैं। आन्तरिक शारीरिक परिवर्तन से तात्पर्य उन परिवर्तनों से होता है जिसे हम अपनी आँखों से सीधे नहीं देख सकते हैं परन्तु विशेष यंत्र के सहारे हम उसका प्रेक्षण कर सकते हैं तथा अध्ययन कर लेते हैं। ऐसे आन्तरिक शारीरिक परिवर्तनों में निम्नांकित प्रमुख हैं—

1. रक्त चाप में परिवर्तन *(Changes in blood pressure)*—संवेग की अवस्था में सामान्य रक्त चाप के स्तर में परिवर्तन यानी कमी या वृद्धि हो जाती है जिसका मापन एक विशेष यंत्र यानी *स्फिगमोमैनोमीटर* (sphygmomanometer) द्वारा किया जाता है। कुछ संवेग ऐसे होते हैं जिसमें व्यक्ति के रक्त चाप में वृद्धि हो जाती है तथा कुछ संवेग ऐसे होते हैं जिसमें रक्त चाप में स्पष्ट रूप से कमी हो जाती है। सामान्यतः भय में रक्त चाप में कमी होती देखी गयी है परंतु क्रोध में रक्तचाप में वृद्धि होती है।

2. रक्त में रासायनिक परिवर्तन *(Chemical changes in blood)*—संवेग में रक्त के रासायनिक तत्त्वों (chemical elements) में भी परिवर्तन हो जाते हैं। जैसे, रक्त में एड्रिनिन (adrenin) जो एड्रिनल ग्रन्थि का स्राव होता है, बढ़ जाता है जिसके परिणामस्वरूप व्यक्ति अपने आप में अधिक फुर्तिलापन तथा सक्रियता महसूस करता है। संवेगावस्था में खून में चीनी की मात्रा बढ़ जाती है जिससे व्यक्ति को अतिरिक्त ऊर्जा (energy) मिलती है। ऐसी स्थिति में खून में लाल कणों की संख्या में वृद्धि भी हो जाती है।

3. सांस की गति में परिवर्तन *(Changes in rate of respiration)*—संवेग की अवस्था में सांस की गति में भी परिवर्तन होता पाया जाता है। कुछ संवेग तो ऐसे होते हैं जिसमें सांस की गति तीव्र हो जाती है तथा कुछ संवेग ऐसे होते हैं जिसमें सांस की गति धीमी हो जाती है। सांस लेने तथा छोड़ने के बीच जितना ही कम समय होता है, सांस की गति तीव्र होती है तथा जितना ही अधिक समय होता है, सांस की गति उतनी ही धीमी होती है।

4. हृदय की गति तथा नाड़ी की गति में परिवर्तन *(Changes in heart beat and pulse beat)*—संवेग की अवस्था में हृदय की गति तथा नाड़ी की गति दोनों में ही परिवर्तन हो जाता है। नाड़ी की गति हृदय की गति पर ही निर्भर करती है। इसका मतलब यह हुआ कि इन दोनों में एक ही तरह का परिवर्तन होता है। अगर बढ़ेगा तो दोनों तथा घटेगा तो दोनों। कुछ संवेग ऐसे होते हैं जिसमें हृदय की गति बढ़ जाती है। फलस्वरूप नाड़ी की गति भी बढ़ जाती है। कुछ संवेग में ये दोनों ही गतियाँ कम हो जाती हैं। लेफ्रानकोइस (Lefrancois, 1983) के अनुसार क्रोध तथा प्यार के संवेग में हृदय की गति बढ़ जाती है। एकमैन (Ekman, 1973) ने भी अपने प्रयोग में इसी तरह का परिणाम पाया है। उन्होंने यह भी दिखलाया है कि उदासी की अवस्था में हृदय की गति सामान्य गति के अपेक्षा कम हो जाती है। शेपार्ड (Shepard, 1962) के अध्ययन के अनुसार चिन्ता के संवेग में हृदय की गति तीव्र हो जाती है। हृदय की गति को मापने के लिए स्टेथोस्कोप (Stethoscope) और कार्डियोटैकोमीटर (cardiotachometer) नामक उपकरण का उपयोग किया जाता है।

5. पाचन क्रिया में परिवर्तन *(Changes in gastrointestinal activities)*—संवेग की अवस्था में प्राणी के पाचन में परिवर्तन हो जाता है। मनोवैज्ञानिकों ने यह स्पष्ट रूप से दिखला दिया है कि तीव्र संवेग जैसे भय, क्रोध, चिन्ता आदि में पाचन क्रिया बहुत धीमी हो जाती है। कैनन (Cannon, 1915) ने अपने अध्ययन के आधार पर यह बतलाया है कि जब बिल्ली के सामने कुत्ता को लाया जाता था तो बिल्ली में तीव्र भय का संवेग उत्पन्न होता था जिससे पाचन क्रिया काफी धीमी पड़ जाती थी। संवेग की तीव्रता के कारण व्यक्ति में या तो कब्जियत (constipation) या पतला पैखाना (loose motion) हो सकता है। यही कारण है कि प्रायः देखा गया है कि परीक्षा के समय चूँकि छात्रों में सांवेगिक उत्तेजना अधिक हो जाता है, अतः उनमें अतिसार (diarrhoea) की बारंबारता बढ़ जाती है।

6. ग्रंथीय स्राव में परिवर्तन *(Changes in glandular secretion)*—शरीर के भीतर कई प्रकार की ग्रन्थियाँ हैं। संवेग में इन ग्रन्थियों के कार्यों में परिवर्तन हो जाता है। संवेगावस्था में लार ग्रन्थि तथा एड्रीनल ग्रन्थि (adrenal gland) के कार्यों में महत्त्वपूर्ण परिवर्तन आते हैं। तीव्र संवेग की स्थिति में व्यक्ति की लार ग्रन्थि से स्राव कम निकलता है। फलतः उसके मुँह के भीतर सुखा-सुखा का अनुभव होता है। यही कारण है कि डरा हुआ व्यक्ति का मुँह तुरंत ही सूखने लगता है। संवेगावस्था में एड्रीनल ग्रन्थि से एड्रीनिन (adrenin) काफी निकलता है जो रक्त में मिलकर व्यक्ति में महत्त्वपूर्ण परिवर्तन लाता है और व्यक्ति को सांवेगिक परिस्थिति से निबटने के लायक बनाता है।

7. आँख की पुतली की अनुक्रिया में परिवर्तन *(Changes in pupillary responses)*—मनोवैज्ञानिकों द्वारा किए गए अध्ययनों से यह स्पष्ट हुआ है कि आँख की पुतली तथा परितारिका के कार्यों में संवेगावस्था में परिवर्तन आ जाता है। बेन्डर (Bender, 1933) के अनुसार क्रोध एवं प्रेम में आँख की परितारिका में फैलाव आता है। एक्स (Ax, 1953) के अनुसार, दुःख तथा विरक्ति की स्थिति में संवेग में आँख की परितारिका में सिकुड़न आता है।

8. मस्तिष्क तरंगों में परिवर्तन *(Changes in brain waves)*—संवेगावस्था में व्यक्ति के मस्तिष्क में कुछ वैद्युत परिवर्तन होते हैं जिन्हें मस्तिष्क तरंग (brain waves) कहा जाता है। संवेग की अवस्था में मस्तिष्क तरंगों के प्रकार और संख्या में परिवर्तन हो जाता है। सामान्य अवस्था में एक खास तरह का मस्तिष्क तरंग बनता है जिसकी बारंबारता प्रति सेकंड 8 से 12 होती है। इसे *अल्फा तरंग* कहा जाता है। जब व्यक्ति उत्तेजन की अवस्था में आता है, तो उसके मस्तिष्क में एक-दूसरे प्रकार का मस्तिष्क तरंग (brain waves) बनता है जिसे *बीटा तरंग* (beta waves) कहा जाता है। बीटा तरंग की ऊँचाई तुलनात्मक रूप से कम होती है और इसकी बारंबारता 18 से 30 संकेड होती है।

स्पष्ट हुआ कि संवेग में महत्त्वपूर्ण शारीरिक परिवर्तन होते हैं जिनका प्रेक्षण एवं अध्ययन के आधार पर संवेग को ठीक ढंग से समझा जा सकता है।

संवेग का प्रकार
(Types of Emotion)

संवेग को मनोवैज्ञानिकों ने कई भागों में बाँटा है जिनमें प्रमुख इस प्रकार है:—

1. प्रेम *(Love or affection)*—प्रेम एक धनात्मक संवेग (positive emotion) है। जब व्यक्ति में किसी दूसरे व्यक्ति, पशु, स्थान के प्रति पसंदगी (liking) तथा आकर्षण (attraction) विकसित हो जाता है, तो इस संवेगात्मक स्थिति को प्रेम (love or affection) की संज्ञा दी जाती है। इस संवेग में व्यक्ति दोस्ताना संबंध (friendliness), सहानुभूति (sympathy) तथा मदद करने की प्रवृत्ति (helpfulness) दिखलाता है। गैरिसन (Garrison, 1959) का कहना है कि प्रेम एक ऐसा संवेग है जिसकी शुरूआत बचपन में ही होता है तथा यह उन व्यक्तियों में अच्छा तरह से विकसित होता है जिन्हें अन्य व्यक्तियों से प्रेम मिला है तथा स्वयं दूसरों को देने का मौका मिला है। घर में बच्चे माँ के प्रति पिता की अपेक्षा सामान्य तौर पर अधिक प्रेम दिखलाते हैं क्योंकि माँ के साथ उनकी अन्त:क्रिया (interaction) की घनिष्ठता अधिक होती है।

2. आनन्द तथा उल्लास *(Joy and elation)*—आनन्द भी एक तरह का धनात्मक संवेग (positive emotion) है। जब आनन्द की तीव्रता कम होती है तो इसे खुशी (pleasure or happiness) कहा जाता है परन्तु जब इसकी तीव्रता अधिक होती है तो इसे उल्लास (elation) कहा जाता है। जहाँ तक बच्चों में आनन्द संवेग का प्रश्न है, यह उम्र बढ़ने के साथ-साथ पूर्वकथनीय (predictable) होता है। छोटे-छोटे शिशुओं में आनन्द शारीरिक क्रियाओं जैसे खड़ा होना, धीरे-धीरे चलना, दौड़ना आदि से होता है। प्राक्स्कूली छात्रों (preschool children) में आनन्द मूलत: उन क्रियाओं से होता है जिसमें वे अपने साथियों (peers) को बुरी तरह फँसे हुए पाते हैं। जैसे, यदि कोई बच्चा कमीज पहनते समय अपना हाथ या पैर उसमें फँसा लेता है, तो इसे देखकर उसी उम्र का दूसरा बच्चा में आनन्द का संवेग होता है। प्राक्स्कूली बच्चे अचानक आवाज़ (sudden noise) आदि से भी काफी आनन्दित होते हैं। बड़े बच्चों में आनन्द का संवेग मूलत: उस समय होता है जब वे उस लक्ष्य (goal) की प्राप्ति कर लेते हैं जिसका वे निर्धारण अपने लिए किये हैं। जैसे एक 12 साल का बच्चा यदि सुबह से ही यह सोच रखा है कि उसे आज मैटिनी शो सिनेमा जाना है और सचमुच में वह इस शो को देखने में समर्थ हो जाता है, तो इससे उसे काफी आनन्द मिलता है।

जैसे-जैसे बच्चा वयस्कता (adulthood) की ओर बढ़ता है, वे अपने आनन्द को सामाजिक रूप से व्यक्त करना सीख जाते हैं। ऐसे बच्चे अब अपने आनन्द की अभिव्यक्ति बच्चों जैसे जोर से हँसकर करना नहीं पसंद करते हैं। आनन्द संवेग की अभिव्यक्ति एक वयस्क (adult) मुस्कुराकर (smile) तथा कभी-कभी जोरों से हँसकर भी करता है।

3. उदासी तथा विषाद *(Sadness and depression)*—उदासी (sadness or sorrow) एक ऐसी सांवेगिक प्रतिक्रिया (emotional reaction) है जो प्रिय (loved) वस्तु के खो जाने या प्रिय व्यक्ति के मर जाने से उत्पन्न होता है। अत: यह एक तरह का दुखद संवेग (unpleasant emotion) है। जब उदासी के संवेग की तीव्रता (intensity) अधिक हो जाती है, तो इसे शोक या विषाद (grief) कहा जाता है। बच्चों में उदासी (sorrow or sadness) के संवेग की अभिव्यक्ति (expression) स्पष्ट (overt) तथा अस्पष्ट दोनों ढंग से होता है। जब बच्चा उदासी का स्पष्ट अभिव्यक्ति करता है, तो वह रोना (crying) प्रारंभ कर देता है। जब वह इसका अस्पष्ट एवं परोक्ष रूप से अभिव्यक्ति करता है, तो उसमें भूख की कमी, नींद की कमी, खेलने की अनिच्छा व्यक्त करना, दूसरों से न बोलना आदि क्रियाएँ करता है। वयस्कों द्वारा उदासी संवेग की अभिव्यक्ति प्राय: परोक्ष रूप से (indirect) ही होता है। जब एक वयस्क (adult) में उदासी का संवेग उत्पन्न होता है, तो उसमें किसी कार्य में अभिरुचि (interest) की कमी, भूख की कमी, रक्तचाप में कमी, साँस की गति धीमी, नाड़ी की गति में कमी, सामान्य वातावरण से अपने आप को अलग रखने की प्रवृत्ति आदि देखने को मिलता है।

4. ऊब *(Boredom)*—जब व्यक्ति के सामने न तो कोई स्पष्ट लक्ष्य (goal) होता है और न तो उसे अपनी

उपलब्धि (achievement) से खुशी ही होती है और उसी तरह से जब व्यक्ति के सामने ऐसा कार्य होता है जिसमें न उसकी अभिरुचि होती है और न इच्छा ही, तो ऐसी परिस्थिति में उसमें एक विशेष संवेगात्मक स्थिति (emotional state) पायी जाती है जिसे ऊब (boredom) कहा जाता है। ऊब का संवेग व्यक्ति को कुछ कार्य करने के लिए प्रेरित करता है। लेकिन वह यह नहीं समझ पाता है कि उसे क्या करना चाहिए। ऊब संवेग एक दुखद संवेग (unpleasant emotion) होता है। अतः व्यक्ति इस तरह की सांवेगिक स्थिति (emotional state) से जल्द-से-जल्द कुछ रचनात्मक कार्य (constructive work) करके छुटकारा पाना चाहता है।

व्यक्ति में ऊब संवेग सिर्फ अरुचिकर कार्यों से ही नहीं बल्कि आवृत्तीय कार्यों (repetitive works) से भी होता है। जब व्यक्ति को एक ही तरह का कार्य बार-बार लगातार कई दिनों तक करना होता है, तो कुछ दिनों के बाद उसमें उस कार्य से ऊब (boredom) का संवेग उत्पन्न हो जाता है। इस तरह के ऊब से व्यक्ति में ध्यान भंग (distraction of attention) होता है। फलस्वरूप, उसे काम करने में गलतियाँ काफी अधिक होती हैं।

5. डर एवं दुश्चिंता *(Fear and Anxiety)*—डर (fear) तथा दुश्चिंता (anxiety) दोनों एक-दूसरे से काफी संबंधित संवेग (related emotion) है। डर एक ऐसी संवेगात्मक स्थिति है जिसमें किसी ऐसे खतरनाक (dangerous) वस्तु या घटना के प्रति व्यक्ति को प्रतिक्रिया (reaction) करना होता है जिससे वह आसानी से छुटकारा नहीं पा सकता है। दुश्चिंता (anxiety) चिरकालिक डर (chronic fear) का दूसरा नाम है। दुश्चिंता में मानसिक स्थिति अस्पष्ट (vague) होती है लेकिन यह संचयी (cumulative) होता है और प्रत्येक क्षण एक खास समय तक बढ़ते ही जाता है।

डर संवेग शैशवावस्था से ही होता देखा गया है। प्रायः शिशु तीव्र आवाज (loud noise), अंधेरे कमरा, जानवर, एकान्त परिस्थिति आदि से डर जाते हैं। बड़े बच्चों में डर इन उद्दीपकों के अलावा, कुछ काल्पनिक बातों तथा कहानियों के काल्पनिक पात्रों (characters) से भी होता है। वाटसन (Watson, 1920) के अनुसार भय संवेग के विकास में अनुबन्धन (conditioning) का विशेष हाथ होता है। अलबर्ट (Albert) नामक एक बच्चा पर उनका इस सिलसिले में किया प्रयोग उल्लेखनीय है। बच्चे डर संवेग की अभिव्यक्ति अपने आप को फर्निचर आदि के पीछे छिपाकर या फिर जोरों से चिल्लाकर करते हैं। परन्तु बड़ा हो जाने पर वे अपने डर संवेग की अभिव्यक्ति दूसरे ढंग से करते हैं। प्रायः एक विशेष आनन अभिव्यक्ति (facial expression) बनाकर वे डर के संवेग को व्यक्त करते हैं।

6. क्रोध *(Anger)*—क्रोध एक ऐसा संवेग है जिसकी उत्पत्ति एक ऐसा अवरोध या अड़चन (obstacle) से होता है जिसे दूर किया जा सकता है। क्रोध जब अत्यधिक (excessive) होता है तथा चिरकालिक (chronic) होता है तो इसका प्रभाव विनाशक (destructive) होता है। क्रोध भी एक ऐसा संवेग है जो शैशवावस्था से ही देखने को मिलता है। शैशवावस्था (infancy) तथा बचपनावस्था (childhood) में क्रोध की उत्पत्ति हल्के शारीरिक असुविधा (minor physical discomfort), जैसे—स्नान कराने, कपड़ा पहनने तथा उन्हें मनचाहा शारीरिक क्रियाएँ (physical activities) को न करने देने से उत्पन्न होता है। बड़े बच्चों में यानी 13-14 साल के बच्चों में क्रोध दूसरे कारणों से भी उत्पन्न होता है। जैसे, जब इनकी इच्छा संतुष्ट नहीं हो पाती है, तो इनमें क्रोध उत्पन्न होता है। जब उन्हें कोई चिढ़ाता (tease) है तथा जब उनके माता-पिता प्रतिकूल तुलना (unfavourable comparison) दूसरे बच्चों या व्यक्तियों से करते हैं तो इससे भी उनमें क्रोध उत्पन्न होता है।

व्यक्ति क्रोध संवेग की अभिव्यक्ति (expression) दो ढंग से करता है—आवेगशील अनुक्रिया (impulsive responses) के रूप में तथा निरोधी अनुक्रिया (inhibited responses) के रूप में। जब क्रोध की अभिव्यक्ति आवेगशील अनुक्रिया (impulsive responses) के रूप में होती है, तो इसे आक्रमणशीलता (aggresion) की संज्ञा दी जाती है। क्रोध संवेग की अभिव्यक्ति आवेगशील अनुक्रिया के रूप में अधिकतर बच्चों द्वारा किया जाता है। वे प्रायः अन्य बच्चों या व्यक्तियों के प्रति भिन्न-भिन्न प्रकार के आवेगशील अनुक्रिया जैसे, दाँत काटकर, सिर का बाल नोचकर, कपड़ा फाड़कर, दूसरे का किताब फाड़कर, गाली देकर आदि के रूप में करते हैं। अतः अधिकतर आवेगशील अनुक्रियाएँ बच्चे दूसरे बच्चों के प्रति ही करते हैं।

क्रोध की अभिव्यक्ति कुछ निरोधी अनुक्रियाओं (inhibited responses) द्वारा भी होती है। निरोधी अनुक्रिया वैसी अनुक्रिया को कहा जाता है जिसमें क्रोध की अभिव्यक्ति नियंत्रित रूप से (controlled way) होती है। वयस्क अपने क्रोध की अभिव्यक्ति प्रायः निरोधी क्रियाओं द्वारा ही करते हैं। प्रायः देखा गया है कि एक वयस्क व्यक्ति जब किसी दूसरे व्यक्ति से क्रोधित हो जाता है, तो उससे मिलना-जुलना कम कर देता है। इतना ही नहीं, ऐसा व्यक्ति सामान्य वातावरण (general environment) से भी अपने आप को खींच लेता है। इस तरह के निरोधी अनुक्रियाओं को अदण्डित व्यवहार (impunitive behaviour) कहा जाता है।

7. डाह या ईर्ष्या *(Jealousy)*—डाह एक तरह का जटिल संवेग (complex emotion) होता है और इसमें डर (fear) तथा क्रोध (anger) दोनों संवेग मिला होता है। जब व्यक्ति पहले से मिल रहे अनुराग (affection) में वास्तविक (actual) या काल्पनिक (supposed) कमी महसूस करता है, तो इससे उसमें डाह या ईर्ष्या (jealousy) का संवेग उत्पन्न होता है। जिस व्यक्ति में डाह का संवेग उत्पन्न होता है, वह अपने आप को हमेशा असुरक्षित (insecure) महसूस करता है और हमेशा उसे इस बात का डर बना होता है कि उसका स्थान दूसरा व्यक्ति लेने वाला है। जिस परिस्थिति में डाह का संवेग उत्पन्न होता है, वह मूलतः सामाजिक होता है।

निष्कर्षतः यह कहा जा सकता है कि संवेग के कई प्रकार हैं जिनमें से कुछ धनात्मक संवेग (positive emotions) हैं तथा कुछ ऋणात्मक संवेग (negative emotions) हैं। प्रेम (love), आनन्द, उल्लास आदि धनात्मक संवेग के उदाहरण हैं तथा उदासी, विषाद (depression), ऊब, डाह, ईर्ष्या आदि नकारात्मक संवेग के उदाहरण हैं।

संवेग का शरीरक्रियात्मक आधार
(Physiological bases of Emotion)

संवेग की उत्पत्ति में दैहिक उत्तेजन (physiological arousal) स्पष्ट रूप से होता है। इस तरह के दैहिक उत्तेजन में मूलतः परिधीय तंत्रिका तंत्र (peripheral nervous system) की अहम् भूमिका होती है। जैसा कि हम जानते हैं, परिधीय तंत्रिका तंत्र के दो भाग हैं—*कायिक तंत्रिका तंत्र* (somatic nervous system) तथा *स्वायत्त तंत्रिका तंत्र* (autonomic nervous system)। कायिक तंत्रिका तंत्र स्वैच्छिक क्रियाओं (voluntary responses) का नियंत्रण करता है तथा स्वायत्त तंत्रिका तंत्र अनैच्छिक क्रियाओं (involuntary responses) को नियंत्रित करता है।

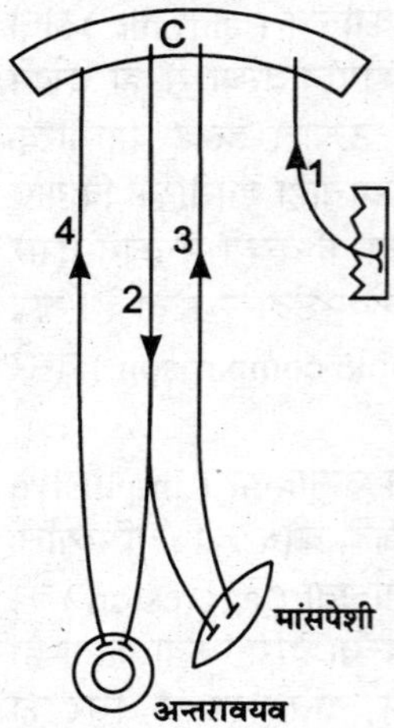

जेम्स लाँजे
C
1
R
4
3
2
मांसपेशी
अन्तरावयव

चित्र 9.3 : जेम्स-लांजे सिद्धान्त

संवेग के इस दैहिक आधार की व्याख्या करने के लिए दो तरह के सिद्धान्तों का प्रतिपादन किया गया है—*जेम्स लांजे सिद्धान्त* (James-Lange theory) तथा *कैनन-वार्ड सिद्धान्त* (Cannon-Bard theory)। इन दोनों सिद्धान्तों की व्याख्या इस प्रकार है—

जेम्स-लांजे सिद्धान्त
(James-Lange Theory)

इस सिद्धान्त का प्रतिपादन दो वैज्ञानिकों अर्थात् विलियम जेम्स (William James) जो अमरीकन मनोवैज्ञानिक थे तथा कार्ल लान्जे (Carl Lange) जो डेनिश शरीरक्रिया वैज्ञानिक (Danish physiologist) थे, द्वारा स्वतंत्र रूप से 1880 में किया गया। चूँकि इन दोनों वैज्ञानिकों का विचार संवेग के बारे में एक-दूसरे से मिलते-जुलते थे, अतः इस सिद्धान्त का नाम दोनों के नाम पर रखा गया जो आज जेम्स-लांजे सिद्धान्त के रूप में मशहूर है। यह संवेग का एक जैविक (biological) सिद्धान्त हैं।

इस सिद्धान्त द्वारा संवेग की व्याख्या सामान्य बोध (common sense) की व्याख्या से ठीक विपरीत है। सामान्यतः जब हम कोई सांवेगिक उद्दीपक जैसे बाघ या भालू देखते हैं तो डर जाते हैं इसलिए भाग जाते हैं। इसका मतलब यह हुआ कि पहले

संवेगात्मक अनुभूति (emotional experience) होती है (डर) और उसके बाद में होता है संवेगात्मक व्यवहार (emotional behaviour) (भागना)। दूसरे शब्दों में, डर की अनुभूति पहले होती है और भाग जाने की क्रिया बाद में होती है। जेम्स-लान्जे सिद्धान्त द्वारा ऐसा नहीं होता है। इस सिद्धान्त के अनुसार व्यक्ति भालू को देखता है, भाग जाता है, इसलिए डर जाता है। हम दुश्मन को देखते हैं, उसकी तरफ से मुँह फेर लेते हैं इसलिए घृणा हो जाता है। इन उदाहरणों से स्पष्ट है कि जेम्स-लांजे सिद्धान्त के अनुसार पहले संवेगात्मक व्यवहार होता है और तब संवेगात्मक अनुभूति होती है। यदि संवेगात्मक व्यवहार नहीं होगा, तो संवेगात्मक अनुभूति भी नहीं होगा। दूसरे शब्दों में, यदि व्यक्ति भालू को देखकर नहीं भागता, तो उसमें डर की अनुभूति भी नहीं होती है।

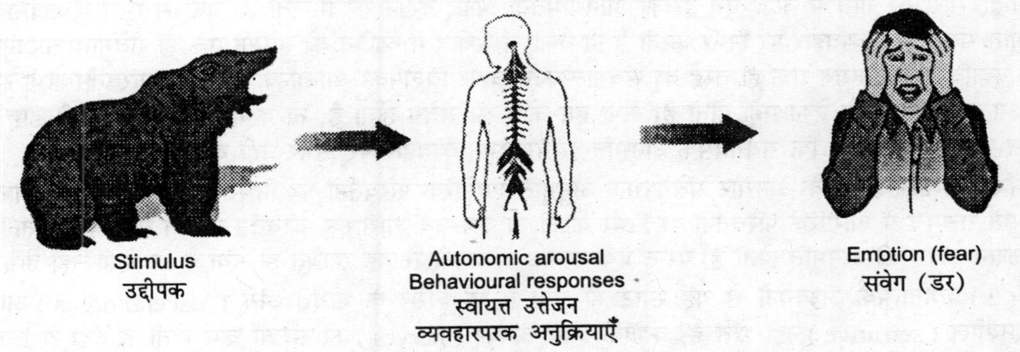

चित्र 9.4 : जेम्स लांजे सिद्धान्त

उपर्युक्त व्याख्या से यह स्पष्ट है कि जेम्स-लान्जे सिद्धान्त संवेग की व्याख्या निम्नांकित तीन चरणों (steps) में करता है—

(1) सबसे पहले व्यक्ति किसी उद्दीपक (stimulus) जो संवेग उत्पन्न कर सकता है, उसका प्रत्यक्षण (perception) करता है। दूसरे शब्दों में, संवेग की प्रक्रिया प्रत्यक्षण पर निर्भर करती है। जब किसी उद्दीपक (stimulus) द्वारा ग्राहक यानी ज्ञानेन्द्रिय (sense organ) में तंत्रिका आवेग (nerve impulse) उत्पन्न होता है, तो वह पथ (संख्या 1) होता हुआ मस्तिष्क में पहुँचता है जिससे व्यक्ति को उद्दीपक का प्रत्यक्षण होता है (चित्र 9.3 देखें)। उदाहरणार्थ, यहाँ व्यक्ति भालू या (अन्य संवेग उत्पन्न करने वाले उद्दीपक) को अपने सामने होने का प्रत्यक्षण करता है (चित्र 9.4 देखें)।

(2) किसी उद्दीपक (बाघ या भालू) का प्रत्यक्षण होने से शरीर के भीतरी अंगों एवं बाह्य अंगों में परिवर्तन हो जाता है जिसके फलस्वरूप व्यक्ति संवेगात्मक व्यवहार (emotional behaviour) करता है। चित्र 9.3 में ध्यानपूर्ण देखने से यह स्पष्ट हो जाता है कि पथ-2 द्वारा तंत्रिका आवेग (nerve impulse) मस्तिष्क से निकलकर शरीर के अन्तरावयव (visceral organs) तथा भीतरी अंगों जैसे हृदय, फेफड़ा, ऐड्रिनल ग्रन्थि, वृक्क (kidney) आदि को उत्तेजित करता है तथा साथ-ही-साथ शरीर के बाहरी अंगों यानी हाथ-पैर की मांसपेशियों को क्रियाशील कर देता है। उदाहरणार्थ, बाघ या भालू देखने के बाद व्यक्ति के हृदय की गति तीव्र हो जाती है, साँस तेजी से चलने लगता है तथा एड्रिनल ग्रन्थि से एड्रिनालिन निकलकर खून में मिलना प्रारम्भ हो जाता है आदि-आदि। इन सबका परिणाम यह होता है कि व्यक्ति में तीव्र शारीरिक परिवर्तन (bodily changes) होता है। फलतः वह बाघ या भालू देखकर भाग जाता है यानी संवेगात्मक व्यवहार करता है (चित्र 9.4 देखें)।

(3) संवेगात्मक व्यवहार के बाद मस्तिष्क को यह सूचना मिलती है कि अमुक व्यवहार किया गया है। शरीर के भीतर अंगों से (चित्र 9.3 का पथ 4 देखें) तथा शरीर के बाहरी अंगों से (पथ—3 देखें) मस्तिष्क को अमुक सांवेगिक व्यवहार से संबंधित परिवर्तनों की सूचना मिलती है। इस तरह की व्याख्या से दो बातें स्पष्ट हो जातीं है—पहला तो यह कि संवेगात्मक व्यवहार पहले होता है तथा संवेगात्मक अनुभूति (emotional experience) बाद

में। दूसरा यह है कि संवेगात्मक अनुभूति का होना संवेगात्मक व्यवहार पर निर्भर करता है। यदि संवेगात्मक व्यवहार नहीं होगा तो संवेगात्मक अनुभूति भी नहीं होगी। बाघ या भालू को देखकर हम भाग जाते हैं (संवेगात्मक व्यवहार होता है) और इस भागने की सूचना मस्तिष्क को मिलती है जिसके फलस्वरूप हम में संवेगात्मक अनुभूति (emotional experience) होती है अर्थात हम डर जाते हैं।

मनोवैज्ञानिकों ने जेम्स-लान्जे सिद्धान्त की आलोचना इस प्रकार की है—

(1) इस सिद्धान्त के अनुसार संवेगात्मक अनुभूति, संवेगात्मक व्यवहार पर निर्भर करती है। परन्तु सच्चाई ऐसी नहीं है। करीब-करीब सभी संवेग में तो एक ही तरह के संवेगात्मक व्यवहार जैसे हृदय की गति में वृद्धि, रक्तचाप में वृद्धि, साँस की गति में वृद्धि एवं इसकी अनियमितता आदि देखने को मिलती है। यदि सचमुच में संवेगात्मक अनुभूति संवेगात्मक व्यवहार पर निर्भर करती है तो वैसी परिस्थिति में व्यक्ति को हमेशा एक ही संवेगात्मक अनुभूति होती क्योंकि करीब-करीब एक ही तरह का संवेगात्मक व्यवहार विशेषकर आन्तरिक शारीरिक परिवर्तन सभी संवेग में हुआ करते हैं। परन्तु ऐसा नहीं होता है। कभी हमें क्रोध का संवेग होता है, तो कभी डर का, तो कभी डाह का। इसका मतलब यह हुआ कि संवेगात्मक अनुभूति, संवेगात्मक व्यवहार पर निर्भर नहीं करती है।

(2) इस सिद्धान्त के अनुसार संवेगात्मक अनुभूति शारीरिक परिवर्तनों पर निर्भर करती है। यदि संवेगात्मक अनुभूति सचमुच में शारीरिक परिवर्तनों पर निर्भर करती तो जब-जब शारीरिक परिवर्तन व्यक्ति में उत्पन्न होता तब-तब उसमें संवेग की अनुभूति होती है। परन्तु प्रयोगात्मक अध्ययनों से यह साबित हो गया है कि ऐसा नहीं होता है।

(3) प्रयोगात्मक अध्ययनों से यह स्पष्ट हो गया है कि शरीर के भीतरी अंग (visceral organ) अधिक संवेदनशील (sensitive) नहीं होते हैं, क्योंकि इनमें तंत्रिका (nerves) की संख्या कम होती है तथा ये चिकनी पेशियों (smooth muscles) से बने होते हैं। इसका परिणाम यह होता है कि उसमें आन्तरिक परिवर्तन (internal changes) होने में कुछ समय लगता है। सच्चाई यह है कि व्यक्ति को संवेगात्मक अनुभव इन अंगों में परिवर्तन होने के कुछ पहले हो जाता है। इसका तब स्पष्ट मतलब यह हुआ कि संवेगात्मक अनुभव पहले हो जाते हैं तथा संवेगात्मक परिवर्तन बाद में होते हैं। ऐसी परिस्थिति में जेम्स-लान्जे का यह विचार कि संवेगात्मक अनुभूति संवेगात्मक परिवर्तन द्वारा ही उत्पन्न होती है, सही नहीं दीख पड़ता है।

(4) जेम्स-लान्जे सिद्धान्त के अनुसार यदि शारीरिक परिवर्तन की सूचना मस्तिष्क को न मिले तो संवेगात्मक अनुभूति नहीं होगी यानी व्यक्ति में किसी प्रकार का संवेग नहीं होगा। परन्तु शेरिंगटन (Sherrington, 1906) ने कुत्ता पर एक प्रयोग कर यह दिखला दिया है कि यह बात गलत है। इस कुत्ते का अन्तरांग (visceral organs) तथा मस्तिष्क के मिलाने वाली सभी तंत्रिकाओं (nerves) को काट दिया गया। ऐसी अवस्था में स्वभावतः शरीर के अन्तरांग में हुए परिवर्तन का अनुभव कुत्ते के मस्तिष्क को नहीं होता था। जब उसके सामने एक बिल्ली को लाया गया, तो कुत्ते में क्रोध का संवेग होते पाया गया जिससे स्पष्ट हो जाता है कि जेम्स-लान्जे का विचार सही नहीं है।

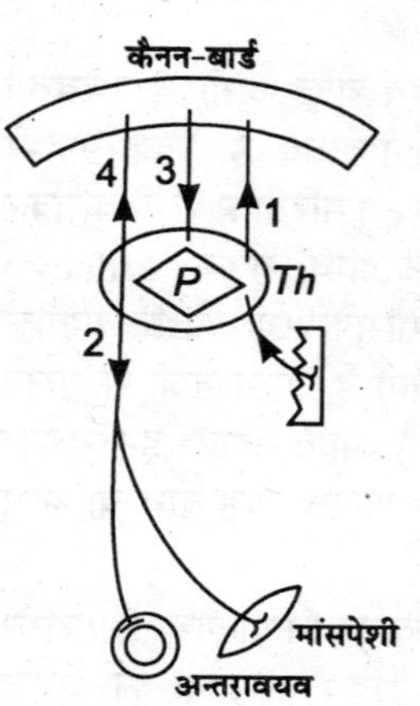

चित्र 9.5 : कैनन-वार्ड सिद्धान्त

निष्कर्ष के रूप में यह कहा जाता है कि शारीरिक परिवर्तन या सांवेगिक व्यवहार पर ही संवेगात्मक अनुभूति निर्भर नहीं करती है। अतः जेम्स-लान्जे का सिद्धान्त मात्र एक-पक्षीय प्राक्कल्पना (one-sided hypothesis) हैं जिसका कोई विशेष प्रयोगात्मक आधार नहीं है।

कैनन-बार्ड सिद्धान्त
(Cannon-Bard Theory)

इस सिद्धान्त का प्रतिपादन मूलतः कैनन (Cannon 1927) द्वारा किया गया। बाद में बार्ड (Bard, 1934) ने इसका अपने अध्ययनों एवं शोध (research) के आधार पर समर्थन किया। अतः इस सिद्धान्त का नाम दोनों मनोवैज्ञानिकों के नाम पर

रखा गया जो कैनन बार्ड सिद्धान्त (Cannon-Bard theory) के नाम से मशहूर है। यह सिद्धान्त भी संवेग का एक जैविक सिद्धान्त हैं।

इस सिद्धान्त के अनुसार संवेग का कारण हाइपोथैलमस (hypothalamus) है जिसका स्थान केन्द्रीय तंत्रिका तंत्र (central nervous system) के भाग (यानी मस्तिष्क में) प्रमस्तिष्क (cerebrum) तथा थैलमस (thalamus) के नीचे हैं। संवेग में हाइपोथैलमस तथा थैलमस के इस महत्त्व के कारण ही इस सिद्धान्त का नाम *हाइपोथैलमिक सिद्धान्त* (hypothalamic theory)या *थैलमिक सिद्धान्त* (thalamic theory) भी रखा गया है। इसे *केन्द्रीय सिद्धान्त* भी कहा जाता है क्योंकि इसमें केन्द्रीय तंत्रिका तंत्र (central nervous system) का अधिक महत्त्व होता है।

इस सिद्धान्त के अनुसार संवेग उत्पन्न करने वाले उद्दीपक (stimulus) द्वारा ज्ञानेन्द्रियों या ग्राहक (receptor) के उत्तेजित होने के बाद उसमें तंत्रिका आवेग उत्पन्न होता है जो प्रमस्तिष्क (cerebrum) में पथ-1 (चित्र 9.5 देखें) द्वारा पहुँचता है। प्रमस्तिष्क में आने के पहले संवेदी तंत्रिका आवेग (sensory nerve impulse) थैलमस तथा हाइपोथैलमस होकर गुजरते हैं। इससे हाइपोथैलमस में अभी क्रियाएँ पूर्णतः उत्पन्न नहीं होती है क्योंकि इसके ऊपर प्रमस्तिष्क वल्क (cerebral cortex) का नियंत्रण होता है। जब तंत्रिका आवेग पथ-1 से प्रमस्तिष्क वल्क मैं पहुँचकर हाइपोथैलमस की क्रियाओं पर से वल्क के अवरोध (inhibition) को हटाने के लिए पथ-3 से तंत्रिका आवेग भेजता है, तो थैलमस या हाइपोथैलम पूर्ण रूप से क्रियाशील हो जाता है और एक साथ दो दिशाओं में तंत्रिका आवेग (nerve impulse) चलता है। कुछ खास-खास परिस्थिति में पथ-3 द्वारा प्रमस्तिष्क वल्क (cerebral cortex) में अपने-आप उत्पन्न होने वाले तंत्रिका आवेग भी हाइपोथैलमस या थैलमस में आते हैं जिनसे वह और भी अधिक तेजी से क्रियाशील हो जाता है। जैसे, जब कोई पहले की संवेगपूर्ण विचार (emotion-laden idea) अचानक व्यक्ति के प्रमस्तिष्क वल्क में आ जाता है तब तंत्रिका आवेग के रूप में यह विचार हाइपोथैलमस में पहुँचता है जिससे वह और भी तेजी से क्रियाशील हो जाता है। एक दिशा में पथ-2 द्वारा तंत्रिका आवेग आन्तरांग में तथा हाथ-पैर की मांसपेशियों में पहुँचता है तो दूसरी दिशा वह है जिसमें ऊपर की ओर तन्त्रिका आवेग हाइपोथैलमस से पथ-4 द्वारा प्रमस्तिष्क वल्क (cerebral cortex) में पहुँचता है। जब तंत्रिका आवेग आन्तरांग तथा हाथ-पैर की मांसपेशियों में पहुँचता है तो इससे सांवेगिक व्यवहार उत्पन्न होते हैं। दूसरी तरफ़ जब तंत्रिका आवेग प्रमस्तिष्क वल्क में पहुँचता है तो इसमें व्यक्तियों को सांवेगिक अनुभूति (emotional experience) होती है। इस विवरण से यह स्पष्ट है कि सांवेगिक व्यवहार तथा सांवेगिक अनुभूति दोनों एक साथ ही (simultaneously) होते हैं न कि सांवेगिक परिवर्तन या सांवेगिक व्यवहार पर सांवेगिक अनुभूति निर्भर करती है जैसा जेम्स-लान्जे सिद्धान्त में कहा गया है। कैनन-बार्ड सिद्धान्त पर यदि हम ध्यानपूर्वक विचार करें तो यह स्पष्ट हो जायेगा कि इस सिद्धान्त के अनुसार संवेग उत्पन्न होने में निम्नांकित कदम (steps) होते हैं—

(1) संवेग उत्पन्न करने के लिए किसी उद्दीपक (stimulus) द्वारा ज्ञानेन्द्रिय (sense organ) को उत्तेजित होना अनिवार्य है।

(2) ज्ञानेन्द्रिय से तंत्रिका आवेग हाइपोथैलमस (या थैलमस) होता हुआ प्रमस्तिष्क वल्क (cerebral cortex) में पहुँचता है।

(3) प्रमस्तिष्क वल्क हाइपोथैलमस पर से अपना नियंत्रण कम कर देता है तथा कुछ विशेष परिस्थिति में ऐसे तंत्रिका आवेग को भी हाइपोथैलमस में भेजता है जिसकी उत्पत्ति विकल्प में हुई होती है।

(4) इसके परिणामस्वरूप (हाइपोथैलमस) पूर्णरूपेण क्रियाशील हो जाता है।

(5) हाइपोथैलमस के क्रियाशील होने पर तंत्रिका आवेग दो दिशा में यानी ऊपर की दिशा में अर्थात प्रमस्तिष्क वल्क की ओर तथा नीचे की दिशा में अर्थात अन्तरांग (visceral organs) तथा बाह्य शारीरिक अंगों की मांसपेशियों की ओर एक साथ जाते हैं। तंत्रिका आवेग को वल्क में पहुँचने पर संवेग का अनुभव होता है तथा अन्तरांग एवं मांसपेशियों में तंत्रिका आवेग के पहुँचने पर संवेगात्मक व्यवहार या शारीरिक परिवर्तन होता है।

इस पूरी प्रक्रिया को आसानी से चित्र 9.6 को देखकर समझा जा सकता है।

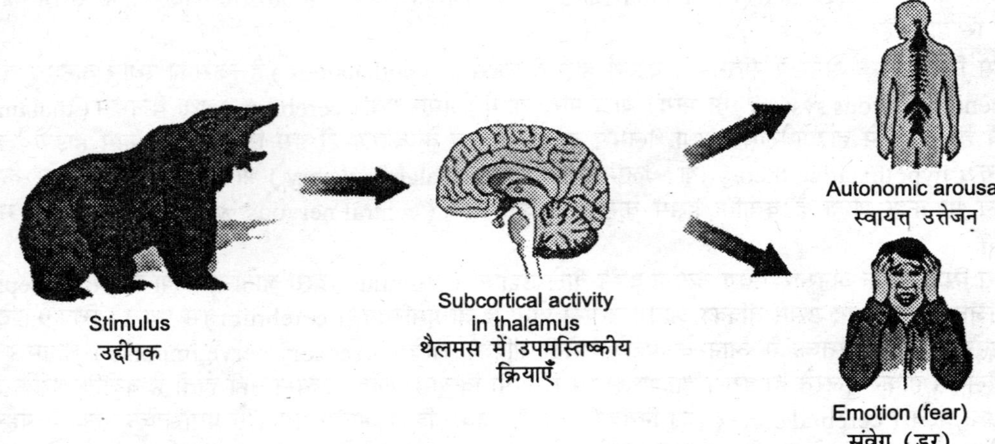

चित्र 9.6 : कैनन बार्ड सिद्धान्त

कैनन (Cannon, 1927) तथा बार्ड (Bard, 1934) ने कई प्रयोग बिल्ली तथा कुत्ते पर किये हैं जिनमें इन पशुओं के हाइपोथैलमस को काटकर निकाल दिया गया या उसमें एक छोटा घाव (lesion) कर दिया गया। ऐसा होने के बाद पशुओं में किसी प्रकार का संवेग होते नहीं पाया गया। यहाँ तक कि जब एक कुत्ते के हाइपोथैलमस को ऑपरेशन द्वारा निकालकर उसके सामने बिल्ली लायी गयी तो कुत्ता शांत भाव से बिना क्रोध दिखलाये चुपचाप रहा। इस तरह के प्रयोग से यह स्पष्ट हो जाता है कि हाइपोथैलमस संवेग का उद्‌गम स्थान (origin point) है।

इस सिद्धान्त की आलोचना मनोवैज्ञानिकों ने की है जो इस प्रकार है—

(1) कैनन-बार्ड सिद्धान्त के अनुसार संवेग का स्थान (seat) सिर्फ हाइपोथैलमस (या थैलमस) है। परन्तु सच्चाई यह है कि संवेग की उत्पत्ति में हाइपोथैलमस का महत्त्व विकीर्ण (diffuse) है, स्पष्ट नहीं। मास्सरमैन (Masserman, 1943) ने कई प्रयोग करके यह साबित कर दिया है कि सिर्फ हाइपोथैलमस तथा थैलमस के उत्तेजित करने से जो संवेग उत्पन्न होता है, वह अस्पष्ट, विकीर्ण (diffuse), यांत्रिक (mechanical) तथा सांवेगिक रूप से अर्थहीन होता है।

(2) मास्सरमैन (Masserman, 1943) की उपर्युक्त आलोचना से यह भी परोक्ष रूप से स्पष्ट है कि संवेग में मस्तिष्क के अन्य भाग भी योगदान करते हैं। ऐसा कहने का आधार यह है कि प्रायः हमें संवेग की अनुभूति स्पष्ट रूप से होती है। यदि सिर्फ हाइपोथैलमस द्वारा ही संवेग की उत्पत्ति होती, तो वह अस्पष्ट होता है। किंग तथा मेयर (King & Meyer, 1958) एवं ब्रेडी (Brady, 1960) ने एक प्रयोग कर दिखला दिया है कि मस्तिष्क के अन्य भाग जैसे लिम्बिक तंत्र (limbic system), ऐमिगडाला (amygdala) तथा सेप्टल क्षेत्र (septal area) आदि को उत्तेजित करने पर व्यक्ति में संवेग होते पाया गया है और इन हिस्सों को घायल कर देने से संवेग में कमी आ जाती है।

इन आलोचनाओं के बावजूद भी कैनन बार्ड का सिद्धान्त आज एक प्रमुख सिद्धान्त के अनुसार हाइपोथैलमस तथा थैलमस संवेग का उद्‌गम बिन्दु है जो अधिकतर मनोवैज्ञानिकों को मान्य हैं।

जेम्स-लान्जे सिद्धान्त तथा कैनन-बार्ड सिद्धान्त का एक तुलनात्मक अध्ययन (A Comparative Study of James-Lange Theory and Cannon-Bard Theory)

जेम्स-लान्जे तथा कैनन-बार्ड सिद्धान्त संवेग के दो महत्त्वपूर्ण सिद्धान्त हैं जिनमें कुछ समानताएँ (similarities) तथा कुछ विषमताएँ (dissimilarities) हैं। इन दोनों सिद्धान्तों में प्रमुख समानताएँ निम्नांकित हैं—

1. दोनों सिद्धान्त इस बात पर बल डालते हैं कि संवेग के लिए उद्दीपक का प्रत्यक्षण (perception) अनिवार्य है।

2. दोनों सिद्धान्त सांवेगिक अनुभव (emotional experience) तथा सांवेगिक व्यवहार (emotional behaviour) को संवेग का दो महत्त्वपूर्ण पहलू मानता है।

3. दोनों सिद्धान्त यह मानता है कि संवेगात्मक व्यवहार अन्तरांग (visceral organs) तथा शरीर की ऐच्छिक मांसपेशियों जैसे हाथ-पाँव की मांसपेशियों में उपद्रव (disturbance) के फलस्वरूप उत्पन्न होता है।

4. दोनों सिद्धान्त यह भी मानता है कि संवेगात्मक अनुभूति (emotional experience) व्यक्ति को उस समय होता है जब संवेदी तंत्रिका (sensory nerves) द्वारा तंत्रिका आवेग (nerve impulse) प्रमस्तिष्क वल्क (cerebral cortex) में पहुँचता है।

इन समानताओं के बावजूद भी इन दोनों सिद्धान्तों में कुछ विभिन्नताएँ (dissimilarities) है जो इस प्रकार है—

1. जेम्स-लान्जे सिद्धान्त के अनुसार संवेगात्मक व्यवहार (emotional behaviour) पहले होता है और संवेगात्मक अनुभूति (emotional experience) बाद में। उदाहरणार्थ, भालू या बाघ देखकर, जेम्स-लान्जे सिद्धान्त के अनुसार, पहले व्यक्ति भाग जाता है और तब उसे अनुभव होता है कि वह डर गया है। परन्तु कैनन-बार्ड सिद्धान्त के अनुसार दोनों अर्थात संवेगात्मक अनुभूति तथा संवेगात्मक व्यवहार एक साथ (simultaneously) होते हैं।

2. जेम्स-लान्जे सिद्धान्त के अनुसार संवेगात्मक अनुभूति (emotional experience) का होना संवेगात्मक व्यवहार पर निर्भर करता है। यदि संवेगात्मक व्यवहार नहीं होगा तो संवेगात्मक अनुभूति भी नहीं होगी। यदि बाघ या भालू देखकर कोई व्यक्ति भाग नहीं जाता है, तो वह डरेगा भी नहीं। परन्तु कैनन-बार्ड सिद्धान्त में संवेगात्मक व्यवहार तथा संवेगात्मक अनुभूति दोनों एक-दूसरे से स्वतंत्र (independent) होते हैं न कि अनुभूति का कारण व्यवहार होता है।

3. कैनन-बार्ड ने अपने सिद्धान्त में हाइपोथैलमस तथा थैलमस को संवेग का मुख्य स्थान (seat) माना है जबकि जेम्स-लान्जे सिद्धान्त में मस्तिष्क के किसी भी भाग को ऐसे स्थान (seat) के रूप में मान्यता नहीं दी गयी है।

4. जेम्स-लान्जे सिद्धान्त के पक्ष में प्रयोगात्मक सबूत (experimental evidences) नहीं के बराबर है जबकि कैनन-बार्ड के सिद्धान्त के पक्ष में प्रयोगात्मक सबूत काफी है।

इन दोनों सिद्धान्तों की समानताओं एवं विशेषताओं पर यदि हम ध्यान दें तो यह स्पष्ट हो जाता है कि कैनन-बार्ड का सिद्धान्त जेम्स-लान्जे सिद्धान्त सिद्धान्त से कहीं अधिक श्रेष्ठ (superior) हैं।

संवेग का संज्ञानात्मक आधार
(Cognitive base of Emotion)

जैसा कि हम जानते हैं, सांवेगिक अनुभूति की उत्पत्ति में दैहिक उत्तेजन (physiological arousal) की अहम् भूमिका होती है। फिर भी उनका एक सामान्य दोष यह है कि उनसे विभिन्न संवेगों (different emotions) के बीच होने वाले अंतरों (difference) का पता नहीं चलता है। एक ही तरह के दैहिक उत्तेजन विभिन्न संवेग जैसे—क्रोध या प्यार, डर या विरक्ति आदि में होता है परंतु फिर भी हमें संवेग अलग-अलग होते हैं। ऐसा क्यों? मनोवैज्ञानिकों का कहना है कि ऐसा इसलिए होता है क्योंकि संवेग का संज्ञानात्मक आधार (cognitive base) होता है। व्यक्ति उन दैहिक उत्तेजनों की संज्ञानात्मक व्याख्या (cognitive interpretation) कुछ संज्ञानात्मक कारकों (cognitive factors) के आलोक में करता है।

संवेग के संज्ञानात्मक आधार की व्याख्या करने के लिए स्कैक्टर तथा सिंगर (Schachter & Singer, 1962) ने एक सिद्धान्त का प्रतिपादन किया है जिसका वर्णन यहाँ अपेक्षित है।

स्कैक्टर सिंगर सिद्धान्त के अनुसार संवेग उत्पन्न करने वाले उद्दीपक का व्यक्ति पहले प्रत्यक्षण करता है। इस प्रत्यक्षण के बाद व्यक्ति में शारीरिक परिवर्तन (bodily changes) होता है। स्कैक्टर का कहना है कि प्रत्येक संवेग में करीब-करीब एक ही तरह का शारीरिक परिवर्तन होता है जो स्वभाविक रूप से अस्पष्ट (vague) होता है क्योंकि

इसके आधार पर व्यक्ति यह नहीं बतला सकता है कि उसे कौन-सा संवेग हो रहा है। इसके बाद व्यक्ति अपने पूर्व अनुभूति (past experience) के संदर्भ में उन शारीरिक परिवर्तनों की व्याख्या (interpretation) करता है जो स्पष्टतः एक संज्ञानात्मक प्रक्रिया (cognitive process) हैं। व्याख्या के परिणामस्वरूप वह समझ पाता है कि उसे किस तरह का संवेग हो रहा है। अतः इस सिद्धान्त में संवेग का ज्ञान होना संवेगात्मक कारक (cognitive factors) तथा शारीरिक परिवर्तनों (bodily changes) की व्याख्या पर निर्भर करता है। संक्षेप में तब यह कहा जा सकता है कि इस सिद्धान्त के अनुसार संवेग के उत्पन्न होने में निम्नांकित तीन कदम (steps) बतलाये गये हैं—

(1) सबसे पहले व्यक्ति संवेग उत्पन्न करने वाले उद्दीपक का प्रत्यक्षण (perception) करता है।

(2) इस प्रत्यक्षण का परिणाम यह होता है कि व्यक्ति में कुछ आन्तरिक शारीरिक परिवर्तन (bodily changes) होता है जो अस्पष्ट (vague) होता है, क्योंकि इसके आधार पर यह कहना कठिन हो जाता है कि किस तरह का संवेग हो रहा है। इसे दैहिक उत्तेजन कहा जाता है।

(3) अपनी पूर्व अनुभूति (past experience) के संदर्भ में व्यक्ति उन शारीरिक परिवर्तनों की व्याख्या करता है जो स्पष्टतः एक संज्ञानात्मक मूल्यांकन की प्रक्रिया (cognitive appraisal) है। व्यक्ति में किस तरह का संवेग हो रहा है, वह इसी व्याख्या पर निर्भर करता है। व्याख्या के अनुसार व्यक्ति जिस तरह का अर्थ लगाता है, उसे वैसे ही संवेग की अनुभूति होती है।

इस सिद्धान्त को संवेग का *द्विकारक सिद्धान्त* (two-factor theory) भी कहा है क्योंकि इसमें संवेग की व्याख्या दैहिक उत्तेजन (physiological stimuluation) तथा संज्ञानात्मक मूल्यांकन (cognitive appraisal) दो कारकों के आधार पर किया जाता है।

इस सिद्धान्त के पक्ष में अनेक प्रयोगात्मक सबूत (experimental evidences) मौजूद हैं। मार्शल तथा जिम्बार्डो (Marshall & Zimbardo, 1976) मैसलैक (Maslach, 1979), स्कैक्टर तथा सिंगर (Schachter & Singer, 1962) ने कई प्रयोग ऐसे किये हैं जिनके परिणाम इस सिद्धान्त के पक्ष में गये हैं। उदाहरण के रूप में स्कैक्टर तथा सिंगर द्वारा ही किया गया एक प्रयोग जो अधिक लोकप्रिय (popular) भी है, इस प्रकार है—

इस प्रयोग में तीन प्रयोगात्मक समूह (experimental group) थे। तीनों प्रयोगात्मक समूह को एड्रिनालिन[1] (aderenaline) की सूई यह कहकर दी गयी कि सुप्रोक्सिन (supproxin) जो एक तरह का विटामिन है, दिया जा रहा है।

तीन प्रयोगात्मक समूह में एक सूचित समूह (informed group) था, दूसरा असूचित समूह (uninformed group) तथा तीसरा गलत सूचित समूह (misinformed group) था। सूचित समूह को तो यह स्पष्ट रूप में बतला दिया गया कि सूई देने से उसमें कुछ सांवेगिक लक्षण (emotional symptoms) जैसे, हाथ में कम्पन, हृदय की गति में तीव्रता, चेहरे पर लाली आना इत्यादि उत्पन्न हो सकते हैं। असूचित समूह (uninformed group) को सूई देने से उत्पन्न प्रभाव के बारे में कुछ नहीं बतलाया गया। गलत सूचित समूह को सूई देने से उत्पन्न होने वाले प्रभाव के बारे में जान-बूझकर गलत सूचना दी गयी। जैसे, इस समूह को कहा गया कि सूई देने से खुजलाहट, सरदर्द, रोंगटे खड़ा होना आदि होंगे (जो सभी गलत थे)। सूई देने के तुरंत बाद तीनों प्रयोगात्मक समूह के कुछ प्रयोज्यों को उल्लास की अवस्था (euphoria condition) में तथा कुछ को क्रोध उत्पन्न करने की अवस्था (anger condition) में रखा गया। उल्लास की अवस्था में प्रयोगकर्त्ता का एक सहकर्मी लोगों में हँसी पैदा करने की कोशिश करता था तथा क्रोध की अवस्था में उनका सहकर्मी इस प्रकार व्यवहार करता था कि प्रयोज्य (subject) में क्रोध उत्पन्न हो। परिणाम में देखा गया कि सूचित समूह (informed group) पर प्रयोगकर्त्ता के सहकर्मी (colleague) द्वारा किये गये व्यवहारों का कोई प्रभाव नहीं पड़ा क्योंकि यह समूह अपने भीतर उत्पन्न सांवेगिक भाव का

1. एड्रिनालिन की सूई देने से व्यक्ति में हृदय के गति में तीव्रता, रक्तचाप में वृद्धि, साँस की गति में अनियमितता आदि सांवेगिक लक्षण उत्पन्न हो जाते हैं।

कारण सूई देना ही समझता था न कि सहकर्मी द्वारा किया गया बाहरी व्यवहार। परन्तु असूचित समूह तथा गलत सूचित समूह के सदस्यों को उल्लास की अवस्था में खुशी हुई तथा क्रोध की अवस्था में उन लोगों में क्रोध उत्पन्न हुआ।

स्कैक्टर तथा सिंगर ने इस परिणाम की व्याख्या इस प्रकार की गयी है—एड्रिनालिन की सूई देने से तीनों प्रयोगात्मक समूहों में जो शारीरिक परिवर्तन हुए, वे समान (similar) थे। परन्तु जिन्हें उल्लास की अवस्था में रखा गया उसे खुशी हुई तथा जिन्हें क्रोध की अवस्था में रखा गया उसे क्रोध इसलिए हुआ क्योंकि उनका प्रत्यक्षण (perception) उस विशेष परिस्थिति में होने वाले घटनाओं द्वारा प्रभावित हो रहा था। अतः संवेग का अनुभव मात्र शारीरिक परिवर्तन से नहीं होता है बल्कि उसके संज्ञानात्मक प्रक्रियाओं (cognitive processes) के आधार पर भी होता है। स्कैक्टर-सिंगर की व्याख्या को कुछ अन्य मनोवैज्ञानिकों ने भी जैसे कैनटोर, जिलमान तथा ब्रान्त (Cantor, Zillmann & Bryant, 1975) ने अपने प्रयोग के आधार पर पुष्टि की है।

स्कैक्टर-सिंगर सिद्धान्त की आलोचना कुछ मनोवैज्ञानिकों द्वारा की गयी है। कुछ का कहना है कि इस सिद्धान्त का यह दावा है कि संवेग सिर्फ संज्ञानात्मक कारकों (cognitive factors) द्वारा प्रभावित होता है, सही नहीं है। टामकिन्स (Tomkins, 1981) ने अपने प्रयोग के आधार पर यह दिखलाया है कुछ प्राथमिक संवेग (primary emotion) जैसे डर, क्रोध तथा आश्चर्य (surprise) ऐसे होते हैं जो एक निश्चित शारीरिक परिवर्तन (bodily changes) व्यक्ति में उत्पन्न करते हैं तथा जिनकी आनन अभिव्यक्ति (facial expression) भी निश्चित होती है। ऐसी अवस्था में तब स्वभावतः संज्ञानात्मक कारक (cognitive factors) का कोई महत्त्व नहीं रह जाता है क्योंकि व्यक्ति को उस निश्चित शारीरिक परिवर्तन तथा आनन अभिव्यक्ति (facial expression) के आधार पर सम्बन्धित संवेग का ज्ञान हो ही जाता है। कुछ और भी प्रयोगों में जो सबूत पाये गये हैं, वे स्कैक्टर तथा सिंगर सिद्धान्त के विरुद्ध में गये हैं। जैसे, मैसलैक (Maslach, 1979) ने अपने अध्ययन में पाया है कि जब प्रयोज्यों को उल्लास उत्पन्न करने वाली परिस्थिति में रखा जाता तो, वैसी अवस्था में भी दुःखद संवेग (unpleasant emotion) हुआ करते थे, हालांकि स्कैक्टर-सिंगर सिद्धान्त के अनुसार उसमें सिर्फ सुखद संवेग होना चाहिए था। उसी तरह से मार्शल तथा जिम्बार्डो (Marshal & Zimbardo) ने अपने प्रयोग में पाया कि जब दोनों तरह के प्रयोज्यों को, अर्थात् वैसे प्रयोज्यों को जिन्हें एड्रिनालिन (adrenaline) की सूई दी गयी थी तथा जिन्हें इस तरह की सुई न देकर एक निष्क्रिय द्रव (inactive substance) (जिसका कोई प्रभाव नहीं होता था।) दिया गया था, उल्लास पैदा करने वाले परिस्थिति में रखा गया, तो इन दोनों तरह के प्रयोज्यों (subjects) के संवेग में कोई अन्तर नहीं पाया गया जबकि स्कैक्टर सिंगर सिद्धान्त के अनुसार अन्तर होना चाहिए।

यद्यपि स्कैक्टर-सिंगर सिद्धान्त की व्याख्या के प्रतिकूल कुछ प्रयोगात्मक सबूत हैं, फिर भी इसका महत्त्व काफी है और इसकी मान्यता संवेग के संज्ञानात्मक सिद्धान्तों (cognitive theories) में सबसे अधिक हैं।

संवेगों का सांस्कृतिक आधार
(Cultural bases of Emotion)

संवेग के क्षेत्र में कार्य करने वाले अधिकतर मनोवैज्ञानिकों का मत है कि अधिकतर मौलिक संवेग जन्मजात होते हैं और उसे व्यक्ति अपनी सांस्कृतिक परिपेक्ष्य में सीखता नहीं है। इसके समर्थन में पहले डार्विन (Darwin) तथा इधर बाद में इजार्ड (Izard, 1978) ने भी मत जाहिर किया है। इजार्ड ने अपने अध्ययन के आधार पर यह दिखलाया है कि इतने छोटे-छोटे शिशुओं में सांवेगिक प्रतिक्रियाएँ (emotional reaction) होते हैं कि शायद ही उन्हें माता-पिता उसे वैसा करने के लिए सीखलाये होंगे। यहाँ तक कुछ अध्ययनों में जिनमें बच्चे जन्म से अंधे एवं बहरे थे, में भी सामान्य सांवेगिक प्रतिक्रियाएँ पायी गयीं जो स्पष्टतः इस बात के द्योतक हैं कि सांवेगिक प्रतिक्रियाएँ जन्मजात होती हैं और उसमें पर्यावरण विशेषकर सांस्कृतिक पर्यावरण का कोई स्पष्ट प्रभाव नहीं पड़ता है।

परंतु उक्त तथ्य के विपरीत भी कुछ ऐसे तथ्य हैं जो यह दर्शाता है कि संवेगों का सांस्कृतिक आधार भी होता है तथा सांवेगिक प्रतिक्रियाएँ सांस्कृतिक वातावरण में सीखी जाती हैं। ऐसे तथ्यों को संक्षेप में इस प्रकार उपस्थित किया जा सकता है—

(1) अध्ययनों से स्पष्ट हुआ है कि पूर्ववर्ती घटनाओं (antecedent events) के प्रकार में सांस्कृतिक अंतर से अलग-अलग तरह के संवेग होते हैं। हालांकि कुछ घटनाएँ ऐसी होती हैं जो लगभग सभी संस्कृति में एक ही तरह का संवेग उत्पन्न करती हैं। जैसे, सभी संस्कृतियों में दोस्ती (friendship) तथा उपलब्धि (achievment) से खुशी (joy) का ही संवेग उत्पन्न होता है। परंतु इस समानता के बावजूद संवेग का पूर्ववर्ती (antecedents) विशेष तरह की सांस्कृतिक अवस्थाओं के कारण भिन्न हो जाता है। जैसे, ऊटकू एस्किमो (Utku Eskimo) में पतला वर्फ (thin ice), ऊबड़-खाबड़ समुन्द्र[1] आदि से 'डर' का संवेग उत्पन्न होता है जबकि अन्य संस्कृति विशेषकर अमेरीकन, कनाडा के संस्कृति के लोगों में ऐसी चीजों से 'डर' का संवेग उत्पन्न नहीं होता है। इसका प्रधान कारण सांस्कृतिक पृष्ठभूमि ही है।

(2) अध्ययनों से यह भी स्पष्ट हुआ है कि सांस्कृतिक अधिगम (cultural learning) से संवेगों की अभिव्यक्ति (expression) प्रभावित होती है। कहने का मतलब यह है कि संवेगों के प्रदर्शन नियम (display rules) में सांस्कृति भिन्नता होती है। प्रदर्शन नियम यह दिखलाता है कि संवेगों की अभिव्यक्ति करना किस समय उपयुक्त (appropriate) होता है। जैसे, जापानी लोग अपने नकारात्मक संवेगों (negative emotions) को अधिक छिपाते हैं और ऐसे संवेगों की अनुभूति के बावजूद चेहरे पर मुस्कान बिखेरकर उसे प्रकट होने नहीं देते हैं क्योंकि वहाँ की संस्कृति में नकारात्मक संवेग जैसे क्रोध, घृणा आदि को सार्वजनिक रूप से अभिव्यक्त करना अच्छा नहीं समझा जता है। दूसरे तरफ अमेरीकन संस्कृति के लोगों द्वारा मुक्त सांवेगिक अभिव्यक्ति (free emotional expression) को उत्तम समझा जाता है और वे उतना हद तक नकारात्मक संवेगों को नहीं छिपाते हैं।

(3) कुछ देश की संस्कृति ऐसी होती है जो वैयक्तिकवाद (individualism) पर अधिक बल डालता है। अमेरीकन एवं अन्य पश्चिमी देशों की संस्कृति कुछ ऐसी ही है जिसमें व्यक्ति अपने आप को विशिष्ट, स्वायत्त (autonomous) तथा आत्म-पूरित (self-contained) समझते हैं। परंतु अन्य स्थानों जैसे एशिया, अफ्रीका, लैटिन अमेरीका (Latin America) की संस्कृति में *समूहवाद* (collectivism) पर बल डाला जाता है अर्थात् इन संस्कृति के लोगों में अपने-आप को बड़े समूह का हिस्सा समझा जाता है जिसमें सामाजिक संबंधों को वैयक्तिक संबंध से अधिक महत्त्वपूर्ण माना जाता है। इस तरह की संस्कृति विभिन्नता स्पष्ट रूप से संवेग की भाषा को प्रभावित करता है। अमेरीकन अपने अहं-केन्द्रित संवेग, क्रोध, ईर्ष्या, घमंड को तुरंत अभिव्यक्त कर देते हैं जबकि एशिया, अफ्रीका तथा लैटिन अमेरीका के लोगों में सहानुभूति, आदर, लज्जा, आदि जिससे अन्तर्वैयक्तिक सामंजस्य (interpersonal harmony) मजबूत हो सके, आदि की अभिव्यक्ति अधिक होती है।

स्पष्ट हुआ कि संवेगों का न केवल दैहिक एवं संज्ञानात्मक बल्कि एक सांस्कृतिक आधार भी होता है।

निषेधात्मक संवेगों को प्रबंधित करना
(Managing Negative Emotions)

कुछ मनोवैज्ञानिकों जिनमें डेविड जी मेयर्स (David G. Meyers) का नाम प्रमुख है, ने एक विशेष आन्दोलन का समर्थन किया है जिसे *धनात्मक मनोविज्ञान आन्दोलन* (positive psychology movement) कहा गया है। मेयर्स जो एक समाज मनोवैज्ञानिक (social psychologist) हैं, खुशी (happiness) के क्षेत्र में शोध कार्य करने वाले एक महत्त्वपूर्ण मनोवैज्ञानिक है। इस आन्दोलन में व्यक्ति को नकारात्मक पहलुओं (negative aspects) जैसे चिन्ता, विषाद (depression) तथा अन्य समान अवस्थाएँ जिनसे नकारात्मक संवेग उत्पन्न होता है, पर से ध्यान हटाकर धनात्मक पहलू जैसे खुशी, आनन्द, उल्लास, तन्दुरुस्ती, कल्याण आदि के उपायों पर ध्यान देनें के लिए

---

1. समुन्द्र का पानी जमने से उसका स्वरूप समतल न होकर कभी-कभी ऊबड़-खाबड़ दिखता है।

प्रोत्साहित किया जाता है। व्यक्ति में नकारात्मक संवेगों को कम करने के कई उपाय बतलाये हैं जिनमें निम्नांकित कुछ प्रमुख हैं:—

(1) अधिकतर समय में चेहरे पर मुस्कान लावें। मनोवैज्ञानिक अध्ययनों से यह स्पष्ट हुआ कि जब व्यक्ति मुस्कुराता है, तो कुछ ऐसे रसायन (chemical) का शरीर में स्राव होता है, जिससे उसे आनन्द आता है या बहुत ही अच्छा लगता है। इससे नकारात्मक संवेग अपने आप बहुत कम हो जाते हैं।

(2) अपने आप को ऐसे कार्य में लगाकर रखना चाहिए जिसमें अपनी क्षमता, कौशल आदि का अधिक-से-अधिक उपयोग हो सके। इससे आत्म-संतोष (self-satisfaction) मजबूत होगी और व्यक्ति में नकारात्मक संवेगों की उत्पत्ति न होकर धनात्मक संवेग की मजबूती बढ़ेगी।

(3) नकारात्मक संवेगों को नियंत्रित करने के लिए यह आवश्यक है कि व्यक्ति पर्याप्त नींद (sleep) अवश्य ले। अपर्याप्त नींद से व्यक्ति में अन्तोगत्वा नकारात्मक संवेग जैसे विषाद, उदासी आदि की वृद्धि होती है। परंतु जो व्यक्ति पर्याप्त नींद ले पाते हैं, वे इन सांवेगिक अनुभूतियों पर नियंत्रण रख पाते हैं।

(4) निकट संबंध (close relationship) को व्यक्ति को प्राथमिकता देनी चाहिए। कोशिश होनी चाहिए कि महत्त्वपूर्ण व्यक्तियों, दोस्तों एवं परिवार के सदस्यों के साथ घनिष्ठता बनाकर रखें। उनके सामाजिक समर्थन (social support) से व्यक्ति का आत्मबल मजबूत होता है और व्यक्ति अधिकतर समय में खुशी एवं आनन्द का अनुभव करता है। ऐसी परिस्थिति में नकारात्मक संवेग जैसे डर, दुश्चिंता आदि अपने आप कम हो जाता है।

(5) व्यक्ति को परोपकारी व्यवहार (altruistic behaviour) अधिक करना चाहिए। इस तरह के व्यवहार से दूसरों के नजर में व्यक्ति का सम्मान (self-esteem) बढ़ता है और उससे मिलने वाला सम्मान से उसे आत्म-संतुष्टि (self-satisfaction) होती है और उसमें अच्छे-अच्छे धनात्मक संवेग उत्पन्न होते हैं। परिणामतः व्यक्ति का नकारात्मक संवेग अपने आप बहुत हद तक प्रबंधित हो जाता है।

(6) व्यक्ति को आत्म परिवीक्षण भी करना चाहिए अर्थात् समय-समय पर अपने उपलिब्धियों, वास्तविक एवं परिस्थितिजन्य अनुभवों का सही-सही मूल्यांकन करना चाहिए। एक धनात्मक मूल्यांकन व्यक्ति में आत्म-विश्वास तो मजबूत करता ही है साथ-ही-साथ संतुष्टि को भी मजबूत करता है।

(7) नकारात्मक संवेगों को सृजनात्मक (creative) बनकर भी प्रबंधित किया जा सकता है। सृजनात्मक बनने के लिए व्यक्ति को चाहिए कि वह अपनी रुचि किसी ऐसे कार्य में लगावें जो नवीन हो तथा साथ ही वह अधिक-से-अधिक ध्यान आकर्षित कर सके।

स्पष्ट हुआ कि व्यक्ति में नकारात्मक संवेग को कई तरीकों से प्रबंधित किया जा सकता है।

धनात्मक संवेगों को उन्नत बनाना (Enhancing Positive Emotions)

मनोवैज्ञानिकों द्वारा धनात्मक संवेगों यथा खुशी, हर्ष, आशावादिता (optimism) भरोसा आदि को उन्नत बनाने के लिए कुछ सुझाव प्रदान किया गया है। इस सिलसिले में डेविड जी मेयर्स (David G. Myers) जो एक प्रमुख समाज मनोवैज्ञानिक है तथा *धनात्मक मनोविज्ञान आन्दोलन* (Positive Psychology Movement) के समर्थक हैं, ने अतिमहत्त्वपूर्ण शोध करके निम्नांकित कुछ ऐसे सुझाव दिये हैं जिनसे धनात्मक संवेगों को उन्नत बनाया जा सकता है—

(1) व्यक्ति को कुछ विशेष शीलगुणों जैसे बर्हिमुखता (extraversion), आशावादिता, आत्म-सम्मान (self-esteem) आदि की ओर उन्मुखता बढ़ानी चाहिए।

(2) दिन-प्रतिदिन की घटनाओं को धनात्मक व्याख्या करना चाहिए। इससे भी व्यक्ति में धनात्मक संवेग उन्नत होते हैं। धनात्मक व्याख्या व्यक्ति में आत्म संतुष्टि तथा आत्म-विश्वास को मजबूत करता है।

(3) व्यक्ति में वायुजीवी व्यायाम (aerobic exercise) करना चाहिए। प्राणायाम इसका उत्तम उदाहरण है। ऐसे व्यायाम व्यक्ति को भीतर से प्रसन्नचित तो रखता ही है साथ ही शारीरिक रूप से वह आकर्षक भी बना रहता है।

(4) व्यक्ति को ऐसे कार्यों की सूची तैयार करनी चाहिए जिसे उसने किया हो तथा जिससे उसे खुशी हुई हो। इससे व्यक्ति में कल्याण (well-being) का भाव मजबूत होता है।

(5) व्यक्ति को अपने अध्यात्मिक स्व या आत्मन् (spiritual self) को मजबूत करना चाहिए। ऐसे व्यक्तियों का विश्वास मजबूत होता है और तनाव के समय में भी अपने आप को वे ठीक-ठीक रख सकने में समर्थ होते हैं।

(6) व्यक्ति को सामाजिक समर्थन (social support) को मजबूत करके रखना चाहिए। इससे व्यक्ति में आत्म बल मजबूत होता है और संकटकालीन परिस्थिति में भी वे अपने आप को खुश रखने में सक्षम हो पाते हैं।

स्पष्ट हुआ कि धनात्मक संवेगों को उन्नत बनाने के कई विशिष्ट उपाय हैं।

मुख्य पद
(Key Terms)

आवश्यकता (need)
प्रणोद (drive)
जन्मजात अभिप्रेरण (inborn motive)
अर्जित अभिप्रेरक (acquired motive)
उपलब्धि आवश्यकता (achievement need)
संबंधन की आवश्यकता (need for affiliation)
आत्मसिद्धि आवश्यकता (self-actualization)
प्रेरकों का द्वन्द्व (conflict of motives)
उपागम-उपागम द्वन्द्व (approach-approach conflict)
परिहार-परिहार द्वन्द्व (avoidance-avoidance conflict)
उपागम-परिहार द्वन्द्व (approach-avoidance conflict)
बहुउपागम-परिहार द्वन्द्व (multiple-approach-avoidance conflict)
आनन अभिव्यक्ति (facial expression)
जेम्स-लांजे सिद्धान्त (James-Lange theory)
कैनन-बार्ड सिद्धान्त (Cannon-Bard theory)
स्कैक्टर-सिंगर सिद्धान्त (Schachter-Singer theory)
सांवेगिक बुद्धि (Emotional Intelligence)

अध्याय सारांश
(Chapter Summary)

1. अभिप्रेरण एक काल्पनिक आन्तरिक प्रक्रिया है जो व्यवहार के लिए शक्ति प्रदान करती है तथा किसी विशेष उद्देश्य की ओर व्यवहार को ले जाती है।
2. आवश्यकता-प्रणोद-लक्ष्य-निदेशित व्यवहार-लक्ष्य प्राप्ति-प्रणोद में कमी, एक प्रमुख घटनाक्रम है जो अभिप्रेरित व्यवहार (motivated behaviour) में होता है।

3. अभिप्रेरकों के दो प्रकार होते हैं—*जन्मजात अभिप्रेरक* तथा *अर्जित अभिप्रेरक*।
4. जन्मजात अभिप्रेरक वैसे अभिप्रेरक को कहा जाता है जो व्यक्ति में जन्म से मौजूद होता है। उसमें भूख, प्यास तथा यौन या काम (sex) प्रमुख है।
5. अर्जित अभिप्रेरक वैसे अभिप्रेरक को कहा जाता है जो व्यक्ति में जन्म से तो मौजूद नहीं होता है परंतु अपने जीवन काल में वैयक्तिक (personal) एवं सामाजिक जीवन को उन्नत बनाने के लिए वह सीखता है। इनमें जीवन-लक्ष्य (life goal), आकांक्षा स्तर (level of aspiration), आक्रमणशीलता (aggressiveness), संग्रहणशीलता (acquisitiveness) आदि प्रमुख है।
6. आत्म-अभिप्रेरण (self-motivation) को उन्नत बनाने के छह प्रमुख तरीके बतलाये गए हैं।
7. आवश्यकता-पदानुक्रम मॉडल (need-hierarchy model) या सिद्धान्त का प्रतिपादन मैसलो द्वारा किया गया जिसके अनुसार मानव आवश्यकताओं के पाँच प्रमुख प्रकार हैं—शारीरिक आवश्यकता, सुरक्षा की आवश्यकता, सदस्य होने तथा स्नेह पाने या देने की आवश्यकता, सम्मान की आवश्यकता तथ आत्म-सिद्धि (self-actualization) की आवश्यकता।
8. कुंठा के तीन कारक बतलाये गए हैं—पर्यावरणी कुंठा, व्यक्तिगत कुंठा तथा द्वन्द्व-उत्पन्न कुंठा (conflict-producted frustration)।
9. संवेग क्रियाओं का उत्तेजक होता है। संवेग व्यक्ति में समग्र रूप से तीव्र उपद्रव की अवस्था है जिसकी उत्पत्ति मनोवैज्ञानिक कारणों से होती है जिसमें व्यवहार, चेतन अनुभूति तथा अन्तरावयवी कार्य होते हैं।
10. संवेगों की अभिव्यक्ति दो तरह से होती है—बाह्य (external) तथा आन्तरिक (internal)।
11. संवेगों के कई प्रकार हैं जिनमें प्रमुख हैं—प्रेम, आनन्द या उल्लास, उदासी तथा विषाद, ऊब (boredom), डर एवं दुश्चिंता (fear and anxiety), क्रोध, डाह एवं ईर्ष्या (jealousy) आदि।
12. संवेगों का दैहिक आधार होता है और इस दैहिक आधार की व्याख्या करने के लिए दो तरह के सिद्धान्तों (theories) का वर्णन किया गया है—जेम्स लांजे सिद्धान्त तथा कैनन-बार्ड सिद्धान्त।
13. संवेग का संज्ञानात्मक आधार (cognitive base) भी होता है और इस संज्ञानात्मक आधार की व्याख्या करने के लिए स्कैक्टर-सिंगर सिद्धान्त (Schachter-Singer theory) का वर्णन किया गया है।
14. संवेग का सांस्कृतिक आधार (cultural base) भी होता है। कुछ सांस्कृतिक अधिगम (cultural learning) तथा घटनाएँ ऐसी होती हैं जिनसे संवेगों का निर्धारण होता है।
15. ऋणात्मक संवेग (negative emotions) जैसे विषाद, घृणा आदि चूँकि व्यक्ति के मानसिक एवं शारीरिक स्वास्थ्य दोनों के लिए हानिकारक होती हैं, अतः इसे प्रतिबंधित करना आवश्यक है। इसके लिए सात विशिष्ट उपायों (specific strategies) को बतलाया गया है।
16. मनोवैज्ञानिकों ने धनात्मक संवेगों (positive emotions) को भी उन्नत बनाने के लिए कुछ उपयोग बतलाये हैं जिसमें से छह उपायों को अधिक महत्त्वपूर्ण बतलाया गया है।

❑

प्रश्न
(QUESTIONS)

अध्याय-1

मनोविज्ञान क्या है?
(What is Psychology)

बहुविकल्पीय प्रश्न ***(Multiple Choice Questions)***
सही उत्तर बतलावें:

1. मनोविज्ञान का प्रथम प्रयोगशाला खोला गया था—
   (क) लिपजिंग में　　(ख) दिल्ली में
   (ग) न्यूयार्क में　　(घ) पेरिस में
2. आधुनिक मनोवैज्ञानिकों को निम्नांकित में से कौन-सा कथन अधिक मान्य है?
   (क) मनोविज्ञान आत्मा (soul) के अध्ययन का विज्ञान है।
   (ख) मनोविज्ञान मन के अध्ययन का विज्ञान है।
   (ग) मनोविज्ञान अनुभूति के अध्ययन का विज्ञान है।
   (घ) मनोविज्ञान व्यवहार तथा मानसिक प्रक्रियाओं के अध्ययन का विज्ञान है।
3. सैनट्रैंक (Santrock, 2005) के अनुसार निम्नांकित में से कौन कथन सही है?
   (क) मनोविज्ञान व्यवहार का विज्ञान है।
   (ख) मनोविज्ञान अनुभूति का विज्ञान है।
   (ग) मनोविज्ञान व्यवहार एवं अनुभूति दोनों का मनोविज्ञान है।
   (घ) मनोविज्ञान व्यवहार एवं मानसिक प्रक्रियाओं का विज्ञान है।
4. मनोविज्ञान का जनक (father) किसे कहा गया है?
   (क) वुंट (Wundt) को　　(ख) टिचेनर को
   (ग) अरस्तू (Aristotle) को　　(घ) इनमें से किसी को भी नहीं
5. जब व्यक्ति किसी घटना या व्यवहार के होने के बाद उसकी एक उपयुक्त व्याख्या करता है, तो इस तरह के दृष्टिकोण को कहा जाता है।
   (क) वैज्ञानिक उपागम　　(ख) पश्चदृष्टि उपागम
   (ग) दार्शनिक उपागम　　(घ) इनमें से कुछ भी नहीं।
6. सही सुमेल (match) बतलाने।

नाम	**साहचर्य**
(अ) वुण्ट (Wundt)	(त) प्रयोगात्मक मनोविज्ञान का जनक
(ब) वाटसन (Watson)	(थ) व्यवहार का विज्ञान
(स) टिचेनर (Titchener)	(द) चेतन अनुभूति का विज्ञान

   दिए गए कूट संकेतों (codes) के आधार पर उत्तर दें
   (क) अ तथा थ　　(ख) अ तथा त　　(ग) ब तथा द　　(घ) स तथा थ
7. संरचनावादियों ने मनोविज्ञान का अध्ययन विधि किसे स्वीकार किया था?
   (क) प्रयोगात्मक विधि　　(ख) अंतर्निरीक्षण
   (ग) प्रेक्षण　　(घ) इनमें से किसी से भी नहीं
8. विलियम जेम्स (William James) ने किस कथन पर अधिक बल डाला है
   (क) मनोविज्ञान का विषय वस्तु चेतना है।

(ख) मनोविज्ञान में चेतना के कार्यात्मक उपयोगिता (functional utility) का अध्ययन किया जाना चाहिए।
(ग) मनोविज्ञान के अध्ययन का विषय वस्तु केवल अनुभूति होना चाहिए
(घ) इनमें से किसी कथन पर भी नहीं

9. नैदानिक मनोविज्ञान (clinical psychology) किस तरह का व्याख्या है?
(क) शुद्ध मनोविज्ञान की शाखा
(ख) अनुप्रयुक्त (applied) मनोविज्ञान की व्याख्या
(ग) अंशतः शुद्ध तथा अंशतः अनुप्रयुक्त
(घ) न शुद्ध मनोविज्ञान और न अनुप्रयुक्त मनोविज्ञान की ही शाखा है।

10. व्यवहारवाद (behaviourism) की स्थापना किसने किया?
(क) वाटसन ने (ख) स्कीन्नर ने
(ग) टिचेनर ने (घ) इनमें से कोई नहीं।

एक शब्द में उत्तर दें *(Answer in one word)*

11. भारत में पहला मनोविज्ञान विभाग किस विश्वविद्यालय में स्थापित किया गया?
12. मनोविश्लेषण (Psychoanalysis) की स्थापना किसने किया?
13. मनोविज्ञान के माता-पिता (parents) किसे माना गया है?
14. संरचनावाद (Structuralism) की स्थापना किसने किया?
15. पटना विश्वविद्यालय स्थित मनोवैज्ञानिक शोध एवं सेवा संस्थान (Institute of Psychological Research & Service) के प्रथम निदेशक कौन थे?
16. मशहूर पुस्तक *प्रिसिंपुल ऑफ साइकोलोजी* (Principle of Psychology) किसने लिखा है?
17. नेशनल इंस्टीच्यूट ऑफ मेंटल हेल्थ एवं न्यूरोलाइंस (National Institute of Mental health and Neuroscience or NLMHANS) की स्थापना कहाँ हुई।
18. गेस्टाल्ट मनोविज्ञान (Gestalt Psychology) की स्थापना किसने किया?
19. जॉन डिवी (John Dewey) किस स्कूल के मनोवैज्ञानिक हैं।
20. आर्थिक व्यवहार में सहयोग (Cooperation) एवं द्वन्द्व की समझ में खेल सिद्धान्त के अनुप्रयोग के लिए 2005 में किसे नोबुल पुरस्कार से सम्मानित किया गया?

रिक्त स्थानों को भरें *(Fill up the blanks)*

21. मनोविज्ञान में ...... एवं मानसिक प्रक्रियाओं का अध्ययन किया जाता है।
22. सन् ...... में मनोविज्ञान का प्रथम प्रयोगशाला की स्थापना की गयी।
23. मनोविज्ञान की सबसे बड़ी शाखा का नाम .... मनोविज्ञान है।
24. हिपोक्रेट्स (Hippocrates) ने मानव शरीर .... तरह के द्रव (fluids) को महत्त्वपूर्ण बतलाया है।
25. वाटसन ने .... नामक स्कूल की स्थापना किया।
26. व्यवहारवादियों के अनुरूप मनोविज्ञान का सबसे प्रमुख विधि .... है।
27. मैक्स वर्दाइमर (Max Wertheimer) एक .... मनोविज्ञानी थे।
28. प्रयोगात्मक मनोविज्ञान .... मनोविज्ञान का एक शाखा है।
29. क्रीडा मनोविज्ञान (Sports Psychology) एक .... शाखा है।
30. पटना विश्वविद्यालय के मनोविज्ञान विभाग के प्रथम अध्यक्ष .... थे।

निम्नलिखित प्रश्नों में जो सही आपको लगता है, उस पर टिक (✓) लगावें:

31. प्रयोगात्मक मनोविज्ञान के जनक विलियम वुण्ट हैं। सही/गलत
32. मनोविज्ञान का विषय वस्तु चेतना अनुभूति का अध्ययन है। सही/गलत
33. अरस्तू (Aristotle) को मनोविज्ञान का जनक (father) कहा गया है। सही/गलत
34. पश्चदृष्टि उपागम (Hindsight approach) का सबंध जिंदगी आगे की ओर जीयी जाती है परंतु पीछे की ओर होकर समझी जाती हैं, से काफी है। सही/गलत
35. टिचेनर के अनुसार संवेदन (sensation) चेतना का एक तत्त्व होता है। सही/गलत
36. 'प्रिंसिपुल्स ऑफ साइकोलॉजी' नामक मशहुर पुस्तक के लेखक जे० वी० वाटसन (J. B. Watson) हैं। सही/गलत
37. व्यवहार की स्थापना वाटसन द्वारा 1915 में की गयी थी। सही/गलत
38. लाइटनर विटमर (Lightner Witmer) को नैदानिक मनोविज्ञान का जनक माना गया है। सही/गलत

39. शरीरक्रिया मनोविज्ञान (physiological psychology) मनोविज्ञान का एक सैद्धान्तिक/शुद्ध शाखा (theoretical/pure branch) है। सही/गलत
40. प्रो॰ एन॰ एन॰ सेनगुप्ता कलकत्ता विश्वविद्यालय के मनोविज्ञान विभाग के अध्यक्ष थे। सही/गलत

उत्तर

1. (क) 2. (घ) 3. (घ) 4. (ग) 5. (ख) 6. (ख) 7. (ख) 8. (ख)
9. (ख) 10. (क) 11. कलकत्ता विश्वविद्यालय 12.सिगमंड फ्रायड
13. दर्शनशास्त्र तथा शरीरक्रिया विज्ञान 14. टिचेनर 15. एच॰ पी॰ मैत्ती
16. विलियम जेम्स 17. बंगलोर 18. वर्दाइमर 19. प्रकार्यवाद
20. थोमस शेलिंग 21. व्यवहार 22. 1879 23. नैदानिक मनोविज्ञान
24. चार 25. व्यवहारवाद 26. प्रेक्षण 27. गेस्टाल्ट
28. शुद्ध/मौलिक 29. अनुप्रयुक्त 30. एम॰ जेड॰ आब्दीन 31. सही
32. गलत 33. सही 34. सही 35. सही 36. गलत 37. गलत 38. सही 39. सही 40.सही

अतिलघु उत्तरीय प्रश्न *(Very short-answered questions)*

1. मनोविज्ञान में व्यवहार से आप क्या समझते हैं?
   (What do you mean by behaviour in Psychology ?)
2. मनोविज्ञान में मानसिक प्रक्रिया से आप क्या समझते हैं?
   (What do you mean by mental process in Psychology ?)
3. विलियम वुण्ट के अनुसार मनोविज्ञान का विषय-वस्तु क्या है?
   (According to Wilhelm Wundt what is the subject-matter of Psychology ?)
4. उद्दीपक-प्राणी-अनुक्रिया का अर्थ बतलावें?
   (Give the meaning of Stimulus-Organism-Response.)
5. पश्चदृष्टि उपागम क्या है?
   (What is hindsight approach ?)
6. वैज्ञानिक उपागम से आप क्या समझते हैं?
   (What do you mean by scientific approach ?)
7. टिचेनर के अनुसार चेतना के तत्त्व बतलावें।
   (According to Titchener, point out the elements of conscionsness.)
8. व्यवहार के अनुसार मनोविज्ञान का विषय वस्तु क्या है?
   (According to Behaviourisn, What is the subject-matter of Psychology ?)
9. गेस्टाल्ट स्कूल के अनुसार मनोविज्ञान की परिभाषा क्या दी गयी है?
   (Following Gestalt School, What is the definition of Psychology ?)
10. व्यवहार तथा अनुभूति में मौलिक अंतर क्या है?
    (What is the basic difference between behaviour and experience ?)

लघुउत्तरीय प्रश्न *(Short-answered question)*

1. ''मनोविज्ञान व्यवहार एवं मानसिक प्रक्रिया का विज्ञान है।'' व्याख्या करें।
   (Psychology is the science of behaviour and mental process." Explain.)
2. मनोविज्ञान में वस्तुनिष्ठता से क्या तात्पर्य होता है?
   (What is meant by objectivity in Psychology ?)
3. साबित करें कि मनोविज्ञान एक विज्ञान है।
   (Prove that Psychology is a science.)
4. ''व्यवहार अभिप्रेरित होता है।'' इसका अर्थ बतलावें।
   (Behaviour is motivated'. Give its meaning.)
5. पश्चदृष्टि उपागम तथा वैज्ञानिक उपागम में अंतर करें।
   (Make distinction between hindsight approach and scientific approach.)

6. नैदानिक मनोविज्ञान का विषय-वस्तु बतलावें।
(Present the subject-matter of Clinical Psychology.)
7. समाज मनोविज्ञान का विषय-वस्तु बतलावें।
(Present the subject-matter of Social Psychology.)
8. औद्योगिक/संगठनात्मक मनोविज्ञान का सारतत्त्व बतलावें।
(Present the theme of Industrial/organisational Psychology.)
9. नैदानिक मनोविज्ञान तथा असामान्य मनोविज्ञान में अंतर करें।
(Make distinction between Clinical Psychology and Abnormal Psychology.)
10. जीवन-अवधि विकासात्मक मनोविज्ञान के सार-तत्त्व बतलावें।
(Present the theme of Life-span developmental psychology.)
11. क्रीड़ा मनोविज्ञान का सार तत्त्व उपस्थित करें।
(Present the theme of Sports Psychology.)
12. पर्यावरणी मनोविज्ञान का सारतत्त्व बतलावें।
(Present the theme of Environmental Psychology.)
12. "मानव व्यवहार व्यक्ति तथा वातावरण का एक उत्पाद या प्रकार्य होता है। अर्थ बतलावें।
("Human behaviour is the function or product of individual and environment." Give its meaning.)
13. मनोविज्ञान तथा समाजशास्त्र में क्या संबंध है?
(What is the relationship between Psychology and Sociology ?)
14. मनोविज्ञान एवं दर्शनशास्त्र में क्या संबंध है?
(What is the relationship between Psychology and Philosophy ?)
15. मनोविज्ञान तथा कम्प्यूटर विज्ञान के संबंध पर प्रकाश डालें।
(Throw light on the relationship between Psychology and Computer science.)
16. परामर्श मनोवैज्ञानिक के कौन-कौन कार्य होते हैं?
(What are the functions of Counselling psychologist ?)
17. स्कूल मनोवैज्ञानिक एवं शिक्षा मनोवैज्ञानिक में अंतर करें।
(Make distinction between School psychologists and Educational psychologist.)
18. औद्योगिक संगठनात्मक मनोवैज्ञानिक का मुख्य कार्य क्या होता है?
(What are the major functions of Industrial/organizational psychologist ?)
19. क्रीड़ा मनोवैज्ञानिक के मुख्य कार्य क्या होते हैं?
(What are the major functions of Sports psychologist ?)
20. मनोवैज्ञानिक समस्याओं के समाधान में मनोविज्ञान की उपयोगिता बतलावें।
(Point out the utilities of Psychology in solving the psychological problems ?)
21. आक्रामक व्यवहारों को नियंत्रित करने में मनोविज्ञान की उपयोगिता बतलावें।
(Point out the utilities of psychology in controlling aggressive behaviour.)
22. बच्चों के शैक्षिक उपलब्धियों को मजबूत करने तथा उनके पढ़ने-लिखने की आदत को उन्नत बनाने में मनोविज्ञान किस तरह उपयोगी सिद्ध होता है?
(How is psychology useful in strengthening educational achievement and in improving their study habit ?)

दीर्घ उत्तरीय प्रश्न *(Long Answered Questions)*

1. मनोविज्ञान को परिभाषित करें। इसके विषय-वस्तु पर प्रकाश डालें।
(Define psychology. Throw light upon its subject-matter.)
2. क्या मनोविज्ञान एक विज्ञान है? व्याख्या करें।
(Is psychology a science? Explain it.)
3. मनोविज्ञान को एक प्राकृतिक विज्ञान तथा सामाजिक विज्ञान के विद्याशाखा के रूप में वर्णन करें।
(Describe Psychology as a natural science as well as a social science discipline.)
4. मन तथा व्यवहार को मनोवैज्ञानिक किस तरह से व्याख्या करते हैं?
(How does psychologists explain mind and behaviour ?)

5. भारतवर्ष में मनोविज्ञान के विकास के इतिहास पर प्रकाश डालें।
(Throw light upon evolution of Psychology in India.)
6. अनुप्रयुक्त मनोविज्ञान के किन्हीं तीन शाखाओं के स्वरूप पर प्रकाश डालें।
(Throw light upon the nature of any three branches of applied psychology.)
7. मनोविज्ञान में अनुसंधान एवं अनुप्रयोग के मुख्य कथ्यों का वर्णन करें।
(Describe the major themes of research and application in Psychology.)
8. मनोविज्ञान का समाजशास्त्र, दर्शनशास्त्र तथा कम्प्यूटर मनोविज्ञान के साथ संबंधों पर प्रकाश डालें।
(Throw light upon the relationship between Sociology, Philosophy and Computer psychology.)
9. नैदानिक मनोवैज्ञानिक, परामर्श मनोवैज्ञानिक तथ्य सामुदायिक मनोवैज्ञानिक के कार्य संबंधों पर प्रकाश डालें।
(Throw light upon the work relationship of Clinical psychologists, Counselling psychologist and Community psychologists.)
10. स्कूल मनोवैज्ञानिक, शिक्षा मनोवैज्ञानिक तथा परामर्श मनोवैज्ञानिक के कार्य संबंधों पर प्रकाश डालें।
(Throw light upon work relationship of School psychologists, Educational psychologists and Counselling psychologists.)
11. औद्योगिक/संगठनात्मक मनोवैज्ञानिक तथा स्वास्थ्य मनोवैज्ञानिक के कार्य संबंधों पर प्रकाश डालें।
(Throw light upon the work relationship of Industrial/organizational psychologists and Health psychologists.)
12. दैनदिन जीवन में मनोविज्ञान की विभिन्न उपयोगिताओं का वर्णन करें।
(Describe the utilities of psychology in day-today life.)

अध्याय 2

मनोविज्ञान की जाँच विधियाँ
(Methods of Enquiry in Psychology)

बहुविकल्पीय प्रश्न ***(Multiple Choice Question)***
सही उत्तर बतलावें:

1. मनोवैज्ञानिक जाँच (Psychological enquiry) के लक्ष्य (goal) में किसे शामिल नहीं किया जा सकता है?
   (क) वर्णन (description) (ख) बोध (understanding)
   (ग) नियंत्रण (control) (घ) सौहार्द संबंध (rapport)
2. मनोवैज्ञानिक अनुसंधान के दौरान जिस चर (variable) को नियंत्रित करके रखा जाता है, उसे क्या कहा जाता है?
   (क) आश्रित चर (dependent variable) (ख) स्वतंत्र चर (independent variable)
   (ग) बहिरंग चर (extraneous variable) (घ) इनमें से कुछ भी नहीं
3. किसी विशेष कार्य वातावरण (Work environment) से प्राप्त सूचनाओं को आप किस श्रेणी का मनोवैज्ञानिक प्रदत्त कहेंगे?
   (क) भौतिक प्रदत्त (physical data) (ख) जनांकिकीय प्रदत्त (demographic data)
   (ग) नैदानिक प्रदत्त (clinical data) (घ) इनमें से कुछ भी नहीं
4. जिस प्रेक्षण में प्रेक्षक स्वयं ही व्यवहारों के अध्ययन में हाथ बँटाता है, उसे कहा जाता है
   (क) सहभागी प्रेक्षण (ख) असहभागी प्रेक्षण
   (ग) प्रकृतिवादी प्रेक्षण (घ) इनमें से किसी भी तरह का प्रेक्षण नहीं।
5. जिस चर के बारे में प्रयोगकर्त्ता प्रयोग करने के बाद पूर्वकथन (prediction) करता है, उसे कहा जाता है—
   (क) मध्यवर्त्ती चर (ख) आश्रित चर
   (ग) स्वतंत्र चर (घ) इनमें से कुछ भी नहीं।
6. निम्मांकित में से किसे सर्वे की विधि में सम्मिलित नहीं किया जा सकता है?
   (क) साक्षात्कार (ख) डाक प्रश्नावली
   (ग) दूरभाष (घ) प्रयोग
7. जब कोई मनोवैज्ञानिक परीक्षण संगत (consistent) परिणाम देता है, तो यह कहा जाता है कि
   (क) मनोवैज्ञानिक परीक्षण में विश्वसनीयता (reliability) है।
   (ख) मनोवैज्ञानिक परीक्षण में वैधता (validity) है
   (ग) मनोवैज्ञानिक परीक्षण मानवीकृत (standardized) है।
   (घ) इनमें से कुछ भी नहीं

8. अशाब्दिक परीक्षण में एकांशों (items) का स्वरूप होता है।
   (क) चित्तिय (pictorial) (ख) शाब्दिक (verbal)
   (ग) मूर्त्त (concrete) (घ) इनमें से कुछ भी नहीं
9. माध्य (Mean) को आप किस तरह की विधि (method) मानते हैं।
   (क) परिमाणात्मक विधि (quantitative method) (ख) गुणात्मक विधि (qualitative method)
   (ग) अंशतः परिमाणात्मक तथ्य अंशतः गुणात्मक (घ) इन दोनों में से कुछ भी नहीं
10. सही सुमेल (match) बतलावें :
   (क) टिचेनर—प्रेक्षण विधि (ख) वाटसन—अन्तर्निरीक्षण विधि
   (ग) नियंत्रित प्रेक्षण—प्रयोग विधि (घ) जोड़-तोड़ (Manipulation)—आश्रित चर
11. प्राप्तांकों (scores) के योग को प्राप्तांकों की संख्या से भाग देने पर जो भागफल आता है, उसे कहा जाता है :
   (क) मध्य (Mean) (ख) माध्यिका (Median)
   (ग) बहुलक (Mode) (घ) इनमें से कोई नहीं
12. वह प्राप्तांक (score) जो वितरण को दो बराबर भागों में बाँटता है, उसे कहा जाता है—
   (क) बहुलक (ख) माध्यिका
   (ग) माध्य (घ) इनमें से कुछ भी नहीं
13. जो प्राप्तांक किसी वितरण में अन्य प्राप्तांकों से अधिक बार आता है, उसे कहा जाता है—
   (क) माध्यिका (ख) माध्य
   (ग) बहुलक (घ) इनमें से कुछ भी नहीं

एक शब्द में उत्तर दें *(Answer in one word)*

14. मनोवैज्ञानिक जाँच के लक्ष्य कितने हैं?
15. अंतर्निरीक्षण विधि का प्रतिपादन किसने किया?
16. वाटसन के किस अध्ययन विधि को सबसे अधिक महत्त्वपूर्ण बतलाया था?
17. जिस चर में प्रयोगकर्त्ता जोड़-तोड़ (manipulation) करता है, उसे क्या कहा जाता है?
18. जिस चर के बारे में प्रयोगकर्त्ता पूर्वकथन (prediction) करता है, उसे क्या कहा जाता है?
19. जब व्यक्ति के एक ही समूह या प्रतिदर्श को कई बार साक्षात्कार लिया जाता है, तो इसे किस तरह का सर्वे कहा जाता है?
20. जिस अध्ययन विधि में किसी एक व्यक्ति का गहन अध्ययन करके अनुसंधानकर्त्ता किसी निष्कर्ष पर पहुँचता है, उसे क्या कहा जाता है?
21. रैवेन प्रोग्रेसिव मैट्रिसेज किस तरह का मनोवैज्ञानिक परीक्षण है?
22. जब मनोवैज्ञानिक अध्ययन का आधार दो चरों के बीच सहसंबंध (correlation) होता है, तो उसे क्या कहा जाता है?
23. जिस प्रेक्षण में प्राणियों के व्यवहारों का अध्ययन उसके स्वाभाविक परिस्थिति में किया जाता है, उसे किस तरह का प्रेक्षण कहा जाता है?
24. वह प्राप्तांक जो वितरण को दो सम भागों में बाँटता है, उसे क्या कहा जाता है?

दिये गए सही/गलत में जो आपको सही लगे, उस पर टिक (√) कर दें:

25. नियंत्रण, मनोवैज्ञानिक जाँच का एक लक्ष्य होता है। सही/गलत
26. मनोवैज्ञानिक प्रयोग हमेशा किसी प्रयोगशाला में ही किया जाता है। सही/गलत
27. जिस चर के बारे में पूर्वकथन (prediction) किया जाता है, उसे आश्रित चर (dependent variable) कहा जाता है। सही/गलत
28. मध्यवर्त्ती वैसे चर को कहा जाता है जो स्वतंत्र चर तथा आश्रित चर के बीच में आता है। सही/गलत
29. पेनल सर्वे में एक ही समूह या प्रतिदर्श का कई बार साक्षात्कार लिया जाता है। सही/गलत
30. नैदानिक या केस अध्ययन विधि में कई व्यक्तियों का एक गहन अध्ययन किया जाता है सही/गलत
31. प्रयोगात्मक विधि में सहसंबंध (correlation) के आधार पर किसी निष्कर्ष पर पहुँचा जाता है सही/गलत
32. मनोवैज्ञानिक परीक्षण हमेशा माननीकृत (standardized) होता है। सही/गलत
33. विश्वसनीयता में परीक्षण प्राप्तांकों में संगतता (consistency) होती है। सही/गलत
34. वैधता से तात्पर्य परीक्षण के निष्ठा (fidelity) से होता है। सही/गलत
35. बहुलक से तात्पर्य प्राप्तांकों के वितरण में असामान्यता (non-normalcy) से होता है। सही/गलत

निम्नलिखित कथनों के खाली जगह को भरें :

36. .... प्रेक्षण में प्रेक्षक किसी घटना या व्यवहार को करने में स्वयं हाथ बँटाता है।
37. जिस चर को प्रयोगकर्त्ता प्रयोग के दौरान नियंत्रित रखता है, उसे .... चर कहा जाता है।
38. .... का उद्देश्य परीक्षण पर आये मूल प्राप्तांकों (raw scores) की व्याख्या करना होता है।
39. जिस परीक्षण को सिर्फ पढ़े-लिखे व्यक्तियों पर क्रियान्वयन किया जाता है, उसे .... परीक्षण कहा जाता है।
40. जिस परीक्षण में मूर्त्त वस्तुओं/चीजों को परीक्षण के एकांशों के रूप में उपयोग किया जाता है, उसे .... कहा जाता है।
41. जब मनोवैज्ञानिक अध्ययनों से प्राप्त परिणामों का विश्लेषण विवरणात्मक श्रेणियों (descriptive categories) के रूप में की जाती है, उसे .... विधि कहा जाता है।
42. वुण्ट तथा टिचेनर ने मनोविज्ञान को .... का विज्ञान कहा है।
43. जिस जीव (organism) पर प्रयोग किया जाता है, उसे .... कहा जाता है।
44. .... व्यक्ति के वैसे गुण को कहा जाता है जिसे मापा जा सकता है तथा जो परिमाणात्मक रूप से परिवर्तित हो सके।
45. दो चरों के बीच मापनीय अस्थायी संबंध को .... कहा जाता है।

उत्तर

1. (घ) 2. (ग) 3. (क) 4. (क) 5. (ख) 6. (घ) 7. (क) 8. (क)
9. (क) 10. (ग) 11. (क) 12. (ख) 13. (ग) 14. पाँच 15. वुण्ट 16. प्रेक्षण
17. स्वतंत्र चर 18. आश्रित चर 19. पेनल सर्वे 20. केस अध्ययन/नैदानिक विधि
21. अशाब्दिक 22. सहसंबंधात्मक विधि 23. प्रकृतिवादी 24. माध्यिका 25. सही
26. गलत 27. सही 28. सही 29. सही 30. गलत
31. गलत 32. गलत 33. सही 34. सही 35. गलत
36. सहभागी 37. बहिरंग 38. मानक 39. शाब्दिक 40. निष्पादन परीक्षण
41. गुणात्मक 42. चेतना 43. प्रयोज्य/प्रतिभागी 44. चर 45. प्राक्कल्पना

अतिलघु उत्तरीय प्रश्न *(Very short answered questions)*

1. 'वर्णन' के अर्थ को मनोवैज्ञानिक जाँच के एक लक्ष्य के रूप बतलावें।
   (Point out the meaning of description as a goal of psychological enquiry.)
2. चर का अर्थ बतलावें।
   (Give the meaning of variable.)
3. प्राक्कल्पना से आप क्या समझते हैं?
   (What do you mean by hypothesis ?)
4. स्वतंत्र चर से आप क्या समझते हैं?
   (What do you mean by independent variable ?)
5. आश्रित चर से आप क्या समझते हैं?
   (What do you mean by dependent variable ?)
6. असहभागी प्रेक्षण का अर्थ बतलावें।
   (Give the meaning of nonparticipant observaiton.)
7. डाक सर्वे क्या है?
   (What is mail survey ?)
8. पेनल सर्वे क्या है?
   (What is panel survey ?)
9. नैदानिक या केस अध्ययन विधि से आप क्या समझते हैं?
   (What do you mean by clinical/case study method ?)
10. माध्य क्या है?
    (What is Mean ?)
11. माध्यिका से आप क्या समझते हैं?
    (What do you understand by Median ?)
12. बहुलक से आप क्या समझते हैं?
    (What do you undetstand by Mode ?)
13. बहुभुज क्या है?
    (What is Polygon ?)

14. मनोवैज्ञानिक जाँच में सम्मिलित नैतिक मुद्दे का अर्थ क्या है?
(What is the meaning of ethical issue involved in psychological enquiry ?)
15. आयत चित्र से आप क्या समझते हैं?
(What do you mean by Histogram ?)

लघु उत्तरीय प्रश्न (Short answered question)

1. संक्षेप में, मनोवैज्ञानिक जाँच के लक्ष्य बतलावें।
(In brief, point out the goals of psychological enquiry.)
2. दैहिक प्रदत्त के अर्थ को बतलावें।
(Describe the meaning of physiological data.)
3. जनांकिकीय प्रदत्त का उदाहरणसहित अर्थ बतलावें।
(Give the meaning of demographic data with examples.)
4. प्रेक्षण विधि की मुख्य विशेषताओं पर प्रकाश डालें।
(Throw light upon the features of observation method.)
5. सहभागी प्रेक्षण तथा असहभागी प्रेक्षण में अंतर करें।
(Make distinction between participant observation and nonporticipant observation.)
6. प्रकृतिवादी प्रेक्षण का अर्थ बतलावें।
(Give the meaning of naturalistic observation.)
7. स्वतंत्र चर तथा आश्रित चर में अंतर करें।
(Make distinction between independent variable and dependent variable.)
8. साक्षात्कार सर्वे का अर्थ बतलावें।
(Give the meaning of interview survey.)
9. नैदानिक या केस अध्ययन विधि के प्रमुख अवगुणों को बतलावें।
(Point out the major demerits of clinical or case study method.)
10. मनोवैज्ञानिक परीक्षण का अर्थ बतलावें।
(Give the meaning of psychological test.)
11. परीक्षण के विश्वसनीयता तथा वैधता में अंतर करें।
(Make distinction between reliability and validitiy.)
12. वैयक्तिक परीक्षण तथा सामूहिक परीक्षण में अंतर करें।
(Make distinction between individual test and group test.)
13. क्षमता परीक्षण तथा गति परीक्षण में अंतर करें।
(Make distinction between power test and speed test.)
14. शाब्दिक परीक्षण तथा अशाब्दिक परीक्षण में अंतर करें।
(Make distinction between verbal test and nonverbal test.)
15. अशाब्दिक परीक्षण तथा क्रियात्मक परीक्षण में अंतर करें।
(Make distinction between nonverbal test and performance test.)
16. मनोवैज्ञानिक परीक्षण की दो सीमाएँ बतलावें।
(Point out the two limitations of psychological test.)
17. प्रदत्त विश्लेषण की प्रविधि के रूप में परिमाणात्मक विधि का वर्णन करें।
(Describe quatitative method as a technique of data analysis.)
18. प्रदत्त विश्लेषण की प्रविधि के रूप में गुणात्मक विधि का वर्णन करें।
(Describe qualitative method as a technique of data analysis.)
19. मनोवैज्ञानिक जाँच में सम्मिलित किन्हीं दो नैतिक मुद्दों पर प्रकाश डालें।
(Throw light upon any two ethical issues involved in psychological enquiry.)
20. सहसंबंधात्मक विधि की मुख्य विशेषता बतलावें।
(Point out the major features of correlational method.)
21. माध्य एवं माध्यिका में अंतर करें।
(Make distinction between Mean and Median ?)
22. बहुभुज तथा आयतचित्र में अंतर करें।
(Make distinction between Polygon and Histogram ?)

दीर्घ उत्तरीय प्रश्न *(Long answered question)*

1. मनोवैज्ञानिक जाँच से आप क्या समझते हैं? इसके प्रमुख लक्ष्यों पर प्रकाश डालें।
   (What do you mean by psychological enquiry? Throw light upon its major goals.)
2. मनोवैज्ञानिक अनुसंधान में सम्मिलित मुख्य चरणों का वर्णन करें।
   (Describe the major steps involved in psychological invertigation.)
3. प्रेक्षण विधि क्या है? इसके लाभ एवं अलाभ पर प्रकाश डालें।
   (What is observation method? Throw light upon its advantages and disadvantages.)
4. प्रयोगात्मक विधि क्या है? इसके लाभ तथा अलाभ का वर्णन करें।
   (What is experimental method? Discuss its advantages and disadvantages.)
5. सहसंबंधात्मक अनुसंधान से आप क्या समझते हैं? इसके लाभ एवं अलाभ का वर्णन करें।
   (What do you mean by correlational investigation? Discuss its advantages and disadvantages.)
6. सर्वे विधि का एक उदाहरण दें। इसके लाभ तथा अलाभ पर प्रकाश डालें।
   (Give example of Survey method. Throw light upon its advantages and disadvantages.)
7. व्यक्ति या केस अध्ययन विधि क्या है? इसके लाभ तथा अलाभ का वर्णन करें।
   (What is Case study method? Describe its advantages and disadvantages.)
8. मनोवैज्ञानिक अनुसंधान में प्रदत्त विश्लेषण की विधियों का सोदाहरण वर्णन करें।
   (Describe, with examples, the different methods of data analysis involved in psychological investigation.)
9. मनोवैज्ञानिक परीक्षण से आप क्या समझते हैं? एक उत्तम मनोवैज्ञानिक परीक्षण के गुणों का वर्णन करें।
   (What do you mean by psychological test? Describe the attributes of a good psychological test.)
10. मनोवैज्ञानिक परीक्षण की प्रमुख परिसभाओं पर प्रकाश डालें।
    (Throw light upon the major limitations of psychological test.)
11. मनोवैज्ञानिक जाँच से आप क्या समझते हैं? इसकी प्रमुख परिसीमाओं का वर्णन करें।
    (What do you mean by psychological enquiry? Describe its major limitations.)
12. मनोवैज्ञानिक जाँच में सम्मिलित प्रमुख नैतिक मुद्दों पर प्रकाश डालें।
    (Throw light upon the major ethical issues involved in psychological enquiry.)
13. उदाहरण देते हुए माध्य, माध्यिका तथा बहुलक में अंतर करें।
    (Citing examples make distinction between Mean, Median and Mode.)
14. निम्नलिखित पर संक्षिप्त नोट लिखें।
    (Write short notes on the following.)
    (क) वर्णन, व्याख्या तथा पूर्वकथन के रूप में मनोवैज्ञानिक जाँच के लक्ष्य
    (Description, explanation and prediction as goals of psycological enquiry.
    (ख) मनोवैज्ञानिक प्रदत्तों का स्वरूप
    (Nature of psychological data)
    (ग) अन्तर्निरीक्षण विधि
    (Introspection method)
    (घ) प्रेक्षण के प्रकार
    (Types of observation)

अध्ययन 3

मानव व्यवहार का आधार
(Bases of Human behaviour)

बहुविकल्पीय प्रश्न *(Multiple Choice Question)*
सही उत्तर बतलावें:

1. चार्ल्स डार्विन (Charles Darwin) के अनुसार क्रम विकास (evolution) में जो तत्त्वों की सूची होती है, उनसे निम्नांकित में से किसे शामिल नहीं किया जाता है?
   (क) भिन्नता (variation) (ख) वंशागति (inheritance)
   (ग) चयन (selection) (घ) अंतर्क्रिया (interaction)

2. मानव क्रमविकास में तीन ऐसे महत्त्वपूर्ण विकास हुए हैं जो मनुष्यों को अन्य प्रजातियों (species) से भिन्न करता है। निम्नांकित में से किसे उन तीन की सूचियों से बाहर रखा जा सकता है—
   (क) द्विवादिता (bipedalism)
   (ख) मस्तिष्कीकरण (encephalization)
   (ग) भाषा विकास (language development)
   (घ) सांवेगिक विकास (emotional development)
3. स्नायुमंडल की सबसे छोटी इकाई (smallest unit) निम्नांकित में से किसे कहा जाता है?
   (क) शाखिका (dendrite)
   (ख) कोशशरीर (cell body)
   (ग) एक्सन (axon)
   (घ) न्यूरोन
4. जिस न्यूरोन द्वारा तंत्रिका आवेग ग्राहक से सुषुम्ना तथा मस्तिष्क तक पहुँचता है, उसे कहा जाता है
   (क) संवेदी न्यूरोन (sensory neuron)
   (ख) पेशीय न्यूरोन (motor neuron)
   (ग) साहचर्य न्यूरोन (association neuron)
   (घ) एक्सान (axon)
5. एक तंत्रिका के एक्सान (axon) तथा दूसरे तंत्रिका की शाखिका के मिलन स्थान को कहा जाता है:
   (क) न्यूरोट्रांसमीटर (neurotransmitter)
   (ख) न्यूरोमोडुलेटर (neuromodulator)
   (ग) सूत्रयुग्मन (synapse)
   (घ) इनमें से कुछ भी नहीं।
6. निम्नांकित में कौन केन्द्रीय तंत्रिका तंत्र (central nervous system) का भाग नहीं है:
   (क) सुषुम्ना
   (ख) कैनियन-सैक्रल तंत्र (cranial sacral system)
   (ग) अग्रमस्तिष्क
   (घ) पश्चमस्तिष्क (hindbrain)
7. निम्नांकित में से किस ग्रन्थि का स्थान शरीर में वृक्क (kidney) के ऊपर होता है?
   (क) पीयूष ग्रन्थि (pituitary gland)
   (ख) पैंक्रियाज (pancreas)
   (ग) पिनीयल ग्रन्थि (pineal gland)
   (घ) इनमें से कोई नहीं।
8. निम्नांकित में से कौन-सा गुणसूत्र का जोड़ा (pair) द्वारा व्यक्ति का लिंग (sex) का निर्धारण होता है?
   (क) 18वाँ जोड़ा
   (ख) 21वाँ जोड़ा
   (ग) 20वाँ जोड़ा
   (घ) 23वाँ जोड़ा
9. एक गुणसूत्र (chromosome) में लगभग कितने जीन्स (genes) होते हैं?
   (क) 100 (ख) 500 (ग) 1000 (घ) 5000
10. माता-पिता एवं पूर्वजों से मिलने वाले शीलगुणों का संचयन कहाँ होता है?
   (क) आर॰ एन॰ ए॰ (RNA)
   (ख) डी॰ एन॰ ए॰ (DNA)
   (ग) दोनों में
   (घ) दोनों में से किसी में भी नहीं
11. जब व्यक्ति दूसरों की संस्कृति को खासकर दूसरे के प्रबल संस्कृति (dominant culture) को जब ग्रहण करता है, तो इस प्रक्रिया को कहा जाता है।
   (क) संस्कृतिकरण (enculturation)
   (ख) परसंस्कृतिग्रहण (acculturation)
   (ग) समाजीकरण (socialization)
   (घ) इनमें से कुछ भी नहीं।
12. गर्भाधारण (conception) के समय युग्मनज (zygote) में गुणसूत्र की संख्या कितनी होती है?
   (क) 26
   (ख) 36
   (ग) 46
   (घ) 44

एक शब्द में उत्तर दें *(Answer in one word)*

13. मानव क्रमविकास (human evolution) में कितने ऐसे विकास हुए जो मनुष्यों को अन्य प्रगतियों (species) से भिन्न करता है?
14. पूरे मानव शरीर में तंत्रिकाकोश (nerve cell) की संख्या लगभग कितनी होती है?
15. न्यूरोन के जिस भाग द्वारा सूचनाओं/तंत्रिका आवेग को ग्रहण किया जाता है, उसे क्या कहा जाता है?
16. न्यूरोन के जीन को क्या कहा जाता है?
17. ज्ञानेन्द्रियों से सुषुम्ना/मस्तिष्क तक तंत्रिका आवेग पहुँचाने वाले न्यूरोन का नाम क्या है?
18. दो न्यूरोन के मिलन स्थान का नाम क्या है?
19. कायिक तंत्रिका तंत्र (somatic nervous system) किस तंत्रिका तंत्र का भाग है?
20. मेडुला (medulla) किस तंत्रिका तंत्र का भाग है?
21. शंखपालि (temporal lobe) द्वारा किस तरह का संवेदन होता है?
22. पश्चकपालीय (occipital lobe) द्वारा किस तरह का संवेदन होता है।

23. पीयूष ग्रन्थि (pituary gland) शरीर में कहाँ अवस्थित होता है?
24. थायराक्सीन (thyroxin) किस ग्रन्थि का स्राव (secretion) होता है।
25. मेलाटोनिन (melatonin) किस ग्रन्थि से स्रावित होता है।

रिक्त स्थानों को भरें *(Fill up the blanks)*

26. .... से तात्पर्य मस्तिष्कीय आकार (brain size) तथा मस्तिष्कीय उत्तकों (brain tissues) के अनुपात में वृद्धि से होता है।
27. पार्श्वतंतु या शाखिका (dendrite) द्वारा सूचनाओं को .... किया जाता है।
28. कोश शरीर में एक विशेष तरल पदार्थ होता है जिसे .... कहा जाता है।
29. एकसान .... द्वारा ढँका होता है।
30. तंत्रिका आवेग (nerve impulse) की गति सामान्यतः .... प्रति सेकंड होती है।
31. सुषुम्ना (spinal cord) .... का एक भाग होता है।
32. सुषुम्ना तथा मस्तिष्क को जोड़ने वाले भाग को .... कहा जाता है।
33. मध्यमस्तिष्क के शिखर या छत (roof) को .... कहा जाता है।
34. मस्तिष्क का वह भाग जो भिन्न-भिन्न संवेदी प्रक्रियाओं (sensory processes) को ग्रहण करके प्रमस्तिष्क के उपयुक्त केन्द्रों में प्रसारण (relay) करता है, उसे .... कहा जाता है।
35. केन्द्रीय सुलकस के भागों तथा सेन्ट्रल दरार के ऊपर के भाग में .... अवस्थित होता है।
36. स्वायत्त तंत्रिका तंत्र (autonomic nervous system) का एक भाग .... तथा दूसरा भाग .... कहलाता है।
37. .... को मास्टर ग्रन्थि (Master gland) कहा जाता है।
38. इपाइनफ्राइन (epinphrine) नामक हारमोन्स .... से निकलता है।
39. टेस्टोस्ट्रोन (testrostone) एक .... हारमोन है।
40. गुणसूत्र के प्रथम 22 जोड़ों को .... कहा जाता है।

निम्नलिखित प्रश्नों के दो उत्तरों में से जो आपको सही लगता है, उसपर ट्रिक (√) लगावें।

41. वंशागति (inheritance) तथा भिन्नता (variation) क्रमविकास के दो महत्त्वपूर्ण तत्त्व हैं। सही/गलत
42. मस्तिष्कीकरण (encephalization) तथा द्विपादिता (bipedalism) दो ऐसे गुण हैं जो मनुष्यों को अन्य प्रजातियों से अलग करता है। सही/गलत
43. ग्लिया कोश (glia cell) न्यूरोन को जीवित रखता है। सही/गलत
44. माइलिन शीथ (myelin sheath) जिससे एक्सान ढँका रहता है, सतत (continuous) होता है। सही/गलत
45. शाखिका (dendrite) में एक विशेष तरल पदार्थ होता है जिसे साइटोप्लाज्म (cytoplasms) कहा जाता है। सही/गलत
46. न्यूरोट्रांसमीटर (neurotransmitter) मांसपेशियों में पाया जानेवाला एक महत्त्वपूर्ण तरल पदार्थ है। सही/गलत
47. सुषुम्ना के बीच के भाग का आकार एक चींटी के समान होता है। सही/गलत
48. रेटिकुलर एक्टीभेटिंग तंत्र (Reticular activating system) व्यक्ति में सक्रियता, नींद आदि को संचालित करता है। सही/गलत
49. रोलैण्डों ऑफ फिशर (fissure of Rolando) को केन्द्रीय सुलकस (central sulcus) भी कहा जाता है सही/गलत
50. भित्तीय पालि (Parietal lobe) द्वारा मूलतः त्वक् संवेदन अर्थात् गर्म, ठंडा, दर्द आदि का ज्ञान होता है। सही/गलत

उत्तर

1. (घ) 2. (घ) 3. (घ) 4. (क) 5. (ग) 6. (ख) 7. (घ) 8. (ग)
9. (ग) 10. (ख) 11. (ख) 12. (ग) 13. तीन 14. 12.5 अरब
15. शाखिका 16. सोमा 17. संवेदी न्यूरोन 18. सूत्रयुग्मन
19. परिधीय तंत्रिका तंत्र 20. केन्द्रीय तंत्रिका तंत्र 21. श्रवण संवेदन
22. दृष्टि संवेदन 23. मस्तिष्क में 24. कंठग्रन्थि
25. पिनीयल ग्रन्थि 26. मस्तिष्कीकरण 27. ग्रहण
28. साइटोप्लाज्म 29. माइलिन शीप 30. 100 31. केन्द्रीय तंत्रिका तंत्र
32. मेडुला 33. टेकटम 34. थैलेमस 35. अग्रपालि 36. अनुकम्पी तंत्रिका तंत्र, पराअनुकम्पी तंत्रिका तंत्र
37. पीयूष ग्रन्थि 38. एड्रीनल ग्रन्थि 39. यौन 40. आटोजोम्स 41. सही 42. सही 43. सही
44. गलत 45. गलत 46. गलत 47. गलत 48. सही 49. सही 50. सही

अतिलघु उत्तरीय प्रश्न *(Very Short answered question)*

1. द्विपादिता क्या है?
   (What is bipedalism?)
2. न्यूरोन से आप क्या समझते हैं?
   (What do you mean by neuron?)
3. शाखिका का अर्थ बतलावें।
   (Give the meaning of dendrite.)
4. एक्सान क्या है?
   (What is axon?)
5. कोश शरीर से आप क्या समझते हैं?
   (What do you mean by cell body?)
6. संवेदी न्यूरोन से आप क्या समझते हैं?
   (What do you mean by sensory neuron?)
7. गतिवाही न्यूरोन का अर्थ बतलावें।
   (Give the meaning of motor neuron?)
8. साहचर्य न्यूरोन से आप क्या समझते हैं?
   (What do you mean by association neuron?)
9. सूत्रयुग्मन किसे कहते हैं?
   (What is synapse?)
10. मेडुला का कार्य बतलावें।
    (Point out the function of medula.)
11. रेटिकुलर एक्टीभेटिंग तंत्र क्या है?
    (What is Reticular Activating system?)
12. अग्रपालि क्या है?
    (What is frontal lobe?)
13. भित्तीय पालि से आप क्या समझते हैं?
    (What do you mean by parietal lobe?)
14. रोलैंडो का दरार किसे कहते हैं।
    (What is fissure of Rolando?)
15. शंखपालि का कार्य बतलावें।
    (Point out the function of temporal lobe?)
16. पश्यकपालीय से आप क्या समझते हैं?
    (What do you mean by occipital lobe?)
17. अनुकंपी तंत्रिका तंत्र किसे कहते हैं?
    (What is meant by syampathetic nervous system?)
18. समावस्थान या समस्थिति से आप क्या समझते हैं?
    (What do you mean by homeostasis?)
19. पथहीन ग्रन्थि किसे कहा जाता है?
    (What is ductless gland?)
20. मास्टर ग्रन्थि से आप क्या समझते हैं?
    (What do you mean by master gland?)
21. मधुमेह रोग का संबंध किस ग्रन्थि से है?
    (With which gland diabetes are associated?)
22. संस्कृतीकरण से आप क्या समझते हैं?
    (What do you mean by enculturation?)
23. परसंस्कृतिग्रहण से आप क्या समझते हैं?
    (What do you mean by acculturation?)

24. गुणसूत्र का अर्थ बतलावें।
(Give the meaning of chromosomes.)
25. जीन्स से आप क्या समझते हैं?
(What do you mean by genes?)

लघु उत्तरीय प्रश्न *(Short-answered questions)*

1. संवेदी न्यूरोन से आप क्या समझते हैं?
(What do you mean by sensory neuron?)
2. गतिवाही न्यूरोन का अर्थ बतलावें।
(Give the meaning of motor neuron.)
3. साहचर्य न्यूरोन का अर्थ बतलावें।
(Give the meaning of association neuron.)
4. सूत्रयुग्मन की प्रक्रिया के अर्थ को समझाएँ।
(Point out the meaning of the process of synapse.)
5. शाखिका या अक्षतंतु तथा एक्सान में अंतर करें।
(Make distinction between dendrite and axon.)
6. तंत्रिका आवेग से आप क्या समझते हैं?
(What do you mean by nerve impulse?)
7. पूर्ण या शून्य नियम का अर्थ बतलावें।
(Give the meaning of all-or-none law.)
8. सुषुम्ना की संरचना पर प्रकाश डालें।
(Throw light upon the structure of spinal cord.)
9. सुषुम्ना द्वारा सहज प्रतिक्रियाओं का संचालन किस तरह से होता है?
(How is reflexion conducted by spinal cord?)
10. मेडुला का कार्य बतलावें।
(Point out the functions of medula.)
11. लघुमस्तिष्क से आप क्या समझते हैं?
(What do you mean by cerebellum?)
12. सेतु का कार्य बतलावें।
(Point out the functions of pons.)
13. थैलमस का कार्य बतलावें।
(Point out the functions of thalamus.)
14. हाइपोथैलमस का कार्य बतलावें।
(Point out the function of hypothalamus.)
15. लिम्बिक तंत्र क्या है?
(What is limbic system?)
16. शंखपालि तथा पश्चकपालीय में अंतर करें।
(Make distinction between temporal lobe and occipital lobe.)
17. कायिक तंत्रिका तंत्र से आप क्या समझते हैं?
(What do you mean by somatic nervous system?)
18. अनुकंपी तंत्रिका तंत्र का कार्य बतलावें।
(Point out the functions of sympathetic nervous system.)
19. पराअनुकंपी तंत्रिका तंत्र का कार्य बतलावें।
(Point out the functions of parasympathetic nervous system.)
20. अंतस्रावी ग्रन्थि से आप क्या समझते हैं?
(What do you mean by endocrine gland?)
21. पीयूष ग्रन्थि से निकलने वाले हारमोन्स का प्रभाव बतलावें।
(Point out the effect of hormones secreted by pituitary gland.)

22. एड्रीनल ग्रन्थि की संरचना एवं कार्य बतलावें।
(Point out the structure and function of adrenal gland.)
23. पैक्रियाज का कार्य बतलावें।
(Point out the functions of pancreas.)
24. कंठ ग्रन्थि का कार्य बतलावें।
(Point out the functions of thyroid gland.)
25. यौन ग्रन्थि के कार्य पर प्रकाश डालें।
(Throw light upon the functions of sex gland.)
26. गुणसूत्र तथा जीन्स में अंतर करें।
(Point out the differences between chromosomes and genes.)
27. सांस्कृतिकरण तथा परसंस्कृतिग्रहण में अंतर करें।
(Make distinction between enculturation and acculturation.)
28. परिवार को समाजीकरण के एक कारक के रूप में विवेचना करें।
(Discuss family as one of the factors of socialization.)
29. न्यूरोन की संरचना पर प्रकाश डालें।
(Throw light upon the structure of neuron.)
30. कोश शरीर से आप क्या समझते हैं?
(What do you mean by cell body?)
31. संस्कृति क्या है।
(What is culture?)

दीर्घ उत्तरीय प्रश्न *(Long answered questions)*

1. क्रमविकासवादी परिप्रेक्ष्य व्यवहार की व्याख्या किस तरह से करता है?
(How does evolutionary perspective explain behaviour?)
2. तंत्रिका कोश या न्यूरोन की संरचना एवं कार्य पर प्रकाश डालें।
(Throw light upon the structure and function of nerve cell or neuron.)
3. न्यूरोन क्या है? इसके विभिन्न प्रकारों की विवेचना करें।
(What is neuron? Discuss its different types.)
4. सूत्रयुग्मन क्या है? प्रतिवर्त धुन में इसकी क्या भूमिका है?
(What is synapse? Discuss its role in reflex arc.)
5. पश्चमस्तिष्क की संरचना एवं कार्य पर प्रकाश डालें।
(Throw light upon the structure and function of hind brain.)
6. थैलमस तथा हाइपोथैलमस में अंतर करें। हाइपोथैलमस के कार्य का वर्णन करें।
(Make distinction between thalamus and hypothalamus. Discuss the functions of hypothalamus.)
7. प्रमस्तिष्क के चार पालियों का नाम बतलावें तथा उनके कार्यों का वर्णन करें।
(Point out the names of four lobes of cerebrum and describe their functions.)
8. स्वायत्त तंत्रिका तंत्र की संरचना एवं कार्य पर प्रकाश डालें।
(Throw light upon the structure and function of autonomic nervous system.)
9. अंतस्रावी ग्रन्थि से आप क्या समझते हैं? पीयूष ग्रन्थि तथा एड्रीनल ग्रन्थि के स्रावों का मानव व्यवहार पर पड़नेवाले प्रभावों का वर्णन करें।
(What do you mean by endocrine gland? Discuss the impact of secretions of adrenal gland and pituitary gland upon human behaviour.)
10. पैक्रियाज एवं यौन ग्रन्थि का मानव व्यवहार पर पड़नेवाले प्रभाव का वर्णन करें।
(Describe the impact of pancreas and sex gland upon human behaviour.)
11. मानव व्यवहार के निर्धारण में आनुवंशिकता की भूमिका बतलावें।
(Discuss the role of heredity in determining human behaviour.)
12. मानव व्यवहार की सामाजिक-सांस्कृतिक व्याख्या प्रदान करें।
(Provide a socio-cultural explanation of human behaviour.)
13. समाजीकरण के विभिन्न कारकों की भूमिका पर प्रकाश डालें।
(Throw light upon the role of different factors of socializaiton.)

अध्याय 4

मानव विकास
(Human development)

बहुविकल्प प्रश्न *(Multiple Choice questions)*

सही उत्तर बतलावें:

1. एक युग्मनज (zygote) में गुणसूत्र की संख्या कितनी होती है?
   (क) 46 (ख) 36 (ग) 26 (घ) 23
2. जीव (gene) का कौन भाग नहीं है?
   (क) डी एन ए (DNA) (ख) आर एन ए (RNA)
   (ग) गुणसूत्र (chromosome) (घ) अंडाणु (ovum)
3. व्रौनफेनव्रेन्नर (Bronfenbrenner) द्वारा प्रस्तावित जैवपारिस्थितिकी मॉडल (bioecological model) में तीसरा स्तर का नाम क्या है?
   (क) वाह्य मंडल (exosystem) (ख) मध्यमंडल (mesosystem)
   (ग) वृहतमंडल (macrosystem) (घ) इनमें से कोई नहीं।
4. आरंभिक वाल्यावस्था (early childhood) की अवधि क्या होती है?
   (क) जीवन के प्रथम 6 से 11 साल (ख) जीवन के प्रथम 2 से 6 साल
   (ग) जीवन के प्रथम 3 से 11 साल (घ) जीवन के प्रथम 5 साल
5. हिन्दु मॉडल के अनुसार विकास की अवस्था का सही क्रम कौन है?
   (क) ब्रह्मचर्य, वनप्रस्थ, गृहस्थ तथा संयास (ख) वनप्रस्थ, ब्रह्मचर्य, गृहस्थ तथा संयास
   (ग) ब्रह्मचर्य, वनप्रस्थ, संयास तथा गृहस्थ (घ) गृहस्थ, ब्रह्मचर्य, वनप्रस्थ तथा संयास
6. जब गाल को छूने पर शिशु उसी दिशा में सिर को घुमाता है, तो इस प्रतिवर्त (reflex) को कहा जाता है
   (क) रूटिंग प्रतिवर्त (Rooting reflex) (ख) कनीनिका प्रतिवर्त (Pupillary reflex)
   (ग) मोरो प्रतिवर्त (Moro reflex) (घ) बेविन्सकी प्रतिवर्त (Babinski reflex)
7. यदि शिशु के पैर के तलबे पर हल्का स्पर्श किया जाता है, तो वह पहले पैर की अंगुलियों को फैलाता है और फिर उसे आगे की ओर मोड़ लेता है। इस तरह के प्रतिवर्त (reflex) को कहा जाता है।
   (क) मोरो प्रतिवर्त (Moro reflex) (ख) उत्तरजीविता प्रतिवर्त (Surrival reflex)
   (ग) रूटिंग प्रतिवर्त (Rooting reflex) (घ) बेविन्सकी प्रतिवर्त (Babinski reflex)
8. जब विकास सिर से पैर की दिशा में हो तो इसे कहा जाता है:
   (क) विकासात्मक कार्य का नियम (law of developmental task)
   (ख) निकट-दूर नियम (proximodistal principle)
   (ग) मस्तकाघोनुखी नियम (cephelocaudal principle)
   (घ) इनमें से कुछ भी नहीं।
9. बालों के संज्ञानात्मक विकास के जन्म से लेकर प्रथम दो साल की अवधि को पियाजे ने क्या नामकरण किया है?
   (क) प्राक्संक्रियात्मक अवस्था (Preoperational stage)
   (ख) ठोस संक्रियात्मक अवस्था (Concrete operational stage)
   (ग) संवेदी पेशीय अवस्था (Sensory-motor stage)
   (घ) औपचारिक संक्रियात्मक अवस्था (Formal operational stage)
10. निम्नांकित में से किससे शिशुओं में खोज करने (searching) का संवेदी-पेशीय कौशल विकसित होता है?
    (क) वस्तुस्थायित्व (object permanence) (ख) आस्थगित अनुकरण (deferred imitation)
    (ग) टेलिग्राफिक संभाषण (telegraphic speech) (घ) इनमें से किसी से भी नहीं।
11. भूमिका संभ्रान्ति (role confusion) किस अवस्था में उत्पन्न होती है?
    (क) किशोरावस्था (ख) आरंभिक व्यस्कावस्था
    (ग) बाल्यावस्था (घ) इनमें से किसी में भी नहीं।
12. व्रौनफेनव्रेन्नर मॉडल के किस स्तर में सामाजिक-सांस्कृतिक मूल्य, नियम, कानून, सामाजिक प्रथाएँ एवं साधन (resources) आदि सम्मिलित होतीं हैं जिनसे बच्चों का विकास प्रभावित होता है?
    (क) मध्यमंडल (mesosystem) (ख) लघुमंडल (microsystem)
    (ग) वृहतमंडल (macrosystem) (घ) इनमें से कुछ भी नहीं।

एक शब्द में उत्तर दें *(Answer in one word)*

13. जैवपारिस्थितिकी मॉडल का प्रतिपादन किसने किया था?
14. कोशिका के नियंत्रक केन्द्र (control centre) का नाम क्या है?
15. भारतीय परिपेक्ष्य में जो पारिस्थितिकी मॉडल विकसित हुए है, उनके अनुसार बच्चों का विकास परिवेश के कितने परतों द्वारा प्रभावित होता है?
16. शिशु को जीवित रहने के लिए जिन प्रतिवर्तों (reflexes) की जरूरत होतीं हैं, उसे क्या कहा जाता है?
17. प्राक्संक्रियात्मक अवस्था (Preoperational stage) की अवधि बतलावें।
18. संवेदी-पेशीय अवस्था (sensory-motor stage) में कुल कितने उपअवस्थाएँ (substages) होती हैं?
19. परायत्त नैतिकता (heteronomous morality) के संप्रत्यय का विकास किसने किया है?
20. कोह्लवर्ग (Kohlberg) का नाम बच्चों में किस तरह के विकास से जुड़ा है?
21. उत्तर व्यस्कावस्था (later adulthood) में बच्चों में कितने तरह के पेशीय कौशल (motor skills) विकसित होते हैं?
22. पियाजे (Piaget) ने किशोरावस्था को संज्ञानात्मक विकास के किस अवस्था में रखा है।
23. अहकेन्द्रवाद (egocentrism) की उत्पत्ति किस अवस्था में होती है?

रिक्त स्थानों को भरें *(Fill up the blanks)*

24. प्रजाति-विशिष्ट परिवर्तन (species-specific changes) को .... कहा जाता है।
25. मनुष्य के कोशिका (cell) में गुणसूत्र (chromosomes) की संख्या 46 होती है परंतु वनमानुष (chimpanzee) में यही संख्या .... होती है।
26. जीव प्ररूप (genotype) का संबंध .... होता है।
27. लघुमंडल व्रौनफेनवेन्नर मॉडल में सबसे .... सतह होता है।
28. व्रौनफेनब्रेन्नर मॉडल में दूसरे स्तर को .... कहा जाता है।
29. औषध, वायरस (virus), रसायन (chemicals) आदि को .... के श्रेणी में रखा जाता है जो भ्रूण (embryo) पर प्रभाव डालता है।
30. जन्म से प्रथम 15-20 मिनट के समय को .... अवधि कहा जाता है।
31. .... में बच्चों में पेशीय विकास शरीर के केन्द्र से उसके छोर की ओर होता है।
32. औपचारिक संक्रियात्मक अवस्था (formal operational stage) की शुरुआत .... साल के बाद से होती है।
33. भारतीय परिप्रेक्ष्य में विकसित पारिस्थितिकी मॉडल के अनुसार बच्चों के विकास का परिवेश .... परतों से बना होता है।
34. हिन्दू मॉडल के अनुसार बच्चों का विकास की पहली अवस्था को .... कहा जाता है।
35. मोरो प्रतिवर्त (moro reflex) एक तरह का .... प्रतिवर्त है।

निम्नलिखित प्रश्नों में जो आपको सही लगता है, उसपर टिक (√) लगावें *(Put a tick mark on the answer which you think to be correct one):*

36. विकास (development) में केवल गुणात्मक परिवर्तन (qualitative change) सम्मिलित होते हैं। सही/गलत
37. जीवनपर्यंत परिप्रेक्ष्य (life span perspective) के अनुसार प्राणी में विकास जन्म से वृद्धावस्था तक होते रहता है। सही/गलत
38. बच्चों के विकास पर आनुवंशिकता (heredity) तथा पारिस्थितिकी (ecology) दोनों का ही प्रभाव पड़ता है। सही/गलत
39. घटना मंडल (chrono system) से तात्पर्य व्यक्ति के वातावरण के गत्यात्मक एवं सदैव परिवर्तित प्रकृति से होता है। सही/गलत
40. भ्रूण में एक ही तरह का दोष विभिन्न टेटारोजेन्स से उत्पन्न हो सकता है। सही/गलत
41. शिशु के जन्म के बाद नाड़ी को काटकर बाँध दिये जाने से लेकर 15 दिनों तक के समय को शैशवावस्था की संज्ञा दी गयी है। सही/गलत
42. शिशुओं में उत्तरजीविता प्रतिवर्त (survival reflex) आदि प्रतिवर्त (primitive reflex) से पहले उत्पन्न होता है। सही/गलत
43. संवेदी-पेशीय अवस्था की तीसरी अवस्था में वस्तु स्थायित्व (object permanence) का गुण विकसित होता है। सही/गलत
44. औपचारिक संक्रिया की अवस्था (stage of formal operation) के चिंतन में स्वतंत्रता, गतिशीलता एवं लचीलापन होती है। सही/गलत

45. व्यक्तिगत दंतकथा (personal fable) अहकेन्द्रवाद (egocentrism) का परिणाम होता है। सही/गलत
46. इरिक्सन के अनुसार मध्यव्यस्कावस्था में जननात्मकता बनाम स्थिरता (genevitivity vs stagnation) का संकट उत्पन्न होता है। सही/गलत
47. व्रौनफेनव्रेन्नर मॉडल में वातावरण के चार अन्तर्संबंध स्तर (interconnected layer) होते हैं जिनसे बच्चों का विकास प्रभावित होता है। सही/गलत
48. स्कूल को व्रौनफेनब्रेन्नर मॉडल में बाह्य मंडल (exosystem) में रखा गया है। सही/गलत
49. टेराटोजेन्स (teratogens) में बाह्य कारकों को रखा जाता है जिनसे भ्रूण का विकास प्रभावित होता है सही/गलत
50. कनीनिका प्रतिवर्त (eyeblink reflex) एक तरह का आदि प्रतिवर्त (primitive reflex) है। .सही/गलत

उत्तर

1. (क) 2. (घ) 3. (क) 4. (ख) 5. (क) 6. (क) 7. (घ) 8. (ग)
9. (ग) 10. (क) 11. (क) 12. (ग) 13. ब्रौनफ्रेनब्रेन्नर ने 14. केन्द्रक
15. दो 16. उत्तरजीविता प्रतिवर्त 17. 2से 7 साल 18. छह
19. पियाजे ने 20. नैतिक विकास 21. तीन 22.औपचारिक संक्रिया
23. किशोरावस्था 24.क्रमविकास 25. 48 26. डी एन ए
27. भीतरी 28. मध्यमंडल 29. टेराटोजेन 30. नियोनेट
31. शैशवावस्था 32. ग्यारह 33. दो 34. ब्रह्मचर्य
35. आदि 36. गलत 37. गलत 38. सही 39. सही 40. सही 41. गलत 42. सही
43. सही 44. सही 45. सही 46. सही 47. गलत 48. गलत 49. सही 50. गलत

अतिलघु उत्तरीय प्रश्न *(Very short answered questions)*

1. विकास से आप क्या समझते हैं?
(What do you mean by development?)
2. संवृद्धि क्या है?
(What is growth?)
3. परिपक्वता से आप क्या समझते हैं?
(What do you mean by maturation?)
4. क्रमविकास से आप क्या समझते हैं?
(What do you mean by evolution?)
5. आनुवंशिकता का अर्थ बतलावें।
(Give the meaning of heredity.)
6. डी एन ए क्या है?
(What is DNA?)
7. आर एन ए क्या है?
(What is RNA?)
8. जीव प्रारूप से आप क्या समझते हैं?
(What do you mean by genotype?)
9. दृश्यप्ररूप से आप क्या समझते हैं?
(What do you mean by phenotype?)
10. पारिस्थितिकी का अर्थ बतलावें।
(Give the meaning of ecology?)
11. लघुमंडल से आप क्या समझते हैं?
(What do you mean by microsystem?)
12. मध्यमंडल का अर्थ बतलावें।
(Give the meaning of mesosystem?)
13. बाह्यमंडल क्या है?
(What is exosystem?)

14. वृहतमंडल का अर्थ बतलावें।
(Give the meaning of macrosystem?)
15. घटनामंडल से आप क्या समझते हैं?
(What do you mean by chromosystem?)
16. गत्यात्मक तंत्र संदर्भ क्या है?
(What is dynamic system perspective?)
17. भारतीय पारिस्थितिक मॉडल में परिवेशी स्तर का अर्थ बतलावें।
(Give the meaning of surrounding layer of Indian ecological model.)
18. शैशवावस्था क्या है?
(What is infancy?)
19. किशोरावस्था का अर्थ बतलावें।
(Give the meaning of adolescence.)
20. टेराटोजेन्स क्या है?
(What is teratogens?)
21. उत्तरजीविता प्रतिवर्त के दो उदाहरण दें।
(Give two examples of survival reflex.)
22. रूटिंग प्रतिवर्त क्या है?
(What is rooting reflex?)
23. बेविन्सकी प्रतिवर्त क्या है?
(What is babinski reflex?)
24. मोरो प्रतिवर्त का अर्थ बतलावें।
(Give the meaning of moro reflex.)
25. मस्तकाधोमुखी नियम क्या है?
(What is cephalocaudal principle?)
26. निकट-दूर नियम से आप क्या समझते हैं?
(What is proximodistal principle?)
27. वस्तु स्थायित्व से आप क्या समझते हैं?
(What do you mean by object permanence?)
28. क्रोधावेश क्या है?
(What is temper tentrum?)
29. उत्तर वाल्यावस्था में पेशीय कौशल कितने प्रकार के होते हैं?
(How many types of motor skills are found in later childhood?)
30. अहंकेन्द्र से आप क्या समझते हैं?
(What do you mean by egocentrism?)
31. भूमिका संभ्रान्ति से आप क्या समझते हैं?
(What do you mean by role confusion?)
32. पहचान अप विस्तार का अर्थ बतलावें।
(Give the meaning of identity diffusion.)
33. उत्तर प्रारंभिक नैतिकता से आप क्या समझते हैं?
(What do you mean by postconventional moralities?)
34. स्वायत्त नैतिकता से आप क्या समझते हैं?
(What do you mean by antonomons moralities?)
35. आरंभिक वाल्यावस्था तथा मध्यव्यस्कावस्था में अंतर करें।
(Make distinction between early adulthood and middle adulthood.)

लघु उत्तरीय प्रश्न *(Short Answered questions)*

1. संवृद्धि, विकास तथा क्रमविकास में अंतर करें।
(Make distinciton between growth, development and evolution.)

2. विकास का जीवनपर्यंत परिप्रेक्ष्य पर प्रकाश डालें।
   (Throw light upon life span perspective on development.)
3. मानव जीन के दो जैविक अणुओं पर प्रकाश डालें।
   (Throw light upon two biological molecule of human gene.)
4. व्रौनफ्रेनब्रेन्नर मॉडल के लघुमंडल पर टिप्पणी करें।
   (Comment on microsystem of Bronfrebenner's model.)
5. ब्रौनफ्रेनब्रेनर मॉडल के बाह्य मंडल का अर्थ बतलावें।
   (Give the meaning of exosystem of Bronfrenbrenner's model.)
6. किसी भारतीय पारिस्थितिकी मॉडल का सार प्रस्तुत करें।
   (Present the theme of any Indian ecological model.)
7. शैशवावस्था की मुख्य विशेषताओं पर प्रकाश डालें।
   (Throw light upon the major characteristics of infancy.)
8. आरंभिक वाल्यावस्था की मुख्य विशेषताओं पर प्रकाश डालें।
   (Throw light upon the major characteristics of early childhood.)
9. टेराटोजेन्स भ्रूण को किस तरह से प्रभावित करता है?
   (How do teratogens influence embryo?)
10. उत्तरजीविता प्रतिवर्त के मुख्य प्रकारों पर प्रकाश डालें।
    (Throw light upon the major types of survival reflexes.)
11. आदि प्रतिवर्त के मुख्य प्रकारों पर प्रकाश डालें।
    (Throw light upon the major types of primitive reflexes.)
12. मोरो प्रतिवर्त का अर्थ बतलावें।
    (Point out the meaning of Moro reflex.)
13. वेविन्सकी प्रतिवर्त से आप क्या समझते हैं?
    (What do you mean by Babinski reflex.)
14. मस्तकाधोमुखी नियम तथा निकट-दूर नियम में क्या अंतर है।
    (What is the difference between cephalocaudal principle and proximodistal principle.)
15. शैशवावस्था में होनेवाले भाषा विकास पर प्रकाश डालें।
    (Throw light upon the ensuing language development during infancy.)
16. वाल्यावस्था में होनेवाले पेशीय विकास पर प्रकाश डालें।
    (Throw light upon the ensuing motor development during childhood.)
17. उत्तर वाल्यावस्था में होनेवाले संज्ञानात्मक विकास पर प्रकाश डालें।
    (Throw light upon the ensuing cognitive development during late childhood.)
18. किशोरावस्था में होनेवाले नैतिक विकास पर प्रकाश डालें।
    (Throw light upon the ensuing moral development during adolescence.)
19. वृद्धावस्था में होनेवाले प्रमुख परिवर्तनों का संक्षिप्त वर्णन करें।
    (Describe, in brief, the major changes during old age.)

दीर्घ उत्तरीय प्रश्न *(Long answered questions)*

1. विकास से आप क्या समझते हैं? जीवनपर्यंत परिप्रेक्ष्य में विकास के प्रमुख पूर्वकल्पनाओं पर प्रकाश डालें।
   (What do you mean by development? Throw light upon the major assumptions of life-span perspective on development.)
2. ब्रौनफेनव्रेन्नर का जैवपारिस्थितिकी मॉडल का वर्णन करें।
   (Describe bioecological model of Bronfenbrenner.)
3. विकास के विभिन्न अवस्थाओं का संक्षेप में वर्णन करें।
   (Describe, in brief, the different stages of development.)
4. पूर्वप्रसूति अवस्था में भ्रूणीय विकास किन-किन कारकों से प्रभावित होता है?
   (What factors influence embryonic development during prenatal period?)
5. शैशवावस्था के दौरान होनेवाले प्रमुख सहज क्रियाओं का वर्णन करें।
   (Describe the major ensuing reflexes during infancy.)

6. शैशवावस्था में होने वाले संज्ञानात्मक विकास पर प्रकाश डालें।
(Throw light upon the cognitive development during infancy.)
7. शैशवावस्था में होनेवाले सामाजिक-सांवेगिक विकास पर प्रकाश डालें।
(Throw light upon socio-emotional development during infancy.)
8. वाल्यावस्था में होनेवाले संज्ञानात्मक विकास का वर्णन करें।
(Describe the ensuing cognitive development during childhood.)
9. किशोरावस्था की प्रमुख चुनौतियों का वर्णन करें।
(Describe the major challenges of adolescence.)
10. किशोरावस्था क्या है? किशोरावस्था में अहं केन्द्रवाद की भूमिका बतलावें।
(What is adolescene? Discuss the role of egocentrism in adolescence.)
11. 'बच्चों के विकास में बच्चे की परिवेश की भूमिका काफी होती है।' इस कथन की व्याख्या व्रौनफेनव्रेन्नर मॉडल के आलोक में करें।
(In development of children the environment plays a significant role.' Explain this statement in light of Bronfrenbenner's model.)
12. किशोरावस्था में पहचान निर्माण की अहमियत बतलावें।
(Point out the importance of identity formation in adolescence.)
13. प्रौढ़ावस्था में होनेवाले प्रमुख विकासात्मक परिवर्तनों पर रोशनी डालें।
(Throw light upon the major ensuing developmental changes during adulthood.)
14. वृद्धावस्था में होनेवाले प्रमुख विकासात्मक परिवर्तनों पर रोशनी डालें।
(Throw light upon the major ensuing developmental changes during old age.)

अध्याय 5

संवेदी, अवधानिक एवं प्रात्यक्षिक क्रियाएँ
(Sensory, Attentional and Perceptual Processes)

बहुविकल्पीय प्रश्न *(Multiple Choice Question)*

सही उत्तर बतलावें:

1. निम्नांकित में से कौन उद्दीपक (stimulus) नहीं है?
(क) तापक्रम (ख) आवाज (ग) हँसना (घ) रोशनी
2. आंगिक गर्मी (organic warmth) किस तरह का ग्राहक (reception) है?
(क) बाह्य ग्राहक (exteroreceptor) (ख) अन्तर्ग्राहक (interoreceptor)
(ग) मध्यग्राहक (propriocaptor) (घ) नोगीग्राहक (nocirecaptor)
3. कान किस तरह का ग्राहक है?
(क) बाह्यग्राहक (ख) मध्यग्राहक (ग) अन्तर्ग्राहक (घ) नोसोग्राहक
4. 20,000 चक्र (cycle) की आवाज को किस तरह का सीमान्त (limen) कहा गया है?
(क) उद्दीपक सीमान्त (stimulus limen) (ख) विभेदक सीमान्त (differential limen)
(ग) अंतस्थ सीमान्त (terminal limen) (घ) इनमें से कुछ भी नहीं।
5. संवेदी अनुकूलन (sensory adaption) के संदर्भ में निम्नांकित में से कौन सही कथन है?
(क) संवेदी अनुकूलन के लिये व्यक्ति में दृष्टि संवेदन का होना आवश्यक है।
(ख) संवेदी अनुकूलन के लिये व्यक्ति में श्रवण संवेदन का होना आवश्यक है।
(ग) संवेदी अनुकूलन के लिये व्यक्ति में स्पर्श संवेदन का होना आवश्यक है।
(घ) संवेदी अनुकूलन के लिये वातावरण का उद्दीपक का स्वरूप अपरिवर्तनशील हो।
6. कॉर्निया (cornea) कहाँ अवस्थित होता है?
(क) श्वेत पटल (sclerotic coat) में (ख) मध्य पटल (choroid) में।
(ग) दृष्टि पटल (retina) में। (घ) इनमें से किसी में भी नहीं।
7. शालाकाएँ (rods) के संदर्भ में कौन कथन गलत है?
(क) शलाकाएँ द्वारा हमें रंगीन वस्तुओं का ज्ञान होता है। (ख) शलाकाएँ द्वारा हमें रंगहीन वस्तुओं का ज्ञान होता है।
(ग) शलाकाएँ लम्बी एवं पतली होती है।
(घ) शलाकाएँ एक प्रकाशग्राही कोशिका (light receptor cell) है।

8. 400 तरंगदैर्ध्य (400 wavelength) से सामान्यतः किस तरह के रंग का ज्ञान होता है?
   (क) बैंगनी (violet) (ख) नीला (blue)
   (ग) पीला (yellow) (घ) इनमें से किसी का भी नहीं।
9. 800 तरंगदैर्ध्य से सामान्यतः किस तरह के रंग का ज्ञान होता है?
   (क) नीला (ख) पीला (ग) लाल (घ) बैंगनी
10. त्रिवर्णी (trichomat) किसे कहा जाता है?
   (क) ऐसे व्यक्ति जिनमें वर्णान्धता (colour blindness) नहीं होती है।
   (ख) ऐसे व्यक्ति जिनमें पीला, नीला एवं हरा रंग में अंतर करने की असमर्थता होती है।
   (ग) ऐसे व्यक्ति जिनमें पूर्ण रूपेण वर्णान्धिता होती है।
   (घ) ऐसे व्यक्ति जिनमें लाल, हरा एवं पीला रंग को विभेदित करने की अक्षमता होती है।
11. गोल खिड़की (round window) किस अंग का हिस्सा होता है?
   (क) नाक का (ख) नेत्र का
   (ग) कान का (घ) इनमें से किसी का भी नहीं।
12. कोक्लिया (cochlea) किस तरह के संवेदन में भूमिका मिलता है?
   (क) श्रवण संवेदन में (ख) दृष्टि संवेदन में
   (ग) स्पर्श संवेदन में (घ) इनमें से किसी में भी नहीं।
13. वेसिलर झिल्ली (basilar membrane) किसका एक हिस्सा होता है?
   (क) वाह्य कार्य (outer ear) का। (ख) मध्य कर्ण (middle ear) का।
   (ग) अन्तःकर्ण (inner ear) का। (घ) पिन्ना (Pinna) का।
14. ध्वनि तरंग की तीव्रता या उसकी ऊँचाई (amplitude) का मापन किससे होता है?
   (क) नैनोमीटर (nanometer) (ख) डेसिबेल (decibel)
   (ग) मीटर (meter) (घ) इनमें से किसी से भी नहीं।
15. मोटरवाहनों के शोरगुल की तीव्रता स्तर कितनी होती है?
   (क) 30 dB (ख) 40 dB (ग) 80 dB (घ) 100 dB
16. उद्दीपक कारक (stimulus factors) से संबंधित प्रत्यक्षण के प्रक्रमण उपागम (processing approach) को कहा जाता है—
   (क) अधोगामी प्रक्रमण (top-down processing)
   (ख) उर्ध्वगामी प्रक्रमण (bottom-up processing)
   (ग) उद्दीपक प्रकथन (stimulus processing)
   (घ) जैविक प्रक्रमण (organismic processing)
17. किसी व्यक्ति को 4 फीट की दूरी से देखें या 10 फीट की दूरी से, उसे एक ही ढंग से प्रत्यक्षित किया जाता है। यह एक उदाहरण है—
   (क) आकार स्थिरता (size constancy) का। (ख) रूप स्थिरता (shape constancy) का।
   (ग) स्थिति स्थिरता (location constancy) का (घ) इनमें से किसी का भी नहीं।
18. जब कोई व्यक्ति किसी वस्तु को उसके पृष्ठभूमि से अलग करके प्रत्यक्षण करने में कठिनाई का अनुभव करता है, तो ऐसे व्यक्ति द्वारा किस तरह का संरचनात्मक शैली (cognitive style) का उपयोग किया जाता है?
   (क) क्षेत्र आश्रित शैली (field dependent style)
   (ख) क्षेत्र अनाश्रित श्रेणी (field independent style)
   (ग) आवेगशील शैली (impulsive style) (घ) इनमें से कुछ नहीं।
19. निम्नांकित में से किसे प्रत्यक्षज्ञानात्मक संगठन के सिद्धांत (principles of perceptual organization) में नहीं रखा जाता है?
   (क) अच्छी-आकृति का नियम (principle of good form)
   (ख) सन्निकटता का नियम (principle of proximity)
   (ग) निरंतरता का नियम (principle of continuity)
   (घ) आकृति-पृष्ठभूमि का नियम (principle of figure and ground)
20. रेखीय परिदृश्य (linear perpective) किस श्रेणी का संकेत (cue) है?
   (क) एकनेत्री संकेत (monocular cue) (ख) द्विनेत्रीय संकेत (binocular cue)
   (ग) दोनों में से किसी श्रेणी का नहीं। (घ) अंशतः दोनों ही श्रेणियों का

21. व्यक्ति के नेत्र का लेन्स दूर की चीज को देखने के लिए फैल जाता है तथा नजदीक के चीज को देखने के लिए सिकुड जाता है। इस प्रक्रिया को कहा जाता है—
(क) अभिबिन्दुता (convergence) (ख) अपसारिता (divergencye)
(ग) समायोजन (accomodation) (घ) द्विनेत्री विभिन्नता (binocular disparity)

22. मूलर-लायर भ्रम (Muller-Lyer illusion) के संदर्भ में कौन सही है?
(क) पंख रेखा तीन रेखा से छोटी प्रतीत होती है। (ख) पंख रेखा तीर रेखा से बड़ी प्रतीत होती है।
(ग) दोनों ही रेखाएँ समान प्रतीत होती है। (घ) दोनों ही रेखाएँ मुड़ी हुई प्रतीत होती है।

23. सैण्डर भ्रम (Sander illusion) के संदर्भ में कौन कथन सही है?
(क) तीर रेखा पंख रेखा से छोटी प्रतीत होती है
(ख) खड़ी रेखा पड़ी रेखा से बड़ी प्रतीत होती है।
(ग) दो विकर्ण रेखाएँ समान होते हुए भी असमान प्रतीत होती है।
(घ) दो खड़ी रेखाएँ विपरीत दिशा में झुकी नजर आती हैं।

24. एक नाटा व्यक्ति दो लम्बे व्यक्तियों के बीच और भी नाटा प्रतीत होता है। इस भ्रम (illusion) का मुख्य कारण है—
(क) अस्पष्टता (ख) दुश्चिंता (anxiety)
(ग) विरोध (contrast) (घ) प्रसंग (context)

25. अध्ययनों से यह स्पष्ट हुआ है कि जुलुस (Zulus) जनजाति के लोगों में मूलर-लायर भ्रम (Muller-Lyer illusion) नहीं होता है। इसका प्रधान कारण है—
(क) सांस्कृतिक पृष्ठभूमि (ख) कम पढ़ा-लिखा होना
(ग) दूसरे लोगों के सम्पर्क का आभाव (घ) इनमें से कुछ भी नहीं

26. निम्नांकित में से किसे अवधान (attention) की विशेषताओं में नहीं रखा जा सकता है?
(क) अवधान का स्वरूप चयनात्मक होता है (ख) अवधान में शारीरिक मुद्रा होती है
(ग) अवधान का स्वरूप स्थायी होता है। (घ) अवधान उद्देश्यपूर्ण होता है।

27. निगरानी (vigilance) का संबंध किस विशिष्ट प्रकार के अवधान से होता है?
(क) चयनात्मक अवधान (selective attention). (ख) दीर्घीकृत अवधान (sustained attention)
(ग) ऐच्छिक अवधान (voluntary attention) (घ) इनमें से कुछ भी नहीं

28. ब्रौडवेन्ट (Broadbent) द्वारा अवधान का कौन-सा सिद्धान्त का प्रतिपादन किया गया है?
(क) बहुविधिक सिद्धान्त (multiphasic theory)
(ख) फिल्टर-तनुकरण मॉडल (Filter-attention model)
(ग) मार्गविरोधी सिद्धान्त (घ) इनमें से कोई भी नहीं

29. दीर्घीकृत अवधान का किसे निर्धारक (determinant) नहीं माना जा सकता है?
(क) संवेदी कारक (sensory factor) (ख) संकेत उत्कृष्टता (signal conspiscuity)
(ग) सामाजिक अनिश्चितता (temporal uncertainity)
(घ) धारण संबंधिक कारक (factors related to attention)

30. द्विनेत्री विभिन्नता (binocular disparity) किस प्रकार के संकेत (cue) है?
(क) एकनेत्री संकेत (monocular cues) (ख) द्विनेत्री संकेत (binocular cues)
(ग) गतिसंवेदनशील संकेत (kinesthetic cues) (घ) इनमें से कुछ भी नहीं

एक शब्द में उत्तर दें *(Answer in one word)*

31. आँख किस प्रकार का ग्राहक (receptor) है?
32. 18Hz ध्वनि को व्यक्ति सुनेगा या नहीं?
33. मनोभौतिकी (psychophysics) के जनक कौन हैं?
34. प्रत्यक्षण किस तरह का मानसिक प्रक्रिया है?
35. मानव नेत्र के लेन्स (lens) में खून की आपूर्ति होती है या नहीं?
36. परितारिका (iris) नेत्र के किस भाग का हिस्सा है?
37. मानव नेत्र के अगले भाग को जो पारदर्शी एवं उभरा हुआ होता है, क्या कहा जाता है?
38. शंकु (cones) से किस तरह का प्रत्यक्षण होता है?
39. तरंगदैर्ध्य (wavelength) से व्यक्ति को किस चीज का प्रत्यक्षण होता है?
40. सबसे बड़ा तरंगदैर्ध्य जिसका प्रत्यक्षण व्यक्ति कर पाता है, कितने नैनोमीटर का होता है?

41. दूरदर्शन के पर्दे पर जो विभिन्न रंग की उत्पत्ति होती है, उसमें रंग मिश्रण के किस सिद्धान्त का उपयोग किया जाता है?
42. लार्ड रेले (Lord Rayleigh) का योगदान किस क्षेत्र में सबसे लोकप्रिय हुआ है?
43. पिन्ना (Pinna) किस कर्ण का हिस्सा है?
44. अर्द्धवृत्ताकार नलिका (semi-circular canal) का संबंध किस तरह के संवेदन (sensation) से है?
45. डेसिवेल (Decibel) ध्वनि के किस गुण को मापता है?
46. शांत वातावरण में ध्वनि की तीव्रता स्तर कितना डेसिबल होता है?
47. व्यक्ति का गत अनुभूति, ज्ञान, प्रत्याशा, स्मृति आदि का उपयोग प्रत्यक्षण के किस प्रक्रमण उपागम (processing approach) में किया जाता है?
48. क्षेत्र आश्रित संज्ञानात्मक शैली (field dependent cognitive style) वाले व्यक्ति वातावरण को किस रूप में प्रत्यक्षण करते हैं?
49. हस्तक्षेप (interposition) गहनता एवं दूरी का किस ढंग का संकेत (cue) है?
50. मूलर लायर भ्रम में व्यक्ति तीर रेखा को पंख रेखा की तुलना में बड़ा या छोटा के रूप में प्रत्यक्षण करता है?
51. गोधूली वेला का चाँद आधी रात के चाँद से बड़ा क्यों दिखता है?
52. मैकवर्थ (Mackworth) का मशहुर प्रयोग किस अवधान (attention) से संबंधित है?
53. अवधान के फिल्टर-तनुकरण मॉडल का प्रतिपादक कौन है?

रिक्त स्थानों को भरें *(Fill up the blanks)*

54. उद्दीपक (stimulus) का स्वरूप .... या .... कुछ भी हो सकता है।
55. आवाज एक .... उद्दीपक है।
56. जो ग्राहक व्यक्ति के पूरे शरीर में फैले होते हैं तथा मूलतः घातक उद्दीपकों (injurious stimuli) के प्रति प्रतिक्रिया करते हैं, को .... कहा जाता है।
57. न्यूनतम उद्दीपक मान (stimulus value) जो व्यक्ति में 50% प्रयासों में अनुक्रिया पैदा करता है तथा 50% प्रयासों में नहीं को .... कहा जाता है।
58. सीमा विधि (method of limits) में .... शृंखला तथा .... शृंखला में प्रदत्त (data) प्राप्त किये जाते हैं।
59. सैन्ट्रोक (Santrock, 2006) के अनुसार संवेदी सूचनाओं को अर्थ प्रदान करने के लिए उसे संगठित करने तथा व्याख्या करने की मस्तिष्कीय प्रक्रिया को .... कहा जाता है।
60. प्रत्यक्षण में उद्दीपकों .... ज्ञान होता है।
61. परितारिका (iris) के बीच में एक गोल छेद होता है जिसे .... कहा जाता है।
62. कार्निया में .... की आपूर्ति नहीं होती है।
63. दृष्टि पलट में दो तरह के प्रकाशग्राही कोशिकाएँ होती हैं—एक को .... कहा जाता है तथा दूसरे को .... कहा जाता है।
64. दृष्टिपटल (retina) का वह भाग जहाँ से दृष्टि तंत्रिका (optic nerve) निकलकर मस्तिष्क में जाती है, उसे .... कहा जाता है।
65. तम-अनुकूलित आँख (dark adapted eye) रोशनी के प्रति रोशनी अनुकूलित आँख (light adapted eye) की तुलना में .... संवेदनशील होते हैं।
66. बड़ा तरंगदैर्ध्य (wavelength) से .... वर्ण का प्रत्यक्षण होता है।
67. व्यक्ति जब किसी रंग पर कुछ मिनट तक देखता है और उसके बाद धूसर रंग (gray colour) पर देखता है तो प्रायः व्यक्ति पहले देखे गए सम्पूरक रंग (complimentary colour) को ही देखता है। इस घटना को .... कहा जाता है।
68. रंगों के बीच विभेद करने की अक्षमता को .... कहा जाता है।
69. ध्वनि के तारत्व (pitch) का संबंध ध्वनि तरंग की .... से होता है।
70. एम्बुलेंस साइरन के ध्वनि के तीव्रता स्तर .... डेसिबेल होती है।
71. मानव नेत्र के अक्षिपटल (retina) में .... होता है जहाँ सिर्फ शंकु (cones) ही काफी अधिक संख्या में पाये जाते हैं।
72. गठन प्रवणता (texture gradient) गहनता एवं दूरी प्रत्यक्षण का एक .... संकेत है।
73. लेंस की वक्रता (curvature) का संबंध .... जैसे द्विनेत्री संकेत (binocular cues) से होता है।
74. .... में समानान्तर रेखाएँ सीध में न होकर झुकी हुई प्रतीत होती है।
75. दीर्घीकृत अवधान में व्यक्ति किसी उद्दीपक पर ध्यान .... समय तक देता है।

निम्नलिखित प्रश्नों के उत्तर में जो आपको सही लगता है, उस पर टिक लगावें (*Put a tick mark (√) on the answer of the question which appears to be correct one.*)

76. उद्दीपक (stimulus) हमेशा बाह्य (external) होता है। सही/गलत
77. घ्राण (olfaction) संवेदन का ज्ञान कान द्वारा होता है। सही/गलत
78. श्रवण प्रत्यक्षण की ऊपरी सीमा 29,000 चक्र की आवाज होती है। सही/गलत
79. संवेदन में उद्दीपकों का एक अर्थरहित ज्ञान होता है। सही/गलत
80. कोर्निया तथा परितारिका के बीच के तरल पदार्थ को जल-द्रव (aqueous humor) कहा जाता है। सही/गलत
81. शलाकाएँ (rods) द्वारा व्यक्ति को रंगीन वस्तुओं का प्रत्यक्षण होता है। सही/गलत
82. 5 से 10 मिनट के भीतर शंकु (cones) अपने अधिकतम संवेदनशीलता (sensitivity) पर पहुँच जाता है। सही/गलत
83. नैनोमीटर एक मीटर का एक करोड़वाँ भाग होता है। सही/गलत
84. अन्तकर्ण (inner ear) का प्रारंभ गोल खिड़की (round window) से होता है। सही/गलत
85. कर्णपटह (ear drum) से संबंधित चार हड्डियाँ होती है। सही/गलत
86. वेसिलर झिल्ली (basilar membrane) मानव नेत्र का एक प्रमुख भाग है। सही/गलत
87. प्रत्यक्षण के अधोगामी प्रक्रमण (top-down processing) को उद्दीपक-प्रेरित (stimulus driven) उपागम भी कहा जाता है। सही/गलत
88. व्यक्ति का प्रत्यक्षण उसकी आवश्यकताओं द्वारा निर्धारित होती है। सही/गलत
89. आकृत्ति (figure) एक अनिश्चित आकार का होता है, जबकि पृष्ठभूमि निश्चित आकार का होता है। सही/गलत
90. दृष्टिपटलीय प्रतिबिम्ब का आकार एक एकनेत्री संकेत (monocular cue) है। सही/गलत
91. गति लम्बन (movement parallex) में व्यक्ति को दूरी का प्रत्यक्षण उद्दीपकों में आभासी गति के कारण होती है। सही/गलत
92. भ्रम एक प्रकार का प्रत्यक्षण है। सही/गलत
93. प्रत्यक्षज्ञानात्मक भ्रम संस्कृति द्वारा प्रभावित होती है। सही/गलत
94. अवधान में सिर्फ कुछ ही उद्दीपक चेतना केन्द्र में होते हैं। सही/गलत
95. क्षेत्र अनाश्रित संज्ञानात्मक शैली वाले व्यक्ति वस्तुओं का प्रत्यक्षण उनके पृष्ठभूमि से अलग करके करने में सक्षम नहीं होते हैं। सही/गलत
96. प्रत्यक्षज्ञानात्मक स्थिरता में वस्तुओं, व्यक्तियों आदि का ज्ञान उसी भौतिक परिस्थितियों में परिवर्तन के बावजूद भी समान रूप से होता है। सही/गलत
97. आकृति-पृष्ठभूमि प्रत्यक्षण का स्वरूप पलटावी (reversible) होता है। सही/गलत
98. क्षैतिज-लम्ब भ्रम (horizontal vertical illusion) एक तरह का ज्यामितीय भ्रम है। सही/गलत
99. पूर्ति का नियम (principle of closure) द्वारा व्यक्ति में भ्रम (illusion) की व्याख्या होती है। सही/गलत
100. संतृप्ति (saturation) से तात्पर्य वर्ण की शुद्धता (purity) से होता है। सही/गलत

उत्तर

1. (ग) 2. (ख) 3. (क) 4. (ग) 5. (घ) 6. (क) 7. (क) 8. (क)
9. (ग) 10. (क) 11. (ग) 12. (क) 13. (ग) 14. (ख) 15. (ग) 16. (ख)
17. (क) 18. (क) 19. (घ) 20. (क) 21. (ग) 22. (ख) 23. (ग) 24. (ग)
25. (क) 26. (ग) 27. (ख) 28. (ग) 29. (घ) 30. (ख) 31. दृष्टि ग्राहक
32. नहीं 33. फेकनर 34. संज्ञानात्मक 35. नहीं 36. मध्यपटल
37. कोर्निया 38. रंगीन प्रत्यक्षण 39. रंगों का 40.800 नैनोमीटर
41. योगात्मक रंग मिश्रण 42. वर्णान्धता 43. बाह्य कर्ण का 44.श्रवण संवेदन
45. प्रबलता 46. 40dB 47. अधोगामी प्रकरण 48. समग्रता के रूप में
49. एकनेत्री 50. छोटा 51. भ्रम के कारण 52.दीर्घीकृत अवधान
53. ट्रीसमैन 54. बाह्य, आंतरिक55. श्रवण 56. नोसीग्राहक
57. निरपेक्ष सीमान्त 58.आरोही, अवरोही 59. प्रत्यक्षण 60. यथार्थ
61. पुतली 62. रक्त 63. शलाकाएँ, शंकु 64. अंध बिन्दु
65. अधिक 66. लाल 67. ऋणात्मक उत्तर प्रभाव 68. वर्णान्धता

69. बारंबारता		70. 120 dB		71. फोविया		72. एकनेत्री	
73. समायोजन		74. जॉलनर भ्रम		75. लम्बे		76. गलत	77. गलत
78. गलत	79. सही	80. सही	81. सही	82. सही	83. गलत	84. गलत	85. गलत
86. गलत	87. सही	88. सही	89. सही	89. गलत	90. सही	91. सही	92. सही
93. सही	94. सही	95. गलत	96. सही	97. सही	98. सही	99. गलत	100. सही

अतिलघुउत्तरीय प्रश्न *(Very Short Answered Questions)*

1. उद्दीपक का अर्थ बतलावें।
(Give the meaning of stimulus.)
2. बाह्य ग्राहक से आप क्या समझते हैं?
(What do you mean by exteroceptors ?)
3. अन्तग्राहक से आप क्या समझते हैं?
(What do you mean by interoceptor ?)
4. मध्यग्राहक का अर्थ बतलावें।
(Give the meaning of proprioceptor.)
5. नोसी ग्राहक का अर्थ बतलावें।
(Give the meaning of nocireceoptor.)
6. उद्दीपक सीमान्त से आप क्या समझते हैं?
(What do you mean by stimulus threshold ?)
7. अंतस्थ सीमान्त का अर्थ बतलावें।
(Give the meaning of terminal limen.)
8. औसत त्रुटि विधि क्या है?
(What is method of average error ?)
9. सीमा विधि क्या है?
(What is method of limits ?)
10. सतत उद्दीपक विधि से आप क्या समझते हैं?
(What do you mean by method of constant stimuli ?)
11. संवेदन क्या है?
(What is sensation ?)
12. प्रत्यक्षण से आप क्या समझते हैं?
(What do you mean by perception ?)
13. संवेदी अनुकूलन का अर्थ बतलावें।
(Give the meaning of sensory adaption.)
14. श्वेत पटल क्या है?
(What is sclerotic coat ?)
15. मध्यपटल किसे कहते हैं?
(What is choroid ?)
16. परितारिका किसे कहा जाता है?
(What is iris ?)
17. पक्षमाभिकी पांशपेशी के क्या कार्य हैं?
(What are the functions of ciliary muscles ?)
18. शलाकाएँ क्या हैं?
(What are rods ?)
19. शंकु क्या है?
(What are cones ?)

20. फोबिया से आप क्या समझते हैं?
(What do you mean by fovea ?)
21. अंधबिन्दु से आप क्या समझते हैं?
(What do you understand by blind spot ?)
22. तम अनुकूलन से आप क्या समझते हैं?
(What do you mean by dark adaptation ?)
23. प्रकाश अनुकूलन क्या है?
(What is light adaptation ?)
24. वर्ण से आप क्या समझते हैं?
(What do you mean by hue ?)
25. संतृप्ति क्या है?
(What is saturation ?)
26. रंग मिश्रण का अर्थ बतलावें।
(Give the meaning colour mixture.)
27. रंग अनुकूलन क्या है?
(What is colour adaptation ?)
28. वर्णान्धता से आप क्या समझते हैं?
(What do you mean by colour blindness ?)
29. धनात्मक उत्तरप्रभाव क्या है?
(What is positive after effect ?)
30. ऋणात्मक उत्तरप्रभाव क्या है?
(What is negative after effect ?)
31. एकवर्णी किसे कहा जाता है?
(Who is monochromat ?)
32. पिन्ना क्या है?
(What is Pinna ?)
33. कोक्लिया क्या है?
(What is cochelea ?)
34. अंडाकार खिड़की तथा गोल खिड़की में अंतर करें।
(Make distinction between oval window and round window.)
35. तारत्व क्या है?
(What is pitch ?)
36. प्रबलता क्या है?
(What is loudness ?)
37. ध्वनिरूप क्या है?
(What is botton-up processing of perception ?)
38. प्रत्यक्षण का अधोगामी प्रक्रमण क्या है?
(What is top-down processing of perception ?)
39. प्रत्यक्षज्ञानात्मक स्थिरता क्या है?
(What is perceptual constancy ?)
40. रंग स्थिरता क्या है?
(What is colour constancy ?)
41. क्षेत्र आश्रित संज्ञानात्मक शैली का अर्थ बतलावें।
(Give the meaning of field dependent cognitive style ?)
42. क्षेत्र अनाश्रित संज्ञानात्मक शैली का अर्थ बतलावें।
(Give the maning of field independent cognitive style ?)
43. एकनेत्री संकेत से आप क्या समझते हें?
(What do you mean by monocular cue ?)

44. द्विनेत्री संकेत से आप क्या समझते हैं?
(What do you mean by binocular cue ?)
45. प्रत्यक्षण में आकृति से क्या तात्पर्य होता है?
(What do you mean by figure in perception ?)
46. प्रत्यक्षण में पृष्ठभूमि से आप क्या समझते हैं?
(What do you mean by background perception ?)
47. समानता का नियम क्या है?
(What is principle of similarity ?)
48. प्रत्यक्षज्ञानात्मक संगठन से आप क्या समझते हैं?
(What do you mean by perceptual organization ?)
49. अच्छी आकृति का नियम क्या बतलाता है?
(What does the principle of good figure tell ?)
50. प्रत्यक्षण में दूरी तथा गहराई का अर्थ बतलावें।
(Give the meaning of distance and depth in perception.)
51. हस्तक्षेप संकेत का अर्थ बतलावें।
(Give the meaning of interposition cue ?)
52. रेखीय परिदृश्य संकेत का अर्थ बतलावें।
(Give the meaning of linear perspective cue ?)
53. वायुमंडलीय परिदृश्य संकेत से आप क्या समझते हैं?
(What do you mean by atmospheric perspective cue ?)
54. अभिबिन्दुता संकेत का अर्थ बतलावें।
(Give the meaning of convergence.)
55. अपसारिता संकेत का अर्थ बतलावें।
(Give the meaning of divergence.)
56. अक्षिपटलीय विभिन्नता संकेत से आप क्या समझते हैं?
(What do you mean by the cue of binocular disparity ?)
57. भ्रम क्या है?
(What is illusion ?)
58. मूलर-लायर भ्रम क्या होता है?
(What is Muller-Lyer illusion ?)
59. सैण्डर भ्रम से आप क्या समझते हैं?
(What do you mean by Sander's illusion.)
60. जॉलनर भ्रम क्या है?
(What is Zollner illusion ?)
61. अवधान का अर्थ बतलावें।
(Give the meaning of attention ?)
62. दीर्घीकृत अवधान क्या है?
(What is sustained attention ?)
63. चयनात्मक अवधान क्या है?
(What is selective attention ?)

लघुउत्तरीय प्रश्न *(Short Answered Questions)*

1. उद्दीपक के स्वरूप बतलावें।
(Describe about the nature of the stimulus.)
2. बाह्यग्राहक तथा अन्तग्राहक में क्या अंतर है?
(What is the difference between exteroreceptor and interoceptor ?)
3. विभेदक सीमान्त क्या है?
(What is differential limen ?)

4. औसत त्रुटि विधि किसे कहा जाता है?
(What is method of average error ?)
5. सतत् उद्दीपक विधि की प्रक्रिया बतलायें।
(Describe the process of method of constant stimuli.)
6. प्रत्यक्षण के स्वरूप का वर्णन करें।
(Describe about the nature of perception.)
7. संवेदी अनुकूलन का अर्थ बतलावें।
(Give the meaning of sensory adaptation.)
8. मानव नेत्र के श्वेत पटल की संरचना तथा कार्य बतलावें।
(Describe the structure and function of sclerotic coat of human eye.)
9. मानव नेत्र के मध्य पटल की संरचना एवं कार्य बतलावें।
(Describe the structure and function of choroid of human eye.)
10. मानव नेत्र के दृष्टिपटल की संरचना एवं कार्य बतलावें।
(Describe about the structure and function of retina of human eye.)
11. शलाकाएँ शंकु में अंतर करें।
(Make distinction between rods and cones.)
12. फोबिया एवं अंध बिन्दु में क्या अंतर है?
(What is the difference between fovea and blind spot.)
13. तम अनुकूलन एवं रोशनी अनुकूलन में अंतर करें।
(Make distinction between dark adaptaiton and light adaption.)
14. वर्ण तथा चमक में अंतर करें।
(Make distinction between hue and brightness.)
15. धनात्मक उत्तरप्रभाव तथा ऋणात्मक उत्तरप्रभाव में अंतर करें।
(Make distinction between positive aftereffect and negative aftereffect.)
16. वर्णान्धता के विभिन्न प्रकारों का वर्णन करें।
(Describe the different types of colour blindness.)
17. पिन्ना के कार्य का वर्णन करें।
(Describe the functions of Pinna.)
18. मध्यकर्ण की संरचना एवं कार्य पर प्रकाश डालें।
(Throw light upon the structure and function of middle ear.)
19. अर्द्धवृत्ताकार नलिका की संरचना एवं कार्य बतलावें।
(Describe the structure and function of semi-circular canal.)
20. कोक्लिया की संरचना एवं कार्य बतलावें।
(Describe the structure and function of cochelea.)
21. प्रत्यक्षण के अधोगामी प्रक्रमण तथा उर्ध्वगामी प्रक्रमण में अंतर करें।
(Make distinction between top-down processing and bottom-up processing of perception.)
22. प्रत्यक्षज्ञानात्मक स्थिरता का अर्थ बतलावें।
(Point out the meaning of perceptual constancy.)
23. आकार स्थिरता का अर्थ बतलावें।
(Point out the meaning of size constancy.)
24. रूप स्थिरता का अर्थ बतलावें।
(Point out the meaning of shape constancy.)
25. चमकीलापन स्थिरता क्या है?
(What is brightness constancy ?)
26. प्रत्यक्षज्ञानात्मक विन्यास से प्रत्यक्षण किस तरह प्रभावित है?
(How is perception influenced by perceptual set ?)
27. क्षेत्र आश्रित संज्ञानात्मक शैली तथा क्षेत्र अनाश्रित संज्ञानात्मक शैली में अंतर करें।
(Make distnction between field dependent cognitive style and field independent cognitive style.)

28. आकृति एवं पृष्ठभूमि में अंतर करें।
(Make distinction between figure and background.)
29. गहनता तथा दूरी प्रत्यक्षण के एक नेत्री संकेत तथा द्विनेत्री संकेत में अंतर करें।
(Make disction between monocular cue and binocular cue of the perception of depth and distance.)
30. सापेक्ष चमकीलापन संकेत का वर्णन करें।
(Describe the cue of relative brightness.)
31. अक्षपटलीय विभिन्नता के संकेत का वर्णन करें।
(Describe the cue of binocular disparity.)
32. मूलर-लायर भ्रम तथा क्षैतिज लम्ब भ्रम में अंतर बतलावें।
(Point out the difference between Muller-Lyer illusion and horizontal-vertical illusion.)
33. अवधान की विशेषताओं पर प्रकाश डालें।
(Throw light upn the characteristics of attention.)
34. दीर्घीकृत अवधान की विशेषताओं पर प्रकाश डालें।
(Throw light upon the charactistics of sustanined attention.)
35. चयनात्मक अवधान की विशेषताओं पर प्रकाश डालें।
(Throw light upon the charactristics of selective attention.)
36. अवधान के मार्गावरोधी सिद्धान्त का स्तर बतलावें।
(Give the theme of bottleneck theories of attention.)

दीर्घ उत्तरीय प्रश्न *(Long answered Questions)*

1. उद्दीपक से आप क्या समझते हैं? इसके विभिन्न प्रकारों का वर्णन करें।
(What do you mean by stimulus. Discuss its different types.
2. संवेदन प्रकारताओं के विभिन्न प्रकार बतलावें।
(Discuss the different types of sense modalities.)
3. प्रत्यक्षण की परिभाषा दें। प्रत्यक्षण तथा संवेदन में अंतन करें।
(Define perception. Make distinction between perception and sensation.)
4. संवेदी अनुकूलन क्या है? क्या व्यक्ति को शुद्ध संवेदन होता है?
(What is sensory adaptation ? Does a person experience pure sensation ?)
5. मानव नेत्र की संरचना एवं कार्य का वर्णन करें।
(Describe the structure and function of human eye.)
6. मानव नेत्र में अक्षपटल क्या होता है? मानव आँख की तुलना एक फोटो खींचने वाले कैमरा से करें।
(What is retina in human eye ? Compare human eye with that a photo camera.)
7. रंग दृष्टि क्या है? रंगों की विमाएँ क्या हैं?
(What is colour vision ? What are the dimension of colour.)
8. उदाहरण देते हुए तम अनुकूलन तथा प्रकाश अनुकूलन में अंतर करें।
(Citing examples make distinction between dark adaptation and light adaptation.)
9. रंग अनुकूलन तथा रंग मिश्रण में अंतर करें।
(Make distinction between colour adaptation and colour mixture.)
10. वर्णान्धता से आप क्या समझते हैं? वर्णांधता कितने प्रकार का होता है?
(What do you mean by colour blindness ? How many are the types of colour blindness ?)
11. मानव कान की संरचना एवं कार्य बतलावें।
(Describe the structure and function of human ear.)
12. प्रत्यक्षण के विभिन्न प्रक्रमण उपागमों का वर्णन करें।
(Describe the different processing approaches to perception.)
13. प्रत्यक्षज्ञानात्मक स्थिरता क्या है? इसके विभिन्न प्रकार बतलावें।
(What is perceptual constancy ? Discuss its different types.)
14. प्रत्यक्षकर्त्ता के विशेषताओं का वर्णन करें जिनसे प्रत्यक्षण प्रभावित होता है।
(Describe those characteristics of perceiver which influences perception.)

15. प्रत्यक्षणानात्मक संगठन के नियमों का वर्णन करें।
(Describe the principles of perceptual organization.)
16. गहनता तथा दूरी के प्रत्यक्षण से एकनेत्री संकेतों की भूमिका बतलावें।
(Describe the role of monocular cues in the perception of depth and distance.)
17. गहनता तथा दूरी के प्रत्यक्षण में द्विनेत्री संकेतों की भूमिका बतलावें।
(Describe the role of binocular cues in the perception of depth and distance.)
18. भ्रम क्या है? इसके कारणों पर प्रकाश डालें।
(What is illusion ? Discuss its causes.)
19. भ्रम के विभिन्न प्रकारों का वर्णन करें।
(Describe the different types of illusion.)
20. भ्रम क्या है? प्रत्यक्षण तथा भ्रम में अंतर करें।
(What is illusion ? Make distinction between perceptiona and illusion.)
21. प्रत्यक्षण पर सामाजिक-सांस्कृतिक कारकों के पड़ने वाले प्रभावों का वर्णन करें।
(Describe the impact of socio-cultural factors upon perception.)
22. अवधान की परिभाषा दें। इसकी विशेषताओं पर प्रकाश डालें।
(Define attention. Discuss its characteristics.)
23. उदाहरण देते हुए दीर्घीकृत अवधान तथा चयनात्मक अवधान में अंतर करें।
(Citing examples make distinction between sustained attention and selective attention.)
24. चयनात्मक अवधान के मार्गाविरोधी सिद्धान्तों का वर्णन करें।
(Describe the bottleneck theories of attention.)
25. दीर्घीकृत अवधान के प्रमुख निर्धारकों का वर्णन करें।
(Describe the major determinants of sustained attention.)
26. चयनात्मक अवधान के विभिन्न सिद्धान्तों का वर्णन करें।
(Describe the major theories of selective attention.)
27. ज्ञानेन्द्रियों की प्रकार्यात्मक सीमाओं का वर्णन करें।
(Describe the functional limits of sense organs.)
28. संवेदन प्रकारताएँ के विभिन्न श्रेणियों का उल्लेख करें।
(Describe the different categories or the types of sense modalities.)

अध्याय 6

अधिगम या सीखना (Learning)

बहुविक्लपीय प्रश्न *(Multiple Choice questions)*
सही उत्तर बतलावें:

1. अधिगम (learning) से तात्पर्य होता है—
(क) व्यवहार में परिवर्तन से (ख) संवेग में परिवर्तन से
(ग) सूझ-बूझ में परिवर्तन से (घ) इनमें से किसी में भी नहीं
2. निम्नांकित में से किस तरह के परिवर्तन को अधिगम कहा जायेगा?
(क) दवा/औषध खा लेने से व्यवहार में परिवर्तन
(ख) परिपक्वता के कारण व्यवहार में उत्पन्न परिवर्तन
(ग) अभ्यास के कारण व्यवहार में उत्पन्न परिवर्तन
(घ) अभ्यास या अनुभूति के कारण व्यवहार में उत्पन्न परिवर्तन
3. पैवलव द्वारा कुत्ता पर किया गया प्रयोग में अनुबधित अनुक्रिया (conditioned response) कौन था?
(क) लार स्राव (secretion of saliva) (ख) कुत्तों द्वारा इधर-उधर सिर घुमाना
(ग) कुत्ता द्वारा कान खड़ा करना (घ) इनमें से कोई भी नहीं

4. वाटसन तथा रेनर ने जिस छोटा शिशु पर प्रयोग किया था, उसका क्या नाम था?
   (क) अलवर्ट (Albert) (ख) वोलवर्ट (Bolbert)
   (ग) मेकवर्ट (Makbert) (घ) इनमें से कुछ भी नहीं
5. निम्नांकित में पश्चगामी अनुबंधन (backward conditioning) कौन है?
   (क) विलंबित अनुबंधन (delayed conditioning)
   (ख) समकालिक अनुबंधन (stimulatneous conditioning)
   (ग) चिह्न अनुबंधन (trace conditioning)
   (घ) इनमें से कोई नहीं
6. 'हँसना' किस तरह की अनुक्रिया है?
   (क) प्रतिवादी अनुक्रिया (respondent response)
   (ख) क्रियाप्रसूत अनुक्रिया (opearnt response)
   (ग) यांत्रिक अनुक्रिया (mechanical response) (घ) इनमें से कुछ भी नहीं
7. क्रियाप्रसूत अनुबंधन का संबंध किससे है?
   (क) टाईप एस अनुबंधन (ख) टाईप आर अनुबंधन
   (ग) टाइप जेड अनुबंधन (घ) इनमें से किसी में भी नहीं
8. निम्नांकित में से किस अनुसूची में अनुक्रिया दर (response rate) सबसे अधिक होता है?
   (क) निश्चित अनुपात अनुसूचि (fixed ratio schedule)
   (ख) परिवर्त्य अनुपात अनुसूचि (variable ratio schedule)
   (ग) निश्चित अंतराल अनुसूचि (fixed interval schedule)
   (घ) परिवर्त्य अंतराल अनुसूचि (variable interval schedule)
9. क्रियाप्रसूत अनुबुधन (operant conditioning) का संबंध किससे है?
   (क) पैवलव से (ख) स्कीन्नर से
   (ग) वाटसन से (घ) इनमें से किसी से भी नहीं
10. सामान्यीकरण (generalization) का विपरीत कौन है?
   (क) विभेदन (discrimination) (ख) विलोपन (extinction)
   (ग) स्वत:पुनर्लाभ (spontaneous recovery) (घ) इनमेंसे कोई नहीं
11. सही सुमेल बतलावें (find the correct match)

नाम (**Name**)		**घटना** (**Phenomenon**)
(क) स्कीन्नर (Skinner)	—	पुनर्बलन अनुसूची (Schedule of reinforcement)
(ख) पैवलव (Pavlov)	—	टाईप आर अनुबंधन (Type R conditioning)
(ग) वैण्डुरा (Bandura)	—	कौशल अधिगम (Skill learning)
(घ) टॉलमैन (Tolman)	—	प्रयत्न एवं त्रुटि अधिगम (Trial and error learning)

12. स्कीन्नर द्वारा चूहा पर किया गया प्रयोग में भोजन की गोलियों को आप किस श्रेणी में रखेंगे?
   (क) ऋणात्मक पुनर्बलन (negative reinforcement)
   (ख) धनात्मक पुनर्बलक (Positive reinforcement)
   (ग) धनात्मक उद्दीपक (Positive stimulus)
   (घ) इनमें से कोई भी नहीं
13. प्रेक्षणात्मक सीखना (observational learning) में निम्नांकित में से कौन सम्मिलित नहीं है?
   (क) अवधान (attention) (ख) स्मरण (rembering)
   (ग) अभिप्रेरक (घ) संवेग (emotion)
14. निरर्थक पद (nonsense syllable) का प्रतिपादन किसने किया?
   (क) स्कीन्नर ने (ख) पैवलव ने
   (ग) मिलर ने (घ) इनमें से कोई नहीं
15. 'ZAP' एक उदाहरण है—
   (क) निरर्थक पद का (ख) व्यंजन पद का
   (ग) दोनों का (घ) दोनों में से किसी का भी नहीं

16. टुलविंग (Tulving) का नाम किससे साहचर्यित है?
(क) आत्मनिष्ठ संगठन (subjective organization)
(ख) श्रेणी गुच्छन (category clustering)
(ग) अव्यक्त अधिगम (latent learning)
(घ) इनमें से किसी में भी नहीं
17. श्रेणी गुच्छन (category clustering) से—
(क) प्रत्याह्वान बाधित होता है (ख) प्रत्याह्वान प्रोत्साहित होता है
(ग) प्रत्याह्वान बिल्कुल ही समाप्त हो जाता है (घ) इनमें से कोई भी प्रभाव नहीं होता है
18. एक वर्ग (square) उस चित्र को कहा जाता है जिसके चार भुजा हों तथा जिसके चारों कोण 90° का हो। इस कथन से जो संप्रत्यय (concept) बनता है, उसे आप किस श्रेणी में रखेंगे?
(क) कृत्रिम संप्रत्यय (artificial concept) (ख) स्वाभाविक संप्रत्यय (natural concept)
(ग) वियोजक संप्रत्यय (disjunctive concept) (घ) इनमें से कुछ भी नहीं
19. कौशल अधिगम की अवस्थाओं में निम्नांकित में से किसे आप सम्मिलित नहीं करेंगे?
(क) संज्ञानात्मक अवस्था (cognitive phase) (ख) साहचर्यात्मक अवस्था (associative phase)
(ग) स्वायत्त अवस्था (autonomous phase) (घ) प्रतिरोध अवस्था (resistance phase)
20. अगर कोई व्यक्ति साइकिल चलाना सीखकर स्कूटर चलाने में आसानी महशुश करता है, तो यह उदाहरण बनता है—
(क) धनात्मक अंतरण (positive transfer) का (ख) ऋणात्मक अंतरण (negative transfer) का
(ग) शुन्य अंतरण (zero transfer) का (घ) द्विपार्श्वीय अंतरण (bilateral transfer) का
21. निम्नांकित में से किसमें सबसे अधिक धनात्मक अंतरण (positive transfer) होगा?
(क) $S_A — R_A, S_A — R_A$ (ख) $S_A — R_A, S_B — R_C$
(ग) $S_A — R_A, S_B — R_A$ (घ) $S_A — R_A, S_A — R_r$
22. जब कोई छात्र किसी पाठ या कार्य को मात्र इस उद्देश्य से सीखता है कि उसे ऐसा करने से एक अच्छा वित्तीय पुरस्कार मिलेगा, तो उसका व्यवहार निम्नांकित में से किससे निदेशित हो रहा है—
(क) आंतरिक अभिप्रेरण (intrinsic motivation)
(ख) बाह्य अभिप्रेरक (extrinsic motivation)
(ग) उपलब्धि अभिप्रेरक (achievement motivation)
(घ) इनमें से किसी से भी नहीं
23. जब कोई छात्र शैक्षणिक क्षेत्रों की अपेक्षा अशैक्षिक क्षेत्रों (non-academic fields) में अधिक अभिरूचि दिखलाता है, तो इसका मतलब यह हुआ कि वह—
(क) विश्लेषणात्मक शैली (analytical style) से निदेशित हो रहा है।
(ख) संबंधात्मक शैली (relational style) से निदेशित हो रहा है।
(ग) इन दोनों शैलियों से निदेशित हो रहा है
(घ) इन दोनों में से किसी भी शैली से निदेशित नहीं हो रहा है।
24. अधिगम असशक्तता (learning disabilities) के लक्षणों में निम्नांकित में से किसे शामिल नहीं किया जाता है—
(क) ऐसे बच्चों में पढ़ने-लिखने से संबद्ध कठिनाइयाँ होती हैं
(ख) ऐसे बच्चों को नींद कम आती है।
(ग) ऐसे बच्चों की गतिणीय क्षमता काफी कम होती है।
(घ) ऐसे बच्चों में बोलने एवं तर्क करने की क्षमता कम होती है।
25. अधिगम सिद्धान्तों का अनुप्रयोग (application) किस क्षेत्र में नहीं होता है?
(क) विभिन्न संगठनों में
(ख) बच्चों पालन-पोषण में
(ग) कुसमयोजी व्यवहारों को समझने एवं उनके उपचार में
(घ) जटिल उद्दीपकों के प्रत्यक्षण में

एक शब्द में उत्तर दें (*Answer in one word*)

26. क्लासिकी अनुबंधन (classical conditioning) का प्रतिपादक कौन थे?
27. पैवलव द्वारा अनुबंधन के क्षेत्र में कुत्ता पर किया गया प्रयोग में अनुबंधित उद्दीपक (conditional stimulus) क्या था?
28. वाटसन तथा रेनर द्वारा डर अनुबंधन के प्रयोग में जिस बच्चा पर प्रयोग किया गया था, उसका नाम क्या था?

29. क्या भोजन एक विमुखी स्वाभाविक उद्दीपक (aversive unconditioned stimulus) है?
30. अगवर्ती अनुबंधन (forward conditioning) में अनुबंधित उद्दीपक (conditional stimulus) अनुबंधित अनुक्रिया (conditioned response) से पहले आता है या बाद में?
31. चिह्न अनुबंधन (trace conditioning) एक अग्रवर्ती अनुबंधन है या पश्चगामी अनुबंधन?
32. क्रियाप्रसूत अनुबंधन (operant conditioning) का नींव किसने रखा था?
33. टाईप आर अनुबंधन (Type R conditioning) का दूसरा नाम क्या है?
34. टाईप एस अनुबंधन (Type S conditioning) का दूसरा नाम क्या है?
35. पुनर्बलन अनुसूची (schedule of reinforcement) का उपयोग अधिगम के किस सिद्धान्त में सर्वाधिक हुआ है?
36. अनुपात अनुसूचित (ratio schedule) के कितने प्रकार होते हैं?
37. अंतराल अनुसूचित (interval schedule) के कितने प्रकार होते हैं?
38. क्या प्रशंसा (praise) एक प्राथमिक पुनर्बलक (postive reinforcer) है?
39. जो अधिगम पुनर्बलन (reinforcement) की अनुपस्थिति में होती है, उसे किस तरह का अधिगम कहा जाता है?
40. किस तरह के अधिगम का आधार अनुकरण (imitation) या मॉडलिंग (modeling) होता है?
41. वैंडुरा (Bandura) के अनुसार प्रेक्षणात्मक अधिगम में कितने कारक सम्मिलित होते हैं?
42. निरर्थक पद का प्रतिपादन किसने किया था?
43. ZTN निरर्थक पद है या व्यंजन पद?
44. स्मृति पटल (memory drum) का उपयोग प्रत्यक्षण के प्रयोग में होता है या शाब्दिक अधिगम के प्रयोग में?
45. युग्मित सहचर विधि में उपयोग होने वाला युग्मित सूची के दूसरा पद (second term) को क्या कहा जाता है?
46. क्या मुर्गी एक जानवर है? कथन में 'जानवर' किस ढंग का संप्रत्यय (concept) है?
47. कौशल अधिगम की कितनी अवस्थाएँ (phases) होती हैं?
48. संस्कृत भाषा सीखकर यदि अंग्रेजी भाषा सीखने में व्यक्ति को कठिनाई होती है, तो यह किस ढंग का अंतरण का उदाहरण है?
49. सरगर्मी (warm up) किस तरह का अंतरण (transfer) है?
50. $S_A — R_A$, $S_A — R_r$ रूपावली में किस ढंग का अंतरण (transfer) सर्वाधिक होता है?
51. उत्तम शैक्षिक उपलब्धि के आसार क्या विश्लेषणात्मक शैली (analytical style) वाले व्यक्ति में सर्वाधिक होता है?
52. अधिगम अशक्तताएँ (learning disabiliting) वाले बच्चों का निष्पादन सबसे ज्यादा किस क्षेत्र में कुप्रभावित होता है?

रिक्त स्थानों को भरें *(Fill up the blanks)*

53. अधिगम .... में परिवर्तन को कहा जाता है।
54. क्लासिकी अनुबंधन का प्रतिपादन .... ने किया था।
55. स्कीनर का नाम .... अनुबुधन से संबंधित है।
56. पैवलव द्वारा अधिगम के क्षेत्र में कुत्ता पर किया गया प्रयोग में .... एक अनुबंधित उद्दीपक था।
57. तीखा स्वाद एक .... स्वाभाविक उद्दीपक का उदाहरण है।
58. .... अनुबंधन में अनुबंधित उद्दीपक (conditioned stimulus) तथा स्वाभाविक उद्दीपक लगभग साथ-साथ दिये जाते हैं।
59. टाईप एस अनुबंधन (Type S conditioning) को .... अनुबंधन भी कहा जाता है।
60. निश्चित अंतराल अनुसूचि (fixed interval schedule) में क्रिया प्रसूत दर सबसे .... होती है।
61. वैसा पुनबर्लक (reinforcer) जिसे परिस्थिति से हटा दिये जाने पर अनुक्रिया की दर भविष्य में बढ़ जाती है, उसे .... पुनर्बलक कहा जाता है।
62. .... में अनुक्रिया के बाद प्राणी को पुनर्बलक नहीं दिया जाता है।
63. वैसा अधिगम जो पुनर्बलन (reinforcement) की अनुपस्थिति में होता है, उसे .... कहा जाता है।
64. .... में व्यक्ति दूसरों के व्यवहारों का अनुकरण करता है।
65. .... पद में तीनों अक्षर व्यंजन (consonant) होते हैं।
66. .... विधि में व्यक्ति को सीखे गये पदों का प्रत्याह्वान एक निश्चित क्रम में करना होता है।
67. कौशल अधिगम (skill learning) की पहली अवस्था को .... कहा जाता है।
68. सीखने का अधिगम (learning to learn) एक प्रकार का .... अंतरण है।
69. .... शैली वाले व्यक्ति किसी सूचना या घटना का प्रत्यक्षण समग्र रूप से (as a whole) करते हैं।
70. .... शैली वाले व्यक्ति उन सामग्रियों के अध्ययन में अधिक अभिरूचि दिखलाते हैं जो अचेतन (unconscious) एवं अवैयक्तिक (impersonal) प्रकृति के होते हैं।

निम्नांकित प्रश्नों के उत्तर में जो आपको सही लगता है उसपर टिक (√) लगावें *(Put a tick mark on those answers of the questions which you think to be correct one.)*

71. अधिगम से तात्पर्य मनोवृत्ति (attitude) में सार्थक परिवर्तन से होता है। सही/गलत
72. पैवलव ने अलवर्ट (Albert) नामक कुत्ता पर एक प्रयोग किया था। सही/गलत
73. घंटी की आवाज पैवलव के प्रयोग में एक अनुबंधित उद्दीपक (conditioned stimulus) है। सही/गलत
74. वाटसन ने अपनी शिष्या पत्नी रेनर के साथ मिलकर डर अनुबंधन पर एक प्रयोग किया था। सही/गलत
75. विलम्बित अनुबंधन (delayed conditioning) में अनुबंधन जल्दी होता है। सही/गलत
76. थार्नडाइक ने पुनर्बलन अनुसूची (schedule of reinforcement) का उपयोग सबसे अधिक किया था। सही/गलत
77. ऋणात्मक पुनर्बलन (negative reinforcement) से तात्पर्य वैसे उद्दीपकों से होता है जिसके परिणाम दु:खद होते हैं। सही/गलत
78. क्लासिकी अनुबंधन (classical conditioning) द्वारा सामान्यतः ऐच्छिक अनुक्रिया (voluntary response) को सीखा जाता है। सही/गलत
79. प्राथमिक पुनर्बलक व्यक्ति को अस्तित्व में बने रहने के लिए आवश्यक है। सही/गलत
80. वैंदुरा (Bandura) के अनुसार प्रेक्षणात्मक अधिगम में चार तरह के कारक सम्मिलित होते हैं। सही/गलत
81. इविंगहॉस ने व्यंजन पदों का आविष्कार किया था। सही/गलत
82. आसन्नता प्रभाव (recency effect) तथा प्राथमिकी प्रभाव (primary effect) काफी स्पष्ट रूप से *मुक्त प्रत्याह्वान विधि* से प्राप्त प्रदत्तों में दीखता है। सही/गलत
83. युग्मित सहचर विधि में युग्मित सूची के दूसरा पद को उद्दीपक पद (stimulus term) कहा जाता है। सही/गलत
84. वोसफिल्ड (Bousfield) ने आत्मनिष्ठ संगठन (subjective organization) पर अधिक बल डाला है। सही/गलत
85. टुलभिंग (Tulving) ने श्रेणी गुच्छन (category clustering) पर अधिक बल डाला है। सही/गलत
86. कौशल अधिगम की दूसरी अवस्था को साहचर्यात्मक अवस्था (associative stage) कहा जाता है। सही/गलत
87. जनवरी महीने में जब नये साल की शुरूआत होती है, तो व्यक्ति प्रायः तिथि लिखते समय पुराने वर्ष को ही लिख देता है। यह घटना एक धनात्मक अंतरण का उदाहरण है। सही/गलत
88. समुच्चयबोधक संप्रत्यय वस्तुओं के मात्र दो विशेषताओं से बनता है। सही/गलत
89. अनुबोधन तथा पूर्वाभास विधि (method of prompting and anticipation) में व्यक्ति को शाब्दिक पुर्नबलन (verbal reinforcement) प्राप्त होता है। सही/गलत
90. परिवर्त्य अनुपात अनुसूचि में अनुक्रिया दर काफी कम होती है। सही/गलत

उत्तर

1. (क) 2. (घ) 3. (क) 4. (क) 5. (घ) 6. (ख) 7. (ख) 8. (ख)
9. (ख) 10. (क) 11. (क) 12. (ख) 13. (घ) 14. (घ) 15. (ख) 16. (क)
17. ख) 18. (क) 19. (घ) 20. (क) 21. (क) 22. (ख) 23. (ख) 24. (ख)
25. (घ) 26. पैवलव 27. घंटी की आवाज 28. अलवर्ट 29. नहीं
30. पहले31.अग्रवर्ती 32. थॉर्नडाइक 33. क्रियाप्रसूत अनुबंधन
34. क्लासिकी अनुबंधन 35. क्रियाप्रसूत अनुबंधन 36. दो 37. दो 38. नहीं
39. अव्यक्त अधिगम 40. प्रेक्षणात्मक अधिगम 41. चार 42. इविंगहॉस 43. व्यंजन पद
44. शाब्दिक अधिगम 45. अनुक्रिया पद 46. स्वाभाविक संप्रत्यय 47. तीन
48. ऋणात्मक 49. सामान्य 50. ऋणात्मक 51. हाँ
52. पढ़ने-लिखने 53. व्यवहार 54. पैवलव 55. क्रियाप्रसूत
56. घंटी की आवाज 57. विमुखी 58. समकालिक 59. क्लासिकी
60. कम 61. ऋणात्मक 62. विलोपन 63. अव्यक्त
64. प्रेक्षणात्मक अधिगम 65. व्यंजन 66. क्रमिक सीखना 67. संज्ञानात्मक अवस्था
68. सामान्य 69. संबंधात्मक 70. विश्लेषणात्मक 71. गलत
72. गलत 73. गलत 74. सही 75. सही 76. गलत 77. सही 78. गलत 79. सही
80. गलत 81. गलत 82. सही 83. सही 84. गलत 85. गलत 86. सही 87. गलत
88. गलत 89. सही 90. गलत

अतिलघुउत्तरीय प्रश्न *(Very short answered questions)*

1. अधिगम क्या है?
   (What is learning ?
2. परिपक्वन क्या है?
   (What is maturation ?)
3. स्वाभाविक उद्दीपक क्या है?
   (What is unconditioned stimulus ?)
4. स्वाभाविक अनुक्रिया है?
   (What is unconditioned response ?)
5. अनुबंधित उद्दीपक क्या है?
   (What is conditioned stimulus ?)
6. अनुबंधित अनुक्रिया से आप क्या समझते हैं?
   (What do you mean by unconditioned response ?)
7. अभिलाषी स्वाभाविक उद्दीपक का अर्थ बतलावें।
   (Give the meaning of appetitive unconditioned stimulus.)
8. विमुखी स्वाभाविक उद्दीपक से आप क्या समझते हैं?
   (What do you mean by aversive unconditioned stimulus ?)
9. सहकालिक अनुबंधन से आप क्या समझते हैं?
   (What do you mean by stimultaneous conditioning ?)
10. विलंबित अनुबंधन का अर्थ बतलावें।
    (Give the meaning of delayed conditioning.)
11. चिह्न अनुबंधन से आप क्या समझते हैं?
    (What do you mean by trace conditioning ?
12. पश्चगामी अनुबंधन से आप क्या समझते हैं?
    (What do you mean by backward conditioning ?)
13. प्रतिवादी अनुक्रिया है?
    (What is respondent response ?)
14. क्रियाप्रसूत अनुक्रिया से आप क्या समझते हैं?
    (What do you mean by operant response ?)
15. टाईप आर अनुबंधन क्या है?
    (What is Type R conditioning ?)
16. टाईप एस अनुबंधन क्या है?
    (What is Type S conditioning ?)
17. पुनर्बलन अनुसूची से आप क्या समझते हैं?
    (What do you meany by schedule of reinforcement ?)
18. निश्वित अनुपात अनुसूचि क्या है?
    (What is fixed ratio schedule ?)
19. परिवर्त्य अनुपात अनुसूचि से आप क्या समझते हैं?
    (What do you mean by variable ratio schedule ?)
20. निश्चित अंतराल अनुसूचि से आप क्या समझते हैं?
    (What do you mean fixed interval schedule ?)
21. परिवर्त्य अंतराल अनुसूचि से आप क्या समझते हैं?
    (What do you mean by variable interval schedule ?)
22. पुनर्बलन क्या है?
    (What is reinforcement ?)
23. उद्दीपक समान्यीकरण से आप क्या समझते हैं?
    (What do you mean by stimulus generalization ?)

24. विभेदन से आप क्या समझते हैं?
(What do you mean by discrimination ?)
25. विलोपन से आप क्या समझते हैं?
(What do you mean by extinction ?)
26. स्वतः पुनर्लभि का अर्थ बतलावें।
(Give the meaning of spontaneous recovery.)
27. संज्ञानात्मक अधिगम से आप क्या समझते हैं?
(What do you mean by cognitive learning ?)
28. अव्यक्त अधिगम से आप क्या समझते हैं?
(What do you mean by latent learning ?)
29. प्रेक्षणात्मक अधिगम से आप क्या समझते हैं?
(What is observational learning ?)
30. शाब्दिक या वाचिक अधिगमं से आप क्या समझते हैं?
(What do you mean by verbal learning ?)
31. निरर्थक पद का अर्थ बतलावें।
(Give the meaning of nonsense syllable ?)
32. व्यंजन पद किसे कहते हैं?
(What is constant syllable ?)
33. संप्रत्यय से आप क्या समझते हैं?
(What do you mean by concept ?)
34. कृत्रिम संप्रत्यय से आप क्या समझते हैं?
(What do you mean by artificial concept ?)
35. स्वाभाविक संप्रत्यय से आप क्या समझते हैं?
(What do you mean by natural concept ?)
36. नियोजक संप्रत्यय से आप क्या समझते हैं?
(What do you mean by disjunctive concept ?)
37. कौशल अधिगम से आप क्या समझते हैं?
(What do you mean by skill learning ?)
38. धनात्मक अंतरण का अर्थ बतलावें।
(Give the meaning of positive transfer.)
39. ऋणात्मक अंतरण का अर्थ बतलावें।
(Give the meaning of negative transfer.)
40. शुन्य अंतरण से आप क्या समझते हैं?
(What do you mean by zero transfer ?)
41. सीखने का अधिगम का अर्थ बतलावें।
(Give the meaning of learning to learn.)
42. $S_A — R_A, S_B — R_C$ रूपावली का अर्थ बतलावें।
(Give the meaning of $S_A — R_A, S_B — R_C$ paradigm.)
43. अधिगम शैली से आप क्या समझते हैं?
(What do you mean by cognitive style ?)
44. संबंधात्मक शैली का अर्थ बतलावें।
(Give the meaning of relational style ?)
45. विश्लेषणात्मक शैली से आप क्या समझते हैं?
(What do you mean by analytical style ?)
46. अधिगम अशक्तताएँ क्या हैं?
(What is learning disabilities ?)

लघुउत्तरीय प्रश्न *(Short answered questions)*

1. अधिगम की परिभाषा दें।
   (Define learning ?)
2. क्लासिकी अनुबंधन की प्रक्रिया बतलावें।
   (Point out the process of clasical conditioning.)
3. स्वाभाविक उद्दीपक तथा अनुबंधित उद्दीपक में अंतर करें।
   (Make distinction between unconditioned stimulus and conditioned stimulus.)
4. अनुबंधित अनुक्रिया का अर्थ बतलावें।
   (Give the meaning of conditioned response.)
5. स्वाभाविक उद्दीपक के प्रकार का अर्थ बतलावें।
   (Give the meaning of different types of unconditioned stimulus.)
6. विलंबित अनुबंधन तथा चिह्न अनुबंधन में क्या अंतर है?
   (What is the difference between delayed conditioning and trace conditioning.)
7. क्रियाप्रसूत अनुबंधन से आप क्या समझते हैं?
   (What do you mean by operant conditioning ?)
8. प्रतिवादी अनुक्रिया तथा क्रियाप्रसूत अनुक्रिया में अंतर करें।
   (Make distinction between respondent response and operant response.)
9. निश्चित अनुपात अनुसूचि तथा परिवर्त्य अनुपात अनुसूचि में अंतर करें।
   (Make distinction between fixed ratio schedule and variable ratio schedule.)
10. निश्चित अंतराल अनुसूचि तथा परिवर्त्य अंतराल अनुसूचि में अंतर करें।
    (Make disctiontion between fixed interval schedule and variable interval schedule.)
11. धनात्मक पुनर्बलन तथा ऋणात्मक पुनर्बलन में अंतर करें।
    (Make disctinction between positive reinforcement and negative reinforcement.)
12. विलोपन तथा स्वतः पुनर्लभि में अंतर करें।
    (Make distinction between extinction and spontaneous recovery.)
13. निरर्थक पद तथा व्यंजन पद में अंतर करें।
    (Make distinction between nonsense syllable and consonant syllable.)
14. मुक्त प्रत्याह्वान विधि क्या है?
    (What is free recall method ?)
15. क्रमिक सीखना विधि की प्रक्रिया बतलावें।
    (Give the process of serial learning method.)
16. संप्रत्यय सीखना का अर्थ बतलावें।
    (Give the meaning of concept learning.)
17. समुच्चयबोधक संप्रत्यय तथा वियोजक संप्रत्यय में अंतर करें।
    (Make distinction between conjunctive concept and disjunctive concept.)
18. कौशल अधिगम के संज्ञानात्मक अवस्था का वर्णन करें।
    (Describe the cognitive phase of skill learning.)
19. कौशल अधिगम के साहचर्यात्मक अवस्था का वणर्न करें।
    (Describe the associative phase of skill learning.)
20. कौशल अधिगम के स्वायत्त अवस्था का वर्णन करें।
    (Describe the autonomous phase of skill learning.)
21. धनात्मक अंतरण तथा ऋणात्मक अंतरण में अंतर करें।
    (Make distinction between positive transfer and negative transfer.)
22. सामान्य अंतरण के प्रकारों का वर्णन करें।
    (Describe the types of general transfer.)
23. अधिगम शैली के कितने प्रकार होते हैं?
    (How many are the types of learning styles ?)

24. अधिगम अशक्तताएँ का अर्थ बतलावें।
(Give the meaning of learning disabilities.)
25. अधिगम असशक्तता के लक्षण बतलावें।
(Point out the symptoms of learning disabilities.)
26. बच्चों के पालन-पोषण में अधिगम सिद्धान्त किस तरह सहायता करता है?
(How does learning theory help in child rearing.)

दीर्घउत्तरीय प्रश्न *(Long Answered questions)*

1. अधिगम की परिभाषा दें। अधिगम तथा परिपक्वता में अंतर करें।
(Define learning. Make distinction between learning and maturation.)
2. क्लासिकी अनुबंधन सिद्धान्त का वर्णन करें।
(Describe classical conditiong theory.)
3. क्लासिकी अनुबंधन को प्रभावित करने वाले कारकों का वर्णन करें।
(Describe the factors that influence classical conditioning.)
4. क्रियाप्रसूत अनुबंधन को परिभाषित कीजिए। इसे परिभाषित करनेवाले कारकों का वर्णन करें।
(Define operant conditiong. Discuss the factors that influence it.)
5. क्लासिकी अनुबंधन तथा क्रियाप्रसूत अनुबंधन में अंतर करें।
(Make distinction between classical conditioning and operant conditioning.)
6. अधिगम की परिभाषा दें। इसकी प्रमुख विशेषताओं का वर्णन करें।
(Define learning. Discuss its major characteristics.)
7. अनुबंधन क्या है? अग्रवर्ती अनुबंधन तथा पश्चगामी अनुबंधन में अंतर करें।
(What is conditioning ? Make distinction between forward conditiong and backward conditioning.)
8. अव्यक्त अधिगम तथा प्रेक्षणात्मक अधिगम की विशेषताओं पर प्रकाश डालें।
(Throw light upon the characteristics of latent learning and observational learning.
9. वाचिक अधिगम क्या है? इसकी विधियों पर प्रकाश डालें।
(What is verbal learning ? Throw light upon its method.)
10. वाचिक अधिगम को प्रभावित करने वाले कारकों का वर्णन करें।
(Describe the factors that influence verbal learning.)
11. संज्ञानात्मक अधिगम के विभिन्न प्रारूपों का वर्णन करें।
(Describe the different forms of cognitive learning.)
12. संप्रत्यय अधिगम की विशेषता बतलावें। संप्रत्यय के विभिन्न प्रकारों का वर्णन करें।
(Describe the charactristics of concept learning. Discuss the different types of concept.)
13. कौशल अधिगम से आप क्या समझते हैं? इस अधिगम के विभिन्न अवस्थाओं का वर्णन करें।
(What do you mean by skill learning ? Describe its different phases.)
14. अधिगम अंतरण से आप क्या समझते हैं? इसके विभिन्न प्रकारों का वर्णन करें।
(What do you mean by transfer of training ? Discussus its different types.)
15. अधिगम को प्रभावित करने वाले कारकों का वर्णन करें।
(Describe the factors that influence learning.)
16. अधिगम शैली से आप क्या समझते हैं? इसके विभिन्न प्रकारों का वर्णन करें।
(What do you mean by learning styles ? Describe its different types.)
17. अधिगम अशक्त बच्चों के लक्षण बतलावें।
(Point out the symptoms of children having learning disabilities.)
18. अधिगम सिद्धान्तों का विभिन्न क्षेत्रों में होने वाले प्रमुख अनुप्रयोगों का वर्णन करें।
(Describe the application of learning principles in different areas.)

अध्याय-7

मानव स्मृति
(Human Memory)

बहुविकल्पीय प्रश्न ***(Objective questions)***

सही उत्तर बतलावें:

1. निम्नांकित में से किसे स्मृति का तत्त्व (elements) नहीं माना जाता है?
(क) कूटसंकेतन (encoding) (ख) विस्मरण (forgetting)
(ग) संचयन (storage) (घ) पुनःप्राप्ति (retrieval)
2. संवेदी स्मृति (sensory memory) का दूसरा नाम क्या है?
(क) संवेदी रजिस्टर (sensory register) (ख) संवेदी चेतन (sensory consciousness)
(ग) चलन स्मृति (working memory) (घ) इनमें से कुछ भी नहीं
3. विलियम जेम्स ने लघुकालीन स्मृति को क्या कहा है?
(क) गौण स्मृति (secondary memory) (ख) प्राथमिक स्मृति (primary memory)
(ग) चलन स्मृति (working memory) (घ) इनमें से कुछ भी नहीं
4. निम्नांकित में से किसी दीर्घकालीन स्मृति (long term memory) का प्रकार नहीं माना जा सकता है?
(क) प्रासंगिक स्मृति (episodic memory) (ख) अर्थगत स्मृति (semantic memory)
(ग) चलन स्मृति (working memory) (घ) इन सबों को
5. प्रतिध्वनि स्मृति (echoic memory) किसका प्रकार है?
(क) संवदी स्मृति (ख) लघुकालीन स्मृति
(ग) दीर्घकालीन स्मृति (घ) इनमें से किसी का भी नहीं
6. लघुकालीन स्मृति का अधिकतम अवधि सामान्यतः होती है?
(क) 12 सेकेंड (ख) 30 सेकेंड
(ग) 60 सेकेंड (घ) इनमें से कुछ भी नहीं
7. व्यक्ति की आदत एक उदाहरण है—
(क) अर्थगत स्मृति (semantic memory) का (ख) प्रासंगिक स्मृति (episodic memory) का
(ग) प्रक्रियात्मक स्मृति (procedural memory) (घ) उपर्युक्त सबों का
8. बौघ-नॉरमैन मॉडल (Waugh-Norman model) में सूचनाओं को संसाधित करने के लिए स्मृति के कितने प्रकारों को बतलाया गया है?
(क) दो (ख) तीन (ग) चार (घ) छह
9. बौघ-नॉरमैन मॉडल में सूचना सबसे पहले कहाँ संसाधित होती है?
(क) प्राथमिक स्मृति में (ख) गौण स्मृति में
(ग) दोनों में एक साथ (घ) दोनों में से किसी में भी नहीं
10. एटकिन्सन-शिफरीन प्रतिरोधक मॉडल (Atkinson-Shiffrin Buffer model) में सूचनाओं का संसाधन कितने तरह की स्मृतियों में होती है?
(क) तीन (ख) चार (ग) पाँच (घ) दो
11. एटकिन्सन-शिफरीन प्रतिरोधक मॉडल में सूचनाएँ संसाधित होने के लिए पहले कहाँ प्रवेश करती हैं?
(क) लघुकालीन स्मृति (ख) दीर्घकालीन स्मृति
(ग) संवेदी स्मृति (घ) क्षणदीप स्मृति (flashbulb memory)
12. स्मृति के प्रक्रमण मॉडल या सूचना के संसाधन मॉडल (level-of-processing model) का प्रतिपादन किसके द्वारा किया गया?
(क) विलियम जेम्स (William James) द्वारा (ख) इविंगहॉस (Ebbinghaus) द्वारा
(ग) क्रेक एवं लॉकहार्ट (Craik & Lockhart) द्वारा (घ) बैड्डेली (Baddeley) द्वारा
13. प्रक्रमण मॉडल के अनुसार सूचना की स्मृति में स्थायित्व (permanence) पर किस तरह के रिहर्सल का प्रभाव पड़ता है?
(क) टाईप वन रिहर्सल (ख) टाईप टू रिहर्सल
(ग) टाईप थ्री रिहर्सल (घ) इनमें से किसी का भी नहीं

14. चलन स्मृति (working memory) के संप्रत्यय का प्रतिपादन किसने किया है?
(क) क्रेक एवं लाकहॉर्ट ने (ख) वैड्डेली (Baddeley) ने
(ग) टुलभिंग (Tulving) ने (घ) वाटलेट (Bartlett) ने

15. निम्नांकित में से किस स्मृति की तुलना *मानसिक डायरी* (mental diary) से की गयी है?
(क) अर्थगत स्मृति की (ख) क्षणदीप स्मृति (flashbulb memory) की
(ग) प्रासंगिक स्मृति की (घ) चलन स्मृति की

16. निम्नांकित में से किस स्मृति की तुलना मानसिक शब्द कोष (mental dictionary) या विश्वकोष (encyclopedia) से किया गया है?
(क) प्रासंगिक स्मृति की (ख) अर्थगत स्मृति की
(ग) चलन स्मृति की (घ) संवेदी स्मृति की

17. किस आश्चर्यचकित एवं सांवेगिक रूप से उत्पन्न उत्तेजन की घटनाओं की स्मृति को क्या कहा जाता है?
(क) क्षणदीप स्मृति (flashbulb memory)
(ख) आत्मचरित स्मृति (autobiographical momory)
(ग) निहित स्मृति (implicit memory)
(घ) चलन स्मृति (working memory)

18. निम्नांकित में से किसे चेतन का वर्कवेंच (workbench of consciousness) कहा गया है?
(क) आत्मचरित स्मृति (ख) चलन स्मृति
(ग) प्रासंगिक स्मृति (घ) इनमें से किसी को भी नहीं

19. निम्नांकित में से किस विधि से स्मृति की माप नहीं होती है?
(क) प्रत्याह्वान विधि (recall method)
(ख) शब्दपूर्ति विधि (word completion task)
(ग) आवर्ती प्रिमिंग कार्य (repetition priming task)
(घ) स्कीमा (schema)

20. कोलिन्स तथा क्यूलियन (Collins & Quillian, 1969) द्वारा किस मॉडल का प्रतिपादन किया गया?
(क) सूचना संसाधन मॉडल (information processing model)
(ख) अर्थगत नेटवर्क मॉडल (semantic network model)
(ग) प्रतिरोधक मॉडल (Buffer model)
(घ) इनमें से किसी का भी नहीं

21. प्रत्यक्षदर्शी स्मृति (eyewitness memory) के क्षेत्र में किनका योगदान सबसे अग्रणी है?
(क) ग्रीनी (Greene) का (ख) लोफ्टस (Loftus) का
(ग) गैरी (Garry) का (घ) टुलभिंग (Tulving) का

22. इबिंगहॉस (Ebbinghaus) के अनुसार स्मृति का स्वरूप क्या होता है?
(क) पुर्नरूत्पादक (reproductive) (ख) रचनात्मक (constructive)
(ग) दोनों ही (घ) दोनों से भिन्न

23. पूर्व सीखे गये पाठों/साहचर्यों को व्यक्ति अपनी इच्छानुसार उसमें जोड़-तोड़ उनका प्रत्याह्वान करते समय प्रायः करता है। इससे किसके विचारधारा का समर्थन मिलता है?
(क) इबिंगहॉस का (ख) वार्टलेट का
(ग) विलियम जेम्स का (घ) मैग्यू (McGeoch) का

24. 'विस्मरण एक निष्क्रिय मानसिक प्रक्रिया (passive mental process) है' का संबंध निम्नांकित में से किससे है?
(क) विस्मरण का कारण समय का बीतना होता है
(ख) विस्मरण का कारण नये पाठ का सीखना होता है
(ग) विस्मरण का कारण व्यक्ति की स्मृति चिह्नों का कमजोर होना है
(घ) विस्मरण का कारण दमन (repression) होता है

25. विस्मरण वक्र (forgetting curve) से क्या पता चलता है?
(क) विस्मरण का दर सीखने के तुरंत बाद धीमा होता है
(ख) विस्मरण का दर सीखने के तुरंत बाद तीव्र होता है
(ग) विस्मरण की मात्रा पर समय बीतने का कोई प्रभाव नहीं पड़ता है
(घ) विस्मरण की मात्रा पर व्यक्ति की इच्छा का प्रभाव पड़ता है

26. जब पहले सीखा गया पाठ वर्तमान में सीखा गया पाठ के प्रत्याह्वान (recall) में बाधा पहुँचाता है, तो इसे कहा जाता है—
   (क) पृष्ठोन्मुख अवरोध (retroactive inhibition) (ख) अग्रलक्षी अवरोध (proactive inhibition)
   (ग) पुनःप्राप्ति अवरोध (retrieval inhibition) (घ) इनमें से कुछ भी नहीं
27. वर्तमान में सीखे गये पाठ के प्रत्याह्वान में जब बाद में सीखा गया पाठ से बाधा पहुँचता है, तो इसे कहा जाता है—
   (क) पुनःप्राप्ति अवरोध (ख) पृष्ठोन्मुख अवरोध
   (ग) अग्रलक्षी अवरोध (घ) इनमें से कुछ भी नहीं
28. चुकिंग (chunking) से मैजिक संख्या (Magical number) 7 ± 2 किस ढंग से प्रभावित होता है।
   (क) इसका परास (range) बड़ा होता है (ख) इसका परास छोटा होता है
   (ग) इसका परास अप्रभावित होता है (घ) इनमें से कुछ भी नहीं होता है
29. PQRST का स्मृति पर किस तरह का प्रभाव पड़ता है?
   (क) इससे स्मृति उन्नत होती है (ख) इससे स्मृति कमजोर होती है
   (ग) इससे स्मृति पर कोई प्रभाव नहीं पड़ता है (घ) उपर्युक्त जैसा कोई प्रभाव नहीं पड़ता है
30. PQRST में 'S' से मतलब क्या होता है?
   (क) आत्म-प्रपठन (self recitation) से (ख) गौण स्मृति (secondary memory) से
   (ग) गौण रिहर्सल (secondary rehearsal) से (घ) स्कीमा (Schema) से

एक शब्द में उत्तर दें *(Answer in one word)*

31. कूटसंकेतन (encoding) किसका एक तत्त्व है?
32. स्मृति के किस अवस्था में व्यक्ति संचित सूचनाओं को आवश्यकतानुसार खोज करके चेतना में लाता है?
33. सबसे लघु अवधि की स्मृति कौन होता है?
34. संवेदी स्मृति का दूसरा नाम क्या है?
35. प्राथमिक स्मृति का दूसरा नाम क्या है?
36. चलन स्मृति (working memory) जैसे पद का प्रतिपादन किसने किया है?
37. टुलभिंग ने दीर्घकालीन स्मृति के कितने प्रकार बतलाया है?
38. किस स्मृति को मानसिक शब्दकोष या विश्वकोष के तुल्य माना गया है?
39. प्रतिध्वनिक स्मृति किस प्रकार की स्मृति है?
40. बौघ-नॉरमैन मॉडल में स्मृति के कितने अवस्थाएँ होती हैं?
41. एटकिन्सन-शिफरीन प्रतिरोधक मॉडल में सूचनाएँ पहली बार किस तरह के स्मृति में प्रवेश करती हैं?
42. स्मृति के प्रक्रमण मॉडल का प्रतिपादन किसने किया था?
43. आश्चर्यचकित एवं सार्वंगिक रूप से उत्तेजन उत्पन्न करने वाली घटनाओं की अनुभूतियाँ किस तरह की स्मृति में संचित होती है?
44. शब्द पूर्ति कार्य (word completion task) स्मृति का किस ढंग का माप है?
45. एलिजाबेथ लोफ्टस (Elizabeth Loftus) का शोधकार्य किस स्मृति से संबंधित है?
46. मूलर तथा पिलजेकर (Muller & Pilzecker) के अनुसार विस्मरण किस ढंग की मानसिक प्रक्रिया है?
47. इविंगहॉस ने विस्मरण को किस ढंग का मानसिक प्रक्रिया कहा है?
48. विस्मरण वक्र का प्रतिपादन किसने किया है?
49. पृष्ठोन्मुख अवरोध (retroactive inhibition) से क्या उत्पन्न होता है?
50. क्या लोकी विधि (LOCI method) स्मृति उन्नत होती है?

खाली जगहों को भरें *(Fill up the blanks)*

51. स्मृति के …….. अवस्थाएँ होती हैं।
52. स्मरण स्मृति का ………. पहलु है।
53. कूटसंकेतन (encoding) का दूसरा नाम ………. है।
54. एटकिन्सन तथा शिफरीन ने संवेदी स्मृति को ………. कहा है।
55. लघुकालीन स्मृति की अधिकतम अवधि लगभग ………. सेकंड होती है।
56. ………. को चेनता का वर्कबेंच (workbench) कहा गया है।
57. विलियम जेम्स (William James) ने लघुकालीन स्मृति को ………. स्मृति कहा है।
58. प्रासंगिक स्मृति (episodic memory) को ………. स्मृति भी कहा जाता है।
59. अर्थगत स्मृति ………. स्मृति का एक प्रकार है।

60. वौघ-नॉरमैन मॉडल के अनुसार सूचनाएँ .... स्मृति से रिहर्सल के अभाव में लुप्त हो जाती है।
61. एटकिन्सन-शिफरीन प्रतिरोधक मॉडल में सूचनाएँ संवेदी स्मृति से .... स्मृति में अंतरित होती हैं।
62. क्रेक एवं लॉकहार्ट (Craik & Lockhart) ने स्मृति के .... मॉडल का प्रतिपादन किया है।
63. आवर्ती प्रिमिंग कार्य (repetitive priming task) द्वारा स्मृति की .... माप होती है।
64. स्क्रिप्ट (script) .... का ही एक विशेष प्रारूप है।
65. इविंगहॉस के अनुसार स्मृति का स्वरूप .... होता है।
66. बार्टलेट के अनुसार स्मृति का स्वरूप .... होता है।
67. इविंगहॉस के अनुसार विस्मरण एक .... मानसिक प्रक्रिया है।
68. मैग्यू (McGeoch) ने विस्मरण को एक .... मानसिक प्रक्रिया कहा है।
69. पृष्ठोन्मुख अवरोध (retroactive inhibition) .... का एक कारण है।
70. लोकी विधि से .... उन्नत होती है।

नीचे दिये गए प्रश्नों के उत्तरों में से जिसे आप सही समझते हैं, उस पर टिक (√) लगावें

(Put a tick (√) mark on the answer of the questions, which you think to be correct one.)

71. स्मृति का सूचना संसाधन मॉडल की तुलना एक कम्प्यूटर से की गयी है। सही/गलत
72. स्मृति में पहली अवस्था पंजीकरण (registration) की होती है जबकि अंतिम अवस्था पुनःप्राप्ति (retrieval) की होती है। सही/गलत
73. स्मृति की दूसरी अवस्था कूटसंकेतन (encoding) की होती है। सही/गलत
74. सबसे कम अवधि की स्मृति को लघुकालीन स्मृति कहा जाता है। सही/गलत
75. लघुकालीन स्मृति में सूचनाओं का सक्रिय प्रक्रमण या संसाधन (processing) भी होता है। सही/गलत
76. वैड्डेली (Baddely) ने चलन स्मृति जैसे पद का प्रतिपादन किया है। सही/गलत
77. गौण स्मृति (secondary memory) को लघुकालीन स्मृति भी कहा जाता है। सही/गलत
78. टुलभिंग (Tulving) के अनुसार प्रासंगिक स्मृति (episodic memory) एक प्रकार का दीर्घकालीन स्मृति है। सही/गलत
79. अघोषणात्मक स्मृति (nondeclarative memory) को प्रक्रियात्मक स्मृति (procedural memory) भी कहा जाता है। सही/गलत
80. प्रतिमा संबद्ध स्मृति (iconic memory) एक प्रकार का संवेदी स्मृति है। सही/गलत
81. दीर्घकालीन स्मृति की संचयन क्षमता सीमित होती है। सही/गलत
82. स्मृति के प्रक्रमण मॉडल (level-of-processing model) का प्रतिपादन क्रेक एवं वैड्डेली (Craik & Baddely) द्वारा किया गया। सही/गलत
83. प्रक्रमण मॉडल में सूचनाओं का संसाधन चार स्तरों पर होता है। सही/गलत
84. आत्मचरित स्मृति में व्यक्तिगत घटनाएँ की स्मृतियाँ संचित होतीं हैं। सही/गलत
85. प्रत्याह्वान विधि स्मृति का एक अस्पष्ट माप (implicit measures) है। सही/गलत
86. कोलिन्स (Collins) के अनुसार अर्थगत स्मृति में संप्रत्यय एक पदानुक्रम (hierarchy) में संचित होता है। सही/गलत
87. वार्टलेट के अनुसार स्मृति एक पुनरूत्पादक (reproductive) मानसिक प्रक्रिया है। सही/गलत
88. इविंगहॉस के अनुसार विस्मरण का स्वरूप सक्रिय होता है? सही/गलत
89. विस्मरण वक्र का निर्माण इविंगहॉस ने किया था? सही/गलत
90. कूटसंकेतन असफलता के कारण विस्मरण कदापि नहीं होता है। सही/गलत
91. पृष्ठोन्मुख अवरोध स्मरण की एक मुख्य प्रक्रिया है। सही/गलत
92. अग्रलक्षी अवरोध विस्मरण की एक मुख्य कारण है। सही/गलत
93. कूटसंकेतन विशिष्टता (encoding specificity) में विस्मरण का आधार संकेत की अनुपलब्धता होती है। सही/गलत
94. लोकी विधि (Method of LOCI) को रोमन रूम विधि भी कहा जाता है। सही/गलत
95. PQRST में 'T' का मतलब 'Test' से होता है। सही/गलत
96. लघुकालीन स्मृति को निष्क्रिय स्मृति भी कहा जाता है। सही/गलत
97. प्रतिध्वनिक स्मृति (echoic memory) लघुकालीन स्मृति का एक प्रकार है। सही/गलत
98. अर्थगत स्मृति (semantic memory) संवेदी स्मृति का एक उदाहरण है। सही/गलत
99. दीर्घकालीन स्मृति में स्मृति चिह्नों का ह्रास शनैः शनैः होता है। सही/गलत
100. लघुकालीन स्मृति से विस्मरण का प्रमुख कारण सूचनाओं का रिहर्सल नहीं किया जाना होता है। सही/गलत

उत्तर

1. (ख) 2. (क) 3. (ख) 4. (ग) 5. (क) 6. (ख) 7. (ग) 8. (क)
9. (क) 10. (क) 11. (ग) 12. (ग) 13. (ख) 14. (ख) 15. (ग) 16. (ख)
17. (क) 18. (ख) 19. (घ) 20. (ख) 21. (ख) 22. (क) 23. (ख) 24. (क)
25. (ख) 26. (ख) 27. (ख) 28. (क) 29. (क) 30. (क) 31. स्मृति 32. तीसरी
33. संवेदी स्मृति 34. संवेदी रजिस्टर35.लघुकालीन स्मृति 36. वैड्डेली ने 37. दो
38. अर्थगत स्मृति 39.संवेदी स्मृति 40. दो 41. संवेदी रजिस्टर
42. क्रेक एवं लोकहार्ट ने 43. क्षणदीप स्मृति 44.अस्पष्ट माप 45.प्रत्यक्षदर्शी स्मृति
46. सक्रिय 47. निष्क्रिय 48. इविंगहॉस 49. विस्मरण 50. हाँ
51. तीन 52. धनात्मक 53. पंजीकरणं 54. संवेदी रजिस्टर
55. तीस 56. चलन स्मृति 57. प्राथमिक स्मृति58.आत्मचरित स्मृति
59. दीर्घकालीन 60. लघुकालीन 61. लघुकालीन 62. प्रक्रमण
63. अस्पष्ट 64. स्कीमा 65. पुनरूत्पादक 66. रचनात्मक
67. निष्क्रिय 68. सक्रिय 69. विस्मरण 70. स्मृति
71. सही 72. सही 73. गलत 74. गलत 75. गलत 76. सही 77. गलत 78. सही
79. सही 80. सही 81. गलत 82. गलत 83. गलत 84. सही 85. गलत 86. सही
87. गलत 88. गलत 89. सही 90. गलत 91. गलत 92. सही 93. सही 94. सही
95. सही 96. गलत 97. गलत 98. गलत 99. सही 100. सही

अतिलघुउत्तरीय प्रश्न *(Very Short Answer Questions)*

1. कूटसंकेतन क्या है?
   (What is encoding ?)
2. संचयन से आप क्या समझते हें?
   (What do you understand by storage ?)
3. पुनःप्राप्ति का अर्थ बतलावें।
   (Give the meaning of retrieval.)
4. प्रतिमा संबद्ध स्मृति क्या है?
   (What is iconic memory ?)
5. प्रतिध्वनिक स्मृति से आप क्या समझते हैं?
   (What do you mean by ehoic memory ?)
6. चलन स्मृति का अर्थ बतलावें।
   (Give the meaning of working memory.)
7. प्रासंगिक स्मृति क्या है?
   (What is episodic memory ?)
8. अर्थगत स्मृति क्या है?
   (What is semantic memory ?)
9. अघोषणात्मक स्मृति का अर्थ बतलावें।
   (Give the meaning of nondeclarative memory.)
10. संवेदी स्मृति से आप क्या समझते हैं?
    (What do you mean by sensory memory ?)
11. संपोषण रिहर्सल से आप क्या समझते हैं?
    (What do you mean by maintenance rehearsal ?)
12. विस्तृत रिहर्सल का अर्थ बतलावें।
    (Give the meaning of elaborative rehearsal ?)
13. क्षणदीप स्मृति किसे कहते हैं?
    (What is flashbulb memory ?)
14. आत्मचरित स्मृति क्या है?
    (What is autobiographical memory ?)

15. निहित स्मृति का अर्थ बतलावें।
(Give the meaning of implicit memory.)
16. प्रत्याह्वान विधि क्या है?
(What is recall method ?)
17. प्रत्यभिज्ञान विधि क्या है?
(What is recognition method ?)
18. शब्द पूर्ति कार्य क्या है?
(What is word completion task ?)
19. आवर्ती प्रिमिंग कार्य क्या है?
(What is repetitive priming task ?)
20. स्कीमा क्या है?
(What is schema ?)
21. संज्ञानात्मक नक्शा क्या है?
(What is cognitive map ?)
22. स्क्रिप्ट से आप क्या समझते हैं?
(What do you mean by script ?)
23. प्रत्यक्षदर्शी स्मृति क्या है?
(What is eyewitness memory ?)
24. मिथ्या स्मृति से आप क्या समझते हैं?
(What do you mean by pseudomemory ?)
25. विस्मरण क्या है?
(What is forgetting ?)
26. विस्मरण वक्र का अर्थ बतलावें।
(Give the meaning of forgetting curve ?)
27. कूटसंकेतन विशिष्टता से आप क्या समझते हैं?
(What do you mean by encoding specificity ?)
28. चुकिंग क्या है?
(What is chunking ?)

लघुउत्तरीय प्रश्न *(Short Questions Questions)*

1. स्मृति का अर्थ बतलावें।
(Give the meaning of memory.)
2. संवेदी स्मृति क्या है?
(What is sensory memory ?)
3. लघुकालीन स्मृत्ति का अर्थ बतलावें।
(Give the meaning of short-term memory.)
4. दीर्घकालीन स्मृति का अर्थ बतलावें।
(Give the meaning of long-term memory.)
5. प्रासंगिक स्मृति का अर्थ बतलावें।
(Give the meaning of episodic memory.)
6. अर्थगत स्मृति का अर्थ बतलावें।
(Give the meaning of semantic memory.)
7. आत्मचरित स्मृति का अर्थ बतलावें।
(Give the meaning of autobiographical memory.)
8. क्षणदीप स्मृति का अर्थ बतलावें।
(Give the meaning of flashbulb memory.)
9. प्रत्याह्वान विधि से आप क्या समझते हैं?
(What do you men by recall method ?)

10. प्रत्यभिज्ञान विधि से आप क्या समझते हैं?
(What do you mean by recognition method ?)
11. संज्ञानात्मक नक्शा क्या है?
(What is cognitive map ?)
12. प्रत्यक्षदर्शी स्मृति से आप क्या समझते हैं?
(What do you mean by eyewitness memory ?)
13. विस्मरण का अर्थ बतलावें।
(Give the meaning of forgetting.)
14. पृष्ठोन्मुख अवरोध तथा अग्रलक्षी अवरोध में अंतर करें।
(Make distinction between retroactive inhibition and proactive inhibition.)
15. संकेत आधृत विस्मरण क्या है?
(What is cue-dependent forgetting ?)
16. लोकी विधि क्या है?
(What is LOCI method ?)
17. प्रथम अक्षर प्रविधि क्या है?
(What is first letter technique ?)
18. चुकिंग प्रविधि क्या है?
(What is chunking technique ?)

दीर्घउत्तरीय प्रश्न *(Long Answers Questions)*

1. स्मृति को परिभाषित करें। स्मृति के तीन तत्त्वों/अवस्थाओं का वर्णन करें।
(Define memory. Describe the three elements/stages of memory.)
2. स्मृति के विभिन्न प्रकारों का वर्णन करें।
(Describe the different types of memory.)
3. दीर्घकालीन स्मृति के प्रकार बतलावें। दीर्घकालीन स्मृति तथा लघुकालीन स्मृति में अंतर करें।
(Point out the types of long-term memory. Make distinction between long term memory and short-term memory.)
4. संवेदी स्मृति क्या है? प्रतिमा संबद्ध स्मृति तथा प्रतिध्वनिक स्मृति में अंतर करें।
(What is sensory memory ? Make distinction between iconic memory and echoic memory.)
5. स्मृति वौघ-नॉरमैन मॉडल का वर्णन करें।
(Describe Waugh-Norman model of memory.)
6. स्मृति के एटकिन्सन-शिफरीन प्रतिरोधक मॉडल का वर्णन करें।
(Describe Atkinson-Shiffrin buffer model of memory.)
7. स्मृति के प्रक्रमण मॉडल का वर्णन करें।
(Describe the level of processing model of memory.)
8. स्मृति का मापन किस तरह से होता है?
(How is memory measured ?)
9. प्रत्यक्षदर्शी स्मृति का अर्थ बतलावें। मिथ्या स्मृति से यह किस तरह से भिन्न है?
(Give the meaning of eyewitness memory. How does it differ from pseudo memory.)
10. स्मृति को एक रचनात्मक प्रक्रिया के रूप में वर्णन करें।
(Describe memory as a constructive process.)
11. विस्मरण का अर्थ बतलावें। विस्मरण का स्वरूप पर प्रकाश डालें।
(Give the meaning of forgetting. Throw light upon the nature of forgetting.)
12. विस्मरण के कारणों का वर्णन करें।
(Describe the causes of forgetting.)
13. स्मृति सहायक विधियों के प्रकार बतलावें।
(Point out the types of mnemonic devices.)
14. स्मृति को उन्नत बनाने के विभिन्न उपायों पर प्रकाश डालें।
(Throw light upon the different devices to improve memory.)

अध्याय-8

चिन्तन एवं भाषा
(Thinking and Language)

बहुविकल्पीय प्रश्न ***(Multiple Choice Questions)***
सही उत्तर बतलावें:

1. निम्नलिखित में से किसे चिन्तन की विशेषता में शामिल नहीं किया जा सकता है?
   (क) चिंतन की शुरूआत किसी-न-किसी समस्या से होती है।
   (ख) चिंतन प्रतीकात्मक स्वरूप की विचारात्मक प्रक्रिया होती है।
   (ग) चिंतन में व्यक्ति के व्यवहार में परिवर्तन होता है।
   (घ) चिंतन में एक विशेष मानसिक वृत्ति होती है।
2. 'रमेश सुशील की पत्नी के पिता का बेटा है तो रमेश सुशील का क्या लगेगा' में सम्मिलित चिंतन निम्नांकित में से किसका उदाहरण है—
   (क) अभिसारी चिन्तन (convergent thinking)
   (ख) सृजनात्मक चिन्तन (creative thinking)
   (ग) आलोचनात्मक चिन्तन (evaluative thinking)
   (घ) इनमें से किसी का भी नहीं
3. निम्नांकित में से किसे चिंतन का तत्त्व नहीं माना जा सकता है?
   (क) मानसिक प्रतिमा (mental image) (ख) संप्रत्यय (concept)
   (ग) प्रतिज्ञप्ति (proposition) (घ) प्रोटोटाइप (prototype)
4. 'फल' संप्रत्यय एक उदाहरण है—
   (क) स्वाभाविक संप्रत्यय (natural concept) का (ख) तार्किक संप्रत्यय (logical concept) का
   (ग) संयोजक संप्रत्यय (conjunctive concept) का (घ) इनमें से किसी का भी नहीं
5. समस्या समाधान व्यवहार के तीन महत्त्वपूर्ण पहलू होते हैं। निम्नांकित में से किसे उसमें सम्मिलित नहीं किया जा सकता है?
   (क) मौलिक अवस्था (original state) (ख) लक्ष्य अवस्था (goal state)
   (ग) नियम (rules) (घ) प्रोटोटाईप (prototype)
6. डंकर (Duncker) का शोध निम्नांकित में से किससे संबंधित है?
   (क) कार्यात्मक अटलता (functional fixedness) (ख) मानसिक वृत्ति (mental set)
   (ग) उद्भवन (incubation) (घ) विक्षिप्तिकरण (brain storming)
7. लुचिन्स (Luchins, 1942) का पानी-घड़ा समस्या पर प्रयोग का संबंध किससे था?
   (क) मानसिक वृत्ति (mental set) से (ख) उद्भवन (incubation) से
   (ग) विक्षिप्तिकरण (brain stroming) से (घ) इनमें से किसी से भी नहीं
8. निर्णयन प्रक्रिया (decision making) में कौन सम्मिलित नहीं होता है?
   (क) ऐसी प्रक्रिया में व्यक्ति के सामने कई विकल्प होते हैं
   (ख) ऐसी प्रक्रिया में उपलब्ध सूचनाओं की अनिश्चितता होती है
   (ग) ऐसी प्रक्रिया में स्पष्ट नियम होते हैं
   (घ) ऐसी प्रक्रिया समस्या समाधान के समान होती है।
9. किस तर्कणा (reasoning) में व्यक्ति पहले से ज्ञात नियमों एवं तथ्यों के आधार पर एक निश्चित निष्कर्ष पर पहुँचने की कोशिश करता है?
   (क) निगमनात्मक तर्कणा (deductive reasoning) (ख) आगमनात्मक तर्कणा (inductive reasoning)
   (ग) आलोचनात्मक तर्कणा (evaluative reasoning) (घ) सादृश्यवाची तर्कणा (analogical reasoning)
10. निम्नांकित में से किस चिंतन में सर्जनात्मकता (creativity) का अंश सबसे अधिक होता है?
   (क) आगमनात्मक तर्कणा (inductive reasoning) (ख) आलोचनात्मक तर्कणा (evaluative reasoning)
   (ग) सादृश्यवाची तर्कणा (analogical reasoning) (घ) निगमनात्मक तर्कणा (deductive reasoning)
11. सर्जनात्मक चिंतन के निम्नलिखित अवस्थाओं पर ध्यान दें—
   (1) उद्भवन की अवस्थान (stage of incubation) (2) तैयारी की अवस्था (stage of preparation)
   (3) प्रबोधन की अवस्था (stage of illumination) (4) सत्यापन की अवस्था (stage of verification)

सही क्रम बतलावें—
(क) 2, 1, 3, 4 (ख) 2, 3, 1, 4
(ग) 1, 2, 3, 4 (घ) 3, 2, 1, 4

12. सर्जनात्मक चिंतन के किस अवस्था में व्यक्ति समस्या के बारे में चेतन रूप से चिंतन करना छोड़कर विश्राम करने लगता है?
(क) उद्भवन की अवस्था में (ख) सत्यापन की अवस्था में
(ग) प्रबोधन की अवस्था में (घ) तैयारी की अवस्था में

13. ओर्फ प्राक्कल्पना (Whorf hypothesis) के अनुसार कौन कथन सही है?
(क) चिंतन से भाषा निंधारित होता है (ख) भाषा से चिंतन निर्धारित होता है
(ग) भाषा से सांवेगिक विकास निर्धारित होता है
(घ) सांवेगि विकास से भाषा निर्धारित होता है

14. निम्नांकत में से किसे भाषा की विशेषताओं में शामिल नहीं किया जा सकता है?
(क) भाषा सांकेतिक होती है (ख) भाषा संरचित होती है
(ग) भाषा से अर्थ निकलता है
(घ) भाषा में ध्वनि सांकेतिक विकास सम्मिलित नहीं होता है

15. 'लाल वाला खिलौना मेरा है, उजला वाला खिलौना तुम्हारा है।' से भाषा के किस उपयोग का पता चलता है?
(क) साधनात्मक उपयोगिता (ख) नियमनात्मक उपयोगिता
(ग) अन्तर्वैयक्तिक उपयोगिता (घ) स्वतःशोध उपयोगिता

16. निम्नांकित में से किस तरह के बच्चों में कूटसंकेतन-परिवर्तन क्षमता (code switching ability) सबसे अधिक होगी?
(क) एकलभाषी बच्चे (monolingual children) (ख) द्विभाषी बच्चे (bilingual children)
(ग) बहुभाषी बच्चे (multilingual children) (घ) इनमें से किसी में भी नहीं

एक शब्द में उत्तर दें *(Answer in one word)*

17. चिंतन किस तरह की मानसिक प्रक्रिया है?
18. कल्पना की प्रधानता किस तरह के चिंतन में होता है?
19. आगमनात्मक चिंतन (inductive thinking) में किस चीज की प्रधानता होती है।
20. चिंतन के आधारभूत तत्त्व कितने हैं?
21. 'सब्जी' किस प्रकार के संप्रत्यय (concept) का उदाहरण है?
22. समस्या समाधान व्यवहार में कितने पहलू होते हैं?
23. जब व्यक्ति किसी समय का समाधान करते समय उस पर कुछ समय के लिए सोचना छोड़ देता है, तो इस स्थिति को क्या कहा जाता है?
24. सर्जनात्मक चिंतन में कितनी अवस्थाएँ सम्मिलित होती हैं?
25. भाषाई नियतवाद (linguistic determinism) का प्रतिपादन किसने किया?
26. हालीडे (Holliday, 1999) के अनुसार भाषा की कितनी उपयोगिताएँ हैं?
27. बहुभाषिता (multilingualism) में बच्चे कितने भाषाओं की जानकारी सामान्यतः रखते हैं?

रिक्त स्थानों को भरें *(Fill in the blanks)*

28. चिंतन में .... एवं .... की प्रक्रिया होती है।
29. .... चिंतन में सर्जनात्मकता अधिक होती है।
30. प्रतिज्ञप्ति (proposition) चिन्तन का एक .... है।
31. समस्या समाधान व्यवहार में एक मौलिक अवस्था तथा दूसरी .... अवस्था होती है।
32. .... में व्यक्ति को एक साथ किसी समस्या के सभी संभावित समाधानों को बतलाना होता है।
33. .... तर्कणा में व्यक्ति पहले से ज्ञात तथ्यों के आधार पर किसी निष्कर्ष पर पहुँचता है।
34. .... तर्कणा में व्यक्ति उपमा के आधार पर तर्क-वितर्क करते हुए किसी निष्कर्ष पर पहुँचता है।
35. सर्जनात्मक चिंतन में दूसरी अवस्था को .... अवस्था कहा जाता है।
36. सर्जनात्मक चिंतन की .... अवस्था में व्यक्ति को अचानक प्रसन्नता एवं उल्लास का अहसास होता है।
37. पार्श्विक चिन्तन (lateral thinking) को .... चिन्तन भी कहा जाता है।
38. साइनेक्टिक्स से सर्जनात्मकता .... होती है।

निम्नांकित दिये गए प्रश्नों के उत्तरों में जो आपको सही लगता है, उसपर टिक (√) लगावें।
(Put a tick mark on the answer of question which you think to be correct one.)

39. चिंतन में मानसिक वृत्ति (mental set) सम्मिलित नहीं होता है। सही/गलत
40. अभिसारी चिंतन (convergent thinking) स्वली चिंतन (autistic thinking) का एक प्रकार है। सही/गलत
41. मानसिक प्रतिमा चिंतन का एक तत्त्व है। सही/गलत
42. समस्या समाधान व्यवहार में कोई नियम नहीं होता है। सही/गलत
43. कार्यात्मक अटलता (functional fixedness) से समस्या समाधान में बाधा पहुँचती है। सही/गलत
44. निर्णय प्रक्रिया में कई तरह के विकल्प (alternatives) होते हैं। सही/गलत
45. आगमनात्मक चिंतन (inductive thinking) से सर्जनात्मकता में वृद्धि होती है। सही/गलत
46. सर्जनात्मकत चिंतन में छह अवस्थाएँ सम्मिलित होती हैं। सही/गलत
47. पार्श्विक चिंतन (lateral thinking) को अपसारी चिंतन (divergent thinking) भी कहा जाता है। सही/गलत
48. ओर्फ के अनुसार भाषा में चिंतन निर्धारित होता है। सही/गलत
49. भाषा का स्वरूप सांकेतिक (symbolic) होता है। सही/गलत
50. द्विभाषिक बच्चों का चिंतन एकलभाषी बच्चों के चिन्तन से श्रेष्ठ होता है। सही/गलत

उत्तर

1. (ग)	2. (क)	3. (घ)	4. (क)	5. (घ)	6. (क)	7. (क)	8. (ग)
9. (क)	10. (क)	11. (ख)	12. (क)	13. (ख)	14. (घ)	15. (ग)	16. (ग)

17. संज्ञानात्मक	18. स्वली चिंतन	19. सर्जनात्मक	20. तीन
21. स्वाभाविक	22. तीन	23. उद्भवन	24. चार
25. ओर्फ	26. दो से अधिक	27. दो से अधिक	28. प्रयत्न, त्रुटि
29. आगमनात्मक	30. तत्त्व	31. लक्ष्य	32. विक्षिप्तिकरण
33. निगमनात्मक	34. सादृश्यवाची	35. उद्भवन	36. प्रबोधन
37. सर्जनात्मक	38. उन्नत	39. गलत	40. गलत
41. गलत	42. गलत	43. सही	44. सही
45. सही	46. गलत	47. सही	48. सही
49. सही	50. सही		

अतिलघुउत्तरीय प्रश्न *(Very Short Answered Questions)*

1. चिंतन का अर्थ बतलावें।
   (Give the meaning of thinking.)
2. स्वली चिंतन क्या है?
   (What is autistic thinking ?)
3. यथार्थवादी चिंतन क्या है?
   (What is realistic thinking ?)
4. अभिसारी चिंतन क्या है?
   (What is convergent thinking ?)
5. सृजनात्मक चिंतन क्या है?
   (What is creative thinking ?)
6. आलोचनात्मक चिन्तन क्या है?
   (What is evaluative thinking ?)
7. मानसिक प्रतिमा का अर्थ बतलावें।
   (Give the meaning of mental image.)
8. तार्किक संप्रत्यय क्या है?
   (What is logical concept ?)
9. स्वाभाविक संप्रत्यय किसे कहते हैं?
   (What is natural concept ?)
10. प्रतिज्ञप्ति क्या है?
    (What is proposition ?)

11. समस्या समाधान व्यवहार का लक्ष्य अवस्था क्या होता है?
(What is goal state of problem solving behaviour ?)
12. कार्यात्मक अटलता क्या है?
(What is functional fixedness ?)
13. मानसिक वृत्ति से आप क्या समझते हैं?
(What do you mean by mental set ?)
14. उद्भवन का अर्थ बतलावें।
(Give the meaning of incubation.)
15. विक्षिप्तिकरण का अर्थ बतलावें।
(Give the meaning of brain stroming.)
16. तर्कणा का अर्थ बतलावें।
(Give the meaning of reasoning.)
17. निगमनात्मक तर्कणा से आप क्या समझते हैं?
(What do you mean by deductive reasoning ?)
18. आगमनात्मक तर्कणा से आप क्या समझते हैं?
(What do you mean by inductive reasoning ?)
19. ध्वनि सांकेतिक विकास क्या है?
(What is phonological development ?)
20. द्विभाषिकता क्या है?
(What is bilingualism ?)
21. बहुभाषिकिता क्या है?
(What is multilingualism ?)

लघुउत्तरीय प्रश्न *(Short Answered Questions)*

1. चिंतन की परिभाषा दें।
(Define thinking.)
2. स्वली चिंतन तथा यथार्थवादी चिंतन में अंतर करें।
(Make distinction between autistic thinking and realistic thinking.)
3. अभिसाषी चिंतन तथा सृजनात्मक चिंतन में अंतर करें।
(Make distinction between convergent thinking and creative thinking.)
4. तार्किक चिंतन का अर्थ बतलायें।
(Give the meaning of logical thinking.)
5. निणर्यन-प्रक्रिया का अर्थ बतलावें।
(Give the meaning of decision making.)
6. निगमनात्मक तर्कणा तथा आगमनात्मक तर्कणा में अंतर करें।
(Make distiction between deductive reasoning and inductive reasoning.)
7. सर्जनात्मक चिंतन का अर्थ बतलावें।
(Give the meaning of creative thinking.)
8. ओर्फ प्राक्कल्पना का अर्थ बतलावें।
(Give the meaning of Whorf hypothesis.)
9. द्विभाषिकता तथा बहुभाषिकता में अंतर करें।
(Make distinction between bilingualisim and multilingualism.)
10. भाषा का अर्थ बतलावें।
(Give the meaning of language.)

दीर्घउत्तरीय प्रश्न *(Long Answered Questions)*

1. चिंतन का स्वरूप बतलावें। चिंतन के प्रमुख प्रकारों का भी वर्णन करें।
(Describe the nature of thinking. Also discuss the major types of thinking.)
2. चिंतन के आधारभूत तत्त्वों का वर्णन करें।
(Describe the fundamental elements of thinking.)

3. समस्या समाधान व्यवहार किसे कहते हैं? हमें प्रभावित करने वाले कारकों का वर्णन करें।
(What is problem solving behaivour ? Describe the factors that influence it.)
4. निर्णयन प्रक्रिया का अर्थ बतलावें। निणर्यन-प्रक्रिया में सम्मिलित कदम का वर्णन करें।
(Give the meaning of decision-making. Describe the steps involved in decsion-making.)
5. तर्कणा के अर्थ एवं स्वरूप का वर्णन करें। तर्कणा के विभिन्न प्रकारों का वर्णन करें।
(Describe the meaning and nature of reasoning. Describe the different types of reasoning.)
6. तर्कणा में सम्मिलित महत्त्वपूर्ण कदमों का वर्णन करें।
(Describe the important steps involved in reasoning.)
7. सर्जनात्मक चिन्तन क्या है? इसकी अवस्थाओं का वर्णन करें।
(What is creative thinking ? Describe its stages.)
8. सर्जनात्मक चिंतन को उन्नत बनाने के उपायों का वर्णन करें।
(Describe the strategies to improve creative thinking.)
9. चिन्तन एवं भाषा के संबंध पर प्रकाश डालें।
(Thorw light upon the relation between language and thinking.)
10. भाषा के स्वरूप का वर्णन करें। भाषा का विकास किस तरह से होता है?
(Describe the nature of language. How is language developed ?)
11. भाषा के विभिन्न उपयोगों का वर्णन करें।
(Describe the different uses of language.)
12. द्विभाषिकता तथा बहुभाषिता में अंतर करें। इन दोनों में किसमें भाषा का विकास तीव्रता से होता है।
(Make distinction between bilingualism and multilingualism. In which of the two, development of language is faster.)

अध्याय-9

चिन्तन एवं भाषा
(Thinking and Language)

बहुविकल्पीय प्रश्न ***(Multiple Choice Questions)***
सही उत्तर बतलावें:

1. अभिप्रेरण की विशेषताओं के संबंध में निम्नांकित में से किसे उसमें सम्मिलित नहीं किया जा सकता है?
 (क) अभिप्रेरण व्यक्ति की एक आंतरिक अवस्था होती है।
 (ख) अभिप्रेरण में कुछ लक्ष्य निदेशित व्यवहार होते हैं।
 (ग) अभिप्रेरण में संवेग सम्मिलित होता है।
 (घ) अभिप्रेरित व्यवहार उत्पन्नन होने पर वह लक्ष्य की प्राप्ति तक जारी रहता है।
2. निम्नांकित में से किसे अभिप्रेरण का एक तत्त्व के रूप में सम्मिलित नहीं किया जा सकता है?
 (क) प्रणोद (drive) (ख) आवश्यकता (need)
 (ग) लक्ष्य प्राप्ति (goal achievement) (घ) संवेग प्रबंधन (management of emotion)
3. 'भूख' किस प्रकार का अभिप्रेरण है?
 (क) जन्मजात अभिप्रेरक (ख) व्यक्तिगत अभिप्रेरक
 (ग) सामाजिक अभिप्रेरक (घ) इनमें से किसी भी तरह का नहीं
4. 'प्यास' के संदर्भ में कौन कथन गलत है?
 (क) प्राणी के शरीर की कोशिकाओं में जल की कमी हो जाती है।
 (ख) रक्त की मात्रा (volume) में कमी आ जाती है।
 (ग) रक्त के सामान्य चाप में कमी आ जाती है।
 (घ) रक्त में चीनी का स्तर कम हो जाता है।
5. स्त्री के यौन ग्रन्थि को कहा जाता है—
 (क) ओभरी (ovary) (ख) टेस्टीकल्स (testicles)
 (ग) स्टायरीयोसिस (satyriosis) (घ) निम्फोनिक (nymphonic)
6. अहं-अंतग्रस्तता (ego-involvement) किस तरह का अभिप्रेरक है?
 (क) व्यक्तिगत अभिप्रेरक (ख) सामाजिक अभिप्रेरक
 (ग) जन्मजात अभिप्रेरक (घ) इनमें से कुछ भी नँहीं

7. मैकक्लीलैंड (McClelland) तथा एटकिन्सन (Atkinson) आदि का नाम किस तरह के अभिप्रेरण से तुलनात्मक रूप से अधिक जुड़ा हुआ है?
   (क) संग्रहणीशीलता (acquistiveness)
   (ख) सामुदायिकता (gregariousness)
   (ग) उपलब्धि अभिप्रेरक (achievement motivation)
   (घ) आक्रमणशीलता (aggressiveness)
8. मैसलो (Maslow) के आवश्यकता पदानुक्रम मॉडल में सुरक्षा आवश्यकता (safety need) के ऊपर कौन-सी आवश्यकता को रखा गया है?
   (क) दैहिक आवश्यकता (physiological need)
   (ख) आत्मसिद्धि आवश्यकता (self-actualization need)
   (ग) सदस्य होने तथा स्नेह पाने या देने की आवश्यकता (need to belong and to love)
   (घ) सम्मान की आवश्यकता (esteem need)
9. मैसलो के आवश्यकता पदानुक्रम मॉडल में आत्म-सिद्धि की आवश्यकता को कहाँ रखा गया है?
   (क) सबसे नीचे (ख) सबसे ऊपर (ग) बीच में (घ) कहीं भी नहीं
10. कहीं जाने पर दरवाजा बन्द पाने से जो कुंठा (frustration) व्यक्ति में उत्पन्न होता है, उसे किस श्रेणी का कुंठा कहा जाता है?
   (क) पर्यावरणी कुंठा (environmental frustation) (ख) व्यक्तिगत कुंठा (personal frustation)
   (ग) अभिप्रेरकों के बीच द्वन्द्व से कुंठा (घ) इनमें से किसी भी तरह का कुंठा नहीं
11. कर्ट लेविन (Kurt Lewin) के अनुसार अभिप्रेरकों के द्वन्द्व को कितने भागों में बाँटा गया है—
   (क) तीन (ख) दो (ग) चार (घ) पाँच
12. एक छात्र ऐसा है जो न गणित पढ़ना चाहता है और न भौतिकी। फिर भी उसे माता-पिता तथा शिक्षक के दबाव में आकर दोनों में से किसी एक को चुनना पड़ता है तो ऐसी स्थिति में जो द्वन्द्व उसमें उत्पन्न होगा, उसे आप किस श्रेणी में रखेंगे—
   (क) उपागम-उपागम द्वन्द्व (approach-approach conflict)
   (ख) परिहार-परिहार द्वन्द्व (avoidance-avoidance conflict)
   (ग) उपागम परिहार द्वन्द्व (approach-avoidance conflict)
   (घ) इनमें से किसी भी तरह का नहीं
13. कोई लड़की एक अच्छी तथा लोकप्रिय नायिका बनना चाहती है परंतु उसे स्टेज पर लोगों के सामने काम करने में डर भी लगता है। ऐसी स्थिति में उसमें किस तरह का द्वन्द्व उत्पन्न होगा?
   (क) उपागम-उपागम द्वन्द्व (ख) परिहार-परिहार द्वन्द्व
   (ग) उपागम-परिहार द्वन्द्व (घ) इनमें से किसी प्रकार का द्वन्द्व नहीं
14. ''संवेग क्रियाओं का उत्तेजक है'' (Emotions are inciter to action) यह उक्ति किनका है?
   (क) पीटी यंग (P. T. Young) का (ख) कैनन (Cannon) का
   (ग) गेल्डार्ड (Geldard) का (घ) बेरोन (Baron) का
15. चार्ल्स डार्विन (Charles Darwin) के अनुसार संवेग में आनन अभिव्यक्ति (facial expression) का आधार क्या होता है?
   (क) जननिक (genetic) (ख) अर्जित (learnt)
   (ग) अंशतः जननिक एवं अंशतः अर्जित (घ) इनमें से कुछ भी नहीं
16. जेम्स लांजे सिद्धान्त के आलोक में सही कथन कौन है?
   (क) संवेगात्मक अनुभूति पर संवेगात्मक व्यवहार निर्भर करता है।
   (ख) संवेगात्मक व्यवहार पर संवेगात्मक अनुभूति निर्भर करता है।
   (ग) संवेगात्मक व्यवहार एवं संवेगात्मक अनुभूति दोनों ही एक दूसरे से स्वतंत्र हैं।
   (घ) संवेगात्मक व्यवहार की उत्पत्ति में संज्ञान की भूमिका होती है।
17. कैनन-वार्ड सिद्धान्त के अनुसार संवेग का केन्द्र क्या होता है?
   (क) हाइपोथैलमस (ख) एमिंगडाला (amygdala)
   (ग) लिम्बिक तंत्र (limbic system) (घ) इनमें से कोई भी नहीं
18. कैनन-वार्ड सिद्धान्त के आलोक में सही कथन बतलावें—
   (क) संवेगात्मक अनुभूति तथा संवेगात्मक व्यवहार एक दूसरे से स्वतंत्र हैं और उनकी उत्पत्ति एक साथ होती है
   (ख) संवेगात्मक अनुभूति का उत्पन्न होना संवेगात्मक व्यवहार पर निर्भर करता है।

(ग) संवेगात्मक व्यवहार का उत्पन्न होना संवेगात्मक अनुभूति पर निर्भर करता है।
(घ) संवेगात्मक अनुभूति की उत्पत्ति में संज्ञान की भूमिका होती है।

19. स्टैक्टर-सिंगर सिद्धान्त (Schachter Singer theory) में संवेग की व्याख्या किन दो कारकों पर होती है?
(क) दैहिक उत्तेजन तथा संज्ञानात्मक मूल्यांकन
(ख) संज्ञानात्मक मूल्यांकन तथा सांवेगिक उद्दीपक की उपस्थिति
(ग) सांवेगिक उद्दीपक की उपस्थिति तथा दैहिक उत्तेजन
(घ) उपर्युक्त किसी भी कारकों के सेट से नहीं।

20. कूटसंकेत (codes) के आधार पर सही सुमेल बतलावें।
(1) कैनन-वार्ड — संवेग के संज्ञानात्मक सिद्धान्त
(2) जेम्स लांजे — संवेग के जैविक सिद्धान्त
(3) स्कैक्टर सिंगर — जैविक सिद्धान्त
कूटसंकेत (code)
(क) केवल 2 सही है (ख) 1 तथा 2 सही है
(ग) 2 तथा 3 सही है (घ) केवल 1 सही है

21. सांवेगिक बुद्धि (emotional intelligence) को संप्रत्यय का प्रतिपादन किसने किया है?
(क) सैलोभी तथा मेयर (Salovey & Mayer) ने
(ख) मेयर तथा जिम्बार्डो (Meyer & Zimbardo) ने
(ग) सैलोभी तथा बेरोन (Salovey & Baron) ने
(घ) इनमें से किसी में भी नहीं

22. 'दूसरों के संवेगों को समझते हुए उसके प्रति संवेदनशीलता दिखलाना' एक उदाहरण है—
(क) सांवेगिक बुद्धि का (ख) बुद्धिलब्धि का
(ग) उचित आनन अभिव्यक्ति (facial expression) का (घ) उनमें से किसी का भी नहीं

एक शब्द में उत्तर दें *(Answer in one word)*

23. प्रणोद (drive) की उत्पत्ति किससे होती है?
24. प्यास किस तरह का अभिप्रेरक है?
25. कैनन तथा वाशवर्न (Cannon & Washburn) का प्रयोग किस अभिप्रेरक से संबंधित है?
26. पुरुष के यौन ग्रन्थि का नाम क्या है?
27. वैसे पुरुष जिनमें यौन इच्छा अत्यधिक होती है, को क्या कहा जाता है?
28. जीवन लक्ष्य किस तरह का अभिप्रेरक है?
29. आक्रमणशीलता किस तरह का अभिप्रेरक है?
30. दैहिक आवश्यकताओं को मैसलो द्वारा प्रतिपादित आवश्यकता पदानुक्रम मॉडल में कहाँ पर रखा गया है?
31. माता-पिता की नकारात्मक मनोवृत्ति से बच्चों में उत्पन्न कुंठा किस श्रेणी का कुंठा होता है?
32. दो धनात्मक लक्ष्यों से उत्पन्न द्वन्द्व को किस तरह का द्वन्द्व कहा ज़ाता है।
33. जेम्स लांजे सिद्धान्त के अनुसार संवेगात्मक अनुभूति से पहले क्या होता है?
34. कैनन वार्ड के अनुसार संवेग का केन्द्र क्या होता है?
35. कैनन वार्ड के अनुसार संवेग में संवेगात्मक व्यवहार तथा संवेगात्मक अनुभूति का आपस में किस ढंग का संबंध होता है।
36. सांवेगिक बुद्धि जैसे पद का प्रतिपादन किसने किया था?
38. स्कैक्टर तथा सिंगर के अनुसार संवेग का आधार क्या होता है?

खाली जगहों को भरें *(Fill up the blanks)*

38. अभिप्रेरण प्राणी की एक .... अवस्था होती है।
39. .... या .... की शारीरिक अवस्था को आवश्यकता कहा जाता है।
40. भूख की अवस्था में रक्त में चीनी की मात्रा .... हो जाती है।
41. यौन या काम (sex) एक .... अभिप्रेरक है।
42. जीवन लक्ष्य (life goal) एक .... अभिप्रेरक है।
43. संग्रहणशीलता (aquisitiveness) एक .... अभिप्रेरक है।
44. आवश्यकता-पदानुक्रम मॉडल में सबसे निचले स्तर की आवश्यकता को .... आवश्यकता कहा जाता है।

45. आवश्यकता पदानुक्रम मॉडल में सबसे ऊपरी स्तर की आवश्यकता को .... आवश्यकता कहा जाता है।
46. अभिप्रेरकों के बीच संघर्ष से व्यक्ति में .... उत्पन्न होता है।
47. संवेग क्रियाओं का .... होता है।
48. ग्रन्थीय स्राव में परिवर्तन संवेग का .... परिवर्तन का उदाहरण है।
49. .... के अनुसार भय संवेग के विकास में अनुबंधक (conditioning) का विशेष हाथ होता है।
50. जेम्स लांजे सिद्धान्त संवेग का एक .... सिद्धान्त है।
51. जेम्स लांजे सिद्धान्त में संवेगात्मक अनुभूति के पहले .... होता है।
52. सिद्धान्त में हाइपोथैलमस का संवेग का केन्द्र माना गया है।
53. स्कैक्टर-सिंगर सिद्धान्त के अनुसार संवेग का आधार .... होता है।
54. पश्चिमी देशों में संवेग की अभिव्यक्ति में .... तथा एशियाई देशों में संवेग की अभिव्यक्ति में .... के प्रभाव का स्पष्ट झलक मिलता है।
55. आत्म-अभिप्रेरण .... का एक प्रमुख तत्त्व है।

दिये गए प्रश्नों के उत्तरों में जो आपको सही लगता है, उसपर टिक (√) का चिह्न लगायें।
(Put a tick (√) mark on the answers of the questions which you think to be the correct one)

56. अभिप्रेरण एक जन्मजात प्रक्रिया होती है। सही/गलत
57. अभिप्रेरित व्यवहार उत्पन्न होने का वह लक्ष्य की प्राप्ति तक जारी रहता है। सही/गलत
58. भूख एक जन्मजात अभिप्रेरक है। सही/गलत
59. आक्रमणशीलता एक जन्मजात अभिप्रेरक है। सही/गलत
60. संग्रहणशीलता के क्षेत्र में एटकिन्सन का योगदान काफी महत्त्वपूर्ण है। सही/गलत
61. सम्मान की आवश्यकता आवश्यकता-पदानुक्रम मॉडल का एक प्रमुख तत्त्व है। सही/गलत
62. परिहार-परिहार द्वन्द्व में दो से अधिक ऋणात्मक लक्ष्य होते हैं। सही/गलत
63. उपागम-परिहार द्वन्द्व में एक धनात्मक एवं एक ऋणात्मक लक्ष्य होते हैं। सही/गलत
64. जेम्स-लांजे सिद्धान्त संवेग का एक जैविक सिद्धान्त है। सही/गलत
65. कैनन-वार्ड सिद्धान्त के अनुसार थैलमस को संवेग का केन्द्र माना गया है। सही/गलत
66. स्कैक्टर-सिंगर सिद्धान्त के अनुसार संवेग का केन्द्र वृहत मस्तिष्क (cerebrum) होता है। सही/गलत
67. डार्विन के अनुसार व्यक्ति के संवेग पर उसके सांस्कृतिक परिप्रेक्ष्य का प्रभाव पड़ता है। सही/गलत
68. एक भारतीय के संवेग पर वैयक्तिवादी प्रवृत्ति का प्रभाव समूहवादी प्रवृति की अपेक्षा अधिक पड़ती है। सही/गलत
69. सांवेगिक बुद्धि जैसे पद का प्रतिपादन गोलमैन (Goleman) द्वारा किया गया। सही/गलत
70. सांवेगिक बुद्धि सामाजिक बुद्धि (social intelligence) का ही एक प्रकार है। सही/गलत

उत्तर

1. (ग) 2. (घ) 3. (क) 4. (घ) 5. (क) 6. (क) 7. (ग) 8. (ग)
9. (ख) 10. (क) 11. (ग) 12. (ख) 13. (ग) 14. (ग) 15. (क) 16. (ख)
17. (क) 18. (क) 19. (क) 20. (क) 21. (क) 22. (क) 23. आवश्यकता
24. जन्मजात 25. भूख 26. टेस्टीक्लस 27. स्टायरीयेसीस
28. व्यक्तिगत 29. सामाजिक 30. नीचे में 31. पर्यावरणी
32. उपागम-उपागम 33. संवेगात्मक व्यवहार 34. हाइपोथैलेमस 35. स्वतंत्रता का
36. सैलोभी तथा मेयर 37. संज्ञान 38. आंतरिक 39. कमी, अति
40. कम 41. जन्मजात 42. व्यक्तिगत 43. सामाजिक
44. दैहिक 45. आत्मसिद्धि 46. कुंठा 47. उत्तेजक
48. आंतरिक 49. वाटसन 50. जैविक 51. संवेगात्मक व्यवहार
52. कैनन वार्ड 53. संज्ञान 54. वैयक्तिवाद, सामूहिकवाद
55. सांवेगिक बुद्धि 56. गलत 57. सही 58. सही 59. गलत 60. गलत 61. सही
62. गलत 63. सही 64. सही 65. सही 66. गलत 67. सही 68. गलत 69. गलत
70. सही

अतिलघुउत्तरीय प्रश्न *(Very Short Answered Questions)*

1. आवश्यकता क्या है?
   (What is need ?)
2. प्रणोद क्या है?
   (What is drive ?)
3. लक्ष्य-निदेशित व्यवहार से आप क्या समझते हैं?
   (What do you mean by goal-directed behaviour ?)
4. जन्मजात अभिप्रेरक का अर्थ बतलावें।
   (Give the meaning of biological drive.)
5. अर्जित अभिप्रेरक से आप क्या समझते हैं?
   (What do you mean by acquired motivation ?)
6. जीवन-लक्ष्य से आप क्या समझते हैं?
   (What do you mean by life goal ?)
7. उपलब्धि अभिप्रेरक का अर्थ बतलावें।
   (Give the meaning of achievement motivation.)
8. संग्रहणशीलता से आप क्या समझते हैं?
   (What do you understand by acquisitiveness ?)
9. आक्रमणशीलता अभिप्रेरक का अर्थ बतलावें।
   (Give the meaning of aggressiveness.)
10. आत्मसिद्धि आवश्यकता से आप क्या समझते हैं?
    (What do you mean by self-actualization ?)
11. पर्यावरणी कुंठा का अर्थ बतलायें।
    (Give the meaning of environmental frustration.)
12. व्यक्तिगत कुंठा का अर्थ बतलावें।
    (Give the meaning of personal frustration.)
13. उपागन-उपागम द्वन्द्व से आप क्या समझते हैं?
    (What do you mean by approach-approach conflict ?)
14. परिहार-परिहार द्वन्द्व से आप क्या समझते हैं?
    (What do you mean by avoidance-avoidance conflict ?)
15. उपागम-परिहार द्वन्द्व से आप क्या समझते हैं?
    (What do you mean by approach-avoidance conflict ?)
16. संवेग में मस्तिष्कीय तरंगों में किस ढंग का परिवर्तन होता है?
    (What tyes of changes are introduced in brain waves during emotion ?)
17. संवेगात्मक व्यवहार का अर्थ बतलवों।
    (Give the meaning of emotional behaviour ?)
18. संवेगात्मक अनुभूति का अर्थ बतलावें।
    (Give the meaning of emotional expreience.)
19. सांवेगिक बुद्धि के वैयक्तिक तत्त्वों का नाम बतलावें।
    (Give the names of personal components of emotional intelligence ?)
20. सांवेगिक बुद्धि के अन्तर्वैयक्तिक तत्त्वों का नाम बतलावें।
    (Give the names of interpersonal components of emotional intelligence.)

लघुउत्तरीय प्रश्न *(Short Answers Questions)*

1. अभिप्रेरण क्या है?
   (What is motivation ?)
2. आवश्यकता तथा प्रणोद के संबंध पर प्रकाश डालें।
   (Throw light upon the relationship between need and drive.)

3. प्यास अभिप्रेरक का जैविक आधार बतलावें।
(Point out the biological base of thirst.)
4. भूख अभिप्रेरक का जैविक आधार बतलावें।
(Give the biological base of hunger motive.)
5. आकांक्षा स्तर से आप क्या समझते हैं?
(What do you mean by level of aspiration ?)
6. आक्रमणशीलता से आप क्या समझते हैं?
(What do you mean by agressiveness ?)
7. उपलब्धि अभिप्रेरक का अर्थ बतलावें।
(Give the meaning of achievement motivation.)
8. मैसलो के अनुसार समान आवश्यकता का अर्थ बतलावें।
(Give the meaning of esteem need following Maslow.)
9. व्यक्तिगत कुंठा का अर्थ बतलावें।
(Give the meaning of personal frustration.)
10. द्वन्द्व-उत्पन्न कुंठा का अर्थ बतलावें।
(Give the meaning of conflict-produced frustration.)
11. संवेग में होने वाले आनन अभिव्यक्ति का वर्णन करें।
(Describe the facial expression ensuing during emotion.)
12. प्रेम संवेग क्या होता है?
(What is love emotion ?)
13. क्रोध संवेग का अर्थ बतलावें।
(Give the meaning of anger emotion.)
14. जेम्स लांजे सिद्धान्त सारांश बतलावें।
(Give the gist of James-Lange things of emotion.)
15. कैनन-वार्ड सिद्धान्त का सारांश बतलावें।
(Give the gist of Cannon-Bard theory of emotion.)
16. सांवेगिक बुद्धि का अर्थ बतलावें।
(Give the meaning of emotional intelligence.)

दीर्घउत्तरीय प्रश्न *(Long Answered Questions)*

1. अभिप्रेरण की परिभाषा दें। इसमें सम्मिलित आवश्यकता-प्रणोद-लक्ष्य-निदेशित व्यवहार का उदाहरण सहित वर्णन करें।
(Define motivation. Describe need-drive-goal directed behaviour involved in it.)
2. व्यक्ति प्रमुख जन्मजात अभिप्रेरकों का वर्णन करें।
(Describe the major inborn motives of the person.)
3. व्यक्ति के प्रमुख व्यक्तिगत अभिप्रेरकों का वर्णन करें।
(Describe the major personal motives of the person.)
4. सामाजिक अभिप्रेरक से आप क्या समझते हैं? इसके प्रमुख प्रकारों का वर्णन करें।
(What do you mean by social motives ? Describe its major types.)
5. आत्म-अभिप्रेरण को परिभाषित करें। आत्म-अभिप्रेरण को उन्नत बनाने के उपायों का वर्णन करें।
(Define self-motivation. Describe the ways for enhancing self-motivation.)
6. मैसलो आवश्यकता-पदानुक्रम मॉडल का वर्णन करें।
(Describe the need-hierarchy model of Maslow.)
7. कुंठा के विभिन्न प्रकारों का वर्णन करें। द्वन्द्व उत्पन्न कुंठा के विभिन्न प्रकारों को बतलावें।
(Describe the different types of frustration. Point out the different types of conflict-produced frustration.)
8. संवेग का स्वरूप का वर्णन करें। संवेग में होने वाले बाह्य सांवेगिक अभिव्यक्ति का वर्णन करें।
(Describe the nature of emotion. Describe the external emotional expression.)
9. संवेग में होने वाले आंतरिक अभिव्यक्ति का वर्णन करें।
(Describe about the internal expression during emotion.)
10. संवेग के विभिन्न प्रकारों का वर्णन करें।
(Descrbe the different types of emotion.)

11. संवेग के जेम्स लांजे सिद्धान्त का वर्णन करें।
    (Describe James-Lange theory of emotion.)
12. संवेग के कैनन-वार्ड सिद्धान्त का वर्णन करें।
    (Describe the Cannon-Bard theory of emotion.)
13. संवेग के जेम्स-लांजे सिद्धान्त तथा कैनन-वार्ड सिद्धान्त का एक तुलनात्मक अध्ययन करें।
    (Make a comparative study of James-Lange and Cannon-Bard theory of emotion.)
14. संवेग के संज्ञानात्मक आधार का वर्णन करें।
    (Describe the cognitive base of emotion.)
15. संवेगों का सांस्कृतिक आधार का वर्णन करें।
    (Describe the cultural base of emotion.)
16. निषेधात्मक संवेगों को आप किस तरह से प्रबंधित करेंगे। धनात्मक संवेगों को उन्नत बनाने की एक योजना पर विचार करें।
    (How would you manage negative emotions. Outline a plan for improving positive emotions.)
17. सांवेगिक बुद्धि को परिभाषित करें। सांवेगिक बुद्धि के प्रमुख तत्त्वों का वर्णन करें।
    (Define emotional intelligence. Describe the major elements of emotional intelligence.)

❑